臺灣文學叢刊

臺灣日治時期翻譯文學作品集

卷一

總策畫 許俊雅
主　編 許俊雅
李勤岸

序

翻譯是不同文字、文學、文化交互融合的產物，日治時期臺灣的翻譯文學則同時在東學、西學、新學方面的選擇與接受的制約下發展。而日治的翻譯文學與臺灣新文學的發展關係密切，透過全面深入的研探可以更清楚釐清補充其間的漏洞空白，為臺灣文學史書寫提供參考的價值，同時得以認識到東亞社會的共性與區別，呈現東亞不同國度在接受西方思想時的再創造作用，以及這種再創造對於理解近現代世界發展多樣化的意義。過去臺灣文學史的書寫，鮮少將翻譯文學納入討論的框架（若有也僅僅零星點到為止），並沒有對文學翻譯的情況做出全面性的考察。但臺灣的文學翻譯與文學運動有著互為表裡、互為因果的密切關係，因此不談論文學翻譯的臺灣文學史書寫，將會使得日治時期臺灣文學運動的整體性產生極大程度的闕漏。

透過本套書可以管窺日治臺灣文壇對於世界文學的接受狀況，並理解以下若干問題。其一，臺灣青年在知識養成的過程中，從世界文學的接受上獲得怎樣的養分？其二，殖民地臺灣語言使用現象的駁雜（hybridty），在文學翻譯的過程中被如何呈現與表達？其三，在歐美具有「歷時性」的、線性發展的文學現代性、文學思潮與文學風格，在臺灣社會被如何以「共時性」的面貌呈現？其四，文學翻譯者所扮演的「中介」（intermediary）角色所發揮的「看門人」（gate-keeper）之作用，在特定作品的引介與否之間，所透露出來的權力關係等等。透過全盤整理，吾人得以發現當時「譯」軍突起——翻譯文學在臺灣的傳播與形成的圖像以及戰爭期的翻譯與時局、漢文的關聯，尤其翻譯文學對臺灣文學從古典形態走向現代形態變革的影響及當時臺灣翻譯文學的特色。

本套書為本人執行國科會（今科技部）計畫的副產品，該計畫幸獲國科會支持，在主要學術論文撰寫之前，本人及研究團隊廣泛蒐羅各雜誌期刊（書目較少）所刊之譯文，所運用之文獻史料有《臺灣日日新報》、《漢文臺灣日日新報》、《臺南新報》、《高雄新報》、《新高新報》、《三六九小報》、《赤道報》、《洪水報》、《臺灣青年》、《臺灣》、《臺灣民報》、《臺灣文藝》

（1902）、《語苑》、《臺灣警察協會雜誌》、《臺灣警察時報》、《臺灣教育會雜誌》、《臺灣愛國婦人》、《臺灣文藝叢誌》、《明日》、《曉鐘》、《人人》、《南音》、《フォルモサ》、《先發部隊》、《第一線》、《臺灣文藝》、《臺灣新文學》、《臺灣文學》、《風月報》、《臺灣大眾時報》、《新臺灣大眾時報》、《南方》、《南國文藝》、《文藝臺灣》、《臺灣文藝》（1942）、《臺法月報》、《專賣通信》、《實業之臺灣》、《熱帶詩人》、《臺灣教育》、《The Formosa》、《第一教育》、《翔風》、《臺高》、《媽祖》、《臺大文學》、《臺灣婦人界》、《南巻》、《ネ・ス・パ》、《南文學》、《臺灣》（1940）、《相思樹》、《紅塵》、《臺灣遞信協會雜誌》、《臺灣道》、《南瀛教會誌》、《愛書》、《臺灣時報》、《無軌道時代》等等報刊雜誌及數位典藏的《臺灣府城教會報》及《芥菜子》（北部臺灣基督長老教會教會公報）等。並將翻譯作品彙編，分為「白話字」、「臺語漢字」、「中文」以及「日文」四卷。《白話字卷》除了有原始的「全羅版」白話字（或稱「教會羅馬字」、「臺語羅馬字」）之外，亦有「漢羅版」的譯文以供對照參看。《日文卷》所收錄之篇章，皆敦請精通日文之專業譯者重新將文章內容再翻成中文。並對每篇譯作原作者與譯者予以簡介，凡三四百位之多。當時原文多未標出處，譯者亦有不少難以追查，本人在不計成本，努力以赴，以克服困難，解決問題之後，備加感到將資料公諸於世的迫切性及重要性。雖然蒐集、整理、翻譯作品，並進而編輯出版，凡此皆極繁瑣且所費不貲，對筆者學術成績無多大助益，這部分亦非本計畫之要求成果，唯基於學術乃天下公器，個人認為唯有不藏私，方能提升日治臺灣翻譯文學的研究深度，並引發更多研究者投入。

特別值得一提的是，本套書參與成員甚多，或蒐集複印整理資料，或分工撰寫作者、譯者簡介，或承擔日文翻譯工作，其間作者的辨識確認並非易事，此乃因當時臺灣譯者多不注明譯本之來源、譯本之原文及原作者姓名之外文，而且各人的翻譯不一，與現今譯名又多所出入，考察極其不便。如泰戈爾譯名有泰古俞、太歌爾，尼采譯名用「尼至埃」、「ニイチエ」，如果是知名度很高的外國作家作品，問題尚比較容易解決，但如是知名度不高的作家作品，則是難上加難，因此盡力追尋其身分背景，以更充分掌握相關知識氛圍，是出版這套書在作者譯者介紹上，首先要解決的問題。其後之翻譯更是重責大任，非常感謝東吳日文系賴錦雀教授（時任文學院院長）推薦系內傑出師生協助，不計甚是微薄的翻譯費，鼎力完成這批日文翻譯，耑此謹致本人最高謝意。本套書前後參與人員有：王美雅、王鈺婷、伊藤佳代（いとう かよ）、吳靜芳、李時馨、杉森藍（すぎもり あい）、阮文雅、林政燕、張桂娥、許舜傑、彭思遠、楊奕屏、趙勳達、劉靈均、潘麗玲、龜井和歌子（かめい わかこ）、謝濟全、顧敏耀、鄭清鴻等，以及王一如、林宛萱、康韶真、蔡詠淯、黃之綠、謝易安同學等人協助校對，沒有他們的幫助，這套書不可能出版。最後更要向萬卷樓梁經理、張晏瑞、編輯游依玲、吳家嘉致意，願意支持可能不太有銷路的翻譯文學史料。由於能力及時間有限，本書缺點及不足在所難免，敬請廣大讀者批評指正。

此外，以上序文原寫於二〇一一年十月二十五日滬上途中，由於個人諸事紛紜，加上後續又有增加的材料，並編製卷五日文影像集，不外是希望能將此套書朝更嚴謹的學術性邁進，同時省卻研究者蒐尋原文的時間，這部分圖檔來源不一，登載報刊上的版式亦非常參差，尤其多數報刊距今時間久遠，圖影效果不彰屢見，為求盡量一致及清晰的效果，顧敏耀博士付出相當大的心力剪裁修正，這種種因素因此延宕至今，時間竟匆匆兩年半載了。在這段時間，也發現了眾多議論的譯文及中國譯作轉刊於日治臺灣報刊，但刊登時不見譯者之名，如未經追查，難以確認本為譯作，甚或有些為偽譯作，如要一一辨識，恐又耽誤出版時程，念及第三卷中文卷已收部分（嚴格說來不宜列入臺灣日治翻譯文學集，考量刊登臺灣報刊，寬鬆處理），而個人亦將於未來幾年出版另一套日治報刊轉載中國文學之校勘本，至於遊走在文學類邊緣的各譯文或者世界語的譯作等等，也都因時間因素，不再繼續增添補強，留待他日有餘力再說罷。

許俊雅

二〇一四年五月十五日

導讀

許俊雅

一　前言

關於二戰前的臺灣翻譯發展史，較諸其他國家可能更多元。臺灣因為地狹山多，在漢人移居之前，諒必在各個原住民語族之間，就有通曉兩種以上語言的原住民翻譯人員存在。荷西時期出現了學會臺灣原住民語的神職人員，還曾經出版過西拉雅語的〈馬太福音〉和〈約翰福音〉。明鄭與清領時期在各個原住民部落往往都有「通譯」以協助經商或政令推行。清領時期因為迴避制度的施行，來臺文官往往都由閩粵二省以外派來，在施政或審判之際，更是需要翻譯人員[1]。當時具有代表性的翻譯作品則為首任巡臺御史黃叔璥《臺海使槎錄》所記載的「番歌」[2]，這是漢譯文學之始。厥後直至清領結束，雖有馬偕在一八八一年於淡水創立「理學堂大書院」[3]、劉銘傳在一八八七年於大稻埕開辦「臺灣西學堂」[4]，也培養出一些通曉雙語或多語的人才，例如艋舺秀才黃茂清就曾在該學堂就讀，據稱「閱時未久而於英國

1　在清末來到臺灣的馬偕博士曾如此描述衙門開庭之實況：「滿大人由他的隨從護著坐轎子來到，進入衙門大廳坐正，又邊站著通事（原註：翻譯官）。因為是滿大人，從中國來的，就理該不懂得本地話，所以旁邊必得有個通事……滿大人經由通事來審理被告」，見氏著：《福爾摩沙紀事》（臺北市：前衛出版社，2007年），頁98。

2　黃叔璥：《臺海使槎錄》（臺北市：大通書局，1987年），頁94～160。黃氏於一七二二至一七二四年在臺期間所譯之平埔族歌謠收錄於〈番俗六考〉，〈北路諸羅番一〉當中收錄的〈灣裏社誡婦歌〉云：「朱連麼吱匏裏乞（娶汝眾人皆知），加直老巴綿煙（原為傳代）；加年呀嗄加犁蠻（須要好名聲），拙年巴恩勞勞呀（切勿做出壞事），車加犁末礁嘮描（彼此便覺好看）！」（括號中皆為原註），是用漢字的官話語音來記載當時平埔族的歌謠，譯音雖不夠精確，然實為珍貴之記錄。黃叔璥：《臺海使槎錄》（臺北市：大通書局，1987年），頁94～160。

3　戴寶村：〈馬偕──上帝使徒在臺灣的宣教、教育與醫療〉，《什麼人物、為何重要──臺灣史上重要人物系列．二》（臺北市：國立歷史博物館，2011年），頁17～18。

4　李壓西、陳偉民：《從「同文三館」起步》（北京市：學苑出版社，2007年），頁177。

語言文字，大有所得」[5]，然而可能較為著重宣教或經貿過程中的翻譯事宜，未見有文學作品漢譯[6]之紀錄。文學作品之漢譯除黃叔璥之的平埔族歌謠外，清領末葉開放傳教之後，臺灣的基督教長老教會開始運用羅馬字將不少西方文學作品、聖經故事或是神學著作翻譯成臺語（俗稱白話字），刊於《臺灣府城教會報》、《臺灣教會報》等[7]。

進入日治時期之後，白話字依舊翻譯不少文學作品，而漢譯文學有較為不同的變貌。本文謹就日治時期文學譯作討論，由於臺灣翻譯文學必然牽涉到東學、西學與新學的譯介，因在十九、二十世紀初期，日本、中國、臺灣的知識分子莫不處於東學、西學、新學的潮流中，而透過明治日本吸收西方近代思想，正是東亞近代文明形成的重要一環，這一過程並非僅僅是由西方到明治日本再到中國或臺灣的單向運動，在此過程中，既透過明治以來日本思想界的大量成果吸收西方近代精神，並受明治以來思想界對於西方思想的選擇與接受樣式的制約，又有基於本土文化和個人學識的再選擇與再創造，由此產生的思想體系的變異。日本大量譯介西書，並成為當時中國、臺灣易於接受的「東學」，雖然東學無一不從西學來，但二者如何溝通聯繫，並做適當的取捨，成為適合自己需求的新學（李漢如和日本人曾創立新學會，會員有一千五百人，主要介紹外國翻譯小說並出版刊物），則是研究日治臺灣翻譯之必要考量。

本文重點在於理解當時臺灣文壇對於世界文學的接受狀況，並試圖釐清臺灣青年在知識養成的過程中，從世界文學的接受上獲得怎樣的養分？殖民地臺灣語言使用現象的駁雜，在文學翻譯的過程中被如何呈現與表達？文學翻譯者所扮演的「中介」角色所發揮的「看門人」之作用，在特定作品的引介與否之間，所透露出來的權力關係。以臺灣新文學運動為例，在其推展之

---

5 不著撰者：〈臺秀錄　縉紳紀實（其八）〉，《臺灣日日新報》，1898年10月23日，第5版。

6 此處「漢譯」不包括「臺譯」。1885年（光緒11年）由英國長老教會巴克禮牧師（Rev. Thomas Barclay）在臺南創辦的《臺灣府城教會報》之中，便曾刊載不少臺譯文學作品。以上參顧敏耀未刊稿。

7 目前皆已收錄於「臺灣白話字文獻館」（http://www.tcll.ntnu.edu.tw/pojbh/script/index.htm）。

初，其實是有著標榜中文書寫、以小說為主、以寫實主義精神為依歸的本質。因此，臺灣新文學運動所進行的文學翻譯或轉載，也必然符合此象徵秩序。不過必須理解的是，此等象徵秩序只存在於臺灣新文學運動這個場域之內，在此之外，不同的語言、文類、主題都獲得了不同程度的取捨。例如以「白話字臺灣話文」進行文學翻譯的《臺灣府城教會報》、以「漢字臺灣話文」進行文學翻譯的小野西洲與東方孝義等《語苑》集團、以文言文進行文學翻譯的魏清德、李逸濤、謝雪漁、蔡啟華、許寶亭等傳統文人、以及以日文進行文學翻譯的村上骨仙、石濱三男、南次夫、西川滿、矢野峰人、島田謹二、中里正一、上田敏、西田正一、中尾德藏、根津令一等日人作家或曾石火、翁鬧等臺人作家，以中國白話文翻譯的李萬居、劉吶鷗、張我軍、林荊南、黃淑黛、湘蘋、楊雲萍、洪炎秋等，對於文類與主題都有不同的傾好。這當然與各立場知識分子自身的文化資本的積累以及其性情傾向有絕對的關係。這多語情形也呈現了翻譯是不同文化之間的「協商」過程，在同一個語境內進行文化協商必然是殖民地臺灣這個「多語的」社會所必然面對的現象與難題，但也是日治時期臺灣文學翻譯語言之多種的必然現象。

臺灣翻譯語言多種，當時的官方語言以及各級學校所推行使用的語言皆為日語、通曉日文的臺灣人日漸增多、許多經典性的歐美作品都已經有日譯本將，日譯本進入臺灣，還出現譯成淺近文言或是白話文之譯作，在一九三〇年代的譯文中，仍然可見使用文言文翻譯的情形，如《南音》XYZ 翻譯了英國 Goldsworthy Lowes Dickinson 的〈戰爭與避戰〉。或像吳裕溫〈阿里山遊記〉，將漢語文言文直接改譯成日文，保留許多文言文之痕跡，又如「與謝野晶子」從古代日文翻成近代日文，「新譯紫式部日記」即是。或將語體譯文直接據此增刪，或略去或增飾，不一而足。他如臺灣譯本將文言文翻譯為語體文，如簡進發所譯〈無家的孤兒〉[8]，簡譯本並非直接從愛克脫．麥羅法文原著譯出，亦非自日譯本轉譯，而是根據包天笑文言譯本《苦兒流浪記》再「轉譯」為語體文（白話文），簡譯本對於包天笑譯作的承

---

8 刊《南方》1943年10月，包譯《苦兒流浪記》刊1912年7月至1914年的《教育雜誌》4卷4號至6卷12號（其中5卷3、7號，6卷1、5、7號未載）。

襲，其痕跡十分明顯。當時也有極多中文譯作自中國報刊書籍轉載（或改寫）引進臺灣。也有如《語苑》將中國古典文學作品翻譯成臺語漢字者，同時有些翻譯使用了臺灣話文翻譯，翻譯情況從文言文到白話文、臺灣話文及後來將中文、臺語翻譯為日文（日譯《臺灣歌謠集》），或者將日文劇本翻譯為臺語，或將《紅樓夢》、《西遊記》、《水滸傳》、《三國志演義》翻譯為日文，這種種轉折變化，正與時局改變，翻譯的意圖目的也隨之改變有關。

為便於考察臺灣翻譯文學的發展脈絡，本文將它分為三階段分期敘述。（一）臺灣翻譯文學的萌芽期（1895～1920）。（二）臺灣翻譯文學的發展期（1920～1937）。（三）臺灣翻譯文學的衰微期（1937～1945）。

二　臺灣翻譯文學的萌芽期（1895～1920）

臺灣初期之翻譯，多由日人初登舞臺（臺灣新報），以日譯稿／中國文獻、歷史小說之翻譯改寫為主。在〈本刊 譯書善鄰〉[9]上，說明了翻譯的情況：

> 我國文士。學邦文與漢文洋文者。今度將善鄰協會。議改作善鄰譯書館。其發起創立之旨趣。在導清國以開拓文明。贊清國以保全權勢。而即以維持東洋平和大局也。故凡書冊足啟發人智者。如泰西有用之書。曾經譯述供我國民讀之。茲急宜更譯漢文。輸入清國。以便清國人士閱購。又依我國三十年間。及將來有用之書。胥譯漢文。為輸入清國地步此種籌畫。經於前月廿三日。開會決議以外又有要議四條。一將譯述之書，必經從事選定。二上海地方，宜設置印刷所。三請清政府保護板權，俾免翻刻滋謬。四請我國政府，保護一切事宜也。持其議者。文學博士。則重野安繹。元良勇次郎。星野恒。井上哲次郎四氏東宮侍講。三嶋毅一代鴻儒根本通明。法律學博士則富井政章。華族女學校教諭土屋弘等諸氏也。

9 《臺灣日日新報》第178號，頁3，明治三十一（1898）年12月6日。

這則資料與探討日本的亞細亞主義有關，也與中國的翻譯史有密切關係，然而中國翻譯史論著從未提起或連結思考，日本學者狹間直樹〈日本的亞細亞主義與善鄰譯書館〉一文首先提出來，該文極具參考價值。不過，他所使用的文獻年代有些還比《臺灣日日新報》上所刊載的晚，有些推論則可以《臺灣日日新報》所刊直接證實。翻譯之被重視，以此可見端倪，此時相關之譯作，如〈喬太守〉[10]記作者「安全」某日見到某臺灣人邊看小說邊笑，於是借來此書回家閱讀，因覺得和眼中所見的臺灣人極為相似，於是興起翻譯的念頭，希望能不失性情與風俗地翻譯此篇小說（此小說原題為「喬太守亂點鴛鴦譜」）。初時多為日人之譯作，或漢譯或和譯，二者並見。故三溪居士之〈譯述 詞苑／源氏篝木卷〉[11]提到紫氏部《源氏物語》其中一卷，前言云：

> 紫氏部，本朝三才媛之一也，所著《源語》五十四帖，雖率多浮靡之詞，而寄託深遠，訓戒其存，宜千百載之後學者，推以為一大奇書也。故菊池三溪翁嘗以漢文譯之，其措詞之富麗，使人驚心動魄。茲錄篝木卷一帖，蓋篇中出色文字也。讀者嘗一臠之肉，亦足以知全鼎之味與。（標點為筆者所加）

又如赤髮天狗〈桃花扇〉即為讀者消暑，特翻譯明末英俊侯雪苑之傳奇，又如梅陰子（伊能嘉矩）的藍鹿州（即「藍鼎元」）〈臺灣中興の為政家〉[12]，即中國文獻之翻譯改寫。小說內容總是先引用一段中文文稿，再加以闡述介紹，似引用野史文獻重寫／改寫的歷史敘事小說。也有像黑風兒所譯，介紹托爾斯泰不只是俄國奇矯的大詩人，也是世界上傑出的人物，因此特翻譯最近ロング氏寫的「評論之評論」，藉以窺看其思想及活動。尚有來城小隱《鄭成功》，是一部翻譯、引用文獻撰寫的臺灣歷史小說，並於文中寫道

10 《臺灣日日新報》第453號，頁11～12，明治三十二（1899）年11月3日。
11 《臺灣日日新報》第801號，頁13，明治三十四（1901）年1月1日。
12 《臺灣日日新報》第531號，頁1，明治三十三（1900）年2月10日。

「引用書目如左：御批歷代通鑑揖覽 聖安皇帝本記行在陽秋 兩廣記略／賜姓始末東明聞見錄／吳耿尚孔四王全傳粵遊見聞／烈皇小識 嘉定屠城記略／海外異傳 鄭將軍成功傳碑／鄭將軍碑 鄰交徵書／元明清史略澎湖廳志／淡水廳志 臺灣外記／鄭成功 臺灣志／史料通信叢誌大清三朝事略／鄭延平事略 臺灣史料……等等。」

這時期譯作早期多為日本文人之譯介，之後本土文人譯作方登場。如李逸濤、謝雪漁、魏清德[13]等傳統文人的翻譯，以上現象說明了日治時期的臺灣處於一個全球化新興的文化場域，各式文本和文化移植轉手進入臺灣文學場域，對於當時文化論述的衝擊有著深刻的影響。而傳統文人亦通過日文建構他們對於域外世界的想像，在翻譯與摹寫的過程中，可見其文化觀及知識養成背景。如從李逸濤所翻譯的《袁世凱》傳展開研究，可見李氏翻譯袁世凱逐漸成為「親日主義者」此一認同的轉變，其翻譯撰述目的乃是在強化袁世凱對日本軍事武力的高度認同，並且將袁世凱塑造為與現代脈動相聯結的改革者形象，這除了顯示出日本殖民主義和帝國主義發展過程中往往透過「再現」來加深中國之刻板印象，因而成為「落後中國」與「文明開化之日本」的對比，一方面也創造出一套日本地位優越的策略，將日本與西方文明接合，形塑出先進的日本代表西方近代文明的優越性。另外也指出日本重視東洋文明，並且處於與中國人種、文字與宗教同一性的亞洲，這種以日本為本位的東洋文明論述，隱含有大東亞共榮圈的雛形，以此鞏固日本在東亞的領導地位，這樣的翻譯實踐對中國此一異域文化的再現，同時對中國的翻譯也建構了殖民地臺灣特殊的認同形式，呈現出文化翻譯之間多元而重層的影響，及文化翻譯中與文化再生產與文化身分塑造有關的重要議題。

基本上李逸濤此篇之譯作尚忠實於原作，但此時期的譯作，實則譯述、

---

13 魏清德、謝雪漁等傳統文人曾習日文，較早地進行了日文中譯的文學活動。如謝雪漁在《漢文臺灣日日新報》的〈陣中奇緣〉、〈靈龜報恩〉，魏清德的日本〈赤穗義士菅谷半之丞〉，魏氏在《臺灣日日新報》及《漢文臺灣日日新報》上撰寫、譯寫了二十餘篇漢文通俗小說。

譯意、演述、演義、衍義為多，日治初期文人對於「翻譯」一詞，也有相當清楚的體會，在一篇〈譯文不如譯意〉一文中說：

> 邦文之與漢文，第就文字上觀之，其意義有時似相去不遠。至句法之順逆，字眼之安放，虛字之轉接，其法有大相懸殊者。何則？世界之文字，莫不各因其方言，言語之不同，斯文字文法亦因之而差異。不待論矣。第以文字畧同，而運用見解亦隨而各異者，又未始非方言有以致之也。顧用邦語與漢語較，邦語所先發者，漢語後之，漢語在上句者，邦語下之，其同為是言也，同此意也，而先後上下已各相反。且俗語口頭禪。亦有此有彼無之分，此運用見解之所以不同也，乃世之譯者，就邦文所譯之漢文，篇中每有漢文所無之字眼，罕見之文法句法，牽強之轉接，紛亂剁雜乎其間，于此而欲求千人共喻，一目了然，不亦難乎？即有一二深通漢文文法者，亦狃于時俗，習焉不察，甚至降格求合，潦草闒茸，推原其故，蓋恐意譯有違背乎邦文之義，不如直譯以求無過，且易為力耳，不知欲求無過，而過反因是而滋深。如訓令規則，關係于行政法律上諸大端，不善譯者恒囫圇呑棗，且顛倒參差，致閱者或誤會，或難解，因而遟行者悖謬，闕疑者失機，誤人一至於此，其過豈鮮淺哉？夫譯文之道，祗求意義相符，旨趣明晰耳，如必強邦文與漢文之文法，順序一致，是將戕賊杞柳而以為桮棬，其意旨因之而愈漓愈晦矣，苟能將邦文之意旨体會了當，然後認定漢文之文法以譯出之，雖文法判和漢之別，而意旨無毫釐之差，于句法字眼轉接間（原作閒），漢文所有者有之，漢文應無者無之，無庸依樣，不失廬山，縱云出藍，自成粉本，下筆無挂漏杜撰之患，閱者無晦悶蒙蔽之虞，斯譯文之能事畢矣，吾因而斷之曰，直譯者不如意譯之為愈也，司是事

者，苟以蒭蕘為可採，于譯文一道，未必無小補云。[14]（標點為筆者所加）

可知在翻譯的過程中，原意絕不可能與譯意完全相同，只能按譯者理解的方式來做翻譯。傳統文人在進行文學翻譯時，對於筆下的文字究竟是屬於譯作、擬作、或摹寫，常常沒有清晰的界定。若是譯作，往往不見「翻譯」字樣。若是擬作（imitation，或稱譯述），則類似於林譯小說（晚清林紓所譯之小說），也是廣義的譯作，但不同於林紓將其擬作作品視為「譯作」，臺灣的傳統文人則往往不加上「翻譯」字樣，例如李逸濤改寫朝鮮名著〈春香傳〉、以及魏清德譯述日本故事〈赤穗義士菅谷半之丞〉、〈塚原左門〉、〈寶藏院名鎗〉、〈塚原卜傳〉等皆是如此。若是摹寫，則與文學翻譯的定義有段差距，例如魏清德的〈齒痕〉（1918）與〈百年夫婦〉（1925）。這類的摹寫作品雖非譯作，但在受西方文學影響的研究議題上，亦是不容忽視的題材。由於報刊篇幅所限，加上傳統文人多缺乏西方語言能力，需仰賴中、日文譯本，如魏清德因接受日本新式教育而熟諳日文，在和漢文的翻譯也受到尊重，但其〈南清遊覽紀錄〉（十三）中提到：「……沿途多設備種種，余管見又於英文不精，故不能識。……」其英文不精，因此無法對原作「直譯」，只能將已譯的中文或日文譯本再「意譯」，且往往是摘錄式的意譯。

其翻譯情況尚可以蔡啟華譯〈小人島誌〉[15]為例，此文即 Jonathan Swift 原作《格列佛遊記》（*Gulliver's Travels*, 1726）四個章節之一，故事中的主角 Gulliver 譯為「涯里覓」，與今日習見的「格列佛」或「格里佛」相距甚遠，其實也是日語譯音「ガリヴァー」或「ガリバー」再轉成臺語漢字[16]。文中還有一段描述：「嘗考小人島，名曰リヽブウト，國之縱橫，十有二里，國中最繁盛都會者，曰ミルレンド都」，這當然是未及將片假名改為漢字的更為明顯之轉譯痕跡。

14 《臺灣日日新報》第2205號，頁2，1905年9月6日。

15 見《臺灣教育會雜誌》第91～94號，1909年10月25日～1910年1月25日。

16 「覓」字在臺語有多種讀音，其中之一為〔bā〕，與「ヴァー」相似。

至於翻譯作者之不詳亦累見，可分為三種情況：其一，全無署名。其二，以中文或以日文片假名擬音的方式署名，其原名不詳。其三，已可由中文或以日文片假名擬音追溯其原名，但也許是較不知名的作家，其人不詳。譯者的不詳，亦可分為三種情況：其一，全無署名。其二，使用筆名，原名不詳。其三，使用原名，其人不詳。作者與譯者的身分，決定了文學翻譯究竟是從何而譯、為何而譯、為誰而譯這種種的問題。不署名原作者或譯者的情況極多，這類中譯本多出自中國報刊書籍，臺灣轉錄時未做任何的交代，如刊登《臺灣日日新報》上的〈女露兵〉、〈旅順勇士〉（原題〈旅順土牢之勇士〉），出自王瀛州編《愛國英雄小史（下編）》（上海交通圖書館一九一八年版）〈女露兵〉、〈旅順土牢之勇士〉原作者分別是龍水齋貞一、押川春浪，皆為湯紅紱女士譯。改寫之後，將譯者姓名改署他人者，如一九〇六年六月五日在《漢文臺灣日日新報》刊載了署名「觀潮」翻譯的〈丹麥太子〉，這是莎士比亞作品在臺灣譯介史上的極為早期的紀錄[17]。其最源頭的文本即為英國作家莎士比亞的著名作品《哈姆雷特》（*Hamlet*，或譯《王子復仇記》），但是卻非臺人自譯，而是略加改寫了林紓與魏易同譯《吟邊燕語．鬼詔》之些微字句而已[18]。林譯也不是從莎翁劇本直接譯來，其來源文本則是英國作家查爾斯．蘭姆與其胞姐瑪麗．蘭姆（Charles and Mary Lamb）共同改寫的《莎士比亞戲劇故事集》（*Tales from Shakespeare*，或譯為《莎士比亞故事》、《莎氏樂府本事》）[19]，在漢譯之前業已歷經了改寫以及「變體」（由戲劇變成小說）的過程。這種情形多發生於傳統文人的譯作上，發生於萌芽期（1895～1920）。

由於譯家不多，多數文言譯作轉錄自中國報刊（前述），如不才意譯〈寄生樹〉、何卜臣意譯〈借馬難〉、梅郎、可可譯《大陸報》的〈滑稽之皇

17 關於莎士比亞在臺灣，戰後不僅有梁實秋以流暢的文筆完整譯出全集，還有被改編為歌仔戲《彼岸花》（來源文本為“*Romeo and Juliet*”）以及京劇《慾望城國》（來源文本為“*Macbeth*”）等。

18 筆者：〈少潮、觀潮、儀、耐儂、拾遺是誰？——《臺灣日日新報》作者考證〉，《臺灣文學學報》第19期（2011年12月），頁1～34。

19 周兆祥：《《哈姆雷特》研究》（香港：中文大學出版社，1981年），頁6。

帝〉，曙峰譯〈滑稽審判官〉、（程）小青譯〈愛河一波〉、碧梧譯述〈騙術奇談〉、〈疆場情史〉、井水譯〈二萬磅之世界名畫〉、囂囂生譯述瑣尾生潤辭〈排崙君子〉及中覺一意譯〈偵探小說：梅倫奎復讐案（復朗克偵探案之二）〉（易題作〈孝子復仇〉）等等。轉錄之風迄日治結束一直風行不輟，這是值得留意的特殊現象。

翻譯引進的大量外國作品中，文學名作等純文學作品的譯介尚屬少數，占主要地位的還是一般觀念上的所謂通俗文學，其中尤以偵探小說數量最多，影響也最大[20]。其目的在於輸入文明借鑑其思想意義，同時有消費娛樂及市場商業利益之考量。透過翻譯的閱讀自然展現了時人對現代情境的想像和渴慕。同時此時的文學翻譯較無系統可言，甚至沒有署名原作者，使得文學翻譯行為似乎只重視文本的「審美因素」，至於作者的「心理因素」與創作背景的「文化因素」則相對受到漠視。總體而言，萌芽期（1895～1920）的文學翻譯往往有隱身的現象，且以意譯及譯述（譯介）為主要方式，譯者主要遵從的不是逐字逐句的直譯方式，而是撮其大要，因此「譯述」還可理解為譯者就原文的內容重新復述。譯者都不是亦步亦趨、字斟句酌地緊隨原作。譯者經常鋪張敷衍，或者刪節原作的冗贅部分以使譯作的情節發展更加緊湊。

三　臺灣翻譯文學的發展期（1920～1937）

討論此期之翻譯與臺灣新文學創作之關係，先理解中國短篇小說在經歷了古典形式的衰落之後，旋即在晚清時期又開始了新內容、新形式的努力探索。這其中的內在動因自然是晚清動盪的社會現實對作家思想情感的有力觸動以及由此引發的表達需求有關，臺灣早期的傳統通俗小說在一九二〇年代被批評，即因殖民下的各式問題已不是此前筆記、傳奇的小說格局能容納表述的，小說家必須在原來的文學傳統上有所突破和創新。而域外小說譯作的某些新形式和表現技巧，對此時短篇創作的革新有所啟發和幫助，特別是那

20　《智鬥》發表於一九二三年《臺南新報》，改寫底本是 Maurice Leblanc 的《Aresene Lupin Versus Herlock Sholmes》。譯寫過程尤其是在地化的改裝。

些偵探小說設計精巧、匠心獨具的情節，思維縝密、膽識過人的偵探形象，都能彌補傳統小說的空缺和不足。因而賴和小說〈惹事〉，不免有著偵探推理的情節以推動敷衍故事。臺灣新文學（小說）的興起，正與轉介中、日小說、譯作有相當程度的關聯，尤其是中國方面的引介。第二階段的翻譯文學在臺灣民報系統（從《臺灣青年》、《臺灣》始）[21]轉載了不少中國作家如魯迅、周作人、胡適、張資平等人的翻譯或是創作。力倡白話文的張我軍，在不遺餘力地介紹當時中國大陸新文學的「文學理念」之餘，也寫過《文藝上的諸主義》，向臺灣介紹歐亞兩百年來的文藝思潮。通過翻譯小說（《臺灣民報》刊過都德的《最後的一課》、莫泊桑的《二漁夫》、愛羅先珂的《狹的籠》）引介西方文學。在翻譯作品方面有王敏川翻譯多篇日本《大阪朝日新聞》、《滿州日報》的文章；王鍾麟翻譯羅素對於中國問題的看法；林資梧翻譯傑克倫敦的短篇小說；黃郭佩雲翻譯賀川豐彥的〈兩個太陽輝耀的臺灣〉等多篇關於西方與日本的文學作品。及黃朝琴翻譯英國凡爾登的〈初步經濟學〉（一卷二號起連載）；蔣渭水翻譯《大阪朝日新聞》、《大阪每日新聞》、《萬朝新聞》社說、《讀賣新聞》社說等等日本重要報紙的社論；陳逢源翻譯〈大亞細亞同盟在脅威分裂的歐洲〉（第六九號）、羅素的〈公開思想與公開宣傳〉；連溫卿翻譯〈蘇維埃與教育〉等左傾作品，並介紹世界語；張我軍將山川均一九二六年完成的『植民政策下の臺灣』論文翻譯成『弱小民族的悲哀』，刊在《臺灣民報》上[22]。李萬居留法，在上海展開其文藝、政治的活動，翻譯法國作家的作品及一些政論譯著等，其選材眼光獨到，所譯文學作品之藝術性皆極高，具有世界文學的視野。

此期特別需留意的是關於轉載者與譯者主體性的體現。中國在一九四五

---

21 《臺灣》自一九二二年四月十日發行開始，發行至一九二三年十月止。

22 鄧慧恩博士的碩博士論文，對於臺灣民報的翻譯及世界語的研究，值得讀者留意關注。本文參考了她的相關著作，同時感謝她惠贈大作。有關世界語的翻譯，本套書亦選取若干作品。相關研究還可以參考呂美親系列著作，如〈日本時代台灣世界語運動的展開與連溫卿〉、〈《La Verda Ombro》、《La Formoso》，及其他戰前在臺灣發行的世界語刊物〉、〈關於連溫卿的〈台灣原住民傳說〉〉。以及中研院李依陵〈從語言統一實踐普世理想——日治時期臺灣世界語運動文獻〉，網址 http://archives.ith.sinica.edu.tw/collections_list_02.php?no=26

年以前所產生的漢譯文學作品不勝枚舉，臺灣日治時期報刊的編輯如何從中揀擇轉載？日譯文學作品與日本自身的文學創作更是琳瑯滿目，臺灣譯家又以怎樣的動機與標準來挑選翻譯？此中因素頗多，略可區分為二：首先是內在的「文本變數」(text variable)，包括譯者對於語言的掌握能力、文本本身的吸引力等，這在前文已經有相關論述。其次則是外在的「語境變數」(context variable)，包括任何與翻譯活動相關的社會文化因素，如政治局勢、外交格局以及文藝動向等[23]，透過後者的考察往往更能看出編者與譯者在翻譯過程當中所體現的主體性以及與時代背景之間的關聯性。例如《臺灣民報》之所以在一九二三年轉載胡適譯作〈最後一課〉的原因，與胡適翻譯這篇作品到中國的原因相似，都是有意藉此激發人民的民族情操——小說中描寫了法國因為在普法戰爭中敗績，阿色司省必需被割讓出去，當地的小學被迫要放棄教授法文。故事透過一名小男孩的眼光來描寫，更讓人體會到其中的悲憤與無奈。胡適本身就是庚子賠款公費留學，對此感受更深，也希望當時處於列強環伺的中國人民能夠有所覺醒[24]。臺灣當時的處境與小說場景更為相符：都是戰爭失敗被割讓出去的地方、學校語文教育都必需改為以新統治者語文為主要內容、民眾都感到悲憤交加而無力回天，想必當時的臺灣讀者讀後也會感到心有戚戚焉[25]。

同樣轉載於《臺灣民報》的胡適譯作還有刊於一九二四年的吉百齡原作〈百愁門〉以及莫泊桑原作〈二漁夫〉。前者的譯者小序云：「吾國中鴉片之毒深且久矣，今幸有斬除之際會，讀此西方文豪之煙鬼寫生，當亦啞然而笑，瞿然自失乎？」，日治時期臺灣一樣有不少鴉片吸食者，統治當局更藉

23 李晶：《當代中國翻譯考察（1966～1976）——「後現代」文化研究視域》（天津市：南開大學出版社，2008年），頁29。

24 趙亞宏、于林楓：〈論胡適對新文學翻譯種子的培植——從翻譯《柏林之圍》與《最後一課》看其文學翻譯觀〉，《通化師範學院學報》第31卷5期（2010年5月），頁41。

25 〈最後一課〉在戰後臺灣的國文教科書中也被選錄為課文，同樣也是站在宣導愛國觀念的立場，然而十分反諷的的是：小說中的人民被迫放棄在學校傳授自己的語文的描述，與當時臺灣的福佬、客家、原住民無法在教育場域學習自身母語的情況，其實也若合符節。

由鴉片專賣以賺取龐大稅收[26]，編輯應該也有想要藉由此篇以喚醒臺灣讀者之用意。〈二漁夫〉（今譯〈兩個朋友〉）則是描寫普法戰爭（1870～1871）期間，巴黎被普軍包圍，兩個法國人難耐愁悶，相約前往市郊釣魚，結果被普軍抓走，因為不肯透露法軍當天哨卡的口令，慘遭槍決。這篇與〈最後一課〉相同，在中國的接受史上也被視為具有濃厚的愛國主義思想，屢次被選入中學教科書中[27]。至於〈二漁夫〉在日治時期臺灣的時代脈絡中獲得轉載的緣故，應該是想要提醒臺人認清一項事實：相異民族或國家之間的鬥爭是十分殘酷的，甚至連一般民眾也會遭到無情的殺戮。對照日治前期的漢人抗日活動遭到慘酷鎮壓之情形[28]，洵然如是。

而在「多元文化主義」的催化下，《臺灣民報》轉載魯迅翻譯的俄國盲作家愛羅先珂的童話作品，〈魚的悲哀〉、〈狹的籠〉，在日治時期這樣特殊的時空，以中文呈現俄國作家的童話作品，這在臺灣兒童文學發展史上是件罕見的事，而轉載之動機目的尤耐人思索。表面上似乎透過中國作家介紹俄國作家的童話作品，實質上是透過作品傳達訊息，希望臺灣人能夠凝聚文化抗日的民族情結，灌輸臺灣人敵愾同仇的民族意識。「文化抗日」的意識型態隱藏在兒童文學作品之後，這中間夾雜著臺、日、中、俄等國家地區複雜的多元文化，在臺灣兒童文學發展史上的確是一種別開生面的特殊文化現象[29]。

---

26 陳小沖：《日本殖民統治臺灣五十年史》（北京市：社會科學文獻出版社，2005年），頁148～149。

27 劉洪濤：《二十世紀中國文學的世界視野》（臺北市：秀威資訊科技公司，2010年），頁73。

28 例如最後一次漢人大規模武裝抗日活動，史稱「噍吧哖事件」或「西來庵事件」（1915年），軍事鎮壓期間可能有屠村行為，事後有千餘人遭逮捕，其中八百餘人獲判死刑，最後真正處死近百人，其餘改判無期徒刑。見李筱峰：《臺灣史100件大事．上》（臺北市：玉山社，1999年），頁122～124。

29 此段解讀普遍見諸目前學界研究論點，提出者有鄧慧恩、邱各容等人。事實上，翻譯外國著名童話寓言故事用以教育兒童，甚至也適合成年人閱讀的觀點，在當時極為普遍。童話、寓言所寄寓的深刻思想，在殖民統治下有其方便之處，不致動輒得咎遭食割命運。此外，漢字臺灣語譯文學《伊索寓言》的〈狐狸與烏鴉〉、〈螻蟻報恩〉、〈皆不著〉（父子騎驢）、〈諷語〉（旅人與熊）（凸鼠）（老鼠開會）、〈不自量龜〉（烏龜與老鷹）、〈欺人自欺〉（狐狸與鶴）、〈兔の悟〉（兔與青此時的文學翻譯與文學運動的進行產生了緊密的結合，所以系統性明顯強烈許多。此時的臺灣文壇出現兩支重要的文學翻譯路線，其一是集中在中文部分的文學翻譯，主要刊載於《臺灣民報》、《人人》、《南音》、《フォルモサ》、《先發部隊》、《第一線》、《臺灣文藝》、《臺灣新文學》等刊物，其文學翻譯的目的是為了新文學運動的推動，希望透過世界文學的養分，讓方興未艾的臺灣文學創作能在「美學」與「形式」上能獲得一舉兩得的成長。世界文學之「美學」洗禮固然是文學翻譯的動機之一，然而「形式」的洗禮甚至可以說是更重要的理由。我們知道，中國五四新文學運動本質上就是一種西化運動，而模仿了五四新文學運動的臺灣新文學運動，其西化的本質自不待言。五四新文學運動不僅要創造以「為人生而文學」為美學判準的「人的文學」（周作人語），更重要的是要創要依種脫離貴族文學桎梏與文言八股窠臼的新文體，此即胡適、陳獨秀等人發起文學革命的初衷。就這樣，外國文學的「形式結構」成為中國文壇模仿的對象。然而，模仿中國新文學的臺灣新文學，在這個層面上考慮得更多。

臺灣新文學不僅要模仿外國文學的「形式結構」，它更要模仿中國文壇翻譯外國文學時所使用的「白話文」，因此當時臺灣文壇轉載了相當多中國文壇對於世界文學的翻譯，就是為了要在「美學」、「形式」與「白話文範本」的模仿上畢其功於一役。因此，中文部分的文學翻譯實與臺灣新文學運動的發展互為表裡。可以說翻譯文學（外國文學）的引進，對臺灣新文學的影響是無庸置疑的，我們在很多著作中可以看到痕跡。如學界多言楊華詩作受泰戈爾、日本俳句的影響，但並未展開進一步的探討[30]。愚意以為日治傳統文人受泰戈爾影響應是不可忽視的，楊華本身新舊文學兼具，在當時風潮

蛙）、〈弄巧成拙〉（下金蛋的母雞）、〈譽騙〉（狐狸與烏鴉）、〈鳥鼠報恩〉（獅子與老鼠）、〈螻蟻報恩情〉、〈金卵〉、〈田舍鼠と都會鼠〉等，都可列入兒童文學，不過當時以此提供日人警察學習臺語之用。在《臺南新報》的兒童文學譯作也非常多，其中有一部份還是「世界小學讀本物語」，多由天野一郎翻譯，此部分材料提供了世界語翻譯的現象，在臺灣、日本、中國有相互流通的現象，如《臺灣民報》連溫卿之譯作。

30 我的學生許舜傑二〇一三年十月時於本系敘事學會議，發表了楊華詩作其中沿襲中國詩人詩作的論文，也是篇力作。

下，他極有可能讀了不少泰戈爾詩作。泰戈爾《飛鳥集》第八十二首：「使生如夏花之絢爛，／死如秋葉之靜美。」楊華《晨光集》第三十首：「生——／是絢爛的夏花，／死——／是憔悴的落花。」二者意象近似。傳統文人對泰戈爾的介紹不遺餘力。如一九二四年林佛國在《臺灣詩報》創刊號提到印度泰古俞，勉勵臺灣詩人頌其詩，關心社會，改造時勢。連横在《臺灣詩薈》也曾刊登《佛化新青年》雜誌的廣告，內有多篇與泰戈爾相關的論述，而在《臺灣文藝叢誌》、《三六九小報》上都有刊載泰戈爾的相關材料，蘇維霖在《臺灣民報》也發表了〈來華之印度詩人太戈爾〉，凡此種種，實在可據此建構泰戈爾在臺灣的發展史，理解他對臺灣文壇的影響。

此外，臺灣日治時期的知識階層當中，同情無產階級、反抗階級壓迫、宣揚社會主義的左翼思想亦曾風靡一時，尤其是在一九二〇年代最為盛行，農民運動與工人運動此起彼落，直到一九三七年日本對華戰爭爆發之後才被強力的壓制下來[31]，這樣的時代風潮亦或隱或顯的呈現在當時許多漢譯文學作品之中。一九三四年時，郭秋生就認為臺灣新文學運動應有熱烈的生命力，並以楊浩然[32]翻譯的北村壽夫〈縹緻的尼姑〉這篇歌頌勞動、帶有社會主義色彩的小說作為範例。〈標緻的尼姑〉[33]藉由一個受雇到寺廟裡作粗工的年輕人說出對於勞動本身的反思、讚揚與歌頌：「你們底三餐是誰供給的？誰給你們吃飯？你們終日所幹何事？你們不是無事忙，而且吃白飯嗎？不是不勞而食嗎？……我雖然窮困，但窮困不是恥辱。我天天出汗勞動，這是人類底義務。我不願依靠他人，用自已的力維持自已底生活。哈！這樣可說是不幸嗎？可以說不幸福嗎？唉！你們都是不知勞苦的天使！但是勞你想一想，把你們底生活想一想，那時候，你就要來求我救你了」，這對於受到

---

31 蘇世昌：《1920～1937臺灣新知識份子思想風貌研究》（新竹市：清華大學中文研究所博士論文，2009年），頁335。

32 此外，有關劉吶鷗在上海引進的新感覺派，如就楊浩然譯作觀之，他在上海同文書院讀書，後轉到暨南大學中國文學系。在暨大就讀期間，加入「秋野社」，是日語翻譯高手，《秋野》每期必刊其譯作，橫光利一、片岡鐵兵和川端康成的一些短篇就在當時開始登陸中國，楊浩然可謂「新感覺派」在中國最早引介者之一。

33 刊於《臺灣民報》，第260、261號，1929年5月12、19日。

儒教封建觀念影響而仍舊認為士人是四民之首、「勞心者治人，勞力者治於人」的傳統臺灣讀者而言，應頗具當頭棒喝之效。此外松田解子〈礦坑姑娘〉寫礦坑姑娘梅蕙在她到礦坑裡做工時，被色鬼主任強姦一事。梅蕙憤激自殺，工人們群起而自謀解放。篇末傳單上的「我們需要有團結的有組織的力！」「我們要用力來鬥爭！打倒擁護資本主義的黨！」「他們要加入我們的真摯的團體裡面來共同奮鬥！」三個口號，可以很明白看出，資本主義高漲的結果，不但資本家藉著經濟來壓榨被壓迫者，還要藉著他的地位來蹂躪女性。張資平譯的山田清三郎〈難堪的苦悶〉，寫「我」對於因「饑餓與病苦」而自殺的 K 君的回憶。K 君是位隻身漂泊的革命青年，以發散鼓吹軍隊赤化的宣傳標語的罪名而入獄。一年後出獄了，但是「心臟和肺部發生了毛病」，他沒有托身之所，只得跑到「我」家來。「我」是這樣主張的人：「沒有參加實際運動的人，應該援助因為參加過實際運動而失敗受罪的人。」「我」收容了他。可是「我」因著「生活的壓迫」，稿件被退回，經濟也有問題，「我」很客氣的得著 K 的許可，把 K 逐出去了。但僅僅兩個月，K 竟因「饑餓與病苦」自殺了，這引起「我」無限的內疚和衝突，構成了「我」的「難堪的苦悶」。「我」逐出 K 君，是為妻所逼，妻逼迫的起源卻是由於米店、菜店拒絕他們的賒欠，他們沒有法子得以維生。所以「我」一面內疚又一面衝突、矛盾。「我」把這一切的錯誤，歸結到「完全是制度不良的結果，組織不良的結果」。「我」一面憐憫 K 君的死亡，一面拼命的自責。「我」終於感到另一種悲哀，「自然而然的叫了」起來：「我要怎樣去解決自己呢?!」這一喊叫，形成全篇所留下的一個沒有解決的問題。這一種「難堪的苦悶」不是 K 君一人所有，這一種無法兩全的悲哀依舊的瀰漫在我們各個人的心胸。然而有什麼辦法呢？──在這樣的制度的人間。這篇譯作代表當時部分革命者的苦悶與衝突。在日本是如此，在中國、在臺灣也是如此。這幾篇譯作均是從中國轉錄刊登，可見當時臺灣知識分子關心的議題。因此簡進發於《臺灣新民報》發表中篇小說〈革兒〉(1933)，便以知識青年「革兒」為中心，描繪臺灣社會的赤貧化、批判日本資本主義擴張及隨之而來「九一八」侵略戰爭，以及因階級門第的懸殊造成感情路上挫折等現象。面對這些問題，〈革兒〉皆以馬克思主義的觀點闡述，並透露出嚮往蘇維埃政權、以馬克思主義作為出路的個人選擇。此作批判「九一八」侵略戰爭一事，是當時臺灣左翼小說中相當罕見的主題[34]。

還有李萬居譯 Josef Halecki 原作〈鄉村中的鎗聲〉，描寫地主與官府對於貧農的壓迫與掠奪，甚至開槍打死了意圖反抗的農民，牧師竟然還在葬禮中說這是「上帝的意旨」云云，結果有一位鄉民高聲反駁：「鄉民們，我來跟你們講，並不是上帝在責罰你們。這三個人被害，並不是因為他們犯罪，乃是因為他們擁護自身的利益和身體。這樣，在官府的眼中看來就是罪人了。人家殺害他們，因為他們窮的緣故！」、「因為他們的壓迫，我們餓死了。他們拉去我們的母牛和僅有的馬匹。既沒有同情，又沒有人心。如果我們自衛，他們就把我們當做狂狗一樣的射擊，或把我們當作強盜監禁。為什麼他們不監禁那些偷我們東西的大地主！因為有他們保護，強盜不偷強盜的東西。」這同樣表現出對於被壓迫者的同情，甚至還揭露了宗教本身的欺騙性以及成為階級壓迫共犯的常見惡行。至於刊登於社會主義刊物《赤道》與《明日》的葉靈鳳（筆名曇華）譯〈新俄詩選〉、黃天海（筆名孤魂）譯〈是社會嗎？還是監獄嗎？〉、〈無益之花〉，其左翼色彩之濃厚自不待言。

此期亦見朝鮮作家之譯作，提供了跨國譯本之比較，深入掌握東亞各國流通影響之情況，以《自助論》為例。朝鮮作家朴潤元曾於《臺灣文藝叢誌》發表譯作，由於今日《臺灣文藝叢誌》仍無法蒐羅完整，因此只能看到〈堅忍論（一）（二）〉與〈史前人類論（續）〉，當時發刊時，並未載明是譯作，而作家朴潤元相關資料，我們能掌握的也相當有限，今遍查各文獻，查得朴潤元還有三篇文章，即〈臺遊雜感〉、〈在臺灣生活的韓國兄弟的狀況〉、〈臺灣蕃族與朝鮮（上，中，下）〉，有助於釐清若干問題。刊載於《臺灣文藝叢誌》的〈堅忍論（二）〉是翻譯自崔南善《時文讀本》第三卷第十課與第十一課，而其來源出處為「《自助論》弁言」。比較《時文讀本》裡的〈堅忍論（上）〉與《臺灣文藝叢誌》裡的〈堅忍論（二）〉內容，可發現兩

34 〈革兒〉一段為趙勳達未刊稿。

者使用的漢字都是一致的，朴潤元在翻譯韓漢文混用的文章時，其漢字都是直接使用。

沿上所述，《臺灣文藝叢誌》除了刊載朴潤元譯作外，又刊登了為數不少的西學新知、中國歐美歷史文化介紹的譯文。如〈德國史略〉、〈亞美利加史〉、〈伍爾奇矣傳〉、〈俄國史略〉、〈支那近代文學一斑〉、〈中華之哲學〉、〈南宋文學〉、〈救貧叢談〉、〈現代經濟組織之陷落〉等，文學譯作則有〈愛國小說：不憾〉、〈神怪小說：鬼約〉等。可知當時譯介文章除從日文選取外，也直接從中國作家轉手進來。所刊著重新思潮的引介，以及社會經濟、救貧助窮、中西文明衝突、體育、美術發展等問題的譯介。

日治時期臺灣文學翻譯不只有漢文（以及臺灣話文），事實上，以當時的國語亦即日語為所進行的文學翻譯行為，更是文學翻譯界的主流，其數量遠勝於漢文文學翻譯作品。這可以西川滿為首的日文部分的文學翻譯路線說明。西川滿主張之「為藝術而藝術」的文學風格，顯然與臺灣新文學運動的主流思維大相逕庭。在《臺灣日日新報》與《媽祖》上，西川滿努力譯介法國的象徵主義詩風，影響所及，矢野峰人、島田謹二等人也在《翔風》[35]、《臺大文學》上承繼了此一文學翻譯路線。於是西川滿等人的文學翻譯，實與其主張的文學路線並無二致；簡言之，日文部分的文學翻譯與西川滿等人欲構築的文學路線實乃互為因果。

此時期的討論尤其值得留意深度翻譯的現象。文學作品有三個要素：審美因素、心理因素和文化因素。而「深度翻譯」便是充分翻譯並詮釋了文學作品的意境（審美因素）、心境（心理因素）與語境（文化因素），這也就是將翻譯文本加以歷史化與語境化，「以促使被文字遮蔽的意義與翻譯者的意圖相融合」。更有甚者，「深度翻譯」還會基於「作者已死」的「讀者反應理論」（reader-responsecriticism），提供一種超越作者對自身文本詮釋的詮釋。

35 臺北高校生的刊物《翔風》、《臺高》都有不少翻譯，此外尚未複刻的《杏》、《雲葉》，亦可見臺高學生透過翻譯文學的接觸，提升教養之途徑，可參津田勤子的研究議題：《台日菁英與戰前教養主義——以台北高校生《杏》《雲葉》雜誌為中心》。

在日治時期臺灣的文學翻譯上，一個關於「深度翻譯」的例證可由西川滿於一九二九年的譯詩〈理想〉來加以說明。

> 月圓天晴，
> 星光滿佈，大地慘白。
> 萬物之靈魂，現在天空上。
> 我只想著幸福的星星。
> 不被一般人所承認的那顆星，
> 但我知道那道光
> 發光到大地之盡頭，
> 讓後世人的靈魂，
> 激動澎湃。
> 啊！那一天，
> 這遙遠美麗的星星
> 發出光芒時，
> 在我後面的人們啊，請你們告訴星星吧！
> 你才是他的愛人矣。

Sully Prudhomme（1839～1907）作的詩。在先驅者的心裡所描繪的理想，在不被當時的風潮所接受之下，只好將自己所抱持的真理寄予後世的人們之手。這首詩是歌頌這樣的心情。將理想比喻為星星，是 Prudhomme 的心境，因此我想，我們也互相為了真正的教育，在很大的理想之下，進展下去。在翻譯之後，又詮釋作者的心境，以及譯者對作者的認同，實乃「深度翻譯」的最佳例證。Sully Prudhomme 是法國詩人，一九〇一年首屆諾貝爾文學獎得主，獲獎原因為「詩歌作品是高尚的理想主義、完美的藝術的代表，並且罕有地結合了心靈與智慧」。這首〈理想〉便完全體現了 Prudhomme 的理想主義，這是作者心境的表達。不過真正的重點不只在此，重要的是譯者西川滿藉由〈理想〉又想傳達何種心境呢？翻譯這首詩的一九二九年，西川滿正返日就讀於早稻田大學文學部，專攻法國文學，師承於吉江喬松、西條八十、山內義雄，因而養成浪漫且藝術至上的文藝美學。不過這樣的美學並非當時日本文壇的主流。當時最如日中天的文藝思潮，是普羅文學（無產階級文學）。日本自大正末期到昭和初期間（1921～1934），遭逢關東大地震（1923），以及全球性經濟大恐慌（1929）等不安因素，因而帶動普羅文學進入全盛期。當普羅文學日正當中時，當然也產生了若干追求「純粹的文學性」為主的文藝路線。其中又以「新感覺派」最為知名。最具代表的作家包括橫光利一和川端康成。《文藝時代》創刊號中，橫光利一著作的〈頭與腹〉的開頭寫道：「日正當中。特快車滿載著乘客，全速飛奔而去。沿途的小車站就像頑石般，完全被漠視了。」在談論新感覺派時，這段文字經常被引用，不過在當時文壇這卻是眾矢之的。

由此我們可以想見，同樣追求「為藝術而藝術」的西川滿面對社會上普遍質疑的聲浪，便以〈理想〉一詩明志，全然以不為時人所認可的美學「先鋒派」（avant-garde）自居，它的價值在越是遠離「大眾」（mass）的地方越是彰顯，追求文學自律（literary autonomy）的作家總是將迎合「大眾」品味的文化商品視為屈尊降貴。這是西川滿之文藝美學與文學路線的選擇，這樣的選擇也預告了西川滿日後的文學走向。一九三三年自早大畢業，恩師吉江喬松勸他回臺灣「為地方主義文學奉獻一生吧！」於是西川滿帶著「先鋒派」的實驗精神回到了臺灣。一方面，西川滿努力以地方主義文學／外地文學的文風作為進入日本文學場域的策略（strategy），企圖在日本中央文壇中獲得特殊性與能見度；另一方面，西川滿則是努力以「為藝術而藝術」作為標志自身的表徵，以便在重視寫實主義文風的臺灣文壇另闢蹊徑。至此，我們可以清楚看出作為「先鋒派」的西川滿的心境，尤其是「在先驅者的心裡所描繪的理想，在不被當時的風潮所接受之下，只好將自己所抱持的真理寄予後世的人們之手。這首詩是歌頌這樣的心情。」這段話，真是說得太貼切了。

如上所述，一篇好的「深度翻譯」可以帶領我們理解作者甚或譯者所強調的意境，以及他們立身處世的心境與語境，成為我們進行研究時不可或缺的材料[36]。一九二〇年代臺灣新文學運動發展之初，以轉載中國的文學翻譯作為文化啟蒙的手段，等到一九三〇年代西川滿所帶領的象徵詩風興起，又帶給臺灣文壇不同的翻譯目的與翻譯主題之選擇。總之，臺灣文學翻譯或肇因於文學運動的文化自覺，或肇因於譯者個人的美學選擇與心境，都是一種意識的文化傳遞行為。因此，正如安德烈・勒弗菲爾（Andre Lefevere）所言，翻譯是創造文本的一種形式，譯者通過翻譯，使文學以一定的方式在特定的社會中產生作用；因而實際上，翻譯不僅僅是語言的轉變、文字的轉換，而且是不同文化、不同意識形態的對抗和妥協，翻譯就是一種文化改寫，一種文化操縱。這種多元文化系統之間的文化改寫與文化操縱，正是本文關注之重點所在。

四　臺灣翻譯文學的衰微期（1937～1945）

這種對文學翻譯的積極態度，到了中日戰爭爆發以後開始產生轉變，亦即進入文學翻譯的衰微期（1937～1945）。戰爭期的翻譯，則因禁漢文的關係，將中國傳統小說翻譯為日文，或諸如日譯《臺灣歌謠集》，或者將日文劇本翻譯為臺語，同時因敵國的關係，減少對英美的翻譯。臺大所藏《臺大文學》的翻譯偏重文學，其中多篇論文的內文都是和文與邦文交雜，是「比較文學」氣味濃厚的刊物。主要翻翻譯者有：島田謹二、矢野峰人、西田正一、稲田尹、椎名力之助、從宜等等。雜誌屬性比較偏重純文學的部分，其中比較文學的論文尤其出色，帶有學術研究氣質的文學刊物。根據目次知道《臺大文學》內設有「翻譯」專欄，「翻譯」在學術界得到另一種層次的晉升。主要翻譯者有島田謹二、矢野峰人等，其他還有看到日本文學翻譯等。《臺大文學》在一九三六年由臺北帝國大學內的師生一起出版，雖是傾向於純文學創作趣味的小眾刊物，但有不少翻譯文章，甚至有大學生將老師的論文（疑為英文寫作）再譯為日文文章（文末註明「×××譯」），或者是日本文學翻譯等等。臺北帝大學界人士與臺灣文化界在戰時下具有多面的合作關係來看，翻譯的研究將使戰爭期的臺灣文化狀況更為清晰。《臺大文學》以

36　西川滿部分的論述由趙勳達撰文。

梁啟超為主的翻譯事業，所佔篇幅幾乎是每期的二分之一以上，這些訊息都提供了相當有趣的研究課題。值得留意的是這個時期的國家文藝政策主張為學必須「協力國策」，必須謳歌聖戰，成為「大東亞共榮圈」的政治宣傳品。因此不但「為藝術而藝術」的文學受到壓抑，就連「為藝術而藝術」的文學翻譯也不免有所節制。一向自詡「為人生而藝術」的臺灣本島作家在此氣氛下也顯得無用武之地，所以中文部分的文學翻譯隨之式微，僅存的少數文學翻譯刊載於《風月》、《南方》、《南國文藝》等刊物，卻可以看出刻意減少歐美文學的翻譯，取而代之的是對日本文學的譯介。日文部分的文學翻譯方面，雖然翻譯工作也受到影響，不過由於日文的國語地位在戰爭期的國策權威下獲得強化與鞏固，致使日文的文學翻譯比起中文的文學翻譯還是活躍許多，而且此時諸如矢野峰人等人，已經開始著力於探討文學翻譯的美學標準，亦即怎麼樣的翻譯才能兼具達意（文化性）與美感（詩學），這也就是文化詩學（cultural poetics）的層次了，這個當時臺灣本島作家鮮少正視的問題，如今我們不得不注目了。

《風月》在此時刊登之中文譯作，轉載者不少，如〈心碎〉[37]。原作署名「浮海」。實則此篇為譯作。譯者於題目下交代「美國華盛頓歐文原著」，文末有譯者識語曰：「按愛爾蘭與英吉利。民族不同。釁端時啟。愛人日思脫離政府之羈絆。其少年男兒，尤以運動獨立為天職。此篇所謂少年某乙。即埃美脫氏。Emmett 為愛爾蘭總督署醫官之子。遊學大陸。往謁法拿破崙。求助愛爾蘭獨立。一八〇三年歸國。謀攻督署。佔據愛爾蘭。謀洩被拘，旋處死刑。女郎則演說家 Curran 之女也。」他如介紹西方科學知識之作，亦皆出自《西風》，洪鵠〈深海奇觀〉[38]，描述海洋與人類的密切關係，及深海中的生物奇觀。羅一山〈時裝潛勢力〉[39]，描述女性時裝的興起

37 《風月》第5、6號昭和10（1935）5.26、29《小說月報》第6卷第5號，頁1～6。

38 刊《風月報》第50期第10月號（下卷），昭和12年（1937年）10月16日，頁5～6。刊出時未署名，亦未交代出處。實出自《西風》1937年第5～6期。原節譯自洛杉磯《泰晤士雜誌》。

39 《風月報》第50期第10月號（下卷），昭和12年（1937年）10月16日，頁7～8。刊出時未署名，亦未交代出處。出自《西風》1937年第5～6期，頁754～758。

對世界經濟與各國產業的影響力。默然〈海外趣聞：謊言檢察器〉[40]，描述人在恐懼或緊張等情緒下，身體會自然地發生變化。於是芝加哥西北大學的基勒教授發明一種「謊言檢察器」，能透過受測者的呼吸、脈搏和血壓的變化紀錄，判斷其是否說謊。「謊言檢察器」的試驗雖未獲得法律上的承認，然其確實已幫助美國警局和私家偵探破獲不少案件。何渾介〈談考古學〉、王貽謀〈盜屍〉描述十八世紀末葉和十九世紀初葉時，因外科醫校需要死屍作為解剖研究之用，盜屍之風油然而生。直至一八三二年，法律將為研究而收購屍體合法化後，並明定公開買屍的辦法，非法的盜屍行為才徹底消失。文中即茲舉數則世界著名的盜屍案件。胡悲〈趕快結婚吧〉描述美國某保險公司作了一份統計報告，顯示出已婚者比未婚者長壽，且罹患肺炎、傷寒等疾病的機率較低。作者據此分析已婚者較長壽之原因，並奉勸上年紀之未婚者，趕緊結婚吧！凌霜〈天才的怪癖〉描述詩人席勒、歌德，音樂家貝多芬、蕭邦等天才及普魯士王的怪癖。史丁〈賢父教子記〉描述璧西不慎打破母親房中的大鏡子，母親覺得自己無力管束，因而叫父親鞭打他以作懲罰。然璧西的父親，未真正鞭打他，反而透過挑選鞭子的過程教育他，甚至引起他日後研究工程學的興趣。轉錄譯作之頻繁，遠超出吾人之想像，也引發吾人好奇，何以在禁止漢文之際，《風月》此時刊載《西風》如此多的譯作？此後《風月報》、《南方》時期的翻譯文獻，則較多以文學翻譯為主，如〈血戰孫圩城〉、〈青年的畫師〉、〈林太太〉、〈海洋悲愁曲〉、〈復歸〉、〈秋山圖〉、〈女僕的遭遇〉、〈安南的傳說〉，不乏知名、藝術性高的作品，此時甚至還出現劉捷、水蔭萍的日文作品被翻譯成中文的現象。到了《南方》，翻譯文獻多以政令宣傳或精神講話作為翻譯對象，具有十足的協力國策之意味，此時純粹的文學翻譯，比例較低。

臺灣不僅在地緣政治上成為東亞各方勢力交錯競逐的關鍵地帶，通曉雙語的臺灣人更儼然成為日本與中國這兩個東亞大國之間的重要中介[41]，利用

40 《風月報》第76期第12月號，昭和13年（1938年）12月1日，頁25～27。出自《西風》1937年第5～6期，頁786～790。節譯自一九三六年九月號美國《McCall's》月刊與《刑法和犯罪學雜誌》。

41 位於關鍵地理位置的國家或地區往往成為傳播與轉譯異文化的重要媒介，譬如在

漢文以及大東亞共榮圈的宣傳，在日華戰爭爆發之後，日方廣泛宣傳著「東亞新秩序的建設」以及「日華文化的提攜」，事實上漢文並未銷聲匿跡，《風月報》的主編吳漫沙在當時就曾發表此番論述：「日華文化提攜的先決問題，是要兩民族間切實認識，誠心互相愛護和同情與寬容。在兩民族間的傳統習俗，更要互相尊重理解……可是要完成這個使命，非先明瞭兩國的社會生活不可。要明瞭理解兩國的社會生活，又必須從文化和語言方面著手，才能生出信賴和尊崇的觀念。那末，興亞的大業，就可計日而完成了……我們知道，日華兩國的朝野，都關心著兩國文化的提攜了，我們又知道，要研究介紹兩國的藝術歷史與習俗語言，本島人最為適任，這是誰也不會否認的。那末，本島文藝家的任務是很重大了」[42]。由此可見，當時的臺灣並不是如一般人刻板印象所想的那樣完全籠罩在日本政府強力的同化政策之下而讓漢文傳播受到壓抑，相反的，國際情勢與政治氛圍也推進了臺灣的漢譯。

該刊謝雪漁翻譯的〈武勇傳〉亦值得關注，原作者 Sir Walter Scott（1771～1832）是英國鼎鼎大名的詩人與小說家，著作甚多，尤其《艾凡赫》(*Ivanhoe*, 1819）更是其代表作，影響了英國的狄更斯、法國的巴爾札克、大仲馬、雨果、俄國的普希金等歐美作家[43]，中國在一九〇五年就出現了林紓與魏易合譯的版本，題為《撒克遜劫後英雄略》，林紓於序文中更是對此部著作讚不絕口，認為足以與司馬遷《史記》與班固《漢書》媲美[44]，

佛典漢譯史上，初期許多佛典都是透過「西域」(包括焉耆、龜茲、月支等國，即今中國新疆，又稱東突厥斯坦）的吐火羅人（Tochari）先譯成當地語言，再輾轉傳入中國。參考季羡林：〈浮屠與佛〉、〈再談浮屠與佛〉，收錄於氏著：《佛教十五題》(北京市：中華書局，2007年)。

42 吳漫沙〈卷頭語：復刊三週年紀念談到日華文化提攜〉，《風月報》第113期（1940年7月），扉頁。

43 孫建忠〈《艾凡赫》在中國的接受與影響（1905～1937)，《閩江學院學報》第28卷1期（2007年1月），頁82。

44 林紓、魏易譯：《撒克遜劫後英雄略》(上海市：商務印書館，1914年)，頁1～3。林紓在一九〇七年繼續譯出 Sir Walter Scott 的作品《十字軍英雄記》(Talisman）以及《劍底鴛鴦》(The Betrothed)，見高華麗：《中外翻譯簡史》(杭州市：浙江大學出版社，2009年)，頁78。

日本也從明治時期就陸續出現許多譯本，包括大町桂月譯本[45]、日高只一譯本[46]等，但謝雪漁在一九三九年選擇〈武勇傳〉譯成漢文而不選《艾凡赫》或其他？

《艾凡赫》描述了英國十二世紀「獅心王」理查聯合了綠林英雄以及底層民眾，一起將篡奪王位的約翰親王趕下臺的曲折過程；至於其他同樣具有高知名度的作品，如《威弗利》（*Waverley,* 1814）以及《羅伯・羅依》（*Rob Roy,* 1817）則是描寫十八世紀蘇格蘭山地人民起義反抗英國政權的故事。反觀〈武勇傳〉則是描述蘇格蘭的某座湖中原本有個割據一方的反抗勢力，人才濟濟，文武兼備，原本可能與女王發生戰爭，但是後來由首領出面安撫部將，接受招安，獻出土地，「女王十分優遇，賞賜許多瓊寶，永垂子孫」。相較之下便可看出〈武勇傳〉描述的故事內容其實與譯者素來的政治傾向與意識型態較為接近，遑論其中的山水美景描寫以及大團圓喜劇結局亦與刊登此篇譯作的《風月報》之調性頗為符合，選擇翻譯這篇作品倒是順理成章而毫無窒礙，從中可理解殖民下選擇譯作的諸種因素考量[47]。

此時不乏臺灣日文作家將中文譯為日文之現象，徐坤泉的通俗言情小說《可愛的仇人》曾於一九三八年由張文環譯為日文並由臺灣大成映畫公司出。賴和遺稿、散文〈高木友枝先生〉、〈我的祖父〉由張冬芳譯成日文，一九四三年四月刊載於《臺灣文學》三卷二號「賴和先生悼念特輯」。吳守禮於一九三九年開始進行中文日譯的活動，一九四〇年將閩粵民間故事「董仙賣雷」（林蘭原著）譯為日文，一九四二年將《相思樹》（林蘭原著）譯為日文。根據蔡文斌的研究，一九四〇年代臺灣大量出現以日文譯寫漢文古典小說[48]，如吉川英治《三國志》（《臺灣日日新報》1939年8月26～1943年11月6日）、黃得時《水滸傳》（《臺灣新民報》、《興南新聞》，1939年12月5～1943年12月26日）；雜誌連載：劉頑椿《岳飛》、江肖梅《包公案》及《諸葛孔

45 較早的版本是《世界名著選・第2篇・アイヴァンホー》（東京：植竹書院，1915年），爾後還有再版為《アイヴァンホー》（東京：三星社，1921年）。

46 《世界文學全集・第7卷・アイヴァンホー》（東京：新潮社，1929年）。

47 〈武勇傳〉之分析，為顧敏耀所撰。

48 劉寧顏：《臺灣省通志稿》。

明》（1942～1943）；單行本發行：黃宗葵《木蘭從軍》（1943），劉頑椿《水滸傳》（1943）、楊逵《三國志物語》（1943～1944）、西川滿《西遊記》（1942年2月～1943年11月）、瀧澤千惠子《封神傳》（1943年9月）。呂赫若也在日記中表示欲日譯《紅樓夢》，而上述連載於報章雜誌的作品幾乎都集結為單行本發行。《諸葛孔明》原以單篇形式於《臺灣藝術》連載（四卷十一至十二期）。江肖梅的《諸葛孔明》僅連載兩回，即遭檢閱官植田富士男下令中止連載，改以其譯作《北條時宗》連載（五卷一至八期）。蔡氏引李文卿之文，認為當時臺灣作家的思考是：譯介中國古典文學既可配合國策，又可避免創作過於表態的皇民文學[49]。楊逵《三國志物語》序文云：

> 目前正處在大東亞解放戰爭的血戰之中。
> 活在東亞共榮圈裡的每個人喲，讓我們也效法三傑的精神，同舟共濟吧！
> 我要把這部大東亞的大古典贈送給諸君，作為互相安慰、規勸、鼓勵的心靈食糧，以衝破這條苦難之路。[50]

從以上引文，不難發現「同甘共苦」、「為了聖戰」是當時譯作之際的共同話語[51]。此外柳書琴對新發現的《南國文藝》雜誌的研究，其中特別提出林荊南的翻譯和創作路線在《風月報》和《南國文藝》有明顯的不同。在《南國文藝》林氏翻譯了〈愛蟲公主〉，在《風月報》中，翻譯火野葦平戰爭小說〈血戰孫圩城〉（《麥與兵隊》的部分譯作）；《南國文藝》還重視對外國文學與中國文學的介紹，以及對臺灣文獻的整理。在文學介紹方面，刊出

49　李文卿：《共榮的想像：帝國日本與大東亞文學圈》（1945年11月20日），頁86～87。

50　彭小妍編：《楊逵全集（第六卷）》（臺南市：國立文化資產保存研究中心籌備處，1999年6月），頁156～157。

51　以上「日文譯寫漢文古典小說」段落，參考蔡文斌：〈漢文古典小說日文譯寫研究：以江肖梅《諸葛孔明》為例〉一文，中譯文為蔡氏所譯，蔡氏另有〈戰爭期漢文古典小說日文譯寫之研究：以黃得時、吉川英治、楊逵、江肖梅為例〉碩士論文專門處理，值得重視。

了淵清翻譯、俄國作家托爾斯泰以基督救贖精神為主題的短篇小說〈愛與神〉及上述林荊南翻譯、日本平安時代短篇小說集《堤中納言物語》中的〈愛蟲公主〉。她進而提及林荊南進而翻譯劉捷〈遺產〉一文，作為民間文學整理的方法論。在譯文之前，她特別以「保存先代的意志，感情思想」及「整理文化財」的概念，陳述其對民間文學工作的意義及重要性之看法《風月報》「民俗學欄」中原稿，皆為「臺灣民俗研究會」所編輯，且研究會正把該欄刊載的作品譯成日文，將漸次在內地的雜誌上發表[52]。

五　有關白話字及臺語翻譯的作品

《府城教會報》是一份基督教的報紙，使用白話字傳教，除了傳教以外還有新聞、歷史、宗教、勸世、小說、散文等等[53]。其翻譯文學自一八八六年所翻譯刊載《天路歷程》（Pilgrim's Progress 1678）的宗教文學，另外〈貪字貧字殼〉、〈大石亦著石仔拱〉、〈知防甜言蜜語〉、〈貧憚 e 草蜢〉〈貪心的狗〉、〈狐狸與烏鴉〉、〈獅與鼠〉、〈塗炭仔〉等《伊索寓言》故事。〈塗炭仔〉是〈灰姑娘〉故事所翻譯改編。〈水雞變皇帝〉是翻譯自《格林童話》故事。所翻譯之作幾乎都經過改編，人名、地名及敘述口吻合乎在地習慣，以白話字翻譯世界各國文學，教會報刊扮演了很早就引進世界文學的角色，不能不說是臺灣非常特殊的現象。

日治時期，當局為了讓在臺官吏充分瞭解臺灣本地語言，發行了《語苑》雜誌，卻也因此讓臺灣首次出現了多篇以臺語（少數以客語）翻譯的中國文學作品，在文學翻譯與傳播史上具有重要的意義。

《語苑》由設在臺灣高等法院的「臺灣語通信研究會」創刊於一九〇八年（明治四十一年，確切月份待考），在一九四一年（昭和十六年）十月因

52　見柳書琴：〈遺產與知知識鬥爭——戰爭期漢文現代文學雜誌《南國文藝》的創刊〉，《臺灣文學研究學報》第5期，2007年10月，頁217～258。

53　請參本套書第一冊共同主編李勤岸教授之著作，如〈清忠與北部台灣基督長老教會公報《芥菜子》初探〉，《台灣 kap 亞洲漢字文化圈的比較》（臺南市：開朗雜誌事業公司，2008年）及〈白話字文學：台灣文學的早春〉，網址：http://museum02.digitalarchives.tw/ndap/2007/POJ/www.tcll.ntnu.edu.tw/pojbh/script/about-12.htm

為戰爭局勢日趨白熱化，改為著重實與簡易的《警察語學講習資料》刊行，《語苑》也從此正式停刊。該刊固定在每月十五日發行，總共發行了三十四卷十期，作品篇數共有七千餘篇。主要提供給當時臺灣日籍警察作為學習臺灣語言的教材，內容以臺語（今或稱福佬話）為主，兼及客語，少數篇章述及「高砂語」（今稱原住民語）以及「官話」（或稱「北京話」），內容採用漢字記錄臺語，並且在每個漢字右側用片假名與音調符號來標示讀音。

《語苑》作為臺語書寫發展史上足以與基督教會羅馬字系統分庭抗禮的漢字表達系統之代表刊物，其中總共刊載了共五十六篇中國文學作品，全部皆為小說（含笑話作品，以下同）與散文，其中又以小說作品佔多數，小說作品則特別選譯了《包公案》與《藍公案》，這些公案小說對於以警察為主要職業的閱讀對象而言，對於瞭解漢文化的辦案傳統亦頗有助益。至於其他小說或笑話則有提升閱讀興趣之效。其次，這些譯文在用字遣詞方面大致都能將原文轉化為流暢且精確之臺語，只是在選擇對應之漢字時，偶有未臻完善之處。這些現象的影響層面包括譯者與讀者皆為日籍人士、載體本身的宗旨是為了作為學習臺語的輔助、日治前期掀起一股瞭解臺灣舊慣習俗的時代風潮等。透過《語苑》上所刊載的中國文學作品之翻譯成臺語白話文，大致上頗忠於原文，如《語苑》中的第一篇包公案〈佛祖講和〉[54]，其中故事地點（德安府孝感縣）、人物姓名（許獻忠、蕭淑玉、蕭輔漢、蕭美、吳範等）與情節發展（男女戀愛、和尚殺女、男方遭誣等），幾乎都保持原貌，其譯作的主要改動之處為口語化、簡易化以及在地化的轉化需求。

口語化現象如原文是書面閱讀之用的半文言小說作品，雖然臺語也可以用文讀音從頭到尾一字不改的念出來，不過如此一來則與《語苑》想要藉此教導日籍讀者學習臺語日常語言之宗旨相違背。因此，譯作便宛如說書人之口述一般，將原文翻譯成白話的臺語，諸如「屠戶」改成「刣豬的人」、「甚有姿色」改成「生做真美」、「簪」改為「簪仔頭插」、「戒指」改為「手指」、「為官極清」改為「做官無食人的錢」（臺語稱「貪官」為「食錢

54 原文內容採用「明清善本小說叢刊初編・第三輯・公案小說」之《新鐫繡像善本龍圖公案》（臺北市：天一出版社，1985年）。

官」)，儼然為「我手寫我口」之實踐。簡易化現象如原文有些詞句較為繁複雕琢，運用典故還使用對偶修辭，「心邪狐媚，行醜鶉奔」，譯文則將此二句簡易譯為：「心肝無天良，品行真歹」，能與上下文連貫而不悖於原意。在地化現象，例如原文出現的駢體文句：「托跡黌門，桃李陡變而為荊榛；駕稱泮水，龍蛇忽轉而為鯨鱷」，在譯文則變作「此個許獻忠身軀是秀才，親像龍變做海翁魚要食人」，原本是兩個譬喻，譯文不僅略其前者而僅擇取後者（此屬「簡易化」的手法），且因為臺灣並不出產鱷魚，故僅取原文之「鯨」（臺人十分熟悉）而捨其「鱷」，並且把鯨魚正確的翻譯成臺語慣用詞「海翁」[55]。

《語苑》刊載的《藍公案》作品共九則（集中於該書上半部的〈偶記．上〉）譯者主要有上瀧諸羅生及三宅生[56]。以《藍公案》的〈死丐得妻子〉，比較二人之翻譯，可看出上瀧諸羅生之譯文，對於原文頗予簡化，省略段落，有時有誤譯與改譯之處，如原文「因蕭邦武匿契抗稅，恨夫較論」，上瀧則譯為「講鄭侯秩因為藏蕭邦武的契，想要漏稅，叫伊賠償致恨」，頗有不知所云之感。可能就在上瀧的譯文刊出之後，讀者曾有所反應，故隔年又刊出三宅生的譯文，相較之下則顯得較為穩當合適，例如前引誤譯之段落，三宅生改譯為：「因為要叫蕭邦武稅契，蕭邦武抗拒，不肯獻出契卷來稅，阮夫參伊較鬧，伊不止怨恨」，便十分文從字順，亦與原意相符。

藍鼎元與包拯之審案，其實有類似的問題，往往不是透過科學性的證據蒐集來讓嫌犯啞口無言，而是透過行政、檢察與審判等權力的總綰一身，以

55 「鯨魚：一名海鰍，俗呼為海翁。身長數十百丈，虎口蝦尾；皮生沙石，刀箭不能入。大者數萬斤，小者數千斤」，見胡建偉：《澎湖紀略》（臺北市：大通書局，1987年），頁182。

56 上瀧諸羅生亦署名「上瀧生」、「上瀧南門生」，「上瀧」（うえ たき）。在臺日人，初居嘉義，後遷至臺南南門附近。曾於一九一六年至一九二七年間在《語苑》發表作品十二篇，包括〈雜話〉、〈面白い對照〉、〈料理小話〉、〈鹿洲裁判：死丐得妻子〉、〈糞埽堆〉三宅生，偶亦署名「三宅」（みやけ），在臺日人，寓居臺南，曾在一九二〇年至一九二八年間在《語苑》發表臺日對照作品共七十八篇，包括〈論勤儉〉、〈論節儉〉、〈韓文公廟的故事〉、〈三體文語〉（皆取材自《鹿洲公案》，共31篇？）、〈酒精〉（與冬峰生合譯）、〈舊慣用語〉（共16篇）、〈臺灣的の神佛〉（共15篇）、〈廟祝問答〉（共8篇）、〈訴冤〉（共4篇）等。

傳統儒教「家父長制」的父母官身份來處理刑案與糾紛。最明顯的在〈兄弟訟田〉之中，藍鼎元對於該份田產到底要如何分配給哥哥或弟弟，並沒有鑑定其遺囑及相關文獻之真偽，竟將兄弟二人用鐵鍊鎖在一起，並且作勢要將二人子嗣交付乞丐首領收養，「彼丐家無田可爭，他日得免於禍患」，最後當然是兄弟二人痛哭撤告，「兄弟、妯娌相親相愛，百倍曩時，民間遂有言禮讓者矣」，字裡行間可以看出作者得意自詡之情。

臺灣在日治時期的司法制度業已隨著現代化統治者的來臨而歷經了一番重大的司法改革——從一八九六年開始，專職行使國家司法裁判權的西方式法院機構正式在臺灣成立：刑事案件由檢察官偵察起訴後，由判官（即今「法官」）審判，再由檢察官指揮裁判之執行；民事案件則由人民起訴，判官審判，總督及其他行政官員在制度規範上對於司法機關已無指揮之權。

說穿了這帶有落後、封建、保守的十分「前近代」（Pre-Modern）色彩，只是呈現了漢人在貪污腐化的封建社會當中，對於公平正義的期盼與需求，「也凸顯華人社會所受儒家倫理薰陶的影響及對司法審判所需程序正義觀念的缺乏認知」[57]，然而，無論是《包公案》或《藍公案》，在《語苑》翻譯刊登時，翻譯者對於作品本身並沒有批判、質疑或抨擊，而是維持著一定的距離，採取一種單純提供語言教材或者作為讀者（大部分是警察與司法人員）認識瞭解漢人傳統司法風俗的態度而予以翻譯與傳播。

《語苑》也刊載不少中國古代的經典散文作品，其中包括寓言（出自《孟子》、《韓非子》、《莊子》、《淮南子》等）、歷史故事（出自《二十四孝》、《史記》、《舊唐書》、《新唐書》等）以及其他已經成為膾炙人口的經典古文作品（如韓愈〈祭十二郎文〉、蘇軾〈前赤壁賦〉、李白〈春夜宴桃李園序〉等），年代最早的是春秋戰國諸子之作，最晚是清末曾國藩（1811～1872）所作的〈討粵匪檄〉，其中少數是篇幅較長的作品，如〈祭十二郎文〉連載數次才刊完，大部分屬於短篇之作。在這二十八篇作品當中，共有六位譯者，其中翻譯最多作品的是小野真盛（おの　まさもり，1884～？），

57 林孟皇：《羈押魚肉》（臺北市：博雅書屋，2010年），頁40。

號西洲，日本大分縣人，通曉漢詩文[58]，來臺之後，師事臺南宿儒趙雲石，嫻熟臺語。其他譯者還有：坂也嘉八（さかなり かはち，？～？），寓居羅東之日人。東方孝義（とうほう たかよし，？～？），日本石川縣人，主持《臺灣員警協會雜誌》之「語學」專欄，著有《臺日新辭書》（1931）與《臺灣習俗》（1942）。小野真盛譯李白〈春夜宴桃李園序〉，譯文十分流暢，保留了原作之逸興遄飛與瀟灑豪氣，對於古典漢語中的詞彙也都能找到合適的臺語詞與其對應，例如「逆旅」之於「客店」，「過客」之於「人客」，「游」之於「迌迌」等。東方孝義翻譯四篇中國先秦時期的寓言，其中的〈苗ヲ助ケテ枯ニ至ラシム〉之譯文，對照原文的「今日病矣，予助苗長矣」，一般按字面則譯成：「今仔日足㤐〔tiam〕矣，我幫助彼的䕃〔iN〕大欉啊」，但譯者的改寫「共人講：『今仔日我看見田裡的稻仔攏不大，不止煩惱，我卻有想著一個法度，可幫助伊大欉。』」，頗有自得而故做神秘之態，顯得更為生動而可笑。

在短篇小說及極短篇體裁的笑話，年代最早的是南朝吳均的《續齊諧記》，繼而有唐人沈既濟的〈枕中記〉、宋人小說〈梅妃傳〉、明人浮白齋主人的《雅謔》，其餘八篇皆為清人作品，包括清初蒲松齡的《聊齋誌異》三篇與褚人獲的《隋唐演義》一篇，清中葉的沈起鳳《諧鐸》一篇，清末的俞樾《一笑》三篇，可見當時譯者在取材時對於清代作品頗多著意。笑話在《語苑》之中亦屢見不鮮，具有增加趣味性的功用，可以吸引讀者閱讀。惟於當時對於臺語漢字的選定頗受日文的影響——日文之漢字讀法有「音讀」（おんとく）與「訓讀」（くんとく）之別，音讀是日語所吸收之漢語讀音，訓讀則是將日語原本之語詞讀音搭配一個表示相同或相似意義的漢語字詞，例如「どこ」對應於「何処」之類。日治時期在《語苑》中的臺語漢字選定則有類似「訓讀」之處理手法，傾向於注重漢字之書面表達而較為疏忽語音

58 小野真盛曾於報刊發表數篇漢詩文，如於1911年4月18日在《漢文臺灣日日新報》第1版發表古文作品〈艋津江畔觀櫻花記〉，在《臺灣時報》第101期（1918年2月15日）發表四言組詩〈周子〉、〈程伯子〉、〈韓子〉、〈邵康節〉、〈董仲舒〉（頁12）等。

與漢字之間的密合程度。戰後則頗有更動，如前引譯文中出現的「事情」現今已改為「代誌」，「返來」改為「轉來」、「尚未」改為「猶未」、「何處」改為「叨位」、「何貨」改為「啥貨」等[59]，選定之漢字與語音本身較為貼近。

《語苑》在臺語漢字書寫發展史、臺灣漢學傳播與研究發展史、臺灣翻譯發展史等各個層面所具重要意義有數項：第一是關於譯者與讀者。《語苑》的譯者與讀者都以日籍人士佔大多數，在翻譯、閱讀與學習臺語之際，同屬東亞漢字文化圈的背景便成為可資利用的基礎／先備知識，採用漢字並且借用日本的訓讀經驗以翻譯或記載臺語譯作便為順理成章之事。此外，因為譯者與讀者都是任職於警察局或司法機構之中，自然而然的特別留意於廣泛流傳於漢人社會中的公案小說，對於日人耳熟能詳的楊貴妃故事亦予以收錄。第二是關於載體本身。《語苑》創刊的宗旨主要是讓當時的在臺日籍基層官吏（主要是警官）能夠熟悉臺灣在地之語言，以便於施政、溝通與聯繫，若選錄文學作品則是借重其故事性與趣味性，俾能能提升讀者在學習語言時的興趣，故文體之選擇自然以小說最受青睞。第三是關於時代背景。日本統治臺灣之初，頗費心於舊慣習俗之整理與調查，一九〇一年（明治三十四年）由臺灣總督府成立「臨時臺灣舊慣調查會」，邀請岡松參太郎、愛久澤直哉、織田萬等學者專家，就各專業領域進行調查與編纂工作，並且將調查結果出版成書，包括《臺灣私法》、《清國行政法》、《調查經濟資料報告》及《番族慣習調查報告書》等[60]。在《語苑》當中刊登這些中國古典文學作品，亦能使其主要的讀者群體（日籍人士）藉此認識臺灣在地文化當中的傳統漢文化部分。第四是關於臺語漢字書寫發展史。臺語因為本身就含有不少非漢語的成分，並且在發展過程當中更進一步吸收了其他語言進來，因此要完全用漢字記載時便容易有窒礙難通、方枘圓鑿之情形，從清領時期在各地方志書當中開始陸續用漢字記載臺灣此地之特殊語詞（如地名、物產、風俗

59 運用「臺語／華文線頂辭典」（http://210.240.194.97/iug/Ungian/soannteng/chil/Taihoa.asp）之查詢結果。

60 鄭政誠：《臺灣大調查：臨時臺灣舊慣調查會之研究》（臺北市：博揚文化事業公司，2005年）。

等），到了日治時期則由在本國已經受過基礎漢文教育的日籍文士進一步研究審定，當時臺籍文士亦有少數進行此項研究者（如連橫撰寫《雅言》[61]），將臺語漢字書寫表現系統更往前推進一步。第五是關於臺灣漢學傳播與研究發展史。臺灣原為南島語族（Austronesian 或 Malaypolynesian）的生活領域，漢學（Sinology）的傳播與研究要從明鄭時期開始萌芽，當時不只有「海東文獻初祖」沈光文的來臺，亦有「全臺首學」臺南孔廟的設立，到了清領時期更是透過科舉考試與學校教育等方式，產生了更多研讀漢學卓然有成之士人（最具代表性的是清領末期的吳子光），亦有不少鼎鼎大名的漢學研究者來臺仕宦（如「詩經三大家」之一的胡承珙便於一八二一年任臺灣兵備道）[62]，此時期是臺灣漢學傳播與研究發展史上的重要階段。到了日治時期，一般刻板印象可能認為當時臺灣的漢學已經進入蟄伏期，的確，日治時期的臺灣隨著新式教育與現代性觀念的引入而以西學居於標竿與核心之地位，然而藉助著現代化的傳播與印刷媒體，漢學在臺灣的傳播與發展毋寧獲得不少正面而積極的動力，這在以日籍人士為主要讀者群體的雜誌《語苑》都有不少中國古典文學作品刊載亦可略窺一二。

總而言之，透過《語苑》上所刊載的中國文學作品，可看出這些作品飄洋渡海來到日治時期的臺灣並且翻譯成臺語白話文之際，所經歷的口語化、簡易化以及在地化的轉化過程，並且在臺語書寫史、臺灣漢學發展史以及臺灣翻譯史等各個層面都有重要的意義[63]。

六　結語

日治時期臺灣的翻譯語言極其複雜多元，以上所述之外，尚有中國作家

---

61 連橫於其《雅言》（臺北市：大通書局，1987年）即云：「臺灣文學傳自中國，而語言則多沿漳、泉。顧其中既多古義，又有古音、有正音、有變音、有轉音。昧者不察，以為臺灣語有音無字，此則淺薄之見。夫所謂有音無字者，或為轉接語、或為外來語，不過百分之一、二耳。以百分之一、二而謂臺灣語有音無字，何其傎耶！」（頁2）。

62 顧敏耀：〈臺灣清領時期經學發展考察〉，《興大中文學報》第29期（2011年6月），頁193～212。

63 《語苑》部分由顧敏耀先生所撰。

以日文譯臺人作品為中文的，最早的單行本小說，應該是胡風從日本《文學評論》上將楊逵的〈送報夫〉與呂赫若的〈牛車〉翻譯成中文，分別刊登在一九三五年五月的《世界知識》和八月與《譯文》，並結集出版的《山靈——朝鮮臺灣短篇集》，一九三六年四月由巴金創辦的上海文化生活出版社出版發行。另外，同樣將日文譯成中文的在中國的臺灣人士有張我軍、李萬居、洪炎秋、劉吶鷗諸人，他們所選擇的日文之作或法文之作，皆有極高的藝術水平，足見其鑑識眼光。此外，《臺灣府城教會報》以「白話字臺灣話文」翻譯的文學作品，《語苑》以「漢字臺灣話文」翻譯的文學作品多達六七十篇，其中有兩篇甚至是以「客語」譯成，分別是五指山生譯〈邯鄲一夢〉（1922年10月15日）與羅溫生譯〈因小失大〉（1925年1月15日），以及北部教會報《芥菜子》多篇翻譯文學等，皆可謂臺灣文學翻譯史上的瑰寶。

日治翻譯文學，也由日本人譯家承擔了大宗任務，所譯之作亦極精彩，如果統計翻譯原作家、國別，可見法國文學、俄國文學、日本文學英國文學之影響不小，雖然影響大小不能僅僅取決於譯作數量的多寡，但是文學接受譯作數量的多寡，可以明顯地反映一個民族對外來文學態度的冷熱。此外，促銷煙品的廣告小說亦譯為日文，極力宣傳，鼓動讀者消費慾望，此一情形竟與中國英美香菸月刊所載小說之作法雷同，亦是可以留意之現象。

臺灣的文學翻譯與文學運動的進行有著不可分割的緊密關係。作為殖民地的臺灣社會，其文化語境比起日本與中國而言顯得複雜許多，因此在臺灣，歐美文學（以及歐美文化）與日本性、中國性以及臺灣本土性的交會，造就了不同的文化風貌。文學翻譯理論的權威學者佐哈爾（Even-Zohar）曾經以「多元系統理論」（Polysystem Theory）指出，文學翻譯是文學發展的重要塑造力量，這股力量的能量取決於文學翻譯在文學創作中的相對地位，為此，佐哈爾提出了「強勢地位」（primary position）與「弱勢地位」（secondary position）的概念，剖析翻譯文學與本國文學之間的權力關係（power relationship）。佐哈爾認為翻譯文學在大多數的正常情況都是處於「弱勢地位」，它只能作為本國文學的附庸或補充，不過當一個多元系統尚未形成或處於幼嫩時期；文學處於多元系統的弱勢或邊緣狀態；多文學多元系統處於轉折、危機或真空時期，翻譯文學即會佔據主流和強勢的地位。對日治時期的臺灣文壇而言，上述前兩項的情況可謂兼而有之，也因此翻譯文學也就在臺灣文壇佔據了明顯的「強勢地位」。佐哈爾認為「幼嫩的文學要把新發現的（或更新了的）語言盡量應用於多元文學類型，使之成為可供使用的文學語言，滿足新湧現的讀者群，而翻譯文學的作用純粹是配合這個需要。幼嫩的文學的生產者因為不能立即創造出每一種他們認識的類型的文本，所以必須汲取其他文學的經驗；翻譯文學於是就成為這個文學中最重要的系統。」[64]關於這種情況，我們馬上可以聯想到的是一九二〇年代萌芽的臺灣新文學運動。當時為了新文學的啟蒙以及推翻文言文的書寫霸權，白話文運動需要創造自己的形式與語言，因此往往乞靈於外國文學的翻譯，甚至是轉載中國文壇對於外國文學的翻譯。於是，翻譯文學在此時期不但不是附庸，而是處於強勢地位。至於佐哈爾所說的第二種情況，是與第一種大致相仿，不過主要是出現在相對弱小的文學（或小國文學）上：「一些歷史較悠久的文學由於缺乏資源，又再一個文學大體系中處於邊緣的位置，往往不會如鄰近的強勢文學般發展出各式各樣的（組織成多種不同系統的）文學活動。面對鄰近的文學，這些弱小文學看見一些文學形式上人有我無，於是就可能感到自己迫切需要這些文學形式。翻譯文學正好填補這個缺陷的全部或部分空間。（中略）有些文學處於邊緣的位置，即是說，它們在很大的程度上是以外國的文學為楷模的。對這些文學來說，翻譯文學不僅是把流行的文學形式引進本國的主要途徑，而且也是帶來改革和提供另類選擇的源頭。」[65]對日治時期的文學翻譯狀況來說，這種現象恰恰存在於三種不同立場的翻譯者身上：其一是臺灣傳統文人，其二是臺灣新知識分子（尤其是新文學啟蒙期過後、一九三〇年代的新知識分子），其三是在臺日人知識分子。這三類知識分子都不約而同地將西方文學視為現代性（modernity）的化身，他們不

---

64 佐哈爾：〈翻譯文學在文學多元系統中的位置〉，收入陳德鴻、張南峰編：《西方翻譯理論精選》（香港：香港城市大學出版社，2006年），頁118。進來中國學者亦借用「多元系統理論」來討論中國五四時期的翻譯狀況，請參見任淑坤：《五四時期外國文學翻譯研究》（北京市：人民出版社，2009年），頁73。

65 同上註，頁119。

僅學習西方文學的形式，更學習西方文學的詩學（poetics），亟欲從西方文學身上獲取革故鼎新的養分。因此，翻譯文學也在臺灣文壇佔有強勢地位[66]。

綜上所述，不同時代、不同語境決定了「翻譯文學」不同的豐富內涵。本套書涵括內容極為多元，譯者、譯作多采多姿，藝術性極高者觸目可見，本文無法一一介紹，個人相信讀者只要讀過這一批「翻譯文學」，我們將更為科學地透視二十世紀以來臺灣文學的曲折變遷與意義生成，並在具體的歷史情境與文化情境中構築起更為完整的二十世紀臺灣文學地圖。

66 從「臺灣的文學翻譯與文學運動」至此為趙勳達所撰。

凡 例

一　本套叢書是日治時期臺灣報刊上的翻譯作品彙編，分為「白話字」、「臺語漢字」、「中文」以及「日文」四卷，及第五卷日文影像集。

二　每冊所收錄篇章皆按照發表之先後順序排列，篇章出處以臺灣報刊為主，中文譯作方面則兼及刊登臺人譯作之中國報刊。

三　每篇譯作首標篇名，右下方則標示作者與譯者，日文卷則加註中譯者。繼而有作者與譯者之簡介，如果有重複出現的作者或譯者，僅於首次出現時予以簡介，排列在後者僅標示「見某某〉」，以供查考。篇末則以不同字體標示確切出處與日期。

四　原文模糊難辨之字，以□標示。錯字以【　】更正，漏字則以〔　〕補之。至於時代性習慣用法或日文漢字，以（　）標示，如里、裡，彎、灣，到、倒，很、狠，少、小等。

五　《白話字卷》除了有原始的「全羅版」白話字（或稱「教會羅馬字」、「臺語羅馬字」）之外，亦有「漢羅版」的譯文以供對照參看。

六　《臺語漢字卷》因為原始文件在漢字右側使用日文假名以及音調符號作為標音，若重新打字不僅十分困難，亦有容易失真的問題，因此以原始圖檔方式呈現其原貌。

七　《日文卷》所收錄之篇章，皆敦請精通日文之專業譯者重新將文章內容再翻成中文，以便利用。凡是原文難以辨認之處則標示並加註說明。

八　本叢書除了《臺語漢字卷》及日文影像集採用原貌之直行排列之外，其餘皆採用現代學界通用之橫式編排，俾於安插英文與阿拉伯數字，及節省版面。

九　各冊若有文字校對、內容說明或是必須附上日文原文以供參照等需求，皆統一以隨頁註的方式說明。

十　本叢書所收錄篇章之來源十分多元，字體與標點符號之使用也頗為紛雜歧異，現皆一律採用教育部公布之標準字體與新式標點符號，原文若有錯字也逐一校對改正，俾今人閱讀與研究。

十一　本編凡遇長篇文字，俱為重新分析段落，以清眉目，而無繁冗之苦。

十二　各篇之作者與譯者簡介皆於文末標示撰寫者姓名。各冊書末則附有本叢書之主編、中譯者以及所有參與編撰者之簡介。

第一卷
目 次

Iâ-sơ Siȯk Goá（耶穌屬我）

作者　不詳
譯者　施牧師

【作者】

不著撰者。

【譯者】

施牧師，目前僅發現在一八八五年九月於《臺南府城教會報》曾刊載其譯作〈耶穌屬我〉，其餘生平不詳。（顧敏耀撰）

Iâ-sơ Siȯk Goá	耶穌屬我
1885.09 Tē 3 Tiuⁿ p.12	1885.09 第 3 張 p.12
(Chit siú si pún sī Si Bȯk-su hoan-ėk--ê, siá Tn̂g-lâng-jī, pun hō͘ lâng khoàⁿ. Taⁿ goán ēng pė̍h-oē-jī ìn tī chit--nih. Chiong-tiong "Iâ-sơ siȯk goá" — hit-kù ê ké-soeh chiū-sī kóng "Ia-sơ siȯk tī goá-ê," m̄-sī kóng "Iâ-sơ siȯk goá-ê choē .")	（這首詩本是施牧師翻譯的，寫唐人字，分予人看。今阮用白話字印佇這裡。章中「耶穌屬我」彼句的解說就是講「耶穌屬佇我的，」毋是講「耶穌贖我的罪。」）
Taⁿ goá ū tit pêng-iú, Iâ-sơ siȯk goá, I só͘ thiàⁿ goá put-hiu, Iâ-sơ siȯk goá. Sè-kan khoài-lȯk kín thè, Pêng-iú kau-poê khoài se, Goá tȯk an-sim bô ké, Iâ-sơ siȯk goá.	今我有得朋友， 耶穌屬我， 伊所疼我不休， 耶穌屬我。 世間快樂緊退， 朋友交陪快疏， 我獨安心無改， 耶穌屬我。
Sui-jiân kàu lāu koh sàn, Iâ-sơ siȯk goá, Goá sìn-khò I pang-chān, Iâ-sơ siȯk goá.	雖然到老閣散， 耶穌屬我， 我信靠伊幫贊， 耶穌屬我。

（續）

Goá khiàm-khoeh Chú pó-chiok, I pó-hoeh choē thè-siȯk, Chhoā ǹg-bāng kàu kiat-kiȯk, Iâ-sơ siȯk goá .	我欠缺主保足， 伊寶血罪替贖， 悉向望到結局， 耶穌屬我。
Sui-jiân kū-sèng goân-chāi, Iâ-sơ siȯk goá, Tuì-tėk kè-bô͘ hām-hāi, Iâ-sơ siȯk goá.	雖然舊性原在， 耶穌屬我， 對敵計謀陷害， 耶穌屬我。
Oá-khò Kiù-chú chiâ^{n}-sèng, Chheng-gī, tì-sek chò-sêng, Khah-iâ^{n} tuì-tėk koân-lêng, Iâ-sơ siȯk goá.	倚靠救主成聖， 清義、智識造成， 較贏對敵權能， 耶穌屬我。
Goān Chú kín lâi piàn-hoà, Iâ-sơ siȯk goá, Goá sin nā I êng-hoâ, Iâ-sơ siȯk goá;	願主緊來變化， 耶穌屬我， 我身若伊榮華， 耶穌屬我；
Chiap kàu hȧp-hun iân-siȧh, Lȯk-hn̂g kap Chú lim-chiȧh, Kú-tn̂g êng-kng kàu-giȧh, Iâ-sơ siȯk goá .	接到合婚筵席， 樂園佮主啉食， 久長榮光到額， 耶穌屬我。

載於《臺南府城教會報》，第三卷，一八八五年九月

Khiam-pi（謙卑）

作者　不詳

譯者　不詳

【作者】

不著撰者，譯自中國廣東汕頭基督教會出版之雜錄，原本用汕頭話記載。（顧敏耀撰）

【譯者】

不著譯者。

Khiam-pi	謙卑
1886.06 Tē Cha̍p-it tiuⁿ p.79	1886.06 第十一張 p.79
(Chit-siú ê si pún sī hoan-e̍k Soàⁿ-thâu ê khiuⁿ, ìn tī in-ê Kong-hoē Cha̍p-lio̍k; āu--lâi goán hoan-e̍k Tâi-oân ê khiuⁿ, lâi ìn tī chia.)	（這首的詩本是翻譯汕頭的腔，印佇的公會雜錄；後來阮翻譯臺灣的腔，來印佇遮。）
1. Khoàⁿ Eng-jî tī bé-chô lāi, I kha-ē bo̍k-chiá kèng-pài: Sī goá Chú! Sèng-keng só͘ kì-chài, sī goá Chú! Êng-kng ê Chú-cháiⁿ. Ēng khiam-pi, ēng sim pài-kuī, jīn goá Chú chì-chun chì-kuì.	1. 看嬰兒佇馬槽內，伊跤下牧者敬拜：是我主！聖經所記載，是我主！榮光的主宰。用謙卑，用心拜跪，認我主至尊至貴。
2. Khoàⁿ chit-lâng tī Ná-sat-le̍k, sūn pē-bó, chin ū hàu-tek: (Muí-chat tio̍h soà gîm ē-bīn sì-choā.)	2. 看這人佇拿撒勒，順父母，真有孝德：（每節著續吟下面四逝。）
Sī goá Chú! Sèng-keng só͘ kì-chài, sī goá Chú! Êng-kng ê Chú-cháiⁿ. Ēng khiam-pi, ēng sim pài-kuī, jīn goá Chú chì-chun chì-kuì.	是我主！聖經所記載，是我主！榮光的主宰。用謙卑，用心拜跪，認我主至尊至貴。
3. Khoàⁿ chit-lâng moá-sim hoân-ló, tī khòng-iá kìm-chia̍h iau-gō: (Koh gîm hit sì-choā.)	3. 看這人滿心煩惱，佇曠野禁食枵餓：（閣吟彼四逝。）

（續）

4. Lia̍p-sat-lō͘ bōng-chêng lâi thia^{n}, sī chit-lâng ai-khàu ê sia^{n}: (koh gîm hit sì-choā.)	4. 拉撒路墓前來聽，是這人哀哭的聲： （閣吟彼四逝。）
5. Àm-mî tī Khek-se-má-nî, kiû Siōng-tè chiâ^{n} I chí-ì: (koh gîm hit sì-choā.)	5. 暗暝佇客西馬尼，求上帝成伊旨意： （閣吟彼四逝。）
6. Khoà^{n} I sí tī sip-jī-kè, lâu pó-hoeh lâi kiù Thi^{n}-ē: (koh gîm hit sì-choā.)	6. 看伊死佇十字架，流寶血來救天下： （閣吟彼四逝。）
7. Phoà-khui bōng tuì sí koh-oa̍h, lîn-bín lâng, si-in bô-soah: (koh gîm hit sì-choā.)	7. 破開墓對死復活，憐憫人，施恩無煞： （閣吟彼四逝。）
8. Kia̍h-ba̍k khoà^{n} thi^{n}-téng chō-uī, chip koân-pèng koán-lí bān-luī: (koh gîm hit sì-choā.)	8. 擇目看天頂座位，執權柄管理萬類： （閣吟彼四逝。）

載於《臺南府城教會報》，第十一卷，一八八六年六月

Chhú-siān ê Jū-giân（取善的喻言）

作者　不詳
譯者　鍾文振

【作者】

不著撰者，譯自中國上海某份月報。（顧敏耀撰）

【譯者】

鍾文振（Cheng Bûn-chín，？～？），基督教長老教會創設之神學校畢業，後於彰化教會、斗六教會、富里教會、嘉義東門教會、楠梓教會等教會擔任傳道師，一八八六年十一月於《臺南府城教會報》第十七卷發表白話字翻譯作品〈取善的喻言〉，其餘生平不詳。（顧敏耀撰）

Chhú-siān ê Jū-giân	取善的喻言
1886.11 tē 17 Tiuⁿ p.127	1886.11 17 張 p.127
(Chit-phiⁿ pún sī ìn tī Siōng-hái ê Goa̍t-pò, taⁿ hō͘ Cheng Bûn-chín hoan-e̍k--ê. Lāi-bīn só͘ kóng sī teh phì-jū tō-lí, lâng m̄-Chai lia̍h-chò sī lóng ū-iáⁿ.)	（這篇本是印佇上海的月報，今予鍾文振翻譯的。內面所講是咧譬喻道理，人毋通掠做是攏有影。）
Siōng-kó͘ Tông Gì ê sî, ē poe ê luī, chiū-sī Chhân-iⁿ, N̂g-phang, Bi̍t-phang, saⁿ-ê kiat-chò pêng-iú, ū chi̍t-ji̍t tī hia̍t-lāi tāi-ke teh siong-gī. Bi̍t-phang chiū tāi-seng kóng, tong-kim ê sî Sùn-tè chhe i-ê jîn-sîn Ek ēng hoé sio soaⁿ-nâ, hoé chi̍t-ē sio chin-mé, khîm-siù cháu khì bih, goán chiah-ê sī sió-khoá ê seng-khu, thài ē pêng-an khiā-khí tī chit sè-kan? Chhân-iⁿ kóng, Goán chiah-ê ū tha̍k-chheh, chiū chai chheh-lāi ê ì-sù. Ia̍h-keng ū kóng, chek-siān ê ke, tek-khak ū kiat-khèng; chek put-siān ê ke, tek-khak ū chai-iong; nā	上古 Tông Gì 的時，會飛的類，就是田嬰、黃蜂、蜜蜂，三个結做朋友，有一日佇穴內大家咧商議。蜜蜂就代先講，當今的時舜帝差伊的人臣益用火燒山林，火一下燒真猛，禽獸走去匿，阮遮的是小可的身軀，汰會平安徛起佇這世間？田嬰講，阮遮的有讀冊，就知冊內的意思。易經有講，積善的家，的確有吉慶；積不善的家，的確有災殃；若愛平安佇這世間，的確著做好。黃蜂應講，你讀冊會曉講冊句；我無讀冊會曉講俗語。俗語有講，人善，被人欺；馬

（續）

ài pêng-an tī chit sè-kan, tek-khak tio̍h chò-hó. N̂g-phang ìn kóng, Lí tha̍k-chheh ē-hiáu kóng chheh-kù; goá bô tha̍k-chheh ē-hiáu kóng sio̍k-gú. Sio̍k-gú ū kóng, Lâng siān, pī lâng khi; bé siān, pī lâng khiâ. Goá ài pêng-an khiā-khí tī sè-kan, tio̍h ū tì-sek ióng-béng. Goá ū o̍h chit-ê kiàm-hoat, nā-sī lâng lâi jiá--goá, goá chiū ēng kiàm kā i chhì, i chiū m̄-ká^{n} sí-tng goá, goá chiū ū pêng-an. Kóng-soah lóng poe--khì. Bi̍t-phang khí-thâu sìn Chhân-i^{n} ū lí, āu--lâi koh thia^{n}-kì^{n} N̂g-phang ê oē, iū ū lí, iā o̍h chit-ê kiàm-hoat, to̍k-to̍k sim-lāi tiû-tû put-koat, m̄-chai thàn chī-chuī khah tio̍h, thớ-khuì bô-soah.	善，被人騎。我愛平安徛起佇世間，著有智識勇猛。我有學一个劍法，若是人來惹我，我就用劍共伊刺，伊就毋敢死當我，我就有平安。講煞攏飛--去。蜜蜂起頭信田嬰有理，後來閣聽見黃蜂的話，又有理，也學一個劍法，獨獨心內躊躇不決，毋知趁 chī-chuī 較著，吐氣無煞。
Hut-jiân ū chit-chūn chheng-hong, chiū-sī Thi^{n}-sài lo̍h--lâi, miâ chò Sîn-sian, thia^{n}-kì^{n} Bi̍t-phang thớ-khuì ê sia^{n}, kīn-oá lâi mn̄g kóng: Bi̍t-phang ah! Lí sī ē poe ê mi̍h, siá^{n}-sū teh thớ-khuì? Bi̍t-phang ìn kóng, Goá ū nn̄g-ê pêng-iú, chit-ê kóng, tio̍h kiâ^{n}-hó lâi pó seng-khu, chit-ê kóng, tio̍h ū tì-ióng lâi pó seng-khu, hơ̄ goá m̄-chai tio̍h thàn chī-chuī, sớ-í thớ-khuì. Sîn-sian kóng, Lí sī sió-khoá ê mi̍h, siá^{n}-sū kiû kàu hiah iàu-kín leh? Ta^{n} goá beh chí-sī lí, chhin-chhiū^{n} Chhân-i^{n} sớ kóng, kiâ^{n} hó lâi pó seng-khu, sī ka-kī lia̍h-chò tì-ióng, che lóng bô sím-mi̍h thang chhú; in-uī bān-mi̍h ê tiong-kan, sī lâng chò chú, nā tit-tio̍h lâng ê thióng-ài chiū kóng sī hó; thi^{n}-tē bān-mi̍h sī Siōng-tè chò-chú, nā tit-tio̍h Siōng-tè ê thióng-ài, chiū ū éng-oán ê êng-hoâ. Bi̍t-phang kóng, Sit-chāi tio̍h chái^{n}-iū^{n} ē tit-tio̍h lâng ê thióng-ài? Sîn-sian kóng,	忽然有一陣清風，就是天使落來，名做神仙，聽見蜜蜂吐氣的聲，緊倚來問講：蜜蜂啊！你是會飛的物，啥事咧吐氣？蜜蜂應講，我有兩个朋友，一个講，著行好來保身軀，一个講，著有智勇來保身軀，予我毋知著趁 chī-chuī，所以吐氣。神仙講，你是小可的物，啥事求到遐要緊咧？今我欲指示你，親像田嬰所講，行好來保身軀，是家己掠做智勇，這攏無甚物通取；因為萬物的中間，是人做主，若得著人的寵愛就講是好；天地萬物是上帝做主，若得著上帝的寵愛，就有永遠的榮華。蜜蜂講，實在著怎樣會得著人的寵愛？神仙講，人袂會，上帝無袂會，就人所愛的，是糖佮蠟定定；你若會採花來放蜜做蠟，就人愛蜜佮蠟，所以寵愛你。蜜蜂敬服伊講，早日我毋明白這个是好，今聽見你所講的話，就知這个毋是對家己，是對

（續）

Lâng bē-ē, Siōng-tè bô bē-ē; chiū lâng só͘ ài ê, sī thn̂g kap la̍h tiāⁿ-tiāⁿ; lí nā ē chhái-hoe lâi pàng-bi̍t chò-la̍h, chiū lâng ài bi̍t kap la̍h, só͘-í thióng-ài lí. Bi̍t-phang kèng-hok i kóng, Chá-ji̍t goá m̄ bêng-pe̍k chit-ê sī hó, taⁿ thiaⁿ-kìⁿ lí só͘-kóng ê oē, chiū chai chit-ê m̄-sī tuì ka-kī, sī tuì lâng ê thióng-ài; khó-sioh goá bē-ē chò. Sîn-sian kóng, Goá só͘ tiám-hoà--ê, chio̍h-thâu iā ē chhut-siaⁿ, thin-hoe iā ē tuī-tē; nā sìn goá ê tiám-hoà ū sím-mi̍h bē-ē? Bi̍t-phang kóng, Goá sìn ah, chhiáⁿ lí kā goá tiám-hoà. Sîn-sian chiū chiong i-ê kha-chiah tiám chi̍t-ē kóng, Khì ah, lí ū sìn chiàⁿ-lí. (1886.11 P.127)	人的寵愛；可惜我袂會做。神仙講，我所點化的，石頭也會出聲，天花也會墜地；若信我的點化有甚物袂會？蜜蜂講，我信啊，請你共我點化。神仙就將伊的尻脊點一下講，去啊，你有信正理。

載於《臺南府城教會報》，第十七卷，一八八六年十一月

Lūn Kiù Chia̍h A-phiàn ê Lâng（論救食阿片的人）

作者 不詳

譯者 San 先生

【作者】

不著撰者，譯自某則新聞報導。（顧敏耀撰）

【譯者】

San 先生，目前僅見曾於一八八八年一月在《臺南府城教會報》發表譯作〈論救食阿片的人〉，其餘生平不詳。（顧敏耀撰）

Lūn Kiù Chia̍h A-phiàn ê Lâng	論救食阿片的人
1888.01 Tē San-Cha̍p-it Tiuⁿ p.100	1888.01 第三十一張 p.100
(Chit phiⁿ sī San sian-siⁿ tuì sin-bûn hoan-e̍k--ê.)	（這篇是 San 先生對新聞翻譯的。）
Lāi-séng Kong-hoē ê Kàm-tok, ū kàu Soaⁿ-sai séng, kóng tú-tio̍h pún-toē ê hiaⁿ-tī ka-kī liáu chîⁿ, siat koé a-phiàn ke̍k. I kàu bó͘ siâⁿ, khoàⁿ-kìⁿ ū poeh-káu-cha̍p lâng pài Siōng-tè , lóng sī tuì chit-ê koé a-phiàn ke̍k tit-tio̍h kiù .	內省公會的監督，有到山西省，講拄著本地的兄弟家己了錢，設改鴉片局。伊到某城，看見有八九十人拜上帝，攏是對這個改鴉片局得著救。
Ū chit-ê pún-toē Bo̍k-su ka-kī chhut chîⁿ, chóng-tng koé a-phiàn ke̍k ê chek-sêng. Chit-ê Bo̍k-su ê sim chin hó, í-keng siat chit-ê ke̍k tī bó͘ só͘-chāi, koh ài kè-bō͘ siat chit só͘-chāi; ta̍k chá-khí lé-pài ê sî, chit jit kè chit jit, siông-siông chiong chit-ê tāi-chì kî-tó. Kàu-bé i-ê hū-jîn-lâng kā i kóng, Lí siáⁿ-sū siông-siông in-uī chit só͘-chāi kî-tó, siáⁿ-sū m̄-khì siat, chhin-chhiūⁿ pa̍t só͘-chāi chit-iūⁿ? Ìn kóng, Goá ê chîⁿ lóng liáu, bô pa̍t-hāng	有一个本地牧師家己出錢，總當改鴉片局的責成。這個牧師的心真好，已經設一个局佇某所在，閣愛計謀設一所在；逐早起禮拜的時，一日過一日，常常將這个代誌祈禱。到尾伊的婦人人共伊講，你啥事常常因為這所在祈禱，啥事毋去設，親像別所在一樣？應講，我的錢攏了，無別項錢通做這个路用，著聽候上帝賞賜。婦人人講，Hōⁿ！著用偌濟才會設？講，Hāiⁿ！若欲設著有二三

（續）

chî^{n} thang choè chit-ê lơ̄-ēng, tio̍h thèng-hāu Siōng-tè siú^{n}-sù. Hū-jîn-lâng kóng, Hơ̄^{n}! Tio̍h ēng joā-choē chiah oē siat? Kóng, Hāi^{n}! Nā beh siat tio̍h ū jī-sa^{n}-cha̍p chheng chî^{n} chiah oē. Hū-jîn-lâng thia^{n}-kì^{n} chiū khì, bô koh kóng sím-mi̍h. Tē jī chá-khí, chit-ê Bo̍k-su iû-goân in-uī chit-ê tāi-chì kî-tó bêng-pe̍k, i-ê hū-jîn-lâng chiū-kūn i , koā^{n} chit- ê chhiú-kun toé mi̍h , kā i kóng, Chit lāi-bīn ū goá ê chhiú-khoân, hī-kau, chiam-á,chhiú-sek, khì boē, sớ tit-tio̍h ê gûn pí lí sớ khiàm--ê iáu khah choē; án-ni thang khui chit- ê koé a-phiàn ke̍k , goá bián ēng chiah-ê mi̍h .	十千錢才會。婦人人聽見就去，無閣講甚物。第二早起，這个牧師猶原因為這个代誌祈禱明白，伊的婦人人就近伊，揞一个手巾貯物，共伊講，這內面有我的手環、耳鉤、簪仔、手飾，去賣，所得著的銀比你所欠的猶較濟，按呢通開這个改鴉片局，我免用遮的物。
Hit-ê Bo̍k-su kā Kam-tok kóng, Goá bô oē thang kā lí kóng chit ê tāi-chì , m̄ chai thang khui chit-keng koé a-phiàn ke̍k choè tē-it hoa^{n}-hí, á-sī tit-tio̍h hū-jîn-lâng oē khek-kí thāi-jîn choè koh khah hoa^{n}-hí .	彼个牧師共監督講，我無話通共你講這个代誌，毋知通開這間改鴉片局做第一歡喜，抑是得著婦人人會克己待人做閣較歡喜。
Kam-tok kóng, Goá lé-pài-ji̍t khì i ê chhù , put-chí ū pêng-an, chū-jiân ū kap i kóng-oē . Goá chiū kā i kóng, Lí pàng-sak chiah ê chhiú-sek, kiám bô khớ mah? In-uī goá chai Tiong-kok ê hū-jîn-lâng, chhin-chhiū^{n} Tang-sì chiah-ê kok ê hū-jîn-lâng, iā long-sī tiōng chit-hō mi̍h, lia̍h chng-thā^{n} choè iàu-kín. Ta^{n} chit-ê sian-si^{n}-niû chīn pêng-an, chiū khoà^{n} i-ê bīn, sui-jiân bē kóng-oē, goá í-keng chai i beh kóng sím-mi̍h oē.	監督講，我禮拜日去伊的厝，不止有平安，自然有佮伊講話。我就共伊講，你放揀遮的手飾，敢無苦嗎？因為我知中國的婦人人，親像東勢遮的國的婦人人，也攏是重這號物，掠妝飾做要緊。今這个先生娘盡平安，就看伊的面，雖然袂講話，我已經知伊欲講甚物話。
I ìn kóng, Bô goá chin hoa^{n}-hí; goá í-keng tit-tio̍h Chú Iâ-sơ choè hó-gia̍h, goá kiám bô hơ̄ lâng ti-chiok.	伊應講，無我真歡喜，我已經得著主耶穌做好額，我敢無予人知足。
Kam-tok kóng, Hāi^{n}! Pêng-iú ah, goá oh-tit	監督講，Hāi^{n}！朋友啊，我得通共恁

（續）

thang kā lín kóng, goá hoa^{n}-hí kàu lâu bȧk-sái. Í-keng 20 nî kú, ū thoè Soa^{n}-se kap keh-piah séng kî-tó, nā-sī sui-bóng bē bat kàu hia, ta^{n} thâu-chi̇t-pái kàu chit tè, goá tú-tiȯh lâng uī-tiȯh Chú ê miâ siū toā kan-khó͘, ū-ê sit-lȯh i ê miâ, ū-ê hō͘ koa^{n}-hú hián-bêng lêng-jiȯk i, ū-ê sit-lȯh ke-giȧp, ū chi̇t lâng hō͘ i ê bó͘ lī-khui i, in-uī m̄-ài kap pài Siōng-tè ê lâng sa^{n}-kap khiā-khí. Goá kàu pȧt-séng tú-tiȯh pȧt-lâng siū tāng chhì -liān, ū chi̇t lâng hō͘ lâng koah i ê hī^{n}-á , chha-put-to hiám sí, siū chân-jím ê phah, koh ū lēng-goā ê lêng-jiȯk, chit-hō lâng iáu-kú hoa^{n}-hí siȯk Chú. In ū an-sim chìn-pō͘ tō-tek, pò-iông Ki-tok ê hok-im. Hāi^{n}! Goá ê sim kám-un, chin ài pêng-iú lín oē tit-thang thia^{n}-kì^{n} goá só͘ thia^{n}-kì^{n}, chȧp-hūn chi̇t-hūn ê kan-chèng. Koh khoà^{n}-kì^{n} hiah-ê lâng ê bīn kng-kng hoa^{n}-hí , nā oē khoà^{n}-kì^{n} in, tek-khak ke-thi^{n} lín ê hó-tá^{n}, heng-khí toā ǹg-bāng, Tiong-kok bô kú oē tit-tiȯh toā un.	講，我歡喜到流目屎。已經二十年久，有替山西及隔壁省祈禱，若是雖罔袂捌到遐，今頭一擺到這塊，我拄著人為著主的名受大艱苦，有的失落伊的名，有的予官府顯明凌辱伊，有的失落家業，有一人予伊的某離開伊，因為毋愛佮拜上帝的人相佮徛起。我到別省拄著別人受重試煉，有一人予人割伊的耳仔，差不多險死，受殘忍的拍，閣有另外的凌辱，這號人猶閣歡喜屬主。In 有安心進步道德，播揚基督的福音。Hāi^{n}！我的心感恩，真愛朋友恁會得通聽見我所聽見，十份一份的干證。閣看見遐的人的面光光歡喜，若會看見 in，的確加添認的好膽，興起大向望，中國無久會得著大恩。

載於《臺南府城教會報》，第三十一卷，一八八八年一月

Thian Tēng Sèng-jîn（天定聖人）

作者　不詳
譯者　許先生

【作者】

不著撰者，譯自某畫報。（顧敏耀撰）

【譯者】

許先生，僅知曾於一八九一年一月在《臺南府城教會報》發表譯作〈天定聖人〉，其餘生平不詳。（顧敏耀撰）

Thian tēng sèng-jîn	天定聖人
1891.01 Tē La̍k-Cha̍p-Peh Tiu^{n} p.100, 102	1891.01 第六十八張 p.100,102
(Khó͘ Sian-si^{n} tuì oā-pò hoan-e̍k--ê.) Khóng-chú kóng, “Kun-chú ê lâng, sim pê^{n}-thá^{n} kóng-khoah; siáu-jîn ê lâng, sim tn̂g-tn̂g iu-būn.” In-uī lâng ē sūn-thian an-bēng, chiū só͘ tú-tio̍h iā ka-tī an-ún, bô chi̍t só͘-chāi m̄ thò-tòng. Siat-sú ū su-sim khoà-lū him-bō͘ ài koá^{n}-kín tit-tio̍h kong-bêng lī-lō͘, beh thài-ē sî-sî hián-chhut khoài-lo̍k ê sim mah? Hô-hóng lâng só͘ khiā-khí ê só͘-chāi, an, guî, sūn, ge̍k só͘ tú-tio̍h--ê tē-it bô tiā^{n}-tio̍h. Ta^{n} ū chi̍t lâng khiā-khí tī ke̍k-guî ke̍k-ge̍k ê só͘-chāi iā bē tì-kàu sòng-sit i ê sì^{n}-miā, kàu boé ē tit-tio̍h pó-choân, in-uī ū thian-bēng tī hit tiong-kan.	（許先生對畫報翻譯的。）孔子講，「君子的人，心平坦廣闊；小人的人，心長長憂悶。」因為人會順天安命，就所拄著也家己安穩，無一所在毋妥當。設使有私心掛慮欣慕愛趕緊得著功名利祿，欲汰會時時顯出快樂的心嗎？何況人所徛起的所在，安、危、順、逆所拄著的第一無定著。今有一人徛起佇極危極逆的所在也袂致到喪失伊的性命，到尾會得著保全，因為有天命佇彼中間。
Chhin-chhiū^{n} chêng ū chi̍t-ê Hoê-hoê-kàu ê lâng miâ Ai-ki-pā. I in-uī pún-kok huí-luī jiáu-loān, chhut-goā kiâ^{n}-iû ta̍k kok; i chi̍t-sin só͘ toà ê mi̍h chí-ū sa^{n}-kiā^{n}, í-goā bô pa̍t	親像前有一個回回教的人名埃基巴。伊因為本國匪類擾亂，出外行遊逐國；伊一身所帶的物只有三件，以外無別件物。三件是甚物？1.就是一枝燈，佇暝

（續）

kiā^{n} mi̍h. Sa^{n}-kiā^{n} sī sím-mi̍h? 1. Chiū-sī chi̍t-ki teng, tī mê-kan lī-piān thang khoà^{n} keng-chheh. 2. Chi̍t-chiah ke, chá-khí thang thî, thia^{n}-kì^{n} i ê sia^{n} thang khí--lâi. 3. Chi̍t-phit lû-à, chhut-goā thang thè kiā^{n}. Ai-ki-pā chi̍t ji̍t tī lō͘--ni̍h tú-tio̍h ji̍t beh lo̍h-soa^{n} ê sî, koh sin-thé ū ià-siān, hut-jiân khoà^{n}-kì^{n} thâu-chêng ū hiu^{n}-chng, sim-lāi put-chí hoa^{n}-hí, phah-sǹg chng-lāi ê lâng tek-khak ē lîn-bín koè-lō͘ ê lâng-kheh, thang kā in chioh-hioh koè chi̍t mê. Kàu chng-tiong sì-kè kā lâng chioh-hioh, bô phah-sǹg hit chng--ni̍h ê lâng lóng-chóng bô hó-ì, bô chi̍t lâng beh chioh i toà. Hit chi̍t-sî ji̍t beh àm, chìn-thè lióng-lân, tī bô nāi-hô ê sî, khoà^{n}-kì^{n} chng-pi^{n} ū chi̍t-châng toā chhiū-nâ, lāi-bīn ìm-ńg chhe^{n}-chhuì, chiū tá^{n}-sǹg beh hit só͘-chāi koè chi̍t mê, chhin-chhiū^{n} poe-chiáu chiām hioh chhiū-nâ chi̍t-iū^{n}. Chiū kéng chi̍t uī lâi khùn, in-uī sng-koâ^{n} seh-tàng khùn bē chiâ^{n}-bîn, hoan-lâi hoan-khì ka-tī thó͘-khuì, iā ka-tī an-uì kóng, siū^{n} hit chng-tiong bô chi̍t lâng khéng lâu goá, tek-khak sī Siōng-tè ê chí-ì tāi-seng chù-tiā^{n}, khah ū hó-ì tī hit tiong-kan.	間利便通看經冊。2.一隻雞，早起通啼，聽見伊的聲通起來。3.一匹驢仔，出外通替行。埃基巴一日佇路裡拄著日欲落山的時，閣身體有厭瘄，忽然看見頭前有鄉庄，心內不止歡喜，拍算庄內的人的確會憐憫過路的人客，通共伊借歇過一暝。到庄中四界共人借歇，無拍算彼庄裡的人攏總無好意，無一人欲借伊蹛。彼一時日欲暗，進退兩難，佇無奈何的時，看見庄邊有一欉大樹林，內面蔭影青翠，就打算欲彼所在過一暝，親像飛鳥暫歇樹林一樣。就揀一位來睏，因為霜寒雪凍睏袂成眠，翻來翻去家己吐氣，也家己安慰講，想彼庄中無一人肯留我，的確是上帝的旨意代先註定，較有好意佇彼中間。
Tuì án-ni chiū khí-lâi chē, tiám-teng khoà^{n} keng-chheh, khoà^{n} boē kàu chi̍t ia̍h, chhiū-nâ-lāi khí kông-hong chiong teng chhoe-hoa. Ai-ki-pā chiū iû-goân ka-tī an-uì, koh kóng, Goá ài khoà^{n} keng-chheh iā m̄-thang mah? Che iā-sī Siōng-tè ū hó-ì hō͘ goá m̄-thang khoà^{n} keng-chheh. Tuì hit-tia̍p koh tó teh khùn, thèng-hāu thi^{n}-kng chiah koh phah-	對按呢就起來坐，點燈看經冊，看袂到一頁，樹林內起狂風將燈吹花。埃基巴就猶原家己安慰，閣講，我愛看經冊也毋通嗎？這也是上帝有好意予我毋通看經冊。對彼霎閣倒咧睏，聽候天光才閣拍算欲行，抑是欲歇，目睭拄仔合；就一隻豺狼來，對彼隻雞咬去。埃基巴閣講，清早咧叫我起來的朋友閣失落啦！

（續）

sṅg beh kiâ^{n} , á-sī beh hioh, ba̍k-chiu tú-á ha̍p; chiū chi̍t-chiah chhâi-lông lâi, tuì hit-chiah ke kā--khì. Ai-ki-pā koh kóng, Chheng-chá teh kiò goá khí--lâi ê pêng-iú koh sit-lo̍h lah! Che bô-m̄-sī Siōng-tè ê chí-ì. Nā-sī kin-á-ji̍t só͘ tú-tio̍h ê kéng-hóng sī chin khó͘-chhó͘, goá ê sán-gia̍p í-keng sit-lo̍h chi̍t toā poà^{n}, iáu-kú m̄-chai ū sím-mi̍h hoān-lān bô? Kóng tú-á soah, hut-jiân chi̍t-chiah sai lâi, chiong lû-á kā-khì chia̍h.	這無毋是上帝的旨意。若是今仔日所拄著的境況是真苦楚，我的產業已經失落一大半，猶閣毋知有甚物患難無？講拄仔煞，忽然一隻獅來，將驢仔咬去食。
Ai-ki-pā chiū thó͘-khuì kóng, Ke hō͘ chhâi-lông kā--khì, lû-á hō͘ sai kā--khì, teng hō͘ hong chhoe-hoa. Ta^{n} suî-sin só͘ toà ê sán-gia̍p it-chīn bô lah! Beh chái^{n}-iū^{n} ah! Beh chái^{n}-iū^{n} ah! Kin-á-ji̍t só͘ tú-tio̍h--ê si̍t-chāi chi̍t-sì-lâng só͘ boē bat ū--ê. Chiū chóan-tńg lâi siū^{n}, koh ka-tī an-uì kóng, Ta^{n} só͘ tú-tio̍h ê khó͘-chhó͘ lóng bô chhut tī Siōng-tè ê ì-goā. I só͘ kóng án-ni m̄-nā bô oàn-hīn Siōng-tè, koh o-ló Siōng-tè; o-lò soah koh tó teh khùn, hoan-lâi hoan-khì kàu poà^{n}-mê, bē-ē chiâ^{n}-bîn; thèng-hāu thi^{n}-kng chiū khì chng-lāi phah-sǹg ài beh bé chi̍t-chiah lû-á lâi thè kiâ^{n}. Kàu chng-tiong bô khoà^{n}-kì^{n} chi̍t lâng, sim-lāi teh gōng-ngia̍h kî-koài, hô-hòng sî í-keng m̄-sī chá, chiū ū-ê teh hó khùn, chiah oà^{n} kiám lóng bô chi̍t kháu-chàu ê lâng khí--lâi mah? Chiū ka-tī chi̍t-ê tī chng-lāi kiâ^{n}-lâi kiâ^{n}-khì; kiâ^{n} ū put-chí kú, iû-goân bô khoà^{n}-kì^{n} chi̍t lâng khí-lâi, sim-lāi toā-toā gî-ngāi, si̍t-chāi bē-hiáu-tit hit-ê iân-kò; chiū thèng-hāu kàu kú-kú, iû- goân sī án-ni. Kàu hit-sî bē-ē jím-tit, chiū tī ta̍k ke ê mn̂g-phāng thàm khoà^{n},	埃基巴就吐氣講，雞予豺狼咬去，驢仔予獅咬去，燈予風吹花。今隨身所帶的產業一盡無啦！欲怎樣啊！欲怎樣啊！今仔日所拄著的實在一世人所未捌有的。就轉轉來想，閣家己安慰講，今所拄著的苦楚攏無出佇上帝的意外。伊所講按呢毋但無怨恨上帝，閣呵咾上帝；呵咾煞閣倒咧睏，翻來翻去到半暝，袂會成眠；聽候天光就去庄內拍算愛欲買一隻驢仔來替行。到庄中無看見一人，心內咧戇 ngia̍h 奇怪，何況時已經毋是早，就有的咧好睏，遮晏敢攏無一口灶的人起來嗎？就家己一个佇庄內行來行去；行有不止久，猶原無看見一人起來，心內大大疑礙，實在袂曉得彼个緣故；就聽候到久久，猶原是按呢。到彼時袂會忍得，就佇逐家的門縫探看，看見厝內的情形，忽然大驚惶，因為厝內的身屍倒來倒去，肉血淋漓，閣有箱籠偃佇塗裡。埃基巴看見這號景況，忽然知是昨暝的確有大賊來刣人搶劫。

（續）

khoà^{n}-kì^{n} chhù-lāi ê chêng-hêng, hut-jiân toā kia^{n}-hiâ^{n}, in-uī chhù-lāi ê sin-si tó-lâi tó-khì, bah hoeh lîm-lî, koh ū siu^{n}-láng ián-tī thô͘--ni̍h. Ai-ki-pā khoà^{n}-kì^{n} chit-hō kéng-hóng, hut-jiân chai sī cha-mê tek-khak ū toā-chha̍t lâi thâi lâng chhiú^{n}-kiap.	
Hit-sî Ai-ki-pā ka-tī thó͘-khuì kóng, Goá khoà^{n} lán chit sè-chiū^{n} ê lâng, lóng chhin-chhiū^{n} kīn-sī ê ba̍k-chiu nā-tiā^{n}; khoà^{n} kīn ū khoà^{n}-kì^{n},khoà^{n} hn̄g chiū bô khoà^{n}-kì^{n}; khah chē sī án-ni. Koh bē kìm-tit ka-tī ê sim àm-chī^{n} hoa^{n}-hí kóng, Nā cha-mê chng-lāi ê lâng khéng chioh goá hioh, chiū goá soah kap chng-lāi ê lâng lóng-chóng bia̍t-bô. Nā teng bô hō͘ hong chhoe-hoa, kng chiò chhut chhiū-nâ-goā chha̍t tek-khak chai chhiū-nâ-lāi ū lâng; ke nā bô hō͘ chhâi-lông kā--khì, chi̍t-ē thî tek-khak hō͘ chha̍t thia^{n}-kì^{n}; iū-koh lû-á bô hō͘ sai kā--khì, chha̍t thia^{n}-kì^{n} lû-á háu ê sia^{n}, chiū ē chai chhiū-nâ-lāi ū lâng tek-khak ē lâi kiap-sat, goá kiám m̄-sī hō͘ teng, ke, lû-á só͘ liân-luī mah? Nā-sī goá ê mi̍h bô--khì, lâng ē tit-tio̍h pó-choân tī-teh. Che nā m̄-sī Siōng-tè ê khuì-la̍t bē-ē án-ni. Ta^{n} í-āu goá to̍k-to̍k oá-khò Siōng-tè.	彼時埃基巴家己吐氣講，我看咱這世上的人，攏親像近視的目睭但定；看近有看見，看遠就無看見，較濟是按呢。閣袂禁得家己的心暗靜歡喜講，若昨暝庄內的人肯借我歇，就我煞佮庄內的人攏總滅無。若燈無予風吹花，光照出樹林外賊的確知樹林內有人；雞若無予豺狼咬去，一下啼的確予賊聽見；又閣驢仔無予獅咬去，賊聽見驢仔吼的聲，就會知樹林內有人的確會來劫殺，我敢毋是予燈，雞，驢仔所連累嗎？若是我的物無去，人會得著保全佇咧。這若毋是上帝的氣力袂會按呢。今以後我獨獨倚靠上帝。
Hai^{n}! Chhin-chhiū^{n} Ai-ki-pā ê lâng khiā-khi̍ ke̍k-guî ke̍k-ge̍k ê só͘-chāi, lóng bô oàn-hīn Siōng-tè, iā bô koè-siàu lâng, khiā-khí kan-khó͘ ê kéng-hóng lia̍h-chò pêng-siông, chiū thang kóng i sī “Ti thian-bēng ê kun-chú; iā thang kóng i sī ta̍t thian-bēng ê kun-chú.”	Hai^{n}！親像埃基巴的人徛起極危極逆的所在，攏無怨恨上帝，也無怪誚人，企起艱苦的境況掠做平常，就通講伊是「知天命的君子；也通講伊是達天命的君子。」

載於《臺南府城教會報》，第六十八卷，一八九一年一月

Lūn Siōng-tè Chù-tiāⁿ ê Sî（論上帝註定的時）

作者　不詳
譯者　不詳

【作者】

不著撰者，譯自《英國新聞報》。（顧敏耀撰）

【譯者】

不著譯者。

Lūn Siōng-tè Chù-tiāⁿ ê Sî	論上帝註定的時
1891.9 Tē 77 Tiuⁿ p.67～70	1891.9 第 77 張 p.67～70
(Hoan-e̍k Eng-kok Sín-bûn-pò) Iok-hān 2:4 kì Chú Iâ-sơ ê oē kóng, "Goá ê sî iáu-boē kàu" Koh kì nn̄g koè, kóng, "In-uī i-ê sî iáu-boē kàu, só͘-í bô lâng lia̍h i. (Iok-hān 7:30; 8:20). Kàu āu-lâi koh kì, "Iâ-sơ chai i-ê sî kàu" (Iokhān 13:1); koh siāng hit e-hng Iâ-sơ iā kî-tó, kóng, "Pē ah,sî kàu lah" (Iok-hān 17:1).	（翻譯英國新聞報） 約翰 2:4 記主耶穌的話講：「我的時猶未到」。擱記兩過，講：「因為伊的時猶未到，所以無人掠伊。（約翰 7:30；8:20）」。到後來閣記，「耶穌知伊的時到」（約翰 13:1）；閣 siāng 彼下昏耶穌也祈禱，講：「爸啊，時到啦」（約翰 17:1）。
Taⁿ chit-ê sî sī sím-mih? Chiū-sī Siōng-tè chù-tiāⁿ ê sî,hō͘ chit-sì-lâng ê cho-gū, put-lūn hoaⁿ-hí iu-būn,thoa-boâ khó͘-thàng lóng-sī phoè kàu tú-tú-hó. Ē-tit hián-bêng Siōng-tè ê êng-kng,che chiàⁿ-sī Ki-tok chiong-sin iàu-kín ê sū-gia̍p. Tē it tiōng ê sî-hāu chiū-sī tī Tok-lô͘ hō͘ lâng tèng-sí hit-tia̍p,só͘-í teh kóng-khí "I ê sî iáu-boē kàu", khah siông sī chí tī chit-ê tāi-chì.	今這个時是甚物？就是上帝註定的時，予一世人的遭遇，不論歡喜憂悶，拖磨苦痛攏是配到拄拄好。會得顯明上帝的榮光，這正是基督終身要緊的事業。第一重的時候就是佇髑髏予人釘死彼霎，所以咧講起「伊的時猶未到」，較常是指佇這个代誌。
Chóng-sī ta̍k hāng sū Kiù-chú tì-ì Siōng-tè tiāⁿ-tio̍h ê sî,iàu-kín hāu kàu tú-tú hit-sî	總是逐項事救主致意上帝定著的時，要緊候到拄拄彼時才去做。設使人奇怪伊

（續）

chiah khì chò. Siat-sú lâng kî-koài i thài m̄ án-ni chò,i chiū kóng, “Sî iáu-boē kau”—che chiū-sī liah i Pē só͘ chù-tiā^{n} ê sî chò i ka-tī ê sî.	thài 毋按呢做，伊就講：「時猶未到」—這就是掠伊父所註定的時做伊家己的時。
Ū chit-pái I ê lāu-bó Má-lī-a ài i kín-kín hián-chhut I ê êng-kng (Iok-hān 2:3). Kiù-chú kú m̄ ài koá^{n}-kín,sî nā boē kàu,i m̄ ài lio̍h-á tāi-sing khì chò;iū-koh hit-ê sî m̄ sī I ê lāu-bó só͘ ē chai--tit.Má-lī-a iā tio̍h chai Iâ-so͘ kì-jiân chò Siōng-tè ê kiá^{n},chiū m̄-sī i só͘ ē koán-hat--tit,hoán-tńg tio̍h sūn I. Má-lī-a liâm-pi^{n} chai-tńg (5 chat), Siōng-tè ê sî kàu, Kiù-chú chiah ē chò,ta̍k-hāng hó-sè. Nā-sī lâng bô tú-tú thàn Siōng-tè ê sî,tek-khak sit-gō͘.	有一擺伊的老母馬利亞愛伊緊緊顯出伊的榮光（約翰 2:3）。救主閣毋愛趕緊，時若未到，伊毋愛略仔代先去做；又閣彼个時毋是伊的老母所會知得。馬利亞也著知耶穌既然做上帝的囝，就毋是伊所會管轄得，反轉著順伊。馬利亞連鞭知轉（5 節），上帝的時到，救主才會做，逐項好勢。若是人無拄拄趁上帝的時，的確失誤。
Án-ni i teh chò-kang ê sî khiok-sī chiàu tú-hó ê sî lâi chò,chiū-sī i teh siū-khó͘ ê sî iû-goân m̄-ká^{n} chò-chêng á-sī thè-āu. Siōng-tè só͘ tēng beh hō͘ i sí, hit-sî boē kàu, i ê sè^{n}-miā chóng bē phah-bô--khì—“Bô lâng thang lia̍h i”, khiok ū chit-pái teh kóng, “Lâng ài beh lia̍h Iâ-so͘” (Iok-hān 7:30), nā-sī i teh siú-hāu Siōng-tè ê sî,chiū tit Siōng-tè pó-pì, só͘-í bô lâng kāng i ē tio̍h.	按呢伊咧做工的時卻是照拄好的時來做，就是伊咧受苦的時猶原毋敢做前抑是退後。上帝所定欲予伊死，彼時未到，伊的性命總袂拍無去—「無人通掠伊」，卻有一擺咧講：「人愛欲掠耶穌」（約翰 7:30），若是伊咧守候上帝的時，就得上帝保庇，所以無人共伊會著。
Khó-kiàn Siōng-tè hō͘ i sí ê sî iáu-boē kàu, sim-lāi an-jiân, lóng bô khū-phà^{n} lâng. Chóng-sī iû-goân bô beh lām-sám khì lāng-hiám phoe-miā, chiah bián-tit hō͘ Siōng-tè ê chí-ì bē-tit chiâ^{n}, só͘-í ū chit nn̄g pái lâng beh hāi i,i chiū bóng-tô. (Lō͘-ka 4:30; Iok-hān 8:59; 10:39.)	可見上帝予伊死的時猶未到，心內安然，攏無懼怕人。總是猶原無欲濫糝去弄險批命，才免得予上帝的旨意袂得成，所以有一兩擺人欲害伊，伊就罔逃。（路加 4:30；約翰 8:59；10:39。）
Kàu-sî chit-ē kàu, Kiu-chú án-chái^{n}-iū^{n} hô-kia̍t lâi tí-tòng i? I ê chì-khì khiok ū nn̄g hāng ê chhiat-iàu. Chit-hāng sī ài hián-bêng kui êng-kng hō͘ Siōng-tè (Iok-hān 12:28; 17:1);	到時一下到，救主按怎樣豪傑來抵擋伊？伊的志氣卻有兩項的切要。一項是愛顯明歸榮光予上帝（約翰 12:28；17:1）；一項是欲表明伊疼痛眾人（約翰

（續）

chit-hāng sī beh piáu-bêng I thiàⁿ-thàng chèng-lâng (Iok-hān 13:1). Án-ni chiah hiat-hàn kam-goān tam-tng.	13:1）。按呢才血漢甘願擔當。
Tī hit sî-chūn I ê sim tit-tit ài êng-hián i ê Pē, só͘-í chò chit-ē hoat--chhut-lâi. Tī hit boé-pái siū-khó͘ kàu sí, iā sī chiâu-chiâu èng-giām I só͘ kóng ê oē:"Jîn-chú kàu m̄ sī beh chhe-ēng lâng, sī beh hō͘ lâng chhe-ēng" (Má-thài 20:28). Án-ni chiū chai tī hit-sî sui-jiân siū-tio̍h khó͘-thàng, iáu-kú sī tit-tio̍h êng-kng; khoàⁿ-lâi chhin-chhiūⁿ khah-su, kiù-sit toā-toā khah-iâⁿ; miâ kóng kiò-sī sí, kiù-kèng kú sī oa̍h.	佇彼時陣伊的心直直愛榮顯伊的爸，所以做一下喝出來。佇彼尾擺受苦到死，也是齊齊應驗伊所講的話：「人子到毋是欲差用人，是欲予人差用」（馬太20:28）。按呢就知佇彼時雖然受著苦痛，猶過是得著榮光；看來親像較輸，究實大大較贏；名講叫是死，究竟閣是活。
Hoān lán sìn-Chú ê lâng kok lâng iā ū Siōng-tè só͘ chù-tiāⁿ ê sî. Iàu-kín tio̍h ē chai hiah-ê sî-chūn, chiah ē sūn Siōng-tè ê chí-ì. Chāi sè-kan lâng khoàⁿ chiah-ê sū kiám-chhái lia̍h-chò pêng-siông, chāi teh kau-poê Siōng-tè ê lâng, sī lia̍h hit-chit-sî tú-hó thang êng-hián Siōng-tè; iū-koh Siōng-tè ê êng-kng iā sī lâng it-seng só͘ tio̍h ǹg-hiòng--ê.	凡咱信主的人各人也有上帝所註定的時。要緊著會知遐的時陣，才會順上帝的旨意。在世間人看遮的事檢采掠做平常，在咧交陪上帝的人，是掠彼一時拄好通榮顯上帝；又閣上帝的榮光也是人一生所著向向的。
Hô-hòng-kiam keng-koè hit-hō sî chóng bē bián-tit tio̍h siū-khó͘, in-uī tiàm hoān-kan tek-khak tio̍h ū kan-khó͘, chiah ē hián-bêng hó tek-hēng lâi kui êng-kng Siōng-tè. (Khoàⁿ Iok-pek it jī chiuⁿ chiū chai.)	何況兼經過彼號時總袂免得著受苦，因為踮凡間的確著有艱苦，才會顯明好德行來歸榮光上帝。（看約伯一二章就知。）
Siat-sú lâng nā ē chai sè-chiūⁿ ì-goā ê chhì-liān, ta̍k-hāng bô m̄-sī Siōng-tè chù-tiāⁿ--ê, chiū sim tek-khak tit-tio̍h toā pêng-an. Nā iáu-boē sī i ê chí-ì, chiū tú bē tio̍h; i ê chí-ì nā kàu, iā bô iông lâng iân-chhiân. Lán tio̍h kín-sīn kiaⁿ-liáu uî-ke̍h Siōng-tè ê sî, put-lūn	設使人若會知世上意外的試煉，逐項無毋是上帝註定的，就心的確得著大平安。若猶未是伊的旨意，就拄袂著；伊的旨意若到，也無容人延延。咱著謹慎驚了違抗上帝的時，不論傷趕緊，抑是傷延緩，攏會失落上帝好的旨意。

（續）

siu^{n} koá^{n}-kín, á-sī siu^{n} chhiân-oān, lóng ē sit-lo̍h Siōng-tè hó ê chí-ì.	
Siōng-tè ū sî beh chiong ke̍k-biāu ê chin-lí lâi kà-sī lán, chóng-sī i tāi-seng tiám-chhé^{n} lán ê sim-khiàu, i ê kà-sī chiah bián-tit kui tī khang-khang (Iok-hān 16:12,13). Hit-ê sî lán tio̍h chù-sîn tì-ì, m̄-thang pàng bô iàu-kín.	上帝有時欲將極妙的真理來教示咱，總是伊代先點醒咱的心竅，伊的教示才免得歸佇空空（約翰 16:12，13）。彼个時咱著注神致意，毋通放無要緊。
Siōng-tè ū sî beh hō͘ lán kín-sīn kî-tó, lâi tî-hông teh-beh kàu ê chai-eh; lán hit-sî nā hut-lio̍k--khì, chiū sit-liáu le̍k-liōng khuì-la̍t, tì-kàu bē-kham-tit tí-tng (Má-thài 26:40,41,56).	上帝有時欲予咱謹慎祈禱，來持防咧欲到的災厄；咱彼時若忽略去，就失了力量氣力，致到袂堪得抵當（馬太 26:40，41，56）。
Siōng-tè ū sî só͘ ín--ê bô liâm-pi^{n} sêng, khiok-sī teh-beh chhì lán, khoà^{n} lán ē-hiáu-tit choan-sim kan-ta khò i ê oē bē (Si-phian 105:19).	上帝有時所允的無連鞭成，卻是咧欲試咱，看咱會曉得專心干單靠伊的話袂（詩篇 105:19）。
Chai Siōng-tè bô hun-hô ê sit-gō͘, tio̍h sî kàu chiah ē tú-tio̍h. Che sī hō͘ lán ê sim ē pàng-tá^{n} sî-kàu sî-tng, chhin-chhiū^{n} lán ê Kiù-chú chi̍t-iū^{n}. Lán nā siū^{n} lô-lo̍k iáu-boē moá, tek-khak bē kàu sí, chiū m̄-bián khoà-lū sè^{n}-miā siū hām-hāi.	知上帝無分毫的失誤，著時到才會拄著。這是予咱的心會放膽時到時當，親像咱的救主一樣。咱若想勞碌猶未滿，的確袂到死，就毋免掛慮性命受陷害。
Sî kàu beh tú-tio̍h sím-mi̍h khó͘-lān, tio̍h chiàu chhin-chhiū^{n} Kiù-chú án-ni tí-tng, chiū sī sim-chì it-ti̍t beh êng-hián Siōng-tè nā-tiā^{n}, nā-sī uī-tio̍h beh hō͘ Siōng-tè êng-hián, kàu sí iā kam-goān.	時到欲拄著甚物苦難，著照親像救主按呢抵當，就是心志一直欲榮顯上帝但定，若是為著欲予上帝榮顯，到死也甘願。
"Goá chiong-sin só͘ keng-koè lóng tī lí ê chhiú-thâu", tuì chit-kù thang chai lâng só͘ ǹg-bāng--ê tio̍h pàng-khin, só͘ lún-neh--ê tio̍h pàng-soah.	「我終身所經過攏佇你的手頭」，對這句通知人所向望的著放輕，所忍 neh 的著放煞。

載於《臺南府城教會報》，第七十七卷，一八九一年九月

Phì-jū Jîn-ài（譬喻仁愛）

作者　不詳
譯者　Chè-hān

【作者】

不著撰者。

【譯者】

Chè-hān（濟漢？），基督教會之會友，僅知其散文作品〈譬喻仁愛〉曾翻譯為白話字而刊登於一八九三年八月的《臺灣府城教會報》，其餘生平不詳。（顧敏耀撰）

Phì-jū jîn-ài	譬喻仁愛
1893 nî 8--goe̍h 101 koàn, p.92	1893 年 8 月 101 卷，p.92
(Hoē-iú Chè-hān e̍k—ê) Tī Tāi-ngô͘-kok ū chi̍t-ê su-bûn lâng chin gâu tù-chheh. I só͘ tù ū chi̍t-pún chiông-tiong ū siat chi̍t-ê phì-jū, kóng-kiò, “Nā ū jîn-ài tī teh, Siōng-tè iā chiū tī hia”. I só͘ ēng lâi piáu-bêng chit nn̄g kù ê ì-sù soà kì tī ē-té.	（會友 Chè-hān 譯的） 佇 Tāi-ngô͘ 國有一个斯文人真 gâu 著冊。伊所著有一本從中有設一个譬喻，講叫，「若有仁愛佇咧，上帝也就佇遐」。伊所用來表明這兩句的意思紲記佇下底。
Tī bó͘ só͘-chāi ū chi̍t-ê lâng sī pó͘-ê sai-hū, ū chi̍t ji̍t ngó͘-jiân khoàⁿ sèng-chheh, khoàⁿ kàu Lō͘-ka 7:37-50 hit chām, teh kóng Hoat-lī-sài lâng chhiáⁿ Kiù-chú, bô hó-lé khoán-thāi i. Chēng-chēng teh siūⁿ chit-ê ì-sù, chiām-chiām soah khùn-khì. Bîn-bāng-tiong giám-jiân thiaⁿ-kìⁿ ū siaⁿ teh kóng, “Má-teng ah! Ma-teng ah! Bîn-á-chài lí tio̍h khoàⁿ lō͘, goá teh-beh lâi.” Chi̍t-ē thiaⁿ-kìⁿ chiū chhéⁿ, phah-sǹg Kiù-chú káⁿ ū-iáⁿ beh lâi.	佇某所在有一个人是補鞋師傅，有一日偶然看聖冊，看到路加 7:37-50 彼站，咧講法利賽人請救主，無好禮款待伊。靜靜咧想這个意思，漸漸煞睏去。眠夢中儼然聽見有聲咧講：「馬丁啊！馬丁啊！明仔載你著看路，我咧欲來。」一下聽見就醒，拍算救主敢有影欲來。
Tuì hit ji̍t ti̍t-ti̍t liâu-bāng, tāi-seng tú-ū chi̍t-ê iau-koāⁿ ê lâng lâi, i chiū hō͘ i chia̍h. Koh	對彼日直直瞭望，代先拄有一个枵寒的人來，伊就予伊食。閣等仔久，又有一

（續）

tia̍p-á-kú, iū ū chi̍t-ê kan-khó͘ ê hū-jîn-lâng chhoā chi̍t-ê gín-á lâi, i chiū hiah^{n} i-chiû^{n} hō͘ in chhēng. Jiân-āu koh-chài khoà^{n}-kì^{n} ū chi̍t-ê bé-bē ê hū-jîn-lâng kap gín-á teh oan-ke, i chiū soà kā in chhú-hô. Án-ni chò chit kuí chân sū, kèng-jiân thèng-hāu kàu ji̍t-àm, m̄-kú Kiù-chú pún-sin lóng bô lâi. Kàu hit e-hng, chiū koh hian-khui sèng-chheh, liâm-pi^{n} chhiok-tio̍h i ê sim tú-tú siū^{n}-tio̍h cha-hng só͘ khoà^{n} ê ī^{n}-siōng soah hóng-hut thia^{n}-kì^{n} ū kha-pō͘-sia^{n} tī poē-āu teh kiâ^{n}-lâi kiâ^{n}-khì. Oa̍t-thâu chit-ē khoà^{n}, chhin-chhiū^{n} tī hit chhù-kak ū lâng-hêng, hī-khang-lāi chiū thia^{n}-kì^{n} sè-á-sia^{n} teh kóng, "Má-teng ah! Má-teng ah! Lí kiám bē jīn-tit goá?" Má-teng kóng, "Lí sī sím-mi̍h lâng?" Liâm-pi^{n} hit-ê i chêng só͘ hō͘ i chia̍h--ê chhut-lâi, kā i kóng, "Sī goá lah"! Kóng-liáu chò in khì. Koh i kā lâng chhú-hô hit nn̄g-ê, kha chiap kha iā lâi teh kóng, "Sī goá lah"! Hit-sî Má-teng sim chin hoa^{n}-hí, soà ia̍h sèng-chheh khí-lâi khoà^{n}, tha̍k Má-thài 25:40, teh kóng: "Í-keng kiâ^{n} án-ni khoán-thāi goá ê hia^{n}-tī tē-it-sè ê chi̍t-ê, chiū-sī kiâ^{n} i khoán-thāi goá". Tha̍k-liáu liâm-pi^{n} ē-hiáu-tit só͘ bāng ê ī^{n}-siōng si̍t-chāi bô phiàn i; chiū chai Kiù-chú hit-ji̍t kó-jiân lâi, i ia̍h kó-jiân chiap-la̍p i.

个艱苦的婦人人 chhoā 一个囝仔來，伊就掖衣裳予 in 穿。然後閣再看見有一个買賣的婦人人佮囝仔咧冤家，伊就紲共 in 取和。按呢做這幾層事，竟然聽候到日暗，毋過救主本身攏無來。到彼下昏，就閣掀開聖冊，連鞭觸著伊的心拄拄想著昨昏所看的異象煞彷彿聽見有腳步聲佇背後咧行來行去。越頭一下看，親像佇彼厝角有人形，耳孔內就聽見細仔聲咧講：「馬丁啊！馬丁啊！你敢袂認得我？」馬丁講：「你是甚物人？」連鞭彼个伊前所予伊食的出來，共伊講，「是我啦」！講了做 in 去。閣伊共人取和彼兩个，跤接跤也來咧講：「是我啦」！彼時馬丁心真歡喜，紲亦聖冊起來看，讀馬太 25:40，咧講：「已經行按呢款待我的兄弟第一細的一个，就是行伊款待我」。讀了連鞭會曉得所夢的異象實在無騙伊；就知救主彼日果然來，伊亦果然接納伊。

載於《臺南府城教會報》，第一〇一卷，一八九三年八月

Hô-iok ê Tiâu-Khoán（和約的條款）

作者　不詳
譯者　不詳

【作者】

不著撰者，內容即日本與清國在甲午戰爭之後所訂定的馬關／下關條約。（顧敏耀撰）

【譯者】

不著譯者。

Hô-iok ê Tiâu-khoán	和約的條款
1895.05 122 Koàn p.46	1895.05 122 卷 p.46
Tiong-Jit só͘ li̍p ê hô-iok hiah-ê tiâu-khoán í-keng ū ìn tī goán ê Sin-bûn-pò; taⁿ m̄-bián lóng-chóng hoan-e̍k, kan-ta tiah-chhut ta̍k-tiâu ê tāi-lio̍k lâi ìn tī ē-té:	中日所立的和約遐的條款已經有印佇阮的新聞報；今毋免攏總翻譯，干焦摘出逐條的大略來印佇下底：
1. Ko-lê-kok thang chū-chú, m̄-bián koh chìn-kòng Tiong-kok.	1. 高麗國通自主，毋免閣進貢中國。
2. Tiong-kok Liâu-tang beh koah chit-tè hō͘ Ji̍t-pún. (āu-lâi chit khoáⁿ sī bián.) Tâi-oân tio̍h hō͘ i. Phêⁿ-ô͘ tio̍h hō͘ i.	2. 中國遼東欲割一塊予日本。（後來這款是免。） 臺灣著予伊。 澎湖著予伊。
3. Lióng-pêng tio̍h phài lâng khì hun-pia̍t kài-chí.	3. 兩爿著派人去分別界址。
4. Tiong-kok tio̍h poê-gîn n̄ng bān bān niú. (In-uī Liâu-tang bô hō͘ i, ke-thiap chit bān bān niú). Tio̍h chò 8 pang kiáu chheng-chhó. Thâu-pang hān 6 goe̍h-ji̍t tio̍h kiáu 5 chheng bān. Jī-pang koh 6 goe̍h-ji̍t koh	4. 中國著賠銀兩萬萬兩。（因為遼東無予伊，加貼一萬萬兩。）著做八幫繳清楚，頭幫限六月日著繳五千萬，二幫閣六月日閣繳五千萬。其餘分做六幫交，一年閣繳一 koè。停到六月了

（續）

kiáu 5 chheng bān. Kî-û hun-chò 6 pang kau, chi̍t-nî koh kiáu chi̍t-koè. Thêng kàu 6 goėh liáu-āu sớ boē kau ê gîn lóng tiȯh sǹg lī-sek hō in, muí-nî chi̍t pah khơ beh si^{n} 5 khơ lāi. Sa^{n} nî lāi, nā ē-tit kau chheng-chhó, in chiū m̄ siū lāi, liân tāi-seng thėh ê lāi-chî^{n} iā beh thėh-chhut lâi hêng.	後所未交的銀攏著算利息予 in,每年一百箍欲生五箍利。三年內，若會得交清楚 in 就毋收利，連代先提的利錢也欲提出來還。
5. Tâi-oân kap Phê^{n}-ô ê peh-sì^{n} nā beh lī-khui poa^{n}-koè pȧt-uī khiā, in thang bē in ê chhân-hn̂g chhù-thėh chò in khì, hān nn̄g-nî lāi hō lâng hoat-lȯh, kàu nn̄g nî moá iáu toà--teh--ê sī chhut-chāi Jit-pún-lâng beh liȧh chò in ê peh-sì^{n} á-bô. Hô-iok khàm-ìn bēng-pėk lióng-kok beh chhe koa^{n}-oân lâi Tâi-oân kau-poâ^{n}; hān nn̄g goėh lāi tiȯh kau in ê chhiú.	5. 臺灣佮澎湖的百姓若欲離開搬過別位徛，in 通賣 in 的田園厝宅做 in 去，限兩年內予人發落，到兩年滿猶蹛咧的是出在日本人欲掠做 in 的百姓抑無。和約崁印明白兩國欲差官員來臺灣交盤，限兩月內著交 in 的手。
6. Chi̍t-khoán long-sī kóng-khí chò- seng-lí ê sū, m̄-bián hoan-ėk. Chiông-tiong ū ke siat 4 uī thang chò thong-siong ê chơ-kài, chiū-sī Ô͘-pak ê Sa-chhī, Sù-chhoan ê Tiông-khèng, Kang-sơ ê Sơ-chiu, Chiat-kang ê Hâng-chiu.	6. 這款攏是講起做生理的事，毋免翻譯。從中有加設四位通做通商的租界，就是湖北的沙市，四川的重慶，江蘇的蘇州，浙江的杭州。
7. Hān 3 goėh-jit Jit-pún tiȯh thè- peng lī-khui Tiong-kok.	7. 限三月日日本著退兵離開中國。
8. Tȯk-tȯk Ui-hái-oē thang hō Jit-pún peng toà hia siú-hāu, khoà^{n} ū chiàu iok bô. Kàu thâu jī-pang ê gîn kiáu koè-liáu, Ui-hái-oē iā tiȯh hêng Tiong-kok. Kì-û boē hêng ê gîn Tiong-kok tiȯh kam-goān chiong Hái-koan ê khoán chò chún-tǹg. Siat-sú bē-tit hó-sè, Jit-pún peng tiȯh tiàm Ui-hái-oē, tán	8. 獨獨威海衛通予日本兵蹛遐守候，看有照約無。到頭二幫的銀繳過了，威海衛也著還中國。其餘未還的銀中國著甘願將海關得款做準當。設使袂得好勢，日本兵著踮威海衛，等到攏交清楚，才倒去。

（續）

kàu lóng kau chheng-chhó, chiàh, tò--khì.	
9. Lióng-pêng só͘ lia̍h ê peng tāi-ke tio̍h hiàn-hêng; Tiong-kok iā bē-sái-tit pān in ê choē. Lēng-goā hiah-ê só͘ lia̍h-tio̍h lâng kóng sī sè-choh á-sī uī Ji̍t-pún ê lâng lóng tio̍h tháu-pàng bô pān-choē.	9. 兩爿所掠的兵大家著獻還；中國也袂使得辦 in 的罪。另外遐的所掠著人講是細作抑是為日本的人攏著敨放無辦罪。
10.Iok li̍p hó āu-lâi bô koh-chài chiàn.	10.約立好後來無閣再戰。
11. Tiong-kok kap Ji̍t-pún ê Hông-tè tio̍h ín-chún hô-iok, kàu Kong-sū 21 nî 4 goe̍h 14, chiū-sī Bêng-tī 28 nî 5 goe̍h chhe 8, lióng-pêng ê toā-koa^{n} tio̍h the̍h-lâi Ian-tâi tuì-oā^{n}.	11. 中國佮日本的皇帝著允准和約，到光緒 21 年 4 月 14，就是明治 28 年 5 月初 8，兩爿的大官著提來煙臺對換。

載於《臺南府城教會報》，第一二二卷，一八九五年五月

Tham--jī Pîn--jī Khak（貪字貧字殼）

作者　伊索
譯者　不詳

伊索像

【作者】

伊索（Aesop，620～560 BC），希臘寓言作家。其著作《伊索寓言》（*Aesop's Fables*）可謂當今兒童文學的典範。有關伊索的生平，人們所知有限。相傳伊索是奴隸出身，但是由於聰明機智，而獲得主人賞識，擔任律師或辦事員之類的工作，並得以恢復自由。他擅於以動物為主角來寫寓言，諷刺人的聰明及愚蠢，這些簡短、精彩又寓意無窮的故事很受當時人們的激賞。時至今日，「伊索」幾乎已成了「寓言」的代名詞。其中如〈龜兔賽跑〉、〈狼來了〉、〈吃不到的葡萄是酸的〉等，都是最為耳熟能詳的故事。（趙勳達撰）

【譯者】

不詳。

Tham--jī Pîn--jī Khak	貪字貧字殼[1]
Ū chi̍t chiah káu kā chi̍t-tè bah, tùi kiô--ni̍h kòe. Kiô-ē ê chúi chheng-chheng tiā^{n}-tiā^{n}, sớ-í i ê iá^{n} chiò lo̍h chúi-té, án-ni khòa^{n}-kì^{n} chúi-lāi ia̍h ū chi̍t chiah káu, kā chi̍t-tè bah. I chiū beh chhiú^{n} chúi-lāi hit chiah káu sớ kā ê bah, káu tiô-lo̍h-khì m̄-tān-nā chhiú^{n} bô, liân i chhùi--ni̍h hit tè sòa tîm-lo̍h chúi-té.	有一隻狗咬一塊肉，對橋裡過。橋下的水清清定定，所以伊的影照落水底，按呢看見水內亦有一隻狗，咬一塊肉，伊就欲搶水內彼隻狗所咬的肉，狗越落去毋但但搶無，連伊喙裡彼塊煞沈落水底。

載於《臺灣府城教會報》，一八九六年

1　原題*The Dog and The Shadow*，中譯〈貪心的狗〉。

（續）

Ti-hông Ti^{n}-giân-bi̍t-gí（知防甜言蜜語）*

作者　伊索

譯者　不詳

【作者】

伊索（Aesop），見〈Tham--jī Pîn--jī Khak（貪字貧字殼）〉。

【譯者】

不詳。

Ti-hông ti^{n}-giân bi̍t-gí	知防甜言蜜語
Ū chi̍t-chiah o͘-a tek-bah tī chhiū-téng teh-beh chia̍h. Ū chi̍t-chiah soa^{n}-káu khòa^{n}-kì^{n}, chiū cháu lâi chhiū-kha phō͘-thá^{n}--i, kóng, “Chêng góa it-seng m̄-bat khòa^{n}-kì^{n} chiáu ê mn̂g chhin-chhiū^{n} o͘-a-hia^{n} lí chiah pe̍h chiah súi, lí ê seng-khu ia̍h put-chí chéng-chê, phiau-tì. Ta^{n} chiah-ê m̄-bián koh kóng, chóng-sī lí ê sia^{n} ká^{n} chám-jiân hó-thia^{n}, lí ê sia^{n} nā chhin-chhiū^{n} lí ê seng-khu hiah súi, góa phah-sǹg bô pòa^{n} chiah chiáu ká^{n} kap lí pí.” Hit-ê o͘-a thia^{n}-kì^{n} i ê ti^{n}-giân bi̍t-gí, pak-tó͘-lāi lóng phū-phū-kún, kha-chhiú ngia̍uh-ngia̍uh-tāng, hoa^{n}-hí kàu tòng-bē-tiâu.	有一隻烏鴉得肉佇立樹頂咧欲食，有一隻山狗看見，就走來樹跤扶挺伊，講：「從我一生毋捌看見鳥的毛親像烏鴉兄你遮白遮媠,你的身軀亦不止整齊、標緻。今遮的毋免閣講，總是你的聲敢嶄然好聽，你的聲若親像你的身軀遐媠,我拍算無半隻鳥敢佮你比。」彼个烏鴉聽見伊的甜言蜜語，腹肚內攏浡浡滾，跤手蟯蟯動，歡喜到擋袂牢。
Nā-sī teh siū^{n}, Chit chiah soa^{n}-káu ká^{n} ē lî-lî-á giâu-gî góa ê sia^{n} bô kàu ke̍k hó? Siū^{n}-tio̍h háu hō͘ i thia^{n}, bián-tit i teh gî. Tú-á khui-chhùi teh háu, hit-tè bah chiū ka-la̍uh. Hit-chiah soa^{n}-káu kā hit-tè bah chò i iô-iô pái-pái, ti̍t-ti̍t khô ti̍t-ti̍t khì, chià^{n} iân-lō͘	若是咧想，這隻山狗敢會 lî-lî 仔僥疑我的聲無到極好？想著哮予伊聽，免得伊咧疑。拄仔開喙咧哮，彼塊肉就交落。彼隻山狗咬彼塊肉做伊搖搖擺擺，直直 khô 直直去，正沿路笑這个烏鴉耳孔輕，會褒嗦得。（看養心諭言第 7

（續）

* 原題 *The Fox and the Crow*，中譯〈狐狸與烏鴉〉。

chhiò chit-ê ơ-a hī^{n}-khang khin, ē po-so--tit. (Khòa^{n} Ióng-sim jū-giân tē 7 bīn)	面）
(Tâi-lâm-hú-siâ^{n} kàu-hōe-pò 139 koàn, 1896 nî 10 goe̍h)	（臺南府城教會報 139 卷，1896 年 10 月）

載於《臺灣府城教會報》，一八九六年十月

Tōa-chioh iā tio̍h Chio̍h-á Kēng（大石亦著石仔拱）

作者　伊索
譯者　不詳

【作者】

伊索（Aesop），見〈Tham--jī Pîn--jī Khak（貪字貧字殼）〉。

【譯者】

不詳。

Tōa-chio̍h ia̍h tio̍h Chio̍h-á Kēng	大石亦著石仔拱[1]
Sai tī kau-gōa teh hó-khùn; niáu-chhú-á tiàm i sin-piⁿ teh thit-thô tiô-thiàu, sai hut-jiân hō͘ i kiaⁿ chhíⁿ, chiū sûi-sî ēng i ê kha-jiáu kā i khàm--teh. Niáu-chhú-á bē-ē thoat-lī, chiū tī jiáu-ē ai-kiû lîn-bín. Sai khòaⁿ sè-sè ê niáu-chhú-á, hāi-sí--i ia̍h bô lī-ek, put-jû sià-bián i khah-hó. Niáu-chhú-á chiū thoat-lī. Koh bô lōa-kú sai hō͘ lâng ēng lô-bāng tng--tio̍h. Pah-siù thiaⁿ-kìⁿ chiū lóng ûi lâi beh kiù--i. Khó-sioh lóng kiù bô-hoat--tit. Án-ni-siⁿ chhin-chhiūⁿ tio̍h pàng in ê ông sí tī lô-bāng--ni̍h.	獅佇郊外咧好睏，貓鼠仔踮伊身邊咧 thit 迌趒跳，獅忽然予伊驚醒，就隨時用伊的跤爪共伊崁咧。老鼠仔袂會脫離，就佇爪下哀求憐憫，獅看細細的老鼠仔，害死伊亦無利益，不如赦免伊較好。老鼠仔就脫離。閣無偌久獅予人用羅網張著，百獸聽見就攏圍來欲救伊，可惜攏救無法得。按呢生親像著放 in 的王死佇羅網裡。
Hit chiah sai ka-tī khó͘-chheh kóng,"Taⁿ sī góa ê miā--liáu." Chit-chiah niáu-chhú-á lâi kā i kóng,"Ông--ah, góa hó-táⁿ kóng, Lí khéng hō͘ góa kiù lí chhut--mah?" Pah-siù thiaⁿ-kìⁿ chit ê ōe lóng-chóng chhìn-chhiò, in-ūi tōa-chiah chhiūⁿ kap lóng-chóng ê béng-siù kiù bô-hoat--tit, chit-hō bû-bêng	彼隻獅家己苦感講：「今是我的命了。」這隻老鼠仔來共伊講：「王啊，我好膽講，你肯予我救你出嗎？」百獸聽見這个話攏總凊笑，因為大隻象佮攏總的猛獸救無法得，這號無名小卒就敢想欲來救伊。平素獅看老鼠仔毋上目，thái-thó 肯佮伊講話？若是到這个時

（續）

[1] 原名 *The Lion and the Mouse*，中譯〈獅與鼠〉。

siáu-chut chiū káⁿ siūⁿ beh lâi kiù--i. Pêng-sò͘ sai khòaⁿ niáu-chhú-á m̄ chiūⁿ-ba̍k, thái-thó khéng kap i kóng-ōe? Nā-sī kàu chit-ê sî-chūn, i sui-bóng sī chi̍t chiah phí-phí-á-chiah ê niáu-chhú-á, sai ia̍h m̄-káⁿ khòaⁿ-khin, hoaⁿ-hí kiû i ê kè-chhek, hiⁿ-hiⁿ-chhan kóng: "Khún-kiû lí chhì lâi kiù góa." Hit chiah niáu-chhú-á chiū sô khì hí bāng--ni̍h, ēng i lāi-lāi ê chhùi-khí, tùi bāng ê soh-á chi̍t-kó͘ khè-kòe chi̍t-kó͘, lóng bô siūⁿ siān, kàu lō͘-bóe khè-tn̄g, sai chiū chhut--lâi. Chhiat-chhiat bo̍k-tit khòaⁿ-khin siáu-jîn, kiaⁿ-liáu kin-á-ji̍t ê siáu-jîn sī āu-lâi ê in-jîn, ia̍h bē thang chai.	陣，伊雖罔是一隻疕疕仔隻的老鼠仔，獅亦毋敢看輕，歡喜求伊的計策，哼哼呻講：「懇求你試來救我。」彼隻老鼠仔就�去 hí 網裡，用伊利利的喙齒，對網的索仔一股齧過一股，攏無想 siān,到路尾齧斷，獅就出來。切切莫得看輕小人，驚了今仔日的小人是後來的恩人，亦袂通知。
(Tâi-lâm-hú-siâⁿ kàu-hōe-pò tē 140 kòan, 1896 nî 11 go̍eh)	（臺南府城教會報第 140 卷，1896 年 11 月）

載於《臺南府城教會報》，第一四〇卷，一八九六年十一月

Sin Hoan-ėk ê Si（新翻譯的詩）

作者　不詳
譯者　不詳

【作者】

不著撰者。

【譯者】

不著譯者。

Sin Hoan-ėk ê Si（1）	新翻譯的詩（1）
1897.08 149 koàn p.64	1897.08 149 卷 p.64
1. Iâ-sơ sî-siông tī goá sin-pi^{n}, si̍t-chāi thià^{n} goá kàu kėk, chêng-goān lī-khui thi^{n}-téng hù-kuì, kờ goán sè-kiá^{n} chīn-lėk.	1. 耶穌時常佇我身邊，實在疼我到極，情願離開天頂富貴，顧阮細囝盡力。
2. Lí ê bīn-māu êng-kng chhàn-lān, kīn-oá, goá khoà^{n} bē kì^{n}, sui-bóng sè-sia^{n} kap goá kóng-oē, goá thia^{n} lóng bô ji̍p hī^{n}.	2. 你的面貌榮光燦爛，近倚，我看袂見，雖罔細聲佮我講話，我聽攏無入耳。
3. Chú Lí ê chhiú kīn-oá tī goá, hián-chhut chû-pi thià^{n}-thàng, chhin-chhiū^{n} pē-bó ài khan sè-kiá^{n}, hơ̄ goá ē-tit chiâ^{n} lâng.	3. 主你的手近倚佇我，顯出慈悲疼痛，親像爸母愛牽細囝，予我會得成人。
4. Tī goá sim-lāi sī Lí teh toà, chān goá iâ^{n}-koè tuì-tėk, goá thià^{n} Siōng-tè ka-tī ē chai, Chú ê jîn-ài bû-kėk.	4. 佇我心內是你咧蹛，贊我贏過對敵，我疼上帝家己會知，主的仁愛無極。
5. Siat-sú chá-àm kuī-lȯh kî-tó, kap Lí kau-poê kiû in, sèng-sîn khiā-khí tī goá sim-lāi, kan-chèng Kiù-chú chhin-kīn.	5. 設使早暗跪落祈禱，佮你交陪求恩，聖神徛起佇我心內，干證救主親近。
6. Chiū-kīn Siōng-tè hit-sî Kiù-chú, thè goá pek-chhiat kî-tó, goá khùn lȯh bîn Iâ-sơ éng-chhí^{n}, kờ goá pēng bô hoân-ló.	6. 就近上帝彼時救主，替我迫切祈禱。我睏落眠耶穌永醒，顧我並無煩惱。

（續）

Sin Hoan-ėk ê Si（2）	新翻譯的詩（2）
1897.10 151 koàn p.80	1897.10 151 卷 p.80
1. Sè-kiá^{n} chū-hoē tiȯh khiam-pi, chiū-kīn lán Chú o-ló I, Chú Iâ-sơ chì-chun chì-sèng, lán tiȯh khiân-sim lâi kiong-kèng.	1. 細囝聚會著謙卑，就近咱主呵咾伊，主耶穌至尊至聖，咱著虔心來恭敬。
2. Lán sim-koa^{n} tiȯh siàu-liām Chú, iȧh siū^{n} Thian-tông kėk hù-jū; lán kha sớ kiâ^{n}, chhiú sớ chò, hō͘ i teh khoà^{n} thang o-ló.	2. 咱心肝著數念主，亦想天堂極富裕；咱跤所行，手所做，予伊咧看通呵咾。
3. Eng-kng chhàn-lān toā Chú-chái^{n}, khoà^{n} I sè-kiá^{n} tȧk-hāng chai, chá-àm sớ siū^{n} ê sim-liām, hō͘ I séng-chhat lâi koè-giām.	3. 榮光燦爛大主宰，看伊細囝逐項知，早暗所想的心念，予伊省察來過驗。
4. Kiû Lí sià-choē, koh si-in, chān goán jit-jit oā^{n} chò sin, chhoā goán kiâ^{n}-lō͘ kàu Thi^{n}-siâ^{n}, o-ló chheng-hơ Chú toā-miâ.	4. 求你赦罪，閣施恩，贊阮日日換做新，chhoā 阮行路到天城，呵咾稱呼主大名。

載於《臺南府城教會報》，第一四九～一五一卷，一八九七年八～十月

Nn̄g ê Kuí（兩个鬼）

作者　不詳
譯者　不詳

【作者】

不著撰者。

【譯者】

不著譯者。

Nn̄g ê Kuí	兩个鬼
1900.06 183 Koàn p.51～52	1900.06 183 卷 p.51～52
(Hoan-e̍k) Bó͘-jit ū nn̄g ê kuí tī ke--nih kiâ^{n}-iû, chit-ê sī pù-kuí, chit-ê sī kiông-kuí. Pù-kuí hia^{n}-tī gō͘ lâng, toā--ê miâ Ke-kha-kuí, tē-jī--ê miâ Chng-oē-kuí, tē-sa^{n}--ê miâ Háng-lâng-kuí, tē-sì--ê miâ Kong-phiàn-kuí, tē-gō͘--ê miâ Cheng-lêng-kuí. In ê pē miâ Chheng-nî-kó͘-koài, sa^{n}-kap liû-thoân kóng chit gō͘ ê kuí bat nāu-koè phoà^{n}-koa^{n}. Kiông-kuí hia^{n}-tī cha̍p lâng, toā--ê miâ Hô͘-tô͘-kuí, tē-jī--ê miâ Hòng-tōng-kuí, tē-sa^{n}--ê miâ Thoa-boâ-kuí, tē-sì--ê miâ Kip-hong-kuí, tē-gō͘--ê miâ Hūn-kuí, tē-la̍k--ê miâ Kan-kuí, tē-chhit--ê miâ Khut-sí-kuí, tē-peh--ê miâ Kông-kuí, tē-káu--ê miâ Chiú-kuí, tē-cha̍p--ê miâ Iû^{n}-ian-kuí. In ê pē miâ Bān-liân-kuí, sa^{n}-kap liû-thoân kóng chit cha̍p ê kuí bat nāu koè hêng-khū.	（翻譯） 某日有兩个鬼佇街裡行游，一个是富鬼，一个是窮鬼。富鬼兄弟五人，大的名雞跤鬼，第二的名妝畫鬼，第三的名哄人鬼，第四的名公騙鬼，第五的名精靈鬼。In 的爸名千年古怪，相佮流傳講這五个鬼捌鬧過判官。窮鬼兄弟十人，大的名糊塗鬼，第二的名放蕩鬼，第三的名拖磨鬼，第四的名急慌鬼，第五的名薰鬼，第六的名奸鬼，第七的名屈死鬼，第八的名狂鬼，第九的名酒鬼，第十的名洋煙鬼。In 的爸名萬年鬼，相佮流傳講這十个鬼捌鬧過刑具。
Pù-kuí gū-tio̍h kiông-kuí mn̄g kóng, Sè-kan kim-gîn moá tē, lí choá^{n}-iū^{n} tì-kàu chiah-nī	富鬼遇著窮鬼問講，世間金銀滿地，你怎樣致到遮爾貧窮咧？窮鬼吐氣講，百

（續）

pîn-kiông--leh? Kiông-kuí thó-khuì kóng, Pah-poa^{n} kè-chhek phah-sǹg, iā bô hong-hoat thang hoat-châi, chhiá^{n} láu-ko sù chi̍t-ê hó hoat-su̍t, thang kiù goá hoé sio kàu ba̍k-bâi ê kín-kip. Pù-kuí koh kóng, Ke-ke chhù-chhù lóng ū hū-jîn chú-lí, nā chhng ji̍p-khì i lāi-bīn, chiong i ê gín-á chià^{n}-chhiú ne̍h tò-chhiú tē^{n}, khiú-ân m̄-sái pàng-lēng. I chiū ba̍k-chiu tiàu chiū^{n} koân, kā chhuì-khí kin, lâu pe̍h-phoe̍h-noā. Á-sī chioh lâng ê chhuì kā i kóng, Sī ke-lāi koè-óng ê lāu-lâng, chāi im-kan khiàm-khoeh gîn-chî^{n} khai-ēng. Thia^{n} che oē, i tek-khak sìn sī kuí beh thó chî^{n}-gîn sái-ēng, chiū ē koá^{n}-kín sio gîn-choá tī mn̂g-kháu, á-sī si̍p-jī-lō͘, sa^{n}-chhe lō͘-kháu á-sī biō-chêng bōng-āu, sio-hoà keng-i chháu-ê kah bé. Lí chiū thang chiong hiah-ê toà khì sái-ēng. Ta̍k-ji̍t chiàu án-ne chò, ná-lí ū koh pîn-kiông ê chêng-lí--ah, che chiū-sī hoat-châi ê hó hoat-tō͘. Kiông-kuí tah-chhiú chhiò kóng, Léng-kàu léng-kàu, kiong-kèng ip-jiā chiū khì, koá^{n}-kín cháu-kàu chi̍t-keng chhù ê mn̂g-kháu. Hut-jiân-kan thia^{n}-kì^{n} lāi-bīn ê gín-á teh háu, àm-chē^{n} kia̍h-ba̍k thau-khoà^{n} mn̂g-lāi, khoà^{n} mn̂g-sîn thó͘-tī lóng bô tī-teh, hong-bóng chìn-chêng ji̍p lāi-bīn, sì-kè chi̍t-ē khoà^{n}, tú-hó chèng sîn-bêng iā bô chāi-uī, chiū hoa^{n}-hí kóng, kin-á-jit thang tek-ì hoat-châi--liáu. Suî-sî chiong gín-á chià^{n}-chhiú ne̍h tò-chhiú tē^{n}, khiú-la̍k nn̄g piàn, chek-sî ba̍k-chiu pêng-pe̍h, siang-chhiú bán-me, chhuì-khí kā-ân, liān háu to bē háu.

般計策拍算，也無方法通發財，請老哥賜一个好法術，通救我火燒到目眉的緊急。富鬼閣講，家家厝厝攏有婦人主理，若穿入去伊內面，將伊的囡仔正手 ne̍h 倒手捏，摸絚毋使放冗。伊就目睭吊上懸，咬喙齒根，流白沫瀾。抑是借人的喙共伊講，是家內過往的老人，在陰間欠缺銀錢開用。聽這話，伊的確信是鬼欲討錢銀使用，就會趕緊燒銀紙佇門口，抑是十字路，三叉路口抑是廟前墓後，燒化更衣草鞋佮馬。你就通將遐的帶去使用。逐日照按呢做，哪裡有閣貧窮的情理啊，這就是發財的好法度。窮鬼搭手笑講，領教領教，恭敬 ip-jiā 就去，趕緊走到一間厝的門口。忽然間聽見內面的囡仔咧哮，暗靜擛目偷看門內，看門神土地攏無佇咧，慌惘進前入內面，四界一下看，拄好眾神明也無在位，就歡喜講，今仔日通得意發財了。隨時將囡仔正手 ne̍h 倒手捏，摸搦兩遍，即時目睭平白，雙手挽摵，喙齒咬絚，連哮都袂哮。

（續）

Chit-ê gín-á ê lāu-pē miâ-kiò Biáu-sī-kuí, in-uī i pêng-sò kài m̄-sìn siâ-kuí. Chit-sî chhut-mn̂g liâm-piⁿ tò-lâi, khoàⁿ-kìⁿ gín-á chit-hō khoán, chiū chiong kuí toā-mē chit-tiûⁿ, koh khì-pûn-pûn kàu mn̂g-sîn thó-tī ê uī-chêng, toā-siaⁿ chek-pī kóng, "Goá ho̍k-sāi lí chiah chē nî, goân-lâi sī bāng lí chó-tòng siâ-mô kuí-koài bô ji̍p-lâi chok-lōng. Khoàⁿ kàu kin-á-ji̍t, lí iû-goân bē-ē chó-tòng i, ho̍k-sāi lí bô ek," soah ēng chhiú chiong thô-chō chhâ-tiau ê ngó-siōng siak tī chio̍h-thâu--ni̍h khà chò kuí-nā tè. Oa̍t-tńg sin khì kàu toā-thiaⁿ chèng sîn-bêng ê bīn-chêng mē kóng, "Goá chhe-it cha̍p-gō͘ sio hiuⁿ ho̍k-sāi lí, sī bāng lí pó-pì goán chi̍t-ke toā-sè pêng-an. Kin-á-ji̍t khoàⁿ--lâi, lín iā-sī put-tiòng-iōng--lah." Chiū chhun-chhiú chiong choá kó͘ ê sîn-siōng thoa-lo̍h--lâi, ēng hoé sio-lio khì.	這个囡仔的老爸名叫藐視鬼，因為伊平素蓋毋信邪鬼。一時出門連鞭倒來，看見囡仔這號款，就將鬼大罵一場，閣氣pûn-pûn 到門神土地的位前，大聲責備講：「我服侍你遮濟年，原來是望你阻擋邪魔鬼怪無入來作弄。看到今仔日，你猶原袂會阻擋伊，服侍你無益，」煞用手將塗座柴雕的偶像摔佇石頭裡敲做幾若塊。越轉身去到大廳眾神明的面前罵講：「我初一十五燒香服侍你，是望你保庇阮一家大細平安。今仔日看來，恁也是不中用啦。」就伸手將紙糊的神像拖落來，用火燒 lio 去。
Hit-tia̍p mn̂g-sîn, thó-tī-kong, châi-sîn, bé-sîn, gû-ông, chuí-chháu tāi-ông, ló͘ng chhut-goā iû-oán, bô loā-kú chiòng ke-sîn tâng-chê tò--lâi, khoàⁿ-kìⁿ sîn-uī ló͘ng khang-khang, chiàⁿ-chiàⁿ tiû-tû teh siūⁿ, m̄-chai sím-mi̍h in-toaⁿ. Hut-jiân thiaⁿ-kìⁿ pâng-keng teh jiáng-nāu, chiū khì chhâ-khó, goân-lâi khiok-sī in-uī chi̍t-ê kiông-kuí chāi ka chok-chōng, chiàⁿ bêng-pe̍k, chèng sîn-bêng chit-sî iā siū-khì, tuì kiông-kuí hoah kóng chi̍t-sî bô tī-teh. Lí thài hó-táⁿ, jiá-chhut che toā hō-toan, tì-kàu hāi goán, bô tàng i-oá ê tē-uī? Liâm-piⁿ kiò tē-hng-kuí ēng thih-liān chiong kiông-kuí pa̍k--khì, kè-sàng kàu Sêng-hông-iâ bīn-thâu-chêng, phah sò-pah-ē pán-poe,	彼霎門神、土地公、財神、馬神、牛王、水草大王，攏出外遊玩，無偌久眾家神同齊倒來，看見神位攏空空，正正躊躇咧想，毋知甚物因端。忽然聽見房間咧嚷鬧，就去查考，原來卻是因為一个窮鬼在家作祟，正明白，眾神明這時也受氣，對窮鬼喝講一時無佇咧。你太好膽，惹出這大禍端，致到害阮，無當依倚的地位？連鞭叫地方鬼用鐵鍊將窮鬼縛去，架送到城隍爺面頭前，拍數百下板栖，閣夯一面枷鎖佇廟口示眾。

（續）

koh giâ chi̍t-bīn kê-só tī biō-kháu sī-chiòng.	
Ū chi̍t ji̍t pù-kuí kiâ^{n} kàu Sêng-hông-biō kháu, khoà^{n}-kì^{n} kiông-kuí giâ thâu-hō-kê tī hia, m̄ng kóng, Ài-tē hoān sím-mi̍h choē, giâ-kê koā^{n}-só? Kiông-kuí lâu ba̍k-sái kóng, Chiông-chêng jîn-hia^{n} kà goá hoat-châi ê hó hong-hoat, gû-tē chiàu láu-ko ê oē khì kiâ^{n}. Sià^{n} chai biáu-sī-kuí hit-hō-lâng, kian-sim m̄ sìn, m̄-nā bô beh hiàn choá-bé gîn-chî^{n}, hoán-tńg chiong mn̂g-sîn thó͘-tī kap chèng sîn-bêng ê sîn-siōng chi̍p-chê sio-hoé siak-phoà, tì-kàu chhiok-hoān chèng sîn-bêng siū-khì, kiò tē-hong-kuí lâi khún-pa̍k goá, kè-sàng kàu Sêng-hông-iâ bīn-chêng, pán-poe phah liáu, iū giâ-kê tiàm chia. Thia^{n} láu-ko ê oē, pún uī-tio̍h beh kiû hoat-châi, tian-tò koh khah chhám. Pù-kuí thia^{n}-liáu, kí kiông-kuí mē kóng, Bo̍k-koài lí tio̍h pîn-kiông, giâ-kê iā bô khek-khui, lí liān chhong-bêng kiàn-siat to bô, hoán-tńg oàn-hīn goá. Kì-jiân beh ji̍p jîn-ke chok-chōng, tāi-seng tio̍h khoà^{n} hit-ke ū sìn-kuí á bô; nā m̄ sìn chiū tio̍h hn̄g-hn̄g siám-pī, bián-tit thoa-luī siū-khó͘.	有一日富鬼行到城隍廟口，看見窮鬼夯頭號枷佇遐，問講，愛弟犯甚物罪，夯枷揹鎖？窮鬼流目屎講，從前仁兄教我發財的好方法，愚弟照老哥的話去行。啥知藐視鬼彼號人，堅心毋信，毋但無獻紙馬銀錢，反轉將門神土地佮眾神明的神像集齊燒火摔破，致到觸犯眾神明受氣，叫地方鬼來捆縛我，架送到城隍爺面前，板栖拍了，又夯枷踮遮。聽老哥的話，本為著欲求發財，顛倒閣較慘。富鬼聽了，指窮鬼罵講，莫怪你著貧窮，夯枷也無克虧，你練聰明建設都無，反轉怨恨我。既然欲入人家作祟，代先著看彼家有信鬼抑無；若毋信就著遠遠閃避，免得拖累受苦。

載於《臺南府城教會報》，第一八三卷，一九〇〇年六月（未刊畢）

Lōng-tōng Chú（浪蕩子）

作者　不詳
譯者　萬姑娘

萬姑娘像

【作者】

不著撰者。

【譯者】

萬姑娘，即萬真珠（Margaret Barnett，或作「萬珍珠」，1862～1933），生於英國蘇格蘭北方，後隨父母遷往 Aberdeen（亞伯丁）就讀小學，畢業後到倫敦讀高等學校以及神學院，並加入英國女宣道會，一八八八年志願來臺，寓居臺灣府城（今臺南）。當地在前一年已有朱約安（Miss Joan Stuart，民間稱「朱姑娘」）與文安（Miss Annie E.Butler，民間稱「文姑娘」）兩位女宣教士創立了「新樓女學校」（今長榮女子中學），萬真珠也投身該校，當時校內工作主要有三部分：女學、婦學、前往鄉村教導婦女，三人正好每個月輪流負責其中一項。此情況一直維持到一九〇三年英國女宣教會派盧仁愛（J.A.Lloyd）前來擔任第一任校長為止，校名也改為「長老教女學校」。在一九一〇年，朱、文兩位姑娘調往彰化之後，萬真珠負責女學校的全部婦學課程，閒暇時間則前往各地拜訪教友以及宣揚基督教，幾乎將臺灣當作自己的第二故鄉一般，對於此處的土地與人民都懷抱著熱愛，在臺灣的四十五年期間，只有返回英國休假五次，最後一次是在一九二〇年至一九二一年間，爾後因為父母皆已過世，便不再回國。到了一九二六年，因身體狀況欠佳而向女宣道會辭去職務，但仍然熱心幫助民眾認識基督教義，並且教人讀寫臺語羅馬字，深獲各界敬重，後以七十一歲高齡安息主懷。曾於《臺南府城教會報》發表〈Bú-tī 先生〉、〈浪蕩子〉（連載）、〈火車 ê 起因〉、〈論猶太人〉以及〈流傳 ê 故事〉，並於《臺灣教會報》發表〈失落的聖冊〉。（顧敏耀撰）

Lōng-tōng Chú (1)	浪蕩子（1）
1900.08 185 Koàn p.68	1900.08 185 卷 p.68
(Bān Kơ-niû hoan-e̍k.) Chá-chêng tī Tāi-eng ū chit-ê cha-bó͘ gín-á sèⁿ Lí, miâ Bí-lē. Nî-hoè chin iù-chíⁿ pē-bú lóng koè-óng lah! Khó-liân, chit-ê kơ-toaⁿ ê cha-bó͘ gín-á bô lâng chiàu-kờ iúⁿ-chhī. Ka-chài i ū chit-ê bó-kū sèⁿ Guī, sui-jiân kàu 30 goā hoè, iû-goân bô kiàn-tì ke-āu.	（萬姑娘翻譯。） 早前佇大英有這个查某囝仔姓李，名美麗。年歲真幼茈爸母攏過往啦！可憐，這个孤單的查某囝仔無人照顧養飼。佳哉伊有一个母舅姓魏，雖然到三十外歲，猶原無建置家後。
Bí-lē ê lāu-bú lîm-chiong hit-sî siá-phoe hō͘ i ê hiaⁿ-tī, chhiáⁿ i chiong goē-seng-lú chhoā khì in tau chiàu-kờ iúⁿ-chhī, tio̍h khoàⁿ chò ka-tī ê cha-bó͘-kiáⁿ chit-poaⁿ-iūⁿ. Phoe siá-liáu, chiū kiò Bí-lē ê láu-ma lâi hoan-hù kóng, "Goá nā sí lí tio̍h the̍h chit tiuⁿ phoe soà chhoā sió-chiá khì Guī ló-iâ in tau, kap i toà hia thèng-hāu kàu sió-chiá tióng-sêng, chiah ē chò-tit." Láu-ma chit-ē thiaⁿ-kìⁿ che oē chiū kóng, "Thài-thài ê pēⁿ bô tek-khak chiah tîm-tāng, ǹg-bāng thài-thài ē khoài-khoài hó." Bí-lē ê bó thó͘-khuì chit-siaⁿ chiū kóng, "Goá chai kin-á-jit tek-khak beh sí lah! Goá chin kam-goān lī-khui sè-kan chiūⁿ thiⁿ, tī hia ū Siōng-tè, ū Kiù-chú, koh ū Bí-lē ê lāu-pē.	美麗的老母臨終彼時寫批予伊的兄弟，請伊將外甥女 chhoā 去 in 兜照顧養飼，著看做家己的查某囝一般樣。批寫了，就叫美麗的老媽來吩咐講，「我若死你著提這張批紲 chhoā 小姐去魏老爺 in 兜，佮伊蹛遐聽候到小姐長成，才會做得。」老媽一下聽見這話就講，「太太的病無的確遮沉重，向望太太會快快好。」美麗的母吐氣一聲就講，「我知今仔日的確欲死啦！我真甘願離開世間上天，佇遐有上帝，有救主，閣有美麗的老爸。
Goá tiàm thian-tông it-tēng tit-tio̍h hióng-hok; chóng-sī khó-liân goá chit-ê cha-bó͘-kiáⁿ iáu sè-hàn. Láu-ma lí tio̍h gâu chiàu-kờ, gâu kà-sī i. Lí bat Siōng-tè ê tō-lí, chiū tio̍h kóng hō͘ i thiaⁿ, hō͘ i tuì sè-hàn ē bat ài-kèng Thiⁿ-pē, sìn-khò Kiù-chú, ài hó, oāⁿ pháiⁿ. Chiàu án-ni-seⁿ kiâⁿ kàu kú chiū ē jip thian-tông; goá tī-hia ē koh kìⁿ-tio̍h i ê bīn."	我踮天堂一定得著享福；總是可憐我這个查某囝猶細漢。老媽你著 gâu 照顧，gâu 教示伊。你捌上帝的道理，就著講予伊聽，予伊對細漢會捌愛敬天爸，信靠救主，愛好，換歹。照按呢生行到久就會入天堂；我佇遐會閣見著伊的面。」

（續）

Bí-lē ê bó chiah-ê oē kóng-liáu, chiū kā Bí-lē chiok-hok kóng, "Goān Siōng-tè an-uì pó-hō͘ goá ê sè-hàn cha-bó͘-kiáⁿ." Kóng-liáu chiū m̄ chai lâng hūn-hūn-khì. I-seng lâi bong-me̍h kóng, "M̄-hó lah! Thài-thài í-keng tn̄g-khuì-lah!"	美麗的母遮的話講了，就共美麗祝福講，「願上帝安慰保護我的細漢查某囝。」講了就毋知人暈暈去。醫生來摸脈講，「毋好啦！太太已經斷氣啦！」
Bí-lē thî-khàu bô soah bē-tit koè-sim. Láu-ma khan i ê chhiú sè-siaⁿ kā i kóng, "Thian-tông pí lán chia khoàⁿ-oa̍h tit chē lah! Thài-thài bô koh-chài phoà-pēⁿ, bē koh-chài thàng-thiàⁿ, tuì taⁿ i kìⁿ Siōng-tè ê bīn; hok-khì lóng chiâu-chn̂g lah!"	美麗啼哭無煞袂得過心。老媽牽伊的手細聲共伊講，「天堂比咱遮快活得濟啦！太太無閣再破病，袂閣再痛疼，對今伊見上帝的面；福氣攏齊全啦！」
Bí-lē háu kóng, "Tio̍h lah! Goá m̄-sī ài án-niâ koh lâi siū-khó͘; nā-sī goá iā eng-kai khoài-khoài sí thang kap án-niâ saⁿ-tâng hióng Thian-tông ê hok." Láu-ma chiū kóng, "Lí chāi-seⁿ o̍h lí lāu-bó ê bō͘-iūⁿ oá-khò Iâ-so͘, sìn-thàn Siōng-tè, chū-jiân ū chit-hō ê n̂g-bāng; chóng-sī tio̍h thèng-hāu Siōng-tè beh tiàu lí ê sî kàu, chiah ē-tit seng-chiūⁿ Thian-tông." Láu-ma ta̍k-jit chiàu án-ni an-uì Bí-lē ê sim.	美麗哮講，「著啦！我毋是愛 án 娘閣來受苦；若是我也應該快快死通佮 án 娘相同享天堂的福。」老媽就講，「你在生學你老母的模樣倚靠耶穌，信趁上帝，自然有這號的向望；總是著聽候上帝欲召你的時到，才會得升上天堂。」老媽逐日照按呢安慰美麗的心。
Lōng-tōng Chú (2)	浪蕩子（2）
1900.09 186 Koàn p.75	1900.09 186 卷 p.75
(Chiap chêng koàn tē 68 bīn.)	（接前卷第 68 面。）
Kàu sàng-chòng liáu-āu chiū chhoā Bí-lē i bó-kū in tau. Bó-kū khoàⁿ-kìⁿ goē-seng-lú chiū siūⁿ tio̍h i ê lāu-bú bē kìm-tit thî-khàu mn̄g láu-ma, "Khoàⁿ thài-thài sí sī sím-mi̍h pīⁿ? Chhiáⁿ sím-mi̍h i-seng? Tī-sî koè-óng?" Láu-ma chi̍t hāng chi̍t hāng kā i kóng-bêng; koh chiong thài-thài ê phoe sàng hō͘ Guī ló-iâ	到送葬了後就 chhoā 美麗伊母舅 in 兜。母舅看見外甥女就想著的老母袂禁得啼哭問老媽，「看太太死是甚物病？請甚物醫生？底時過往？」老媽一項一項共伊講明；閣將太太的批送予魏老爺看。In 母舅批看了真無安然；毋過袂推辭得家己咧想，永常時毋愛囡仔吵鬧；

（續）

khoà^{n}. In bó-kū phoe khoà^{n}-liáu chin bô an-jiân; m̄-kú bē the-sî-tit ka-tī teh siū^{n}, éng-siông-sî m̄ ài gín-á chhá-nāu; kin-á-ji̍t goē-seng-lú lâi, kia^{n}-liáu iā ū chit khoán; chóng--sī bô ta-oâ siu-liû tiàm in tau, beh siá^{n} chai Bí-lē lâi chia lóng bô kiáu-jiáu i; ta̍k-ji̍t tiàm lâu-téng kin-toè láu-ma, á-sī tiàm hoe-hn̂g chhit-thô káu-á.	今仔日外甥女來，驚了也有這款；總是無奈何收留踮 in 兜，欲啥知美麗來遮攏無攪擾伊；逐日踮樓頂跟綴老媽，抑是踮花園 chhit 迌狗仔。
Guī ló-iâ nā chia̍h e-hng pn̄g ta̍k-ji̍t hoan-hù láu-ma chhoā i lo̍h lâu-kap i chia̍h tām-po̍h koé-chí, nā-sī pa̍t-uī tú-tio̍h chiū kiò goē-seng-lú tio̍h khì chhoē láu-ma m̄-sī chō-chak i.	魏老爺若食下昏飯逐日吩咐老媽 chhoā 伊落樓佮伊食淡薄果子，若是別位拄著就叫外甥女著去揣老媽毋是嘈齪伊。
Ū chit ji̍t Guī ló-iâ tī hoe-hn̂g teh iû-siú^{n} khoà^{n}-kì^{n} Bí-lē tuì chhiū-kha cháu chhut--lâi khì phō hit-chiah káu-á ê ām-kún kā phah-tó tiàm tī thơ̂-kha. Káu-á toā-sia^{n} háu, chit-ē peh--khí-lâi Bí-lē iā hơ̄ i phah poa̍h-tó. Guī ló-iâ m̄ chai sím-mi̍h iân-kờ, chiū-mn̄g Bí-lē, "Lí teh chò sím-mi̍h mi̍h? Kín-kín kā goá kóng lah!" Bí-lē chiū lâi kóng, "Goá beh koai^{n}-sí hit-chiah káu-á. Kū-iâ lí m̄ chai i sī sai-á, goá sī Tāi-pi̍t; i lâi, sī beh chia̍h goá ê iû^{n}, sớ-í goá beh hơ̄ i sí," Guī ló-iâ kóng, "Lí che sī teh kóng sím-mi̍h oē?" Bí-lē chiū kóng, "Kū-iâ kám bē kì-tit Sèng-keng ū kóng Tāi-pi̍t ông phah sí sai-á kiù i ê iû^{n} mah? Goá tī-chia teh chhit-thô chiū-sī chit ê khoán-sit."	有一日魏老爺佇花園咧遊賞看見美麗對樹跤走出來去抱彼隻狗仔的頷頸共拍倒踮佇塗跤。狗仔大聲哮，一下爬起來美麗也予伊拍跋倒。魏老爺毋知甚物緣故，就問美麗，「你咧做甚物物？緊緊共我講啦！」美麗就來講，「我欲關死彼隻狗仔。舅爺你毋知伊是獅仔，我是大衛；伊來，是欲食我的羊，所以我欲予伊死，」魏老爺講，「你這是咧講甚物話？」美麗就講，「舅爺敢袂記得聖經有講大衛王拍死獅仔救伊的羊嗎？我佇遮咧 chhit 迌就是這个款式。」
Guī ló-iâ kóng, "Lí m̄-thang án-ni chhit-thô, kia^{n}-liáu káu-á ē kā lí. Lí iáu ū sím-mi̍h chhit-thô ê hoat-tơ̄?" Bí-lē chiū kóng, "Lí khoà^{n} chit châng chhiū chīn kơ-tâ goá lia̍h i chò Ko-lī-a chiū ēng chio̍h-thâu tìm i sí,	魏老爺講，「你毋通按呢 chhit 迌，驚了狗仔會咬你。你猶有甚物 chhit 迌的法度？」美麗就講，「你看這欉樹盡枯 tâ 我掠伊做哥利亞就用石頭抌伊死，親像大衛拍死彼个大漢人的款式。」魏老爺

（續）

chhin-chhiū^{n} Tāi-pi̍t phah-sí hit ê toā-hàn lâng ê khoán-sit." Guī ló-iâ mn̄g kóng, "Lí chhit-thô lóng sī hāi sí lâng kap mi̍h mah?" Bí-lē chhiò kóng, "M̄-sī lah! Kū-iâ lí khoà^{n} hit châng chhiū lōng-tōng-chú chhut-mn̂g phoà-huì chî^{n}-châi. Chāi goā-bīn siū-khó͘, chiū-sī ná tiàm chhiū-kha sim-lāi hoán-hoé-choē siū^{n}-beh hoê-ka. Kū-iâ, koh khoà^{n} hit châng ū âng-hio̍h ê chhiū. Hia sī pē-bú ê ke, goá cháu kàu hit tah kóng.'Goá tek-choē pē lah; kiû pē sià-bián.'Goá chiū chē tiàm hia chia̍h-piá^{n} sim-lāi chin khoài-lo̍k." Guī ló-iâ mn̄g, "Lí án-ni teh chhit-thô lóng sī tuì Sèng-keng lâi mah?" Bí-lē kóng, "Goá kài hoa^{n}-hí Sèng-keng--ni̍h kò͘-sū, láu-ma jit-jit kóng hō͘ goá thia^{n}; goá só͘ ài chiū-sī lōng-chú hoê-thâu. Kū-iâ lí kiám bô ài hit ê kò͘-sū mah?" Bó-kū bô ìn i chò i ji̍p chhù-lāi khì, sim-lāi bô pêng-an, in-uī ka-tī siū^{n} kuí-nî chêng i iā-sī hoa^{n}-hí khoà^{n} Sèng-keng jit-jit kî-tó. Chóng--sī hoat-chî^{n} liáu-āu hō͘ goā-sū kap chêng-io̍k jia-khàm tō-lí, chiū soah bē kiat koé-chí lah! Sui-jiân muí lé-pài khì pài-tn̂g kèng Siōng-tè, kú tī chhù-lāi bô khoà^{n} Sèng-keng, iā bô kî-tó, chhin-chhiū^{n} chiong Siōng-tè pàng bē kì-tit chi̍t-iū^{n}.	問講，「你 chhit 迌攏是害死人佮物嗎？」美麗笑講，「毋是啦！舅爺你看彼欉樹浪蕩子出門破費錢財。在外面受苦，就是若踮樹跤心內反悔罪想欲回家。舅爺，閣看彼欉有紅葉的樹。遐是爸母的家，我走到彼搭講。「我得罪爸啦；求爸赦免。」我就坐踮遐食餅心內真快樂。」魏老爺問，「你按呢咧 chhit 迌攏是對聖經來嗎？」美麗講，「我蓋歡喜聖經裡故事，老媽日日講予我聽；我所愛就是浪子回頭。舅爺你敢無愛彼个故事嗎？」母舅無應伊做伊入厝內去，心內無平安，因為家己想幾年前伊也是歡喜看聖經日日祈禱。總是發錢了後予外事佮情欲遮崁道理，就煞袂結果子啦！雖然每禮拜去拜堂敬上帝，久佇厝內無看聖經，也無祈禱，親像將上帝放袂記得一樣。
Kin-á-jit thia^{n}-kì^{n} Bí-lē ê oē sim-lāi teh siū^{n}, "Goá ná hit ê lōng-tōng-chú lī-khui Thi^{n}-pē." Kàu-boé i iû-goân m̄-khéng jīn choē lâi kui-ho̍k Siōng-tè; só͘-í sim-lāi iáu-boē an-jiân. Bí-lē m̄ chai kū-iâ sī án-ni; iā m̄-sī tiâu-kò͘-ì kóng-chhut hia ê oē. Nā-sī Siōng-tè ēng chit ê gín-á ê oē hō͘ Guī ló-iâ ê sim bān-bān	今仔日聽見美麗的話心內咧想，「我若彼个浪蕩子離開天爸。」到尾伊猶原毋肯認罪來歸服上帝；所以心內猶未安然。美麗毋知舅爺是按呢；也毋是刁故意講出遐的話。若是上帝用這个囡仔的話予魏老爺的心慢慢醒悟。美麗來的時伊的母舅無甚物歡喜，總是漸漸變換心

（續）

chhéⁿ-gō͘. Bí-lē lâi ê sî i ê bó-kū bô sím-mih hoaⁿ-hí, chóng--sī chiām-chiām piàn-oāⁿ sim-lāi ná gâu thiàⁿ i; sui-jiân sī án-ni ū chit jit siū-khì mē i. Chit-ê sī uī-tioh sím-mih tāi-chì leh? Sī uī-tioh Bí-lē chhoā káu-á khì chhù-lāi chhit-thô. Hit-sî teh phah-kiû hō͘ káu-á lâi jek. Káu-á teh jek kiû khap-tioh toh-kuī chiū chiong kek kó͘-chá, kek kuì-khì ê hoe-kan, chhia-tó thô͘-kha phah-phoà.	內那 gâu 疼伊；雖然是按呢有一日受氣罵伊。這个是為著甚物代誌咧？是為著美麗 chhoā 狗仔去厝內 chhit 迌。彼時咧拍球予狗仔來逐。狗仔咧逐球磕著桌櫃就將極古早，極貴氣的花矸，捙倒塗跤拍破。
(āu-koàn beh koh chiap.)	（後卷欲閣接。）
Lōng-tōng Chú (3)	浪蕩子（3）
1900.11 188 Koàn p.91～92	1900.11 188 卷 p.91～92
(Chiap chêng koàn tē 84 bīn.)	（接前卷第 84 面。）
Tē jī jit tuì Má Pô-pô hia tò-lâi; hit mî phoāⁿ bó-kū chiah koé-chí. Bí-lē kóng, "Kin-á jit Má Pô-pô khoán-thāi goá chin hó, theh hó-piáⁿ hō͘ goá chiah. Hit chiah niau-á ām-kún ū kat âng-toà, koh chit pak oē-tô͘ kuì tī piah-téng, chiū-sī lōng-chú hoê-thâu, i ê lāu-pē chiap-lap hó khoán-thāi. Goá kā Má Pô-pô kóng, Goá chin ài hit pak, tiāⁿ-tioh beh khioh-chîⁿ bé lâi kuì tī goá ê pâng-keng. Má Pô-pô kā goá kóng, I ài hit pak chhak ū iân-kò, chóng--sī i kà goá, m̄-thang kā pat-lâng kóng, iā m̄-sī kiaⁿ kū-iâ lí chai; kan-ta m̄ ài kū-iâ tuì pat-lâng kóng." Guī ló-iâ kóng, M̄-bián kiaⁿ, goá bô beh chhut-phoà m̄ ki-bit ê sū.	第二日對馬婆婆遐倒來；彼暝伴母舅食果子。美麗講，「今仔日馬婆婆款待我真好，提好餅予我食。彼隻貓仔頷頸有結紅帶，閣一幅畫圖掛佇壁頂，就是浪子回頭，伊的老爸接納好款待。我共馬婆婆講，我真愛彼幅，定著欲抾錢買來掛佇我的房間。馬婆婆共我講，伊愛彼幅 chhak 有緣故，總是伊教我，毋通共別人講，也毋是驚舅爺你知；干焦毋愛舅爺對別人講。」魏老爺講，毋免驚，我無欲出破毋機密的事。
Bí-lē sè-á-siaⁿ kóng, "In-uī Má Pô-pô ū chit ê lōng-tōng-chú, i miâ kiò-chò To-má; káu nî chêng chhut-mn̂g khì, iā bô kià phoe lâi, iā bô tò-lâi. Teh kóng ê sî Má Pô-pô chiū lâu	美麗細仔聲講，「因為馬婆婆有一个浪蕩子，伊名叫做多馬；九年前出門去，也無寄批來，也無倒來。咧講的時馬婆婆就流目屎，毋知伊的囝佇彼搭驚了會

（續）

bȧk-sái, m̄-chai i ê kiáⁿ tī hit-tah kiaⁿ-liáu ē tú-tio̍h kan-khó͘; chò lāu-bó ê sim chiū koè bē-tit khì. Goá chiū kā i kóng, Hit-ê lōng-chú khì pȧt só͘-chāi siū-khó͘ chhī-ti ē-hiáu siūⁿ beh hoê-thâu; goá goān To-má iā ē chhin-chhiūⁿ hit-ê. Má Pô-pô khoàⁿ-kìⁿ goá an-uì i ê sim chiū chhit bȧk-sái khì thėh chit-tè thn̂g-sng hō͘ goá chia̍h; āu-lâi Má Peh-peh chhoā goá tò-lâi. Goá tī lō͘--nih mn̄g i nā To-má hoê-ka lâi jīn-choē; lí beh thé-thiap iông-ún á-bô? I chiū kóng, M̄ nā thé-thiap iông-ún i, koh beh hoaⁿ-hoaⁿ-hí-hí chiap-lȧp hó khoán-thāi i.	拄著艱苦；做老母的心就過袂得去。我就共伊講，彼个浪子去別所在受苦飼豬會曉想欲回頭；我願多馬也會親像彼个。馬婆婆看見我安慰伊的心就拭目屎去提一塊糖霜予我食；後來馬伯伯chhoā 我倒來。我佇路裡問伊若多馬回家來認罪；你欲體貼容允抑無？伊就講，毋但體貼容允伊，閣欲歡歡喜喜接納好款待伊。
Goá thiaⁿ che oē chiū teh siūⁿ pē-bó thiàⁿ-kiáⁿ kàu án-ni; khó͘-liân goá iā bô pē, iā bô bó. Ū-sî mî-sî bē-khùn-tit, goá kî-tó Siōng-tè sim-lāi ná-chún thiaⁿ-kìⁿ Siōng-tè kā goá pàng-sim, kóng, I sī goá ê Pē lah. Chá-jit Bȯk-su kóng Siōng-tè ū lōng-tōng-chú, goá siūⁿ che oē chin kî-koài. Kū-iâ, chiàu lí khoàⁿ ū chit-hō ê lōng-tōng-chú á bô? Guī ló-iâ kan-ta kóng, M̄ bián tô-giân; lí kóng chē-chē oē hō͘ goá thâu-khak hîn.	我聽這話就咧想爸母疼囝到按呢；苦憐我也無爸，也無母。有時暝時袂睏得，我祈禱上帝心內若準聽見上帝共我放心，講，伊是我的爸啦。早日牧師講上帝有浪蕩子，我想這話真奇怪。舅爺，照你看有這號的浪蕩子抑無？魏老爺干焦講，毋免多言；你講濟濟話予我頭殼暈。
Bí-lē chiū bô koh chhut-siaⁿ tiām-tiām chē, tiȧp-á-kú Guī ló-iâ kóng, “Lí nā hoaⁿ-hí khì Má Pô-pô tau khiok thang, chóng--sī m̄-thang toà káu-á iân-lō͘ khì, chhiū-nâ lāi ū iá-ke, kiaⁿ-liáu i kā.” Bí-lē kóng. To-siā, kū-iâ goá chin hoaⁿ-hí khì; tuì kin-á-jit goá beh tȧk-jit thè To-má kî-tó, kiû Siōng-tè kám-tōng i ê sim hō͘ i khoài-khoài tò-lâi. Kū-iâ lí khéng án-ni kî-tó á bô? Guī ló-iâ kóng, “Lí thè i kî-tó chiū kàu-gia̍h lah.” Bí-lē koh	美麗就無閣出聲恬恬坐，霎仔久魏老爺講，「你若歡喜去馬婆婆兜卻通，總是毋通帶狗仔沿路去，樹林內有野雞，驚了伊咬。」美麗講，多謝，舅爺我真歡喜去；對今仔日我欲逐日替多馬祈禱，求上帝感動伊的心予伊快快倒來。舅爺你肯按呢祈禱抑無？魏老爺講，「你替伊祈禱就夠額啦。」美麗閣講，「照按呢生舅爺來替上帝遐的浪蕩子祈禱，通，毋通咧。」魏老爺講，「今是八點

（續）

kóng, "Chiàu án-ni-se^{n} kū-iâ lâi thè Siōng-tè hia ê lōng-tōng-chú kì-tó, thang, m̄-thang leh." Guī ló-iâ kóng, "Ta^{n} sī peh tiám cheng lah, lí tio̍h chiū^{n}-lâu, khì khùn, khah hó." Bí-lē chiū cháu khì. Guī ló-iâ teh siū^{n} hit ê cha-bó͘-gín-á bē-hiáu-tit, goá chiū-sī lī-khui Siōng-tè ê lōng-tōng-chú. I uī-tio̍h sím-mi̍h siông-siông tuì goá kóng chit ê sū leh?	鐘啦，你著上樓，去睏，較好。」美麗就走去。魏老爺咧想彼个查某囡仔袂曉得，我就是離開上帝的浪蕩子。伊為著甚物常常對我講這个事咧？
Koè kuí-nā-ji̍t láu-ma beh ji̍p-siâ^{n} chiū^{n}-ke khì bé-mi̍h; in-uī lō͘-tô͘ 20 lí hiah nī hn̄g, chiū chē bé-chhia. Mn̄g Bí-lē khoà^{n} beh kap i khì bô? Bí-lē kóng, "Beh khì." Chiū khì mn̄g kū-iâ khoà^{n} i beh kià i bé sím-mi̍h á bô? Guī ló-iâ kóng, "Lí kan-ta thè goá bé choá-pit chiū hó, goá beh siá chi̍t tiu^{n} jī hō͘ lí. Lí chiong chit tiu^{n} hō͘ hit khám tiàm khoà^{n}, chū-jiân thang the̍h hō͘ lí lóng bô bé m̄ tio̍h. Chi̍t ê kim-chî^{n} kau--lí, kā i oā^{n}, chhun--ê, hō͘ i chāu-gîn, chāu chhun--ê beh hō͘ lí lân-san ēng."	過幾若日老媽欲入城上街去買物；因為路途二十里遐爾遠，就坐馬車。問美麗看欲佮伊去無？美麗講，「欲去。」就去問舅爺看伊欲寄伊買甚物抑無？魏老爺講，「你干焦替我買紙筆就好，我欲寫一張字予你。你將這張予彼坎店看，自然通提予你攏無買毋著。一个金錢交你，共伊換，賰的，予伊找銀，找賰的欲予你零星用。」
Bí-lē the̍h hit ê kim-chî^{n} kā kū-iâ kóng, To-siā; ka-tī siū^{n} éng-ji̍t bô hiah chē chî^{n}, kin-á-ji̍t ū thang bé chē-chē mi̍h. Bí-lē chiū hoa^{n}-hoa^{n}-hí-hí toà láu-ma chē-chhia khì lah. Koè poà^{n}-ji̍t Guī ló-iâ khoà^{n} hit tiu^{n} bé-chhia tò-lâi khoà^{n} Bí-lē bīn--ni̍h ū lâu ba̍k-sái ê jiah, láu-ma iā bô pêng-an ê khoán-sit. Guī ló-iâ mn̄g khoà^{n} ū sím-mi̍h in-toa^{n}. Láu-ma kóng, "Lóng-sī Bí ko͘-niû ê sit-chhò, i m̄ thia^{n} goá ê chhuì, i chò i cháu hō͘ goá chhoē poà^{n}-ji̍t, chin kan-khó͘. Cháu-lâi cháu-khì, hō͘-soà^{n} kap hâ-pau lóng phah-m̄-kì^{n} lah. I khì chē tī hāng-á hô-hèng kap chi̍t-ê láu-á-kong-kùn	美麗提彼个金錢共舅爺講，多謝；家己想往日無遐濟錢，今仔日有通買濟濟物。美麗就歡歡喜喜帶老媽坐車去啦。過半日魏老爺看彼張馬車倒來看美麗面裡有流目屎的跡，老媽也無平安的款式。魏老爺問看有甚物因端。老媽講，「攏是美姑娘的失錯，伊毋聽我的喙，伊做伊走予我揣半日，真艱苦。走來走去，雨傘佮荷包攏拍毋見啦。伊去坐佇巷仔和興佮一个老仔光棍咧講話。」魏老爺講，「這，就是真奇怪啦，我袂明白。美麗你通來冊房勻勻仔講予我聽。」

（續）

teh kóng-oē." Guī ló-iâ kóng, "Che, chiū-sī chin kî-koài lah, goá bē bêng-pe̍k. Bí-lē lí thang lâi chheh-pâng ûn-ûn-á kóng hō͘ goá thiaⁿ."	
(āu-koàn beh koh chiap.)	（後卷欲閣接。）
Lōng-tōng Chú (4)	浪蕩子（4）
1900.12 189 Koàn p.95	1900.12 189 卷 p.95
(Chiap chêng koàn tē 92 bīn.)	（接前卷第 92 面。）
Bí-lē chhit ba̍k-sái toè kū-iâ ji̍p-khì chiū kóng, Goá bē-hiáu tit láu-ma bô beh hō͘ goá kap hit ê lâng kóng-oē, i kan-ta siū-khì hang-hoah goá. Bí-lē koh kóng chiū soah háu the̍h chhiú-kin chhit ba̍k-sái.	美麗拭目屎綴舅爺入去就講，我袂曉得老媽無欲予我佮彼个人講話，伊干焦受氣哄喝我。美麗閣講就煞哮提手巾拭目屎。
Guī ló-iâ an-uì i kā i bo̍h-tit háu, ài i bêng-bêng pe̍k-pe̍k chiàu chhù-sū lâi kā i kóng. Bí-lē chiū kóng, Khí-thâu sī láu-ma tī tiàm-lāi bé-mi̍h chún goá khiā tī goā-kháu khoàⁿ lāu-jia̍t, kah goá m̄-thang tín-tāng; tio̍h thèng-hāu i lâi. Goá hut-jiân-kan khoàⁿ-kìⁿ chi̍t-ê kan-khó͘-lâng i-chiûⁿ lóng phoà-noā bān-bān-á kiâⁿ chhin-chhiūⁿ kài loán-jio̍k ê khoán. Goá siūⁿ sī To-má tò-tńg hoê-ka lah. Goá soah bē-kì-tit láu-ma hoan-hù ê oē, cháu chìn-chêng mn̄g i ê miâ, khoàⁿ sī To-má á m̄-sī. I chhiò kóng, M̄-sī. Goá koh mn̄g i khoàⁿ sī chhut-mn̂g ê lōng-tōng-chú á m̄-sī? I koh kóng, M̄-sī, pē-bó koè-óng chē-chē nî. Goá chiū mn̄g i, Ū lī-khui Siōng-tè á-bô? I chiū kóng, Kiaⁿ-liáu sī án-ni. Goá chiū kā i kóng, Siōng-tè ê lōng-tōng-chú eng-kai tio̍h hoê-thâu jīn-choē. Goá soah kap i iân-lō͘ kiâⁿ, iân-lō͘ kóng-oē. Kiâⁿ kàu chi̍t tiâu sió-hāng,	魏老爺安慰伊共伊莫得哮，愛伊明明白白照次序來共伊講。美麗就講，起頭是老媽佇店內買物准我徛佇外口看鬧熱，kah 我毋通振動；著聽候伊來。我忽然間看見一个艱苦人衣裳攏破爛慢慢仔行親像蓋軟弱的款。我想是多馬倒轉回家啦。我煞袂記得老媽吩咐的話，走進前問伊的名，看是多馬抑毋是。伊笑講，毋是。我閣問伊看是出門的浪蕩子抑毋是？伊閣講，毋是，爸母過往濟濟年。我就問伊，有離開上帝抑無？伊就講，驚了是按呢。我就共伊講，上帝的浪蕩子應該著回頭認罪。我煞佮伊沿路行，沿路講話。行到一條小巷，就坐佇�墘頂，問伊的名姓。伊講姓李名約翰，就細漢守禮拜看聖經，敬上帝。雖然無爸母啦，猶有一个叔是好人，佇倫敦城開店，愛伊去幫贊，總是伊較愛家己主意，所以毋肯去。幾月前伊破病袂做工

（續）

chiū chē tī gîm-kî^{n}-téng, m̄ng i ê miâ-sè^{n}. I kóng sè^{n} Lí miâ Iok-hān, chiū sè-hàn siú lé-pài khoà^{n} Sèng-keng, kèng Siōng-tè. Sui-jiân bô pē-bó lah, iáu-ū chi̍t ê chek sī hó-lâng, tī Lûn-tun-siâ^{n} khui tiàm, ài i khì pang-chān, chóng--sī i khah ài ka-tī chú-ì, sớ-í m̄-khéng khì. Kuí goe̍h chêng i phoà-pē^{n} bē chò-kang chin sòng-hiong kan-khớ kàu ke̍k. Goá chiū kā i kóng, Nā lī-khui Siōng-tè chū-jiân ē siū-khớ lah.	真喪兇艱苦到極。我就共伊講，若離開上帝自然會受苦啦。
Guī ló-iâ kóng, Lâng lī-khui Siōng-tè bô tek-khak sòng-hiong, ū hit-hō ū-chî^{n}-lâng lī-khui Siōng-tè hn̄g-hn̄g, chē-chē hoat chî^{n}-châi leh. Bí-lē kóng, Che chin kî-koài, chóng-sī hit-hō lâng sim-lāi chū-jiân bô pêng-an. Goá chiū khớ-khǹg Lí Iok-hān tio̍h hoán-hoé ké-pì^{n}, tio̍h khì chhoē in chek. I kóng, Lō chin hn̄g, lâng boē hó, bē kiâ^{n}, bô-hoat i. Goá chiong hâ-pau tháu-khui khoà^{n} iáu-kú ū sa^{n}-ê gîn chiū the̍h chhut-lâi chioh i chò lō-huì. Guī ló-iâ kóng, Hit ê kong-kùn the̍h lí ê chî^{n} mah? Bí-lē kóng, Sī goá hoa^{n}-hí chioh i. I m̄ng goá sím-mi̍h miâ-sè^{n}, tī tó-uī khiā? I kóng, Kàu Lûn-tun-siâ^{n} chò kuí-ji̍t ê kang tek-khak beh kià hêng goá. Tāi-seng i m̄ sìn Siōng-tè thià^{n} i. Goá kā i kóng, Siōng-tè it-tēng sī thià^{n} lí, in-uī Sèng-keng ū kóng, Siōng-tè thià^{n} chèng-lâng ài chèng-lâng tit-tio̍h kiù lah!	魏老爺講，人離開上帝無的確喪兇，有彼號有錢人離開上帝遠遠，濟濟發錢財咧。美麗講，這真奇怪，總是彼號人心內自然無平安。我就苦勸李約翰著反悔改變，著去揣 in 叔。伊講，路真遠，人未好，袂行，無法醫。我將荷包敨開看猶閣有三个銀就提出來借伊做路費。魏老爺講，彼个光棍提你的錢嗎？美麗講，是我歡喜借伊。伊問我甚物名姓，佇佗位徛？伊講，到倫敦城做幾日的工的確欲寄還我。代先伊毋信上帝疼伊。我共伊講，上帝一定是疼你，因為聖經有講，上帝疼眾人愛眾人得著救啦！
Guī ló-iâ kóng, Lí kap i teh kóng ê oē m̄-bián lóng kóng, láu-ma tī tah-lo̍h chhoē-tio̍h lí? Bí-lē tàm-thâu kóng, Goá iû-goân chē tī gîm-kî^{n}-téng khoà^{n}-kì^{n} láu-ma, bīn âng kàu chhin-chhiū^{n} hoé, lâi hiông-hiông khiú goá	魏老爺講，你佮伊咧講的話毋免攏講，老媽佇搭落罪著你？美麗頕頭講，我猶原坐佇矽墘頂看見老媽，面紅到親像火，來雄雄摸我起來。伊罵我講，到欲半日艱艱苦苦咧揣；欲啥知我坐佇巷仔

（續）

khí-lâi. I mē goá kóng, Kàu beh poàⁿ-jit kan-kan khó-khó teh chhoē; beh siáⁿ-chai goá chē tī hāng-á lāi kap khit-chiảh hô-hèng teh gī-lūn oē. I kóng, Goá kài m̄ hó. Kū-iâ, lí siūⁿ goá ê choē ū toā á bô? Guī ló-iâ kóng, M̄ thiaⁿ láu-ma ê oē kin-toè hit téng-hō ê lâng sī put-eng-kai lah. Bí-lē koh mn̄g, Siōng-tè ū siū-khì á-bô? Guī ló-iâ kóng, Gín-á m̄ thiaⁿ-chhuì, Siōng-tè chū-jiân m̄ hoaⁿ-hí. Bí-lē lâu bảk-sái kóng, Goá tiàm chia kuī lỏh-khì kiû Siōng-tè èng-ún goá, sià goá ê choē thang, m̄-thang mah? Guī ló-iâ kóng, Thang lah! Bí-lē chiū kiong-kiong kèng-kèng kuī lỏh-khì kóng, Goá kin-á-jit m̄ thiaⁿ láu-ma ê oē kiû Siōng-tè khoan-liōng sià-bián, koh kiû Siōng-tè si-in hō͘ Lí Iok-hān, kám-hoà i ê sim, hō͘ i kui-hỏk Thiⁿ-pē tit-tiỏh kiù. Bí-lē kî-tó bêng-pẻk chiū khí-lâi. Guī ló-iâ kóng, Chit-tiáp lí thang chiūⁿ-lâu khì chhoē láu-ma. Bí-lē chiū chiūⁿ-khì kā láu-ma chhē m̄-tiỏh.	內佮乞食和興咧議論話。伊講，我蓋毋好。舅爺，你想我的罪有大抑無？魏老爺講，毋聽老媽的話跟綴彼等號的 人是不應該啦。美麗閣問，上帝有受氣抑無？魏老爺講，囡仔毋聽喙，上帝自然毋歡喜。美麗流目屎講，我踮遮跪落去求上帝應允我，赦我的罪通，毋通嗎？魏老爺講，通啦！美麗就恭恭敬敬跪落去講，我今仔日毋聽老媽的話求上帝寬諒赦免，閣求上帝施恩予李約翰，感化伊的心，予伊歸服天爸得著救。美麗祈禱明白就起來。魏老爺講，這霎你通上樓去揣老媽。」美麗就上去共老媽坐毋著。
Láu-ma khan i ê chhiú, kah i bỏh-tit hạu, kóng, Goá kam-goān sià-bián lí.	老媽牽伊的手，kah 伊莫得哮，講，我甘願赦免你。
(āu-koàn beh koh chiap.)	（後卷愈閣接。）
Lōng-tōng Chú (5)	浪蕩子（5）
1901.01 190 Koàn p.8	1901.01 190 卷 p.8
(Chiap chêng koàn tē 96 bīn.)	（接前卷第 96 面。）
Koè chảp-kuí-jit Bí-lē chiap-tiỏh phoe chiū-sī Lí Iok-hān kià-lâi--ê. Phoe-lāi ū saⁿ-khơ͘ ê gîn-phiò. Guī ló-iâ chiong phoe thảk hō͘ i thiaⁿ kóng, Lí Iok-hān kàu Lûn-tun-siâⁿ in chek chiap-lảp hó khoán-thāi, hō͘ i toà tī tiàm-lāi pang-chhiú. I ū kài-chiú siú lé-pài iā	過十幾日美麗接著批就是李約翰寄來的。批內有三箍的銀票。魏老爺將批讀予伊聽講，李約翰到倫敦城 in 叔接納好款待，予伊蹛佇店內幫手。伊有戒酒守禮拜也倚靠救主決意做好人。閣講 in 叔有朋友是做教師。約翰將多馬的事講

（續）

oá-khò Kiù-chú koat-ì chò hó-lâng. Koh kóng in chek ū pêng-iú sī chò kàu-su. Iok-hān chiong To-má ê sū kóng hō͘ i thia^{n}. I èng-ún kóng, Tek-khak tio̍h ēng-sim chhoē i kàu-tio̍h.	予伊聽。伊應允講，的確著用心揣伊到著。
Bí-lē thia^{n}-liáu ū hoa^{n}-hí kàu bē kò͘-tit. Guī ló-iâ kóng, Lí siū^{n} hit ê lâng sī khò-tit Chú mah? Sī put-chhò. Sim-lāi àm-chē^{n} siū^{n} Siōng-tè ēng Bí-lē kuí-kù-oē khì kiù hit ê lâng, sī chin kî-koài. Koh siū^{n} hit ê khit-chia̍h siū i kám-tōng tit-kiù, goá uī-tio̍h sím-mi̍h iáu-kú boē kui-ho̍k Siōng-tè lâi tit-kiù?	美麗聽了有歡喜到袂顧得。魏老爺講，你想彼个人是靠得主嗎？是不錯。心內暗靜想上帝用美麗幾句話去救彼个人，是真奇怪。閣想彼个乞食受伊感動得救，我為著甚物猶閣未歸服上帝來得救？
Hit ji̍t e-po͘ Guī ló-iâ khiâ-bé chhut khì kiâ^{n}-thô. Hit chiah bé hut-jiân kia^{n}-tio̍h pháu-cháu, Guī ló-iâ poa̍h-lo̍h bé cheng tio̍h chhiū-kin. Chiū o͘-àm-hîn. Bé pháu-cháu, Guī ló-iâ soah hūn-khì tiàm-hia khùn chit tiám-cheng kú. Tú-tio̍h lâng thoa-chhia tuì hia koè, chit-ē khoà^{n}-kì^{n},ē jīn-tit sī Guī ló-iâ, chiū khin-khin āi^{n} i chiū^{n}-chhia, koá^{n}-kín chài kàu in tau. I-seng lâi khoà^{n} kóng, Sa^{n}-tiâu kin phah-lih, thâu-khak iā-ū siū-siong; m̄-chai ē hāi bē. Bí-lē thia^{n}-kì^{n} liáu chiū thî-khàu beh ji̍p-khì kū-iâ ê pâng-keng, chóng-sī i-seng m̄ chún i. Kóng,Kài iàu-kín tio̍h an-chēng, bē-kham-tit gín-á chhá, thèng-hāu lāu-iâ khah hó chiah thang ji̍p--khì.	彼日下晡魏老爺騎馬出去行迌。彼隻馬忽然驚著跑走，魏老爺跋落馬舂著樹根。就烏暗眩。馬跑走，魏老爺煞暈去踮遐睏一點鐘久。拄著人拖車對遐過，一下看見，會認得是魏老爺，就輕輕偝伊上車，趕緊載到 in 兜。醫生來看講，三條筋拍裂，頭殼也有受傷；毋知會害袂。美麗聽見了就啼哭欲入去舅爺的房間，總是醫生毋准伊。講，蓋要緊著安靜，袂堪得囡仔吵，聽候老爺較好才通入去。
Koè cha̍p kuí-ji̍t Lāu-iâ kó-jiân khah hó chiū chún Bí-lē ji̍p-khì, kan-ta kà i m̄-thang kóng chē oē. Bí-lē hoa^{n}-hí kàu-ke̍k toà chit pau mi̍h ji̍p-khì, ûn-ûn kiâ^{n} kàu chhn̂g-pi^{n} khoà^{n}-kì^{n} Guī ló-iâ bīn-māu put-chí siau-sán, thâu-khak pau chit-tiâu pe̍h-kin.	過十幾日老爺果然較好就准美麗入去，干焦教伊毋通講濟話，美麗歡喜到極帶一包物入去，勻勻行到床邊看見魏老爺面貌不止消瘦，頭殼包一條白巾。

（續）

(āu-koàn beh koh chiap.)	（後卷欲閣接。）
Lōng-tōng Chú (6)	浪蕩子（6）
1901.02 191 koàn p.15～16	1901.02 191 卷 p.15～16
(Chiap chêng koàn tē 8 bīn.)	（接前卷第 8 面。）
Bí-lē chù-sîn tit-tit khoàn i kóng, "Goá ta̍k-jit siūn beh lâi chiàu-kò͘ kū-iâ; m̄-kú láu-ma m̄-chún, chóng-sī goá chē-chē pái teh kî-tó, kiû Siōng-tè kiù kū-iâ ê pēn hó-hó. Siōng-tè thian goá, hoan-hí kin-á-jit ē-tit lâi, goá ū chi̍t pau beh hàu-kèng kū-iâ, chit-tia̍p lâi tháu-khui, thang á m̄-thang leh?"	美麗注神直直看伊講，「我逐日想欲來照顧舅爺，毋過老媽毋准，總是我濟濟擺咧祈禱，求上帝救舅爺的病好好。上帝聽我，歡喜今仔日會得來，我有一包欲孝敬舅爺，這霎來敨開，通抑毋通咧？」
Guī ló-iâ sè-á-sian kóng, "Thang lah!" Bí-lē chiū chiong pau-kin tháu-khui the̍h chhut chi̍t pak ê oē-tô͘ hē tī jia-hong téng, chhián kū-iâ khoàn. Guī ló-iâ chiū khoàn-kìn ū chi̍t ê pe̍h thâu-mn̂g ê lāu-lâng, moá-bīn khoài-lo̍k, chiap-la̍p chi̍t ê phoà-san ê siàu-liân-lâng. oē-tô͘ ē-té ū siá kuí jī kóng, Goá beh tò-lâi khì chiū-kīn lāu-pē kā i kóng, Goá tek-choē thin, kap tī lāu-pē ê bīn-chêng. Guī ló-iâ khoàn-liáu chiū chai sī lōng-chú hoê-thâu ê oē-tô͘.	魏老爺細仔聲講，「通啦！」美麗就將包巾敨開提出一幅的畫圖下佇遮風頂，請舅爺看。魏老爺就看見有一个白頭毛的老人，滿面快樂，接納一个破衫的少年人。畫圖下底有寫幾字講，「我欲倒來去就近老爸共伊講，我得罪天，kap 佇老爸的面前。魏老爺看了就知是浪子回頭的畫圖。
Bí-lē chhut-khì, Guī ló-iâ iáu-kú sī chù-ba̍k teh khoàn hit pak oē, sim-lāi teh siūn, Bí-lē khiok m̄-chai goá sī Siōng-tè ê lōng-chú. I uī-tio̍h sím-mih the̍h chit pak lâi hō͘ goá; Tàu-tí ná khoàn ná ài. Siūn Siōng-tè sī Thin-pē beh chiap-la̍p hoê-thâu ê lōng-chú. Goá án-choán m̄ hoê-thâu; koh siūn goá kuí-nā nî uî-ke̍h Siōng-tè ê bēng-lēng, kian-liáu I m̄ khéng chiap-la̍p goá. Koh siūn hiān-sî pēn ū khah hó bī-pit-jiân hiah kín-sí; kàu-boé m̄-kú it-tēng tio̍h sí. Sí-āu tek-khak siū Siōng-tè ê sím-	美麗出去，魏老猶閣是注目咧看彼幅畫，心內咧想，美麗卻毋知我是上帝的浪子。伊為著甚物提這幅來予我？到底那看那愛。想上帝是天爸欲接納回頭的浪子。我按怎毋回頭；閣想我幾若年違拚上帝的命令，驚了伊毋肯接納我。閣想現時病有較好未必然遐緊死；到尾毋過一定著死。死後的確受上帝的審判，天爸這款疼人；我又辜負伊的恩典；毋知應該受甚物刑罰咧。日過日按呢想，心內袂得安然。

（續）

phoàⁿ, Thiⁿ-pē chit khoán thiàⁿ lâng; goá iū kơ-hū I ê in-tián; m̄-chai eng-kai siū sím-mi̍h hêng-hoa̍t leh. Ji̍t koè ji̍t án-ni siūⁿ, sim-lāi bē tit an-jiân.	
Koè kuí-ji̍t chiū m̄ng láu-ma khoàⁿ Bí kơ-niû tī tah-lo̍h, chit kuí ji̍t lóng bô khoàⁿ-kìⁿ i. Láu-ma kóng, Goá kiaⁿ-liáu i lâi chak lí. I khiok ta̍k-ji̍t beh lâi goá m̄-chún i lâi. Ló-iâ nā ài khoàⁿ i, goá chiū lâi-khì kiò i lâi. Bí-lē hoaⁿ-hoaⁿ-hí-hí chiū kàu, m̄ng kū-iâ ū pêng-an. Guī ló-iâ m̄ng i, Chit kuí ji̍t teh chhòng sím-mi̍h? Bí-lē kóng, Goá chá-ji̍t khì Má pô-pô in tau khoàⁿ-kìⁿ chit chiah thò-á koaiⁿ-sí tī lam-á lāi. Hit ê sèⁿ Má--ê, kā goá kóng, Sī sàn-hiong lâng chhòng lang-á beh khì lia̍h iá-ke; khó-sioh thò-á hō͘ i lia̍h--tio̍h. Sèⁿ Má ê chin siū-khì kóng, Chhiū-nâ chiū kū-iâ ê, êng-lâng m̄-thang ji̍p; nā hō͘ i khoàⁿ-kìⁿ lâng tī hia teh hē lang-á tiuⁿ-oa̍h-tauh, tek-khak beh lia̍h i lâi m̄ng choē. Goá sim-lāi siūⁿ, kiaⁿ-liáu sī To-má tò-tńg lâi, i ê lāu-pē khiok bē jīn--tit, lia̍h-chò thau-lia̍h-ke ê lâng; chiū bô beh chiap-la̍p i. Goá koh siūⁿ kui-ho̍k Siōng-tè pí kui-ho̍k sè-kan ê lāu-pē sī hó-tit chē lah!	過幾日就問老媽看美姑娘佇 tah 落，這幾日攏無看見伊。老媽講，我驚了伊來齪你。伊卻逐日欲來我毋准伊來。老爺若愛看伊，我就來去叫伊來。美麗歡歡喜喜就到，問舅爺有平安。魏老爺問伊，這幾日咧創甚物？美麗講，我昨日去馬婆婆 in 兜看見一隻兔仔關死佇籠仔內。彼个姓馬的，共我講，是散凶人創籠仔欲去掠野雞；可惜兔仔予伊掠著。姓馬的真受氣講，樹林就舅爺的，閒人毋通入；若予伊看見人佇遐咧下籠仔張活 tauh，的確欲掠伊來問罪。我心內想，驚了是多馬倒轉來，伊的老爸卻袂認得，掠做偷掠雞的人；就無欲接納伊。我閣想歸服上帝比歸服世間的老爸是好得濟啦！
Guī ló-iâ m̄ng i kóng, Án-choáⁿ-iūⁿ án-ni! Bí-lē kóng, In-uī Siōng-tè lóng bē jīn-chhò. Guī ló-iâ chiū kóng, Lâng kàu hiah kú lī-khui Siōng-tè kiaⁿ-liáu hoê-thâu sī khah tî lah, Siōng-tè m̄-khéng chiap-la̍p i. Bí-lē kóng, Beh thài-ē án-ni? Siōng-tè sī thiàⁿ chèng-lâng, kan-ta ài in hoê-thâu, chiū beh sià-bián i lah! Guī ló-iâ bô koh ìn-tap. Bí-lē chiū koh	魏老爺問伊講，按怎樣按呢？美麗講，因為上帝攏袂認錯。魏老爺就講，人到遐久離開上帝驚了回頭是較遲啦，上帝毋肯接納伊。美麗講，欲 thài 會按呢喃？上帝是疼眾人，干焦愛 in 回頭，就欲赦免伊啦！魏老爺無閣應答。美麗就閣講，昨日我問馬婆婆，多馬若回來有好衣裳通予伊穿無？伊就 chhoā 我上

（續）

kóng, Chá-jit goá mn̄g Má pô-pô, To-má nā hoê-lâi ū hó i-chiûⁿ thang hō͘ i chhēng bô? I chiū chhoā goá chiūⁿ lâu-téng, chiong siuⁿ khui hō͘ goá khoàⁿ. Goá khoàⁿ siuⁿ-lāi ū khò͘, iā ū bé-koà, bō-á, ta̍k-hāng to lóng pī-pān hó-hó. I kóng, To-má thau-cháu hit-jit bô chiong chia ê mi̍h toà khì. Chit káu-nî ê tiong-kan i chiū kā i chiàu-kò͘. Ta̍k lé-pài ê pài-la̍k lóng the̍h chhut-lâi pha̍k-jit lah, kiû Siōng-tè kiù To-má khoài-khoài tńg-lâi.	樓頂，將箱開予我看。我看箱內有褲，也有馬褂，帽仔，逐項都攏備辦好好。伊講多馬偷走彼日無將遮的物帶去。這九年的中間伊就共伊照顧。逐禮拜的拜六攏提出來曝日啦，求上帝救多馬快快轉來。
Goá mn̄g ū chhiú-chí á bô; i kóng, Bô lah! Guī ló-iâ mn̄g, "Siáⁿ-sū thài-tio̍h chhiú-chí." Bí-lē kóng, "Kū-iâ lí bē kì-tit lōng-tōng-chú hoê-thâu, i lāu-pē chiong chhiú-chí koà i chéng-thâu-á mah? Kū-iâ ū chi̍t-kha chhiú-chí thang hō͘ i á bô?" Guī ló-iâ hó-chhiò kóng, "To-má sī chi̍t ê pîn-kiông ê lâng m̄-bián ēng chhiú-chí lah." Bí-lē iu-thâu ba̍k-kat chhin-chhiūⁿ sit-bāng ê khoán-sit. Guī ló-iâ khoàⁿ i ê bīn tài iu-iông chiū kā i kóng, "Thèng-hāu i si̍t-chāi tńg-lâi chiah lâi the̍h."	我問有手指抑無；伊講，無啦！魏老爺問，「啥事 thài 著手指？」美麗講，「舅爺你袂記得浪蕩子回頭，伊老爸將手指掛伊指頭仔嗎？舅爺有一跤手指通予伊抑無？」魏老爺好笑講，「多馬是一个貧窮的人毋免用手指啦。」美麗憂頭目結親像失望的款式。魏老爺看伊的面帶憂容就共伊講，「聽候伊實在轉來才來提。」
Bí-lē khoàⁿ i kuí-jit chêng the̍h lâi sàng ê oē-tô͘ koà tī piah-téng, chiū mn̄g, "Kū-iâ sī hoaⁿ-hí hit pak oē-tô͘ bô, goá chi̍t-ē khoàⁿ-kìⁿ chiū khoài-lo̍k lah!" Guī ló-iâ mn̄g, "Ui-tio̍h sím-mi̍h khoài-lo̍k?" Bí-lē kóng, "Goá siūⁿ lōng-tōng-chú tò-lâi pún-ke kiám m̄ sī khoài-lo̍k ê sū? Tuì hn̄g tau tò-lâi m̄ chai tī lō͘--ni̍h iân-chhiân loā-kú lah? Siōng-tè ê lōng-chú hoê-thâu, kū-iâ lí siūⁿ tio̍h loā-kú ê sî-hāu, chiah ē kui-ho̍k Siōng-tè." Guī ló-iâ bān-bān kóng, "Chin kú lah." Bí-lē iū-koh mn̄g, "Sī loā-kú leh, sī chi̍t poàⁿ-jit, á-sī nn̄g jit, á-sī	美麗看伊幾日前提來送的畫圖掛佇壁頂，就問，「舅爺是歡喜彼幅畫圖無，我一下看見就快樂啦！」魏老爺問，「為著甚物快樂？」美麗講，「我想浪蕩子倒來本家敢毋是快樂的事？對遠兜倒來毋知佇路裡延延偌久啦？上帝的浪子回頭，舅爺你想著偌久的時候，才會歸服上帝。」魏老爺慢慢講，「真久啦。」美麗又閣問，「是偌久咧，是一半日，抑是兩日，抑是兩禮拜嗎？」魏老爺講，「驚了離開真遠，回頭是僫得啦。」美麗共伊講，「人按怎離開上

（續）

nn̄g lé-pài mah?" Guī ló-iâ kóng, "Kiaⁿ-liáu lī-khui chin hn̄g, hoê-thâu sī oh-tit lah." Bí-lē kā i kóng, "Lâng án-choáⁿ lī-khui Siōng-tè, goá bat mn̄g láu-ma. Láu-ma kóng, Siōng-tè sī bô só͘ put-chāi, lóng-chóng bô lī-khui lâng; chóng-sī ū lâng chiong Siōng-tè pàng bē kì-tit; m̄-khéng kap I kau-poê hô-hó, in-uī i ài chò pháiⁿ-tāi. Mô͘-kuí chiū jip i ê sim, só͘-í Siōng-tè bē tit thang tiàm i sim-lāi toà. Kū-iâ lí siūⁿ ū chit ê lâng á bô?" Guī ló-iâ sè-á-siaⁿ kóng, "Kiaⁿ-liáu ū tām-po̍h." Bí-lē iū-koh mn̄g, "In nā jīn choē tī Siōng-tè, ài chò hó lâng, Siōng-tè chiū hoaⁿ-hí khoan-iông, sià-bián i, oán-jiân chhin-chhiūⁿ hit ê pē phō-tio̍h kiáⁿ ê ām-kún leh." Guī ló-iâ kóng, "M̄-bián chē-chhuì hō͘ goá thâu-khak hîn." Bí-lē chiū khí-sin ûn-ûn-á khui-mn̂g chiūⁿ lâu-téng khì lah.	帝，我捌問老媽。老媽講，上帝是無所不在，攏總無離開人；總是有人將上帝放袂記得；毋肯佮伊交陪和好，因為伊愛做歹代。魔鬼就入伊的心，所以上帝袂得通踮伊心內蹛。舅爺你想有這个人抑無？」魏老爺細仔聲講，「驚了有淡薄。」美麗又閣問，「In 若認罪佇上帝，愛做好人，上帝就歡喜寬容，赦免伊，宛然親像彼个爸抱著囝的頷頸咧。」魏老爺講，「毋免濟喙予我頭殼眩。」美麗就起身勻勻仔開門上樓頂去啦。
(āu-koàn beh koh chiap.)	（後卷欲閣接。）
Lōng-tōng Chú (7)	浪蕩子（7）
1901.03 192 Koàn p.23～24	1901.03 192 卷 p.23～24
(Chiap chêng koàn tē 16 bīn.)	（接前卷第 16 面。）
Guī ló-iâ chiām-chiām khah ióng, Bí-lē jit-jit lâi chē tī chhn̂g-piⁿ kap i kóng-oē; bô loā-kú Guī ló-iâ ē khí-lâi chhēng-saⁿ tiàm chheh-pâng teh chē. Ū chit jit Bí-lē jip-lâi moá-bīn hoaⁿ-hí chiū kóng, "Kū-iâ--ah i lâi lah!" Guī ló-iâ mn̄g kóng, "Tó chit ê lâi leh?" Bí-lē kóng, "Sī To-má tò--lâi lah! Láu-ma tú-á kā goá kóng; goá beh khì sèⁿ Má in tau, chóng-sī láu-ma kóng, àm lah, jit-thâu í-keng lo̍h-soaⁿ, goá m̄ hó-sè bīn chhut-khì; kiû kū-iâ	魏老爺漸漸較勇，美麗日日來坐佇床邊佮伊講話；無偌久魏老爺會起來穿衫踮冊房咧坐。有一日美麗入來滿面歡喜就講，「舅爺啊伊來啦！」魏老爺問講，「佗一个來咧？」美麗講，「是多馬倒來啦！老媽拄仔共我講；我欲去姓馬 in 兜，總是老媽講，暗啦，日頭已經落山，我毋好勢面出去；求舅爺准我去。浪子回頭總著刣小牛仔，舅爺有肥的牛仔我去叫 in 來刣，好毋好咧？」

（續）

chún goá khì. Lōng-chú hoê-ka chóng tio̍h thâi sió gû-á, Kū-iâ ū puî ê gû-á goá khì kiò in lâi thâi, hó m̄ hó leh?”	
Guī ló-iâ chiū kóng, “Che-sī hō͘-tō͘-oē, láu-ma kóng tit tio̍h, àm leh, lí m̄-thang chhut-khì; koh tek-khak m̄-thang lia̍h goá ê gû-á khì thâi.” Bí-lē lâu ba̍k-sái kóng, “Goá chin kú ǹg-bāng i hoê-thâu, hiān-chāi ū chi̍t ke hoa^{n}-hí teh lim-chia̍h, goá án-choá^{n} bô tī in hia leh?” Guī ló-iâ kóng, “Lí bîn-á-ji̍t chiah khì, chit-tia̍p thang khì chhoē láu-ma, m̄-sái tiàm chia chô-chak.”	魏老爺就講，「這是糊塗話，老媽講得著，暗咧，你毋通出去；閣的確毋通掠我的牛仔去刣。」美麗流目屎講，「我真久向望伊回頭，現在有一家歡喜咧啉食，我按怎無佇 in 遐咧 ？」魏老爺講，「你明仔日才去，這霎通去揣老媽，毋使踮遮 chô 齪。」
Bí-lē chiū pāi-hèng sit-bāng bô hoat-tō͘, kan-ta thè-khì lâu-téng sim-lāi bē bián-tit siū^{n} Má--ka án-choá^{n}-iū^{n} khoài-lo̍k, chóng-sī m̄ chai ū chok-ga̍k á bô.	美麗就敗興失望無法度，干焦退去樓頂心內袂免得想馬家按怎樣快樂，總是毋知有作樂抑無？
Tē jī ji̍t chia̍h chá-khí-pn̄g liáu láu-ma chhoā Bí-lē khì sè^{n} Má in tau. Má pô-pô khoà^{n}, hoa^{n}-hoa^{n}-hí-hí chhut-lâi chih in, chiū mn̄g láu-ma khoà^{n}, “Sió-chiá kin-á-ji̍t thang hō͘ i tiàm chia chhit-thô kap goá chia̍h e-tàu-pn̄g, hó á m̄ hó?” Láu-ma kóng, “Hó, ka-tī ū sū beh seng tò-khì.” Bí-lē chiū toè Má pô-pô ji̍p lāi-bīn. Láu-ma tò-lâi, kàu e-po͘ chiū hoat-lo̍h lâng khì chhoā Bí-lē tńg-lâi.	第二日食早起飯了老媽 chhoā 美麗去姓馬 in 兜。馬婆婆看，歡歡喜喜出來接 in，就問老媽看，「小姐今仔日通予伊踮遮 chhit 迌佮我食下晝飯，好抑毋好好？」老媽講，「好，家己有事欲先倒去。」美麗就綴馬婆婆入內面。老媽倒來，到下晡就發落人去 chhoā 美麗轉來。
Bí-lē khoài-khoài chiū^{n} lâu-téng ū chē-chē oē teh kā láu-ma kóng; láu-ma thia^{n} liáu kuí-kù kà Bí-lē tio̍h khì chheh-pâng kóng, “Kū-iâ ài lí khì hia kóng-oē.” Bí-lē lo̍h-lâu lâi phah chheh-pâng ê mn̂g. Kū-iâ kóng, “Ji̍p-lâi.” I chiū khui mn̂g khoà^{n}-kì^{n} kū-iâ chē toā-tè-í kīn tī hoé-lô͘ téng mn̄g i, “Kin-á-ji̍t chò sím-	美麗快快上樓頂有濟濟話咧共老媽講；老媽聽了幾句教美麗著去冊房講，「舅爺愛你去遐講話。」美麗落樓來冊房的門。舅爺講，「入來。」伊就開門看見舅爺坐大塊椅近佇火爐頂問伊，「今仔日做甚物代誌？」美麗講起馬婆婆 in 兜的事，問，「舅爺你愛聽多馬倒來的

（續）

<table>
<tr>
<td>mi̍h tāi-chì?" Bí-lē kóng-khí Má pô-pô in tau ê sū, m̄ng, "Kū-iâ lí ài thia^{n} To-má tò-lâi ê tāi-chì mah?" Guī ló-iâ kóng, "Lí kóng hō͘ goá thia^{n} hó." Bí-lē chiū hó-hèng khui-chhuì kóng, "Má pô-pô khoà^{n} goá khì in tau koá^{n}-kín lâi khui-mn̂g; goá kóng kó-jiân chin-chià^{n} sī To-má tńg-lâi bô? I kóng, Ū iá^{n} tò-lâi lah! Chiū lâu ba̍k-sái khan goá ê chhiú chhoā goá ji̍p lāi-bīn, chiū khoà^{n}-kì^{n} To-má tī hia teh chia̍h-pn̄g. I kì^{n}-tio̍h goá ê bīn, pn̄g chiū bô chia̍h kan-ta peh-khí khiā bô chò sia^{n}. Goá khoà^{n} i chhēng in tia chi̍t niá goā-bīn-sa^{n}, goá siū^{n} i kap in tia pê^{n} toā-hàn. Goá chiū kā i kóng, Kú-kú ǹg-bāng lí hoê-ka, tāi-seng i m̄ koè-ì; chóng-sī mn̄g i kuí-kù oē. I chiū kā goá kóng i chit kuí-nî keng-koè ê tāi-chì kóng, I khì hn̄g-tau, khiok lóng bô chhī-ti. I koè-hái khì Bí-kok tiàm hia kuí-nā goe̍h-ji̍t kò͘-iû^{n}; āu-lâi tiàm tī chi̍t ê toā-siâ^{n}, tāi-seng ū kang thang chò; m̄-kú tú-tio̍h phoà-pī^{n}, chî^{n}-gîn khai liáu, bē bián-tit siū-khó͘. Kàu pē^{n} hó koá^{n}-kín tah-chûn tò-lâi Eng-kok iáu-kú siū^{n} bô beh hoê-ka, só͘-í tī Lûn-tun-siâ^{n} koh tiàm kuí-nî. Khó-liân tī hia ū chē-chē bô hē-lo̍h ê lâng in-ūi i khì chia̍h-chiú chò phái^{n}-sū. I kā lâng koá^{n}-chhia, ū chi̍t ji̍t chia̍h chiú-chuì, koá^{n}-bé chhò-gō͘, hit tiu^{n} chhia kā lâng khì tōng tó chhiû^{n}-á."</td>
<td>代誌嗎？」魏老爺講，「你講予我聽好。」美麗就好興開喙講，「馬婆婆看我去 in 兜趕緊來開門；我講果然真正是多馬轉來無？伊講，有影倒來啦！就流目屎牽我的手 chhoā 我入內面，就看見多馬佇遐咧食飯。伊見著我的面，飯就無食干焦　起徛無做聲。我看伊穿 in 爹一領外面衫，我想伊佮 in 爹平大漢。我就共伊講，久久向望你回家，代先伊毋過意；總是問伊幾句話。伊就共我講伊這幾年經過的代誌講，伊去遠兜，卻攏無飼豬。伊過海去美國踮遐幾若月日顧羊；後來踮佇一个大城，代先有工通做；毋過抵著破病，錢銀開了，袂免得受苦。到病好趕緊搭船倒來英國猶閣想無欲回家，所以佇倫敦城閣踮幾年。可憐佇遐有濟濟無下落的人因為伊去食酒做歹事。伊共人趕車，有一日食酒醉，趕馬錯誤，彼張車共人去撞倒牆仔。」</td>
</tr>
<tr>
<td>Guī ló-iâ kóng, "I só͘ chò ê phái^{n}-sū lí m̄-bián tek-khak lóng kā goá kóng." Bí-lē kóng, "I sī chi̍t ê lōng-chú chū-jiân sī m̄-tio̍h. I iā kóng, M̄-ká^{n} tò-lâi, sī thèng-hāu kàu hoán-hoé ké-pì^{n} chò hó-lâng chiah ē-tit tò--lâi. Chóng-sī ū</td>
<td>魏老爺講，「伊所做的歹事你毋免的確攏共我講。」美麗講，「伊是一个浪子自然是毋著。伊也講，毋敢倒來，是聽候到反悔改變做好人才會得倒來。總是有一日佇街裡人咧傳教，苦勸罪人著歸</td>
</tr>
</table>

（續）

chit jit tī ke--nih lâng teh thoân-kàu, khó-khǹg choē-jîn tioh kui-hok Siōng-tè, i sim-lāi chiū bô pêng-an."	服上帝，伊心內就無平安。」
Hit-sî gū-tioh chit ê lâng, kū-iâ hō lí ioh khoà^{n} ē tioh bē? Guī ló-iâ kóng, "Lûn-tun-siâ^{n} ê lâng chin-chē, goá ioh bē tioh lah!" Bí-lē chiū hó-chhiò kóng, "Sī Lí Iok-hān. Kū-iâ lí ē kì-tit goá kà i khì chhoē Tō-má; kèng-jiân i khì chhoē-tioh. In-uī Iok-hān thia^{n}-kì^{n} i sī sè^{n} Má, chiū mn̄g i hō-chò sím-mih miâ, chai i sī kiò To-má, chiū chiong in tau ê sū kā i kóng, pē-bú uī-tioh kiá^{n}-jî siong-sim, jit-jit ǹg-bāng i tò-lâi. To-má tāi-seng kóng i bē kham-tit koh khì kì^{n} pē-bú. Chóng-sī Iok-hān khó-khǹg i tioh khoài-khoài tò-lâi kóng, Pē-bú tek-khak khoan-iông lí; sit-chāi teh ǹg-bāng lí hoê-ka."	彼時遇著一个人，舅爺予你臆看會著袂？魏老爺講，「倫敦城的人真濟，我臆袂著啦！」美麗就好笑講，「是李約翰。舅爺你會記得我教伊去揣多馬；竟然伊去揣著。因為約翰聽見伊是姓馬，就問伊號做甚物名，知伊是叫多馬，就將 in 兜的事共伊講，爸母為著囝兒傷心，日日向望伊倒來。多馬代先講伊袂堪得閣去見爸母。總是約翰苦勸伊著快快倒來講，爸母的確寬容你；實在咧向望你回家。」
"Sui-jiân sī án-ni To-má iáu-kú tùn-te^{n} poà^{n} goeh-jit kiám m̄ sī chin lām-sám mah?" Guī ló-iâ kóng, "Chin-chià^{n} sī lām-sám kàu-kek." Bí-lē kóng, "Goá chiong che sū-chêng kóng hō láu-ma thia^{n}, i kóng, Sè-kan ê lōng-chú sī án-ni chò, chai Thi^{n}-pē khéng khoan-iông sià-bián i, iáu-kú sī teh iân-chhiân thèng-hāu ka-tī hoán-hoé kái-kò, chiah beh kui-hok Siōng-tè.	「雖然是按呢多馬猶閣頓蹬半月日敢毋是真濫糝嗎？」魏老爺講，「真正是濫糝到極。」美麗講，「我將這事情講予老媽聽，伊講，世間的浪子是按呢做，知天爸肯寬容赦免伊，猶閣是咧延延聽候家己反悔改過，才欲歸服上帝。
Kū-iâ lí siū^{n} Siōng-tè ê lōng-chú sī chit-khoán á m̄-sī?" Guī ló-iâ kóng, "Kia^{n}-liáu sī án-ni leh!" Bí-lē koh kóng, "To-má koat-ì beh hoê-ka, m̄-kú bô hiah khoài. Goá put-chí kî-koài, chóng-sī i tiā^{n}-tioh chù-ì chē hoé-hun-chhia tit-tit kàu pún-hiu^{n}-lí, Iok-hān ê kū-iâ chiū theh lō-huì hō i. Nā-sī goá siū^{n}	舅爺你想上帝的浪子是這款抑毋是？」魏老爺講，「驚了是按呢咧！」美麗閣講，「多馬決意欲回家，毋過無遐快。我不止奇怪，總是伊定著注意坐火薰車直直到本鄉里，約翰的舅爺就提路費予伊。但是我想坐車毋值著行路，我向望伊緊緊走倒來。」魏老爺問，「按怎樣

（續）

chē-chhia m̄ ta̍t-tio̍h kiâ^{n}-lō͘, goá ǹg-bāng i kín-kín cháu tò-lâi." Guī ló-iâ mn̄g, "Án-choá^{n}-iū^{n} m̄ ài i chē-chhia kàu tē khah khoài mah?" Bí-lē kóng, "Sèng-chheh bô kóng khí chē hoé-hun-chhia, kan-ta kóng lōng-chú cháu-lòng tò-khì." Guī ló-iâ bē kìm-tit hó chhiò kóng, "Kia^{n}-liáu lí sit-bāng, tàu-tí To-má tò-lâi sī án-choá^{n}-iū^{n}?" Bí-lē kóng, "E-poà^{n}-po͘ hoê-ka khoà^{n}-kì^{n} lāu-pē khiā tī mn̂g-kháu, teh lè chiáu-chhèng. Goá mn̄g To-má kóng, Lí ê lāu-pē ū phō lí ê ām-kún á bô? I kóng, Bô, kan-ta khan i ê chhiú, toā-sia^{n} kiò Má pô-pô chhut-lâi."	毋愛伊坐車到地較快嗎？」美麗講，「聖冊無講起坐火薰車，干焦講浪子走挵倒去。」魏老爺袂禁得好笑講，「驚了你失望，到底多馬倒來是按怎樣？」美麗講，「下半晡回家看見老父徛門口，咧礪鳥銃。我問多馬講，你的老爸有抱你的頷頸抑無？伊講，無，干焦牽伊的手，大聲叫馬婆婆出來。」
(āu-koàn beh koh chiap.)	（後卷欲閣接。）
Lōng-tōng Chú (8)	浪蕩子（8）
1901.04 193 Koàn p.31～32	1901.04 193 卷 p.31～32
(Chiap chêng koàn tē 24 bīn.)	（接前卷第 24 面。）
Má pô-pô sī tī āu-piah teh sé-sa^{n} thia^{n}-kì^{n} tiōng-hu toā-sia^{n} kiò, chiū thêng-chhiú ēng uî-sin-kûn chhit ta, chiū chhut-lâi. I khoà^{n}-kì^{n} To-má chiū thî-khàu seng-khu ngia̍uh-ngia̍uh-chhoa̍h. To-má khan in niâ ê chhiú kap i jip lāi-bīn chē, chiū kóng, án-niâ goá bē kham-tit tò-lâi, goá ū chò phái^{n}-sū liân-luī pē-bú kiàn-siàu. I-ê lāu-bú bô mē i, phō i ê thâu-khak thià^{n}-thàng i kóng, Lo̍h-lān tú-tio̍h kiàn-siàu tò-tńg--lâi, bó-kiá^{n} siū an-uì kiám m̄-sī eng-kai mah? To-má kā goá kóng che oē, i chiū lâu ba̍k-sái; goá put-tek-put iā thî-khàu. Goá éng-jit siū^{n} lōng-chú hoê-thâu tek-khak sī hoa^{n}-hí khoài-lo̍k, nā-sī To-má teh siong-sim lah!	馬婆婆是佇後壁咧洗衫聽見丈夫大聲叫，就停手用圍身裙拭礁，就出來。伊看見多馬就啼哭身軀蟯蟯 chhoa̍h。多馬牽 in 娘的手佮伊入內面坐，就講，阿娘我袂堪得倒來，我有做歹事連累父母見笑。伊的老母無罵伊，抱伊的頭殼疼痛伊講，落難拄著見笑倒轉來，母子受安慰敢毋是應該嗎？多馬共我講這話，伊就流目屎；我不得不也啼哭。我往日想浪子回頭的確是歡喜快樂，但是多馬咧傷心啦！

（續）

Kū-iâ lí siū^{n} i uī-tio̍h sím-mi̍h thî-khàu leh? Guī ló-iâ bô chò-sia^{n} kan-ta khoà^{n} hang-lô͘ ê hoé-thoà^{n}, àm-chē^{n} teh siū^{n}. Bí-lē kóng, "Kia^{n}-liáu goá ê oē kóng siu^{n} chē hō͘ kū-iâ kan-khó͘ lah!" Guī ló-iâ kóng, "Goá bē kan-khó͘, lí chò lí kóng." Bí-lē chiū koh kóng, "Má pô-pô khoà^{n}-kì^{n} goá chiū kiò, Lâi chia̍h e-tàu-pn̄g." Goá mn̄g kóng, Sī lōng-chú hoê-ka ê iân-sia̍h bô? I chhiò-chhiò kóng, Sī lah. Goá chiū chē uī, goá khoà^{n} sī ti-bah, m̄-sī gû-bah; chóng-sī Má iâ-iâ tāi-seng liām. I chiū ha̍p-chhiú chhin-chhiū^{n} kám-siā Siōng-tè lâi kóng, Goá ta^{n} thang khoài-lo̍k lâi chia̍h, in-uī goá chit ê kiá^{n} sí koh oa̍h sit-lo̍h koh tit-tio̍h. I kóng-liáu Má pô-pô chiū kóng; Sī sim só͘ goān.	舅爺你想伊為著甚物啼哭咧？魏老爺無做聲干焦看烘爐的火炭，暗靜咧想。美麗講，「驚了我的話講傷濟予舅爺艱苦啦！」魏老爺講，「我袂艱苦，你做你講。」美麗就閣講，「馬婆婆看見我就叫，來食下晝飯。」我問講，是浪子回家的筵席無？伊笑笑講，是啦。我就坐位，我看是豬肉，毋是牛肉；總是馬爺爺代先念。伊就合手親像感謝上帝來講，我今通快樂來食，因為我這个囝死閣活失落閣得著。伊講了馬婆婆就講，是心所願。
Goán tāi-ke chiū chia̍h-pn̄g, To-má tī hit-pêng liân-sia^{n} teh thó͘-khuì, goá khǹg i kóng, Eng-kai tio̍h khoài-lo̍k. I kóng m̄-sī m̄ hoa^{n}-hí, sī ka-tī hīn chit kuí nî lām-sám bô hoê-ka. Goá khoà^{n} i ê i-chiû^{n} m̄-sī Má pô-pô hō͘ goá khoà^{n} hiah-ê. I kóng, Sè-niá, bē chhēng-tit lah! Chóng-sī i ê lāu-pē beh kā i bé sin ê. Goá kóng, chí khiàm chhoe-siau, toā^{n}-khîm, chhiù^{n}-koa ê sia^{n}-im. Má pô-pô kóng, Sim-lāi chok-ga̍k lah! Bí-lē kóng, Goán lóng-sī hoa^{n}-hí kàu-ke̍k, hīn bē-tit thang thi^{n}-ē ê lōng-chú lóng-chóng kui-ke hoê-thâu hióng-hok lah!	阮逐家就食飯，多馬佇彼爿連聲咧吐氣，我勸伊講，應該著快樂。伊講毋是毋歡喜，是家己恨這幾年濫糝無回家。我看伊的衣裳毋是馬婆婆予我看遐的。伊講，細領，袂穿得啦！總是伊的老爸欲共伊買新的。我講，只欠吹簫，彈琴，唱歌的聲音。馬婆婆講，心內作樂啦！美麗講，阮攏是歡喜到極，恨袂得通天下的浪子攏總歸家回頭享福啦！
Guī ló-iâ kóng, Khióng-uì ū-ê lōng-chú ê pē-bú bô chhin-chhiū^{n} Má-keh. Bí-lē kóng, Khiok sī khó-liân, chóng-sī Thi^{n}-pē ê lōng-chú hoê-thâu sī kài-hó lah! Hit ê Lí Iok-hān kui-ho̍k Siōng-tè goá ê sim hoa^{n}-hí kàu-ke̍k.	魏老爺講，恐畏有的浪子的爸母無親像馬格。美麗講，卻是可憐，總是天爸的浪子回頭是蓋好啦！彼个李約翰歸服上帝我的心歡喜到極。驚了有人毋信上帝肯容允伊。所以才毋來。我蓋願看見上

（續）

Kia^{n}-liáu ū lâng m̄ sìn Siōng-tè khéng iông-ún i. Só͘-í chiah m̄ lâi. Goá kài goān khoà^{n}-kì^{n} Siōng-tè ê lōng-chú hoê-thâu. Guī ló-iâ mn̄g, "To-má tò-lâi hiān-chāi teh chò sím-mih tāi-chì," kóng, "I ê lāu-pē beh kà i bîn-á-chài lâi kì^{n} kū-iâ, chhiá^{n} kū-iâ chiong kang hō͘ i chò".	帝的浪子回頭。魏老爺問，「多馬倒來現在咧做甚物代誌，」講，「伊的老爸欲教伊明仔載來見舅爺，請舅爺將工予伊做。」
(āu-koàn beh koh chiap.)	（後卷欲閣接。）
Lōng-tōng Chú (9)	浪蕩子（9）
1901.05 194 Koàn p.38～40	1901.05 194 卷 p.38～40
(Chiap chêng-koàn tē 32 bīn.)	（接前卷第 32 面。）
Guī ló-iâ kah Bí-lē khì chhoē láu-ma, ka-tī ji̍p khùn-pâng, sim-lāi chin bô pêng-an, khiā tī hit pak lōng-chú ê oē-tô͘ ē, àm-chē^{n} teh siū^{n}, Goá beh kui-ho̍k; m̄-kú sī lân, kiû Siōng-tè lîn-bín goá, kiò goá tò-lâi khì. Siū^{n} kàu poà^{n}-mî, chiū peh-chiū^{n} bîn-chhn̂g khùn.	魏老爺 kah 美麗去揣老媽，家己入睏房，心內真無平安，徛佇彼幅浪子的畫圖下，暗靜咧想，我欲歸服；毋過是難，求上帝憐憫我，叫我倒來去。想到半暝，就 peh 上眠床睏。
Koè ji̍t chá-khí sè^{n} Má--ê chin-chià^{n} chhoā in kiá^{n} lâi pài-kì^{n} Guī ló-iâ, kiû i chhià^{n} To-má pang-chān i tàu khoà^{n} chhiū-nâ. To-má kóng, "Sui-jiân miâ-sia^{n} m̄ hó, goá í-keng hoán-hoê ké-pì^{n} kui-ho̍k Siōng-tè siū^{n} ài chò hó-lâng, khún-kiû ló-iâ chhì-giām hō͘ goá chi̍t-ê ki-hoē, goá si̍t-chāi kái-kò lah."	過日早起姓馬的真正 chhoā in 囝來拜見魏老爺，求伊倩多馬幫贊伊鬥看樹林。多馬講，「雖然名聲毋好，我已經返回改變歸服上帝想愛做好人，懇求老爺試驗予我一个機會，我實在改過啦！」
Guī ló-iâ kóng án-ni ē chò-tit, iok tiā^{n}-tio̍h kang-chî^{n}, khǹg i kuí-kù oē. Pē-kiá^{n} kám-siā put-chīn chiū khì lah. Guī ló-iâ sim-lāi teh siū^{n}, Goá m̄ ta̍t-tio̍h hit ê To-má lah. I í-keng hoê-thâu, goá in-hô m̄ kui-ho̍k Thi^{n}-pē mah? Thi^{n}-pē ū chû-pi thià^{n}-thàng kiám bô pí Má--ka khah toā mah? Chái^{n}-iū^{n} goá teh kia^{n} Siōng-tè m̄ khoan-iông sià-bián leh!	魏老爺講按呢會做得，約定著工錢，勸伊幾句話。爸囝感謝不盡就去。魏老爺心內咧想，我無值著彼个多馬啦。伊已經回頭，我因何毋歸服天爸嗎？天爸有慈悲疼痛敢無比馬家較大嗎？怎樣我咧驚上帝毋寬容赦免咧！

（續）

Teh-beh koè-nî tú-hó tāi-ke chīn bô-êng teh piàⁿ lāi-bīn, iā bán-hoe bán-hio̍h chéng-tùn só͘-chāi chng-thāⁿ hó-khoàⁿ. Bí-lē iā cháu-lâi, cháu-khì, chhòng chia, chhòng hia, tiâu-kò͘-ì ài Guī ló-iâ chai, hoaⁿ-hí i ê só͘-chò.	咧欲過年拄好大家盡無閒咧拚內面，也挽花挽葉整頓所在裝 thāⁿ 好看。美麗也走來、走去，創遮、創遐，刁故意愛魏老爺知，歡喜伊的所做。
Hit mî hut-jiân khí toā-hong; Bí-lē khiā oá thang-á teh khoàⁿ kóng, "Ma-ma, goá nā cháu-chhut-khì m̄-chai hong ū kàu-gia̍h la̍t thang poe goá kàu thiⁿ-téng bô?" Ma-ma kóng, "M̄-thang, goán iáu-boē kam-goān beh hō͘ lí lī-khui sè-kan." Bí-lē kóng, "M̄-kú goá ū-sî chin ài khì. Ma-ma lí kín-kín lâi khoàⁿ--teh. Khó-lī-á hō͘ hong iô-lâi iô-khì, háu kàu si̍h-si̍h soa̍ihⁿ-soa̍ihⁿ. Goá chin ài i tio̍h hō͘ hong sàu-tó bē-ē koh khí-lâi." Láu-ma kóng, "Lí m̄-thang án-ni kóng, toā-châng chhiū nā tó ū-sî toā guî-hiám leh. Taⁿ goá beh khì lâu-kha, lí tio̍h koai-koai m̄-thang cháu--chhut-khì." Bí-lē khiā hia ài thàn Láu-ma ê oē, chhàu-khiáu khoàⁿ tī goā-bīn chi̍t chiah niau-á-kiáⁿ toā-siaⁿ teh háu ài ji̍p chhù-lāi. Bí-lē khoàⁿ-liáu tòng-bē-tiâu bô-tiuⁿ-tî cháu chhut-khì sī ài phō i ji̍p--lâi.	彼暝忽然起大風；美麗徛倚窗仔咧看講，「媽媽，我若走出去毋知風有夠額力通飛我到天頂無？」媽媽講，「毋通，阮猶未甘願欲予你離開世間。」美麗講，「毋過我有時真愛去。媽媽你緊緊來看咧。可莉仔予風搖來搖去，吼到 si̍h-si̍h soa̍ihⁿ-soa̍ihⁿ。我真愛伊著予風掃倒袂會閣起來。」老媽講，「你毋通按呢講，大欉樹若倒有時大危險咧。今我欲去樓跤，你著乖乖毋通走出去。」美麗徛遐愛趁老媽的話，湊巧看佇外面一隻貓仔囝大聲咧吼愛入厝內。美麗看了擋袂牢無張持走出去是愛抱伊入來。
Hit-sî Guī ló-iâ tī chheh-thiaⁿ chē, teh siá-jī; thiaⁿ-tio̍h tó-chhiū ê siaⁿ, koh khoàⁿ Bí-lē hō͘ chhiū teh--teh; sim-koaⁿ pho̍k-pho̍k-chhéng, cháu--chhut-khì, iân-lō͘ kiû Siōng-tè lîn-bín i oa̍h. Kàu tè, ka-chài khoàⁿ-kìⁿ hō͘ chhiū-ki hio̍h-á kha̍p-tio̍h nā-tiāⁿ; thâu-hia̍h chéng-khí toā-luî âng-kì-kì; gín-á hūn-khì. Guī ló-iâ phō i ji̍p lāi-bīn ēng io̍h kiù i oa̍h.	彼時魏老爺佇冊廳坐，咧寫字；聽著倒樹的聲，閣看美麗予樹砛咧；心肝噗噗惝，走出去，沿路求上帝憐憫伊活。到地，佳哉看見予樹枝葉仔磕著但定；頭額腫起大癗紅記記；囡仔暈去。魏老爺抱伊入內面用藥救伊活。
Bí-lē cheng-sîn chīn kiaⁿ khiú i bú-kū ê saⁿ chhiat-chhiat kiû i m̄-thang chún Khó-lī-á	美麗精神盡驚搝伊母舅的衫切切求伊毋通准可莉仔害伊到死。閣講，「可莉仔

（續）

hāi i kàu sí. Koh kóng, "Khó-lī-á chin ài kā goá teh--sí, Siōng-tè tú-hó chiàu-sî chhut-thâu lâi kiù goá." Guī ló-iâ m̄-kam hơ̄ i khì lâu-téng chhin-chhiū^{n} chêng ê khoán, ka-tī phō i tiā^{n}-tiā^{n} chim kóng, "Sè-kiá^{n} ah! Lí kin-á-ji̍t hiám-hiám sí." Bí-lē chiū kóng, "Goá nā sí ē ti̍t-ti̍t kàu thi^{n}-téng, goá chin ài khì; phah-sǹg Siōng-tè iáu-boē khiàm-ēng goá; nā ū I chiū kiò goá khì."	真愛共我䀐死，上帝拄好照時出頭來救我。」魏老爺毋甘予伊去樓頂親像前的款，家己抱伊定定唚講，「細囝啊！你今仔日險險死。」美麗就講，「我若死會直直到天頂，我真愛去；拍算上帝猶未欠用我；若有伊就叫我去。」
Hit ê hun phoā^{n} Guī ló-iâ chia̍h koé-chí bīn iu-iu kóng: "Kū-iâ--ah! Lí chai Khó-lī-á ū teh sí sím-mi̍h?" Guī ló-iâ kóng: "Khó-lī-á sī hit châng chhiū teh lí sī á m̄-sī? Kiám ū hāi tio̍h pa̍t-lâng mah?" Bí-lē kóng, "Ū ah! Sí khiàu-khiàu, m̄ sī lâng sī chi̍t-chiah sè-chiah niau-á-kiá^{n}. Goá cháu--chhut-khì chiū-sī beh kiù-i. Ta^{n} kiù bē tio̍h lah, thè goá sí." Bí-lē ba̍k-sái chiū lâu chhut-lâi.	彼个 hun 伴魏老爺食果子面憂憂講，「舅爺啊！你知可莉仔有䀐死甚物？」魏老爺講，「可莉仔是彼欉樹䀐你是抑毋是？敢有害著別人嗎？」美麗講，「有啊！死翹翹，毋是人是一隻細隻貓仔囝。我走出去就是欲救伊。今救袂著啦，替我死。」美麗目屎就流出來。
Guī ló-iâ kóng, "M̄-bián hoân-ló, niau-á-kiá^{n} moá-sì-kè chē-chē chiah." Bí-lē m̄-kú iáu teh hoân-ló i kóng, "Khớ-liân-tāi! Bô lâng thià^{n}-sioh ê mi̍h, kờ-hn̂g--ê thia^{n}-tio̍h iā sī kóng, Ka-chài sī niau, m̄ sī Bí-lē; bô siū^{n}-tio̍h niau-bó ē iu-būn i ê kiá^{n}. ài-ah! Goá nā khah chá chi̍t-sî-á chiū ē kiù i chi̍t tiâu sè^{n}-miā."	魏老爺講，「毋免煩惱，貓仔囝滿四界濟濟隻。」美麗毋過猶咧煩惱伊講，「可憐代！無人疼惜的物，顧園的聽著也是講，佳哉是貓，毋是美麗；無想著貓母會憂悶伊的囝。唉啊！我若較早一時仔就會救伊一條性命。」
Guī ló-iâ bô ài i sim-būn chiū mn̄g, To-má ū bat lâi chhoē lí bô? Bí-lē kóng, Ū ah! Ū, i chá-ji̍t ū lâi tàu-chān Ma-ma kap goá hoat-lo̍h lāi-bīn pià^{n} kàu chheng-sóng. To-má sī hó-chham-siông ê lâng. Kū-iâ ah! Goá ài mn̄g lí chi̍t-hāng, ta^{n} teh-beh koè-nî lí chai lâng teh sang-lâi sang-khì. Goá iā ū bé kuí-nā hāng ài sàng lâng, chóng-sī goá chin ài sàng	魏老爺無愛伊心悶就問，多馬有捌來揣你無？美麗講，有啊！有，伊昨日有來鬥贊媽媽佮我發落內面摒到清爽。多馬是好參詳的人。舅爺啊！我愛問你一項，今咧欲過年你知人咧送來送去。我也有買幾若項愛送人，總是我真愛送耶穌一項，揣來揣去，攏無拄好的物。袂曉想出一項會予伊歡喜收；毋知若將一

（續）

Iâ-so͘ chi̍t hāng, chhoē-lâi chhoē-khì, lóng bô tú-hó ê mi̍h. Bē-hiáu siū^{n}-chhut chi̍t hāng ē hō͘ I hoa^{n}-hí siu; m̄ chai nā chiong chi̍t hāng pa̍k-koà tī thang-á goā àm-sî I ē chhe thi^{n}-sài lâi the̍h bô. Goá phah-sǹg I toā hoa^{n}-hí siu in-uī I chai goá chin-chià^{n} ài sàng I. M̄-kú m̄-bat tio̍h sím-mi̍h. Kū-iâ to-siā lí chān goá tàu siū^{n}. Guī ló-iâ kóng, "I bô khiàm-ēng lán ê mi̍h,I tī sè-kan ū kóng, nā chín-chè sòng-hiong lâng sī ná chhin-chhiū^{n} teh hō͘ I pún-sin chi̍t-iū^{n}. Chit ê kim-poa̍t-á goá hō͘ lí, bîn-á-chài nā khì pài-tn̂g lí thang the̍h hō͘ chip-sū chān sòng-hiong-lâng." Bí-lē siū^{n} tia̍p-á-kú iô-thâu kóng, "Ta^{n} m̄-thang, che bē ēng tit, kim-poa̍t sī lí ê, m̄-sī goá ê. Kū-iâ ah! Lí pún-sin beh hō͘ i sím-mi̍h? Kim ū--teh, kiám bô pa̍t-mi̍h thang hō͘ i mah?"	項縛掛佇窗仔外暗時伊會差天使來提無。我拍算伊大歡喜收因為伊知我真正愛送伊。毋過毋捌著甚物。舅爺多謝你贊我鬥想。魏老爺講，「伊無欠用咱的物，伊佇世間有講，若振濟喪兇人是若親像咧予伊本身一樣。這个金鈸仔我予你，明仔載若去拜堂你通提予執事贊喪兇人。」美麗想霎仔久搖頭講，「今毋通，這袂用得，金鈸是你的，毋是我的。舅爺啊！你本身欲予伊甚物？金有咧，敢無別物通予伊嗎？」
Guī ló-iâ thia^{n} hit-kù, "Kiám bô pa̍t mi̍h thang hō͘ I mah?" Sim-koa^{n} chhì-chha̍k chi̍t-ē, kín-kín khí-lâi siū^{n}, Chit ê gín-á ê chhuì m̄-chún goá ê liông-sim ē an-jiân. Sim-lāi hut-jiân kóng, Ta^{n} m̄-thang kap Siōng-tè chò tuì-te̍k, chit ê khoán tio̍h soah, seng-khu lêng-hûn tio̍h it-tēng hiàn hō͘ eng-kai tio̍h tit-tio̍h ê Chú. Sè-á-sia^{n} kóng, "Sè-kiá^{n} ah! Àm lah, tio̍h hó-khùn pêng-an."	魏老爺聽彼句，「敢無別物通予伊嗎？」心肝刺鑿一下，緊緊起來想，這个囡仔的喙毋准我的良心會安然。心內忽然講，今毋通佮上帝做對敵，這个款著煞，身軀靈魂著一定獻予應該著得著的主。細仔聲講，「細囝啊！暗啦，著好睏平安。」
Bí-lē oá i kóng, "Kū-iâ ah! Lí koh chim chi̍t-ē chhin-chhiū^{n} e-po͘ ê khoán-sit, hit-sî hō͘ goá toā siàu-liām goá ê lāu-pē chêng teh chim, teh thià^{n} goá." Guī ló-iâ chò án-ni chim i kóng, "Kî-tó ê tiong-kan ài lí kiû Siōng-tè tio̍h chún I ê lōng-chú chi̍t-ē tò-tńg--khì. I chin ài khì, lí tio̍h chhiat-chhiat thè i kiû."	美麗倚伊講，「舅爺啊！你閣唚一下親像下晡的款式，彼時予我大數念我的老爸前咧唚，咧疼我。」魏老爺做按呢唚伊講，「祈禱的中間愛你求上帝著准伊的浪子一下倒轉去。伊真愛去，你著切切替伊求。」美麗應好，閣倒轉來問彼个名，看魏老爺無啥愛講出，就無閣

（續）

Bí-lē ìn hó, koh tò-tńg lâi mn̄g hit ê miâ, khoàⁿ Guī ló-iâ bô sáⁿ ài kóng-chhut, chiū bô koh mn̄g, chò i khì.	問，做伊去。
Guī ló-iâ chē tī chheh-thiaⁿ teh chiàh-hun; sim-lāi bē pêng-an, hī-khang-lāi ū chē-chē Sèng-keng chat teh kiò i chhíⁿ. Sui-bóng àm, koh koâⁿ, m̄-kú iáu ū gín-á boē khì khùn, tī goā-bīn teh gîm-si "Téng-bīn êng-kng kui tī Siōng-tè, tē-bīn hô-pêng lâng tit-tio̍h in-tián." I koh siūⁿ-tio̍h Siōng-tè ê oē kóng, "Goá éng-éng thiàⁿ--lí ēng siông-siông thun-lún khoán-thāi--lí." Ka-tī siūⁿ ū-iáⁿ, Siōng-tè hiah chē nî kan-ta ēng thiàⁿ khoán-thāi goá lâu goá ê sèⁿ-miā, koh kiù Bí-lē. Nā ū lâng tio̍h kám-in Siōng-tè, hit lâng chiū-sī goá. Mô͘-kuí iā ū teh bê i kóng m̄ bián hiah kín, bān chiah teh, lí í-keng kú-kú chiàu ka-tī ê ì-kiàn, koh siūⁿ chi̍t-ē. Guī ló-iâ m̄ thiaⁿ Mô͘-kuí ê siaⁿ liâm-piⁿ kuī-lo̍h toā-siaⁿ kóng, "Pē ah, goá ū tek-choē thiⁿ iā ū tek-choē lí, taⁿ liáu-āu bē kham-tit kiò chò lí ê kiáⁿ." Tuì án-ni ū tit-tio̍h an-sim koat-ì sio̍k Chú.	魏老爺坐佇冊廳咧食薰；心內袂平安，耳空內有濟濟聖經節咧叫伊醒。雖罔暗，閣寒，毋過猶有囡仔袂去睏，佇外面咧吟詩「頂面榮光歸佇上帝，地面和平人得著恩典。」伊閣想著上帝的話講，「我永永疼你用常常吞忍款待你。」家己想有影，上帝遐濟年干焦用疼款待我留我的性命，閣救美麗。若有人著感恩上帝，彼人就是我。魔鬼也有咧迷伊講毋免遐緊，慢 chiah 咧，你已經久久照家己的意見，閣想一下。魏老爺毋聽魔鬼的聲連鞭跪落大聲講，「爸啊，我有得罪天也有得罪你，今了後袂堪得叫做你的囝。」對按呢有得著安心決意屬主。
Koè-ji̍t Guī ló-iâ teh phō Bí-lē chiū hut-jiân siūⁿ-tio̍h chi̍t tiuⁿ phoe, kā i kóng, "Goá ū chih-tio̍h lí î-á ê phoe tuì O͘-sū-ta̍t-lí-a kià. I ài lí khì hia, ài chiàu-kò͘ lí chhin-chhiūⁿ ka-tī ê kiáⁿ. I ū gín-á phoāⁿ kuí-nā ê thang kap lí sńg. Tī chia lóng-bô, kan-ta goá, kî-û lóng sī toā lâng." Bí-lē thâu-khak khoè tī i ê seng-khu, háu, chiàⁿ-sī háu kóng, "Phah-sǹg tio̍h khì, hit-sî goá lâi chia, thiaⁿ chhe-ēng teh kóng, lí chin bô ài gín-á. M̄-kú lí ū hó khoán-thāi goá, goá siūⁿ in ê oē bô-iáⁿ. Kiám-chhái	過日魏老爺咧抱美麗就忽然想著一張批，共伊講，「我有接著你姨仔的批對 O͘-sū-ta̍t-lí-a（Australia 澳洲）寄。伊愛你去遐，愛照顧你親像家己的囝。伊有囡仔伴幾若个通佮你耍。佇遮攏無，干焦我，其餘攏是大人。」美麗頭殼架佇伊的身軀，吼，正是吼講，「拍算著去，彼時我來遮，聽差用咧講，你真無愛囡仔。毋過你有好款待我，我想 in 的話無影。檢采到地姨仔無愛，害啊！上帝若欠用，我就愛去。媽媽講，伊愛

（續）

kàu-tē î-á bô ài, hāi ah! Siōng-tè nā khiàm-ēng, goá chiū ài khì. Ma-ma kóng, I ài goá tio̍h ho̍k-sāi I tī sè-kan. Chóng-sī bô lâng ài goá, ná niau-á, lí ū kóng, m̄-bián khoà-lū niau-á-kiáⁿ moá sì-kè."	我著服侍伊佇世間。總是無人愛我，那貓仔，你有講，毋免掛慮貓仔子滿四界。」
Guī ló-iâ kóng, "Ba̍k-sái tio̍h chhit-chhit, niau-á chē-chē tio̍h, m̄-kú Bí-lē chí ū chi̍t-ê nā-tiāⁿ. Goá ài lí toà chia chān goá; taⁿ tio̍h hoê phoe kā lín î-á kóng, m̄ hō͘ lí khì." Bí-lē chiū phō i ām-kún chim lóng bô soah kóng, "Kū-iâ to-siā to-siā." Koh m̄g, "Siōng-tè ê lōng-chú ū tò-lâi boē? " Guī ló-iâ sui-bóng bô kiàn-tì ke-āu, chêng iā bô sím-mi̍h thiàⁿ sè-kiáⁿ, taⁿ si̍t-chāi ū thiàⁿ chit ê ko͘-toaⁿ ko͘-niû, phō i, sim-lāi kám-siā Siōng-tè chhe i lâi hō͘ i chai-lō͘ thang tńg-lâi kui-ho̍k tī Thiⁿ-pē, soà ìn i kóng, "Ū ah, èng-giām Sèng-keng só͘ kóng, Siōng-tè ū ēng chi̍t-ê sè-kiáⁿ chhoā i tò-lâi. Taⁿ i ê sim toā pêng-an, lán nn̄g-ê tio̍h kiû Siōng-tè chān i hó-táⁿ kan-chèng Chú bô kiàn-siàu."	魏老爺講，「目屎著拭拭，貓仔濟濟著，毋過美麗只有一个但定。我愛你蹛遮我；今著回批共恁姨仔講，毋予你去。」美麗就抱伊頷頸唚攏無煞講，「舅爺多謝多謝。」閣問，「上帝的浪子有倒來未？」魏老爺雖罔無建置家後，前也無甚物疼細囝，今實在有疼這个孤單姑娘，抱伊，心內感謝上帝差伊來予伊知路通轉來歸服佇天爸，紲應伊講，「有啊，應驗聖經所講，上帝有用一个細囝 chhoā 伊倒來。今伊的心大平安，咱兩个著求上帝贊伊好膽干證主無見笑。」
(Taⁿ ìn bêng-pe̍k)	（今印明白）

載於《臺南府城教會報》，第一八五～一九四卷，

一九〇〇年八月～一九〇一年五月

U-lân-sèng-hoē（于蘭聖會）

作者　不詳
譯者　不詳

【作者】

不著撰者，譯自《中西教會報》。（顧敏耀撰）

【譯者】

不著譯者。

U-lân-sèng-hoē	于蘭聖會
1901.11 200 Koàn p.87～88	1901.11 200 卷 p.87～88
(Tuì Tiong-Se Kàu-hoē-pò hoan-e̍k.) Kim-lêng ê hong-sio̍k ta̍k-nî nā kàu 7 goe̍h, siâⁿ-lāi bô-lūn toā-ke sió-hāng lóng chiàu chhù-sū chò U-lân tāi-hoē chín-chè bô i-oá ê kuí-sîn, lô-kớ soan- thian, hiuⁿ-ian moá-tē, gîn-choá sio kàu chiâⁿ-soaⁿ; lâm-lú lâi-óng náchuí teh lâu. Tī hit-tia̍p kuí-sîn ke̍k khoàⁿ-oa̍h, hoê-siūⁿ sī tē-it hó thàn-chîⁿ; chin-chiàⁿ sī lâng kap kuí teh saⁿ-tâng hoaⁿ-hí.	（對中西教會報翻譯。）金陵的風俗逐年若到七月，城內無論大街小巷攏照次序做于蘭大會賑濟無依倚的鬼神，鑼鼓喧天，香煙滿地，銀紙燒到成山；男女來往若水咧流。佇彼霎鬼神極快活，和尚是第一好趁錢；真正是人佮鬼咧相同歡喜。
Iā ū lâng mn̄g kóng, Sian-siⁿ--ah! Lí kàu chia chin kú, lí chai che U-lân sèng- hoē sī tuì sím-mih sî khí, sím-mih lâng siat? Goá ìn kóng, M̄ chāi; nā-sī chiàu goá-ê ì-kiàn teh siūⁿ ná-chún chhin-chhiūⁿ Hàn-tiâu ê Hân Sìn sī chò U-lân-hoē ê thâu chit lâng.	也有人問講，先生啊！你到遮真久，你知這于蘭聖會是甚物時起，甚物人設？我應講，毋知；若是照我的意見咧想若準親像漢朝的韓信是做于蘭會的頭一人。」
Hit-ê lâng thiaⁿ-liáu chin kî-koài, kóng, Hoâi-im-hớ ê toān goá bat khoàⁿ--koè, lóng m̄-bat khoàⁿ-kìⁿ chit-hō kờ-sū; koh U-lân-hoē tī Hàn-tiâu iā iáu-boē ū--lah!	彼个人聽了真奇怪，講，淮陰侯的傳我捌看過，攏毋捌看見這號故事；閣于蘭會佇漢朝也猶未有啦！

（續）

Goá koh tuì i kóng, U-lân-hoē hit-sî sui-jiân iáu-boē ū, nā-sī chò U-lân-hoē ê ì-sù sī tuì hit-sî khí--ê. Lí kiám bô khoà^{n}-kì^{n} siáu-soat ê chheh teh kóng, Hân Sìn poān Chhó͘ kui Hàn ê sū mah? Hit-tiáp liáu-āu ū tui-peng teh tui-i, iū-koh bê-lō͘; ka-chài ū chi̍t-lâng tī soa^{n}-téng teh chhò-chhâ i suî-sî khì mn̄g-lō͘. Chhò-chhâ--ê chiū kā i kóng lō͘. Hân Sìn chiàu i só͘ kóng ê lō͘ khì kiâ^{n}, kiâ^{n} boē kuí-pō͘, hut-jiân siū^{n}--tio̍h, kóng, Goá tô-cháu bô ài lâng chai goá ê chong-chek; ta tuì chhò-chhâ--ê mn̄g-lō͘, siat-sú tui-peng chi̍t-ē kàu, chhò-chhâ--ê chiū kā i kóng, goá ê sì^{n}-miā chiū bē pó--tit. Put-jû chiong chhò-chhâ--ê thâi--sí lâi that i ê chhui, chiū m̄-bián kia^{n}. Sui sī i ū in-chêng tī goá tau, kap goá bô-oan bô-siû; chóng--sī goá ū tāi-chiong ê châi-tiāu, tio̍h lâu goá ê sin-khu chò āu--lâi ê toā lō͘-iōng, i ê sì^{n}-miā put-kò sī hit chi̍t chiah káu-hiā nā-tiā^{n}, oa̍h iā bô lī-ek, sí iā bô sún-hāi, beh-thâi ū sím-mih iàu-kín leh! Siū^{n} kàu chia ê in-toa^{n}, chiū tò-tńg-khì ēng kiàm thâi-sí chhò-chhâ--ê.	我閣對伊講：「于蘭會彼時雖然猶未有，但是做于蘭會的意思是對彼時起的。你敢無看見小說的冊咧講，韓信叛楚歸漢的事嗎？彼霎了後有追兵咧追伊，又閣迷路；佳哉有一人佇山頂咧剉柴伊隨時去問路。剉柴的就共伊講路。韓信照伊所講的路去行，行未幾步，忽然想著，講，我逃走無愛人知我的蹤跡；ta 對剉柴的問路，設使追兵一下到，剉柴的就共伊講，我的性命就袂保得。不如將剉柴的刣死來窒伊的喙，就毋免驚。雖是伊有恩情佇我兜，佮我無冤無仇；總是我有大眾的才調，著留我的身軀做後來的大路用，伊的性命不過是彼一隻狗蟻但定，活也無利益，死也無損害，欲 thâi 有甚物要緊咧！想到遮的因端，就倒轉去用劍刣死剉柴的。
Thâi-sí liáu chiū mi tām-po̍h thô͘ chò hiu^{n}, kuī teh kā i kóng, Lí in-uī goá lâi sí, āu-lâi goá nā hoat-tát tek-khak beh pò-tap lí ê in-chêng, hō͘ lí hióng-siū hiu^{n}-ian bān-nî bô soah. Āu--lâi Hân Sìn chò tāi-chiòng, kó-jiân lâi kā i khí biō, ho̍k-sāi i hiu^{n}-ian bān-nî bô soah. Lâng lóng kóng Hân Sìn ti-in pò-tek. Che chiū-sī mn̄g-lō͘, chám chiâu-hu ê kò͘-sū lah! Chhì-siū^{n} bô-iân bô-kò͘ kā i thâi-sí, thâi-sí liáu, chiū beh pò i ê in-chêng; che kiám m̄-	刣死了就搣淡薄土做香，跪咧共伊講，你因為我來死，後來我若發達的確欲報答你的恩情，予你享受香煙萬年無煞。後來韓信做大將，果然來共伊起廟，服侍伊香煙萬年無煞。人攏講韓信知恩報德。這就是問路，斬樵夫的故事啦！試想無緣無故共伊刣死，刣死了，就欲報伊的恩情；這敢毋是貓哭貓鼠假慈悲嗎？于蘭會的意思也是按呢。平常時遮的散凶人若有甚物好處攏予遮的有勢頭

（續）

sī niau khàu niáu-chhú ké chû-pi mah? U-lân-hoē ê ì-sù iā sī án-ni. Pêng-siông-sî chia̍h-ê sàn-hiong lâng nā ū sím-mi̍h hó--chhù lóng hō͘ chia̍h-ê ū sè-thâu ū-chî^{n}-lâng pà-chiàm, tì-kàu bô thang chia̍h, bô-tè thang an-sin; chi̍t-ē phoà-pī^{n}, chiū tio̍h khì tó tī lō͘-pi^{n}. Chhì khoà^{n} toā-chhù kap kong-koán mn̂g-kháu, sî-siông ū phoà-pī^{n}-lâng tó teh khùn, lóng bô lâng beh khì mn̄g in, chhut-chāi i pī^{n} sí. Che chiū-sī chhin-chhiū^{n} Bēng-chú só͘ kóng, Tû-lāi ū puî-bah, bé-tiâu ū puî-bé, peh-sì^{n} ū iau-gō͘ ê bīn-sek, khòng-iá ū gō͘-sí ê lâng-pa, chi̍t-iū^{n}. Put-kò hit-sî ê lâng-pa sī tī iá-goā, hiān-kim ê lâng-pa sī tī siâ^{n}-lāi, sió-khoá bô-siāng nā-tiā^{n}. Tng i iáu-boē sí ê sî-chūn, chhut-chāi i kiò-kiù; lâng ná-chún bô thia^{n}-kì^{n} bô khoà^{n}-kì^{n} chi̍t-iū^{n}. Chóng-sī ài tán-hāu i sí-chià^{n} si-chè chi̍t-khū po̍h-po̍h ê koa^{n}-chhâ hō͘ i, soah chò U-lân-hoē; án-ni chiū lia̍h-chò goá si-in hō͘ kuí, iā sǹg chīn-thâu lah.	有錢人霸佔，致到無通食，無地通安身；一下破病，就著去倒佇路邊。試看大厝佮公館門口，時常有破病人倒咧睏，攏無人欲去問 in，出在伊病死。這就是親像孟子所講，廚內有肥肉，馬牢有肥馬，百姓有枵餓的面色，曠野有餓死的人疤，一樣。不過彼時的人疤是佇野外，現今的人疤是佇城內，小可無像但定。當伊猶未死的時陣，出在伊叫救；人若准無聽見無看見一樣。總是愛等候伊死正施濟一具薄薄的棺材予伊，煞做于蘭會；按呢就掠做我施恩予鬼，也算盡頭啦。
Hāi^{n}-ah! Lâng iáu-boē sí ê sî chiū khau-siah i, kiò i tio̍h chá sí, chi̍t-ē sí liáu, chiū kiò i tioh chá-oa̍h. Che kiám m̄-sī poe̍h-kiàm thâi--i, koh sio-hiu^{n} pài-i, kap Hân Sìn chi̍t-poa^{n}-iū^{n}? Só͘-í goá kóng Hân Sìn sī U-lân-hoē thâu chi̍t ê lâng, chiū-sī chit-ê ì-sù lah. Chóng-sī che lâng su-sim kò͘ ka-tī, lóng bô ēng kong-gī lâi khoán-thāi pa̍t-lâng. Thâi-sí--i sī chò ka-tī ê lī-ek, chiū kèng--i iā sī chò ka-tī ê lī-ek. In-uī sàn-hiong-lâng chāi-si^{n} bē ē kap goá kè-kàu, sí-āu kia^{n} i chok-chōng, put-tek-put ēng ché lâi an-uì i. Chit-hō kap tang-thi^{n} siat-	Hāi^{n} 啊！人猶未死的時就剾削伊，叫伊著早死，一下死了，就叫伊著早活。這敢毋是拔劍刣伊，閣燒香拜伊，佮韓信一般樣？所以我講韓信是于蘭會頭一个人，就是這個意思啦。總是這人私心顧家己，攏無用公義來款待別人。刣死伊是做家己的利益，就敬伊也是做家己的利益。因為散凶人在生袂會佮我計較，死後驚伊作祟，不得不用 ché 來安慰伊。這號佮冬天設局煮糜一樣，是驚活人無通食致到擾亂，所以煮糜賑濟伊。于蘭會是驚鬼顯出伊的靈聖。

（續）

kio̍k chú-moâi chit-iūⁿ, sī kiaⁿ oa̍h-lâng bô-thang chia̍h tī-kàu jiáu-loān, só͘-í chú-moâi chín-chè i. U-lân-hoē sī kiaⁿ kuí hián-chhut i-ê lêng-siàⁿ.	
To̍k-to̍k lán ê Kiù-chú Iâ-so͘ it-seng kiâⁿ-hó, khek-kí khoán-thāi pa̍t-lâng; chò I ê ha̍k-seng--ê tio̍h chun-thàn I khì kiâⁿ, m̄-thang pîn-toāⁿ, kàu ta̍k só͘-chāi siat i-koán, o̍h-tn̂g, ēng khoán-thāi kuí ê chîⁿ lâi khoán-thāi lâng. Sio̍k-gú kóng, Kiù lâng chit-miā khah iâⁿ-koè chò chhit toâⁿ chiò; chin-ké hi-si̍t tuì án-ni khó-í thang chai lah.	獨獨咱的救主耶穌一生行好，克己款待別人；做伊的學生的著遵趁伊去行，毋通貧惰，到逐所在設醫館，學堂，用款待鬼的錢來款待人。俗語講，救人一命較贏過做七壇醮；真假虛實對按呢可以通知啦。

載於《臺南府城教會報》，第二〇〇卷，一九〇一年十一月

Soa^{n}-tang Kīn-lâi ê Sū（山東近來的事）

作者　不詳
譯者　黃 Huī-ngó͘

【作者】

不著撰者，譯自日本報紙。（顧敏耀撰）

【譯者】

黃 Huī-ngó͘（黃輝梧？），僅知曾於一九〇二年六月的《臺南府城教會報》發表〈山東近來的事〉，其餘生平不詳。（顧敏耀撰）

Soa^{n}-tang Kīn-lâi ê Sū	山東近來的事
(N̂g Huī-ngó͘ hoan-e̍k Jit-pún pò.)	（黃 Huī-ngó͘翻譯日本報。）
1902.06 207 Koàn p.44	1902.06 207 卷 p.44
Chêng tī 1899 nî Soa^{n}-tang-séng ū bó͘ koa^{n}-hú bat kap siâ^{n}-lāi ê tha̍k-chheh-lâng gī-lūn Tiong-Se ha̍k-būn ê koh-iū^{n}. Chiàu in kóng, Tiong-kok ê ha̍k-būn iā sī chiâu-pī, Se-kok ta̍k-khoán ê kek-bu̍t lóng sī tuì Tiong-kok ê ha̍k-būn chhut-lâi. Tiong-kok-lâng nā o̍h Se-ha̍k sī koh-chài chhoē hit-ê kin-goân. Só͘-í in teh phah-sǹg siú-kí ka-tī ê chiū hó.	前佇一八九九年山東省有某官府捌佮城內的讀冊人議論中西學問的各樣。照 in 講，中國的學問也是齊備，西國逐款的格物攏是對中國的學問出來。中國人若學西學是閣再揣彼个根源。所以 in 咧拍算守己家己的就好。
Tuì chit n̄ng-sa^{n}-nî lāi tha̍k-chheh-lâng ê tiong-kan iā ū kài-chē lâng khì káng-kiù Se-ha̍k. Tī kīn-jit koān-chhì (chiū-sī koān-khó) chú-khó ū chiong "Iâ-so͘ kap Khóng-chú sím-mih lâng khah chhut-tioh" chò tê-ba̍k bēng-lēng hiah-ê tông-seng chò bûn-chiu^{n}.	對這兩三年內讀冊人的中間也有蓋濟人去講究西學。佇近日縣試（就是縣考）主考有將「耶穌佮孔子啥物人較出擢」做題目命令遐的童生做文章。
Chêng kuí-nî tha̍k-chheh-lâng lóng m̄-goān kiâ^{n} kàu lé-pài-tn̂g; ta^{n} ū chin-chē	前幾年讀冊人攏毋願行到禮拜堂；今有真濟清國人甘願來查問西學的理氣啦。

（續）

Chheng-kok-lâng kam-goān lâi cha-mn̄g Se-ha̍k ê lí-khì--lah.	

載於《臺南府城教會報》，第二〇七卷，一九〇二年六月

Pó-huī-su Í-keng Lâi（保惠師已經來）

作者　不詳
譯者　高天賜

【作者】

不著撰者。

【譯者】

高天賜，曾於《臺南府城教會報》發表〈論瘟疫的事〉（第 147 卷，1897 年 6 月，頁 46～47）以及〈保惠師已經來〉（第 210 卷，1902 年 9 月，頁 68～69），其餘生平事跡不詳。（顧敏耀撰）

Pó-huī-su Í-keng Lâi	保惠師已經來
1902.09 210 Koàn p.68～69	1902.09 210 卷 p.68～69
(Ko Thian-sù hoan-e̍k.) 1. Tio̍h thoân hoaⁿ-hí ê siaⁿ, khì kàu ta̍k-hiuⁿ ta̍k-siâⁿ, kìⁿ-nā tio̍h-boâ kan-khó͘, á-sī iu-būn kiaⁿ-hiâⁿ, goá ū ke̍k-hó siau-sit, toā-siaⁿ pò hō͘ lín thiaⁿ, Pó-hui-su í-keng lâi!	（高天賜翻譯。） 1. 著傳歡喜的聲，去到逐鄉逐城，見若著磨艱苦，抑是憂悶驚惶，我有極好消息，大聲報予恁聽，保惠師已經來！
Pó-huī-su í-keng lâi, Pó-huī-su í-keng lâi! Thiⁿ-pē siúⁿ-sù Sèng-sîn, I ê èng-ún sī chin; tio̍h thoân hoaⁿ-hí ê siaⁿ, pò hō͘ chèng-lâng lóng thiaⁿ, Pó-huī-su í-keng lâi!	保惠師已經來，保惠師已經來！天爸賞賜聖神，伊的應允是真；著傳歡喜的聲，報予眾人攏聽，保惠師已經來！
2. Hiān-sî m̄-sī mî--sî, sì-kè í-keng chá-khí; hong-hō͘ ê siaⁿ lóng soah, kiaⁿ-hiâⁿ piⁿ-chò hoaⁿ-hí; chhiⁿ-chhuì soaⁿ-tèng ū jit, goá sim hí-lo̍k bô-pí! Pó-huī-su í-keng lâi! Pó-huī-su í-keng lâi...ûn-ûn	2. 現時毋是暝時，四界已經早起；風雨的聲攏煞，驚惶變做歡喜；青翠山頂有日，我心喜樂無比！保惠師已經來！保惠師已經來……云云
3. Bān-ông ê Ông Siōng-tè, choân-lêng tī I sit-ē, kàng-lîm chín-kiù bān-bîn, thoat-lī Mô͘-kuí koân-sè, im-hú ê kaⁿ ē khang, tek-	3. 萬王的王上帝，全能佇伊翼下，降臨拯救萬民，脫離魔鬼權勢，陰府的監會空，得勝的歌無退：保惠師已經

（續）

sèng ê koa bô thè : Pó-huī-su í-keng lâi! Pó-huī-su í-keng lâi...ûn-ûn	來！保惠師已經來……云云
4. Toā-in si̍t-chāi koh-iūⁿ, goà sim bē-hiáu thang siūⁿ, chún goá ke̍k-pháiⁿ choē-jîn, eng-kng kap I chhin-chhiūⁿ, chit-hō jîn-ài ke̍k chhim, pí hái koh khah oh niû, Pó-huī-su í-keng lâi! Pó-huī-su í-keng lâi...ûn-ûn	4. 大恩實在各樣，我心袂曉通想，准我極歹罪人，榮光佮伊親像，這號仁愛極深，比海佮較僫量，保惠師已經來！保惠師已經來……云云
5. Taⁿ tio̍h o-ló hoaⁿ-hí, siaⁿ-im hiáng-liāng kàu thiⁿ, soah hō͘ thiⁿ-téng sèng-sài , toè lán saⁿ-kap gîm-si, tâng gîm saⁿ-thiàⁿ ê tiāu, éng-oán toā o-ló i, Pó-huī-su í-keng lâi lah! Pó-huī-su í-keng lâi ... ûn-ûn Soà chiong hā-tiāu ìn tī ē-té.	5. 今著呵咾歡喜，聲音響亮到天，煞予天頂聖使，綴咱相佮吟詩，同吟相疼的調，永遠大呵咾伊，保惠師已經來！保惠師已經來……云云 紲將 hā 調印佇下底。

載於《臺南府城教會報》，第二一〇卷，一九〇二年九月

Lē-lú-hȧk（勵女學）

作者　不詳
譯者　王接傳

【作者】

不著撰者。

王接傳像

【譯者】

王接傳（1870～？，臺語白話字標示為：Ông Chiap-thoân），今雲林西螺人，曾前往今高雄大社跟英國宣教師盧嘉敏醫生（Dr.Gavin Russell，1866～1892）學習西洋醫術，後於今彰化社頭執業，平野奥村編《南部臺灣紳士錄》（臺南市：臺南新報社，1907 年）、遠藤克己編《人文薈萃》（臺北市：遠藤寫真館，1925 年）以及顏振聲〈南部教會醫療傳道史〉（《臺灣教會公報》，第 672 期，1941 年 3 月，頁 8～10）皆有其相關記載。其譯作目前僅見〈Lē-lú-hȧk（勵女學）〉（《臺南府城教會報》，第 212 卷，1902 年 11 月）。（顧敏耀撰）

Lē-lú-hȧk	勵女學
1902.11 212 Koàn p.86～87	1902.11 212 卷 p.86～87
(Ông Chiap-thoân hoan-ek Jit-pún pò.) Chū khai Tâi í-lâi í-keng nn̄g-pah goā nî lah. Nā-sī ko͘-toaⁿ chit-ê hái-sū, bûn-hong iā chin-chió. Tng hit-tiap iáu-boē jip Jit-pún Tè-kok pán-tō͘ í-chêng, chiū chit-pah ke ê gín-á jip-o̍h thak-chheh tāi-iok bô kàu 10 ke; chiū 10 ke ê tiong-kan ē bat-jī cheng-kong kàu ē chò-bûn siá-phoe--ê, kiaⁿ-liáu khah-bô chit-ke. Cha-po͘ gín-á siōng-chhiáⁿ án-ni, nā-sī	（王接傳翻譯日本報。） 自開臺以來已經兩百外年啦。但是孤單這个海嶼，文風也真少。當彼霎猶未入日本帝國版圖以前，就一百家的囡仔入學讀冊大約無到十家；就十家的中間會捌字精光到會做文寫批的，驚了較無一家。查埔囡仔尚且按呢，若是查某囡仔閣較少。對入日本版圖的了後，官府有設立學校，不論喪兇好額的子弟攏有通

（續）

cha-bó͘ gín-á koh-khah chió. Tuì ji̍p Ji̍t-pún pán-tô͘ ê liáu-āu, koa^{n}-hú ū siat-li̍p ha̍k-hāu, put-lūn sòng-hiong hó-gia̍h ê chú-tē lóng ū thang ji̍p-o̍h siū kàu-hùn; chiū ná chiām chìn bûn-hong ê khì-siōng. Nā m̄-sī hit-hō chhi^{n}-mî, ngī-sim, sí-siú ê lâng, iā tek-khak chai chú-tē ji̍p-o̍h siū kàu-hùn ê iàu-kín. Ta^{n} lūn kàu cha-po͘ gín-á ji̍p-o̍h, ta̍k-nî ke-thi^{n}. Nā-sī cha-bó͘ gín-á lâi ji̍p-o̍h tha̍k-chheh iáu chin chió; chái^{n}-iū^{n} ē hiah chió? Chhuí-mô͘ I ê iân-kò͘, ū 4 hāng ê pè-toan.	入學受教訓；就那漸進文風的氣象。若毋是彼號青盲、硬心、死守的人，也的確知子弟入學受教訓的要緊。今論到查埔囝仔入學，逐年加添。但是查某囝仔來入學讀冊猶真少；怎樣會遐少？推磨伊的緣故，有四項的弊端。
(1) Tâi-oân ê hū-jîn-lâng bô koàn-sì chhut-goā, nā kì^{n}-tio̍h cha-po͘-lâng chiū uì; che sī tuì pē-bó hia^{n}-tī chū sè-hàn chiū giâm kìm-chí i, m̄-thang lâm, lú, chhap-cha̍p ê iân-kò͘; che sī chi̍t-hāng ê pè-toan.	（1）臺灣的婦人人無慣勢出外，若見著查埔人就畏；這是對爸母、兄弟自細漢就嚴禁止伊，毋通男、女插雜的緣故；這是一項的弊端。
(2) Tuì sè-hàn chiū kā i pa̍k-kha, bô hoân-ló i-ê kan-khó͘ kiâ^{n}, kap siong-hāi sin-thé, kan-ta óng-lâi chiū tiàm tī chhù-lāi, teh chng-thā^{n} i ê sin-khu; che sī nn̄g-hāng ê pè-toan.	（2）對細漢就共伊縛腳，無煩惱伊的艱苦行，佮傷害身體，干焦往來就踮佇厝內，咧妝飾伊的身軀；這是兩項的弊端。
(3) Liû-thoân kóng, Hū-jîn-lâng nā ji̍p-o̍h tha̍k-chheh bat-jī bô lō͘-ēng, kia^{n}-liáu ū sún-hāi; nā kè--lâng ê liáu-āu, chí-ū sī giâ cheng-khū-thuî cheng-bí, the̍h poà-ki poà-bí, sàu-tē, ho̍k-sāi ang ko͘, iú^{n}-chhī kiá^{n}, chiū kàu-gia̍h chīn hū-jîn-lâng ê pún-hūn lah, bat-jī bô lō͘-ēng; che chiū-sī sa^{n}-hāng ê pè-toan.	（3）流傳講，婦人人若入學讀冊捌字無路用，驚了有損害；若嫁人的了後，只有是夯舂臼槌舂米，提簸箕簸米、掃地、服侍翁姑、養飼子，就夠額盡婦人人的本份啦，捌字無路用；這就是三項的弊端。
(4) Tuì-tiōng cha-po͘ khoà^{n}-khin cha-bó͘; pē-bó nā si^{n} cha-po͘ chiū hoa^{n}-hí, si^{n} cha-bó͘ chiū iàn-±^{n}, sī kóng nā si^{n} cha-po͘ ū-thang	（4）對重查埔、看輕查某；爸母若生查埔就歡喜，生查某就厭惡，是講若生查埔有通娶某，生查某著嫁別

（續）

chhoā-bó͘, siⁿ cha-bó͘ tio̍h kè pa̍t-lâng. Tāi-ke án-ni saⁿ-tham saⁿ liû-thoân, chiah khǹg chit-hō khoàⁿ-khin ê sim, bô ài thè cha-bó͘ gín-á siat-hoat hō͘ i ji̍p-o̍h siū kàu-hùn; che sī sì -hāng ê pè-toan.	人。大家按呢相貪相流傳，才囥這號看輕的心，無愛替查某囡仔設法予伊入學受教訓；這是四項的弊端。
Taⁿ tāi-khài lâi kóng cha-po͘-lâng ê koân koè-thâu tī hū-jîn-lâng. Tuì chheng-pah nî chêng kàu-taⁿ, hū-jîn-lâng siū bû-lí ê ap-chè; kàu hiān-kim iā sī án-ni. Chhin-chhiūⁿ cha-po͘ tuì hū-jîn-lâng ū tò-hīn ê sim, ū khǹg-siâ ê sim, ū hì-lāng ê sim, ū khi-bú ê sim, chit sì hāng ê só͘-kiânn sī khoán-thāi hū-jîn-lâng kheng-po̍k chì-ke̍k. Koh chi̍t hāng, kìm-chí i chhut-goā, khoán-thāi i chhin-chhiūⁿ chiáu-siù koaiⁿ tī chiáu-lang; ēng kha-pe̍h pa̍k i ê kha, khoán-thāi i chhin-chhiūⁿ chhâ-siōng teh hì-lāng.	今大概來講查埔人的權過頭佇婦人人。對千百年前到今，婦人人受無理的壓制；到現今也是按呢。親像查埔對婦人人有妒恨的心、有囥邪的心、有戲弄的心、有欺侮心，這四項的所行是款待婦人人輕薄至極。閣一項禁止伊出外，款待伊親像鳥獸關佇鳥籠；用跤帛縛伊的跤，款待伊親像柴像咧戲弄。
Koh chi̍t hāng, lâng kiám m̄-bat kiò hū-jîn-lâng chò loē-chō͘? Nā hū-jîn gín-á bô siū kàu-hùn, kàu toā-hàn thái-thó ē pang-chān ke-lāi, chéng-chê ke-lāi bú-ióng sè-kiáⁿ? In-uī tī ke-lāi chéng-chê bú-ióng sè-kiáⁿ, kap tī o̍h-tn̂g ê kàu-hùn pêⁿ-pêⁿ iàu-kín. Lán ài n̍g-bāng kiáⁿ-jî cheng-kong tì-sek, sûn-choân, chiū m̄-thang bô tī ke-lāi kà-sī; tī ke-lāi kà-sī lóng-sī oá-khò lāu-bó ê chek-sêng. Nā-sī chò lāu-bó sè-hàn m̄-bat siū kà-sī, kiám ē kà-sī i ê kiáⁿ-jî mah? Koat-toàn bô chit-ê lí-khì. Kó͘-chá-lâng khah ū tì-sek ê, iā ū khoà-lū chit-ê tāi-chì, bat tù Lú-ha̍k chheh. Chhin-chhiūⁿ Lâu Hiòng ê Lia̍t-lú toān. Kīn-sè ê lâng chhin-chhiūⁿ Nâ Téng-goân iā bat tù Lú-ha̍k chheh chit-phō. Lán kiám m̄ tio̍h siūⁿ kó͘-chá	閣一項，人敢毋捌叫婦人人做內助？若婦人、囡仔無受教訓，到大漢 thái-thó 會幫贊家內，整齊家內、撫養細囝？因為佇家內整齊撫養細囝，佮佇學堂的教訓平平要緊。咱愛向望囝兒精攻智識，純全，就毋通無佇家內教示；佇家內教示攏是倚靠老母的責成。若是做老母細漢毋捌受教示，敢會教示伊的囝兒嗎？決斷無這个理氣。古早人較有智識的，也有掛慮這个代誌，捌著女學冊。親像劉向的《列女傳》。近世的人親像藍鼎元也捌著女學冊一部。咱敢毋著想古早有智識的人著冊感激心嗎？今論到對重查埔、看輕查某風俗，毋但一日但定，若是將我一人來痛改勉勵，也是空空著磨。所以願眾人會明白，來除去這號毛

（續）

ū tì-sek ê lâng tù-chheh kám-kek sim mah? Taⁿ lūn-kàu tuì-tiōng cha-po khoàⁿ-khin cha-bó͘ hong-siok, m̄-nā chit-jit nā-tiāⁿ, nā-sī chiong goá chit-lâng lâi thòng-kái bián-lē, iā-sī khang-khang tioh-boâ. Só͘-í goān chèng-lâng ē bêng-pek, lâi tû-khì chit-hō mâu-pēng.	病。
Koh chhì-mn̄g chit-hāng. Chhin- chhiūⁿ siⁿ cha-bó͘ tioh kè pat-lâng, chiū khoàⁿ-khin i, nā siⁿ cha-po ū thang chhoā-bó͘ chiū tuì-tiōng i, tak-ke bô hun-piat chit-ke hit-ke, lóng sī kóng chhī cha-bó͘ sī pat-lâng ê, só͘-í lóng bô hō͘ i jip-oh siū kà-sī; cha-po chhoā pat-ke ê hū-jîn-lâng, chiū lóng bô siū kà-sī ê, chèng-lâng lóng siū chit-hō pè-toan, beh tuì tó-uī khì chhoā gâu ê hū-jîn-lâng mah?	閣試問一項。親像生查某著嫁別人，就看輕伊；若生查埔有通娶某就對重伊，逐家無分別這家彼家，攏是講飼查某是別人的,所以攏無予伊入學受教示；查埔娶別家的婦人人，就攏無受教示的，眾人攏受這號弊端，欲對佗位去娶 gâu 的婦人人嗎？
Án-ni thang chai m̄-thang sit-loh thiⁿ só͘ siúⁿ-sù ê tek-hēng. Hiān-kim tang-sai tak-kok, mn̂g-hō͘ toā-khui, ū siat-lip sin-bûn-pò thang thong sè-kài ê siau-sit; hoān-nā miâ-siaⁿ-kok, cháiⁿ-iūⁿ jîn-ài, hó hong-siok, kok-ka cháiⁿ-iūⁿ heng-ōng, m̄-bián chhut-mn̂g ē thang chai. Hiān-sî sè-kài bûn-bêng-kok ē heng-khí, ū siat Lú-oh-tn̂g, Lú-sin-bûn, í-kip Lú sian-siⁿ, Lú i-seng, hū-jîn-lâng ē kà-sī bián-lē, ē kiah-pit siá-jī chò bûn, cháiⁿ-iūⁿ ē thang tit-tioh chit-hō tì-huī ê hok-khì? Chiū-sī chiàu pêng-siông ê jîn-luī lâi khoán-thāi cha-bó͘-lâng, hō͘ i jip-oh siū kà-sī, chiū ū tit-tioh chit-hō tì-huī, pêⁿ-pêⁿ thang chò toā lō͘-ēng ê lâng.	按呢通知毋通失落天所賞賜的德行。現今東西逐國，門戶大開，有設立新聞報通通世界的消息；凡若名聲國，怎樣仁愛、好風俗，國家怎樣興旺，毋免出門會通知。現時世界文明國會興起，有設女學堂、女新聞以及女先生、女醫生，婦人人會教示勉勵，會擇筆寫字做文，怎樣會通得著這號智慧的福氣？就是照平常的人類來款待查某人，予伊入學受教示，就有得著這號智慧，平平通做大路用的人。
Khó-sioh Tâi-oân ê cha-bó͘ gín-á, khah chē bô jip-oh, sī tuì chò pē-bó ê lâng bô ài hō͘ jip-	可惜臺灣的查某囡仔，較濟無入學，是對做爸母的人無愛予入學讀冊。今大勉

（續）

o̍h tha̍k-chheh. Ta^{n} toā bián-lē chò pē-bó ê lâng tio̍h khoán-thāi i ê cha-bớ-kiá^{n} kap hāu-si^{n} pê^{n}-pê^{n} iàu-kín, hơ̄ i ji̍p-o̍h siū kà-sī, chià^{n} ē hơ̄ hū-jîn-lâng thang poah-khui hûn-bū, khoà^{n}-tio̍h chheng-thi^{n}, bián-tit kú-tn̂g tiàm tī ơ-àm ê tē-ge̍k-tiong.	勵做爸母的人著款待伊的查某囝佮後生平平要緊，予伊入學受教示，正會予婦人人通撥開雲霧，看著青天，免得久長踮佇烏暗的地獄中。

載於《臺南府城教會報》，第二一二卷，一九〇二年十一月

Sǹg Lí ê Hok-khì（算你的福氣）

作者　不詳
譯者　高金聲

【作者】

不著撰者。

高金聲像

【譯者】

高金聲（1873～1961），乳名鐵，原籍福建泉州永寧，幼年隨父高長來臺，定居臺南，一八八八年入長老教中學（Presbyter Middle School，今長榮中學）就讀，一八九〇年進神學校，就學期間即於中學任教。一八九七年前往中國就讀於福州的英華書院，一九〇一年返臺，任東大墩（今臺中市）教會傳道師，翌年受聘為神學校教員，一九〇七年南部中會臨時會假太平境教會召開時，設立其為臺南堂會牧師，駐太平境教會至一九一五年，期間曾於一九一三至一九一四年協助巴克禮牧師翻譯白話字聖經。一九一七年三月應聘任臺中教會牧師。一九二六年又應神學校之聘，擔任專任教員，至一九三七年退休，桃李滿門，英才輩出。此外，亦曾被選為高雄中會議長、南部大會傳道局長、南部大會議長、臺灣大會主日學部長、臺灣大會聖詩部員、公報社董事長，臺灣大會議長，因貢獻卓著，獲頒終身正議員之殊榮。戰後回臺南創設光復印書局，在一九四五至一九四八年間承辦《臺灣教會公報》業務。曾於《臺南府城教會報》發表〈高金聲的批〉、〈余先生〉、〈算你的福氣〉、〈聖冊公會的報告〉、〈敗壞時日的蟲〉、〈喙焦喙渴〉，在《臺灣教會報》發表〈活臺中〉與〈新鷹鳥〉，並於《臺灣教會公報》發表〈請看後壁山〉、〈救主聖誕〉、〈高德章的小傳〉以及〈追念高天成博士〉。（顧敏耀撰）

Sǹg Lí ê Hok-khì	算你的福氣
1908.02 275 Koàn p.12～13	1908.02 275 卷 p.12～13

（續）

(Ko Bo̍k-su, Kim-seng hoan-e̍k) 1.Kéng-gū chin phái^{n}, chhin-chhiū^{n} toā-éng kap hong-thai, lí chiū sit-tá^{n} teh siū^{n} ta^{n} sī lóng-chóng hāi; lí tit hok-khì chē-chē, tio̍h sǹg loā chē pái, án-ni Siōng-tè sớ chò, lí chiah khah chhim chai.	（高牧師，金聲翻譯） 1. 境遇真歹，親像大湧佮風颱， 你就失膽咧想今是攏總害； 你得福氣濟濟，著算偌濟擺， 按呢上帝所做，你才較深知。
Tio̍h sǹg lí ê hok-khì, suî hāng liām, chiah chai Siōng-tè sớ chò bô thang hiâm; sǹg lí hok-khì, eng-kai suî hāng liām, chiū ē chhim chai Siōng-tè siú^{n}-sù bô khoeh-khiàm.	著算你的福氣，隨項念， 才知上帝所做無通嫌； 算你福氣，應該隨項念， 就會深知上帝賞賜無缺欠。
2. Khoà-lū ê tà^{n} nā ū tiā^{n}-tiā^{n} teh teh lí, siū-tiàu poē si̍p-jī-kè, ná-chún poē bē khí; tio̍h sǹg lí ê hok-khì, giâu-gî chiū poe--khì, lí chiū ē ji̍t koè ji̍t gîm-si toā hoa^{n}-hí.	2. 掛慮的擔若有定定咧硩你， 受召背十字架，若準背袂起； 著算你的福氣，僥疑就飛去， 你就會日過日吟詩大歡喜。
3. Lí nā khoà^{n}-tio̍h lâng ū sán-gia̍p kap n̂g-kim, tio̍h siū^{n} Chú ū ín lí toā-pù lâi an-sim; tio̍h sǹg lí ê hok-khì ū chî^{n} bô thang bé, lí ê pò-siú^{n}, lí ê chhù tī an-lo̍k-tē.	3. 你若看著人有產業佮黃金， 著想主有允你大富來安心； 著算你的福氣有錢無通買， 你的報賞，你的厝佇安樂地。
4. Sớ-í keng-koè chhì-liān bô-lūn toā á sè, bo̍h-tit sit-tá^{n}, bān-mi̍h ê Chú sī lán Pē; tio̍h sǹg lí ê hok-khì, thi^{n}-sài teh kin-toè, ún-tàng siū-tio̍h pang-chān an-uì kàu lō-boé.	4. 所以經過試煉無論大抑細， 莫得失膽，萬物的主是咱爸； 著算你的福氣，天使咧跟綴， 穩當受著幫贊安慰到路尾。

載於《臺南府城教會報》，第二七五卷，一九〇八年二月

Ki-tok-kàu ê Uí-tāi（基督教的偉大）

作者　不詳
譯者　廖三重

【作者】

不著撰者。

【譯者】

廖三重（1886～1914），字道修，出身西螺望族，為廖龍院（1835～1893）與之三男，母親程笑（或名程英，1851～1899），在一八九四年由甘為霖牧師受洗，長兄廖承丕（1871～1939）亦為虔誠的基督徒，前後擔任西螺教會長老三十五年。其本身則於一八九九年由梅監霧牧師（Rev. Cambell N. Moody）受洗，一九〇二年就讀神學校準備擔任傳道，畢業後留學日本東京明治學院與早稻田大學，成績優異，被視為天才，但卻不幸罹患腦疾，藥石罔效，得年僅二十九歲。林茂生曾以白話字撰寫〈敬弔廖三重君〉一文，刊於《臺南府城教會報》（第三五五卷，一九一四年十月）。（顧敏耀撰）

Ki-tok-kàu ê Uí-tāi (1)	基督教的偉大（1）
1910.05 302 Koàn p.40～41	1910.05 302 卷 p.40～41
(Liāu Sam-tiōng hoan-e̍k.) Sîn-ha̍k phok-sū Thè-kì (Uzaki) kóng: Ki-tok-kàu sī lia̍h chín-kiù jîn-luī chò bo̍k-tek, iâⁿ-koè pêng-siông ê chong-kàu; i ê khí-goân hoat-ta̍t kap kám-hoà tī thiⁿ-ē ê lâi-le̍k bô chi̍t hō kàu thang kap i pí-phēng. Ki-tok-kàu m̄-sī kóng kuí-oē á siáu-soat; sī khak-si̍t ê le̍k-sú ū pîn-kù ê si̍t-sū. Tī Ki-tok-kàu ū tuì n̄g-chheng nî kan lâng ê káng-kiù kap chìn-pō͘ só͘ chèng-bêng ê kì-lio̍k tī--teh. Goán chiah-ê kóng chit-ê kàu iâⁿ-koè pêng-siông,	（廖三重翻譯。） 神學博士鵜崎（Uzaki）講：基督教是掠拯救人類做目的，贏過平常的宗教；伊的起源發達佮感化佇天下的來歷無一號教通佮伊比並。基督教毋是講鬼話抑小說；是確實的歷史有憑據的實事。佇基督教有對兩千年間人的講究佮進步所證明的記錄佇咧。阮遮的講這个教贏過平常，毋是私奇的意見，是有內外的事咧干證。今我拍算愛將歷史上的事情做根本來論基督教偉大的所以然。

（續）

m̄-sī sai-khia ê ì-kiàn, sī ū lāi-goā ê sū teh kan-chèng. Ta^{n} goá phah-sǹg ài chiong le̍k-sú-chiū^{n} ê sū-chêng chò kin-pún lâi lūn Ki-tok-kàu uí-tāi ê sớ-í-jiân.	
Kóng-khí Ki-tok-kàu uí-tāi ê tē-it iàu-toan chiū-sī Kàu-chớ ê jîn-phín. Lūn Ki-tok ê lâng-pān í-keng ū tiā^{n}-tio̍h ê gī-lūn, hiān-sî bô-lūn siá^{n} lâng lóng sìn i sī le̍k-sú-chiū^{n} ê lâng. Kó-chá sui-jiân ū lâng m̄ jīn Ki-tok ê sîn-sèng, khǹg giâu-gî lâi phoe-phêng Ki-tok, m̄-kú lūn i iâ^{n}-koè pêng-siông-lâng ê jîn-phín ê sū lóng bô lâng m̄ ho̍k. Su-to-lo-su (Strauss) tuì Ki-tok sī hoâi-gî-lūn ê lâng, chóng--sī i tī Iâ-sơ ê toān ū án-ni kóng, "Bô-lūn tī sím-mih sî-tāi koat-toàn bô thang iâ^{n}-koè i (Ki-tok); koh bē thang siū^{n} ū kap i pî^{n}-pí ê jîn-bu̍t." Hoat-kok ê toā ha̍k-būn lâng Lū-nán (Renan) iā kóng, "Hok-im-toān tiong ê Ki-tok hêng-thé sī chhú tē-it hó, ke̍k suí ê Sîn sớ hoà-sin ê." Lū-só (Rơsseau) sī bô-sîn-lūn ê lâng, chóng--sī i teh pí-kàu Ki-tok kap Sơ-kek-la-tí (Socrates) kóng, "Sơ-kek-la-tí ê se^{n} kap sí, nā kớ-jiân sī tia̍t-jîn ê se^{n}-sí; chiū Iâ-sơ ê se^{n} kap sí, sī Sîn ê se^{n}, sí." Chiàu chhiū^{n} án-ni Ki-tok ê jîn-phín tī lâng ê toān-kì tiong bô thang kap i pí-tit ê sū, chhìn-chhái lâng to pê^{n}-pê^{n} jīn.	講起基督教偉大的第一要端就是教祖的人品。論基督的人範已經有定著的議論，現時無論啥人攏信伊是歷史上的人。古早雖然有人毋認基督的神聖，囥憢疑來批評基督，毋過論伊贏過平常人的人品的事攏無人毋服。Su-to-lo-su（Strauss）對基督是懷疑論的人，總是伊佇耶穌的傳有按呢講：「無論佇甚物時代決斷無通贏過伊（基督）；閣袂通想有佮伊評比的人物。」法國的大學問人 Lū-nán（Renan）也講：「福音傳中的基督形體是取第一好，極媠的神所化身的。」盧梭（Rơsseau）是無神論的人，總是伊咧比較基督佮蘇格拉底（Socrates）講：「蘇格拉底的生佮死，若果然是哲人的生死；就耶穌的生佮死，是神的生、死」。照像按呢基督的人品佇人的傳記中無通佮伊比得的事，清彩人都平平認。
M̄-kú i ê phín-sèng-tiong tē-it tù-hiān ê sī sio̍k tī ú-tiū-lāi ke̍k khui-khoah. Lán thâu-chi̍t-ē tha̍k Ki-tok-toān thang kî-ī^{n} ê, sī Ki-tok ê it-giân it-hēng, bô hỡ sî-tāi jîn-chéng sớ hān-tiā^{n}. Tng-sî khoà^{n} Ki-tok chò Iû-thài lâng, iā bô chhiū^{n} Iû-thài lâng; Iû-thài-lâng	毋過伊的品性中第一著現的是屬佇宇宙內極開闊。咱頭一下讀基督傳通奇異的，是基督的一言一行，無予時代人種所限定。當時看基督做猶太人，也無像猶太人；猶太人熱心虛禮大看輕外邦，毋過基督無像 in 國民的性。就講伊是

（續）

jia̍t-sim hi-lé toā khoàⁿ-khin goā-pang, m̄-kú Ki-tok bô chhiūⁿ in kok-bîn ê sèng. Chiū kóng i sī Lô-má-lâng, m̄-kú Ki-tok bô Lô-má-lâng chhut-sek ê lu̍t-hoat chèng-tī, bú-la̍t ê phài-thâu. Khoàⁿ Ki-tok chò Hi-lia̍p-lâng, iā bô chhin-chhiūⁿ Hi-lia̍p-lâng hò͘ⁿ tì-sek hèng su-siúⁿ hit khoán.	羅馬人，毋過基督無羅馬人出色的律法政治、武力的派頭。看基督做希臘人，也無親像希臘人好智識興思想彼款。
Chiàu án-ni bô-lūn tuì tó-uī lâi khoàⁿ Ki-tok ê phín-sèng, to bô hō͘ chi̍t sî-tāi chi̍t kok-thó͘ chi̍t ê giân-gú só͘ hān, oán-jiân ná thiⁿ ê koân, ná hái ê khoah, pau-koat ú-tiū ê toā, thong kó͘-kim, thàu tang-sai, ha̍h bān-bîn ê só͘-kiû, ta̍k-lâng ē hiáu-tit ê. Nā peh-soaⁿ chiū ná chai thiⁿ ê koân, nā ha̍k-si̍p Ki-tok ê phín-sèng, chiū ná chai i ê ko-kiat. Chiū ché thang kóng Ki-tok sī chì-hó ê jîn-phín; hok-im kì-chiá hō Ki-tok chò "Jîn-chú" sī ke̍k-tio̍h--ah!	照按呢無論對佗位來看基督的品性，都無予一時代一國土一个言語所限，宛然若天的懸，若海的闊，包括宇宙的大，通古今，透東西，合萬民的所求，逐人會曉得的。若爬山就那知天的懸，若學習基督的品性，就那知伊高潔。就 ché 通講基督是至好的人品；福音記者號基督做「人主」是極著啊！
Koh chi̍t hāng: Ki-tok ê phín-sèng tē-it tù-hiān ê chiū-sī bô hâ-chhû ke̍k sûn-choân ê sū, iā sī bô lâng kap i ē pí-tit, bô-lūn kó͘-kim tang-sai só͘ kóng, tek-hēng iâⁿ koè chit sè-tāi ê chong-kàu khai-ki-chó͘; sui-sī jîn-kia̍t, chiàu in ê toān-kì só͘ kóng bô m̄ ū choē-ok ū khoat-hām ê só͘-chāi. Sek-ka sui-jiân ū chē-chē thang o-ló ê phín-sèng, chóng--sī bē thang kóng sī oân-choân bô khiàm-khoeh. Sui-sī Khóng-chú mā kóng, "Nā-sī sèng kap jîn chiū goá kiám káⁿ tng, thiaⁿ-kìⁿ gī m̄-thàn, m̄-hó bē ē ké, sī goá só͘ iu-būn," án-ni teh thó͘-khuì. Chiàu Je-nó-phun (Zenophon) kap Pò-lé-to (Plato) só͘ tù ê chheh, So͘-kek-ka-tí (Socrates) koat-toàn m̄-sī oân-choân bô	閣一項：基督的品性第一著現的就是無瑕疵極純全的事，也是無人佮伊會比得，無論古今東西所講，德行贏過這世代的宗教開基祖；雖是人傑，照 in 的傳記所講無毋有罪惡有缺陷的所在。釋迦雖然有濟濟通呵咾的品性，總是袂通講是完全無欠缺。雖是孔子嘛講：「若是聖佮人就我敢敢當，聽見義毋趁，毋好袂會假，是我所憂悶，」按呢咧吐氣。照 Je-nó-phun（Zenophon）佮柏拉圖（Plato）所著的冊，蘇格拉底（Socrates）決斷毋是完全無欠缺的人。伊的家內的生活，道德的思想，抑是尊敬婦人，無佮當時的平常人各樣；毋但按呢拍算對罪惡的事有傷寬的缺點

（續）

khiàm-khoeh ê lâng. I ê ke-lāi ê si^{n} oa̍h, tō-tek ê su-siú^{n}, á-sī chun-kèng hū-jîn, bô kap tng-sî ê pêng-siông-lâng koh-iū^{n}; m̄-nā án-ni phah-sǹg tuì choē-ok ê sū ū siu^{n} khoan ê khoat-tiám tī-teh. Hoê-hoê kàu-chó͘ Mô͘-hán-be̍k-tek put-chí chai, ka-tī bô kóng chiâu-chn̂g ê tō-tek; thia^{n}-kóng i lîm-chiong ê sî kî-tó kóng, "Ah! Siōng-tè ah! Sià-bián goá ê choē." E-pí-khu-te-ta-su (Epietetus) kóng, "Tī chit sè-kan kám ē chò oân-choân bô khiàm-khoeh--ah! Tàu-tí bô thang ǹg-bāng; chóng--sī nā chīn choân-la̍t lâi siám-pī choē-ok, m̄-sī chò bē tit-kàu ê sū." (āu-goe̍h beh koh ìn.)	佇咧。回回教祖穆罕默得不止知，家己無講齊全的道德；聽講伊臨終的時祈禱講：「啊！上帝啊！赦免我的罪」。E-pí-khu-te-ta-su（Epietetus）講：「佇這世間敢會做完全無欠缺啊！到底無通向望；總是若盡全力來閃避罪惡，毋是做袂得到的事。」 （後月欲閣印。）
Ki-tok-kàu ê Uí-tāi (2)	基督教的偉大（2）
1910.06 303 Koàn p.47～49	1910.06 303 卷 p.47～49
(Liāu Sam-tiōng hoan-e̍k.) (Chiap chêng-tiu^{n} tē 40 bīn.) Tang-sai ê hiân-jîn tia̍t-sū só͘ thang khó-chhú--ê, chiū-sī kó͘-bú ióng-béng ê sim chīn-la̍t lâi siám-pī choē-ok. Chóng--sī Ki-tok tō-tek ê phín-sèng sī oân-choân bô hâ-hûn, m̄-bat ū hoān-choē, iā m̄-bat jīn ū choē-ok; chiū sui-sī tio̍h hoé-gō͘ tio̍h sià-choē, hit hō ê siūn-liām iā bô; hoán-tńg hó-tá^{n} kong-giân ū sià lâng choē ê koân. Chhin-chhiū^{n} chit khoán ê phín-sèng tī jîn-kan ê le̍k-sú boē-bat ū khoà^{n}-kì^{n}; iū-koh iā bô lâng phû-phiò ê sim.	（廖三重翻譯。） （接前張第 40 面。） 東西的賢人哲士所通可取的，就是鼓舞勇猛的心盡力來閃避罪惡。總是基督道德的品性是完全瑕痕，毋捌有犯罪，也毋捌認有罪惡；就雖是著悔悟著赦罪，彼號的想念也無；反轉好膽公言有赦人罪的權。親像這款的品性佇人間的歷史未捌有看見；又閣也無人浮漂的心。
Kiám-chhái ū lâng beh kóng, Ki-tok sui-jiân chai-kiò ū choē, iáu-kú uī-tio̍h pa̍t-hāng bo̍k-tek phiàn ka-tī, khoa-kháu kóng nā-tiā^{n}. Chóng--sī bô-lūn tuì tó-uī khoà^{n} sī hó-lâng	檢采有人欲講，基督雖然知叫有罪，猶閣為著別項目的騙家己，誇口講但定。總是無論對佗位看是好人無錯的基督，干焦這項事來改做，到底袂通信。基督

（續）

bô chhò ê Ki-tok, kan-ta chit-hāng-sū lâi ké-chò, tàu-tí bē thang sìn. Ki-tok ê phín-sèng bô thang pí ê sū, sui-jiân iáu ū pa̍t mih thang kóng, chóng--sī i sio̍k tī ú-tiū lāi ke̍k khoah-toā, kap oân-choân, thang siūⁿ sī n̄ng hāng ê toā chhut-sek. Ki-tok-kàu ê uí-tāi sī tuì Ki-tok phín-sèng ê koân, toā.	的品性無通比的事，雖然猶有別物通講，總是伊屬佇宇宙內極闊大，佮完全，通想是兩項的大出色。基督教的偉大是對基督品性的權、大。
Tē jī. Ki-tok-kàu uí-tāi ê iàu-tiám sī i pī-pān ê kú-tn̂g. Ki-tok-kàu iû-lâi ê kú pa̍t ê chong-kàu bē thang kap i pí-tit. Hoê-hoê-kàu lóng bô sím-mih chún-pī, kan-ta chiàu Mô͘-hán-be̍k-tek ê kiàm-kng chhut-hiān tī sè-kan. Iû-thàikàu chò I-sek-lia̍t bîn-cho̍k ê chong-kàu, put-kò sī chhut Ai-ki̍p liáu-āu 50 ji̍t kú nā-tiāⁿ. Kî-thaⁿ chiah ê kàu ê heng-khí iā bô lēng-goā kú-tn̂g ī-pī siat-hoat. Ki-tok-kàu lâi chit sè-kan tī lâng ê le̍k-sú tiong m̄-sī choân-jiân ko͘-li̍p ê sū, sī kú-kú ū-pī chi̍t sî-tāi koè chi̍t sî-tāi, bô choa̍t-tn̄g lâi hoat-ta̍t ê kàu. Hit lāi-tiong ū loā-chē tè-ông heng-khí, sian-ti gâu-lâng chhut-hiān kā Ki-tok chún-pī. Koh khah thang chai--ê chiū-sī Iû-thài-lâng ū teh thèng-hāu chū chá-chá Siōng-tè só͘ iok Bí-sài-a kàng-lîm; iā pa̍t kok lâng ū teh n̍g-bāng Sîn hoà-sin beh kap lâng chhin-kīn ê sū. Pò-lé-tō (Plato) ū sìn bē khoàⁿ-kìⁿ ê Kiù-chú beh lâi; Lô-má ê le̍k-sú-ka Ta-si-ta-su (Tacitus) tī i ê chheh-tiong iā tāi-seng kóng, Sè-kài ê Kiù-chú beh lâi. Án-ni Ki-tok sī chò Hi-pek-lâi sian-ti só͘ kóng ê Bí-sài-a, bān-kok bān-bîn só͘ n̍g-bāng; lī taⁿ n̄ng-chheng-nî chêng chiàu hit-sî ê tē-lí só͘ kóng sī sè-kài tiong-sim ê Iû-thài-kok hia chhut-sì. I ê iû-lâi ê kú	第二。基督教偉大的要點是伊備辦的久長。基督教由來的久別个宗教袂通佮伊比得。回回教攏無甚物準備，干焦照穆罕默得的劍光出現佇世間。猶太教做以色列民族的宗教，不過是出埃及了後五十日久但定。其他遮的教的興起也無另外久長預備設法。基督教來這世間佇人的歷史中毋是全然孤立的事，是久久預備一時代過一時代，無絕斷來發達的教。彼內中有偌濟帝王興起，先知 gâu 人出現共基督準備。閣較通知的就是猶太人有咧聽候自早早上帝所約彌賽亞降臨；也別國人有咧向望神化身欲佮人親近的事。柏拉圖（Plato）有信袂看見的救主欲來；羅馬的歷史家 Ta-si-ta-su（Tacitus）佇伊的冊中也代先講，世界的救主欲來。按呢基督是做希伯來先知所講的彌賽亞，萬國萬民所向望；離今兩千年前照彼時的地理所講是世界中心的猶太國遐出世。伊的由來的久真正通講，希伯來人的信靠，希臘人的國語，羅馬人的律法實在是做伊的引路啦！

（續）

chin-chià^{n} thang kóng, Hi-pek-lâi-lâng ê sìn-khò, Hi-lia̍p-lâng ê kok-gú, Lô-má-lâng ê lu̍t-hoat sit-chāi sī chò I ê ín-lō͘--lah!	
Tē sa^{n} hāng. Ki-tok-kàu uí-tāi ê iàu-kiā^{n} sī ū ke̍k toā ê kám-hoà hō͘ sè-kan. Ki-tok pí-phēng thian-kok chò koà-chhài-chí, sui-jiân pí pah hāng ê chéng-chí khah sè, kàu toā-chhân khah toā pa̍t hāng ê chhài-se, giám-jiân chiâ^{n} chhiū, poe-chiáu lâi hioh tī i ê ki. Chit ê phì-jū sī teh kóng Ki-tok-kàu goā-bīn ê chìn-pō͘. Koh kóng, Thian-kok chhin-chhiū^{n} kà^{n}-bú, hū-jîn-lâng the̍h khì khǹg tī sa^{n} táu mī-hún lāi, kàu lóng-chóng hoat-kà^{n}. Che sī teh kóng Ki-tok-kàu sim-lêng-lāi ê kiat koé-chí. Goá siū^{n} ài tuì chit nn̄g pêng lâi lūn Ki-tok-kàu ê kám-hoà.	第三項。基督教偉大的要件是有極大的感化予世間。基督比並天國做芥菜子，雖然比百項的種子較細，到大田較大別項的菜蔬，儼然成樹，飛鳥來歇佇伊的枝。這个譬喻是咧講基督教外面的進步。閣講，天國親像酵母，婦人人提去囥佇三斗麵粉內，到攏總發酵。這是咧講基督教心靈內的結果子。我想愛對這兩爿來論基督教的感化。
Ki-tok ê sū-gia̍p kan-ta 2, 3 nî kan tī Iû-thài kok thoân-tō, poà^{n}-chiū^{n}-lō͘-ē tī si̍p-jī-kè téng siū chhi-chhám, kám-sī sêng-kong ê sū-gia̍p mah? I lâi ka-tī ê kok, ka-tī ê peh-sè^{n} m̄ chiap-la̍p i. Ki-tok tī tē-bīn-chiū^{n} ê sū-gia̍p thang kóng sī choân-jiân sit-pāi. Koh tng-sî ê ha̍k-seng kó-jiân ū ē-kham-tit chò chiâ^{n} Ki-tok só͘ lâu ê gia̍p ê jîn-bu̍t á-bô? Khiok in sī sêng-si̍t tiong-si̍t ê chháu-tē lâng, nā lūn sè-sū siā-hoē ê tē-uī á-sī ha̍k-būn ê koân-lêng khuì-la̍t sī lóng bô poà^{n}-hāng. M̄-kú tuì Kàu-chớ sí-āu boē chi̍t-pah nî kan, chhin-chhiū^{n} koà-chhài-chí hiah toā ê thian-kok, khui-khoah tī Tē-tiong-hái iân-hoā^{n}. Khoà^{n} che chin-chià^{n} thang kóng Ki-tok kàu-hoē ê siat-li̍p, tī sú-kì tiong ū bô thang pí ê si̍t-chêng. Chú-āu 300 nî tng-sî chóng-lám sè-kài ê	基督的事業干焦二、三年間佇猶太國傳道，半上路下佇十字架頂受悽慘，敢是成功的事業嗎？伊來家己的國，家己的百姓毋接納伊。基督佇地面上的事業通講是全然失敗。閣當時的學生果然有會堪得做成基督所留的業的人物抑無？卻 in 是誠實忠實的草地人，若論世事社會的地位抑是學問的權能氣力是攏無半項。毋過對教祖死後未一百年間，親像芥菜籽遐大的天國，開闊佇地中海沿岸。看這真正通講基督教會的設立，佇史記中有無通比的實情。主後三百年當時總攬世界的權羅馬的皇帝康斯坦丁做基督教徒。有人咧疑皇帝反悔的心；設使皇帝反悔的心若無真實，就的確予通國的人擬議壓制。對按呢來看彼時基督教佇羅馬所得著的勢力是怎樣通知啦？

（續）

koân Lô-má ê Hông-tè Khóng-sū-tàn-teng chò Ki-tok-kàu-tô͘. Ū lâng teh gî Hông-tè hoán-hoé ê sim; siat-sú Hông-tè hoán-hoé ê sim nā bô chin-si̍t, chiū tek-khak hō͘ thong-kok ê lâng gí-gī ap-chè. Tuì án-ni lâi khoàⁿ hit-sî Ki-tok-kàu tī Lô-má só͘ tit-tio̍h ê sè-le̍k sī choáⁿ-iūⁿ thang chai--lah? Chêng hō͘ lâng só͘ kheng-bú ê si̍p-jī-kè taⁿ chò kok-kî ê kì-hō, chò tè-ông heng-chêng chun-kuì ê kong-pâi. Koh Ki-tok kàng-seng ê nî-kō, siōng tuì chèng-hú hā kàu bān-bîn lóng teh ēng.	前予人所輕侮的十字架今做國旗的記號，做帝王胸前尊貴的公排。閣基督降生的年 kō, 上對政府下到萬民攏咧用。
Ki-tok-kàu tī sè-kài chhòng-siat bān-kok kok-chè ê sin hong-sio̍k. Pún-té kok-kok ê lâng khoàⁿ goā-kok-lâng chò tuì-te̍k, taⁿ tuì Ki-tok-kàu hō͘ tē-kiû téng ê kok-bîn saⁿ chhin-kīn hô-ho̍k. Khí-thâu tù Kok-chè lûn-lí ê, sī Iú-go Gu-lo-sia-su (Hugo Grotius); ū lâng phêng i só͘ tù ê chheh kóng, "I só͘ tù chhut-miâ ê kok-chè-hoat sī ēng Sin-Kū-iok chò tē-ki. I tù-su̍t ê su-siúⁿ sī chhut tuì Ki-tok-kàu phok-ài sûn-choân ê cheng-sîn." Só͘ phoe-phêng chin tio̍h. Hiān-kim ê Kok-chè-lûn-lí sui boē thang sǹg chò chiâu-chn̂g hó, chóng--sī tuì che ū kó͘-bú sè-kài jîn-tō-chú-gī, hit-ê kong-lô si̍t-chāi toā. Ki-tok-kàu uī-tio̍h jîn-tō chīn-la̍t hiàn-sin ê sū, chi̍t-hāng chi̍t-hāng kóng bē chīn. Lô-lìn-gû Bú-lê-su (Loring Brace) ê jîn-tō hoat-ta̍t sú só͘ kú-khí ê thang kóng ū tit-tio̍h i ê iàu-léng, taⁿ siá lâi tuì khoàⁿ chiū-sī:-- Kèng-tiōng loán-jio̍k kap sàn-hiong ê jîn-keh; chun-kèng hū-jîn; hó-gia̍h-lâng tuì kan-khó͘-lâng ê gī-bū; tuì-tiōng siáu-jî; pó-tiōng	基督教佇世界創設萬國國際的新風俗。本底各國的人看外國人做對敵，今對基督教予地球頂的國民相親近和服。起頭著國際倫理的，是 Iú-go Gu-lo-sia-su（Hugo Grotius）；有人憑伊所著的冊講：「伊所著出名的國際法是用新舊約做地基。伊著述的思想是出對基督教博愛純全的精神。」所批評真著。現今的國際倫理雖未通算做齊全好，總是對這有鼓舞世界人道主義，彼个功勞實在大。基督教為著人道盡力獻身的事，一項一項講袂盡。Lô-lìn-gû Bú-lê-su（Loring Brace）的人道發達史所舉起的通講有得著伊的要領，今寫來對看就是：— 敬重軟弱佮散凶的人格；尊敬婦人；好額人對艱苦人的義務；對重小兒；保重監犯，出外人、散凶人，連動物也著。決斷毋通容允殘忍壓制佮奴才的主義；單身人清氣相的義務；佮結婚的神聖；撙節的要緊；做工趁錢公平的法度；資本合同；發達國人的才能到極好的權

（續）

ka^{n}-hoān, chhut-goā lâng, sàn-hiong lâng, liân tōng-bu̍t iā tio̍h. Koat-toàn m̄-thang iông-ún chân-jím ap-chè kap lō͘-chāi ê chú-gī; toa^{n}-sin lâng chheng-khì-siù^{n} ê gī-bū; kap kiat-hun ê sîn-sèng; chún-chat ê iàu-kín; chò-kang thàn-chî^{n} kong-pî^{n} ê hoat-tō͘; chu-pún ha̍p-tâng; hoat-ta̍t kok-lâng ê châi-lêng kàu ke̍k hó ê koân-lī; ta̍k-lâng thang hióng-siū chèng-tī siā-hoē ê koân; chi̍t kok-bîn ê hām-hāi sī ta̍k kok-bîn ê hām-hāi ê goân-lí; chū-iû thong-siong kap kok-kok kau-chè chū-iû ê sū. Bo̍h-tit chiàn-cheng; nā put-í tio̍h kau-chiàn, tio̍h siat-hoat hō͘ i chió hām-hāi; koh ū kok-chè chhâi-phoà^{n} lâi tî-hông kau-chiàn boē hoat-chok ê tāi-seng. (āu-goe̍h beh koh ìn.)	利；逐人通享受政治社會的權；一國民的陷害是逐國民的陷害的原理；自由通商佮各國交際自由的事。莫得戰爭；若不已著交戰，著設法予伊少陷害；閣有國際裁判來持防交戰未發作的代先。 （後月欲閣印。）
Ki-tok-kàu ê Uí-tāi (3)	基督教的偉大（3）
1910.07 304 Koàn p.57	1910.07 304 卷 p.57
(Liāu Sam-tiōng hoan-e̍k.) (Chiap chêng-tiu^{n} tē 40 bīn.) Í-siōng sī Ki-tok-kàu chú-gī, hiān-kim sit-hêng tī sè-kài. Khoà^{n} choè-kīn 100 nî kan Ki-tok-kàu ê oa̍h-tāng koh khah thang kia^{n}-- tio̍h: -- chhin-chhiū^{n} siat Chú-ji̍t-o̍h; Goā-kok Soan-kàu ê sū-gia̍p; Chheng-liân hoē; Kiù-sè-kun; Kiōng-lē hoē; Kìm-chiú hoē; kái-liông ka^{n}-ga̍k; pó-hō͘ chhut-ka^{n} lâng; kiù-chè pîn-bîn; kî-û n̂g-bāng kái-liông siā-hoē ê chong-kàu ūn-tōng; kè-bō͘ chò sè-kài ê hok-khì hiah ê sū chiàu hiān-kim ê si̍t-chêng sī lâng-lâng só͘ chai. Chú ê kî-tó-bûn kóng, "Lí ê kok lîm-kàu", ta^{n} khak-sit ū teh èng-giām.	（廖三重翻譯。） （接前張第 40 面。） 以上是基督教主義，現今實行佇世界。看最近 100 年間基督教的活動閣較通驚著：一親像設主日學；外國宣教的事業；青年會；救世軍；共勵會；禁酒會；改良監獄；保護出監人；救濟貧民；其餘向望改良社會的宗教運動；計謀做世界的福氣遐的事照現今的實情是人人所知。主的祈禱文講：「你的國臨到」，今確實有咧應驗。

（續）

Chóng--sī beh chóng-kiat lâi lūn, tio̍h chiong lóng-chóng sū-chêng lâi chham-khó, nā ài bêng Ki-tok-kàu uí-tāi ê sèng-chit: kan-ta chiong Ki-tok ê phín-sèng, I ê sū-gia̍p kap sū-gia̍p ê goā-pō͘ só͘ hián-bêng--ê, beh lâi chiâu-chai sī bô kàu-gia̍h; tek-khak tio̍h pah-chhioh ê tek-ko thâu koh chìn chit pō͘, pún-sin chi̍t lâng chi̍t lâng siū tio̍h Ki-tok ê kám-hoà chò oa̍h-miā, lâi káng-kiù chhiau-chhoē i lāi-bīn ê sū-si̍t, chiah ē ēng-tit. Ki-tok ê sù-tô͘ Pó-lô kóng, "Goán bat goán ê Chú Iâ-so͘ Ki-tok." I sī tuì si̍t-giām, sîn-lêng, pún-sin lâng, lâi bat Kiù-chú. Chit hō sit-giām ê tì-sek sī chò i lāi-tiong ke̍k-toā ê la̍t, chò i chi̍t-sì-lâng ê Chú. "Goá oa̍h, sī uī-tio̍h Ki-tok; sí, iā sī goá ê lī-ek"; án-ni hō͘ i hiah kám-kek, pàng-sak chó͘-sian ui-giâm ê chong-kàu, chun-kuì, tē-uī, miâ-sia^{n}, khoà^{n} chò pùn-sò, ka-tī lâi chò Ki-tok ê lô͘-po̍k, thoân lâng só͘ hiâm ê kàu iā bô kiàn-siàu.	總是欲總結來論，著將攏總事情來參考，若愛明基督教偉大的性質：干焦將基督的品性，伊的事業佮事業的外部所顯明的，欲來齊知是無夠額；的確著百尺的竹篙頭閣進這步，本身一人一人受著基督的感化做活命，來講究搜揣伊內面的事實，才會用得。基督的使徒保羅講，「阮捌阮的主耶穌基督。」伊是對實驗、神靈、本身人，來捌救主。這號實驗的智識是做伊內中極大的力，做伊一世人的主。」我活，是為著基督；死，也是我的利益」；按呢予伊遐感激，放揀祖先威嚴的宗教、尊貴、地位、名聲，看做糞埽，家己來做基督的奴僕，傳人所嫌的教也無見笑。
Ki-tok-kàu m̄-sī sí-sìn ê tiâu-kui, iā-sī chheng-khì ê lí-sióng (siū^{n} hiah hó chiū hiah hó), tō-tek kà-sī ê oē, iā m̄-sī thoân-thé. Ki-tok-kàu sī hō͘ lâng oa̍h, hō͘ lâng têng-thâu-si^{n}, sîn chín-kiù ê koân-lêng khuì-lat. Ki-tok-kàu m̄-sī oá-khò chāi-lêng bú-le̍k iā-sī goā-kau ê chhiú-toā^{n}, bo̍k-su ê la̍t lâi iâ^{n} sè-kan; sī tuì "tāi-seng chín-kiù Iû-thài-lâng kap chiah-ê Hi-lī-nî lâng kap hoān-nā sìn ê lâng sîn ê la̍t ê Hok-im"; khí Siōng-tè ê kok tī sim-lêng-téng. Ki-tok-kàu sè-le̍k ê chhim koh toā sī tuì toa^{n}-sin lâng sit-giām lâi chai. Ki-tok-kàu nā kó-jiân ū chiàu goá téng-bīn	基督教毋是死信的條規，抑是清氣的理想（想遐好就遐好），道德教示的話，也毋是團体。基督教是予人活，予人重頭生，神拯救的權能氣力。基督教毋是倚靠才能武力抑是外交的手段、牧師的力來贏世間；是對「代先拯救猶太人佮遮的希利尼人佮凡若信的人神的力的福音」；起上帝的國佇心靈頂。基督教勢力的深閣大是對單身人實驗來知。基督教若果然有照我頂面所講伊的教祖的人品，伊的料理準備，佮實在的感化，本身人所捌拯救的實驗，偉大的聖質才的，按呢通明知毋是平常普通的宗教

（續）

sớ kóng i ê kàu-chớ ê jîn-phín, i ê liāu-lí chún-pī, kap sit-chāi ê kám-hoà, pún-sin lâng sớ bat chín-kiù ê sit-giām, uí-tāi ê Sèng chit-châi ê, án-ni thang bêng-chai m̄-sī pêng-siông phớ-thong ê chong-kàu lah. Sèng-keng kóng: "Chhin-chhiū^{n} hiah toā ê chín-kiù lán chiah ê khoà^{n}-choè bô iàu-kín, chái^{n}-iū^{n} oē tô-siám-tit" (Hi-pek-lâi 2:3)? Bān-it Ki-tok-kàu ê iàu-kiā^{n} nā khoà^{n} lȯh-kau khì, iā-sī m̄ jīn soah lī-khui, che sī hō͘ tuì-tiōng sit-bū bô kap che kīn-sè-tāi ê cheng-sîn sa^{n}-siāng, chiàu lí-khì lâi káng-kiù hit-hō chì-khì ê lâng sớ bô chhú.	啦。聖經講：「親像遐大的拯救咱遮的看做無要緊，怎樣會逃閃得」（希伯來2：3）？萬一基督教的要件若看落溝去，抑是毋認煞離開，這是予對重實務無佮這近世代的精神相像，照理氣來講究彼號志氣的人所無取。

載於《臺南府城教會報》，第三〇二～三〇四卷，一九一〇年五～七月

Liû-thoân ê Kờ-sū（流傳的故事）

作者　不詳

譯者　萬姑娘

【作者】

不著撰者。

【譯者】

萬姑娘，見〈浪蕩子〉。

Liû-thoân ê Kờ-sū	流傳的故事
1910.05 302 Koàn p.38～39	1910.05 302 卷 p.38～39
(Bān Kơ-niû hoan-e̍k.) Oá nn̄g chheng-nî chêng tī Iû-thài-kok ê Iâ-lơ̄-sat-léng siâⁿ ū nn̄g ê gín-á kiat-chò hó pêng-iú. Chi̍t ê sī Iû-thài-lâng ê kiáⁿ, chi̍t ê sī Īⁿ-pang-lâng ê. Iû-thài-lâng ê sī ióng-kiāⁿ oa̍h-tāng, sì-kè thit-thô; khó-sioh Īⁿ-pang-lâng ê cha-bó͘-gín-á lám-sin-miā, in-uī kha-kut sit-la̍t, bē kiâⁿ, nā beh soá-uī tio̍h oá-khò lâng āiⁿ.	（萬姑娘翻譯） 倚兩千年前佇猶太國的耶路撒冷城有兩个囡仔結做好朋友。一个是猶太人的囝，一个是異邦人的。猶太人的是勇健活動，四界 thit 迌；可惜異邦人的查某囡仔荏身命，因為跤骨失力，袂行，若欲徙位著倚靠人偝。
I ê lāu-pē khui pò͘-tiàm, cha-bó͘-gín-á tiàm chhù-lāi keⁿ-pò͘; m̄-kú i ê lāu-pē ta̍k-hāng tio̍h kā i pī-pān hó-hó, jiân-āu i bān-bān-á keⁿ, sī in-uī kha-chhiú bô la̍t. I ê sim chīn chhiat-ì ài kèng-pài Siōng-tè, chóng-sī hit-sî ê Īⁿ-pang lâng khah bô lō͘ thang chhut-thâu tī pài Siōng-tè ê tāi-chì, só͘-í put-sî teh hoân-ló kiaⁿ-liáu in ê lâng sí liáu-āu bē tit-tio̍h kiù. I ê pêng-iú ta̍uh-ta̍uh lâi chhoē i, nā-sī bē ē an-uì i; hoán-tńg ke-thiⁿ i ê hoân-ló tì-kàu sim-koaⁿ chin ut-chut. Sī in-uī thàm-thiaⁿ tiān-lāi	伊的老爸開布店，查某囡仔踮厝內經布；毋過伊的老爸逐項著共伊備辦好好，然後伊慢慢仔經，是因為跤手無力。伊的心盡切意愛敬拜上帝，總是彼時的異邦人較無路通出頭佇拜上帝的代誌，所以不時咧煩惱驚了 in 的人死了後袂得著救。伊的朋友沓沓來揣伊，但是袂會安慰伊；反轉加添伊的煩惱致到心肝真鬱卒。是因為探聽殿內祭司替百姓刣禽牲獻祭的代誌伊著無份。總是對伊的朋友知祭司著穿幼布做禮服，所以

（續）

chè-si thè peh-sè^{n} thâi cheng-se^{n} hiàn-chè ê tāi-chì i tiȯh bô hūn. Chóng-sī tuì i ê pêng-iú chai chè-si tiȯh chhēng iù-pờ chò lé-hȯk, sớ í chiū siū^{n} chhut khoà^{n} i ē thang kan-siȧp tī pài Siōng-tè ê sū á-bô.	就想出看伊會通干涉佇拜上帝的事抑無。
Nî koè nî ài chè-si tiȯh lâi bé i sớ ke^{n} ê pờ khì chò lé-hȯk, sī ǹg-bāng tuì án-ni Siōng-tè ē kì-liām soà lîn-bín sià i ê choē. Tȧk tè pờ nā ke^{n} hó chiū kau i ê lāu-pē kóng, Tiȯh iàu-kín bē chè-si. Lāu-pē thià^{n} i loán-jiȯk ê kiá^{n}, ài siau i ê ut-chut; m̄-kú bô kàu-giȧh tì-ì, sớ-í put-koán lâng lâi bé, iā bē--i. In kiá^{n} nā mn̄g chiū kóng, Bē khì--lah! Ǹg-bāng āu-pái chè-si ē lâi bé.	年過年愛祭司著來買伊所經的布去做禮服，是向望對按呢上帝的記念紲憐憫赦伊的罪。逐塊布若經好就交伊的老爸講，著要緊賣祭司。老父疼伊軟弱的囝，愛消伊的鬱卒；毋過無夠額致意，所以不管人來買，也賣伊。In 囝若問就講，賣去啦！向望後擺祭司會來買。
Ke^{n} kàu boé-tè, ka-tī chai sin-khu chin-chià^{n} loán-jiȯk kia^{n}-liáu bô loā-kú thang chò kang, chiū put-chí chim-chiok lâi ke^{n} hit-tè pờ. Sit-chāi bô lȧt thang ke^{n}, iáu-kú bián-kióng kiū^{n}-peh-nè^{n} teh ke^{n}; kia^{n}-liáu sí--khì pờ ke^{n} iáu-boē hó, ná khớ ná ke^{n}, siông-siông thớ-khuì kóng, Ke^{n} chit-tè pờ sī ná chhin-chhiū^{n} teh ke^{n} goá ê sim-koa^{n}, chóng-sī siū^{n} kin-nî ún-tàng bē ē tiȯh, in-uī tng hit-sî Poà^{n}-koè-cheh teh-beh kàu. Ū hong-sia^{n} kóng chē-chē chè-si teh beh lâi tàu lāu-jiȧt, soà lâi pān Iâ-sơ ê tāi-chì. Sè-kan sì-bīn ê lâng í-keng teh chū-chip. Sia^{n}-lāi ū toā iô-choah, uī-tiȯh Iâ-sơ chit-lâng; ū-ê kóng I chin-chià^{n} sī hó-lâng, ū-ê kóng sī ké-hó tek-khak tiȯh pān I chò sí-choē; m̄-thang hō I oȧh.	經到尾塊，家己知身軀真正軟弱驚了無偌久通做工，就不止斟酌來經彼塊布。實在無力通經，猶閣勉強 kiū^{n}-peh-nè^{n} 咧經；驚了死去布經猶未好，那苦那經，常常吐氣講，經這塊布是若親像咧經我的心肝，總是想今年穩當賣會著，因為當彼時盤過節咧欲到。有風聲講濟濟祭司咧欲來鬥鬧熱，紲來辦耶穌的代誌。世間四面的人已經咧聚集。城內有大搖 choah，為著耶穌一人；有的講伊真正是好人，有的講是假好的確著辦伊做死罪，毋通予伊活。
Hit nn̄g ê cha-bó-gín-á ū sa^{n}-kap teh tâm-lūn I ê sū. Iû-thài ê gín-á kóng i ê lāu-pē siū^{n} Iâ-sơ tek-khak sī hó lâng, i ài khǹg sia^{n}-lāi ê sī-	彼兩个查某囡仔有相佮咧談論伊的事。猶太的囡仔講伊的老爸想耶穌的確是好人，伊愛勸城內的序大著毋通講伊，著

（續）

<table>
<tr><td>toā tio̍h m̄-thang kóng I, tio̍h pàng I khì, in chiū khah bô sū. Chóng-sī khoà^{n} hiah ê chè-si ê poè, lóng ū kiat-tóng chhim-chhim oàn-hīn, só͘-í tuì án-ni bô ài khui-chhuì. Hit-ê ī^{n}-pang ê gín-á ìn i kóng, Goá chi̍t-ê ī^{n}-pang ê gín-á chīn ài thia^{n} Iâ-so͘ ê só͘-kiâ^{n} só͘-chò ê tāi-chì; nā siat-sú khah chá ē kì^{n}-tio̍h I, chiū chi̍t ê loán-jio̍k ê sin-khu tek-khak ē pì^{n}-chò ióng-kiā^{n}, thang khì khoà^{n} tiān-lāi pài Siōng-tè ê hoat-tō͘. Ta^{n} tî--lah! Bô-chhái--lah! Bô ǹg--lah! Khuì-la̍t beh bô--lah! Ta^{n} Siōng-tè nā chhe chi̍t ê chè-si lâi bé chit-tè pò͘ khì chhēng ho̍k-sāi I, goá chiah ē an-jiân koè-sì. Che-sī goá ê sim só͘-goān.</td><td>放伊去，in 就較無事。總是看遐的祭司的背，攏有結黨深深怨恨，所以對按呢無愛開喙。彼个異邦的囝仔應伊講，我一个異邦的囝仔盡愛聽耶穌的所行所做的代誌；若設使較早會見著伊，就這个軟弱的身軀的確會變做勇健，通去看殿內拜上帝的法度。今遲啦！無彩啦！無向啦！氣力欲無啦！今上帝若差一个祭司來買這塊布去穿服侍伊，我才會安然過世。這是我的心所願。</td></tr>
<tr><td>Pò͘ ke^{n} kàu hó m̄-kú sin-khu bô khuì-me̍h ti̍t-ti̍t beh hūn--khì. I ê lāu-pē chiū phō i kàu bîn-chhn̂g lâu ba̍k-sái kóng, Kiá^{n} ah! Lí chò koè-thâu lah, goá ū ta̍uh-ta̍uh kiû lí m̄-thang koh chò, lí m̄ thia^{n}, só͘-í chiah ē tì-kàu án-ni. Kiá^{n} tuì lāu-pē kóng, Só͘ thià^{n} ê pē--ah, lí chhin-chhiú the̍h hit tè pò͘ lâi, goá iáu-oa̍h tī-teh, ài chi̍t nn̄g kù oē ìn pek-chhiat tuì lí kóng. Lāu-pē chiū the̍h oá bîn-chhn̂g hō͘ i bong-lâi bong-khì, thó͘-khuì kóng, ài--ah! Chit-tè ná chhin-chhiū^{n} goá ê sè^{n}-miā leh. Pē--ah, chit-tè lí tek-khak tio̍h iàu-kín bē hō͘ chè-si, m̄-thang bē pa̍t lâng; pa̍t lâng nā beh lâi bé, lí koat-toàn m̄-thang bē. Lāu-pē khoà^{n} kiá^{n} kàu chiah tì-ì suî-chhuì ìn kóng, Lí chò lí an-sim, goá chit-pang tek-khak ē sè-jī lâi bē chè-si, nā pún-sin tio̍h khì tiān-ni̍h lâi mn̄g khoà^{n} ē chiâ^{n} lí só͘ ài á bē.</td><td>布經到好毋過身軀無氣脈直直欲昏去。伊的老爸就抱伊到眠床流目屎講，囝啊！你做過頭啦，我有沓沓求你毋通閣做，你毋聽，所以才會致到按呢。囝對老爸講，所疼的爸啊，你親手提彼塊布來，我猶活佇咧，愛一兩句話應迫切對你講。老爸就提倚眠床予伊摸來摸去，吐氣講，哎啊！這塊若親像我的性命咧。爸啊，這塊你的確著要緊賣予祭司，毋通賣別人，別人若欲來買，你決斷毋通賣。老爸看囝到遮致意隨喙應講，你做你安心，我這般的確會細膩來賣祭司，若本身著去殿裡來問看會成你所愛抑袂。</td></tr>
<tr><td>Chiū the̍h khì in tiàm-nih kau-tài i ê hoé-kì</td><td>就提去 in 店裡交代伊的伙計彼得，共</td></tr>
</table>

（續）

Pí-tek, kā i kóng, Pí-tek ah! Chit tè pò͘ sī toā iàu-kín, lí tio̍h ē kì-tit lēng-goā hē lâu--teh bē chè-si. Thâu-ke chò i chhut-khì bô sim thang koh teng-lêng, sī in-uī siâ^{n}-lāi hit-sî teh toā kiáu-jiáu. Tē toā tín-tāng, tiān-lāi ê tiù^{n}-uî piak-li̍h, sí-lâng koh oa̍h, ū-ê thî-khàu, ū-ê toā siū-khì, sī uī-tio̍h Iâ-so͘ ê sū, tāi-ke bô sim-chiâ^{n}.	伊講，彼得啊！這塊布是大要緊，你著會記得另外下留咧賣祭司。頭家做伊出去無心通閣叮嚀，是因為城內彼時咧大攪擾。地大振動，殿內的帳帷爆裂，死人閣活，有的啼哭，有的大受氣，是為著耶穌的事，大家無心情。
Lāu-pē kiâ^{n}-lâi kiâ^{n}-khì, kiâ^{n} bô sím-mih lō͘, bóng oa̍t-thâu tò-tńg-lâi tuì tiàm--nih koè, soà ji̍p-khì; Pí-tek chiū tuì i kóng, Hit tè bē--khì lah. Thâu-ke m̄ng khoà^{n}, Bē chè-si á m̄ sī? Ìn kóng, M̄ sī. Sī bē Iû-thài ê thâu-lâng. Thia^{n}-liáu chhe^{n}-chin thó͘-khuì kóng, Pí-tek ah! Lí chin gōng, kin-á-ji̍t ke-thi^{n} goá ê hoân-ló; goá beh àn-choá^{n} tuì goá ê kiá^{n} ē tit-koè? Goá kiám bô kā lí kóng i ê só͘ ài, hoan-hù lí tio̍h sè-jī hē teh, m̄-thang bē pa̍t lâng. Pí-tek iu-būn kóng, Chai leh, chai; chóng-sī i tī pi^{n}-á khoà^{n} tio̍h, khoà^{n} liáu ài hit tè, sui-bóng the̍h chē-chē tè hō͘ i kéng, pa̍t tè lóng m̄ tèng i ê ì; i ē chhut chē-chē chî^{n}, só͘-í ko͘-put-chiong tio̍h hō͘ i bé. Ji̍p lāi-bīn khoà^{n}-kì^{n} cha-bó͘-kiá^{n} ná siong-tiōng, khoà^{n} i ê lāu-pē, chiū liâm-pi^{n} m̄ng kóng, Án-tia--ah, pò͘ ū bē boē? Pē ìn i kóng, Ū ah! Sī ū bē chè-si á m̄ sī? Thó͘-khuì ìn, m̄ sī, Pí-tek chin gōng, i kóng ū bē Iû-thài ê tiú^{n}-ló. Thia^{n} tio̍h bô bē chè-si chiū kóng, Ài--ah! Iā ná chhin-chhiū^{n} ū tit-tio̍h an-uì. Chiū an-sim koh kóng, Ta^{n} bô iàu-kín leh, Siōng-tè chai goá ê toā him-bō͘. Oē kóng-liáu khuì chiū tn̄g.	老爸行來行去，行無甚物路，罔越頭倒轉來對店裡過，紲入去；彼得就對伊講，彼塊賣去啦。頭家問看，賣祭司抑毋是？應講，毋是。是賣猶太的頭人。聽了生真吐氣講，彼得啊！你真戇，今仔日加添我的煩惱；我欲按怎對我的囝會得過？我敢無共你講伊的所愛，吩咐你著細膩下咧，毋通賣別人。彼得憂悶講，知咧，知；總是伊佇邊仔看著，看了愛彼塊，雖罔提濟濟塊予伊揀，別塊攏毋訂伊的意；伊會出濟濟錢，所以姑不將著予伊買。入內面看見查某囝那傷重，看伊的老爸，就連鞭問講，Án 爹啊，布有賣未？爸應伊講：有啊！是有賣祭司抑毋是？吐氣應，毋是，彼得真戇，伊講有賣猶太的長老。聽著無賣祭司就講，哎啊！也若親像有得著安慰。就安心閣講，今無要緊咧，上帝知我的大欣慕。話講了氣就斷。
Sí liáu-āu i ê lāu-pē chhâ-chhut chiū chai, sī	死了後伊的老爸查出就知，是賣亞利馬

（續）

bē A-lí-má-thài ê Iok-sek hō͘ i pau Iâ-so͘ sin-si ê lō͘-ēng. Iâ-so͘ sńg-sī tē-it toā ê Chè-si-thâu, tú-tú ha̍p kiáⁿ ê só͘-ài, tàu-tí sī bô chhò-bē, Siōng-tè chún i só͘ kiû kuí-nā poē.	太的約瑟予伊包耶穌身屍的路用。耶穌算是第一大的祭司頭，拄拄合囝的所愛，到底是無錯賣，上帝准伊所求幾若倍。

載於《臺南府城教會報》，第三〇二卷，一九一〇年五月

Bí-kok ê Toā-tōng（美國的大洞）

作者　不詳
譯者　不詳

【作者】

不著撰者，由內容判斷是一位曾經去美國旅行的先生。（顧敏耀撰）

【譯者】

不著譯者。

Bí-kok ê Toā-tōng	美國的大洞
1910.09 306 Koàn p.73	1910.09 306 卷 p.73
(Chá-nî ū chit-uī Sian-seⁿ khì Bí-kok lí-hêng, tò-tńg lâi chiong kuí-nā hāng ê siau-sit ìn chiūⁿ pò, taⁿ chiong hit tiong-kan hoan-e̍k chit-hāng tī ē-té pun tāi-ke thiaⁿ.)	（早年有一位先生去美國旅行，倒轉來將幾若項的消息印上報，今將彼中間翻譯一項佇下底分大家聽。）
Tha̍k Bí-kok tē-lí-chheh ê lâng liōng-pit káⁿ iáu ē-kì-tit Kan-tak-kí-séng ê Toā-tōng. Goá tuì sè-hàn ê sî tha̍k tē-lí, iáu ē-kì-tit hit-ê sī sè-kài ke̍k toā chhut-miâ ê só͘-chāi, só͘-í kàu Niú-iok, chiū-sī Bí-kok tē-it lāu-jia̍t ê siâⁿ-chhī ê sî, suî-sî chiū khì khoàⁿ. Hit-ê tōng sī tī tiām-chēng ê chhiū-nâ-lāi, Niú-iok ê sai-lâm-pêng, iok-lio̍k lī Niú-iok ū 240 phò͘ lō͘; tī tōng ê piⁿ-á ū chit keng lú-koán teh hō͘ khì hia chhit-thô ê lâng thang hioh, lán nā beh khì khoàⁿ tī-hia iā sui-piān thang chhiáⁿ chit lâng chhoā lán khì sì-kè khoàⁿ.	讀美國地理冊的人諒必敢猶會記得Kan-tak-kí 省的大洞。我對細漢的時讀地理，猶會記得彼个是世界極大出名的所在，所以到紐約，就是美國第一鬧熱的城市的時，隨時就去看。彼个洞是佇恬靜的樹林內，紐約的西南爿，約略離紐約有二百四十舖路；佇洞的邊仔有一間旅館咧予去迌 chhit 迌讀人通歇，咱若欲去看佇遐也隨便通請一人 chhoā 咱去四界看。
Goá tuì chá-khí-sî káu-tiám-cheng ji̍p-khì, kàu e-hng chhit-tiám-cheng chiah chhut-lâi, tī tōng-lāi cha̍p tiám-cheng kú. Hit-ê tōng-lāi	我對早起時九點鐘入去，到下昏七點鐘才出來，佇洞內十點鐘久。彼个洞內闊的所在盡闊，狹的所在狹到人欲過偲得

（續）

khoah ê só͘-chāi chīn-khoah, ė̍h ê só͘-chāi ė̍h kàu lâng beh koè oh-tit koè, goá só͘-kiâⁿ tāi-iok kiâⁿ ū 4 phò͘ poàⁿ, hit lāi-bīn iā ū ná chhin-chhiūⁿ Thian-lô-pán kap piah ê khoán, chhòng kàu kî-kî koài-koài, tiau-khek oán-jiân chhin-chhiūⁿ Jit-kong biō (chiū-sī loē-tē tiau-khek tē-it suí ê biō ê khoán), ū só͘-chāi khoàⁿ-liáu kàu-gia̍h hō͘ lâng ê sim chin gông-ngia̍h. Tōng-lāi ū toā-khe tio̍h ēng chûn chiah ē-tàng koè, iā ū toā ê chuí-chhiâng, iā ū chhin-chhiūⁿ kó͘-chéⁿ ê khoán, chhim kàu bô khoàⁿ-tio̍h té, koh hit lāi-bīn iā ū khui tiám-sim-tiàm, tī hia thang hō͘ lâng chia̍h e-tàu-tǹg. Goá mn̄g-lâng chiah chai goá só͘-kiâⁿ ê só͘-chāi sī tōng ê chit-uī-á nā-tiāⁿ, nā beh lóng-chóng khoàⁿ, tōng-lāi ê sió-lō͘ tio̍h kiâⁿ chha-put-to 30 phò͘ lō͘ chiah kiâⁿ ē chiâu-thâu, tuì án-ne hit ê tōng ê toā kàu tó-uī, lán kā i siūⁿ chiū ē chai. Kìⁿ-ū khì Bí-kok ê lâng bô chi̍t-ê bô khì hia chhit-thô.	過，我所行大約行有四舖半，彼內面也有若親像天羅板佮壁的款，創到奇奇怪怪，雕刻宛然親像日光廟（就是內地雕刻第一媠的廟的款），有所在看了夠額予人的心真昂愕。洞內有大溪著用船才會當過，也有大的水沖，也有親像古井的款，深到無看著底，閣彼內面也有開點心店，佇遐通予人食下晝頓。我問人才知我所行的所在是洞的一位仔但定，若欲攏總看，洞內的小路著行差不多三十舖路才行會齊透，對按呢彼个洞的大到佗位，咱共伊想就會知。見有去美國的人無一个無去遐 chhit 迌。

載於《臺南府城教會報》，第三〇六卷，一九一〇年九月

Soat-chú Kiù Lâng（雪子救人）

作者　不詳
譯者　林茂生

【作者】

不著撰者。譯自當時日本發行之雜誌《日曜世界》。（顧敏耀撰）

林茂生像

【譯者】

林茂生（1887～1947），字維屏，號耕南，臺南市人，清代秀才林燕臣長子，一九一六年畢業於東京帝國大學哲學科，是臺灣第一位文學士。回臺後擔任臺南長老教中學（今長榮中學）任教務主任，一九二七年任臺南師範學校囑託，兼臺南高等商業學校教授，同年任總督府在外研究員，因此得以赴美國哥倫比亞大學就讀，一九二八年獲得碩士學位，翌年以《日本統治下臺灣的學校教育：其發展及有關文化之歷史分析與探討》獲得博士學位。一九三〇年回臺，任臺南高等工業學校英語科主任兼圖書館館長。一九四三年受陳炘推薦入皇民奉公會中央本部為戰時生活部長。戰後協助接收臺大，在文學院任職，曾經一度代理文學院長。一九四五年十月《民報》創刊，擔任社長，因勇於揭發弊端、針砭時局，為貪腐的中國國民黨政權所忌，在一九四七年二二八事件中慘遭殺害。長榮中學於二〇〇四年在校園內設立「林茂生博士紀念館」，供各界民眾懷念憑弔。（顧敏耀撰）

Soat-chú Kiù Lâng.	雪子救人
1911.08 317 Koàn p.68	1911.08 317 卷 p.68
(Lîm Bō͘-seng e̍k-su̍t.)	（林茂生譯述。）
(Tī Loē-tē ū hoat-hêng chi̍t khoán ê cha̍p-chì miâ-kiò "Ji̍t-iāu sè-kài", muí-goe̍h chi̍t-pái, sī choan-choan teh hō͘ Chú-ji̍t-o̍h ê Sian-siⁿ kap	（佇內地有發行一款的雜誌名叫「日曜世界」，每月一擺，是專專咧予主日學的先生佮學生讀的。這幫這个雜誌的主

（續）

hak-seng thak--ê. Chit-pang chit-ê chap-chì ê chú-pit ū khì Tâi-oân sûn-sī; tńg-lâi liáu chiū ēng lak-goeh hō ê chap-chì chò Tâi-oân-hō lâi kóng-khí Tâi-oân Kàu-hoē ê siau-sit hông thiaⁿ. Tiong-kan ū kì Kai Bok-su kiàn-tì Kàu-hoē ê sū, í-kip loā-chē hó-thiaⁿ ê tāi-chì. Ū chit phiⁿ sī Tâi-pak chit-ê Thn̂g-bū-hē ê koaⁿ-lī, Koán-chéng (Sugai) kun só͘ kì teh kóng-khí Tâi-pak chit-ê sìn Chú ê cha-bó͘ gín-á ê hó-sim. Goá thak liáu teh siūⁿ nā hoan-ek chit chām hō͘ liat-uī khoàⁿ ē saⁿ-kap tit-tioh lī-ek.)	筆有去臺灣巡視；轉來了就用六月號的雜誌做臺灣號來講起臺灣教會的消息 hông 聽。中間有記偕牧師建置教會的事，以及偌濟好聽的代誌。有一篇是臺北一个糖務係的官吏，菅井（Sugai）君所記咧講起臺北一个信主的查某囡仔的好心。我讀了咧想若翻譯這站予列位看會相佮得著利益。）
Goá sī Tâi-oân Chóng-tok-hú lāi Soa-Thn̂g-hē ê tng-chhe. Iā ū teh kà chit-pan Chú-jit-oh, kap loā-chē gín-á pêⁿ-pêⁿ teh siū Siōng-tè ê kà-sī. Ū chit jit chhut-chhe khì bó͘ chè-thn̂g hoē-siā ê sî thiaⁿ-tioh chit-chân kám-sim ê sū, sī chit-ê Jit-pún cha-bó͘ gín-á miâ Soat-chú (Yuki chiang) kap chit-ê Tâi-oân cha-po͘ gín-á ê tiong-kan seⁿ-khí--ê.	我是臺灣總督府內砂糖係的當差。也有咧教一班主日學，佮偌濟囡仔平平咧受上帝的教示。有一日出差去某製糖會社的時聽著一層感心的事，是一个日本查某囡仔名雪子（Yuki chiang）佮一个臺灣查埔囡仔的中間生起的。
Soat-chú ê lāu-pē sī teh chò chit keng hoē-siā ê bé-pān; chiū-sī teh kā Tâi-oân-lâng bé kam-chià, tauh-tauh kap Tâi-oân-lâng óng-lâi. I sī chin gâu chò lâng, lóng m̄-bat khoàⁿ-khin pún-tē-lâng. Thiaⁿ-kìⁿ kóng i tuì tī Loē-tē ê sî chiū jiat-sim sìn-hōng Ki-tok-kàu. Soat-chú sī sió-hak-hāu ê gō͘-liân-seng. Pêng-jit khì loh-oh ê sî, tī lō͘-nih tauh-tauh siū Tâi-oân gín-ná ēng phaiⁿ-chhuì mē. Chóng-sī Soat-chú éng-siōng-sî kap in lāu-pē chò-hoé siōng-siōng siū Siōng-tè ê kà-sī; iā ka-tī kám-kek Kiù-chú ê thiàⁿ-thàng. Taⁿ teh siūⁿ, Hiah-ê mē goá ê Tâi-oân gín-ná sī khah m̄-	雪子的老爸是咧做一間會社的買辦；就是咧共臺灣人買甘蔗，沓沓佮臺灣人往來。伊是真 gâu 做人，攏毋捌看輕本地人。聽見講伊對佇內地的時就熱心信奉基督教。雪子是小學校的五年生。平日去落學的時，佇路裡沓沓受臺灣囡仔用歹喙罵。總是雪子永常時佮 in 老爸做伙常常受上帝的教示；也家己感激救主的疼痛。今咧想，遐的罵我的臺灣囡仔是較毋捌，我著閣較好款待 in，chhoā in 來拜真的上帝。對按呢毋但無受氣 in 的歹喙，煞顛倒心內替 in 祈禱。

（續）

bat, goá tio̍h koh khah hó khoán-thāi in, chhoā in lâi pài chin ê Siōng-tè. Tuì án-ni m̄-nā bô siū-khì in ê pháiⁿ-chhuì, soah tian-tò sim-lāi thè in kî-tó.	
Ū chi̍t ji̍t Soat-chú tī thn̂g-phō͘ piⁿ teh khoàⁿ lâng chò khang-khoè; khoàⁿ hit-ê kheh thn̂g ê ki-khì hiah khiáu-lō͘ teh chhia-chhia tńg. Goā! Pêng-sò͘ ài khi-hū Soat-chú hiah-ê pún-tē gín-á iā oá-lâi tī ki-khì piⁿ teh sńg. Gín-á ê tiong-kan chi̍t-ê siak lo̍h ki-khì ká beh ji̍p khì kheh. Pa̍t-ê khoàⁿ-kìⁿ, bīn chheⁿ-sún-sún cháu kàu boé-á ti̍t; chhun Soat-chú chi̍t-ê tī piⁿ-á toā-siaⁿ teh kiò kiù-lâng. Chóng-sī ki-khì lìn-lòng kiò, lī khah hn̄g hiah-ê chò-kang--ê lóng bô thiaⁿ-kìⁿ i âu-kiò ê siaⁿ.	有一日雪子佇糖廍邊咧看人做工課；看彼个 kheh 糖的機器遐巧路咧 chhia-chhia 轉。Goā！平素愛欺負雪子遐的本地囡仔也倚來佇機器邊咧耍。囡仔的中間一个捽落機器絞欲入去 kheh。別个看見，面青恂恂走到尾仔直；賰雪子一个佇邊仔大聲咧叫救人。總是機器轔拼叫，離較遐的做工的攏無聽見伊喉叫的聲。
Poa̍h-lo̍h--khì hit-ê gín-á kap kam-chià chò chi̍t-khún ti̍t-ti̍t hō͘ ki-khì ká--khì, teh-beh oa̍h-oa̍h tú-tio̍h kut-chih bah-li̍h ê chhi-chhám. Hut-jiân phòng-lòng ná chhin-chhiūⁿ tāng ê mi̍h teh lo̍h--lâi ê siaⁿ. Siâng chit-ê sî-chūn hit-ê teh tńg ê ki-khì(roller) li-li lè-lè hiáng kàu m̄-sī siaⁿ-soeh. Hiah-ê chò-kang--ê thiaⁿ-tio̍h siaⁿ kín-kín cháu lâi khoàⁿ. Khó-lîn Soat-chú tī piⁿ-á ná chhin-chhiūⁿ teh loān-sim: ēng chhuì hiàm, ēng chhiú kí. Tāi-ke khoàⁿ sī tī ki-khì chêng ū ka-la̍uh chi̍t-tè toā chio̍h, iā teh tńg ê sî khì lè--tio̍h chiah ū chit hō im-hiáng. Uī-tio̍h hit tè chio̍h tìn--teh, kam-chià soah kńg bē-tàng ji̍p. Tāi-ke chai hit tè chio̍h sī Soat-chú tìm-lo̍h-khì--ê, chiū hiâm i kóng, “Lí chit-ê gín-á iā chin chiān-thâng--lah!” Soat-chú ìn kóng, “M̄-sī án-ni, kam-chià lāi ū gín-á. “Hn̄g! Gín-á!” Tāi-ke	跋落去彼个囡仔佮甘蔗做一梱直直予機器絞去，咧欲活活拄著骨折肉裂的悽慘。忽然碰拼若親像重的物咧落來的聲。Siâng 這个時陣彼个咧轉的機器 (roller) li-li lè-lè 響到毋是聲說。遐的做工的聽著聲緊緊走來看。可憐雪子佇邊仔若親像咧亂心：用喙喊，用手指。大家看是佇機器前有交落一塊大石，也咧轉的時去礪著才有這號音響。為著彼塊石鎮咧，甘蔗煞捲袂當入。大家知彼塊石是雪子抌落去的，就嫌伊講，「你這个囡仔也真賤蟲啦！」雪子應講：「毋是按呢，甘蔗內有囡仔。」「哼！囡仔！」大家閣斟酌看佇甘蔗內有囡仔的跤。「He！害啦！囡仔跋佇這裡。」趕緊機器創予停。好佳哉！彼个佮甘蔗做伙欲入去機器內受研到碎骨粉屍的臺灣囡仔，對雪子捌道理有仁愛佮智識來抾

（續）

koh chim-chiok khoàⁿ tī kam-chià lāi ū gín-á ê kha. "He! Hāi--lah! Gín-á poah tī chit--nih. "Koáⁿ-kín ki-khì chhòng hō͘ thêng. Hó ka-chài! Hit-ê kap kam-chià chò-hoé beh jip-khì ki-khì lāi siū géng kàu chhuì-kut hún-si ê Tâi-oân gín-á, tuì Soat-chú bat tō-lí ū jîn-ài kap tì-sek lâi khioh--tio̍h sèⁿ-miā.	著性命。
Koè gō͘ la̍k goe̍h āu, ū chit mê chit tīn ka-lé lâi phah chit-ê thn̂g-phō͘. Hit-tia̍p chit-ê Tâi-oân gín-ná lâi āiⁿ Soat-chú cháu-lī. Hit-ê Tâi-oân gín-ná sī sím-mih lâng? Hoan-e̍k ê lâng kóng, "Ēng Sèng-kàu ê tō-lí lâi chò ka-têng kàu-io̍k ê kin-pún, hit-ê kám-hoà ê khuì-la̍t loā toā thang siūⁿ lâi chai".	過五六月後，有一暝一陣傀儡來拍這个糖廍。彼嘿一个臺灣囝仔來偝雪子走離。彼个臺灣囝仔是甚物人？翻譯的人講：「用聖教的道理來做家庭教育的根本，彼个感化的氣力偌大通想來知。」

載於《臺南府城教會報》，第三一七卷，一九一一年八月

Kau-chiàn ê Peng-huì（交戰的兵費）

作者　不詳
譯者　郭國源

【作者】

不著撰者。

【譯者】

郭國源，所發表的譯作僅見〈交戰的兵費〉(《臺南府城教會報》，第三五六卷，一九一四年十一月)，其餘生平不詳。(顧敏耀撰)

Kau-chiàn ê Peng-huì.	交戰的兵費
Koeh Kok-goân ė̍k.	郭國源譯
1914. 11, no. 356, pp. 10～11	1914.11，no.356，pp.10～11
Hiān-sî Au-chiu kau-chiàn ê peng, chóng-sò͘ n̄ng-chheng-bān lâng. Kau-chiàn-kok ê thó͘-tē ū choân tē-kiû lio̍k-tē ê chi̍t poà^{n}. Lūn in muí-ji̍t ê chia̍h-huì hō͘ lâng ē kia^{n}.	現時歐洲交戰的兵，總數兩千萬人。交戰國的土地有全地球陸地的一半。論 in 每日的食費予人會驚。
Siat-sú hō͘ chit n̄g-chheng-bān lâng tó tī tē-ni̍h, thâu kap kha sio-chiap, nā ta̍k lâng pêng-kin 6 chhioh tn̂g, chiū ū n̄ng-bān n̄ng-chheng chhit-pah jī-cha̍p-peh lí ê tn̂g, lâi se̍h tē-kiû ū chi̍t chiu-uî. Nā ēng chûn lâi chài chiah-ê peng koè Toā-se-iû^{n} tio̍h ēng Bí-kok kong-si tē-it toā ê chûn gō͘-pah peh-cha̍p-gō͘ chiah. Pêng-siông chi̍t lâng chi̍t ji̍t só͘ chia̍h ê mi̍h n̄ng pōng poà^{n}, chiū Au-chiu ê choân-kun muí-ji̍t tio̍h chia̍h gō͘-chheng-bān pōng. Nā beh ūn-poa^{n} chiah ê kun-niû, pêng-kin hoé-chhia chi̍t-tiu^{n} chài hoè sa^{n}-cha̍p tūn, tio̍h ēng hoé-chhia peh-pah sa^{n}-cha̍p-sa^{n} tiu^{n},	設使予這兩千萬人倒佇地裡，頭佮跤相接，若逐人平均六尺長，就有兩萬兩千七百二十八里的長，來踅地球有一周圍。若用船來載遮的兵過大西洋著用美國公司第一大的船五百八十五隻。平常一人一日所食的物兩磅半，就歐洲的全軍每日著食五千萬磅。若欲運搬遮的軍糧，平均火車一張載貨三十噸，著用火車八百三十三張，逐張平均長六十尺，就運搬的車相接紲有十五里的長，著二十隻車頭來拖。

（續）

ta̍k tiuⁿ pêng-kin tn̂g la̍k-cha̍p chhioh, chiū ūn-poaⁿ ê chhia sio-chiap-soà ū cha̍p-gō͘ lí ê tn̂g, tio̍h jī-cha̍p chiah chhia-thâu lâi thoa.	
Chit n̄ng-chheng-bān ê peng, pêng-kin in ê saⁿ chit lâng saⁿ niá, chiū-sī la̍k-chheng-bān niá, lâi chiap chò-hoé, chiū-sī saⁿ-bān n̄ng-chheng lí ê tn̂g, lâi pau-uî tē-kiû, chit chiu-uî khah ke. In só͘ ēng ê liú-á ū n̄ng-chheng tūn ê tāng, nā ēng bé-chhia lâi chài tio̍h chit-chheng chiah ê bé chiàⁿ thoa ē khì. Chit lâng pêng-kin chit ji̍t chia̍h pōng-poàⁿ ê bah, chiū choân-kun só͘ chia̍h--ê sī saⁿ-chheng-bān pōng, tio̍h thâi n̄ng-bān gō͘-chheng chiah ê gû; ēng chiah-ê gû-phoê lâi chò ê, hō͘ gō͘-cha̍p-bān lâng chò chit nî ê lō͘-ēng.	這兩千萬的兵，平均 in 的衫一人三領，就是六千萬領，來接做伙，就是三萬兩千里的長，來包圍地球，一周圍較加。In 所用的鈕仔有兩千噸的重，若用馬車來載著一千隻的馬 chiàⁿ 拖會去。一人平均一日食磅半的肉，就全軍所食的是三千萬磅，著刣兩萬五千隻的牛；用遮的牛皮來做的，予五十萬人做一年的路用。
Chiong chit n̄ng-chheng-bān lâng pâi tīn lâi kiâⁿ, in só͘ chiàm ê tē tio̍h loā-chē lí? Chit-chheng lâng lâi chò chit tuī, sì lâng chit pâi, chiū chiàm tē chit-chheng chhioh, tuì án-ne lâi chhui-sǹg, chiū n̄ng-chheng-bān ê toā-peng só͘ tìn ê tē sī saⁿ-chheng peh-pah saⁿ-cha̍p-chhit lí, nā ta̍k pâi saⁿ lī sì chhioh, chiū-sī chhit-chheng la̍k-pah chhit-cha̍p-sì lí. Chiah ê peng ta̍k lâng nā phah chhèng chit pái, chiū huì-liáu la̍k-cha̍p-bān khơ, in só͘ ēng ê chhèng ta̍t-tit gîn n̄ng-bān la̍k-chheng-bān khơ. Nā toā kau-chiàn ê sî, pêng-kin chit lâng phah gō͘-cha̍p pái, chiū iân-chí hoé-io̍h tio̍h huì-liáu chit-chheng gō͘-pah-bān khơ kàu saⁿ-chheng-bān khơ ê tiong-kan; koh in só͘ sit-lo̍h ê kun-chong kè-chîⁿ, tāi-khài chiah ê siàu-gia̍h ê cha̍p-hūn it. Pêng-kin nā kau-chiàn chit-pái tio̍h liáu gîn n̄ng chheng la̍k-	將這兩千萬人排陣來行，in 所佔的地著偌濟里？一千人來做一隊，四人一排，就佔地一千尺，對按呢來推算，就兩千萬的大兵所鎮的地是三千八百三十七里，若逐排衫離四尺，就是七千六百七十四里。遮的兵逐人若拍銃一擺，就費了六十萬箍，in 所用的銃值得銀兩萬六千萬箍，若大交戰的時，平均一人拍五十擺，就鉛子火藥著費了一千五百萬箍到三千萬箍的中間；閣 in 所失落的軍裝價錢，大概遮的數額的十份一。平均若交戰一擺著了銀兩千六百萬箍。Hài 啊！這兩千萬的大軍佇戰場一日的軍費遐濟。設使交戰兩年久，所了的軍費欲按怎算？可見世間的災禍無一項會較厲害佇戰爭。請有心佇人道主義的兄弟姊妹迫切求上帝，予交戰國的序大用和平解法，是心所願。

（續）

pah-bān khơ. Hài-ah! Chit nn̄g-chheng bān ê tāi-kun tī chiàn-tiû^{n} chi̍t ji̍t ê kun-huì hiah chē. Siat-sú kau-chiàn nn̄g-nî kú, sớ liáu ê kun-huì beh àn-choá^{n} sǹg? Khó-kiàn sè-kan ê chai-hō bô chi̍t-hāng ē khah lī-hāi tī chiàn-cheng. Chhiá^{n} iú-sim tī jîn-tō chú-gī ê hia^{n}-tī chí-moē pek-chhiat kiû Siōng-tè, hō͘ kau-chiàn-kok ê sī-toā ēng hô-pêng kái-hoat, sī sim sớ-goān.	

載於《臺南府城教會報》，第三五六卷，一九一四年十一月

Thô͘-thoàⁿ-á（塗炭仔）

作者　格林兄弟
譯者　不詳

格林兄弟像

【作者】

格林兄弟（Jacob & Wilhelm Grimm）分別生於一七八五年與一七八六年，卒年不詳。德國童話作家。哥哥雅各布・格林是嚴謹的史家，弟弟威廉・格林文筆優美。他們採集民間的鄉野傳奇，整理成一篇篇動人的故事。故事的背景，就在德國北部鄉間，當時的德國仍是小國林立的貴族封建時期，就在森林原野與各鄉鎮間，各小公國獨據一地、獨霸一方，城邦與城堡的傳奇不知凡幾，信手拈來處處是王子與公主的精彩故事。這一則則於鄉野田疇間流傳的故事傳奇，使格林兄弟於感動之餘加以收集整理，成為《兒童與家庭童話集》（*Kinder-und Hausmärche*n，1812），亦即現今通稱之《格林童話》。其後《格林童話》的內容不斷擴充，故事達二百則。其中以〈灰姑娘〉、〈白雪公主〉、〈小紅帽〉、〈睡美人〉、〈糖果屋〉、〈青蛙王子〉、〈穿長靴的貓〉等故事最為著名。（趙勳達撰）

【譯者】

不著譯者。

Thô͘-thòaⁿ-á	塗炭仔[1]
Bó͘ kok ū hiaⁿ-tī nn̄g lâng chò tiâu-lāi ê bûn-koaⁿ. Hiaⁿ-ko ū seⁿ chit-ê cha-bó͘-kiáⁿ miâ kiò Pó-siān. Kàu 14 hòe, pē-bó lóng kòe-óng, chiū hō͘ in chek chhōa khì chiàu-kò͘. Sió-	某國有兄弟兩人做朝內的文官，兄哥有生一个查某囝名叫寶善。到十四歲爸母攏過往，就予 in 叔 chhōa 去照顧。小弟也有生兩个查某囝，一个名叫寶珠，一

1　原名*Cinderella*，中譯〈灰姑娘〉或〈仙度瑞拉〉。

（續）

tī iā ū se^{n} nn̄g-ê cha-bớ-kiá^{n}; chi̍t-ê miâ kiò Pó-chu, chi̍t-ê miâ kiò Pó-ge̍k. Pó-chu chit-sî 12 hòe, Pó-ge̍k 13 hòe. In lāu-pē chit-sî sin-thé tì-pē^{n}, chiū sî-koa^{n} hôe-ke ióng-pē^{n}.	个名叫寶玉。寶珠這時十二歲，寶玉十三歲，in 老爸這時身體致病，就辭官回家養病。
In chím chin thià^{n} i nn̄g ê cha-bớ-kiá^{n}, múi ji̍t kan-ta kờ se-chng. Pó-siān múi ji̍t liāu-lí chú-chia̍h sé i-chiû^{n},iā tio̍h kéng thớ-thòa^{n}, tì-kàu sin-khu siông-siông ū thớ-thòa^{n} ê lâ-sâm, soah kā i kiò-chò Thớ-thòa^{n}-á. Chóng-sī hiah-ni̍h tio̍h-bôa ia̍h m̄-bat siū-khì, sǹg sī chin hó lú-tek. Tùi lâi in chek tau 7 nî kú, i nn̄g ê sió-mōe chng-thā^{n} súi-súi êng-êng, i lóng m̄-bat khêng-hun, ka-tī ta̍k ji̍t jīn-chit lí-ke.	In 嬸真疼伊兩个查某囝，每日干焦顧梳妝。寶善每日料理煮食洗衣裳，也著揀塗炭，致到身軀常常有塗炭的垃儳，煞共伊叫做塗炭仔，總是遐爾著磨也毋捌受氣，算是真好女德。對來 in 叔兜七年久，伊二个小妹妝 thā^{n} 媠媠閒閒，伊攏毋捌窮分，家己逐日任職理家。
Chit-sî tú-tio̍h Thài-chú beh chhōa-bó, tiàu thong-kok ê chāi-sek-lú, tio̍h lâi hơ̄ i chhiá^{n}. Hit-tia̍p in nn̄g ê sió-mōe chē chhia beh khì hù Thài-chú ê iân-se̍k. Thớ-thòa^{n}-á kā in chím pín i iā ài khì; in chím kap i nn̄g-ê sió-mōe lóng hiâm i kóng, “Lí chit ê pān iā ká^{n} thí khui-chhùi kóng beh khì, chin bē kiàn-siàu leh!.” Hơ̄ in chím kap nn̄g-ê sió-mōe chek-pī, bīn âng-âng chiū koh ji̍p-khì thớ-thòa^{n}-keng, ba̍k-sái ná lo̍h-hơ̄, chóng-sī m̄-ká^{n} háu chhut sia^{n}. Hut-jiân ū chi̍t tiu^{n} bé-chhia chē chi̍t-ê chin lāu ê hū-jîn-lâng lâi, mn̄g Pó-siān kóng, Háu siá^{n}-sū? Góa sī lí ê chớ-má chai lí ê kan-khớ, ta^{n} lí iā thang khì hù Thài-chú ê iân-se̍k. Chiū chiong kóai^{n}-á lo̍ah Pó-siān ê sin-khu, chek-sî pì^{n}-chò chhēng chin súi ê si-tiû; iā ēng kóai^{n}-á phah nn̄g tè chio̍h, chek-sî pì^{n}-chò chi̍t siang ge̍k-ê, chiū hoan-hù i kóng, “Lí khì tio̍h m̄-thang	這時拄著太子欲娶某，召通國的在室女，著來予伊請。彼霎 in 兩个小妹坐車欲去赴太子的筵席，塗炭仔共 in 嬸稟伊也愛去；in 嬸佮伊兩个小妹攏嫌伊講，「你這个扮也敢褫開喙講欲去，真袂見笑咧！」予 in 嬸佮兩个小妹責備，面紅紅就閣入去塗炭間，目屎若落雨，總是毋敢吼出聲。忽然有一張馬車坐一个真老的婦人人來，問寶善講，吼啥事？我是你的祖媽知你的艱苦，今你也通去赴太子的筵席。就將枴仔捋寶善的身軀，即時變做穿真媠的絲綢，也用枴仔拍兩塊石，即時變做一雙玉鞋，就吩咐伊講；「你去著毋通過十二點轉來。」寶善拜謝祖媽坐車就去。總是彼時人攏已經咧啉食啦！

（續）

kòe 12 tiám tńg--lâi.” Pó-siān pài-siā chó-má chē chhia chiū khì. Chóng-sī hit-sî lâng lóng í-keng teh lim-chiah lah!	
Thài-chú khòan-kìn Pó-siān hí chhut bōng-gōa, pún-sin theh hó mih hō i chiah, chiah pòan-sek liáu, khòan-kìn teh-beh 12 tiám, Pó-siān chiū khí-sin chhut-khì; chin kú lóng bô koh lâi. Thài-chú chin iu-būn, sì-kè lóng chhōe bô, iā m̄-chai i ê sèn-miâ chū-chí. Āu-lâi khòan-kìn toh-kha chit-siang gek-ê, chiū chiong gek-ê chhe Khim-chhe khì tak só-chāi hō chāi-sek-lú ê cha-bó-gín-á chhēng. Nā chhēng tú-hó hit-ê chiū-sī Thài-chú-hui. Khim-chhe niá-chí chek-sî khì.	太子看見寶善喜出望外，本身提好物予伊食。食半席了，看見咧欲十二點，寶善就起身出去，真久攏無閣來。太子真憂悶，四界攏揣無，也毋知伊的姓名住址。後來看見桌跤一雙玉鞋，就將玉鞋差欽差去逐所在予在室女的查某囡仔穿，若穿拄好彼个就是太子妃，欽差領旨即時去。
Hit-tiap Pó-siān tńg-lâi kàu chhù iáu-bōe 12 tiám, i-chiūn iû-gôan pìn-chò kap kū-sî tâng, in chím lóng m̄-chai i khì hù Thài-chú ê iân-sek. I nn̄g-ê sió-mōe kàu 4 tiám chiàn tńg-lâi, chiū kā in niâ kóng, Kin-á-jit khòan-kìn chit-ê chin-súi, pí sian-lú iàn-kòe chin chē. Pó-siān tī thô-thòan-keng àn-thâu chhut lâi khòan kóng, Kiám ū chhin-chhiūn góa? Pó-chu, Pó-gek chin siū-khì, chek-pī i kóng, Lí chit-ê ná kúi iā teh bē kiàn-siàu. Soah bô-ì bô-ì koh kiu-jip thô-thòan-keng.	彼霎寶善轉來到厝猶未十二點，衣裳猶原變做佮舊時同，in 嬸攏毋知伊去赴太子的筵席。伊兩个小妹到四點 chiàn 轉來，就共 in 娘講，今仔日看見一个真媠，比仙女贏過真濟。寶善佇塗炭間向頭出來看講，敢有親像我？寶珠、寶玉真受氣，責備伊講，你這个若鬼也咧袂見笑。煞無意無意閣勼入塗炭間。
Keh jit Khim-chhe lâi kàu in tau, kiò nā ū chāi-sek-lú lóng tioh lâi chhì chhēng gek-ê, chhēng nā tú-hó, chiū-sī chò Thài-chú-hui. Pó-chu, Pó-gek khòan tioh gek-ê khah sè, chiū tī lāi-bīn chām chit-tè kha-chiún, kín-kín chiong pò chat hó, chiū beh lâi chhēng. Khim-chhe khòan-kìn kóng, M̄-thang phah	隔日欽差來到 in 兜，叫若有在室女攏著來試穿玉鞋，穿若拄好，就是做太子妃。寶珠、寶玉看著玉鞋較細，就佇內面斬一塊跤掌，緊緊將布紮好，就欲來穿。欽差看見講，無通拍坮傀玉鞋，因為你的跤毋是自然的，猶咧流血咧。寶善佇內面也欲出來穿，in 嬸佮寶珠、寶

（續）

lâ-sâm ge̍k-ê, in-ūi lí ê kha m̄-sī chū-jiân-ê iáu teh lâu-hoeh leh. Pó-siān tī lāi-bīn iā beh chhut-âi chhēng. In chím kap Pó-chu, Pó-ge̍k lóng mē i, Lí bē kiàn-siàu iā káⁿ chhut khì chhēng. Khim-chhe thiaⁿ-kìⁿ kóng, M̄-thang hun-pia̍t súi-bái, kan-ta chhú chhēng ē ha̍h kha, tio̍h lâi chhēng. Chhut-lâi chi̍t-ē chhēng tú-tú ha̍p kha. Khim-chhe liâm-piⁿ pài i chò Sió-chú-bó.	玉攏罵伊，你袂見笑也敢出去穿。欽差聽見講，毋通分別媠 bái，干焦取穿會合跤，著來穿。出來一下穿拄拄合跤。欽差連鞭拜伊做小主母。
Téng-bīn só͘ kì sui-jiân sī siáu-soat, iáu-kú ū thang chò lán ê kà-sī; in-ūi Iâ-so͘ bat kóng, Ài beh chò tōa, tio̍h chò lâng ê chhe-ēng; iū koh chū-ko ê ē kàng-lo̍h chò sè. (Hoan-e̍k)	頂面所記雖然是小說，猶閣有通做咱的教示；因為耶穌捌講，愛欲做大，著做人的差用；又閣自高的會降落做細。（翻譯）

載於《臺灣府城教會報》，一九一五年

（續）

Má I-seng ê Phoe（馬醫生的批）

作者　馬醫生
譯者　不詳

馬雅各像

【作者】

馬醫生，即馬雅各（1836～1921，Dr. James Laidlaw Maxwell MD），英國蘇格蘭人，一八六〇年自愛丁堡大學醫科畢業，再前往德國柏林與法國巴黎深造，學成之後曾在英國伯明罕總醫院擔任住院醫師，一八六三年奉英國長老教會之命前往清國宣教，先後到上海、福建廈門以及臺灣打狗、府城等地考察。一八六五年正式來臺，在府城看西街租屋設立醫館和禮拜堂，成為臺灣清領時期以來的第一位宣教師，但因屢遭當地漢醫排擠，教堂醫館皆被拆毀，乃轉往英國領事館附近的打狗、旗後街發展。一八六八年得熱帶醫學之父寄生蟲學家萬巴德（Patrick Mansen）之捐助，返回府城二老口亭仔腳街開設教會和醫館（民間稱為「舊樓醫院」），治癒病患甚多。一八七一年返回英國，一八八四年再度來臺，翌年因為妻子生病只好返鄉，爾後不再來臺，在故鄉安享晚年，以八十五歲高齡蒙主恩召，榮歸天國。馬雅各在臺灣基督教發展史以及現代醫學發展史上皆具重要地位，被譽為「臺灣醫療宣教之父」。其次子馬雅各二世繼承父志，也來臺灣宣教行醫，人們分別稱這對父子為「老馬醫生」與「小馬醫生」。（顧敏耀撰）

【譯者】

不著譯者。

Má I-seng ê Phoe.	馬醫生的批
1916.2, no. 371, pp. 4	1916.2 no.371 pp.4
Goán chih-tio̍h lāu Má I-seng ê phoe, ū	阮接著老馬醫生的批，有翻譯紲印佇下

（續）

hoan-ėk soà ìn tī ē-té:	底：
Siȯk Tâi-lâm kàu-hoē ê hó pêng-iú ah!	屬臺南教會的好朋友啊！
Tī 11 goėh 21 hō sǹg sī Tâi-lâm kàu-hoē lėk-sú tiong ū miâ-sia^{n} ê jit. Má I-seng-niû kap goá pún-sin iā toā kì-liām hit jit. Liȧt-uī tī Tâi-oân ū hó ki-hoē thang siàu-liām Siōng-tè 50 nî kú só͘ siú^{n}-sù ê lîn-bín jîn-ài, iā chiah ê bô châi-tiāu ê chhe-ēng tī Eng-kok iû-goân teh kám-siā Siōng-chú tī chiah chē nî ê tiong-kan ū toā si-in hō͘ goán. Goán chai lín ū thè goán kî-tó, iā goán chin hoa^{n}-hí kiû Siōng-tè chiong chit ê Hi-liân chò Tâi-oân koh khah toā hok-khì ê goân-thâu, chiū-sī ǹg-bāng m̄ bián loā-kú koân-soa^{n} ê chhe^{n}-hoan ē tit-tiȯh Hok-im.	佇十一月二十一號算是臺南教會歷史中有名聲的日。馬醫生娘佮我本身也大記念彼日。列位佇臺灣有好機會通數念上帝五十年久所賞賜的憐憫仁愛，也遮的無才調的差用佇英國猶原咧感謝上主佇遮濟年的中間有大施恩予阮。阮知恁有替阮祈禱，也阮真歡喜求上帝將這个禧年做臺灣閣較大福氣的源頭，就是向望毋免偌久懸山的生番會得著福音。
Siōng-tè tiàu goá lâi thoân Hok-im tī chit ê suí ê hái-tó, che sī chò goá tē it toā ê êng-kng. Khí-thâu siat-kàu hit-tiȧp khiok ū tú-tiȯh chin chē khó͘-lān, chóng-sī Chú chān goá i-hó chē-chē pē^{n}-lâng, tuì án-ni I ū khui toā ê mn̂g-lō͘, hō͘ Hok-im thang jip lâng ê sim, tāi-seng thoân tō-lí tī Tá^{n}-káu, Pi-thâu kap Tâi-lâm hō͘ Hàn-jîn thia^{n}, jî-hō͘ kàu tī Bȧk-sa, Kam-á-nâ, Poȧh-bé kap Toā-siā hō͘ pún-tē lâng.	上帝召我來傳福音佇這个媠的海島，這是做我第一大的榮光。起頭設教彼霎卻有拄著真濟苦難，總是主贊我醫好濟濟病人，對按呢伊有開大的門路，予福音通入人的心，代先傳道理佇打狗，埤頭佮臺南予漢人聽，而後到佇木柵，柑仔林，跋馬佮大社予本地人。
Tī hit jit goá toā-toā kì-liām Lí Bȯk-su lâi Tâi-lâm kap goá sa^{n}-kap chò kang, iā toā kám-siā Siōng-tè in-uī hit-tiȧp ū koh siú^{n}-sù goá chit ê thià^{n}-thàng ê tâng-liâu chiū-sī Bûn-ko. Iáu ū pȧt-lâng hoa^{n}-hí chān goá, chóng-sī tuì khí-thâu Bûn-ko siông-siông kap goá chò-hoé, tâng-khó͘ tâng-ti^{n}. Lūn tē-it	佇彼日我大大記念李牧師來臺南佮我相佮做工，也大感謝上帝因為彼霎有閣賞賜我一个疼痛的同僚就是 Bûn-ko。猶有別人歡喜贊我，總是對起頭 Bûn-ko 常常佮我做伙，同苦同甜。論第一早信主的會友從中幾若个甘願著磨去傳福音予近附的朋友聽見。

（續）

chá sìn Chú ê hoē-iú chiông-tiong kuí-nā ê kam-goān tio̍h-boā khì thoân Hok-im hō͘ kīn-hū ê pêng-iú thia^{n}-kì^{n}.	
Án-ni Kàu-hoē ê goân-thâu khiok sī sè-sè, iáu khiàm hó ê Sian-si^{n}, Siōng-tè chiū phài lâng chhin-chhiū^{n} Kam Bo̍k-su, Pa Bo̍k-su in hiah-ê lâi Tâi-oân. I sī toā lîn-bín, hō͘ hit n̄ng lâng 40 goā nî kú lâi lī-ek Kàu-hoē. Goá ê sim iā toā siàu-liām Siōng-tè só͘ siú^{n}-sù kuí-nā hāng, chiū-sī Tâi-oân ê Bo̍k-su, Tâi-lâm kap Chiang-hoà ê I-koán í-ki̍p hiah ê I-seng, Toā-o̍h, Tiong-o̍h, Lú-o̍h, Hū-o̍h kap Chhe^{n}-mê-o̍h, iā chai in tāi-ke tit-tio̍h Thi^{n}-pē ê in-tián.	按呢教會的源頭卻是細細，猶欠好的先生，上帝就派人親像甘牧師，巴牧師 in 遐的來臺灣。伊是大憐憫，予彼兩人四十外年久來利益教會。我的心也大數念上帝所賞賜幾若項，就是臺灣的牧師，臺南佮彰化的醫館以及遐的醫生，大學，中學，女學，婦學佮青盲學，也知 in 大家得著天爸的恩典。
Ta^{n} lia̍t-uī ū chiong kuí-nā hāng chin hó-khoà^{n} ê mi̍h-kiā^{n} kià lâi hō͘ goán lāu-lâng kì-liām lín ê thià^{n}-thàng. Goán í-keng chih-to̍h chiū tì-ì ài kā hiah ê 6000 ê hoē-iú seh-siā. Hiah ê suí ê mi̍h-kiā^{n} beh siông-siông hē tī lâng-kheh-thia^{n}, hō͘ goán ka-tī í-ki̍p chia ê pêng-iú put-sî khoà^{n}-tio̍h, thang kì-tit lín ê in-chêng. Lūn-kàu hit ê kì-chiong chi̍t bīn ū Tâi-oân ê kim tē-tô͘, koh chi̍t bīn ū khek Hi-liân n̄g jī; iū-koh tit-tio̍h chi̍t boé kim-hî beh hō͘ Má I-seng-niû. Hiah ê mi̍h-kiā^{n} goán ka-tī lia̍h-chò toā pó-poè, iā pa̍t-ji̍t beh kau-tāi goán ê kiá^{n}-jî. Ta^{n} tì-ì ài kā lín tāi-ke seh to-siā.	今列位有將幾若項真好看的物件寄來予阮老人記念恁的疼痛。阮已經接著就致意愛共遐的六千个會友說謝。遐的媠的物件欲常常下佇人客聽，予阮家己以及遮的朋友不時看著，通記得恁的恩情。論到彼个記章一面有臺灣的金地圖，閣一面有刻禧年兩字；又閣得著一尾金魚欲予馬醫生娘。遐的物件阮家己掠做大寶貝，也別日欲交代阮的囝兒。今致意愛共恁大家說多謝。
Ta^{n} lí chhiá^{n}. Goān Siōng-tè siú^{n}-sù I ê toā hok hō͘ Tâi-oân kàu-hoē, í-ki̍p hō͘ lín ta̍k lâng.	今你請。願上帝賞賜伊的大福予臺灣教會，以及予恁逐人。
Thià^{n}-thàng lín ê pêng-iú,	疼痛恁的朋友，

（續）

Má Ngá-kok kì.	馬雅各記。
Chú-āu 1915 nî, 11 goeh 22 hō.	主後 1915 年，11 月 22 號。

載於《臺南府城教會報》，第三七一卷，一九一六年二月

Gōng Thng（戇湯）

作者　不詳
譯者　楊連福

【作者】

不著撰者。

【譯者】

楊連福（？～？），臺東石雨傘教會（今新港教會，為東部第一座教堂）楊戇長老之次子，從神學院畢業之後，回到石雨傘教會擔任傳道師，一九一六年至一九一八年間任花蓮富里教會傳道師，期間亦曾前往花蓮玉里創建禮拜堂。曾發表的臺語白話字作品僅見〈Gōng Thng〉(〈戇湯〉)（刊於《臺灣教會報》，第389卷，1917年8月）。（顧敏耀撰）

Gōng Thng	戇湯
1917.08 389 Koàn p.7～11	1917.08 389 卷 p.7～11
(Iûⁿ Liân-hok poàn-e̍k). Chiú chò hāi chiū-sī kó͘-chá kap hiān-kim ê lâng só͘ bêng chai. Hiān-kim ê lâng ta̍k-ê ē-hiáu a-phiàn chò hāi, ē hō͘ lâng kheng-ka tōng-sán, ē hō͘ lâng ê jîn-keh chhu-hā. Khoàⁿ a-phiàn chò kiû-siû-mi̍h kap to̍k-io̍h saⁿ-tâng. Sū-put-ti chiú ê chò-hāi kap a-phiàn put-su siōng-hā. Hiān-sî lâng kiò chiú chò gōng-thng, bô m̄ sī chai lâng nā chia̍h chiú, sui-jiân lêng-ta̍t, iáu-kú hō͘ chiú-sèng ap-chè ê sî chiū piⁿ-chiâⁿ gû-chhún, bô liâm-thí, chho͘-sio̍k, só͘-í chiah hō chiú chò gōng-chiú. M̄-kú lâng teh kiò i chò gōng-thng, hoán-tńg siông-siông kap gōng-thng pun bē lī. Nā-sī án-ni kiám sī chiú teh gōng, gû-kiàn phah-sǹg sī	（楊連福半譯）。 酒做害就是古早佮現今的人所明知。現今的人逐个會曉鴉片做害，會予人傾家蕩產，會予人的人格趨下。看鴉片做囚仇物佮毒藥相同。殊不知酒的做害佮鴉片不輸上下。現時人叫酒做戇湯，無毋是知人若食酒，雖然能達，猶閣予酒性壓制的時就變成愚蠢，無廉恥，粗俗，所以才號酒做憨酒。毋過人咧叫伊做戇湯，反轉常常佮戇湯分袂離。若是按呢敢是酒咧憨，愚見拍算是人憨。因為酒若是戇湯，就食的人的確是憨人。

（續）

lâng gōng. In-uī chiú nā-sī gōng-thng, chiū chia̍h ê lâng tek-khak sī gōng-lâng.	
Ta^{n} uī-tio̍h chiú ê sū, chiàu phí-jîn só͘ chai kap tuì pa̍t uī só͘ tit-tio̍h ê tāi-lio̍k kià kuí-kù tī ē-té, n̍g-bāng khoà^{n}-tio̍h ê kun-chú bô khì-hiâm lâi sa^{n}-kap chim-chiok tàu-siū^{n}, chiū tuì án-ni kiám-chhái ū thang tāi-ke sio bián-lē, iā ē êng-kng Chú, chiū chin-chià^{n} sī só͘ n̍g-bāng kap êng-hēng.	今為著酒的事，照鄙人所知佮對別位所得著的大略寄幾句佇下底，向望看著的君子無棄嫌來相佮斟酌鬥想，就對按呢檢采有通大家相勉勵，也會榮光主，就真正是所向望佮榮幸。
Jîn-luī chia̍h chiú ê goân-in.	人類食酒的原因。
Lâng àn-chái^{n} ài chia̍h chiú? Chit hāng m̄ng-tê si̍t-chāi oh ké-bêng. Chū-lâi lūn chia̍h chiú ê chheh chin-chià^{n} chē, chóng--sī tī chit ê kán-kán iàu-kín ê m̄ng-tê, hoán-tńg boē bat kóng--tio̍h. Kàu tī kīn-lâi lūn hò͘^{n} chiú ê in-iû, iáu- kú ū bô bêng-pe̍k ê ké-bêng, si̍t-chāi kàu-gia̍h thang kî-koài. Cha-khó lim-chiú ê chiú-phiah, sī chò thong sè-kài jîn-luī só͘ sa^{n}-tâng ū. Sè-kan ta̍k khoán ê bîn-cho̍k to̍k-to̍k Pak A-bí-lī-ka chiu Ài-su-ki-mô͘ ê jîn-chéng, tuì in ê tē bô gō͘-kok, koé-chí, thang chò kek-chiú ê goân-liāu, só͘-í bē hiáu chia̍h chiú. Chit-ê í-goā chiū-sī chhin-chhiū^{n} kó͘-chá chhut-goā chhī cheng-si^{n} ê lâng, kàu kin-ná-ji̍t khiā-khí siâ^{n}-chhī ê lâng bô m̄ ta̍k lâng lia̍h chiú chò sì^{n}-miā. Só͘-í chiú ê hoat-bêng kap èng-iōng, tì-kàu chiú tī moá sè-kài, si̍t-chāi m̄-sī lâng khì thoân-pò, sī tuì sè-kài ta̍k pō͘-hūn, kok-lâng hoat-se^{n}. Án-ni chiú kap lâng ū iân-hūn, i ê chhin kàu chhin-chhiū^{n} chit khoán, chóng--sī lán hò͘^{n}-chiú ê goân-in hoán-tńg m̄ chai. Kiám bô thang lia̍h-chò kî-koài mah?	人按怎愛食酒？這項問題實在僫解明。自來論食酒的冊真正濟，總是佇這个簡簡要緊的問題，反轉未捌講著。到佇近來論好酒的因由，猶閣有無明白的解明，實在夠額通奇怪。查考啉酒的酒癖，是做通世界人類所相同有。世間逐款的民族獨獨北亞美利加州愛斯基摩的人種，對 in 的地無五穀、果子，通做激酒的原料，所以袂曉食酒。這个以外就是親像古早出外飼精牲的人，到今仔日徛起城市的人無毋逐人掠酒做性命。所以酒的發明佮應用，致到酒佇滿世界，實在毋是人去傳播，是對世界逐部分，各人發生。按呢酒佮人有緣份，伊的親到親像這款，總是咱好酒的原因反轉毋知。敢無通掠做奇怪嗎？

（續）

Chiàu Pí-tek-lia̍t-khek ēng kho-ha̍k ê hong-hoat lūn hò^{n}-chiú ê goân-in, i kóng lâng tû chiú í-goā, i só͘ ì-ài ê iáu ū chin chē. Chhin-chhiū^{n} sio̍k-gú kóng, “Sit-sek sèng iá,” só͘-í lâng in-uī chia̍h ê in-toa^{n} ín-khí chē-chē tio̍h-boâ ê būn-tê. Chhin-chhiū^{n} koân-kē m̄ng-tê, si̍t-bu̍t chhut-sán kap hun-phoè ê m̄ng-tê. Iā bat in-uī hò^{n}-sek ín-khí chéng-chéng m̄ng-tê, m̄-kú chit n̄ng hāng nā beh ké-bêng i ê goân-lí sī lóng bô oh-tit. To̍k-to̍k hò^{n}-chiú-sèng sè-le̍k ê toā, liû-hêng ê khoah, si̍t-chāi m̄ sī sió-khoá. Ài kiû i àn-chái^{n} ài chia̍h chiú ê goân-in chiū chin-chià^{n} oh tit-tio̍h.	照彼得烈克用科學的方法論好酒的原因，伊講人除酒以外，伊所意愛的猶有真濟。親像俗語講，「食色性也」，所以人因為食的因端引起濟濟著磨的問題。親像懸低問題，食物出產佮分配的問題。也捌因為好色引起種種問題，毋過這兩項若欲解明伊的原理是攏無偲得。獨獨好酒性勢力的大，流行的闊，實在毋是小可。愛求伊按怎愛食酒的原因就真正偲得著。
Chia̍h-chiú ê chéng-luī sī chiàu só͘-chāi ê si̍p-koàn só͘ hò^{n}. Ū lâng hò^{n} kuí-nā khoán ê chiú, i só͘ ài ê bī-sò͘ phang, chhàu, sui-jiân bô sa^{n}-tâng, chóng--sī só͘ chia̍h ê chiú-cheng sī siāng chit-iū^{n}. (Chiú-cheng ê hāi khoà^{n} téng goe̍h ê Pò). Pêng-siông-lâng siông-siông kóng chiú-cheng ū hùn-heng cho̍k-iōng ê lêng-le̍k, só͘-í lâng ài chia̍h. Chóng--sī chiàu hiān-sî ê ha̍k-chiá só͘ khe-khó, chiú-cheng si̍t-chāi sī chò tìn-chēng-chè, m̄ sī chò hùn-heng-chè. Chiū siat-sú ū-sî thang chò hùn-heng ê lō͘-ēng iā-sī kan-ta thang èng-iōng tī ta̍k chéng ê chêng-hêng; kiù-kéng bē-ē chí chò hò^{n}-chiú ê goân-lí.	食酒的種類是照所在的習慣所好。有人好幾若款的酒，伊所愛的味素芳、臭，雖然無相同，總是所食的酒精是 siāng 一樣。(酒精的害看頂月的報)。平常人常常講酒精有奮興作用的能力，所以人愛食。總是照現時的學者所稽考，酒精實在是做鎮靜劑，毋是做奮興劑。就設使有時通做奮興的路用也是干焦通影響佇逐種的情形；究竟袂會指做好酒的原理。
Koh ū lâng kóng chiú-cheng ē thang cheng-chìn lâng ê thé-la̍t kap hó-tá^{n}-la̍t. Sui-jiân i ê lō͘-ēng bē-ē chò chin-kú ê lō͘-ēng; m̄-kú tī tia̍p-á-kú ê tiong-kan, si̍t-chāi ū hui-siông ê kong-hāu, kóng che thang chò hò^{n}-chiú ê goân-in. Chóng--sī chit khoán nā chiàu seng-	閣有人講酒精會通增進人的體力佮好膽力。雖然伊的路用袂會做真久的路用；毋過佇霎仔久的中間，實在有非常的功效，講這通做好酒的原因。總是這款若照生理學家的研究，就伊所講的即時予人拍破。因為酒精毋但袂會增進人的體

（續）

lí ha̍k-ka ê gián-kiù, chiū i só͘ kóng ê chek-sī hō͘ lâng phah-phoà. In-uī chiú-cheng m̄-nā bē-ē cheng-chìn lâng ê thé-lat kap hó-tá^{n}-la̍t nā-tiā^{n}, hoán-tńg kàu-gia̍h hō͘ lâng tì-sek ê la̍t kiám-chió, chai-bat ê châi-tiāu o͘-àm, kì-ek-sim soe-jio̍k, lí sèng siau-si̍h, i ê hāi kóng bē liáu. Kó͘-chá ū chi̍t ê toā chhut-miâ ê i-seng, miâ Hái-bó-ho̍k-chu, bat kóng, "Goá pêng-seng só͘ gián-kiù ê ha̍k-su̍t, lóng ū iâ^{n}-koè pa̍t lâng só͘ chai-bat--ê í-goā, chóng--sī goá nā kiàn lim chi̍t-tih-á chiú, chiū chi̍t chéng chhang-miâ chai-bat ê la̍t suî-sî bô liáu-liáu."	力佮好膽力但定，反轉夠額予人智識的力減少，知捌的才調烏暗、記憶心衰弱、理性消蝕，伊的害講袂了。古早有一个大出名的醫生，名 Hái-bó-ho̍k-chu，捌講，「我平生所研究的學術，攏有贏過別人所知捌的以外，總是我若見啉一滴仔酒，就一種聰明知捌的力隨時無了了。」
Chhin-chhiū^{n} án-nī lūn-kàu chiú--jī chit hāng mi̍h sui-jiân thang chò lâng chāi-si^{n} kau-poê pêng-iú, pò-tap sī-toā ê lō͘-ēng, m̄-kú i ê hām-hāi, chin-chià^{n} sǹg bē chīn. In-uī tuì kó͘-chá í-lâi, tuì lim-chiú ê iân-kò͘, lâi tì-kàu phoà-ke tōng-sán, hām-lo̍h lu̍t-hoat ê lô-bāng, ka-sū lo̍h-po̍h ê hām-hāi--ê, i ê siàu-gia̍h m̄ chai ū loā-nih chē lah! Án-ni chiú-cheng ê to̍k si̍t-chāi pí to̍k-choâ, to̍k-giat koh-khah to̍k; iáu-kú lâng ài chia̍h i khah iâ^{n}-koè ka-tī ê sì^{n}-miā. Che chin-chià^{n} hō͘ lâng bô lō͘ thang chhai chhut goân-in lah!	親像按呢論到酒字這項物雖然通做人在生交陪朋友，報答序大的路用，毋過伊的陷害，真正算袂盡。因為對古早以來，對啉酒的緣故，來致到破家盪產，陷落律法的羅網，家事落薄的陷害的，伊的數額毋知有偌爾濟啦！按呢酒精的毒實在比毒蛇，毒蠍閣較毒；猶閣人愛食伊較贏過家己的性命。這真正予人無路通猜出原因啦！
Ū lâng kóng chiú chit hāng mi̍h kàu-gia̍h hō͘ lim ê lâng si^{n}-khí chi̍t-sî ê khoài-lo̍k, hoat-khí an-ia̍t ê moá-chiok, só͘-í lâng siông-siông chioh chit ê chiú lâi chò siau-soà^{n} iu-chhiû ê hó pêng-iú: lâng ài chia̍h chiú ê goân-in, chiū-sī án-ni.	有人講酒這項物夠額予啉的人生起一時的快樂，發起安逸的滿足，所以人常常借這个酒來做消散憂愁的好朋友：人愛食酒的原因，就是按呢。
Chit khoán ê oē, nā hut-jiân-kan thia^{n}--tio̍h, ná-chún lio̍h-á oá tī lí-khì; chóng--sī nā koh siông-sè kā i siū^{n} chi̍t-ē chiū ū chit chéng ê	這款的話，若忽然間聽著，若準略仔倚佇理氣；總是若閣詳細共伊想一下就有一種的解說，毋但予人無滿意，反轉生

（續）

ké-soeh, m̄-nā hō͘ lâng bô moá-ì, hoán-tńg si^{n}-khí chē-chē khoán giâu-gî oh ké-bêng ê mn̄g-tê. Chóng-sí chiàu i só͘ kóng--ê, siat-sú chia̍h chiú sī sit-chāi uī-tio̍h beh chò ké iu-būn ut-chut ê lō͘-eng, chiū lán thang kóng, chia̍h-chiú ê lâng lóng sī uī-tio̍h i ū kan-khó͘ iu-būn bô lō͘ thang ké, chiah chhoē chit ê chiú lâi chia̍h, ǹg-bāng tī chiú tiong chhoē khoà^{n} ū khoà^{n}-oa̍h, pêng-an ê pêng-iú. Che sǹg sī lia̍h chia̍h-chiú chò kiû khoài-lo̍k ê goân-in. Chhin-chhiū^{n} chit khoán ê soeh iā sī m̄ tio̍h, in-uī tuì kó͘-chá kàu hiān-kim, lâng tiàm sè-kan khoài-lo̍k ê lō͘ ū chē-chē khoán. Chhin-chhiū^{n} Au, Bí chiu ê lâng, in ê khoài-lo̍k tuì ū le̍k-sú í-lài só͘ boē bat ū in-uī kàu-io̍k ê thêng-tō͘ hoat-ta̍t, lâm-lú bô chhim hoān. Ang-bó͘ pî^{n} koân, ke-lāi pē-kiá^{n} hia^{n}-tī ê tiong-kan bô thia^{n}-tio̍h phái^{n} sia^{n}-im, ta̍k jit kau-chè ê giân-gú, chhin-chhiū^{n} kuí cha̍p nî kú koh sio kì^{n}-bīn ê hó pêng-iú. Peh-sì^{n} ta̍k jit só͘ chò ê kang, khah chē sī kong-kiōng sū-gia̍p ê kang-chhiú^{n}, sî-kan tiā^{n}-tio̍h; thāi-gū chin hó. Peh-sì^{n} ū siū kàu-io̍k; ta̍k jit sè-kan ê sū, bô lūn hn̄g kīn ta̍k lâng thang tuì sin-bûn cha̍p-chì lâi chai.	起濟濟款僥疑僫解明的問題。總是照伊所講的，設使食酒是實在為著欲做解憂悶鬱卒的路用，就咱通講，食酒的人攏是為著伊有艱苦憂悶無路通解，才揣這个酒來食，向望佇酒中揣看有快活、平安的朋友。這算是掠食酒做求快樂的原因。親像這款的說也是毋著，因為對古早到現今，人踮世間快樂的路有濟濟款。親像歐、美洲的人，in 的快樂對有歷史以來所未捌有因為教育的程度發達，男女無侵犯。翁某平懸，家內爸囝兄弟的中間無聽著歹聲音，逐日交際的言語，親像幾十年久閣相見面的好朋友。百姓逐日所做的工，較濟是公共事業的工廠，時間定著；待遇真好。百姓有受教育；逐日世間的事，無論遠近逐人通對新聞雜誌來知。
Kì^{n}-nā kó͘-chá ê lâng, in iáu-boē bat siū^{n}-tio̍h khoài-lo̍k ê sū, bô m̄ hō͘ in hiān-sî ê lâng tit-tio̍h. In ê khoài-lo̍k kàu án-ni, cha-khó hiān-sî in ū the siū^{n} chia̍h chiú á-bô? Pêng-iú teh siū^{n} kóng ká^{n} bô, in-uī in ū hiah hó ê ki-hoē thang khoài-lo̍k. Chóng--sī koh cha-khó sit-chāi ū teh chia̍h chiú. In-uī chiàu hiān-sî Bí-kok chit chéng ê chiú-cheng, ta̍k nî chō	見若古早的人，in 猶未捌想著快樂的事，無毋予 in 現時的人得著。In 的快樂到按呢，查考現時 in 有咧想食酒抑無？朋友咧想講敢無，因為 in 有遐好的機會通快樂。總是閣查考實在有咧食酒。因為照現時美國一種的酒精，逐年造出二十萬萬銀。按呢若是食酒是做快樂的原因，in 麼使著閣食酒咧！

（續）

chhut jī-cha̍p bān-bān gîn. Án-ni nā-sī chia̍h chiú sī chò khoài-lo̍k ê goân-in, in mih-sái tio̍h koh chia̍h chiú leh!	
Koh chìn chi̍t pō͘ lâi kóng. Siat-sú chia̍h chiú si̍t-chāi sī chò khiàm khoài-lo̍k ê in-toa^{n}, chiū àn-chái^{n} lú-chú pí lâm-chú ū chia̍h-chiú--ê khah chió, in-uī lú-chú i ê kan-khó͘ khah siông pí lâm-chú khah chē. Ū lâng kóng lú-chú pí lâm-chú khah khoà^{n}-oa̍h, beh thài ū pí lâm-chú khah kan-khó͘. Sū-put-ti lú-chú ū siū lâm-chú chè-ap, bô chū-iû ê an-lo̍k; ū-sî siū lâm-chú ê chè-ap khún-pek, kek-khì tì-kàu sim-sîn bô chi̍t-sî ê chheng-chhun, i ê ut-chut bô an-lo̍k si̍t-chāi chē. àn-chái^{n} in hoán-tńg khah bô chia̍h chiú, iā lâm-chú hoán-tńg chia̍h-chiú--ê khah chē?	閣進一步來講。設使食酒實在是做欠快樂的因端，就按怎女子比男子有食酒的較少，因為女子伊的艱苦較常比男子較濟。有人講女子比男子較快活，欲 thài 有比男子較艱苦。殊不知女子有受男子制壓，無自由的安樂，有時受男子的制壓窘迫，激氣致到心神無一時的青春，伊的鬱卒無安樂實在濟。按怎 in 反轉較無食酒，也男子反轉食酒的較濟？
Koh lán lâng teh kóng-khí khoài-lo̍k chit nn̄g-jī ê ki-chhó͘, si̍t-chāi sī chāi-tī lán ê sin-khu ióng-kiā^{n}, sim-sîn kiông-chòng chò iàu-kín. Chiú-cheng sī tē it hāi sin-khu kap lán ê sim-sîn ê mi̍h hoán-tńg khì chia̍h hit-hō, kóng sī beh kiû khoài-lo̍k. Chit khoán ê lâng tú-tú sī chhin-chhiū^{n} chia̍h to̍k-io̍h, beh kiû pêng-an, chin-chià^{n} sī gōng.	閣咱人咧講起快樂這兩字的基礎，實在是在佇咱的身軀勇健，心神強壯做要緊。酒精是第一害身軀佮咱的心神的物反轉去食彼號，講是欲求快樂。這款的人拄拄是親像食毒藥，欲求平安，真正是憨。
Koh ū lâng kóng, Chiú-cheng ū mō͘-chuì-sèng; lâng nā chia̍h ē hō͘ sîn-keng mō͘-chuì, seng-io̍k ná chhin-chhiū^{n} tuì án-ni tit-tio̍h hoán-tōng chok-iōng; só͘-í nā lim chiú thang tû iu-būn kiám kan-khó͘. Jîn-luī teh ài chia̍h chiú tāi-khài chiū-sī uī-tio̍h chit khoán. Kî-si̍t chit khoán ê soeh iā sī bô ha̍p tī chêng-lí; tú-tú sī kap lim-chiú kiû pêng-an ê sio-siāng. Kiám bô siū^{n} hó-gia̍h-lâng kap hù-jū ê kok-	閣有人講，酒精有麻醉性；人若食會予神經麻醉，生育若親像對按呢得著反動作用；所以若啉酒通除憂悶減艱苦。人類咧愛食酒大概就是為著這款。其實這款的說也是無合佇情理；拄拄是佮啉酒求平安的相 siāng。敢無想好額人佮富裕的國家比散凶人佮衰微的國，伊的食酒甚物人較重？

（續）

ka pí sàn-hiong lâng kap soe-bî ê kok, i ê chia̍h-chiú sím-mi̍h lâng khah tāng?	
Hó-gia̍h lâng khoà^{n}-oa̍h khah chē, chiú chia̍h khah chē. Hù-jū ê kok, i ê peh-sì^{n} khah khoà^{n}-oa̍h, i ê peh-sì^{n} hoán-tńg chia̍h chiú khah chē. Nā chiàu án-ni ê khoán lâi sio-pí si̍t-chāi sī tú-tú sa^{n} tuì-hoán.	好額人快活較濟，酒食較濟。富裕的國，伊的百姓較快活，伊的百姓反轉食酒較濟。若照按呢的款來相比實在是拄拄相對反。
Téng-bīn sớ kóng chiah-ê, lóng bô chi̍t hāng thang kóng sī lâng ài chia̍h-chiú ê goân-in. Keng-koè Pí-tek Lia̍t-khek gián-kiù liáu-āu, chiah chiām-chiām tit-tio̍h jîn-luī hò^{n}-chiú ê in-iû. Chiàu i ê ì-sù kán-lio̍k lâi kóng: Sè-kài ê chìn-pō͘, choan-choan sī oá-khò lâng ē-hiáu hān-chè i ê sim-sîn, ap-chè sim-sîn hō͘ i ē chiàu tiā^{n}-tio̍h ê hong-bīn lâi kiâ^{n}. In-uī lâng khah koh-iū^{n} tī khîm-siù, bûn-bêng ê lâng khah koh-iū^{n} tī iá-bân ê lâng sī àn-chái^{n} cheng-chha? Tāi-khài sī in-uī i ê sim-lêng ê chok-iōng, ē-hiáu ap-chè jio̍k-thé ê chok-iōng ê iân-kò͘ nā-tiā^{n}. Chhin-chhiū^{n} bûn-bêng ná chìn-pō͘, chiū i ê cheng-sîn su-siú^{n} ná chhim; m̄-kú su- siú^{n} ê cheng-sîn bē-ē put-sî ēng; só͘-í chiū kè-bō͘ siat hioh-khùn ê hoat-tō͘.	頂面所講遮的，攏無一項通講是人愛食酒的原因。經過彼得烈克研究了後，才漸漸得著人類好酒的因由。照伊的意思簡略來講：世界的進步，專專是倚靠人會曉限制伊的心神，壓制心神予伊會照定著的方面來行。因為人較各樣佇禽獸，文明的人較各樣佇野蠻的人是按怎精差？大概是因為伊的心靈的作用，會曉壓制肉體的作用的緣故但定。親像文明那進步，就伊的精神思想那深；毋過思想的精神袂會不時用；所以就計謀設歇睏的法度。
Tī hioh-khùn ê tiong-kan ū hun nn̄g pō͘-hūn. Chhin-chhiū^{n} an-bîn sī chò cheng-sîn oân-choân ê hiu-sek, chhé^{n}-chhé^{n} bô chò kang sī kiò-chò sió pō͘-hūn ê hioh-khùn. Nā beh khah chai sió pō͘-hūn ê hioh-khùn, chiū-sī pêng-siông teh kóng siau-khián sàn-pō͘. Che sī àn-chái^{n} kóng? Chiū-sī lâng tī siau-khián sàn-pō͘ ê sî, ē hō͘ ko-siōng su-siú^{n} ê chok-iōng chiām-sî hioh-khùn, iā soà hō͘ khah hā-téng sim-tì ê su-siú^{n} chok-iōng chiām-sî chīn i ê	佇歇睏的中間有分兩部分。親像安眠是做精神完全的休息，醒醒無做工是叫做小部分的歇睏。若欲較知小部分的歇睏，就是平常咧講消遣散步。這是按怎講？就是人佇消遣散步的時，會予高尚思想的作用暫時歇睏，也紲予較下等心智的思想作用暫時盡伊的著磨。所以人若當伊的精神厭 siān 的時，就常常想愛佮朋友遊戲、行遊、作樂運動、拍球遮的，就是刁工予精神歇睏的明證；也是

（續）

tio̍h-boâ. Só͘-í lâng nā tng i ê cheng-sîn ià-siān ê sî, chiū siông-siông siū^{n} ài kap pêng-iú iû-hì, kiâ^{n}-iû, chok-ga̍k ūn-tōng, phah-kiû chiah-ê, chiū-sī tiâu-kang hō͘ cheng-sîn hioh-khùn ê bêng-chèng; iā-sī tī hioh-khùn tiong soà siu-ióng sim-sîn ê khí-kiàn.	佇歇睏中繼修養心神的起見。
Lán lâng khiā-khí bûn-bêng ê sî-tāi; kap kó͘-chá iá-bân ê lâng sa^{n} lī chin hn̄g, seng-hoa̍t ê hoat-tō͘ kap kó͘-chá lâng iā toā-toā bô sa^{n}-tâng. Só͘-í náu-la̍t ê ūn-iōng iā ū toā koh-iū^{n}. M̄-kú ū-sî lán nā in-uī ià-siān náu-la̍t khùn-khó͘, chiū khah-siông ài o̍h iá-bân-lâng ê khoán-sit, lâi hō͘ lán ê sim-sîn hoa^{n}-hí. Phì-lūn chhin-chhiū^{n} hiān-tāi chò kàu-oân ê hoat-lu̍t-su, ha̍k-chiá, á-sī kàu-sū, chit téng-hō ê lâng, muí tú-tio̍h cheng-sîn khùn-hoa̍t ê sî-chūn, chiū tiâu-kang hoa^{n}-hí khì lîm-iá soa^{n}-kan ê só͘-chāi, phah-la̍h, ū-ê khì hô-hái siû-chuí sé-e̍k téng-téng, lia̍h chiah-ê chò hoa^{n}-hí. Chóng--sī chit khoán choan-choan sī iá-bân-lâng ê khoán-sit, iáu-kú hiān-tāi bûn-bêng ê lâng ēng lâi chò khoài-lo̍k. Kiám m̄-sī in-uī ko-siōng ê sim-sîn, khùn-hoa̍t kàu-ke̍k, chiū ēng iá-bân-lâng ê tāi-chì lâi chò siau-khián hiu-ióng cheng-sîn ê hó kè-tì.	咱人徛起文明的時代；佮古早野蠻的人相離真遠，生活的法度佮古早人也大大無相同。所以腦力的運用也有大各樣。毋過有時咱若因為厭 siān 腦力困苦，就較常愛學野蠻人的款式，來予咱的心神歡喜。譬論親像現代做教員的法律師、學者、抑是教士，這頂號的人，每拄著精神困乏的時陣，就刁工歡喜去林野山間的所在，拍獵，有的去河海泅水洗浴等等，掠遮的做歡喜。總是這款專專是野蠻人的款式，猶過現代文明的人用來做快樂。敢毋是因為高尚的心神，困乏到極，就用野蠻人的代誌來做消遣休養精神的好計智。
Chóng--sī lâng tī chit khoán ūn-tōng siau-khián ê hó hoat-tō͘ í-goā, iáu ū chi̍t chéng hāu-giām ê io̍h-phín, lâng nā chia̍h chiū ē hoat-chhut hāu-le̍k kap siau-khián ūn-tōng bô cheng-chha, chit khoán ê mi̍h chiū-sī chiú-cheng. In-uī chiú-cheng chit hāng mi̍h ē hō͘ lâng ê sîn-keng mō͘-chuì, tì-kàu ko-téng ê cheng-sîn thêng-chí i ê chok-iōng; iā hō͘ hā-	總是人佇這款運動消遣的好法度以外，猶有一種效驗的藥品，人若食酒會發出效力佮消遣運動無精差，這款的物就是酒精。因為酒精這項物會予人的神經麻醉，致到高等的精神停止伊的作用；也予下等的精神挺出活動。所以人食酒實在是掠這做消遣休息神經的好藥方。世界對野蠻到文明的人掠酒做性命，大面

（續）

téng ê cheng-sîn théng-chhut oa̍h-tāng. Só͘-í lâng chia̍h chiú si̍t-chāi sī lia̍h che chò siau-khián hiu-sek sîn-keng ê hó io̍h-hn̂g. Sè-kài tuì iá-bân kàu bûn-bêng ê lâng lia̍h chiú chò sè^{n}-miā, toā-bīn sī chit ê iân-kò͘ lah! Só͘-í lâng nā ū sió-khoá sū tî^{n}-sin, iu-chhiû peh-pak, chiū ài chia̍h chiú. Án-ni thang chai lâng àn-chái^{n} ài chia̍h chiú. Sím-mi̍h goân-in? Thang kóng tú-tio̍h iu-būn ê sî chiú chò hó pêng-iú, pó͘ cheng-sîn ê sî, chiú chò hó io̍h; chiah-ê chiū-sī chia̍h-chiú ê pì-koat goân-in--lah!	是這个緣故啦！所以人若有小可事纏身，憂愁擘腹，就愛食酒。按呢通知人按怎愛食酒。甚物原因？通講拄著憂悶的時酒做好朋友，補精神的時，酒做好藥；遮的就是食酒的祕訣原因啦！
Chiàu án-ni siū^{n}--khí-lâi, chiú ê lō͘-ēng chin-chià^{n} sī toā, kong-hāu ē thang kap ūn-tōng siau-khián, cháu-bé thé-chho hia̍h-ê chò pê^{n}. M̄-kú koh siū^{n} chia̍h-chiú kap ūn-tōng siau-khián n̄g hāng ê lī-ek, kàu-boé kiat-kó tó-lo̍h chit hāng khah iú-ek?	照按呢想起來，酒的路用真正是大，功效會通佮運動消遣，走馬體操遐的做平。毋過閣想食酒佮運動消遣兩項的利益，到尾結果佗落這項較有益？
Lâng tī ūn-tōng siau-khián ê hong-hoat i ê lī-ek chiū-sī ē hō͘ thé-la̍t ná hoat-ta̍t, su-siúⁿ bô that-gāi, bô luī-tio̍h bêng-ū kap chu-keh, hoán-tńg hō͘ lâng kiong-kèng, chit khoán ê lī-ek sī sè-kài só͘ bêng-jīn. Chia̍h-chiú bô lī-ek, hoán-tńg ē liân-luī lâng it-seng ê phoà^{n}-toàn-la̍t, piān-lūn-la̍t, thiu-siōng, koan-liām, ū-sióng, kong-chèng-sim, kî bōng-sim, liâm-thí, kiong-kèng kap kî-tha^{n} chéng-chéng ê chì-khì, it-chīn siau-si̍h. Iū-koh ē hō͘ lâng hā-téng ê sîn-keng oa̍h-tāng; in-uī án-ni chiū hoat-chhut chē-chē m̄-tio̍h lām-sám ê oē, hó-chhiò, chho͘-sio̍k, bô kiàn-siàu ê sim, kap siáu-jîn ê só͘ chò chiah ê khoán-si̍t, ta̍h-ji̍p hui-hoat ê só͘-kiâ^{n}. Chiàu án-ni khoà^{n} chuì-hàn hò^{n}-chiú ê lâng, siông-siông bê-sit ko-	人佇運動消遣的方法伊的利益就是會予體力那發達，思想無塞礙，無累著名譽佮資格，反轉予人恭敬，這款的利益是世界所明認。食酒無利益，反轉會連累人一生的判斷力、辯論力、抽象、觀念、預想、公正心、期望心、廉恥、恭敬佮其他種種的志氣，一盡消蝕。又閣會予人下等的神經活動；因為按呢就發出濟濟毋著濫糝的話，好笑、粗俗、無見笑的心，佮小人的所做遮的款式，踏入非法的所行。照按呢看醉漢好酒的人，常常迷失高尚的思想，漸漸變野蠻，煞行 in 咧行的路徑，陷害講到底時才會得了咧！

（續）

siōng ê su-siú^{n}, chiām-chiām pì^{n} iá-bân, soah kiâ^{n} in teh kiâ^{n} ê lō͘-kèng, hām-hāi kóng kàu tī-sî chiah ē-tit liáu--leh!	
Chiàu án-ni lâi phah-sǹg, sui-jiân nn̄g-hāng lóng sī uī-tio̍h cheng-sîn sîn-keng ê hó hoat, chóng kóng m̄ ta̍t-tit thàn ūn-tōng ê hoat-tō͘, ū-ek bô-sún, lī-ek hiān khoà^{n}--tio̍h, hām-hāi ún-tàng bô? Nā-sī án-nî chiú kám chin-chià^{n} thang chia̍h? Goān ài kiû lī-ek ê lâng, tio̍h chhoē si̍t-chāi ū lī-ek ê lō͘, m̄-thang siū^{n} beh pó͘ lán sin-thé, tiâu-ióng sîn-keng soah khì chia̍h to̍k-io̍h, kám m̄-sī èng-giām Gōng-thng-ê só͘ kóng mah?	照按呢來拍算，雖然兩項攏是為著精神神經的好法，總講毋值著趁運動的法度，有益無損，利益現看著，陷害穩當無？若是按呢酒敢真正通食？願愛求利益的人，著揣實在有利益的路，毋通想欲補咱身體，調養神經煞去食毒藥，敢毋是應驗戇湯的所講嗎？

載於《臺南府城教會報》，第三八九卷，一九一七年八月

Khit-chiah（乞食）

作者　不詳

譯者　朱姑娘

朱姑娘像

【作者】

不著撰者。

【譯者】

朱姑娘，即朱約安（Miss Joan Stuart，1851～1931），出生於英國蘇格蘭，幼年隨父母遷居至南希爾茲（South Shields），來臺之前在當地學校教書，並且協助教會的主日學活動。一八八五年與文安（Miss Annie E. Butler）一同來臺宣教，是最早來臺的兩位女宣教士。一八八七年協力在府城（今臺南）開設女學校，盡力教育女子、巡視會友，也在教會教導婦女認識聖經，十分積極熱誠。在一八九一年短暫休假返鄉，因為有感於臺灣助產醫學的缺乏，便利用空閒時間努力學習，學成之後再次來臺，以先進技術讓臺灣婦女順利生產，同時也藉此傳播福音。一九一〇年由府城轉往彰化，同樣在中部地區致力於婦女方面的宣教事宜，上山下海，不辭辛勞。在一九一七年因個人健康因素返鄉，與兩位姊姊同住在蘇格蘭南方的小鎮 Ayton，後因腦溢血過世，安息主懷。其發表之作品目前僅見一九一八年五月刊於《臺南府城教會報》之〈乞食〉。（顧敏耀撰）

Khit-chiah	乞食
1918.05 398 Koàn p.4	1918.05 398 卷 p.4
(Chu Kơ-niû e̍k.) Ū chit ê goā-kok lâng toà tī Tiong-kok. Bó͘ jit ū thiaⁿ-kìⁿ phah mn̂g ê siaⁿ, chhe i ê chú-chiah khì khoàⁿ sī sím-mih lâng. Chú-chiah kā i kóng, "Sī chit ê kiû-khit ê lâng, kóng sī	（朱姑娘譯。） 有一個外國人傑佇中國，某一日有聽見扑門的聲，差伊的煮食去看是甚物人。煮食 kā 伊講：「是一個求乞的人，講是欲餓死，愛 kā 你討物，我 thang 予伊抑

（續）

beh gō sí, ài kā lí thó mih, goá thang hō͘ i á m̄ thang?” Thâu-ke kóng, “Thang ah! lí kin-á-jit ū chò mī-pau, the̍h chi̍t pōng hō͘ i. “Chú-chia̍h ìn i kóng, “M̄-kú lâng chia̍h chit hō mī-pau m̄ koàn-sì, kiám-chhái m̄ chia̍h, i khah ài chia̍h pn̄g. “Thâu-ke kóng, “Chóng-sī goá hán-tit chia̍h pn̄g, só͘-í chit chūn put-piān bô thang hō͘ i. I nā beh gō sí chiū ún-tàng ài chia̍h mī-pau lâi chí-ki.	m̄ -thang?」頭家講：「Thang 啊！你今仔日有做麵包，提一磅予伊。」煮食應伊講：「M̄-kú 人食這號麵包 m̄ 慣勢，kiám-chhái m̄ 食，伊較愛食飯。」頭家講：「總是我罕得食飯，所以這陣不便，無 thang hō͘伊。伊若欲餓死就穩當愛食麵包來止饑。」
Chú-chia̍h-ê chiū the̍h chi̍t tè mī-pau hō͘ i; nā-sī hit ê khit-chia̍h kā i khoàⁿ,kā i phīⁿ-phīⁿ-leh, chiū hiat-ka̍k khì m̄ tihN8, m̄ ài chia̍h chò i khì.	煮食的就提一塊麵包 hō͘伊；若是 hit 個乞食 kā 伊看，kā 伊鼻鼻--咧，就 hiat-ka̍k 去 mt7...hN，m̄ 愛食做伊去。
Bîn-á-jit tī goā-kok lâng ê chhù kohū phah mn̂g ê siaⁿ. I ê chú-chia̍h khì khui, khui-liáu chiū khì kā thâu-ke kóng, “Ū lâng beh lâi kiû chîⁿ khì bech2...t khū koaⁿ-chhâ tâi sí-lâng.	明仔日佇外國人的厝閣有扑門的聲，伊的煮食去開，開了就走去 kā 頭家講：「有人欲來求錢去買一具棺柴埋死人。」
Thâu-ke kóng, “Sím-mih lâng?” Kóng, “M̄-chai. Ū lâng kóng tī Tang-mn̂g-goā ū chi̍t ê lâng sí, chím-á tó tī lō͘-piⁿ, bô lâng bat i. “Thâu-ke kóng, “Lí khì khoàⁿ-māi chiah lâi kā goá kóng. “Kóng, “Hó,” chiū khì. Tia̍p-á-kú chiū tńg-lâi hoê-hok kóng, Ū iáⁿ, lí phah-sǹg sī sím-mih lâng? Chiū-sī cha-bō͘-jit lâi tī chia kiû-khit hit-ê. I hiat-ka̍k lí só͘ sàng ê mī-pau tì-kàu gō-sí!	頭家講：「甚物人？」講：「毋知。有人講佇東門外有一個人死，chím-á 倒佇路邊，無人 bat--伊」頭家講：「你去看覓才來 kā 我講」講：「好」就去。Tia̍p 仔久就轉來回覆講：「有影，你扑算是甚物人？就是昨暮日來佇 chia 求乞 hit 個。伊 hiat-ka̍k 你所送的麵包致到餓死」
Taⁿ ēng chit-ê lâi chò phì-jū. Sèng-keng kóng Iâ-so͘ sī thiⁿ lo̍h-lâi ê piáⁿ; kìⁿ-nā hoaⁿ-hí sêng-siū-ê, lêng-hûn ē tit-tio̍h oa̍h bián gō sí. Lâng nā m̄ tihN8 (chhin-chhiūⁿ hit ê kiû-khit ê lâng m̄ siū mī-pau) bē bián-tit i ê lêng-hûn iau-gō kàu sí-bô ê só͘-chāi.	今用這個來做譬喻，聖經講：「耶穌是天落來的餅；見若歡喜承受的，靈魂會得著活免餓死。人若 m̄ tihN8（親像 hit 個求乞的人 m̄ 受麵包）袂免得伊的靈魂枵餓到死無的所在。

（續）

Goān Siōng-tè hō͘ lán tāi-ke bo̍h-tit m̄ tihN8 Siōng-tè ê siúⁿ-sù, pàng-sak Kiù-chú Iâ-so͘ tì-kàu tîm-lûn tī éng-oán bô thang n̄g-bāng ê só͘-chāi.	願上帝予咱逐家莫得 m̄ tihN8 上帝的賞賜，放揀救主耶穌致到沈淪佇永遠無 thang 向望的所在。

載於《臺南府城教會報》，第三九八卷，一九一八年五月

Siú-chî^{n}-lô（守錢奴）

作者　不詳
譯者　林清潔

【作者】

不著撰者，原文是某則新聞報導。（顧敏耀撰）

【譯者】

林清潔（Lîm Chheng-kiat，？～？），為臺灣北部第一批受洗者之一的林孽（又名林輝成，1847～1896，由馬偕牧師施洗，後任傳道師）之次子，本身亦為傳道師，約從一九一四年之後任職於后里的墩仔腳教會、苗栗的鯉魚潭教會、苑裡教會、臺北的雙連教會、宜蘭的羅東教會等。曾在《臺灣教會報》發表〈自相矛盾〉（1915 年 3 月）、在《臺南府城教會報》發表〈守錢奴〉（1920 年 6 月）、〈奇怪的新聞〉（1920 年 9 月）、在《芥菜子》發表〈守錢奴變做慈善翁〉（1934 年 8 月）、〈拿俄米故事〉（1935 年 2 月）。（顧敏耀撰）

Siú-chî^{n}-lớ	守錢奴
1920.06 423 Koàn p.5～6	1920.06 423 卷 p.5～6
(Lîm Chheng-kiat e̍k.) Bat khoà^{n} sin-bûn teh kóng tī goā-kok ū chi̍t ê Siú-chî^{n}-lớ , i ū chek-chū put-chí choē chî^{n} khǹg tī chhù-lāi ,iā i sim-koa^{n} siông-siông teh chù-i hiah ê chî^{n} in-uī kia^{n} liáu oē sit-lo̍h , Sớ-í siông siông chiong mn̂g koai^{n}--teh , chiū the̍h chhut i sớ chek-chū ê chî^{n} lâi sǹg chi̍t piàn khoà^{n}--leh , sǹg liáu chiū koh pau--khí-lâi khǹg . Chi̍t ê Siú-chî^{n}-lớ í-keng chin lāu lah , bô bớ iā bô kiá^{n} , in-uī i kia^{n}-liáu chhoā bớ si^{n} kiá^{n} oē khai liáu i ê chî^{n} , i chí-ū chhī chi̍t chiah eng-ko chiáu tī chhù-lāi kap i choè phoā^{n} nā-tiā^{n} . Siú-chî^{n}-lớ nā teh chia̍h	（林清潔譯）。 Bat 看新聞咧講佇外國有一個守錢奴，伊有積聚不止濟錢囥佇厝內，也伊心肝常常 teh 注意 hiah-ê 錢因為驚了會失落，所以常常將門關--teh，就提出伊所積聚的錢來算一遍看 leh，算了就閣包起來囥。這個守錢奴已經真老--lah，無某也無子，因為伊驚了娶某生子會開了伊的錢，伊只有飼一隻鸚哥鳥佇厝內佮伊做伴若定。守錢奴若 teh 食飯的時，彼隻鸚哥佮伊佇桌頂食，伊若 teh 算錢的時，彼隻鸚哥也佇伊的身邊跳來跳去 teh 看，所以除去彼隻鸚哥以外無別人

（續）

pn̄g ê sî , hit chiah eng-ko iā kap i tiàm toh-téng chia̍h , i nā teh sǹg chî^{n} ê sî , hit chiah eng-ko iā tī i ê sin-pi^{n} thiàu-lâi thiau-khi teh khoà^{n}; sớ-i tû-khì hit chiah eng-ko í-goā bô pa̍t lâng chai i ê chî^{n}-gûn khng8 tī tó-uī .	知伊的錢銀囥佇佗位。
Ū chi̍t pái i teh sǹg chî^{n} , sǹg liáu hut-jiân kiám put-chí choē , i ê sim chin kî-koài chin hoân-ló . Keh kuí-nā ji̍t koh sǹg khoà^{n} iū sī koh-khah kiám , sớ-í hit-tia̍p i ê sim chin hoân-ló kàu boē chia̍h boē khùn-tit , to̍k-to̍k m̄ chai i ê chî^{n} tuì tó-uī sit-lo̍h . Ū chi̍t chá-khí i chá-chá khí-lâi khui mn̂g hut-jiân khoà^{n}-kì^{n} mn̂g-kháu sng se̍h ê téng-bīn ū gín-ná ê kha-jiah , i chiū siū^{n} che sī cha-mî ū chi̍t ê gín-ná lâi thau-the̍h i ê chî^{n} . Sớ-í kín mé tuì hit ê kha-jiah ti̍t-ti̍t thêng ti̍t-ti̍t chhē , Khì chhē kàu chi̍t tui kū chhâ-liāu thia̍p chin toā-tui ê sớ-chāi . Tī hia ū chi̍t ê khang i chiū à^{n}--lo̍h-khì khoà^{n} lāi-toé kó-jiân ū chi̍t ê chiâ^{n} cha̍p-hè ê cha-bớ gín-nā tī-hia koâ^{n} kàu gîm-gîm chun ,i chiū kín kā khiú chhut-lâi iā pún-sin ng8-jip2-khì chhē khoà^{n} i sớ sit-lo̍h ê chî^{n} ū tī-hia á-bô?Chóng-sī chhē lóng bô , āu-lâi chhut-lâi khoà^{n}-kì^{n} hit ê cha-bớ gín-á chin koâ^{n} chin iau chin khó-lîn ê khoán , i chiū si^{n}-chhut lîn-bín ê sim kā i chhoā tò--khì in chhù pī-pān mi̍h hō͘ i chiah2 . Chia̍h pá chiū mn̄g I kóng,;í ū pē-bú á-bô? Cha-bớ gín-ná ìn kóng , pē-bú hia^{n}-tī lóng bô chí-ū goá ka-kī chi̍t ê nā-tiā^{n} , goá sī kàu-ke̍k kan-khớ bô i-oá ê gín-ná. Siú-chî^{n}-lớ chiū kóng ,Nā-sī án-ni lí kap goá tiàm chia hó mah？Cha-bớ gín-ná ìn kóng hó . Cha-bớ	有一擺伊 teh 算錢，算了忽然減不止濟，伊的心真奇怪真煩惱。隔幾若日閣算看又是閣較減，所以 hit-tia̍p 伊的心真煩惱到袂食袂睏得，獨獨 m̄ 知伊的錢對佗位失落。有一早起伊早早起來開門忽然看見門口霜雪的頂面有囡仔的腳跡，伊就想 che 是昨暝有一個囡仔來偷提伊的錢。所以緊猛對 hit 個腳跡直直停直直揣，去揣到一堆舊柴料疊真大堆的所在，佇 hia 有一個孔伊就 à^{n}--落去看內底果然有一個成十歲的查某囡仔佇 hia 寒到 gîm-gîm-chun，伊就緊 kā khiú--出來也本身 nǹg 入去揣看伊所失落的錢有佇 hia 無？總是揣攏無，後來出來看見彼個查某囡仔真寒真枵真可憐的款，伊就生出憐憫的心 kā 伊 chhoā 倒--去 in 厝備辦物予伊食。食飽就問伊講：「你有父母抑無？」查某囡仔應講：「父母兄弟攏無，只有我家己一個若定，我是到極艱苦無依倚的囡仔」守錢奴就講：「若是按呢你佮我 tiàm 遮好--mah?」查某囡仔應講好。查某囡仔不止乖，所以守錢奴不止疼伊，做衫予伊穿，也送伊入學校讀冊。這個查某囡仔的名叫做美人。

（續）

gín-nā put-chí koai sớ-i Siú-chî^{n}-lớ chin thià^{n} i ,choè sa^{n} hỡ i chhēng , iā sàng i jip ha̍k-hāu tha̍k-chheh . Chit ê cha-bớ gín-nā ê miâ kiò choè Bí-jîn .	
I ū chit jit teh peh chhiū thit-thô ê sî chhē-tio̍h chit ê chiáu-siū lāi-bīn ū chin choē kim poa̍t-á tī--teh i chiū khì pò Siú-chî^{n}-lớ chai . Siú-chî^{n}-lớ khì khoà^{n} chiū jīn-tit sī i chêng sớ sit-lo̍h ê chî^{n} ,chiū sī teh sǹg ê sî hỡ hit chiah eng-ko thau-kā khì , ta^{n} koh tit-tio̍h chin hoa^{n}-hí; Sớ í koh khah thià^{n} Bí-jîn , khoán-thāi i choè ka-kī ê cha-bớ-kiá^{n} . Bí-jîn chin gâu tha̍k chheh iā ū hỡ tâng-phoā^{n} chio khì tha̍k Chú-jit-o̍h . Bí-jîn thia^{n} tō-lí put-chí siū kám-kek , i chiū koat-ì sìn Iâ-sơ. Siú-chî^{n}-lớ iā bô chớ-tòng i . Bí-jîn 16 hè ê sî Siú-chî^{n}-lớ chiū sí--khì . I sớ chek-chū ê chî^{n}-gûn lóng hỡ Bí-jîn tit--khì . Bí-jîn ū siū^{n} i sớ tit-tioh2 ê chî^{n}-gûn bêng-bêng sī Siōng-tè siú^{n}--ê , sớ-í chiū li̍p chì beh chiong i pun-sin kap sớ tit-tio̍h-elâi choè kàu-hoē ê lī-ek . āu-lâi chiū chiong i ê chî^{n} kià-hù chin choē tī lé-pài-tn̂g ,i koán ,ha̍k-hāu , iā i pún-sin koh jip Sîn-ha̍k-ī^{n} tha̍k-chheh chut-gia̍p , choè kơ-niû sì-koè pò-iông tō-lí put-chí ū lī-ek kàu-hoē . Sio̍k-gú kóng , Lâng teh choè thi^{n} teh chhiâu .Lán khí-thâu khoà^{n}-kì^{n} Siú-chî^{n}-lớ teh siú chî^{n} la̍k lâng ài hiâm i , chóng-sī kiat-bé lâi khoà^{n} iû-goân si Siōng-tè ê ì-sù .Chim-giân ū kóng , Lâng ê sớ choè kàu-bé lóng kui Siōng-tè tī-lí.	伊有一日 teh peh 樹 thit-thô 的時揣著一個鳥巢內面有真濟金 poa̍t 仔佇--teh 伊就去報守錢奴知。守錢奴去看就認得是伊前所失落的錢，就是 teh 算的時予彼隻鸚哥偷咬去，今閣得著真歡喜；所以閣較疼美人，款待伊做家己的查某子。美人真 gâu 讀冊也有予同伴招去讀主日學，美人聽道理不止受感激，伊就決意信耶穌，守錢奴也無阻擋伊。美人十六歲的時守錢奴就死--去，伊所積聚的錢銀攏予美人得去。美人有想伊所得著的錢銀明明是上帝賞賜的，所以伊就立志 beh 將伊本身佮所得著--的來做教會的利益。後來就將伊的錢寄附真濟佇禮拜堂、醫館、學校，也伊本身閣入神學校讀冊卒業，做姑娘四界播揚道理，不止有利益教會。俗語講：「人 teh 做，天 teh chhiâu」咱起頭看見守錢奴 teh 守錢逐人 ài 嫌伊，總是結尾來看猶原是上帝的意思。箴言有講：「人的所做到尾攏歸上帝治理」

載於《臺南府城教會報》，第四二三卷，一九二〇年六月

Kiâⁿ-iû ê Gín-á（行遊的囡 á）

作者　不詳
譯者　羅虔益

【作者】

不著撰者。

【譯者】

羅虔益在代理校長期間（1921～1922）與校內師生合照

羅虔益（Kenneth Dowie，1887～1965），生於加拿大新蘇格蘭（Nova Scotia），幼年回英國蘇格蘭讀小學，到高中時才舉家搬遷回加拿大蒙特婁（Montreal）附近讀高中，繼而進入馬宜大學（Science Faculty of McGill University）就讀科學院，順利取得建築學位，且於該校長老教會神學院（Presbyterian College of McGill University）進修部分課程，立志成為海外宣教師。一九一三年派抵臺灣，擔任教會長老，輔佐偕叡廉校長籌設淡水中學校（今淡江高中），規畫校園，建設校舍，融合東西方風格的八角塔即出自其手筆，至今仍為該校的代表性建築。一九二一至一九二二年間曾代理該校校長。一九二三年為艋舺教會設計了禮拜堂，作為北部教會五十週年紀念建築物。一九二四年返回加拿大，後來定居美國南加洲，先後任職於摩氏與孫氏聯合建築師事務所

（Architectural firm of Witmer＆Watson）以及加州政府橋樑部。二次大戰期間，擔任美國海軍情局翻譯官，官拜海軍少校。退役後返回加州橋樑部工作，並轉任至洛衫磯的辦事處，繼而被派任至日本擔任全體基督新教派之營建顧問，負責重建戰後日本已毀的基督教學校、教會堂、宣教師宿舍等，退休後搬遷至加州的克拉蒙市（Claremont），在當地安息主懷。在臺期間曾於《臺灣教會報》發表白話字作品〈衛生佮厝〉（1918 年 10 月）、亦於《臺南府城教會報》發表〈今仔日〉（1921 年 9 月）、〈行遊的囡仔〉（1921 年 9 月）。（顧敏耀撰）

Kiâⁿ-iû ê Gín-ná	遊 ê 囡 ná
1921.09 438 Koàn p.5～6	1921.09 438 Koàn p.5～6
(Lô Khiân-ek e̍k.) Kó͘-chá ê sî ū chit ê soè-hàn gín-ná khì tī chhiū-nâ-lāi beh thit-thô. I phah-sǹg i ko͘-toaⁿ chit-ê tī-teh nā-tiāⁿ, long bô khoàⁿ-kìⁿ i ê pē ê ba̍k-chiu chim-chiok teh khoàⁿ i, m̄-kú i ê pē ū khoàⁿ i. Gín-ná hoaⁿ-hí tī chháu-po͘ cháu-lâi cháu-khì, thit-thô, bán hoe; iā tī toā châng chhiū-kha kiâⁿ-iû. Koh in-uī ke̍k hoaⁿ-hí, só͘-í i chin toā siaⁿ the hoah. Ta̍k hāng khoàⁿ liáu lóng sī sin,in-uī i iáu-bē bat khoàⁿ-kìⁿ, só͘-í i lóng bô kiaⁿ.	（羅虔益譯） 古早的時有一個細漢囡仔去佇樹林內欲 thit-thô，伊扑算伊孤單一個佇—the 若定，攏無看見伊的父的目珠斟酌 teh 看伊，m̄-kú 伊的父有看伊。囡仔歡喜佇草埔走來走去，thit-thô、挽花，也佇大欉樹腳行遊，閣因為極歡喜，所以伊真大聲 teh 喝，逐項看了攏是新，因為伊猶未 bat 看見，所以伊攏無驚。
Teh khoàⁿ hoe ê sî, tuì hoe-lāi ū chit bé to̍k choâ hut-jiân sô-chhut-lâi. Gín-ná khoàⁿ i ê phê chin suí, soà chhun-chhiú beh lia̍h i. Hit-chūn lāu-pē tuì āu-bīn kiò kóng, Guî-hiám, guî-hiám. Gín-ná khí-lâi, choâ chiū sô cháu. Chóng-sī gín-ná bô khoàⁿ-kìⁿ i ê pē, soà boē kì-tit i ê siaⁿ. Tiap-á-kú sin-piⁿ ū chit chiah ia̍h-á chin suí la ihioh tī gín-ná ê hoe, chiah pe khì. Gín-ná teh chhē ê sî, ia̍h-á ná pe ná koâiⁿ chiām-chiām khoàⁿ tit-tit bô--khì. Hit-	Teh 看花的時，對花內有一尾毒蛇忽然趖--出來，囡仔看伊的皮真媠，煞伸手 beh 掠伊，彼陣老父對後面叫講：「危險！危險！」囡仔起來，蛇就趖走，總是囡仔無看見伊的父，煞袂記得伊的聲。Tia̍p 蝶仔久身邊有一隻蝶仔真媠來歇佇囡仔的花，才飛去，囡仔 teh 揣的時，蝶仔那飛那懸漸漸看直直無--去。彼陣老父伸手就指彼隻蝶仔所飛去的方面，就是佇雲間，m̄-kú 囡仔無看見伊

（續）

chūn lāu-pē chhun-chhiú chiū kí hit chiah iah-á sớ pe khì ê hong-bīn, chiū-sī tī hûn-kan, m̄-kú gín-ná bô khoàⁿ-kìⁿ i ê lāu-pē ê chhiú.	的老父手。
Tī hia ū chit ê chuí-khut-á, hit ê chuí lóng bô tín-tāng, tiām-tiām koh chin chhim. Gín-ná kuī tī khut-piⁿ teh chhiò,khoàⁿ i ê bīn tī chuí-toé, phah-sǹg chin sim-sek, soà àⁿ-lo̍h oá tī chuí teh khoàⁿ,lāu-pē chiū koh kóng, Guî-hiám. Gín-ná oa̍t-thâu bô khoàⁿ-kìⁿ lāu-pē ê bīn, phah-sǹg káⁿ sī hong ê siaⁿ. āu-lâi hong lâi ê sî, chuí teh tín-tāng, gín-ná chiong i ê kha chhun-lo̍h-khì chhì-khoàⁿ léng á sio, chiū chai chuí chin léng. Hit-chūn ū siaⁿ koh khah toā siaⁿ kiò kóng, Guî-hiám, guî-hiám. M̄-kú gín-ná choân sim teh phah chuí phin-phin phông-phông sớ-í bô thiaⁿ-kìⁿ.	佇 hia 有一個水窟仔，彼個水攏無振動，恬恬閣真深，囡仔跪佇窟邊 teh 笑，看伊的面佇水底，扑算真心適，續 àⁿ 落倚佇水 teh 看，老父就閣講：「危險！」囡仔越頭無看見老父的面，扑算敢是風的聲，後來風來的時，水 teh 振動，囡仔將伊的腳伸落去試看冷抑燒，就知水真冷，彼陣有聲閣較大聲叫講：「危險！危險！」M̄-kú 囡仔全心 teh 扑水，phin-phin phông-phông, 所以無聽見。
āu-lâi khoàⁿ-kìⁿ tī khut-té ū mih chin suí kng-kng-kng, gín-ná chin-ài tit-tio̍h, sớ-í ū àn lo̍h be hbong i, soah poa̍h-lo̍h tī chhim-chuí, khó-sioh khut put-chí chhim, gin-ná tîm lo̍h-khì, chiū toā-siaⁿ kiò: "Kiù goá! Kiù goá!"	後來看見佇窟底有物真媠光--光光，囡仔真愛得--著，所以有 àn 落欲摸伊，煞跋落佇深水，可惜窟不止深，囡仔沈落去，就大聲叫：「救我！救我！」
In lāu-pē tī hia suî-sî chhun i tn̂g-tn̂g ê chhiú khiú i khí-lâi tī an-ún ê sớ-chāi. Gín-ná in-uī koâⁿ koh kiaⁿ, sin-khu ngia̍uh-ngia̍uh-chhoah, hit chūn lāu-pē ēng i ê chhiú tah i ê sim kóng: "Goá siông-siông chiàu-kờ lí, lí lóng m̄-chai; goá ū chhut kì-hō hō lí, m̄-kú lí lóng bô khoàⁿ-kìⁿ; goá ū kā lí kóng, m̄-kú lí lóng bô thiaⁿ-kìⁿ; lí nā put-sî siù-liām goá, chiū chai goá kap lí saⁿ-kap tī-teh."	In 老父佇 hia 隨時伸伊長長的手 khiú 伊起來佇安穩的所在。囡仔因為寒閣驚，身軀 ngia̍uh-ngia̍uh chhoah，彼陣老父用伊的手搭伊的心講：「我常常照顧你，你攏毋知；我有出記號予你，m̄-kú 你攏無看見；我有 kā 你講，m̄-kú 你攏無聽見；你若不時數念我，就知我佮你相佮--teh。」

（續）

Hit-chūn gín-ná thia^{n} lāu-pē ê oē,chhun chhiú lâi lám i ê seng-khu, hō͘ iê lāu-pē phō. Chiū kóng, Pē ah, chhiá^{n} kap goá éng-éng sa^{n}-kap tī-teh, goá ê ba̍k-chiu put-sî him-bō͘ thang khoà^{n} lí ê kì-hō, ia̍h goá ê hī-khang put-sî him-bō͘ thang thia^{n} lí ê sia^{n}.	彼陣囡仔聽老父的話，伸手來攬伊的身軀，予伊的老父抱，就講：「父啊，請佮我永永相佮佇--teh，我的目珠不時欣慕通看你的記號，亦我的耳孔不時欣慕通聽你的聲。」

載於《臺南府城教會報》，第四三八卷，一九二一年九月

Kin-á-ji̍t（今仔日）

作者　不詳
譯者　羅虔益

【作者】

不著撰者。

【譯者】

羅虔益，見〈行遊的囡仔〉。

Kin-á-ji̍t	今仔日
1921.09 438 Koàn p.6	1921.09 438 卷 p.6
(Lô Khiân-ek e̍k.) Kin-á-ji̍t sī lí só͘ ū, ia̍h sī lí só͘ choè, pí-phēng lí bô poàⁿ hāng, lí bô choè sím- mi̍h, chiū chhin-chhiūⁿ lóng bô kin-á-ji̍t. Kin-á-ji̍t chiū-sī hoaⁿ-hí, chiū-sī kang, chiū-sī seng-oa̍h.	（羅虔益譯。） 今仔日是你所有，亦是你所做，比並你無半項，你無做甚物，就親像攏無今仔日；今仔日就是歡喜，就是工，就是生活。
Chā-hng m̄ bián khoàⁿ choè būn-toê, in-uī í-keng kè khì. Bîn-á-chài iā m̄ bián lia̍h choè būn-toê, in-uī iáu-bē kàu. Kin-á-ji̍t siōng iàu-kín ê ji̍t, kin-á-ji̍t ū ki-hoē. In-uī án-ni tio̍h tì-ì lâi thàn, bô lūn sím-mi̍h ki-hoē. Kin-á-ji̍t lâi chhiò, kin-á-ji̍t tio̍h ū hó-táⁿ, kin-á-ji̍t tio̍h ū hoaⁿ-hí, kin-á-ji̍t chiū-sī lí ê ji̍t. Tī kin-á-ji̍t sè-kan ta̍k hāng chiām- chiām teh oāⁿ, kin-á-ji̍t lí thang koh oa̍t-thâu, koh hoán-hoé. Kin-á-ji̍t lí thang ēng chā-hng só͘ o̍h-ê, kin-á-ji̍t thang tit-tio̍h oa̍h-miā ê seng-hoa̍t.	昨昏毋免看做問題，因為已經過去；明仔再也毋免掠做問題，因為猶袂到。今仔日上要緊的日，今仔日有機會，因為按呢著致意來趁，無論甚物機會。今仔日來笑，今仔日著有好膽，今仔日著有歡喜，今仔日就是你的日。佇今仔日世間逐項漸漸 teh 換，今仔日你通閣越頭，閣反悔；今仔日你通用昨昏所學的，今仔日通得著活命的生活。
Tē-it iàu-kín, kin-á-ji̍t m̄ bián kiaⁿ, koh lóng m̄-bián khoà-lū, hō͘ bô iàu-kín ê sū lóng bô-lô	第一要緊，今仔日毋免驚，閣攏毋免掛慮，予無要緊的事攏 bô-lô 溶溶去；今

（續）

iû^{n}-iû^{n}-khì. Kin-á-ji̍t tio̍h choè kang, tio̍h pang-chān, tio̍h thià^{n}-thàng; in-uī kin-á-ji̍t boē oē koh lâi.	仔日著做工，著幫贊，著疼痛，因為今仔日袂會閣來。

載於《臺南府城教會報》，第四三八卷，一九二一年九月

A-phiàn-kuí pìⁿ-chò Sèng-tô͘（阿片鬼變作聖徒）

作者　不詳
譯者　文姑娘

【作者】

不著撰者。

文姑娘像

【譯者】

文姑娘，即文安（Miss Annie E Butler，？～？），基督教長老教會宣教士，一八八五年與朱約安（Miss Joan Stuart）一同來臺，兩人於一八八七年共同創辦女學校，翌年又有同為長老教會女宣教士的萬真珠（Margaret Barnett）來臺協助，三人共同掌管校務與教學活動，教導臺灣婦女認識聖經與白話字，兼及算數、地理、刺繡，衛生，漢文等學科，同時也勤於拜訪各地教友，並且前往鄉村地區宣教。其間亦曾向高雄梅醫生學習助產，免費為臺灣婦女接生。一九一〇年與朱約安同時到彰化服務，後於一九二五年前後返回英國，爾後便沒有再來臺灣，在臺奉獻時間將近四十年。曾於《臺南府城教會報》發表〈看像的福氣〉（1899 年 3 月）、〈保惜精牲〉（1899 年 5 月）、〈馮玉祥出死入活〉（1921 年 1 月）、〈阿片鬼變做聖徒〉（1924 年 3 月）、〈文姑娘的批〉（1926 年 2 月），亦於《臺灣教會報》發表〈王宮佮御園〉（1916 年 9 月）、〈王的看護婦〉（1918 年 6～8 月）。（顧敏耀撰）

A-phiàn-kuí pìⁿ-chò Sèng-tô͘	阿片鬼變作聖徒
1924.03 468 Koàn p.7-9	1924.03 468 卷　頁 7～9
(Bûn--sī An e̍k—ê)	文氏安譯--ê
Lâng siông-siông chheng-hơ i chò lāu Mô͘-se, in-uī i ê bīn hoat-chhut êng- kng, chhin-chhiūⁿ Sèng-keng só͘ kì ê Mô͘-se.	人常常稱呼伊做老摩西，因為伊的面發出榮光，親像聖經所記的摩西。

（續）

Chiông-chiân boē thia^{n}-tio̍h Iâ-sơ ê ê hok-im, i sī tī choē-ok tiong, hit-sî bīn-māu lóng bô chiò-kng, hoán-tńg sī n̂g-sng koh sán-giàn. I ê a-phiàn-hun- chhoe sī thih choè--ê, i bô ài chhâ--ê, sī ēng chit hō khah lī-piān thang kòng tuì- te̍k, in-uī i put-sî ài kap lâng oan-ke sa^{n}-phah. I A-phiàn chia̍h tiâu, sin-thé ná lám, soà liân-luī-tio̍h i chit-kha chit- chhiú piàn-suī; nā beh khì khah hn̄g ê só-chāi, tio̍h chē chhia, á-sī chē kiō chiah ē kàu.	從前袂聽著耶穌的福音，伊是佇罪惡中，彼時面貌攏無照光，反轉是黃酸閣 sán-giàn。伊的鴉片薰吹是鐵做--的，伊無愛柴--的，是用這號較利便通摃對敵，因為伊不時愛佮人冤家相扑。伊鴉片食--牢，身體那 lám, 續連累著伊一腳一手 piàn-suī；若欲去較遠的所在，著坐車，抑是坐轎才會到。
Tuì i sêng-siū tō-lí ê liáu-āu, Siōng-tè ê koân-lêng ū hián-bêng, kā i tháu- pàng, Mô͘-se chiū it-chīn piàn-oā^{n}, seng- khu chiām-chiām ióng-kiā^{n}, chiū ná gâu kiâ^{n}. Ū chit uī ê bo̍k-su chò kan-chèng, kóng i bat chit-pái khoà^{n} Mô͘-se kiâ^{n} kàu phò goā lō͘, kàu lé-pài-tn̂g. Kàu uī ê sî, i ê kha-chhiú iáu chin oa̍h-tāng, bīn-māu ia̍h hoa^{n}-hoa^{n} hí-hí, lâi hián- chhut Chú ê êng-kng.	Tuì 伊承受道理故了後，上帝的權能有顯明，kā 伊 tháu 放，摩西就一盡變換，身軀漸漸勇健，就那 gâu 行。有一位的牧師做干證，講伊 bat 一擺看摩西行到舖外路，到禮拜堂。到位的時，伊的腳手猶真活動，面貌也歡歡喜喜，來顯出主的榮光。
Lāu Mô͘-se í-keng chò Ki-tok-tô͘, chek-sî chhut pîn-kù. Tit-tio̍h kiù liáu- āu, chiū khì chhoē i chiông-chiân só͘ hām-hāi ê cho̍k-tiú^{n}, kā in kóng, "Tek- choē lín ê lâng sī goá, chhut-chāi lín hêng-hoa̍t, bô lūn ēng phah, koai^{n}-lo̍h ka^{n}, á-sī hō͘ goá sí ia̍h thang. "In hiah ê lâng thia^{n} i chiah láu-si̍t jīn-i ê choē, tāi-ke kèng-tiōng, bô chit ê ká^{n} lia̍h i. I hêng-tōng kú-chí chin ū ha̍h tō-lí, ta̍k ê an-hioh-jit óng-hoê kiâ^{n} n̄ng-phò lō͘ kàu chit keng pài-tn̂g, teh liāu-lí hit lāi-bīn ê cha̍p-sū, iā piàn thoân tō-lí, ín-chhoā chē-chē lâng lâi bat Kiù-chú, tì-kàu siâ^{n}-chhī ê peh-sì^{n} siū kám-kek.	老摩西已經做基督徒，即時出憑據。得著救了後，就去揣伊從前所陷害的族長，kā in 講：「得罪恁的人是我，出在恁刑罰，無論用扑、關落監，抑是予我死也通。」In hiah 的人聽伊 chiah 老實認伊的罪，大家敬重，無一個敢掠伊。伊行動舉止真有合道理，逐個安歇日往回行兩鋪路到一間拜堂，teh 料理彼內面的雜事，也遍傳道理，引 chhoā 濟濟人來 bat 救主，致到城市的百姓受感激。

（續）

Ū chit-pái goā-kok ê Bo̍k-su kap Mô͘- se khì hia sûn Sèng-hoē, hō͘ chit ê kū koaⁿ-hú chhiáⁿ, hù tê-piáⁿ-hoē. Kàu gê-mn̂g, chiū ū siâⁿ-nih loā-chē ê hoē-tiúⁿ lâi hù, í-keng chia̍h tê, hit ê kū koaⁿ-hú khí-lâi tuì Bo̍k-su kóng, "Goán chhiáⁿ lí lâi chia, sī in-uī lí tī chit siâⁿ lāi-goā só͘ chò ê kang, si̍t-chāi chò goán ê toā iú- ek. "Chiah oa̍t-lìn-tn̍g tuì Mô͘-se kóng, "Kin-á-ji̍t koh khah te̍k-pia̍t chhiáⁿ lí, in-uī goán khoàⁿ lí kó-jiân ū sìn ê pîn-kù. Goán put-chí chai-iáⁿ lí chêng ê pháiⁿ phín-hēng. Taⁿ ū kái-ok chiông- siān kap chá-sî toā cheng-chha, chit hō ê chèng-kù tī goán ê bīn-thâu- chêng. Thiaⁿ-kìⁿ lín ài tī-chia khí sin ê pài-tn̂g, put-kò só͘ tê ê gîn bô kàu-gia̍h, goán koaⁿ-hú ū su-niû beh pó͘-chiok."	有一擺外國的牧師佮摩西去 hia 巡聖會，予這個舊官府請，赴茶餅會。到衙門，就有城--nih 偌濟的會長來赴，已經食茶，彼的舊官府起來 tuì 牧師講：「阮請你來遮，是因為你佇這城內外所做的工，實在做阮的大有益。」Chiah 越怹轉 tuì 摩西講：「今仔日閣較特別請你，因為阮看你果然有信的憑據。阮不止知影你前的歹品行。今有改惡從善佮早時大精差，這號的證據佇阮的面頭前。聽見恁愛 tī-chia 起新的拜堂，不過所兌的銀無夠額，阮官府有師娘欲補足。」
Bo̍k-su thiaⁿ in ê hó oē, chin ū kám- sim, chiū kóng kuí-kù kā in seh-siā, soà kóng, "Goán kàu lín chun-kuì ê siâⁿ- chhī, m̄-nā beh chín-kiù Mô͘-se nā-tiāⁿ, iā toā n̂g-bāng lâm-hū ló-iù pêⁿ-pêⁿ ē sìn Iâ-so͘, chhin-chhiūⁿ Mô͘-se chò sin- chhòng-chō ê lâng."	牧師聽 in 的好話，真有感心，就講幾句 kā in 說謝，續講：「阮到恁尊貴的城市，毋若欲拯救摩西若定，也大向望男婦老幼平平會信耶蘇，親像摩西做新創造的人。」
Hit nî siâⁿ-chhī-nih ê cho̍k-tiúⁿ chiàu kū-khoán ū siat iân-sia̍h; che sǹg-sī nî- nî toā lāu-jia̍t ê sū. Hit-tia̍p m̄-nā kiò Mô͘-se lâi hù, soà chhiáⁿ i chē toā-uī. Chiàu-lē hit ê toā-uī sī tio̍h lâu hō͘ koaⁿ- hú á-sī tē-it ê ha̍k-būn ê lâng. Taⁿ, in án- ni hó khoán-thāi chit ê pêng-siông ê lāu lâng, lia̍h i chò chun-kuì, sī hián-bêng in hit ji̍t tī Bo̍k-su ê bīn-chêng só͘ o-ló ê oē sī chin-si̍t bô ké.	彼年城市裡的族長照舊款有設筵席；遮算是年年大鬧熱的事。Hit-tia̍p 不但叫摩西來赴，續請伊座大位。照例彼的大位是著留予官府抑是第一的學問的人。今，in 按呢好款待一個平常的老人，掠伊做尊貴，是顯明 in 彼日佇牧師的面前所 o-ló--的會是真實無假。
Ū chit-pái Bo̍k-su chhut-goā ê sî bat tī Mô͘-se ê chhù keh-mê, tú-teh khùn hit-tia̍p chiū	有一擺牧師出外的時 bat 佇摩西的厝過暝，抵 teh 睏 hit-tia̍p 就看伊將一支空研

（續）

khoà^{n} i chiong chi̍t ki khang-kan hē oá mn̂g-āu. Bo̍k-su mn̄g, “Siá^{n}-sū chhòng án-ni?” I ìn kóng, “Lí kiám m̄-chai goá sī chhàu-hī-lâng? Siat-sú chha̍t lâi sak-khui mn̂g, chiū hit ki kan phah-ka-la̍uh; án-ni thang kiò goá chhí^{n}, bián-tit mi̍h-kiā^{n} hō͘ chha̍t chhiú^{n}. “Chóng-sī Mô͘-se bô siū^{n} kàu chò chha̍t ê, sî-siông tuì chàu-kha iah khang nn̂g-koè, khah khoài chhiú^{n} lāi-bīn ê mi̍h-kiā^{n}.	下倚門後。牧師問：「啥事創按呢？」伊應講：「你敢 m̄知我是臭耳人？設使賊來 sak 開門，就彼支矸扑加落按呢 thang 叫我醒，免得物件予賊搶。」總是摩西無想到做賊的時常對灶腳挖空鑽過，較快搶內面的物件。
Bó͘ ji̍t Mô͘-se kā bo̍k-su kóng i só͘ tú- ti̍oh ê sū. I kóng, Goá beh khùn ê sî-chūn, hut-jiân kha toā thià^{n}, ná kú ná siong- tiōng, ko͘-put-chiong ti̍oh khì chàu-kha hiâ^{n} sio-chuí; chìm-liáu chiū hó, koh tó teh khùn. Bîn-á-chài goá khì chàu-kha chú-pn̄g, chiū khoà^{n} tī piah-ni̍h ué chi̍t khang chin toā, liâm-pi^{n} sì-kè sûn, ài chai chha̍t ū the̍h siá^{n}-hoè khì á bô? Í -keng khoà^{n}-liáu bô khiàm poà^{n}-hāng, chiah chai Siōng-tè ê hó-ì, hō͘ goá ū kha-thià^{n} ê kan-khó͘. Tú-hó hit-sî chiū khì chàu- kha, chha̍t ti̍oh-kia^{n} tô-siám.”	某日摩西 kā 牧師講伊所抵著的事。伊講，我欲睏的時陣，忽然腳大疼，那久那傷重，姑不終著去灶腳焚燒水；浸了就好，閣倒 teh 睏。明仔再我去灶腳煮飯，就看佇壁--ni̍h ué 一空真大，連鞭四界巡，愛知賊有提啥貨去抑--無？已經看了無欠半項，才知上帝的好意，予我有跤疼的艱苦。抵好彼時就去灶腳，賊著驚逃閃。」
iū-koh chi̍t-pái i bat mn̄g bo̍k-su kóng, “Siōng-tè hō͘ goá bāng-kì^{n} chi̍t ê bāng, chiū khoà^{n}-ti̍oh gō͘ siang chháu-ê, chi̍t siang 30 chî^{n}, lí phah-sǹg che sī sím-mi̍h ê ì-sù?” Bo̍k-su ìn kóng, “Goá bē hiáu oân-bāng, m̄-chai sī sím-mi̍h tiāu-thâu. “Chóng-sī Mô͘-se lō͘-boé tit- ti̍oh be̍k-sī. Kàu gō͘ goe̍h 29 ji̍t i koh liām i ê bāng, gō͘-siang chháu-ê, chi̍t siang 30 chî^{n}. Hit ji̍t lo̍h toā-hō͘, Mô͘-se chiū kā ke-lāi ê lâng kóng, “Ta^{n} goá í- keng bêng-pe̍k hit ê tiāu-thâu ê ì-sù, chiū-sī Siōng-tè beh pò goá chai, im- chuí ê chai-ē beh kàu,	又閣一擺伊 bat 問牧師講：「上帝予我夢見一個夢，就看著五雙草的一雙三十錢，你打算這是甚物的意思？」牧師應講：「我袂曉圓夢，毋知是甚物兆頭。」總是摩西路尾得著默示。到五月二十九日伊閣念伊的夢，五雙草的一雙三十錢。彼日落大雨，摩西就 kā 家內的人講：「今我已經明白彼兆頭的意思，就是上帝欲報我知，淹水的災禍欲到，今著準備，趕緊將咱寶貝的彼物件囥佇樓頂。」厝邊頭尾無甚物信，所以無第先備辦。明仔再果然有影落雨，大

（續）

taⁿ tio̍h chún-pī, koáⁿ-kín chiong lán pó-poè ê mi̍h-kiāⁿ khǹg tī lâu-téng. "Chhù-piⁿ thâu-boé bô sím-mi̍h sìn, sớ-í bô tāi-seng pī-pān. Bîn-á-chài kó-jiân ū-iáⁿ lo̍h-hō͘, toā-chuí kàu, chí-ū Mô͘-se kap i khah ū tuì-tiōng ê mi̍h tī lâu-téng lóng bô siū-hāi.	水到，只有摩西佮伊較有 tuì 重的物佇樓頂攏無受害。
Tuì Chi-ná kek-bēng siat Bîn-chú-kok liáu peh-sìⁿ chin chhi-chhám. Ha̍p-kai tng-peng tio̍h pó-hō͘ peh-sìⁿ, chóng-sī in hoán-tńg pìⁿ-chò hoè-peng chin kiông-pō, sì-kè khì chhiúⁿ-kiap, bô lūn sī chu-pún-ka á-sī khah pîn-chiān ê lâng, lóng siū toā siong-hāi. Nā-ū lâng chớ-chí, in liâm-piⁿ khui-chhèng lâi phah. Bớ jit ū chi̍t miâ hoè-peng ji̍p Mô͘-se ê chhù, beh giâ i ê the-í khì, chí-ū hit tè nā-tiāⁿ, iā sī chin ha̍p lō͘-ēng, in-uī i teh gián-kiù Sèng-keng, pī-pān tō-lí ê sî chiū siông-siông chē tī hit tè í. I chiū chớ-tòng peng, i chiah háng-hoah chek-sî kia̍h chhèng beh kā I phah-sí. Mô͘-se ê bīn-māu hoat-chhut Siōng-tè ê êng-kng, chiū kóng, "Bô siong-kan. Lí hāi goá ê sìⁿ-miā, goá lóng bô kiaⁿ; kan-tan beh pàng goá ê lêng-hûn khoài kàu sớ ài kàu ê sớ-chāi, chiū-sī Thian-tông." Hoè-peng thiaⁿ-kìⁿ che oē chiū chai kiàn-siàu, koh chiong the-í hē tī thô͘-kha chò i khì.	對支那革命設民主國了百姓真淒慘。合該當兵著保護百姓，總是 in 反轉變做廢兵真強暴，四界去搶劫，無論是資本家抑是較貧賤的人，攏受大傷害。若有人阻止，in 連鞭開銃來扑。某日有一名廢兵入摩西的厝，欲夯伊的 the 椅去，只有彼塊若定，也是真合路用，因為伊 teh 研究聖經，備辦道理的時就常常坐佇彼塊椅。伊就阻擋兵，伊才喊喝即時舉銃欲共扑死。摩西的面貌發出上帝的榮光，就講，「無相干。你害我的性命，我攏無驚；干焦欲放我的靈魂快到所愛到的所在，就是天堂。」廢兵聽見這話就知見笑，閣將 the 椅下佇土跤做伊去。
Bo̍k-su í-keng kàu-jīm beh tńg-khì Eng-kok, chiū tiâu-kang khì Mô͘-se in tau, ài kap I saⁿ-sî. Mô͘-se chin hoaⁿ-hí, ū pī-pān chē-chē hāng beh chhiáⁿ i. In chò-hoé chia̍h ê sî, Mô͘-se chiū tuì Bo̍k-su kóng, "Lí taⁿ beh lī-khui goán. Goá ài pun lí chit7 kù chò kì-liām;" chiū hian-khui Kū-iok tī Chhòng-sè-kì 28:15,	牧師已經到任欲轉去英國，就 tiâu-kang 去摩西 in 兜，愛 kap 伊相辭。摩西真歡喜，有備辦濟濟項欲請伊。In 做伙食的時，摩西就對牧師講，「你 taⁿ beh 離開阮。我愛分你一句做紀念；」就掀開舊約佇創世記 28:15，親手寫遮的話講，「我的確庇佑你。你所去的，我的

（續）

chhin-chhiú siá chiah ê oē kóng, "Goá tek-khak pì-iū lí. Lí sớ khì ê, goá tek-khak pó-hơ̄, hơ̄ lí tò-lâi chit sớ-chāi, bô pàng-sak lí, goá sớ ín tek-khak chiàu oē lâi kiâ^n." Bo̍k-su chiū the̍h hit tiu^n lâi nge̍h tī Sèng-keng lāi; kàu ta^n iáu tī-teh. Hit-ji̍t in hoa^n-hí tâm-lūn tō-lí, lâi siàu-liām Thi^n-pē sớ pī-pān ke̍k toā ê in-tián, thi^n-téng pó-poè ê ke-gia̍p. Mơ̂-se chin khiam-pi lâi jīn i ê loán-jio̍k, kóng, "Goá chē-chē hāng kiâ^n bē kàu," soà mn̄g Bok7-su kóng, "Lí phah-sǹg Iâ-sơ beh hơ̄ goá ji̍p lāi-bīn. Goá ē kham-tit kì^n-tio̍h I ê bīn á-bē?" I chin him-bơ̄ Thian-tông éng-oán ê hok-khì.	確保護，予你倒來這所在，無放揀你，我所允的確照話來行。」牧師就提彼張來夾佇聖經內；到 ta^n 猶佇 teh。彼日 in 歡喜談論道理，來數念天父所備辦極大的恩典，天頂寶貝的家業。摩西真謙卑來認伊的軟弱，講，「我濟濟項行袂到，」紲問牧師講，「你扑算耶穌欲予我入內面。我會堪得見著伊的面 á 袂？」伊真欣慕天堂永遠的福氣。
Tī kū-nî-boé i bat thong-ti i sớ liāu-lí, sớ chin thià^n ê hoē-iú kóng, "Mê-nî tńg-khì Thi^n-siâ^n." Kó-jiân tú chiàu i sớ kóng, kin-nî chia^n-goeh7 cha̍p-gơ̄ hō, bô pī^n-thià^n bô kan-khớ, i hut-jiân-kan siū-tiàu, hơ̄ Siōng-tè chiap-la̍p, khì kì^n Chú ê bīn.	佇舊年尾伊捌通知伊所料理，所真疼的會友講，「明年轉去天城。」果然拄照伊所講，今年正月十五號，無病痛無艱苦，伊忽然間受召，予上帝接納，去見主的面。
"Goá bô lia̍h Hok-im chò kiàn-siàu, in-uī sī Siōng-tè ê koân-lêng beh kiù lóng-chóng sìn ê lâng". (Lô-má 1:16)	「我無掠福音做見笑，因為是上帝的權能欲救攏總信的人」（羅馬 1:16）。
Mơ̂-se ê lâi-le̍k sī Pò Bok7-su sớ kì. Pò Bok7-su sī sio̍k tī Chi-ná ê Loē-tē-hoē. I khiok bô siá Mơ̂-se ê jī-sì^n, iā bô kóng i tī sím-mi̍h séng ê siâ^n-chhī khiā-khí, chóng-sī lán thia^n-tio̍h i ê jia̍t-sim, uī-tio̍h Chú sớ tio̍h-boâ, chin-chià^n ē kám-kek lán ê sim, ia̍h chò lán ê bơ̂-hoān.	摩西的來歷是傳牧師所記。傳牧師是屬佇支那的內地會。伊卻無寫摩西的字姓，也無講伊佇啥物省的城市徛起，總是咱聽著伊的熱心，為著主所著磨，真正會感激咱的心，亦做咱的模範。

載於《臺南府城教會報》，第四六八卷，一九二四年三月

（續）

O͘-bīn Gín-á Tiong-tit-sim（烏面囡仔忠直心）

作者　不詳

譯者　不詳

【作者】

不著撰者。

【譯者】

不著譯者。

O͘-bīn Gín-á Tiong-tit-sim	烏面囡仔忠直心
1924.05 470 koàn p.5～6	1924.05 470 卷 p.5～6
(Hoan-e̍k) Tī bó͘ só͘-chāi ū chi̍t pái tī Phín-phêng-hoē ê sî, ū n̄ng chiah soè-chiah bé, kau-ke̍k suí. Kò͘ bé ê lâng sī A-hui-lī-ka ê o͘-bīn ta-po͘-gín-ná, miâ kiò Cato(Khe-to). In teh kiâⁿ tī pháu-bé-tiûⁿ ê sî, hiah ê bé chin gâu thiaⁿ-thàn hit ê o͘-bīn gín-ná ê chhuì. Hioh-khùn ê sî, bé ēng in ê thâu-khak luî Cato ê sin-khu, chhin-chhiūⁿ chin gâu thiàⁿ Cato ê khoán-sit.	（翻譯） 佇某所在有一擺佇品評會的時，有兩隻細隻馬，到極媠。顧馬的烏面查甫囡仔，名叫 Cato (Khe-to)。In 行佇跑馬場時，hiah 的馬真 gâu 聽趁彼的烏面囝仔的嘴。歇睏的時，馬用 in 的頭殼蕊 Cato 的身軀，親像真 gâu 疼 Cato 的款式。
Hit-tiap ū chi̍t ê ài boé bé ê lâng, m̄ng o͘-bīn gín-ná kóng, "Lí ài boē loā-choē chîⁿ?" Cato kóng, "1000 kho͘!" Hit ê lâng kóng, "Goā! hiah kuì. Goá hō͘ lí 600 kho͘, hó-m̄?" Cato iô-thâu m̄-khéng. Hit-sî chin-choē lâng lâi teh khoàⁿ bé, chóng-sī bô lâng ài boé. Hit ê ài boé ê lâng koh lâi kóng, "Goá kā lí kóng, chin kuì hohN, bô lâng ài boé. Chit n̄ng chiah bé sī sím-mi̍h lâng ê? I tek-khak hoaⁿ-hí boē goá 600 kho͘." Kò͘ bé ê gín-ná kóng, "Sī goá ê sió-chiá ê, nā bô 1000 kho͘ i m̄-	彼 tia̍p 有一個愛買馬的人，問烏面囝仔講：「你愛賣偌多錢？」Cato 說：「一千箍！」彼的人講：「哇！Hiah 貴。我予你六百箍，好毋?」Cato 搖頭毋肯。彼時真濟人來 teh 看馬，總是無人愛買。彼的愛買的人閣，來講：「我 kā 講，真貴 hoh，無人愛買。這兩隻馬是甚物人的？伊的確歡喜賣我六百箍。」顧馬的囝仔講：「是我的小姐的，若無一千箍伊毋賣。」彼的人就講：「今，我 kā 你講，你著 kā 伊按呢講，一隻忽然間跛

（續）

boē.” Hit ê lâng chiū kóng, “Ta^{n}, goá kā lí kóng: lí tiȯh kā i án-ni kóng, ū chi̍t chiah hut-jiân-kan pái-kha. Lí nā án-ni kóng, goá beh hơ̄ lí pún-sin 50 khơ. Lí boē goá 600 khơ chái^{n}-iū^{n} m̄? Phah-sǹg lí tuì chhut-sì ká^{n} iáu m̄-bat ū 50 khơ, ū á-bô?” Cato khiā tī bé ê sin-pi^{n},thia^{n} hit ê lâng kóng án-ni, hut-jiân gông-ngiȧh, tì-kàu bé iā gông-ngiȧh.	腳。你若按呢講，我欲予你『本神箍』。你賣我六百箍怎樣毋？扑算你 tuì 出世敢猶毋 bat 有五十箍，有抑無？」Coto 企佇馬的身邊，聽彼的人講按呢，忽然憨，致到馬他憨。
I chiū n̄g-bīn khoà^{n} hit ê lâng, kóng, “Lí phah-sǹg, in-uī Chú hơ̄ goá ê phê ơ, I soà hơ̄ goá ê sim ơ mah? Bô lah! Goá koat-toàn m̄-thàn lí ê oē, hơ̄ goá ê sim bak-tiȯh ơ.” Tī pi^{n}-á khiā ū chi̍t ê hó-lé ê lâng chiū mn̄g Cato, “Li ê sió-chiá chái^{n}-iū^{n} ài boē i ê bé?” Cato chiū ìn kóng, “Goán khiàm-ēng 1000 khơ. Kàu āu lé-pài nā bô tit-tiȯh 1000 khơ, chhân-hn̂g tiȯh boē. Goá ê thâu-ke khiàm-ēng 1000 khơ nā-tiā^{n}, soà tú-tiȯh phoà-pī^{n}. Koh chi̍t hāng, goán ê chhek-chhng ū hơ̄ hé sio-lio khì, sớ-í kơ-put-chiong goán sió-chiá tiȯh boē i ê bé.” Hit ê hó-lé ê lâng chiū kóng, “Ta^{n} lí an-sim tò-khì, kā lí ê sió-chiá kóng, “Bé boē liáu lah!” Goá beh hơ̄ i 1000 khơ. Goá ê lơ̂-pȯk tī-chia, i beh thėh chî^{n} hơ̄ i, iā lí tiȯh kā i kóng, Goá beh khì Au-chiu chi̍t nî kú. Goá bô tī-teh ê sî, lí ê sió-chiá thang ēng chiah ê bé, kàu tò-tńg lâi ê sî, i nā ài koh boé tò-tńg, iā hớ, goá hoa^{n}-hí boē i khah siȯk.”	伊就向面看彼的人，講：「你扑算，因為主予我的皮烏，伊煞予我的心烏--mah？無--lah！我決斷毋趁你的話，予我的心 bak 著烏」佇邊仔企有一個好禮的人就問 Cato:「你的小姐怎樣愛賣伊的馬？」Cato 就應講：「阮欠用一千箍。到後禮拜若無得著一千箍，田園著賣。我的頭家欠用一千箍若定，煞抵著破病。閣一項，阮的粟倉有予火燒--去，所以姑不將阮小姐著賣伊的馬。」彼個好禮的人就講：「今你安心倒去，kā 你的小姐講：『馬賣了--lah！』我欲予伊一千箍。我的奴僕佇遮，伊欲提錢予伊，也你著 kā 伊講：『我欲去歐洲一年久。我無佇 teh 的時，你的小姐通用遮的馬，到倒轉來的時，伊若愛閣買倒轉，也好，我歡喜賣伊較俗。』」
Cato kóng: “Pȧt-jit, goá nā ū ki-hoē, goá hoa^{n}-hí choè lí ê chhe-ēng.” Hit ê lâng kóng, “Cato, lí í-keng ū pang-chān goá. “Cato kóng, chái^{n}-iū^{n}? Goá m̄-bat li, tuì tah-lȯh í-keng pang-chān lí? ìn kóng,” Ū-iá^{n}. Sī in-uī	Cato 講：「別日，我若有機會，我歡喜做你的差用。」彼個人講：「Cato，你已經有幫助我。」Cato 講：「怎樣？我毋-bat 你，tuì 佗落已經幫助你？」伊應講：「有影。是因為你予我有機會通幫

（續）

lí hō͘ goá ū ki-hoē thang pang-chān pa̍t-lâng. Lí tú-á m̄-khéng siū hit ê boé bé ê lâng ê āu-chhiú-chîⁿ, m̄-khéng hō͘ lí ê sim bak-tio̍h o͘. Tuì lí só͘ kóng tiong-ti̍t ê oē, í-keng ū pang-chān goá.”	助別人。你抵仔毋肯受彼個買馬的人的『後手錢』，毋肯予你旳心 bak 著烏。Tuì 你所講忠直的話，已經有幫助我。」

載於《臺南府城教會報》，第四七〇卷，一九二四年五月

LE̍T-KAN／HÁI-LÊNG ÔNG（力間／海龍王）

作者　阿洛德
譯者　陳清忠

【作者】

阿洛德像

阿洛德（Matthew Arnold，1822～1888），生於英國倫敦泰晤士河畔賴爾漢姆（Laleham on Thames），父親是當時著名的教育家，曾任有名的拉各比公學（Rugby School）的校長。他在一八四一年進入牛津大學就讀。一八四九年發表第一部詩集《迷途浪子》（*The Strayed Reveller*）。從一八五一年之後大多都是擔任督學之職，其間亦有十年在牛津大學任詩歌教授。工作之餘則勤於創作，成為英國維多利亞時代主要作家，除了有《詩集》（*Poems*）、《詩歌二集》（*Poems: Second Series*）和《新詩集》（*New Poems*）等詩歌創作之外，亦有批評論著《評論集》（*Essay in Criticism*）、《文化與無政府》（*Culture and Anarchy*）和《文學與教條》（*Literature and Dogma*）等。（顧敏耀撰）

【譯者】

陳清忠像

陳清忠（Tân Chheng-tiong，1895～1960），生於五股坑（今新北市五股區），其父陳火（又名陳榮輝）是臺灣北部教會最早封立的臺籍牧師之一。陳清忠從艋舺老松公學校與牛津學堂畢業之後，在一九一二年由教士選派赴日本同志社大學英文系深造，一九一九年曾與教會好友合組臺灣第一個男聲合唱團「Glee Club」。在學成返臺後，回母校淡水中學任教，期間成立「淡水中學合唱團」，並組織「同志社橄欖球隊」，為臺灣第一支橄欖球隊伍。戰後初期，擔任純德女中校長，創組「純德女子籃球隊」，一九三二年與明有德牧師（Hugh McMillan）共同編輯《聖詩》，一九五二年因病辭去校長職務，一九六〇年因哮喘發作與世長辭，享年六十六歲。其白話字創作或譯作共達六十餘篇，主要發表於《芥菜子》。（顧敏耀撰）

LE̍T-KAN (HÁI-LÊNG ÔNG)	力間（海龍王）
Tī chi̍t ê joa̍h-thiⁿ Le̍k-kan chē tī Ba-tek-hái ê chio̍h-poâⁿ, Gîm i it-seng pi-siong ê koa, ēng só͘ giâ ê khîm lâi toâⁿ.	佇一个熱天力間坐佇 Ba-tek-海的石磐，吟伊一生悲傷的歌，用所夯的琴來彈。
Chhiⁿ-chhuì ê hái-éng, ek-lâi ek-khì tī i chē ê kha piⁿ; Tī hit hái lāi ū só͘ thiàⁿ ê bó͘, cha-bó͘-kiáⁿ kap hāu-siⁿ.	青翠的海湧，溢來溢去佇伊坐的跤邊；佇彼海內有所疼的某、查某囝 kap 後生。
I gîm m̄-sī hái lāi hái goā, hong-kong kéng-sek kap só͘ ū; I gîm lūn toē chiūⁿ, toē-bīn chiūⁿ, iā bô pa̍t-hāng ê kò͘-sū.	伊吟毋是海內海外，風光景色 kap 所有；伊吟論地上、地面上，也無別項的故事。
Lī-khui hái-éng, chiū kàu toē-bīn, tī-hia só͘ khoàⁿ kap só͘ thiaⁿ; Chē tī hoāⁿ-téng, lóng bô ià-siān, pi-siong chham-chhoeh lâi chhut-siaⁿ.	離開海湧，就到地面，佇遐所看 kap 所聽；坐佇岸頂，攏無厭倦，悲傷慘啜來出聲。
Gîm kóng, i ū toē-bīn piàn-kiâⁿ sì-hng, iû-le̍k ta̍k só͘-chāi; Khoàⁿ-kìⁿ lâng-lâng sim-koaⁿ chân-jím, pí tī hái--ê khah lī-hāi.	吟講：伊有地面遍行四方，遊歷逐所在；看見人人心肝殘忍，比佇海—的較厲害。
Gîm kóng, sin-sū, bo̍k-su ióng-sū, lâi hù kiat-hun lé; Bo̍k-su mn̄g kóng, "Kim-jit kiat-iok ê ióng-sū siáⁿ lâng leh!"	吟講：紳士，牧師勇士，來赴結婚禮；牧師問講：「今日結約的勇士啥人咧！」
ìn kóng, "goá m̄-sī ióng-sū, sī tuì hái lâi, bô sio̍k tī toe7" Sin-sū pui̍h to, siok-lú âu-kiò, bo̍k-su tio̍h kiaⁿ boē kóng-oē.	應講，「我毋是勇士，是對海來，無屬佇地」紳士拔刀，淑女喉叫，牧師著驚袂講話。
Gîm kóng, lé-sek bē soah, koáⁿ-kín khí-sin, lī-khui lé-pài thiaⁿ; iân lō͘ thó͘-khuì toē chiūⁿ ê lâng sim-koaⁿ ok-to̍k, chin thang kiaⁿ.	吟講：禮式袂續，趕緊起身，離開禮拜廳；沿路吐氣地上的人心肝惡毒，真通驚。
Sin-niû ta̍k jit chē tī hái lāi, thî-khàu, ba̍k-sái	新娘逐日坐佇海內，啼哭，目屎若落

（續）

nā lo̍h hō͘; khàu kóng, "goá ê tiōng-hu, khó-sioh! Khó-sioh! M̄-sī Ki-tok-tô͘."	雨；哭講：「我的丈夫，可惜！可惜！毋是基督徒。」
Le̍k-kan thiaⁿ liáu, sim-koaⁿ kan-khó͘, koh-chài chi̍t-pài chiūⁿ toē-bīn; ài chhē bo̍k-su, niá-siū soé-lé, thang tit tek-kiù ê bûn-pîn.	力間聽了，心肝艱苦，閣再一擺上地面，愛揣牧師，領受洗禮，通得得救的文憑。
I ū chi̍t-am, giâ kim ê khîm, sim-koaⁿ ut-chut, lō͘-piⁿ chē; Khoàⁿ-kìⁿ bo̍k-su, sin chhēng lé-ho̍k, khiâ tī pe̍h-bé tuì hia koè.	伊有一暗，舉金的琴，心肝鬱卒，路邊坐；看見牧師，新穿禮服，騎佇白馬對遐過。
"Le̍k-kan siáⁿ-sū lâi mn̄g soé-lé! Thian-kok bô sio̍k tī lí-ê, Oh-tit! Oh-tit! Siat-sú nā oē, goá ê chhâ-koái beh puh-gê."	「力間啥事來問洗禮！天國無屬佇你的，僫得！僫得！設使若會，我的柴拐欲莩芽。」
Kàu-ke̍k kî-koài!! Chhâ-koái puh gê, siⁿ ki hoat hio̍h, kap toā châng; Bo̍k-su khui siaⁿ o-ló Siōng-tè, hoaⁿ-hí chín-kiù bê-lō͘ lâng.	到極奇怪！！柴枴莩芽，生枝發葉，kap 大欉；牧師開聲呵咾上帝，歡喜拯救迷路人。
"Toē ū chhin-chhiat! Hái ū chhin-chhiat! ji̍t ge̍h chhiⁿ-sîn kap ta̍k luī; Ah! Thiⁿ, Toē, Hái, Siōng-tè--To̍k-to̍k lâng ê chhin-chhiat tī to̍h-uī?"	「地有親切！海有親切！日月星辰 kap 逐類；啊！天、地、海，上帝--獨獨人的親切佇叼位？」
Hit-tia̍p liáu āu, Le̍k-kan siông-siông chē tī Pak hái ê chio̍h poâⁿ; Pi-siong thó͘-khuì, chhut-siaⁿ lâi gîm, ēng só͘ toà ê khîm lâi toâⁿ.	彼霎了後，力間常常坐佇北海的石磐；悲傷吐氣，出聲來吟，用所帶的琴來彈。
LE̍K-KAN THE NECKAN	力間
(Le̍k-kan sī chuí-sîn, piān-gî-siōng e̍k choè; Hái-lêng-ông)	（力間是水神，便宜上譯做：海龍王）
Goân-bûn sī chi̍t chat 4 kù ê si. Chok-chiá sī Eng-kok kūn-sè ê toā si-jîn, bûn-gē phoe-phêng-chiá, iā-sī toā kàu-io̍k ka A-ló Má thài (Nathew Arnold 1822-1888；按：應為 Mathew). Chit-siú chiū-sī I só͘ siá "kóng-oē-thé" si-tiong ê chit-phiⁿ. Lán ná tha̍k chiū suî-sî bêng-pe̍k, chit ê kò͘-sū m̄-sī sit ê, sī	原文是一節四句的詩。作者是英國近世的大詩人，文藝批評者，也是大教育家 A-ló Máthài（Nathew Arnold 1822～1888；按：應是 Mathew）。這首就是伊所寫「講話體」詩中的一篇。咱 ná 讀就隨時明白，這个故事毋是實的，是做的。

（續）

choè ê.	
Taⁿ e̍k tī chia ê, boē kham-tit kóng sī si, in-uī lán ê si ū lán ê kui-kú; nā-sī chit siú lóng bô chiàu kui-kú. Ta̍k-choā ū 15 jī iā 1 choā choè chit chat; chit-khoán ê thé phah-sǹg bô teh thang khoàⁿ; e̍k án-ni si in-uī ài hō͘ láng khah hó tha̍k nā-tiāⁿ.	今譯佇遮的，bōe 堪得講是詩，因為咱的詩有咱的規矩；若是這首攏無照規矩。逐 chōa 有十五字也一 chōa 做一節；這款的體拍算無 teh thang 看；譯按呢是因為愛予人較好讀若定。
Chóng-sī e̍k-chiá ê ì-sù m̄-sī iàu-kín tī kò-sū chin, á-sī ké; sī thé chiâⁿ-hêng á-bô chiâⁿ-heng, Sī khah iàu-kín tì lāi-tiōng só͘ pau-hâm ê ì-sù, khoàⁿ ū sím-mih thang choè lán sìn-chiá ê kà-sī á-sī lī-ek á-bô?	總是譯者的意思毋是要緊佇故事真，á 是假；是體成形仔無成形，是較要緊佇內中所包含的意思，看有啥物通做咱信者的教示 á 是利益 á 無？
Pí-phēng lâi kóng- Chiàu lán só͘ tha̍k, Le̍k-kan thang chí sím-mih khoán ê lâng? Hái sī chí sím-mih, toē sī chí sím-mih? Le̍k-kan ê bó͘ siáⁿ-sū lâi thî-khàu? Bo̍k-su m̄ chiap-la̍p Le̍k-kan niá soé-lé sī cháiⁿ-iūⁿ? Chhâ-koái oē puh-gê sī hián-chhut sím-mih?	比並來講－ 照咱所讀， 力間通指啥物款的人？ 海是指啥物，地是指啥物？ 力間的某啥事來啼哭？ 牧師毋接納力間領洗禮是怎樣？ 柴拐會莩芽是顯出啥物？
Á-sī ū sím-mih pa̍t-hāng thang-choè lán siūⁿ ê bûn-toê, lán nā ióng-sêng ná-tha̍k ná-siūⁿ ê si̍p-koàn, chiū lán oē tit-thang ke-thiⁿ chin-choē ê lī-ek.	Á 是有啥物別項通做咱想的問題，咱若養成那讀那想的習慣，就咱會得通加添真濟的利益。
Chhiáⁿ lia̍t-uī ê tha̍k-chiá tha̍k chit phiⁿ, m̄-thang kan-ta khoàⁿ kò-sū choè sim-sek, tàu-kù choē hó-thiaⁿ; nā án-ni chiū siá tī-chia ê bo̍k-tek sī khang-khang.	請列位的讀者讀這篇，毋通干但看故事做心適，逗句濟好聽；若按呢就寫佇遮的目的是空空。
Tân Chheng-tiong	陳清忠

載於《芥菜子》，第一號，一九二五年七月一日

SÈNG-TÀN KOA（聖誕歌）

作者　力堅斯
譯者　陳清忠

力堅斯像

【作者】

力堅斯（Charles Dickens，華語為「狄更斯」，日譯為チャールズ・ディケンズ，1812～1870），生於英國朴次茅斯（Portsmouth），少年時因家道中落，求學生涯斷斷續續，後被迫到工廠作童工，後因努力自學有成，擔任律師事務所學徒、錄事和法庭記錄員，在二十歲之後則擔任報館採訪員，主要報導國會下議院事務。一八三六年開始發表《鮑茲隨筆》，是一部描寫倫敦街頭巷尾日常生活的特寫集，同年也發表連載小說《匹克威克外傳》，數期後便引起轟動，躍居知名作家之林，爾後陸續發表許多經典作品，包括《孤雛淚》（或譯為《奧利佛・特為斯特》，中國林紓譯為《賊史》）、《老古玩店》（日譯為《骨董屋》）、《聖誕頌歌》（臺灣陳清忠白話字譯為《聖誕歌》）、《小氣財神》、《塊肉餘生錄》、《荒涼山莊》、《艱難時世》、《小杜麗》、《雙城記》（日譯為《二都物語》）以及《遠大前程》等，其創作以非凡的藝術概括力展現了十九世紀英國社會的廣闊畫卷，塑造了為數眾多的社會各階層人物形象，且能站在下層民眾的立場發言，具有濃厚的寫實精神與人道主義情懷。其作品對世界影響極大，位處遠東地區的臺灣、日本與中國也都有相關譯作流傳，至今在全球仍不斷被改編成電影與戲劇作品。（顧敏耀撰）

【譯者】

陳清忠，見〈海龍王〉。

SÈNG-TÀN KOA (CHRISTMAS CAROL)	聖誕歌
Eng-kok ū chi̍t ê tōa siáu-soat ka miâ kiò Dickens (Le̍k-kian-su) 1812-1870. I ū siá chi̍t phi^n ê siáu-soat kiò-chòe Sèng-tàn koa, chiū-sī chiong Kiù-chú-tàn chòe pōe-kéng lâi siá chhut lâng ê hóan-hóe; put-chí sim-sek, koh-chài ū thang chòe lán ê kà-sī.	英國有一个的大小說家名叫 Dickens（力堅斯）一八一二～一八七〇。伊有寫一篇的小說叫做聖誕歌，就是將救主誕做背景來寫出人的反悔；不止心適，閣再有通做咱的教示。
TĒ IT CHHUT MÔ͘-LĪ Ê IM-HÛN	第一齣 毛利的陰魂
Mô͘-lī í-keng kè-sin. Kò͘-sū tùi chia khí-tiám. Lūn i ê sí, bô chi̍t tiám-á thang giâu-gî ê só͘-chāi. Bo̍k-su, ia̍h-tiû^n ê su-kì hoat-lo̍h chòng-sek ê lâng, í-ki̍p Kian-līn lóng ū tǹg ìn tī i bâi chóng ê chèng-bêng-su. Kian-līn ê miâ tī seng-lí tiû^n sī chin ū sìn-iōng, i só͘ tǹg ìn ê bô lūn sī sím-mi̍h lóng thang chòe khak si̍t ê pó-chèng. Lāu ê Mô-lī khak-si̍t í-keng kè-sin.	毛利已經過身。故事對遮起點。論伊的死，無一點-仔 thang 僥疑的所在。牧師、役場的書記發落葬式的人，以及 Kian-līn 攏有 tǹg 印佇伊埋葬的證明書。Kian-līn 的名佇生理場是真有信用，伊所 tǹg 印的無論是啥物攏通做確實的保證。老的毛利確實已經過身。
Chóng-sī Kian-līn bô chiong Mô͘-lī ê miâ tùi seng-lí tiû^n ê pâi-pián chhat khí lâi. Liáu-āu chōe-chōe nî, pâi-pián iáu siá "Kian-līn kap Mô͘-lī siong-hōe" it-poa^n ê lâng lóng bat chit-keng sī Kian-līn kap Mô͘-lī Siong-tiàm; thâu chit-pái kap-chit-keng bóe-bōe ê seng-lí lâng, ū-sî kiò Kian-līn siong-hōe. ū-sî kiò Mô͘-lī. Kian-līn in lóng ìn. Chit nn̄g ê miâ tùi i lóng sa^n-tâng.	總是 Kian-līn 無將毛利的名對生理場的牌匾 chhat 起來。了後濟濟年，牌匾猶寫「Kian-līn kap 毛利商會」一般的人攏捌這間是 Kian-līn kap 毛利商店；頭一擺 kap 這間買賣的生理人，有時叫 Kian-līn 商會。有時叫毛利。Kian-līn in 攏應。這兩个名對伊攏相同。
Ah! Chóng-sī Kian-līn sī chi̍t ê "chi̍t î^n phah sì-cha̍p-káu-kat ê siú-chî^n-lô͘." Si̍t-chāi i sī "khiû koh khiām, iau-kúi koh cha̍p-liām" Gōa kài ê kôa^n-jo̍ah kap i m̄ sa^n bat. Sio khì	Ah！總是 Kian-līn 是一个「一圓拍四十九結的守錢奴」。實在伊是「虯閣儉，餓鬼閣雜唸」外界的寒熱 kap 伊毋相捌。燒氣伊袂燒，冷氣予伊袂寒；無

（續）

hō͘ i bōe sio, léng khì hō͘ i bōe kôa^{n}; bô ū hong pí i khah kiông-lia̍t; bô ū seh pí i khah bô chêng, bô ū tōa hō͘ pí i khah chân-jím. Hong, hō͘ seh ū khah iâ^{n} i; in chiàu in ê tōa liōng lâi lo̍h lâi chhe, chóng-sī Kian-līn bōe-ōe, chû-siān si-chè ê sū Kian-līn chòe bōe kàu.	有風比伊較強烈；無有雪比伊較無情，無有大雨比伊較殘忍。風、雨、雪有較贏伊；in 照 in 的大量來落來吹，總是 Kian-līn 袂會，慈善施濟的事 Kian-līn 做袂到。
Bô lâng tī koe-lō͘ hoa^{n}-hoa^{n} hí-hí lâi kap i sa^{n} chioh mn̄g kóng, “Kian-līn peh ah lâi khì góan tau chē” á-sī kā i chhéng an. Khit-chia̍h bô chi̍t ê beh kā i pun. Gín-ná bô chi̍t ê ká^{n} mn̄g i chit-chūn kúi tiám. Tī i it-seng ê tiong-kan m̄-bat ū ta po͘ cha-bó͘ lâi mn̄g i ê lō͘.	無人佇街路歡歡喜喜來 kap 伊相借問講：「Kian-līn 伯仔來去阮兜坐」á 是 kā 伊請安。乞食無一个欲 kā 伊分。囡仔無一个敢問伊這陣幾點。佇伊一生的中間毋-捌有查埔、查某來問伊的路。
Chhi^{n}-mî lâng só͘ chhī ê káu iā bat i, chóng-sī khòa^{n} tio̍h Kian-līn lâi ê sî, sûi-sî iap bé, thoa i ê chú lâng ê sa^{n}-á ku, kín ji̍p thong-hāng; āu-lâi ia̍t bé liu, ká^{n}-ná beh kóng “Bô ba̍k-chiu ê khah iâ^{n} phái^{n} ba̍k-siòng” ê khóan-sit.	睛瞑人所飼的狗也捌伊，總是看著 Kian-līn 來的時，隨時挹尾，拖伊的主人的衫仔裾，緊入通巷；後來拽尾溜，假若欲講「無目睭的較贏歹目相」的款式。
Sui-bóng án-ni, Kian-līn lóng bô siū^{n} iàu-kín. Hóan-tńg sī só͘ ài ê, i tē it ài ê chiū-sī siám-pī jîn-chêng, lâi ná kiâ^{n} ná chhia lâng cháu siám i ê lō͘.	雖罔按呢，Kian-līn 攏無想要緊。反轉是所愛的，伊第一愛的就是閃避人情，來那行那捙人走閃伊的路。
Ū chi̍t pái, tī chi̍t nî tiong tē it kiong-hí ê ji̍t, chiū-sī Kiù-chú tàn ê chêng ji̍t. I chē tī seng-lí tiû^{n} teh bô êng, hit ji̍t sī bōe kóng tit ê kôa^{n}, siōng-chhiá^{n} bông-bū tà kàu àm-so-so, koe-chhī ê tōa sî-cheng tú-tú chiah phah 3 tiám; chóng-sī í-keng ká^{n} ná àm-sî.	有一擺，佇一年中第一恭喜的日，就是救主誕的前日。伊坐佇生理場 teh 無閒，彼日是袂講得的寒，尚且濛霧罩到暗-so-so，街市的大時鐘拄拄 chiah 拍三點；總是已經假若暗時。
Seng-lí tiû^{n} ê keh-piah keng sī àm-àm o̍eh-o̍eh ê thia^{n}, i ê su-kì chē tī hia teh chhau phoe, hit-tia̍p Kian-līn ū khui mn̂g teh kàm-	生理場的隔壁間是暗暗狹狹的聽，伊的書記坐佇遐 teh 抄批，彼霎 Kian-līn 有開門 teh 監視伊。Kian-līn 彼爿的火

（續）

sī i. Kian-līn hit pêng ê hé-lô͘ ū tām-po̍h hé teh to̍h, i ê su-kì hit pêng chha-put to beh hoa khì. Su-kì bōe tit thang thiⁿ hé-thòaⁿ tī hé-lô͘, in-ūi hé-thôaⁿ siuⁿ Kian-līn ū khǹg tī i hit keng, iā Kian-lin ū hoan-hù i, siat-sú nā kiâ hé-thio kè lâi chit pêng thuh hé-thòaⁿ chiū beh kā i sî thâu-lō͘. Su-kì ēng niá-kun tîⁿ i ê ām-kún chhì ēng la̍h-chek ê hé lâi hang hō͘ seng-khu sio. Chóng-sī i m̄-sī tōa sióng-siōng ka ōe siūⁿ la̍h-chek ê hé chòe iām-iām ê hé-lô͘, só͘-í ū sit-pāi.	爐有淡薄火 teh 焯，伊的書記彼爿差不多欲花去。書記袂得通添火炭佇火爐，因為火炭箱 Kian-līn 有园佇伊彼間，也 Kian-lin 有吩咐伊，設使若舉火銚過來這爿托火炭就欲 kā 伊辭頭路。書記用領巾纏伊的頷頸試用蠟燭的火來烘予身軀燒。總是伊毋是大想像家會想蠟燭的火做炎炎的火爐，所以有失敗。
“A-chek ah! Sèng-tàn chin kiong-hí! Gōan Siōng-tè sù hok-khì hō͘ lí.” Chit ê sī Kián-līn ê sun-á ê siaⁿ. Kian-līn thiaⁿ-tio̍h chit ê siaⁿ chiah khí-thâu chai in sun á lâi. Kian-līn in kóng, “Chhūi! Bô ì bô sù!”	「阿叔 ah！聖誕真恭喜！願上帝賜福氣予你。」這个是 Kián-līn 的孫仔的聲。Kian-līn 聽著這个聲 chiah 起頭知 in 孫仔來。Kian-līn 應講，「喙！無意無思！」
“Siáⁿ! A-chek ah, kiong-hí sèng-tàn sī bô ì-sù! góa phah-sǹg lí tek-khak bô hit khóan ê sim-ì tī teh!”	「啥！阿叔 ah！恭喜聖誕是無意思！我拍算你的確無彼款的心意佇 teh！」
“Ū lah! Sèng-tàn sī siáⁿ? Beh chhin-chhiūⁿ lí chit pān, bô chîⁿ thang hêng lâng ê jit lah! chai ka-kī ke chit hè mī bô chit sî-kan khah hó-gia̍h! khêng siàu-phō͘ chit ê khòaⁿ, khah chōe lóng sī kā lâng chioh, chioh lâng ê mī bô pòaⁿ sián! che chiū-sī sèng-tàn jit lah! siat-sú chit sè-kan hō͘ góa chū-iû, chiah ê nā kiâⁿ ná teh hoah kiong-hí sèng-tàn ê lóng lia̍h lâi o̍ah-o̍ah tâi, ū-iáⁿ eh! tek-khak beh án-ni.”	「有 lah！聖誕是啥？欲親像你這扮，無錢通還人的日 lah！知家己加一歲 mī 無這時間較好額！傾帳簿一个看，較濟攏是 kā 人借，借人的 mī 無半錢！這就-時聖-誕日 lah！設使這世間予我自由，遮个那還那 teh 喝恭喜聖誕的攏掠來活活刣，有影 eh！的確欲按呢。」
“A-chek ah!”	「阿叔 ah！」
“Lí chòe lí khì siú lí ê, góa chòe góa.”	「你做你去守你的，我做我。」
“Lí kóng beh siú, lí to bô beh chiok-hō Sèng-tàn.”	「你講欲守，你就無欲祝賀聖誕。」

（續）

“Nā-sī án-ni sûi-chāi góa beh chái^{n}-iū^{n}! sèng-tàn teh-beh hō͘ lí tit tio̍h tōa-tōa ê lī-ek, kàu ta^{n} ta̍k pái lí to ū tit-tio̍h!”	「若是按呢隨在我欲怎樣！聖誕 teh 欲予你得著大大的利益，到今逐擺你 to 有得著！」
“A-chek ah, góa siat-sú bōe ōe tit-tio̍h kim-sián-siōng ê lī-ek, iáu-kú tī chit sè-kan ū chin chōe hó sū lán thang tit-tio̍h lâi chòe it-seng ê lī-ek, hit tiong-kan góa siū^{n} Kiù-chú-tàn sī chòe tē-it, in-ūi án-ni ta̍k-nî Kiù-chú tàn nā kàu, góa ta̍k-pái to siū^{n} hit ji̍t sī tē-it hó ê ji̍t.”	「阿叔 ah，我設使袂會得著金錢上的利益，猶久佇這世間有真濟好事咱通得著來做一生的利益，彼中間我想救主誕是做第一，因為按呢逐年救主誕若到，我逐擺就想彼日是第一好的日。」
“Tùi Sèng-tàn khí-gôan só͘ si^{n}-chhut kèng-sîn ê koan-liām; siat sú nā chiong chit ê kā i the̍h sa^{n} pun-lī, iáu-kú chit ji̍t sī chin hó ê ji̍t,- tùi lâng chin chhin-chhiat, sià-bián lâng, kiâ^{n} chû-siān khòai-lo̍k ê ji̍t; koh-chài chi̍t nî kú-kú ê tiong-kan, ta-po͘, cha-bó͘ sim-koa^{n} chiâ^{n} chòe chi̍t ê, tāi-ke chû-iū, khui in pêng-seng só͘ koai^{n} ba̍t ê sim-mn̂g, tāi-ke tām-ōe, tāi-ke siū^{n} in lóng sī sa^{n}-kap teh-beh kiâ^{n}-ji̍p bō͘-lāi ê tâng-phōa^{n}; tek-khak m̄-sī hiòng pa̍t-tiâu lō͘ teh kiâ^{n} ê lâng. Siū^{n} chit khóan ê sū Sèng-tàn í-gōa bô ū hit-khóan ê jit. Só͘-í A-chek ah! Góa kóng Sèng-tàn m̄-bat hō͘ góa ê tē-á khah tī^{n}. Iáu-kú góa sìn, ū tōa-tōa chòe góa ê lī-ek, iā í-āu iû-gôan teh-beh án-ni. Só͘-í góa tōa-tōa chiok-hō Kiù-chú tàn.!”	「對聖誕起源所生出敬神的觀念；設使若將這个 kā 伊提相分離，猶久這日是真好的日，一對人真親切、赦免人、行慈善快樂的日；閣再一年久久的中間，查甫、查某心肝成做一个，大家慈幼，開 in 平生所關密的心門，大家談話、大家想 in 攏是相 kap teh 欲行入墓內的同伴；的確毋是向別條路 teh 行的人。想這款的事聖誕以外無有彼款的日。所以阿叔 ah！我講聖誕毋捌予我的袋仔較滇。猶久我信，有大大做我的利益，也以後猶原 teh 欲按呢所以我大大祝賀號救主誕！」
Tī keh-piah teh thia^{n} ê su-kì, bô ì tiong tōa phah chhiú. Kian-līn kóng, “Koe kóng chit sia^{n} chhì khòa^{n} cheh! kia^{n}-liáu ōe chòe bô thâu-lō͘ ê lâng lâi siú kiong-hí ê Sèng-tàn!! O̍at-thâu kā i ê sun-á kóng, hé! lí chiah gâu kóng ōe! góa chin kî-kòai lí kám m̄ khì chòe tāi-gī-sū?”	佇隔壁 teh 聽的書記，無意中大拍手。Kian-līn 講：「加講這聲試看 cheh！驚了會做無頭路的人來守恭喜的聖誕！！越頭 kā 伊的孫仔講：嘿！你遮擎講話！我真奇怪你敢毋去做大議士？」

（續）

"A-chek ah! Lí kám beh siū-khì? Bîn-ná chài lâi khì hō͘ góa chhiáⁿ." "Tán lâi khì tōe-kėk chiah lâi saⁿ-kìⁿ!" "A-chek ah! Lí kám beh kóng hit hō ōe? Sī cháiⁿ-iūⁿ? "Lí cháiⁿ-iūⁿ chhōa bó͘ "Cháiⁿ-iūⁿ sī-m̄? Góa thiàⁿ i koh!	「阿叔 ah！你敢欲受氣？明仔載來去予我請。」 「等來去地極才來相見！」 「阿叔 ah！你敢欲講彼號話？是怎樣？ 「你怎樣娶某 「怎樣是毋？我疼伊閣！
"Thiàⁿ i! Kian-lîn haiⁿ chit siaⁿ, káⁿ ná siūⁿ kóng thong sè kan bô chit hāng pí che khah hó chhiò, khah hó chhiò, teh kiong-hí Sèng-tàn. "Kín tǹg khì!"	「疼伊！Kian-lîn haiⁿ 一聲，假若想講通世間無一項比這較好笑、較好笑，teh 恭喜聖誕。緊轉去！」
"Chóng-sī A-chek ah! Góa iáu-bōe hap-hun ê sî, lí mā-sī m̄-bat lâi chhē góa pòaⁿ pái; lí kám beh ēng che chòe lí-iû, m̄-lâi góan tau. 'Kín tńg khì!'	「總是阿叔 ah！我猶未合婚的時，你嘛是毋捌來找我半擺；你敢欲用這做理由，毋來阮兜」。『緊轉去！』
Góa to m̄-sī teh-beh kā lí soan khòaⁿ ū mih bô, á-sī cháiⁿ-iūⁿ; lán kám bōe tit thang siong hó sī m̄? "Kiò lí kín tńg khì sī cháiⁿ-iūⁿ?	我就毋是 teh 欲 kā 你宣看有物無，á 是怎樣；咱敢袂得通相好是毋？ 「叫你緊轉去是怎樣？
Lí sit-chāi chin góan-kò͘, hō͘ góa ê sim chin kan-khó͘. Lán nn̄g-lâng kàu taⁿ to m̄-bat oan-ke. Góa sī in-ūi beh piáu-bêng góa ê kèng-ì, iā sī chiok-hō Sèng-tàn, só͘-í chiah lâi beh chhiáⁿ lí lâi-khì. Góa ūi-tio̍h Sèng-tàn tek-khak bô siū-khì. A-chek ah Sèng-tàn chin kiong-hí!	你實在真頑固，予我的心真艱苦。咱兩人到今就毋捌冤家。我是因為欲表明我的敬意，也是祝賀聖誕，所以才來欲請你來去。我為著聖誕的確無受氣。阿叔 ah！聖誕真恭喜！
"Kín khì! " "Iā sòa kā lí kiong-hí sin-nî. A-chek ah!" "Kín khì!"	「緊去！」 「也續 kā 你恭喜新年。阿叔 ah！」 「緊去！」
Sui-bóng Kian-lîn án-ni, iáu-kú i ê sun-á lóng bô chit tiám á siū-khì ê khóan, á-sī kóng pháiⁿ thiaⁿ ê ōe chiū chhut khì. Su-kì khui	雖罔 Kian-lîn 按呢，猶久伊的孫仔攏無一點仔受氣的款，á 是講歹聽的話就出去。書記開門予伊出去的時，有閣兩个

（續）

mn̂g hō͘ i chhut khì ê sî, ū koh nn̄g ê pa̍t lâng jip lâi. Nn̄g lâng lóng sī hok-siòng, ū phín-keh ê lâng. In liù bō, khiā tī sū-bū-só͘ ê mn̂g-kháu. Chhiú-nih the̍h chit pún kì-hù kim ê phō͘, kap kúi-nā tiuⁿ su-lūi, tùi Kian-līn kiâⁿ-lé. Tiong-kan chi̍t ê tòa hit pún phō͘-á, óa iâi mn̄g kóng, "Lí sī Kian-līn hiaⁿ á-sī Mô͘-lī hiaⁿ?"	別人入來。兩人攏是福相、有品格的人。In 溜帽，徛佇事務所的門口。手裡提一本寄付金的簿，kap 幾若張書類，對 Kian-līn 行禮。中間一个住彼本簿仔，倚來問講：「你是 Kian-līn 兄 á 是毛利兄？」
"Mô͘-lī tī 7 nî chêng í-keng kè-sin lah, tú-tú sī tī kin-àm" Sin-sū giâ pit chiū kóng, "Tī chit nî ê tiong-kan, chit ê kiong-hí ê sî-choeh, chōe-chōe khoat-hoat kan-khó͘ ê lâng, bōe tit thang kap lán saⁿ-kap chiok-hō Sèng-tàn, tī chit ê sî-chūn, te̍k-pia̍t ài pī-pān tām-po̍h ê mi̍h thang lâi sàng in. Khiàm-kheh ta̍k-ji̍t só͘ tio̍h ēng ê mi̍h ê lâng sī kúi nā chheng. Bōe tit thang hióng-siū jîn-seng ê khòai-lo̍k."	「毛利佇七年前已經過身 lah，拄拄是佇今暗」紳士夯筆就講：「佇這年的中間，這个恭喜的時節，濟濟缺乏艱苦的人，袂得 thang kap 咱相 kap 祝賀聖誕，佇這个時陣，特別愛備辦淡薄的物通來送 in。欠缺逐日所著用的物的人是幾若千。袂得通享受人生的快樂。」
"Eⁿ! Lán chia kám bô kaⁿ-ga̍k sī-m̄?"	「Eⁿ！咱遮敢無監獄是毋？」
Kaⁿ-ga̍k khiok put-chí chōe ê; m̄-kú chiah ê só͘-chāi bōe ōe hō͘ chiah ê bô chōe ê kan-khó͘ lâng tit-tio̍h Ki-tok kàu ê ùi-an; in-ūi án-ni, só͘-í góan kúi-nā ê tâng-chì ê lâng saⁿ-kap chham-siông ài bō͘-chi̍p tām-po̍h chîⁿ lâi bóe sió-khóa ê chia̍h mi̍h, kap hō͘ in seng-khu ōe sio ê mi̍h. Góan kóng chit ê Sèng-tàn ê sî-ki sī in-ūi tī chit ê sî-chūn in it-hoat kám-tio̍h in ê kan-khó͘, iā hó-gia̍h ê lâng it-hoat kám-tio̍h khòai-lo̍k ê sî. M̄-chai Kian-līn hiaⁿ hoaⁿ-hí siá lōa-chōe?	監獄卻不止濟的；毋過遮个所在袂會予遮个無罪的艱苦人得著基督到的慰安；因為按呢，所以阮幾若的同志的人相 kap 參詳愛募集淡薄錢來買小可的食物，kap 予 in 身軀會燒的物。阮講這个聖誕的時機是因為佇這个時陣 in 益發感著 in 的艱苦，也好額的人益發感著快樂的時。毋知 Kian-līn 兄歡喜寫偌濟？
m̄-bián siá	毋免寫
Án-ni lí sī ài kám-siā lâi kì-hù m̄-sī?	按呢你是愛感謝來寄付毋是？
Góa ài lín m̄-bián khǹg góa chāi-lāi, sī in-ūi	我愛恁毋免勸我在內，是因為恁問我欲

（續）

lín mn̄g góa beh siá lōa chōe, góa chia án-ni kóng. Góa pún-sin bô chiong Sèng-tàn chòe hoaⁿ-hí, sớ-í góa bô chàn-sêng, hō͘ pîn-tōaⁿ ê lâng khòai-lo̍k. Ūi-tio̍h beh î-chhî kaⁿ-ga̍k á-sī siū-sán-tiûⁿ, góa í-keng ū chhut put-chí chōe chîⁿ, án-ni í-keng chin kàu-gia̍h. Sớ-í nā-sī ū hit khóan kan-khớ ê, bô thâu-lō͘ ê tio̍h-khì hia.	寫偌濟，我遮按呢講。我本身無將聖誕做歡喜，所以我無贊成，予貧憚的人快樂。為著欲維持監獄 á 是受產場，我已經有出不止濟錢，按呢已經真夠額。所以若是有彼款艱苦的，無頭路的著去遐。
Put-chí chōe lâng bōe ōe khì hit hō sớ-chāi, kiám-chhái ū ê siūⁿ khì hit khóan sớ-chāi, lēng-khớ sí khah tit.	不止濟人袂會去彼號所在，kiám-chhái 有的想去彼款所在，寧可死較得。
Nā-sī sí khah hó, to iā bô hiâm, thang kiám tām-po̍h siū-chōe ê lâng gia̍h.	若是死較好，就也無嫌，通減淡薄受罪的人額。
Nn̄g lâng tôe bô, kơ-put chiong saⁿ-sî chhut-khì.	兩人題無，孤不衷相辭出去。
Koaiⁿ tiàm sî-kan kàu, Kian-līn put-tek-í chiū lī-khui i, kè-khì keh piah keng; i ê su-kì tī-hia thèng-hāu kàu beh sí, Kian-līn ēng i ê ba̍k-chiu pò i chai, sî-kan í-keng kàu, thang tńg khì; su-kì sûi-sî pû tsit la̍h-chek ê hé, tī i ê bō-á.	關店時間到，Kian-līn 不得已就離開伊，過去隔壁間，伊的書記佇遐聽候到欲死，Kian-līn 用伊的目睭報伊知，時間已經到，通轉去；書記隨時炰 tsit 蠟燭的火，佇伊的帽仔。
Bîn-ná jit kui-jit lí siūⁿ ài hioh-khùn hơh?	明仔日規日你想愛歇睏 hơh？
Lí ê tơ-ha̍p nā-ōe tú-hó.	你的都合若會拄好。
Khó-sioh bōe tú-hó, iā hioh-khùn góa siūⁿ bô kong-tō. Siat-sú góa nā kā lí khàu lí hioh-khùn hit jit ê chîⁿ, lí beh kóng hō͘ lâng pháiⁿ khóan-thāi, tek-khak sī án-ni, sī m̄?	可惜袂拄好，也歇睏我想無公道。設使我若 kā 你扣你歇睏彼日的錢，你欲講予人歹款待，的確是按呢，是毋？
Sī.	是。
Iā lí m̄-chai beh siūⁿ góa hō͘ lâng phái-khóan-thāi, siat-sú góa liáu chi̍t kang ê chîⁿ, lâi bô tit-tio̍h kang-chîⁿ?	也你毋知欲想我予人歹款待，設使我了一工的錢，來無得著工錢？

（續）

Chit nî chiah kan-ta chit-pái nā-tiāⁿ.	一年才干但一擺若定。
Khó-lîn tāi! Chiong 12 gėh 25 chòe lí-iû, lâi jîm lâng ê lak-á! chóng-sī kơ-put chiong, bîn-ná jit káⁿ tioh hioh, m̄-kú āu-jit chá-khí tioh khah chá lâi.	可憐代！將十二月二十五做理由，來搙人的橐仔！總是孤不衷，明仔日敢著歇，毋過後日早起著較早來。
Su-kì kóng, hó, Kian-līn chiū thó chit ê tōa khùi chiū chhut-khì. Sū-bū só sûi-sî koaiⁿ khí lâi. Su-kì ê niá-kun tīn tī heng-khám (in-ūi i bô chhēng gōa-khò) khì chhu peng; in-ūi sī Sèng-tàn-mî ê ē-pơ, só-í ū kap gín-ná pâi-liàt, iā ū kap in chhu 20 piàn; āu-lâi kóaⁿ-kín cháu tńg-khì beh kap gín-ná ng-kok-ke.	書記講：好，Kian-līn 就吐一个大氣就出去。事務所隨時關起來。書記的領巾津佇胸坎（因為伊無穿外褲）去趨冰；因為是聖誕暝的下晡，所以有 kap 囡仔排列，也有 kap in 趨二十遍；後來趕緊走轉去欲 kap 囡仔掩咯雞。
Kian-līn chiàu pêng-siông ê khóan khì hit keng im-ut ê liāu-lí tiàm chiah àm, sui-bóng sī Sèng-tàn mî, iáu-kú só chiah ê sī pêng-siông ê liāu-lí, só ū ê sin-bûn lóng thak liáu-liáu, iā chhun ê sî-kan, hian i ê kià-kim-phō khí lâi khòaⁿ só kià ê chîⁿ-giàh; āu-lâi tńg khì chhù-nih. Kian-līn tiàm hit-keng, pún-chiâⁿ sī Mô-lī tiàm ê chhù, tī hāng-á-lāi, kē-kē chhiⁿ-chhìn ê só-chāi; tû-khì Kian-līn í-gōa bô lâng káⁿ tiàm tī hia. Iā kî-thaⁿ ê chhù lóng sè lâng teh chòe sū-bū-só.	Kian-līn 照平常的款去彼間陰鬱的料理店食暗，雖罔是聖誕暝，猶久所食的是平常的料理，所有的新聞攏讀了了，也賰的時間，掀伊的寄金簿起來看所寄的錢額；後來轉去厝 nih。Kian-līn 踮彼間，本成是毛利踮的厝，佇巷仔內，低低悽清的所在；除去 Kian-līn 以外無人敢踮佇遐。也其他的厝攏稅人 teh 做事務所。
Beh jip mn̂g ê só-chāi, ū chit ki teh kòng mn̂g ēng tōa ki thûi á, Kian-līn tńg-lâi ê sî, lóng bô sím-mih koh-iūⁿ. Bô giâu-gî i tiàm tī chit-keng ê tiong-kan, chhut-jip ê sî put-sî teh khòaⁿ hit-ki. Koh-chài chit-hāng, Kian-līn bô chhin-chhiūⁿ pat-lâng ōe lām-sám siūⁿ (phì-lūn lâi kóng, chhin-chhiūⁿ bô ê mih lâi khòaⁿ chè ū, á-sī khòaⁿ-kìⁿ saⁿ siūⁿ chòe kúi). Chóng-sī i chhng só-sî tī só-sî khang teh-beh	欲入門的所在，有一支 teh 損門用大支槌仔，Kian-līn 轉來的時，攏無啥物各樣。無僥疑伊踮佇這間的中間，出入的時不時 teh 看彼支。閣再一項，Kian-līn 無親像別人會濫糝想（譬論來講：親像無的物來看作有，á 是看見衫想作鬼）。總是伊穿鎖匙佇鎖匙空 teh 欲開門的時，彼支損門的槌仔已經毋是槌仔，忽然變做毛利的面相出來。毛利的

（續）

khui-mn̂g ê sî, hit ki kòng mn̂g ê thûi-á í-keng m̄-sī thûi-á, hut-jian piàn-chòe Mô͘-lī ê bīn-siōng chhut-lâi. Mô͘-lī ê bīn ê sì-ûi ū kng teh chiò, i ê bīn-siòng khiok m̄-sī siū-khì ê khóan, iā bô sím-mi̍h thang kia^{n} ê só͘-chāi, put kò͘ ēng i pêng-seng ê khóan, lâi khòa^{n} Kian-līn. Kian-līn khí iam-kôa^{n}, chim-chiok kā-i khòa^{n}, hit ê bīn-siōng sûi-sî koh-chài piàn-chòe pún-chiâ^{n} ê mn̂g-khȯk. (Iáu-bē liáu, āu-hō beh koh sòa-chiap.)	面的四圍有光 teh 照，伊的面相卻毋是受氣的款，也無啥物通驚的所在，不過用伊平生的款，來看 Kian-līn。Kian-līn 起陰寒，斟酌 kā 伊看，彼个面相隨時閣再變做本成的門栱。（猶未了，後號欲閣續接。）
Tân Chheng-tiong	陳清忠
SÈNG-TÀ^{n}-KOA (Sòa-chiap chêng-hō)	聖誕歌 （續接前號）
Kian-līn ji̍p khì liáu, chiū chhut-lȧt koai^{n} mn̂g; mn̂g phiāng-óa ê sia^{n} chhin-chhiū^{n} lûi tân, bô lūn chhù-lāi só͘ ū ê mi̍h-kiā^{n}, hėk-sī tē-hā-sek chiú-tiû^{n}-nih só͘ chàn-teh ê chúi-tháng, to lóng ìn kî-kòai ê sia^{n}. Nā-sī Kian-līn gôan-lâi m̄-sī ōe hō͘ kòai-sia^{n} lâi phah kia^{n} tiȯh ê lâng. Mn̂g koai^{n} liáu-āu, keng-kòe thong-hāng, peh-chiū^{n} lâu-téng, ná peh lâu-thui, ná siu-chéng lȧh-chek ê sim.	Kian-līn 入去了，就出力關門；門 phiāng 倚的聲親像雷嘽，無論厝內所有的物件，或是地下室酒場裡所 chàn-teh 的水桶，就攏應奇怪的聲。若是 Kian-līn 原來毋是會予怪聲來拍驚著的人。門關了後，經過通巷，爬上樓頂，那爬樓梯，那修整蠟燭的心。
Sui-bóng sì-bīn àm so-so, Kian-līn lóng bô tiû-tû. Àm, sī i só-ài, in-ūi m̄-bián khai chî^{n} lâi bóe lȧh-chek. Chóng-sī Kian-līn iáu-bē koai^{n} hit ê siāng-tāng ê mn̂g, tāi-seng i ū khì sûn sì-kòe. khòa^{n} chhù-lāi ū piàn-khóan- -bô? In-ūi i tú-á só͘ khòa^{n}-tiȯh ê bīn iáu tī bȧk-chiu chêng iá^{n}-lâi iá^{n}-khì; bô khì sûn bōe an-sim.	雖罔四面暗 so-so，Kian-līn 攏無躊躇。暗，是伊所愛，因為毋免開錢來買蠟燭。總是 Kian-līn 猶未關彼个傷重的門，事先伊有去巡四界。看厝內有變款--無？因為伊拄仔所看著的面猶佇目睭前影來影去；無去巡袂安心。
Lâng-kheh-thia^{n}, pâng-keng, í-ki̍p chàn-mi̍h ê só͘-chāi, lóng bô piàn-khóan. Toh-kha bô	人客廳、房間，以及 chàn 物的所在，攏無變款，桌腳無人匿 teh，椅跤

（續）

lâng bih-teh, í-kha iā bô; hé-lô͘-nih iáu ū tām-po̍h hé tī-teh; thng-sî, pôa^{n}, lóng bô chái^{n}-iū^{n}; chú-bê ê e-á tī hé-lô͘ téng. Bîn-chhng-ē, tû-á-lāi, bô lâng tī-teh; tiàu tī piah-nih, hō͘ hong teh chhe, khòa^{n} liáu kòai-kòai ê khùn-sa^{n}, kā i hian khí-lâi khòa^{n}, iā bô sím-mi̍h koh-iū^{n} tī-teh. Kū ê thih-lô͘-kòa, kū ê ôe, nng-kha hî-nâ, bīn-tháng-kè téng ê bīn-tháng, chi̍t-siang hé-tī chôan-jiân bô piàn-khóan.	也無；火爐裡猶有淡薄火佇 teh；湯匙、盤，攏無怎樣；煮糜的鍋仔佇火爐頂。眠床下、櫥仔內，無人佇 teh；吊佇壁裡，予風 teh 吹，看了怪怪的睏衫，kā 伊掀起來看，也無啥物各樣佇 teh。舊的鐵爐蓋、舊的鞋、二跤魚籃、面桶架頂的面桶，一雙火箸全然無變款。
Cha̍p-hun an-sim, chiū koai^{n} mn̂g, tùi lāi-bīn ēng nn̄g-têng ê só lâi-só; i tī pêng-sî hán-tit án-ni. Chhin-chhiū^{n} án-ni kéng-kài liáu-āu, chiū thǹg niá-kun, chhēng khùn-sa^{n}, nn̂g chhián-thoa, tì khùn-bō͘; iā siū^{n} beh lim tām-po̍h ám-bê, chiū chē-lo̍h tī hé-lô͘-pi^{n}.	十分安心，就關門，對內面用二重的鎖來鎖；伊佇平時罕得按呢。親像按呢警戒了後，就褪領巾、穿睏衫，nng 淺拖，戴睏帽；也想欲啉淡薄 ám 糜，就坐落佇火爐邊。
The-lo̍h-í, thâu hiòng thian ê sî, liâm-pi^{n} khòa^{n}-tio̍h hit ê tiàm tī chhù-lāi tē-it-kôan ê só͘-chāi, hiān-sî bô teh ēng ê cheng. I khòa^{n}-tio̍h ê sî, hut-jiân-kan hit ê cheng ka-kī tín-tāng, Kian-līn tōa kia^{n} chi̍t-ē, sim-lāi teh siū^{n} kî-kòai ê sî, hit ê cheng sòa tân chhut sia^{n}. Sia^{n} chi̍t-ē tân, chhù-lāi só͘ ū ê sió-cheng chòe chi̍t-sî lin-liang-háu.	撐落椅、頭向天的時，連鞭看著彼个踮佇厝內第一懸的所在，現時無 teh 用的鐘。伊看著的時，忽然間彼个鐘家己振動，Kian-līn 大驚一下，心內 teh 想奇怪的時，彼个鐘續嘽出聲。聲這下嘽，厝內所有的小鐘做一時 lin-liang 哮。
Siāng chi̍t-sî thia^{n}-kì^{n} tī tē-hā-sek chhin-chhiū^{n} ū lâng thoa chin-tāng ê thih-liān teh kiâ^{n} tī chiú-tháng téng lia̍k-lia̍k-kiò, lòng-lòng-háu ê sia^{n}. Āu-lâi hit ê sia^{n} ná khah tōa, chiām-chiām tùi lâu-thui khí-lâi, tit-tit tùi mn̂g-nih lâi.	Siāng 一時聽見佇地下室親像有人拖真重的鐵鍊 teh 行佇酒桶頂 lia̍k-lia̍k 叫，lòng-lòng 哮的聲。後來彼个聲那較大，漸漸對樓梯起來，直直對門裡來。
Sûi-sî tùi mn̂g-nih keng-kè, liâm-pi^{n} kàu pâng-keng-lāi, hut-jiân Mô͘-lī ê îm-hûn khiā	隨時對門裡經過，連鞭到房間內，忽然毛利的陰魂徛佇伊的面前。拄欲入來

（續）

tī i ê bīn-chêng. Tú teh jip lâi ê sî, beh-sit beh-sit ê la̍h-chek-hé, hut-jiân tōa-kng, óan-jiân chhin-chhiū^n la̍h-chek-hé teh kóng, "Ah! Góan bat i! Mô͘-lī hia^n ê im-hûn lah! Ê khóan-sit.	的時，欲失欲失的蠟燭火，忽然大光，宛然親像蠟燭火 teh 講：「Ah！阮捌伊！毛利兄的陰魂 lah！」的款式。
Hit ê bīn-siòng tú-tú kap Mô͘-lī sa^n-tâng. Mô͘-lī ê thâu-chang-bé, pêng-seng teh chhēng ê sa^n chin e̍h ê khò͘, kap i bô ha̍p-kha ê ôe. I ê choân-sin sī thang-kng; só͘-í Kian-līn ōe tit-thang khòa^n tio̍h i ê gōa-sa^n āu-bīn nn̄g-lia̍p ê liú-á.	彼个面相拄拄 kap 毛利相同。毛利的頭鬃尾，平生 teh 穿的衫真狹的褲，kap 伊無合跤的鞋。伊的全身是通光，所以 Kian-līn 會得通看著伊的外衫後面二粒的紐仔。
Kian-lin bat thia^n lâng kóng Mô͘-lī bô tn̂g-tō͘ (bô chû-pi, jîn-bín ê, lâng chiah án-ni kóng) i kàu ta^n lóng m̄-sìn, kàu chit tia̍p chiah siū^n ū lí.	Kian-lin 捌聽人講毛利無長度（無慈悲，仁憫的，人才按呢講）伊到今攏毋信，到這霎才想有理。
Sui-bóng i tit--tit teh siòng Mô͘-lī, chai hiān-chāi tī i ê bīn-chêng, sim-lāi iáu-kú gī-ngāi. Sui-jiân i khòa^n-kì^n Mô͘-lī, chhi^n-chhìn ê ba̍k-chiu lâi khí ka-iam-kôa^n, koh-chài bêng-bêng khòa^n tio̍h i pau tī thâu-khak kap chhùi-ē táu ê chhiú-kun ê áu-hûn－iáu-kú i iáu-bōe tit-thang sìn.	雖罔伊直直 teh 相毛利，知現在佇伊的面前，心內猶久疑礙。雖然伊看見毛利，生清的目睭來起加陰寒，閣再明明看著伊包佇頭殼 kap 喙下斗的手巾的拗痕－猶久伊猶袂得通信。
Kian-līn ēng i pêng-sî kóng-ōe ê khóan-sit mn̄g kóng,	Kian-līn 用伊平時講話的款式問講：
"Lí lâi beh chhòng siá^n-ê?"	「你來欲創啥的？」
"Tōa tāi-chì lah!"－Mô͘-lī, ê sia^n, kó-jiân sī Mô͘ lī ê sia^n.	「大代誌 lah！」－毛利，的聲，果然是毛利的聲。
"Lí siá^n lâng?"	「你啥人？」
"Tio̍h mn̄g, khòa^n góa khah-chá sī siá^n lâng"	「著問，看我較早是啥人」
"Nā-sī án-ni, khah-chá lí sī siá^n lâng?"	「若是按呢，較早你是啥人？」
"Chāi-si^n góa chiū-sī kap lí sa^n-kap khui-	「在生我就是 kap 你相 kap 開行彼个毛

（續）

hâng hit ê Mô͘-lī lah!”	利 lah！」
“Lí ōe－lí ōe chē í bōe?”	「你會－你會坐椅袂？」
“Ōe”	「會」
“Che khòaⁿ māi.”	「坐看覓。」
Kian-līn kóng án-ni, sī in-ūi ū giâu-gî, tauh-tí chit-khóan sin-khu thang-kng ê im-hûn ōe chē í á-bōe; koh-chài siūⁿ i nā ìn kóng bōe, chiū beh kā i mn̄g cháiⁿ-iūⁿ bōe, beh hō͘ i hùi-khì-ìn ê in toaⁿ. Chóng-sī im-hûn sûi-sî chē-í, tú chiàu i pún-jiân o̍ah ê sî chē teh ê khóan.	Kian-līn 講按呢，是因為有僥疑，到底這款身軀 thang 光的陰魂會坐椅 á 袂；閣再想伊若應講袂，就欲 kā 伊問怎樣袂，欲予伊費氣應的因段。總是陰魂隨時坐椅，拄照伊本然活的時坐 teh 的款。
“Lí m̄ sìn--góa?”	「你毋信--我？」
“M̄-sìn.”	「毋信。」
“Nā-sī án-ni lī sī giâu-gî ê ngó͘-koan, in-ūi lí ê ngó͘-koan si̍t-chāi ū kám-tio̍h góa ê si̍t-hiān.	「若是按呢你是僥疑的五官，因為你的五官實在有感著我的實現。
“Góa m̄-chai.”	「我毋知。」
“Lí cháiⁿ-iūⁿ giâu-gî lí ê kám-lêng (惑能)	「你怎樣僥疑你的感能（惑能）
“Ū sió-khóa sū-chêng lâi phah-lōan góa ê kám-lêng lah! Pak-tó͘ nā tām-po̍h bô tú-hó, chiū liâm-piⁿ éng-hióng kám-lêng. Lí kiám-chhái sī chi̍t-tè bōe siau-hòa ê gû-bah, á-sī gû-lin-piáⁿ, nā m̄-sī, chiū-sī chi̍t-phìⁿ sa̍h bô se̍k ê hoan-chû lâi hòa-sin--ê! Bô kóan-lí sī sím-mi̍h, sui-bóng lí kóng sī tùi bō͘-ni̍h chhut-lâi, góa siūⁿ lí tek-khak sī sio̍k tī Pûi-bah sèng--ê (Phah-pháiⁿ ūi ê tāi-piáu mi̍h. Kian-līn m̄-sìn i ū khòaⁿ-tio̍h kúi. I sī siūⁿ só͘ khòaⁿ-kìⁿ--ê sī chú-koan-tek ê kúi, chiū-sī tùi tī chia̍h bōe siau-hòa ê mi̍h, chhin-chhiūⁿ téng-bīn só͘ siá,－ pûi-bah, bô se̍k ê hoan-chû, bōe siau-hòa ê gû-ba̍h gû-lin-piáⁿ, téng-	「有小可事情來拍亂我的感能 lah！腹肚若淡薄無拄好，就連鞭影響感能。你 kiám-chhái 是一塊袂消化的牛肉，á 是牛奶餅，若毋是，就是一片 sa̍h 無熟的蕃薯來化身--的！無管你是啥物，雖罔你講是對墓裡出來，我想你的確是屬佇肥肉性--的（拍-歹胃的代表物。Kian-līn 毋信伊有看著鬼。伊是想所看見--的是主觀的的鬼，就是對佇食袂消化的物，親像頂面所寫，－肥肉、無熟的蕃薯，袂消化的牛肉牛奶餅，等等，來拍歹胃，致到影響著頭腦續濫糝想伊有看見鬼。）

（續）

téng, lâi phah-phái^n ūi, tì-kàu éng-hióng tio̍h thâu-ló soah lām-sám siūn^n i ū khòa^n-kì^n kúi.)	
Kian-lîn ê sèng-chit m̄-sī chin-ài kóng-chhiò, koh-chāi tī chit-khóan sî-chūn, i tek-khak bōe kò͘-tit siūn^n kóng-chhiò ê sū. Put-kò i sī siūn^n, nā ōe kóng khah chōe chhiò-ōe, khah ōe siau-bia̍t ka-kī chù-ì, thang hō͘ i ê sim-koa^n khah bōe siūn^n kia^n nā-tiā^n.	Kian-līn 的性質毋是真愛講笑，閣再佇這款時陣，伊的確袂顧得想講笑的事。不過伊是想，若會講較濟笑話，較會消滅家己注意，通予伊的心肝較袂想驚若定。
Im-hûn tī chhù-lāi ká-ná siu^n-jo̍ah ê khóan-sit, chiū tháu i pa̍k tī thâu-khak hit tiâu kun, hut-jiân i ê ē-hâi lâu kàu heng-khám; Kian-lîn khòa^n chit-ē sîn-hûn cháu kàu chhit-lí-chiu--khì.	陰魂佇厝內假若傷熱的款式，就敨伊縛佇頭殼彼條巾，忽然伊的下骸落到胸坎；Kian-līn 看一下神魂走到七里週去。
"Kiù lâng ah! Hó-sim ah! Siá^n-sū lí án-ni lâi khó͘-chhó͘ góa àn-chóa^n im-hûn ōe tit-thang tī tōe-bīn sì-kòe-kiâ^n? In-hô lí beh lâi chhē góa?"	「救人 ah！好心 ah！啥事你按呢來苦楚我按怎陰魂會得通佇地面四界行？因何你欲來找我？」
Hit ê in-toa^n sī án-ni:— Hōan-nā lâng chāi-si^n tī sè-kan ê sî i ê cheng-sîn tio̍h ài khì tông-pau hia^n-tī ê tiong-kan sì-kòe-kiâ^n, siōng-chhiá^n tio̍h hn̄g koh-khoah chiah ōe ēng tit; siat-sú chāi-si^n i ê cheng-sîn nā bô án-ni kiâ^n, āu siū pò-èng tio̍h khì kiâ^n kúi-nā pē hn̄g, kúi-nā-pē khoah chiah ōe ēng-tit. Góa bōe tit thang chiàu só͘ ài lóng ka lí kóng, in-ūi lóng bô sî-kan, góa lóng bōe-ōe hioh-khùn-tit, bô lūn tī sím-mih só͘-chāi, bō͘ iân-chhiân sî-kan-tit. Chāi-si^n góa ê cheng-sîn m̄-bat lī-khui sū-bū-só͘—Tio̍h siông-sè thia^n!—m̄-bat lī-khui ōa^n-chî^n ê só͘-chāi. Só͘-í góa ê chiân-tô͘ tio̍h kiâ^n ê lō͘ iáu-kú chin-hn̄g.	彼个因端是按呢：一凡若人在生佇世間的時伊的精神著愛去同胞兄弟的中間四界行，尚且著遠閣闊才會用得；設使在生伊的精神若無按呢行，後受報應著去行幾若倍遠、幾若倍闊才會用得。我袂得通照所愛攏 kā 你講，因為攏無時間，我攏袂會歇睏得，無論佇啥物所在，莫延遷時間得。在生我的精神毋捌離開事務所－著詳細聽！－毋捌離開換錢的所在。所以我的前途著行的路猶久真遠。
"Lí kè-sin í-keng 7 nî-kú Chit tiong-kan lóng	「你過身已經七年久這中間攏 teh 旅行

（續）

teh lú-hêng sī-m̄? Lí kiâ^{n} chin kín bô?”	是毋？你行真緊無？」
“Góa ēng hong chòe-si̍t, chhin-chhiū^{n} chiáu pe ê khóan”	「我用風做翅，親像鳥飛的款」
“Án-ni! Phah-sǹg 7 nî kú ká^{n} kiâ^{n} put-chí hn̄g hoh^{n}?”	「按呢！拍算七年久敢行不止遠 hoh^{n}？」
“Ah! Chhi^{n}-mî ê lâng ah! chhi^{n}-mî ê lâng ah! Lín lóng m̄-chai ūi-tio̍h chit ê sè-kan ū lōa chōe ê sian-jîn, kun-chú tī kúi-nā pah-nî, kúi-nā-chheng ê tiong-kan, lóng bô hioh-khùn teh phah-pià^{n} chòe hó-sū beh hō͘ sè-kan tit-tio̍h hok-khì, sui-bóng án-ni teh chīn-la̍t, iáu-kú beh hō͘ chit-khóan ê hok-khì hoat-ta̍t, kàu ôan-chôan sī éng-óan ê sū-gia̍p, m̄-sī chi̍t-sì lâng chiū ōe chiâ^{n}. Koh lín lóng m̄-chai hōan ū Ki-tok-tô͘ ê cheng-sîn ê lâng lâng, tī i o̍eh-o̍eh ê hōan-ûi-lāi, ūi-tio̍h lâng, ūi-tio̍h sè-kan lâi chòe-hó, iáu-kú teh siū^{n} in it-seng sī siu^{n}-té, tī chit-sì lâng só͘-chòe só͘ kiâ^{n} ê sū bōe tit thang chòe sè-kan ê hāu-ek. Koh-chài nā gō͘-ēng chi̍t-pái ê ki-hōe, put-khóan-lí àn-chóa^{n} siū^{n}-chhò, to oh-tit pó-tī^{n} kàu-gia̍h. Ah! Lín ê ba̍k-chiu lóng bô khòa^{n} khì chit-khóan ê sū. Chóng-sī góa pún iû-gôan sī chi̍t ê chhi^{n}-mî lâng, góa chá-chêng sī chhin-chhiū^{n} chit-khóan ê lâng”	「Ah！青暝的人 ah！青暝的人 ah！恁攏毋知為著這个世間有偌濟的先人，君子佇幾若百年，幾若千的中間，攏無歇睏 teh 拍拚做好事欲予世間得著福氣，雖罔 bóng 按呢 teh 盡力，猶久欲號這款的福氣發達，到完全是永遠的事業，毋是一世人就會成。閣恁攏毋知凡有基督徒的精神的人人，佇伊狹狹的範圍內，為著人，為著世間來做好，猶久 teh 想 in 一生是傷短，佇一世人所做所行的事袂得通做世間的效益。閣再若誤用一擺的機會，不管你按怎想錯，就偲得補滇夠額。Ah！恁的目睭攏無看去這款的事。總是我本猶原是一个青暝人，我早前是親像這款的人」
“Chóng-sī, Mô͘-lī, lí chá-chêng sī chit ê bín-óan ê sū-bū-ka lah” Kian-līn kóng án-ni, àm-chī^{n} teh chí ka-kī.	「總是，毛利，你早前是一个敏腕的事務家 lah」Kian-līn 講按呢，暗靜 teh 指家己。
Mô͘-lī so i ê chhiú, tōa sia^{n} kóng, “Sū-bū-ka! Lām-sám-kóng! Góa ê sū-bū sī Jîn-tō lah! Bān-bîn ê hêng-hok sī góa ê sū-bū lah! Chiong siong-gia̍p siōng bóe-bōe ê sū beh	毛利挲伊的手，大聲講：「事務家！濫糝講！我的事務是人道 lah！萬民的幸福是我的事務 lah！將商業上買賣的事欲 kap 我比，是親像一滴的水來比大

（續）

kap góa pí, sī chhin-chhiū^{n} chi̍t-tih ê chúi lâi pí tōa-iû^{n} ê chúi!	洋的水！
Kian-lī̍n thia^{n}-kì^{n} Mô͘-lī hiah gâu gī-lūn, chin tōa kia^{n}-hiâ^{n}, seng-khu ti̍t-ti̍t tiô khí-lâi.	Kian-lī̍n 聽見毛利遐 gâu 議論，真大驚惶，身軀直直 tiô 起來。
"Tio̍h siông-sè thia^{n} góa kóng! Góa bô beh koh tiàm khah kú lah! Góa ê sî-kan chha-put-to beh liáu!"	「著詳細聽我講！我無欲閣踮較久 lah！我的時間差不多欲了！」
"Hó lah! Chóng-sī m̄-thang hō͘ góa kan-khó͘, m̄-thang ēng hit-khóan ián-soat-hoat ti̍t-ti̍t lâi. Pài thok leh!	「好 lah！總是毋通予我艱苦，毋通用彼款演說法直直來。拜託 leh！
"Góa ē-hng thiau-kang lâi chhōe lí, sī in ūi ài pò lí chai, lí iáu ū hit-khóan ê ki-hōe kap ǹg-bāng thang siám-pī góa chit-khóan ê ūn-bēng."	「我下昏 thiau 工來找你，是因為愛報你知，你猶有彼款的機會 kap 向望通閃避我這款的運命。」
"Bān-sū lí tùi góa ta̍k pái to chin chhin-chhiat, tōa-tōa kā lí" kám-siā."	「萬事你對我逐擺就真親切，大大 kā 你感謝。」
"Khah-thêng ū 3 ê sîn beh lâi chhē-lí"	「較停有三个神欲來找你」
"Lí só͘ kóng ê ǹg-bāng ki-hōe sī-m̄? Nā-sī án-ni lêng-khó͘ mài khah tit."	「你所講的向望機會是毋？若是按呢寧可 mài 較得。」
"Lí nā bô hō͘ chit 3 ê sîn lâi hóng-mn̄g, lí tek-khak bōe tit-thang tô͘-siám kap góa sa^{n}-tâng ê ūn-bēng lah!	「你若無予這三个神來訪問，你的確袂得通逃閃 kap 我相同的運命 lah！
Bī̍n-ná-àm sî-cheng tân chi̍t-tiám ê sî tē-it ê sîn ōe lâi chhē-lí, kè-àm ê siâng-sî-khek tē-jī ê sîn beh lâi, tē sa^{n} ê sîn, tī koh chi̍t-àm cha̍p-jī tiám nā tân liáu, sûi-sî ōe chhut-hiān. Ta^{n} lí tio̍h chim-chiok khòa^{n}, in-ūi lán bōe tit-thang koh sa^{n}-kì^{n}; iā m̄-sī ūi-tio̍h pa̍t-lâng, lóng-sī ūi-tio̍h lí, só͘-í lí tio̍h ōe kì-tit lán nn̄g-lâng ê tiong-kan só͘ keng-kè ê sū!"	明仔暗時鐘嘽一點的時第一的神會來找你，隔暗的 siâng 時刻第二的神欲來，第三的神，佇閣一暗十二點若嘽了，隨時會出現。今你著斟酌看，因為咱袂得通閣相見；也毋是為著別人，攏是為著你，所以你著會記得咱兩人的中間所經過的事！」
Mô͘-lī ê im-hûn tò-thè kiâ^{n} óa thang-á, ka-	毛利的陰魂倒退行倚窗仔，家已漸漸

（續）

kī chiām-chiām nā khah khui; só͘-í Mô͘-lī kàu thang-á kha ê sî, thang-á tōa khui.	若較開；所以毛利到窗仔跤的時，窗仔大開。
Kian-līn koaiⁿ thang-á liáu, chiū kiám-cha Mô͘-lī jip--lâi hit ê mn̂g. Lóng bô chit-sut-á koh-iūⁿ, tú-tú chiàu i chhin-chhiú só͘ koaiⁿ, só͘ só͘ ê khóan, mn̄g-lōng lóng bô sóa-ūi. Kian-līn siūⁿ liáu put-liáu-kái, teh beh hoat kóng. Bô-ì bô sù, chóng-sī hoah kóng, Bô-ì---, āu-pòaⁿ sòa thun lȯh khì.	Kian-līn 關窗仔了，就檢查毛利入--來彼个門。攏無一屑仔各樣，拄拄照伊親手所關、所鎖的款，mn̄g-lōng 攏無徙位。Kian-līn 想了不了解，teh 欲發講。無意無思，總是喝講：無意---，後半續吞落去。
In-ūi siū-tiȯh im-hûn kám-èng ê chhì-kek, iū-koh jit-sî chòe kang chin-thiám, koh-chài ū sió-khóa khòaⁿ-tiȯh Tē-gėk ê kong-kéng, iā kap Mô͘-lī kóng bô sim-sek ê ōe, sî-kan iā sī òaⁿ, chiah ê in-toaⁿ; Kian-līn chin siān, bȧk-chiu chin-siap, chin ài-khùn. Bô thǹg saⁿ chiū án-ni siàng lȯh bîn-chhn̂g, bô kú liâm-piⁿ khùn-khì.	因為受著陰魂感應的刺激，又閣日時做工真忝，閣再有小可看著地獄的光景，也 kap 毛利講無心適的話，時間也是晚，遮的因端；Kian-līn 真 siān，目睭真澀、真愛睏。無褪衫就按呢 siàng 落眠床，無久連鞭睏去。
(Iáu-bē liáu, āu-hō͘ beh koh sòa-chiap.)	（猶未了，後號欲閣續接。）
SÈNG-TÀN-KOA (Tē saⁿ hoê. Soà-chiap chêng-hō)	聖誕歌 （第三回，續接前號）
Sî-cheng tú tân chit tiám ê sî, hut-jiân ū toā kng chiò jip pâng-keng, tē-it ê Sîn chiū jip--lâi. I ê bīn sī chhin-chhiūⁿ gín-ná; thâu-mn̂g pėh chhin-chhiūⁿ lāu-lâng. Seng-khu chhēng pėh tn̂g-saⁿ, saⁿ-á-ku kún muî-kuì-hoe. Chhiú-nih ū giâ chhiⁿ-chhuì ê "to-lô hioh (holly Sèng-tàn ê sî ēng ê sit-bu̍t ê miâ) Toā-kng chhȧk tiȯh Kian-līn ê bȧk-chiu, chiū tah-hiahN cheng-sîn, tiȯh chit-kiaⁿ, chiū mn̄g	時鐘拄嘽一點的時，忽然有大光照入房間，第一的神就入--來。伊的面是親像囡仔；頭毛白親像老人。身軀穿白長衫，衫仔裾滾玫瑰花。手裡有夯青翠的「to-lô 葉（holly 聖誕的時用的植物的名）大光鑿著 Kian-līn 的目睭，就 tah-hiahN 精神，著一驚，就問
kóng: "Lí siáⁿ lâng?"	講：「你啥人？」
Sîn. Goá chiū-sī kè-liáu (chá-chêng) Sèng-tàn	神。我就是過了（早前）聖誕的神。

（續）

ê Sîn.	
Kian-lîn. Kè-liáu chin-kú--ê sī m̄?	Kian-lîn。過了真久--的是毋？
Sîn. Lí ê kè-liáu lah! Goá lâi sī uī-tio̍h lí it-seng ê an-lêng. Khí-lâi kap goá saⁿ-kap kiâⁿ!	神。你的過了 lah！我來是為著你一生的安寧。起來佮我相佮行！
Kian-lîn. Goā-bīn chin koâⁿ－goá chhēng po̍h-po̍h－koh-chài goá ū kám-tio̍h－	Kian-lîn。外面真寒－我穿薄薄－閣再我有感著－
Sîn. Sī uī-tio̍h beh kiù lí. Tio̍h thiaⁿ!	神。是為著欲救你。著聽！
Kian-lîn. Hó-lah! Goá beh khì－tek-khak－tek-khak! Sîn. Lâi!	Kian-lîn。好 lah！我欲去－的確－的確！神。來！
Sîn chiū khan Kian-lîn ê chhiú, kiâⁿ oá khì thang-á, thang-á iû-goân koh ka-kī khui-khì.	神就牽 Kian-lîn 的手，行倚去窗 á，窗 á 猶原閣家己開去。
Kian-lîn, Sîn-ah－bān-chhiáⁿ cheh! Goá sī lâng－goá oē poa̍h-lo̍h--khì!	Kian-lîn，神 ah－慢請 cheh！我是人－我會跋落--去！
Sîn. (ēng chhiú khoà tī i ê sim-koaⁿ) Tio̍h chai, nā sái goá ê chhiú khoà tī lí ê heng-khám, lí teh-beh tit-tio̍h toā-toā ê oān-chō͘. Lâi!	神。(用手掛佇伊的心肝）著知，若使我的手掛佇你的胸坎，你 teh 欲得著大大的援助。來！
Nn̄g lâng phû-chhut thang-á liáu-āu, Sîn chiū chhoā Kian-lîn kàu chit-tiâu chhân-chng ê(誤植 ē) lō͘, kūn-oá tī chit ê hiuⁿ-chng. Sì-bīn ê hn̂g lóng hō͘ seh khàm-ba̍t.	兩人浮出窗仔了後，神就 chhoā Kian-lîn 到一條田庄的路，近倚佇一个鄉庄。四面的園攏予雪蓋密。
Kian-lîn (Khoàⁿ sì-koè) EhN! Chia－chia tō(誤植 to) sī goá choè gín-ná ê sî put-sî teh kiâⁿ ê só͘-chāi!	Kian-lîn（看四界）EhN！遮－遮就是我做囡仔的時不時 teh 行的所在！
Sîn. án-ni! oē kì-tit lí choè gín-ná ê sî(誤植 sī)-tāi lah hohN! Kian-lîn. oē-oē! Goá siūⁿ ta̍k-hāng to oē kì-tit ê khoán－goá choè gín-ná ê sî ê n̍g-bāng, ê hoaⁿ-hí, ê hoân-ló－lóng oē kì-tit!	神。按呢！會記得你做囡仔的時代 lah hohN！Kian-lîn。會－會！我想逐項都會記得的款－我做囡仔的時的向望，的歡喜，的煩惱－攏會記得！
Sîn. Lí ê chhuì-tûn teh chhoah. Lí ê chhuì-phoé kim-kim he(誤植 hé) siáⁿ?	神。你的嘴唇 teh 掣。你的嘴 phoé 金金彼啥？

（續）

Kian-līn. (Chhit i ê bak-sái) Bô-bô lah!－(Tī hn̄g-hn̄g ū thiaⁿ-kìⁿ toā siaⁿ teh hoah ê siaⁿ) Ah, tit-tit lâi hiah ê gín-ná, goá lóng bat in; in lóng sī goá ê thak-chheh phoāⁿ!	Kian-līn。（拭伊的目屎）無－無 lah！－（佇遠遠有聽見大聲 teh 喝的聲）Ah，直直來遐的囡仔，我攏捌 in；in 攏是我的讀冊伴！
Sîn. Chiah ê lóng sī chá-chêng kè-liáu ê sū ê iáⁿ nā-tiāⁿ. In tuì lán lóng bô kám-kak.	神。遮的攏是早前過了的事的影若定。In 對咱攏無感覺。
Hiah ê gín-ná ná kiâⁿ, ná ēng seh-kiû saⁿ hám, kàu siang-chhe lō͘, chiū pun-khui, tāi-ke saⁿ-kap hoah......	遐的囡仔 ná 行，ná 用雪球相 hám，到雙叉路，就分開，大家相佮喝……
Tē-it ê gín-ná Sèng-tàn chin kiong-hí!	第一的囡仔聖誕真恭喜！
Tē-jī ê gín-ná Sèng-tàn chin kiong-hí!	第二的囡仔聖誕真恭喜！
Tē-saⁿ ê gín-ná. Sin-nî chin kiong-hí!	第三的囡仔。新年真恭喜！
Kian-līn. (Chin hoaⁿ-hí) Hiàng-sî "goá tú-tú sī án-ni! Lí thiaⁿ! In teh hoah "Sèng-tàn chin kiong-hí!" "Sin-nî chin kiong-hí!"	Kian-līn。（真歡喜）Hiàng 時「我拄拄是按呢！你聽！In teh 喝「聖誕真恭喜！」「新年真恭喜！」
Sîn. In án-ni hoah, kiám ū tit-tioh sím-mih lī-ek?	神。In 按呢喝，敢有得著甚物利益？
In kám bat uī-tioh án-ni lâi tit-tioh chit-sián mah?	In 敢捌為著按呢來得著一-sián mah？
Kian-līn. Ah, goá chai lí teh hiâm goá (ēng chhiú-ńg chhit i ê bak-chiu) Goá nā-ah, chóng-sī siuⁿ bān lah!	Kian-līn。Ah，我知你 teh 嫌我（用手 ńg 拭伊的目睭）我若－ah，總是傷慢 lah！
Sîn. Sī cháiⁿ-iūⁿ?	神。是怎樣？
Kian-līn. Bô lah! Cha-àm chit ê gín-ná tī goá ê mn̂g-kháu teh chhiùⁿ SÈNG-TÀN KOA. Goá nā tām-poh mih hō͘ i chiū chin hó－án-ni nā-tiāⁿ.	Kian-līn。無 lah！昨暗一个囡仔佇我的門口 teh 唱聖誕歌。我若淡薄物予伊就真好－按呢若定。
Sîn. Lán koh lâi khì khoàⁿ pat ê Sèng-tàn!	神。咱閣來去看別的聖誕！
Sîn koh chhoā Kian-līn kàu chit keng siong-tiàm ê lāi-bīn. Chit ê lāu sin-sū, thâu-khak tì	神閣 chhoā Kian-līn 到這間商店的內面。一个老紳士，頭殼戴白毛總，（早

（續）

(誤植 tī) pe̍h mn̂g cháng, (Chá-sî ê hong-sio̍k) chē tī koân-toh ê āu-bīn. Nn̄g ê siàu-liân su-kì chē tī i ê sin-piⁿ kē-pê siá-jī-toh.	時的風俗）坐佇懸桌的後面。兩个少年書記坐佇伊的身邊低 pê 寫字桌。
Sîn. Lí bat chit-ê só͘-chāi bô?	神。你捌這个所在無？
Kian-līn. iā ē m̄-bat! Goá chá-sî tī chia chia̍h thâu-lō͘	Kian-līn。也會毋捌！我早時佇遮食頭路
Kóng! Ah! Goá ê lāu thâu-ke toā-liōng peh-ah!	講！Ah！我的老頭家大量伯 ah！
EhN! Láu-si̍t hiaⁿ-tī chiàⁿ-pêng toh teh chē, iā Goá tī tò-pêng (誤植 toh-pêng), he (誤植 hé) iā chiâⁿ sim-sek lah! Sim-sek!sim-sek!	EhN！老實兄弟正爿桌 teh 坐，也我佇倒爿，彼也誠心適 lah！心適！心適！
Sîn. Bô sím-mi̍h thang kî-koài, in-uī goá sī Kè-liáu Sèng-tàn ê Sîn, só͘-í só͘ pò lí khoàⁿ ê lóng sī chá chêng ê sū lah!	神。無甚物通奇怪，因為我是過了聖誕的神，所以所報你看的攏是早前的事 lah！
Kian-līn. Goá kap Láu-si̍t hiaⁿ chiâⁿ siong-hó. Ah! Lí khoàⁿ leh! Toā-liōng peh-ah, hiat pit tī toh-téng, oa̍t-thâu teh khoàⁿ sî-cheng! Sî-kan to iáu bē kàu kóng!!	Kian-līn。我佮老實兄誠相好。Ah！你看 leh！大量伯 ah，hiat 筆佇桌頂，越頭 teh 看時鐘！時間都猶袂到講！！
Toā-liōng. Taⁿ lín chiah ê sin-lô! Tio̍h thêng kang. Ē-hng sī Sèng-tàn mî, Láu-sit-ehN! Ē-hng sī Sèng-tàn àm, Kian-līn ehN!	大量。今恁遮的薪勞！著停工。下昏是聖誕暝，老實-ehN！下昏是聖誕暗，Kian-līn ehN！
(Lóng-chóng chiū lī-khui siá-jī toh, koh lâng (誤植 kó͘ lâng) the̍h ka-kī ê bō-á kap niá-kun)	（攏總就離開寫字桌，各人提家己的帽仔佮領巾）
Bān-chhiáⁿ, bān-chhiáⁿ, bō-á kap niá-kun lóng koh hē-teh! Ē-hng lóng tio̍h tī chia chia̍h àm.	慢且，慢且，帽仔佮領巾攏閣下 teh！下昏攏著佇遮食暗。
(Toā-liōng só ji̍p-lâi ná kiâⁿ ná chhiò) Thâu-Ke niû chi̍t-tia̍p lâi teh-beh chhiáⁿ lín.	（大量嫂入來那行那笑）頭家娘一霎來 teh 欲請恁。
Toā-liōng só. Lia̍t-uī ê sin-lô, ē-hng tio̍h kap goán chē-toh, thang hō͘ goán ê toh tit-tio̍h	大量嫂。列位的薪勞，下昏著佮阮坐桌，通予阮的桌得著光榮，毋通推辭。

（續）

kong-êng, m̄-thang the-sî. Ē-hng sī Sèng-tàn mî.	下昏是聖誕暝。
Láu-sit. Thâu-ke niû, lí sit-chāi chiâ^{n} chhin-chhiat, chiâ^{n} hó!	老實。頭家娘，你實在誠親切，誠好！
Kian-līn (誤植 lín). Sit-chāi lí chin gâu khoán-thāi goán!	Kian-līn。實在你真 gâu 款待阮！
Kian-līn (Tōng Sîn ê kha-chiah (誤植 ka-chiah)) Goá tú-tú kóng chiah ê oē, bô chha chit kù.	Kian-līn。(Tōng 神的跤 chiah) 我拄拄講遮的話，無差一句。
Toā-liōng só. Ta^{n} chhiá^{n} lóng jip lâi chē!	大量嫂。今請攏入來坐！
Toā-liōng. Lâi khì chē toh!	大量。來去坐桌！
Láu-sit. Thâu-ke ah, Lí tak-pái to chiah nih chhin-chhiat!	老實。頭家 ah，你逐擺都遮爾親切！
Kian-līn. Thâu-ke ah, Lí chiâ^{n} gâu thià^{n} goán!	Kian-līn。頭家 ah，你誠 gâu 疼阮！
In ná kiâ^{n} ná kóng oē, iā ná chhiò.	In 那行那講話，也那笑。
Kian-līn. Hé, chiâ^{n} kî lah! Goá tú-tú án-ni kóng, chóng-sī sit-chāi m̄-bat khoà^{n}-kì^{n} chit lâng hiah nih hó, chhin-chhiū^{n} Toā-liōng peh ah! Pat lâng sím-mih lâng tī Sèng-tàn-mî teh-beh chhiá^{n} i ê sin-lô sa^{n}-kap chē-toh ah?	Kian-līn。Hé，誠奇 lah！我拄拄按呢講，總是實在毋捌看見一人遐爾好，親像大量伯 ah！別人甚物人佇聖誕暝 teh 欲請伊的薪勞相佮坐桌 ah？
Bô! Tiā^{n} tioh bô! Goá ká^{n} kóng!!	無！定著無！我敢講！！
Sîn. Sió-khoá-sū hō͘ lí hiah moá-chiok sī m̄?	神。小可事予你遐滿足是毋？
Kian-līn. Sió-khoá sū!!	Kian-līn。小可事！！
Sîn. Kám bô iá^{n} (誤植 iâ^{n})? Chhiá^{n} lín chit kuí ê, kám tioh khai kàu loā choē chî^{n}!	神。敢無影？請恁這幾个，敢著開到偌濟錢！
Kian-līn(誤植 Kian-lín). (Chin moá-chiok) Hé! M̄-sī án-ni kóng! Beh hō͘ goán hoa^{n}-hí, m̄ hō͘ goán hoa^{n}-hí lóng tī i ê chhiú-	Kian-līn。(真滿足) Hé！毋是按呢講！欲予阮歡喜，毋予阮歡喜攏佇伊的手頭。予阮的工，輕，重嘛在佇伊。實在

（續）

thâu. Hō͘ goán ê kang, khin, tāng mā chāi tī i. Sit-chāi i só͘ hō͘ goán ê hoaⁿ-hí oē tát-tit chit ê ke-hé. Ah! Goá nā－(I thêng-khùn)	伊所予阮的歡喜會值得一个家伙。Ah！我若－（伊停睏）
Sîn　Sī án-choáⁿ?	神。是按怎？
Kian-lîn.　Bô, bô cháiⁿ-iūⁿ.	Kian-lîn。無，無怎樣。
Sîn　Goá siūⁿ ū?	神。我想有？
Kian-lîn.　Ū-lah! Khiok sī teh siūⁿ chit-chūn goá nā oē tit-thang kap goá ê sin-lô kóng chit nn̄g-kù oē m̄ chin hó!	Kian-lîn。有 lah！卻是 teh 想這陣我若會得通佮我的薪勞講一兩句話毋真好！
Sîn.　Taⁿ tio̍h koh kiâⁿ. Goá tio̍h koh chhoā lí tuì chia lâi khì. Goá ê kang-tiâⁿ í-keng liáu. Lâi!－lâi!－	神。今著閣行。我著閣 chhoā 你對遮來去。我的工程已經了。來！－來！－
Sîn chiū khan Kian-lîn ê chhiú chhut-khì.	神就牽 Kian-lîn 的手出去。
(iáu-bē liáu, āu hō beh koh soà-chiap)	（猶未了，後號欲閣紲接）[1]

載於《芥菜子》，第一～三號，

一九二五年七月一日～一九二六年一月一日

1　該文僅刊登至此，後文未刊。

SÎ-KAN（時間）

作者　不詳
譯者　盧樹河

【作者】

不著撰者。

【譯者】

盧樹河（Lô͘ Chhiū-hô），僅知曾於一九二五年七月一日在《芥菜子》第一號發表譯作〈時間〉，其餘生平不詳。（顧敏耀撰）

SÎ-KAN	時間
Lūn sî-kan ê kè-ta̍t, í-keng chiâⁿ chòe sio̍k-gú,- "Sî-kan chiū-sī chîⁿ?" Án-ni kóng, sī in-ūi nā ēng sî-kan chiū ōe tit-tio̍h chîⁿ ê in-toaⁿ. Chóng-sī m̄-nā án-ni. Sî-kan sī tì-sek. Koh-chài sî-kan sī tek-hēng. M̄-sī kóng lâng chòe chit kù sio̍k-gú, sī in-ūi khòaⁿ chîⁿ tē-it hó ê mi̍h; á-sī chòe tē-it ū khùi-la̍t ê chhùi-chiàn-chn̄g; chiah hō͘ chit kù sio̍k-gú lâi tòa bu̍t-chit-tek, kim-sián-siōng ê sek-chhái.	論時間的價值，已經成做俗語，─「時間就是錢？」按呢講：是因為若用時間就會得著錢的因端。總是毋若按呢。時間是智識。閣再時間是德行。毋是講人做這句俗語，是因為看錢第一好的物；á 是做第一有氣力的 chhùi-chiàn-chn̄g；才予這句俗語來蹛物質的、金錢上的色彩。
Sî-kan sī sī pí chîⁿ khah kùi-khì. Sî-kan ōe hō͘ lán ēng chîⁿ bóe bōe tio̍h ê mi̍h. Sî-kan ū pau só͘ ū kè-liáu ê ha̍k-būn, bô kè ê pó-pòe (chū-sī tì-sek) khǹg tī i ê saⁿ lāi. Sím-mi̍h lâng ōe ēng kim gûn lâi bóe chiah ê mi̍h? Chóng-sī tì-sek kan-ta sī chhiú-tōaⁿ nā-tiāⁿ, m̄-sī bo̍k-tek. Tì-sek ū kè-ta̍t ê in-toaⁿ, sī in-ūi tì-sek ōe ke-thiⁿ lâng ê hok-khì, hoat-ta̍t chìn-pō͘. Nā-sī sî-kan pó-pòe ê só͘-chāi, m̄-sī kan-ta tī chòe hó-sū ê ki-hōe.	時間是是比錢較貴氣。時間會予咱用錢買袂著的物。時間有包所有過了的學問，無價的寶貝（自是智識）勸佇伊的衫內。啥物人會用金銀來買遮个物？總是智識干但是手段若定，毋是目的。智識有價值的因端，是因為智識會加添人的福氣，發達進步。若是時間寶貝的所在，毋是干但佇做好事的機會。

（續）

Chóng kóng sî-kan ná chhin-chhiū^{n} chit tiâu tōa-tiâu kun-á lâi-bīn m̄-sī kan-ta pau kim, gûn, iā ū pau tì-sek ê pó-pòe kap tek-hēng ê kè-chî^{n}. Lán nā chiat-khiām sî-kan chiū-sī chiat-khiām chia̍h ê mi̍h.	總講時間若親像一條大條巾仔內面毋是干但包金、銀，也有包智識的寶貝 kap 德行的價錢。咱若節儉時間就是節儉食的物。
Gâu lī-ēng sî-kan chiū-sī chin-si̍t kiâ^{n} khûn-khiām. Só͘ keng-kè ê chi̍t ji̍t, bô lūn sī tùi sím-mi̍h lâng, hit ê sî-kan sī pî^{n}-pî^{n}: bô lâng ōe ēng i ê thâu-lō͘ lâi ke-thia^{n} chi̍t hun kú. Sui-bóng bōe iân-tn̂g hit ê sî-kan, iáu-kú lán thèng hó ēng kang-tiâ^{n} lâi chhiong-si̍t hit ji̍t.	Gâu 利用時間就是真實行勤儉。所經過的一日，無論是對啥物人，彼个時間是平平：無人會用伊的頭路來加聽一分久。雖罔袂延長彼个時間，猶久咱聽好用工程來充實彼日。
Hun, biáu chin pó-pòe, tú-tú sī chhin-chhiū^{n} kim-hún, sòe-jī lâi chek-chū āu-lâi thang iû^{n} chòe kim-kak.	分、秒真寶貝，拄拄是親像金粉，細膩來積聚後來通熔做金角。
Sî-kan chiū-sī teh niû sì^{n}-miâ ê chhioh, hióng-siū sî-kan chiū-sī jîn-seng. Tùi lán ê thâu-khak téng pe kè-khì ê ta̍k hun-kan, chiū-sī tùi lán ê bī-lâi kiám khí lâi: lâi ke-thi^{n} tī bōe koh tò-tńg lâi ê kè-khì.	時間就是 teh 量姓名的尺，享受時間就是人生。對咱的頭殼頂飛過去的逐分間，就是對咱的未來減起來：來加添佇袂閣倒轉來的過去。
Siat-sú lán nā ta̍k-ji̍t khang-khang pàng chi̍t tiám cheng hō͘ i kè khì, chi̍t nî chiū chiâ^{n} 365 tiám; ta̍k ji̍t nā sǹg 10 tiám ê kang, chiū chiâ^{n} 36 ji̍t gōa. Tī chit tiong-kan lán nā choan-sim tī chit-chân sū, he̍k-sī tha̍k-chheh he̍k-sī chòe hó-sū, he̍k-sī thôan tō-lí: hit ê só͘ tit m̄-sī sió-khóa. Chóng-sī lán sè-kan lâng sím-mi̍h lâng bô phah-sńg chit khóan ê sî-kan?	設使咱若逐日空空放一點鐘予伊過去，一年就成三六五點；逐日若算十點的工，就成三十六日外。佇這中間咱若專心佇這層事，或是讀冊或是做好事，或是傳道理：彼个所得毋是小可。總是咱世間人啥物人無拍損這款的時間？
Thâu-hia̍h lâu kōa^{n} lâi tit-tio̍h seng-o̍ah ê lô-tōng chiá, á-sī tī chhap-cha̍p ê sū-gia̍p tiong teh hùn-tò͘ ê chheng-liân; siông-siông	頭額流汗來得著生活的勞動者，á 是佇插雜的事業中 teh 奮鬥的青年；常常追慕愛歌䀐，也時常不平 in 的運命，In

（續）

tui-bō ài hioh-khùn, iā sî-siông put-pêng in ê ūn-bēng. In chhē hok-khì chòe it-seng ê bo̍k-te̍k; chóng-sī bô khui in ê sim mn̂g, lâi sêng-siū hit ê tōa iàu-kín ê chin-lí, chiū-sī chai chit-gia̍p kap hēng-hok ū bōe saⁿ pun-khui ê koan-hē tī-teh.	找福氣做一生的目的；總是無開 in 的心門，來承受彼个大要緊的真理，就是知職業 kap 幸福有袂相分開的關係佇 teh。
Tē it hó, tē it ū kè-ta̍t ê só͘ tit chiū-sī tùi khûn-lô lâi tit-tio̍h ê. Iā tio̍h chai chit-hāng lô-tōng ōe ti̍t-chiap pó-siú lán, bô koan-hē tī só͘ tit; chiū-sī ōe hō͘ lán ê seng-khu ióng-chòng.	第一好，第一有價值的所得就是對勤勞來得著的。也著知這項勞動會直接保守咱，無關係佇所得；就是會予咱的身軀勇壯。
Só͘-í tio̍h chhē chit-gia̍p, tio̍h chhē lô-tōng, tio̍h chhē ki-hōe thang ēng lán ê ki-lêng. Bô lūn tha̍k-chheh, bô lūn kiâⁿ hó, m̄-nā kan-ta ēng kóng, iā tio̍h ēng kiâⁿ, tio̍h kì-tit "Giân-gú sī tōe ê chhian-kim. Hêng-ûi sī thiⁿ ê kong-chú." Nā ōe án-ni chiū lí ê it-seng móa-móa ū lī-ek.	所以著找職業，著找勞動，著找機會通用咱的機能。無論讀冊，無論行好，毋若干但用講：也著用行，著記得「言語是地的千金。行為是天的公子。」若會按呢就你的一生滿滿有利益。
Lô͘ Chhiū-hô e̍k	盧樹河譯

載於《芥菜子》，第一號，一九二五年七月一日

CHIÀ^{n}-CHHIÚ KAP TÒ-CHHIÚ（正手 KAP 倒手）

作者　不詳
譯者　陳清忠

【作者】

不著撰者。

【譯者】

陳清忠，見〈海龍王〉。

CHIÀ^{n}-CHHIÚ KAP TÒ-CHHIÚ	正手 KAP 倒手
Tò-chhiú o-ló chià^{n}-chhiú kóng, Nn̄g-ê sa^{n}-óa lâi ê sî; Lí sī pí góa têng-pē gâu, Sui-bóng lí góa sī siang-si^{n}.	倒手呵咾正手講： 兩個相倚來的時； 你是比我重倍 gâu， 雖罔你我是雙生。
San-súi kéng-tì lí ōe ūi, Chhéng-an phoe-sìn chòe lí lâi; To̍k-to̍k góa bōe chòe pòa^{n} hāng. Kap lí pí-phēng m̄ eng-kai.	山水景緻你會為， 請安批信做你來； 獨獨我袂做半項。 Kap 你比並毋應該。
Chià^{n}-chhiú khiam-pi ìn i kóng, Iáu-kú chit-hāng góa bōe leh! Sió-bē, sió-tī góa bōe phō M̄-ta̍t lí phō ê hó-sè.	正手謙卑應伊講： 猶久一項我袂 leh！ 小妹、小弟我袂抱 毋值你抱的好勢。
Iú^{n}-chhī Thian-kok ê sòe-kiá^{n}, Chiū-sī chòe kôai^{n} ê gē-su̍t; Lí io hó-sè ê in-toa^{n}, Lín chhù khah óa tī sim-koa^{n}.	養飼天國的細囝， 就是最高的藝術； 你 io 好勢的因端， 恁厝較倚佇心肝。
Tân Chheng-tiong e̍k	陳清忠譯

載於《芥菜子》，第一號，一九二五年七月一日

'KÎ-TÓ BÔ-THÊNG'（祈禱無停）

作者　不詳
譯者　陳清忠

【作者】

不著撰者。

【譯者】

陳清忠，見〈海龍王〉。

'KÎ-TÓ BÔ-THÊNG'	祈禱無停
"Tio̍h kî-tó bô soah". Thiap-sat-lô-nî-ka (1) 5:17. E.R.W Edna. R. worrell.	「著祈禱無續」。 帖撒羅尼迦（1）5:17. E.R.W Edna. R. worrell.
（五線譜）	（五線譜）
1. Kî-tó bô thêng! Siōng-tè kūn-oá; Kî-tó bô thêng! I beh thiaⁿ goá; Siōng-tè èng-ún, ta̍k-hāng ún-tàng; Kî-tó bô thêng! I beh ìn lán.	1. 祈禱無停！上帝近倚； 祈禱無停！伊欲聽我； 上帝應允，逐項穩當； 祈禱無停！伊欲應咱。
2. Kî-tó bô thêng! Lí só͘ khiàm-ēng; Kî-tó bô thêng! I beh chàn-sêng; Lí só͘ iau-kiû, Siōng-tè hoaⁿ-hí; Kî-tó bô thêng! I beh hō͘ lí.	2. 祈禱無停！你所欠用； 祈禱無停！伊欲贊成； 你所要求，上帝歡喜； 祈禱無停！伊欲予你。
3. Kî-tó bô thêng! Hoān-choē ê sî; Kî-tó bô thêng! ēng hó iâⁿ--i; Iâ-so͘ goân-pún, iā bat siū-chhì; Kî-tó bô thêng! I beh khan lí.	3. 祈禱無停！犯罪的時； 祈禱無停！用好贏--伊； 耶穌原本，也捌受試； 祈禱無停！伊欲牽你。
4. Kî-tó bô thêng! Siong-pi ê sî. Kî-tó bô thêng! I tháu-pàng lí; Kan-khó͘ boē-oē moâ-kè Siōng-tè; Kî-tó bô thêng! I chhòng hó-sè.	4. 祈禱無停！傷悲的時。 祈禱無停！伊敨放你； 艱苦袂會瞞過上帝； 祈禱無停！伊創好勢。

（續）

5. Kî-tó bô thêng! Sìn-gióng khah chhim;	5. 祈禱無停！信仰較深；
Kî-tó bô thêng! iā tio̍h choan-sim;	祈禱無停！也著專心；
Chhim-sìn siau-bia̍t só͘ ū hoân-ló;	深信消滅所有煩惱；
Kî-tó bô thêng! Pek-chhiat kî-tó!	祈禱無停！迫切祈禱！

載於《芥菜子》，第二號，一九二五年十月一日

LŪN SÍ-LÂNG KOH-OAH2（論死人閣活）

作者　不詳
譯者　陳清忠

【作者】

不著撰者。

【譯者】

陳清忠，見〈海龍王〉。

LŪN SÍ-LÂNG KOH-OAH2	論死人閣活
Iâ-sơ hō͘ sí-lâng koh-oa̍h, tī Hok-im su tiong ū kì 3 pái: 1. Hō͘ koán hoē-tn̂g ê lâng Gâi-ló ê cha-bó kiáⁿ koh-oa̍h. Má-thài 9: 2. Tī Ná-in hō͘ chiú-koáⁿ hū-jîn-lâng ê kiáⁿ koh-oa̍h. Lô͘-ka 7: 3. Hō͘ La̍ip-sat-Iō͘ koh-oa̍h. Iok-hān 11:	耶穌予死人閣活，佇福音書中有記三擺： 1. 予管會堂的人 Gâi-ló 的查某囝閣活。馬太九： 2. 佇拿因予守寡婦人人的囝閣活。路加七： 3. 予拉撒路閣活。約翰十一：
Gâi-ló ê cha-bó-kiáⁿ sí liáu-āu bô loā-kú, Iâ-sơ hō͘ i koh-oa̍h. Chiú-koáⁿ hū-jîn-lâng ê kiáⁿ sí, keng-kè chi̍t-mn̄g-ji̍t, teh beh kng khì bâi-chòng, tī lō͘-tiong Iâ-sơ hō͘ i koh-oa̍h.	Gâi-ló 的查某囝死了後無偌久，耶穌予伊閣活。 守寡婦人人的囝死，經過一問日（按：應為一兩日），teh 欲扛去埋葬，佇路中耶穌予伊閣活。
Lia̍p-sat-lō͘ í-keng sí sì-ji̍t-kú, sin-si í-keng hoat chhàu-bì, Iâ-sơ tī bō͘-chêng kiò chi̍t-siaⁿ, suî-sî koh0oa̍h tuì bō͘-nih chhut lâi. Hō͘ Liap-sat-lō͘ koh-oa̍h chi̍t ê sîn-jiah si̍t-chāi sī thang kiaⁿ ê sîn-jia̍h. To-sîn tia̍t-ha̍k（汎神哲學）ê khai-chó Benedict Spinga (1632-1677) kā i ê pêng-iú kóng, “Chit-khoán ê sū nā oē sìn-tit, goá kam-goān chiong goá ê tia̍t-ha̍k, bô tiâu-kiāⁿ lâi sêng-siū Ki-tok-kàu” án-	拉撒路已經死四日久，身屍已經發臭味，耶穌佇墓前叫一聲，隨時閣活對墓裡出來。予拉撒路閣活這個神蹟實在是通驚的神蹟。予神哲學（汎神哲學）的開祖 Benedict Spinga（1632-1677）kā 伊的朋友講：「這款的事若會信得，我甘願將我的哲學，無條件來承受基督教」按呢通知毋是小事，是大的神蹟。

（續）

ni thang chai m̄-sī sió-sū, sī toā ê sîn-jiah.	
Pí í-siōng saⁿ ê sîn-jiah koh-khah oh-tit sìn--ê, chiū-sī tī Má-thài 27 chiuⁿ só͘ kì lūn kū ê Sèng-tô͘ koh-oȧh ê sū. Sui-bóng siȯk tī si̍p-jī-kè téng khuì-tng hit sî "Hut-jiân tiān-lāi ê tiùⁿ, tuì téng kàu ê, li̍h choè n̄g-pêng; toē tāng chioh-poâⁿ li̍h; bōng khui, í-keng teh khùn ê Sèng-tô͘, in sin-khu choē-choē khí-lâi, tuì in ê bōng chhut; kàu Iâ-so͘ koh-oȧh liáu-āu, in ji̍p Sèng-siâⁿ; chhut-hiān tī choē-choē lâng." Che kó-jiân sī sū-si̍t mah? Á-sī siȯk tī phì-jū lâi teh piáu-bêng koh-oȧh ê chin-lí? Si̍t-chāi sī chin oh-tit kái-soat ê bûn-toê, in-uī chit-khoán sū, sī phoaⁿ-kè lâng ê siông-sek kap keng-giām.	比以上三個神蹟閣較偲得信--的，就是佇馬太二十七章所記論舊的聖徒閣活的事。雖罔屬佇十字架頂氣斷彼時「忽然殿內的 tiùⁿ，對等到的，裂做兩爿；地動石盤裂；墓開，已經 teh 睏的聖徒，in 身軀濟濟起來，對 in 的墓出；到耶穌閣活了後，in 入聖城；出現佇濟濟人。」這果然是事實嗎？á 是屬佇譬喻來 teh 表明閣活的真理？實在是真偲得解說的問題，因為這款事，是盤過人的常識 kap 經驗。
Ū choē-choē ê hȧk-chiá ēng chióng-chióng ê sū lâi soat-bêng. Ū ê kóng, Chit-khoán ê sū put-kò sī chi̍t chióng ê sîn-oē jī-í, ū ê kông sī phì-jū-tâm nā-tiāⁿ. Siȯk tī chèng-thóng phài ê hȧk-chiá chiū-sī chiàu sū-si̍t lâi sìn. Lán tāi-ke lóng-sī siȯk tī sìn chit khoán- -ê.	有濟濟的學者用種種的事來說明。有的講：這款的事不過是一種的神話而已，有的講是譬喻談若定。屬佇正統派的學者就是照事實來信。咱大家攏是屬佇信這款的。
Hȧk-chiá ū lâng kong-kek kóng chit-khoán ê sū (hō͘ sí koh oȧh) sī uî-hoán Sîn-bēng, put kèng-khiân ê só͘-choè.	學者有人攻擊講這款的事（予死閣活）是違反神命，不敬虔的所做。
Chiàu i só͘ kóng, goân lâi teh chiáng siⁿ-sí ê toā koân sī tī Siōng-tè ê chhiú-thâu. Nā m̄-sī i ê ún-chún, lâng boē-tit thang oȧh, iā boē-oē sí. Só͘-í í-keng siū Siōng-tè ê bēng-lēng sí-liáu ê lâng, ēng lâng ê sū-chêng lâi hō͘ i koh-oȧh, che sī kàu-kėk ê bô kèng-khiân, sī lām-sám ēng Siōng-tè só͘ hō͘ i sîn-jiah ê lêng-lėk. Chú Iâ-so͘ tek-khah bô choè chit-khoán ê sū,	照伊所講：原來 teh 掌生死的大權是佇上帝的手頭。若毋是伊的允准，人袂得通活，也袂會死。所以已經受上帝的命令死了的人，用人的事情來予伊閣活，這是到極的無敬虔，是糯糝用上帝所予伊神蹟的能力。主耶穌的確無做這款的事，實在是譬喻的話，來化做事實的。

（續）

si̇t-chāi sī phí-jū ê oē, lâi hoà choè sū-si̇t-ê.	
Chit-khoán ê soat thia^n-liáu m̄-sī kóng lóng bô lí, put-kò sī siȯk "ti it put ti jī" ê gī-lūn nā-tiā^n. Sī chái^n-iū^n? In-uī Siōng-tè ê ì-sù m̄-sī hiah tan-sûn. Sui-bóng lâng í-keng sí-liáu, iáu-kú Siōng-tè chioh Iâ-sơ ê chhiú hoat-chhut sîn ê lȧt lâi hơ̄ i koh oȧh, thang hián-bêng i ê êng-kng; che tek-khah m̄-sī bô hȧp-lí ê sū. Phì-lūn chuí tuì koân lâu lȯh ke, che sī Siōng-tè sớ tiā^n-tiȯh ê ì-sù; m̄-kú uī-tiȯh chit-toā^n khah koâi^n ê bȯk-tek ê in-toa^n, Siōng-tè hơ̄ i seng koâi^n choè hûn pe-lâi, pe-khì tī khong-tiong che kám sī i sớ tiā^n-tiȯh ê ì-sù mah? Liȧp-sat-lơ̄ í-keng sí, sī Siōng-tè ê ì-sù, bô thang piān-lūn. M̄-kú Goá kám bô kā lín kóng, lí sìn oē khoà^n-kì^n Siōng-tè ê êng-kng mah? Iâ-sơ án-ni kóng, sī uī-tiȯh beh hoat-seng toā ê sîn-ui, chiong chit ê sū lâi choè chhiú-toā^n, lâi hơ̄ í-keng chhàu ê sin-si koh-oȧh; iā lâi tāi-seng piáu-bêng it-poa^n boat-ji̍t beh koh-oȧh ê sū. án-ni thang kóng sī put-kèng ê hêng-uî ah? Lán tuì lêng-kài bú-bān ê bí-hoat lâi khoà^n, tī chit khoán ê sî-chūn, kiâ^n chit-khoán ê sîn-jiah, thang sìn sī chū-jiân-tek.	這款的說聽了毋是講攏無你，不過是屬「知一不知二」的議論若定。是怎樣？因為上帝的意思毋是遐單純。雖閣人已經死了，猶久上帝借耶穌的手發出神的力來予伊閣活，通顯明伊的榮光；這的確毋是無合理的事。譬論水對懸樓落低，這是上帝所定著的意思；毋過為著一段較高的目的的因端，上帝予伊先縣做雲飛來，飛去佇空中這敢是伊所定著的意思嗎？拉撒路已經死，是上帝的意思，無通辯論。毋過我敢無 kā 恁講：你信會看見上帝的榮光嗎？耶穌按呢講：是為著欲發生大的神威，將這个事來做手段，來予已經臭的身屍閣活；也來事先表明一般末日欲閣活的事。按呢通講是不敬的行為 ah？咱對靈界侮慢的美法來看，佇這款的時陣，行這款的神蹟，通信是自然的。
Ū lâng kóng, chhin-chhiū^n chit-khoán hơ̄ Liȧp-sat-lơ̄ koh-oȧh ê toā sîn-jiah, nā kó-jiân ū iá^n, chái-iū^n tī Kiōng-koan hok-im-su tiong choân-jiân bô kóng-khí chit-khoán ê sū? Chóng-sī bô-lūn sím-mi̍h khoán ê toān-kì, m̄-sī kóng lóng-sī oân-choân ê mi̍h. Iok-hān pún-sin mā ū kóng, "Iâ-sơ só kiâ^n iáu ū choē-choē hāng, nā suî chit-hāng lâi siá, goá phah-	有人講：親像這款予拉撒路閣活的大神蹟，若果然有影，怎樣佇 Kiōng-koan 福音書中全然無講起這款的事？總是無論啥物款的傳記，毋是講攏是完全的物。約翰本身嘛有講：「耶穌所行猶有濟濟項，若隨一項來寫，我拍算所記的冊，世間貯袂了」對按呢通知佇猶三本的福音書猶有濟濟記無著的所在。親像

（續）

sǹg sớ kì ê chheh, sè-kan toé boē liáu” Tuì án-ni thang chai tī iáu 3 pún ê Hok-im-su iáu ū choē-choē kì bô tio̍h ê sớ-chāi. Chhin-chhiū^{n} tī Ko-lîm-to chiân-su 15 chiu^{n}, Pó-lô ū kóng, Chú koh oa̍h liáu-āu, ū chi̍t-pái chhut-hiān hō gớ pah goā ê hia^{n}-tī tâng-sî khoà^{n}-kì^{n}. Chit ê tāi-chì tī 4 hok-im-toān lóng bô kì-chāi; koh-chài téng-bīn sớ siá hiah ê kū ê sèng-tớ koh-oa̍h tuì bōng-nih chhut-lâi ê kì-sū, mā-sī kan-ta kan-ta Má-thài ū kì nā-tiā^{n}. Sớ-í boē-tit ēng che choè lí-iû lâi kū-choa̍t Lia̍p-sat-lớ koh-oa̍h ê sū.	佇哥林多前書十五章，保羅有講：主閣活了後，有一擺出現予五百外的兄弟同時看見。這个代誌佇四福音傳攏無記載；閣再頂面所寫遐个舊的聖徒閣活對墓裡出來的記事，嘛是干但干但馬太有記若定。所以袂得用這做理由來拒絕拉撒路閣活的事。
iā ū lâng giâu-gî kóng, chiah-ê m̄-sī chin-si̍t sí, sī sio̍k tī chhin-chhiū^{n} I-ha̍k-siōng sớ teh kóng ké-sí ê khoán. Suî-chāi lâng beh àn-choá^{n}-iū^{n} lâi soat-bêng, nā-sī lán thang tuì chi̍t-hāng lâi tit-tio̍h khak-si̍t ê chèng-kù, sìn chiah ê sū lóng-sī sū-si̍t. Chiū-sī siá chiah ê hok-im-su ê lâng, lóng-sī láu-si̍t ê lâng; chhin-chhiū^{n} Má-thài Iok-hān tī Chú ê sin-pi^{n}, in sớ siá lūn Iâ-sơ ê kà-sī chin siông-sè, oán-jiân thang ēng chhiú tehh8 tio̍h, hiah chheng-chhó; iā in sớ siá ê bûn-teh2 lóng bô chng-thā^{n}, lóng bô chi̍t-sut-á ū hit khoán ê siáu-soat ê sek-chhái tī-teh, choân-phi^{n} kan-ta chiàu sū-si̍t tit-tit lâi siá.	也有人僥疑講：遮个毋是真實死，是屬佇親像醫學上所 teh 講假死的款。隨在人欲按怎樣來說明，若是咱通對一項來得著確實的證據，信遮个事攏是事實。就是寫遮个福音書的人，攏是老實的人；親像馬太約翰佇主的身邊，in 所寫論耶穌的教示真詳細，宛然通用手提著，遐清楚；也 in 所寫的文體攏無裝飾，攏無一屑仔有彼款的小說的色彩佇 teh，全篇干但照事實直直來寫。
Lán nā-sī kheng-kheng chut-chut chiong chiah ê kì-sū lâi kui tī kì-chiá ê chhò-gớ, siū^{n} choè sī chiam-bé thuî-thâu ê sớ siá; chiū kî-û it-chhè ê sîn-jiah, iā boē sìn tit, kàu-bé liân Ki-tiok-kàu ê kún-pún lūn sìn-gióng Chú ê koh-oa̍h, Chú-ê hoà-sin, Sip jī kè í-kip Sîn-kok ê hi-bōng, lóng si^{n}-khí giâu-gî; Lớ-bé	咱若是輕輕猝猝將遮个記事來歸佇記者的錯誤，想做是尖尾槌頭的所寫；就其餘一切的神蹟，也袂信得，到尾連基督教的根本論信仰主的閣活、主的化身，十字架以及神國的希望，攏生起僥疑；路尾就變做一個冷淡的自然神教徒。

（續）

chiū pì^n-choè chit-ê léng-tām ê chū-jiân-sîn-kàu tô͘.	
Lán sìn chú ê koh-oa̍h, sìn I beh ēng chit-sia^n kiò bān-sè, bān-lâng koh-oa̍h. Tī toē-bīn chiū ê sî, oán-jiân ná chhin-chhiū^n it-poa^n teh beh koh-oa̍h ê tiāu-thâu. Só͘-í Iâ-so͘ hō͘ hiah ê lâng khí-lâi ū sím-mi̍h thang gî-ngái ê só͘-chāi: Lín m̄-bián giâu-gî, tī bōng-ni̍h ê lâng teh beh thia^n-tio̍h Jîn-chú ê sia^n koh-oa̍h lâi chhut bōng, hit ê sî oē kàu. "Só͘ siú^n-sù goá ê, goá bô sit-lo̍h chit-ê, kàu lō͘-bé beh hō͘ i koh-oa̍h."	咱信主的閣活，信伊欲用一聲叫萬世，萬人閣活。佇地面就的時，宛然若親像一般 teh 欲閣活的調頭。所以耶穌予遐个人起來有啥物通疑駭的所在：恁毋免僥疑，佇墓裡的人 teh 欲聽著人子的聲閣活來出墓，彼个時會到。」「所賞賜我的，我無失落一個，到路尾欲予伊閣活。」
Lán kì-jiân sìn i ê só͘-kóng, iū m̄-sìn chiah ê sîn-jiah sī bô ha̍p-lí. Lō͘-bé ê sàu-kak nā tân ê sî, lán kiám m̄-sī beh choè chit-sî pì^n-choè êng-hián ê teh2, lâi koh-oa̍h mah?	咱既然信伊的所講，又毋信遮个神蹟是無合理。路尾的哨角若嘽的時，咱檢毋是欲做一時變做榮顯的體，來閣活 mah？
Kuí-nā ê sèng-tô͘ tuì bōng-ni̍h chhut-lâi, nā in ê gín-ná, í-kip Lia̍p-sat-lō͘ koh-oa̍h, ū sím-mi̍h boē-oē, hō͘ lán lâi kiâ^n?	幾若的聖徒對墓裡出來，若 in 的囡仔，以及拉撒路閣活，有啥物袂會，予咱來行？
Chú kóng, "lín m̄-bat Sèng-keng, m̄-bat Sîn ê khuì-la̍t, só͘-í ū chhò-gō͘." Koh kóng, "Siōng-tè m̄-sī sí lâng ê Siōng-tè, sī oa̍h lâng ê Siōng-tè.	主講：「恁毋捌聖經，毋捌神的氣力，所以有錯誤。」閣講：「上帝毋是死人的上帝，是活人的上帝。
Tī Siōng-tè ê bīn-chêng bô chit lâng sī sí, lâng teh oa̍h, éng-oán teh oa̍h.	佇上帝的面前無一人是死，人 teh 活，永遠 teh 活。

載於《芥菜子》，第二號，一九二五年十月一日

SÍ SÎN（死神）

作者　喬叟
譯者　陳清忠

喬叟像

【作者】

喬叟（Geoffrey Chaucer，1340～1400），英國中世紀著名作家，出生於酒商家庭，一三五九年隨愛德華三世的軍隊遠征法國，被法軍俘虜，翌年由英王以黃金贖回。曾任國王侍從，出使許多歐洲國家，兩度訪問義大利，接觸了但丁、薄伽丘和彼特拉克的作品，影響了其文學創作，代表作為《坎特伯雷故事集》（*The Canterbury Tales*），其他作品還有《公爵夫人之書》（*Book of the Duchess*）、《聲譽之宮》（*The House of Fame*）、《百鳥會議》（*The Parliament of Fowles*）、《賢婦傳說》（*The Legend of Good Women*）以及《特洛伊羅斯與克麗西達》（*Troilus and Criseyde*）。他率先採用英文寫作，對英國民族語言和文學的發展影響很大，被譽為「英國詩歌之父」，此外，其作品視野開闊，觀察深入，創作手法豐富多樣，真實反映了當時的社會背景，開創了英國文學的現實主義傳統。（顧敏耀撰）

【譯者】

陳清忠，見〈海龍王〉。

SÍ SÎN	死神
Ē-bīn só͘ kì-ê, chiū-sī Eng-kok ê toā si-jîn Geoffray Chaucer (1340-1400) só͘ siá ê si “Teh Canterbury Tales” ê tiong-kan ê chit ê kò͘-sū. Tī Canterbury ê só͘-chāi ū chit ê sîn-siā kiò-choè St. Thomas, siông-siông ū choē-choē sûn-lé ê lâng khì hia chham-pài. Tāi-ke	下面所記的，就是英國的大詩人 Geoffray Chaucer（1340-1400）所寫的詩〈The Canterbury Tales〉的中間的一个故事。佇 Canterbury 的所在有這个神社叫做 St. Thomas，常常有濟濟巡禮的人去遐參拜。大家佇路中相 kap 行，無

（續）

tī lō͘-tiong sa^{n}-kap kiâ^{n}, bô͘ liâu, chiū sa^{n}-thoè kóng kò͘-sū lâi an-uì lú-chèng. Chit ê kò͘-sū iû-goân sī hiah ê sûn-lé-chiá tiong ê chi̍t-ê só͘ kóng--ê.	聊，就相替講故事來安慰女眾。這个故事猶原是遐个巡禮者中的一個所講--的。
Tha̍k chit ê kò͘-sū, ǹg-bāng lán oē tit-tio̍h to-siáu ê kà-sī. Ū sa^{n}-ê siàu-liân lâng, chi̍t àm chē tī chiú-tiàm teh poa̍h-kiáu, thia^{n}-kì^{n} ū cheng ê sia^{n}, chiū chhun in ê thâu-khak tī thâng-á goā, khoà^{n}-kì^{n} chi̍t ê kè-óng ê lâng hō͘ lâng kng beh khì bâi-chòng. I chiū mn̄g kóng, Chit ê sī sím-mi̍h lâng? Chiú-tiàm ê thâu-ke-chiū in kóng, Chit-ê sī chhin-chhiū^{n} lín siông-siông tī chia lim chiú--ê, ē chit-ê, i hut-jiân hō͘ Sí-sîn phah-tó. Chit ê lāu- chha̍t-kó͘ (Sí-sîn) put-sî ēng chit-khoán bô tiu^{n}-tî ê hong-hoat lâi lia̍h lâng. Chit sa^{n} ê siàu-liân-lâng lim chin-choē chiú, chi̍t sin moá-moá sī khang-khang ê goân-khì; in chiū sa^{n}-kap chiù-choā kóng beh khì chhē chhut Sí-sîn lâi kā i phah-sí. Sa^{n}-lâng tek-ì iông-iông chiū chhut-siâ^{n}. Khì bô loā-hn̄g chiū tn̄g-tio̍h chi̍t-ê lāu-lâng. I un-sûn kā in sa^{n} lâng chhéng-an, iā ǹg-bāng in chi̍t-lō͘ oē tit-tio̍h hô͘-sū. Tiong-kan chit ê tē-it bô lé--ê chiū mn̄g hit ê lāu-lâng kóng, Lāu-hé-á! Tauh-tí lí chia̍h chiah-nih choē hè sī sím-mi̍h ì-sù? Lāu lâng ìn i kóng, Ah, bó͘-mi̍h-hia^{n}, goá í-keng pī-pān hó-sè teh tehǹg-hāu sí, iáu-kú Sí-sîn bô beh lâi chhē goá. Sa^{n} lâng m̄ chún i khì kóng, Lí só͘ kóng hit ê Sí-sîn tī tó-uī oē tit thang chhē-tio̍h, tek-khak tio̍h pò goán chai. Lāu-lâng chiū kā ìn kóng, Lín nā tit-tit tuì hia khì, chiū oē chhē-tio̍h Sí-sîn tī chi̍t châng toā	讀這个故事，向望咱會得著多少的教示。有三個少年人，一暗坐佇酒店 teh 博賭，聽見有鐘的聲，就伸 in 的頭殼佇窗仔外，看見一个過往的人予人扛欲去埋葬。伊就問講：這个是啥物人？酒店的頭家就應講：這個是親像恁常常佇遮啉酒的，的下一個，伊忽然予死神拍倒。這个老賊古（死神）不時用這款無張持的方法來掠人。這三個少年人啉真濟酒，一身滿滿是空空的元氣；in 就相 kap 咒詛講欲去找出死神來 kā 伊拍死。三人得意洋洋就出城。去無偌遠就遇著一個老人。伊溫純 kā in 三人請安，也向望 in 一路會得著和事。中間這个第一無禮的就問彼个老人講：「老歲仔！到底你食遮呢濟歲是啥物意思？老人應伊講：Ah，某物兄，我已經備辦好勢 teh 聽候死，猶久死神無欲來找我。三人毋准伊去講，你所講彼个死神佇叼位會得通找著，的確著報阮知。老人就 kā 應講：恁若直直對遐去，就會找著死神佇一叢大叢樹腳。

（續）

châng chhiū-kha.	
Sa^{n} lâng chiū khì kàu chhiū-kha, chiàu in só͘ phah-sǹg oē chhē-tio̍h Sí-sîn; chóng-sī chhē bô, hoán-tńg chhē-tio̍h chi̍t ê toā àng, lāi-bīn moá-moá sī Kim.	三人就去到樹腳，照 in 所拍算會找著死神；總是找無，反轉找著一个大甕，內面滿滿是金。
Tāi-ke toā hoa^{n}-hí, soà boē kì-tit in só͘ ài chhē ê lâng, chiū chē-lo̍h lâi chham-siông khoà^{n} beh chái^{n}-iū^{n} lâi hoat-lo̍h chiah ê pó-poè. Chham-siông liáu chiū koat-tēng tī àm-sî beh poa^{n} chiah ê kim tńg khì, in-uī kia^{n}-liáu tī ji̍t-sî lâi poa^{n}, lâng khoà^{n}-tio̍h teh-beh chú-tiu^{n} kóng sī in-ê, chiū tâng-ì chē lo̍h lâi kò͘ hiah ê kim kàu ji̍t-lo̍h.	大家大歡喜，續袂記得 in 所愛找的人，就坐落來參詳看欲怎樣來發落遮个寶貝。參詳了就決定佇暗時欲搬遮个金轉去，因為驚了佇日時來搬，人看著 teh 欲主張講是 in 的，就同意坐落來顧遐个金到日落。
Chi̍t-ê tńg-khì koe-nih boé tām-po̍h chia̍h mi̍h. Hit ê khí sin liáu-āu, iáu n̄g-ê suî-sî chham-siông tio̍h chái^{n}-iū^{n} lâi toa̍t i ê hūn-gia̍h, chiū tiā^{n}-tio̍h tán i koh tò-tńg lâi ê sî beh kā i thâi sí; sin-si nā siu-bâi liáu-āu chiū beh toà hiah ê chî^{n} tô-cháu.	一個轉去街裡買淡薄食物。彼个起身了後，猶兩個隨時參詳著怎樣來奪伊的份額，就定定等伊閣倒轉來的時欲 kā 伊刣死；身屍若收埋了後就欲帶遐个錢逃走。
Bô giâu-gî, lán nā thia^{n}-tio̍h chit ê khì koe-á boé chia̍h mi̍h--ê hō͘ i ê pêng-iú án-ni kè-bô͘ beh hāi-sí i, si̍t-chāi chin khó-lîn; m̄ kú chit-ê khì boé mi̍h-ê bô ū kè-ta̍t thang sêng-siū lán ê tông-chêng. In-uī i tī lō͘-nih ná kiâ^{n} ná siū^{n} kóng, siat-sú i nā oē tû-khì i n̄g ê pêng-iú, chiū hiah ê chî^{n} lóng kui-i, chiū chiâ^{n}-choè toā hó-gia̍h lâng, chit sì-lâng khoà^{n}-oa̍h. I chiū tāi-seng khì io̍h-tiàm boé tām-po̍h ê to̍k-io̍h, āu-lâi chiong to̍k-io̍k chham tī só͘ tah ê chiú, chiū toà tǹg-khì chhiū-nâ-ni̍h.	無僥疑，咱若聽著這个去街仔買食物的予伊的朋友按呢計謀欲害死伊，實在真可憐；毋過這個去買物的無有價值通承受咱的同情。因為伊佇路裡那行那想講：設使伊若會除去伊兩个朋友，就遐个錢攏規伊，就成做大好額人，這世人快活。伊就事先去藥店買淡薄的毒藥，後來將毒藥摻佇所 tah 的酒，就帶轉去樹林裡。
Teh-beh kàu-uī ê sî, i n̄g ê pêng-iú chiū	Teh 欲到位的時，伊兩个朋友就佇路

（續）

tī lō͘-nih, phah i bô gî chiū kā tu̍h sí. N̄ng lâng chiū chia̍h pêng-iú só͘ boé ê mi̍h, só͘ tah ê chiú, phah-sǹg nā goân-khì tit-tio̍h ka-pē ê sî chiū beh bâi-siu i ê pêng-iú; chóng-sī bô phài-phoe chiú lāi ū chham to̍k-io̍h, n̄ng lâng suî-sî tó tī hia khuì tn̄g.	裡，拍伊無疑就 kā tu̍h 死。兩人就食朋友所買的物、所 tah 的酒，拍算若元氣得著加倍的時就欲埋收伊的朋友；總是無派批酒內有摻毒藥，兩人隨時倒佇遐氣斷。
Só͘-í chiàu hit ê lāu-lâng ê oē, in chin-si̍t tú-tio̍h Sí-sîn tī chit ê chhiū-ē.	所以照彼个老人的話，in 真實拄著死神佇這个樹下。
Sí-sîn ēng choē-choē khoán kî-koài ê hêng-chōng lâi chhē lâng, iā in saⁿ lâng boē jīn-tit i tī chi̍t-àng ê kim.	死神用濟濟款奇怪的形狀來找人，也 in 三人袂認得伊佇一甕的金。
Si̍t-chāi Thiàⁿ-chîⁿ, tī in ê sî chûn, sī choè bān-ok ê kun-goân.	實在疼錢，佇 in 的時陣，是最萬惡的根源。

載於《芥菜子》，第二號，一九二五年十月一日

ÀM-SÎ Ê KÎ-TÓ（暗時的祈禱）

作者　不詳
譯者　陳清忠

【作者】

不著撰者。

【譯者】

陳清忠，見〈海龍王〉。

ÀM-SÎ Ê KÎ-TÓ	暗時的祈禱
REV. RAY PALMER IRA D. SANKEY.	REV. RAY PALMER IRA D. SANKEY.
(五線譜)	（五線譜）
1. Lī-khui choē-ok ê sè-kéng, Goán lâi tiâu-kìⁿ lí bīn-chêng; Khún-kiû Siōng-tè hō͘ goán kìⁿ, Sù goán un-tián ná ke-thiⁿ.	1. 離開罪惡的世境， 阮來朝見你面前： 懇求上帝予阮見， 賜阮恩典 ná 加添。
2. Thiⁿ-téng chhiⁿ-sîn kim sih-sih, M̄-sī ka-kī oē án-ni; Goán nā bô khò lí chhiō kng, àm-mî pau-goán tī tiong-ng.	2. 天頂星辰金爍爍， 毋是家己會按呢； 阮若無靠你照光， 暗暝包阮佇中央。
3. Chin lí ê kng oē khah iâⁿ, O͘-àm, hoân-ló kap kiaⁿ-hiâⁿ; Goān Chú chiong kng phó͘-chiò goán, An-jiân khiā-chāi kàu éng-oán.	3. 真理的光會較贏， 烏暗、煩惱 kap 驚惶； 願主將光普照阮， 安然徛在到永遠。
Chù-ì. Téng-bīn só͘ siá ê phó͘, kap lán pêng-sî tī ióng-sim sîn-si teh gîm ê phó͘ ū koh-iūⁿ. Chit siú sī choan-choan ta-pơ siaⁿ--ê. Só͘-í beh gîm ê sî, siaⁿ tē-it koân ê lâng, tio̍h gîm siâng téng-bīn choā; tē-jī koân, gîm tē-jī-choā; tē-	注意。 頂面所寫的譜，kap 咱平時佇養心神詩 teh 吟的譜有各樣。這首是專專查甫聲的。所以欲吟的時，聲第一懸的人，著吟傷頂面 chōa；第二懸，吟第二 chōa；第三懸，吟第三 chōa；傷低，吟

（續）

san koân, gîm tē-san choā; siâng-kē, gîm siâng ē-kha.	傷下跤。
Koh-chài chit-siú sī Kî-tó ê si, tio̍h ēng kî-tó ê sim-chì lâi gîm; m̄-thang gîm siun-kín.	閣再一首是祈禱的詩，著用祈禱的心志來吟；毋通吟傷緊。

載於《芥菜子》，第三號，一九二六年一月一日

KA-NÁ-TĀI KÀU-HOĒ LIÂN-HA̍P（加拿大教會聯合）

作者　不詳

譯者　陳清忠

【作者】

不著撰者。

【譯者】

陳清忠，見〈海龍王〉。

KA-NÁ-TĀI KÀU-HOĒ LIÂN-HA̍P	加拿大教會聯合
Tī chit gō͘-cha̍p-nî kú Pak-pō͘ Tâi-oân ê Ki-tok kàu-hoē ti̍t-chiap sī sio̍k tī Ka-ná-tāi ê Tiúⁿ-ló kàu-hoē.	佇這五十年久北部臺灣的基督教會直接是屬佇加拿大的長老教會。
Chham-siông chē-chē nî liáu-āu, tông kàu-hoē ū kap Bí-í-bí-hoē, chơ-ha̍p kàu-hoē liân-ha̍p. Che sǹg-sī choè-kūn tī in ê le̍k-sú tiong só͘ keng-giām kè ê chi̍t ê toā-sū.	參詳濟濟年了後，tông 教會有 kap 米以米會、組合教會聯合。這算是最近佇 in 的歷史中所經驗過的一个大事。
Chit ê liân-ha̍p ê ūn-tōng si̍t-chāi sī tuì 1902 nî khí, chóng-sī kàu kū-nî ê 9 ge̍h chiah si̍t-chāi kìⁿ-tio̍h lâng-lâng só͘ teh chhut-la̍t, só͘ teh kî-tó ài beh tit-tio̍h chiâⁿ ê kiat-kó. Ū choē-choē ê goân-in lâi chō͘-sêng liân ha̍p ê hi-bōng, iā chit ê ǹg-bāng kàu lō͘-bé soà chiâⁿ-chò put-lêng-bián-tit ê iàu-kiû. Sai-pêng Ka-ná-tāi khoah-toā ê toē-hng ū koáⁿ-kín iàu-kiû só͘ ū ê kàu-hoē tio̍h kiong-kip Thoân-tō-su kap Bo̍k-su, in-uī khì-hit-pêng khiā-khí ê lâng ti̍t-ti̍t ke-thiⁿ. Siōng-chhiáⁿ saⁿ ê kàu-hoē tâng-sî ū kè-sio̍k thoân-kàu ê kang tī A-se-a, A-hui-lī-ka, A-bí-lī-ka 8 ê toē-hng.	這个聯合的運動實在是對一九〇二年起，總是到舊年的九月才實在見著人人所 teh 出力，所 teh 祈禱愛欲得著成的結果。有濟濟的原因來助成聯合的希望，也這个向望到路尾紲成做不能免得的要求。西爿加拿大闊大的地方有趕緊要求所有的教會著供給傳道師 kap 牧師，因為去彼爿徛起的人直直加添。尚且三個教會同時有繼續傳教的工佇亞西亞、阿非利加、阿米利加八个地方。所以對按呢有感著這个必要就是設使所有遮的（的）工若會得通聯合，的確會省濟濟的勞力。毋若按呢，所 the 向望

（續）

Sớ-í tuì án-ni ū kám-tio̍h chit ê pit-iàu chiū-sī siat-sú sớ ū chiah ê kang nā oē tit-thang liân-ha̍p, tek-khak oē séng choē-choē ê lô-le̍k. M̄-nā án-ni, sớ teh ǹg-bāng ê, chiū-sī khoà^{n} oē tit-thang siau-bia̍t, sa^{n} pun-lī, sa^{n} kēng-cheng ê Ki-tok-tớ thoân-thé hit-khoán ê kiàn-kái, iā lâi sa^{n} kiat-liân chiâ^{n}-choè si̍t-chāi oē sa^{n} pang-chān ê tâng-phoā^{n}.	的，就是看會得通消滅、相分離、相競爭的基督徒團體彼款的見解，也來相結聯成做實在會相幫贊的同伴。
Sai-pêng toē-hng Ki-tok-tớ thoân-thé ê khí-goân kap hoat-ta̍t, che sǹg sī sio̍k tī le̍k-sú ê sū. Ta̍k ê thoân-thé hoat-ta̍t, tī te̍k-pia̍t ê sū-chêng thang ha̍p te̍k-pia̍t ê khiàm-ēng. Chóng-sī chha-put-to tī ta̍k ê sî-chūn, hiah ê sū-chêng kap khiàm-ēng ū piàn-oā^{n}. Sớ-í khah chhim-siū^{n} ê hoē-iú, chiū chai koh-chài î-chhî tī kú-kú ê tiong-kan sa^{n} pun-khui lâi hoat-ta̍t hit-hāng ê bô lí-iû. Chóng-sī chong-kàu ê thoân-thé, khah-siông chin kờ-chip, chin bô ài pàng-sak in sớ chhēng chin kú ê sa^{n}, sui-bóng in chai nā koh lâu-teh sī hián-bêng ū sit-lo̍h chong-kàu ê pún-chit.	西爿地方基督徒團體的起源 kap 發達，這算是屬佇歷史的事。逐个團體發達，佇特別的事情通合特別的欠用。總是差不多佇逐的時陣，遐个事情 kap 欠用有變換。所以較深想的會友，就知閣再維持佇久久的中間相分開來發達彼項的無理由。總是宗教的團體，較常真固執，真無愛放揀 in 所穿真久的衫，雖罔 in 知若閣留 teh 是顯明有失落宗教的本質。
Liân-ha̍p ê thê-àn, chèng-sek thê-chhut tī sa^{n} kàu-phài ê sî, Bí-í-bí hoē kap chơ-ha̍p kàu-hoē, suî-sî bô ī^{n}-gī lâi sêng-siū; Chóng-sī tī Tiú^{n}-ló-hoē, chit-pêng ū si^{n}-chhut choē-choē ê hoán-tuì. uī-tio̍h án-ni liân-ha̍p ū iân-kî ê kuí-nā nî-kú, chiū-sī ǹg-bāng tī iân-kî ê tiong-kan keng-kè gián-kiù, thớ-lūn, āu lâi oē khah iâ^{n} hiah ê hoán-tuì ê; iā chit ê iân-kî ū koh soà-chiap kàu Au-chiu tāi-chiàn 4 nî-kú. Chóng-sī bô lâng bián-kióng tio̍h chiong chit ê liân-ha̍p uí-thok hō Tiú^{n}-ló kàu-hoē ê	聯合的提案，正式提出佇三教派的時，米以米會 kap 組合教會，隨時無異議來承受；總是佇長老會，這爿有生出濟濟的反對。為著按呢聯合有延期的幾若年久，就是向望佇延期的中間經過研究、討論，後來會較贏遐个反對的；也這个延期有閣紲接到歐洲大戰四年久。總是無人勉強著將這个聯合委託予長老教會的部會來設法：所以組合會、中會、大會有承認聯合的地基，後來總會路尾決定著進行，雖罔猶有賰幾若位的

（續）

pō͘-hoē lâi siat-hoat: Só͘-í Chō͘-ha̍p-hoē, Tiong-hoē, Tāi-hoē ū sêng-jīn liân-ha̍p ê tē-ki, āu-lâi Chóng-hoē lō͘-bé koat-tēng tio̍h chìn-hêng, sui-bóng iáu ū chhun kuí nā uī ê kàu-hoē kap hoē-iú bē chham-ka.	教會 kap 會友袂參加。
Taⁿ Ka-ná-tāi ū chit ê toā liân-ha̍p ê kàu-hoē. Kū-nî ê 4 ge̍h chhe 10 tī To-lûn-to ū kú-hêng sēng-tāi ê chiok hō sek. Tī ū-tēng ê sî-kan, saⁿ ê liân-ha̍p kàu-hoē ê tāi-piáu-chiá kok-kok pâi-tīn, saⁿ-chiap chiâⁿ choè chit ê tn̂g-lia̍t, chìn-ji̍p To-lûn-to chhī tē-it toā keng ê Kong-hoē-tn̂g, tī hia chòng-giâm lâi kú-hêng chiok-hō ê lé-pài-sek.	今加拿大有一個大聯合的教會。舊年的四月初十佇多倫多有舉行盛大的祝賀式。佇預定的時間，三個聯合教會的代表者各國排陣、相接成做這个長列，進入多倫多市第一大間的公會堂，佇遐壯嚴來舉行祝賀的禮拜式。
Thong sè-kan tiōng-iàu ê Sin-kàu ê thoân-thé ū ê phài-khián tāi-piáu-chiá, ū ê kià phoe—só͘-kóng só͘ tha̍k bô m̄-sī tâng chit-sim lâi saⁿ-kap hoaⁿ-hí ê chiok-sû. Chit ê kóng-liáu koh chit-ê, in só͘ ián-soat--ê, lóng-sī soan-giân in ê khak-sìn; chiū-sī lūn chit ê ūn-tōng, bô m̄-sī tuì tī Ki-tok-tō͘ ê thiàⁿ kap in ê bōng-sióng lâi choè tōng-ki ê sìn-gióng-siōng ê toā lō͘-hiám; iā sī choè thong sè-kan ê kàu-hoē tuì-siōng（對象）ê kàu-hùn; koh-chài sī Sèng-sîn bêng-khak ê chí-tō.	通世間重要的新教的團體有的派遣代表者，有的寄批－所講所讀無毋是同一心來相 kap 歡喜的祝辭。一个講了閣一個，in 所演說的，攏是宣言 in 的確信；就是論這个運動，無毋是對佇基督徒的疼 kap in 的夢想來做動機的信仰上的大路險；也是做通世間的教會對象（對象）的教訓；閣再是聖神明確的指導。
Tuì chit ê liân-ha̍p oē siⁿ-chhut sím-mih kiat-kó, lán boē tit-thang suî-sî lâi toàn-giân. Chóng-sī sian-tō-chiá ê n̂g-bāng, bo̍k-tek oē tit-thang cha̍p-hun lâi si̍t-hiān; chit-khoán ê sū bô khiàm-kheh choē-choē lâng ê sêng-jīn.	對這个聯合會生出甚物結果，咱袂得通隨時來斷言。總是先導者的向望，目的會得通十分來實現；這款的事無欠缺濟濟人的承認。
Bô giâu-gî, ún-tàng liân-ha̍p ê kàu-hoē oē khah bô-la̍t, in-uī iáu ū choē-choē uī Tiúⁿ-ló-hoē ê kàu-hoē iáu-boē chham-ka. Tuì pa̍t-bīn	無僥疑，穩當聯合的教會會較無力，因為猶有濟濟位長老會的教會猶未參加。對別面來想，聯合的結果會加添物

（續）

lâi siūⁿ, liân-ha̍p ê kiat-kó oē ke-thiⁿ bu̍t-chit-siōng, châi-chèng-siōng, cheng-sîn-siōng ê tōng-le̍k tī liân-ha̍p ê kàu-hoē; che iā khah-sit oē án-ni. Khiā tī sin sî-tāi mn̂g-hō͘ ê kàu-hoē í-keng khak-sit hiòng-chêng teh thèng-hāu só͘ eng-kai tio̍h sêng-siū ê sî-ki kap kang-tiāⁿ.	質上、財政上、精神上的動力佇聯合的教會；這也確實會按呢。徛佇新時代門戶的教會已經確實向前 teh 聽候所應該著承受的時機 kap 工程。
Lūn īⁿ-pang thoân-kàu ê sū, chit ê liân-ha̍p ê tiōng-iàu bûn-toê, toā pō͘-hūn chiū-sī tī khui-khoah sū-gia̍p. Í-chêng kan-ta oē kàu Tiúⁿ-ló-hoē ê pò-kò, sè-lūn í-ki̍p ta̍k-khoán ê siau-sit, í-āu iā pîⁿ-pîⁿ oē kàu Bí-í-bí-hoē kap Cho͘-ha̍p kàu-hoē. Só͘-í uī-tio̍h lán Pak-pō͘ Tâi-oân Siōng-tè ê kok ê chìn-pō͘ hoat-tián, teh-beh ū khah choē lâng lâi tàu chhut-la̍t, phah-sǹg iā tàu kî-tó.	論異邦傳教的事，這个聯合的重要問題，大部份就是佇開闊事業。以前干焦會到長老會的報告、細論以及逐款的消息，以後也平平會到米以米會 kap 組合教會。所以為著咱北部臺灣上帝的國的進步發展，teh 欲有較濟人來鬥出力，拍算也鬥祈禱。
Chóng-sī Ka-ná-tāi kàu-hoē liân-ha̍p ê sêng-kó teh beh khui-khoah poāⁿ-kè liân-ha̍p kàu-hoē ê kài-hān kap in ê soan-kàu ê khu-he̍k; iā beh chìn chit-pō͘ lâi choè choân sè-kài Ki-tok kàu-tô͘ thoân-kiat ê goân-le̍k. Īⁿ kàu-phài ê kàu-hoē, tē-it tāi-seng chìn-hêng liân-kiat--ê, chiū-sī tī Chi-ná, āu-lâi Ìn-tō͘. àn-ni Ka-ná-tāi ê kàu-hoē iā hoaⁿ-hí thàn A-se-a liân-siàu kàu-hoē ê siān-tō͘. Eng-kok kap So͘-kek-lân ê kàu-hoē bô-kú iā beh tè chit ê kha-pō͘ lâi kiâⁿ. Koh-chài Ò-sū-tāi-lī-a, A-hui-lī-ka, A-bí-lī-ka iā uī-tio̍h chit ê saⁿ-tâng ê ūn-tōng, teh chìn-hêng thó-gī.	總是加拿大教會聯合的成果 teh 欲開闊盤過聯合教會的界限 kap in 的宣教的區域；也欲進一步來做全世界基督教徒團結的源力。異教派的教會，第一代先進行連結的，就是佇支那，後來印度。按呢加拿大的教會也歡喜趁亞西亞年少教會的先導。英國 kap 蘇格蘭的教會無久也欲綴這个跤步來行。閣再澳斯大利亞、阿非利加、阿米利加也為著這个相同的運動，teh 進行討議。
Kàu-hoē sī Ki-tok ê seng-khu, boē-oē saⁿ pun-khui--tit; kìⁿ só͘ ū khoàⁿ-kìⁿ ê pun-lī tio̍h sàu hiat-ka̍k, thang chiâⁿ Chú ê kî-tó,	教會是基督的身軀，袂會相分開--得；見所有看見的分離著掃 hiat-ka̍k，通成主的祈禱，「……予 in 做一个，親

（續）

"......hō͘ in choè chi̍t ê, chhin-chhiūⁿ lán ê choè chi̍t ê; Goá tiàm tī in, lí tiàm tī goá".	像咱的做一个；我踮佇 in，你踮佇我」。

載於《芥菜子》，第三號，一九二六年一月一日

CHIÂ^{n}-SÈNG（成聖）

作者　不詳
譯者　陳清忠

【作者】

不著撰者。

【譯者】

陳清忠，見〈海龍王〉。

CHIÂ^{n}-SÈNG	成聖
"Lâng nā m̄-sī chiâ^{n}-sèng boē-oē kì^{n}-tio̍h Chú"	「人若毋是成聖袂會見著主」
Hi-pek-lâi 12 chiu^{n} 14 chat.	希伯來 12 章 14 節。
Lâng í-keng tit-tio̍h Ki-tok ê chín-kiù, tio̍h koh chìn chit pō͘ lâi siū^{n} chiâ^{n}-sèng ê un-tián.	人已經得著基督的拯救，著閣進一步來想成聖的恩典。
(A) Tio̍h kiû chiâ^{n}-sèng ê lí-iû, thang siū^{n} ū 5 hāng:—	(A)著求成聖的理由，通想有五項：—
1. Chiâ^{n}-sèng sī Siōng-tè só͘ bēng-lēng.	1. 成聖是上帝所命令。
"Goá sī sèng, lín iā tio̍h chiâ^{n}-sèng" "Lín tio̍h chīn-sim, chīn-sèng, chīn-ì, chīn-la̍t thià^{n} Chú lí ê Siōng-tè; iā tio̍h thià^{n} pa̍t-lâng chhin-chhiū^{n} ka-tī." Siōng-tè bô lām-sám bēng-lēng lâng, I ê bēng-lēng tiā^{n}-tio̍h ū ha̍h tī lâng ê seng-oa̍h, iā lâng ún-tàng kiâ^{n} oē kàu-ê; koh-chài sī lâng eng-kai tio̍h kiâ^{n}--ê.	「我是聖，恁也著成聖」「恁著盡心、盡性、盡意、盡力疼主你的上帝；也著疼別人親像家己。」上帝無濫糝命令人，伊的命令定著有合佇人的生活，也人穩當行會到的；閣再是人應該著行的。
2. Chiâ^{n}-sèng sī Siōng-tè tī Sèng-chheh tiong só͘ iok-sok--ê. "Chú lâi sè-kan sī uī-tio̍h beh tû lán ê choē-koà, che sī lín só͘ chai. I pún-sin sī bô choē, hoān-nā tiàm tī i ê lâng bô hoān-choē." "Hoān tī só͘ choè ê hó sū,	2. 成聖是上帝佇聖冊中所約束的。「主來世間是為著欲除咱的罪過，這是恁所知。伊本身是無罪，凡若踮佇伊的人無犯罪。」「凡佇所做的好事，平安的信 teh 欲予恁著完全。」

（續）

Pêng-an ê Sìn teh-beh hō͘ lín tio̍h oân-choân.”	
3. Hō͘ ū choē ê lâng tit-tio̍h chheng-khì siù^{n} (chiâ^{n}-sèng) che sī Ki-tok lâi sè-kan ê toā bo̍k-te̍k.	3. 予有罪的人得著清氣 siù^{n}（成聖）這是基督來世間的大目的。
“Ki-tok in-uī uī-tio̍h lán lâi pàng-sak seng-khu, tuì án-ni lâi sio̍k lán só͘ ū ê choē.” Koh-chài “Ki-tok lâi sè-kan sī beh phah-phoà mô͘-kuí ê kè-chhek.”	「基督因為為著咱來放揀身軀，對按呢來屬咱所有的罪。」閣再「基督來世間是欲拍破魔鬼的計策。」
4. Chiâ^{n}-sèng sī choē-choē lâng ê si̍t-giām.	4. 成聖是濟濟人的實驗。
Kó͘-chá Ná-a, A-pek-lia̍p-hán, Mô͘-se á-sī Í-sài-a, in tī Siōng-tè ê bīn-chêng ló͘ng ū keng-êng chiâ^{n}-sèng ê seng-oa̍h.	古早挪亞、亞伯拉罕、摩西 á 是以賽亞，in 佇上帝的面前攏有經營成聖的生活。
5. Chiâ^{n}-sèng, koh-chài sī lán ê pit-iàu.	5. 成聖，閣再是咱的必要。
Sui-jiân kóng í-keng tit-tio̍h chín-kiù, iáu-kú sim-lāi khó͘-kun nā iáu tī-teh, kia^{n}-liáu ū sî oē koh puh sin ê í^{n} khí-lâi. Hoān-choē chiū hoán-hoé, hoán-hoé chiū koh hoān, sim-lāi ló͘ng boē tit-tio̍h pêng-an. Pó-lô tī Lô-má tē 7 chiu^{n} ū siá i sim-lāi ê kan-khó͘ kóng, “In-uī goá só͘ ì-ài ê hó, goá bô khì kiâ^{n}; goá só͘ m̄-ài ê phái^{n}, hoán-tńg khì kiâ^{n}. To̍k-to̍k goá nā kiâ^{n} só͘ m̄-ài ê, hit ê teh kiâ^{n} ê, ta^{n} m̄-sī goá, sī tiàm tī lāi-bīn ê choē-ok. án-ni goá tit chai ū chi̍t ê hoat, chiū-sī tng goá ài kiâ^{n} hó ê sî, phái^{n} kap goá tī-teh. In-uī goá chiàu sim-lāi ê hoa^{n}-hí Siōng-tè ê lu̍t-hoat. Nā-sī goá khoà^{n} pah-thé tiong ū pa̍t ê hoat kap goá sim-chì ê hoat sa^{n} kau-chiàn, lia̍h goá hâng-ho̍k pah-thé lāi choē-ok ê hoat. Khó͘-ah, goá ê choè lâng! Chī-chuī beh kiù goá thoat-chhut chit ê tì-kàu sí ê thé ah?” Í-siōng só͘ kóng ê, chiū-sī	雖然講已經得著拯救，猶久心內苦根若猶佇 teh，驚了有時會閣莩新的芛起來。犯罪就反悔，反悔就閣犯，心內攏袂得著平安。保羅佇羅馬第七章有寫伊心內的艱苦講：「因為我所意愛的好，我無去行；我所毋愛的歹，反轉去行。獨獨我若行所毋愛的，彼个 teh 行的，今毋是我，是踮佇內面的罪惡。按呢我得知有一個法，就是當我愛行好的時，歹 kap 我佇 teh。因為我照心內的歡喜上帝的律法。若是我看百體中有別个法 kap 我心志的法相交戰，掠我降服百體內罪惡的法。苦 ah，我的做人！Chī-chūi 欲救我脫出這个致到死的體 ah？」以上所講的，就是人干焦得著重頭生的恩典，猶未到成聖的人，佇逐世代所經驗--著，相同的艱苦。若是按呢成聖的恩典到底是甚物？

（續）

lâng kan-ta tit-tio̍h têng-thâu-si^{n} ê un-tián, iáu-bē kàu chiâ^{n}-sèng ê lâng, tī ta̍k sè-tāi só͘ keng-giām--tio̍h, sa^{n}-tâng ê kan-khó͘. Nā-sī án-ni Chiâ^{n}-sèng ê un-tián tàu-tí sī sím-mih?	
(B) Iáu-boē siū^{n} chiâ^{n}-sèng sī sím-mih ê tāi-seng, tio̍h chai chiâ^{n}-sèng m̄-sī sím-mih, chiū khah boē si^{n}-khí gō͘-kái.	(B)猶未想成聖是甚物的事先，著知成聖毋是甚物，就較袂生起誤解。
1. Chiâ^{n}-sèng m̄-sī kap Siōng-tè, kap Thi^{n}-sài siāng-iū^{n} ê ì-sù. Sîn ū Sîn ê oân-choân, Thi^{n}-sài ū Thi^{n}-sài ê oân-choân, lâng ū lâng siong-èng ê oân-choân. Só͘-í lâng tek-khak oē tit choè oân-choân ê lâng. Tī hit khoán ê chōng-thài chiū-sī kiò choè chiâ^{n}-sèng.	1. 成聖毋是 kap 上帝，kap 天使 siāng 樣的意思。神有神的完全，天使有天使的完全，人有人相應的完全。所以人的確會得做完全的人。佇彼款的狀態就是叫做成聖。
2. Chiâ^{n}-sèng, m̄-sī kóng choè bô kè-sit ê lâng, sī kan-ta choè bô koh hoān-choē ê lâng nā-tiā^{n}. Lâng nā choè só͘ m̄-kai choè--ê, á-sī khoà^{n}-kì^{n} hó m̄ khì choè, che chiū-sī hoān-choē. Chiâ^{n}-sèng ê lâng boē koh hoān chit khoán choē, m̄-kú tuì i ê tì-huī phoà^{n}-toàn bô kàu-gia̍h ê só͘-tì, siông-siông ka-tī phah-sǹg sī hó, kàu choè liáu-āu chiah hoat-kiàn tio̍h chhò-gō͘. Chiâ^{n}-sèng m̄-sī kóng bián chit-khoán ê kè-sit soà bô khì ê ì-sù.	2. 成聖，毋是講做無過失的人，是干焦做無閣犯罪的人若定。人若做所毋該做的，á 是看見好毋去做，這就是犯罪。成聖的人袂閣犯這款罪，毋過對伊的智慧判斷無夠額的所致，常常家己拍算是好，到做了後才發見著錯誤。成聖毋是講免這款的過失紲無去的意思。
3. Chiâ^{n}-séng m̄-sī kóng éng boē tú-tio̍h chhì-liān ê ì-sù. Kan-ta chiâ^{n}-choè khah iâ^{n} chhì-liān ê lâng nā-tiā^{n}. A-tong iáu-bē hām-lo̍h choē ê sî ū siū Mô͘-kuí só͘ chhì; bô choē ê Ki-tok, tī khòng-iá iā tú-tio̍h chhì. Sui-jiân lâng tit-tio̍h chiâ^{n}-sèng, ū sî siū chhì-liān sī pí í-chêng koh khah siong-tiōng. Kan-ta chiâ^{n}-sèng oē tit-tio̍h khah iâ^{n}	3. 成聖毋是講永袂拄著試煉的意思。干焦成做較贏試煉的人若定。亞當猶未陷落罪的時有受魔鬼所試；無罪的基督，佇曠野也拄著試。雖然人得著成聖，有時受試煉是比以前閣較傷重。干但成聖會得著較贏遮个試煉。

（續）

chiah ê chhì-liān.	
Lō͘-tek Má-teng ū kóng chit kù oē, "Chiáu tī thâu-khak-téng teh pe, che sī boē bián-tit; chóng-sī m̄-thang ún-chún i choh-siū tī thâu-khak lāi." Mô͘-kuí tī thâu-khak-téng teh pe, éng ū; chóng-sī chiâ^{n}-sèng oē tit-tio̍h chit khoán ê la̍t lâi m̄-chún Mô͘-kuí tī thâu-khak lâi choh-siū.	路德馬丁有講一句話，「鳥佇頭殼頂teh 飛，這是袂免得；總是毋通允准伊作岫佇頭殼內。」魔鬼佇頭殼頂 teh 飛，永有；總是成聖會得著這款的力來毋准魔鬼佇頭殼來作岫。
4. Chiâ^{n}-sèng m̄-sī kóng chiâ^{n}-choè seng-khu ióng-chòng ê lâng. uī-tio̍h choè Siōng-tè ū lō͘-ēng ê kang; Siōng-tè te̍k-pia̍t i-hó i ê pī^{n}, hō͘ i tit-tio̍h ióng-chòng, chit-khoán lē sī ū. Chóng-sī nā siū^{n} chiâ^{n}-sèng liáu, iáu boē tú-tio̍h phoà-pī^{n}, seng-khu ê jio̍k-tiám lóng oē siau-bia̍t, sī chhò-gō͘.	4. 成聖毋是講成做身軀勇壯的人。為著做上帝有路用的工；上帝特別醫好伊的病，予伊得著勇壯，這款例是有。總是若想成聖了，猶未拄著破病，身軀的弱點攏會消滅，是錯誤。
5. Chiâ^{n}-sèng m̄-sī chiâ^{n}-choè éng boē hām-lo̍h choē ê lâng. M̄-chai choē ê A-tong hām-lo̍h choē, soà hō͘ Siōng-tè koá^{n}-chhut lo̍k-hn̂g. Pó-lô kóng, "Ka-kī siū^{n} oē khiā ê lâng, tio̍h kín-sīn m-thang hō͘ i tó lo̍h-khì." Bûn Iok-hān kóng, "Tī Thian-kok ê mn̂g iā ū thàng kàu Toē-ge̍k ê lō͘." Chit-khoán ê kéng-kài si̍t-chāi chin ha̍p tī lán. Hō͘ lán chai-iá^{n} tī sìn-gióng ê seng-oa̍h iàu-kín tio̍h "Kéng-séng lâi kî-tó."	5. 成聖毋是成做永袂陷落罪的人。毋知罪的亞當陷落罪，紲予上帝趕出樂園。保羅講：「家己想會徛的人，著謹慎毋通予伊倒落去。」文約翰講：「佇天國的門也有通到地獄的路。」這款的警戒實在真合佇咱。予咱知影佇信仰的生活要緊著「警醒來祈禱。」
6. Chiâ^{n}-sèng m̄-sī chiâ^{n}-choè bián koh chìn-pō͘, sêng-tióng ê lâng. Pī^{n}-lâng chia̍h chin pó ê mi̍h hoán-tńg bô sím-mi̍h kong-hāu; nā-sī ióng-kiā^{n} ê lâng, ba̍k-chiu thèng khoà^{n}-kì^{n} i ke-thi^{n} i ê kiān-khong. Chiâ^{n}-sèng ê sī khah iâ^{n} kè kan-ta tit-tio̍h chín-kiù--ê. I ê lêng-hûn siōng ê sêng-tióng	6. 成聖毋是成做免閣進步、成長的人。病人食真補的物反轉無啥物功效；若是勇健的人，目睭 thèng 看見伊加添伊的健康。成聖的是較贏過干焦得著拯救的。伊的靈魂上的成長進步是非常。

（續）

chìn-pō͘ sī hui-siông.	
C. Nā-sī ân-ni Chiâ^{n}-sèng tàu-tí sī sím-mi̇h? Kiám-chhái ì-sù bô oân-choân, chóng-sī thang chiàu ē-bīn án-ni lâi soat-bêng, —	(C)若是按呢成聖到底是甚物？撿采意思無完全，總是通照下面按呢來說明，—
"Chiâ^{n}-sèng chiū-sī tuì sim-lāi thėh chhut só͘ ū ê choē, iā chiong ài lâi kā i chhiong-moá."	「成聖就是對心內提出所有的罪，也將愛來 kā 伊充滿。」
Siōng-tè sī ài, koh-chài Ki-tok ê chong-kàu sī thiàn Siōng-tè, thiàn lâng ê chong-kàu. Só͘-í chiâ^{n}-sèng ê lâng tȧk sî tȧk khek thiàn Siōng-tè, thiàn lâng.	上帝是愛，閣再基督的宗教是疼上帝，疼人的宗教。所以成聖的人逐時逐刻疼上帝，疼人。
Tuì thiàn lâi siū^{n}, tuì thiàn lâi kóng, tuì thiàn lâi choè, tuì thiàn lâi si^{n}, lâi sí. Lâng nā it-tàn ji̇p tī chit ê kéng-lāi, bô koh ū giâu-gî, bô koh ū iú-hėk, kong-bêng sim, oàn-tò͘ sim, hò͘^{n}li̇ok sim, hō͘ Si̇p-jī-kè kiàn-siàu ê só͘ siū^{n}, ké-hó, thiàn sè-kan, oá-khò ka-tī; chhin-chhiū^{n} chit khoán ê liām-thâu lóng oē bô khì. "Só͘-í lín tio̍h sûn-choân chhin-chhiū^{n} lín ê Thi^{n} Pē ê sûn-choân." "Goá iáu-kú teh oȧh, m̄-sī iû-goân goá, chiū-sī Ki-tok tiàm tī goá teh oȧh." "Oân-choân ê chín-kiù" "Chheng-khì sim-koa^{n}" "Oân-choân ê thiàn" "Tuì Sèng Sîn lâi kiâ^{n}" "Siū Sèng Sîn chhiong-moá^{n}" Lóng sī chí chit khoán ê sū. Ta^{n} lâi pí-kàu chín-kiù kap chiâ^{n}-sèng ê bô sa^{n}-tâng.	對疼來想、對疼來講、對疼來做、對疼來生、來死。人若一旦入佇這个境內，無閣有僥疑，無閣有誘惑、功名心、怨妒心、好弱心，予十字架見笑的所想、假好、疼世間、倚靠家己；親像這款的念頭攏會無去。「所以恁著純全親像恁的天爸的純全。」「我猶久 teh 活，毋是猶原我，就是基督踮佇我 teh 活。」「完全的拯救」「清氣心肝」「完全的疼」「對聖神來行」「受聖神充滿」攏是指這款的事。今來比較拯救 kap 成聖的無相同。
1. Tī têng-thâu-si^{n} bô hō͘ choē-koà koán-hoat.	1. 佇重頭生無予罪過管轄。
Tī chiâ^{n}-sèng choē-koà tiàm boē-tiâu.	佇成聖罪過踮袂牢。
2. Tī têng-thâu-si^{n} sī choē-koà tâu-hâng lán. Tī chiâ^{n}-sèng choē-koà siū phah-biȧt.	2. 佇重頭生是罪過投降咱。 佇成聖罪過受拍滅。
3. Tī Têng-thâu-si^{n} oē ap-chè siū-khì, chū-ko,	3. 佇重頭生會壓制受氣、自高、不信，

（續）

put-sìn, oàn-tò͘ chiah ê pháiⁿ ê liām-thâu. Tī chiâⁿ-sèng chiah ê lóng the̍h-chhut.	怨妒遮的歹的念頭。 佇成聖遮的攏提出。
4. Têng-thâu-siⁿ sī sok-pa̍k kū ê lâng. Chiâⁿ-sèng sī koáⁿ-chhut kū ê lâng, bu̍t-siu i só͘ ū--ê	4. 重頭生是束縛舊的人。 成聖是趕出舊的人，沒收伊所有--的
5. Têng-thâu-sīⁿ khí-kang. Chiâⁿ-sèng sī oân-kang ê khoán-sit,	5. 重頭生起工。 成聖是完工的款式，
Iâ-so͘ ê ha̍k-seng tī Gō͘-sûn-choeh í-chêng sī choè boē chiâⁿ-sèng ê lâng ê phiau-pún. In í-keng tit-tio̍h Chín-kiù, chóng-sī iáu-bē tit-tio̍h chiâⁿ-sèng. Só͘-í tī in ê tiong-kan ū oàn-tò͘, ū saⁿ-chiⁿ, ū kong-bêng sim, khoài siū-khì, ū sit-bāng, ū giâu-gî. Chóng-sī tī Gō͘-sûn-choeh it-tàn hō͘ Sèng Sîn chheng-khì in ê sim liáu-āu, bô kiaⁿ sí, thoè beh hāi-sí in ê lâng chiok-hok. In ê sim-lāi só͘ ū ê choē lóng chheng chhut-lâi, í-āu kan-ta thiàⁿ Siōng-tè, thiàⁿ lâng; thiàⁿ ê sîn tī in ê tiong-kan chū-iû chū-chāi teh choè kang. Oân-choân ê chiâⁿ-sèng, si̍t-chāi tú sī án-ni	耶穌的學生佇五旬節以前是做未成聖的人的標本。In 已經得著拯救，總是猶未得著成聖。所以佇 in 的中間有怨妒、有相爭、有光明心、快受氣、有失望、有僥疑。總是佇五旬節一旦予聖神清氣 in 的心了後，無驚死，替欲害死 in 的人祝福。In 的心內所有的罪攏清出來，以後干但疼上帝、疼人；疼的神佇 in 的中間自由自在 teh 做工。完全的成聖，實在拄是按呢
D. Ài tit-tio̍h oân-choân chiâⁿ-sèng ê tiâu-kiāⁿ.	(D)愛得著完全成聖的條件。
Nā-sī án-ni, lán tio̍h cháiⁿ-iūⁿ chiah oē tit-tio̍h oân-choân ê chiâⁿ-sèng? Ū 3 hāng iàu-kín ê tiâu-kiāⁿ: —	若是按呢，咱著怎樣才會得著完全的成聖？有三項要緊的條件：—
1. Lán tio̍h khì-sak só͘ ū ê choē kap thang giâu-gî ê hêng-uî. Sèng-keng ū kóng, "Ū choē ê lâng ah lín tio̍h chheng-khì lín ê chhiú; nn̄g iūⁿ sim ê lâng ah, lín tio̍h chheng-khì lín ê sim!" "Lín chiah ê chhut in ê tiong-kan, lī-khui in; bo̍h-tit bak-tio̍h ù-oè. Goá beh chiap-la̍p lín, choè lín ê Pē,	1. 咱著棄揀所有的罪 kap 通僥疑的行為。聖經有講：「有罪的人 ah 恁著清氣恁的手；兩樣心的人 ah，恁著清氣恁的心！」「恁遮的出 in 的中間，離開 in；莫得 bak 著污穢。我欲接納恁，做恁的爸，恁欲做我的囝、查某囝。就是這个意思。

（續）

lín beh choè goá ê kiáⁿ, cha-bó͘-kiáⁿ. Chiū-sī chit ê ì-sù.	
2. Tio̍h hiàn-sin. Hiàn seng-khu lêng-hûn, só͘ ū ê hō͘ Siōng-tè. Choân-jiân choè Siōng-tè ê só͘-iú. Kan-ta thàn I ê chí-ì. "uī-tio̍h Chú lâi oa̍h, uī-tio̍h Chú lâi sí." He̍k-sī lim, he̍k-sī chia̍h á-sī bô lūn kiàⁿ sím-mih tāi-chì lóng oē êng-kng Siōng-tè. Chāi-chá Iok-pek kóng, "Sui-bóng I beh thâi goá, goá iā beh khīⁿ I." Bí-kok lâm-pak chiàn-cheng ê sî, ū lâng kā Tāi-thóng-léng Lîm-khéng kóng, "Tī chit ê sî-chūn lán só͘ iàu-kín--ê, chiū-sī Siōng-tè oē kūn-oá tī lán ê sin-piⁿ," I ìn kóng, "Ū-iáⁿ! Chóng-sī goá siūⁿ ū chit-hāng koh-khah iàu-kín, chiū-sī lán tio̍h kūn-oá tī Siōng-tè ê sin-piⁿ."	2. 著獻身。獻身軀靈魂，所有的予上帝。全然做上帝的所有。干焦趁伊的旨意。「為著主來活，為著主來死。」或是啉、或是食 á 是無論行甚物代誌攏會榮光上帝。在早約伯講：「雖罔伊欲刣我，我也欲拑伊。」美國南北戰爭的時，有人 kā 大統領林肯講：「佇這个時陣咱所要緊--的，就是上帝會近倚佇咱的身邊，」伊應講，「有影！總是我想有一項閣較要緊，就是咱著近倚佇上帝的身邊。」
3. Tio̍h sìn Siōng-tè chit-chūn oē hō͘ lán chiâⁿ-sèng.	3. 著信上帝這陣會予咱成聖。
Chiâⁿ-sèng sī Siōng-tè só͘ bēng-lēng, sī I só͘ iok-sok; hō͘ lâng chheng-khì siùⁿ, sī Ki-tok kàng-sè ê toā bo̍k-tek, iū-koh sī choē-choē lâng só͘ keng-giām--ê. Sī lán só͘ tio̍h ū ê chiok-hok, só͘-í lán nā ēng chin-si̍t lâi kiû, tek-khak oē siúⁿ-sù lán. Tio̍h ài ū chit-khoán ê sìn-gióng. "Hoān lín teh kî-tó ê sî, lín nā sìn tek-khak oē tit-tio̍h, chiū tek-khak tit-tio̍h." "Lín nā kiû, lín ê Pē teh-beh ēng Sèng Sîn siúⁿ-sù lín."	成聖是上帝所命令，是伊所約束；予人清氣 siùⁿ，是基督降世的大目的，又閣是濟濟人所經驗的。是咱所著有的祝福，所以咱若用真實來求，的確會賞賜咱。著愛有這款的信仰。「凡恁 teh 祈禱的時，恁若信的確會得著，就的確得著。」「恁若求，恁的爸 teh 欲用聖神賞賜恁。」
E. Tio̍h tī sím-mih sî lâi tit-tio̍h chiâⁿ-sèng? Chiâⁿ-sèng sī chek-sî, chek-khek oē tit-tio̍h ê chiok-hok. Bô-lūn sím-mih lâng, nā toà téng-bīn 3 tiâu-kiāⁿ, chhin-chhiūⁿ iau, chhuì-ta lâi	(E)著佇甚物時來得著成聖？成聖是即時，即刻會得著的祝福。無論甚物人，若蹛頂面三條件，親像枵、嘴焦來求；的確隨時欲得著。

（續）

kiû; tek-khak sui-sî beh tit-tio̍h.	
1. Chiâⁿ-sèng m̄-sī chiām-chiām chiah oē tit-tio̍h ê hok-khì. Lūn chiâⁿ-sèng, Siōng-tè só͘ bēng-lēng só͘ iok-sok lóng-sī hiān-chāi chek-sî ê ì-sù. “Goá sī sèng, lín iā tio̍h sèng.” “Tio̍h hō͘ Sèng Sîn chhiong-moá.” “Siōng-tè ê chí-ì sī lín ê chiâⁿ-sèng” Tuì chiah ê oē chiū bêng-bêng thang chai m̄-sī chiām-chiām lâi tit-tio̍h chiâⁿ-sèng ê ì-sù.	1. 成聖毋是漸漸才會得著的福氣。論成聖，上帝所命令所約束攏是現在即時的意思。「我是聖，恁也著聖。」「著予聖神充滿。」「上帝的旨意是恁的成聖」對遮的話就明明通知毋是漸漸來得著成聖的意思。
2. Chiâⁿ-sèng m̄-sī choē-choē nî chek-chū sìn-gióng siōng ê keng-giām, jiân-āu chiah oē tit-tio̍h ê un-tián. Hō͘ lâng chheng-khì-siùⁿ sī Siōng-tè, Siōng-tè só͘ khoàⁿ ê chi̍t-ji̍t chiū-sī chi̍t chheng nî; chi̍t chheng nî chiū-sī chi̍t-ji̍t. Tio̍h keng-koè loā-kú ê Lêng-hūn chiah oē tit-tio̍h chiâⁿ-sèng. Choân-jiân bô chit-khoán ê chè-hān. Í-keng tit-tio̍h chín-kiù ê lâng, siūⁿ tio̍h koh chìn chi̍t-pō͘ lâi chiâⁿ-sèng; toà saⁿ-ê tiâu-kiāⁿ, jia̍t-sim lâi kiû, tek-khak suî-sî teh-beh tit-tio̍h.	2. 成聖毋是濟濟年積聚信仰上的經驗，然後才會得著的恩典。予人清氣 siùⁿ 是上帝，上帝所看的一日就是一千年；一千年就是一日。著經過偌久的靈魂才會得著成聖。全然無這款的制限。已經得著拯救的人，想著閣進一步來成聖；蹛三個條件，熱心來求，的確隨時 teh 欲得著。
3. Chiâⁿ-sèng m̄-sī chiàu ū lâng teh phah-sǹg tī beh lī-khui sè-kan ê sî chiah oē tit-tio̍h ê hok-khì. “Chit-chūn chiū-sī un-tián ê sî.” “Kin-ná-ji̍t nā thiaⁿ-kìⁿ I ê siaⁿ, m̄-thang iáu-kú ngī-sim.” Siōng-tè ê sî-kan chiū-sī “Chit-chūn.”	3. 成聖毋是照有人 teh 拍算佇欲離開世間的時才會得著的福氣。「這陣就是恩典的時。」「今仔日若聽見伊的聲，毋通猶久硬心。」上帝的時間就是「這陣。」
Chhiáⁿ tāi-ke, m̄-thang siūⁿ thèng-hāu teh-beh lîm-chiong ê sî, tio̍h CHIT-CHŪN kín lâi siū chiâⁿ-sèng ê toā hok-khì.	請大家，毋通想聽候 teh 欲臨終的時，著這陣緊來受成聖的大福氣。

載於《芥菜子》，第三號，一九二六年一月一日

KI-TOK Ê UÎ-GIÂN（基督的遺言）

作者　不詳
譯者　陳清忠

【作者】

不著撰者。

【譯者】

陳清忠，見〈海龍王〉。

KI-TOK Ê UÎ-GIÂN	基督的遺言
"Soè kiáⁿ ah, goá iáu ū tiap-á-kú kap lín tī-teh"	「細囝 ah，我猶有霎仔久 kap 恁佇 teh」
Iok-hān 13 chiuⁿ 33 chat.	約翰 13 章 33 節。
Iâ-sơ kap i ê hȧk-seng lō-bé pái saⁿ-kap chiȧh boán-chhan ê sî, Iû-tāi ê kan-kè ū hō Iâ-sơ khoàⁿ chhut, sớ-í Iû-tāi boē tit thang saⁿ-kap chē-toh, chiū lī-khui in, khì chún-pī beh liȧh Iâ-sơ. āu-lâi chhun chȧp-it ê hȧk-seng. Iâ-sơ bô ún-khǹg kóng I ê ūn-bēng hō in thiaⁿ, iā tī chit ê ki-hoē soà an-uì bián-lē--in. Iâ-sơ kā in kóng, "Taⁿ Jîn-chú tit-tiȯh êng-kng, Siōng-tè iā teh-beh tuì i lâi tit-tiȯh êng-kng. " Chóng-sī Iâ-sơ sớ ê sớ khoà-sim ê chiū-sī sớ-chhun ê chȧp-it lâng. Iâ-sơ siūⁿ in liōng-pit oē sit-bōng, loé-chì, sớ-í I lī-iōng chit ê ki-hoē kóng I ê uî-giân lâi an-uì in. I ê uû-giân sī ná chhiūⁿ lāu-pē tuì i ê kiáⁿ kóng ê khoán-sit, moá-moá to sī ài-chêng kap an-uì tī-teh.	耶穌 kap 伊的學生路尾擺相 kap 食晚餐的時，猶大的奸計有予耶穌看出，所以猶大袂得通相 kap 坐桌，就離開 in，去準備欲掠耶穌。後來賰十一个學生。耶穌無隱囥講伊的運命予 in 聽，也佇這个機會紲安慰勉勵--in。耶穌 kā in 講：「今人子得著榮光，上帝也 teh 欲對伊來得著榮光」。總是耶穌所掛心的就是所賰的十一人。耶穌想 in 量必會失望、餒志，所以伊利用這个機會講伊的遺言來安慰 in。伊的遺言是那像老爸對伊的囝講的款式，滿滿就是愛情 kap 安慰佇 teh。
Tē it ê uî-giân.	第一的遺言。

（續）

Goá ēng sin ê kài-bēng hō͘ lín, chiū-sī lín tiȯh sa^{n}-thià^{n}; chhin-chhiū^{n} goá bat thià^{n} lín, lín iā tiȯh án-ni sa^{n}-thià^{n}".	我用新的誡命予恁，就是恁著相疼；親像我捌疼恁，恁也著按呢相疼」。
Sè-hàn ê kiá^{n}-jî, chá-àm tī lāu-pē ê sin-pi^{n}, khoà^{n} i ê bīn thia^{n} i ê sia^{n}. Hit ê lāu-pē ta^{n} beh lī-khui sè-kan. Kin-ná-jit kap lāu-pē chiȧh boân-chhan ê chȧp-it ê kiá^{n}, chiū-sī bîn-á-jit kap lāu-pē sa^{n} lī-khui ê chȧp-it ê kơ-jî. Tī chit khoán ê kéng-gū in sớ tiȯh iàu-kín ê sī sím-mih? Chiū-sī tāi-ke tiȯh sa^{n}-thià^{n}, sim-koa^{n} hȧp choè chit ê. Bô koán sè-kan beh chái^{n}-iū^{n} oàn-hūn in, iā bô lūn loā-choē kan-khớ tó tī in ê bīn-chêng; tāi-ke sa^{n} an-uì, tāi-ke sa^{n} pang-chān, ún-tàng tit-tiȯh khiā-chāi. Ū choē-choē kiá^{n}-jî pē-bú teh-beh lī-khui sè-kan ê sî, sớ tiȯh hoan-hù in ê kiá^{n}-jî ê chiū-sī chit-hāng. Kiá^{n}-jî ê sim-koa^{n} tiȯh sa^{n}-thià^{n}, chit-hāng sī pí uî-sán ê hun-phoè-hoat, ka-tsok ê siong-siȯk-hoat khah iàu-kín. Sit-lȯh pē-bú ê kiá^{n}-jî tāi-ke oē hô-hó sa^{n}-kap choè-kang lâi siú in ê chit-ke; sè-kan bô ū pí che khah bí-boán ê sớ-chāi.	細漢的囝兒，早暗佇老爸的身邊，看伊的面聽伊的聲。彼个老爸今欲離開世間。今仔日 kap 老爸食晚餐的十一个囝，就是明仔日 kap 老爸相離開的十一个孤兒。佇這款的境遇 in 所著要緊的是甚物？就是大家著相疼，心肝合做一个。無管世間欲怎樣怨恨 in，也無論偌濟艱苦倒佇 in 的面前；大家相安慰、大家相幫贊，穩當得著徛在。有濟濟囝兒父母 teh 欲離開世間的時，所著吩咐 in 的囝兒的就是這項。囝兒的心肝著相疼，這項是比遺產的分配法、家族的相續法較要緊。失落父母的囝兒大家會和好相 kap 做工來守 in 的一家；世間無有比這較美滿的所在。
Tē-jī ê uî-giân.	第二的遺言。
"Tī lán pē ê ke, ū choē-choē chhù-thėh; nā-bô chiū goá í-keng kā lín kóng lah; in-uī goá khì sī kā lín pī-pān sớ-chāi. Nā khì kā lín pī-pān sớ-chāi, chiū beh koh lâi, chiap-lȧp lín iā tī hia".	「佇咱爸的家，有濟濟厝宅；若無就我已經 kā 恁講 lah；因為我去是 kā 恁備辦所在。若去 kā 恁備辦所在，就欲閣來，接納恁也佇遐。」
Hȧk-seng kap Iâ-sơ sa^{n} lī-khui liáu-āu, sớ oē chhim-chhim lâi sit-bōng ê, chiū-sī in sớ tiȯh khiā-khí ê sớ chāi. Nā-sī chit-ê uî-giân sī choè tėk-chhiat ê uî-giân. Soè-kiá^{n} ah! Lín ê	學生 kap 耶穌相離開了後，所會深深來失望的，就是 in 所著徛起的所在。若是這个遺言是最得切的遺言。細囝 ah！恁的心莫得憂悶，因為恁 teh 欲得

（續）

sim bo̍h-tit iu-būn, in-uī lín teh beh tit-tio̍h sî-ki lâi khiā-khí tī chin khoài-lo̍k, chin chheng-sóng ê chhù the̍h, — tī sè-kan ê suí chhù boē oē pí tit--ê. Sit-bōng ê sù-tô͘ teh-beh tit-tio̍h toā-toā ê an-uì. To̍k-to̍k "Tio̍h sìn Siōng-tè iā tio̍h sìn-goá". Thian-kok m̄-sī chhin-chhiūⁿ bîn-bāng, iā-m̄-sī sio̍k tī khong-sióng. ēng sìn lâi tit-tio̍h ê un-thióng, tek-khak oē lâi. "Goá ê Pē ê ke ū choē-choē chhù-the̍h......" Sit-chāi sī chin chhin-chhiat ê uî-giân.	著時機來徛起佇真快樂、真清爽的厝宅，一佇世間的嬌厝袂會比得的。失望的使徒 teh 欲得著大大的安慰。獨獨「著信上帝也著信我」。天國毋是眠夢，也毋是屬佇空想。用信來得著恩寵，的確會來。「我的爸的家有濟濟厝宅……」實在是真親切的遺言。
Tē saⁿ ê uî-giân.	第三的遺言。
"Goá iā beh tuì Pē kiû chiū I beh ēng koh chit ê Pó-huī-su hō͘ lín, hō͘ I éng-oán kap lín toà; chiū-sī chin-lí ê Sîn; sè-kan só͘ boē chiap-la̍p ê, in-uī bô khoàⁿ-kìⁿ I, koh m̄-bat I; to̍k-to̍k lín bat I; in-uī I kap lín saⁿ-kap toà, koh beh tiàm tī lín".	「我也欲對父求就伊欲用閣一个保惠師予恁，予伊永遠 kap 恁蹛；就是真理的神；世間所袂接納的，因為無看見伊，閣毋捌伊；獨獨恁捌伊；因為伊 kap 恁相佮蹛，閣欲踮佇恁。」
Chit ê uî-giân sī pí chêng hit nn̄g ê koh-khah oē tit-tio̍h an-uì. Chiū-sī kóng, uī-tio̍h lín beh khì pī-pān só͘-chāi; iáu-kú tī saⁿ lī-khui ê tiong-kan tek-khak bô pàng lín ko͘-toaⁿ, tek-khak beh chhe an-uì ê Sîn lâi thang choè lín ê la̍t. Jio̍k-thé sui-bóng saⁿ pun-khui, nā-sī Sîn-lêng beh kap lín saⁿ-kap tī-teh. Kiám m̄-sī chin thang kám-siā ê uî-giân mah?	這个遺言是比前彼兩个閣較會得著安慰。就是講：為著恁欲去備辦所在；猶久佇相離開的中間的確無放恁孤單，的確欲差安慰的神來通做恁的力。肉體雖罔相分開，若是神靈欲 kap 恁相佮佇 teh。檢毋是真通感謝的遺言嗎？

載於《芥菜子》，第三號，一九二六年一月一日

PHOE-PHÊNG LÂNG（批評人）

作者　不詳
譯者　陳清忠

【作者】

不著撰者。

【譯者】

陳清忠，見〈海龍王〉。

PHOE-PHÊNG LÂNG	批評人
"Bóh-tit phoe-phêng, lâng chiah bián tú-tióh phoe-pheng."	「莫得批評，人才免拄著批評。」
Má-thài 7:1 chat	馬太 7:1 節
Chit kù oē tuì lán choè chin toā kéng-kài. Phoe-phêng lâng, chiū-sī kóng lâng ê phái^{n}-chhuì; Chit khoán ê sū put-tàn sī lâng chin khoài-hoān ê choē, iā sī lâng chū-jiân só͘ teh hoān ê choē. Bô lūn tī chi̍p-hoē ê só͘-chāi, á-sī sa^{n}-kap chia̍h tê ê sî, he̍k-sī tī lō͘-nih sa^{n}-kap kiâ^{n}, put-koán siōng-liû ê lâng, hā-liû ê lâng só͘ sa^{n}-kap tâm-oē ê tiong-kan, tē-it oē hō͘ lâng kám chhù-bī ê, chiū-sī kóng lâng ê sī-hui. Siōng-chhiá^{n} só͘ phoe-phêng ê, kóng lâng ê phái^{n} sī pí kóng ê hó khah-siông, khah ū chhù-bī ê khoán. Ū sî ēng oán-choán ê hong-hoat lâi phoe-phêng, ū sî chhin-chhiū^{n} ēng chin chhin-chhiat ê khoán lâi phoe-phêng, tī sî ēng chin-bīn-bo̍k lâi phoe-phêng, iā ū sî liân lâng ê kóng-oē kap kiâ^{n}-ta̍h ê khoán soà lâi phoe-phêng. Ki-tok ū	這句話對咱做真大警戒。批評人，就是講人的歹喙；這款的事不但是人真快犯的罪，也是人自然所 teh 犯的罪。無論佇集會的所在，á 是相 kap 食茶的時，或是佇路裡相 kap 行，不管上流的人、下流的人所相 kap 談話的中間，第一會予人感趣味的，就是講人的是非。尚且所批評的，講人的歹是比講的好較常，較有趣味的款。有時用宛轉的方法來批評，有時親像用真親切的款來批評，佇時用真面目來批評，也有時連人的講話 kap 行踏的款紲來批評。基督有警戒咱人所有這款的歹的弊病。

（續）

kéng-kài lán lâng sớ ū chit khoán ê phái^n ê pē-pēng.	
1. Lâng ná jú gâu phoe-phêng lâng, chiū jú khoài boē kì-tit phoe-pêng kā-kī. Siông-siông chheng kā-kī ê sim-koa^n ê lâ-sâm, iā gâu béng-séng kā-kī ê put-tek ê lâng tiā^n-tio̍h boē phoe-phêng lâng. Chū-séng ê lâng bô ū hit-khoán ióng-khì thang phoe-phêng lâng. Phoe-phêng lâng ê si̍p-koàn nā tiâu sin, chū-jiân oē si^n-khí pí pa̍t lâng khah iâ^n ê sim; chiū-sī chè-chō chū-hù-sim. Chóng-sī chū-hù-sim tī Siōng-tè ê bīn-chêng sī chin boē khoà^n-tit ê choē-ok. Î^n-á-chhâ sī pí chháu-á-iù khah siong-tiōng, iàu-kín tio̍h tāi-seng tû siong-tiōng--ê. Lâng tio̍h oē kì-tit, nā tēng lâng ê choē, Siōng-tè teh-beh chiàu hit-ê thêng-tō͘, he̍k-sī khah-tāng lâi tēng in ê choē.	1. 人若愈 gâu 批評人，就愈快袂記得批評家己。常常清家己的心肝的 lâ-sâm，也 gâu 勉省家己的不德的人定著袂批評人。自省的人無有彼款勇氣 thang 批評人。批評人的習慣若調新，自然會生起比別人較贏的心；就是製造自負心。總是自負心佇上帝的面前是真袂看得的罪惡。楹仔柴是比草仔幼較傷重，要緊著事先除傷重的。人著會記得，若定人的罪，上帝 teh 欲照彼个程度，或是較重來定 in 的罪。
2. Tēng pa̍t lâng ê choē (phoe-phêng lâng), put-tàn sī chō ka-kī ê choē-koà, chiū tuì hit ê lâng iā sī put-chèng ê só͘-kiâ^n. Siū liân-luī lâi tú-tio̍h chai-ē ê, khah-choē sī tuì tī lâng ê chhuì lâi choè goân-in. Phoe-phêng lâng boē-oē tī sa^n-kap chē hiah ê lâng tiong-kan lâi soah, i ê khui-khoah sī hui-siông. Chi̍t lâng thoân kè chi̍t lâng, só͘ thoân boē chiàu goân-hêng, lóng-sī tuì soè kàu toā, tuì khin kàu tāng. Tī hé-lô͘ pi^n, kó͘-chí^n pi^n só͘ kóng ê êng-oē, liâm-pi^n chiâ^n choè chit-hiu^n chit-chng ê hong-sia^n pòng-iá^n; siōng-chhiá^n goân-hêng lóng sit-lo̍h.	2. 定別人的罪（批評人），不但是造家己的罪過，就對彼个人也是不正的所行。受連累來拄著災禍的，較濟是對佇人的喙來做原因。批評人袂會佇相佮坐遐的人中間來續，伊的開闊是非常。一人傳過一人，所傳袂照原形，攏是對細到大，對輕到重。佇火爐邊，古井邊所講的閒話，連鞭成做這鄉這庄的風聲謗影；尚且原形攏失落。
3. Tēng pa̍t-lâng ê choē ê tē-it guî-hiám ê lí-	3. 定別人的罪的第一危險的理由，就是

（續）

iû, chiū-sī bô cha̍p-hun chai-ba̍t hit ê lâng. Lâng beh-bat pún-sin siōng-chhiá^{n} oh, beh thái oē bat pa̍t lâng kàu toé. Bat pa̍t lâng ê chit-pō-hūn, tek-khak m̄-chai pa̍t lâng ê choân-pō: khoà^{n} pat-lâng ê chêng-bīn, chiū siū^{n} ū soà liáu-kái āu-bīn ê khoán-sit; che sī m̄-tio̍h. Thia^{n} pa̍t lâng ê giân-kú, chiū suî-sî phoà^{n}-toàn i ê su-sióng, che iā sī kheng-chut ê só͘-choè. Chin gâu kóng-oē ê lâng, bô tek-khak i ū siān-liông ê sim. Kóng bô hó thia^{n} ê oē ê lâng, suî-sî beh phoà^{n}-toàn i ū kiau-ngō͘ ê sim, che iā sī bô tek-khak. Lâng boē-oē ti̍t-chiap chai lâng ê sim-koa^{n}. Nā beh phoe-phêng lâng tio̍h cha̍p-hūn chai-bat hit ê lâng chiah-thang; Chóng-sī chin khó-sioh beh chai-bat pa̍t-lâng kàu cha̍p-hun sī boē-oē ê sū.	無十分知捌彼个人。人欲捌本身尚且oh，欲 thái 會捌別人到底。捌別人的一部分，的確毋知別人的全部：看別人的前面，就想有紲了解後面的款式；這是毋著。聽別人的言舉，就隨時判斷伊的思想，這也是輕率的所做。真 gâu 講話的人，無的確伊有善良的心。講無好聽的話的人，隨時欲判斷伊有驕傲的心，這也是無的確。人袂會直接知人的心肝。若欲批評人著十份知捌彼个人才 thang；總是真可惜欲知捌別人到十分是袂會的事。
4. Beh tēng lâng ê choē, nā-sī hit ê chhâi-liāu sī tuì tī thia^{n}-kì^{n} ê, thang kóng sī koh-khah ū choē-koà ê só͘-choè. Sui-bóng ti̍t-chiap siū^{n} ū bat hit ê lâng, siōng-chhiá^{n} ū chhò-gō͘, án chái^{n}-iū^{n} oē tit thang phoà^{n}-toàn só͘ thia^{n}-kì^{n} ê lâi choè sū-si̍t. Tuì lâng thia^{n} pa̍t lâng ê ok-phêng, sim lāi bô hoa^{n}-hí lâi khǹg teh ê thang kóng sī bô choē-koà; nā-sī hoa^{n}-hí sêng-siū, koh-chài thoân hō͘ pa̍t lâng ê, sī tāng-hoān. Chhì-siū^{n}, uī-tio̍h thoân pò bû-si̍t ê phoe-phêng á-sī chhò-gō͘ ê sū-si̍t, tì-kàu hō͘ lâng tú-tio̍h chai-lān; hit ê chek-jīm kiám m̄-sī kóng ê lâng kap thoân ê lâng tio̍h ta^{n} mah?	4. 欲定人的罪，若是彼个材料是對佇聽見的，通講是閣較有罪過的所做。雖罔直接想有捌彼个人，尚且有錯誤，按怎樣會得通判斷所聽見的來做事實。對人聽別人的惡評，心內無歡喜來囥 teh 的通講是無罪過；若是歡喜承受，閣再傳予別人的，是重犯。試想，為著傳報無實的批評 á 是錯誤的事實，致到予人拄著災難；彼个責任檢毋是講的人 kap 傳的人著擔 mah？
5. Beh siū^{n} Siōng-tè kong-gī ê sím-phoà^{n} ê sî, bô tek-khak siū lâng tēng choē ê lâng,	5. 欲想上帝公義的審判的時，無的確受人定罪的人，上帝也欲 kā 伊定罪；kā

（續）

Siōng-tè iā beh kā i tēng-choē; kā lâng tēng choē ê lâng iā bô tek-khak Siōng-tè teh beh pò-siúⁿ--i. Koh-chāi lâng bô kā i tēng, Siōng-tè beh kā i tēng mā-káⁿ. Tī Siōng-tè ê hoat-têng, kā lâng tēng-choē, choân-jiân bô éng-hióng tī hit ê lâng. Siōng-tè ū Siōng-tè pún-sin ê li̍p-tiûⁿ lâi chhâi-phoàⁿ lâng. I m̄ bián thiaⁿ lâng ê chèng-giân, sớ éng-hióng ê m̄ sī pa̍t lâng, sī kā-kī. uī-tio̍h tēng lâng ê choē, hoán-tńg ka-kī tio̍h siū-tēng.	人定罪的人也無的確上帝 teh 欲報賞-伊。閣在人無 kā 伊定，上帝欲 kā 伊定嘛敢。佇上帝的法庭，kā 人定罪，全然無影響佇彼个人。上帝有上帝本身的立場來裁判人。伊毋免聽人的證言，所影響的毋是別人，是家己。為著定人的罪，反轉家己著受定。
6. Tē-it pháiⁿ sèng-chit ê phoe-phêng chiū-sī chiong choē kui hō͘ pa̍t lâng ê phoe-phêng-hoat. Chit-khoán khah choē sī tuì oàn-tờ kap oàn-hūn lâi siⁿ-chhut ê. Hoaⁿ-hí pa̍t-lâng ê put-hēng, chiong pa̍t lâng ê khớ-thàng lâi choè sóng-khoài ê choè loat-téng ê sim-chêng. Phah-loān thoân-thé ê pêng-hô, phah-phoà ka-têng ê hô-ha̍p ê, chiū-sī chit chéng ê lâng. Tuì tī gō͘-kái lâi ê phoe-phêng, ū sió-khoá thang thé-liōng ê sớ-chāi, nā-sī tuì tī pháiⁿ-ì lâi--ê, toàn-toàn boē sià-tit.	6. 第一歹性質的批評就是將罪歸予別人的批評法。這款較濟是對怨妒 kap 怨恨來生出的。歡喜別人的不幸，將別人的苦痛來做爽快的最劣等的心情。拍亂團體的平和、拍破家庭的和合的，就是這種的人。對佇誤解來的批評，有小可通體諒的所在，若是對佇歹意來的，斷斷袂赦得。
7. Í-siōng sớ sớ kóng ê, thang te̍k-iōng tī it-poaⁿ ê lâng phớ-thong ê kéng-kài. Chóng sī ū chi̍t ê lē-goā chiū-sī Siōng-tè ū te̍k-pia̍t siúⁿ-sù lâng chit ê toē-uī kap chit-bū lâi tēng-lâng ê choē. Hoān-lâng tuì phoàⁿ-koaⁿ, kiáⁿ tuì pē, ha̍k-seng tuì sian-siⁿ ê khoán; in lóng thang cha̍p-hun lâi koán-lí, he̍k-sī tio̍h hiâm, he̍k-sī tio̍h tio̍h chhâi-phoàⁿ. Sớ tio̍h kiâⁿ ê gī-bū in thang kiâⁿ; kan-ta chi̍t-hāng, beh kiâⁿ ê sî tio̍h ài	7. 以上所所講的，通適用佇一般的人普通的警戒。總是有一個例外就是上帝有特別賞賜人這个地位 kap 職務來定人的罪。犯人對判官、囝對爸、學生對先生的款；in 攏通十分來管理，或是著嫌，或是著著裁判。所著行的義務 in 通行；干焦一項，欲行的時著愛誠實（無偏私），著用善意來行才有合上帝的意思。

（續）

SÊNG-SİT (bô phian-su), tio̍h ēng SIĀN-Ì lâi kiâⁿ chiah ū ha̍p Siōng-tè ê ì-sù.	
8. Nā-sī án-ni chiū téng-bīn só͘ kóng hit ê gī-bū í-goā, bô lūn sím-mih sū-chêng, bó lūn sím-mih sî-chūn, toàn-toàn m̄-thang chhâi-phoàⁿ pa̍t lâng, m̄-thang kóng lâng ê pháiⁿ, tio̍h choan-choan kóng lâng ê hó sī m̄? iā bô tú-tú sī án-ni. Ki-tok ū kà-sī lán kóng "Nā-sī hiaⁿ-tī ū hoān choē, tio̍h pún-sin khì kā i kóng, i nā thiaⁿ lí, chiū lí tit-tio̍h i; nā-sī m̄-thiaⁿ chiū tio̍h nn̄g-saⁿ lâng khì thang choè kan-chèng." Siat-sú chai pa̍t lâng ū hoān-tio̍h chin tāng ê choē, nā-sī kan-ta án-ni hiat hē teh, khak-jīn oē choè i pún-sin he̍k-sī siā-hoē ê guî-hāi ê sî-chūn, m̄ thang hiòng pa̍t lâng lâi kā i phoe-phêng, tio̍h tit-chiap khì kā i chù-ì, che sī Siōng-tè ê ì-sù. Ki-tok kóng "M̄-thang phoe-phêng lâng..." sī kóng m̄-thang bô chim-chiok, bô chhin-chhiat, chân-jím, lām-sám hiâm-lâng ê ì-sù.	8. 若是按呢就頂面所講彼个義務以外，無論甚物事情，無論甚物時陣，斷斷毋通裁判別人，毋通講人的歹，著專專講人的好是毋？也無拄拄是按呢。基督有教示咱講「若是兄弟有犯罪，著本身去 kā 伊講，伊若聽你，就你得著伊；若是毋聽就著兩三人去通做干證。」設使知別人有患著真重的罪，若是干焦按呢 hiat 下 teh，確認會做伊本身或是社會的危害的時陣，毋通向別人來 kā 伊批評，著直接去 kā 伊注意，這是上帝的意思。基督講「毋通批評人…」是講毋通無斟酌、無親切、殘忍、lām-sám 嫌人的意思。
Lán ê sim-koaⁿ nā cha̍p-hun ū chek-chū Ki-tok ê thiàⁿ tī-teh, chiū bô-lūn tī sím-mih sî-chūn, tio̍h cháiⁿ-iūⁿ lâi kóng I beh chí-sī lán.	咱的心肝若十分有積聚基督的疼佇 teh，就無論佇甚物時陣，著怎樣來講伊欲指示咱。

載於《芥菜子》，第三號，一九二六年一月一日

MÔ͘-KUÍ（魔鬼）

作者　不詳
譯者　陳清忠

【作者】

不著撰者。

【譯者】

陳清忠，見〈海龍王〉。

MÔ͘-KUÍ	魔鬼
"Só͘-í lín tio̍h sūn-ho̍k Siōng-tè; iā tio̍h tí-te̍k Mô͘-kuí, i chiū cháu-siám lín." Ngá-kok 4 chiu^{n} 7 chat. Tī ú-tiū-kan ū Mô͘-kuí ê si̍t-thé á-bô, che sī sio̍k tī sîn-ha̍k siōng, tiat-ha̍k siōng ê būn-toê. Chóng-sī chiàu sè-kan lâng ê keng-giām, ta̍k lâng ū kám-tio̍h tī in pún-sin í-goā ū chi̍t-khoán chin kiông-lia̍t ê ok-te̍k. Só͘-í chiàu sè-jîn keng-giām hoân-uî lāi, ok-mô͘ ê chûn-chāi sī bô thang giâu-gî ê sū-si̍t.	「所以恁著順服上帝；也著抵敵魔鬼，伊就走閃恁。」雅各四章七節。佇宇宙間有魔鬼的實體 á 無，這是屬佇神學上、哲學上的問題。總是照世間人的經驗，逐人有感著佇 in 本身以外有一款真強烈的惡敵。所以照世人經驗範圍內，惡魔的存在是無通憢疑的事實。
Pí-tek ū kóng, "Tio̍h chiat-chè, tio̍h kéng-séng; lín ê tuì-te̍k chiū-sī Mô͘-kuí, chhin-chhiū^{n} háu ê sai, sì-koè kiâ^{n}, teh chhē só͘ thang thun-chia̍h--ê. —" Pí-tek (1) 5:8.	彼得有講：「著節制、著警醒；恁的對敵就是魔鬼，親像 hán 的獅，四界行，teh 揣所通吞食--的。—」彼得(1) 5:8.
Mô͘-kuí beh hām-hāi lâng ê sî-chūn, iáu m̄-bat hoat-hiān i só͘ ē chìn-chhut ê kun-pún, liān beh sióng-siōng i ê pún-thé to boē-oē. Be̍k-sī-lio̍k kì-chāi kóng, sī LÊNG, — "Tī thi^{n}-nih chiū ū kau-chiàn, Bí-ka-le̍k chhoā i ê chhe-sài khì kap lêng kau-chiàn; lêng iā chhoā i ê chhe-sài khì kau-chiàn. Í-sài-a kì	魔鬼欲陷害人的時陣，猶毋捌發現伊所會進出的根本，連欲想像伊的本體就袂會。末示錄記載講：是龍，—「佇天裡就有交戰，米加力 chhōa 伊的差使去 kap 龍交戰；龍也 chhōa 伊的差使去交戰。以賽亞記講是蛇，—「有對敵的人親像海中的鱷魚，盡在大尾，行不止

（續）

kóng sī CHOÂ, —"Ū tuì-te̍k ê lâng chhin-chhiūⁿ hái-tiong ê go̍k-hî, chīn-chāi toā-bé, kiâⁿ put-chí kín, ûn-lûn-khûn chhin-chhiūⁿ choâ; tng hit-sî Iâ-hô-hoa beh gia̍h toā-ki-to, ke̍k-lāi bô pí, lâi thâi chiah ê tuì-te̍k." Tāi-pi̍t kì kóng sī KÁU, TO̍K-CHOÂ, —"In-uī káu uî goá; pháiⁿ lâng chū-hoē pau goá: in ū chha̍k goá ê chhiú kap goá ê kha." "Béng-sai kap to̍k-choâ, lí oē ta̍h in: sai-á kap to̍k-choâ, lí tek-khak lap tī lí ê kha-ē." Iok-hān kóng sī CHHÂI-LÔNG, —"Choè chhiàⁿ kang ê, m̄-sī choè bo̍k-chiá, iûⁿ iā m̄-sī i ka-kī ê iûⁿ; khoàⁿ-kìⁿ chhâi-lông lâi, pàng-sak iûⁿ chiū tô-cháu, chhâi-lông kā in, koáⁿ-soàⁿ in; che sī in-uī i choè chhiàⁿ kang, bô koan-sim tī iûⁿ." Lóng-chóng to sī ēng thang kiaⁿ-hiâⁿ, thang iàm-ò͘ lah-sap ê mi̍h lâi hêng-iông Mō͘-kuí.	緊，勻圇困親像蛇；當彼時耶和華欲kia̍h 大枝刀，極利無比，來刣遮的對敵。」大衛記講是狗、毒蛇，—「因為狗圍我；歹人聚會包我：in 有鑿我的手kap 我的跤。」「猛獅 kap 毒蛇，你會踏in：獅仔 kap 毒蛇，你的確納佇你的跤下。」約翰講是豺狼，—「做倩工的，毋是做牧者，羊也毋是伊家己的羊；看見豺狼來，放揀羊就逃走，豺狼咬 in，趕散 in；這是因為伊做倩工，無關心佇羊。」攏總就是用通驚惶，通厭惡 lah-sap 的物來形容魔鬼。
Mō͘-kuí ēng ta̍k-khoán ê hong-hoat lâi beh keh-tn̄g lâng kap Siōng-tè ê kiat-liân, i só͘ tē-it siông-ēng ê chhiú-toāⁿ chiū-sī iú-he̍k, m̄-sī ēng chiàⁿ-bīn ê kong-kek, sī tāi-seng ín-ji̍p tuì-te̍k ê toē, jiân-āu chiah ēng lia̍h. Mō͘-kuí bô hián-chhut i ê chiàⁿ-thé, khah-siông sī ēng piàn-chong ê hong-hoat chiū-sī chit-ê in-toaⁿ. Kó͘-chá ê chiàn-sū nā beh sio-thâi ê sî tio̍h tāi-seng pò miâ, jiân-āu chiah tông-tông lâi khí-chhiú. Mō͘-kuí beh kong-kek lâng, m̄-bat pò ka-kī ê miâ, iā m̄-bat chhái-iōng tông-tông ê chiàn-hoat; lóng-chóng to sī ēng iú he̍k siáu-jîn-kè, só͘-í ū sî eng-hiông iā oē hām-lo̍h tī i ê chhiú-kè. I bô kéng sî-chūn, bô-lūn sím-mi̍h sî nā ū ki-hoē, chiū ēng i ê	魔鬼用逐款的方法來欲隔斷人 kap 上帝的，伊所第一常用的手段就是誘惑，毋是用正面的攻擊，是事先引入對敵的地，然後才用掠。魔鬼無顯出伊的正體，較常是用變裝的方法就是這個因端。古早的戰士若欲相刣的時著事先報名，然後才堂堂來起手。魔鬼欲攻擊人，毋捌報家己的名，也毋捌採用堂堂的戰法；攏總就是用誘惑小人計，所以有時英雄也會陷落佇伊的手計。伊無揀時陣，無論甚物時若有機會，就用伊的術；伊也看所在，無論佇甚物所在，若有縫，就隨時用伊的計策。伊無分別人，無論老幼、軍人、學者生理人、作田人見來見迷惑伊。

（續）

sut; i iā khoàn só-chāi, bô lūn tī sím-mih só-chāi, nā ū phāng, chiū suî-sî ēng i ê kè-chhek. I bô hun-piat lâng, bô lūn ló-iù, kun-jîn, hak-chiá seng-lí lâng, choh-chhân lâng kiàn lâi kiàn bê-hek i.	
I teh-beh ēng iú-hek ê chhiú-toān ê sî, chin gâu piàn-chong i pún-sin, kan-ta khoàn, boē oē khoàn-chhut i sī mô-kuí. Thoa kan-îm ê hū-jîn-lâng lâi kò tī Iâ-so ê bīn-chêng ê mô-kuí sī chhēng hó ê thak-chheh-lâng kap hoat-lī-sài lâng ê khak. Tī khek-se-má-nî ê hn̂g liah Iâ-so ê Mó-kuí, sī chng choè i ê hak-seng ēng san-thiàn ê chim-chhuì ê hêng-chōng.	伊 teh 欲用誘惑的手段的時，真 gâu 變裝伊本身，干焦看，袂會看出伊是魔鬼。拖姦淫的婦人人來告佇耶穌的面前的魔鬼是穿好的讀冊人 kap 法利賽人的殼。佇克西馬年的園掠耶穌的魔鬼，是裝做伊的學生用相疼的唚喙的形狀。
Sui-bóng tī kin-ná-jit Mô-kuí ê sè-lek iáu-kú sī chin kông-sēng, chin gâu chhēng suí-san teh-beh hām-hāi lâng. Mô-kuí siông-siông kiò jîn-tō, hoah ài-kok, kiò chèng-gī, kiò jîn-ài. It-tàn poah-loh tī i ê sut-tiong, chiū suî-sî hoat-kiàn tioh sī tē-it bô jîn-tō, bô ài-kok, put-gī, chân-jím ê koài-but. Sit-chāi chit-ê sè-kan sī chin kàu-kek ê guî-hiám!	雖罔佇今仔日魔鬼的勢力猶久是真狂盛、真 gâu 穿媠衫 teh 欲陷害人。魔鬼常常叫人道、喝愛國、叫正義，叫仁愛。一旦跋落佇伊的術中，就隨時發見著是第一無人道、無愛國、不義、殘忍的怪物。實在這個世間是真到極的危險！
Tī chia ū san hāng thang chù-i ê sū: —	佇遮有三項通注意的事：—
1. Chiàu Pí-tek ê kà-sī tioh kín-sīn, tioh kéng-séng, hō Mô-kuí boē tit thang chìn-jip lâi bê-hek. Tioh kap Siōng-tè kiat-liân, m̄-thang ū hit-khoán ê ki-hoē thang hō mô-kuí lâi chhut-jip.	1. 照彼得的教示著謹慎、著警醒，予魔鬼袂得通進入來迷惑。著 kap 上帝結聯，毋通有彼款的機會通予魔鬼來出入。
2. M̄-thang hō Mô-kuí choè chhe-ēng. Ū-sî ka-kī m̄-chai, sī uī-tioh Mô-kuí teh choè-kang, kî-sit sī teh choè i ê sian-hong teh bê-hek lâng, che sī koh-khah m̄-hó ê hêng-	2. 毋通予魔鬼做差用。有時家己毋知，是為著魔鬼 teh 做工，其實是 teh 做伊的先鋒 teh 迷惑人，這是閣-較毋好的行為。

（續）

uî.	
3. Uī-tio̍h tī-hông Mô͘-kuí, koh-chài uī-tio̍h m̄-bián choè Mô͘-kuí ê sian-hong; lán tek-khak tio̍h sìn-nāi Ki-tok. Oē tit thang kóng "Sat-tàn thè-khì; in-uī ū kì-chāi kóng, Tio̍h pài Chú, lí ê Siōng-tè; to̍k-to̍k ho̍k-sāi i nā-tiāⁿ." ê chiū-sī Ki-tok nā-tiāⁿ. Tuì tī i ê keng-giām, i oē tông-chêng lán. Chin-si̍t oē hō͘ lâng kap Siōng-tè saⁿ kiat-ha̍p ê chiū-sī Ki-tok.	3. 為著持防魔鬼，閣再為著毋免做魔鬼的先鋒；咱的確著信賴基督。會得通講「撒旦退去；因為有記載講：著拜主，你的上帝；獨獨服侍伊若定。」的就是基督若定。對佇伊的經驗，伊會同情咱。真實會予人 kap 上帝相結合的就是基督。

載於《芥菜子》，第三號，一九二六年一月一日

SÊNG-KONG BÔ TÉ-LŌ͘（成功無短路）

作者　不詳
譯者　陳清忠

【作者】

不著撰者。

【譯者】

陳清忠，見〈海龍王〉。

SÊNG-KONG BÔ TÉ-LŌ͘	成功無短路
"Hit sî Iâ-so͘ hō͘ Sèng-sîn chhoā kàu khòng-iá, beh siū Mô͘-kuí chhì". Má-thài 4 chiu^{n} 1 chat.	「彼時耶穌予聖神 chhōa 到曠野，欲受魔鬼試。」　馬太四章一節。
Beh chō-chiâ^{n} phín-sèng, bô ū kūn ê lō͘; ài tit-tio̍h kūn lō͘ ê, lóng sī choè iú-he̍k ê kun-goân. A-tong kap Hā-oa lūn in ê tì-huī ê hoat-ta̍t sī chhin-chhiū^{n} gín-ná. Tuì tī chia̍h ké-chí, in siū^{n} suî-sî ài beh tit-tio̍h hit ê tì-huī. Tì-huī sī hó ê mi̍h, iáu-kú boē-oē tī chi̍t-sî chūn lâi tit-tio̍h. Tì-huī sī chhin-chhiū^{n} chi̍t ê suí ê kì-liām-thah, khí tī jím-nāi, Lô-khó͘ ê toē-ki téng. A-tong kap Hā-oa kiâ^{n} té ê lō͘ ài beh tit-tio̍h tì-huī, hoán-tńg soà hām-lo̍h-choē.	欲造成品性，無有近的路；愛得著近路的，攏是做誘惑的根源。亞當 kap 夏娃論 in 的智慧的發達是親像囡仔。對佇食果子，in 想隨時愛欲得著彼个智慧。智慧是好的物，猶久袂會佇一時陣來得著。智慧是親像一个媠的記念塔，起佇忍耐、勞苦的地基頂。亞當 kap 夏娃行短的路愛欲得著智慧，反轉紲陷落罪。
Chú ê siū-chhì iû-goân ū sa^{n}-tâng ê kà-sī tī-teh. "Lâng oē tit-thang-oa̍h, m̄-nā ēng piá^{n}, sī oá-khò Siōng-tè ê chhuì só͘ chhut ê oē." Iâ-so͘ chai iau ê sî Mô͘ kuí kiò i tio̍h ēng chio̍h-thâu pì^{n} choè piá^{n}, khǹg i kiâ^{n} té ê lō͘ lâi chó͘-chí hit ê iau. Si̍t-chāi sī bô jím-nāi! Siōng-tè nā bô khoà^{n} tio̍h sìn-gióng, bô beh	主的受試猶原有相同的教示佇 teh。「人會得通活，毋若用餅，是倚靠上帝的喙所出的話。」耶穌知枵的時魔鬼叫伊著用石頭變做餅，勸伊行短的路來阻止彼个餓。實在是無忍耐！上帝若無看著信仰、無欲拯救人。上帝無講用石頭代理餅來予咱也伊家己來歡喜；上帝也

（續）

chín-kiù lâng. Siōng-tè bô kóng ēng chio̍h-thâu tāi-lí piá^{n} lâi hō͘ lán iā i ka-kī lâi hoa^{n}-hí; Siōng-tè iā bô ài ēng piá^{n} tāi-lí chio̍h-thâu lâi hō͘ Mô͘-kuí hoa^{n}-hí. Jím-nāi (thun-lún) sī choè tē-it iàu-kín.	無愛用餅代理石頭來予魔鬼歡喜。忍耐（吞忍）是做第一要緊。
Koh-chài Ki-tok ū toà chi̍t ê sú-bēng lâi chit sè-kan. ài beh hō͘ chi̍t ê sú-bēng tit-tio̍h oân-chiâ^{n}, tio̍h ài oē hō͘ sè-kan-lâng lâi chù-ì; só͘-í sat-tàn chhoā i kàu làng Tiān-tn̂g ê bé-lin, tī hia kiò i thiàu lo̍h-khì. "Siōng-tè teh-beh uī-tio̍h lí bēng-lēng I ê thi^{n}-sài lâi hû-lí, bián-tit lí ê kha tak tio̍h chio̍h". Nā-sī án-ni chiū só͘ ū ê lâng teh-beh suî-sî lâi sìn lí. Chiū-sī ín-iú i kiâ^{n} kūn ê lō͘ lâi chiâ^{n} i ê sū-gia̍p. Siōng-tè bô lām-sám tian-tò chû-jiân kài ê sūn-sū, Siōng-tè bô lâm-sám bēng-lēng i ê Thi^{n}-sài. Sui-bóng Thi^{n}-sài put-sî teh thèng-hāu bēng-lēng, nā-sī bēng-lēng bô hiah khoài chhut.	閣再基督有帶一个使命來這世間。愛欲予一个使命得著完成，著愛會予世間人來注意；所以撒旦 chhōa 伊到殿堂的 bé-lin，佇遐叫伊跳落去。「上帝 teh 欲為著你命令伊的天使來扶你，免得你的跤觸著石」。若是按呢就所有的人 teh 欲隨時來信你。就是引誘伊行近的路來成伊的事業。上帝無濫糝顛倒自然界的順序，上帝無濫糝命令伊的天使。雖罔天使不時 teh 聽候命令，若是命令無遐快出。
"Ah! Goá nā-sī ū si̍t...... "chit-khoán ê kî-tó sī bān-sū hiu ê kî-tó, sī chiàu lâng ê khuì-la̍t choè só͘-boē kàu ê sî ê kî-tó. Lán ê kî-tó eng-kai tio̍h án-ni kóng "Kiû hō͘ lí ê lō͘-po̍k m̄-thang hām-lo̍h tī lām-sám phoà^{n}-toàn ê choē".	「Ah！我若是有翼⋯⋯」這款的祈禱是萬是非的祈禱，是照人的氣力做所袂到的時的祈禱。咱的祈禱應該著按呢講「求予你的奴僕毋通陷落佇濫糝判斷的罪」。
Siōng-tè ēng iú-he̍k hō͘ lâng, iā ū ēng jím-nāi iú-he̍k ê la̍t hō͘ lâng. Siám-pī iú-he̍k, m̄ ta̍t-tio̍h phah-iâ^{n} iú-he̍k sī koh-khah hó ê sū.	上帝用誘惑予人，也有用忍耐誘惑的力予人。閃避誘惑，毋值著拍贏誘惑是閣較好的事。
"Sat-tàn koh chhoā Iâ-sơ kàu ke̍k-koâi^{n} ê soa^{n}, ēng thi^{n}-ē bān-kok kap i ê êng-kng hō͘ i khoà^{n}; kā I kóng, Lí nā phak lo̍h pài goá, chiah ê goá lóng hō͘ lí" chhin-chhiū^{n} án-ni só͘ ū ê sè-le̍k tī chi̍t-sî kú oē tit-tio̍h, chiū-sī pò i	「撒旦閣 chhōa 耶穌到極懸的山，用天下萬國 kap 伊的榮光予伊看；kā 伊講，你若仆落拜我，遮的我攏予你」親像按呢所有的勢力佇一時久會得著，就是報伊欲得著勢力的短路。撒旦時常用

（續）

beh tit-tio̍h sè-le̍k ê té-lō͘. Sat-tàn sî-siông ēng lâng só͘ boē oē si̍t-hêng ê sū lâi iok-sok lâng. Beh iú-he̍k lâng ê sî chng-thā^{n} chin suí. Sat-tàn sī n̄ng-têng ê chà-khí-hàn. Lán khoà^{n} goā-phê sī êng-kng nā-sī lāi-bīn sī pō-gio̍k, so-loān, khó͘-thàng bih-teh. Ki-tok beh choè lán êng-kng ê ông tio̍h ài choè khó͘-thàng ê lâng chiah oē ēng-tit. Lán beh tit-tio̍h Thian-kok ê hok-khì iā eng-kai tio̍h keng-kè choē-choē ê khó͘-thàng.	人所袂會實行的事來約束人。欲誘惑人的時裝 thā^{n} 真媠。撒旦是兩重的 chà-khí-hàn。咱看外皮是榮光若是內面是暴虐、so-lōan，苦痛 bih-teh。基督欲做咱榮光的王著愛做苦痛的人才會用得。咱欲得著天國的福氣也應該著經過濟濟的苦痛。
Bô-lūn sím-mih gâu ê lí-lūn, á-sī sím-mih bêng-hiān ê sèng-lī boē oē piàn-oā^{n} hó choè phái^{n}. Bô chiàu tek-gī lâi tit-tio̍h ê koân-sè boē tit thang kòng-hiàn tī Siōng-tè ê kok. uī-tio̍h ài tit-tio̍h hó ê kiat-kó lâi ēng phái^{n} ê chhiú-toā^{n}, che iā boē-ēng-tit. Choè-siōng ê bo̍k-tek chiū-sī kiû Siōng-tè ê kok kap i ê gī. Kiâ^{n} Siōng-tè ê ì-sù. Só͘ kiâ^{n} ta̍k-hāng oē jīm-sek Siōng-tè. Nā-sī án-ni I teh-beh chiong pa̍t-hāng sū hō͘ lán, beh kà-sī lán, beh pò lán só͘ tio̍h kiâ^{n} ê lō͘. Mô͘-kuí chiū lī-khui lán, Thi^{n}-sài beh lâi pang-chān lán.	無論甚物 gâu 的理論，á 是甚物明現的勝利袂會變換好做歹。無照德義來得著的權勢袂得通貢獻佇上帝的國。為著愛得著好的結果來用歹的手段，這也袂用得。最上的目的就是求上帝的國 kap 伊的義。行上帝的意思。所行逐項會認識上帝。若是按呢伊 teh 欲將別項事予咱，欲教示咱，欲報咱所著行的路。魔鬼就離開咱，天使欲來幫贊咱。
Kiám-chhái lâng ài kóng, chhin-chhiū^{n} chit-khoán ê toā sū-gia̍p, m̄-bián tī chit-sì lâng, nā oē tī chit ji̍t ê tiong-kan lâi tit-tio̍h m̄ chin sóng-khoài! Chóng-sī tio̍h siū^{n} hit ê kiat-kó. A-tong kap Hā-oa uī-tio̍h beh kín tit-tio̍h tì-sek, lâi siū chiù-chó͘. Ki-tok bô thia^{n} iú-he̍k ê lâng ê oē, tit-tio̍h éng-oán ê êng-kng. Só͘ ū iú-he̍k ê chin-chhé chiū-sī té-lō͘.	檢采人愛講，親像這款的大事業，毋免佇一世人，若會佇這日的中間來得著毋真爽快！總是著想彼的結果。亞當 kap 夏娃為著欲緊得著智識，來受咒詛。基督無聽誘惑的人的話，得著永遠的榮光。所有誘惑的精髓就是短路。
Chheng-liân tī ha̍k-su̍t-siōng sū-gia̍p-siōng siông-siông ài beh iâ^{n}-kè, pa̍t lâng; chóng-sī ū sî ài ēng thau-the̍h ê chhiú-toā^{n}, chà-khi ê	青年佇學術上事業上常常愛欲贏過，別人；總是有時愛用偷提的手段，詐欺的手段，白賊的手段。正直的路是長闊

（續）

chhiú-toā^n, pe̍h-chha̍t ê chhiú-toā^n. Chèng-tit ê lō͘ sī tn̂g koh siān ê lō͘. ài beh koá^n-kín chiâ^n-sū, sī iú-he̍k tiong tē-it toā ê iú-he̍k.	siān 的路。愛欲趕緊成事，是誘惑中第一大的誘惑。

載於《芥菜子》，第三號，一九二六年一月一日

SÎN Ê NŃG-CHIÁ^{n}（神的軟 chiá^{n}）

作者　不詳
譯者　陳清忠

【作者】

不著撰者。

【譯者】

陳清忠，見〈海龍王〉。

SÎN Ê NŃG-CHIÁ^{n}	神的軟 chiá^{n}
Lán Ki-tok-tô͘ só͘ sìn ê Sîn sī chin nńg-chiá^{n} ê sîn — kù-chāi lâng bú-jio̍k; hō͘ tuì-te̍k phái^{n} khoán-thāi, bô ke kóng chi̍t kù oē, iā bô siū^{n} beh pò-siû; siōng-chhiá^{n} tī Si̍p-jī-kè téng lâi siū kiàn-siàu ê sí.	咱基督徒所信的神是真軟 chiá^{n} 的神－據在人侮辱；予對敵歹款待，無加講一句話，也無想欲報仇；尚且佇十字架頂來受見笑的死。
Bô chhin-chhiū^{n} thang kia^{n}-hiâ^{n} ê kuí chiong-kun teh chhú-tī i ê tuì-te̍k, hit khoán ê sîn; iā bô chhin-chhiū^{n} toā tá^{n} ê goā-kho-i, bô siū^{n} hoān-chiá ê kan-khó͘, ti̍t-thâi, ti̍t koah. Hoán-tńg nā ka-kī hō͘ lâng koah ê khoán, oē kám-tio̍h pa̍t-lâng ê kan-khó͘.	無親像通驚惶的鬼將軍 teh 處治伊的對敵，彼款的神；也無親像大膽的外科醫，無想患者的艱苦，直刣、直割。反轉若家己予人割的款，會感著別人的艱苦。
I bô chhin-chhiū^{n} kiông-kòng, kòng phoà lán ê sim-mn̂g, kiông-kiông ji̍p-lâi. I ê seng-khu hō͘ lō͘-chuí ak-tâm, khiā tī mn̂g-kháu teh soè sia^{n} kiò. I bô kńg-chiū^{n} tîn-ai lâi hián-chhut I ê siū-khì, iā bô chhin-chhiū^{n} luî tân. I sī chin soè-jī soè-sia^{n} tī lán ê hī-khang-pi^{n} teh kiò ài ê Sîn.	伊無親像強摃，摃破咱的心門，強強入來。伊的身軀予露水沃澹，徛佇門口 teh 細聲叫。伊無捲上塵埃來顯出伊的受氣，也無親像雷嘽。伊是真細膩細聲佇咱的耳孔邊 teh 叫愛的神。
Chá-sî I tī Se-nái-soa^{n} hián-chhut hō͘ Mô͘-se khoà^{n}-kì^{n} ê sî, sī thang kia^{n} ê Sîn. Chóng-	早時伊佇西奈山顯出予摩西看見的時，是通驚的神。總是到新約的時代是

（續）

sī kàu Sin-iok ê sî-tāi sī chiâ^{n}-choè chit ê thià^{n}-thàng ê Thi^{n} Pē, hián-hiān I pún-sin lâi lâu sio̍k-choē ê huih tī Si̍p-jī-kè téng.	成做一个疼痛的天爸，顯現伊本身來流贖罪的血佇十字架頂。
Kè-lō͘ ê lâng mā Iâ-sơ kóng, "Lí nā-sī Siōng-tè ê kiá^{n} tio̍h tuì Si̍p-jī-kè téng lo̍h lâi!" Chè-si tiú^{n} iā sī án-ni kóng, "lí oē kiù pa̍t-lâng boē-oē kiù pún-sin. I sī Í-sek-lia̍t ê ông; ta^{n} tio̍h tuì Si̍p-jī-kè lo̍h-lâi!" Liân sa^{n} kap tèng ê chha̍t iā ki-chhì--i. Ah, si̍t-chāi chin bô chêng!!	過路的人罵耶穌講：「你若是上帝的囝著對十字架頂落來！」祭司長也是按呢講：「你會救別人袂會救本身。伊是以色列的王；今著對十字架落來！」連相 kap 釘的賊也譏刺--伊。Ah，實在真無情！！
"Goá ê Siōng-tè, goá ê Siōng-tè, siá^{n}-sū pàng-sak goá!" M̄-nā lâng pàng-sak I, chiū Siōng-tè to pàng-sak I!"	「我的上帝，我的上帝，啥事放揀我！」毋若人放揀伊，就上帝 to 放揀伊！」
Hoān choē ê lâng pàng hòng-hòng, bô choē ê Iâ-sơ uī-tio̍h i ê choē lâi siū-khó͘. Sè-chiū^{n} só͘ ū ta̍k-khoán ê choē lóng kui tī I—Bô-hān ê chek-jīm, tāi-piáu-tek ê kan-khó͘!	犯罪的人放 hòng-hòng，無罪的耶穌為著伊的罪來受苦。世上所有逐款的罪攏歸佇伊－無限的責任，代表得的艱苦！
Lō͘-tek-má-teng kóng, "I chiâ^{n} choè chi̍t ê kiông-kòng, kiông-kan, thâi-sí lâng í-siōng ê toā choē-jîn. "	路德馬丁講：「伊成做一个強摃、強姦、刣死人以上的大罪人。」
"Ah, Pē-ah! Kiû lí sià-bián--in, in-uī in m̄-chai in ê só͘ choè." Chái^{n}-iū^{n} ná kóng chiah loán-jio̍k ê oē! Chái^{n}-iū^{n} lán bô chiù-chó͘ tuì-te̍k jiân-āu chiah sí! àn--choá^{n} I bô khah hiat-hàn toā-sia^{n} kiò kóng, "Pē-ah! Tio̍h hêng-hoat--in!"	「Ah，爸 ah！求你赦免--in，因為 in 毋知 in 的所做。」怎樣那講遮軟弱的話！怎樣咱無咒詛對敵然後才死！按怎伊無較血漢大聲叫講：「爸 ah！著刑罰--in！」
Ah! Si̍t-chāi I chin nńg-chiá^{n}, in-uī nńg-chiá^{n} chiah hō͘ lâng tèng Si̍p-jī-kè. I hiah nńg-chiá^{n} kàu I boē-oē chiú-chó͘ tuì-te̍k. Siōng-chhiá^{n} ka-kī chi̍t-ê tiām-tiām lâi ta^{n} bān lâng ê choē. Sè-kan lâng ū-ê chiong ka-kī ê choē kui hō͘ pa̍t-lâng lâi ta^{n}, iā ka-kī	Ah！實在伊真軟 chiá^{n}，因為軟 chiá^{n} 才予人釘十字架。伊遐軟 chiá^{n} 到伊袂會咒詛對敵。尚且家己一個恬恬來擔萬人的罪。世間人有的將家己的罪歸予別人來擔，也家己風神做勇猛的人。啥事伊著為著萬人來受苦！實在伊真軟

（續）

hong-sîn choè ióng-béng ê lâng. Siáⁿ-sū I tio̍h uī-tio̍h bān lâng lâi siū-khó! Si̍t-chāi I chin nńg-chiáⁿ!	chiáⁿ！
Chóng-sī Sîn ê nńg-chiáⁿ sī khah iâⁿ-kè lâng. I ū tit-tio̍h khah-iâⁿ. THIÀⁿ sī I ê la̍t. "Un-hô ê lâng beh sêng-chiap thó͘-toē." Bô-tí-khòng chiū-sī choè-āu ê sèng-lī-chiá. Êng-kng ê bián-liû sī I ê.	總是神的軟 chiáⁿ 是較贏過人。伊有得著較贏。疼是伊的力。「溫和的人欲承接土地。」無抵抗就是最後的勝利者。榮光的冕旒是伊的。
Suî-sî siū-khì, liâm-piⁿ beh pò-siû ê sîn, sī iá-bân lâng ê sîn. Chin kiông ê khoán, iáu-kú sī chin jio̍k. In-uī boē-oē chè-chí ka-kī ê iân-kò͘. Lán lâng kiám m̄-sī iû-goân án-ni. Sió-khoá ê sū iā giâ-chhut ti-thâu, âng-choá pau-bīn, tòng boē tiâu chiū khí-chhiú, siūⁿ phō͘-kha......kìⁿ-tio̍h khah gâu ê lâng chiū choè-kèng-lé, khoàⁿ-tio̍h koán-hā ê lâng chiū piⁿ-choè kiông-béng ê lâng, ka-kī choân-tio̍h, pa̍t-lâng choân-chhò. To̍k-toàn lâng, chè-chō choē, hō͘ kha-á taⁿ. Pháiⁿ khoán-thāi bó͘-kiáⁿ, lô͘-po̍k, lú-pī. Ah! Loán-jio̍k ê lâng ah! Lí khoàⁿ-liáu chin kiông, nā-sī kî-si̍t sī choè jio̍k ê lâng lah! Sîn beh thái oē chhin-chhiūⁿ lí ê bô-tio̍k, neh!!	隨時受氣，連鞭欲報仇的神，是野蠻人的神。真強的款，猶久是真弱。因為袂會制止家己的緣故。咱人檢毋是猶原按呢。小可的事也夯出豬頭，紅紙包面，擋袂牢就起手，想扶跤……見著較gâu 的人就最敬禮，看著管下的人就變做強猛的人，家己全著，別人全錯。獨斷人、製造罪，予跤仔擔。歹款待某囝、奴僕、女婢。Ah！軟弱的人 ah！你看了真強，若是其實是最弱的人 lah！神欲汰會親像你的無著，neh！！
Khin-khin-á ta̍h tio̍h kha chiū ngáu-ngáu háu ê káu chiū-sī lí lah! Chhiūⁿ bô hiah khoài siū-khì. M̄-kú nā siū-khì, chhù iā kiāu-tó, só͘-í chin thang kiaⁿ.	輕輕 á 踏著跤就 ngáu-ngáu 吼的狗就是你 lah！像無遐快受氣。毋過若受氣，厝也 kiāu 倒，所以真通驚。
Khi-hū nńg-chiáⁿ ê Sîn ê lâng ah! Bô-kú lín teh-beh thiaⁿ-tio̍h chit-khoán ê siaⁿ lah! "Choè m̄-hó ê lâng ah! Goá m̄-bat lí; tio̍h lī-khui goá khì lah!!"	欺負軟 chiáⁿ 的神的人 ah！無久恁 teh 欲聽著這款的聲 lah！「做毋好的人 ah！我毋捌你；著離開我去 lah！！」

載於《芥菜子》，第三號，一九二六年一月一日

CHİT TIH CHİT TIH Ê CHÚI（一滴一滴的水）（1）

作者　克雷洛夫
譯者　陳清忠

克雷洛夫像

【作者】

克雷洛夫（Ivan Andreyevich Krylov，俄文為：Ива́н Андре́евич Крыло́в，1769～1844），生於俄國莫斯科，父親為軍醫官，幼年未受正式教育，僅在家自學。一七八二年遷居聖彼得堡，任稅務局職員，開始撰寫喜劇作品，包括《用咖啡渣占卜的女人》、《瘋狂的家庭》、《惡作劇的人們》等，一七八九年創辦《精靈郵報》，一七九二年與人合辦《觀察家》雜誌，因勇於抨擊君主的專制、農奴主的殘酷、官吏的貪污以及貴族的奢侈揮霍，先後被勒令停刊。一八〇六年開始寫寓言，一八一二年起在彼得堡公共圖書館任館員近三十年。先後創作詩體寓言二百多篇，後人集結為《克雷洛夫寓言集》，書中諷刺統治者的殘酷、執法人員的貪婪以及官僚的魚肉人民，具有現實主義特質，語言簡潔平易，具有強烈的諷刺效果與概括力量，十分膾炙人口，與《伊索寓言》齊名。（顧敏耀撰）

【譯者】

陳清忠，見〈海龍王〉。

CHİT TIH CHİT TIH Ê CHÚI (1)	一滴一滴的水（1）
Lāu ê Sai	老的獅[1]
Ū chit chiah chin lāu ê sai, tó tī thô-kha teh-beh sí iā í-chêng bat hō chit-chiah sai	有一隻真老的獅，倒佇土腳 teh 欲死也以前捌予這隻獅處治的獸，幾若隻來

（續）

1　原題〈獅子老了〉，見辛未艾譯：《克雷洛夫寓言集》（上海市：上海譯文出版社，1992年），頁359～360。

chhú-tī ê siù, kuí-nā chiah lâi beh kā i pò-siû. Soaⁿ-ti chiū ēng i ê gê kiāu i ê pak-tó͘ gû chiū ēng kak tak i ê kái-piⁿ; lû-á iā kàu, chai i í-keng bô guî-hiám, chiū oȧt-lìn-tńg, ēng nn̄g-ki ê āu-kha, chhut-lȧt tuì bīn chiū kā i that-khì. Khó-lîn ê lāu chiong-kun lún boē tiâu chiū haiⁿ chit-saⁿ kóng "Ah, hō͘ lí chit-pān pîn-chiān ê siù, ēng kha lâi that, sit-chāi pí sí chit-pah piàn khah kan-khó͘!"	欲 kā 伊報仇。山豬就用伊的牙 kiāu 伊的腹肚牛就用角觸伊的 kái 邊；驢仔也到，知伊已經無危險，就越輪轉，用兩支的後跤，出力對面就 kā 伊踢去。可憐的老將軍忍袂牢就 haiⁿ 一聲講「Ah，予你這範貧賤的獸，用跤來踢，實在比死一百遍較艱苦！」
KÀ-SĪ Hām-hāi lâng ê lâng, tiȯh oē kì-tit i āu-lâi iā oē tú-tiȯh chit-khoán ê ūn-bēng.	教示　陷害人的人，著會記得伊後來也會拄著這款的運命。
"Tiȯh thiàⁿ pȧt-lâng chhin-chhiūⁿ ka-kī. "	「著疼別人親像家己。」

載於《芥菜子》，第三號，一九二六年一月一日

CHİT TIH CHİT TIH Ê CHÚI（一滴一滴的水）（2）

作者　伊索
譯者　陳清忠

【作者】

伊索，見〈Tham--ji pîn--ji khak（貪字貧字殼）〉。

【譯者】

陳清忠，見〈海龍王〉。

CHİT TIH CHİT TIH Ê CHÚI (2)	一滴一滴的水（2）
Hô͘-lî	狐狸[1]
Ū chit-jit, chit ê lâng ēng tuah-á tng tio̍h chit-chiah hô͘-lî. In-uī i ê ké-chí-hn̂g ū hō͘ chit-chiah hô͘-lî sńg chin siong-tiōng. Só͘-í toā siū-khì; chiū ēng soh-á chìm chhàu-iû, pa̍k tī i ê bé-liu, tiám hé chhut-chāi i khì. Hô͘-lî tio̍h toā kiaⁿ koh-chài sio liáu thiàⁿ, chiū sì-kè lōng, āu-lâi cháu-jip hit ê lâng ê be̍h-hn̂g: beh í-keng sêng-se̍k teh thèng-hāu siu-koah, só͘-í kui-hn̂g ê be̍h lóng sio liáu-liáu.	有一日，一个人用 tuah-仔當著一隻狐狸。因為伊的果子園有予這隻狐狸損真傷重。所以大受氣；就用索仔浸臭油，縛佇伊的尾溜，點火出在伊去。狐狸著大驚閣再燒了疼，就四界 lōng，後來走入彼个人的麥園：麥已經成熟 teh 聽候收割，所以規園的麥攏燒了了。
KÀ-SĪ Tuì Siū-khì lâi tit-tio̍h lī-ek ê, thang kóng sī bô. "Thun-lún ê lâng ū hok-khì."	教示　對受氣來得著利益的，通講是無。「吞忍的人有福氣」

載於《芥菜子》，第三號，一九二六年一月一日

1　原題為〈人與狐狸〉，見周作人譯：《全譯伊索寓言集》（北京市：中國對外翻譯出版公司，1998年），頁26。

CHI̍T TIH CHI̍T TIH Ê CHÚI（一滴一滴的水）(3)

作者　伊索
譯者　陳清忠

【作者】

伊索，見〈Tham--ji pîn--ji khak（貪字貧字殼）〉。

【譯者】

陳清忠，見〈海龍王〉。

CHI̍T TIH CHI̍T TIH Ê CHÚI (3)	一滴一滴的水（3）
Chhiū-nâ ê Sîn kap Chhut-goā-lâng	樹林的神 kap 出外人[1]
Tī chit ê tang-thi^{n} chin koâ^{n} ê ji̍t, chhiū-nâ ê sîn teh sûn-sī sì-koè; hut-jiân khoà^{n}-kì^{n} chi̍t ê chhut-goā-lâng, uī-tio̍h koâ^{n} kap iau, chha-put-to poà^{n}-si^{n} poà^{n}-sí ê khoán tó tī chhiū-kha. Sîn chiū siū^{n} khó-lîn, chiū chhoā i khì i ê hia̍t beh chiong chia̍h mi̍h hō͘ i chia̍h. Teh sa^{n}-kap kiâ^{n} ê sî, hit ê lâng ná kiâ^{n} ná ēng chhuì pûn i ê chńg-thâu-á. Sîn chiū mn̄g i kóng. “Lí án-ni sī teh chhòng sím-mi̍h?” in-uī i iáu bô sím-mi̍h chai lâng ê sè-kài ê sū-chêng. Chhut-goā-lâng ìn kóng, “Goá ê chéng-thâu-á chin tàng, só͘-í teh pûn hō͘ i sio.”	佇這个冬天真寒的日，樹林的神 teh 巡視四界；忽然看見一个出外人，為著寒 kap 餓，差不多半生半死的款倒佇樹腳。神就想可憐，就 chhōa 伊去伊的穴欲將食物予伊食。Teh 相佮行的時，彼个人那行那用喙歕伊的指頭仔。神就問伊講。「你按呢是 teh 創甚物？」因為伊猶無甚物知人的世界的事情。出外人應講，「我的指頭仔真凍，所以 teh 歕予伊燒。」
Kàu tōng-lāi ē sî, sîn chiū phâng chi̍t oá^{n} chin sio ê thng beh hō͘ i lim; hit ê lâng phâng kè chhiú, chiū chhut-la̍t ti̍t-ti̍t pûn. Sîn chiū hoah kóng, “Lí iáu teh pûn, chit-oá^{n} kám m̄-	到洞內的時，神就捀一碗真燒的湯欲予伊啉；彼个人捀過手，就出力直直歕。神就喝講：「你猶 teh 歕，這碗敢毋是真燒 mah？」出外人應講，「誠

（續）

1　原題為〈人與山魈〉，見周作人譯：《全譯伊索寓言集》，頁27。

sī chin sio mah?" Chhut-goā-lâng ìn kóng, "Chiâⁿ-sio, chiâⁿ-sio, goá teh pûn sī in-uī siuⁿ sio, tio̍h pûn hō͘ i léng chiah oē lim-tit." Sîn tio̍h toā kiaⁿ, koáⁿ i kóng, "Pîⁿ-pîⁿ chit ê chhuì, oē pûn sio iā oē pûn léng ê lâng, goá bô beh chhap i; kā goá chhut-khì!"	燒、誠燒，我 teh 歕是因為傷燒，著歕予伊冷才會啉得。」神著大驚，趕伊講：「平平一个喙，會歕燒也會歕冷的人，我無欲插伊；kā 我出去！」
KÀ-SĪ Tio̍h kéng-kài nn̄g-têng chi̍h ê lâng.	教示　著警戒兩層舌的人。
"Tiⁿ kap khó͘ ê choâⁿ boē-oē siāng chi̍t ê chuí-goân lâu-chhut"	「甜 kap 苦的泉袂會 siāng 一个水源流出」

載於《芥菜子》，第三號，一九二六年一月一日

CHİT TIH CHİT TIH Ê CHÚI（一滴一滴的水）（4）

作者　克雷洛夫
譯者　陳清忠

【作者】

克雷洛夫，見〈CHİT TIH CHİT TIH Ê CHÚI（一滴一滴的水）〉（1）。

【譯者】

陳清忠，見〈海龍王〉。

CHİT TIH CHİT TIH Ê CHÚI (4)	一滴一滴的水（4）
Chhâi-lông kap Iûⁿ-á kiáⁿ	豺狼 kap 羊仔囝[1]
Ū chit-jit, chit-chiah chhâi-lông kap chit-chiah iûⁿ-kiáⁿ, bô ì-tiong siāng-sî lâi tī chit-tiâu khoe-á beh lim-chuí.	有一日，一隻豺狼 kap 一隻羊囝，無意中嚮時來佇一條溪仔欲啉水。
Goân-lâi chhâi-lông sī chin ài chiȧh iûⁿ-á, chóng-sī í-keng saⁿ tn̄g-thâu, nā beh kā i chiȧh, tiȯh ài siūⁿ khoàⁿ ū sím-mih in-toaⁿ bô; chiū siūⁿ beh kap i khí oan-ke, bīn tìⁿ siū-khì ê khoán toā siaⁿ kóng, "Chin khó-ò͘ⁿ, lí lâi goá ê khoe-á, kā goá liâu kàu chiah-nih-lô, beh kah goá án-choáⁿ-iūⁿ lim, hé sī cháiⁿ-iūⁿ?" Iûⁿ-á kiaⁿ chit ē, chiū soè siaⁿ ìn kóng, "Lí khiā tī chuí thâu, goá khiā tī chuí bé, beh thái oē kā lí phah lô, chuí tek-khak boē-oē lâu tò-tńg." Chhâi-lông koh hoah kóng. "Kiám-chhái ū iáⁿ. Chóng-sī lí iû-goân sī pháiⁿ-mih, lí kū-nî ū mā goá, boē kì-tit lah sī m̄?" Khó-lîn ê iûⁿ-á kiáⁿ suî-sî ìn kóng, "Ai-	原來豺狼是真愛食羊仔，總是已經相 tn̄g 頭，若欲 kā 伊食，著愛想看有甚物因端無；就想欲 kap 伊起冤家，面 tìⁿ 受氣的款大聲講：「真可惡，你來我的溪仔，kā 我 liâu 到遮 nih 濁，欲 kah 我按怎樣啉，hé 是怎樣？」羊仔驚一下，就細聲應講，「你徛佇水頭，我徛佇水尾，欲汰會 kā 你拍濁，水的確袂會流倒轉。」豺狼閣喝講。「檢采有影。總是你猶原是歹物，你舊年有罵我，袂記得 lah 是毋？」可憐的羊仔囝隨時應講，「Ai-ià！豺狼兄 ah，若這个代誌 ah，一年前我就猶未出世裡 neh！」豺狼知閣議論是無路用，就

（續）

1　原題〈狼與小羊〉，見辛未艾譯：《克雷洛夫寓言集》，頁27～28。

ià! Chhâi-lông hiaⁿ ah, ná chit ê tāi-chì ah, chit nî chêng goá to iáu-bē chhut-sì-ni̍h neh!" chhâi-lông chai koh gī-lūn sī bô lō͘-ēng, chiū giâng-gê siū-khì kóng, "Lí bô mā goá! Lí nā bô mā goá chiū-sī lín lāu-pē lah! Bô lūn sī lí á-sī lín lāu-pē pîⁿ-pîⁿ sī án-ni!" Chiū thiàu-oá kā i kā-sí, thoa-ji̍p chhiū-nâ khì chia̍h.	giâng-gê 受氣講：「你無罵我！你若無罵我就是恁老父 lah！無論是你 á 是恁老父平平是按呢！」就跳倚 kā 伊咬死，拖入樹林去食。
KÀ-SĪ Chân-jím ê lâng beh choè ok-to̍k ê sū, bô-lūn sím-mi̍h sî-chūn, kóng-lâi kóng khì lóng sī i ê lí liáu-liáu. Goān-lâng lia̍h ka-kī ê oē choè-tio̍h.	教示殘忍的人欲做惡毒的事，無論甚物時陣，講來講去攏是伊的理了了。願人掠家己的話做著。

載於《芥菜子》，第三號，一九二六年一月一日

CHİT TIH CHİT TIH Ê CHÚI（一滴一滴的水）(5)

作者　伊索
譯者　陳清忠

【作者】

伊索，見〈Tham--ji pîn--ji khak（貪字貧字殼）〉。

【譯者】

陳清忠，見〈海龍王〉。

CHİT TIH CHİT TIH Ê CHÚI (5)	一滴一滴的水（5）
Sai, Lū-á kap Hô͘-lî	獅、驢仔 kap 狐狸[1]
Ū chit-jit chit-chiah sai, chit-chiah lû-á kap chit-chiah hô͘-lî, saⁿ-kap choè-tīn khì phah-la̍h; iā in ū iok-sok, kìⁿ-nā só͘ tit ê mi̍h tio̍h choè saⁿ-hūn pun. Bô-kú chiū phah tio̍h chit-chiah toā chiah lo̍k. Sai bēng-lēng lû-á lâi pun. Lû-á chiū chhut-la̍t, chiàu só͘ oē lâi pîⁿ-pun. Sai khoàⁿ-kìⁿ án-ni, chiū siūⁿ Lû-á bô te̍k-pia̍t hián-chhut siong-tong ê kèng-ì tuì tī i ê sin-hūn; chiū toā siū-khì, chiong lû-á kā-sí, soà thiah kàu chhuì-chhuì.	有一日一隻獅，一隻驢仔 kap 一隻狐狸，相 kap 做陣去拍獵；也 in 有約束，見若所得的物著做三份分。無久就拍著一隻大隻鹿。獅命令驢仔來分。驢仔就出力，照所話來平分。獅看見按呢，就想驢仔無特別顯出相當的敬意對佇伊的身份；就大受氣，將驢仔咬死，紲拆到碎碎。
Āu-lâi bēng-lēng hô͘-lî lâi pun. Hô͘-lî chiū kan-ta kā chit-chhuì, iā chiong só͘ chhun ê lóng-chóng hiàn hō͘ sai. Hô͘-lî ū hián-chhut chin chun-kèng ê khoán, só͘-í sai chin hoaⁿ-hí; chiū mn̄g i kóng, "Lí tī tó-uī siū-tio̍h chiah hó ê kàu-io̍k, oē hiah ū lé-sò͘?" Hô͘-lî ìn i kóng, "Khí-khám, kî-sit sī hit chiah sí tī hia	後來命令狐狸來分。狐狸就干焦咬一喙，也將所賭的攏總獻予獅。狐狸有顯出真尊敬的款，所以獅真歡喜；就問伊講：「你佇佗位受著遮好的教育，會遐有禮數？」狐狸應伊講：「豈敢，其實是彼隻死佇遐的驢仔兄來警戒我--的。」

（續）

1　原題即為〈獅子與驢子與狐狸〉，見周作人譯：《全譯伊索寓言集》，頁91。

ê lû-á hia^{n} lâi kéng-kài goá--ê.”	
KÀ-SĪ Lâng-lâng teh chú-tiu^{n} sī Siōng-tè ê kiá^{n}-jî, hit-ê koân-lī sī pî^{n}-pî^{n}; chóng-sī chit-ê chú-tiu^{n} tī lâi sè ū kong-hāu, tī kim-sè boē tėk-iōng--tit ê khoán. Lâng nā bô chin soè-jī, bak-chiu kim lâi chun-kèng kiông-chiá kap ū sè-lėk--ê, i tek-khak tú-tiȯh chhin-chhiū^{n} lû-á ê ūn-bēng. (chiū-sī láu-sit lâi tú-tiȯh sí) Ah! Nā-sī chit-khoán ê sè-chêng, Siōng-tè ê kok oh-tit lîm-kàu lah!	教示人人 teh 主張是上帝的囝兒，彼个權利是平平；總是一個主張佇來世有功效，佇今世袂得用--得的款。人若無真細膩，目睭金來尊敬強者 kap 有勢力的，伊的確拄著親像驢仔的運命。（就是老實來拄著死）Ah！若是一款的世情，上帝的國僫得臨到 lah！

載於《芥菜子》，第三號，一九二六年一月一日

CHİT TIH CHİT TIH Ê CHÚI（一滴一滴的水）(6)

作者　不詳
譯者　陳清忠

【作者】

不著撰者。

【譯者】

陳清忠，見〈海龍王〉。

CHİT TIH CHİT TIH Ê CHÚI (6)	一滴一滴的水（6）
Chhȧt-á kap Káu	賊仔 kap 狗
Ū chit-àm chit ê chhȧt-á kūn-oá chit-keng chhù teh-beh thau-thėh. Chit-chiah toā chiah káu tī mn̄g-kháu teh khùn, thiaⁿ-kìⁿ kha-pō siaⁿ, chiū chhut toā-siaⁿ tit-tit puī. Chhȧt-á tio̍h chit kiaⁿ, chiū chiām-sî siám-pī. Koh tiap-á-kú chiū koh kiâⁿ-oá, chhiú thėh chit-tè gû-bah, hiat tī káu ê bīn-chêng, siūⁿ i tek-khak oē tiām. Bô phah-sǹg hit-chiah káu kā hit ê chhȧt-á kóng, "Khí-thâu lí lâi, goá sī phah-sǹg lí káⁿ sī chhȧt; taⁿ khoàⁿ lí teh siap āu-chhiú, siūⁿ beh kiò goá pàng-sak goá ê chit-bū; hé! Bêng-bêng lí sī chhȧt. Lí nā bô kín khì, goá tek-khak beh puī bô-soah."	有一暗一个賊仔近倚一間厝 teh 欲偷提。一隻大隻狗佇門口 teh 睏，聽見腳步聲，就出大聲直直吠。賊仔著一驚，就暫時閃避。閣霎仔久就閣行倚，手提一塊牛肉，hiat 佇狗的面前，想伊的確會恬。無拍算彼隻狗 kā 彼个賊仔講：「起頭你來，我是拍算你敢是賊；今看你 teh siap 後手，想欲叫我放揀我的職務；hé！明明你是賊。你若無緊去，我的確欲吠無續。」
KÀ-SĪ Ū-sî lâng khah su káu, m̄-nā chiȧh tio̍h gû-bah lâi tiām-tiām, soà àn-nāi chhȧt-á jip-chhù lâi thau-thėh mih.	教示　有時人較輸狗，毋若食著牛肉來恬恬，紲按呢賊仔入厝來偷提物。
Āu chhiú nā kàu tio̍h ài chim-chiok!!!	後手若到著愛斟酌！！！

載於《芥菜子》，第三號，一九二六年一月一日

CHİT TIH CHİT TIH Ê CHÚI（一滴一滴的水）（7）

作者　不詳
譯者　陳清義

【作者】

不著撰者。

陳清義像

【譯者】

陳清義（Tân Chheng-gī，1877～1942），五股坑（今新北市五股區）人，陳火（又名陳榮輝，1851～1898）牧師之長子，陳清忠之長兄。甫出生便於大龍峒由馬偕施洗，個性聰明伶俐，做事勤快負責，深得父母看重。先後就讀於淡水水碓仔義塾以及新店趙秀才私塾，並隨父到北部各處教會傳教，一八九三年畢業於淡水神學院，奉命於淡水教會任傳道師，兼任馬偕秘書，處理教會事務，甚獲信任。一八九九年與馬偕長女偕媽蓮（Mary Ellen Mackay）結婚，一九〇六年被封立牧師並於同年擔任艋舺教會牧師，一九一〇年夫妻二人同赴東京留學。一九一二年北部中會設立傳道局，被推舉為書記兼幹事，同年在北部中會提設「財團法人北部臺灣基督長老教會」以管理北部教會全體產業，擔任理事長，妥善保全教會產業。一生奉獻給教會，居功厥偉，後因腦溢血蒙主恩召，享年六十五歲。曾於《臺灣教會報》、《芥菜子》、《臺灣教會公報》發表白話字作品多達五十餘篇。陳清義夫婦結婚多年，膝下無子，後將胞妹陳彬卿（1885～1967）與妹婿郭水龍之子收為養子，取名陳敬輝，為臺灣知名畫家，曾任王昶雄妻林玉珠女士繪畫老師。（顧敏耀撰）

CHİT TIH CHİT TIH Ê CHÚI (7)	一滴一滴的水（7）
(Soà-chiap í-chêng)	（紲接以前）
Sîn kap Chhia-hu	神佮車夫
Ū chit ê lâng sái chit-chiah bé-chhia, chài	有一个人駛一隻馬車，載真濟物，經

（續）

chin-chē mih, keng-kè noā-kau-bê ê soè tiâu lō͘; in-uī chhia-lián tiâu thô͘-bê, só͘-í bé thoa lóng boē chìn-chêng.	過爛溝糜的細條路；因為車輪牢土糜，所以馬拖攏袂進前。
Uī-tio̍h án-ni, chit ê lâng. choân-jiân bô lô-le̍k, suî-sî kuī-lo̍h tī thô͘-bê téng, toā siaⁿ hiu sîn lâi pang-chān.	為著按呢，這个人。全然無勞力，隨時跪落佇土糜頂，大聲 hiu 神來幫贊。
Sîn chiū in kóng, "Pîn-toāⁿ ê lâng ah, chiong lí ê keng-thâu khoà tī chhia-lián, chhut-la̍t chiàu só͘ oē lâi sak, án-ni iáu-kú nā tio̍h khiàm-ēng goá ê pang-chān, goá chiū hoaⁿ-hí thiaⁿ lah! Tio̍h oē kì-tit hit kù sio̍k-gú kóng, "Thiⁿ pang-chān chū-chō͘ ê lâng."	神就應講，「貧惰的人 ah，將你的肩頭掛佇車輪，出力照所會來揀，按呢猶過若著欠用我的幫贊，我就歡喜聽 lah ！著會記得彼句俗語講，「天幫贊自助的人。」
KÀ-SĪ	教示
Siông-siông thiaⁿ-kìⁿ lâng teh kî-tó ê sî, só͘ kiû kap chit-khoán siâng luī--ê put-chí choē. "Pē-ah, Lí ê hok-im kàu Tâi-oân í-keng gō͘-cha̍p goā nî kú lah! nā-sī lâi sìn lí ê lâng sī chin chió. Kiû Lí tio̍h chiong Lí ê sìn khui-khé in ê sim, hō͘ in kín-kín lâi kap goán saⁿ-kap kiâⁿ chit-tiâu thiⁿ ê lō͘, thang lâi tit-tio̍h Lí ê só͘ èng-ún ê hok-khì......" Chit-khoán ê só͘ kiû m̄ chai ū kong-hāu á-bô? Phah-sǹg chió-chió lâng teh siūⁿ. Chit-khoán ê kî-tó m̄-nā bô kong-hāu, hoán-tńg tuì Sîn chin bô lé, sī sio̍k tī bēng-lēng Sîn ê só͘-kiû. Tio̍h ài chim-chiok! Eng-kai tio̍h án-ni kiû: - "Pē-ah, kiû-lí sià-bián goán pîn-toāⁿ ê choē. Siúⁿ-sù goán hó kì-tî, hō͘ goán siông-siông oē kì-tit lí, lâi thé-thiap Chú ê kan-khó͘, pang-chān goán gâu chhut-la̍t choè lí è kang, thang kín chio-ho͘ bē sìn ê lâng lâi kui lí....."	常常聽見人 teh 祈禱的時，所求佮這款 siâng 類--的不止濟。「爸 ah，你的福音到臺灣已經五十外年久 lah！但是來信你的人是真少。求你著將你的神開啟 in 的心，予 in 緊緊來佮阮相佮行這條天的路，通來得著你的所應允的福氣……」這款的所求毋知有功效抑無？拍算少少人 teh 想。這款的祈禱毋但無功效，反轉對神真無禮，是屬佇命令神的所求。著愛斟酌！應該著按呢求：-「爸 ah，求你赦免阮貧惰的罪。賞賜阮好記持，予阮常常會記得你，來體貼主的艱苦，幫贊阮 gâu 出力做你的工，通緊招呼未信的人來歸你……」

載於《芥菜子》，第四號，一九二六年五月二十五日

CHİT TIH CHİT TIH Ê CHÚI（一滴一滴的水）（8）

作者　不詳
譯者　陳清忠

【作者】

不著撰者。

【譯者】

陳清義，見〈CHİT TIH CHİT TIH Ê CHÚI（一滴一滴的水）〉（7）。

CHİT TIH CHİT TIH Ê CHÚI (8)	一滴一滴的水（8）
Pûn tȧt-á ê lâng	歕笛仔的人
Chit-tuī ê peng, tī chit pái sio-thâi ê sî, thâi su. Chit ê pûn tȧt-á ê lâng hō͘ láng liȧh--khì. Tuì-tėk beh kā i chhèng-sat ê sî, chiū toā sia^{n} háu kóng. "Ah, liȧt-uī siá^{n}-sū beh thâi goá? Goá ê chhiú m̄-bat hoān-tiȯh thâi-lâng ê choē." Tuì-tėk ìn kóng, "Sit-chāi ū iá^{n}, m̄-kú lí ēng tȧt-á kàu-so chèng-lâng lâi hoān thâi lâng choē; só͘-í lí eng-kai iā tiȯh siū siâng-khoán ê ūn-bēng chiah oē choè-tit."	一隊的兵，佇一擺相刣的時，刣輸。一个歕笛仔的人予人掠--去。對敵欲共伊槍殺的時，就大聲吼講。「Ah，列位啥事欲刣我？我的手毋捌犯著刣人的罪。」對敵應講，「實在有影，毋過你用笛仔教唆眾人來犯刣人罪；所以你應該也著受 siâng 款的運命才會做得。」
KÀ-SĪ	教示
Siàn-tōng lâng choè phái ê lâng, i ê choē-koà sī kap hit ê khì choè ê lâng pî^{n}-pî^{n} tāng.	煽動人做歹的人，伊的罪過是佮彼个去做的人平平重。

載於《芥菜子》，第四號，一九二六年五月二十五日

CHı̍T TIH CHı̍T TIH Ê CHÚI（一滴一滴的水）(9)

作者　不詳
譯者　陳清義

【作者】

不著撰者。

【譯者】

陳清義，見〈CHı̍T TIH CHı̍T TIH Ê CHÚI（一滴一滴的水）〉(7)。

CHı̍T TIH CHı̍T TIH Ê CHÚI (9)	一滴一滴的水（9）
Chhēng iûⁿ-phê ê chhâi-lông	穿羊皮的豺狼
Ū chı̍t-pái, chı̍t-chiah chhâi-lông, chhēng iûⁿ-phê ê saⁿ; tī chı̍t ê tiong-kan, i ê piàn-chong ū toā sêng-kong; só͘-í oē tit-thang tī iûⁿ-kûn ê tiong-kan lâi khó͘-chhó͘ choē-choē ê iûⁿ-á. Chóng-sī kàu lō͘-bé, hō͘ lâng hoat-kiàn--tio̍h; kò͘-iûⁿ ê lâng suî-sî kā i phah sí, chiong i ê sin-si kap só͘ chhēng ê saⁿ, choè chı̍t-ē tiàu tī chhiū-téng, thang choè pa̍t chiah chhâi-lông ê kéng-kài.	有一擺，一隻豺狼，穿羊皮的衫；佇一个中間，伊的變裝有大成功；所以會得通佇羊群的中間來苦楚濟濟的羊仔。總是到路尾予人發見--著；顧羊的人隨時共伊拍死，將伊的身屍佮所穿的衫，做一下吊佇樹頂，通做別隻豺狼的警戒。
Hū-kūn ê lâng khoàⁿ-kìⁿ iûⁿ-á án-ni lâi tiàu tī chhiū-nih toā kiaⁿ-hiâⁿ, tiong-kan chı̍t ê mn̄g kóng. "Chiong lí ê iûⁿ tiàu tī hia sī sím-mih lí-iû?" Kò͘-iûⁿ ê ìn kóng. Hé-iā--sī! he sī chhâi-lông só͘ lī-iōng teh pau seng-khu ê iûⁿ-phê nā-tiāⁿ."	附近的人看見羊仔按呢來吊佇樹裡大驚惶，中間一个問講。「將你的羊吊佇遐是甚物理由？」顧羊的應講。Hé 也--是！彼是豺狼所利用 teh 包身軀的羊皮若定。」
KĀ-SĪ Lâng boē oē tit thang tuì goā-bīn lâi phoàⁿ-toàn--tit.	教示人袂會得通對外面來判斷--得。

載於《芥菜子》，第四號，一九二六年五月二十五日

CHİT TIH CHİT TIH Ê CHÚI（一滴一滴的水）（10）

作者　不詳
譯者　陳清義

【作者】

不著撰者。

【譯者】

陳清義，見〈CHİT TIH CHİT TIH Ê CHÚI（一滴一滴的水）〉（7）。

CHİT TIH CHİT TIH Ê CHÚI (10)	一滴一滴的水（10）
Àm-kong kap Chiong-su (sek-sut)	暗光佮螽斯（蟋蟀）
Chit chiah àm-kong chiáu hioh tī khang-khak chhiū ê lāi-bīn teh khùn tàu. Chhiū-kha ê chháu lāi chit-chiah chiong-su toā-siaⁿ teh chhiùⁿ-koa. Àm-kong chin bô hoaⁿ-hí chiū kiò i khì pa̍t-uī, chóng-sī chiong-su m̄-nā bô thiaⁿ i ê oē khì pa̍t-uī, soà kóng, "Chèng-ti̍t ê lâng sī àm-sî chiah ū khùn." Bô soè-jī choè i koh-chài ti̍t-ti̍t khah toā-siaⁿ lâi háu.	一隻暗光鳥歇佇空殼樹的內面 teh 睏 tàu。樹跤的草內一隻螽斯大聲 teh 唱歌。暗光真無歡喜就叫伊去別位，總是螽斯毋但無聽伊的話去別位，紲講，「正直的人是暗時才有睏。」無細膩做伊閣再直直較大聲來吼。
Àm-kong chiām-sî tiām-tiām, āu-lâi oán-choán i ê oē kóng, "Goá si̍t-chāi sī ài thiaⁿ lí ê koa, m̄-kú chin ài khùn, só͘-í chiah kiò lí khì pa̍t-uī; taⁿ nā kah sī boē khùn-ti̍t, choè lí chhiùⁿ, bián soè-jī. Iā goá chia ū tām-po̍h tiⁿ-tê, lim liáu oē chin hó siaⁿ, lí nā bô hiâm peh khí lâi chhiū-téng ê lô͘-khó͘, chhiáⁿ lâi lim, goá beh chiong che choè-lí ê hó siaⁿ-im ê pò-siúⁿ."	暗光暫時恬恬，後來婉轉伊的話講，「我實在是愛聽你的歌，毋過真愛睏，所以才叫你去別位；今若 kah 是袂睏得，做你唱，免細膩。也我遮有淡薄甜茶，啉了會真好聲，你若無嫌爬起來樹頂的勞苦，請來啉，我欲將這做你的好聲音的報賞。」
Gōng ê chiong-su, suî-sî peh chiūⁿ chhiū-téng beh lim tiⁿ-tê. Àm-kong suî-sî kā i teh	戇的螽斯，隨時爬上樹頂欲啉甜茶。暗光隨時共伊 teh 死；所以得著通安然

（續）

sí; Só͘-í tit-tio̍h thang an-jiân hó khùn.	好睏。
KÀ-SĪ	教示
Iàu-kiû hut-jiân piàn pài-thok, hit-khoán ê lâng m̄ thang sìn-iōng--i.	要求忽然變拜託，彼款的人毋通信用--伊。

載於《芥菜子》，第四號，一九二六年五月二十五日

CHi̍T TIH CHi̍T TIH Ê CHÚI（一滴一滴的水）（11）

作者　不詳

譯者　陳清忠

【作者】

不著撰者。

【譯者】

陳清忠，見〈海龍王〉。

CHi̍T TIH CHi̍T TIH Ê CHÚI (11)	一滴一滴的水（11）
(Soà-chiap chêng-hō)	（継接前號）
Siú-chî^{n}-lô͘	守錢奴
Chi̍t ê siú-chî^{n}-lô͘ chiong i chi̍t-tè kim-kak tâi tī thô͘ lāi, iā ta̍k-ji̍t khì hia khoà^{n} lâi choè khoài-lo̍k. Ū chi̍t-ji̍t chai i hit-tè kim-kak hō͘ lâng thau-the̍h khì, chin siong-pi, chiū chhut toā sia^{n} háu. Keh-piah ê lâng khoà^{n}-kì^{n} i án-ni chiū kā i kóng. "Chhiá^{n} bián siong-pi, the̍h chit-tè chio̍h-thâu tâi tī hit-khang, iā siū^{n} hit tè sī kim, chiū hit-tè chio̍h-thâu, tuì lí lâi khoà^{n} kap n̂g-kim sī sa^{n}-tâng; in-uī n̂g-kim tī hit-khang ê sî, lí to lóng bô ēng--i."	一个守錢奴將伊一塊金角埋佇土內，也逐日去遐看來做快樂。有一日知伊彼塊金角予人偷提去，真傷悲，就出大聲吼。隔壁的人看見伊按呢就共伊講。「請免傷悲，提這塊石頭埋佇彼空，也想彼塊是金，就彼塊石頭，對你來看佮黃金是相同；因為黃金佇彼空的時，你都攏無用--伊。」
KÀ-SĪ Lán put-sî teh thia^{n} pó-poè ê Chin-Lí, m̄ chai ū kuí ê the̍h lī-ēng hit ê pó-poè? Nā-sī ū ji̍p bô chhut, sim-lāi só͘ chek-chū ê chin-lí, kap hit-tè chio̍h-thâu ū sím-mi̍h kò-iū^{n}?! TIO̍H KIÂ^{n}!!	教示咱不時 teh 聽寶貝的真理，毋知有幾个提利用彼个寶貝？若是有人無出，心內所積聚的真理，佮彼塊石頭有啥物各樣？！著行！！

載於《芥菜子》，第五號，一九二六年六月二十五日

CHİT TIH CHİT TIH Ê CHÚI（一滴一滴的水）（12）

作者　伊索
譯者　陳清忠

【作者】

伊索，見〈Tham--jī pîn--jī khak（貪字貧字殼）〉。

【譯者】

陳清忠，見〈海龍王〉。

CHİT TIH CHİT TIH Ê CHÚI (12)	一滴一滴的水（12）
Lû kap Chiong-su (sek-sut)	驢佮螽斯（蟋蟀）[1]
Chit-jit, chit chiah lû-á thiaⁿ-kìⁿ choē-choē chiah chiong-su teh chhiùⁿ-koa, in ê siaⁿ-im hō͘ i chin hoaⁿ-hí, kàu i ê sim-koaⁿ hi-bōng chin ài tit-tio̍h hit-khoán hó ê siaⁿ-im lâi chhiùⁿ-koa. Lû-á chiū mn̄g chiong-su kóng, “Lia̍t-uī ê siaⁿ-im oē hiah-nih hó, tàu-tí sī chia̍h sím-mih pì-hng?” Chóng-sī in ìn kóng "Goán kan-ta suh lō͘-chuí nā-tiāⁿ. “Lû-á chiū koat-sim beh chia̍h lō͘-chuí thang tit-tio̍h hó ê siaⁿ-im, chóng-sī āu-lâi bô-kú liâm-piⁿ gō-sí.	一日，一隻驢仔聽見濟濟隻螽斯唱歌，in 的聲音予伊真歡喜，到伊的心肝希望真愛得著彼款好的聲音來唱歌。驢仔就問螽斯講，「列位的聲音會遐爾好，到底是食甚物秘方？」總是 in 應講「阮干焦欶露水 nā-tiāⁿ。」驢仔就決心欲食露水通得著好的聲音，總是後來無久連鞭餓死。
KÀ-SĪ Khoàⁿ-kìⁿ pa̍t lâng ê só͘ choè, ài tú-tú án-ni lâi o̍h, hit-khoán ê lâng, bô-kú liâm-piⁿ hoat-kiàn i pún-sin sī kap lû-á pîⁿ-gōng.	教示　看見別人的所做，愛 tú-tú 按呢來學，彼款的人，無久連鞭發見伊本身是佮驢仔平戇。

載於《芥菜子》，第五號，一九二六年六月二十五日

1　原題為〈驢子與蟬〉，見周作人譯：《全譯伊索寓言集》，頁122。

CHİT TIH CHİT TIH Ê CHÚI（一滴一滴的水）（13）

作者　不詳
譯者　陳清忠

【作者】

不著撰者。

【譯者】

陳清忠，見〈海龍王〉。

CHİT TIH CHİT TIH Ê CHÚI (13)	一滴一滴的水（13）
Chiú-chuì ê tiōng-hu.	酒醉的丈夫。
Chit ê hū-jîn-lâng, i ê tiōng-hu put-sî chiú-chuì. I ū ēng choē-choē ê hong-hoat ài beh hō͘ i ê tiōng-hu kái-sim, chóng-sī lóng bô chhái-kang. Ū chit-àm pêng-iú chhoā chiú-chuì ê tiōng-hu tńg-lâi ê sî, i chiū koh chhoā i kàu hū-kūn ê bōng-á-po͘. Hū-jîn-lâng chiū chhēng chin pháiⁿ khoàⁿ ê saⁿ, bīn tì siáu-kuí-á-khak, thèng-hāu i ê tiōng-hu cheng-sîn. Āu-lâi chiū ēng chōng-giâm ê thài-tō͘ ná kiâⁿ oá lâi, thėh chiáh-mih hō͘--i, ēng chhiⁿ-chhìn ê siaⁿ kā i kóng, "Khí lâi chiáh, phâng mih hō͘ sí-lâng chiáh ê, chiū-sī goá ê chit-bū lah!" Tiōng-hu chiū kóng, "Ah, khó-sioh lí bat goá bô chhim, siat-sú lí nā kap goá khah siong-sek, lí tek-khak bô phâng chiah ê mih, lí beh koāⁿ sio-chiú lâi hō͘ goá lim!"	一个婦人人，伊的丈夫不時酒醉。伊有用濟濟的方法愛欲予伊的丈夫改心，總是攏無彩工。有一暗朋友 chhoā 酒醉的丈夫轉來的時，伊就閣 chhoā 伊到附近的墓仔埔。婦人人就穿真歹看的衫，面戴小鬼仔殼，聽候伊的丈夫精神。後來就用莊嚴的態度那行倚來，提食物予--伊，用生清的聲共伊講，「起來食，捀物予死人食的，就是我的職務--啦！」丈夫就講，「啊，可惜你捌我無深，設使你若佮我較相識，你的確無捀遮的物，你欲捾燒酒來予我啉！」
KÀ-SĪ Kiat-tēng ê sip-koàn chiū-sī tē-jī thian-sèng.	教示　結 tēng 的習慣就是第二天性。

載於《芥菜子》，第五號，一九二六年六月二十五日

CHİT TIH CHİT TIH Ê CHÚI（一滴一滴的水）（14）

作者 不詳
譯者 陳清忠

【作者】

不著撰者。

【譯者】

陳清忠，見〈海龍王〉。

CHİT TIH CHİT TIH Ê CHÚI (14)	一滴一滴的水（14）
Sai kap choâ	獅佮蛇
Ū ui-giâm ê sai teh chhē chiȧh-mih ê sî, hut-jiân khoàⁿ-tiȯh chit-bé choâ, khûn-khūn teh phȧk-jit. Sai in-uī pak-tó͘ iau, siōng-chhiáⁿ boē tit tȧt bȯk-tek, chai choâ boē chiȧh-tit ê in-toaⁿ; suî-sî ēng ko-bān ê thài-tō͘, chiong i ê chêng-kha lâi that hit-bé choâ. Choâ toā siū-khì, chiū tuì sai toā-lȧt tok chit ē. Chit chiah chhiū-nâ ê eng-hiông teh-beh sí ê sî, choâ chiū tuì sai kóng, "Kín sí, kín hó! Lí phah-sǹg lí ê kiông, kap koân-lėk, ū kàu-giah thang kiù lí m̄-bián tú-tiȯh biȧt-bô!!? Lí tiȯh chai sui-bóng bô tiȯk ê siù, nā hoān-tiȯh chhèng-lō͘ iu-goân oē choân-biȧt ap-chè ka."	有威嚴的獅咧揣食物的時，忽然看著一尾蛇，khûn-khūn 咧曝日。獅因為腹肚枵，尚且袂得達目的，知蛇袂食得的因端；隨時用高慢的態度，將伊的前跤來踢彼尾蛇。蛇大受氣，就對獅大力tok 一下。這隻樹林的英雄咧欲死的時，蛇就對獅講，「緊死，緊好！你拍算你的強，佮權力，有夠額通救你毋免拄著滅無！！？你著知雖罔無 tiȯk 的獸，若犯著銃路猶原會全滅壓制家。」
KÀ-SĪ Bû-lé ko-bān ê lâng ah, lí ê āu-bīn ū siong-tong ê phò-biȧt teh tè lí!!	教示 無禮高慢的--啊，你的後面有相當的破滅咧綴你！！

載於《芥菜子》，第五號，一九二六年六月二十五日

CHI̍T TIH CHI̍T TIH Ê CHÚI（一滴一滴的水）（15）

作者　克雷洛夫
譯者　陳清忠

【作者】

克雷洛夫，見〈CHI̍T TIH CHI̍T TIH Ê CHÚI（一滴一滴的水）〉（1）。

【譯者】

陳清忠，見〈海龍王〉。

CHI̍T TIH CHI̍T TIH Ê CHÚI (15)	一滴一滴的水（15）
Sai, Gû, Soaⁿ-iûⁿ, Biân-iûⁿ	獅、牛、山羊、綿羊[1]
Ū chit-pái gû, soaⁿ-iûⁿ biân-iûⁿ kap Sai saⁿ-kap iok-sok beh chiong só͘ tit-tio̍h ê mi̍h saⁿ-kap pun. Bô kú soaⁿ-iûⁿ só͘ tiuⁿ ê ta̍uh-á ū tng tio̍h chit-chiah toā-lo̍k. Só͘-í soaⁿ-iûⁿ suî-sî tiàu-chi̍p i ê tâng-phoāⁿ. Sai chiū chiong hit-chiah toā-lo̍k pun-choè sì hūn, tiong-kan siāng-hó ê hūn lâu khí-lâi chiū kóng, “Goá sī sai, goá eng-kai tio̍h tit chit-hūn.” āu-lâi the̍h chi̍t hūn kóng, “chit-hūn chiàu chèng-tong ê koân-lī sī goá ê, siat-sú lín nā sī ài chai, chiah lâi kóng khoàⁿ! Kiông-chiá ê koân-lī lah!” Koh-chài the̍h tē saⁿ hūn hē tī sin-piⁿ kóng, “chit-hūn sī ióng-chiá ê, nā sī só͘ chhun chit-hūn, lín nā ū lâng káⁿ bong khoàⁿ, chiah bong khoàⁿ bāi!” I ê tâng-phoāⁿ bô ìn poàⁿ kù oē, kín khí-kha tô-cháu.	有一擺牛，山羊綿羊佮獅相佮約束欲將所得著的物相佮分。無久山羊所張的 ta̍uh 仔有 tng 著一隻大鹿。所以山羊隨時召集伊的同伴。獅就將彼隻大鹿分做四份，中間上好的份留起來就講，「我是獅，我應該著得這份。」後來提一份講，「這份照正當的權利是我的，設使恁若是愛知，才來講看！強者的權利--啦！」閣再提第三份下佇身邊講，「這份是勇者的，若是所賰這份，恁若有人敢摸看，才摸看覓！」伊的同伴無應半句話，緊起跤逃走。

（續）

1　原文題為〈獅子的狩獵〉或〈獅子、狗、狐狸與狼〉，見辛未艾譯：《克雷洛夫寓言集》，頁184～185。

KÀ-SĪ Kap siuⁿ kiông--ê, á-sī káu-koài--ê kiat pêng-iú sī gōng.	教示　佮傷強--的，抑是狡怪--的結朋友是戇。

載於《芥菜子》，第五號，一九二六年六月二十五日

CHİT TIH CHİT TIH Ê CHÚI（一滴一滴的水）（16）

作者　不詳

譯者　陳清忠

【作者】

不著撰者。

【譯者】

陳清忠，見〈海龍王〉。

CHİT TIH CHİT TIH Ê CHÚI (16)	一滴一滴的水（16）
(Soà-chiap tē 5 hō).	（紲接第 5 號）
Kâu-bú kap kâu-kiáⁿ	猴母佮猴囝
Chit-chiah kâu-bú ū siⁿ nn̄g chiah kiáⁿ, kî-tiong chit-chiah, kâu-bú ū tek-piat khah thiàⁿ; chhun ê hit-chiah, chha-put-to lóng bô iàu-kín ê khoán. Ū chit-jit chai ū chit-chiah káu teh jip in, kâu-bú suî-sî chiū phō hit-chiah só thiàⁿ--ê, khí-kha chiū cháu. Chóng-sī uī-tioh toā kiaⁿ bak-chiu ian-n̄g, soà chiong i ê kiáⁿ ê thâu-khak hám tuì chhiū-khok loh-khì, thâu-oáⁿ soà cheng phoà. Iā hit chiah bô iàu-kín--ê, khîⁿ tī kâu-bú ê ka-chiah-phiaⁿ, tit-tioh an-choân tô-cháu.	一隻猴母有生兩隻囝，其中一隻，猴母有特別較疼；賰的彼隻，差不多攏無要緊的款。有一日知有一隻狗咧 jip in，猴母隨時就抱彼隻所疼--的，起跤就走。總是為著大驚目睭煙暈，紲將伊的囝的頭殼 hám 對樹 khok 落去，頭碗紲舂破。也彼隻無要緊--的，拑佇猴母的 ka-chiah-phiaⁿ，得著安全逃走。
KÀ-SĪ: Siū thióng-ài ê, siông-siông tú-tioh put-ūn.	教示　受寵愛的，常常拄著不運。

載於《芥菜子》，第八號，一九二六年九月

CHI̍T TIH CHI̍T TIH Ê CHÚI（一滴一滴的水）(17)

作者　不詳
譯者　陳清忠

【作者】

不著撰者。

【譯者】

陳清忠，見〈海龍王〉。

CHI̍T TIH CHI̍T TIH Ê CHÚI (17)	一滴一滴的水（17）
Tng chiáu ê lâng kap Hûn-chhiok	Tng 鳥的人佮雲雀
Chit-chiah hûn-chhiok kiⁿ tio̍h bāng, tit-tit tuì tng chiáu ê lâng kiû tháu-pàng, kóng, "Goá ū choè sím-mi̍h m̄-tio̍h, tio̍h siū sí ah? Put-kò sī uī-tio̍h chí-ki, chiah ū the̍h lâng chit-poàⁿ-lia̍p ê ngó͘-kok lâi chia̍h nā-tiāⁿ." Chóng-sī hit ê lâng lóng bô ìn poàⁿ-kù oē, chiong i ê ām-kún chūn tn̄g, hiat i tī chiáu-lam-lāi.	一隻雲雀經著網，直直對 tng 鳥的人求敨放，講，「我有做甚物毋著，著受死--啊？不過是為著止饑，才有提人一半粒的五穀來食 nā-tiāⁿ。」總是彼个人攏無應半句話，將伊的頷頸 chūn 斷，hiat 伊佇鳥 lam 內。
KÀ-SĪ: Kap tuì-te̍k lí-lūn sī gōng.	教示　佮對敵理論是戇。

載於《芥菜子》，第八號，一九二六年九月

CHI̍T TIH CHI̍T TIH Ê CHÚI（一滴一滴的水）（18）

作者　不詳
譯者　陳清忠

【作者】

不著撰者。

【譯者】

陳清忠，見〈海龍王〉。

CHI̍T TIH CHI̍T TIH Ê CHÚI (18)	一滴一滴的水（18）
Bé kap Lo̍k	馬佮鹿
Chi̍t-pái bé kap lo̍k ū oan-ke, bé boē tit-thang ti̍t-chiap pò-siû, chiū khì chhē lâng kiû i lâi pang-chān. I chiū hō͘ hit ê lâng khiâ, chài i ji̍p hit-chiah lo̍k, ji̍p-tio̍h chiū kā i thâi-sí. Bé chin hoaⁿ-hí, chhiùⁿ khái-koa, chhim-chhim kā hit ê lâng kám-siā, chiū chhiáⁿ i tháu bé-oaⁿ khí-lâi hō͘ i khì. Chóng-sī hit ê lâng kóng, "Bān-cheh, bān-cheh! Goá ū khiàm-ēng lí." Hit chiah bé kơ-put-chiong tio̍h choè hit ê lō͘-ēng. Sui-jiân ū thang tit-tio̍h pò-siû, iáu-kú ū sit-lo̍h i ê chū-iû.	一擺馬佮鹿有冤家，馬袂得通直接報仇，就去揣人求伊來幫贊。伊就予彼个人騎，載伊 jip 彼隻鹿，jip 著就共伊刣死。馬真歡喜，唱凱歌，深深共彼个人感謝，就請伊敨馬鞍起來予伊去。總是彼个人講，「Bān-cheh，bān-cheh！我有欠用你。」彼隻馬姑不將著做彼个路用。雖然有通得著報仇，iáu-kú 有失落伊的自由。
KÀ:SĪ: Ū-tio̍h beh siám-pī gán-chêng sió-hāi, tì-kàu lâi hām-lo̍h tī toā-hāi, hit-khoán ê lâng iā sī gōng.	教示　為著欲閃避眼前小害，致到來陷落佇大害，彼款的人也是戇。

載於《芥菜子》，第八號，一九二六年九月

CHİT TIH CHİT TIH Ê CHÚI（一滴一滴的水）（19）

作者　不詳
譯者　陳清忠

【作者】

不著撰者。

【譯者】

陳清忠，見〈海龍王〉。

CHİT TIH CHİT TIH Ê CHÚI (19)	一滴一滴的水（19）
Bah-tiàm ê lâng kap Káu	肉店的人佮狗
Boē bah ê lâng tī tiàm-lāi teh chhiat bah ê sî, ū chit-chiah káu jip lâi thau kā chit-liap iûⁿ sim khì. Hit ê lâng khoàⁿ-kìⁿ káu kā bah teh cháu, chiū toā-siaⁿ kiò kóng, "Ah, káu-hiaⁿ, m̄-bián cháu, hit-tè bah sī lí ê, in-uī lí ū ēng 'hō͘ goá khah gâu ê keng-giām' kā goá boé lah!"	賣肉的人佇店內咧切肉的時，有一隻狗入來偷咬一粒羊心去。彼个人看見狗咬肉咧走，就大聲叫講，「啊，狗兄，毋免走，彼塊肉是你的，因為你有用「予我較 gâu 的經驗」共我買--啦！」
KÀ-SĪ: Tuì sit-lóh mih lâi tit-tióh tì-huī ê lâng sī khiáu ê lâng.	教示　對失落物來得著智慧的人是巧的人。

載於《芥菜子》，第八號，一九二六年九月

CHİT TIH CHİT TIH Ê CHÚI（一滴一滴的水）(20)

作者　不詳
譯者　陳清忠

【作者】

不著撰者。

【譯者】

陳清忠，見〈海龍王〉。

CHİT TIH CHİT TIH Ê CHÚI (20)	一滴一滴的水（20）
Hô͘-lî kap i ê bé-liu	狐狸佮伊的尾溜
Chit-chiah hô͘-lî khoàⁿ-kìⁿ lō͘-tiong ū tiuⁿ tauh-á tī-teh, chiū thêng kha lâi khoàⁿ. Hô͘-lî chiū kóng "nā hō͘ chit khoán tauh-á tn̂g-tio̍h--ê, kin-tú iā sī kàu-ke̍k gōng ê siù." I chiū hián-chhut boē iàu-kín hit ê tauh-á ê khoán, chiong i ê bé-liu hē tī tauh-á chhì-khoàⁿ; chóng-sī tauh-á suî-sî hoán, tì-kàu só͘ teh hong-sîn ê bé-liu soà tauh tn̄g-khì. Khí-thâu hoaⁿ-hí kai-chài bô sū cháu lī, chóng-sī iáu bē kàu chhù ê tāi-seng, chiū siūⁿ i ê pêng-iú tek-khak oē chhiò--i. Āu-lâi chiū cháu jip chhiū-nâ. Kàu lō͘-bé chiū siūⁿ chhut chit ê biāu-àn, chiū-sī siūⁿ kóng, —siat-sú pa̍t-chiah hô͘-lî nā iû-goân sit-lo̍h i ê bé-liu, i chiū oē kap pa̍t-chiah pîⁿ-pîⁿ hó khoàⁿ. Chiū tiàu-chi̍p só͘ ū ê pêng-iú, ka-kī ka-chiah phēng tī chhiū-nih, toā siaⁿ chiū ián-soat kóng, —"Lia̍t-uī, lán tāi-ke hô-kò͘ tio̍h phāiⁿ chit ê tāng ê bé-liu lâi kiâⁿ ah?! Bé-liu m̄-nā kan-ta bô lō͘-ēng, kiám m̄-sī chin tāng mah? Thèng-	一隻狐狸看見路中有張 tauh-á 佇咧，就停跤來看。狐狸就講「若予這款 tauh 仔 tng 著--的，kin-tú 也是到極戇的獸。」伊就顯出袂要緊彼个 tauh-á 的款，將伊的尾溜下佇 tauh 仔試看；總是 tauh 仔隨時反，致到所咧風神的尾溜紲 tauh 斷去。起頭歡喜佳哉無事走離，總是猶未到厝的代先，就想伊的朋友的確會笑--伊。後來就走入樹林。到路尾就想出一个妙案，就是想講，－設使別隻狐狸若 iû-goân 失落伊的尾溜，伊就會佮別隻平平好看。就召集所有的朋友，家己 ka-chiah 並佇樹--裡，大聲就演說講，－「列位，咱大家何故著 phāiⁿ 這个重的尾溜來行--啊？！尾溜毋但干焦無路用，敢毋是真重 mah？聽眾起頭聽了不止感心。彼時拄佇遐咧走來走去的狐狸囝大聲喝講，－「Eⁿh-koaⁿh！伊家己 kán 無尾溜--啊！都是按呢，伊才愛咱來割尾溜--喔！！」中間

（續）

chiòng khí-thâu thia^{n} liáu put-chí kám-sim. Hit-sî tú tī hia teh cháu-lâi cháu-khì ê hô͘-lî kiá^{n} toā sia^{n} hoah kóng, —"E^{n}h-koa^{n}h! I ka-kī kán bô bé-liu ah! To sī án-ni, i chiah ài lán lâi koah bé-liu o͘h!!" Tiong-kan chit-chiah chiū kā i chhia lo̍h chhiū-kha, chèng hô͘ khoà^{n}-kì^{n} i bô bé-liú chiū toā chhiò, soà koá^{n} hit-chiah ji̍p chhiū-nâ.	一隻就共伊 chhia 落樹跤，眾狐看見伊無尾溜就大笑，紲趕彼隻入樹林。
KÀ-SĪ: Tú-tio̍h put-hēng, m̄-thang pun lâng ta^{n}.	教示　拄著不幸，毋通分人擔。

載於《芥菜子》，第八號，一九二六年九月

CHİT TIH CHİT TIH Ê CHÚI（一滴一滴的水）(21)

作者　不詳
譯者　康清塗

【作者】

不著撰者。

康清塗像

【譯者】

康清塗（1893～1953），一九一〇年畢業於牛津學院（今臺灣神學院），在臺灣北部各地基督教長老教會擔任傳道，包括水返腳教會（今新北市汐止區）、南崁教會（今桃園縣蘆竹鄉）、三結仔街教會（今宜蘭市）、板橋教會、樹林教會等。曾於《芥菜子》發表〈當殺爾慾〉（1925 年 10 月）、〈人類生活 Ê 三大覺悟〉（1926 年 1 月）、〈一滴一滴的水（21）：老土地無信用〉、〈一滴一滴的水（22）：媽祖 tuh ka-chē〉（1926 年 12 月）、〈一滴一滴的水（32）：征伐日頭〉、〈一滴一滴的水（33）：人變猴〉（1927 年 10 月）。（顧敏耀撰）

CHİT TIH CHİT TIH Ê CHÚI (21)	一滴一滴的水（21）
Lāu Thó͘-tī bô sìn-iōng	老土地無信用
Tī Se̍k-chí-koe, ū chit-ê hó-gia̍h-lâng sìⁿ Tân, tī kū-nî, i ū chin choē chhek, beh thiò ê sî, ū mn̄g i só͘ ho̍k-sāi ê Thó͘-tī mn̄g khoàⁿ chhek thang thiò á m̄-thang, (hit sî ê kè chit-chhia sī ￥ 112.00) bô ín-poe; kóng m̄-thang, oē khí-kè ín 3 poe. Tân bó͘ chiū bô thiò, kàu koh nn̄g-saⁿ ge̍h-jit, chhek lo̍h-kè; i chiū koh mn̄g khoàⁿ thang thiò mah, nā thang chhiáⁿ ín-poe, Thó͘-tī iū bô ìn; kóng	佇汐止街，有一个好額人姓陳，佇舊年，伊有真濟粟，欲糶的時，有問伊所服侍的土地問看粟通糶抑毋通，（彼時的價一車是￥ 112.00）無允杯；講毋通，會起價允三杯。陳某就無糶，到閣兩三月日，粟落價；伊就閣問看通糶--嘛，若通請允杯，土地又無應；講若會起價，連應六杯；伊就安心到今年六月，粟閣大落價，賰無一半錢。陳某真

（續）

nā oē khí-kè, liân ìn 6 poe; i chiū an-sim kàu kin-nî 6 ge̍h, chhek koh toā lo̍h-kè, chhun bô chi̍t-poàⁿ chîⁿ. Tân bó͘ chin toā siū-khì, chiū ēng hun-chhe kòng Thó͘-tī, soà choè n̄g-koe̍h, siū-khì kóng, "goá hō͘ lí hāi chi̍t-ē liáu n̄g-chheng goā-kho͘". I ê khan-chhiú khoàⁿ chi̍t-ē tio̍h-chi̍t-kiaⁿ, suî-sî chhoā Thó͘-tī khì ji̍p-īⁿ.	大受氣，就用薰吹損土地，紲做兩橛，受氣講，「我予你害一下了兩千外箍」。伊的牽手看一下著一驚，隨時 chhōa 土地去入院。
Khng Chheng-thô͘.	康清塗。

載於《芥菜子》，第十一號，一九二六年十二月

CHI̍T TIH CHI̍T TIH Ê CHÚI（一滴一滴的水）(22)

作者　不詳
譯者　康清塗

【作者】

不著撰者。

【譯者】

康清塗，見〈CHI̍T TIH CHI̍T TIH Ê CHÚI（一滴一滴的水）〉(21)。

CHI̍T-TIH CHI̍T-TIH Ê CHÚI (22)	一滴一滴的水（22）
Má-chó͘ tuh ka-chē.	媽祖盹瞌睡。
Nn̄g-nî chêng, tī Gî-lân, ū chi̍t-ê lâng miâ Tân Chhiū, i sī châi-sán-ka, teh khui io̍h-tiàm, chin jia̍t-sim pài-pu̍t. I chí-ū si^{n} chi̍t ê hāu-si^{n} 12 hè, chin thià^{n}-sioh. Chin hoa^{n}-hí; bô phah-sǹg ū chi̍t ji̍t i ê kiá^{n} hoat-jia̍t chin kan-khó͘; chiū kín mn̄g sîn-bêng. Má-chó͘ kóng, tē-chú bò iàu-kín, sǹg goá ê sū. Chóng-sī pī^{n} ná siong-tiōng, chiū khì mn̄g i-seng, nā-sī i-seng kóng kè-chèng! Kó-jiân sí-khì, i pē-bú chin siong-pi. Nā-sī hit ê sí ê gín-ná, choân-sin o͘-ba̍k-ba̍k, i ê lāu-pē khoà^{n} liáu chin kî-koài. Ū chi̍t ê lāu-lâng kā i kóng, lí ê kiá^{n} sī hō͘ lâng hē-tio̍h hû chiah-oē án-ni, si̍t-chāi chin khó-lîn, m̄-chai thang kiù. I chiū thong chhù-lāi sì-koè chhē, kó-jiân tī Má-chó͘ bīn-chêng ê hiu^{n}-lô͘-té, chhē-tio̍h chi̍t tiu^{n} hû-á. I chiū toā siū-khì chiong Má-chó͘ kap kî-û ê pu̍t, lóng sàu lo̍h thô͘-kha, ēng kha chàm kóng, "goá ta̍k ge̍h ta̍k	兩年前，佇宜蘭，有一个人名陳樹，伊是財產家，咧開藥店，真熱心拜佛。伊只有生一个後生十二歲，真疼惜。真歡喜；無拍算有一日伊的囝發熱真艱苦，就緊問神明。媽祖講，弟子無要緊，算我的事。總是病那傷重，就去問醫生，但是醫生講過症！果然死去，伊爸母真傷悲。但是彼个死的囡仔，全身烏墨墨，伊的老爸看了真奇怪。有一个老人共伊講，你的囝是予人下著符才會按呢，實在真可憐，毋知通救。伊就通厝內四界揣，果然佇媽祖面前的香爐底，揣著一張符仔。伊就大受氣將媽祖佮其餘的佛，攏掃落土跤，用跤蹔講，「我逐月逐年開真濟錢咧拜--伝，是向望你會保護我的大細，若是我的囡仔去外面患著鬼，你猶著保護伊，但是歹人提符囥佇你目睭前的香爐，你無指示我佇毋知影，你是咧盹瞌睡--嘛？我服侍你有

（續）

nî khai chin choē chî^{n} teh pài--lín, sī n̂g-bāng lí oē pó-hō͘ goá ê toā-soè, nā-sī goá ê gín-ná khì goā-bīn hoān-ti̍oh kuí, lí iáu ti̍oh pó-hō͘ i, nā-sī phái^{n}-lâng the̍h hû khǹg tī lí ba̍k-chiu chêng ê hiu^{n}-lô͘, lí bô chí-sī goá tī m̄-chai-iá^{n}, lí sī teh tuh ka-chē mah? Goá ho̍k-sāi lí ū sím-mi̍h lī-ek”. Ná kóng ná háu, chiū ēng to chám chhuì-chhuì.	甚物利益」。那講那吼，就用刀斬碎碎。
Kó-jiân nā ū iá^{n} án-ni, si̍t-chāi Má-chó͘ sī teh tuh ka-chē.	果然若有影按呢，實在媽祖是咧盹瞌睡。
Khng Chheng-thô͘	康清塗

載於《芥菜子》，第十一號，一九二六年十二月

CHİT TIH CHİT TIH Ê CHÚI（一滴一滴的水）（23）

作者　不詳
譯者　郭水龍

【作者】

不著撰者。

【譯者】

郭水龍，見〈婦女服裝〉。

CHİT-TIH CHİT-TIH Ê CHÚI (23)	一滴一滴的水（23）
Hiān-pò	現報
Kūn-lâi Chi-ná chiàn-loān ê sî, ū chit ê bé-peng, hōng kong-sū, ài kàu bó só-chāi, lō-tiong tú-tio̍h chit ê lāu-lâng chhoā chit ê cha-bó gín-ná, bīn-māu put-chí suí, chit ê bé-peng siâ-sim hoat-tōng, bēng-lēng i thêng-kha, kā lāu-lâng kóng "Lí sī thàm-cheng ū choē", āu-lâi chiū sió-khoá chhiò kóng, "goá khó-lîn lí sī lāu-lâng, put-jím chiong lí sàng kàu koaⁿ pān-choē; chóng-sī chit ê cha-bó gín-ná, tio̍h tè goá kàu phian-phiah ê só-chāi, ū oē beh kā i kóng, lí tiàm chia thèng-hāu, m̄-thang tè goá khì, kā i kóng tio̍h thiaⁿ goá ê oē, nā bô beh ēng chhèng phah-sí--lí". "Cha-bó gín-ná ko-put-chiong thàn i, bé-peng chiū ēng bé-soh pa̍k tī ka-kī ê poàⁿ-io, tú teh thǹg-saⁿ, ia̍h kah cha-bó gín-ná thǹg-saⁿ, koh kiò i chiong só giâ ê hō-soàⁿ thián-khui, bô phah-sǹg hō-soàⁿ chi̍t-ē thián, bé tio̍h chi̍t kiaⁿ, khí-kha chiū pháu, thâu-khak giâ-koâiⁿ, ti̍t khì, kàu nn̄g lí goā lō chiah	近來支那戰亂的時，有一个馬兵，奉公事，愛到某所在，路中拄著一个老人 chhoā 一个查某囡仔，面貌不止媠，這个馬兵邪心發動，命令伊停跤，共老人講「你是探偵有罪」，後來就小可笑講，「我可憐你是老人，不忍將你送到官辦罪；總是這个查某囡仔，著綴我到偏僻的所在，有話欲共伊講，你踮遮聽候，毋通綴我去，共伊講著聽我的話，若無欲用槍拍死--你」。查某囡仔姑不將趁伊，馬兵就用馬索縛佇家己的半腰，拄咧褪衫，也 kah 查某囡仔褪衫，閣叫伊將所夯的雨傘展開，無拍算雨傘一下展，馬著一驚，起跤就跑，頭殼夯懸，直去，到兩里外路才停。將這个馬兵直拖直去，擦到遛皮遛褲，血流血滴，氣都欲絕去，人事不省。彼个老人真歡喜，chhōa 彼个查某囡仔緊去，脫離災禍。

（續）

thêng. Chiong chit ê bé-peng ti̍t-thoa ti̍t-khì, chhoè kàu liù-phê liù-khờ, huih lâu huih tih, khuì to beh choa̍t khì, jîn-su(sū) put-séng. Hit ê lāu-lâng chin hoa^{n}-hí, chhoā hit ê cha-bớ gín-ná kín-khì, thoat-lī chai-ē.	
“Lâng hāi lâng thi^{n} m̄-khéng, Thi^{n} hāi lâng tī ba̍k-chêng”. Chit kù ê sớ kóng, pò-èng chin kín, thian-lí hiān-pò.	「人害人天毋肯，天害人佇目前」。這句的所講，報應真緊，天理現報。
Keh Chuí-lêng.	郭水龍。

載於《芥菜子》，第十一號，一九二六年十二月

CHİT TIH CHİT TIH Ê CHÚI（一滴一滴的水）（24）

作者　不詳
譯者　陳清忠

【作者】

不著撰者。

【譯者】

陳清忠，見〈海龍王〉。

CHİT TIH CHİT TIH Ê CHÚI (24)	一滴一滴的水（24）
Lâng chit-jit só͘ suh khong-khì ê hun-liōng kap hì ê khoah.	人一日所欶空氣的分量佮肺的闊。
Lán pêng-siông teh chhoán-khuì, ta̍k-pái suh-ji̍p sûn-chhut khong-khì ê hun-liōng, iok-lio̍k sī 2 ha̍p. Chit-mî chit-jit hì só͘ chhoán-ji̍p pûn-chhut khong-khì ê liōng tāi-khài sī 50 chio̍h. Nā chiong chiah ê khong-khì ji̍p tī 4 táu ê chiú-tháng, chiū oē ji̍p tit pah-goā tháng ê gia̍h.	咱平常咧喘氣，逐擺欶入 sûn 出空氣的分量，約略是二合。一暝一日肺所喘入歕出空氣的量大概是五十石。若將遮个空氣入佇四斗的酒桶，就會入得百外桶的額。
Suh chiah-ni̍h choē khong-khì ê hì, i ê bīn-chek iā-sī chīn toā. Hì sī tuì chì-soè ê hì ê khì-pau (氣胞) chi̍p-ha̍p lâi chiâⁿ--ê, i ê khoah nā ēng phêng-sò͘ lâi pí-kàu, chha-put-to sī 25 phêng ê khoah.	欶遮爾濟空氣的肺，伊的面積也是真大。肺是對至細的肺的氣胞集合來成--的，伊的闊若用坪數來比較，差不多是二十五坪的闊。
Sit-chāi bô ū chit-hāng mih pí lâng ê seng-khu khah ò-biāu. Tuì án-ni thang chai Siōng-tè ê tì-sek kàu tó-uī!	實在無有一項物比人的身軀較奧妙。對按呢通知上帝的智識到佗位！

載於《芥菜子》，第十三號，一九二七年二月

CHİT TIH CHİT TIH Ê CHÚI（一滴一滴的水）(25)

作者　不詳
譯者　陳清忠

【作者】

不著撰者。

【譯者】

陳清忠，見〈海龍王〉。

CHİT TIH CHİT TIH Ê CHÚI (25)	一滴一滴的水（25）
Tn̂g-miā kok kap té-miā kok.	長命國佮短命國。
Lâng ài tn̂g-hè-siū, che sī lâng ê chêng. Só͘-í nā ài tn̂g-hè-siū ê lâng, khah hó tio̍h khì tn̂g-hè-siū ê kok. Nā-sī án-ni tn̂g-hè-siū ê kok sī tī tó-uī? Nā khoàⁿ ē-bīn ê thóng-kè-piáu chiū oē chai: —	人愛長歲壽，這是人的情。所以若愛長歲壽的人，較好著去長歲壽的國。若是按呢長歲壽的國是佇佗位？若看下面的統計表就會知：—
Suī-tián (瑞典)Lâm 50.9 hè Lú 53.6 hè Teng-boa̍t (丁抹)[1] Lâm 50.2 hè Lú 53.2 hè Hu̍t-kok (佛國)[2] Lâm 45.7 hè Lú 49.1 hè Eng-kok (英國) Lâm 44.1 hè Lú 47.7 hè Bí-kok (米國)[3] Lâm 44.1 hè Lú 46.6 hè I-kok (伊國)[4] Lâm 42.8 hè Lú 43.1 hè Phó͘-kok (普國)[5] Lâm 41 hè Lú 44.5 hè Ìn-tō͘ (印度) Lâm 23 hè Lú 24 hè	Suī-tián（瑞典）男 50.9 歲　女 53.6 歲 Teng-boa̍t（丁抹）男 50.2 歲　女 53.2 歲 Hu̍t-kok（佛國）男 45.7 歲　女 49.1 歲 Eng-kok（英國）男 44.1 歲　女 47.7 歲 Bí-kok（米國）男 44.1 歲　女 46.6 歲 I-kok（伊國）男 42.8 歲　女 43.1 歲 Phó͘-kok（普國）男 41 歲　女 44.5 歲 Ìn-tō͘（印度）男 23 歲　女 24 歲

（續）

1 即今稱「丹麥」(Danmark)。
2 即今稱「法國」(France)。
3 即今稱「美國」(America)。
4 即今稱「義大利」(Italy)。
5 即當時的「普魯士」(Prussia)，今德國（Germany)。

Tuì án-ni thang chai Suī-tián sī tē-it tn̂g-hè-siū ê kok. Iā ìn-tō͘ sī tē-it té-hè-siū ê kok.	對按呢通知瑞典是第一長歲壽的國。也印度是第一短歲壽的國。
Lán teh kóng "Jîn-seng ngó͘-si̍p". Chóng-sī nā tuì chit-ê thóng-kè lâi khoàⁿ, toā-poàⁿ í-siōng sī 50 í-hā; si̍t-chāi kiám m̄-sī chin thang siong-pi mah?!	咱咧講「人生五十」。總是若對這个統計來看，大半以上是五十以下；實在敢毋是真通傷悲--嘛？！
Koh-chài thang chai lâm-chú khah-choē, tuì tī siau-mō͘ sè-le̍k, tuì tī kè-thâu lô-le̍k tī chit-ê seng-chûn kèng-cheng béng-lia̍t ê siā-hoē ê in-toaⁿ, pí tī-lí ke-lāi tiām-chēng ê lú-chú khah té-hè-siū. iā thang chai koâⁿ ê kok sī pí joa̍h ê kok khah tn̂g-hè-siū. Koh chit-hāng iā thang bêng-pe̍k, chhin-chhiūⁿ Phó͘-kok (To̍k-e̍k) hit-khoán i-ha̍k oē-seng-su̍t hiah hoat-ta̍t ê kok, iáu-kú hiah té-hè-siū: che bô m̄-sī tuì tī i ê thó͘-toē ê put-kiān-khong ê só͘-tì.	閣再通知男子較濟，對佇 siau-mō͘ 勢力，對佇過頭勞力佇這个生存競爭猛烈的社會的因端，比治理家內恬靜的女子較短歲壽，也通知寒的國是比熱的國較長歲壽。閣一項也通明白，親像普國（To̍k-e̍k）彼款醫學衛生術遐發達的國，猶-kú 遐短歲壽：這無毋是對佇伊的土地的不健康的所致。

載於《芥菜子》，第十三號，一九二七年二月

CHİT TIH CHİT TIH Ê CHÚI（一滴一滴的水）（26）

作者　不詳
譯者　陳清忠

【作者】

不著撰者。

【譯者】

陳清忠，見〈海龍王〉。

CHİT TIH CHİT TIH Ê CHÚI (26)	一滴一滴的水（26）
Bûn-bêng kap hè-siū	文明佮歲壽
Bûn-bêng ê kiat-kó, jîn-bēng chun-tiōng ê koan-liām ná kiông, oē-seng su-sióng ná phó͘-kip, i-su̍t ná chìn-pō͘, lâng ê pêng-kun ê liân-lêng ná khah tn̂g, che-sī lia̍t-kok it-poaⁿ ê kheng-hiòng.	文明的結果，人命尊重的觀念那強，衛生思想那普及，醫術那進步，人的平均的年齡那較長，這是列國一般的傾向。
Chit-chūn kú nn̄g-kok tī oē-toé lūn i ê liân-tāi kap liân-lêng thang choè chham-khó:	這陣舉兩國佇下底論伊的年代佮年齡通做參考：
Liân-tāi Pêng-kun liân-lêng.	年代　平均年齡。
Eng-kok	英國
125 nî-chêng 35 hè 59 nî-chêng 40 hè 20 nî-chêng 45 hè 10 nî-chêng 47 hè	125 年前 35 歲 59 年前 40 歲 20 年前 45 歲 10 年前 47 歲
Suī-se[1]	瑞西
16 sè-kí 21 hè 17 sè-kí 25.7 hè	16 世紀 21 歲 17 世紀 25.7 歲

（續）

1　即今稱「瑞士」（Switzerland）。

18 sè-kí 33.6 hè 19 sè-kí 39.7 hè	18 世紀 33.6 歲 19 世紀 39.7 歲

載於《芥菜子》，第十三號，一九二七年二月

CHİT TIH CHİT TIH Ê CHÚI（一滴一滴的水）（27）

作者　不詳
譯者　陳清忠

【作者】

不著撰者。

【譯者】

陳清忠，見〈海龍王〉。

CHİT TIH CHİT TIH Ê CHÚI (27)	一滴一滴的水（27）
Tē-kiû ê nî-hè	地球的年歲
Tē-kiû ê nî-hè! Che sī chin sim-sek ê būn-toê, lâng-lâng to ài chai, chóng-sī bô lâng chai thiat-toé. Ū-ê kóng sī chhit-chheng hè, Ìn-tō͘, Chi-ná ê kó͘-ha̍k kóng sī iok nn̄g-bān hè; nn̄g-pêng lóng m̄-sī khak-si̍t ê sò͘. Kūn-sî ha̍k-chiá tē-chit-ha̍k lâi gián-kiù, tiau-cha tē-kiû ê goā-phê, khak-tēng tē-kiû liân-lêng, chì-chió ū sò͘-ek hè.	地球的年歲！這是真心適的問題，人人都愛知，總是無人知徹底。有的講是七千歲，印度、支那的古學講是約兩萬歲；兩爿攏毋是確實的數。近時學者地質學來研究，調查地球的外皮，確定地球年齡，至少有數億歲。
Lūn chit-hāng, jia̍t-sim gián-kiù ê ha̍k-chiá chiū-sī Eng-kok ê Su-to-la̍t phok-sū. I tuì tē-kiû ê lāi-pō͘ só͘ hùn-chhut hé-soaⁿ-gâm (火山岩) tiong só͘ pau-hâm Helium (chi̍t-chéng ê khì-thé) ê hun-liōng lâi gián-kiù, iā kàm-tēng tē-kiû ê nî-hè chì-chió ū 7 ek. I tiau-cha Au-bí kok-toē gâm-chio̍h tiong, —ū ê la̍k-pah-bān-hè; ū ê gō͘-chheng sì-pah-bān hè; ū ê saⁿ-ek nn̄g-chheng-bān hè; ū ê la̍k-ek nn̄g-chheng nng-pah-bān hè; iā ū ê nn̄g-ek poeh-chheng hè. Tuì toē-kiû tiong hùn chhut-lâi ê chio̍h-thâu nā-sī ū ê keng-kè	論這項，熱心研究的學者就是英國的Su-to-la̍t 博士。伊對地球的內部所楦出火山岩中所包含 Helium（一種的氣體）的分量來研究，也鑑定地球的年歲至少有 7 億。伊調查歐美各地岩石中，一有的六百萬歲；有的五千四百萬 歲；有的三億兩千萬歲；有的六億兩千兩百萬歲；也有的兩億八千歲。對地球中楦出來的石頭若是有的經過遐濟年，就通知地球的年齡的確無比七億歲較少。學問的進步實在通驚人！

（續）

hiah-choē nî, chiū-thang chai toē-kiû ê liân-lêng tek-khak bô pí chhit-ek hè khah-chió. Ha̍k-būn ê chìn-pō͘ sit-chāi thang kia^{n} lâng!	

載於《芥菜子》，第十三號，一九二七年二月

CHİT TIH CHİT TIH Ê CHÚI（一滴一滴的水）（28）

作者　不詳
譯者　陳清忠

【作者】

不著撰者。

【譯者】

陳清忠，見〈海龍王〉。

CHİT TIH CHİT TIH Ê CHÚI (28)	一滴一滴的水（28）
Tē-kiû koh kuí-nî chiū oē boán-oân?	地球閣幾年就會滿員？
Hiān-sî tē-kiû ê bīn-chek ū sì-chheng la̍k-pah saⁿ-cha̍p-gō-bān hong eng-lí. Tī chit ê khoah ê tê-kiû, m̄-chai ū chit-sî lâng toà kàu cha̍t-cha̍t lâi boē-tit-thang seng-oa̍h á-bô? Phah-sǹg chió-chió lâng ū teh siūⁿ chit-khoán ê sū. Chóng-sī koan-hē hit hong-bīn ê ha̍k-chiá í-keng ū gián-kiù bêng-pe̍k. Hiān-kim seng-oa̍h ê jîn-luī iok ū cha̍p-sì-ek chhit-chheng-bān lâng, án-ni nā kā i sǹg khí-lâi, muí 1 pêng-hong eng-lí chha-put-to ū saⁿ-cha̍p lâng teh khiā-khí. Taⁿ chit-ê muí pêng-hong eng-lí ê tiong-kan tàu-tí siōng-choē oē iông-ún tit kuí-ê lâng lâi seng-oa̍h? To̍k-e̍k ê bó͘ ha̍k-chiá ū án-ni hoat-piáu: Nā-sī hong-giâu (puî) ê thó͘-toē 1 pêng-hong eng-lí oē iông-ún tit kàu 270 lâng lâi seng-oa̍h. Choân toē-kiû oē iông-ún tit kàu 59 ek 9 chheng 4 pah bān lâng. Taⁿ nā chiong ta̍k-kok muí 10 kò nî kan jîn-kháu ê cheng-ka-lu̍t lâi kè-soàn: — A-se-a chiu 6 hun; Au-lô-pa chiu	現時地球的面積有四千六百三十五萬方英里。佇這个闊的地球，毋知有一時人蹛到實實來袂得通生活抑無？拍算少少人有咧想這款的事。總是關係彼方面的學者已經有研究明白。現今生活的人類約有十四億七千萬人，按呢若共伊算起來，每一平方英里差不多有三十人咧徛起。今這个每平方英里的中間到底上濟會容允得幾个人來生活？To̍k-e̍k 的某學者有按呢發表：若是豐饒（肥）的土地一平方英里會容允得到二七〇人來生活。全地球會容允得到五十九億九千四百萬人。今若將逐國每十個年間人口的增加率來計算：一亞西亞洲六分；歐羅巴洲七・八分；亞非利加洲一割；南美五割五分；北美二割；Hô͘ 洲三割。以上全體的平均數，每十個年間，就是加添八分。每年若照這个率來加添，就這粒地球閣一六三年就會滿員。

（續）

7.8 hun; A-hui-lī-ka chiu 1 koah; Lâm-bí 5 koah 5 hun; Pak-bí 2 koah; Hô-chiu 3 koah. Í-siōng choân-thé ê pêng-kun-sò͘, muí 10 kò nî kan, chiū-sī ke-thiⁿ 8 hun. Muí-nî nā chiàu chit-ê lu̍t lâi ke-thiⁿ, chiū chit-lia̍p tē-kiû koh 163 nî chiū oē boán-oân.	
Chóng-sī lâng ê hè-siū boē-thang chia̍h hiah kú, bē boán-oân ê tāi-seng lán chiū í-keng bô tiàm tī tē-kiû, koh-chài tē-kiû-siōng siông-siông siⁿ-khí lán bô phah-sǹg ê sū-sit, chhin-chhiūⁿ thian-chai, tē-piàn, ki-hng, un-e̍k, á-sī chiàn-cheng; só͘-í tē-kiû si̍t-chāi bô hiah kín chiū-oē boán-oân. Thang an-sim!	總是人的歲壽袂通食遐久，未滿員的代先咱就已經無踮佇地球，閣再地球上常常生起咱無拍算的事實，親像天災、地變、饑荒、瘟疫，抑是戰爭；所以地球實在無遐緊就會滿員。通安心！

載於《芥菜子》，第十三號，一九二七年二月

CHIT TIH CHIT TIH Ê CHÚI（一滴一滴的水）（29）

作者　不詳
譯者　陳清忠

【作者】

不著撰者。

【譯者】

陳清忠，見〈海龍王〉。

CHIT TIH CHIT TIH Ê CHÚI (29)[1]	一滴一滴的水（29）
Lêng-hûn kap Kám-chêng ê tāng-liōng	靈魂佮感情的重量
A. Lêng-hûn ê tāng:	A、靈魂的重：
Bí-kok ū chit ê Phok-sū miâ-kiò Má Lō͘-ka. I tī kuí-nā nî chêng ū chin chim-chiok gián-kiù lūn lâng ê lêng-hûn ê tāng, iā hoat-piáu kóng i ū ēng chin cheng-bit ê hoat-tō͘ kiám-tēng lêng-hûn ê tāng iok-lio̍k ū 6 chîⁿ (匁) goā.	美國有一个博士名叫 Má Lō͘-ka。伊佇幾若年前有真斟酌研究論人的靈魂的重，也發表講伊有用真精密的法度檢定靈魂的重約略有六錢（匁）外。
I chiong chit ê chin siong-tiōng teh-beh sí ê hì-pīⁿ hoān-chiá, chham i ê bîn-chhn̂g hē tī chin cheng-bit ê thian-pêng ê téng-bīn, iā khiā teh chù-ba̍k chim-chiok kā i kiám-cha i ê thé-liōng. Hit ê hoān-chiá, uī-tio̍h i ê hō͘-khip tiong ê sip-khì kap hoat-koāⁿ ê in-toaⁿ, muí sî-kan ū kiám i ê tāng iok-lio̍k 8 chîⁿ.	伊將一个真傷重咧欲死的肺病患者，參伊的眠床下佇真精密的天秤的頂面，也徛咧注目斟酌共伊檢查伊的體量。彼个患者，為著伊的呼吸中的濕氣佮發汗的因端，每時間有減伊的重約略八錢。
Kè 3 tiám koh 40 hun hit-ê hoān-chiá ê lêng-hûn cháu-chhut i ê seng-khu, sí-khì, tú-tú kè-khuì ê sî chūn thian-pêng hut-jiân chit-sî	過三點閣四十分彼个患者的靈魂走出伊的身軀，死去，拄拄過氣的時陣天秤忽然一時閣減六錢外。這个六錢外，Má

（續）

1 原文誤標為「(26)」。

koh kiám 6 chîⁿ goā. Chit ê 6 chîⁿ goā, Má Lō͘-ka toàn-tēng chiū-sī lêng-hûn ê tāng-liōng.	Lō͘-ka 斷定就是靈魂的重量。
Tāi-liân Phok-sū sī Bí-kok lâng, i ū hō͘ chi̍t-ê ta-pơ-lâng chē tī í-nih, iā ēng chit-ê hong-hoat hō͘ hit-ê lâng hèng-hùn soà tuì í-nih khí-lâi khiā, iā gîm-bī hit ê kiat-kó. Hit ê lâng ê thé-liōng pún-lâi sī 155 pōng, chóng-sī tī hit-tia̍p hèng-hùn soà khí lâi khiā ê sī, i ê thé-liōng hut-jiân ke kàu 275 pōng.	Tāi-liân 博士是美國人，伊有予一个查埔人坐佇椅裡，也用這个方法予彼个人興奮紲對椅裡起來徛，也吟味彼个結果。彼个人的體量本來是一五五磅，總是佇彼 tia̍p 興奮紲起來徛的時，伊的體量忽然加到二七五磅。
Tāi-liân Phok-sū keng-kè choē-choē khoán ê si̍t-giām, āu-lâi ū khak-tēng "Kám-chêng éng-hióng thé-liōng ê hoat-chek."	Tāi-liân 博士經過濟濟款的實驗，後來有確定「感情影響體量的法則。」
Nā tī hō͘ lâng ba̍uh sio̍k só͘ khí ê ha̍k-hāu ê lâu-téng, lâi kà sim-sek ê sū, chiū chin guî-hiám. (Boē-oân)	若佇予人貿俗所起的學校的樓頂，來教心適的事，就真危險。（未完）

載於《芥菜子》，第十五號，一九二七年四月

CHİT TIH CHİT TIH Ê CHÚI（一滴一滴的水）（30）

作者　不詳
譯者　陳清忠

【作者】

不著撰者。

【譯者】

陳清忠，見〈海龍王〉。

CHİT TIH CHİT TIH Ê (30)	一滴一滴的水（30）
Ba-khu-the-lī-á (Soè-khún) ê toā. Thong tōng-sit-bu̍t-kài tē it soè ê kán-sī Ba-khu-the-lī-á. Tauh-tí sī loā-soè? Tāi-khài sī 1 hun ê 3000 hūn chit (1/3000 hun) I ê tāng muí lia̍p sī 0.00000000000041 chîn.	Ba-khu-the-lī-á（細菌）的大。通動植物界第一細的敢是 Ba-khu-the-lī-á。到底是偌細？大概是一分的三千份一（1/3000分）伊的重每粒是 0.00000000000041 錢。
Chóng-sī i ê sin-thoàn ê la̍t sī hui-siông, 48 tiám-cheng āu chiū kàu 440 chîn tāng.	總是伊的生湠的力是非常，四十八點鐘後就到四百四十錢重。
Soè-khún ê hāi, toā pō͘-hūn sī choè thoân-jiām-pīn ê goân-un kap choè bah-luī í-ki̍p kî-than ê sit-bu̍t hú-pāi ê goân-un.	細菌的害，大部分是做傳染病的原因佮做肉類以及其他的植物腐敗的原因。
A. Chhiú kap soè-khún:	A.手佮細菌：
Nā ēng 500 á-sī 600 pē ê hián-bî-kiàn lâi khoàn, bô-lūn sím-mih lâng ê chhiú to ū choē-chió ê soè-khún khîn-teh. Khah choē lâng sī siūn nā sái soé-chhiú chiū oē lut, nā-sī sit-chāi bô hiah-khoài, iā boē sí. Ū chit-khoán soè-khún chiū ēng cheng-liû-chuí á-sī sûn-choân ê chiú-cheng lâi soé, boē lut iā boē sí.	若用五百抑是六百倍的顯微鏡來看，無論甚物人的手都有濟少的細菌拑咧。較濟人是想若使洗手就會 lut，但是實在無遐快，也袂死。有一款細菌就用蒸餾水抑是純全的酒精來洗，袂 lut 也袂死。
Chiàu Bí-kok Khun-bín phok-sū só͘ gián-kiù, i án-ni kóng, choē-choē soè-khún ê tiong-kan	照美國 Khun-bín 博士所研究，伊按呢講，濟濟細菌的中間拑第一條的是腸仔

（續）

khîⁿ tē-it tiâu ê sī tn̂g-á-pīⁿ (チブス) ê soè-khún, koh-chài sī tē-it oh sí; só͘-í lâng nā siūⁿ ēng sio-chuí á chiú-cheng lâi soé-chhiú, chiū siūⁿ sī chheng-khì, che sī chhò-gō͘.	病（チブス）的細菌，閣再是第一僫死；所以人若想用燒水抑酒精來洗手，就想是清氣，這是錯誤。
I ū án-ni lâi si̍t-giām: I tuì chín-chhat tn̂g-á-pīⁿ ê hoān-chiá liáu-āu chiū ēng sûn ê chiú-cheng chim-chiok lāi soé i ê chhiú, āu-lâi chiong i só͘ pī-pān tú-chiah chú hó ê bah-thng hē tī huî ê àng-á, chiū chiong i ê chéng-thâu-á tū tī hit lāi-bīn, chiū án-ni hē tī khong-khì oá oē-tio̍h ê só͘-chāi, kàu kè-ji̍t chiū the̍h chi̍t-tiám ê bah-thng lâi kiám-kiàⁿ, si̍t-chāi thang kiaⁿ, tī hit lāi-bīn ū 15500 ê soè-khún teh oa̍h. Tuì án-ni khoàⁿ khí-lâi, lán ê chhiú si̍t-chāi sī chin guî-hiám. Lán nā ū lâng khah-siông ài chhńg chéng-thâu-á tī gín-ná ê chhuì ê si̍p-koàn ê lâng, tio̍h ài cha̍p-hun ê chù-ì, in-uī sī kàu-ke̍k ê guî-hiám.	伊有按呢來實驗：伊對診察腸仔病的患者了後就用純的酒精斟酌內洗伊的手，後來將伊所備辦拄才煮好的肉湯下佇瓷的甕仔，就將伊的指頭仔駐佇彼內面，就按呢下佇空氣倚會著的所在，到隔日就提一點的肉湯來檢 kiàⁿ，實在通驚，佇彼內面有 15500 个細菌活。對按呢看起來，咱的手實在是真危險。咱若有人較常愛吮指頭仔佇囡仔的喙的習慣的人，著愛十分的注意，因為是到極的危險。
B. Chîⁿ kap soè-khún:	B. 錢佮細菌：
Tang-kiaⁿ Tè-kok Tāi-ha̍k Iú-tiân Phok-sū ū chi̍t-pái tī oē-seng ha̍k-hoē bat káng-ián lūn chîⁿ ê lah-sap ê thêng-tō͘. I ū pò-kò Tang-kiaⁿ chhī-lāi só͘ liû-thong ê chîⁿ ê lâ-sâm kap só͘ khîⁿ-tiâu soè-khún ê sò͘. I ū tuì tē-it choē-lâng óng-lâi ê só͘-chāi, chiū-sī hì-hn̂g oa̍h-tāng siá-chin koán, liāu-lí tiàm, tiān-chhia hit-khoán ê só͘-chāi chū-chi̍p 107 ê chi̍t-sián ê tâng-sián; 100 ê gō͘-kak gûn; 5 sián ê 100; 1 khơ ê choá-phiò 106 tiuⁿ lâi kiám-cha.	東京帝國大學有田博士有一擺佇衛生學會捌講演論錢的垃圾的程度。伊有報告東京市內所流通的錢的 lâ-sâm 佮所拑牢細菌的數。伊有對第一濟人往來的所在，就是戲園活動寫真館，料理店，電車彼款的所在聚集一〇七个一 sián 的銅 sián；一百个五角銀；五仙一百；一箍的紙票一〇六張來檢查。
Lán nā khoàⁿ-kìⁿ ē-bīn pâi-lia̍t ê sò͘-jī chiū oē chhàng-mn̂g-kńg!	咱若看見下面排列的數字就會聳毛管！

（續）

Só͘ tiau-cha kok-khoán ê chî^{n} choân bīn-chek só͘ khî^{n} ê soè-khún sò͘ sī chiàu ē-té:	所調查各款的錢全面積所拑的細菌數是照下底：
1.Chit-sián ê　Tē it choē ū 145438 Tâng-sián　Tē it chió ū 16 2.Gō͘-sián ê　Tē it choē ū 91648 Pe̍h-têng　Tē it chió ū 8 3.Gō͘-kak ê　Tē it choē ū 9950 　Tē it chió ū 6 4.Chit-kho͘ ê　Tē it choē ê 2014000 Choá-phiò　Tē it chió ê 1200 5.Sin ê phiò　Tē it choē ū 9027 　Tē it chió ū 72 Í-siōng nā kā i pêng-kun:	一仙的銅仙第一濟有 145438 第一少有 16 五仙的白銅第一濟有 91648 第一少有 8 五角的第一濟有 9950 第一少有 6 一箍的紙票第一濟的 2014000 第一少的 1200 新的票第一濟有 9027 第一少有 72 以上若共伊平均：
Chit-sián--ê sī　4109 Gō͘-sián ê sī　2099 Gō͘ kak ê sī　475 Chit-kho͘ ê sī　147421 Soè-khún ê chéng-luī khah choē sī hì-pī^{n} kap pū-lâng khún.	一仙--的是 4109 五仙--的是 2099 五角--的是 475 一箍--的是 147421 細菌的種類較做是肺病佮孵膿菌。
Chî^{n} sī lâng-lâng só͘ chun-tiōng ê mih, iáu-kú nā khoà^{n}-kàu chit-khoán ê sò͘-jī, hut-jiân oē khí bô-ài ê sim, chóng-sī bô chî^{n} iā-sī boē tit-thang seng-oa̍h, iàu-kín lán tio̍h cha̍p-hun ê chim-chiok, hē chî^{n} tī it-tēng ê só͘-chāi, m̄-thang hē kap chia̍h mih sa^{n}-oá ê só͘-chāi.	錢是人人所尊重的物，猶-kú 若看到一款的數字，忽然會起無愛的心，總是無錢也是袂得通生活，要緊咱著十分的斟酌，下錢佇一定的所在，毋通下佮食物相倚的所在。
Koh chit-hāng khah iàu-kín, nā teh sǹg gûn-phiò ê sî tek-khak m̄-thang ùn-chhuì-noā, in-uī gûn-phiò só͘ khî^{n} ê soè-khún sī tē-it choē, só͘-í thang khoà^{n}-choè sī tē-it guî-hiám.	閣一項較要緊，若咧算銀票的時的確毋通搵喙瀾，因為銀票所拑的細菌是第一濟，所以通看做是第一危險。

載於《芥菜子》，第十六號，一九二七年五月

CHİT TIH CHİT TIH Ê CHÚI（一滴一滴的水）（31）

作者　不詳
譯者　陳清忠

【作者】

不著撰者。

【譯者】

陳清忠，見〈海龍王〉。

CHİT-TIH CHİT-TIH Ê CHÚI (31)	一滴一滴的水（31）
Chit pah jī-cha̍p hè ê Tn̂g-siū-hoat.	一百二十歲的長壽法。
Bó͘ chhut-miâ ê phok-sū, gián-kiù lâng ji̍t-siông ê seng-oa̍h kap hè-siū ê koan-hē, hoat-piáu kóng,-lâng nā ǹg-bāng ài chia̍h kàu chit-pah jī-cha̍p hè, tio̍h giâm-siú ē-bīn só͘ pâi chit kuí hāng, chiū oē ta̍t bo̍k-tek:	某出名的博士，研究人日常的生活佮歲壽的關係，發表講，人若向望愛食到一百二十歲，著嚴守下面所排這幾項，就會達目的：
1. Chhoán-khuì tio̍h tuì phīⁿ-khang.	1. 喘氣著對鼻空。
2. Khùn ê sî thang-á-mn̂g tio̍h lóng khui.	2. 睏的時窗仔門著攏開。
3. Ta̍k-ji̍t bín n̄ng-pái chhuì-khí.	3. 逐日抿兩擺喙齒。
4. M̄-thang lim siuⁿ choē, chia̍h siuⁿ choē.	4. 毋通啉傷濟、食傷濟。
5. Ta̍k-ji̍t tio̍h soé-e̍k.	5. 逐日著洗浴。
6. Muí-ji̍t tio̍h lē-hêng ūn-tōng.	6. 每日著例行運動。
7. Ta̍k-ji̍t tio̍h n̄ng-pái pak-tó͘-iau.	7. 逐日著兩擺腹肚枵。
8. Siā-bū m̄-thang toà tńg-lâi chhù-ni̍h pān.	8. 社務毋通帶轉來厝裡辦。
9. Tio̍h chhiò tio̍h kiû hó-chhiò ê sū.	9. 著笑著求好笑的事。
10. Bô-lūn choè sím-mi̍h sū, m̄-thang kè-thâu.	10. 無論做甚物事，毋通過頭。
11. Tuì seng-oa̍h tio̍h siūⁿ sóng-khoài. M̄-thang pîn-toāⁿ.	11. 對生活著想爽快。毋通貧憚。

（續）

12. Hun, chiū m̄-thang chia̍h.	12.薰，就毋通食。
13. Ji̍t-siông oá-tio̍h kha-chhiū, sin-pi^{n} ê mi̍h tio̍h kò͘ chheng-khì-siù^{n}.	13. 日常倚著跤手、身邊的物著顧清氣相。
14. Sa^{n} tio̍h chiàu chhù-lāi, chhù-goā, èng sî-hāu lâi chhēng.	14.衫著照厝內、厝外，應時候來穿。

載於《芥菜子》，第十七號，一九二七年六月

CHİT TIH CHİT TIH Ê CHU（一滴一滴的水）（32）

作者　不詳
譯者　康清塗

【作者】

不著撰者，內容是臺灣原住民（文中稱 Chhiⁿ-hoan，生番）的神話故事。（顧敏耀撰）

【譯者】

康清塗，見〈CHİT TIH CHİT TIH Ê CHU（一滴一滴的水）〉（21）。

CHİT TIH CHİT TIH Ê CHU (32)	一滴一滴的水（32）
Cheng-hoat jit-thâu	征伐日頭
Chiàu Chhiⁿ-hoan ê thoân-soat ū kóng kó-chá jit-thâu sī 2 lia̍p, chit-lia̍p sī chá-khí-sî chhut, ē-hng sî ji̍p, chit-lia̍p sī àm-thâu chhut khí-lâi kàu thiⁿ-kng chiah lo̍h, tuì án-ni lóng bô hun mî-ji̍t, lâng lóng bô thang hioh-khùn, ngó͘-kok chhài-soe kap chhiū-ba̍k lóng sí, lâng chin kan-khó͘ hit-sî chèng-lâng chiū chham-siông kéng 5 ê siàu-liân koh ióng-béng ê khì phah jit-thâu; chóng-sī lō͘ chin hn̄g tio̍h kiâⁿ 5, 6, cha̍p-nî chiah oē kàu; in 5 ê kiâⁿ 2, 3, cha̍p nî-kú ê-sî chit ê pēng-sí 2 ê tńg-lâi 2 ê ti̍t-ti̍t khì lóng bô siau-sit; āu-lâi chêng-lâng chiū koh kéng sò͘-miâ ê chheng-liân chi̍t lâng iāng chi̍t-ê gín-á khì; koh the̍h ngó͘-kok kap kam-á chhài ê chéng-chí khì; kiâⁿ chin kú chiah kàu, chóng-sī siàu-liân lâng lóng chin lāu sí-khì chhun 3 ê chheng-liân chiū-sī chhut-hoat ê sî só͘ iāng ê gín-á toā hàn ê. 3 ê chiū pui̍h chìⁿ siā jit-	照生番的傳說有講古早日頭是二粒，一粒是早起時出，下昏時入，一粒是暗頭出起來到天光才落，對按呢攏無分暝日，人攏無通歇睏，五穀菜蔬佮樹木攏死，人真艱苦彼時眾人就參詳揀五个少年閣勇猛的去拍日頭；總是路真遠著行五、六，十年才會到；in 五个行二、三，十年久的時一个病死二个轉來二个直直去攏無消息；後來前人就閣揀數名的青年一人 iāng 一个囡仔去；閣提五穀佮柑仔菜的種子去；行真久才到，總是少年人攏真老死去賰三个青年就是出發的時所 iāng 的囡仔大漢的。三个就拔箭射日頭，日頭流出真濟的血，紅的日頭隨時變白，天隨時烏陰，所以現時的月就是彼个流出血的日頭，現時的星就是彼時的日頭所噴的血展。

（續）

thâu, ji̍t-thâu lâu-chhut chin-choē ê huih, âng ê ji̍t-thâu suî-sî pì^{n} pe̍h, thi^{n} suî-sî ơ-im, só͘-í hiān-sî ê ge̍h chiū-sī hit ê lâu-chhut huih ê ji̍t-thâu, hiān-sî ê chhi^{n} chiū-sī hit-sî ê ji̍t-thâu só͘ phùn ê huih-tián.	
Khng Chheng-thô͘	康清塗

載於《芥菜子》，第二十一號，一九二七年十月

CHİT TIH CHİT TIH Ê CHU（一滴一滴的水）(33)

作者　不詳
譯者　康清塗

【作者】

不著撰者，內容是臺灣原住民（文中稱 Chhiⁿ-hoan，生番）的神話故事。（顧敏耀撰）

【譯者】

康清塗，見〈CHİT TIH CHİT TIH Ê CHU（一滴一滴的水）〉(21)。

CHİT TIH CHİT TIH Ê CHU（33）	一滴一滴的水（33）
Lâng piⁿ kâu	人變猴
Hiān-sî ê kho-hȧk-ka kap bô-sîn-lūn ê lâng kóng lán lâng sī kâu piⁿ ê, kâu sī lâng ê chó͘-kong.	現時的科學家佮無神論的人講咱人是猴變的，猴是人的祖公。
Chóng-sī chiàu chhiⁿ-hoan hoan kóng kâu sī lâng piⁿ ê, lâng sī kâu ê chó͘-kong; án-ni sī tò-péng: chiàu in kóng kó͘-chá bó͘-só͘-chāi ū chit ê chheng-liân miâ ヨンガイ chin pîn-toān i ū kap chit ê lāu-lâng saⁿ-kap tiàm ū chit-jit 2 ê khì soaⁿ-téng choh-sit, hit ê chheng-liân lóng bô ài choh-sit, lāu-lâng mn̄g i kóng àn-choáⁿ bô ài choh-sit, i kóng tû-thâu chin tūn; lāu-lâng chiū ēng ka-kī ê kā i oāⁿ. I iû-goân m̄ choh, lāu-lâng chin toā siū-khì chiū liȧh chheng-liân lâi phah kha-chhng-phoé, phah chin thiám chiū pàng i khì. Chheng-liân chiū cháu khì soaⁿ-lāi lóng bô chhut-lâi kap lâng óng-lâi; chin kú chiū piⁿ-choè kâu, hiān-sî ê kâu tȧk-chiah kha-	總是照生番的翻說講猴是人變的，人是猴的祖公；按呢是倒反：照 in 講古早某所在有一個青年名ヨンガイ真貧憚伊有佮一个老人相佮踮有一日二个去山頂作穡，彼个青年攏無愛作穡，老人問伊講按怎無愛作穡，伊講鋤頭真鈍；老人就用家己的共伊換。伊猶原毋作，老人真大受氣就掠青年來拍尻川★，拍真忝就放伊去。青年就走去山內攏無出來佮人往來；真久就變做猴，現時的猴逐隻尻川★紅紅就是老人拍的。

（續）

chhng-phoé âng-âng chiū-sī lāu-lâng phah ê.	
Khng Chhng-thô·	康清塗

載於《芥菜子》，第二十一號，一九二七年十月

Kî-tó（祈禱）

作者　不詳
譯者　王守勇

【作者】

不著撰者。

王守勇像

【譯者】

王守勇（1899～1972），今臺中外埔人，一九一七年北上就讀淡水中學（今淡江高中），一九二〇年畢業後負笈日本，進入京都同志社專門學校神學部，一九二四年畢業，再轉入文學部就讀，一九二七年學成（即獲得神學與文學雙學位）返臺，擔任麻豆教會傳道師，兼任臺南神學院講師，翌年受聘為該院專任教授，一九三一年任麻豆教會牧師，期間曾請假回鄉管理家務並兼任大甲教會義務牧師。一九三七年受聘擔任彰化教會牧師，並兼任彰化市立女子初級商業職業學校校長，一九四八年轉任淡江中學校長，翌年離職，在一九五〇、一九五一至一九五四年又兩次回任，在此期間亦曾擔任中華基督教會牧師、臺北李春生紀念教會牧師。一九五五年與鄭天送、陳燦嵩、黃重義等在臺北市創立永樂教會，擔任該會牧師，並兼任中壢聖德基督書院教授、北投道生聖經學院教務主任，一九七一年退休，翌年安息主懷，享年七十三歲。曾於《臺灣府城教會報》、《芥菜子》、《臺灣教會報》、《臺灣教會公報》發表白話字作品近卌篇。（顧敏耀撰）

Kî-tó	祈禱
1. Ū chit-khoán ê si̍t-bu̍t, nā-sī ji̍t-lo̍h ê sî, i ê hio̍h kap hoe chiū ha̍p-teh; nā ji̍t chhut khah sio-lō ê sî, hit ê hoe kap hio̍h chiū koh khui (chhin-chhiūⁿ thô͘-tāu á-sī kiàn-	1. 有一款的植物，若是日落的時，伊的葉佮花就合咧；若日出較燒烙的時，彼个花佮葉就閣開（親像塗豆抑是見笑草的款）按呢植物對日頭吸收燒氣

（續）

siàu chháu ê khoán) án-ni si̍t-bu̍t tuì ji̍t-thâu khip-siu sio-khì kap oa̍h-miā lâi toā-châng. Tú-tú chhin-chhiūⁿ án-ni, tī kî-tó ê sî, lán ê sim-mn̂g toā khui hiòng tī Gī ê ji̍t-thâu, oē thang siám-pī lóng-chóng ê kan-lân kap tāng-tàⁿ, lâi tióng-tōa tī Chú Iâ-sơ oân-choân ê thé.	佮活命來大叢。Tú-tú 親像按呢，佇祈禱的時，咱的心門大開向佇義的日頭，會通閃避攏總的艱難佮重擔，來長大佇主耶穌完全的體。
2. Chiàu lâng só͘ teh siūⁿ, tuì kî-tó lán boē-oē piàn-oāⁿ Siōng-tè ê kè-e̍k; chóng-sī teh kî-tó ê lâng i pún-sin ū piàn-oāⁿ. Sui-bóng tī chit ê bô oân-choân ê seng-oa̍h tiong, lán ê Tāi-thé ê hêng-siōng, tuì kî-tó ta̍k jit chiām-chiām ná hiòng tī oân-choân. Chhiáⁿ siūⁿ koe-bú teh pū-n̄ng ê sū, koe-n̄ng lāi-bīn sī bô hêng-siōng, chheng-chheng ê khoán, chóng-sī koe-bú nā pū ná-kú ê sî, koe-n̄ng chiū koh-iūⁿ pìⁿ-choè koe-á-kiáⁿ, chhin-chhiūⁿ koe-bú ê khoán-sit. án-ni m̄-sī koe-bú ū piàn-oāⁿ, chiū-sī koe-n̄ng piàn-oāⁿ. Só͘-í lán tuì tī kî-tó oē piàn-oāⁿ lán chhin-chhiūⁿ Siōng-tè êng-kng ê hêng-siōng.	2. 照人所咧想，對祈禱咱袂會變換上帝的計畫；總是咧祈禱的人伊本身有變換。雖罔佇這个無完全的生活中，咱的大體的形象，對祈禱逐日漸漸那向佇完全。請想雞母咧孵卵的事，雞卵內面是無形象，清清的款，總是雞母若孵那久的時，雞卵就各樣變做雞仔囝，親像雞母的款式。按呢毋是雞母有變換，就是雞卵變換。所以咱對佇祈禱會變換咱親像上帝榮光的形象。
3. Chuí-cheng-khì, uī-tio̍h ji̍t-thâu ê jia̍t, tuì toē-bīn peh-chiūⁿ khong-tiong. Sui-bóng ū ín-le̍k ê hoat-chek, iáu-kú bô sūn i ê hoat-tō͘. Chuí-cheng-khì peh chiūⁿ khong-tiong, āu-lâi pìⁿ-choè hō͘ koh lo̍h-lâi toē-bīn chiūⁿ ak chhân-hn̂g choè lâng ê lō͘-ēng. Chhin-chhiūⁿ án-ni Sèng Sîn ê hé ngiâ-chih lán ê kî-tó kàu Siōng-tè ê bīn-chêng, iāⁿ-kè choē-ok kap phái̍ⁿ-tāi, āu-lâi siū Siōng-tè ê chiok-hok, koh lo̍h-lâi toē-bīn-chiūⁿ choè lâng ê lī-ek.	3. 水蒸氣，為著日頭的熱，對地面 peh 上空中。雖罔有引力的法則，iáu-kú 無順伊的法度。水蒸氣 peh 上空中，後來變做雨閣落來地面上沃田園做人的路用。親像按呢聖神的火迎接咱的祈禱到上帝的面前，贏過罪惡佮歹代，後來受上帝的祝福，閣落來地面上做人的利益。

（續）

4. Ū chit-khoán hái-nih ê sit-but kiò-choè 'sea gooseberries,' sī kàu-kek loán-jiok, chit-phoah ê hái-éng oē kā i thiah kàu chhuì-kô͘-kô͘. Chóng-sī nā ū hong-thai ê hong-siaⁿ, i chiū tîm-loh hái-toé, tī hia hong-thai boē tit kàu, hái-éng phoah boē tioh, kek an-ún. Kî-tó ê lâng tú-tú sī chhin-chhiūⁿ án-ni, siat-sú tī chit sè-kan, nā ū choē-ok kap kan-lân ê hong-thai beh kàu; I chiū suî-sî chǹg-jip Siōng-tè ê Thiàⁿ ê toā-iûⁿ, tī hia éng-oán pêng-an koh chū-chāi.	4. 有一款海裡的植物叫做 'sea gooseberries,' 是到極軟弱，一潑的海湧會共伊拆到碎糊糊。總是若有風颱的風聲，伊就沉落海底，佇遐風颱袂得到，海湧潑袂著，極安穩。祈禱的人 tú-tú 是親像按呢，設使佇這世間，若有罪惡佮艱難的風颱欲到；伊就隨時鑽入上帝的疼的大洋，佇遐永遠平安閣自在。
5. Ū chit ê tiat-hak-chiá khì chhē chit-ê sîn-pì-ka chē. In lóng bô kóng-oē, tiām-tiām chē tiap-á-kú; āu-lâi tiat-hak-chiá peh khí-lâi beh tńg-khì ê sî, sîn-pì-ka kā i kóng "goá kám tioh lí só͘ siūⁿ--ê." Nā-sī tiat-hak-chiá ìn i kóng "M̄-kú goá boē oē chai lí só͘ kám-tioh--ê." án-ni sī bêng. Toē-bīn-chiūⁿ ê tì-sek boē-oē kám-tioh, iā boē-oē liáu-kái Siōng-tè ê chûn-chāi, kan-ta ēng kî-tó kap Siōng-tè kau-poê ê lâng, chiah sit-chāi oē bat Siōng-tè.	5. 有一个哲學者去揣一个神秘家坐。In攏無講話，恬恬坐 tiap 仔久；後來哲學者 peh 起來欲轉去的時，神秘家共伊講「我感著你所想--的。」若是哲學者應伊講「毋過我袂會知你所感著--的。」按呢是明。地面上的智識袂會感著，也袂會了解上帝的存在，干焦用祈禱佮上帝交陪的人，才實在會捌上帝。
6. Kî-tó ê lâng tī kî-tó ê tiong-kan só͘ tit-tioh ê pêng-an, lóng-sī tuì ēng chīn-sim chīn-ì tī Tāi-thé siōng kap Siōng-tè kau-poê lâi tit-tioh--ê. Tuì hî-tî só͘ peh-chiūⁿ khong-tiong ê chuí-cheng-khì, boē-oē chiâⁿ-choè toā ê hûn thang pìⁿ choè hō͘; kan-ta tuì toā-hái ê, chiah oē chiâⁿ toā ê hûn pìⁿ choè hō͘ loh lâi toē-bīn-chiūⁿ choè lō͘-ēng. Só͘-í tī kî-tó ê tiong-kan só͘ tit-tioh ê pêng-an, m̄-sī tuì lán ê tì-sek lâi--ê, tok-tok sī	6. 祈禱的人佇祈禱的中間所得著的平安，攏是對用盡心盡意佇大體上佮上帝交陪來得著--的。對魚池所 peh 上空中的水蒸氣，袂會成做大的雲通變做雨；干焦對大海的，才會成大的雲變做雨落來地面上做路用。所以佇祈禱的中間所得著的平安，毋是對咱的智識來--的，獨獨是對佇上帝無限量疼的大海才有。

（續）

tuì tī Siōng-tè bô hān-liōng Thiàⁿ ê toā-hái chiah ū.	
7. Jit-thâu put-sî teh chiò kng, jit-mî ê hun-piat, sì-kuì ê piàn-oāⁿ, m̄-sī tuì jit-thâu ê koan-hē, chiū-sī tuì Tē-kiû ê ūn-choán só͘ tì. Tú-tú chhin-chhiūⁿ án-ni Gī ê jit-thâu "cha-jit, kin-ná-jit, tâng chit-iūⁿ, tit kàu tāi-tāi." (Hi-pek-lâi 13:8) Siat-sú lán ū-sî hoaⁿ-hí, ū-sî iu-būn, che lóng sī tuì tī lán tuì Siōng-tè ê thài-tō͘ ê cheng-chha só͘-tì. Lán nā khui sim-mn̂g n̂g Siōng-tè ēng bêng-sióng kap kî-tó, Gī ê jit-thâu oē i-hó lán ê choē-koà ê siong-hûn, iā hō͘ lán oē tit-tio̍h oân-choân ê hó. (Má-liap-ki 4:2)	7. 日頭不時咧照光，日暝的分別，四季的變換，毋是對日頭的關係，就是對地球的運轉所致。Tú-tú 親像按呢義的日頭「昨日，今仔日，同一樣，直到代代。」（希伯來 13：8）設使咱有時歡喜，有時憂悶，這攏是對佇咱對上帝的態度的精差所致。咱若開心門向上帝用冥想佮祈禱，義的日頭會醫好咱的罪過的傷痕，也予咱會得著完全的好。（馬拉基 4：2）
8. Chū-jiân ê hoat-chek sī Siōng-tè ê chhiú-toāⁿ, beh pang-chān lâng kap pa̍t-hāng ê tōng-bu̍t ê chìn-hoà iā choè lī-ek. Sîn-jiah m̄-sī hoán-tuì chū-jiân ê hoat-chek, iáu ū put-chí choē khah koâiⁿ ê chū-jiân-hoat, lán pêng-siông m̄-chai. Nā oē ēng hiah ê koân ê chū-jiân hoat, chiū oē tit thang kiâⁿ Sîn-jiah. Tuì kî-tó lán chiām-chiām thang chai chiah ê khoah koân ê chū-jiân-hoat. Tē-it koân ê sîn-jiah chiū-sī ēng pêng-an kap hoaⁿ-hí lâi chhiong-moá lán ê lêng-hûn; Kiám-chhái lán beh siūⁿ kóng, tī chit ê choē-ok, khó͘-lān ê sè-kan, kiám ū chit khoán ê pêng-an? Chóng-sī ū lah! Boē-oē beh chiâⁿ-choè oē lah!! Phêng-kó tī joa̍h ê kok chèng boē khí, á-sī bông-kó (檬果-印度產果子) tī gâu lo̍h-seh ê kok boē oē chèng-tit. Siat-sú chiah ê ké-chí nā-sī tī bô ha̍h ê só͘-chāi chèng oē khí, lán thang	8. 自然的法則是上帝的手段，欲幫贊人佮別項的動物的進化也做利益。神跡毋是反對自然的法則，猶有不止濟較懸的自然法，咱平常毋知。若會用遐个權的自然法，就會得通行神跡。對祈禱咱漸漸通知遮个闊懸的自然法。第一懸的神跡就是用平安佮歡喜來充滿咱的靈魂；檢采咱欲想講，佇這个罪惡，苦難的世間，敢有這款的平安？總是有--啦！袂會欲成做會--啦！！蘋果佇熱的國種袂起，猶是檬果（印度產果子）佇 gâu 落雪的國袂會種得。設使遮个果子若是佇無合的所在種會起，咱通講這是奇跡。毋過設使 in 的條件若有設備好勢，雖罔熱帶地的植物，佇寒的所在猶原種會起。

（續）

kóng che sī kî-jiah. M̄-kú siat-sú in ê tiâu-kiāⁿ nā ū siat-pī hó-sè, sui-bóng jia̍t-tài toē ê si̍t-bu̍t, tī koâⁿ ê só͘-chāi iu-goân chèng oē khí.	
9. Siat-sú bān-lâng nā oē àⁿ hī-khang lâi thiaⁿ Siōng-tè ê siaⁿ, chiū bô khiàm-ēng sian-ti kap thoân tō-lí ê lâng khì sì-koè soan-thoân Siōng-tè ê sèng-chí. In-uī bān-lâng bô án-ni, só͘-í tio̍h sì-koè soan-thoân Siōng-tè ê hok-im sī choè iàu-kín. Chóng-sī ū sî tuì kî-tó oē pí tuì kóng tō-lí hit ê kong-hāu koh-khah toā. Tī ba̍t-pâng àm-chīⁿ choan-sim ê kî-tó oē pang-chān lī-ek lâng chin-toā. Tuì hit ê kám-hoà-la̍t kàu-ke̍k ū kong-hāu, kàu tī bān-lâng, oán-jiân chhin-chhiūⁿ bô soàⁿ tiān-sìn, m̄-bián oá-khò tiān-soàⁿ; só͘-í lán só͘ kî-tó ê oē, oē toā éng-hióng kàu tī pa̍t lâng.	9. 設使萬人若會 àⁿ 耳空來聽上帝的聲，就無欠用先知佮傳道理的人去四界宣傳上帝的聖旨。因為萬人無按呢，所以著四界宣傳上帝的福音是最要緊。總是有時對祈禱會比對講道理彼个功效閣較大。佇密房暗靜專心的祈禱會幫贊利益人真大。對彼个感化力到極有功效，到佇萬人，宛然親像無線電信，毋免倚靠電線；所以咱所祈禱的話，會大影響到佇別人。
10. Ū-sî tī bô hō͘-chuí ta-sò ê só͘-chāi iáu-kú thang khoàⁿ-kìⁿ chhiⁿ-chhuì ê ké-chí chin gâu siⁿ. Chi̍t ê chim-chiok kā i gián-kiù, chiū chai i ê hio̍h chhiⁿ-chhuì, bō͘-sēng, gâu siⁿ ké-chí, sī in-uī i ê kun ū soan tī thô͘-toé teh lâu ê oa̍h-choâⁿ. Ū-sî lán beh toā gông-ngia̍h, khoàⁿ-kìⁿ kî-tó ê lâng, sui-bóng tī chit ê choē-ok koàn-boán ê sè-tāi, i ta̍k-ji̍t ê seng-oa̍h kàu ke̍k pêng-an, bīn chhiò-iông, put-sî hoaⁿ-hoaⁿ hí-hí. Che chiū-sī tuì kî-tó, i ê sìn-gióng ê kun ū soan-ji̍p tī oa̍h-choâⁿ ê goân-thâu, tuì hia lâi tit khuì-la̍t kap oa̍h-miā thang kiat éng-oán oa̍h ê ké-chí.（Si-phian 1:2,3）	10. 有時佇無雨水焦燥的所在 iáu-kú 通看見青翠的果子真 gâu 生。一下斟酌共伊研究，就知伊的葉青翠，茂盛，gâu 生果子，是因為伊的根有 soan 佇塗底咧流的活泉。有時咱欲大 gông-ngia̍h，看見祈禱的人，雖罔佇這个罪惡貫滿的世代，伊逐日的生活到極平安，面笑容，不時歡歡喜喜。這就是對祈禱，伊的信仰的根有 soan 入佇活泉的源頭，對遐來得氣力佮活命通結永遠活的果子。（詩篇 1：2，3）

（續）

11.Chhiū-á kun ê bé-liu, tuì i ê pún-lêng kàu-ke̍k lāi, i ê kám-kak chin-hó; siat-sú nā bô puî thô͘ ê só͘-chāi, i ê kun chiū soan-cháu, nā ū puî ê só͘-chāi ū thang tit-tio̍h chia̍h mi̍h ê sî, i chiū soan khì. Kî-tó ê lâng, iû-goân ū hun-piat hó-phái; tio̍h, m̄ tio̍h ê la̍t tī-teh. I ū kàu-gia̍h ê tì-sek tī-teh, thang siám-pī kan-chà, kuí-khiat kap chhò-gō͘, lâi chhē sì-miā só͘ oá-khò ê Siōng-tè.	11.樹仔根的尾溜，對伊的本能到極內，伊的感覺真好；設使若無肥塗的所在，伊的根就 soan 走，若有肥的所在有通得著食物的時，伊就 soan 去。祈禱的人，猶原有分別好歹；著，毋著的力佇咧。伊有夠額的智識佇咧，通閃避奸詐，詭譎佮錯誤，來揣性命所倚靠的上帝。
12.Nā m̄-bat ēng kî-tó kap Siōng-tè kau-poê ê lâng, sit-chāi boē kham-tit kóng sī lâng. Chit-khoán ê lâng sī chhin-chhiū^{n} chit-khoán ê tōng-bu̍t siū thoàn-liān kàu oē chai it-tēng ê sî-kan, tī it-tēng ê só͘-chāi lâi choè it-tēng ê kang nā-tiā^{n}; boē kham-tit chheng-hơ sī lâng, Chit-khoán ê lâng ū sî pí hiah ê tōng-bu̍t koh-khah chhám, in-uī m̄-hān-tiā^{n} bô chīn in ê gī-bū tī Siōng-tè, siōng-chhiá^{n} oē siat-to̍k Siōng-tè. Chóng-sī kî-tó ê lâng ū koân thang chiâ^{n} choè Siōng-tè ê kiá^{n}, in-uī Siōng-tè chhòng-chō lán lâng hêng-chōng kap i sa^{n}-tâng, lán chiām-chiām oē tióng-sêng chhin-chhiū^{n} i ê khoán-sit.	12.若毋捌用祈禱佮上帝交陪的人，實在袂堪得講是人。這款的人是親像一款的動物受鍛鍊到會知一定的時間，佇一定的所在來做一定的工 nā-tiā^{n}；袂堪得稱呼是人，這款的人有時比遐的動物閣較慘，因為毋限定無盡 in 的義務佇上帝，尚且會褻瀆上帝。總是祈禱的人有權通成做上帝的囝，因為上帝創造咱人形狀佮伊相同，咱漸漸會長成親像伊的款式。

載於《芥菜子》，第五號，一九二六年六月二十五日

HŪ-LÚ HO̍K-CHONG（婦女服裝）

作者　不詳
譯者　郭水龍

【作者】

不著撰者，內容譯自《臺灣日日新報》之新聞報導。（顧敏耀撰）

郭水龍像

【譯者】

郭水龍（1881～1970），今臺北士林人，幼年曾向汪式金與簡榮基兩位先生學習傳統漢文。一八九七年入神學校，十分用功學習，表現突出，在一九〇〇年馬偕博士因咽喉癌而無法講課時，即能代其授課，因此名噪一時，後以第一名畢業。繼而先後前往宜蘭、基隆、新店等教會擔任牧師。一九二四年新店教會第三座禮堂遭大水沖毀，積極向各界募款重建，使新禮堂在一九二七年得以順利落成。一九三四年因戴仁壽醫師（Dr. George Gushue Taylor）之聘請，前往協助創設八里坋樂山園，擔任常務理事兼牧師，收容被當時社會所排斥的痲瘋病人，並且給予心靈上的寄託。其妻陳彬卿（陳榮輝牧師次女）亦為其得力助手，任勞任怨，同甘共苦。戰後再應新店教會之聘而前往牧會，至一九五三年退休，但仍然十分關心教會事務。個性親切，和藹可親，深受教友敬重，後以八十九高齡蒙主寵召。曾於《臺灣教會報》、《臺南府城教會報》、《芥菜子》發表白話字作品二十餘篇。（顧敏耀撰）

HŪ-LÚ HO̍K-CHONG	婦女服裝
(Tâi-ji̍t sin-bûn chhau-e̍k)	（臺日新聞抄譯）
Hū-jîn-lâng ê saⁿ-chhēng tī hong-sio̍k ū toā koan-hē. Pún-tó hū-jîn lâng ê saⁿ-khò͘, pún-jiân khah kó͘-phài, phok-sit; kūn-lâi Siōng-hái, Hok-chiu ê i-ho̍k ta̍k-ji̍t liû-hêng	婦人人的衫穿佇風俗有大關係。本島婦人人的衫褲，本然較古派、樸實；近來上海，福州的衣服逐日流行奢侈，奇奇怪怪的款。第一快受 in 的傳染的，

（續）

chhia-chhí, kî-kî koài-koài ê khoán. Tē-it khoài siū in ê thoân-jiám ê, sī Tâi-oân chiah ê gē-ki chhiong-ki. Saⁿ té khàm āu-bīn boē bát, khò͘ té khàm kha-thâu-u boē bát; tī ke-lō͘ kiâⁿ chin koài-chōng, khiā-ke ê hū-jîn lâng sui-jiân bô lóng o̍h--i, iáh sī ū siū tio̍h thoân-jiám; hong-sio̍k ū toā hoân-ló. Chiū lú ha̍k-seng sui bô hiah chhia-hoa iáh sī ū jiám tio̍h, chut-giáp liáu choè lú kàu-oân só͘ chhēng iā sī iá-iūⁿ; ū-ê o̍h Se-iûⁿ-sek, ām-niá khoah, saⁿ-sin oe̍h, chióng-chióng kî-koài ê ho̍k-chong.	是臺灣遮的藝妓娼妓。衫短 khàm 後面袂密，褲短 khàm 跤頭 u 袂密；佇街路行真怪狀，徛家的婦人人雖然無攏學--伊，也是有受著傳染；風俗有大煩惱。就女學生雖無遐奢華也是有染著，卒業了做女教員所穿也是野樣；有的學西洋式，頷領闊，衫身狹，種種奇怪的服裝。
Lú-chú bûn-bêng sī chāi tī ha̍k-būn, tō-tek, m̄-sī chāi tī i-chiûⁿ ê sin kî. Goān lú-chú ài choè kàu-io̍k ê chú-cháiⁿ tio̍h chīn-la̍t chù-ì. Au-bí ê hong-sio̍k chin chhia-hoa, hiah ê bûn-bêng-kok iáh m̄-sī lia̍h sin-kî choè kuì-khì, iû-goân tio̍h tiōng hong-sio̍k kái-liông choè iàu-kín. Só͘-í ta̍k-kok iû-goân ū chhú-thè hū-lú ho̍k-chong ê kui-chek. Siá chi̍t n̄g hāng lâi chham-khó:—	女子文明是在佇學問、道德，毋是在佇衣裳的新奇。願女子愛做教育的主宰著盡力注意。歐美的風俗真奢華，遐的文明國也毋是掠新奇做貴氣，猶原著重風俗改良最要緊。所以逐國猶原有取締婦女服裝的規則。寫一兩項來參考：—
Bí-kok Ka-hà-khoan-séng Kàu-io̍k-kio̍k 2 ge̍h 10 jit hoē-gī, ū gī-koat bēng-lēng kok ha̍k-hāu lú kàu-su tio̍h chù-ì i-ho̍k, — kûn bo̍h-tit chhēng siuⁿ-té, ian-chi, chuí-hún m̄-thang boah siuⁿ kāu, bián tit ha̍k-seng siū i khip-ín, boē kì-tit ha̍k-khò. Lú kio̍k-oân Pí-le̍k hū-jîn iáh piáu i ê ì-sù, kóng kàu-oân choè ha̍k-seng ê bō͘-hoān, bo̍h tit chhēng khàm kha-thâu-u boē bát ê té-be̍h, khàm kha boē bát ê té-kûn, khàm heng-khám boē bát ê soè-saⁿ; ǹg-bāng ha̍k-seng chhēng phoh-si̍t ê saⁿ-kûn, bián hō͘ káng-tn̂g piàn choè chong-	美國 Ka-hà-khoan 省教育局二月十日會議，有議決命令各學校女教師著注意衣服，—裙莫得穿傷短，胭脂，水粉毋通抹傷厚，免得學生受伊吸引，袂記得學課。女局員 Pí-le̍k 婦人也表伊的意思，講教員做學生的模範，莫得穿 khàm 跤頭 u 袂密的短襪，khàm 跤袂密的短裙，khàm 胸坎袂密的細衫；向望學生穿樸實的衫裙，免予講堂變做裝飾的陳列所。

（續）

sek ê tîn-lia̍t-sớ.	
Hi-lia̍p chèng-hú, in-uī hū-lú chhēng té-kûn tī hong-sio̍k ū toā koan-hē; 3 ge̍h 13 jit si-hêng sin lu̍t-hoat, kìm-chí hū-lú chhēng té-kûn, í-keng kiat-hun ê hū-lú kap 14 hè í-siōng bē kè ê lú-chú só-chhēng ê kûn tio̍h lī-thô͘-kha boē-sái kè 7 chhùn poàⁿ. Ū phài 2 miâ ê hū-lú choè kiám-cha-oân tī koe-lō͘ kiám-cha, nā ū uî-hoān chiū lia̍h khì hoa̍t kim; choè lāu-pē kap tiōng-hu tio̍h hū-tam hit ê chek-jīm.	希臘政府，因為婦女穿短裙佇風俗有大關係；三月十三日施行新律法，禁止婦女穿短裙，已經結婚的婦女佮十四歲以上未嫁的女子所穿的裙著離土跤袂使過七吋半。有派二名的婦女做檢查員佇街路檢查，若有違犯就掠去罰金；做老爸佮丈夫著負擔彼个責任。
Se-pan-gâ ê kiaⁿ-siâⁿ kok Chú-kàu tī 2 ge̍h 9 jit hoē-gī tio̍h bēng-lēng chhú-thè hū-lú ê i-ho̍k, hū-lú nā beh ji̍p hông-kiong, pài-tn̂g, tio̍h chhēng tn̂g-kûn, koâiⁿ-niá, tn̂g chhiú-ńg ê saⁿ; nā bô m̄-chún i ji̍p. Án-ni î-chhî hong-sio̍k.	西班牙的京城各主教佇二月九日會議著命令取締婦女的衣服，婦女若欲入皇宮、拜堂，著穿長裙，懸領，長手 ńg的衫；若無毋准伊入。按呢維持風俗。
Kì-chiá kóng, lán tuì hiān-sî ê hong-sio̍k kàu-hoē ê hū-lú tio̍h chhim chhim chù-ì; in-uī kàu-hoē khah tiōng phok-si̍t. Chóng-sī ia̍h chin-choē hū-lú o̍h chit-hō ho̍k-chong. Se-iûⁿ sio̍k-gú kóng chhēng-saⁿ m̄-thang hō͘ lâng kiaⁿ-tio̍h, chiū-sī chhēng iá-iūⁿ kî-kî koài-koài ê khoán. Kūn-ji̍t bó͘ Thoân-tō-su tī Siông-san ián-soat kóng, tī koe-lō͘ kiâⁿ thâu-khak tio̍h hiòng-thian m̄-káⁿ khoàⁿ hū-lú chhēng saⁿ-khò͘, in-uī chin pháiⁿ-khoàⁿ. Bó͘ Tiúⁿ-ló kóng i ê cha-bó͘ kiáⁿ tī Tām-chuí Lú ha̍k-īⁿ nā tńg-khì, chhēng hiah té koh oe̍h ê saⁿ-khò͘, i khoàⁿ liáu chin pháiⁿ-khoàⁿ, tio̍h kā ko͘-niû kóng. Bó͘ tông-hoē ài chhiáⁿ Bo̍k-su, siū chhiáⁿ ê Bo̍k-su beh seng khì siong-hoē, hit ê hoē-iú kóng Bo̍k-su-niû tio̍h soà	記者講，咱對現時的風俗教會的婦女著深深注意；因為教會較重樸實。總是也真濟婦女學這號服裝。西洋俗語講穿衫毋通予人驚著，就是穿野樣奇奇怪怪的款。近日某傳道師佇松山演說講，佇街路行頭殼著向天毋敢看婦女穿衫褲，因為真歹看。某長老講伊的查某囝佇淡水女學院若轉去，穿遐短閣狹的衫褲，伊看了真歹看，著共姑娘講。某同會愛請牧師，受請的牧師欲先去相會，彼个會友講牧師娘著紲來，意思愛看牧師娘的穿插；一下看見真樸實古派，大家呵咾好，無親像前牧師娘的虛榮。

（續）

lâi, ì-sù ài khoà^{n} Bo̍k-su niû ê chhēng-chhah; chi̍t-ē khoà^{n}-kì^{n} chin phok-sit kó͘-phài, tāi-ke o-ló hó, bô chhin-chhiū^{n} chêng Bo̍k-su-niû ê hu-êng.	
Ki-tok-kàu sī kiáu-chèng hong-sio̍k. Hū-lú bûn-bêng ê thài-tō͘ put-chāi tī sa^{n}-khò͘; sī chāi tī ha̍k-būn lāi-sim ê hó, che sī si̍t-tio̍h ê chng-thā^{n}. Sèng-chheh kóng hū-jîn-lâng tio̍h chhēng sò͘-sò͘ ê sa^{n}. (I Thê-mô͘-thài 2:9, I Pí-tek 3:3) Koh kóng bo̍h-tit tuì-tiōng hu-êng (Hui-lip-pí 2:3)	基督教是矯正風俗。婦女文明的態度不在佇衫褲；是在佇學問內心的好，這是實著的裝 thā^{n}。聖冊講婦人人著穿素素的衫。（I 提摩太 2：9，彼得前書 3：3）閣講莫得對重虛榮（腓立比 2：3）
Chhián-kiàn ê hū-lú choan-tiōng chhia-hoa, bô kò͘ ka-têng, chí ū hoân-ló tè lâng sa^{n}-khò͘ liû-hêng boē tio̍h, hūn tiōng-hu thàn chió-chî^{n}, bô kàu khai-ēng; tuì án-ni ka-têng khí hong-pho; iáu ū choē-choē ê pè-pēng.	淺見的婦女專重奢華，無顧家庭，只有煩惱綴人衫褲流行袂著，恨丈夫趁少錢，無夠開用；對按呢家庭起風波；猶有濟濟的弊病。
Goān lán Ki-tok-kàu ê chí-bē, ho̍k-chong tio̍h chiat-thiong, bô thàn sè-kan ê chhia-hoe, khang-khang ê êng-kng, lâi bán-hoê phái^{n} hong-sio̍k piàn choè hó.	願咱基督教的姊妹，服裝著 chiat-thiong，無趁世間的奢華，空空的榮光，來挽回歹風俗變做好。

載於《芥菜子》，第五號，一九二六年六月二十五日

TIȯH CHÁI^{n}-IŪ^{n} LÂI SIŪ SÈNG SÎN?
（著怎樣來受聖神？）

作者　不詳

譯者　陳清忠

【作者】

不著撰者。

【譯者】

陳清忠，見〈海龍王〉。

Tiȯh chái^{n}-iū^{n} lâi siū Sèng Sîn?	著怎樣來受聖神？
I. Siōng-tè iok-sok beh hō͘ lâng. Siōng-tè sī Lêng, sī Jîn-keh; Siōng-tè sī hùn-chhut ê su-sióng. Só͘-í tiȯh hián-hiān tī I pún-sin í-goā. Hit-ê chiū-sī bėk-sī, chiū-sī Thi^{n} ê khé-sī. Nā-sī án-ni I chái^{n}-iū^{n} lâi hoat-piáu? Sī ēng luî-tân? Á-sī ēng iá-siù? M̄-sī. Siōng-tè ēng lâng chiong I ê chhuì lâi hián-chhut. I kéng tē-it sèng, tē-it un-sûn ê lâng choè khì-khū lâi chí-sī I ê só͘ siū^{n}, I ê jiȧt-chêng, I ê kè-ėk kap chiong-lâi só͘ beh si^{n}-khí ê sū.	I 上帝約束欲予人 上帝是靈，是人格；上帝是 hùn 出的思想。所以著顯現佇伊本身以外。彼个就是默示，就是天的啟示。若是按呢伊怎樣來發表？是用雷霆？抑是用野獸？毋是。上帝用人將伊的喙來顯出。伊揀第一聖，第一溫純的人做器具來指示伊的所想，伊的熱情，伊的計畫佮將來所欲生起的事。
Sian-ti chiū-sī I ê khì-khū, I ê thong-ėk; só͘ kóng kan-ta Siōng-tè nā-tiā^{n}. I tī Í-se-kiat (36 chiu^{n} ū iok-sok beh ēng chheng ê chuí hiù--lán):—“Ēng chheng-chuí hiù lín, hō͘ lín chiâ^{n} chheng-khì, kì^{n}-nā pài ngó͘-siōng, kiâ^{n} ù-oè ê tāi-chì, lóng-chóng soé-tû khì.” Í-sài-a 35 chiu^{n} ū ēng chin suí ê oē kóng-chhut:—“Khòng-iá bô chuí ê só͘-chāi beh put-í^{n}, chhin-chhiū^{n} soa^{n} chû-ko, tek-kak ū hoa^{n}-hí chhiù^{n}-koa ê sia^{n}; chit-nih ê thó͘-sán chin-	先知就是伊的器具，伊的通譯；所講干焦上帝 nā-tiā^{n}。伊佇以西結（36 章有約束欲用清的水 hiù--咱）：—「用清水 hiù 恁，予恁成清氣，見若拜偶像，行污穢的代誌，攏總洗除去。」以賽亞 35 章有用真媠的話講出：—「曠野無水的所在欲 put-í^{n}，親像山 chû-ko，的確有歡喜唱歌的聲；這裡的土產真在充盛，比 Li-pa-lùn、迦蜜、Sa-lûn 閣較充盛；……曠野的大，水泉流出來。」約

（續）

chāi chhiong-sēng, pí Lī-pa-lùn, Ka-bit, Sa-lûn koh-khah chhiong-sēng;... ... khòng-iá ê toā, chuí-choâ^{n} lâu chhut lâi." Iok-ní 2 chiu^{n} ū kóng:—"Boa̍t-ji̍t, Goá beh chiong goá ê Sîn siú^{n}-sù bān lâng hơ̄ lín ê hāu-si^{n}, cha-bớ kiá^{n} kóng bē lâi ê tāi-chì, siàu-liân lâng khoà^{n}-kì^{n} koh-iū^{n} ê hêng-siōng, lāu-lâng bāng-kì^{n} bāng. Tng hit-ji̍t Goá beh chiong Goá ê Sîn siú^{n}-sù lơ̂-po̍k lú-pī......"	珥 2 章有講：—「末日，我欲將我的神賞賜萬人予恁的後生、查某囝講未來的代誌，少年人看見各樣的形象，老人夢見夢。當彼日我欲將我的神賞賜奴僕女婢……」
Kàu Sin-iok ê sî-tāi, tī Iok-tàn hô kiâ^{n} soé-lé ê Iok-hān tāi-seng khui-chhuì:— "Goá khoà^{n}-kì^{n} Sèng Sîn chhin-chhiū^{n} chí^{n}-á kàng-lîm tī I ê téng-bīn." "Lín teh-beh khoà^{n}-kì^{n} Sèng Sîn kàng-lîm tī lâng ê téng-bīn, che chiū-sī siū Sèng Sîn soé-lé ê lâng. "Iâ-sơ pún-sin iā ū kóng:— Iok-hān ēng chuí kiâ^{n} soé-lé, Goá teh-beh ēng Sèng Sîn kiâ^{n} soé-lé, hơ̄ lín."	到新約的時代，佇約旦河行洗禮的約翰代先開喙：—「我看見聖神親像 chí^{n} 仔降臨佇伊的頂面。」「恁咧欲看見聖神降臨佇人的頂面，這就是受聖神洗禮的人。」耶穌本身也有講：—約翰用水行洗禮，我咧欲用聖神行洗禮，予恁。」
Kàu Gơ̄-sûn-choeh, chit ê ū-giân kó-jiân èng-giām, chiâ^{n} I ê iok-sok. Sèng Sîn chhin-chhiū^{n} hé-iām kàng-lîm, tī in ê téng-bīn. Tī Gơ̄-sûn-choeh, Sèng Sîn ê kàng-lîm, tuì ū jîn-luī í-lâi, sǹg sī chi̍t ê keng-thian tōng-tē ê toā sū sè-kài ê le̍k-sú, jîn-luī ê ūn-bēng; uī-án-ni ū it-piàn. Tuì hit-tia̍p tio̍h kàu-ta^{n}, Sèng Sîn ū siông-siông tī choē-choē só-chāi lâi kàng-lîm. Kiám-chhái ū lâng siū^{n}, hit-khoán ê sū sī sio̍k tī kè-khì sū, chiong-lâi boē tit-thang koh tú-tio̍h. Chóng-sī m̄-sī án-ni, chhàm-gú iáu-boē oân-chiâ^{n}. Jîn-luī iáu lóng bē tit-tio̍h chheng-khì. Gơ̄-sûn-choeh ê sū, sím-mih lâng kā-i hān-tiā^{n} sī kè-khì ê sū? Iok-ní ê û-giân tī sè-boa̍t beh koh chi̍t pái	到五旬節，這个預言果然應驗，成伊的約束。聖神親像火炎降臨，佇 in 的頂面。佇五旬節，聖神的降臨，對有人類以來，算是一个驚天動地的大事世界的歷史，人類的運命；為按呢有一變。對彼 tia̍p 著到今，聖神有常常佇濟濟所在來降臨。檢采有人想，彼款的事是屬佇過去事，將來袂得通閣拄著。總是毋是按呢，讖語猶未完成。人類猶攏袂得著清氣。五旬節的事，甚物人共伊限定是過去的事？約珥的預言佇世末欲閣一擺照文字所講按呢來應驗。

（續）

chiàu bûn-jī sớ kóng án-ni lâi èng-giām.	
II. Sèng Sîn ê siúⁿ-sù.	II 聖神的賞賜
Sèng Sîn pîⁿ-pîⁿ sī chit ê, chóng-sī sớ siúⁿ-sù, lâng-lâng bô siâng-khoán. Ū ê chiâⁿ sìn-gióng ê hêng, ū ê chiâⁿ tì-huī ê oē, ū ê i-tī, ū ê kóng bē-lâi ê sū. Siōng-tè ēng sím-mih bȯk-tek beh chiong Sèng Sîn siúⁿ-sù lán?	聖神平平是一个，總是所賞賜，人人無 siâng 款。有的成信仰的形，有的成智慧的話，有的醫治，有的講未來的事。上帝用甚物目的欲將聖神賞賜咱？
1. Beh hō͘ lâng kap I chhin-chhiūⁿ, thang tit-tiȯh Siōng-tè ê hêng-siōng, Siōng-tè ê sèng-chit, lâi chiâⁿ sin ê lâng.	1. 欲予人佮伊親像，通得著上帝的形象，上帝的性質，來成新的人。
2. Uī-tiȯh beh soan-thoân hok-im. Thang thoân hok-im tī bān-bîn ê bīn-chêng. Nā tit-tiȯh Sèng Sîn ê kheng-chù, tek-khak boē tit-tiȯh hāu-kó.	2. 為著欲宣傳福音。通傳福音佇萬民的面前。若得著聖神的傾注，的確袂得著效果。
3. Uī-tiȯh beh kiàn-siat kàu-hoē ê tek-hēng. Sui-bóng hoán-hoé choē lâi tit-tiȯh hok-im ê Ki-tok-tớ, nā m̄-sī ū tit-tiȯh Sèng Sîn chhiong-moá ê Bȯk-su, Thoân-kàu-chiá lâi poê-iúⁿ, tek-khak boē tit-tiȯh sêng-tióng.	3. 為著欲建設教會的德行。雖罔反悔罪來得著福音的基督徒，若毋是有得著聖神充滿的牧師，傳教者來培養，的確袂得著成長。
III. Sèng Sîn lāi-chāi（內在）	III 聖神內在
Sèng Sîn m̄-nā kan-ta sī tuì goā-pō͘ ê kám-hoà, iā ū tiàm tī sìn-chiá kò-jîn ê tiong-kan. Sìn-chiá tȧk-lâng tek-khak tiȯh choè Sèng Sîn ê tiān chiah oē ēng tit. "Kiám m̄-chai lín sī Siōng-tè ê tiān, Siōng-tè ê Sîn tiàm tī lín lāi-bīn mah?" "Sớ kau-thok lí ê hó-sū, lí tiȯh oá-khò tiàm tī lán ê Sèng Sîn lâi kò-siú i." "Tȯk-tȯk Siōng-tè ê Sîn nā khiā-khí tī lín, chiū lín bô tiàm tī jiȯk-thé, sī tiàm tī Sîn; bô ū Ki-tok ê Sîn ê, m̄-sī I ê lâng."	聖神毋但干焦是對外部的感化，也有蹛佇信者個人的中間。信者逐人的確著做聖神的殿才會用得。「敢毋知恁是上帝的殿，上帝的神蹛佇恁內面--嘛？」「所交託你的好事，你著倚靠蹛佇咱的聖神來顧守伊。」「獨獨上帝的神若徛起佇恁，就恁無蹛佇肉體，是蹛佇神；無有基督的神的，毋是伊的人。」
Sèng Sîn ê jîn-keh sī oȧh--ê, sớ-i oē lī-	聖神的人格是活--的，所以會離開，

（續）

khui, oē tú-tio̍h chhiúⁿ-the̍h. Uī-tio̍h kiau-ngō͘ kap tāi-bān ê kiat-kó, sui-bóng Sèng Sîn bat tiàm ê só͘-chāi, iā oē piⁿ-choè khang-hu ê tiûⁿ-só͘. A-ná-nî-a kap Sat-hui-lah ū chhì Sèng Sîn. Bô sìn-gióng oē hō͘ Sèng Sîn iu-lū, oē siau-bô Sèng Sîn, oē ge̍k Sèng Sîn. Kàu-bé phah lâ-sâm Sèng Sîn, tì-kàu choè éng-oán bia̍t-bông ê kiáⁿ. Sit-chāi chin thang kiaⁿ...... "Bú-bān si-un ê Sèng Sîn, lí siūⁿ hit-hō͘ lâng eng-kai siū ê hêng-hoa̍t tio̍h ke loā tāng ah?!"	會拄著搶提。為著驕傲佮怠慢的結果，雖罔聖神捌踮的所在，也會變做空虛的場所。亞拿尼亞佮 Sat-hui-lah 有試聖神。無信仰會予聖神憂慮，會消無聖神，會逆聖神。到尾拍 lâ-sâm 聖神，致到做永遠滅亡的囝。實在真通驚……「侮慢施恩的聖神，你想彼號人應該受的刑罰著加偌重--啊？！」
IV. Siū Sèng Sîn ê chún-pī.	IV 受聖神的準備
Tio̍h cháiⁿ-iūⁿ, iā tio̍h sím-mi̍h sî-chūn, tī sím-mi̍h khoán ê lâng, Sèng Sîn beh lîm-kàu? Beh siū Sèng Sîn ê pì-koat sī sím-mi̍h?	著怎樣，也著甚物時陣，佇甚物款的人，聖神欲臨到？欲受聖神的祕訣是甚物？
1. Sîn koh-oa̍h chiūⁿ thiⁿ ê Chú, lâi hok-sāi-I, kap I kau-poê. Chhiáⁿ khoàⁿ Pí-tek ê soat-kàu. Gō͘-sûn-choeh ê soat-kàu, bô giâu-gî sī toā ê soat-kàu. Í-āu ê soat-kàu, thèng-chiòng tit-tio̍h Sèng Sîn ê sî, bô lūn tó chit-pái, lóng sī Chú kóng ê koh-oa̍h, Chú ê chiūⁿ thiⁿ, Chú ê koh-lâi, Sím-phoàⁿ ê Chú, oa̍h ê Ki-tok. Nā-sī lūn-khí I ê jîn-keh, kàu-hùn ê kàu-hoē, á-sī kò-jîn; m̄-bat thiaⁿ-kìⁿ tit-tio̍h Sèng Sîn ê lē. Tī Sù-tô͘ Hêng-toān tē 10 chiuⁿ só͘ kì, tī Ko-nî-liû ê chhù ê chū-hoē, Pí-tek kóng sím-mi̍h oē, cháiⁿ-iūⁿ só͘ thiaⁿ ê lâng lóng tit-tio̍h Sèng Sîn? Chú ê si̍p-jī-kè kap I ê koh-oa̍h nā-tiāⁿ mah? Kóng: "Lâng-lâng tiàu I tī chhâ-nih lâi thâi sí, Siōng-tè 3 ji̍t hō͘ I koh-oa̍h soà chhut-hiān, m̄-sī hō͘ chèng peh-sìⁿ khoàⁿ,	1. 神閣活上天的主，來服侍伊，佮伊交陪。請看彼得的說教。五旬節的說教，無僥疑是大的說教。以後的說教，聽眾得著聖神的時，無論佗一擺，攏是主講的閣活，主的上天，主的閣來，審判的主，活的基督。若是論起伊的人格，教訓的教會，抑是個人；毋捌聽見得著聖神的例。佇使徒行傳第十章所記，佇哥尼流的厝的聚會，彼得講甚物話，怎樣所聽的人攏得著聖神？主的十字架佮伊的閣活 nā-tiāⁿ --嘛？講：「人人吊伊佇柴裡來刣死，上帝三日予伊閣活紲出現，毋是予眾百姓看，是予上帝代先所揀選，為著伊做干證的人看，就是阮遮的，佇伊對死人中閣活的了後佮伊相佮咻食的人。伊閣命令阮傳予百姓，

（續）

sī hō͘ Siōng-tè tāi-seng só͘ kéng-soán, uī-tiȯh I choè kan-chèng ê lâng khoà^n, chiū-sī goán chiah ê, tī I tuì sí-lâng tiong koh-oȧh ê liáu-āu kap I sa^n-kap lim-chiȧh ê lâng. I koh bēng-lēng goán thoân hō͘ peh-sì^n, kan-chèng chit ê sī Siōng-tè só͘ Jip-tiā^n choè oȧh-lâng sí-lâng ê sím-phoà^n-si." Í-siōng só͘ thoân tan-sûn ê soat-kàu, tàu-tí ū tit-tiȯh sím-mih kiat-kó? Khoà^n 44 chat, —"Pí-tek iáu-kú teh kóng chiah ê oē ê sî, Sèng Sîn kàng-lîm tī kì^n-nā thia^n tō-lí ê lâng. Hōng kat-lé ê sìn-tō͘, kap Pí-tek sa^n-kap lâi ê, in-uī Sèng Sîn ê siú^n-sù iȧh kàng-lȯh tī goā-pang lâng, chiū lóng kî-koài."	干證這个是上帝所入定做活人死人的審判司。」以上所傳單純的說教，到底有得著甚物結果？看四十四節，－「彼得 iáu-kú 咧講遮的話的時，聖神降臨佇見若聽道理的人。奉割禮的信徒，佮彼得相佮來的，因為聖神的賞賜也降落佇外邦人，就攏奇怪。」
Khoà^n-kì^n Chú ê sù-tō͘ ah, lín chin ū hok-khì, chin thang him-soān! Chho͘-tāi ê ki-tok-tō͘ ah, lín ū hok-khì, in-uī lín ū siū-tiȯh Sèng Sîn ê koàn-ak. In-uī sit-chāi ū tit-tiȯh lâng choè toā ê tėk-koân lah!!	看見主的使徒--啊，恁真有福氣，真通欣羨！初代的基督徒--啊，恁有福氣，因為恁有受著聖神的灌沃。因為實在有得著人最大的特權--啦！！
Chú kā To-má kóng, "Lí khoà^n-kì^n chiah sìn, bô khoà^n-kì^n iā sìn ê lâng ū hok-khì!	主共多馬講，「你看見才信，無看見也信的人有福氣！
Hiān-tāi lán bô hit-khoán ê tėk-koân thang khoà^n-kì^n Chú ê jiȯk-thé, iā boē tit thang pài koh-oȧh ê Chú chiū^n-thi^n. Chóng-sī tāi-ke lóng bián sit-bāng. In-uī Chú kóng, "bô khoà^n-kì^n lâi sìn ê lâng khah ū hok-khì." Sī! Lán nā sái kan-ta sìn chiū oē tit-tiȯh khah iâ^n ê tėk-koân kap hok-khì. Ah, sit-chāi thang hoa^n-hí. Sìn oȧh ê Chú, tī I ê bīn-chêng tȧk-jit lâi hoa^n-hí ê lâng, bô giâu-gî teh-beh tit-tiȯh Sèng Sîn chhin-chhiū^n hō͘-chuí, chhin-chhiū^n iû lâi lūn-tėk lán ê sim.	現代咱無彼款的特權通看見主的肉體，也袂得通拜閣活的主上天。總是大家攏免失望。因為主講，「無看見來信的人較有福氣。」是！咱若使干焦信就會得著較贏的特權佮福氣。啊，實在通歡喜。信活的主，佇伊的面前逐日來歡喜的人，無憢疑欲得著聖神親像雨水，親像油來潤澤咱的心。

（續）

2. Kî-tó bô soah. Choan-sim kî-tó. Jit-jit hoé-kái lâi tè Chú, chiū oē tit-tio̍h Sèng Sîn.	2. 祈禱無煞。專心祈禱。日日悔改來綴主，就會得著聖神。
V. Siū Sèng Sîn ê kì-hō.	V 受聖神的記號
Sèng Sîn siông-siông pí-phēng choè hong, choè lâng ê khuì. “Kóng án-ni ēng khuì kā i pûn.” “Tio̍h siū Sèng Sîn” Kan-ta koh-oa̍h ê Chú beh ēng khuì pûn, chiong Sèng Sîn hō͘ lán. Che m̄-sī Kàu-hoē só͘ oē o̍h tit ê só͘-chāi, sī in-uī choân-jiân ū kap Iâ-so͘ ê jîn-keh boē sa^{n} pun-lī ê koan-hē tī-teh ê in-toa^{n}.	聖神常常比並做風，做人的氣。「講按呢用氣共伊歕。」「著受聖神。」干焦閣活的主欲用氣歕，將聖神予咱。這毋是教會所會學得的所在，是因為全然有佮耶穌的人格袂相分離的關係佇咧的因端。
VI. Siū Sèng Sîn ê kiat-kó.	VI 受聖神的結果
1. Jîn-keh ê kun-pún beh piàn-oā^{n}. Siū Sèng Sîn, loán-jio̍k ê sìn-chiá oē chiâ^{n} choè chin ióng-kiā^{n} ê lâng. Khah iâ^{n} pek-hāi. Toā sia^{n} lâi kóng. Hiáu-ngō͘ chin-lí. Hoa^{n}-hí moá-moá.	1. 人格的根本欲變換。受聖神，軟弱的信者會成做真勇健的人。較贏迫害。大聲來講。曉悟真理歡喜滿滿。
2. Ài-tha̍k Sèng-su. Kî-tó ê hé ná-to̍h;	2. 愛讀聖書。祈禱的火 ná 著；
3. Si^{n}-khí thoân-tō ê sim. Bô lūn sím-mih lâng bô thoân hok-im oē tòng boē tiâu.	3. 生起傳道的心。無論甚物人無傳福音會擋袂牢。
4. Kî-chek, ī^{n}-lêng oē chhut-hiān, phái^{n}-kuí oē cháu-chhut, pī^{n}-thià^{n} oē hó. Chhin-chhiū^{n} án-ni Chú teh-beh chiām-chiam ke-thi^{n} tit-tio̍h chín-kiù ê lâng.	4. 奇蹟、異能會出現，歹鬼會走出，病痛會好。親像按呢主咧欲漸漸加添得著拯救的人。

載於《芥菜子》，第六號，一九二六年七月二十五日

BÊNG-JÎN Ê KÎ-TÓ（名人的祈禱）(I)

作者　Samuel Johnson
譯者　郭水龍

塞繆爾・詹森像

【作者】

Samuel Johnson（塞繆爾・詹森，1709～1784），英國知名作家、辭書學家、文學評論家。出身寒微，苦學出身，一七二八年入牛津大學，翌年因家貧輟學，回鄉擔任私塾教師。一七三七年前往倫敦以寫作謀生，曾撰寫過英國議會的辯論摘要以及雜誌上的文章，也自己編輯單張的小品文週刊。一七四七年開始自費編纂《英文辭典》，在一七五五年完成，成為權威性的英文辭典，自此知名度迅速提高，成為英國文壇領袖。一七六五年，編輯出版《莎士比亞集》；一七七七年起，陸續撰寫五十多位詩人（包括考利、彌爾頓等）的傳記，集結為《詩人傳》，此二者為其文學評論代表作。此外還著有中篇傳奇《阿比西尼亞國拉塞拉斯王子傳》以及諷喻詩《倫敦》與《人生希望多空幻》，充分呈顯其人生哲學；在一七七五年出版的《蘇格蘭西部諸島紀遊》，則表現他對於歷史、倫理、文學以及蘇格蘭民族的見解。（顧敏耀撰）

【譯者】

郭水龍，見〈婦女服裝〉。

BÊNG-JÎN Ê KÎ-TÓ (I)	名人的祈禱（I）
Samuel Johnson (1709～1784)	Samuel Johnson（1709～1784）
O Chú ah, Lí ê chhiú chiáng-koán siⁿ kap sí, tuì tī Lí ê khuì-la̍t goá thang tit-tio̍h khiā-chāi, iā tuì tī Lí ê un-tián thang tit-tio̍h sià-bián, kiû Lí ēng lîn-bín àⁿ-lo̍h lâi khoàⁿ goá. Lí só͘ bēng-lēng goá tio̍h choè ê gī-bū, kàu	O 主 ah，你的手掌管生佮死，對佇你的氣力我通得著徛在，也對佇你的恩典通得著赦免，求你用憐憫 àⁿ 落來看我。你所命令我著做的義務，到今我有放做袂要緊，空空過日，全然無勞碌來

（續）

ta^{n} goá ū pàng choè boē iàu-kín, khang-khang kè jit, choân-jiân bô lô-le̍k lâi oân-sêng Lí ê chí-ì, kiû lí sià-bián goá chit-khoán pîn-toā^{n} ê choē. Kiû Lí hō͘ goá oē kì-tit ta̍k-jit sī Lí só͘ siú^{n}-sù--ê, eng-kai tio̍h chiàu Lí ê bēng-lēng lâi ēng hit jit. Só͘-í kiû Lí hō͘ goá chhim-chhim hoán-hoé pîn-toā^{n} ê choē, thang tuì Lí tit-tio̍h un-tián, iā thang keng-kè, Lí iáu jiâu goá ê sì^{n}-miā tī sè-kan ê tiong-kan, iā lâi khûn-bián lô-le̍k tī Lí ê sèng-chí, oá-khò Iâ-sơ Ki-tok. Sim-só͘-goān.	完成你的旨意，求你赦免我這款貧惰的罪。求你予我會記得逐日是你所賞賜--的，應該著照你的命令來用彼日。所以求你予我深深反悔貧惰的罪，通對你得著恩典，也通經過，你猶饒我的性命佇世間的中間，也來勤勉勞碌佇你的聖旨，倚靠耶穌基督。心所願。

載於《芥菜子》，第七號，一九二六年八月二十五日

BÊNG-JÎN Ê KÎ-TÓ（名人的祈禱）（II）

作者　Anselm
譯者　郭水龍

Anselmn 像

【作者】

Anselm（中譯為「安瑟倫」或「聖安森」、「聖安善」，1033～1109），出生於義大利北部皮埃蒙特（Piedmont）奧斯塔城（Aosta）之貴族家庭，母親是一位虔誠的基督徒。在一〇五九年進入法國貝克（Bec）的本篤修道院任副院長。一〇六三年接任院長，並使該修道院學校迅速成為當時歐洲的神學研究中心。在一〇九三年至一一〇九年成為英國的坎特伯里大主教。期間曾因英王威廉二世與亨利一世藉由政治力的干預而二次流亡國外，不過，最後還是回到坎特伯里。他是中世紀重要的神學家、哲學家，最有名的著作是有關基督降世為人的論文，被尊稱為最後一位教父與第一位經院哲學家。著作中運用形式邏輯論證基督教正統教義，提出關於上帝存在的「本體論證」及救贖論的「補贖說」，將中世紀的神學議題，推向理性關切的新方向。死後在一四九四年被封為聖徒，一七〇二年封為教會博士。（顧敏耀撰）

【譯者】

陳清忠，見〈海龍王〉。

BÊNG-JÎN Ê KÎ-TÓ (II)	名人的祈禱（II）
Anselm (1033～1109)	Anselm（1033～1109）
Goá ê Chú, goá ê Siōng-tè ah, kiû Lí siúⁿ-sù goá choân-sim só͘ ì-hiòng ài beh tit-tio̍h ê un-tián; ēng chit ê sim-koaⁿ lâi chhē Lí, chhē Lí lâi thiàⁿ Lí; tuì tī thiàⁿ Lí hō͘ goá oē tit-thang oàn-hūn lí kiù goá thoat-chhut hit ê	我的主，我的上帝--啊，求你賞賜我全心所意向愛欲得著的恩典；用這个心肝來揣你，揣你來疼你；對佇疼你予我會得通怨恨你救我脫出彼个罪愆。心所願。

（續）

choē-khian. Sim-só͘-goān.	

載於《芥菜子》，第七號，一九二六年八月二十五日

BÊNG-JÎN Ê KÎ-TÓ（名人的祈禱）(III)

作者　理得利主教
譯者　陳清忠

理得利主教像

【作者】

Bishop Ridley（理得利主教），即 Nicholas Ridley（尼可拉斯・理得利，1500～1555），生於諾森伯蘭（Northumberland，英格蘭北部與蘇格蘭交界處）的威摩提思克（Willimotiswick），本身是一位神學家，曾任倫敦主教，才能深受肯定。但後來因為認同與支持新教（Protestant，又稱更正教、復原派、抗羅宗等），受到本身是天主教信徒的女王瑪莉一世（Mary I）之迫害，在牛津（Oxford）與曾任沃斯特（Worcester）主教的拉提美爾（Hugh Latimer）一同被處以火刑。在點火之前所說的最後一段話是：「天父，我衷心獻上感謝，因為祢呼召我事奉祢，直到離世。主啊我神，我懇求祢憐憫英國這片土地，拯救她脫離仇敵的手」。當地在他殉教約三百年後的一八四一年建立起一座「殉教者紀念碑」，現今已經成為重要的歷史場景與觀光景點。（顧敏耀撰）

【譯者】

陳清忠，見〈海龍王〉。

BÊNG-JÎN Ê KÎ-TÓ (III)	名人的祈禱（III）
Bishop Ridley (1500～1555)	Bishop Ridley（1500～1555）
Ah, Thiⁿ-nih ê sîn, tì-sek, chhong-bêng ê Pē, khuì-la̍t ê Siōng-tè ah! Tài-liām Lí to̍k-siⁿ ê kiáⁿ, goán ê Chú Iâ-so͘, lâi lîn-bín goá, chhe Lí ê Sîn ji̍p goá ê sim; tuì Lí ê tì-huī, m̄-nā kan-ta hō͘ goá chai tio̍h cháiⁿ-iūⁿ lâi	啊，天裡的神，智識，聰明的爸，氣力的上帝--啊！帶念你獨生的囝，阮的主耶穌，來憐憫我，差你的神入我的心；對你的智慧，毋但干焦予我知著怎樣來吞忍這个試煉，也予我明白著用甚

（續）

thun-lún chit ê chhì-liān, iā hō͘ goá bêng-pe̍k tio̍h ēng sím-mih oē, lâi khah iâⁿ--i. Goá uī-tio̍h Lí ê êng-kng chhut tī chiàn-tiûⁿ ê sî, kiû Lí ēng Lí ê chiàⁿ-chhiú hû-chhî--goá, hō͘ goá tit-tio̍h khuì-la̍t, tuì án-ni hō͘ goá ióng-kám lâi kò͘-pe̍h goá ê sìn-gióng, tuì thâu kàu bé oē tit-thang oân-sêng hit ê sìn-gióng. oá-khò Chú Iâ-sơ ê miâ lâi kiû. Sim-só͘-goān.	物話，來較贏--伊。我為著你的榮光出佇戰場的時，求你用你的正手扶持--我，予我得著氣力，對按呢予我勇敢來告白我的信仰，對頭到尾會得通完成彼个信仰。倚靠主耶穌的名來求。心所願。

載於《芥菜子》，第七號，一九二六年八月二十五日

BÊNG-JÎN Ê KÎ-TÓ（名人的祈禱）（IV）

作者　J. Norden
譯者　陳清忠

J. Norden 像

【作者】

J.Norden（即 John Norden，約翰・諾頓，1548～1625），英國的土地測量師、宗教祈禱文作家，曾先後繪製的多幅關於倫敦的精密地圖，並且在一五九三年出版"*Speculum Britanniae*"（此為拉丁文，英文為"Mirror of Britain"，即「不列顛之鏡」），內容便是對於英國地形的描繪，在世界地圖繪製發展史上佔有重要的地位。（顧敏耀撰）

【譯者】

陳清忠，見〈海龍王〉。

BÊNG-JÎN Ê KÎ-TÓ (IV)	名人的祈禱（IV）
J. Norden (1548～1625)	J.Norden（1548～1625）
Siān-liông ê Pē ah, goá ta̍k-ji̍t kiû-chhē Lí, Lí ta̍k-ji̍t hián-hiān tī goá; goá nā kiû Lí, bô-lūn tī sím-mi̍h sî, goá oē khoàⁿ tio̍h Lí, — bô-lūn tī ke-lāi, bô-lūn tī iá-goā, tī Sîn-tiān á-sī tī koe-lō͘ sī án-ni. Goá bô-lūn beh choè sím-mi̍h, Lí kap goá saⁿ-kap tī-teh; bô-lūn tī lim-chia̍h ê sî, giâ-pit á-sī choè kang ê sî, khiâ-bé á-sī tha̍k-chheh ê sî, be̍k-sióng á-sī kî-tó ê sî, Lí put-sî kap goá saⁿ-kap tī-teh, goá bô-lūn tī sím-mi̍h só͘-chāi, choè sím-mi̍h sū, goá sî-siông kám-tio̍h Lí ê un-ài. Goá nā siū ap-pek	善良的爸--啊，我逐日求揣你，你逐日顯現佇我；我若求你，無論佇甚物時，我會看著你，－無論佇家內，無論佇野外，佇神殿抑是佇街路是按呢。我無論欲做甚物，你佮我相佮佇咧；無論佇啉食的時，夯筆抑是做工的時，騎馬抑是讀冊的時，默想抑是祈禱的時，你不時佮我相佮佇咧，我無論佇甚物所在，做甚物事，我時常感著你的恩愛。我若受壓迫的時，你替我持防；人若怨恨我，你保護我；我若腹肚枵，你養飼

（續）

ê sî, Lí thoè goá tî-hông; lâng nā oàn-hūn goá, Lí pó-hō͘ goá; goá nā pak-tó͘ iau, Lí iúⁿ-chhī goá; goá só͘ kî-goān ê, bô-lūn sím-mih, Lí siúⁿ-sù goá. Ah, kiû lí éng-oán siúⁿ-sù chit ê un-ài hō͘ goá, thang hō͘ thong sè-kan ê lâng lâi chai-bat Lí só͘ pó-hō͘ goá ê khuì-la̍t, Lí ê un-huī, Lí ê thiàⁿ-thàng, koh siōng-chhiáⁿ hō͘ goá ê tuì-te̍k oē chai-bat Lí ê un-ài sī éng-oán bô-piàn.	我；我所祈願的，無論甚物，你賞賜我。啊，求你永遠賞賜這个恩愛予我，通予通世間的人來知捌你所保護我的氣力，你的恩惠，你的疼痛，閣尚且予我的對敵會知捌你的恩愛是永遠無變。

載於《芥菜子》，第八號，一九二六年九月二十七日

BÊNG-JÎN Ê KÎ-TÓ（名人的祈禱）（V）

作者　Anselm
譯者　陳清忠

【作者】

Anselm（1033～1109），見〈名人的祈禱〉（II）。

【譯者】

陳清忠，見〈海龍王〉。

BÊNG-JÎN Ê KÎ-TÓ (V)	名人的祈禱（V）
Anselm (1033～1109)	Anselm（1033～1109）
Ah, Siōng-tè ah, Lí sī oa̍h-miā, Lì sī tì-huī, chin-lí phok-ài, chiok-hok, éng-oán to̍k-it ê Chin-sîn! Goá ê Chú goá ê Siōng-tè ah, Lí sī goá ê ǹg-bāng, sī goá ê hoa^{n}-hí. Goá ēng kám-siā lâi kò-pe̍h: Lí ū ēng Lí ê hêng-siōng lâi chhòng-chō goá, goá beh chiong goá ê sớ siū^{n} lâi kui Lí, lâi thià^{n} Lí. Chú ah, hō goá si̍t-chāi oē bat Lí, tuì án-ni hō goá thang chiām-chiām lâi thià^{n} Lí, hoa^{n}-hí Lí, chiong Lí lâi choè goá ê sớ ū.	啊，上帝--啊，你是活命，你是智慧，真理博愛，祝福，永遠獨一的真神！我的主我的上帝--啊，你是我的向望，是我的歡喜。我用感謝來告白：你有用你的形象來創造我，我欲將我的所想來歸你，來疼你。主--啊，予我實在會捌你，對按呢予我通漸漸來疼你，歡喜你，將你來做我的所有。
Án-ni, hiān-sè nā boē tit-thang oân-choân tit-tio̍h chit ê chiok-hok, chì-chió iā tio̍h hō goá seng-tióng tī hit lāi-bīn, thang tī lâi-sè lâi oân-chiâ^{n}. Kiû Lí tī hiān-sè ke-thi^{n} Lí ê tì-sek, lâi-sè thang oân-sêng--i; hiān-sè ke-thi^{n} Lí ê thià^{n}, lâi-sè thang sêng-chiū--i. Tī-chia tuì hi-bōng lâi ke-thi^{n} hoa^{n}-hí, tī-hia oē tit-thang tit-tio̍h oân-choân ê kiat-si̍t. Sim sớ goān.	按呢，現世若袂得通完全得著這个祝福，至少也著予我生長佇彼內面，通佇來世來完成。求你佇現世加添你的智識，來世通完成--伊；現世加添你的疼，來世通成就--伊。 佇遮對希望來加添歡喜，佇遐會得通得著完全的結實。心所願。

載於《芥菜子》，第八號，一九二六年九月二十七日

BÊNG JÎN Ê KÎ-TÓ（名人的祈禱）（VI）

作者　James Martineau
譯者　陳清忠

James Martineau 像

【作者】

James Martineau（詹姆斯・馬丁諾，1805～1900），英國神學家、思想家。生於英格蘭東部的諾維奇（Norwich），幼年就讀於諾維奇文法學校（Norwich Grammar School），後來進入由蘭特・卡本特博士（Dr. Lant Carpenter）主持的私人學院就讀。一八二二年進入曼徹斯特大學，一八二七年畢業之後先到蘭特・卡本特博士的私人學院任教，繼而前往都柏林的「唯一神教派教會」（Unitarian church）」任職，一八四〇年被任命為曼徹斯特新學院教授。在神學上他支持「神體一位論」（Unitarianism），也就是否認三位一體而相信天主只有一位，代表著作是《權威的中心》（*The Seat of Authority in Religion*），論述嚴謹而有創見，學術成就廣受尊崇，先後榮獲哈佛大學、萊頓大學、牛津大學等知名大學頒贈榮譽博士學位。（顧敏耀撰）

【譯者】

陳清忠，見〈海龍王〉。

BÊNG-JÎN Ê KÎ-TÓ (VI)	名人的祈禱（VI）
James Martineau (1805～1900)	James Martineau（1805～1900）
Hiān-kim tī-teh, kó͘-chá tī-teh, bī-lâi iā tī-teh ê Siōng-tè ah, sè-chiūⁿ ê lâng tī Lí ê bīn-chêng heng-khí, tī Lí bák-chêng biát-bô; ták sè-tāi lâng-lâng kiû chhē--Lí, chai Lí ê sìn-sit bô kiông-chīn. Goán ê chó͘-sian tī in ê lō͘-chiūⁿ ū tit-tio̍h Lí ê chhoā-lō͘, iā hioh-khùn tī	現今佇咧，古早佇咧，未來也佇 teh 的上帝 -- 啊，世上的人佇你的面前興起，佇你目前滅無；逐世代人人求揣 -- 你，知你的信實無窮盡。阮的祖先佇 in 的路上有得著你的 chhoā 路，也歇睏佇你的慈愛；尚且到 in 的囝孫，你 iáu-kú

（續）

Lí ê chû-ài; siōng-chhiá^{n} kàu in ê kiá^{n}-sun, Lí iáu-kú jit-sî choè in ê hûn-thiāu, mî-sî choè in ê hé-thiāu. Goá tú-tio̍h chióng-chióng bê-he̍k ê sî, kan-ta Lí kūn-oá, Lí chai; tī siong-pi ê sî, Lí ê lîn-bín koh-oa̍h goá loán-jio̍k ê sim-lêng; tī sūn-kéng, hēng-hok ê sî, kan-ta Lí ê Sèng Sîn oē phah-phoà goá ê khoa-kháu, lâi chí-tō goá choè pi-bî. Ah, pêng-hô kap chèng-gī to̍k-it ê goân-choâ^{n} ah! Kiû Lí sàu-tû goá sim-lāi ê lâ-sâm, hō͘ goá chiâ^{n}-choè chi̍t ê, chhin-chhiū^{n} sìn Lí lâi bô kiàn-siàu ê Sèng-tō͘ á-sī Sian-ti lâng.	日時做 in 的雲柱，暝時做 in 的火柱。我拄著種種迷惑的時，干焦你近倚，你知；佇傷悲的時，你的憐憫閣活我軟弱的心靈；佇順境，幸福的時，干焦你的聖神會拍破我的誇口，來指導我做卑微。啊，平和佮正義獨一的源泉--啊！求你掃除我心內的 lâ-sâm，予我成做一个，親像信你來無見笑的聖徒抑是先知人。
M̄-sī tuì tī goá ê kè-ta̍t, sī tuì tī Lí ê chû-ài lâi kî-tó. Sim só͘ goān.	毋是對佇我的價值，是對佇你的慈愛來祈禱。心所願。

載於《芥菜子》，第八號，一九二六年九月二十七日

SIŪ KHÚN-TIO̍K Ê LÂNG（受窘逐的人）

作者　不詳

譯者　陳清忠

【作者】

不著撰者。

【譯者】

陳清忠，見〈海龍王〉。

SIŪ KHÚN-TIO̍K Ê LÂNG	受窘逐的人
"Ūi-tio̍h gī bat siū khún-tio̍k ê lâng ū hok-khì, in-uī Thian-kok sī in ê. Ūi-tio̍h goá, lâng chiah loé-mē lín, khún-tio̍k lín, huí-pòng lín bān-hāng ê phái^{n}, lín chiū ū hok-khì. Tio̍h hoa^{n}-hí khoài-lo̍k, in-uī lín tī thi^{n}-ni̍h ê pò-siú^{n} sī toā; in-uī lín í-chêng ê sian-ti lâng, lâng ia̍h án-ni khún-tio̍k in." Thian-kok ê sêng-kè-chiá, lán ê Chú ū tāi-seng kú "Sim-lāi sòng-hiong ê lâng." Āu-lâi ū kú "Ūi-tio̍h I ê miâ siū khún-tio̍k ê lâng." Chit kù "Ūi-tio̍h gī......" m̄-sī sio̍k tī sè-chiū^{n} ê gī-lí, á-sī Hoat-lī-sài ê lâng só͘ teh kóng hit khoán ê gī, sī uī-tio̍h Ki-tok ê gī ê ì-sù.	「為著義捌受窘逐的人有福氣，因為天國是 in 的。為著我，人才詈罵恁，窘逐恁，誹謗恁萬項的歹，恁就有福氣。著歡喜快樂，因為恁佇天裡的報賞是大；因為恁以前的先知人，人也按呢窘逐 in。」天國的承繼者，咱的主有代先舉「心內 sòng-hiong 的人。」後來有舉「為著伊的名受窘逐的人。」這句「為著義……」毋是屬佇世上的義理，抑是法利賽的人所咧講彼款的義，是為著基督的義的意思。
Ūi-tio̍h gī, uī-tio̍h sìn-gióng lâi siū khún-tio̍k ê sî, lâng put-tek-í tio̍h khì chhē Sîn, sim-koa^{n} chiū chiâ^{n} sòng-hiong, thian-kok chiū choè hit ê lâng ê só͘-iú, che sī tong-jiân ê sū. Siat-sú nā tò-péng, uī-tio̍h gī, uī-tio̍h sìn-gióng lâi toā-toā siū siōng-chàn, koh-chài tit-tio̍h bu̍t-chit-tek pò-siû; chiū boē kì-tit Sîn, chiū bô thian-kok; só͘-í m̄-sī uī-tio̍h ka-kī ê	為著義，為著信仰來受窘逐的時，人不得已著去揣神，心肝就成 sòng-hiong，天國就做彼个人的所有，這是當然的事。設使若倒反，為著義，為著信仰來大大受頌讚，閣再得著物質的報酬；就袂記得神，就無天國；所以毋是為著家己的高慢，家己的缺點，是為著真的義，真的信仰來受迫害--的，才通

（續）

ko-bān, ka-kī ê khoat-tiám, sī uī-tio̍h chin ê gī, chin ê sìn-gióng lâi siū pek-hāi--ê, chiah thang kóng sī chin hēng-hok ê lâng.	講是真幸福的人。
Chóng-sī nā m̄-sī in-uī Sîn kap bī-lâi ê sìn-gióng, chit khoán ê sū tàu-tí oē chiā^{n} á-boē? Kó͘-lâi ê Ki-tok-tô͘ só͘ siū ê pek-hāi lóng-chóng to sī uī-tio̍h bī-lâi ê sìn-gióng lâi thun-lún, hoán-tńg ēng kám-siā lâi jím-siū. Lí-lūn m̄-bián kóng, put-kò nā m̄-sī in-uī Sîn, in-uī bī-lâi, lâng beh uī-tio̍h gī lâi siū khiàn-chek, siū khún-tio̍k siōng-chhiá^{n} lâi hoa^{n}-hí, lâi kám-siā; siū chiù-chó͘, lâi chiok-hok, thoè tuì-te̍k kî-tó lâi kè-sì... chit-khoán sī put-khó-lêng (不可能) ê sū.	總是若毋是因為神佮未來的信仰，這款的事到底會成抑袂？古來的基督徒所受的迫害攏總都是為著未來的信仰來吞忍，反轉用感謝來忍受。理論毋免講，不過若毋是因為神，因為未來，人欲為著義來受譴責，受窘逐尚且來歡喜，來感謝；受咒詛，來祝福，替對敵祈禱來過世……這款是不可能的事。
Kó͘-chá bô lūn tó chi̍t ê Sian-ti, tó chi̍t ê sù-tô͘ lóng-chóng ū siū khún-tio̍k. Lán ê Chú sī choè-tāi ê tāi-piáu-chiá. Chóng-sī in lóng-chóng ū tit-tio̍h thian-kok, in ê sim-koa^{n} ū toā-toā ê hi-bōng, kap hoa^{n}-hí tī-teh. Khún-tio̍k in-ê ê sim-koa^{n} put-sî sī tē-ge̍k; uī-tio̍h gī siū khún-pek ê, put-sî sī thian-kok,—put-sî ū lâng só͘ m̄-chai ê kám-siā kap hoa^{n}-hí tī-teh.	古早無論佗一个先知，佗一个使徒攏總有受窘逐。咱的主是最大的代表者。總是 in 攏總有得著天國，in 的心肝有大大的希望，佮歡喜佇咧。窘逐 in 的的心肝不時是地獄；為著義受窘迫的，不時是天國，－不時有人所毋知的感謝佮歡喜佇咧。
Chò Thoân-kàu-chiá hō͘ lâng hoan-gêng, hō͘ choē-choē lâng kiò sian-si^{n}; chit-khoán ê sū khiok m̄ sī phái^{n}, chóng-sī iā tek-khak m̄-sī choè-siōng ê hoa^{n}-hí. In ê choè-toā, choè-siōng ê hoa^{n}-hí sī tī sím-mi̍h sî?	做傳教者予人歡迎，予濟濟人叫先生；這款的事卻毋是歹，總是也的確毋是最上的歡喜。In 的最大、最上的歡喜是佇甚物時？
Chiū-sī siū sè-kan ê pek-hāi, hō͘ lâng phah, hō͘ lâng khó͘-chhó͘, siōng-chhiá^{n} thoè in kî-tó,—chhin-chhiū^{n} Sū-thê-hoán tī lâu-huih ê tiong-kan iáu-kú kiò kóng "Chú ah, m̄-thang chiong chit ê choē kui tī in." ê sî lah!!	就是受世間的迫害，予人拍，予人苦楚，尚且替 in 祈禱，－親像司提反佇流血的中間 iáu-kú 叫講「主--啊，毋通將這个罪歸佇 in。」的時--啦！！

（續）

Lâng nā siū^{n} thian-kok sī tī chòng-giâm bí-lē ê ông-kiong, á-sī tī pek-bān tióng-chiá ê piȧt-chong sī chhin-chhiū^{n} iù-tī ê gín-ná. Khái-soân ê chiòng-sū, toā ê sêng-kong chiá, á-sī hēng-ūn-chiá ê tiong-kan, nā siū^{n} ū thian-kok ê hoa^{n}-hí tī-teh ê, iā sī gōng ê tėk-táim. Thian-kok m̄-sī tī hit-khoán ê sớ-chāi. Chhì-á ê bián-liû, Si̇p-jī-kè ê téng-bīn chiah si̇t-chāi oē khoà^{n} tiȯh thian-kok chin ê hoa^{n}-hí. Pàng-sak chú-gī, siau-bū sìn-gióng lâi kap sè-kan thò-hiȧp (妥協), sī ài hơ̄ lâng hoa^{n}-hí hit-khoán ê lâng ê sim-koa^{n} sī chin hi-bî, tī hia ū tē-gėk ê àm-iá^{n} bih-teh. Tû-khí Si̇p-jī kè ê hi-seng í-goā, sè-kài bô lūn tī sím-mi̇h sớ-chāi, bô ū thian-kok ê chûn-chāi.	人若想天國是佇壯嚴美麗的王宮，抑是佇百萬長者的別莊是親像幼稚的囡仔。凱旋的將士、大的成功者，抑是幸運者的中間，若想有天國的歡喜佇咧的，也是戇的特點。天國毋是佇彼款的所在。刺仔的冕旒，十字架的頂面才實在會看著天國真的歡喜。放捒主義，siau-bū 信仰來佮世間妥協，是愛予人歡喜彼款的人的心肝是真稀微，佇遐有地獄的暗影覕咧。除去十字架的犧牲以外，世界無論佇甚物所在，無有天國的存在。
Kớ-lâi ê Ki-tok-tơ̄, uī-tiȯh Chú e miâ siū lâng loé-mē, hơ̄ lâng kóng phái^{n}-chhuì, sī in-uī in ū chiong Ki-tok choè Chú, choè ông, choè tiōng-hu, ēng choân sîn choân-lêng hiàn hơ̄--i ê in-toa^{n}.	古來的基督徒，為著主的名受人詈罵，予人講歹喙，是因為 in 有將基督做主、做王、做丈夫，用全神全能獻予--伊的因端。
Siat-sú in nā bô sìn bī-lâi, m̄-chai kó-jiân oē lún kàu án-ni á-boē? In-uī ǹg-bāng nā-sī kan-ta siȯk tī chit sè-kan, thang kóng sī bān-lâng tiong choè khó-lîn--ê. Chú kóng, “Tiȯh hoa^{n}-hí khoài-lȯk, in-uī lín tī thi^{n}-nih ê pò-siú^{n} sī toā.” Kiám-chhái ū lâng khoà^{n} pò-siû-tek koan-liām (報酬的觀念) choè pi-chiān, iáu-kú lán tiȯh bêng-pėk che m̄-sī uī-tiȯh pò-siû ê sìn-gióng sī uī-tiȯh sìn-gióng Chú sớ iok-tēng pit-jiân ê pò-siû, sớ-í sī tong-jiân--ê.	設使 in 若無信未來，毋知果然會忍到按呢抑袂？因為向望若是干焦屬佇這世間，通講是萬人中最可憐--的。主講，「著歡喜快樂，因為恁佇天裡的報賞是大。」檢采有人看報酬的觀念做卑賤，iáu-kú 咱著明白這毋是為著報酬的信仰是為著信仰主所約定必然的報酬，所以是當然--的。
Sím-mi̇h in-toa^{n}, sìn-chiá hơ̄ sè-kan án-ni gơ̄-kái, án-ni khún-tiȯk? Hit-ê kun-pún bô m̄-sī tuì Iâ-sơ ê kò-jîn-tek jiȧt-ài lâi--ê. Chiū-	甚物因端，信者予世間按呢誤解，按呢窘逐？彼个根本無毋是對耶穌的個人的熱愛來--的。就是信者將伊做王，做

（續）

sī sìn-chiá chiong I choè ông, choè tiōng-hu lâi hiàn jiȧt-jiȧt ê thiàⁿ hō--i, I í-goā bô pȧt-hāng mih sī pâi-tha-tek, it-sim it-hiòng ê in-toaⁿ; bô khǹg poàⁿ-hāng mih tī I ê téng-bīn, I chiū-sī Sîn, chiū-si Chú, chiū-sī oȧh-miā; pài I chò koat-tēng éng-oán siⁿ-sí ê ūn-bēng tȯk-it oȧh ê Kiù-chú, thiàⁿ--i, sim sîn lóng kui-i. Só͘-í boē bián-tit tiȯh siū gō͘-kái, tiȯh siū pek-hāi, tiȯh siū iàm-khì; che m̄-sī bô-lí ê sū.	丈夫來獻熱熱的疼予--伊，伊以外無別項物是排他的，一心一向的因端；無囥半項物佇伊的頂面，伊就是神，就是主，就是活命；拜伊做決定永遠生死的運命獨一活的救主，疼--伊，心神攏歸-伊。所以袂免得著受誤解，著受迫害，著受厭棄；這毋是無理的事。
Tuì tī Ki-tok bu̍t-ngó͘-tek hōng-sū (沒我的奉仕) ê thài-tō͘, chū-jiân boē-tit thang kap m̄-sī siȯk tī Ki-tok ê kau-chè, gō͘-lȯk saⁿ-kap kiâⁿ, siā-kau-tek kap pȧt-lâng chiū so͘-oán. Sìn-chiá kap sìn-chiá ê chhin-bi̍t sī kut-jiȯk hiaⁿ-tī í-siōng, m̄-kú nā í-goā--ê, chiū ná lī-khui, ū-sî soà khí iàm-ò͘ ê sim. Só͘-í siū put-sìn-chiá ê pek-hāi, siū in ê hoán-tuì, che sī tong-jiân só͘ oē siⁿ-khí ê sū. Sìn-gióng jiȧt-jiȧt ê só͘-chāi, tiāⁿ-tiȯh ū pek-hāi iām-iām ê hé teh tȯh.	對佇基督沒我的奉仕的態度，自然袂得通佮毋是屬佇基督的交際，娛樂相佮行，社交的佮別人就疏遠。信者佮信者的親蜜是骨肉兄弟以上，毋過若以外--的，就那離開，有時紲起厭惡的心。所以受不信者的迫害，受 in 的反對，這是當然所會生起的事。信仰熱熱的所在，定著有迫害炎炎的火咧著。
Chóng-sī lūn khún-tiȯk ê goân-in, sìn-chiá tiȯh ài ū toā-toā ê hoán-séng. Kiám-chhái ū-sî sī tuì tī ka-kī ê ko-bān, put chhin-chhiat, bô lé-sò͘, bô siông-sek lâi choè siū pek-hāi ê goân-in, iā ū.	總是論窘逐的原因，信者著愛有大大的反省。檢采有時是對佇家己的高慢、不親切、無禮數、無常識來做受迫害的原因，也有。
Siat-sú hit ê goân-in nā m̄-sī ti̍t-chiap tuì tī sìn-gióng Ki-tok, á-sī tuì I ê thiàⁿ lâi, kan-ta tuì tī sìn-chiá kò-jîn ê khoat-tiám, loán-jiȯk lâi--ê, tek-khak tiȯh chhim-chhim hoé-kái. Chiōng-lâi choē-choē uī ê kàu-hoē tú-tiȯh khún-tiȯk, sī tuì tī thoân-tō͘-chiá, sìn-chiá ê hui-siông-sek, ko-bān, kheng-chut, hui-sin-	設使彼个原因若毋是直接對佇信仰基督，抑是對伊的疼來，干焦對佇信者個人的缺點，軟弱來--的，的確著深深悔改。從來濟濟位的教會拄著窘逐，是對佇傳道者，信者的非常識、高慢、輕率，非紳士的言論，態度來生起--的；若想著到按呢，袂免得著愛有謹慎佮驚

（續）

sū tek giân-lūn, thài-tō͘ lâi siⁿ-khí--ê; nā siūⁿ-tio̍h kàu án-ni, boē bián-tit tio̍h ài ū kín-sīn kap kiaⁿ-hiâⁿ ê sim-koaⁿ lâi tî-hông.	惶的心肝來持防。
Ài choè chin ê Ki-tok-tō͘ lâi li̍p sè--ê, tio̍h chai i tek-khak oē kap chit sè-kan chhiong-tu̍t; chai hoán-khòng sè-kan, boē bián-tit tio̍h jiá-siū pek-hāi. Hû Mô͘-kuí choè ông-ê sè-kan, kap jīn Iâ-so͘ choè Chú ê Ki-tok-tō͘, bô lūn khì kàu tó-uī, tiāⁿ-tio̍h boē hô-ha̍p. Sio̍k tī sè-kan--ê, teh-beh khún-tio̍k bô sio̍k tī sè-kan ê sèng-tō͘, in-uī ū kì-chài kóng. "Hoān-nā choè pháiⁿ ê lâng, oàn-hūn kng, bô ài chiū-kūn kng; in-uī bô ài i ê só͘-choè lâi siū chek-pī." Án-ni thang chai siū khún-tio̍k sī tong-jiân, put-lêng-bián oē siⁿ-khí--ê. Só͘-í hoān tī sè-kan nā ū Ki-tok-tō͘ boē siū khún-tio̍k ê, bô giâu-gî i sī he-sek (灰色) ê sìn-chiá,— bô sio bô jia̍t, poàⁿ sio-léng ê sìn-gióng-ka.	愛做真的基督徒來立誓--的，著知伊的確會佮這世間衝突；知反抗世間，袂免得著惹受迫害。扶魔鬼做王的世間，佮認耶穌做主的基督徒，無論去到佗位，定著袂和合。屬佇世間--的，咧欲窘逐無屬佇世間的聖徒，因為有記載講。「凡若做歹的人，怨恨光，無愛就近光；因為無愛伊的所做來受責備。」按呢通知受窘逐是當然，不能免會生起--的。所以 hoān 佇世間若有基督徒袂受窘逐的，無僥疑伊是灰色的信者，—無燒無熱，半燒冷的信仰家。
Tī chia só͘ kú-khí poeh ê hok-khì, bô chit ê m̄-sī koan-hē tī Bí-sài-a ê Ông-kok. Te̍k-pia̍t lō͘-boé-hāng lūn-khí siū khún-tio̍k ûn-ûn, nā m̄-sī ū khǹg bī-lâi ê ǹg-bāng, tek-khak tit boē tio̍h ê hok-khì. Tī toē-chiūⁿ ū-sî siū phah, phuì chhuì-noā, koáⁿ-tio̍k, hō͘ lâng thâi siōng-chhiáⁿ hoaⁿ-hí, kám-siā bô oàn lâng, bô oàn sè-kan; só͘-í thang kóng nā m̄-sī ū khǹg bē-lâi ê sìn-gióng, m̄ sī phó͘-thong ê lûn-lí tō-tek só͘ kiâⁿ oē kàu ê sū.	佇遮所舉起八个福氣，無一个毋是關係佇彌賽亞的王國。特別路尾項論起受窘逐勻勻，若毋是有囥未來的向望，的確得袂著的福氣。佇地上有時受拍，phuì 喙瀾，趕逐，予人刣尚且歡喜，感謝無怨人，無怨世間；所以通講若毋是有囥未來的信仰，毋是普通的倫理道德所行會到的事。

載於《芥菜子》，第八號，一九二六年九月二十七日

Pún-sin（本身）

作者　不詳
譯者　陳清忠

【作者】

不著撰者。

【譯者】

陳清忠，見〈海龍王〉。

Pún-sin	本身
Lán boē tit-thang sìn-iōng pún-sin siuⁿ kè-thâu, in-uī lán khah siông ū khiàm-kheh choē-choē ê bí-tek, koh-chài bô chap-hun chai-bat ka-kī ê in-toaⁿ.	咱袂得通信用本身傷過頭，因為咱較常有欠缺濟濟的美德，閣再無十分知捌家己的因端。
Lán ê chai-bat pún-sin sī kàu-kek sió-khoá, siōng-chhiáⁿ tuì tī lán ê pîn-toāⁿ suî-sî sit-lo̍h boē kì-tit.	咱的知捌本身是到極小可，尚且對佇咱的貧惰隨時失落袂記得。
Lán siông-siông, iû-goân m̄-chai lán ka-kī sim-lāi ê chhiⁿ-mî kàu loā siong-tiōng.	咱常常，猶原毋知咱家己心內的青盲到偌傷重。
Lán sî-siông choè pháiⁿ ka-kī lâi sià-bián. Lán ū-sî tuì tī kám-chêng lâi tín-tāng, iā siūⁿ-choè sī jia̍t-sim.	咱時常做歹家己來赦免。咱有時對佇感情來振動，也想做是熱心。
Lán hiâm pa̍t-lâng tī sió-khoá ê sū, ka-kī ê toā-sū pàng hō͘ i kè-khì.	咱嫌別人佇小可的事，家己的大事放予伊過去。
Lán tuì pa̍t-lâng siū-tio̍h ê khó͘-thàng suî-sî kám-tio̍h, iā siūⁿ sī siong-tiōng; Chóng-sī hō͘--lâng ê kan-khó͘ lóng pàng choè boē iàu-kín.	咱對別人受著的苦痛隨時感著，也想是傷重；總是予--人的艱苦攏放做袂要緊。
Lán só͘-choè ê sū-gia̍p beh chiàu-khí-kang	咱所做的事業欲照起工閣斟酌來想，

（續）

koh chim-chiok lâi siūⁿ, nā-sī phoàⁿ-toàn pa̍t-lâng ê sū-gia̍p lóng boē chhut--tit.	但是判斷別人的事業攏袂出--得。
Kiò-choè chin-si̍t ê Ki-tok-tô͘--ê, iáu-bē siūⁿ pa̍t-lâng ê tāi-seng, sī khah ài séng-chhat ka-kī.	叫做真實的基督徒--的，猶未想別人的代先，是較愛省察家己。
Kut-la̍t koh gâu séng-chhat pún-sin ê lâng, khoài-khoài oē siú tiām-chēng koan-hē tī pa̍t-lâng ê hêng-uî.	骨力閣 gâu 省察本身的人，快快會守恬靜關係佇別人的行為。
Nā m̄-sī oē siú tîm-be̍k (沈默) tī pa̍t-lâng ê sū, kok-chài oē te̍k-pia̍t séng-chhat pún-sin ê lâng, boē kham-tit chheng-choè si̍t-sim ê Ki-tok-tô͘.	若毋是會守沉默佇別人的事，kok 再會特別省察本身的人，袂堪得稱做實心的基督徒。
Lâng nā-sī choan-sim kheng-hiòng tī Siōng-tè kap tī i pún-sin, chiū tī goā-kài só͘ khoàⁿ-kìⁿ--ê, bô lūn sī sím-mi̍h sū, boē oē hō͘ i ê sim-koaⁿ iô-tāng. Bô séng-chhat pún-sin ê sî, sim-koaⁿ tī tó-uī? Siat-sú lâng nā bô iàu-kín tī i pún-sin, kan-ta ūn-iōng i ê sim-koaⁿ tī chiu-uî ê lâng ū sím-mi̍h lī-ek?	人若是專心傾向佇上帝佮佇伊本身，就佇外界所看見--的，無論是甚物事，袂會予伊的心肝搖動。無省察本身的時，心肝佇佗位？設使人若無要緊佇伊本身，干焦運用伊的心肝佇周圍的人有甚物利益？
Lâng nā-sī hi-bōng i ê sim-koaⁿ ê pêng-hô, á-sī ài thóng-it i ê bo̍k-tek, tio̍h pàng-sak só͘-ū ê tī āu-bīn, kan-ta lâi koan-chhat i pún-sin chiah ū chhái-kang.	人若是希望伊的心肝的平和，抑是愛統一伊的目的，著放揀所有的佇後面，干焦來觀察伊本身才有彩工。
Siat-sú lâng nā boē hō͘ chit sè-kan ê iu-ut kau-tîⁿ, i teh-beh tit-tio̍h toā-toā ê chìn-pō͘.	設使人若袂予這世間的憂鬱交纏，伊咧欲得著大大的進步。
Sio̍k tī chit sè-kan ê sū-bu̍t, lâng nā tuì-tiōng kè-thâu, i teh-beh tú-tio̍h toā-toā ê sún-sit.	屬佇這世間的事物，人若對重過頭，伊咧欲拄著大大的損失。
Tû-khì Siōng-tè kap sio̍k tī Siōng-tè í-goā--ê, bo̍h-tit tuì-tiōng sím-mi̍h bo̍h-tit liû-ì tī sím-mi̍h.	除去上帝佮屬佇上帝以外--的，莫得對重甚物莫得留意佇甚物。

（續）

Bo̍h-tit chun-tiōng só͘ ū tuì bu̍t-chit lâi tit-tio̍h, bô lī-ek ê uì-an.	莫得尊重所有對物質來得著，無利益的慰安。
Thiàⁿ Siōng-tè ê lâng, teh-beh khoàⁿ-khin só͘ ū pí Siōng-tè khah pī-chiān ê mi̍h.	疼上帝的人，咧欲看輕所有比上帝較卑賤的物。
Kan-ta Siōng-tè sī éng-oán, sī bû-hān ê uí-tāi, chhiong-moá tī bān-mi̍h; koh-chài sī lêng-hûn ê uì-an, sim-koaⁿ chin-si̍t ê hoaⁿ-hí.	干焦上帝是永遠，是無限的偉大，充滿佇萬物；閣再是靈魂的慰安，心肝真實的歡喜。

載於《芥菜子》，第八號，一九二六年九月二十七日

Tí-khòng iú-hėk（抵抗誘惑）

作者 不詳
譯者 陳清忠

【作者】

不著撰者。

【譯者】

陳清忠，見〈海龍王〉。

Tí-khòng iú-hėk	抵抗誘惑
Lán lâng oȧh tī chit toē-chiūⁿ ê tiong-kan, lán boē bián-tit bô chhì-liān kap iú-hėk.	咱人活佇這地上的中間，咱袂免得無試煉佮誘惑。
Chiàu Iok-pek-kì lāi-bīn só͘-kì, "Lâng tī toē-chiūⁿ ê seng-oȧh chiú-hėk ê seng-oȧh."	照約伯記內面所記，「人佇地上的生活酒惑的生活。」
Só͘-í tȧk-lâng eng-kai tiȯh kéng-kài tī i ê iú-hėk, kín-sīn lâi kî-tó, bián-tit Mô͘-kuí lī-iōng ki-hoē lâi khi-phiàn--i; in-uī Mô͘-kuí bô mî bô jit, sì-koè chhē só͘ beh thun-kā ê lâng.	所以逐人應該著警戒佇伊的誘惑，謹慎來祈禱，免得魔鬼利用機會來欺騙--伊；因為魔鬼無暝無日，四界揣所欲吞咬的人。
Bô lâng hiah oân-choân, hiah sîn-sèng, thang bián siū iú-hėk, bián siū Mô͘-kuí ê kong-kek.	無人遐完全，遐神聖，通免受誘惑，免受魔鬼的攻擊。
Sui-jiân iú-hėk oh tí-khòng, siōng-chhiáⁿ sī pi-chhám, iáu-kú i ê lī-ek sī chin toā; in-uī lâng tuì iú-hėk oē chiâⁿ khiam-sùn, chiâⁿ chheng-khì, koh-chài oē tit siū hùn-liān.	雖然誘惑僫抵抗，尚且是悲慘，iáu-kú伊的利益是真大；因為人對誘惑會成謙遜，成清氣，閣再會得受訓練。
Choē-choē sèng-tô͘ keng-kè choē-choē ê chhì-liān kap iú-hėk, lâi tit-tiȯh choē-choē ê lī-ek.	濟濟聖徒經過濟濟的試煉佮誘惑，來得著濟濟的利益。
Boē kham-tit siū iú-hėk ê lâng, teh-beh poȧh-lȯh tī chū-pō chū-khì (自暴自棄) ê hām-kheⁿ.	袂堪得受誘惑的人，咧欲跋落佇自暴自棄的陷坑。

（續）

Sè-kan bô ū chi̍t só͘-chāi kàu-gia̍h sîn-sèng thang siám-pī iú-he̍k kap ge̍k-kéng ê si̍p-kek, mā bô hit-khoán ê ún-ka thang bih.	世間無有一所在夠額神聖通閃避誘惑佮逆境的襲擊，嘛無彼款的 ún-ka 通 bih。
Ū oa̍h-miā ê tiong-kan bô chi̍t lâng bián siū iú-he̍k, in-uī iú-he̍k ê kun-goân sī tī lán ê lāi-bīn, in-uī lán í-keng toà lā-sâm ê sèng-chêng lâi chhut-sì.	有活命的中間無一人免受誘惑，因為誘惑的根源是佇咱的內面，因為咱已經蹛 lā-sâm 的性情來出世。
Chi̍t ê iú-he̍k chai-hāi kè-liáu, teh-beh ū pa̍t ê hoān-lān bê-he̍k lâi soà-chiap, chhin-chhiū^{n} án-ni khó͘-thàng boē-oē siau-bô. Che bô m̄-sī tuì tī lán tuī-lo̍h tī choē-kéng ê só͘-tì.	這个誘惑災害過了，咧欲有別的患難迷惑來紲接，親像按呢苦痛袂會消無。這無毋是對佇咱墮落佇罪境的所致。
Choē-choē lâng ài tô-siám bê-he̍k, nā-sī it-hoat poa̍h-lo̍h tī chhám-tām ê khó͘-thàng.	濟濟人愛逃閃迷惑，但是益發跋落佇慘澹的苦痛。
Kan-ta tuì siám-pī, lán boē-oē khah-iâ^{n} iú-he̍k, to̍k-to̍k tuì jím-nāi, tuì khiam-sùn oē tit-tio̍h khuì-la̍t khah-iâ^{n}--i.	干焦對閃避，咱袂會較贏誘惑，獨獨對忍耐，對謙遜會得著氣力較贏--伊。
Nā-sī bô khau i ê kun, kan-ta tuì goā-kài ê siám-pī, choân-jiân sī bô kong-hāu; iú-he̍k tiā^{n}-tio̍h beh koh tò-tńg, i ê pō͘-ui beh koh ke-thi^{n}.	若是無薅伊的根，干焦對外界的閃避，全然是無功效；誘惑定著欲閣倒轉，伊的 pō͘-ui 欲閣加添。
Kiû Siōng-tè ê pang-chān, tuì jím-nāi kap khek-kí, chiām-chiām lâi tí-tng, sī pí tuì ka-kī ê lô-le̍k kap hoân-būn lâi tí-tng khah khoài oē cheng-ho̍k chit ê tuì-te̍k.	求上帝的幫贊，對忍耐佮克己，漸漸來抵當，是比對家己的勞碌佮煩悶來抵當較快會征服這个對敵。
Tī iú-he̍k tiong ê lâng tio̍h kap i chhin-chhiat, m̄-thang phái^{n} khoán-thāi i, tio̍h hō͘ i ê sim an-lo̍k, oán-jiân i iā hoa^{n}-hí tam-tng ê khoán.	佇誘惑中的人著佮伊親切，毋通歹款待伊，著予伊的心安樂，宛然伊也歡喜擔當的款。
Iú-he̍k ê khí-goân sī tuì tī sìn Siōng-tè ê ì-chì (意志) hi-po̍h, sim-koa^{n} khoài siū kám-tōng ê iân-kò͘. Oán-jiân chhin-chhiū^{n} bô toā ê chûn kù-chāi hong-éng iô-chhe̍k ê khoán-sit;	誘惑的起源是對佇信上帝的意志稀薄，心肝快受感動的緣故。宛然親像無大的船據在風湧搖撼的款式；人猶原是按呢，心志若無堅固就會受種種的迷惑。

（續）

lâng iû-goân sī án-ni, sim-chì nā bô kian-kờ chiū oē siū chióng-chióng ê bê-he̍k.	
Thoàn-liān thih sī ēng hé, kiau-chèng lâng sī tuì iú-he̍k.	鍛鍊鐵是用火，kiau-chèng 人是對誘惑。
Lán siông-siông m̄-chai tio̍h cháiⁿ-iūⁿ choè, iú-he̍k teh-beh pò lán chai lán ê khoán-sit.	咱常常毋知著怎樣做，誘惑咧欲報咱知咱的款式。
Chóng-sī beh ji̍p tī iú-he̍k ê thâu-pō, tio̍h chin chim-chiok, khah-siông tī chit-ê sî-chūn tuì-te̍k oē khah-iâⁿ lán, nā bô ài hō͘ iú-he̍k ji̍p-sim, eng-kai tio̍h tī phah mn̂g ê sî lâi kū-choa̍t--i.	總是欲入佇誘惑的頭步，著真斟酌，較常佇這个時陣對敵會較贏咱，若無愛予誘惑入心，應該著佇拍門的時來拒絕--伊。
Só͘-í ū lâng kóng, “Tio̍h tî-hông chho͘-kî, in-uī āu-lâi ê kiù-tī, siông-siông bô chhái-kang.”	所以有人講，「著持防初期，因為後來的救治，常常無彩工。」
In-uī khí-thâu sim-koaⁿ kan-ta phû-chhut pháiⁿ ê liām-thâu, āu-lâi chiū pìⁿ-choè kiông ê sióng-siōng, chìn chi̍t-pō͘, soà chiâⁿ hoaⁿ-hí ê kám-chêng, koh chìn chi̍t-pō͘, choē ê io̍k-chêng ti̍t-ti̍t tín-tāng, kàu lō͘-bé chiū sêng-lo̍k lâi hióng-siū--i.	因為起頭心肝干焦浮出歹的念頭，後來就變做強的想像，進一步，紲成歡喜的感情，閣進一步，罪的慾情直直振動，到路尾就承諾來享受--伊。
Chhin-chhiūⁿ án-ni, hiông-ok ê tuì-te̍k, in-uī khí-thâu bô tí-khòng ê in-toaⁿ, chiām-chiām chiàm-léng sim-he̍k.	親像按呢，雄惡的對敵，因為起頭無抵抗的因端，漸漸佔領心域。
Bô iàu-kín tī tí-khòng iú-he̍k ê lâng, i teh-beh ji̍t-ji̍t soe-jio̍k, tuì-te̍k teh-beh ji̍t-ji̍t tián-khai i ê sè-le̍k.	無要緊佇抵抗誘惑的人，伊咧欲日日衰弱，對敵咧欲日日展開伊的勢力。
Tī hoé-kái ê khí-thâu, ū lâng siū chin-toā ê iú-he̍k lâi kan-khó͘; ū lâng tī khah lō͘-bé; koh-chài ū-ê tī chi̍t-sì-lâng lâi kan-khó͘.	佇悔改的起頭，有人受真大的誘惑來艱苦；有人佇較路尾；閣再有的佇一世人來艱苦。
Koh-chài, ēng tì-sek kap chèng-gī lâi kéng-soán lâng ê Siōng-tè, kok-kok khó-chhat só͘	閣再，用智識佮正義來揀選人的上帝，各各考察所選--的的性情，干焦予伊拄

（續）

soán--ê ê sèng-chêng, kan-ta hō͘ i tú-tiȯh sió-khoá ê iú-hėk--ê iā ū.	著小可的誘惑--的也有。
Só͘-í lán sui-bóng tú-tiȯh bê-hėk, iáu-kú m̄ eng-kai tiȯh sit-bōng; bô lūn tú-tiȯh sím-mih kan-lân ê sū, lán tiȯh koh khah it-hoat lâi kî-tó oē-choân oē pang-chān lán ê Siōng-tè, Siōng-tè teh-beh chiàu Pó-lô só͘ kóng, án-ni lâi chān--lán－"Lín só͘ tú-tiȯh ê chhì bô m̄-sī lâng ê siông-sū; Siōng-tè sī sìn-sit, bô beh hō͘ lín tú-tiȯh chhì kè-thâu tī lín só͘ oē tng; chiū-sī tī siū-chhì ê sî beh soà khui thoat-chhut ê lō͘, hō͘ lín tng oē khí."	所以咱雖罔拄著迷惑，iáu-kú 毋應該著失望；無論拄著甚物艱難的事，咱著閣較益發來祈禱會全會幫贊咱的上帝，上帝咧欲照保羅所講，按呢來贊--咱－「恁所拄著的試無毋是人的常事；上帝是信實，無欲予恁拄著試過頭佇恁所會當；就是佇受試的時欲紲開脫出的路，予恁當會起。」
Nā-sī án-ni lán siū iú-hėk kan-lân ê sî, eng-kai tiȯh kàng-choè pi-bî, chiong lán pún-sin lâi kau-thok Siōng-tè, in-uī Siōng-tè hoa^{n}-hí chín-kiù khiam-sim ê lâng lâi ko-seng i choè koâi^{n}.	但是按呢咱受誘惑艱難的時，應該著降做卑微，將咱本身來交託上帝，因為上帝歡喜拯救謙心的人來高升伊做懸。
Tú-tiȯh bê-hėk khùn-lân, sī beh chhì-giām lán ê khuì-lȧt, nā khah iâ^{n}--i, i ê pò-siû ê toā sī hui-siông, i ê bí-tek teh-beh it-hoat hián-bêng.	拄著迷惑困難，是欲試驗咱的氣力，若較贏--伊，伊的報酬的大是非常，伊的美德咧欲益發顯明。
Bô kám-tiȯh khó͘-thàng ê sî sui-bóng lâng oē chiâ^{n} kèng-khiân, tok-sìn; chóng-sī m̄-thang liȧh choè sī úi-tāi; in-uī tī khó͘-thàng ê sî, tuì-tī kian-jím, lâng oē it-hoat hoat-tián i ê tek-sèng; chìn chit-pō͘ oē tit-thang ke-thi^{n} i ê ǹg-bāng.	無感著苦痛的時雖罔人會成敬虔、篤信；總是毋通掠做是偉大；因為佇苦痛的時，對佇堅忍，人會益發發展伊的得勝；進一步會得通加添伊的向望。
Ū lâng bô tú-tiȯh sím-mih toā ê iú-hėk, chóng-sī tiȯh kín-sīn, chai jit-jit só͘ tú-tiȯh ê sió-sū, nā boē khah iâ^{n}--in, chiū tú-tiȯh toā-sū ê sî toàn-toàn boē tit thoat-lī i ê chhiú-tháu.	有人無拄著甚物大的誘惑，總是著謹慎，知日日所拄著的小事，若袂較贏--in，就拄著大事的時斷斷袂得脫離伊的手 tháu。

載於《芥菜子》，第九號，一九二六年十月二十七日

Thèng-hāu Chú koh lâi（聽候主閣來）

作者　不詳
譯者　陳清忠

【作者】

不著撰者。

【譯者】

陳清忠，見〈海龍王〉。

Thèng-hāu Chú koh lâi.	聽候主閣來
Ki-tok-kàu sìn-gióng ê ki-chhó͘ sī chin tan-sûn, chhin-chhiūⁿ gín-ná khoán, nā chiong kàu-lí á-sī sîn-hak-siōng ê chng-thāⁿ kā i theh-khui, chiū án-ni thê-chhut tī lí-tì á-sī siông-sek ê bīn-chêng lâi khoàⁿ, sit-chāi sī chhin-chhiūⁿ chit-khoán ê sîn-oē(神話), á-sī chit-khoán ê kò͘-sū jî-í.	基督教信仰的基礎是真單純，親像囡仔款，若將教理抑是神學上的裝 thāⁿ 共伊提開，就按呢提出佇理智抑是常識的面前來看，實在是親像一款的神話，抑是一款的故事而已。
Kap Siōng-tè saⁿ-kap tī-teh, siōng-chhiáⁿ ū hūn tī chhòng-chō bān-iú ê Iâ-so͘, lâi hoà choè lâng, lâi chiâⁿ lâng ê sèng, lâng ê bah; I choè chit ê pêng-siông ê lâng, kiâⁿ tī ô͘-piⁿ, chiah mī-pau; āu-lâi lâu-huih, sí liáu saⁿ jit koh-oah, sì-chap jit chiū chiūⁿ-thiⁿ; āu-lâi beh koh lâi. Sìn-chiá jím-siū bān-hāng ê kan-khó͘, teh n̂g-bāng I koh-lâi; só͘-í sè-kan ê hak-chiá, ū tì-sek ê lâng teh boē liáu-kái, sǹg sī bô kî-koài ê sū.	佮上帝相佮佇咧，尚且有份佇創造萬有的耶穌，來化做人，來成人的聖，人的肉；伊做一个平常的人，行佇湖邊，食麵包；後來流血，死了三日閣活，四十日就上天；後來欲閣來。信者忍受萬項的艱苦，咧向望伊閣來；所以世間的學者，有智識的人咧袂了解，算是無奇怪的事。
Nā-sī chiong Ki-tok ê seng-thian kap chài-lîm, siūⁿ choè sī kan-ta ê hêng-iông, á-sī bōng-sióng; kàu-hoē suî-sî sit-lat, sìn-chiá chiū tuh bîn, tī-hia chiū ke-thiⁿ toē-chiūⁿ kap	若是將基督的升天佮再臨，想做是干焦的形容，抑是夢想；教會隨時失力，信者就盹眠，佇遐就加添地上佮肉體的向望。

（續）

jio̍k-thé ê ǹg-bāng.	
Nā-sī chiong chit-ê sìn-choè chhin-chhiū^{n} Ka-lī-lī thó-hái-lâng só͘ sìn--ê, á-sī Tāi-sò͘ chō thian-bō͘ ê lâng só͘ sìn--ê, chiū chin kî-koài teh-beh ke-thi^{n} lêng-tek, tō-tek siōng ê khuì-la̍t, kàu lō͘-bé hō͘ lán kap I pî^{n}-pî^{n} seng-thian; teh-beh hián-hiān ko-kuì ê phín-sèng, chheng-lē ê kám-chêng, kap Siōng-tè chhin-chhiū^{n} ê jîn-keh. Só͘-í beh thái oē tit-thang khoà^{n}-choè sī chi̍t-chéng ê Sîn-oē, á-sī kò͘-sū ah!	若是將這个信做親像加利利討海人所信--的，抑是 Tāi-sò͘ 造天幕的人所信--的，就真奇怪咧欲加添能德，道德上的氣力，到路尾予咱佮伊平平升天；咧欲顯現高貴的品性，清麗的感情，佮上帝親像的人格。所以欲 thái 會得通看做是一種的神話，抑是故事啊！
I. Koh-lâi ê ū-giân.	I、閣來的預言。
Tàn-í-lí tē-chhit-chiū^{n} cha̍p-sa^{n} chat ū án-ni ê û-giân:—"Goá poà^{n}-mî bāng-kì^{n} khoà^{n}-kì^{n} ū-lâng chē-hûn, bīn chhin-chhiū^{n} Jîn-chú, kàu chū-kó͘ í-lâi bô î-e̍k ê Chú ê bīn-chêng. Kì^{n}-nā ū kok-ka koân-pèng êng-kng lóng hō͘ i tit-khì, koh peh-sì^{n} chèng-lâng ho̍k-sāi I; I ê kok bô-chīn, tāi-tāi boē hoè-khì". Chú pún-sin ū-giân boa̍t-sè ê sū án-ni kóng:—"Hit-sî Jîn-chú ê tiāu-thâu beh chhut-hiān tī thi^{n}-nih; tī toē-nih chia-ê cho̍k-luī lóng beh thî-khàu, iā beh khoà^{n}-kì^{n} Jîn-chú ēng koân-lêng kap toā êng-kng chē thi^{n} ê hûn lîm-kàu". (Má-thài 24: 29).	但以理第七章十三節有按呢的預言：—「我半暝夢見看見有人坐雲，面親像人子，到自古以來無移易的主的面前。見若有國家權柄榮光攏予伊得去，閣百姓眾人服侍伊；伊的國無盡，代代袂廢去」。主本身預言末世的事按呢講：—「彼時人子的兆頭欲出現佇天裡；佇地裡遮个族類攏欲啼哭，也欲看見人子用權能佮大榮光坐天的雲臨到」。（馬太 24：29）。
"Lí sī Ki-tok, Siōng-tè ê kiá^{n} á m̄-sī?" Chè-si thâu án-ni mn̄g Ki-tok ê sî, I ìn kóng, — "Lí í-keng kóng lah; nā-sī goá kā lín kóng, tuì chit-tia̍p liáu-āu lín beh khoà^{n}-kì^{n} Jîn-chú chē tī ū koân-lêng ê ê toā-pêng, chē thi^{n} ê hûn lâi".(Má-thài 26: 64).	「你是基督，上帝的囝抑毋是？」祭司頭按呢問基督的時，伊應講，—「你已經講啦；若是我共恁講，對這 tia̍p 了後恁欲看見人子坐佇有權能的的大爿，坐天的雲來」。（馬太 26：64）。
Sù-tô͘ iā sa^{n}-kap kóng-khí koh-lâi ê sū:—	使徒也相佮講起閣來的事：—「……

（續）

"......hō͘ an-lo̍k ê jit-kî oē tuì Chú ê bīn-chêng lâi; koh Chú beh chhe uī-tio̍h lín tāi-seng tiāⁿ-tio̍h ê Ki-tok, chiū-sī Iâ-so͘......Thiⁿ tek-khak tio̍h chiap-la̍p I, kàu bān-mi̍h ho̍k-tò ê sî". (Sù-tô͘ hêng-toān 3:20).	予安樂的日期會對主的面前來；閣主欲差為著恁代先定著的基督，就是耶穌……天的確著接納伊，到萬物復到的時」。（使徒行傳 3：20）。
"Só͘-í lín ê sim tio̍h hâ-io, tio̍h chiat-chè, choan-sim n̂g-bāng tī Iâ-so͘ Ki-tok hián-hiān ê sî, só͘ beh siúⁿ-sù lín ê un-tián." (I Pí-tek 1:3)	「所以恁的心著縖腰，著節制，專心向望佇耶穌基督顯現的時，所欲賞賜恁的恩典。」（彼得前書 1：3）
"......Chiū-sī tī Chú Iâ-so͘ kap I ū koân-lêng ê thiⁿ-sài, tī hé-iām tiong, tuì thiⁿ hián-hiān ê sî." (II Thiap-sat. 1: 7).	「……就是佇主耶穌佮伊有權能的天使，佇火燄中，對天顯現的時。」（II 帖撒。1：7）。
"Kan-chèng chiah-ê sū ê kóng, Tio̍h, goá kín-kín kàu. À-bēng; Chú Iâ-so͘ ah, Lí tio̍h lâi". (Be̍k-sī-lio̍k 22: 20).	「干證遮个事的講，著，我緊緊到。À-bēng；主耶穌啊，你著來」。（默示錄 22：20）。
"Ka-lī-lī lâng ah, siáⁿ-sū khiā teh khoàⁿ thiⁿ?"	「加利利人啊，啥事徛咧看天？」
Chit-ê Iâ-so͘ lī-pia̍t lín siū chih-chiap chiūⁿ thiⁿ, lín khoàⁿ I án-ni chiūⁿ thiⁿ, I iā beh chiàu án-ni lâi". (Sù-tô͘ hêng-toān 1: 11).	這个耶穌離別恁受接接上天，恁看伊按呢上天，伊也欲照按呢來」。（使徒行傳 1：11）。
II. Koh-lâi ê khoán-sit.	II、閣來的款式。
(1). Chiong êng-kng kap koân-ui lâi choè lâng ê lô͘-po̍k, choè ū-choē ê lâng hō͘ lâng thâi-sí. Bô-kú beh choè ông, choè sím-phoàⁿ bān-bîn ê Chú koh-chài lâi. Hit-ê kong-kéng ê chōng-tāi, ê bí-lē, m̄-sī lán siūⁿ oē kàu!	（1）將榮光佮權威來做人的奴僕，做有罪的人予人刣死。無久欲做王，做審判萬民的主閣再來。彼个光景的壯大，的美麗，毋是咱想會到！
"In-uī Jîn-chú ēng I ê Pē ê êng-kng, kap I ê thiⁿ-sài beh lâi". (I Má-thài 16: 27).	「因為人子用伊的爸的榮光，佮伊的天使欲來」。（I 馬太 16：27）。
"......Tī lán ê Chú Iâ-so͘ kap I lóng-chóng ê sèng-tô͘ koh lâi ê sî". (I Thiap-sat 3: 13).	「……佇咱的主耶穌佮伊攏總的聖徒閣來的時」。（I 帖撒 3：13）。
In-uī Chú beh pún-sin tuì thiⁿ lo̍h-lâi, ū	因為主欲本身對天落來，有大喉叫，

（續）

toā âu-kiò, ū chì-toā thiⁿ-sài ê siaⁿ, iā-ū Siōng-tè ê sàu-kak, ...". (I Thiap-sat 4: 16).	有至大天使的聲，也有上帝的哨角，……」。(I 帖撒 4：16)。
Bô-lūn sī "toā âu-kiò" "chì-toā thiⁿ-sài ê siaⁿ" "Siōng-tè ê sàu-kak" chiah ê long sī hián-chhut Siōng-tè ê koân-ui.	無論是「大喉叫」「至大天使的聲」「上帝的哨角」遮个攏是顯出上帝的權威。
(2). Hut-jiân lâi, chhin-chhiūⁿ chha̍t, tī sìn-chiá teh khùn ê sî, tī iû ta ê sî.	(2) 忽然來，親像賊，佇信者咧睏的時，佇油焦的時。
"Lín iā tio̍h pī-pān piān, in-uī lín bô phah-sǹg ê Jîn Chú lâi lah". (Lō-ka 12: 49).	「恁也著備辦便，因為恁無拍算的人子來啦」。(路加 12：49)。
III. Koh-lâi ê bo̍k-tek.	III、閣來的目的。
(1). Beh sím-phoàⁿ ê in-toaⁿ.	(1) 欲審判的因端。
Chun-giâm ê Chú, sio̍k-choē ê Iâ-so͘, teh-beh tī sè-kài it-poaⁿ iáu-bē hoé-kái ê tāi-seng, koh-lâi chit-ê toē-chiūⁿ, kap I ê thiⁿ-sài, ēng toā ê êng-kng kap khuì-la̍t lâi phah-phoà só͘-ū put-chèng put-gī ê kàu-hoē kap chèng-tī, chín-tōng choân-toē, chiong chit-ê toē beh éng-oán hē tī I ê phoè-hā.	尊嚴的主，贖罪的耶穌，咧欲佇世界一般猶未悔改的代先，閣來這个地上，佮伊的天使，用大的榮光佮氣力來拍破所有不正不義的教會佮政治，振動全地，將這个地欲永遠下佇伊的配下。
"Só͘-í sī bē-kàu, lín bo̍h-tit phoe-phêng sím-mi̍h, thèng-hāu Chú kàu...... (I Ko-lîm-to 4: 5).	「所以是未到，恁莫得批評甚物，聽候主到……（哥林多前書 4：5）。
"Goá tī Siōng-tè ê bīn-chêng kap beh sím-phoàⁿ oa̍h-lâng sí lâng ê Kî-tok Iâ-so͘ ê bīn-chêng, uī-tio̍h I ê hián-hiān kap I ê koh-lâi, hoan-hù lí tio̍h thoân tō-lí"......(II Thê-mō͘-thài 4: 1).	「我佇上帝的面前佮欲審判活人死人的基督耶穌的面前，為著伊的顯現佮伊的閣來，吩咐你著傳道理」……（提摩太後書 4：1)。
(2). Beh choè ông lâi tī-lí.	(2) 欲做王來治理。
Tī hit-sî Chú koh-chài kiàn-tiok lāu-pē Tāi-pit ê ông-uī, kú-khí thiⁿ ê êng-kng, chiong Sûn ê soaⁿ choè Sîn-kok ê tè-to͘, sè-kài it-thóng tī chit-chheng-nî ê kú; Iû-thài ê	佇彼時主閣再建築老爸 Tāi-pit 的王位，舉起天的榮光，將 Sûn 的山做神國的帝都，世界一統佇一千年的久；猶太的國民歸還祖國，順服佇耶穌。照亞伯

（續）

kok-bîn kui-hoân chó͘-kok, sūn-ho̍k tī Iâ-so͘. Chiàu A-pek-lia̍p-hán, Í-sài-a, Bí-ka só͘ ū-giân lâi chiâⁿ Siōng-tè ê iok-sok.	拉罕、以賽亞、米迦所預言來成上帝的約束。
Tī chit-ê sî-chūn, sèng-tô͘ beh koh-oa̍h, Bí-sài-a ê ông-kok beh sit-hiān, chiâⁿ-choè bô-pīⁿ bô-sí ê sî-tāi, chin-chiàⁿ ê Utopia (理想境).	佇這个時陣，聖徒欲閣活，彌賽亞的王國欲實現，成做無病無死的時代，真正的 Utopia（理想境）。
(3). Beh oân-sêng kiù sèng-tô͘. "...... Beh tē-jī-pái, tuì n̂g-bāng I ê lâng chhut-hiān, lâi kiù in; (Hi-pek-lâi 9: 28).	（3）欲完成救聖徒。「……欲第二擺，對向望伊的人出現，來救 in；（希伯來 9：28）。
"Lín sī tuì sìn hō͘ Siōng-tè ê koân-lêng pó-hō͘, kàu tit-tio̍h chín-kiù, sī piān-piān tī boat-kî beh hián-bêng ê".(I Pí-tek 1: 5).	「恁是對信予上帝的權能保護，到得著拯救，是便便佇末期欲顯明的」。（彼得前書 1：5）。
(4). Tuì Sèng-tô͘ tit-tio̍h êng-kng. "Chú lîm-kàu ê ji̍t, chiū-sī I beh tī chiah-ê sèng-tô͘ tit-tio̍h êng-kng, iā tī hit-ji̍t I beh tī lóng-chóng sìn ê lâng tit-tio̍h o-ló". (II Thiap-sat. 1: 10)	（4）對聖徒得著榮光。「主臨到的日，就是伊欲佇遮个聖徒得著榮光，也佇彼日伊欲佇攏總信的人得著呵咾」。（II 帖撒。1：10）
IV. Sèng-tô͘ ê te̍k-koân.	IV、聖徒的特權。
Chhian-nî ông-kok ê khoán-sit.	千年王國的款式。
Lūn tī Bí-sài-a ông-kok, lán ê seng-oa̍h, chōng-thài, ū kuí-nā soat:— Ū-ê kóng sī sit-chāi tī chit-ê toē-chiūⁿ chit-chheng nî kú, ū-ê kóng sī chhin-chhiūⁿ thiⁿ-sài, bô tiàm tī toē-chiūⁿ, chóng-sī lán tio̍h sìn Chú kiàn-tiok Bí-sài-a ê ông-kok sit-chāi sī tī chit-ê sè-kài. Hit-tia̍p sìn-tô͘ lóng beh koh-oa̍h, chiàu í-chêng ê khoán-sit, beh kap Chú chhin-sin chia̍h-toh, saⁿ-kap choè-tui.	論佇彌賽亞王國，咱的生活，狀態，有幾若說：一有的講是實在佇這个地上一千年久，有的講是親像天使，無踮佇地上，總是咱著信主建築彌賽亞的王國實在是佇這个世界。彼 tia̍p 信徒攏欲閣活，照以前的款式，欲佮主親身食桌，相佮做堆。
(1). Chhin-chhiūⁿ Ki-tok.	（1）親像基督。
Ū hūn tī Bí-sài-a ông-kok ê sèng-tô͘, sim-sîn teh-beh chhin-chhiūⁿ Ki-tok. Lán jio̍k-thé	有份佇彌賽亞王國的聖徒，心神咧欲親像基督。咱肉體的歹看欲消滅，來入

（續）

ê pháiⁿ-khoàⁿ beh siau-bia̍t, lâi ji̍p tī Siōng-tè ê êng-kng.	佇上帝的榮光。
"I kì-jiân ū koân-lêng oē hō͘ bān-mi̍h hâng-ho̍k I pún-sin, chiū beh ēng hit-ê koân-lêng lâi piàn-oāⁿ lán pi-chiān ê seng-khu, kap I êng-kng ê seng-khu tâng-khoán. (Hui-li̍p-pí 3: 21).	「伊既然有權能會予萬物降服伊本身，就欲用彼个權能來變換咱卑賤的身軀，佮伊榮光的身軀同款。（腓立比 3：21）。
"Só͘ thiàⁿ ê hiaⁿ-tī ah, hiān-kim lán choè Siōng-tè ê kiáⁿ, chiong-lâi cháiⁿ-iūⁿ, iáu-boē hián-bêng. Lán chai I nā hián-bêng, lán chiū chhin-chhiūⁿ I, in-uī lán beh khoàⁿ-kìⁿ I, chiàu si̍t-chāi ê khoán". (I Iok-hān 3: 2).	「所疼的兄弟啊，現今咱做上帝的囝，將來怎樣，猶未顯明。咱知伊若顯明，咱就親像伊，因為咱欲看見伊，照實在的款」。（I 約翰 3：2）。
(2). Beh siū êng-kng.	（2）欲受榮光。
"Chiū toā bo̍k-chiá hián-hiān ê sî, lín beh tit-tio̍h boē soe-thè êng-kng ê bián-liû". (I Pí-tek 5: 4).	「就大牧者顯現的時，恁欲得著袂衰退榮光的冕旒」。（彼得前書 5：4）。
(3). Beh choè ông	（3）欲做王
"Lán nā thun-lún, iā beh kap I choè ông"; (II Thê-mô͘-thài 2: 12).	「咱若吞忍，也欲佮伊做王」；（提摩太後書 2：12）。
"In ia̍h beh choè ông tī toē-chiūⁿ" (Be̍k-sī-lio̍k 5: 10).	「In 也欲做王佇地上」（默示錄 5：10）。
Lūn chi̍t-chheng nî hok-khì ê nî, chit-khoán ê sìn-gióng, hiān-tāi chhut-miâ ê ha̍k-chiá choē-choē án-ni sìn; bô án-ni sìn ê lâng iā boē-chió.	論一千年福氣的年，這款的信仰，現代出名的學者濟濟按呢信；無按呢信的人也袂少。
Ha̍k-soat bô-lūn sī cháiⁿ-iūⁿ, ha̍k-chiá ū chàn-sêng, bô chàn-sêng, chhìn-chhái hó; lán eng-kai tio̍h tiong-si̍t lâi sìn Chú ê oē thàn Sù-tô͘ só͘ thoân ê oē, hō͘ hit-khoán 'chhiau-oa̍t tek hi-bōng' (超越的希望) kā lán chhiō kng lâi keng-kè chit sè-kan. Chiâⁿ-choè gín-ná,	學說無論是怎樣，學者有贊成，無贊成，清彩好；咱應該著忠實來信主的話趁使徒所傳的話，予彼款「超越的希望」共咱 chhiō 光來經過這世間。成做囡仔，成做戇人來信伊的話。

（續）

chiâⁿ-choè gōng-lâng lâi sìn I ê oē.	
Lâng beh hiâm kóng sī bê-sìn, sī gōng, chhut-chāi i, put-kò tio̍h chai, sím-mi̍h lâng, ēng sím-mi̍h khoán ê koân-ui kap khak-sìn oē-thang lâi m̄ sêng-jīn chit-khoán ê sū ah!!?	人欲嫌講是迷信，是戇，出在伊，不過著知，甚物人，用甚物款的權威佮確信會通來毋承認這款的事啊！！？
Chit-khoán lêng-kài ê ò-biāu, kap sio̍k tī bī-lâi ê n̄g-bāng, sè-kan-lâng ê tì-huī sī khang-hu. Beh sìn, á-sī beh hiat-ka̍k, n̄ng-khoán kɵ-put-chiong tio̍h kéng chit-khoán. Chit-khoán beh phoe-phêng hit-khoán sī m̄-tio̍h ê sū.	這款靈界的奧妙，佮屬佇未來的向望，世間人的智慧是空虛。欲信，抑是欲抗捔，兩款姑不將著揀一款。這款欲批評彼款是毋著的事。

載於《芥菜子》，第十號，一九二六年十一月二十七日

Sè-kài kàu-hoà ê sú-bēng（世界教化的使命）

作者　不詳
譯者　陳清忠

【作者】

不著撰者。

【譯者】

陳清忠，見〈海龍王〉。

Sè-kài kàu-hoà ê sú-bēng.	世界教化的使命
Nā thak Má-thài jī-chap-poeh chiu^{n} choè-āu ê kì-sū, chiū thang khoà^{n}-tioh koh-oah ê Chú tī Ka-lī-lī ô-pi^{n} ê chit ê sió soa^{n} téng, chhin-sin chhut-hiān hō͘ I ê hak-seng khoà^{n}, soà chiong sè-kài kàu-hoà ê toā-bēng hō͘--in.	若讀馬太二十八章最後的記事，就通看著閣活的主佇加利利湖邊的一个小山頂，親身出現予伊的學生看，紲將世界教化的大命予--in。
Iâ-so͘ thoân bēng-lēng ê soa^{n}, bô tú-tú chai sī sím-mih soa^{n}, kiám-chhái sī san-siōng soat-kàu ê soa^{n}; Pó-lô tī Ko-lîm-to chiân-su tē chap-gō͘ chiu^{n} lak chat só͘ kóng "koh chit-pái chhut-hiān hō͘ gō͘-pah goā ê hia^{n}-tī siâng-sî khoà^{n}-kì^{n}", bô tiā^{n}-tioh sī siâng chit ê sî.	耶穌傳命令的山，無 tú-tú 知是甚物山，檢采是山上說教的山；保羅佇哥林多前書第十五章六節所講「閣一擺出現予五百外的兄弟 siâng 時看見」，無定著是 siâng 這个時。
Boat-tāi-liap ê Má-lī-á kap pat ê Má-lī-a tī bō͘-chêng khoà^{n}-kì^{n} Chú ê sî, Chú kóng, "Boh-tit kia^{n}," khì pò goá ê hia^{n}-tī, kah in khì Ka-lī-lī, tī-hia beh khoà^{n}-kì^{n} goá." Kiám-chhái tī Ka-lī-lī, ū pí Iû-thài khah-choē kiōng-bêng-chiá (共鳴者) tī-teh ê in-toa^{n}. Tû-khí Iû-thài í-goā chap-it ê hak-seng lóng tńg-khì tī-hia kì^{n} Chú.	抹大拉的馬利亞佮別的馬利亞佇墓前看見主的時，主講，「莫得驚，」去報我的兄弟，佮 in 去加利利，佇遐欲看見我。」Kiám-chhái 佇加利利，有比猶太較濟共鳴者佇咧的因端。除去猶太以外十一个學生攏轉去佇遐見主。
Ū lâng kóng Chú ê koh-oah, m̄-sī it-poa^{n}	有人講主的閣活，毋是一般客觀的事

（續）

khek-koan (客觀) ê sū-si̍t, sī kan-ta sió-sò͘, ū lêng-gán ê lâng chiah khoà^{n}-oē-tio̍h, sio̍k tī chú-koan (主觀) ê hoàn-éng (幻影) nā-tiā^{n}. Chóng-sī tek-khak m̄-sī án-ni, chiàu Pó-lô só͘ kóng ū gō͘-pah goā lâng siâng-sî khoà^{n}-tio̍h.	實，是干焦小數，有靈眼的人才看會著，屬佇主觀的幻影 nā-tiā^{n}。總是的確毋是按呢，照保羅所講有五百外人 siâng 時看著。
Khoà^{n}-tio̍h hit-khoán chòng-giâm ê kong-kéng, sīm-chì chhin-chhiū^{n} chiū^{n} kàu Thian-tông, lêng-kài kap bu̍t-chit-kài hoà-choè chi̍t ê só͘-kám. Cha̍p-it ê ha̍k-seng pài tī I ê kha-ē, — lé-pài, chēng-thia^{n}, hoa^{n}-hí, chiam-hoé; sim-koa^{n} tī^{n} that-that! Tī hit ê sî-chūn Chú khui I ê kim-chhuì hoat-chhut tāi-bēng kóng, "Thi^{n}-téng toē-ē ê koân í-keng lóng-chóng hō͘ goá. Só͘-í lín tio̍h khì chio bān peh-sì^{n} lâi choè ha̍k-seng, kā i kiâ^{n} soé-lé, hō͘ in kui tī Pē, Kiá^{n}, Sèng Sîn ê miâ; kì^{n}-nā goá só͘-ū bēng-lēng lín ê, tio̍h kà-sī in siú; koh goá ji̍t-ji̍t kap lín tī-teh, kàu sè-kan ê lō͘-bé".	看著彼款壯嚴的光景，甚至親像上到天堂，靈界佮物質界化做一个所感。十一个學生拜佇伊的跤下，－禮拜、靜聽、歡喜、chiam-hoé；心肝滇窒窒！佇彼个時陣主開伊的金喙發出大命講，「天頂地下的權已經攏總予我。所以恁著去招萬百姓來做學生，共伊行洗禮，予 in 歸佇爸、囝、聖神的名；見若我所有命令恁的，著教示 in 守；閣我日日佮恁佇咧，到世間的路尾」。
Chú chāi-sè ê sî, I ê thoân-tō͘ ê khu-he̍k kan-ta sī tī Iû-thài kok; chóng-sī Chú chhe i ê ha̍k-seng, bēng-lēng--in kóng, — "m̄-thang khì ī^{n}-pang-lâng ê lō͘, iā m̄-thang ji̍p Sat-má-lī-a ê koe-chhī, lēng-khó͘ khì chhē Í-sek-lia̍t ke sit-lo̍h ê iû^{n}".	主在世的時，伊的傳道的區域干焦是佇猶太國；總是主差伊的學生，命令--in 講，－「毋通去異邦人的路，也毋通入撒馬利亞的街市，寧可去揣以色列家失落的羊」。
Nā-sī giâu-gî Chú ê koh-oa̍h beh chái^{n}-iū^{n} lâi soat-bêng sè-kài thoân-tō͘ ê khí-goân ah! Tuì hit-tia̍p kàu ta^{n} Chú m̄-bat chhú-siau I ê bēng-lēng.	若是僥疑主的閣活欲怎樣來說明世界傳道的起源啊！對彼 tia̍p 到今主毋捌取消伊的命令。
Ū lâng m̄-jīn Chú ê koh-oa̍h, lâi soat-bêng sè-kài thoân-tō͘ ê tōng-ki kóng, — Chú sí liáu-āu, ha̍k-seng in-uī ū hit-khoán sìn-gióng, sìn Sîn sī bān-bîn ê Pē, koh-chài bān-bīn sī hia^{n}-	有人毋認主的閣活，來說明世界傳道的動機講，－主死了後，學生因為有彼款信仰，信神是萬民的爸，閣再萬民是兄弟；所以自然 in 就去遍天下傳福

（續）

tī; sớ-í chū-jiân in chiū khì piàn thiⁿ-ē thoân hok-im.	音。
Chit-khoán ê soat-bêng sit-chāi sī bû-sī tng-sî ê sit-chêng, lâi lām-sám phah-sǹg ê. Siat-sú Chú nā bô koh-oa̍h, chiah ê sit-bōng, lo̍k-tám ê ha̍k-seng, sè-kài thoân-tō m̄-bián kóng, chiū Iû-thài kok-lāi ê thoân-tō, to bī-pit-jiân oē sêng-kong.	這款的說明實在是無視當時的實情，來濫糝拍算的。設使主若無閣活，遮个失望，lo̍k-tám 的學生，世界傳道毋免講，就猶太國內的傳道，都未必然會成功。
I. Sèng-lī ê pì-koat.	I、勝利的祕訣。
Bô ha̍k-būn ê thó-hî lâng, choh-sit lâng, cháiⁿ-iūⁿ oē tit-thang sêng-kong tī sè-kài thoân-tō ah? Ū sím-mi̍h pì-koat, tuì sím-mi̍h tōng-le̍k, in chiâⁿ-choè hiah-nih ióng-kám ê tò-sū? Tû-khí in ê sìn-gióng kap jia̍t-sim, in bô ū toà sím-mi̍h bú-khì, lâi cheng-ho̍k chit ê sè-kan.	無學問的討魚人、作穡人，怎樣會得通成功佇世界傳道啊？有甚物祕訣，對甚物動力，in 成做遐爾勇敢的鬥士？除去 in 的信仰佮熱心，in 無有帶甚物武器，來征服這个世間。
Kau-thong put-piān ê tng-sî, soaⁿ ê kan-lân, chuí ê lô-khó, īⁿ-pang lâng m̄-bián kóng, chiū pún-kok ê lâng to beh pek-hāi, beh khoàⁿ-khin; siōng-chhiáⁿ bô lú-huì, in án-cháiⁿ-iūⁿ oē tit-thang toā sêng-kong, toā sèng-lī?!!	交通不便的當時，山的艱難，水的勞苦，異邦人毋免講，就本國的人都欲迫害，欲看輕；尚且無旅費，in 按怎樣會得通大成功，大勝利？！！
Hit ê pì-koat?:—	彼个祕訣？：—
(1) Phài-khián Chú ê koân-ui.	（1）派遣主的權威。
In m̄-sī kơ-toaⁿ phiau-jiân chhut-khì, iā m̄-sī choē-choē lâng chham-siông liáu ê kiat-kó, lâi phài-khián. Chhe in khì ê sī lêng-kài ê ông, chiáng thiⁿ-ē toā-koân ê Bí-sài-a lah! Chhin-ba̍k khoàⁿ-kìⁿ i êng-kng-siōng ê toā Kiù-chú, chiū-sī tuì Pē niá-siū chū-jiân kài, lêng-kài it-chhè ê koân--ê, chhin-sin jīm-bēng--ê, phài-khián--ê, sớ-í chiah ū la̍t lah!!	In 毋是孤單飄然出去，也毋是濟濟人參詳了的結果，來派遣。差 in 去的是靈界的王，掌天下大權的彌賽亞啦！親目看見伊榮光上的大救主，就是對爸領受自然界、靈界一切的權--的，親身任命--的，派遣--的，所以才有力啦！！所以 in 的面前，無山也無海啦！In 所到的所在無毋得著勝利，惡鬼無毋走出，

（續）

Só͘-í in ê bīn-chêng, bô soa^{n} iā bô hái lah! In só͘ kàu ê só͘-chāi bô m̄ tit-tio̍h sèng-lī, ok-kuí bô m̄ cháu chhut, phoà-pī^{n} bô m̄ i-hó. Chhin-chhiū^{n} án-ni Siōng-tè ê kok tit-tio̍h hui-siông ê sè-le̍k lâi khui-khoah.	破病無毋醫好。親像按呢上帝的國得著非常的勢力來開闊。
(2) Lîm-chāi ê iok-sok.	（2）臨在的約束。
"Kàu sè-kan ê boa̍t-ji̍t goá beh kap lín sa^{n}-kap tī-teh". Si̍t-chāi thang kia^{n} ê iok-sok! In in-uī choa̍t-tuì sìn-nāi chit ê iok-sok, só͘-í tuì hia ū si^{n}-chhut kî-koài ê khuì-la̍t.	「到世間的末日我欲佮恁相佮佇咧」。實在通驚的約束！In 因為絕對信賴這个約束，所以對遐有生出奇怪的氣力。
Oa̍h ê Chú put-sî kap in tī-teh!	活的主不時佮 in 佇咧！
Bô lī-khui in!	無離開 in！
Sî-siông kau-thong!	時常交通！
Sèng-Sîn ê chù-ak!	聖神的 chù-ak！
"Lâng nā tī goá, goá nā tī in, teh-beh kiat choē-choē ê ké-chí." Chho͘-tāi sìn-chiá ê sêng-kong, bô m̄-sī lóng tuì tī chit ê sìn-gióng lâi--ê.	「人若佇我，我若佇 in，咧欲結濟濟的果子。」初代信者的成功，無毋是攏對佇這个信仰來--的。
II. Ki-tok-tô͘ phāu-hū （抱負）	II、基督徒抱負
Ui-su-lé Iok-hān kóng, sè-kài sī i ê kàu-khu. Ki-tok-tô͘ ún-tàng ū khǹg chit-khoán ê phāu-hū chiah tio̍h. In ê thoân-tō, bô hun-piat lāi, goā-kok, in siū chhe-khián, chiū án-ni khí-sin, chiàu só͘ iau-kiû kàu ta̍k só͘-chāi thoân hok-im, siū^{n} Chú ê tāi-bēng, khoà^{n} sè-kan choè chi̍t-ke, eng-kai tio̍h chiong sè-kan choè bú-tâi lâi hùn-chiàn lah! Só͘-í m̄-thang uī-tio̍h sió-sió ê kàu-khu lâi sa^{n}-chi^{n} lah!	Ui-su-lé 約翰講，世界是伊的教區。基督徒穩當有囥這款的抱負才著。In 的傳道，無分別內、外國，in 受差遣，就按呢起身，照所要求到逐所在傳福音，想主的大命，看世間做一家，應該著將世間做舞台來奮戰啦！所以毋通為著小小的教區來相爭啦！
III. Siá^{n}-sū thoân-tō sim oē tun-khì?	III、啥事傳道心會 tun 去？
Kūn-sî Au-bí ê Ki-tok-tô͘ ê tiong-kan, ū ê chú-tiu^{n} goā-kok thoân-tō ê bô khiàm-kheh,	近時歐美的基督徒的中間，有的主張外國傳道的無欠缺，講，一東洋諸國，

（續）

kóng, — Tang-iû^{n} chu-kok, tuì pí-kàu chong-kàu-hȧk-siōng khoà^{n}, ū put-chí chiâ^{n} mi̇h ê chong-kàu tī-teh, siōng-chhiá^{n} tō-tek ū teh si̇t-hêng, só͘-í m̄-bián thoân Ki-tok-kàu tī hit só͘-chāi. Si̇t-chāi Tang-iû^{n} thang kóng sī chong-kàu ê pún-soa^{n}, iáu-kú tiȯh khiàm-ēng Ki-tok-kàu!!	對比較宗教學上看，有不止成物的宗教佇咧，尚且道德有咧實行，所以毋免傳基督教佇彼所在。實在東洋通講是宗教的本山，iáu-kú 著欠用基督教！！
Tiȯh thoân koh-oȧh, hiān-chāi ê Iâ-so͘. I m̄-sī kàu-lí, iā m̄-sī kàu-hùn, I sī hiān-chāi teh oȧh ê lȧt lah, ê oȧh-miā lah! Chit-khoán ê oȧh-miā, Jû-kàu bô, Sîn-tō mā bô, Hu̇t-kàu mā-sī bô. M̄-nā Tang-iû^{n}, Se-iû^{n} iā sī pî^{n}-pî^{n} tiȯh thoân-pò chit ê sîn-pì.	著傳閣活，現在的耶穌。伊毋是教理，也毋是教訓，伊是現在咧活的力啦，的活命啦！這款的活命，儒教無，神道嘛無，佛教嘛是無。毋但東洋，西洋也是平平著傳報這个神秘。
Thoân-tō m̄-sī beh thoân-pò kàu-phài, kàu-hoē, kàu-lí á-sī gî-sek; kan-ta ka-kī thé-giām (體驗) chit ê oȧh-miā, ēng i ê seng-khu, chiong chit ê lȧt thoân hō͘ pȧt-lâng jî-í! Lâng nā bô kái chit ê ì-gī, chiū boē tit thang thoân-tō lah! Sui-bóng tit-tiȯh kuí-nā chheng lâng lâi niá soé-lé, iáu-kú boē kóng tit sī thoân-tō, sī khok-tiong chū-phài ê sè-lėk jî-í, chè-chō sìn-chiá nā-tiā^{n}. Ah, tiȯh pàng-sak Ki-tok-kàu lâi kui Ki-tok lah!!	傳道毋是欲傳報教派、教會、教理抑是儀式；干焦家己體驗這个活命，用伊的身軀，將這个力傳予別人而已！人若無解這个意義，就袂得通傳道啦！雖罔得著幾若千人來領洗禮，iáu-kú 袂講得是傳道，是擴張自派的勢力而已，製造信者 nā-tiā^{n}。啊，著放揀基督教來歸基督啦！！
Khî^{n} oȧh ê Chú lah!! Kàu-sè teh-beh it piàn!!	拑活的主啦！！教勢咧欲一變！！
Eng-kok bó͘ toā soat-kàu-ka teh kóng, — “Siā-hoē chai-hō ê kun-goân sī tuì tī chong-kàu siōng ê poē-sìn (背信) lâi--ê, só͘-í bô tû-khì hit ê goân-in, boē-oē siau-biȧt hit ê kiat-kó......Só͘-í tńg-khì chhē Siōng-tè! Che sī hiān-tāi kàu-hoē kap soat-kàu-chiá ê kéng-kò (警告) lah!	英國某大說教家咧講，—「社會災禍的根源是對佇宗教上的背信來--的，所以無除去彼个原因，袂會消滅彼个結果……所以轉去揣上帝！這是現代教會佮說教者的警告啦！

（續）

Tāi-seng tńg-khì chhē Sîn, jiân-āu chiah hoê-hok chèng-tī-siōng ê kái-hòng kap siā-hoē-siōng ê chhù-sū lah!!"	代先轉去揣神，然後才回覆政治上的解放佮社會上的次序啦！！」
Lán tio̍h suî-sî tńg-khì chhē oa̍h ê Sîn, koh-oa̍h ê Kiù-chú, thang koh tit-tio̍h sin ê hi-bōng kap sin ê goân-khì, thang koh sit-chāi chìn-hêng sè-kài thoân-tō ê toā sú-bēng, chiah ū ha̍h Chú ê ì-sù.	咱著隨時轉去揣活的神，閣活的救主，通閣得著新的希望佮新的元氣，通閣實在進行世界傳道的大使命，才有合主的意。

載於《芥菜子》，第十一號，一九二六年十二月二十七日

Koh-oa̍h ê la̍t（閣活的力）

作者　不詳
譯者　陳清忠

【作者】

不著撰者。

【譯者】

陳清忠，見〈海龍王〉。

Koh-oa̍h ê la̍t	閣活的力
Pó-lô ū khoàⁿ-kìⁿ Chú, Chú ū hián-hiān I pún-sin hō͘ Pó-lô khoàⁿ-kìⁿ. I ê sian-poè, un-hō͘ ê kun-chú Pa-ná-pa ū siāu-kài chit ê pek-hāi-chiá, loān-bō͘ ê lâng Tāi-sò͘ ê Sò-lô, hiān-sî kiò-choè Pó-lô, hō͘ chèng sù-tô͘, kóng i tī lō͘-tiong ū khoàⁿ-kìⁿ Chú, iā Chú ū kap i kóng-oē. (Sù-tô͘. 9: 27)	保羅有看見主，主有顯現伊本身予保羅看見。伊的先輩，溫厚的君主巴拿巴有紹介這个迫害者，loān-bō͘ 的人 Tāi-sò͘ 的掃羅，現時叫做保羅，予眾使徒，講伊佇路中有看見主，也主有佮伊講話。（使徒 9：27）
Koh-oa̍h ê la̍t ê toā, i ê kiông, nā ài chai, chhiáⁿ khoàⁿ i siū tiàu liáu-āu ê chi̍t-sì-lâng! Chit ê la̍t chiū-sī hō͘ tuì-te̍k piàn-choè tông-liâu, hō͘ oàn-hūn piàn-choè thiàⁿ ê la̍t lah! Chit ê la̍t chiū-sī hō͘ sai piàn-choè gû, hō͘ chhâi-lông piàn-choè iûⁿ-á-kiáⁿ ê la̍t!	閣活的力的大，伊的強，若愛知，請看伊受召了後的一世人！這个力就是予對敵變做同僚，予怨恨變做疼的力啦！這个力就是予獅變做牛，予豺狼變做羊仔囝的力！
Nā bô koh-oa̍h chiū bô Pó-lô, bô Pó-lô chiū bô kin-ná-ji̍t ê īⁿ-pang ê kàu-hoē; Sù-tô͘ Hêng-toān í-hā, Sin-iok ê toā pō͘-hūn iā sī bô!!	若無閣活就無保羅，無保羅就無今仔的異邦的教會；使徒行傳以下，新約的大部分也是無！！
Chú ê koh-oa̍h, hō͘ bān-lâng hoà-choè lêng ê koh-oa̍h. Jio̍k-thé ê koh-oa̍h chiâⁿ-choè su-sióng ê koh-oa̍h.— Léng-tām kám-chêng ê	主的閣活，予萬人化做靈的閣活。肉體的閣活成做思想的閣活。—冷淡感情的閣活，化做強的意志的閣活。

（續）

koh-oȧh, hoà-choè kiông ê ì-chì ê koh-oȧh.	
I. Koh-oȧh ê la̍t, hō͘ lâng sìn Iâ-sơ sī Siōng-tè ê kiáⁿ. Lâng bat siūⁿ Iâ-sơ sī pòng-to̍k Siōng-tè ê lâng, sī ké-hó ê lâng, sī iá-sim-ka, sī hō͘ pháiⁿ-kuí só͘ tîⁿ ê lâng. Chóng-sī tuì I ê koh-oȧh lâng boē bián-tit tio̍h siūⁿ I sī Siōng-tè ê kiáⁿ, eng-kai lâi ê Bí-sài-a, 一chì-koâiⁿ--ê, chì-sèng--ê.	I、閣活的力，予人信耶穌是上帝的囝。人捌想耶穌是謗瀆上帝的人，是假好的人，是野心家，是予歹鬼所纏的人。總是對伊的閣活人袂免得著想伊是上帝的囝，應該來的彌賽亞，一至懸，至聖--的。
Su-sióng ê piàn-hoà, si̍t-chāi thang kiaⁿ!	思想的變化，實在通驚！
Kiàn-kái it-piàn!	見解一變！
Thiⁿ-toē lóng piàn-oāⁿ!	天地攏變換！
Khoàⁿ! Chú ê gio̍k-gān kng-kng teh chiò!	看！主的 gio̍k-gān 光光咧照！
Lô-má tē-it chiuⁿ saⁿ-chat ū siá:一"......, chiàu jio̍k-thé sī tuì Tāi-pi̍t ê hō͘-è siⁿ-ê, chiàu Sèng-tek ê sîn chiū tuì sí-lâng ê koh oȧh, ēng koân-lêng hián-bêng I sī Siōng-tè ê kiáⁿ,......"	羅馬第一章三節有寫：一「……，照肉體是對 Tāi-pit 的後裔生的，照聖德的神就對死人的閣活，用權能顯明伊是上帝的囝，……」
Sim-koaⁿ toà háng-hoah kap sat-khì, khì Tāi-má-sek teh-beh lia̍h tī hia ê lâm-lú sìn-tō͘, thoa in kàu Iâ-lō͘-sat-léng, hit ê khún-tio̍k-chiá ê Sò-lô, tuì i ê chhuì kóng-chhut chit khoán ê sìn-gióng, kiám m̄-sī pí soaⁿ î-lo̍h hái khah toā ê piàn-hoà mah?	心肝帶哄喝佮殺氣，去大馬色咧欲掠佇遐的男女信徒，拖 in 到耶路撒冷，彼个窘逐者的掃羅，對伊的喙講出這款的信仰，敢毋是比山移落海較大的變化--嘛？
I sī phok-ha̍k ê lâng, nā beh ēng gī-lūn, kiám-chhái chió-chió lâng oē iâⁿ--i, i teh-beh ín Sèng-keng, chiàu thoân-soat lâi kú-khí Iâ-sơ ê m̄-tio̍h, Iâ-sơ ê khoat-tiám; beh lūn phoà Mō͘-se ê lu̍t-hoat; kóng Iâ-sơ sī phah lâ-sâm Sèng-tiān ê lâng. Chóny-sī i ê ba̍k-chiu hut-jiân kng, khoàⁿ-kìⁿ koh-iūⁿ ê hêng-siōng, hō͘ thiⁿ-hé chiò, thiaⁿ-kìⁿ ū siaⁿ kóng.	伊是博學的人，若欲用議論，檢采少少人會贏--伊，伊咧欲引聖經，照傳說來舉起耶穌的毋著，耶穌的缺點；欲論破摩西的律法；講耶穌是拍 lâ-sâm 聖殿的人。總是伊的目睭忽然光，看見各樣的形象，予天火照，聽見有聲講。
"Sò-lô, Sò-lô, siáⁿ-sū khún-tio̍k goá?" Tī	「掃羅，掃羅，啥事窘逐我？」佇事

（續）

sū-sit ê bīn-chêng, gī-lūn boē sêng-lip, chhuì boē khui, sui-jiân i hiah ngī-sim, tī chit ê sî-chūn, chhin-chhiūⁿ chit ê lô-pȯk, kan-ta kóng, "Lí sī sím-mih lâng?" Goá chiū-sī lí sớ khún-tiȯk ê Iâ-sơ. "Tuì tī chit ê thang kiaⁿ-hiâⁿ koh-oȧh ê lȧt, siⁿ-chhut chit ê sin ê Pó-lô, siⁿ-chhut īⁿ-pang ê kàu-hoē.	實的面前，議論袂成立，喙袂開，雖然伊遐硬心，佇這个時陣，親像一个奴僕，干焦講，「你是甚物人？」我就是你所窘逐的耶穌。」對佇這个通驚惶閣活的力，生出一个新的保羅，生出異邦的教會。
M̄-sìn koh-oȧh, chiong chit ê koh-oȧh kóng sī cheng-sîn-hoà (精神化), pí-jū-hoà (比喻化) ê kàu-hoē kap sìn-chiá, siūⁿ Iâ-sơ kan-ta sī lâng, boē tit-thang sìn sī Siōng-tè ê kiáⁿ; nā án-ni Pó-lô teh-beh koh tò-tńg choè Sò-lô lâi khún-tiȯk chit-khoán ê kàu-hoē!!	毋信閣活，將這个閣活講是精神化，比喻化的教會佮信者，想耶穌干焦是人，袂得通信是上帝的囝；若按呢保羅咧欲閣倒轉做掃羅來窘逐這款的教會！！
II. Koh-oȧh ê lȧt, hō͘ lâng thé-giām chín-kiù ê lȧt.	II、閣活的力，予人體驗拯救的力。
"Iâ-sơ bat uī-tiȯh lán ê choē siū kè-sàng koh uī-tiȯh lán ê chheng choè-gī lâi tit-tiȯh koh-oȧh" (Lô-má 4:25)	「耶穌捌為著咱的罪受解送閣為著咱的稱做義來得著閣活」（羅馬 4：25）
"......, chiū sī lí nā ēng chhuì jīn Iâ-sơ choè Chú, ēng sim sìn Siōng-tè hō͘ I tuì sí-lâng tiong khí-lâi, chiū oē tit-tiȯh kiù." (Lô-má 10:9)	「……，就是你若用喙認耶穌做主，用心信上帝予伊對死人中起來，就會得著救。」（羅馬 10：9）
Hō͘ pháiⁿ-lâng lêng-jiȯk, hō͘ pháiⁿ-lâng thâi sí; jiân-āu choè i khì, bô-tōng bô-chēng, bô koh-oȧh ê Ki-tok beh cháiⁿ-iūⁿ oē chín-kiù lán? Nā bô koh-oȧh, chiū boē tit-thang chhē-chhut chín-kiù ê lō͘ lah!	予歹人凌辱，予歹人刣死；然後做伊去，無動無靜，無閣活的基督欲怎樣會拯救咱？若無閣活，就袂得通揣出拯救的路啦！
Kiám-chhái lâng beh kóng, "Iâ-sơ boē kiù lán, Siōng-tè beh kiù lán, Siōng-tè sī lán ê Kiù-chú lah!" Ah, m̄-sī án-ni, chhiáⁿ siūⁿ, liân ka-kī tȯk-siⁿ ê kiáⁿ Ki-tok to kā i hiat tī bōng-lāi hit-khoán ê Siōng-tè beh thái-oē kiù	檢采人欲講，「耶穌袂救咱，上帝欲救咱，上帝是咱的救主啦！」啊，毋是按呢，請想，連家己獨生的囝基督都共伊 抗佇墓內彼款的上帝欲 thái 會救咱啊？無予基督閣活，埋伊佇永久的死，

（續）

lán ah? Bô hō͘ Ki-tok koh-oa̍h, tâi i tī éng-kiú ê sí, chit khoán ê Siōng-tè sī bô chêng ê Siōng-tè lah, bô iàu bô kín ê Siōng-tè lah! Chit khoán ê Sîn tī guî-lān ê sî, toā-sia^{n} kiò iā-sī bô hāu lah!	這款的上帝是無情的上帝啦，無要無緊的上帝啦！這款的神佇危難的時，大聲叫也是無效啦！
"Chit ê Iâ-so͘, Siōng-tè í-keng hō͘ I koh-oa̍h, goán chiah-ê lóng choè I ê kan-chèng." (Sù-tô͘ 2:23)	「這个耶穌，上帝已經予伊閣活，阮遮个攏做伊的干證。」（使徒 2：23）
Chit-kù sī chèng sù-tô͘ ê sia^{n}, ah, I koh-oa̍h lah! Siōng-tè tuì sí-lâng tiong kiò i khí-lâi lah!	這句是眾使徒的聲，啊，伊閣活啦！上帝對死人中叫伊起來啦！
Chiong thi^{n}-toē ê toā-koân siú^{n}-sù I, hō͘ I chē tī toā-pêng, hō͘ I choè sím-phoà^{n} si^{n}-sí ê Chú; hiān-sî I chiū-sī lêng-kài ê ông lah! Sìn I, kiû-kiò I ê lâng teh-beh tit-tio̍h Sèng-lêng, teh-beh khah iâ^{n} ok-kuí; chhin-chhiū^{n} án-ni, hoat-lu̍t-tek (法律的), siu-ióng tek (修養的) sî-tāi í-keng piàn-choè sûn-choân sìn-gióng ê sî-tāi lah!!	將天地的大權賞賜伊，予伊坐佇大爿，予伊做審判生死的主；現時伊就是靈界的王啦！信伊，求叫伊的人咧欲得著聖靈，咧欲較贏惡鬼；親像按呢，法律的，修養的時代已經變做純全信仰的時代啦！！
III. Koh-oa̍h ê la̍t, hō͘ lâng thoat-lī sí ê kia^{n}-hiâ^{n}.	III、閣活的力，予人脫離死的驚惶。
"Án-ni goán hó-tá^{n}, iā koh-khah hoa^{n}-hí lī-khui seng-khu, kap Chú sa^{n}-kap tiàm." (II Ko-lîm-to 5:8)	「按呢阮好膽，也閣較歡喜離開身軀，佮主相佮踮。」（哥林多後書 5：8）
Sí-ah, lí ê sèng-lī tī tó-uī?	死啊，你的勝利佇佗位？
Sí-ah, lí ê chhì-kek tī tó-uī?	死啊，你的刺激佇佗位？
Ki-tok tāi-seng tuì sí koh-oa̍h, lâi choè chèng sí-lâng koh-oa̍h ê thâu; nā sìn I kap I choè chi̍t ê ê lâng, teh-beh kap I pî^{n}-pî^{n} koh-oa̍h.	基督代先對死閣活，來做眾死人閣活的頭；若信伊佮伊做一个的人，咧欲佮伊平平閣活。
Ah, thang hoa^{n}-hí! Ta^{n} bô kia^{n} lah! Bōng-	啊，通歡喜！今無驚啦！墓內光明！

（續）

lāi kng-bêng! Oa̍h sī chiām-sî! Bô-kú tio̍h kui I!	活是暫時！無久著歸伊！
IV. Koh-oa̍h ê la̍t, oē hû-chhî loán-jio̍k ê jio̍k-thé.	IV、閣活的力，會扶持軟弱的肉體。
"Hia^{n}-tī ah, lūn-kàu goán tī A-se-a só͘ tú-tio̍h ê hoān-lān, goán m̄-ài lín m̄-chai; sī siū teh tāng chin thiám kàu tng boē khí, liân oa̍h iā bô ǹg-bāng; goán ka-kī sim-lāi iā àn-sǹg oē sí; beh hō͘ goán bô oá-khò ka-kī, to̍k-to̍k oá-khò hō͘ sí-lâng koh-oa̍h ê Siōng-tè. (II Ko-lîm-to 1:8)	「兄弟啊，論到阮佇亞西亞所拄著的患難，阮毋愛恁毋知；是受硩重真忝到當袂起，連活也無向望；阮家己心內也按算會死；欲予阮無倚靠家己，獨獨倚靠予死人閣活的上帝。（哥林多後書1：8）
"In-uī goán chiah-ê oa̍h ê ta̍uh-ta̍uh uī-tio̍h Iâ-so͘ lâi kau-hù tī sí, hō͘ Iâ-so͘ ê oa̍h iā oē hián-bêng tī goán oē sí ê jio̍k-thé." (II Ko-lîm-to 4:11)	「因為阮遮的活的沓沓為著耶穌來交付佇死，予耶穌的活也會顯明佇阮會死的肉體。」（哥林多後書 4：11）
"Goá ta̍k-jit kiâ^{n} tī sí-toē." Pó-lô án-ni kóng. Sit-chāi i ji̍t-ji̍t kiâ^{n} tī sí-hô pi^{n}, m̄-chai sím-mih sî teh-beh hō͘ lâng thâi sí, i kap i sí kan-ta chit-pō͘ nā-tiā^{n}. Sím-mih lâng kiù i thoat-lī chit-khoán ê sí ah? M̄-bián kóng, chiū-sī tuì tī kéng-tiàu i ê Chú ê khuì-la̍t lah!	「我逐日行佇死地。」保羅按呢講。實在伊日日行佇死河邊，毋知甚物時咧欲予人刣死，伊佮伊死干焦這步 nā-tiā^{n}。甚物人救伊脫離這款的死啊？毋免講，就是對佇揀召伊的主的氣力啦！
M̄-nā kan-ta Pó-lô, chiū kó͘-tāi hiah ê sit-chāi ê Ki-tok-tô͘, lóng ū pē Iâ-so͘ ê sí tī-teh. Bô-lūn kàu sím-mih só͘-chāi, sí teh thèng-hāu--in. Chóng-sī chin kî-koài Ki-tok ê la̍t tī in ê sim-lāi teh hû-chhî--in, hō͘ in oē lún-tit kan-khó͘, pek-hāi; hō͘ in khah iâ^{n} ū chhun. Ah, chit-khoán ê la̍t, m̄-sī koh-oa̍h ê la̍t, sī sím-mih la̍t ah?! Chiū-sī koh-oa̍h hiān-chāi ê Chú pang-chān--in, kiù in thoat-lī Mô͘-kuí ê chhiú-thâu.	毋但干焦保羅，就古代遐的實在的基督徒，攏有爸耶穌的死佇咧。無論到甚物所在，死咧聽候--in。總是真奇怪基督的力佇 in 的心內咧扶持--in，予 in 會忍得艱苦、迫害；予 in 較贏有賰。啊，這款的力，毋是閣活的力，是甚物力啊？！就是閣活現在的主幫贊--in，救 in 脫離魔鬼的手頭。
Che kiám m̄-sī oa̍h-la̍t ê chèng-kù mah?!	這敢毋是活力的證據--嘛？！

（續）

V. Koh-oȧh ê lȧt, hō͘ lán ap-chè Mô͘-kuí lâi khah-iâⁿ sè-kan.	V、閣活的力，予咱壓制魔鬼來較贏世間。
Hō͘ lán sí tī jio̍k-thé, sí tī sè-kan lâi oȧh tī Siōng-tè, oȧh tī Siōng-tè, oȧh tī gī, chiū-sī chit ê sîn-pì (神祕), put-su-gī (不思議) koh-oȧh ê lȧt. Lêng-kài ê Ông kap lán saⁿ-kap tī-teh, Mô͘-kuí bô lán ê ta-oâ.	予咱死佇肉體，死佇世間來活佇上帝，活佇上帝，活佇義，就是這个神祕，不思議閣活的力。靈界的王佮咱相佮佇咧，魔鬼無咱的奈何。
Mô͘-kuí chin ióng-béng, chin thang kiaⁿ; chóng-sī hiān-chāi koh-oȧh ê Ki-tok sī koh-oȧh kiông, koh-khah kūn-oá tī sin-piⁿ. Lâng nā sìn I, chheng-hơ I ê miâ ê sî, pah-bān ê Mô͘-kuí suî-sî sì-soàⁿ. Ah, thang kiaⁿ-hiâⁿ chit ê koh-oȧh ê lȧt!! Lán tāi-ke iàu-kín tio̍h koh-khah, koh khah lâi thé-giām chit ê Ki-tok kap I koh-oȧh ê lȧt!!	魔鬼真勇猛，真通驚；總是現在閣活的基督是閣活強，閣較近倚佇身邊。人若信伊，稱呼伊的名的時，百萬的魔鬼隨時四散。啊，通驚惶這个閣活的力！！咱大家要緊著閣較，閣較來體驗這个基督佮伊閣活的力！！

載於《芥菜子》，第十一號，一九二六年十二月二十七日

Sí!（死！）

作者　不詳

譯者　陳清忠

【作者】

不著撰者。

【譯者】

陳清忠，見〈海龍王〉。

Sí!	死！
Lâng eng-kai tio̍h sí!	人應該著死！
Chá-chêng chhut-sì ê lāng ū tú-tio̍h sí ê khoán-sit, hiān-sî teh-oa̍h ê lâng iā tio̍h keng-kè hit-tiâu sí-hô; āu-lâi koh chhut-sì ê lâng iā sī chhin-chhiū^{n} uī-tio̍h sí lâi chhut-sì chit-iū^{n}.	早前出世的人有拄著死的款式，現時咧活的人也著經過彼條死河；後來閣出世的人也是親像為著死來出世一樣。
Jîn-seng ū sí, oán-jiân sī chhin-chhiū^{n} thài-iông ū lo̍h-soa^{n}. Tuì tang-pêng chiū^{n} chhut-lâi ê jit-thâu tiā^{n}-tio̍h chit-pái tio̍h tuì sai-pêng lo̍h--khì. Lâng tuì chhut-sì liáu-āu, chiū suî-sî ū sí ê ūn-bēng lâi kau-tî^{n}. Lâng oē tit-thang siám-pī sàn-hiong ê kan-khó͘, lîn-iū ê phái^{n}-khoán-thāi; chóng-sī boē tit-thang thoat-lī sí ê chhiú-thâu. Sí sī jîn-seng put-lêng bián-tit, hiah khak-si̍t ê sū, iáu-kû lâng bô teh siū^{n} sí ê sū, si̍t-chāi chin kî-koài. Lâng lâng oán-jiân teh siū^{n} beh oa̍h kàu éng-oán lâi keng-kè chit sè-kan ê khoán-sit. Nā khoà^{n}-kì^{n} sī-toā-lâng ê bō, tú-tio̍h kiá^{n}-jî ê toā-pī^{n}, pêng-iú chòng-sek ê sî, hit-sî chiū oē siū^{n} chhut ka-kī ê ūn-bēng; chóng-sī nā kè-	人生有死，宛然是親像太陽有落山。對東爿上出來的日頭定著一擺著對西爿落--去。人對出世了後，就隨時有死的運命來交纏。人會得通閃避散凶的艱苦，鄰右的歹款待；總是袂得通脫離死的手頭。死是人生不能免得，遐確實的事，iáu-kú 人無咧想死的事，實在真奇怪。人人宛然咧想欲活到永遠來經過這世間的款式。若看見序大人的墓，拄著囝兒的大病，朋友葬式的時，彼時就會想出家己的運命；總是若過了就隨時袂記得。

（續）

liáu chiū suî-sî boē kì-tit.	
Sí m̄-nā sī tī jîn-seng choè khak-si̇t ê sū-si̇t, siōng-chhiá^{n} sī choè-ap-chè-tek (最壓制的) choè ū ui-giâm--ê. Ông-hớ kuì-jîn iā boē-tit tô-siám i ê tȯk-chhiú; hȧk-chiá châi-chú iā sa^{n}-tâng tiȯh choè i ê hi-seng; eng-hiông hô-kiat tī sí ê bīn-chêng iā tiȯh pêng-sin (平身) tìm-thâu chiah oē ēng-tit. Boē-tit ēng kim-gûn lâi iân-tn̂g lâng ê sì^{n}-miā; iā boē-tit ēng sè-lȧt lâi ū-hông sí. Sí ê ūn-bēng nā it-tàn soan-kò. Chiū bô-lūn sím-mi̇h lâng tiȯh hȯk-chiông--i chiah oē ēng-tit.	死毋但是佇人生最確實的事實，尚且是最壓制的最有威嚴--的。王侯貴人也袂得逃閃伊的毒手；學者財主也相同著做伊的犧牲；英雄豪傑佇死的面前也著平身頡頭才會用得。袂得用金銀來延長人的性命；也袂得用勢力來預防死。死的運命若一旦宣告。就無論甚物人著服從--伊才會用得。
Sí sī lâi chi̇t-pái, m̄-sī lâi kuí-nā-piàn. Sit-pāi ū hoê-hok ê lỡ, choē-koà ū hoé-kái ê ki-hoē; nā-sī sí, sī choè-āu ê soan-kò-chiá. Sí ê liáu-āu bô koh sí. Kong-im it-tàn kè-liáu chiū bô koh lâi. Sí sī jîn-seng ê chiong-tiám.	死是來一擺，毋是來幾若遍。失敗有回覆的路，罪過有悔改的機會；但是死，是最後的宣告者。死的了後無閣死。光陰一旦過了就無閣來。死是人生的終點。
Sí ê kong-kek sī tu̇t-jiân sī chhin-chhiū^{n} chhȧt tī àm-mî bû-ì-tiong hut-jiân lâi. Chā-jit chhim-kau ê pêng-iú, kin-ná-jit í-keng chiâ^{n}-choè put-chài-lâi ê lâng-kheh; chhin-chhiū^{n} hoe ê ài-lú, chhin-chhiū^{n} ông ê thióng-jî, suî-sî siā, suî-sî biȧt-bô. Chi̇t-ke sớ oá-khò ê thiāu-chiȯh, chi̇t-chȯk sớ gióng-bōng ê tiong-sim, suî-sî hỡ sí ê chhiú kng--khì.	死的攻擊是突然是親像賊佇暗暝無意中忽然來。昨日深交的朋友，今仔日已經成做不再來的人客；親像花的愛女，親像王的寵兒，隨時謝，隨時滅無。一家所倚靠的柱石，一族所仰望的中心，隨時予死的手扛--去。
Jîn-seng si̇t-chāi sī bû-siông (無常) chóng-sī, sī kan-ta kóng, boē tit-thang khoà^{n}-phoà--ê. Chit ê phû-tîm (浮沈) bô tiā^{n}-tiȯh ê jîn-seng, sēng-sui bû-siông ê jîn-seng; kiám kó-jiân bô sím-mi̇h ì-sù tī-teh mah? Hó-lâng ê chá-si, phái^{n}-lâng ê tn̂g-hè-siū, kiám thang siū^{n} lâng sī gió-jiân ê sū mah. Lán boē tit-thang siū^{n} lâng sī bû ì-bī lâi si^{n}, bû ì-bī lâi sí.	人生實在是無常總是，是干焦講，袂得通看破--的。這个浮沈無定著的人生，盛衰無常的人生；敢果然無甚物意思佇咧--嘛？好人的早死，歹人的長歲壽，敢通想人是偶然的事--嘛。咱袂得通想人是無意味來生，無意味來死。

（續）

"Sí kap sím-phoà^{n} sī lâng ê èng-tong tio̍h siū--ê." Pó-lô án-ni kóng. Sí sī jîn-seng ê chiong-tiám, che sī kóng ū toà jio̍k-thé ê jîn-seng. Lâng ê choân sì-lâng m̄-sī sí-liáu chiū soah, sí liáu-āu hit ê lâng iáu-kú teh-oa̍h, chóng-sī hit-ê lâng tio̍h siū ê sím-phoà^{n}. Sím-phoà^{n} ê châi-liāu sī sím-mi̍h? Chiū-sī bē sí í-chêng ê it-seng. Lán tāi-ke tī chit sè-kan sī ná teh chō sí-āu sím-phoá^{n} ê châi-liāu. Toā-soè bô sit-lo̍h, lán ê sèng-hêng (性行) teh-beh siū kiám-cha. Tī chit sè-kan sēng, sui, hû, tîm bô tiā^{n}-tio̍h ê jîn-seng, tī lō͘-bé beh tit-tio̍h an-chēng. Tuì khoe-kok lâu-chhut ê khoe-liû, cheng-tio̍h chio̍h-thâu, hō͘ hong chhe khí pho-lâu bô tiā^{n}-tio̍h, kàu lō͘-bé tek-khak lâu-ji̍p chit só͘-chāi lâi chēng-chí. Lâu-ji̍p chheng-chheng ê toā-hái lâi hoa^{n}-hí chhiù^{n}-koa ê chuí iā ū; iau-ji̍p tī lô-lô ê ô͘-chuí lâi pi-siong chhiat-chhí ê chuí iā ū. Bô lūn sī tī toh chit-pêng, boē-oē sit-liáu kò-jîn ê sēng-chûn, m̄-nā boē sit-lo̍h, soà chiām-chiām hoat-ta̍t tī hoa^{n}-hí kap pi-siong. Hit ê kan-khó͘, khoài-lo̍k chiū-sī sím-phoà^{n}. Hit ê sím-phoà^{n} chiū-sī tī chit sè-kan ê it-seng lâi koat-tēng.	「死佮審判是人的應當著受--的。」保羅按呢講。死是人生的終點，這是講有帶肉體的人生。人的全世人毋是死了就煞，死了後彼个人 iáu-kú 咧活，總是彼个人著受的審判。審判的材料是甚物？就是未死以前的一生。咱大家佇這世間是若咧造死後審判的材料。大細無失落，咱的性行咧欲受檢查。佇這世間盛、衰、浮、沉無定著的人生，佇路尾欲得著安靜。對溪谷流出的溪流，舂著石頭，予風吹起波流無定著，到路尾的確流入一所在來靜止。流入清清的大海來歡喜唱歌的水也有；流入佇濁濁的湖水來悲傷切齒的水也有。無論是佇佗一爿，袂會失了個人的生存，毋但袂失落，繼漸漸發達佇歡喜佮悲傷。彼个艱苦、快樂就是審判。彼个審判就是佇這世間的一生來決定。
Nā-sī án-ni, — sí lâi ê sū, sí beh chái^{n}-iū^{n} lâi, eng-kai tio̍h siū^{n} hē teh; in-uī sí kàu ê sî, bô ū siū^{n} ê sî-kan. Ka-kī khì chhē sí sī m̄-thang, chóng-sī sí lâi ê sî boe tit-thang ti hông. Só͘-í lán ta̍k-jit tio̍h chún-pī piān, thang-lâi ngiâ-chih--i, iā thang thèng-hāu siū sím-phoà^{n}.	若是按呢，一死來的事，死欲怎樣來，應該著想下咧；因為死到的時，無有想的時間。家己去揣死是毋通，總是死來的時袂得通持妨。所以咱逐日著準備便，通來迎接--伊，也通聽候受審判。

載於《芥菜子》，第十二號，一九二七年一月二十五日

Sìn-gióng ê Būn-tap--Lūn Oa̍h Ki-tok
（信仰的問答——論活基督）

作者　不詳
譯者　陳清忠

【作者】

不著撰者。

【譯者】

陳清忠，見〈海龍王〉。

Sìn-gióng ê Būn-tap--Lūn Oa̍h Ki-tok	信仰的問答--論活基督
A. Sian-si^{n}, lí teh kóng Oa̍h Ki-tok, he tàu-tì sī sím-mi̍h ì-sù. Chhiá^{n} chí-kàu.	A、先生，你咧講活基督，彼到底是甚物意思。請指教。
B. Oa̍h Ki-tok chiū-sī tī 2000 nî chêng hō͘ lâng thâi-sí hit-ê Ki-tok hiān-sî iáu oa̍h, bô piàn-oā^{n} teh oa̍h-tāng ê ì-sù.	B、活基督就是佇 2000 年前予人刣死彼个基督現時猶活，無變換咧活動的意思。
A. Ki-tok kiám m̄-sī í-keng hō͘ lâng tèng tī Si̍p-jī-kè sí mah, sī koh hoan-hûn tuì bōng-ni̍h chhut-lâi mah?	A、基督敢毋是已經予人釘佇十字架死--嘛，是閣翻魂對墓裡出來--嘛？
B. M̄-sī, m̄-sī án-ni, hoan-hûn lâi oa̍h ê, oē koh chiàu kū lâi sí; chóng-sī Ki-tok sī chin-si̍t sí iā chin-si̍t koh-oa̍h; bô piàn-oā^{n} I si^{n}-chêng ê sia^{n}-im á-sī hêng-chōng, iáu-kú I oē-tit chū-iû chhut-ji̍p tī koai^{n}-ba̍t ê mn̂g.	B、毋是，毋是按呢，翻魂來活的，會閣照舊來死；總是基督是真實死也真實閣活；無變換伊生前的聲音抑是形狀，iáu-kú 伊會得自由出入佇關密的門。
A. He kiám m̄-sī Ki-tok ê im-hûn mah?	A、彼敢毋是基督的陰魂--嘛？
B. Ki-tok ê ha̍k-seng khí-thâu mā-sī phah-sǹg sī I ê im-hûn, chóng-sī Ki-tok mn̄g in khoà^{n} ū sím-mi̍h thang chia̍h--bô, ê sî, in hō͘ I chi̍t-bé hî, I suî-sî tī in ê bīn-chêng lâi chia̍h; koh-chài kā in kóng I m̄-sī im-hûn,	B、基督的學生起頭嘛是拍算是伊的陰魂，總是基督問 in 看有甚物通食--無，的時，in 予伊一尾魚，伊隨時佇 in 的面前來食；閣再共 in 講伊毋是陰魂，陰魂無跤手，伊報 in 看伊的跤手的釘

（續）

im-hûn bô kha-chhiú, I pò in khoà^{n} I ê kha-chhiú ê teng-jiah.	跡。
A. Nā chún-sī án-ni, hiān-sî mā í-keng chiū^{n}-thi^{n} bô tī toē-nih?	A、若準是按呢，現時嘛已經上天無佇地--裡？
B. Ū-iá^{n}, kó-jiân í-keng chiū^{n} thi^{n}, chóng-sī lêng-tek (靈的) kó·-chá, hiān-kim bô piàn-oā^{n} kap lán sa^{n}-kap tī-teh. "Uī-tiȯh goá ê miâ lâi chū-chip, chiū 2, 3 lâng ê tiong-kan, goá iā kap in tī-teh" "... in-uī goá put-sî kap lín sa^{n}-kap tī-teh kàu sè-kan ê boȧt-jit". I pún-sin ū án-ni kóng.	B、有影，果然已經上天，總是靈的古早、現今無變換佮咱相佮佇咧。「為著我的名來聚集，就 2、3 人的中間，我也佮 in 佇咧」「……因為我不時佮恁相佮佇咧到世間的末日」。伊本身有按呢講。
A. Nā sī kóng Thi^{n}-pē oȧh tī piàn ú-tiū, chiū bô gî-ngái; m̄-kú kóng ū phī^{n}, ū bȧk-chiu ê Ki-tok hiān-sî tī lán ê bīn-chêng teh khiā, tī lán ê āu-bīn teh kiâ^{n}; koh-khah chái^{n}-iū^{n} lâi siū^{n}, to sī tī bê-sìn ê kài-hān lāi.	A、若是講天爸活佇遍宇宙，就無 gî-ngái；毋 kú 講有鼻，有目睭的基督 現時佇咱的面前咧徛，佇咱的後面咧行；閣較怎樣來想，都是佇迷信的界限內。
B. Thi^{n}-pē nā oȧh tī tȧk só·-chāi, chiū Kiá^{n} iû-goân tiȯh oȧh tī tȧk só·-chāi. "Pē tī hia Kiá^{n} iā tī hia". In-uī Pē Kiá^{n} sī chit-thé.	B、天爸若活佇逐所在，就囝猶原著活佇逐所在。「爸佇遐囝也佇遐」。因為爸囝是一體。
A. Ki-tok hiān-sî kiám iáu ū kha-chhiú, bȧk-phī^{n}, mah?	A、基督現時敢猶有跤手、目鼻，嘛？
B. Bián-kóng, choȧt-tuì ê Sîn sī bô bȧk-phī^{n}, iā bô kha-chhiú; in-uī sī bô khiàm-ēng. Chóng-sī bô lūn sím-mih sî nā khiàm-ēng ê sî, I suî-piān thang hián-chhut. Tī boȧt-sè chài-lâi ê jit, lâng sìn I beh chiàu I koh-oȧh ê sî ê hêng-thé lâi.	B、免講，絕對的神是無目鼻，也無跤手；因為是無欠用。總是無論甚物時若欠用的時，伊隨便通顯出。佇末世再來的日，人信伊欲照伊閣活的時的形體來。
A. Nā-sī sìn Ki-tok lêng-tek iáu oȧh tī-teh, sī khah khoài, m̄-kú kóng koh-oȧh tuì bōng-nih chhut-lâi ê sū, m̄-sī hiān-sî ê kho-hȧk só· oē soat-bêng--tit--ê.	A、若是信基督靈的猶活佇咧，是較快，毋 kú 講閣活對墓裡出來的事，毋是現時的科學所會說明-得--的。

（續）

B. Che-sī phoâ^{n}-koè kho-ha̍k ê būn-toê. Tuì ū lâng í-lâi. Sîn kan-ta hō͘ chi̍t ê bô-choē ê Iâ-sơ tuì bōng-lāi koh-oa̍h, chit-khoán ê sū m̄-sī hō͘ kho-ha̍k oē-thang kóng-tang kóng-sai--ê. Nā siat-sú I bô koh-oa̍h, kóng kan-ta I ê lêng-hûn teh oa̍h, choân-jiân bô la̍t. Chái^{n}-iū^{n} án-ni kóng, in-uī lâng ê lêng-hûn put-bia̍t, sí lâng i ê hûn ū the oa̍h, m̄-nā hān-tiā^{n} Ki-tok nā-tiā^{n}. Nā m̄ sêng-jīn jio̍k-thé ê koh-oa̍h, chiū Sek-kia, Khóng-chú, Ki-tok lóng sa^{n} chhin-chhiū^{n}, nā án-ni chiū m̄-sī oa̍h ê Ki-tok, sī sí ê Ki-tok, tú-tú sī chhin-chhiū^{n} Sek-kia á-sī Khóng-chú nn̄g-chheng kuí pah nî chêng sí, iā hiān-sî lia̍h in chò kó͘-chá ê kì-liām ê khoán-sit, Ki-tok iā beh chiâ^{n}-choè chit-ê kì-liām, chiâ^{n}-choè chit-hāng ê kó͘-bu̍t; lūn chín-kiù, lūn i-tī chiū lóng bô. Án-ni chiū m̄ chiâ^{n} Ki-tok-kàu. Só͘-í chiah kóng KOH-OA̍H sī Ki-tok-kàu ê ki-chhó͘.	B、這是盤過科學的問題。對有人以來。神干焦予一个無罪的耶穌對墓內閣活，這款的事毋是予科學會通講東講西--的。若設使伊無閣活，講干焦伊的靈魂咧活，全然無力。怎樣按呢講，因為人的靈魂不滅，死人伊的魂有咧活，毋但限定基督 nā-tiā^{n}。若毋承認肉體的閣活，就釋迦、孔子、基督攏相親像，若按呢就毋是活的基督，是死的基督，tú-tú 是親像釋迦抑是孔子兩千幾百年前死，也現時掠 in 做古早的記念的款式，基督也欲成做一个記念，成做一項的古物；論拯救，論醫治就攏無。按呢就毋成基督教。所以才講閣活是基督教的基礎。

載於《芥菜子》，第十二號，一九二七年一月二十五日

Toh-siōng-tâm（桌上談）

作者　孫大信
譯者　陳清忠

孫大信像

【作者】

孫大信（Sadhu Sundar Singh，1889～1929？），出身印度北部旁遮普（Punjab）之貴族家庭，原本篤信錫克教，排斥基督教，甚至撕毀聖經。後於一次禱告經驗中，目睹耶穌現身顯靈，並親口解答了他心中的疑惑，從此成為基督徒，但也被逐出家門，只好投靠教會學校，後正式受洗。一九〇八年開始進入西藏傳播基督教，雖然遭遇許多險阻，仍然勇往直前，接引多人入教。一九一八年轉往錫蘭、緬甸、馬來亞、新加坡、中國和日本傳道，一九二〇年，又到英國、法國、愛爾蘭、美國和澳洲等國講道，甚受歡迎，被視為先知。一九二九年不顧眾人反對，再次前往西藏，從此音訊杳然。著有《靈界的默示：死後生命的歸向》、《在主腳前》、《十字架是天堂》等，後人編輯為《孫大信全集》。（顧敏耀撰）

【譯者】

陳清忠，見〈海龍王〉。

Toh-siōng-tâm	桌上談
Í-hā só͘ e̍k-ê, sī Ìn-tō͘ ê toā chong-kàu-ka (Sat-hu Sun-tāi). Sadhu Sundar Singh só͘ kóng ê toān-phiàn.	以下所譯--的，是印度的大宗教家（Sat-hu Sun-tāi）。Sadhu Sundar Singh 所講的斷片。
(I)	（I）
Soat-kàu-chiá.	說教者。
“Goá beh siá soat-kàu ê sî, bô chē-teh, tī kî-tó ê sî lâi tit-tio̍h pún-bûn, toē kap ín-lē”.	「我欲寫說教的時，無坐咧，佇祈禱的時來得著本文，題佮引例」。

（續）

"Soat-kàu-chiá sớ beh thoân--ê, eng-kai tio̍h tuì Siōng-tè lâi siū chiah tio̍h. Siat-sú i nā-sī tuì chheh lâi tit-tio̍h, chiū m̄-sī i pún-sin ê hok-im, sī pa̍t-lâng ê hok-im. Hit-khoán ê soat-kàu-chiá chiū-sī chē tī pa̍t-lâng ê n̄g ê téng-bīn lâi pū, iā lia̍h hiah-ê n̄g choè ka-kī ê".	「說教者所欲傳--的，應該著對上帝來受才著。設使伊若是對冊來得著，就毋是伊本身的福音，是別人的福音。彼款的說教者就是坐佇別人的卵的頂面來孵，也掠遐个卵做家己的」。
"Thiaⁿ ê lâng lêng-tek(靈的) sớ iàu-kiû-ê sī sím-mih, goá oē kám-tio̍h, tú-tú sī chhin-chhiūⁿ káu pí ha̍k-chiá khah ū phīⁿ bī ê la̍t".	「聽的人靈的所要求--的是甚物，我會感著，tú-tú 是親像狗比學者較有鼻味的力」。
I tī kong-hoē ê bīn-chêng beh soat-kàu ê tāi-seng, tio̍h kú-kú ê tiong-kan lâi kî-tó kap bêng-sióng, āu-lâi kéng chi̍t-kù ê sèng-giân, iā te̍k-pia̍t kéng oē ha̍h tī hit ê sî-chūn ê su-sióng lâi khiā.	伊佇公會的面前欲說教的代先，著久久的中間來祈禱佮冥想，後來揀一句的聖言，也特別揀會合佇彼个時陣的思想來徛。
Soat-kàu ê si̍t-chāi ê chìn-hêng sī chiàu thiaⁿ ê lâng ê sèng-chit. Sớ-í i chiah án-ni kóng. Ū lâng m̄ng i kóng:	說教的實在的進行是照聽的人的性質。所以伊才按呢講。有人問伊講：
"Siat-sú nā-sī su-sióng bô hiah hong-hù ê lâng, nā m̄-sī chám-jiân lâi chún-pī, liōng-pit i soat-kàu oh-tit pó lâng ê chú-ì?"	「設使若是思想無遐豐富的人，若毋是嶄然來準備，量必伊說教僫得 pó 人的主意？」
I ìn-kóng:	伊應講：
"Kan-ta Siōng-tè kéng-tiàu ê lâng thang choè soat-kàu-chiá lâi ji̍p tī chit ê hōng-sū(奉仕). Sớ-í hiah ê lâng bô-lūn loā bô tì-sek, Siōng-tè teh-beh chí-sī--in".	「干焦上帝揀召的人通做說教者來入佇這个奉仕。所以遐个人無論偌無智識，上帝咧欲指示---in」。
"Ū chi̍t-ê piàⁿ-sàu ê lâng lâi choè sìn-chiá, iā chiong i ê sim-koaⁿ hiàn hō͘ Ki-tok. I tuì Chú ū chhē-chhut pêng-hô, siū chín-kiù soà lâi choè I ê kan-chèng. Lâng-lâng kóng, 'I ê sim-koaⁿ ū hit-khoán lán sớ bô ê mi̍h tī-teh', Ū lâng tuì hia kè chiū m̄ng kóng, 'Cháiⁿ-iūⁿ	「有一个摒掃的人來做信者，也將伊的心肝獻予基督。伊對主有揣出平和，受拯救紲來做伊的干證。人人講，「伊的心肝有彼款咱所無的物佇咧」，有人對遐過就問講，「怎樣眾人遐爾感心這个摒掃的人來斟酌聽？」彼个摒掃的人就

（續）

chèng-lâng hiah-nih kám-sim chit-ê piàⁿ-sàu ê lâng lâi chim-chiok thiaⁿ?" Hit-ê piàⁿ-sàu ê lâng chiū ìn-kóng. "Lán ê Chú khiâ lû-á jip Iâ-lō͘-sat-léng ê sî, lâng-lâng the̍h saⁿ chhu tī lō͘-nih. In bô chhu tī Ki-tok ê kha-ē, in chhu tī lû-á ê kha-toé. He sī cháiⁿ-iūⁿ? Sī in-uī bān-ông ê Ông, bān-chú ê Chú khiâ tī hit téng-bīn lah. Ki-tok lo̍h-lâi liáu-āu ê sî, bô lâng iàu-kín hit-chiah lû-á. Hit-chiah lû-á hō͘ Ông khiâ teh ê tiong-kan ū chun-kuì."	應講。「咱的主騎驢仔入耶路撒冷的時，人人提衫 chhu 佇路裡。In 無 chhu 佇基督的跤下，in chhu 佇驢仔的跤底。彼是怎樣？是因為萬王的王，萬主的主騎佇彼頂面啦。基督落來了後的時，無人要緊彼隻驢仔。彼隻驢仔予王騎咧的中間有尊貴」。
Koh ū lâng mn̄g kóng:	閣有人問講：
"Koan-hē sîn-ha̍k-seng ê hùn-liān ū sím-mih thang chù-ì ê só͘-chāi bô?"	「關係神學生的訓練有甚物通注意的所在無？」
I ìn-kóng:	伊應講：
"Tio̍h khah iàu-kín tī si̍t-chāi ê thoân-tō. Káng-su pún-sin chì-chió iā tio̍h nn̄g-saⁿ ge̍h ji̍t kú kap ha̍k-seng choè-tīn sûn-hoê ta̍k só͘-chāi lâi thoân hok-im".	「著較要緊佇實在的傳道。講師本身至少也著兩三月日久佮學生做陣巡迴逐所在來傳福音」。
(II)	（II）
Oa̍h-miā kap n̍g-bāng.	活命佮向望。
"Oa̍h-miā kap chhiong-moá ê oa̍h-miā, hit tiong-kan ū toā ê chha-piat. Nā kan-ta oa̍h ū sím-mih lō͘-ēng? Goá ín chit ê lē: — ū chit-pái khì hóng-mn̄g pīⁿ-īⁿ, khoàⁿ-kìⁿ chit ê pīⁿ-lâng tó-teh, chiàu-khoàⁿ sī bô sím-mih siong-tiōng, chóng-sī keh-ji̍t koh khì ê sî thiaⁿ-kìⁿ kóng sí. I sī cháiⁿ-iūⁿ sí? Hit àm chit-bé pn̄g-sî-chhèng tuì chhù-téng lak-lo̍h-lâi tī i ê bîn-chhn̂g. I khoàⁿ-kìⁿ hit-bé tuì kha-bé sô tuì thâu-khak chit-pêng lâi. I chin kiaⁿ. Chóng-sī i chin soe-jio̍k, boē tit-thang tô-cháu, iā boē tit-thang phah sí hit bé choâ. Hit-boé choâ tuì	「活命佮充滿的活命，彼中間有大的差別。若干焦活有甚物路用？我引一个例：一有一擺去訪問病院，看見一个病人倒咧，照看是無甚物傷重，總是隔日閣去的時聽見講死。伊是怎樣死？彼暗一尾飯匙銃對厝頂落落來佇伊的眠床。伊看見彼尾對跤尾趖對頭殼這爿來。伊真驚。總是伊真衰弱，袂得通逃走，也袂得通拍死彼尾蛇。彼尾蛇對頷頸共伊咬落去，也伊死。彼時別人走倚來拍死彼尾蛇。死去彼个人猶原有活命佇咧，總是伊袂得通對這个危險來家己救。別

（續）

ām-kún kā i kā lȯh-khì, iā i sí. Hit-sî pȧt-lâng cháu oá-lâi phah-sí hit-bé choâ. Sí khì hit ê lâng iû-goân ū oȧh-miā tī-teh, chóng-sī i boē tit-thang tuì chit ê guî-hiám lâi ka-kī kiù. Pȧt-lâng m̄-nā ka-kī pó-hō͘ soà phah-sí hit-bé choâ. Choē-choē ê sìn-chiá ū oȧh-miā tī-teh, chóng-sī in boē tit-thang khah iâⁿ iú-hėk, beh cháiⁿ-iūⁿ oē tit kiù pȧt lâng? In teh-beh uī-tiȯh choē-koà lâi sí, in-uī lāu-choâ ê tȯk beh thoàⁿ kàu choân-sin. Chóng-sī ū chhiong-moá ê oȧh-miā ê lâng teh-beh phah sí hit-bé lāu-choâ, pâi-thek iú-hėk siōng-chhiáⁿ oē-tit kiù pȧt-lâng".	人毋但家己保護紲拍死彼尾蛇。濟濟的信者有活命佇咧，總是 in 袂得通較贏誘惑，欲怎樣會得救別人？In 咧欲為著罪過來死，因為老蛇的毒欲湠到全身。總是有充滿的活命的人咧欲拍死彼尾老蛇，排斥誘惑尚且會得救別人」。
"Nā sī lán hiàn lán pún-sin hō͘ Chú, I teh-beh oȧh-tāng tī lán, lán nā chiong pún-sin kau-thok tī I ê chhiú-thâu, I teh-beh ēng lán. Tuì kî-tó ê lâng I oē chiâⁿ toā-sū".	「若是咱獻咱本身予主，伊咧欲活動佇咱，咱若將本身交託佇伊的手頭，伊咧欲用咱。對祈禱的人伊會成大事」。
"Siōng-tè ê lō͘-pȯk, siông-siông lâng bô iàu-kín, choân-jiân bô beh thiaⁿ i ê hok-im, tì-kàu sit-chì. Góa iā siông-siông bat án-ni. Chóng-sī lán nā sī thoân, kiám-chhái Sèng-lêng beh oȧh-tāng tī i ê sim-lāi, sō͘-í lán eng-kai tiȯh chòe lán ê hūn-giȧh".	「上帝的奴僕，常常人無要緊，全然無欲聽伊的福音，致到失志。我也常常捌按呢。總是咱若是傳，減采聖能欲活動佇伊的心內，所以咱應該著做咱的分額。」
"M̄-thang hō͘ lán loán-jiȯk lâi sit-chì. Thài-iông ū sī iā ū o͘-tiám, chóng-sī i bô in-ūi án-ni lâi thêng chí i ê kng. N̂g-bāng lán tùi I só͘ hō͘ lán ê chin-kng lâi kng, I teh beh chhù-siau lán ê khoat-tiám, hō͘ lán thang tit-tiȯh oân-choân. Lán ê gī-bū sī tiȯh chhiō-kng lah! Hé-kim-ko͘ sī sòe sòe ê thâng, iáu-kú tùi tī i sòe sòe ê kng, ōe hō͘ chhut-gōa lâng ê sim-koaⁿ hoaⁿ-hí".	「毋通予咱軟弱來失志。太陽有時也有烏點，總是伊無因為按呢來停止伊的光。向望咱對伊所予咱的真光來光，伊 teh 欲取消咱的缺點，予咱通得著完全。咱的義務是著 chhiō-kng 啦！火金姑是細細的蟲，iáu-kú 對佇伊細細的光，會予出外人的心內歡喜。」
(III)	(III)

（續）

Hōng-sū	奉仕
"Bó͘ só͘-chāi ū chi̍t ê hó-gia̍h-lâng. Ū chi̍t-ji̍t i ê kiá^{n} chē i ê hn̂g. Hit-sî ū chin-choē ê chiáu pe lâi chia̍h i ê ké-chí, iā sńg-tn̄g i ê chhài-soe, chóng-sī hit-ê gín-ná lóng bô iàu-kín iā bô beh kā koá^{n}, lâng mn̄g i kóng, 'Lín lāu-pē ê hn̂g hō͘ chiáu sńg-tn̄g kàu án-ni, lí iáu tiām-tiām, he sī chái^{n}-iū^{n}?' I ìn kóng 'Goán lāu-pē ia̍h bô kiò goá tio̍h kò͘-hn̂g la̍h!' In lāu-pē thia^{n}-kì^{n} chit ê tāi-chì, suî-sî koá^{n}-chhut i ê kiá^{n}. Só͘-í sui-jiân bô te̍k-pia̍t ê sia^{n}, iáu-kú sì-uî ê iàu-kiû kap put-oân-choân teh chhut-chio lán tio̍h hōng-sū tī Siōng-tè".	「某所在有一个好額人。有一日伊的囝坐伊的園。彼時有真濟的鳥飛來食伊的果子，也損斷伊的菜蔬，總是彼个囡仔攏無要緊也無欲共趕，人問伊講，「恁老爸的園予鳥損斷到按呢，你猶恬恬，彼是怎樣？」伊應講「阮老爸也無叫我著顧園啦！」In 老爸聽見這个代誌，隨時趕出伊的囝。所以雖然無特別的聲，iáu-kú 四圍的要求佮不完全咧出招咱著奉仕佇上帝」。
"Bó͘-kok ū chi̍t ê ông, chai i peh-sì^{n} chin pîn-toā^{n}, hoân-ló goā-kok oē lâi phah. Chóng-sī ēng giân-gú, peh-sì^{n} iā bô beh thia^{n} i ê khoán, só͘-í i hē chi̍t-tè toā-chio̍h tī si̍p-jī lō͘-thâu. Lâng khoà^{n}-kì^{n} chit tè chio̍h, chóng-sī bô lâng, beh kā i soá-khui, choè i kiâ^{n} kè-khì. Kè put-chí kú ông chiū tiàu-chi̍p i ê sîn-hā, khiā tī hia, khoài-khoài soá-khui hit tè chio̍h. Chio̍h ê ē-toé ū chi̍t-lông ê ko-kè pó-bu̍t tī-teh, tī hit téng-bīn ū siá kóng 'Hō͘ soá-khui chio̍h-thâu ê lâng'. Ông chiong chit ê hō͘ lâng khoà^{n} kóng, "Lín uī-tio̍h pîn-toā^{n} lâi sit-lo̍h chit ê pó-bu̍t, siat-sú nā soà-chiap chhin-chhiū^{n} án-ni, tuì-te̍k nā lâi phah ê sî lán ê kok suî-sî sit-lo̍h'" Lâng-lâng thia^{n}-liáu siū kám-tōng, koh-chài siong-pi in ū sit-lo̍h toā-kim, uī-tio̍h bô-ài choè chho͘-tāng ê iân-kò͘.	「某國有一个王，知伊百姓真貧惰，煩惱外國會來拍。總是用言語，百姓也無欲聽伊的款，所以伊下一塊大石佇十字路頭。人看見這塊石，總是無人，欲共伊徙開，做伊行過去。過不止久王就召集伊的臣下，徛佇遐，快快徙開彼塊石。石的下底有一 lông 的高價寶物佇咧，佇彼頂面有寫講「予徙開石頭的人」。王將這个予人看講，「恁為著貧惰來失落這个寶物，設使若紲接親像按呢，對敵若來拍的時咱的國隨時失落」人人聽了受感動，閣再傷悲 in 有失落大金，為著無愛做粗重的緣故。
"Chhin-chhiū^{n} án-ni Ki-tok teh chio lán tio̍h pē si̍p-jī-kè tè I lâi kiù pa̍t-lâng. Choē-choē lâng bô chhin-chhiū^{n} beh tit hù-kuì, kiān-	「親像按呢基督咧招咱著背十字架綴伊來救別人。濟濟人無親像欲得富貴、健康、勢力遐歡喜來背十字架。In 想十字

（續）

khong, sè-le̍k hiah hoaⁿ-hí lâi pē si̍p-jī-kè. In siūⁿ si̍p-jī-kè sī chin tāng. Chóng-sī Chú kóng 'Goá ê ka-chhia sī khoài, goá ê tàⁿ, sī khin' Lán nā hoaⁿ-hí pē chiū chai sī khin. M̄-nā án-ni lán nā hû si̍p-jī-kè khí lâi ê sî, tī hit ē-toé oē hoat-kiàn tio̍h ông-uī, ông-koan, kap êng-kng. Sớ-í lán eng-kai tio̍h kak-gō͘ (覺悟) lâi chīn lán ê sù-bēng, khuì-la̍t he̍k-sī sìⁿ-miā lâi chín-kiù tông-pau chiah ha̍p-gî".	架是真重。總是主講「我的 ka-chhia 是快，我的擔，是輕」咱若歡喜背就知是輕。毋但按呢咱若扶十字架起來的時，佇彼下底會發見著王位、王冠，佮榮光。所以咱應該著覺悟來盡咱的使命、氣力或是性命來拯救同胞才合宜」。
(Bē oân: n̄g-bāng āu-hō koh soà-chiap).	（未完：向望後號閣紲接）。
Toh-siōng-tâm	桌上談
(Soà-chiap chêng-hō)	（續接前號）
(IV)	（IV）
Chong-kàu	宗教
Ū lâng mn̄g kóng, "Sớ-ū ê chong-kàu, tī khớ-khǹg lâng choè-hó hit chân sū, kiám m̄-sī chha-put-to lóng saⁿ-tâng mah?" I ìn kóng, "Sī, chóng-sī ū toā chha-pia̍t. Pa̍t ê chong-kàu kà-sī lâng kóng, 'Chiàu lín sớ-oē lâi kiâⁿ-hó, āu-lâi lín chiū chiâⁿ-choè hó-lâng.' Ki-tok-kàu sī kà-sī lâng kóng, 'Tio̍h chiâⁿ-choè hó-lâng, hit sî lín chiū-oē kiâⁿ hó.' Sim-koaⁿ ê piàn-hoà sī tio̍h tāi-seng chiah tio̍h."	有人問講，「所有的宗教，佇苦勸人做好彼層事，敢毋是差不多攏相同--嘛？」伊應講，「是，總是有大差別。別的宗教教示人講「照恁所會來行好，後來恁就成做好人。」基督教是教示人講，「著成做好人，彼時恁就會行好。」心肝的變化是著代先才著。」
Ha̍k-chiá mn̄g kóng, "Lūn Hu̍t-tô (佛陀) lí siūⁿ cháiⁿ-iūⁿ?" ìn kóng, "I m̄-sī sîn-pì ê lâng, sī kan-ta chi̍t-ê tō-tek-tek ê sian-siⁿ nā-tiāⁿ. In-uī tī i ê kà-sī ê tiong-kan, choân-jiân bô-lūn Sîn ê sū. Chit-khoán ê lâng lūn Sîn ê sū hoán-tńg sī siuⁿ kî-koài. I sớ kà-sī--ê, chiū-sī 'lia̍p-phoân' (涅盤) á-sī choa̍t-bia̍t iàu-kiû (絕滅要求) ê sū. Chóng-sī chín-kiù m̄-sī iàu-kiû ê choa̍t-bia̍t, sī iàu-kiû boán-chiok.	學者問講，「論佛陀你想怎樣？」應講，「伊毋是神秘的人，是干焦一个道德的的先生 nā-tiāⁿ。因為佇伊的教示的中間，全然無論神的事。這款的人論神的事反轉是傷奇怪。伊所教示--的，就是涅盤抑是絕滅要求的事。總是拯救毋是要求的絕滅，是要求滿足。

（續）

Tī-liâu chhuì-ta tek-tong ê hong-hoat, m̄-sī hō͘ i sí, tio̍h hō͘ i lim kàu-gia̍h.”	治療喙焦 tek-tong 的方法，毋是予伊死，著予伊啉夠額。」
“Thiⁿ sī si̍t, chit-ê sè-kan sī kì-hō. Kàu-phài sī put-su-gī, put-pit-iàu ê mi̍h. Siōng-tè chí-ū chi̍t ê siáⁿ-sū tio̍h khiàm-ēng kuí-nā ê kàu-phài?! Chóng-sī tio̍h siūⁿ, che-sī chit sè-kan ê khoán-sit; só͘-ū ê kàu-phài nā ha̍p-choè chi̍t-ê ê sî, chiū m̄-sī chit sè-kan, hit-sî chiū-sī Thian-kok lah!”	「天是實，這个世間是記號。教派是不思議、不必要的物。上帝只有一个啥事著欠用幾若个教派？！總是著想，這是這世間的款式；所有的教派若合做一个的時，就毋是這世間，彼時就是天國啦！」
“Ū chi̍t-ji̍t tuì chit-tiâu koe-chhī keng-kè, hit-sî só͘-ū ê mn̂g lóng só-leh, bô khoàⁿ-kìⁿ poàⁿ-lâng. Goá ê sim-koaⁿ ê khoán-sit bat chhin-chhiūⁿ án-ni, tuì tī chō-bu̍t ê Chú, kú-kú ê tiong-kan ū koaiⁿ mn̂g, hit-sî ū pit-iàu tio̍h só-mn̂g lâi pó-hō͘ châi-sán. Chóng-sī sim-koaⁿ hiòng Chú nā khui, chiū bô khiàm-ēng só-mn̂g, in-uī hit-tia̍p í-keng bô chha̍t lah! ”	「有一日對一條街市經過，彼時所有的門攏鎖咧，無看見半人。我的心肝的款式捌親像按呢，對佇造物的主，久久的中間有關門，彼時有必要著鎖門來保護財產。總是心肝向主若開，就無欠用鎖門，因為彼 tia̍p 已經無賊啦！」
(V)	（V）
Sîn ê ka-hō͘ (加護)	神的加護
“Goá ū tú-tio̍h chi̍t ê siàu-liân-lâng, iā mn̄g i kóng , ‘Lí ū uī-tio̍h Chú teh choè sím-mi̍h bô?’ Hit ê siàu-liân-lâng chiū ìn kóng, ‘I ū choè sím-mi̍h hō͘ goá it--tio̍h, kàu hō͘ goá tio̍h uī-tio̍h I lâi choè sím-mi̍h mah?!’ Goá kóng, ‘I kiám m̄-sī uī-tio̍h lí lâi lâu huih soà chiong oa̍h-miā hō͘ lí mah?’ I ìn kóng, ‘Chhiáⁿ bān cheh, he kiám sī kan-ta uī-tio̍h goá mah, I kiám m̄-sī chiong oa̍h-miā hō͘ chèng-lâng? I kiám ū uī-tio̍h goá choè sím-mi̍h te̍k-pia̍t ê sū, kàu hō͘ goá tio̍h uī-tio̍h I lâi choè ah?’ Kè kuí-nā ge̍h-ji̍t liáu-āu i tú-tio̍h toā-pīⁿ, tó tī bîn-chhn̂g chha-put-to beh-sí. Hit-sî i ê lêng-	「我有拄著一个少年人，也問伊講「你有為著主咧做甚物無？」彼个少年人就應講「伊有做甚物予我 it--著，到予我著為著伊來做甚物--嘛？！」我講，「伊敢毋是為著你來流血紲將活命予你--嘛？」伊應講「請慢 cheh，彼敢是干焦為著我--嘛，伊敢毋是將活命予眾人？伊敢有為著我做甚物特別的事，到予我著為著伊來做啊？」過幾若月日了後伊拄著大病，倒佇眠床差不多欲死。彼時伊的靈魂有看見一个各樣的形象。伊看見伊的房間的四圍有吊伊一生所經過種種各樣的圖佇咧。圖的中間的

（續）

hûn ū khoà^{n}-kì^{n} chit ê koh-iū^{n} ê hêng-siōng. I khoà^{n}-kì^{n} i ê pâng-keng ê sì-uî ū tiàu i it-seng sớ keng-kè chióng-chióng koh-iū^{n} ê tớ tī-teh. Tớ ê tiong-kan ê chit-tiu^{n} chiū-sī uī i choè gín-ná ê sî bat tuì lâu-téng poa̍h lo̍h-lâi, tú-tú beh kàu thớ-kha ê sî, ū chit-ê lâng ēng chhiú kā i sîn-leh āu-lâi hē i tī thớ-kha--nih, hit ê lâng ê chhiú ū teng-jiah tī-teh (chiū-sī Ki-tok ê chhiú) Koh chit-tiu^{n} chiū-sī uī i tuì toā-chio̍h téng chhu lo̍h-lâi, hit-sî i siū^{n} chha-put-to beh bô-miā; chóng-sī hut-jiân-kan ū lâng lâi kiù--i, hit-ê ê chhiú iā-ū teng-jiah tī-teh. Koh-chài chit-tiu^{n}, uī i lap-tio̍h to̍k-choâ, choâ hoan-thâu beh kā i ê sî hit ê ū teng-jiah ê chhiú lâi chớ-chí hit-bé choâ. Āu-lâi i tī pâng-keng lāi ka-kī chit ê teh gîm-si ê sî, Chú chhut-hiān tī i ê bīn-chêng, pò i khoà^{n} siong-hûn, iā kā i kóng m̄-thang hoān-choē. I khoà^{n} chiah ê tớ liáu-āu, Chú lâi khiā tī i ê bīn-chêng kā i kóng 'Goá uī-tio̍h lí choè chiah ê sū, bô tá^{n}-kín hoán-tńg siū^{n} kóng bô uī-tio̍h lí choè sím-mi̍h! Lí chit-tiap teh-beh sí, lí nā-sī chiū án-ni sí, chiū lí éng-oán tio̍h lo̍h tē-ge̍k. Chóng-sī chit-pái goá beh kiù lí chhut sí. Sớ-í lí tio̍h khì soan-thoân goá, sớ uī-tio̍h lí choè chiah ê sū, hō͘ chèng-lâng thia^{n}. "Tuì hit-tiap chin kî-koài i ê pī^{n} suî-sî hó, chiâ^{n}-choè Siōng-tè ê lớ-po̍k. Goá koh-chài tn̄g-tio̍h i ê sî, i ê sim-koa^{n} chin siong-pi, kā goá kóng, 'uī-tio̍h goá ê bô tì-sek, siū^{n} kóng Siōng-tè bô uī-tio̍h goá lâi choè sím-mi̍h. Tī chióng-chióng koh-iū^{n} ê sî-chūn, I ū kiù goá thoat-lī kan-lân; chóng-sī hit-tiap goá ê pē-bú he̍k-sī goá pún-sin, kan-ta siū^{n}	一張就是為伊做囡仔的時捌對樓頂跋落來，tú-tú 欲到塗跤的時，有一个人用手共伊承咧後來下伊佇塗跤--裡，彼个人的手有釘跡佇咧（就是基督的手）閣一張就是為伊對大石頂趨落來，彼時伊想差不多欲無命；總是忽然間有人來救--伊，彼个的手也有釘跡佇咧。閣再一張，為伊 lap 著毒蛇，蛇翻頭欲咬伊的時彼个有釘跡的手來阻止彼尾蛇。後來伊佇房間內家己一个咧吟詩的時，主出現佇伊的面前，報伊看傷痕，也共伊講毋通犯罪。伊看遮的圖了後，主來徛佇伊的面前共伊講「我為著你做遮个事，無打緊反轉想講無為著你做甚物！你這 tiap 咧欲死，你若是就按呢死，就你永遠著落地獄。總是這擺我欲救你出死。所以你著去宣傳我，所為著你做遮个事，予眾人聽。」對彼 tiap 真奇怪伊的病隨時好，成做上帝的奴僕。我閣再搪著伊的時，伊的心肝真傷悲，共我講「為著我的無智識，想講上帝無為著我來做啥--物。佇種種各樣的時陣，伊有救我脫離艱難；總是彼 tiap 我的爸母或是我本身，干焦想是偶然的好運。總是今仔日我知我有對佇主的保護來得著救！伊有約束欲佮咱相佮佇咧到世間的末日。」

（續）

sī gió-jiân ê hó-ūn. Chóng-sī kin-ná-jit goá chai goá ū tuì tī Chú ê Pó-Hō͘ lâi tit-tio̍h kiù! I ū iok-sok beh kap lán sa^{n}-kap tī-teh kàu sè-kan ê boa̍t-jit.”	
(VI)	（VI）
Bī-lâi	未來
Koe-á-kiá^{n} iáu tī n̄g-lāi ê sî chiū ū ba̍k-chiu kap si̍t, che-sī teh pò lán chai i teh-beh chin chi̍t pō͘ koh ji̍p pa̍t ê sè-kài lâi seng-oa̍h . Ba̍k-chiu sī beh choè khoà^{n} ê lō͘-ēng, tī n̄g ê lâi-bīn beh khoà^{n} sím-mi̍h; si̍t sī tú tio̍h beh poe ê lō͘-ēng(nā-sī khak-lāi beh chái^{n}-iū^{n} lâi pe), ba̍k-chiu kap si̍t m̄-sī beh chò n̄g-tiong seng-oa̍h ê lō͘-ēng. Chiū-sī chún-pī chhut-sì goā-bīn ê sî thang ēng--ê. Chhin-chhiū^{n} án-ni tī chit sè-kan ū khoat-hoa̍t choē-choē siān-liông ê iàu-kiû kap goān-bōng; m̄-kú tek-khak ū oân-sêng hiah ê iàu-kiû kap goān-bōng ê sî-ki. Hit ê chiū-sī éng-oán.	雞仔囝猶佇卵內的時就有目睭佮翼，這是咧報咱知伊咧欲進一步閣入別的世界來生活。目睭是欲做看的路用，佇卵的內面欲看甚物；翼是拄著欲飛的路用（但是殼內欲怎樣來飛）。目睭佮翼毋是欲做卵中生活的路用。就是準備出世外面的時通用--的。親像按呢佇這世間有缺乏濟濟善良的要求佮願望；毋過的確有完成遐的要求佮願望的時機。彼个就是永遠。
Lán-siū thi^{n}-ni̍h ê chiok-hok, uī-tio̍h m̄-bián siū tē-ge̍k ê hêng-hoa̍t ê in-toa^{n}, lán ài tio̍h siú tām-po̍h ê tiâu-kiā^{n} chiah oē ēng-tit. Koe-á-kiá^{n} oē tit-thang chhut-n̄g lâi tit-tio̍h oa̍h, tek-khak tio̍h khiàm-ēng koe-bú ê sio-khì, nā-bô chiū chhàu liáu-liáu. Lán iā tio̍h chhin-chhiū^{n} koe-á-kiá^{n} tī n̄g-tiong siū sio-khì ê khoán-sit, tī chit ê toē-bīn-chiū^{n} lán ū khiàm-kheh Sèng-sîn ê sio-khì. Chhin-chhiū^{n} koe-á-kiá^{n} tuì koe-n̄g chhut-lâi sè-kan ê khoán-sit. Lán beh lī-khui chit ê sè-kài lâi ji̍p tī Thian-kok lâi tit-tio̍h éng-oán chiok-hok ê hoa^{n}-hí.”	咱受天裡的祝福，為著毋免受地獄的刑罰的因端，咱愛著守淡薄的條件才會用得。雞仔囝會得通出卵來得著活，的確著欠用雞母的燒氣，若無就臭了了。咱也著親像雞仔囝佇卵中受燒氣的款式，佇這个地面上咱有欠缺聖神的燒氣。親像雞仔囝對雞卵出來世間的款式。咱欲離開這个世界來入佇天國來得著永遠祝福的歡喜。」

載於《芥菜子》，第十二、十三號，一九二七年一月二十五日、二月二十七日

Nn̄g-ê Īn-toan（兩个異端）

作者　不詳
譯者　陳清忠

【作者】

不著撰者。

【譯者】

陳清忠，見〈海龍王〉。

Nn̄g ê Īn-toan	兩个異端
Ki-tok-kàu sìn-gióng ê ki-chhó͘ chiū-sī Sèng-keng. Siōng-tè ū hián-hiān I pún-sin tī Sèng-keng lāi, iā ū soan-giân éng-oán ê thiàn kap chín-kiù tī hit tiong-kan. Lūn sìn-gióng ê ki-hio̍h kiám-chhái kap sî-tāi ū piàn-chhian, be̍k-sī Kiám-chhái ū chìn- pō͘, nā lūn sio̍k-choē ê toā kun-pún, sī phoān-kè sî-tāi ū chhiau-oa̍t piàn-chhian, oán-jiân chhin-chhiūn koân-soan, sui-bóng sè î jîn piàn (世移人變) iáu-kú bô chit-sut-á ê tín-tāng. Lán ê sìn-gióng iā tio̍h chhin-chhiūn án-ni.	基督教信仰的基礎就是聖經。上帝有顯現伊本身佇聖經內，也有宣言永遠的疼佮拯救佇彼中間。論信仰的枝葉檢采佮時代有變遷，默示默示檢采有進步，若論贖罪的大根本，是盤過時代有超越變遷，宛然親像懸山，雖罔世移人變 iáu-kú 無一屑仔的振動。咱的信仰也著親像按呢。
Sìn-gióng sī sū-si̍t. Sîn-ha̍k sī soat-bêng. Só͘-í Sîn-ha̍k ū piàn-chhian, chóng-sī sìn-gióng ê sū-si̍t sī éng boē piàn. Chhin-sîn chhàn-lān tī toā ê khong-tiong, sui-bóng thian-bûn-ha̍k ū chìn-pō͘, nā-sī chhin pún-sin sī bô piàn. Âng, pe̍h ê hoe chham-chhap teh khui, sui-bóng si̍t-bu̍t-ha̍k ê ha̍k-soat ū piàn-chhian, nā-sī hoe hit hāng mi̍h sui-bóng khui tī ái-tiân ê lo̍k-hn̂g, á-si khuī tī hian-sî ê si̍t-bu̍t-hn̂g; tāi-khài bô sím-mi̍h cheng-chha.	信仰是事實。神學是說明。所以神學有變遷，總是信仰的事實是永袂變。星辰燦爛佇大的空中，雖罔天文學有進步，但是星本身是無變。紅、白的花參插咧開，雖罔植物學的學說有變遷，但是花彼項物雖罔開佇 Ai-tiân 的樂園，抑是開佇現時的植物園；大概無甚物精差。神學咧變遷，思想咧進步，總是人 iáu-kú 是罪人，著欠用救主，若無贖罪的血，終古無有更生的向望。

（續）

Sîn-ha̍k teh piàn-chhian, su-sióng teh chìn-pō͘, chóng-sī lâng iáu-kú sī choē-jîn, tio̍h khiàm-ēng Kiù-chú, nā bô sio̍k-choē ê huih, chiong-kó͘ bô ū keng-seng (更生) ê n̂g-bāng.	
Ki-tok-kàu sìn-gióng ê tiong-sim chiū-sī Ki-tok lah! Sèng-keng put-kò sī I ê kì-lio̍k nā-tiāⁿ.	基督教信仰的中心就是基督啦！聖經不過是伊的記錄 nā-tiāⁿ。
Chóng-sī chi̍t-pái m̄ sêng-jīn Sèng-keng, á-sī lâi khoàⁿ-khin--i, chiū suî-sî m̄-chai Ki-tok sī sím-mi̍h. Só͘-í ū hit-khoán guî-hiám, lâng-lâng oē lām-sám sióng-siōng chū-kí liû ê Ki-tok chhut--lâi.	總是一擺毋承認聖經，抑是來看輕--伊，就隨時毋知基督是甚物。所以有彼款危險，人人會濫糝想像自己流的基督出--來。
Ki-tok-kàu toàn-jiân tio̍h khiā tī le̍k-sú ê téng-bīn chiah oē ēng-tit. Só͘-í nā m̄-sī chiong le̍k-sú ê Iâ-so͘, kap i ê jio̍k-thé ê koh-oa̍h, seng-thian, chài-lîm kap hiān-chāi ê Ki-tok lâi choè ki-chhó͘, sui-bóng miâ sī Ki-tok-kàu, kî-si̍t sī chiâⁿ-choè chi̍t-chéng ê tiat-ha̍k ê piàn-hêng. Ki-tok-kàu pún-lâi ê bīn-bo̍k, khuì-la̍t kap hoaⁿ-hí lóng siau-soàⁿ liáu-liáu.	基督教斷然著徛佇歷史的頂面才會用得。所以若毋是將歷史的耶穌，佮伊的肉體的閣活、升天、再臨佮現在的基督來做基礎，雖罔名是基督教，其實是成做一種的哲學的變形。基督教本來的面目、氣力佮歡喜攏消散了了。
Ki-tok-kàu sin-gióng ê choa̍t-téng (絕頂) chiū-sī put-toān kap koh oa̍h ê Ki-tok ê kau-thong. Pí chit ê bô khah kē iā bô khah koân. Koh- oa̍h chêng ê Ná-sat-le̍k ê Iâ-so͘ sī chi̍t ê lâng, sī chi̍t ê chong-kàu-tek ê thian-châi. "Kui-hoán Ki-tok" chit-kù nā pàng-sak chhin-chhiūⁿ Pó-lô só͘ khǹg hit-khoán ê sìn-gióng lâi "kui-hoán LÂNG ê Ki-tok" khoàⁿ-bāi, chiū oán-jiân ná phah-pháiⁿ kiàn-tiok-bu̍t lâi lâu tē-ki-chio̍h hē teh chi̍t-iūⁿ. Án-ni m̄-sī oân-choân ê Ki-tok-kàu. Kap chit ê tian-tò-péng, nā-sī kan-ta tiōng-sī Sèng-lêng, chiong le̍k-sú ê Iâ-so͘, lêng-tek hiān-chāi ê	基督教信仰的絕頂就是不斷佮閣活的基督交通。比這个無較低也無較懸。閣活前的拿撒勒的耶穌是一个人，是一个宗教的的天才。「歸返基督」這句若放揀親像保羅所囥彼款的信仰來「歸返人的基督」看覓，就宛然若拍歹建築物來留地基石下咧一樣。按呢毋是完全的基督教。佮這个顛倒反，若是干焦重視聖靈，將歷史的耶穌，靈的現在的主看做茫茫的形影，按呢也毋是照聖經的信仰，的確有大通驚的危險佇咧！

（續）

Chú khoàⁿ choè bâng-bâng ê hêng-iáⁿ, án-ni iā m̄-sī chiàu Sèng-keng ê sìn-gióng, tek-khak ū toā thang kiaⁿ ê guî-hiám tī-teh!	
I. Thâu chit ê īⁿ-toan chiū-sī sio̍k tī kè-thâu ê Lí-tì-phài (理智派).	I、頭一个異端就是屬佇過頭的理智派。
In lóng bô soè-jī lâi phoe-phêng Sèng-keng, lâi chhú-sià Sèng-keng, koh-khah chhám--ê, soà khoàⁿ Sèng-keng sī bê-sìn, sī phì-jū. I hē in ê sìn-gióng tī ka-kī ê sióng-siōng ka-kī ê chhui-lí ê téng-bīn. In bô iàu-kín le̍k-sú-siōng ê sū-sit; m̄-sìn koh-oa̍h hiān-chāi ê Chú; léng-chēng; bô Sèng Sîn; chip-hoē sī ná beh hoa ê sio-lô͘. Soat-kàu sī hun-sek-tek (分析的) ná teh kā peng; put-kò sī phoê-phêng-tek Sîn-ha̍k-lūn jî-í. Tī hia ū sím-mih chín-kiù, ū sím-mih hoaⁿ-hí tī-teh! Chóng-kóng, in chiū-sī ēng ka-kī ê siông-sek, lí-tì lâi tāi-lí Sèng-keng. Sit-chāi chin thang khó-lîn. Sit-pāi ê sū-sit hiān-hiān thang tiah-chhut.	In 攏無細膩來批評聖經，來取捨聖經，閣較慘--的，紲看聖經是迷信，是譬喻。伊下 in 的信仰佇家己的想像家己的推理的頂面。In 無要緊歷史上的事實；毋信閣活現在的主；冷靜；無聖神；集會是若欲花的燒爐。說教是分析的若咧共冰；不過是批評的神學論而已。佇遐有甚物拯救，有甚物歡喜佇咧！總講，in 就是用家己的常識，理智來代理聖經。實在真通可憐。失敗的事實現現通摘出。
II. Tē jī ê īⁿ-toan chiū-sī sio̍k tī kè-thâu ê Sèng-lêng-phài (聖靈派).	II、第二的異端就是屬佇過頭的聖靈派。
In bú-bān Sèng-keng choè kè-khì be̍k-sī ê kì-lio̍k chit-chéng ê gî-bûn (儀文). Kóng, chit-chūn m̄-bián tuì Sèng-keng, m̄-bián chiàu gî-bûn, lâng oē tit-thang tit-chiap tuì Sèng-lêng lâi tit-tio̍h sin ê be̍k-sī. In sī chit-chéng ê hoàn-sîn chú-gī-chiá (汎神主義者). In kóng, Sîn beh tit-chiap tuì Sèng-lêng lâi chí-sī Sèng-keng í-siōng, Pó-lô í-siōng ê lêng-kài ê chin-lí. Só͘-í siū Sèng Sîn chhiong-moá ê ka-kī ê só͘-siūⁿ chiū-sī Sîn ê só͘-siūⁿ, i ê oē, suî-sî sī Sîn ê oē. In-uī in án-ni siūⁿ, só͘-í	In 侮慢聖經做過去默示的記錄一種的儀文。講，這陣毋免對聖經，毋免照儀文，人會得通直接對聖靈來得著新的默示。In 是一種的汎神主義者。In 講，神欲直接對聖靈來指示聖經以上，保羅以上的靈界的真理。所以受聖神充滿的家己的所想就是神的所想，伊的話，隨時是神的話。因為 in 按呢想，所以常常看見 in 的所做是親像痟的人。

（續）

siông-siông khoà^{n}-kì^{n} in ê sớ-choè sī chhin-chhiū^{n} siáu ê lâng.	
In beh án-ni kóng, "Sîn choè Pē. Tī kū-iok sî-tāi sī oȧh-tāng tī Hoat-lu̇t ê hêng-ē; choè Kiá^{n} lâi oân-sêng chín-kiù. Kū-iok ê hoat-lu̇t gî-sek í-keng hoè-liáu, iáu-kú ū chhun chhin-chhiū^{n} soé-lé á-sī boán-chhan hit-khoán iù-tī ê hêng-sek tī-teh. He sī siȯk tī bah. Chit-chūn siȯk tī lêng ê sî-tāi. Sèng-lêng beh lâi, beh hoè-bô kè-khì ê hêng-sek, beh ēng lêng choè lêng lâi oȧh-tāng. Tuì Sèng-lêng lâi hoè-bô sớ ū it-chhè ê lu̇t-hoat kap bēng-lēng. Sớ-í jīn-choē, soé-lé, Sèng-keng lóng pì^{n}-choè bô lō͘-ēng ê mi̇h. Sîn kap sìn-chiá ê tiong-kan m̄-bián khiàm-ēng tiong-pó. Chin-sit ū Sèng-lêng ê lâng, siat-sú i kiâ^{n} put-chèng put-gī ê sū, iáu-kú m̄-chiâ^{n}, in-uī in ê sớ-choè sī tuì tī Sèng-lêng lâi choè, sī tuì tī Sèng-lêng ê chū-iû; sớ-í pún-lâng bô hit ê chek-jīm..."	In 欲按呢講，「神做爸。佇舊約時代是活動佇法律的形下；做囝來完成拯救。舊約的法律儀式已經廢了，iáu-kú 有賭親像洗禮抑是晚餐彼款幼稚的形式佇咧。彼是屬佇肉。這陣屬佇靈的時代。聖靈欲來，欲廢無過去的形式，欲用靈做靈來活動。對聖靈來廢無所有一切的律法佮命令。所以認罪、洗禮、聖經攏變做無路用的物。神佮信者的中間毋免欠用中保。真實有聖靈的人，設使伊行不正不義的事，iáu-kú 毋成，因為 in 的所做是對佇聖靈來做，是對佇聖靈的自由；所以本人無彼个責任……」
Ah, sit-chāi chin thang kia^{n}, guî-hiám ê su-sióng lah! Nā siū^{n}-kàu chit-khoán khoà^{n}-khin Sèng-keng kè-thâu ê Sèng-lêng phài poȧh-lȯh kàu hit-khoán ê sớ-chāi, toā-toā thang chiàn-lek (戰慄)!	啊，實在真通驚，危險的思想啦！若想到這款看輕聖經過頭的聖靈派跋落到彼款的所在，大大通戰慄！
Bô-lūn sī tó-chit-pêng nā kè-thâu sī guî-hiám! Lán eng-kai tiȯh khiā lán ê sìn-gióng tī sú-tek sū-sit (史的事實) ê chiȯh-thâu téng, chiong Siōng-tè sớ hō͘ lán ê lí-tì kap siông-sek tėk-gî (適宜) lâi ēng, iā tiȯh siám-pī chhin-chhiū^{n} chit-khoán ê ī^{n}-toan chiah hȧp-sek.	無論是佗一爿若過頭是危險！咱應該著徛咱的信仰佇史的事實的石頭頂，將上帝所予咱的理智佮常識 tėk-gî（適宜）來用，也著閃避親像這款的異端才合適。

載於《芥菜子》，第十三號，一九二七年二月二十七日

Ki-tok ê Bô-liâu [Kơ-toa^{n}]（基督的無聊「孤單」）

作者　不詳
譯者　陳清忠

【作者】

不著撰者。

【譯者】

陳清忠，見〈海龍王〉。

Ki-tok ê Bô-liâu [Kơ-toa^{n}]	基督的無聊「孤單」
Kơ-toa^{n} ū nn̄g-khoán: Chit-khoán sī uī-tio̍h ka-kī ê phái^{n}, tì-kàu hō͘ pêng-iú bô-ài lâi, khì-sak--i ê kơ-toa^{n}; koh chit-khoán sī uī-tio̍h siū^{n} ko-siōng, siū^{n} hó, pêng-siông ê lâng oh-tit liáu-kái ê in-toa^{n}, tì-kàu lâi bô pêng-iú ê kơ-toa^{n}. Ki-tok ê kơ-toa^{n} chiū-sī sio̍k tī lō͘-bé chit-khoán.	孤單有兩款：一款是為著家己的歹，致到予朋友無愛來，棄揀伊的孤單；閣一款是為著想高尚，想好，平常的人僫得了解的因端，致到來無朋友的孤單。基督的孤單就是屬佇路尾這款。
Thi^{n}-mih ê Chú, hiān-sî tī Pē ê chhù, hō͘ chheng-chheng bān-bān ê Thi^{n}-sài Sèng-tô͘ uî-teh, bô chhin-chhiū^{n} I tī toē-nih ê sî ê kơ-toa^{n}. Oē liáu-kái I ê sim-koa^{n}, oē chai bat I ê cheng-sîn, kap I sa^{n}-kap kóng-oē, kap I sa^{n}-kap hoa^{n}-hí, hit-khoán ê sîn-lêng phah-sǹg boē chió. Chóng-sī oa̍t-thâu khoà^{n} lo̍h-lâi sè-kan ê sî, kì-tit I choè lâng ê lô͘-po̍k, hō͘ lâng phah, hō͘ lâng phuì-noā ê sî, kiám m̄-sī iû-goân chin kơ-toa^{n}, chin bô-liâu mah!	天物的主，現時佇爸的厝，予千千萬萬的天使聖徒圍咧，無親像伊佇地裡的時的孤單。會了解伊的心肝，會知捌伊的精神，佮伊相佮講話，佮伊相佮歡喜，彼款的神靈拍算袂少。總是越頭看落來世間的時，記得伊做人的奴僕，予人拍，予人呸瀾的時，敢毋是猶原真孤單，真無聊--嘛！
I ê ba̍k-chiu nā khoà^{n}-kàu tô͘-lī ê Pa-lí, put-sìn ê Pak-kia^{n} ê sî, I ê sim-koa^{n} kiám oē tit-tio̍h uì-an mah! Jîn-kháu kuí-nā pah-bān ê toā tơ-chhī; ū pài-tn̂g, ū soat-kàu, chóng-sī	伊的目睭若看到圖利的巴里、不信的北京的時，伊的心肝敢會得著慰安--嘛！人口幾若百萬的大都市；有拜堂、有說教，總是彼中間到底有幾个真實捌

（續）

hit tiong-kan tàu-tí ū kuí-ê chin-sit bat I, kap I saⁿ-kap thî-khàu, kap I saⁿ-kap hoaⁿ-hí ê lâng ah! Bô chhò! I sit-chāi iû-goân iáu sī kơ-toaⁿ, sī bô-liâu lah!!	伊，佮伊相佮啼哭，佮伊相佮歡喜的人啊！無錯！伊實在猶原猶是孤單，是無聊啦！！
Siá I ê toān-kì, uī I ê siōng lâi tit-tio̍h miâ-siaⁿ ê lâng; chhéng-hū hoē-tn̂g, á-sī pīⁿ-īⁿ ê kiàn-tiok lâi tit-tio̍h kū-lī ê lâng; gián-kiù--I, phoe-phêng--I lâi tit-tio̍h phok-sū-hō ê lâng; hiông-piān gâu kóng tō-lí lâi tit-tio̍h bêng-lī ê lâng sī chin chē! Chóng-sī nā m̄-sī ū hit-khoán chin-sit liáu-kái--I, kap I kiōng-bêng, saⁿ-kap siū khó-lo̍k ê lâng, sui-bóng i ê sò͘ sī choē, iáu-kú Ki-tok sī kơ-toaⁿ, boē tit-thang tit-tio̍h uì-an lah!!	寫伊的傳記，為伊的像來得著名聲的人；請負會堂，抑是病院的建築來得著巨利的人；研究--伊，批評--伊來得著博士號的人；雄辯 gâu 講道理來得著名利的人是真濟！總是若毋是有彼款真實了解--伊，佮伊共鳴，相佮受苦樂的人，雖罔伊的數是濟，iáu-kú 基督是孤單，袂得通得著慰安啦！！
Ta̍k ê lé-pài-jit, pài-tn̂g ê cheng, hiáng-liāng kàu hn̄g-hn̄g ê só͘-chāi; chhut toā siaⁿ lâi tha̍k Sèng-keng, chiàu koàn-lē lâi soat-kàu; hoē-chiòng khah-choē teh tuh-bîn, sim-koaⁿ boē chēng-chēng; ū ê khah khiáu-sîn ê bo̍k-su chiū kóng sim-sek hó-chhiò ê jîn-chêng-tâm lâi khiú hoē-iú ê chù-ì; Jit-iāu ha̍k-hāu ê kàu-su, chin hoaⁿ-hí, chin ài thiaⁿ gín-ná kiò in Sian-siⁿ! Sian-siⁿ! Chá-chá chiū chhut-mn̂g kín ài beh kap gín-ná saⁿ-tú. Chhin-bo̍k-hoē, chiok Sèng-tàn toā-toā lāu-jia̍t, nā kóng kàu kî-tó-hoē, put-sî chió lâng, khah-siông sī lāu-toā-lâng, kap bo̍k-su ê ka-cho̍k, chhin-chhiūⁿ chi̍t-tiâu teng-sim ê teng-sim-hé; Án-ni Chú iáu bô kám tio̍h bô-liâu mah! Kiám ū teh hoaⁿ-hí boán-chiok mah!!	逐个禮拜日，拜堂的鐘，響亮到遠遠的所在；出大聲來讀聖經，照慣例來說教；會眾較濟咧盹眠，心肝袂靜靜；有的較巧神的牧師就講心適好笑的人情談來摸會友的注意；日曜學校的教師，真歡喜，真愛聽囡仔叫 in 先生！先生！早早就出門緊愛欲佮囡仔相拄。親牧會、祝聖誕大大鬧熱，若講到祈禱會，不時少人，較常是老大人，佮牧師的家族，親像一條燈心的燈心火；按呢主猶無感著無聊--嘛！敢有咧歡喜滿足--嘛！！
Ah, Chú-ah! Oa̍h ê Chú ah! Goá jīn goá pún-sin iā sī tiong-kan ê chi̍t-ê lah! Put-ti put-kak ê sî goá ū teh lī-iōng--Lí, tuì Lí ê	啊，主啊！活的主啊！我認我本身也是中間的一个啦！不知不覺的時我有咧利用--你，對你的名我有圖謀家己的名

（續）

<table>
<tr>
<td>miâ goá ū tơ̂-bơ̂ ka-kī ê bêng-lī lah! Ơ, Chú-ah, sià-bián goá, kiû Lí liông-chêng goá! Chit-khoán put-sìn, put-tek ê lơ̂-pȯk kóng-sī Lí ê sù-chiá lâi soat-kàu, kî-sit sī ài êng-kng pún-sin! Sit-chāi Lí tek-khak chin bô-liâu, chin kơ-toa^{n}! Chit-chūn goá ê sim-toé nā iáu-ū hit-khoán pī-chiān ê sớ siū^{n} tī-teh, kiû Lí pi^{n}-phah--goá, phah goá tó-toē, hơ̄ goá ê sim-koa^{n} pì^{n}-choè chheng-khì, bô chit-tiám-á ê lâ-sâm tī-teh. Bô-lūn cheng-sîn, bô-lūn teh khùn, hơ̄ goá put-sî oē kì-tit Lí, uī-tiȯh beh àn-chái^{n}-iū^{n} lâi kiù sè-kan, hơ̄ goá oē kap Lí sa^{n}-kap thî-khàu, sa^{n}-kap siū kan-khớ! Tī Khek-se-má-nî thî-khàu ê Chú ah, tī Kok-kok-tha^{n} lâu-huih ê Chú ah, goá iû-goân ài kap Lí sa^{n}-kap thî-khàu, sa^{n}-kap lâu-huih lah! Kan-ta pàng Lí chit-ê lâi siū-kớ, goá beh thài oē pêng-an! Lí ê khớ-poe tiȯh hơ̄ goá lim kàu liáu!! Sī sim sớ-goān!!.</td>
<td>利啦！喔，主啊，赦免我，求你 liông-chêng--我！這款不信、不德的奴僕講是你的使者來說教，其實是愛榮光本身！實在你的確真無聊、真孤單！這陣我的心底若猶有彼款卑賤的所想佇咧，求你鞭拍--我，拍我倒地，予我的心肝變做清氣，無一點仔的 lâ-sâm 佇咧。無論精神、無論咧睏，予我不時會記得你，為著欲按怎樣來救世間，予我會佮你相佮啼哭，相佮受艱苦！佇客西馬尼啼哭的主啊，佇各各他流血的主啊，我猶原愛佮你相佮啼哭、相佮流血啦！干焦放你一个來受苦，我欲 thài 會平安！你的苦杯著予我啉到了！！是心所願！！。</td>
</tr>
</table>

載於《芥菜子》，第十三號，一九二七年二月二十七日

Lāi-bīn ê Seng-oa̍h（內面的生活）

作者　不詳
譯者　陳清忠

【作者】

不著撰者。

【譯者】

陳清忠，見〈海龍王〉。

Lāi-bīn ê Seng-oa̍h	內面的生活
"Siōng-tè ê kok sī tī lín ê tiong-kan". Chú ū án-ni kóng, Hiàn lí ê choân-sim hō͘ Chú, pàng-sak chit ê choē-ok ê sè-kan, chiū lí ê lêng-hûn beh tit-tio̍h pêng-an.	「上帝的國是佇恁的中間」。主有按呢講，獻你的全心予主，放揀這个罪惡的世間，就你的靈魂欲得著平安。
Tio̍h o̍h khoàⁿ-khin goā-kài ê sū-bu̍t, iā liû-sim tī lāi-kài ê sū-chêng, chiū lín oē-tit hiáu-ngō͘ Siōng-tè ê kok lîm-kàu tī lín(ê tiong-kan).	著學看輕外界的事物，也留心佇內界的事情，就恁會得曉悟上帝的國臨到佇恁（的中間）。
"In-uī Siōng-tè ê kok sī hô-pêng, sī tuì Sèng-sîn lâi hoaⁿ-hí". Bô chheng-khì ê lâng boē tit-thang hióng-siū.	「因為上帝的國是和平，是對聖神來歡喜」。無清氣的人袂得通享受。
Lí nā-sī pī-pān tú-hó ê ông-uī tī lí ê sim-lāi, Ki-tok chiū beh lâi chhē lí. iā beh chiong I ê uì-an siúⁿ-sù--lí.	你若是備辦拄好的王位佇你的心內，基督就欲來揣你。也欲將伊的慰安賞賜--你。
Só͘-ū I ê suí kap êng-kng lóng sī tuì sim-lāi hoat-chhut, tī hia I teh-beh hoaⁿ-hí khoài-lo̍k.	所有伊的嫷佮榮光攏是對心內發出，佇遐伊咧欲歡喜快樂。
Lêng-tek ê lâng Ki-tok siông-siông lâi hóng-mn̄g; nā lâi ta̍k-pái ū toà hoaⁿ-hí ê oē, khoài-lo̍k ê uì-an, moá-moá ê pêng-hô, siōng-	靈的的人基督常常來訪問；若來逐擺有帶歡喜的話，快樂的慰安，滿滿的平和，尚且帶真通驚惶的友情來。

（續）

chhiá^{n} toà chin thang kia^{n}-hiâ^{n} ê iú-chêng lâi.	
Ah tok-sìn ê lêng-hûn, ah tio̍h pī-pān lí ê sim-koa^{n} lâi hō͘ chit ê sin kiá^{n}-sài, I ún-tàng beh lâi chhē--lí, beh lâi tiàm tī lí ê lāi-bīn.	啊篤信的靈魂，啊著備辦你的心肝來予這个新囝婿，伊穩當欲來揣--你，欲來踮佇你的內面。
In-uī I ū án-ni kóng. “Lâng nā thià^{n} goá, i beh siú goá ê oē; goá ê Pē beh thià^{n} i, goán iā beh chiū-kūn i, koh kap i tâng khiā-khí”.	因為伊有按呢講「人若疼我，伊欲守我的話；我的爸欲疼伊，阮也欲就近伊，閣佮伊同徛起」。
Só͘-í tio̍h kū-choa̍t it-chhè lâi ngiâ-chih Ki-tok. Lí nā tit-tio̍h Ki-tok, chiū hó-gia̍h, chiū chhiong-chiok. Tī bān-sū Ki-tok beh choè tiong-sìn iú-ek hû-chō͘ ê lâng, só͘-í hō͘ lí bô khiàm-ēng koh sìn-nāi tī lâng.	所以著拒絕一切來迎接基督。你若得著基督，就好額，就充足。佇萬事基督欲做忠信有益扶助的人，所以予你無欠用閣信賴佇人。
In-uī lâng khoài piàn, liâm-pi^{n} sit-pāi; nā-sī Ki-tok éng-oán tī-teh, khiā tī lán ê sin-pi^{n} kàu lō͘-bé.	因為人快變，連鞭失敗；但是基督永遠佇咧，徛佇咱的身邊到路尾。
Lán boē tit-thang khǹg kè-thâu ê sìn-iōng tī bô tiā^{n}-tio̍h oē sí ê lâng, sui-bóng in ū lī-ek lán, sī lán ê chì-chhin: kiám-chhái ū sî in hoán-ge̍k lán, kong-kek--lán, lán iā m̄-bián kè-thâu lâi siong-pi.	咱袂得通囥過頭的信用佇無定著會死的人，雖罔 in 有利益咱，是咱的至親：檢采有時 in 反逆咱，攻擊--咱，咱也毋免過頭來傷悲。
In kin-ná-ji̍t choè lí ê tâng-phoā^{n}, bîn-ná-ji̍t choè lí ê tuì-te̍k; koh-chài siông-siông in ê só͘-choè sī chhin-chhiū^{n} hong chhe-lâi chhe-khì lóng bô tiā^{n}-tio̍h.	In 今仔日做你的同伴，明仔日做你的對敵；閣再常常 in 的所做是親像風吹來吹去攏無定著。
Khǹg lí só͘ ū ê sìn-nāi tī Siōng-tè, to̍k-to̍k kia^{n}--I, to̍k-to̍k thià^{n}--I: I beh siān-èng lí, beh kā lí pān-lí ta̍k-hāng thang ha̍h lí chì-siān ê lō͘-ēng.	囥你所有的信賴佇上帝，獨獨驚--伊，獨獨疼--伊：伊欲善應你，欲共你辦理逐項通合你至善的路用。
Tī chit-ê sè-kan ê seng-khu, bô ū éng-chū ê só͘-chāi; bô-lūn sī sím-mi̍h lâng lóng sī chhut-goā-lâng sī Sûn-lé-chiá(巡禮者): nā m̄-sī lí ê sim-koa^{n} ū kap Ki-tok kiat-liân,lí	佇這个世間的身軀，無有永住的所在；無論是甚物人攏是出外人是巡禮者：若毋是你的心肝有佮基督結連，你斷然無有安歇的所在。

（續）

toàn-jiân bô ū an-hioh ê só͘-chāi.	
Kì-jiân chit sè-kan m̄-sī lí hioh-khùn ê só͘-chāi, lí siá^{n}-sū tī chia sì-koè khoà^{n}? Thian-tông chiah sī lí ê ka-têng, só͘-ū toē-chiū^{n} ê bu̍t-chit tio̍h khoà^{n} choè chhin-chhiū^{n} sī lō͘-pi^{n} ê mi̍h.	既然這世間毋是你歇睏的所在，你啥事佇遮四界看？天堂才是你的家庭，所有地上的物質著看做親像是路邊的物。
Bān-mi̍h lóng oē siau-bia̍t, lí nā khî^{n}-tiâu tī in, chiū lí soà bô-khì.	萬物攏會消滅，你若拑牢佇 in，就你紲無去。
Tio̍h kín-sīn soè-jī m̄-thang khî^{n}-tiâu tī in, nā bô chiū siū-lia̍h soà bia̍t-bô. Tio̍h lí ê só͘-siū^{n} tī tē-it koân ê só͘-chāi, sî-siông tuì Ki-tok tit-chiap lâi kiû lîn-bín.	著謹慎細膩毋通拑牢佇 in，若無就受掠紲滅無。著你的所想佇第一懸的所在，時常對基督直接來求憐憫。
Siat-sú lí nā boē oē siū^{n} choè-koâi^{n} sio̍k tī thi^{n}-ni̍h ê sū, tio̍h siū^{n} Ki-to̍k ê khó͘-thàng, kap I ê Sîn-sèng ê siong-hûn. Nā sī lí oē tit-thang siū^{n} Chú Iâ-so͘ ê khó͘-thàng kap I tī Si̍p-jī-kè só͘ siū ê siong-jiah, chiū lí hām-lo̍h tī ge̍k-kéng ê sî beh tit-tio̍h toā-toā ê uì-an, hō͘ lâng khoà^{n}-khin ê sî bô beh khǹg tī sim-lāi, hō͘ lâng hiâm, lí beh khoài-khoài lâi jím-siū.	設使你若袂會想做懸屬佇天裡的事，著想基督的苦痛，佮伊的神聖的傷痕。若是你會得通想主耶穌的苦痛佮伊佇十字架所受的傷跡，就你陷落佇逆境的時欲得著大大的慰安，予人看輕的時無欲园佇心內，予人嫌，你欲快快來忍受。
Ki-tok tī sè-kan ê sî iû-goân hō͘ lâng khoà^{n}-khin, siōng-chhiá^{n} tī toā khoat-hoa̍t ê tiong-kan siū I ê ti-kí, pêng-iú lâi khì-sak--i.	基督佇世間的時猶原予人看輕，尚且佇大缺乏的中間受伊的知己、朋友來棄揀--伊。
Ki-tok hoa^{n}-hí sêng-siū kan-khó͘ kap lâng ê kheng-pia̍t, lí tī bān-sū kiám ká^{n} khǹg put-boán mah?	基督歡喜承受艱苦佮人的輕蔑，你佇萬事敢敢园不滿--嘛？
Ki-tok siū lâng kong-kek, hō͘ lâng loé-mā, lí kiám ká^{n} ǹg-bāng ài beh tit-tio̍h ta̍k-lâng ê hó-ì, bān-lâng ê iú-chêng mah?	基督受人攻擊，予人詈罵，你敢敢向望愛欲得著逐人的好意，萬人的友情--嘛？
Nā-sī bô tú-tio̍h siá^{n}-mi̍h kong-kek, lí phah-	若是無拄著甚物攻擊，你拍算你的忍耐

（續）

sǹg lí ê jím-nāi ū kàu-giáh ê kè-ta̍t thang sêng-siū bián-liû mah?	有夠額的價值通承受冕旒--嘛？
Lí nā m̄-sī hoaⁿ-hí lâi sêng-siū kan-khó͘, beh thài oē-tit thang choè Ki-tok ê pêng-iú ah?	你若毋是歡喜來承受艱苦，欲 thài 會得通做基督的朋友啊？
Lí nā ǹg-bāng beh ài kap Ki-tok tī-lí lâng, tek-khak tio̍h uī-tio̍h Ki-tok, kap Ki-tok saⁿ-kap siū-khó͘ chiah oē ēng-tit.	你若向望欲愛佮基督治理人，的確著為著基督，佮基督相佮受苦才會用得。
Lí nā sī oē-tit thang oân-choân lâi ji̍p tī Ki-tok ê ò-gī, cha̍p-hun liáu-kái Ki-tok jia̍t-jia̍t ê thiàⁿ, lí chiū oē bô iàu-kín tī lí ê piān, put-piān, he̍k-sī siū lâng ê hoán-tuì, hoán-tńg beh lia̍h-choè hoaⁿ-hí, in-uī Ki-tok ê thiàⁿ oē hō͘ lâng chai ka-kī ê bô kè-ta̍t.	你若是會得通完全來入佇基督的奧義，十分了解基督熱熱的疼，你就會無要緊佇你的便、不便，或是受人的反對，反轉欲掠做歡喜，因為基督的疼會予人知家己的無價值。
Chin-si̍t thiàⁿ Iâ-so͘ ê chin-lí, oē ap-chè jio̍k-chêng, si̍t-chāi ê Ki-tok-tô͘, khoài-khoài thang kìⁿ Siōng-tè, iā lêng-sèng teh-beh poāⁿ-koè I pún-sin lâi tit-tio̍h moá-moá ê pêng-an.	真實疼耶穌的真理，會壓制肉情，實在的基督徒，快快通見上帝，也靈性咧欲盤過伊本身來得著滿滿的平安。
Phoàⁿ-toàn bān-sū, khoàⁿ i ê si̍t-chêng; bô iàu-kín tī hong-phêng miâ-siaⁿ ê lâng, chiah thang kóng sī gâu lâng, I bô oá-khò lâng, to̍k-to̍k oá-khò siōng-tè lâi siū I ê chí-tō.	判斷萬事，看伊的實情；無要緊佇風評名聲的人，才通講是 gâu 人，伊無倚靠人，獨獨倚靠上帝來受伊的指導。
Hoé-ngō͘ lêng-tek seng-oa̍h ê ì-gī, bô hō͘ goā-kài ê sū-bu̍t kau-tîⁿ ê lâng, beh kiâⁿ Chong-kàu tek siu-ióng ê sî, tek-khak bô kéng só-chāi iā bô tán sî-ki.	悔悟靈的生活的意義，無予外界的事物交纏的人，欲行宗教的修養的時，的確無揀所在也無等時機。
Cheng-sîn-tek ê lâng khoài-khoài hoán-séng ka-kī, in-uī i tek-khak bô soá i ê sim-koaⁿ tī goā-bīn.	精神的的人快快反省家己，因為伊的確無徙伊的心肝佇外面。
I boē oē hō͘ goā-kài ê lô-tōng á-sī sū-bū lâi kiáu-chhá--i, i teh-beh ēng tek-gî ê hong-hoat lâi pān-lí hó-sè.	伊袂會予外界的勞動抑是事務來攪吵--伊，伊咧欲用得宜的方法來辦理好勢。

（續）

Siat-sú lí nā kū-choa̍t goā-bīn ê uì-an, lí chiū oē siūⁿ Thian-kài ê sū, iā siông-siông beh tit-tio̍h sim-lāi ê hoaⁿ-hí.	設使你若拒絕外面的慰安，你就會想天界的事，也常常欲得著心內的歡喜。

載於《芥菜子》，第十四號，一九二七年三月二十八日

Hù ka-kī ê chòng-sek（赴家己的葬式）

作者　不詳
譯者　偕叡廉

【作者】

不著撰者。

偕叡廉像

【譯者】

偕叡廉（Dr.George William Mackay，1882～1963，民間稱「偕先生」、「小馬偕」、「馬偕二世」），基督教長老教會牧師馬偕（George Leslie Mackay，正式漢名為「偕叡理」）之長男，母親張聰明是五股坑（今臺北五股）的本地初期信徒。生於今臺北淡水，幼年由父親教導，並隨其在各地傳道，一八九三年因馬偕必須回加拿大述職，他與母親及兩位姊姊偕媽連（Mary Ellen Mackay）、偕以利（Bella Catherine Mackay）一同隨行，住在安大略省伍德斯克（Woodstock）親戚家。一八九五年全家再次來臺，偕叡廉被送至香港維多利亞英文學校就讀，在一九〇一年馬偕逝世後，轉往加拿大繼續求學，先後就讀於多倫多的聖安得烈學院（St . Andrew's Col lege）以及多倫多大學，考入美國麻省渥契斯特的克拉克大學（Clark Universi ty）心理學研究所，在一九一一年他獲得碩士學位。同年，與加拿大籍女子羅仁利（Jean Ross）結婚，隨即相偕來臺傳教，並籌設淡水中學校（今淡江高中），在一九一似年獲得總督府許可正式設立，爾後分別在一九一四到一九二一、一九二三到一九二伍、一九二七到一九三〇、一九三一到一九三五年間多次擔任校長，二戰期間曾在加拿大修習神學教育學程，受封立為牧師，且獲得諾克斯神學院贈予神學博士學位。戰後回到淡江中學任教，雖於一九五二年退休，但仍在淡水郊區傳道，積極參與北部教會事務，做出突出的貢獻，獲得臺灣中會給予終身議員之殊榮，後因肺炎病逝於馬偕醫院，享壽八十二歲。曾於《臺灣教會報》、《臺灣府城教會報》、《芥菜子》發表白話字作品三十餘篇。（顧敏耀撰）

Hù ka-kī ê chòng-sek	赴家己的葬式
Goá chiū-sī Iû-thài lâng. Tuì soè-hàn tit-tio̍h pē-bú ê kà-sī, giâm-siú Mô͘-se ê lu̍t-lē. Lāu-pē sui-jiân sàn-chhiah, nā-sī i ê ha̍k-būn chhim, chhù-piⁿ thâu-bé iā chin chun-kèng i. I choè Iû-thài-kàu ê sian-siⁿ, sè-le̍k iā m̄-sī sió-khoá.	我就是猶太人。對細漢得著爸母的教示，嚴守摩西的律例。老爸雖然散赤，但是伊的學問深，厝邊頭尾也真尊敬伊。伊做猶太教的先生，勢力也毋是小可。
Khah toā-hàn ê sî goá bat thiaⁿ kìⁿ Ki-tok-kàu ê lâng teh kóng, Iâ-so͘ chiū-sī Kiù-sè Chú. I sī Bí-sài-a. Khí-thâu thiaⁿ-kìⁿ án-ni goá ê sim put-chí hoán-tuì, in-uī goán Iû-thài lâng bô sêng-jīn Iâ-so͘ choè Siōng-tè ê kiáⁿ. Goán kan-ta tuì-tiōng Kū-iok Sèng-keng nā-tiāⁿ. Sin-iok goán bô sêng-siū. M̄-kú ná gián-kiù chèng-kù ná-bêng, goá boē bián-tit chiū-kūn Chú, jīn I choè goá ê Tiong-pó.	較大漢的時我捌聽見基督教的人咧講，耶穌就是救世主。伊是彌賽亞。起頭聽見按呢我的心不止反對，因為阮猶太人無承認耶穌做上帝的囝。阮干焦對重舊約聖經 nā-tiāⁿ。新約阮無承受。毋 kú 那研究證據那明，我袂免得就近主，認伊做我的中保。
Tuì chit-sî liáu-āu, goá siông-siông khì pài-tn̂g lé-pài, goá iā chin tì-ì gián-kiù Sin-iok ê tō-lí. Lāu-pē thiaⁿ-kìⁿ chit-ê tāi-chì suî-sî hoat-chhut chin toā siū-khì. Lāu-bú ê siū-khì iā chin hui-siông. Mî-ji̍t háu bô soah, i khoàⁿ goá ná hoān-jîn. Chí-bē í-ki̍p chhin-chhek bô chi̍t-ê bô khún-tio̍k goá. Khí-thâu chhiò goá, biáu-sī goá, háng goá, pak goá, āu-lâi phah goá. ēng choē-choē khoán ê hong-hoat lâi khó͘-chhó͘ goá, goá iā-sī bô pàng-sak Ki-tok Iâ-so͘. Jiân-āu in ēng hó-chhuì, ēng tiⁿ ê oē beh lâi ín-iú goá tò-tńg, goá iā bô iô-choah. Kó-jiân bô hoat-tit, chiū hoân-ló kàu-ke̍k, khoàⁿ goá choè hoè-jîn.	對這時了後，我常常去拜堂禮拜，我也真致意研究新約的道理。老爸聽見這个代誌隨時發出真大受氣。老母的受氣也真非常。暝日吼無煞，伊看我若犯人。姊妹以及親戚無一个無窘逐我。起頭笑我，藐視我，háng 我，pak 我，後來拍我。用濟濟款的方法來苦楚我，我也是無放捒基督耶穌。然後個用好喙，用甜的話欲利引誘我倒轉，我也無搖 choah。果然無法得，就煩惱到極，看我做廢人。
Chòng-sek	葬式
Ū chi̍t-ji̍t pē-bú, chí-bē kap chhin-lâng lóng	有一日爸母、姊妹佮親人攏聚集佇厝

（續）

chū-chi̍p tī chhù-ni̍h. Tāi-ke ê bīn-māu kap pêng-siông-sî toā koh-iūⁿ. Bô kú in chū-chi̍p tī thiaⁿ-ni̍h, chiū chhiáⁿ goá ji̍p-khì. Kàu lāi-bīn khoàⁿ-kìⁿ lāu-pē, lāu-bó, chí-bē lóng chhēng toà-hà ê saⁿ. Thiaⁿ-lāi iā-ū chi̍t-khū koaⁿ-chhâ. Tāi-ke iu-būn kàu-ke̍k. Taⁿ sī sím-mi̍h lâng sí? Goá án-ni teh siūⁿ. Teh siūⁿ ê sî lāu-pē chhut-siaⁿ thî-khàu kóng, I jīn Ki-tok choè Chú. I í-keng sí! I í-keng sí! Taⁿ kā i bâi-chòng. Tuì chit-tia̍p liáu-āu goá bô kiáⁿ. I sí lah! Tāi-ke thî-khàu bô-soah. Lāu-pē khui-mn̂g kóng, Chhut-khì; goá kàu-sí bô beh koh kìⁿ lí ê bīn. Chiū tuì goá chhut-la̍t sak chhut-khì. Hit-sî goá chiah chai goá sī khì hù ka-kī ê chòng-sek.	裡。大家的面貌佮平常時大各樣。無久in 聚集佇廳裡，就請我入去。到內面看見老爸、老母、姊妹攏穿帶孝的衫。廳內也有一具棺材。大家憂悶到極。今是甚物人死？我按呢咧想。咧想的時老爸出聲啼哭講，伊認基督做主。伊已經死！伊已經死！今共伊埋葬。對這 tia̍p了後我無囝。伊死啦！大家啼哭無煞。老爸開門講，出去；我到死無欲閣見你的面。就對我出力揀出去。彼時我才知我是去赴家己的葬式。
Chiàu goán Iû-thài lâng ê hong-sio̍k nā ū lâng khì ji̍p pat-khoán ê kàu-phài, chiū tī chhù-ni̍h choè chòng-sek, ì-sù sī tuī chit tia̍p liáu-āu, pē bô jīn kiáⁿ, kiáⁿ bô jīn pē, tāi-ke kap i choa̍t-kau.	照阮猶太人的風俗若有人去入別款的教派，就佇厝裡做葬式，意思是對這 tia̍p了後，爸無認囝，囝無認爸，大家佮伊絕交。
Lī-khui pē-bú ê sin-piⁿ goá bô thang i-oá; ko͘-put-chiong chhut-goā khì hn̄g-hn̄g. Chóng-sī sui-sī hō͘ lāu-pē m̄-jīn choè kiáⁿ, goá iā m̄-káⁿ kè-thâu bōng-un. Ū-sî siá-phoe kiû i sià-bián, chóng-sī i lóng m̄ khéng, hoán-tńg chiong phoe bô thiah chek-sî kià tò-tńg lâi hêng goá. Chhiⁿ-chhàm kàu boē kò͘-tit, goá chiong thun-lún choè ji̍t-si̍t. Tī cha̍p nî ê tiong-kan tú-tio̍h choē-choē khoán ê kan-khó͘, goá it-hoat khîⁿ-tiâu tī goá ê Chú. Goá iā ji̍p-o̍h bián-kióng tha̍k-chheh. Chóng-sī goá só͘ him-bō͘ chiū-sī thoân Chú ê hok-im. Goá iā siông-siông chhut-khì kap lâng pò-tō.	離開爸母的身邊我無通依倚；姑不將出外去遠遠。總是雖是予老爸毋認做囝，我也毋敢過頭忘恩。有時寫批求伊赦免，總是伊攏毋肯，反轉將批無拆即時寄倒轉來還我。悽慘到袂顧得，我將吞忍做日食。佇十年的中間拄著濟濟款的艱苦，我益發拑牢佇我的主。我也入學勉強讀冊。總是我所欣慕就是傳主的福音。我也常常出去佮人佈道。

（續）

Lāu-bú kè-sin.	老母過身。
Ū chit-jit tuì pêng-iú siu-tio̍h phoe kóng, lāu-bú phoà-pīⁿ chin siong-tiōng teh-beh sí. Goá suî-sî lī-khui Eng-kok tah-chûn kàu Bí-kok. Kàu-uī koáⁿ-kín tò-khì chhù-nih beh kā i khoàⁿ. Kàu mn̂g-kháu, sim-koaⁿ kan-lân kàu-ke̍k, in-uī cha̍p nî chêng hō͘ lāu-pē koáⁿ-chhut, taⁿ koh tò-lâi lāu-bú phoà-pīⁿ teh-beh sí. Chóng-sī hó-táⁿ kā i phah-mn̂g. Mn̂g suî-sî khui. Khiā tī mn̂g piⁿ ū chit-ê lāu-lâng. I ê thâu-mn̂g pe̍h chhin-chhiūⁿ seh. Kìⁿ-tio̍h goá ê bīn i toā-siaⁿ kóng, Khí-khì lâu-téng. I chiū-sī goá ê lāu-pē. Cha̍p nî bô kìⁿ-tio̍h i, i iáu-kú m̄ chiap-la̍p goá.	有一日對朋友收著批講，老母破病真傷重咧欲死。我隨時離開英國搭船到美國。到位趕緊倒去厝裡欲共伊看。到門口，心肝艱難到極，因為十年前予老爸趕出，今閣倒來老母破病咧欲死。總是好膽共伊拍門。門隨時開。徛佇門邊有一个老人。伊的頭毛白親像雪。見著我的面伊大聲講，起去樓頂。伊就是我的老爸。十年無見著伊，伊猶-kú 毋接納我。
Chiūⁿ-khì lâu-téng tú-tio̍h goá ê toā-chí kap sió-bē. Toā-chí ê bīn ok-ok, sió-bē lia̍h goá khoàⁿ-cheh, nā-sī nn̄g-lâng bô kap goá saⁿ-chioh-mn̄g. Sit-chāi in khoán-thāi goá chhin-chhiūⁿ sí.	上去樓頂拄著我的大姊佮小妹。大姊的面惡惡，小妹掠我看 cheh，但是兩人無佮我相借問。實在 in 款待我親像死。
Goá ji̍p lāu-bú ê pâng-keng. Lāu-bú tó tī bîn-chhn̂g, i ê pīⁿ siong-tiōng. Goá kūn-oá i. Lāu-bú chhun-chhiú chih goá. Goá ê sim chhin-chhiūⁿ beh kiah-lih, sit-chāi kan-lân kàu-ke̍k. Āu-lâi i chhut siaⁿ kóng, Kiáⁿ-ah lí tò-lâi! Taⁿ goá iā sìn Iâ-so͘ sī goá ê Kiù-chú. I oē kiù lán! Kóng soah khuì chiū tn̄g.	我入老母的房間。老母倒佇眠床，伊的病傷重。我近倚伊。老母伸手接我。我的心親像欲 kiah 裂，實在艱難到極。後來伊出聲講，囝啊你倒來！今我也信耶穌是我的救主。伊會救咱！講煞氣就斷。
Hit-sî lāu-pē khiā tī goá ê sin-piⁿ pí-chhiú kiò goá tio̍h koh chhut-khì. Sūn-thàn i ê bēng-lēng goá chek-sî chhut kàu ke-lō͘. Keng-kè kuí-nā-jit kú, chit ē-hng goá tī pài-tn̂g-nih thoân-tō-lí, chèng-bêng Iâ-so͘ Ki-tok chiū-sī Siōng-tè to̍k-siⁿ kiáⁿ. Kóng soah ū kuí-nā ê	彼時老爸徛佇我的身邊比手叫我著閣出去。順趁伊的命令我即時出到街路。經過幾若日久，一下昏我佇拜堂裡傳道理，證明耶穌基督就是上帝獨生囝。講煞有幾若个猶太人就近我講，今阮欲認耶穌做阮的彌賽亞。擛頭看見一个老

（續）

Iû-thài lâng chiū-kūn goá kóng, Ta^{n} goán beh jīn Iâ-sơ choè goán ê Bí-sài-a. Kia̍h-thâu khoà^{n}-kìn chit-ê lāu-lâng, thâu-mn̂g chhuì-chhiu lóng pe̍h, chìn-chêng kiâ^{n}-oá goá khiā ê só͘-chāi. I khui-sia^{n} háu, kóng, Iâ-sơ Lí sī goá ê Kiù-chú. Goá sìn Lí, goá sìn Lí. Chiū chiong chhiú tah goá ê keng-thâu, chim goá kóng, Kiá^{n}-ah, ta^{n} goá sìn Iâ-sơ lah! Khoà^{n}-kìn goá ê lāu-pē án-ni goá ê sim chhin-chhiū^{n} beh piak-li̍h. Goá boē hiáu-tit chái^{n}-iū^{n} kóng, kan-ta kuī-lo̍h tī i ê bīn-chêng, kám-siā Siōng Chú ê koân-lêng kap i ê un-tián.	人，頭毛喙鬚攏白，進前行倚我徛的所在。伊開聲吼，講，耶穌你是我的救主。我信你，我信你。就將手搭我的肩頭，唚我講，囝啊，今我信耶穌啦！看見我的老爸按呢我的心親像欲煏裂。我袂曉得怎樣講，干焦跪落佇伊的面前，感謝上主的權能佮伊的恩典。
Pún-tn̂g ê bo̍k-su khoà^{n} goán pē-kiá^{n} hoa^{n}-hí kàu lâu ba̍k-sái, chiū chhiá^{n} goán ji̍p-khì lāi-bīn. Bô-kú goá ê toā-chí kap sió-bē iā ji̍p-lâi. Nn̄g-ê khiú goá ê chhiú kóng, Ta^{n} goán iā sī Iâ-sơ ê ha̍k-seng. Goán beh jīn I choè Kiù-chú. Lāu-pē chhiú kia̍h koân kóng. Thi^{n}-pē Lí ê jîn-ài kàu-ke̍k chhim. Lí ū chéng-kiù goán choân-ke, goán Lí sù goán éng-oán ê toā-hok.	本堂的牧師看阮爸囝歡喜到流目屎，就請阮入去內面。無久我的大姊佮小妹也入來。兩个摸我的手講，今阮也是耶穌的學生。阮欲認伊做救主。老爸手擛懸講。天爸你的仁愛到極深。你有拯救阮全家，阮你賜阮永遠的大福。
Ná chhin-chhiū^{n} bîn-bāng! Lāu-pē, toā-chí, sió-bē lóng sìn Chú. Chêng bô kú koá^{n} goá, m̄ jīn goá, siū-khì goá; ta^{n} chiū-kūn goá, thià^{n} goá. Chêng oàn-hīn goá, biáu-sī chiù-chó͘ Iâ-sơ ê miâ, ta^{n} thià^{n} I kèng-uì I, jīn I choè Chú. Siōng-tè ê un si̍t-chāi kóng boē chīn!	若親像眠夢！老爸、大姊、小妹攏信主。前無久趕我，毋認我，受氣我；今就近我、疼我。前怨恨我，藐視咒詛耶穌的名，今疼伊敬畏伊，認伊做主。上帝的恩實在講袂盡！
Ān-lâi lāu-pē khan goā ê chhiú kóng. Cha̍p nî chêng goā koá^{n} lí chhut ke, in-uī lí lī-khui Iû-thài-kàu khì ji̍p Ki-tok-kàu. Nā-sī hit-sî lí bô khǹg oàn-hūn hō͘ goá bô m̄ toā kî-koài. Ài chai Ki-tok ê kàu-lí khah siông-sè, goá àm-	後來老爸牽我的手講。十年前我趕你出家，因為你離開猶太教去入基督教。若是彼時你無囥怨恨予我無毋大奇怪。愛知基督的教理較詳細，我暗靜偷買一本新約的聖經。這个代誌我對家內囥密，

（續）

chī^{n} thau boé chit-pún Sin-iok ê Sèng-keng. Chit-ê tāi-chì goá tuì ke-lāi khǹg-ba̍t, m̄-ká^{n} hō͘ in chai, chiū chhē ki-hoē àm-chī^{n} thau the̍h chit pún chheh. Tha̍k liáu bêng-pe̍k Iâ-so͘ Ki-tok kó-jiân sī goán Iû-thài lâng só͘ him-bō͘ ê Bí-sài-a. Hit-sî goá ê hoa^{n}-hí kóng boē chīn. Nā-sī kia^{n} ke-lāi ê khún-tio̍k goá chi̍t-kù iā m̄-ká^{n} kóng, kan-ta àm-chī^{n} chiong-sim ho̍k-sāi Chú goá ê Iâ-so͘.	毋敢予 in 知，就揣機會暗靜偷提這本冊。讀了明白耶穌基督果然是阮猶太人所欣慕的彌賽亞。彼時我的歡喜講袂盡。但是驚家內的窘逐我一句也毋敢講，干焦暗靜衷心服侍主我的耶穌。
Koh bô loā-kú lí ê lāu-bú tú-tio̍h phoà-pī^{n} hiám-hiám sí. I-seng kóng tio̍h chhià^{n} chi̍t-ê khàn-hō͘-hū lâi tàu chiàu-kò͘. Khoà^{n} lí ê lāu-bú teh kan-khó͘ khàn-hō͘-hū ēng choē-choē oē lâi khó͘-khǹg i; soà chiong Chú ê hok-im kóng hō͘ i thia^{n}, in-uī chit-ê khàn-hō͘-hū sī jia̍t-sim ê Ki-tok-tô͘. Keng-kè bô loā-kú lín lāu-bú iā sìn Iâ-so͘ si̍t-chāi sī Bí-sài-a. In-uī i hit-sî m̄-chai goá í-keng ū án-ni sìn, chiū ún-ba̍t m̄-ká^{n} tuì goá kóng, kan-ta tì-ì tha̍k Sèng-keng. Ū chi̍t-ji̍t lín sió-bē khoà^{n} i teh tha̍k, hut-jiân si^{n}-khí toā siū-khì. Kài-chài khàn-hō͘-hū gâu thun-lún, tì-ì tuì i kóng-bêng Chú ê hok-im hō͘ i thia^{n}. Bô-kú i hoán-hoé kap lāu-bú tâng-sim iā sìn Chú.	閣無偌久你的老母拄著破病險險死。醫生講著請一个看護婦來鬥照顧。看你的老母咧艱苦看護婦用濟濟話來苦勸伊；紲將主的福音講予伊聽，因為這个看護婦是熱心的基督徒。經過無偌久恁老母也信耶穌實在是彌賽亞。因為伊彼時毋知我已經有按呢信，就隱密毋敢對我講，干焦致意讀聖經。有一日恁小妹看伊咧讀，忽然生起大受氣。佳哉看護婦吞忍，致意對伊講明主的福音予伊聽。無久伊反悔佮老母同心也信主。
Khoà^{n}-kì^{n} in nn̄g-lâng án-ni lín toā-chí ê siū-khì kìm boē-tiâu. Sui-jiân lāu-bú pī^{n} siong-tiōng i iā bô thé-thiap, hoán-tńg ài siông-siông ēng khún-tio̍k ê chhiú-toā^{n} lâi khoán-thāi i. Nā-sī pī^{n} ná siong-tiōng lín lāu-bú chai sí ê ji̍t í-keng kūn lah, chiū tuì pêng-iú kóng i ài koh chi̍t-pái kì^{n} lí ê bīn. Kai-chài lí kàu chhù-ni̍h i ê sim-sîn iáu cheng-eng, iā chiàu i ê sim só͘ ài, bē sí ê tāi-seng ū thang kap lí	看見 in 兩人按呢恁大姊的受氣禁袂牢。雖然老母病傷重伊也無體貼，反轉愛常常用窘逐的手段來款待伊。若是病那傷重恁老母知死的日已經近啦，就對朋友講伊愛閣一擺見你的面。佳哉你到厝裡伊的心神猶精英，也照伊的心所愛，未死的代先有通佮你同心佇主的面前認伊做中保。

（續）

tâng-sim tī Chú ê bīn-chêng jīn I choè Tiong-pó.	
Kó-jiân kàu i kè-sin liáu-āu goá hó-tá^{n} hián-jiân tī ke-lāi goá í-chêng sớ ún-ba̍t--ê. Kàu téng-ji̍t lín toā-chí iā bêng-pe̍k Sèng-chheh ê kà-sī, hoa^{n}-hí pàng-sak í-chêng sớ-ū ê chhò-gō͘ choan-sim koat-ì beh choè Ki-tok ê ha̍k-seng kàu chi̍t-sì-lâng. Kiá^{n}-ah, thia^{n}-kì^{n} án-ni goá ê hoa^{n}-hí, gaó ê n̍g-bāng, goá ê hok-khì kàu-gia̍h oân-boán lah! Goá bián koh kiû pa̍t hāng.	果然到伊過身了後我好膽顯然佇家內我以前所隱密--的。到頂日恁大姊也明白聖冊的教示，歡喜放捒以前所有的錯誤專心決意欲做基督的學生到一世人囝矣，聽見按呢我的歡喜，我的向望，我的福氣到額完滿啦！我免閣求別項。
Kan-ta ài pò lí chai lán choân-ke uī-tio̍h Thi^{n}-pē ê un-tián, í-keng tit-tio̍h kiù lah! Kin-ē-hng chai lí tī pài-tn̂g-ni̍h beh thoân Chú pó-poè ê hok-im, goán sa^{n}-ē, chiah choè-tīn lâi, ài tī chèng-lâng ê bīn-chêng hián-jiân lâi jīn Iâ-so͘ Ki-tok choè lán ê Tiong-pó. Í-chêng goán lóng sī tī chhù-ni̍h àm-chī^{n} ho̍k-sāi I. Iū-koh lí sớ thoân ê tō-lí chin toā kám-kek goán tāi-ke, tì-kàu goá kìm boē-tiâu, soà tī chèng-lâng ê bīn-chêng koh-chài kap Chú li̍p-iok lâi choè I chīn-tiong ê ha̍k-seng. I lâu pó-huih thoè lán sí, lán tio̍h jia̍t-sim lâi ho̍k-sāi I.	干焦愛報你知咱全家為著天爸的恩典，已經得著救啦！今下昏知你佇拜堂裡欲傳主寶貝的福音，阮三个，才做陣來，愛佇眾人的面前顯然來認耶穌基督做咱的中保。以前阮攏是佇厝裡暗靜服侍伊。猶閣你所傳的道理真大感激阮大家，致到我禁袂牢，紲佇眾人的面前閣再佮主立約來做伊盡忠的學生。伊流寶血替咱死，咱著熱心來服侍伊。
Lāu-pē chhiú koh kia̍h koân chhut sia^{n} chiok-hok kóng, Goān A-pek-lia̍p-hán, Í-sat, Ngá-kok ê Siōng-tè siú^{n}-sù goán un-tián pêng-an. Goān Iâ-so͘ Ki-tok ê thià^{n} khiā-khí tī goán ê sim kàu tāi-tāi bô soah. A-bēng.	老爸手閣擇懸出聲祝福講，願亞伯拉罕，以撒，雅各的上帝賞賜阮恩典平安。願耶穌基督的疼徛起佇阮的心到代代無煞。阿們。

載於《芥菜子》，第十五號，一九二七年四月二十五日

Ki-tok cháiⁿ-iūⁿ pí Liām-hu̍t khah-iâⁿ?
（基督怎樣比念佛較贏？）

作者　龜谷凌雲
譯者　陳清忠

龜谷凌雲像

【作者】

龜谷凌雲（かめがい りょううん，1888～1973），生於日本富山縣新庄町，淨土真宗蓮如上人建立之本願寺的第十八代傳人，畢業於東京大學哲學系，專攻宗教學。爾後回鄉繼承本願寺住持。一九一七年將職位轉讓予胞弟，本身則改信基督教，在美以美教會（The Methodist Episcopal Church）受洗，同時也被淨土真宗除名。繼而進入近江兄弟社聖經學校、東京神學社深造，受封立為牧師。一九一九年在故鄉設立富山新莊教會，並於該教會擔任牧師，積極在鄉里之間傳教。一九五二年出版自傳《仏教からキリストへ》（從佛教到基督教），不僅清楚闡述了個人宗教信仰的轉變過程，而且具有成長小說的獨特魅力，十分膾炙人口。（顧敏耀撰）

【譯者】

陳清忠，見〈海龍王〉。

Ki-tok cháiⁿ-iūⁿ pí Liām-hu̍t khah-iâⁿ?	基督怎樣比念佛較贏？
Jit-pún Ki-tok kàu-hoē ū chi̍t-ê Bo̍k-su miâ kiò Ku-kok. I sī Pún-goân-sī ê kàu-chó͘ Liân-jû Siōng-jîn ê tē 18 tāi sun. I tuì soè-hàn kàu Tāi-ha̍k chut-gia̍p, phah-sǹg beh sêng-chiap chó͘-sian ê chit, lâi choè Hē-siūⁿ, i ê chut-gia̍p lūn-bûn iā-sī koan-hē tī hit hong-biān ê gián-kiù, chiū-sī gián-kiù Liām-hu̍t sìn-gióng ê tāi-sêng-chiá Siān-tō tāi-su ê su.	日本基督教會有一个牧師名叫 Ku-kok（亀谷）。伊是本源寺的教祖蓮如上人的第十八代孫。伊對細漢到大學卒業，拍算欲承接祖先的職，來做和尚，伊的卒業論文也是關係佇彼方面的研究，就是研究念佛信仰的大乘者善導大師的 su。總是真奇怪，伊受恩典的手的揀召，斷然脫出和尚的職來做牧師；

（續）

Chóng-sī chin kî-koài, I siū un-tián ê chhiú ê kéng-tiàu, toān-jiân thoat-chhut hē-siūⁿ ê chit lâi choè Bo̍k-su; sui-jiân ū siū lāi-goā ê pek-hāi chin siong-tiōng, iáu-kú bô lī-khui i ê pún só͘-chāi, choan-sim tī hia soan-thoân Ki-tok ê tō-lí.	雖然有受內外的逼害真傷重，猶-kú 無離開伊的本所在，專心佇遐宣傳基督的道理。
I só͘ hoat-hêng ê cha̍p-chì "Si̍p-jī-kè" ū chit-chām teh lūn téng-bīn ê būn-toê; Lâng nā teh boē liáu-kái Ki-tok-kàu kap Hu̍t-kàu ê iu-loat (優劣), tha̍k chit-chām oē thang choè chin-hó ê chham-khó.	伊所發行的雜誌「十字架」有一站咧論頂面的問題；人若咧袂了解基督教佮佛教的優劣（iu-loat），讀這站會通做真好的參考。
I án-ni kóng:	伊按呢講：
"Liām-hu̍t sī thang kám-siā, che sī Sek-kia e kà-sī; chhit-ko-cheng ū sìn liām-hu̍t; Chhin-loân kap i ê ha̍k-seng, tù tī liām-hu̍t, long-ū tit-tio̍h choat-tuì bô chó͘-gāi ê an-sim, che sī sū-si̍t. Goá iā ū sìn liām-hu̍t ê hó-tek, hô-lî bô giâu-gî ê só͘-chāi. Chóng-sī tuì goá bat Ki-tok liáu-āu, lūn Ki-tok ê tek iā ū chin thang choè goá ê toā kám-kek. Lán boē-oē moâ-khàm sū-si̍t. Ki-tok sī lán to̍k-it ê Kiù-chú, sī Siōng-tè, chi̍t-sut-á bô thang giâu-gî.	「念佛是通感謝，這是釋迦的教示；七高僧有信念佛；Chhin-loân 佮伊的學生，tù 佇念佛，攏有得著絕對無阻礙的安心，這是事實。我也有信念佛的好德，hô-lî 無僥疑的所在。總是對我捌基督了後，論基督的德也有真通做我的大感激。咱袂會瞞崁事實。基督是咱獨一的救主，是上帝，一屑仔無通僥疑。
Án-ni goá tī chi̍t-bīn bêng-bêng sī liām-hu̍t ê sìn-chiá, iā chit bīn sī Ki-tok ê sìn-chiá boē ún-khǹg-tit. Sim sī ài sìn 2 khoán. Chóng-sī sìn-gióng-sim, sī iau-kiû chi̍t-sim, m̄ iông-ún nn̄g-sim, tio̍h pàng-sak chi̍t-pêng lâi chhú pa̍t-pêng, nā bô chiū boē hō͘ sìn-gióng sim moá-chiok. Só͘-í chū-jiân tio̍h pàng-sak loat (劣) lâi chiū-kūn iu (優). Taⁿ Ki-tok kap Liām-hu̍t tó-chi̍t-pêng khah-iâⁿ? Būn-toê ê kiat-kio̍k chiū-sī tī chia. Ki-tok khak-si̍t ū pí Liām-hu̍t khah-iâⁿ.	按呢我佇一面明明是念佛的信者，也一面是基督的信者袂隱囥得。心是愛信二款。總是信仰心，是要求一心，毋容允兩心，著放揀一爿來取別爿，若無就袂予信仰心滿足。所以自然著放揀劣（loat）來就近優（iu）。今基督佮念佛佗一爿較贏？問題的結局就是佇遮。基督確實有比念佛較贏。

（續）

Tāi-seng kú n̄ng-pêng sa^{n}-tâng ê tek lâi-kóng:	代先舉兩爿相同的德來講：
1. Bô-lūn sìn Ki-tok á-sī sìn Liām-hu̍t, oē tit-tio̍h kiù, sī tuì sìn-gióng, m̄-sī tuì hêng-uî; m̄-sī tuì ka-kī ê la̍t lâi tit-tio̍h kiù, sī tuì pa̍t-ê la̍t; tī chit-ê só͘-chāi sī sa^{n}-tâng.	1. 無論信基督抑是信念佛，會得著救，是對信仰，毋是對行為；毋是對家己的力來得著救，是對別的力；佇這个所在是相同。
2. Bô-lūn sím-mi̍h khoán ê choē-jîn oē tit-tio̍h kiù, kiù choē-jîn sī to̍k-it ê bo̍k-tek, che iā sī sa^{n}-tâng.	2. 無論甚物款的罪人會得著救，救罪人是獨一的目的，這也是相同。
3. Tī lâi-sè oē tit-tio̍h oân-choân ê chéng-kiù, che iā sa^{n}-tâng.	3. 佇來世會得著完全的拯救，這也相同。
4. Ki-tok, Liām-hu̍t pún-thé chiū-sī kng, sī oa̍h-miā, sī choa̍t-tuì chū-ài ê pún-goân, che iā sī sa^{n}-tâng.	4. 基督，念佛本體就是光、是活命、是絕對自愛的本源，這也是相同。
5. Tuì sìn-gióng kiâ^{n}-ta̍h oē chiām-chiām khah hó, chit-khoán ê sū-si̍t iā sī sa^{n}-tâng.	5. 對信仰行踏會漸漸較好，這款的事實也是相同。
6. Kiò I ê miâ ê, oá-khò I ê miâ ê, oē tit-tio̍h kiù-chè, iā sa^{n}-tâng.	6. 叫伊的名的，倚靠伊的名的，會得著救濟，也相同。
7. Choân jîn-luī lóng sī choē-jîn, bô-lūn sím-mi̍h lâng tio̍h siū chín-kiù, che iā sī sa^{n}-tâng.	7. 全人類攏是罪人，無論甚物人著受拯救，這也是相同。
Nā chim-chiok gián-kiù, kiám-chhái iáu ū sa^{n}-tâng ê só͘-chāi, chóng-sī n̄ng-pêng kun-pún-tek iàu-kín ê só͘-chāi ū chiah choē hāng sa^{n} chhin-chhiūⁿ.	若斟酌研究，kiám-chhái 猶有相同的所在，總是兩爿根本的要緊的所在有遮濟項相親像。
Bô sa^{n}-tâng ê só͘-chāi sī sím-mi̍h?	無相同的所在是甚物？
Liām-hu̍t sī pu̍t ê bêng-hō; sī ú-tiū ê kng, sī oa̍h-miā; sī hu̍t ê jîn-keh-tek ê biāu-iōng; ū kî-koài ê tek; ū lêng-biāu ê la̍t. Chóng-sī koh-khah án-chái^{n}-iūⁿ lâi soat-bêng iā sī kan-ta chi̍t ê bêng-hō, kan-ta ū giân-gú-siōng ê	念佛是佛的名號；是宇宙的光，是活命；是佛的人格德的妙用；有奇怪的德；有靈妙的力。總是閣較按怎樣來說明也是干焦一个名號，干焦有言語上的德 nā-tiā^{n}。基督毋但干焦是言語；言語

（續）

tek nā-tiāⁿ. Ki-tok m̄-nā kan-ta sī giân-gú; giân-gú chiâⁿ-choè jio̍k-thé, chhut-sì tī jîn-luī ê tiong-kan, choè-lâng lâi seng-oa̍h; sī lán jîn-luī choè-chhim ê tông-chêng-chiá; choè Kiù-chú, sū-si̍t-siōng lâi oa̍h-tāng--ê.	成做肉體，出世佇人類的中間，做人來生活；是咱人類最深的同情者；做救主，事實上來活動--的。
Liām-hu̍t ê chú-thé O͘-mî-tô-jû-lâi (阿彌陀如來) sī bû-hêng ê jîn-keh. Ki-tok chiâⁿ lâng ê hêng lâi oa̍h-tāng, sī iú-hêng ê jîn-keh. Iú-hêng ê Jîn-keh sī pí bû-hêng--ê khah oē choè lán ê la̍t. Iú-hêng ê chhe-chhau sī pí bû-hêng ê san-tin hái-bī khah oē choè lán sin-thé ê chu-ióng.	念佛的主體阿彌陀如來是無形的人格。基督成人的形來活動，是有形的人格。有形的人格是比無形--的較會做咱的力。有形的腥臊是比無形的山珍海味較會做咱身體的滋養。
Pîⁿ-pîⁿ beh sìn, sìn Ki-tok sī pí sìn Liām-hu̍t kuí-nā pah pē khah iâⁿ. Liām-hu̍t só͘-ū ê tek, tī Ki-tok ê tek ê lāi-bīn, bô chi̍t-hāng khiàm-kheh, só͘-í sìn Ki-tok bô chit-sut-á ê si̍h-pún. Siōng-chhiáⁿ tī Ki-tok ê lāi-bīn ū bû-sò͘ khah iâⁿ-kè, tī Liām-hu̍t só͘ boē tit-tio̍h ê bí-tek tī-teh.	平平欲信，信基督是比信念佛幾若百倍較贏。念佛所有的德，佇基督的德的內面，無一項欠缺，所以信基督無一屑仔的蝕本。尚且佇基督的內面有無數較贏過，佇念佛所未袂得著的美德佇咧。
I. Liām-hu̍t sī bû-hêng ê lêng. Ki-tok sī lêng chiâⁿ lâng ê hêng, si̍t-chāi tiàm tī lán toē-chiūⁿ lâi seng-oa̍h--ê. M̄-sī chhin-chhiūⁿ Liām-hu̍t ê chú-thé O͘-mî-tô Jû-lâi choân-jiân phoàⁿ-kè tī lâng; Ki-tok chin-si̍t sī lâng, sī lâng ê tông-chêng-chiá. Koh-chài O͘-mî-tô Jû-lâi sī phì-jū--ê, Ki-tok m̄-sī phì-jū, sī chin-si̍t seng-oa̍h tī hiān-si̍t lâng ê siā-hoē. Só͘-í ū hui-siông ê chhin-bi̍t, ū chin-toā ê la̍t.	I. 念佛是無形的靈。基督是靈成人的形，實在踮佇咱地上來生活--的。毋是親像念佛的主體阿彌陀如來全然盤過佇人；基督真實是人，是人的同情者。閣再阿彌陀如來是譬喻--的，基督毋是譬喻，是真實生活佇現實人的社會。所以有非常的親密，有真大的力。
II.O͘-mî-tô Jû-lâi ê chéng-kiù ê khoán-sit sī sio̍k tī si-sióng (詩想) Ki-tok chín-kiù ê sū-gia̍p sī Sîn ê Ki-tok pún-sin chiâⁿ-choè	II.阿彌陀如來的拯救的款式是屬佇詩想，基督拯救的事業是神的基督本身成做罪人來釘佇十字架，彼款歷史的

（續）

choē-jîn lâi tèng tī Si̍p-jī-kè, hit khoán le̍k-sú tek sū-si̍t lâi choè kun-toé, só͘-í lūn i ê la̍t, m̄-sī si-sióng ê piáu-hiān (表現) só͘ oē pí--tit ê.	事實來做根底，所以論伊的力，毋是詩想的表現所會比--得的。
III. O͘-mî-tô Jû-lâi ê chéng-kiù sī chiong lâi-sè lâi choè bo̍k-tek. Chóng-sī Ki-tok pún-sin choè lâng lâi seng-oa̍h, choè bō͘-hoān lâi kàu-ióng--lán. Liām-hu̍t bô ū hit-khoán chiâ^{n}-hêng ê lûn-lí-tek ê chí-tō (倫理的指導) tī hiān-si̍t ê jîn-seng.	III. 阿彌陀如來的拯救是將來世來做目的。總是基督本身做人來生活，做模範來教養--咱。念佛無有彼款成形的倫理的指導佇現實的人生。
IV. Liām-hu̍t bô iàu-kín tī jio̍k-thé ê kiù-chè (救濟), Ki-tok ū oân-choân chù-ì tī jio̍k-thé ê kiù-chè.	IV. 念佛無要緊佇肉體的救濟，基督有完全注意佇肉體的救濟。
V. Liām-hu̍t sī ēng kò-jîn-tek kiù-chè choè bo̍k-tek; chóng-sī Ki-tok sī ēng siā-hoē-tek kiù-chè (kàu-hoē kiàn-siat) choè bo̍k-phiau.	V. 念佛是用個人的救濟做目的；總是基督是用社會的救濟（教會建設）做目標。
VI. Liām-hu̍t sī ēng boa̍t-lâi sí-āu choè iàu-kín; nā sī Ki-tok iû-goân ài si̍t-hiān Thian-kok tī toē-chiū^{n}.	VI. 念佛是用未來死後做要緊；但是基督猶原愛實現天國佇地上。
VII. Liām-hu̍t ū khàm-ba̍t Thi^{n}-toē ê Chō-bu̍t-chú, nā-sī Ki-tok ū chí-sī bêng-bêng tī lán ê bīn-chêng.	VII. 念佛有崁密天地的造物主，但是基督有指示明明佇咱的面前。
VIII. Liām-hu̍t sī ēng poa̍t-khó͘ ú-lo̍k (拔苦與樂) jîn-seng ê kun-pún būn-toê, sī chheng-khì á-sī bô chheng-khì ê būn-toê, m̄-sī kan-khó͘ á-sī khoài-lo̍k ê būn-toê.	VIII. 念佛是用拔苦與樂人生的根本問題，是清氣抑是無清氣的問題，毋是艱苦抑是快樂的問題。
Nā beh kóng sī kóng boē liáu. Ki-tok ê kiù-chè nā kap Liām-hu̍t lâi sa^{n}-pí, sī khah chiâ^{n} hêng, khah chiâ^{n} hêng, khah ū la̍t, kun-pún khah chhim, siōng-chhiá^{n} hong-hù tī si̍t-chāi ê èng-iōng.	若欲講是講袂了。基督的救濟若佮念佛來相比，是較成形，較成形，較有力，根本較深，尚且豐富佇實在的應用。

（續）

Só-í Ki-tok ū khah-iâⁿ Liām-hu̍t, che sī bêng-bêng ê sū-si̍t. Ki-tok í-goā, si̍t-chāi bô lâng thang chéng-kiù choân jîn-luī, che tek-khak m̄-sī khang-khang ê gī-lūn. Koh-chài Liām-hu̍t só-ū hó ê só-chāi, tī Ki-tok ê sìn-gióng tiong í-keng chiâu-pī. M̄-nā án-ni Ki-tok ū choē-choē khah iâⁿ-kè Liām-hu̍t, khah ū-la̍t ê bí-tek, í-siōng í-keng chèng-bêng liáu. Só-í lán tāi-ke èng-kai tio̍h choan-choan kui-oá Ki-tok, in-uī tuì Ki-tok lán khah oē tit chiâⁿ hit-ê khak-si̍t ê bo̍k-tek, koh-chài só tit-tio̍h ê sī boē sǹg--tit.	所以基督有較贏念佛，這是明明的事實。基督以外，實在無人通拯救全人類，這的確毋是空空的議論。閣再念佛所有好的所在，佇基督的信仰中已經齊備。毋但按呢基督有濟濟較贏過念佛，較有力的美德，以上已經證明了。所以咱大家應該著專專歸倚基督，因為對基督咱較會得成彼个確實的目的，閣再所得著的是袂算--得。

載於《芥菜子》，第十六號，一九二七年五月二十九日

Chin ê Kang-tiâⁿ（真的工程）

作者　不詳
譯者　陳清忠

【作者】

不著撰者，由傳道者 Conant 在《個人傳道》雜誌所刊登的文章中引述某位女宣教師刊於《世界宣道論評》的文章。（顧敏耀撰）

【譯者】

陳清忠，見〈海龍王〉。

Chin ê Kang-tiâⁿ	真的工程
Thoân-tō-chiá Ko-lân(Conant) tī "Kò-jîn thoân-tō" chap-chì ê lāi-bīn, ū kóng khí, kuí-nā-nî chêng, ū chit-ê lú soan-kàu-su, siá chit-phiⁿ chhiam-hoé ê bûn, lo̍h tī "Sè-kài Soan-tō Lūn-phêng" ê sū.	傳道者 Ko-lân（Conant）佇「個人傳道」雜誌的內面，有講起，幾若年前，有一个女宣教師，寫一篇懺悔的文，落佇「世界宣道論評」的事。
Hit-ê lú soan-kàu-su án-ni kóng:-	彼个女宣教師按呢講：-
"Goá bat kó͘-bú chit-ê toā ê chi̍p-hoē, iā goá ū moá-moá ê jia̍t-sim, ài hō͘ chit-ê hoē tit-tio̍h toā ê sêng-kong. Khui-hoē hit-ji̍t, goá ê lāu-pē, choè uí-oân lâi beh chhut-se̍k, kap goá chē tī lú-koán ê chia̍h-tn̂g. I ēng kiōng-bêng ê sim, thiaⁿ goá soat-bêng, chit-ê hoē ê te̍k-sek í-ki̍p chiong-lâi beh tit-tio̍h ê sēng-hóng. Goá hioh-khùn teh chhoán-khuì ê sî, goá ê lāu-pē àⁿ i ê sin khu kūn-oá goá, ba̍k-chiu khoàⁿ tī chit-ê phâng-chhài ê lâng, kā goá kóng. "Cha-bó͘-kiáⁿ, goá siūⁿ tī hia hit-ê toā-hàn kip-sū káⁿ oē chiap-la̍p Iâ-so͘ Ki-tok. Goá bat siông-siông kap i tâm-lūn, lūn i ê lêng-	「我捌鼓舞一个大的集會，也我有滿滿的熱心，愛予這个會得著大的成功。開會彼日，我的老爸，做委員來欲出席，佮我坐佇旅館的食堂。伊用共鳴的心，聽我說明，這个會的特色以及將來欲得著的盛況。我歇睏咧喘氣的時，我的老爸向伊的身軀近倚我，目睭看佇一个捀菜的人，共我講。查某囝，我想佇遐彼个大漢給仕敢會接納耶穌基督。我捌常常佮伊談論，論伊的靈魂的事」。

（續）

hûn ê sū".	
Goá uī-tio̍h kè-e̍k chit-ê toā ê chi̍p-hoē, goá ê bô-êng chha-put-to chhin-chhiū^{n} teh-beh boē chhoán-khuì ê khoán. Goá lóng bô chit-sut-á ê sî-kan thang lâi siū^{n} chit ê kip-sū ê lêng-hûn ê tāi-chì.	我為著計劃這个大的集會，我的無閒差不多親像咧欲袂喘氣的款。我攏無一屑仔的時間通來想這个給仕的靈魂的代誌。
Goán chhut-khì kàu goán pâng-keng ê sî, ū chit ê ơ-bīn lâng teh soé pâng-keng ê thâng-á-mn̂g. I sī chin láu-sit, thang sìn-iōng, gâu choè-kang ê lō͘-po̍k. Kè bô kuí hun kú, goá thia^{n}-kì^{n} goá ê lāu-pē, jia̍t-sim teh kap i tâm-lūn, lūn i kò-jîn chín-kiù ê sū, goá ê sim-koa^{n}, suî-sî chhin-chhiū^{n} chhì teh chha̍k, siū^{n}-tio̍h goá bat i, í-keng hiah choē nî, iáu-kú m̄-bat kóng chit-kù chín-kiù tō-lí hō͘ i thia^{n}.	阮出去到阮房間的時，有一個烏面人咧洗房間的窗仔門。伊是真老實，通信用，㪤做工的奴僕。過無幾分久，我聽見我的老爸，熱心咧佮伊談論，論伊個人拯救的事，我的心肝，隨時親像刺咧鑿，想著我捌伊，已經遐濟年，猶-kú 毋捌講一句拯救道理予伊聽。
Ū chit-ê ba̍k-chhiū^{n} lâi siu-lí mn̂g. Goá ti̍t-ti̍t thèng-hāu i m̄ kín tńg-khì, thang hō͘ goá kín kā i chhiam-miâ tī choè-kang-phō͘, in-uī goá ê sim jia̍t-jia̍t ài kín tńg-khì choè goá ê kang. Sui-jiân goá teh thèng-hāu, goá ê lāu-pē, un-khûn teh kóng-khí i só͘ siu-lí ê mn̂g, soà soat-bêng beh ji̍p Thian-kok î-it hó ê mn̂g-hō͘ ê tō-lí hō͘ i thia^{n}. Ū chit-ê Iû-thài lâng tiàm-tī goán ê tuì-bīn koe.	有一个木匠來修理門。我直直聽候伊毋緊轉去，通予我緊共伊簽名佇做工簿，因為我的心熱熱愛緊轉去做我的工。雖然我咧聽候，我的老爸，慇勤咧講起伊所修理的門，紲說明欲入天國唯一好的門戶的道理予伊聽。有一个猶太人踮佇阮的對面街。
Goá bat siū^{n}, ū-sî tek-khak tio̍h khì thàm goá ê chhù-pi^{n}, chóng-sī goá ê kang-tiâ^{n} moá-sin, tì-kàu m̄-bat khì thàm in poà^{n}-pái, chóng-sī goá ê lāu-pē tī koe-lō͘ tn̄g-tio̍h in ê sî, suî-sî kap i kóng-khí sè-kan to̍k-it ê Kiù-chú ê sū hō͘ in thia^{n}.	我捌想，有時的確著去探我的厝邊，總是我的工程滿身，致到毋捌去探 in 半擺，總是我的老爸佇街路搪著 in 的時，隨時佮伊講起世間獨一的救主的事予 in 聽。
"Ū chit-uī ê pêng-iú. Chhoā goán khì chē-	「有一位的朋友。悉阮去坐車。我咧聽

（續）

chhia. Goá teh thèng-hāu goá ê lāu-pē chiūⁿ chhia, i liâm-piⁿ kiâⁿ-oá khì ūn-choán-chhiú ê sin-piⁿ, kè bô kuí-hun kú, suî-sî thiaⁿ-kìⁿ i jia̍t-sim teh pò-iông chín-kiù ê lō͘ hō͘ i thiaⁿ. Kàu goán tńg-lâi chhù-ni̍h ê sî I kóng, 'Chiàu lí só͘ chai' goá kiaⁿ-liáu bô koh ū pa̍t-ê ki-hoē thang kap hit-ê lâng kóng-oē.	候我的老爸上車，連鞭行倚去運轉手的身邊，過無幾分久，隨時聽見伊熱心咧報揚拯救的路予伊聽。到阮轉來厝裡的時伊講「照你所知」我驚了無閣有別的機會通佮彼个人講話。
Ū chi̍t-ê thih-tō-pō͘ ko-téng-koaⁿ ê hū-jîn-lâng, chhiáⁿ i khì chē suí ê chhia. I kóng, 'Goá chin hoaⁿ-hí i chhiáⁿ goá khì, in-uī hō͘ goá ū ki-hoē thang kap i tâm-lūn tit-kiù ê tō-lí. Goá phah-sǹg í-chêng bô-lâng kap i kóng-khí chit-khoán ê sū".	有一个鐵道部高等官的婦人人，請伊去坐媠的車。伊講，「我真歡喜伊請我去，因為予我有機會通佮伊談論得救的道理。我拍算以前無人佮伊講起這款的事」。
Chit-khoán ê ki-hoē iā bat lâi chhē goá, chóng-sī tuì goá ê sim-piⁿ keng-kè, oán-jiân ná mî-tiong ê chûn. Hit-sî goá ê ba̍k-chiu kim-kim-siòng, ài beh siòng khoàⁿ ū khah toā chiah ê chûn, tī khah hn̄g ê só͘-chāi--bô. Goá boē-bián-tit tio̍h mn̄g goá ê sim-koaⁿ, khoàⁿ, tàu-tí goá ê jia̍t, chêng sī tī uī-tio̍h lêng-hûn á-sī tī uī-tio̍h kó͘-bú chi̍p-hoē lâi tit-tio̍h sêng-kong!	這款的機會也捌來揣我，總是對我的身邊經過，宛然若暝中的船。彼時我的目睭金金相，愛欲相看有較大隻的船，佇較遠的所在--無。我袂免得著問我的心肝，看，到底我的熱，前是佇為著靈魂抑是佇為著鼓舞集會來得著成功！
Ko-lân phok-sū ū án-ni kóng, "Soan-kàu siōng si̍t-chāi ê chhù-bī kap kám-chêng-tek (ê tiong-kan) ū toā koh-iūⁿ chiū-sī tī chia. Bô lūn lán hián-chhut loā jia̍t-sim, he̍k-sī kóng, he̍k-sī kè-e̍k soan-tō ê kang, nā-sī lán bô ū kàu-gia̍h cha̍p-hun ê chhù-bī tī ín-chhoā kā lán choè kang ê lâng, hō͘ in tit-tio̍h Ki-tok chín-kiù ê sìn-gióng, chiū lán soan-tō siōng ê chhù-bī thang kóng sī kám-sióng-tek jî-í..."	Ko-lân 博士有按呢講，「宣教上實在的趣味佮感情 tek（的中間）有大各樣就是佇遮。無論咱顯出偌熱心，或是講，或是計劃宣道的工，若是咱無有夠額十分的趣味佇引悉共咱做工的人，予 in 得著基督拯救的信仰，就咱宣道上的趣味通講是感想的而已……」
"Lín tio̍h choè goá ê kan-chèng"-tī Iâ-lō͘-sat-	「恁著做我的干證」-佇耶路撒冷恁的

（續）

léng lín ê chhù kap lín ê thaôn-thé lâi khí!	厝佮恁的團體來起！
Ko-lân phok-sū koh-chài kóng-khí chit-ê Bo̍k-su tuì chit-keng toā-keng tiàm keng-kè, hut-jiân siūⁿ ài ji̍p-khì kap hit-keng tiàm ê thâu-ke tâm-lūn chín-kiù ê sū. Í-keng kìⁿ-tio̍h chiū kóng, "Bó͘-mi̍h hiaⁿ, goá bat kap lí kóng khí bîn-chhn̂g, tē-chian, chheh-tû ê sū, chóng-sī lóng m̄-bat kap lí kóng-khí goá ê sū-gia̍p. M̄-chai lí hoaⁿ-hí poah kuí hun kú bô?" Siū àn-nāi ji̍p-khì lāi-bīn, hit-ê bo̍k-su the̍h Sin-iok Sèng-keng chhut-lâi, chit-chat kè chit-chat pò i khoàⁿ, thiah-bêng sū-gia̍p-ka ū gî-būn tio̍h sêng-siū Ki-tok ê sū hō͘ i thiaⁿ.	Ko-lân 博士閣再講起一个牧師對一間大間店經過，忽然想愛入去佮彼間店的頭家談論拯救的事。已經見著就講，「某物兄，我捌佮你講起眠床、tē-chian，冊櫥的事，總是攏毋捌佮你講起我的事業。毋知你歡喜撥幾分久無？」受案內入去內面，彼个牧師提新約聖經出來，一節過一節報伊看，拆明事業家有疑問著承受基督的事予伊聽。
Kàu lō͘-bé hit-ê thâu-ke lâu ba̍k-sái kā bo̍k-su kóng, "Goá í-keng chhit-cha̍p hè. Goá tī chit-ê siâⁿ-chhī chhut-sì, goá ū kap pah goā ê Bo̍k-su, iā gō͘-pah goā ê kàu-hoē tng-chit ê lâng se̍k-sāi, kap in óng-lâi choè sū-gia̍p; chóng-sī tī chiah ê nî ê tiong-kan, kap goá tâm-lūn goá ê lêng-hûn ê sū ê lâng sī kan-ta lí chit-ê nā-tiāⁿ!"	到路尾彼个頭家流目屎共牧師講，「我已經七十歲。我佇這个城市出世，我有佮百外个牧師，也五百外个教會當職的人熟似，佮 in 往來做事業；總是佇遮个年的中間，佮我談論我的靈魂的事的人是干焦你一个若定！」

載於《芥菜子》，第十七號，一九二七年六月二十五日

Lūn tī Ka-têng-tiong Kî-tó ê La̍t
（論佇家庭中祈禱的力）

作者　不詳
譯者　陳瓊琚

【作者】

不著撰者。

陳瓊琚像

【譯者】

陳瓊琚（1895～1945），今臺中大埔人，基督教初代信徒陳其祥之長男，年方十五便篤信基督教，立志成為宗教家，進入淡水オシクスフオード・カレシヂ（即牛津學堂，又名「聖道書院」）就讀，畢業後負笈日本，先後畢業於東京同志社中學部以及大學部英文學科，返國擔任淡水中學教師，兼任臺北神學校英文教師以及舍監、女子學院英語敎師，一方面也積極參與教會事務，曾任北部臺灣基督長老敎會主日學部會委員、淡水敎會長老、主日學校長、南北臺灣傳敎師總會學術講師，亦曾應北部臺灣基督長老敎會中會之聘而擔任《敎會報》編輯委員。一九三七年辭去淡江中學教職，轉任臺北市龍門工業合資會社主事，不久又轉任臺中州東勢郡東勢街下新臺灣農林資源合名會社支配人，終戰前幾個月於臺北安息主懷。曾於《臺南府城教會報》、《芥菜子》、《臺灣教會報》、《臺灣教會公報》發表白話字作品約卅篇。（顧敏耀撰）

Lūn tī Ka-têng-tiong Kî-tó ê La̍t	論佇家庭中祈禱的力
Lūn choè lāu-bú ê lâng hit ê chek-jīm si̍t-chāi sī chin toā. Só͘-í nā bô tit-tio̍h Siōng-chú ê pang-chān, tek-khak bô ǹg-bāng oē sêng-chiū choè lāu-bú hit ê tiōng-tāi ê sú-bēng. Siōng-tè tī Iâ-lī-bí 33: 3, ū èng-ún kóng, "Lí	論做老母的人彼个責任實在是真大。所以若無得著上主的幫贊，的確無向望會成就做老母彼个重大的使命。上帝佇耶利米 33：3，有應允講，「你求我，我的確應，指示你本事，神的奧妙袂測度，

（續）

kiû goá, goá tek-khak ìn, chí-sī lí pún-sū, sîn ê ò-biāu boē chhek-tȯk, lín bē-bat thia^{n}-kì^{n}". Só͘-í chhin-chhiū^{n} teh chí-hui toā ka-chȯk ê lāu-bú, ū sî tek-khak ū hit-khoán chīn oh-tit pān-lí ê ke-lāi sū, só͘-í choè lāu-bú ê lâng tek-khak tiȯh khiàm-ēng liāu-lí ke-lāi, tek-tong ê châi-chêng. In-uī ū sî tiȯh ēng tì-sek, thun-lún, thià^{n}-thàng kap tông-chêng téng-téng, chiū-sī chiàu hit sî hit sî só͘ tiȯh khiàm-ēng ê hoat-tō͘, in-uī ū sî tiā^{n}-tiȯh oē tú-tiȯh chin oh-tit siat-hoat ê só͘-chāi. Chhin-chhiū^{n} tī chit khoán oh siat-hoat ê sî-chūn, lāu-bú sim-koa^{n} tiȯh chheng-chēng, iȧh tiȯh kín-sīn pún-sin ê kú-chí hêng-tōng, koh tiȯh put-sî ēng tuì Chú lâi kî-tó, in-uī I sī gâu thé-thiap loán-jiȯk ê, gâu pang-chān lâng ê, koh sī gâu uì-an kap gâu siú^{n}-sù tì-sek hō͘ lâng ê Chú.	恁未捌聽見」。所以親像咧指揮大家族的老母，有時的確有彼款盡僫得辨理的家內事，所以做老母的人的確著欠用料理家內，得當的才情。因為有時著用智識、吞忍、疼痛佮同情等等，就是照彼時彼時所著欠用的法度，因為有時定著會拄著真僫得設法的所在。親像佇這款僫設法的時陣，老母心肝著清靜，也著謹慎本身的舉止行動，閣著不時用對主來祈禱，因為伊是嫯體貼軟弱的，嫯幫贊人的，閣是嫯慰安佮嫯賞賜智識予人的主。
Ū lâng kóng, "Bô kî-tó ê ka-têng sī chhin-chhiū^{n} tī tē-it koâ^{n} ê tang-thi^{n}, á-sī tī tē-it àm ê chhù-lāi bô hé chit-iū^{n}. Tī sèng-keng-tiong ū chin-chē uī Siōng-tè tuì lâng lip chin hó koh ún-tàng ê iok tī-teh. Chhin-chhiū^{n} tī Ngá-kok 1: 5 kóng, "Lín tiong-kan nā ū lâng khiàm-kheh tì-huī, tiȯh tuì hit ê pėh-pėh hō͘ chèng lâng, iā bô hiâm lâng ê Siōng-tè kî-kiû, chiū beh hō͘ i". Koh khoà^{n} Má-thài 11: 28-9 kóng, "Lín kì^{n}-nā tiȯh-boâ ta^{n} tāng-tà^{n} ê, tiȯh chiū-kūn goá, goá beh hō͘ lín an-hioh. Goá sim-lāi un-jiû khiam-sùn; lín pē goá ê ta^{n}, lâi tuì goá ȯh, chiū lín ê sim-sîn oē tit-tiȯh an-hioh. In-uī goá ê ta^{n} sī khoài, goá ê tà^{n} sī khin". Bô lūn sím-mih lâng nā chiū-kūn Iâ-so͘, m̄ nā boē siū I ê kū-choat, hoán-tńg bô	有人講，「無祈禱的家庭是親像佇第一寒的冬天，抑是佇第一暗的厝內無火一樣。佇聖經中有真濟位上帝對人立真好閣穩當的約佇咧。親像佇雅各 1：5 講，「恁中間若有人欠缺智慧，著對彼个白白予眾人，也無嫌人的上帝祈求，就欲予伊」。閣看馬太 11：28-9 講，「恁見若著磨擔重擔的，著就近我，我欲予恁安歇。我心內溫柔謙遜；恁 pē 我的擔，來對我學，就恁的心神會得著安歇。因為我的擔是快，我的擔是輕」。無論甚物人若就近耶穌，毋但袂受伊的拒絕，反轉無論求甚物，伊攏欲賞賜--伊。

（續）

lūn kiû sím-mi̍h, I lóng beh siú^{n}-sù--i.	
Ū chi̍t só͘-chāi chi̍t ê lāu-bú si^{n} sa^{n} ê kiá^{n}, ta̍k ê chin gâu koh siān-liông, ke-lāi put-sî to chin hô-pêng, ia̍h gín-ná chin sūn-thàn pē-bú ê, koh hia^{n}-tī tāi-ke put-chí sa^{n}-thià^{n}. Chi̍t-ji̍t ū chi̍t-uī pa̍t ê hū-jîn-lâng lâi thàm i, soà mn̄g khoà^{n} i ê ke-têng chái^{n}-iū^{n} tāi-ke oē hiah-ni̍h hô-hia̍p? Hit ê hū-jîn-lâng thêng tiap-á-kú chiū ìn i kóng, bô lūn sím-mi̍h tāi-chì i lóng sī kiû Siōng-chú ê pang-chān nā-tiā^{n}.	有一所在一个老母生三个囝，逐个真嫯閣善良，家內不時都真和平，也囡仔真順趁父母的，閣兄弟大家不止相疼。一日有一位別的婦人人來探伊，紲問看伊的家庭怎樣大家會遐爾和協？彼个婦人人停霎仔久就應伊講，無論甚物代誌伊攏是求上主的幫贊若定。
Koh chi̍t ê lē, chiū-sī tī Pak-hái-tō ū chi̍t tiâu koe, kóng-khí ū chi̍t ê Chheng-liân, khah chá tiàm tī Sîn-hō͘ ê sî, ia̍h i ū chi̍t ê pêng-iú chin ài chia̍h chiú, koh gâu chau-that phái-khoán-thāi i ê bó͘, chóng-sī i ê hū-jîn-lâng sī chin jia̍t-sim ê Ki-tok sìn-chiá, só͘-í chin un-jiû koh sui-sī tuì hit-khoán lām-sám choè ê tiōng-hu, i ia̍h sī chin thià^{n} i, kèng i, koh gâu sūn-thàn i. Só͘-í khoà^{n} tio̍h hit ê bó͘ hó lú-tek, chiū chin kám-sim ia̍h soà sim-lāi siū^{n} kóng, ká^{n} sī nā sìn Ki-tok-kàu ê lâng lóng sī án-ni. Tuì i tńg-lâi Pak-hái-tō liáu-āu, chiū si^{n}-chhut ài gián-kiù Ki-tok-kàu ê sim. Só͘-í siông-siông khì lé-pài-tn̂g thia^{n} tō-lí, koh put-sî khì Bo̍k-su ê chhù thit-thô. Khoà^{n} tio̍h hit ê Bo̍k-su niû ia̍h-sī chin chhin-chhiat koh jia̍t-sim; in-uī Bo̍k-su niû sui-bóng kiá^{n}-jî choē, iáu-kú put-sî tuì chit ê chheng-liân chin hó-lé khoán-thāi i. Só͘-í toā-toā siū kám-kek, āu-lâi hoán-hoé kái-pì^{n} choè chin jia̍t-sim ê sìn-tō͘, koh ū koan-hē chē-chē khoán ê chû-siān sū-gia̍p ia̍h chin chhut-la̍t tī kàu-hoē. Ta^{n} chit ê	閣一个例，就是佇北海道有一條街，講起有一个青年，較早踮佇神戶的時，也伊有一个朋友真愛食酒，閣嫯蹧躂歹款待伊的某，總是伊的婦人人是真熱心的基督信者，所以真溫柔閣雖是對彼款垃圾做的丈夫，伊也是真疼伊、敬伊，閣嫯順趁伊。所以看著彼个某好女德，就真感心也紲心內想講，敢是若信基督教的人攏是按呢。對伊轉來北醫了後，就生出愛研究基督教的心。所以常常去禮拜堂聽道理，閣不時去牧師的厝迌迌。看著彼个牧師娘也是真親切閣熱心；因為牧師娘雖罔囝兒濟，猶-kú 不時對這个青年真好禮款待伊。所以大大受感激，後來反悔改變做真熱心的信徒，閣有關係濟濟款的慈善事業也真出力佇教會。今這个人會成做信者，彼个因端就是為著看見伊的朋友愛放蕩，也歹款待伊的某，總是伊的某猶原是用溫柔、和平的精神來順趁丈夫，攏毋捌用忤逆的話來應伊的丈夫，佮閣看著牧師娘的嫯料理遐爾濟个囝兒，閣嫯治理遐爾大的

（續）

lâng oē chiâ^{n}-choè sìn-chiá, hit ê in-toa^{n} chiū-sī uī-tiȯh khoà^{n}-kì^{n} i ê pêng-iú ài hòng-tōng, iȧh phái khoán-thāi i ê bớ, chóng-sī i ê bớ iû-goân sī ēng un-jiû, hô-pêng ê cheng-sîn lâi sūn-thàn tiōng-hu, lóng m̄-bat ēng ngớ-gėk ê oē lâi ìn i ê tiōng-hu, kap koh khoà^{n} tiȯh Bȯk-su niû ê gâu liāu-lí hiah-nih choē ê kiá^{n}-jî, koh gâu tī-lí hiah-nih toā ê ka-chȯk, che lóng sī tuì tī kî-tó ê lȧt kap bô-í-tiong ê kám-hoà lȧt sớ-tì. Koh-chài kóng khí ū chit ê lāu-bú ū chit ê cha-bớ-kiá^{n} jip kuí-nā keng hȧk-hāu lóng poà^{n}-lỡ hỡ lâng koá^{n} chhut-khì, in-uī sī sèng-chit chin m̄ hó, koh hȧk-hāu ê sêng-chek chin phái. Āu-lâi i ê lāu-bú koh chim-chiok siū^{n} chiū hỡ i jip Ki-tok-kàu ê lú-hȧk-hāu. Chóng-sī i iû-goân sī lóng m̄ ài thia^{n} sian-si^{n} ê bēng-lēng, m̄ siú hāu-kui, put-sî kap pêng-iú oan-ke. Sớ-í sian-si^{n} iȧh siū^{n} bô hoat-tỡ chiah kiò i ê lāu-bú lâi chhoā i tńg-khì. Chit ê lāu-bú chhoā i tńg-khì liáu-āu kan-ta khan i jip khì chit keng pâng-keng-lāi, ēng un-sûn pek-chhiat ê oē khớ-khǹg i, koh tiàm tī hit keng pâng-lāi iok oá sa^{n}-tiám-cheng kú jiȧt-sim kî-tó kiû Siōng-tè hỡ i ê cha-bớ-kiá^{n} oē hoán-hoé. Chit ê cha-bớ-gín-ná khí-thâu iû-goân sī pàng-goā-goā lóng bô teh siū^{n}, chóng-sī kàu-bé khoà^{n} tiȯh i ê lāu-bú hiah-nih pek-chhiat teh thoè i kî-tó, sớ-í siū kám-tōng chiah hoán-hoé jīn-choē, āu-lâi ū pì^{n} choè chit ê siān-liông ê cha-bớ-gín-ná.	家族，這攏是對佇祈禱的力佮無意中的感化力所致。閣再講起有一下老母有一个查某囝入幾若間學校攏半路予人趕出去，因為是性質真毋好，閣學校的成績真歹。後來伊的老母閣斟酌想就予伊入基督教的女學校。總是伊猶原是攏毋愛聽先生的命令，毋守校規，不時佮朋友冤家。所以先生也想無法度才叫伊的老母來悉伊轉去。這个老母悉伊轉去了後干焦牽伊入去一間房間內，用溫純迫切的話苦勸伊，閣踮佇彼間房內約倚三點鐘久熱心祈禱求上帝予伊的查某囝會反悔。這个查某囡仔起頭猶原是放外外攏無咧想，總是到尾看著伊的老母遐爾迫切咧替伊祈禱，所以受感動才反悔認罪，後來有變做一个善良的查某囡仔。
Sớ-í Sèng-keng kóng nā ū sìn kiû chiū oē tit-tiȯh. Ta^{n} lán tuì keng-giām chai-iá^{n} lāu-bú uī-tiȯh kiá^{n}-jî hit-ê kan-khớ kàu chái^{n}-iū^{n}. Ū	所以聖經講若有信求就會得著。今咱對經驗知影老母為著囝兒彼个艱苦到怎樣。有時精神上的艱苦是比 siáu 體的艱

（續）

sî cheng-sîn-chiū^{n} ê kan-khó͘ sī pí siáu-thé ê kan-khó͘ kuí-nā pē khah chhám. Phí-jū lâi kóng, chhin-chhiū^{n} ū hit-khoán tú chhut-sì chit-n̄ng ge̍h-ji̍t ê gín-ná lâi tú-tio̍h thian-jiân-tāu (small-pox) ê sî, lāu-bú thia^{n}-kì^{n} soè-kiá^{n} khàu ê sia^{n} kap khoà^{n} tio̍h i ê kan-khó͘, si̍t-chāi hit-tia̍p lāu-bú ê sim-koa^{n} sī pí hō͘ lâng ēng chiam á-sī ēng chǹg-á teh kā i ui khah kan-khó͘. Só͘-í chhin-chhiū^{n} tī chit-khoán guî-hiám kan-khó͘ ê sî, choè lāu-bú ê lâng nā oē hiáu pek-chhiat kî-tó, Siōng-tè tek-khak oē pang-chān--i, in-uī nā khoà^{n} Í-sài-a 65: 24, chiū chai, tī chia Siōng-tè í-keng ū kap lâng li̍p-iok kóng, "In bē kiû goá, Goá èng-giām i ê só͘ kiû; khui-chhuì ê sî Goá í-keng à^{n}-lo̍h lâi thia^{n}". Tī ka-têng tiong kám-hoà gín-ná ê la̍t choè tē-it kú-tn̂g kap tē-it toā ê sī lāu-bú.	苦幾若倍較慘。譬喻來講，親像有彼款拄出世一兩月日的囡仔來拄著天然豆（small-pox）的時，老母聽見細囝哭的聲佮看著伊的艱苦，實在彼霎老母的心肝是比予人用針抑是用鑽仔咧共伊搣較艱苦。所以親像佇這款危險艱苦的時，做老母的人若會曉迫切祈禱，上帝的確會幫贊--伊，因為若看以賽亞 65：24，就知，佇遮上帝已經有佮人立約講，「In 未求我，我應驗伊的所求；開喙的時我已經 à^{n} 落來聽」。佇家庭中感化囡仔的力做第一久長佮第一大的是老母。
Bí-kok ū chit ê chhut-miâ ê lāu chèng-tī-ka ū ēng i ê sió-toān hō͘ lâng siá. Chiàu hit ê sió-toān lāi-bīn ū chit-chat kóng-khí hit ê lāu chêng-ti-ka iáu tī siàu-liân teh hō͘ lâng chhiá^{n} ê sî-chūn, chit pái hō͘ i ê chú-lâng kiò i tio̍h koā^{n} chin-chē ê gûn kàu chit ê só͘-chāi; só͘-í i chiū suî-sî khiâ bé tit-tit pháu kàu beh kè tō͘-chûn ê khoe-pi^{n} teh tán chûn ê sî. Tī hia tú-tio̍h chit ê toā chhì-liān, chiū-sī i sim-lāi teh siū^{n} kóng, "Goá nā ū chiah-ê gûn beh boé khah suí khah choē ê thit-thô chûn mā oē, á-sī ēng chiah-ê gûn the̍h cháu lâi khì pa̍t-kok beh choè sím-mi̍h sū-gia̍p mā oē. Chóng-sī teh siū^{n} hit sî sim-lāi hut-jiân ná chhin-chhiū^{n} khoà^{n}-kì^{n} i chû-ài koh chhim-sìn ê	美國有一个出名的老政治家有用伊的小傳予人寫。照彼个小傳內面有一節講起彼个老政治家猶佇少年咧予人請的時陣，一擺予伊的主人叫伊著揹真濟的銀到一个所在；所以伊就隨時騎馬直直跑到欲過渡船的溪邊咧等船的時。佇遐拄著一个大試煉，就是伊心內咧想講「我若有遮个銀欲買較媠較濟的迌迌船嘛會，抑是用遮个銀提走來去別國欲做甚物事業嘛會。總是咧想彼時心內忽然若親像看見伊慈愛閣深信的老母，佇伊的跤頭趺頂下一本聖冊咧祈禱的款，所以隨時感覺著伊本身心內有無正直歹的念頭佇咧，知伊有毋著隨時改換彼个歹的念頭，閣紲緊提遐的銀到主人所吩咐的

（續）

lāu-bú, tī i ê kha-thâu-u-téng hē chi̍t pún Sèng-chheh teh kî-tó ê khoán, só͘-í suî-sî kám-kak tio̍h i pún-sin sim-lāi ū bô chèng-tit phái ê liām-thâu tī-teh, chai i ū m̄ tio̍h suî-sî koé-oā^{n} hit ê phái ê liām-thâu, koh soà kín the̍h hiah-ê gûn kàu chú-lâng só͘ hoan-hù ê só͘-chāi. Ta^{n} chit ê lâng sī in-uī ū thàn lāu-bú ê kà-sī kap i ê chhim-sìn, tì-kàu āu-lâi oē chiâ^{n}-choè chi̍t ê chhut miâ ê chèng-tī-ka. Siat-sú i hit-sî nā bô kám-kak tio̍h lāu-bú tī chhù-ni̍h teh thoè i kî-tó tek-khak oē choè put-hoat, koh kàu-bé m̄-nā boē oē choè chhut-miâ ê chèng-tī-ka, hoán-tńg oē tú-tio̍h chhi^{n}-chhám ê sū. Só͘-í án-ni hō͘ lán chai-iá^{n} lūn lāu-bú kî-tó ê la̍t sī chin toā.	所在。今這个人是因為有趁老母的教示佮伊的深信，致到後來會成做一个出名的政治家。設使伊彼時若無感覺著老母佇厝裡咧替伊祈禱的確會做不法，閣到尾毋但袂會做出名的政治家，反轉會拄著淒慘的事。所以按呢予咱知影論老母祈禱的力是真大。
Lán sìn Chú ê ka-têng beh ióng-io̍k kiá^{n}-jî ê lāu-bú, choè tē-it iáu-kín tek-khak tio̍h tāi-seng ín-chhoā kiá^{n}-jî lâi sūn-thàn Siōng-tè. Koh pún-sin tio̍h jia̍t-sim put-sî thoè soè-kiá^{n} kiû Siōng-tè ê pang-chān. Nā ū soè-kiá^{n} ê lāu-bú lóng tio̍h ū khiân-sêng ê sim, liáu-kái i pún-sin sī teh thoè Siōng-tè iú^{n}-chhī kiá^{n}-jî, só͘-í ta̍k-hāng tio̍h un-sûn thàn Chú ê bēng-lēng lâi ín-chhoā--in chiah ū ha̍p-gî.	咱信主的家庭欲養育囝兒的老母，做第一要緊的確著代先引悉囝兒來順趁上帝。閣本身著熱心不時替細囝求上帝的幫贊。若有細囝的老母攏著有虔誠的心，了解伊本身是咧替上帝養飼囝兒，所以逐項著溫純趁主的命令來引悉 in 才有合宜。

載於《芥菜子》，第十七號，一九二七年六月二十五日

Gō͘-sûn-choeh chêng ê Sèng-sîn kap Í-āu ê Sèng-sîn
（五旬節前的聖神佮以後的聖神）

作者　不詳
譯者　陳清忠

【作者】

不著撰者。

【譯者】

陳清忠，見〈海龍王〉。

Gō͘-sûn-choeh chêng ê Sèng-sîn kap Í-āu ê Sèng-sîn	五旬節前的聖神佮以後的聖神
Bô-lūn sím-mih sî-tāi, bô lūn sím-mih só͘-chāi, Sèng-sîn bô ū nn̄g ê, sī kan-ta chi̍t ê nā-tiāⁿ.	無論甚物時代，無論甚物所在，聖神無有兩个，是干焦一个若定。
Chóng-sī nā tha̍k Sèng-keng lán chiū oē chai. Gō͘-sûn-choeh chêng ê Sèng-sîn kap Gō͘-sûn-choeh āu ê Sèng-sîn ū koh-iūⁿ, oán-jiân ná pia̍t-bu̍t ê koh-iūⁿ, i ê sit-chit (實質) chhiáⁿ chit piⁿ, nā lūn i ê oa̍h-tāng, i ê khuì-la̍t sit-chāi ū thian-tē hûn-nî (天地雲泥) ê chha. Chú kóng "Lâng nā chhuì-ta tio̍h chiū-kūn goá lim, sìn goá ê lâng, teh-beh chiàu Sèng-keng só͘ kóng, chiâⁿ-choè oa̍h ê chuí-choâⁿ, tuì lāi-bīn ti̍t-ti̍t chhèng --chhut lâi". Chit kù oē sī chí-khí sìn I ê lâng só͘ beh tit-tio̍h ê Sèng-sîn, chóng-sī Chú bē siū êng-kng, só͘-í Sèng-sîn bē kàng-lîm".	總是若讀聖經咱就會知。五旬節前的聖神佮五旬節後的聖神有各樣，宛然若別物的各樣，伊的實質（實質）請這邊，若論伊的活動，伊的氣力實在有天地雲泥（天地雲泥）的差。主講「人若喙焦著就近我啉，信我的人，咧欲照聖經所講，成做活的水泉，對內面直直衝--出來」。這句話是指起信伊的人所欲得著的聖神，總是主袂受榮光，所以聖神袂降臨」。
Tī Kū-iok su tiong, bô lūn tī sím-mih só͘-chāi, thang khoàⁿ-kìⁿ Sèng-sîn ê oa̍h-tāng,	佇舊約書中，無論佇甚物所在，通看見聖神的活動，主落世間以後閣較是按

（續）

Chú lȯh sè-kan í-āu koh khah sī án-ni. Nā sī án-ni siáⁿ-sū kóng "Sèng-sîn iáu-bē lîm-kàu?" Che put-kò sī chí Kū-iok sî-tāi ê Sèng-sîn, nā kap Gō͘-sûn-choeh ê Sèng-sîn saⁿ-pí, oán-jiân sī chhin-chhiūⁿ bô chi̍t-iūⁿ, só͘-í chiah án-ni kóng.	呢。若是按呢啥事講「聖神猶未臨到？」這不過是指舊約時代的聖神，若佮五旬節的聖神相比，宛然是親像無一樣，所以才按呢講。
Nā-sī án-ni saⁿ-tâng chi̍t ê Sèng-sîn, cháiⁿ-iūⁿ ū cheng-chha? Chi̍t ê cheng-chha ê pì-bi̍t choân-jiân sī koan-hē tī koh-oȧh ê Chú ê Jîn-sèng (人性) Gō͘-sûn-choeh chêng ê Sèng-sîn sī choè phó͘-piàn-tek (普遍的) chhiau-oȧt-tek (超越的) Siōng-tè ê tāi-lêng (大靈) chóng-sī í-āu ê Sèng-sîn sī koan-hē tī LÂNG ê Iâ-so͘, choè koh-oȧh ê Chú ê lêng lâi, só͘-í ū chin thang kiaⁿ ê khuì-la̍t tī-teh.	若是按呢相同一个聖神，怎樣有精差？這个精差的祕密全然是關係佇閣活的主的人性（人性）五旬節前的聖神是做普遍 tek（普遍的）超越 tek（超越的）上帝的大靈（大靈）總是以後的聖神是關係佇人的耶穌，做閣活的主的靈來，所以有真通驚的氣力佇咧。
Choè choân-lêng choân-tì ê Sîn, beh kiù sè-kan lâng sī boē-oē. Cháiⁿ-iūⁿ? In-uī siuⁿ koân, lī lâng siuⁿ hn̄g, boē-tit thang tông-chêng tông-kám ê in-toaⁿ. Só͘-í Siōng-tè uī-tio̍h beh kiù choē-jîn, ko͘-put-chiong tio̍h tāi-seng chiâⁿ choē-jîn ê hêng-thé chiah oē ēng-tit.	做全能全智的神，欲救世間人是袂會。怎樣？因為傷懸，離人傷遠，袂得通同情同感的因端。所以上帝為著欲救罪人，姑不將著代先成罪人的形體才會用得。
Choè chhiau-oȧt(chhiau-oȧt), phó͘-phiàn (phó͘-piàn) ê Siōng-tè ê Sèng-sîn, boē tit thang tiàm tī loán-jio̍k ê lâng ê sim-lāi, lâi saⁿ-kap khiā-khí, lâi an-uī in, lâi hō͘ in chheng-khì-siùⁿ, só͘-í tio̍h tán kàu choè LÂNG ê Iâ-so͘ ê Sîn lâi, chiah oē thang tit-tio̍h ū la̍t ê oȧh-tāng.	做超越，普遍的上帝的聖神，袂得通踮佇軟弱的人的心內，來相佮徛起，來安慰 in，來予 in 清氣相，所以著等到做人的耶穌的神來，才會通得著有力的活動。
Só͘-í nā lī-khui koh-oȧh hiān-chāi ê Ki-tok lâi beh siūⁿ Sèng-sîn sī boē ēng-tit.	所以若離開閣活現在的基督來欲想聖神是袂用得。
I. Kū-iok tiong só͘ khoàⁿ-kìⁿ ê Sèng-sîn:-	I. 舊約中所看見的聖神：-

（續）

(1)"Kek khí-thâu Siōng-tè chhòng-chō thiⁿ toē, toē sī khang-khang, chhim-ian o-àm, Siōng-tè ê Sîn ūn-tōng tī chuí-bīn". (Chhòng-sè-kì 1: 1).	（1）「極起頭上帝創造天地，地是空空，深淵烏暗，上帝的神運動佇水面」。（創世記 1：1）。
(2)Iâ-hô-hoa kóng, Lâng í-keng... hòng-chhiòng su-io̍k. Goá ê sîn tek-khak bô beh éng-éng tiàm tī in ê sim lāi (Chhòng-sè-kì 6: 3).	（2）耶和華講，人已經……放縱私慾。我的神的確無欲永永踮佇 in 的心內（創世記 6：3）。
(3)"Iâ-hô-hoa chē hûn lîm-kàu kap Mô͘-se kóng oē, chiong Mô͘-se siū ê Sîn siúⁿ-sù chhit-cha̍p tiúⁿ-ló. Jiân-āu Sîn hioh in, in ū thàn Sîn teh kóng......" (Bîn-sò͘-kì 11: 25).	（3）「耶和華坐雲臨到佮摩西講話，將摩西受的神賞賜七十長老。然後神歇 in，in 有趁神咧講……」（民數記 11：25）。
(4)"Iâ-hô-hoa ê Sîn kám-tōng goá lâi kóng; goá chhuì só͘ kóng, chiū-sī I ê oē". (Sat-bó͘-ní II 23: 2).	（4）「耶和華的神感動我來講；我喙所講，就是伊的話」。（撒母耳 II 23：2）。
(5)"Siōng-tè ah! Kiû lí kā goá chhòng-chō chheng-khì ê sim; hō͘ goá ê sim-chì oāⁿ sin kian-kò͘. M̄-thang koáⁿ goá lī Lí ê bīn-chêng; iā m̄-thang hō͘ Sèng-sîn lī-khui goá". (Si-phian 51: 10).	（5）「上帝 ah！求你共我創造清氣的心；予我的心志換新堅固。毋通趕我離你的面前；也毋通予聖神離開我」。（詩篇 51：10）。
(6)"Goá khì tah-lo̍h chiū oē chiū ē siám-pī Lí ê sîn"? (Si-phian 139: 7).	（6）「我去 tah-lo̍h 就會就會閃避你的神」？（詩篇 139：7）。
(7)"Goá ê lō͘-po̍k Tāi-pit, goá í-keng chhē tio̍h, goá ēng goá ê Sèng ê iû boah i" (Si-phian 89: 20).	（7）「我的奴僕大衛，我已經揣著，我用我的聖的油抹伊」（詩篇 89：20）。
(8)"Siū boah-iû ê lâng kóng, Chú Iâ-hô-hoa ēng sîn kám-hoà goá; ēng(誤植 êng) iû boah goá; hō͘ goá thoân kok-im hō͘ sòng-hiong ê lâng thiaⁿ. "......	（8）「受抹油的人講，主耶和華用神感化我；用油抹我；予我傳國音予散凶（貧窮）的人聽。」……
(9)"Chiah ê peh-sìⁿ uî-ke̍h, hō͘ Sèng-sîn hoân-ló; só͘-í Iâ-hô-hoa khoàⁿ i chhin-chhiūⁿ kiû-siû lâi kóng i" (Í-sài-a 63: 10).	（9）「遮的百姓違逆，予聖神煩惱；所以耶和華看伊親像仇讎來講伊」（以賽亞 63：10）。

（續）

(10)"I ê Sîn kám-tōng goá, hō͘ goá khiā-chāi kā goá kóng, Lí tio̍h ji̍p chhù, koaiⁿ mn̂g m̄-thang chhut lâi" (Í-se-kiat 3: 24).	（10）「伊的神感動我，予我徛在共我講，你著入厝，關門毋通出來」（以西結 3：24）。
(11) "Goá siúⁿ-sù in chit-iūⁿ ê sim, hō͘ in koé-oāⁿ in ê sim-sîn, tû-khì in ê ngī-sim, ēng sim ê Sîn siúⁿ-sù in" (Í-se-kiat 11: 24).	（11）「我賞賜 in 這樣的心，予 in 改換 in 的心神，除去 in 的硬心，用心的神賞賜 in」（以西結 11：24）。
(12)"Īng goá ê Sîn hō͘ lín, hō͘ lín thàn goá ê lé-gî, siú goá ê hoat-tō͘" (Í-se-kiat 38: 27).	（12）「用我的神予恁，予恁趁我的禮儀，守我的法度」（以西結 38：27）。
(13)"Goá bô koh pàng-sak in, ēng Sèng-sîn siúⁿ-sù in, hō͘ in chai Goá sī in ê Siōng-tè" (Í-se-kiat 39: 29).	（13）「我無閣放揀 in，用聖神賞賜 in，予 in 知我是 in 的上帝」（以西結 39：29）。
(14)"Boa̍t-ji̍t, Goá beh chiong Goá ê Sîn siúⁿ-sù bān-lâng, hō͘ lín ê hāu-siⁿ cha-bó͘-kiáⁿ kóng bē-lâi ê tāi-chì, siàu-liân lâng khoàⁿ-kìⁿ koh-iūⁿ ê hêng-siōng lāu-lâng bāng-kìⁿ bāng" (Iok-ní 2: 28).	（14）「末日，我欲將我的神賞賜萬人，予恁的後生查某囝講袂來的代誌，少年人看見各樣的形象老人夢見夢」（約珥 2：28）。
II.Sin-iok tiong só͘ khoàⁿ-kìⁿ ê Sèng-sîn:-	II.新約中所看見的聖神：-
A.Gō͘-sûn-choeh chêng, -	A.五旬節前，-
(1)"In-uī i tī Chú ê bīn-chêng beh choè toā, phû-tô-chiú kap it-chhè ê chiú lóng bô lim; tuì lāu-bú ê thai chiū hō͘ Sèng-sîn chhiong-moá" (Lō͘-ka 1: 15).	（1）「因為伊佇主的面前欲最大，葡萄酒佮一切的酒攏無啉；對老母的胎就予聖神充滿」（路加 1：15）。
(2)"Thiⁿ-sài ìn i kóng, Sèng-sîn beh lîm-kàu lí, chì-koâiⁿ-ê ê koân-lêng beh tì-ìm lí; (Tâng: 35).	（2）「天使應伊講，聖神欲臨到你，至懸的權能欲致蔭你；（Tâng：35）。
(3)"Thiⁿ khui, Siōng-tè ê Sîn chhin-chhiūⁿ chíⁿ-áⁿ kàng-lîm tī i ê téng-bīn". (Má-thài 3: 16).	（3）「天開，上帝的神親像井 áⁿ 降臨佇伊的頂面」。（馬太 3：16）。
(4)"Hit sî Iâ-so͘ hō͘ Sèng-sîn chhoā kàu khòng-iá, beh siū Mô͘-kuí ê chhì". (Mái-	（4）「彼時耶穌予聖神 chhoā 到曠野，欲受魔鬼的刺」。（馬太 4：1）。

（續）

thài 4: 1).	
(5)"Iâ-so͘ tī Sèng-sîn ê koân-lêng tò-tńg khì Ka-lī-lī. I ê miâ-siaⁿ piàn-thoân tī sì-uî ê toē-hng". (Lō͘-ka 4: 14).	（5）「耶穌佇聖神的權能倒轉去加利利。伊的名聲遍傳佇四圍的地方」。（路加 4：14）。
(6)"Hong chhut-chāi i chhe, lí thiaⁿ i ê siaⁿ, m̄-chai i tuì tá-lo̍h lâi, tá-lo̍h khì; kìⁿ-nā tuì Sèng-sîn siⁿ ê ia̍h sī án-ni" (Iok-hān 3: 8).	（6）「風出在伊差，你聽伊的聲，毋知伊對佗落來，佗落去；見若對聖神生的亦是按呢」（約翰 3：8）。
(7)"Só͘-í goá kā lín kóng, kìⁿ-nā choē-ok pòng-to̍k lóng beh sià-bián i; to̍k-to̍k pòng-to̍k Sèng-sîn ê, bô beh sià-bián i". (Má-thài 12: 31).	（7）「所以我共恁講，見若罪惡謗瀆攏欲赦免伊；獨獨謗瀆聖神的，無欲赦免伊」。（馬太 12：31）。
(8)"Tng hit sî Iâ-so͘ tī Sèng-sîn khoài-lo̍k, kóng Pē-ah, thiⁿ-toē ê Chú, goá o-ló lí". (Lō͘-ka 10: 21).	（8）「當彼時耶穌佇聖神快樂，講爸 ah，天地的主，我呵咾你」。（路加 10：21）。
(9)"Nā-sī lín siū sàng-kau ê sî, bo̍h-tit khoà-lū beh cháiⁿ-iūⁿ kóng, á-sī kóng sím-mih oē; in-uī só͘ tio̍h kóng ê, beh tī hit-sî siúⁿ-sù lín. In-uī m̄-sī lín ka-kī kóng, sī lín ê Pē ê Sîn tiàm tī lín teh kóng". (Má-thài 10: 19).	（9）「若是恁受送交的時，莫得掛慮欲怎樣講，抑是講甚麼話；因為所著講的，欲佇彼時賞賜恁。因為毋是恁家己講，是恁的爸的神踮佇恁咧講」。（馬太 10：19）。
(10)"To̍k-to̍k goá nā khò Siōng-tè ê Sîn koáⁿ-kuí, chiū Siōng-tè ê kok í-keng kàu lín lah". (Má-thài 12: 28).	（10）「獨獨我若靠上帝的神趕鬼，就上帝的國已經到恁 lah」。（馬太 12：28）。
(11) "iā goá beh chhe goá ê Pē só͘ èng-ún ê kàu tī lín, chóng-sī lín tio̍h tiàm tī chit ê siâⁿ, thèng-hāu tuì téng-bīn lo̍h lâi ê koân-lêng chhin-chhiūⁿ saⁿ kā lín chhēng". (Lō͘-ka 24: 49).	（11）「也我欲差我的爸所應允的到佇恁，總是恁著踮佇這个城，聽候對頂面落來的權能親像衫共恁穿」。（路加 24：49）。
(12)"Só͘-í lín tio̍h khì chio bān peh-sìⁿ lâi choè ha̍k-seng, kā in kiáⁿ soé-lé, hō͘ in kui tī Pē, Kiáⁿ, Sèng-sîn ê miâ". (Má-thài 28:	（12）「所以恁著去招萬百姓來做學生，共 in 囝洗禮，予 in 歸佇父，囝，聖神的名」。（馬太 28：19）。

（續）

19).	
(13) "Goá iah beh tuì Pē kiû chiū I beh ēng koh chit ê Pó-huī-su hō͘ lín, hō͘ I éng-oán kap lín toà; chiū-sī chin-lí ê Sîn; sè-kan só͘ boē chiap-lap ê, in-uī bô khoà^{n}-kì^{n} I, koh m̄-bat I; to̍k-to̍k lín bat I; in-uī I kap lín sa^{n}-kap toà, koh beh tiàm tī lín". (Iok-hān 14: 16-17).	（13）「我亦欲對爸求就伊欲用閣一个保惠師予恁，予伊永遠佮恁蹛；就是真理的神；世間所未接納的，因為無看見伊，閣毋捌伊；獨獨恁捌伊；因為伊佮恁相佮蹛，閣欲踮佇恁」。（約翰 14：16-17）。
(14) Nā-sī Pó-huī-su, chiū-sī Sèng-sîn, Pē tī goá ê miâ só͘ beh chhe ê, I beh chiong it-chhè ê sū kà-sī lín, koh beh hō͘ lín kì-tit goá it-chhè só͘ kā lín kóng ê". (Iok-hān 14: 26).	（14）若是保惠師，就是聖神，爸佇我的名所欲差的，伊欲將一切的事教示恁，閣欲予恁記得我一切所共恁講的」。（約翰 14：26）。
(15) "Nā-sī Pó-huī-su, chiū-sī chin-lí ê Sîn, tuì Pē chhut ê, goá tuì Pē beh chhe I chiū-kūn lín, I nā kàu, beh uī-tio̍h goá choè kan-chèng". (Iok-hān 15: 26).	（15）「若是保惠師，就是真理的神，對爸出的，我對爸欲差伊就近恁，伊若到，欲為著我做干證」。（約翰 15：26）。
(16) "Nā-sī goá chiong sit-chêng kā lín kóng; goá khì, sī choè lín ê lī-ek; goá bô khì Pó-huī-su bô lâi chiū-kūn lín, nā khì, chiū beh chhe I chiū-kīn lín. I kàu tek-khak ēng choē, ēng gī, ēng sím-phoà^{n}, lâi chí-chèng sè-kan". (Iok-hān 16: 7).	（16）「若是我將實情共恁講；我去，是做恁的利益；我無去保惠師無來就近恁，若去，就欲差伊就近恁。伊到的確用罪，用義，用審判，來指正世間」。（約翰 16：7）。
(17) "Goá iáu ū choē-choē hāng beh kā lín kóng, to̍k-to̍k lín hiān-kim tng boē khí. Kàu chin-lí ê Sîn lâi, I beh chhoā lín jip tī it-chhè ê chin-lí; in-uī I m̄-sī beh pîn ka-kī lâi kóng: sī chiong I só͘ beh thia^{n}-kì^{n} ê lâi kóng; koh beh ēng teh beh lâi ê sū pò lín". (Iok-hān 16: 12).	（17）「我猶有濟濟項欲共恁講，獨獨恁現今當未起。到真理的神來，伊欲悉恁入佇一切的真理；因為伊毋是欲憑家己來講：是將伊所欲聽見的來講；閣欲用咧欲來的事報恁」。（約翰 16：12）。
(18) "Iâ-so͘ koh kā in kóng, goān lín pêng-an; goá chhe lín, chhin-chhiū^{n} Pē ū chhe goá.	（18）「耶穌閣共 in 講，願恁平安；我差恁，親像爸有差我。已經講這

（續）

Í-keng kóng chit ê oē, chiū tuī in pûn khuì kóng, Lín siū Sèng-sîn......". (Iok-hān 20: 21).	个話，就對 in 歕氣講，恁受聖神⋯⋯」。（約翰 20：21）。
(19)"M̄-thang lī-khui Iâ-lō-sat-léng, tio̍h thèng-hāu Pē só͘ èng-ún ê, chiū-sī lín bat tuì goá thiaⁿ-kìⁿ ê; in-uī Iok-hān ēng chuí kiâⁿ soé-lé; to̍k-to̍k lín, koh bô kuí-jit, beh tī Sèng-sîn siū soé". (Sù-tô͘ 1: 4-5).	（19）「毋通離開耶路撒冷，著聽候爸所應允的，就是恁捌對我聽見的；因為約翰用水行洗禮；獨獨恁，閣無幾日，欲佇聖神受洗」。（使徒 1：4-5）。
(20)"To̍k-to̍k Sèng-sîn kàu tī lín ê sî, lín beh tit-tio̍h chāi-lêng". (Sù-tô͘ 1: 8).	（20）「獨獨聖神到佇恁的時，恁欲得著才能」。（使徒 1：8）。
B.Gō-sûn-choeh āu, -	B.五旬節後，-
(1)"Gō-sûn-choeh ê kî í-keng kàu, in lóng chū-chi̍p tī chi̍t só͘-chāi. Hut-jiân tuì thiⁿ ū siaⁿ chhin-chhiūⁿ toā-hong teh chhe, chhiong-moá in só͘ chē kui keng ê chhù. Chiū ū teh hun-khui ê chi̍h, hut-jiân hō͘ in khoàⁿ-kìⁿ, chhin-chhiūⁿ hé ê chi̍h, hioh tī ta̍k-lâng ê téng-bīn. In lóng siū Sèng-sîn chhiong-moá, chiah khui chhuì kóng pa̍t-iūⁿ ê khiuⁿ-kháu, sī chiàu Sèng-sîn só͘ siúⁿ-sù in kóng ê". (Sù-tô͘ 2: 1-4).	（1）「五旬節的期已經到，in 攏聚集佇一所在。忽然對天有聲親像大風咧吹，充滿 in 所坐規間的厝。就有咧分開的舌，忽然予 in 看見，親像火的舌，歇佇逐人的頂面。In 攏受聖神充滿，才開嘴講別樣的腔口，是照聖神所賞賜 in 講的」。（使徒 2：1-4）。
(2)"I kì-jiân hō͘ Siōng-tè ê chiàⁿ-chhiú kú I koâiⁿ-koâiⁿ, koh tuì Pē siū só͘ èng-ún ê Sèng-sîn, chiū chiong chi̍t ê kàng-lo̍h, chiū-sī lín só͘ khoàⁿ-kìⁿ, só͘ thiaⁿ-kìⁿ ê". (Sù-tô͘ 2: 33).	（2）「伊既然予上帝的正手舉伊懸懸，閣對父受所應允的聖神，就將這个降落，就是恁所看見，所聽見的」。（使徒 2：33）。
(3)"Pí-tek hit-sî hō͘ Sèng-sîn chhiong-moá". (Sù-tô͘ 4: 8).	（3）「彼得彼時予聖神充滿」。（使徒 4：8）。
(4)"Kî-tó soah, chū-chi̍p ê só͘-chāi toā tín-tāng; chèng-lâng lóng siū Sèng-sîn chhiong-moá, hó-táⁿ kóng Siōng-tè ê tō-lí". (Sù-tô͘ 4: 31).	（4）「祈禱煞，聚集的所在大振動；眾人攏受聖神充滿，好膽講上帝的道理」。（使徒 4：31）。

（續）

(5)"Pí-tek kóng, A-ná-nî-a, siáⁿ-sū Sat-tàn chhiong-moá lí ê sim lâi phiàn Sèng-sîn...Lí m̄-sī phiàn lâng, chiū-sī phiàn Siōng-tè". (Sù-tô͘ 5: 3).	(5)「彼得講，亞拿尼亞，啥事撒旦充滿你的心來騙聖神……你毋是騙人，就是騙上帝」。(使徒 5：3)。
(6)"In í-keng lȯh khì, chiū thoè in kî-tó, hō͘ in siū Sèng-sîn......Tuì án-ni kā in hoāⁿ chhiú, in chiū siū Sèng-sîn". (Sù-tô͘ 8:15).	(6)「In 已經落去，就替 in 祈禱，予 in 受聖神……對按呢共 in 扞手，in 就受聖神」。(使徒 8：15)。
(7)"Pí-tek iáu-kú teh kóng chiah ê oē ê sî, Sèng-sîn kàng-lîm tī kìⁿ-nā thiaⁿ tō-lí ê lâng. Hōng kat-lé ê sìn-tô͘, kap Pí-tek saⁿ-kap lâi ê, in-uī Sèng-sîn ê siúⁿ-sù iȧh kàng-lȯh tī goā-pang lâng, chiū lóng kî-koài". (Sù-tô͘ 10: 44-46).	(7)「彼得猶過咧講遮的話的時，聖神降臨佇見若聽道理的人。奉割禮的信徒，佮彼得相佮來的，因為聖神的賞賜亦降落佇外邦人，就攏奇怪」。(使徒 10：44-46)。
(8)"In hȯk-sāi Chú kìm-chiȧh ê sî, Sèng-sîn kóng. Tiȯh kā goá hun-phài Pa-ná-pa Sò-lô, lâi chiâⁿ goá tiàu in khì tam-tng ê kang. Tuì án-ni kìm-chiȧh kî-tó, ēng chhiú hoāⁿ in chiū chhe in khì". (Sù-tô͘ 13: 2-3).	(8)「In 服侍主禁食的時，聖神講。著共我分派巴拿巴 Sò-lô，來成我召 in 去擔當的工。對按呢禁食祈禱，用手扞 in 就差 in 去」。(使徒 13：2-3)。
(9)"Hȧk-seng moá sim hoaⁿ-hí, koh hō͘ Sèng-sîn chhiong-moá". (Sù-tô͘ 13: 52).	(9)「學生滿心歡喜，閣予聖神充滿」(使徒 13：52)。
(10)"In-uī Sèng-sîn bat kìm in thoân tō-lí tī A-se-a......Iâ-sơ ê sîn m̄-chún"......	(10)「因為聖神捌禁 in 傳道理佇亞西亞……耶穌的神毋准」……
(11) "Tȯk-tȯk Siōng-tè ê sîn nā khiā-khí tī lín, chiū lín bô tiàm tī jiȯk-thé, sī tiàm tī Sîn; bô ū Ki-tok ê Sîn ê, m̄-sī I ê lâng" (Lô-má 8: 9).	(11)「獨獨上帝的神若徛起佇恁，就恁無踮佇肉體，是踮佇神；無有基督的神的，毋是伊的人」(羅馬 8：9)。
(12)"Sèng-sîn ka-kī kap lán ê sîn saⁿ-kap kan-chèng lán choè Siōng-tè ê kiáⁿ" (Lô-má 8: 16).	(12)「聖神家己佮咱的神相佮干證咱做上帝的囝」(羅馬 8：16)。
(13) "Koh Sèng-sîn iā chhin-chhiūⁿ án-ni hû-chhî lán ê nńg-chiáⁿ". (Lô-má 8: 26).	(13)「閣聖神也親像按呢扶持咱的軟汫」。(羅馬 8：26)。

(續)

(14)“Nā-sī lán só͘ tit-tio̍h m̄-sī sè-kan ê Sîn, chiū-sī tuì Siōng-tè lâi ê Sîn, beh hō͘ lán chai Siōng-tè só͘ pe̍h-pe̍h só͘ siúⁿ-sù lán ê”. (Ko-lîm-to I 2: 12).	（14）「若是咱所得著毋是世間的神，就是對上帝來的神，欲予咱知上帝所白白所賞賜咱的」。（哥林多 I 2：12）。
(15)“Kiám m̄-chai lín sī Siōng-tè ê tiān, Siōng-tè ê sîn tiàm tī lín lāi-bīn mah?” (Ko-lîm-to I 3: 16).	（15）「Kiám 毋知恁是上帝的殿，上帝的神踮佇恁內面嗎？」（哥林多 I 3：16）。
(16)“Hō͘ Siōng-tè ê Sîn kám-tōng lâi kóng ê, bô lâng kóng, Iâ-sơ͘ sī thang chiù-chó͘; nā m̄-sī hō͘ Sèng-sîn kám-tōng ê, iā bô lâng oē kóng, Iâ-sơ͘ sī Chú”. (Ko-lîm-to I 12: 3).	（16）「予上帝的神感動來講的，無人講，耶穌是通咒詛；若毋是予聖神感動的，也無人會講，耶穌是主」。（哥林多 I 12：3）。
(17)“Taⁿ Chú chiū-sī hit ê Sîn; Chú ê Sîn tī hit uī, hit uī chiū chū-uî”. (Ko-lîm-to II 3: 17).	（17）「今主就是彼个神；主的神佇彼位，彼位就 chū-uî」。（哥林多 II 3：17）。
(18) “Hit ê siúⁿ-sù lín Sèng-sîn koh chhut-la̍t kiâⁿ chiah ê koân-lêng tī lín tiong-kan ê, sī tuì lín thàn lu̍t-hoat lâi kiâⁿ, á-sī tuì lín thiaⁿ lâi sìn mah?”. (Ka-lia̍p-thài 3: 5).	（18）「彼个賞賜恁聖神閣出力行遮的權能佇恁中間的，是對恁趁律法來行，抑是對恁聽來信嗎？」。（加拉太 3：5）。
(19)“Taⁿ goá kóng, lín tio̍h chiàu Sîn lâi kiâⁿ, chiū bô chiâⁿ jio̍k-thé ê su-io̍k”. (Ka-lia̍p-thài 5: 16).	（19）「今我講，恁著照神來行，就無成肉體的私慾」。（加拉太 5：16）。
(20)“Lán nā chiàu Sîn lâi oa̍h, tio̍h chiàu Sîn lâi kiâⁿ”. (Ka-lia̍p-thài 5: 26).	（20）「咱若照神來活，著照神來行」。（加拉太 5：26）。
(21)“Tuì I ê Sîn, ēng koân-lêng hō͘ lín sim-lāi ióng-kiāⁿ”. (Í-hu̍t-só͘ 3: 16).	（21）「對伊的神，用權能予恁心內勇健」。（以弗所 3：16）。
(22)“Tì-ì siú Sèng-sîn só͘ siúⁿ-sù ê ha̍p-it”. (Í-hu̍t-só͘ 4: 3).	（22）「致意守聖神所賞賜的合一」。（以弗所 4：3）。
(23)“Sî-sî tī Sèng-sîn lâi kî-tó”. (Í-hu̍t-só͘ 6: 18).	（23）「時時佇聖神來祈禱」。（以弗所 6：18）。
(24)Sèng-sîn kau-thong. (Hui-li̍p-pí 2: 1).	（24）聖神交通。（腓立比 2：1）。

（續）

(25)"Ēng Siōng-tè ê Sîn lâi ho̍k-sāi". (Hui-lip-pí 3: 3).	(25) 用上帝的神來服侍」。(腓立比 3：3)。
(26)"Ēng Sèng-sîn sớ siúⁿ-sù ê hoaⁿ-hí". (I Thiap-sat 1: 6).	(26) 「用聖神所賞賜的歡喜」。(I 帖撒 1：6)。
(27)"M̄-thang phah-hoa Sèng-sîn". (I Thiap-sat 5: 19).	(27) 「毋通拍 hoa 聖神」。(I 帖撒 5：19)。
(28)"In-uī Siōng-tè sớ siúⁿ-sù lán ê, m̄-sī kiâⁿ-hiâⁿ ê sim-sîn, chiū-sī koân-lêng, jîn-ài siú-kí ê sim-sîn". (Thê-mô͘-thài II 1: 7).	(28) 「因為上帝所賞賜咱的，毋是驚惶的心神，就是權能，仁愛守己的心神」。(提摩太 II 1：7)。
(29)"Lín uī-tio̍h Ki-tok ê miâ hō͘ lâng mē, ū hok-khì; in-uī ēng-kng ê Sîn, chiū-sī Siōng-tè ê Sîn, an-hioh tī lín". (Pí-tek I 4: 13).	(29) 「恁為著基督的名予人罵，有福氣；因為用光的神，就是上帝的神，安歇佇恁」。(彼得 I 4：13)。
(30)"Sớ thiàⁿ ê hiaⁿ-tī ah, chiah ê sîn m̄-thang lóng-chóng sìn, to̍k-to̍k tio̍h chhì-giām chiah ê sîn sī tuì Siōng-tè á m̄ sī; in-uī ū choē-choē ké sian-ti chhut lâi jip sè-kan. Lín tuì chit ê bat Siōng-tè ê Sîn". (Iok-hān I 4: 1-2).	(30) 「所疼的兄弟仔，遮的神毋通攏總信，獨獨著試驗遮的神是對上帝抑毋是；因為有濟濟假先知出來入世間。恁對這个捌上帝的神」。(約翰 I 4：1-2)。
(31) "I í-keng ēng I ê Sîn siúⁿ-sù lán, lán tuì án-ni chai lán tiàm tī I, iā I tiàm tī lán". (Iok-hān I 4: 13).	(31) 「伊已經用伊的神賞賜咱，咱對按呢知咱踮佇伊，也伊踮佇咱」。(約翰 I 4：13)。
(32)"Tī Chú ê jit, goá hō͘ Sîn kám-tōng, thiaⁿ-kìⁿ tī goá ê āu-bīn ū toā siaⁿ chhin-chhiūⁿ hō-thâu......(Khé-sī-lio̍k 1: 10).	(32) 「佇主的日，我予神感動，聽見佇我的後面有大聲親像號頭⋯⋯(啟示錄 1：10)。
(33)"Ū hīⁿ-khang ê tio̍h thiaⁿ Sèng-sîn kā chiah ê kàu-hoē sớ kóng ê". (Khé-sī-lio̍k 2: 7).	(33) 「有耳空的著聽聖神共遮的教會所講的」。(啟示錄 2：7)。
(34)"Goá thiaⁿ-kìⁿ tuì thiⁿ ū siaⁿ kóng, lí tio̍h siá i. Taⁿ í-āu tī Chú lâi sí ê sí-lâng ū hok-	(34) 「我聽見對天有聲講，你著寫伊。今以後佇主來死的死人有福

(續)

khì: Sèng-sîn kóng, Sī-lah, hō͘ in soah in ê tio̍h-boâ, lâi an-hioh, in só͘ choè ê kang iā tè in". (Khé-sī-lio̍k 14: 13).	氣：聖神講，是 lah，予 in 煞 in 的著磨，來安歇，in 所做的工也綴 in」。（啟示錄 14：13）。
(35)"Goá siū Sèng-sîn kám-tōng ê sî, Thiⁿ-sài chhoā goá kàu chit ê soaⁿ chin koâiⁿ chin toā, chí-sī goá Sèng ê Iâ-lō͘-sat-léng ê toā-siaⁿ. Siōng-tè hō͘ i tuì thiⁿ lo̍h lâi". (Khé-sī-lio̍k 21: 10).	（35）「我受聖神感動的時，天使悉我到一个山真懸真大，指示我聖的耶路撒冷的大聲。上帝予伊對天落來」。（啟示錄 21：10）。
(36)"Sèng-sîn kap sin-niû kā lâng kóng, Lâi; thiaⁿ-kìⁿ i ê siaⁿ ê lâng ia̍h tio̍h kā lâng kóng, Lâi". (Khé-sī-lio̍k 22: 17).	（36）「聖神佮新娘共人講，來；聽見伊的聲的人亦著共人講，來」。（啟示錄 22：17）。
Í-siōng tuì Kū-iok kàu Sin-iok ê lō͘-bé lâi tuì pí chim-chiok tha̍k liáu, khàm chheh, ba̍k-chiu pàng-khoeh lâi siūⁿ, chiū nn̄g-pêng koh-iūⁿ ê só͘-chāi, bêng-bêng oē khoàⁿ-kìⁿ. Chiū-sī Kū-iok sî-tāi ê Sèng-sîn, choân-jiân sī sio̍k tī goā-tek (外的), chhiau-oa̍t-tek (超越的); Sin-iok sî-tāi ê Sèng-sîn sī tò-péng, sī sio̍k tī lāi-chāi-tek (內在的). Jîn-keh-tek (人格的). Hit ê khoán-sik, oán-jiân ná khong-tiong piàn-piàn teh chiò ê kng-soàⁿ, nā keng-kè âng-sek ê po-lê-thang, ji̍p chhù lāi, chhù-lāi hut-jiân piàn-choè huih-sek chit-iūⁿ.	以上對舊約到新約的路尾來對比斟酌讀了，崁冊，目睭放 khoeh 來想，就兩爿各樣的所在，明明能看見。就是舊約時代的聖神，全然是屬佇外 tek（外的），超越 tek（超越的）；新約時代的聖神是倒反，是屬佇內在 tek（內在的）。人格 tek（人格的）。彼个款式，宛然若空中遍遍咧照的光線，若經過紅色的玻璃窗，入厝內，厝內忽然變做血色這樣。
Kng-soàⁿ pîⁿ-pîⁿ sī chit ê, iáu-kú nā keng-kè Chú ê po-lê-thang ji̍p lâi ê sî, chiū hit ê kng-soàⁿ hut-jiân piàn choè teh to̍h ê hé-iām, piàn-choè oē hō͘ sí-lâng koh-oa̍h ê lêng-le̍k (靈力) lâi oa̍h-tāng.	光線平平是一个，猶過若經過主的玻璃窗入來的時，就彼个光線忽然變做咧著的火燄，變做會予死人閣活的靈力（靈力）來活動。
Só͘-í kū-choa̍t koh-oa̍h ê Ki-tok, chiūⁿ thiⁿ ê Ki-tok ê lâng só͘ kiò choè Sèng-sîn ê, chiū-sī Kū-iok-tek (舊約的), si-jîn-tek (詩人的), choân-jiân bô ū hō͘ jîn-lêng koh-oa̍h ê la̍t tī-	所以拒絕閣活的基督，上天的基督的人所叫做聖神的，就是舊約 tek（舊約的），詩人 tek（詩人的），全然無有予人靈閣活的力佇咧。

（續）

teh.	
Tȯk-tȯk Iâ-sơ tuì Pē kiû, só͘ chhe ê Sèng-sîn; kap tuì I ê miâ lâi ê, chiū-sī Sin-iok ê Sèng-sîn, lán bián tiû-tû thang toàn-giân I sī khuì-la̍t oa̍h-miā ê Sîn.	獨獨耶穌對爸求，所差的聖神；佮對伊的名來的，就是新約的聖神，咱免躊躇通斷言伊是氣力活命的神。

載於《芥菜子》，第十九號，一九二七年八月二十七日

Sìn-sim tit-kiù kap Sióng-hoa̍t hêng-uî
（信心得救佮賞罰行為）

作者　不詳

譯者　陳清忠

【作者】

不著撰者。

【譯者】

陳清義，見〈一滴一滴的水〉。

Sìn-sim tit-kiù kap Sióng-hoa̍t hêng-uî	信心得救佮賞罰行為
Hiaⁿ-tī ah! goá kin-á-ji̍t tuì lín só͘ kóng ê toê-ba̍k, sī chin iàu-kín: lán tāi-ke lâi sìn Ki-tok Iâ-sơ, sī ài lêng-hûn tit-tio̍h kiù. Iâ-sơ kóng, sìn ê lâng bián kàu bia̍t-bô hoán-tńg tit-tio̍h éng-oán oa̍h. Iok-hān 3: 16. Sìn ê lâng í-keng chhut sí ji̍p oa̍h. Iok-hān 5: 24. án-ni sìn chiū tit-tio̍h kiù, sī Chú Iâ-sơ Ki-tok ê èng-ún, iā sī Siōng-tè ê chí-ì, m̄-sī lâng ê oē, éng-oán boē-oē kái-piàn. Lán nā sìn I, éng-kiú khò tit chū. Ū lâng mn̄g kóng, khì sìn Iâ-sơ sī chin iông-īⁿ, chóng-sī sìn Iâ-sơ í-āu, hêng-uî it-kú, it-tōng: lóng ài chhin-chhiūⁿ Iâ-sơ ê khoán, che sī uî-lân, khiok ū iáⁿ. Hêng-uî sī sìn sim ê ké-chí. Tit-tio̍h pò-siúⁿ ê tāi-kè(tài kè) kap tit kiù ê tāi-tō, m̄-thang saⁿ-chham, tit kiù ê tāi-tō kap pò-siúⁿ, kun-pún put-tông, Sèng-keng tiong ū kóng chin chheng-chhó. Khoàⁿ(Hhoàⁿ) Lō͘-ka 23: 39-43.Kiông-tô͘ ê tit-kiù. I Ko-lîm-	兄弟 ah！我今仔日對恁所講的題目，是真要緊：咱大家來信基督耶穌，是愛靈魂得著救。耶穌講，信的人免到滅無反轉得著永遠活。約翰 3：16。信的人已經出死入活。約翰 5：24。按呢信就得著救，是主耶穌基督的應允，也是上帝的旨意，毋是人的話，永遠袂會改變。咱若信伊，永久靠得住。有人問講，去信耶穌是真容易，總是信耶穌以後，行為一舉，一動：攏愛親像耶穌的款，這是為難，卻有影。行為是信心的果子。得著報賞的代價佮得救的大道，毋通相參，得救的大道佮報賞，根本不同，聖經中有講真清楚。看路加 23：39-43。窮途的得救。哥林多前書 5：1-5。受趕出的教會犯罪的信徒得著救。按呢得救不在家己的行為，攏是靠上帝的恩典。以弗所 2：8，9。羅馬 11：6，根本上已經解決了，咱毋通猶原佇罪惡

（續）

to 5: 1-5. Siū koáⁿ-chhut ê Kàu-hoē hoān-choē ê sìn-tô͘ tit-tio̍h kiù. án-ni tit-kiù put-chāi ka-kī ê hêng-uî, lóng sī khò Siōng-tè ê un-tián. Í-hut-só͘ 2: 8, 9.Lô-má 11: 6, kun-pún siōng í-keng kái-koat liáu, lán m̄-thang iû-goân tī choē-ok tiong kiò un-tián. Lán í-keng sī tī choē-ok siōng sí liáu ê lâng, kiám thang iû-goân tī choē-ok tiong tit oa̍h mah?! Lô-má 6: 1, 2. Ngá-kok-su 2: 20. Ū kóng, sìn nā bô kiâⁿ, i ê sìn sī kui tī khang-khang; che sī lūn ū sìn-sim ê lâng, it-tēng ū hêng-uî.	中叫恩典。咱已經是佇罪惡上死了的人，kiám 通猶原佇罪惡中得活嗎？！羅馬 6：1，2。雅各書 2：20。有講，信若無行，伊的信是歸佇空空；這是論有信心的人，一定有行為。
A-pek lia̍p-hán in-uī sìn tit-tio̍h chheng-gī. Ngá-kok-su 2: 21, 22. Che sī sêng-choân ê sìn sim, sī sìn sim ê khak-sit chèng-kù. Ké iáⁿ choē hó ê sìn-sim lán thang tuì i ê hêng-uî-siōng jī̍n chhut. Iok-hān it-su, 1: 8. Che sī bô hêng-uî ê sìn-sim, kiaⁿ liáu sī ké ê sìn sim. Pó-lô Ngá-kok ê hok-im sī kóng sìn-sim tit-kiù, lán thang bián giâu-gî. Tók-tók sìn nā bô hêng-uî, chiong lâi tī Ki-tok ê tâi-chêng, boē bián-tit siū pò-èng. I. Ko-lîm-to 3: 14, 15. Hó hêng-uî ê sìn-tô͘ tng Chú Iâ-so͘ chài-lîm ê sî, í-keng sí ê lâng, tāi-seng koh-oa̍h, oa̍h tī-teh ê lâng beh chiūⁿ hûn tī khong-tiong ngiâ-chih Chú, kap Chú éng-oán khiā-khí. Khé-sī-lio̍k 20: 6.Iâ-so͘ kóng lín chiah ê hó kap chīn-tiong ê lô͘-po̍k thang chiūⁿ khì hióng-siū lí ê chú-lâng ê khoài-lo̍k, phái hêng-uî kap pîn-toāⁿ ê lô͘-po̍k, beh hiat ka̍k tī goā-bīn o͘-àm ê só͘-chāi, tī hia beh ai-chhám, thî-khàu, kā-gê, chhiat-chhí. Má-thài 25: 14, 30.	亞伯拉罕因為信得著稱義。雅各書 2：21，22。這是成全的信心，是信心的確實證據。假影做好的信心咱通對伊的行為上認出。約翰一書，1：8。這是無行為的信心，驚了是假的信心。保羅雅各的福音是講信心得救，咱通免憢疑。獨獨信若無行為，將來佇基督的台前，袂免得受報應。I.哥林多 3：14，15。好行為的信徒當主耶穌再臨的時，已經死的人，代先閣活，活佇咧的人欲上雲佇空中迎接主，佮主永遠徛起。啟示錄 20：6。耶穌講恁才的好佮盡忠的奴僕通上去享受你的主人的快樂，歹行為佮貧惰的奴僕，欲抗揹佇外面烏暗的所在，佇遐欲哀慘，啼哭，咬牙，切齒。馬太 25：14，30。

（續）

Hiaⁿ-tī ah! lán ê hêng-uî sī sio̍k tī hó ê á-sī sio̍k tī phái ê, hó hêng-uî ê lâng sī Siōng-tè só͘ hoaⁿ-hí. Lô-má 12: 2. Phái hêng-uî ê lâng oē hō͘ Siōng-tè siū-khì. Hui-li̍p-pí 3: 14.	兄弟 ah！咱的行為是屬佇好的抑是屬佇歹的，好行為的人是上帝所歡喜。羅馬 12：2。歹行為的人會予上帝受氣。腓立比 3：14。
Khó-sioh, hiān-chāi ê sìn-tô͘ toā to-sò͘ kóng i tō-lí chin bêng-pe̍k. Nā khoàⁿ i ê hêng-uî sī kap Siōng-tè ê tō-lí tuì-hoán, sīm-chì tī kàu-hoē tiong bô koh-iūⁿ chit bé ê khó-lîn thâng, chit kiāⁿ ê iàm-khì mi̍h, tī sī-hoē tiong hō͘ lâng gí-gī, hō͘ lâng siat-to̍k. Jîn-keh tuī-lo̍h, chha-put-to boē lī-khui sè-kan í-chêng, chiū siū liáu 2 khoán ê hêng-hoa̍t. Tit-tio̍h un-tián tit kiù ê sìn-tô͘ ah! lí nā ū m̄ hó ê hêng-uî, thàn hó ki-hoē tio̍h hoán-hoé koé-piⁿ. Iâ-sơ kóng lín chiah ê, sím-mi̍h lâng oē khoà-jū iân-chhiân hō͘ sìⁿ(誤植 sì)-miā chit khek kú khah tn̂g. Má-thài 6: 27, in-uī Chú beh lâi ê sî, lán m̄-chai. Khé-sī-lio̍k 3: 3, só͘ kóng sī chin "Só͘ siū só͘ thiaⁿ ê tō-lí, lí tio̍h kì-liām, lâi hoán-hoé kè-sit nā lí bô tî(誤植 ti)-hông, goá tek-khak beh kāng lí, chhin-chhiūⁿ chha̍t liâm-piⁿ lâi, lí boē phah-sǹg sím-mi̍h sî."	可惜，現在的信徒大多數講伊道理真明白。若看伊的行為是佮上帝的道理對反，甚至佇教會中無各樣這尾的可憐蟲，這件的厭棄物，佇社會中予人擬議，予人褻瀆。人格墮落，差不多袂離開世間以前，就受了 2 款的刑罰。得著恩典得救的信徒 ah！你若有毋好的行為，趁好機會著反悔改變。耶穌講恁遮的，甚物人會掛慮延延予性命這刻久較長。馬太 6：27，因為主欲來的時，咱毋知。啟示錄 3：3，所講是真「所受所聽的道理，你著紀念，來反悔過失若你無提防，我的確欲共你，親像賊連鞭來，你袂拍算甚物時。」

載於《芥菜子》，第二十號，一九二七年九月二十六日

Sè-kài cha̍p-jī Uí-jîn lūn（世界十二偉人論）

作者　不詳
譯者　陳清忠

【作者】

不著撰者。

【譯者】

陳瓊琚，見〈論佇家庭中祈禱的力〉。

Sè-kài cha̍p-jī Uí-jîn lūn (1)	世界十二偉人論（1）
Sî-tāi piàn-chhian chiū su-siú^{n} í-kip ta̍k-hāng lóng tè i piàn-oā^{n}. Só͘-í lūn tuì Uí-jîn ê su-siú^{n} phiau-chún iā lóng piàn-khoán. Ta^{n} tī chia só͘ beh kài-siāu uí-jîn ê sū sī tuì cha̍p-chì e̍k chhut ê. Chiū-sī teh lūn hiān-kim it-poa^{n} ê chheng-liân ha̍k-seng tuì uí-jîn ê koan-liām sím-mih khoán. Phì-jū chá-sî ài sa^{n}-thâi ê sî-tāi ta̍k lâng lóng ēng bú-chiòng chhin-chhiū^{n} Ná-phô-lûn, á-sī A-le̍k-san-tāi téng-téng choè uí-jîn. Chóng-sī su-siú^{n} ê piàn-chhian chin kín, hiān-sî chiū m̄-sī án-ni; ta^{n} chhiá^{n} lâi khoà^{n}: -Chit-ê būn-toê sī Bí-kok chiàn-cheng Hông-siōng kok-bîn uí-oân-hoē tuì choân-sè-kài tāi-ha̍k-seng the̍h chhut uí-jîn tâu-phiò kèng chheng ê lūn-bûn hoat-piáu. Si̍t-chāi ū lâi èng-bō͘ ê kok ū sa^{n}-cha̍p ê í-siōng. Chóng-sī lūn koan-hē soán-te̍k uí-jîn ê sū ū sa^{n}-hāng iàu-kín ê tiâu-kiā^{n}, chiū-sī beh tâu-phiò uí-jîn-lūn ê lâng só͘ tio̍h chai-iá^{n} ê ū sa^{n} tiâu-kiā^{n}: (1) Tio̍h soán hit-khoán phín-sèng ko-kiat ê. (2) Uī-tio̍h chèng-gī m̄ kia^{n} sí,	時代變遷就思想以及逐項攏綴伊變換。所以論對偉人的思想標準也攏變款。今佇遮所欲介紹偉人的事是對雜誌譯出的。就是咧論現今一般的青年學生對偉人的觀念甚物款。譬喻早時愛相刣的時代逐人攏用武將親像拿坡崙，抑是亞歷山大等等做偉人。總是思想的變遷真緊，現時就毋是按呢；今請來看：-這个問題是美國戰爭 Hông-siōng 國民委員會對全世界大學生提出偉人投票敬稱的論文發表。實在有來應募的國有三十个以上。總是論關係選擇偉人的事有三項要緊的條件，就是欲投票偉人論的人所著知影的有三條件：(1)著選彼款品性高潔的。(2)為著正義毋驚死，閣著愛有發揮犧牲的精神彼款人。(3)閣著彼款貢獻佇人道有成功建設事業的才會用得。不過宗教的教祖抑是對宗教方面所看的偉人佮現時猶咧活的人無在內。照 in 所發表的順序來說明佇下底：(1) Lois Pastew (1822-1895)。這个人是法國的化學

（續）

koh tio̍h ài ū hoat-hui hi-seng ê cheng-sîn hit-khoán lâng. (3) Koh tio̍h hit-khoán kòng-hiàn tī jîn-tō ū sêng-kong kiàn-siat sū-gia̍p ê chiah oē ēng-tit. Put-kò chong-kàu ê kàu-chớ á-sī tuì chong-kàu hong-bīn sớ khoà^{n} ê uí-jîn kap hiān-sî iáu teh oa̍h ê lâng bô chāi-lāi. Ta^{n} chiàu in sớ hoat-piáu ê sūn-sū lâi soat-bêng tī ē-toé: (1) Lơis Pastew (1822-1895). Chit ê lâng sī Hoat-kok ê hoà-ha̍k-chiá. Ū lâng teh phoe-phêng kóng tuì i ê chhiú sớ chín-kiù ê oa̍h-miā pí Ná-pho-lûn tī chiàn-cheng sớ thâi sí ê oa̍h-miā ū kuí-nā pē khah chē". I uī-tio̍h kho-ha̍k ê chìn-pō boē kì-tit chia̍h boē kì-tit khùn, ia̍h ū hoat-kiàn tio̍h kớ-kim ê ha̍k-chiá sớ bē bat hoat-kiàn tio̍h ê mi̍h. Sit-chāi lūn kàu lán āu-tāi ê lâng tio̍h toā-toā kā i kám-siā chiah oē ēng-tit. Ta^{n} i sớ hoat-kiàn ê sī sím-mi̍h? Chiū-sī lūn mi̍h ê hoat-kà^{n} m̄-sī kan-ta tuì hoà-ha̍k ê piàn-hoà nā-tiā^{n}, si̍t-chāi sī tī hit sớ-chāi iáu ū si^{n}-chhut choē-choē soè-khún ê in-toa^{n}. Ta^{n} chit-ê soè-khún-ha̍k (bacteriology) chiū-sī tuì i ê ha̍k-soat lâi si^{n}-khí ê. I hoat-kiàn tio̍h káu ê chek-chhé-tiong ū soè-khún ia̍h kā I the̍h chhut lâi i-tī khióng-suí-pī^{n} koh ū sêng-kong. Koh chhin-chhiū^{n} gû-lin ê sat-khún-hoat ia̍h sī i tuì ha̍k-lí lâi sêng-kong ê,	者。有人咧批評講對伊的手所拯救的活命比拿坡崙佇戰爭所刣死的活命有幾若倍較濟」。伊為著科學的進步袂記得食袂記得睏，亦有發見著古今的學者所未捌發見著的物。實在論到咱後代的人著大大共伊感謝才會用得。今伊所發見的是甚物？就是論物的發酵毋是干焦對化學的變化若定，實在是佇彼所在猶有生出濟濟細菌的因端。今這个細菌學（bacteriology）就是對伊的學說來生起的。伊發見著九个 chek-chhé-tiong 有細菌亦共伊提出來醫治 khióng-suí 病閣有成功。閣親像牛奶的殺菌法亦是伊對學理來成功的，
(2)Abraham Lincoln (Lîm-khéng Tāi-thóng-léng). In-uī jîn-tō ê in-toa^{n} tú-tio̍h boē sǹg-tit ê chhi^{n}-chhám, kan-khớ kap chhì-liān ê sī Lîm-Khéng. I sī chá-tāi Bí-kok ê tāi-thóng-léng ê chit ê. Tī chng ni̍h chhut-sì ia̍h sī tī chng-ni̍h toā-hàn, chiâu-chn̂g sī	(2)Abraham Lincoln（林肯大統領）。因為人道的因端拄著袂算得的悽慘，艱苦佮試煉的是林肯。伊是早代美國的大統領的一个。佇庄裡出世亦是佇庄裡大漢，chiâu-chn̂g 是親像庄裡人的樸實，總是伊是平和佮正義的勇士。

（續）

chhin-chhiūⁿ chng-nih lâng ê phoh (誤植 phò)-sit, chóng-sī i sī pêng-hô kap chèng-gī ê ióng-sū. I ê seng-gâi sí-chiong lóng ū tát chiâⁿ i ê lí-sióng. Sui-bóng tú-tio̍h sit-chì á-sī hoân-ló ê sî ia̍h sī tuì lâng ê bīn-chêng m̄-bat hián-chhut bô chhiò-bīn ê só-chāi. Chóng-sī iáu-kú tī hit ê sî-chūn put-sî to ke-thiⁿ pún-sin ê ióng-khì lâi chìn-hêng i ê choè-chiong ê lí-sióng kap bo̍k-tek. Lūn i ê chit-sò kán-īⁿ ê seng-oa̍h bô lâng oē kap i pí-tit. I tī kûn (誤植 kūn)-chiòng ê tiong-kan tì-ì ài hō͘ lâng o-ló, chi̍t-pō͘ kín-sīn giâm-siok tuì pêng-hô ê lō͘ lâi kiâⁿ, só-í chhin-chhiūⁿ i chit khoán ê lâng chiah sī chiàⁿ uí-jîn. I uī-tio̍h ài tit-tio̍h chi̍t-pún ê phoà-chheh, koāⁿ lâu moá-bīn chhut-la̍t choè kang ê chèng-ti̍t lâng.	伊的生涯始終攏有達成伊的理想。雖罔拄著失志抑是煩惱的時亦是對人的面前毋捌顯出無笑面的所在。總是猶過佇彼个時陣不時都加添本身的勇氣來進行伊的最終的理想佮目的。論伊的質素簡易的生活無人會佮伊比得。伊佇群眾的中間致意愛予人呵咾，一步謹慎嚴肅對平和的路來行，所以親像伊這款的人才是正偉人。伊為著愛得著一本的破冊，汗流滿面出力做工的正直人。
Koh siông-siông pó-hō͘ khoàⁿ-kò͘ koáⁿ-hū ko͘-jî, ia̍h gâu sià-bián lâng, só-í put-sî tī chèng-lâng ê thâu-khak lāi lóng ū tuì i tit-tio̍h chi̍t-chéng ê un-hô ê lêng-kám. Koh-chài hō͘ Bí-kok lâng ū thoân-kiat ê la̍t kap kú-tn̂g uī-tio̍h pêng-hô lâi hi-seng i pún-sin. Sui-bóng i í-keng kè-sin, m̄-kú tāi-tāi teh chí-tō Bí-kok lâng. Nā ū kàu tī i ê kì-liām-pi ê sin-piⁿ ê lâng lóng oē kám-kak tio̍h tháu-pàng ê hoaⁿ-hí, só-í ta̍k lâng hoaⁿ-hí kàu lâu ba̍k-sái. Í-chêng sī lâm-pak tāi-ke saⁿ oàn-hūn, taⁿ sī tāi-ke ēng thiàⁿ kap pêng-hô lâi saⁿ kiat-liân hō͘ kok-thó oē thóng-it. Só-í bô lūn pîn-chiān, hù-kuì, sī-toā sī-soè, pêng-iú á-sī tuì-te̍k, pe̍h-bīn á-sī o-bīn lóng-chóng ēng tâng-it ê sim teh o-ló i, kám-siā i, kap teh siàu-	閣常常保護看顧寡婦孤兒，亦䆀赦免人，所以不時佇眾人的頭殼內攏有對伊得著一種的溫和的靈感。閣再予美國人有團結的力佮久長為著平和來犧牲伊本身。雖罔伊已經過身，毋過代代咧指導美國人。若有到佇伊的紀念碑的身邊的人攏會感覺著敨放的歡喜，所以逐人歡喜到流目屎。以前是南北大家相怨恨，今是大家用疼佮平和來相結聯予國土會統一。所以無論貧賤，富貴，序大序細，朋友抑是對敵，白面抑是烏面攏總用同一的心咧呵咾伊，感謝伊，佮咧數念伊無煞。論伊的貢獻佇國家，社會佮人類的大功勞毋是干焦用喙來傳，抑是用筆來寫就會了的。

（續）

liām i bô soah. Lūn i ê kòng-hiàn tī kok-ka, siā-hoē kap jîn-luī ê toā kong-lô m̄-sī kan-ta ēng chhuì lâi thoân, á-sī ēng pit lâi siá chiū oē liáu ê.	
(3)Christopher Columbus (1446-1506). Kho-lûn-pò͘ sī Í-tāi-lī ê lâng. I sī khai-hoat bûn-hoà ê sin oȧh-miā ê lâng, i kiàn-siat lėk-sú-siōng choè hián-tù ê toā sū-giȧp, bô lūn sím-mih sî-tāi ê lâng to lóng ū sêng-jīn i ê kong-chek. Lán nā koh siūⁿ kàu hit sî-tāi it-poaⁿ lâng ê bê-sìn (誤植 sin) kap choân-jiân bô tē-lí-hȧk ê tì-sek, chiū it-hoat hō͘ lán oē kám-tiȯh i só͘ choè ê sū-giȧp koh khah uí-tāi. Kho-lūn-pò͘ hoán-tuì tng-sî it-poaⁿ ê só͘ sìn, koat-sim beh hoat-kiàn thàu kàu Ìn-tō͘ ê sin-phâng-lō͘, i ū hián-chhut i ê ióng-khì kap thian-châi, só͘-í āu-lâi ū toā sêng-kong. I pún-sin khiok m̄ chai-iáⁿ i só͘ hoat-kiàn chin ê kè-tȧt, sui-bóng sī án-ni mā boē kiám-chió i ê uí-tāi. I m̄ nā kiàn-siat tē-lí-hȧk ê tì-sek nā-tiāⁿ, koh-chài choè choē-choē thàm-hiám-ka ê sian-khu-chiá. Sè-kài ê lėk-sú-siōng chhim-chhim éng-hióng tiȯh î-bîn khì Se-iûⁿ bô soah ê goân-tōng-lȧt bô m̄-sī uī-tiȯh i ê in-toaⁿ. I ū táⁿ-phoà khòng-hái ê bê-sìn kap kiaⁿ-hiâⁿ, koh-chài toā-toā chióng-lē khòng-hái, só͘-í kin-ná-jit kok-kok chiah tāi-ke oē ná chiap-kūn. I hit-sî khiok bô chū-kak kàu án-ni chóng-sī sè-kài uī-tiȯh i í-keng tāi-ke tiȯh koh khah kiat-hȧp ê sî-tāi kàu lah.	(3)Christopher Columbus (1446-1506)。哥倫布是義大利的人。伊是開發文化的新活命的人，伊建設歷史上做顯著的大事業，無論甚物時代的人都攏有承認伊的功績。咱若閣想到彼時代一般人的迷信佮全然無地理學的智識，就益發予咱會感著伊所做的事業閣較偉大。哥倫布反對當時一般的所信，決心欲發見透到印度的新航路，伊有顯出伊的勇氣佮天才，所以後來有大成功。伊本身卻毋知影伊所發見真的價值，雖罔是按呢嘛袂減少伊的偉大。伊毋若建設地理學的智識若定，閣再做濟濟探險家的先驅者。世界的歷史上深深影響著移民去西洋無煞的原動力無毋是為著伊的因端。伊有打破曠海的迷信佮驚惶，閣再大大獎勵曠海，所以今仔日各國才大家會 ná 那接近。伊彼時卻無自覺到按呢總是世界為著伊已經大家著閣較結合的時代到 lah。

（續）

(4)George Washington (1732-1799). Lūn Hoa-sēng-tùn hoaⁿ-hí pàng-sak it-chhè, chiū-sī bô ài tiàm tī Eng-kok ê Hông-kiong-lāi tit koân ê tē-uī. Koh sui-bóng keng-chè-chiūⁿ ê sêng-kong kap ka-têng seng-oȧh ê an-lȯk i lóng bô ài, kan-ta hoaⁿ-hí kéng chit-tiâu chū-iû kiàn-siat ê iáu m̄-bat keng-giām ê sim-lō͘. Sui-bóng i ê tuì-te̍k to soà o-ló kóng Hoa-sēng-tùn sī kek-bēng chhiau-kûn ê uí-jîn. Tī chiàn-tiûⁿ ê sî bô chit-sut-á ê kiaⁿ-hiâⁿ, hi-seng ka-kī, mō͘ (誤植 mô͘)-hiám sìⁿ-miā, put-sî to pâi tī tē-it thâu-chêng lâi kó͘-chhui choân-kun. I ê tō-tek chin koân. Lūn i tuì chit-bīn lâi khoàⁿ sī chin giâm-hat ê lâng, chóng-sī lūn-kàu i ê chhin-chhiat sī hō͘ kun-tuī choân-pō͘ só͘ chun-kèng ê. Teh liāu-lí kok-chèng ê sî, bô lūn choè kē-uī ê jīn-bū i to hoaⁿ-hí choè, só͘-í i ê uí-tāi kàu án-ni. Koh-chài put-chí ū tiāⁿ-tio̍h kap hō͘ lâng chun-kèng ui-hêng ê bīn-māu. I sī choè chho͘-tāi kok-bîn ê chí-hui-chiá. Tī Hiàn-hoat chè-tēng hoē-gī ê sî, chiū kap Liân-pang chèng-hú tāi-ke beh phoà-li̍h ê sî, uī-tio̍h i ê gâu chiu-soân só͘-í chiah hō͘ nn̄g-pêng tuì hun-loān kok lâi saⁿ hia̍p-hô. Koh lūn Bí-kok goā-kau hong-chiam ia̍h sī chiàu i só͘ chí-tō͘ ê hoat-tō͘ lâi chiâⁿ-ê. Hoa-sēng-tùn si̍t-chāi sī uí-tāi ê Bí-kok lâng. In-uī i tuì ka-kī só͘ phāu-hū chì-ko ê tō-tek phiau-chún, chiong ka-kī só͘ ū it-chhè lâi choè hi-seng, koh lūn kàu uī-tio̍h Bí-kok thong le̍k-sú tiong i só͘ sêng-kong ê kiàn-	(4)George Washington (1732-1799)。論華盛頓歡喜放揀一切，就是無愛踮佇英國的皇宮內得懸的地位。閣雖罔經濟上的成功佮家庭生活的安樂伊攏無愛，干焦歡喜揀一條自由建設的猶毋捌經驗的心路。雖罔伊的對敵都紲呵咾講華盛頓是革命超群的偉人。佇戰場的時無一屑仔的驚惶，犧牲家己，冒險性命，不時都排佇第一頭前來鼓吹全軍。伊的道德真懸。論伊對這面來看是真嚴 hat 的人，總是論到伊的親切是予軍隊全部所尊敬的。咧料理國政的時，無論做低位的任務伊都歡喜做，所以伊的偉大到按呢。閣再不止有定著佮予人尊敬威形的面貌。伊是做初代國民的指揮者。佇憲法制定會議的時，就佮聯邦政府大家欲破裂的時，為著伊的嫯周旋所以才予兩爿對紛亂閣來相協和。閣論美國外交方針亦是照伊所指導的法度來成的。華盛頓實在是偉大的美國人。因為伊對家己所抱負至高的道德標準，將家己所有一切來做犧牲，閣論到為著美國通歷史中伊所成功的建設的事業比別人較濟。伊予國家得著獨立，閣當聯邦政府咧計畫新方針危險的時伊嫯指導 in，予 in 得著安全的路通行。

（續）

siat-tek sū-giȧp pí pȧt-lâng khah choē. I hō͘ kok-ka tit-tiȯh tȯk-lip, koh tng Liân-pang chèng-hú teh kè-oē sin hong-chiam guî-hiám ê sî i gâu chí-tō in, hō͘ in tit-tiȯh an-choân ê lō͘ thang kiâⁿ.	
(5)Benjamin Franklin (1706 ～ 1790). Lūn Piān-ngá-bín Hu̍t-lān-khek-lêng ê sèng-chit chió-chió lâng ū. I oē hō͘ kò-sèng ê lâng hâng-hȯk, koh uī-tiȯh Bí-kok kap jîn-tō ê in-toaⁿ ū toā-toā kòng-hiàn tiȯh, só͘-í i hō͘ lâng kā i pâi-liȧt tī Sè-kài uí-jîn ê tuī-ngó͘ sī lí só͘ tong-jiân. Tī Kho-hȧk-kài lūn i só͘ hoat-bêng kap hoat-kiàn iȧh sī boē-sǹg-tit, koh choè éng-oán ê kì-liām sū-giȧp i ū chhòng-siat "Pen Tāi-hȧk" kap kong-chiòng ê tô͘-su-koán ê chè-tō͘. Koh tī Bí-kok tȯk-lip soan-giân kap hiàn-hoat ê chhiam-miâ chiá ê tiong-kan Hoat-lân khu-lîm ê miâ tėk (誤植 tek)-piȧt siá khah ū lȧt. Choè hô-pêng ê sú-chiá bô lâng oē iâⁿ--i. Eng-kok kap Bí-kok toā kau-chiàn ê guî-hiám iȧh, sī uī-tiȯh i éng-oán lâi siau bô khì. Koh uī-tiȯh beh kap Hoat-kok chhin-siān ê in-toaⁿ, tī kú-kú ê tiong-kan chin chhut-lȧt, kàu lāu mā iáu sī uī-tiȯh chit-chân sū chhut-lȧt bô ià-siān. I koh-chài uī-tiȯh beh hō͘ Bí-kok tit-tiȯh chū-iû ê in-toaⁿ só͘ kòng-hiàn iȧh chin-chē. Lâng chheng choè "to-hong-bīn ê Hoat-lân khu-lîm". I sit-chāi sī ài-kok-chiá, chèng-tī-ka, goā-kau-ka, bûn-jī ê chok-chiá, kap kho-hȧk-chiá. Nā siōng-sè siūⁿ bô lâng ū i hiah nih choē khoán ê thian-châi. I ê toā bȯk-	(5)Benjamin Franklin (1706 ～ 1790)。論 Piān-ngá-bín 富蘭克林的性質少少人有。伊會予個性的人降服，閣為著美國佮人道的因端有大大貢獻著，所以伊予人共伊排列佇世界偉人的隊伍是理所當然。佇科學界論伊所發明佮發見亦是袂算得，閣做永遠的紀念事業伊有創設「Pen 大學」佮公眾的圖書館的制度。閣佇美國獨立宣言佮憲法的簽名者的中間富蘭克林的名特別寫較有力。做和平的使者無人會贏--伊。英國佮美國大交戰的危險亦是為著伊永遠來消無去。閣為著欲佮法國親善的因端，佇久久的中間真出力，到老嘛猶是為著這層事出力無厭倦。伊閣再為著欲予美國得著自由的因端所貢獻亦真濟。人稱做「多方面的富蘭克林」。伊實在是愛國者，政治家，外交家，文字的作者，佮科學者。若詳細想無人有伊遐爾濟款的天才。伊的大目的是奉仕，對這个目的伊有成功。因為伊的全生活就是完全有用的人生。

（續）

tek sī hōng-sū, tuì chit ê bȯk-tek i ū sêng-kong. In-uī i ê choân-seng-oȧh chiū-sī oân-choân iú-iōng ê jîn-seng.	
(6)Woodrow witson (1856-1924). Ui-ní-sùn sī Bí-kok só͘ ū lėk-tāi ê Tāi-thóng-léng tiong choè tē-it lí-sióng-ka kap hiàn-sin-tek chham tiong-sit ê lâng. I choè sè-kài chèng-kiȯk ê chí-tō-chiá, sī hō͘ choân sè-kài ê lâng só͘ sêng-jîn ê, kap hō͘ lóng-chóng ê jîn-luī só͘ chông-pài. I sit-chāi uī-tiȯh choân sè-kài jîn-luī ê hēng-hok lâi hi-seng chhut-lȧt kàu sí. I uī-tiȯh beh chhòng-siat chit ê ki-koan lâi pó-chhî éng-oán ê pêng-hô, chiū-sī thang chiàu hit ê pí kim, thih khah kian-kò͘ ê kok-chè hiȧp-iok éng-oán lâi pān chiàn-cheng choè uî (誤植uī)-hoat ê in-toa^{n}, bô-mî-bô-jit ê tiȯh-boâ. Kàu i ê lí-sióng nā sit-hiān hit sî, phah-sǹg tek-khak oē hō͘ lâng o-ló kóng: pí chhut-miâ ê goā-kho-chhiú-sut, á-sī hó ê iȯh kiù lâng ê oȧh-miā khah choē, koh pí bô lūn sím-mih khah hó ê bâ-chuì-che ê tû-khì jîn-luī ê thòng-khó͘ iáu khah iâ^{n} bān-pah-pē. Lūn i tuì pún-sin ê gī-bū ê chīn-tiong sit-chāi hō͘ lâng oē kia^{n}-tiȯh. I só͘ siū^{n} ê sū siông-siông lóng chù-ì tī jîn-luī, ài hō͘ choân jîn-luī tit-tiȯh hok-khì, che sī i chiâu-chn̂g ê sim-goān. Lūn kàu ka-kī ê lī-hāi koan-hē choân-jiân lóng bô iàu-kín. I hoat-kiàn tiȯh chit-tiâu oē lī-ek choân sè-kài ê sin-lō͘, só͘-í uī-tiȯh beh hō͘ i ū kong-hāu, chīn-sim chīn-lȧt tuì hit hong-bīn lâi hi-seng i ê kiān-khong kap si^{n}-miā. Lūn i	(6)Woodrow Wilson (1856-1924)。威爾遜是美國所有歷代的大統領中做第一理想家佮獻身 tek 參忠實的人。伊做世界政局的指導者，是予全世界的人所成人的，佮予攏總的人類所崇拜。伊實在為著全世界人類的幸福來犧牲出力到死。伊為著欲創設這个機關來保持永遠的平和，就是通照彼个比金，鐵較堅固的國際合約永遠來辦戰爭做違法的因端，無暝無日的著磨。到伊的理想若實現彼時，拍算的確會予人呵咾講：比出名的外科手術，抑是好的藥救人的活命較濟，閣比無論甚物較好的麻醉劑的除去人類的痛苦猶較贏萬百倍。論伊對本身的義務的盡忠實在予人會驚著。伊所想的事常常攏注意佇人類，愛予全人類得著福氣，這是伊齊全的心願。論到家己的厲害關係全然攏無要緊。伊發見著一條能利益全世界的新路，所以為著欲予伊有功效，盡心盡力對彼方面來犧牲伊的健康佮性命。論伊高潔的品性佮為著欲達成家己所追求的目的攏無要緊家己彼个犧牲佮為著欲建設世界永遠平和的堅固基礎，論對伊所貢獻遮的事，世界的人決斷無袂記得伊的恩，佮永遠咧感謝伊。今照伊所留的機關無論國家抑是民族對這霎了後的確會閣生起較堅固佮較大的相疼才著。

（續）

ko-kiat ê phín-sèng kap uī-tio̍h beh ta̍t-chiâ^{n} ka-kī só͘ tui-kiû(誤植 kiū) ê bo̍k-tek lóng bô iàu-kín ka-kī hit ê hi-seng kap uī-tio̍h beh kiàn-siat sè-kài éng-oán pêng-hô ê kian-kò͘ ki-chhó͘, lūn tuì i só͘ kòng-hiàn chiah ê sū, sè-kài ê lâng koat-toàn bô boē kì-tit i ê un, kap éng-oán teh kám-siā i. Ta^{n} chiàu i só͘ lâu ê ki-koan bô lūn kok-ka á-sī bîn-cho̍k tuì chit-tia̍p liáu-āu tek-khak oē koh si^{n}-khí khah kian-kò͘ kap khah toā ê sa^{n}-thiàn^{n} chiah tio̍h.	
(7)Florence Nightingale (1820～1910). Ná-teng-kek-ní Lú-sū tī le̍k-sú-siōng choè tē-it thang chù-ba̍k ê jîn-bu̍t. Siat-sú i nā sī kam-goān choè Lûn-tun siā-kau-kài ê hū-jîn, tiā^{n}-tio̍h oē hō͘ lâng chheng i choè siā-kau-kài ê lú-ông. Chóng-sī Lú-sū lūn ka-kī ê khoài-lo̍k, kiat-hun, kap siā-kau seng-oa̍h i khoà^{n} choè tîn-ai. Kan-ta ài khoà^{n}-kò͘ sàn-hiong ū pē^{n} ê lâng nā-tiā^{n}, ài beh an-uì kan-khó͘ lâng lâi hiàn i chi̍t-sin. Tī Kū-lí-bí-a chiàn-cheng ê sî. i tī Lûn-tun thia^{n}-ki^{n} kóng tio̍h siong ê Eng-kok peng-teng ê kan-khó͘, Lú-sū suî-sî chì-goān beh choè khàn-hō͘-hū, chiong pī^{n}-ī^{n} ê châi-liāu tún chi̍t chûn chài, kap sa^{n}-cha̍p-chhit ê tông-chì ê pêng-iú choè tīn suî-sî hiòng Kun-sū-tàn-teng chhī-goā ê chi̍t só͘-chāi kín chhut-hoat, tī hia Lú-sū hián-chhut pa̍t-lâng chió-chió ū ê cho͘-chit lêng-le̍k kap ióng-kám, koh i só͘ chi-phoè ê pī^{n}-ī^{n} ū kiù kuí-nā chheng ê oa̍h-miā. I ê thoa-boâ sī thià^{n} ê piáu-hiān, i ê seng-oa̍h sī hōng-	(7)Florence Nightingale (1820～1910)。南丁格爾女士佇歷史上做第一通注目的人物。設使伊若是甘願做倫敦社交界的婦人，定著會予人稱伊做社交界的女王。總是女士論家己的快樂，結婚，佮社交生活伊看做塵埃。干焦愛看顧散凶有病的人若定，愛欲安慰艱苦人來獻伊一身。佇 Kū-lí-bí-a 戰爭的時。伊佇倫敦聽見講著傷的英國兵丁的艱苦，女士隨時志願欲做看護婦，將病院的材料囥一船載，佮三十七个同志的朋友做陣隨時向君士坦丁市外的一所在緊出發，佇遐女士顯出別人少少有的組織能力佮勇敢，閣伊所支配的病院有救幾若千的活命。伊的拖磨是疼的表現，伊的生活是奉仕到路尾，伊所行的所在是人類愛的路。為著世界幸福的因端伊有徹底的的貢獻。對女士的啟發人到後來佇 Jeneva 會議的時創造人類所猶未捌創，做第一高尚機關的一个，就是創造赤十字社。

（續）

sū kàu lō͘-bé, i só͘ kiâ^n ê só͘-chāi sī jîn-luī-ài ê lō͘. uī-tio̍h sè-kài hēng-hok ê in-toa^n i ū thiat-té-tek ê kòng-hiàn. Tuì Lú-sū ê khé-hoat lâng kàu āu-lâi tī Jeneva hoē-gī ê sî chhòng-chō jîn-luī só͘ iáu-bē bat chhòng, choè tē-it ko-siōng ki-koan ê chi̍t ê, chiū-sī chhòng-chō Chhiah-cha̍p-jī-siā.	
(8)Joan d'Arc (1412～1443) Chi̍t ê Lú-sū sī Hoat-kok lâng, i sī lú-kia̍t, koh ia̍h sī sûn-lān-chiá, si̍t-chāi ia̍h sī sèng-chiá. Lūn i só͘ sêng-chiū ê sū-gia̍p, nā tuì i só͘ kè-oē ê sî ê chōng-thāi kap chiân-tô͘ (誤植 tò) ê hiám-o chham choân-jiân tuì i lóng bô lī-ek chiah ê tiám kā i siū^n khí-lâi ê sî, si̍t-chāi boē khah su tī le̍k-sú-siōng só͘ ū choè ko ê kì-lio̍k. Sàn-hiong bô siū kàu-io̍k, koh sī lông-hu ê cha-bó͘-kiá^n, I khoà^n-kì^n i ê kok-ka í-keng tī tuì-te̍k ê peng-la̍t ê ē-kha teh hō͘ in thún-ta̍h, chai-iá^n bô ū tí-khòng-la̍t koh chì-khì lóng bô liáu-liáu lah. Tī kuí-nā nî ê tiong-kan siū ap-pek to teh tòng boē tiâu, koh kok-ông í-keng siū^n beh thoat-chhut kok-kéng lah. Nā sī chit-ê Sàn-hiong choè-chhân lâng ê cha-bó͘ gín-ná chi̍t-ē chhun chhiú khì bong chi̍t-tè chhin-chhiū^n sí-lâng kut-thâu ê kok-ka lah, chit ê sí-kut-thâu ê kok-ka liâm-pi^n peh khí-lâi tè i kiâ^n lah. Ta^n Joan d'Arc ê uí-tāi ê só͘-chāi m̄-sī tio̍h tán chiàn-cheng iâ^n, tian-tò sī uī-tio̍h oē cheng-ho̍k ka-kī chit tiám teh chhut-miâ. Chit lâng chín-kiù chi̍t ê kok-ka, koh ēng ông-koan chiàu kū thang kui tī ông ê thâu-khak, choè chit-khoán ê toā-	(8)Joan d' Arc (1412～1443) 這个女士是法國人，伊是女傑，閣亦是殉難者，實在亦是聖者。論伊所成就的事業，若對伊所計畫的時的狀態佮前途的險惡參全然對伊攏無利益才的點共伊想起來的時，實在袂較輸佇歷史上所有最高的記錄。散凶無受教育，閣是農夫的查某囝，伊看見伊的國家已經佇對敵的兵力的下跤咧予 in thún 踏，知影無有抵抗力閣志氣攏無了了 lah。佇幾若年的中間受壓迫 to 咧凍袂牢，閣國王已經想欲脫出國境 lah。若是這个散凶做田人的查某囡仔一下伸手去摸一塊親像死人骨頭的國家 lah，這个死骨頭的國家連鞭 peh 起來綴伊行 lah。Ta^n Joan d' Arc 的偉大的所在毋是著等戰爭贏，顛倒是為著會征服家己這點咧出名。這人拯救一个國家，閣用王冠照舊通歸佇王的頭殼，做這款的大事業亦攏無破害著伊的情操，對頭到尾是處女，實在伊對這个偉大的功業所應該得著的是報賞佮名譽，總是伊攏無得半項。伊所希望的是干焦愛轉去伊的田庄厝閣來顧羊佮幫贊老母的事若定。

（續）

sū-giap iah lóng bô phoà-hāi tioh i ê chêng-chho, tuì thâu kàu-bé sī chhù-lú, sit-chāi i tuì chit ê uí-tāi ê kong-giap sớ eng-kai tit-tioh ê sī pò-siúⁿ kap bêng-ù, chóng-sī i lóng bô tit poàⁿ-hāng. I sớ hi-bōng ê sī kan-ta ài tńg khì i ê chhân-chng-chhù koh lâi kờ-iûⁿ kap pang-chān lāu-bú ê sū nā-tiāⁿ.	
Chóng-sī kàu-bé i sớ chín-kiù ê kok-ka kim-kim khoàⁿ i teh hō͘ lâng ēng hé kā i sí-hêng. Sit-chāi nā khoàⁿ tioh án-ni, tek-khak ū lâng oē sit-táⁿ kóng, tian-tò uī siā-hoē, uī kok-ka, uī jîn-luī lâi chhut-lat ê lâng lóng bô hó pò-èng, sớ-í chèng-gī, thian-lí m̄-bián tì-ì oē ēng-tit. Siūⁿ án-ni ê lâng toā-toā chhò-gō͘, sui-bóng pò-èng bô chek-sî lâi, iáu-kú chèng-gī kàu bé boē biat-bô tit. Taⁿ sè-kài ê chèng lâng tī kin-ná-jit lóng chheng chit ê cha-bớ gín-ná choè sèng-chiá, bô lūn lāu-lâng, á-sī siàu-liân ê lâm-lú lóng pîⁿ-pîⁿ tuì i ko-kiat ê bớ-hoān lâi siū-tioh lêng-kám.	總是到尾伊所拯救的國家金金看伊咧予人用火共伊死刑。實在若看著按呢，的確有人會失膽講，顛倒為社會，為國家，為人類來出力的人攏無好報應，所以正義，天理毋免致意會用得。想按呢的人大大錯誤，雖罔報應無即時來，猶過正義到尾袂滅無得。今世界的眾人佇今仔日攏稱這个查某囡仔做聖者，無論老人，抑是少年的男女攏平平對伊高潔的模範來受著靈感。
(9)Cocrates (B. C. 70～399) Lūn Só-kek-liap-tí sī choè kớ-tāi tō-tek su-siúⁿ choè tē-it hó ê tāi (誤植 tài)-piáu-chiá. I sī chin sió-sim kèng-uī sîn koh sī chin hó ê lâng. Pêng-iú tiong bô-lâng ū khah iâⁿ i. I ài chèng-gī, koh i sī chin jiat-sêng-ka, iáu-kú put sî chai thang chū-chek, chū-chè ê lâng. I bat ka-kī án-ni kóng, "Chèng-sîn sī uī-tioh beh hō͘ Ngá-tián lâng chiâⁿ choè koh khah hó ê in-toaⁿ chiah-chhe goá lâi." I tuì chit ê lí-sióng hi-seng i choân-seng-gâi, iah lóng bô siūⁿ beh siū pò-siúⁿ sím-mih, kan-ta	(9)Cocrates (B.C. 70～399)論蘇格拉底是做古代道德思想做第一好的代表者。伊是真小心敬畏神閣是真好的人。朋友中無人有較贏伊。伊愛正義，閣伊是真熱誠家，猶過不時知通自責，自制的人。伊捌家己按呢講，「眾神是為著欲予雅典人成做閣較好的因端才差我來。」伊對這个理想犧牲伊全生涯，亦攏無想欲受報賞甚物，干焦用死做伊奉事生活。最終的宣告，彼時得欲死的時真勇敢，從容，自自然然來過世。伊猶未出世以前人攏是用執

（續）

ēng sí choè i hōng-sū seng-oáh. Choè-chiong-ê soan-kò, hit-sî tit beh sí ê sî chin ióng-kám, chhiông (誤植 chhiòng)-iông, chū-chū jiân-jiân lâi kè-sì. I iáu-bē chhut-sì í-chêng lâng lóng sī ēng chip-siú kū-koàn choè tē-it hó ê hong-sio̍k.	守舊慣做第一好的風俗。
Kàu Só-kek-lia̍p-tí chhut lâi liáu-āu kà-sī ngá-tián lâng tui-kiû siān ê hoat-tō͘, ná chhin-chhiūⁿ i ha̍k-chiá teh kiû sin-hoat-kiàn ê khoán. Lūn su-siúⁿ ê la̍t chit ê chin-siān-jîn sī tuì chū-chè lâi tit tio̍h hiòng-siōng, sui-bóng sī chong-kàu ê tiat-lí ia̍h sī chió-chió oē iâⁿ i. I iáu bē chhut-sì í-chêng ê kho-ha̍k sī kan-ta luī-chek goā-bīn koan-chhat nā-tiāⁿ. I án-ni siūⁿ kóng, sim-koaⁿ m̄-sī kan-ta ū ngó͘-koan ê ti-kak, iáu-ū khah kun-pún-tek, koh uī-tio̍h beh thàu kàu bû-kiông ê kiat-ha̍p tio̍h lô-le̍k ê. I ū sêng-jīn kan-ta phō͘-piàn-sèng chit-hāng thang chò kho-ha̍k ê chûn-chāi. Tuì i liáu-āu bô lūn sī kho-ha̍k á-sī tiat-ha̍k lóng-chóng sī chiàu i chit ê su-siúⁿ choè ki-chhó͘ lâi hoat-tián ê.	到蘇格拉底出來了後教示雅典人追求善的法度，那親像伊學者咧求新發見的款。論思想的力這个真善人是對自制來得著向上，雖罔是宗教的哲理亦是少少會贏伊。伊猶袂出世以前的科學是干焦累積外面觀察若定。伊按呢想講，心肝毋是干焦有五官的知覺，猶有較根本的，閣為著欲透到無窮的結合著勞力的。伊有承認干焦普遍性這項通做科學的存在。對伊了後無論是科學抑是哲學攏總是照伊這个思想做基礎來發展的。
(10)Joham Gutenberg (1400～1468). Chit ê sī To̍k-e̍k-lâng, lâng siông-siông kóng sī i hoat-bêng, ìn-soat-su̍t (theartof printing), kî-si̍t m̄-sī i hoat-bêng, chóng-sī tuì i lâi kái-chō oa̍h-pán-jī oē the̍h-khí the̍h-lo̍h, chiū-sī chū-iû, chū-chāi thang khui-phoà hiah ê khì-khū liáu-āu chit ê ìn-soat-su̍t chiah oân-choân. I iáu bē hoat-bêng chit-khoán í-chêng lâng sī khek-jī tī chhâ-phìⁿ, chiah ēng ba̍k-chuí kā i boah, liáu-āu choá chiah kā-i jip tī hit téng-bīn, só͘-í	⑽ Joham Gutenberg (1400～1468)。這个是 To̍k-e̍k 人，人常常講是伊發明，印刷術（theartof printing），其實毋是伊發明，總是對伊來改造活版字會提起提落，就是自由，自在通開破遐的器具了後這个印刷術才完全。伊猶袂發明這款以前人是刻字佇柴片，才用墨水共伊抹，了後紙才共伊入佇彼頂面，所以伊咧想講，「莫得刻字佇規塊枋，來一字一字看是欲用柴，抑是用金作來的小

（續）

i teh siū^{n} kóng, "Bo̍h-tit khek-jī tī kui-tè pang, lâi chi̍t-jī chi̍t-jī khoà^{n} sī beh ēng chhâ, á-sī ēng kim chok lâi ê sió-phì^{n} lâi khek kiám boē khah lī-piān?"	片來刻 kiám 袂較利便？」
I sớ siū^{n} ê hoat-tō͘ ná chhin-chhiū^{n} chin tan-sûn ê khoán, chóng-sī chiàu án-ni khì sit-hêng si̍t-chāi ke kuí nā pah-pē ê lī-piān.	伊所想的法度那親像真單純的款，總是照按呢去實行實在加幾若百倍的利便。
āu-lâi cha̍p-nî ê lō͘-le̍k kap tuì chi̍t ê pêng-iú oān-chō͘ i ê chî^{n}-hāng kó-jiân án(誤植 an)-ni sêng-kong. Sớ-í tuì 1450 nî ê sî chiū oē tit thang in Sèng-keng. Ta^{n} i hoa^{n}-hí i sớ hoat-bêng ê ki-khì ū sêng-kong sī tia̍p-á kú nā-tiā^{n}, in-uī hit ê te̍k-hú koân khì hō͘ chiah ê chî^{n} ê pêng-iú kā i chhiú^{n} khì.	後來十年的勞力佮對一个朋友援助伊的錢項果然按呢成功。所以對一四五〇年的時就會得通 in 聖經。今伊歡喜伊所發明的機器有成功是霎仔久若定，因為彼个特許懸去予遮的錢的朋友共伊搶去。
Siat-sú nā bô hit sî ê Tāi-cheng-chèng ū sù i ê ióng-ló-kim, chiū tek-khak oē chhi^{n}-chhám. In-uī i sớ hoat-hêng chū-chāi ê oa̍h-jī hō͘ sè-kài choè chi̍t-ē oā^{n}-khoán. Í-chêng ê chheh-luī chin chió, sớ-í beh siu-ha̍k ê lâng chin kan-khớ, chóng-sī chhin-chhiū^{n} kin-ná-ji̍t bô lūn sī sím-mi̍h kho-ha̍k-ê pò-kò, á-sī bí-su̍t, bûn-ha̍k téng-téng oē tit-thang ēng ta̍k-kok ê khiu^{n}-kháu lâi ìn, thang thong-sìn kàu ta̍k-sớ-chāi. Che lóng sī Gutenbern ê tì-ìm, chiū-sī tuì ơ-àm ê sî-tāi chhoā lán kàu tī kng-bêng ê sè-kài.	設使若無彼時的大清政有賜伊的養老金，就的確會淒慘。因為伊所發行自在的活字予世界做一下換款。以前的冊類真少，所以欲修學的人真艱苦，總是親像今仔日無論是甚物科學的報告，抑是美術，文學等等會得通用逐國的腔口來應，通通訊到逐所在。這攏是 Gutenbern 的致蔭，就是對烏暗的時代悉咱到佇光明的世界。
(Boē-oân)	（袂完）
Sè-kài Cha̍p-jī uí-jîn-lūn (2)	世界十二偉人論（2）
(Soà-chiap chêng-hō)	（續接前號）
(11) David Livingstone (1813 ～1873). Lūn Livingtone m̄-nā kan-ta sī soan-kàu-su koh ia̍h-sī toā thàm-hiám-ka. In chi̍t-tuī	(11) David Livingstone (1813 ～ 1873)。論 Livingtone 毋但干焦是宣教師閣亦是大探險家。In 一隊毋驚死對熱帶的

（續）

m̄-kia^{n} sí tuì jia̍t-tài ê toā-chhiū-nâ ti̍t-ti̍t ji̍p-khì. Lán lâng oē tit thang chai-iá^{n} tiong-pō͘ A-hui-lī-ka ê lâng ê sū chiū-sī tuì tī chit ê soan-kàu-su ê tì-ìm. Ta^{n} i ū phāu-hū nn̄g-khoán ê bo̍k-tek tī-teh, chit-hāng sī thàm-hiám kap i ka-kī só͘ kóng sin-thian-toē khai-hoat ê sū-gia̍p chham ài ēng Sîn ê tō-lí thoân hō͘ bē-khai-hoà ê lâng. Ta^{n} uī-tio̍h tē-it ê sū-gia̍p i huì-liáu tē-it choē ê sî-kan. Hit ê in-toa^{n} sī chǹg-jip bē-bat lâng kàu ê sè-kài lâi khui sin ê lō͘ hō͘ pa̍t-lâng thang khah khoài tè i ê kha-pō͘ lâi kiâ^{n}, chit khoán choè sian-hong sī i ê thian-chit. In-uī chit-chân ê sū-gia̍p huì-liáu i ê chheng-chhun kap hāi-tio̍h i ê kiān-khong, kàu-bé soà liân (誤植 liān) i ê sì^{n}-miā ia̍h uī-tio̍h án-ni lâi hi-seng. Beh choè chit-khoán ê sū ê lâng tek-khak tio̍h ū ko-kiat ê phín-sèng ê lâng chiah choè oē kàu. āu sè-tāi ê kok-bîn tek-khak chheng i ū uí-tāi ê cheng-sîn, ū ióng-kám ū sûn-choân ê sìn-liām thiat-toè-tek ê hi-seng kap hong-sū, koh ia̍h ū chiâuchn̄g ê thun-lún. Lūn téng-bīn só͘ kóng chiah ê beh kú-lē chin-choē. Chóng-sī lūn i ê kì-liām-pi khiok bô khǹg tī toā sī-ī^{n}-lāi. I uī-tio̍h sè-kài ê lī-ek só͘-khai-hoat hit ê tāi-lio̍k A-hui-lī ka chiū-sī kì-liām i ê chio̍h-pi lah.	大樹林直直入去。咱人會得通知影中部亞非利加的人的事就是對佇這个宣教師的致蔭。今伊有抱負兩款的目的佇咧，一項是探險佮伊家己所講新天地開發的事業參愛用神的道理傳予袂開化的人。今為著第一的事業伊費了第一濟的時間。彼个因端是鑽入袂捌人到的世界來開新的路予別人通較快綴伊的跤步來行，這款做先鋒是伊的天職。因為這層的事業費了伊的青春佮害著伊的健康，到尾紲連伊的性命亦為著按呢來犧牲。欲做這款的事的人的確著有高潔的品性的人才做會到。後世代的國民的確稱伊有偉大的精神，有勇敢有純全的信念徹底的的犧牲佮 hong-sū，閣亦有齊全的吞忍。論頂面所講遮的欲舉例真濟。總是論伊的紀念碑卻無园佇大寺院內。伊為著世界的利益所開發彼个大陸亞非利加就是紀念伊的石碑lah。
(12)George Stephenson (1781～1848). Lūn Su-thê-hun-sun sī chhut-sì tī Eng-kok chit ê bô miâ-sia^{n} ê khòng-soa^{n} chng. I tuì soè-hàn choè gín-ná ê sî chiū put-sî teh siū^{n}	⑿ George Stephenson (1781～1848)。論史蒂文生是出世佇英國一个無名聲的礦山庄。伊對細漢做囡仔的時就不時咧想看著用甚物法度才予地球上

（續）

khoà^{n} tio̍h ēng sím-mih hoat-tō͘ chiah hō͘ tē-kiû-chiū^{n} bô lūn tiàm tī khah hn̄g ê kok-bîn to oē kau-poê koh tāi-ke oē thong-sìn. I uī-tio̍h chit-chân-sū chīn-sim chīn-la̍t bô hiâm kan-khó͘ chè-ho̍k bān-poa^{n} ê khùn-lân kàu-bé tuì hoat-bêng cheng-khì ki-koan liáu-āu i chiah chiâ^{n}-choè pêng-hô ê iu-sèng-chiá. Lūn i ê kong-lô pí chiàn-cheng ê tek-sèng-chiá kuí-nā-pē khah iâ^{n}. I pí tuì ū tē-uī ê kai-kip chhut-sin ê, thian-châi, phín-sèng ê la̍t, kap lô-le̍k lâi tit-tio̍h chhut-miâ bô lūn sím-mih lâng tō m̄ bián kàng-lo̍h choè tē-jī-liû ê lâng. Ta^{n} lūn sè-kài cha̍p-jī ê uí-jîn-toān chiū-sī chiàu téng-bīn só͘ kài-siāu hit cha̍p-jī ê. Chiàu in ta̍k-lâng ê te̍k-sek iah tāi-lio̍k kóng-liáu lah.	無論踮佇較遠的國民就（tō）會交陪閣大家會通訊。伊為著這層事盡心盡力無嫌艱苦制服萬般的困難到尾對發明蒸汽機關了後伊才成做平和的優勝者。論伊的功勞比戰爭的得勝者幾若倍較贏。伊比對有地位的階級出身的，天才，品性的力，佮勞力來得著出名無論甚物人就（tō）毋免降落做第二流的人。今論世界十二個偉人傳就是照頂面所介紹彼十二個。照 in 逐人的特色亦大略講了 lah。
Khiok lūn tī chia só͘ siá ê sī lūn hit ê tāi-lio̍k ê iàu-tiám nā-tiā^{n}.	卻論佇遮所寫的是論彼个大略的要點若定。

載於《芥菜子》，第二十、二十一號，一九二七年九月二十六日、十月二十七日

JÎ-TÔNG TIONG-SIM Ê KI-TOK-KÀU
（兒童中心的基督教）

作者　不詳
譯者　陳清忠

【作者】

不著撰者。

【譯者】

陳清忠，見〈海龍王〉。

JÎ-TÔNG TIONG-SIM Ê KI-TOK-KÀU (1)	兒童中心的基督教（1）
TIÂN CHHOAN TİT-SIN TŪ TÂN CHHENG-TIONG ĖK	TIÂN CHHOAN TİT-SIN 著 陳清忠　譯
Tē It Chiuⁿ "Ki-tok-kàu ê Cheng-sîn"	第一章 「基督教的精神」
Oȧt-Joē-lėk (G. F. Watts) sī Eng-kok chhut-miâ ê hoā (誤植 hoa)-kong, i tī 1904 nî 7 geh kè-sin, hióng-siū 87 hè. I ū lâu choē-choē ê chong-kàu-oē (tô) tī āu-sè, lâng nā khoàn i ê tô chiū oē bêng-pėk, chai i m̄-nā sī pù-ū tī û-giân-tek (預言的) cheng-sîn ê lâng koh-chài sī ū chhòng-chō-tek (創造的) châi-lêng (才能) ê hoā (誤植 hoa)-kong. Tiong-kan i só tē-it kòng-hiàn tī bān-kok ê Ki-tok-tô ê bêng-oē chiū-sī hit-tiuⁿ Ki-tok-kàu ê "Cheng-sin"-Ki-tok chē tī hûn-téng, I ê kha-thâu-u-ê ū sì-ê chhiah-thé ê soè-hàn gín-ná tī-teh, Ki-tok tò-chhiú pí sim-koaⁿ, chiàⁿ-chhiú pí chiah ê soè-kiáⁿ.	Oȧt-Joē-lėk (G.F. Watts)是英國出名的畫工，伊佇一九〇四年七月過身，享壽 87 歲。伊有留濟濟的宗教畫（圖）佇後世，人若看伊的圖就會明白，知伊毋但是富有佇預言 tek（預言的）精神的人閣再是有創造 tek（創造的）才能（才能）的畫工。中間伊所第一貢獻佇萬國的基督徒的名畫就是彼張基督教的「精神」-基督坐佇雲頂，伊的跤頭趺的有四個赤體的細漢囡仔佇咧，基督倒手比心肝，正手比遮的細囝。
Nā kóng Ki-tok-kàu ê cheng-sîn, bān-lâng	若講基督教的精神，萬人的確咧欲異

（續）

<table>
<tr>
<td>tek-khak teh-beh ī^{n}-kháu-tông-im lâi kiò kóng,-kiù-chè ‘hām-lȯh choē-ok ê toā choē-jîn’ chiū-sī Ki-tok-kàu ê cheng-sîn lah! Nā kóng khah bêng, kin-ná-jit ê Ki-tok-kàu-hoē kia^{n}-liáu bȧk-chiu bô kàu-giȧh kng thang khoà^{n} Ki-tok ê choân (誤植 choan)-cheng-sîn. Kan-ta sìn Ki-tok sī toā Kiù-chú, bû-sī Ki-tok ū toā bȯk-chiá toā kàu-su ê chun-kuì sèng-chit tī-teh ê khoán-sit. Ki-tok-kàu-hoē ê Sîn-hȧk-chiá, soat-kàu-ka iā ná teh siū^{n} Ki-tok-kàu tû-khì Kiù-chú kap choē-koà í-goā bô ū būn (誤植 bûn)-toê thang gián-kiù ê khoán-sit, só͘-í in kan-ta bu̇t-thâu tī chit nn̄g-ê būn (誤植 bûn)-toê.</td>
<td>口同音來叫講，-救濟「陷落罪惡的大罪人」就是基督教的精神啦！若講較明，今仔日的基督教會驚了目睭無夠額光通看基督的全精神。干焦信基督是大救主，無視基督有大牧者大教師的尊貴性質佇咧的款式。基督教會的神學者，說教家也那咧想基督教除去救主佮罪過以外無有問題通研究的款式，所以 in 干焦物頭佇這兩個問題。</td>
</tr>
<tr>
<td>Chóng-sī oȧt-hoa-kong khoà^{n} Ki-tok-kàu ê tù-gán-tiám (著眼點) choân-jiân bô-sa^{n}-tâng. I ê bȧk-chiu sit-chāi khak-sit ū û-gián-tek ê gán-kng (眼光) tī-teh. I khoà^{n}-phoà Ki-tok-kàu ê cheng-sîn m̄-nā kan-ta tī kiù-chè choē-jîn nā-tiā^{n}. Ki-tok-kàu ê cheng-sîn iā tiȯh tī pó-hō͘ ióng-iȯk thian-chin lân-bān, (天真爛熳) bô siâ-khì ê gín-ná. Chun-kèng gín-ná chhut-sì chiū-sī Siōng-tè ê kiá^{n}, ū hūn tī Thian-kok ê toā-chu-keh ê koân-lī, kò͘ m̄-thang hō͘ poà^{n}-ê khì hoān-choē chiah-sī Ki-tok-kàu ê cheng-sîn. Ki-tok sī gín-ná ê toā bȯk-chiá, koh-chài sī toā ê kàu-iȯk-ka. Nî-nî bô-lūn tī sím-mi̇h sî-chūn, tī sím-mi̇h só͘-chāi put-liông-siàu-liân ti̇t-ti̇t chhut-lâi sī sím-mi̇h in-toa^{n}? Khoà^{n}-kì^{n} oȧt-sì só͘-uī khó-ài ê gín-ná ê bīn, sím-mi̇h lâng boē siū lêng-kám! Khoà^{n}-kì^{n} gín-ná bô siâ-khì ê chhiò-iông, sím-mi̇h lâng oē khǹg phái^{n} ê liām-thâu ah!</td>
<td>總是 Oȧt-hoa-kong 看基督教的著眼點（著眼點）全然無相同。伊的目睭實在確實有預言 tek 的眼光（眼光）佇咧。伊看破基督教的精神毋但干焦佇救濟罪人若定。基督教的精神也著佇保護養育天真爛熳，（天真爛熳）無邪氣的囡仔。尊敬囡仔出世就是上帝的囝，有份佇天國的大資格的權利，故毋通予半个去犯罪才是基督教的精神。基督是囡仔的大牧者，閣再是大的教育家。年年無論佇甚物時陣，佇甚物所在不良少年直直出來是甚物因端？看見 Oȧt-sì 所畫可愛的囡仔的面，甚物人袂受靈感！看見囡仔無邪氣的笑容，甚物人會园歹的念頭 ah！予彼款遐爾清氣相上帝的囝兒來變做，罪過滿滿通厭惡歹鬼的囡仔，這是甚物人的大責任？是囡仔本身--的，抑是父母--的，或是社會的惡？這實在是真大的問題。Oȧt-sì 所畫的圖，</td>
</tr>
</table>

（續）

Hō͘ hit-khoán hiah-ni̍h chheng-khì-siù^{n} Siōng-tè ê kiá^{n}-jî lâi pì^{n}-choè, choē-koà moá-moá thang iàm-ò͘ phái^{n}-kuí ê gín-ná, che sī sím-mi̍h lâng ê toā chek-jīm? Sī gín-ná pún-sin--ê, á-sī pē-bú--ê, he̍k-sī siā-hoē ê ok? Che si̍t-chāi sī chin toā ê būn(誤植 bûn)-toê. oa̍t-sì só͘-uī ê tô, khak-si̍t ū kòng-phoà Ki-tok-kàu kú ê su-siú^{n}, lâi hoat-piáu ke̍k-bēng-tek (革命的) ê só͘ siū^{n}. Ki-tok-tô͘ ê thâu-khak-téng kiám m̄-sī chhin-chhiū^{n} hiat chit-lia̍p po̍k-lia̍t-toâ^{n} lo̍h lâi ê só͘-kám mah!! Tio̍h chhí^{n}, Ki-tok-tô͘ ah, Kak-chhí^{n} ê sî-ki kàu lah! Sè-kài ê toā chiàn-cheng ū kà-sī lán sím-mi̍h? Chū-jīn choè Ki-tok-kàu kok ê chiah-ê kok, tuì tī chit ê toā chiàn-cheng, àn-chái^{n}-iū^{n}-á lâi po̍k-lō͘ in ê lāi-chêng ah!! Kan-ta tì-ì tī siau-ke̍k-tek; (消極的) kiù-chè ê sū-gia̍p, bû sī chek-ke̍k-tek, (積極的) thian-chin lān-bān gín-ná ê kàu-io̍k, beh chái^{n}-iū^{n} oē-tit thang ín-chhoā chit ê siā-hoē ji̍p tī siān-liông ah! Chhiá^{n} khoà^{n}! Bô-lūn chái^{n}-iū^{n} choân-le̍k choân-sin hiàn tī thoân-tō ê kang, choē-jîn kiám m̄-sī tit-phái^{n} mah? Hit ê lí-iû sī chái^{n}-iū^{n}? Kiám m̄-sī chhò-gō͘ Ki-tok-kàu ê cheng-sîn mah? Kú-kú ê tiong-kan só͘ bû sī Ki-tok-kàu ê cheng-sîn, só͘ boē kì-tit Ki-tok-kàu ê cheng-sîn, só͘ gō͘-kái Ki-tok-kàu ê cheng-sîn; kàu tī jī-cha̍p sè-kí ê kin-á-ji̍t í-keng chiām-chiām ná teh bêng-pe̍k, si̍t-chāi sī chin thang hoa^{n}-hí, thang kám-siā ê sū. Chin-lí ū choè-āu ê sèng-lī tī-teh. O͘-pe̍k-lîm tāi-ha̍k ê kàu-siū Hu-sūn phok-sū ū kóng "Ki-tok-kàu tāi-sèng-lí ê chit-hāng, khak-si̍t sī tī jî-tông ê	確實有摃破基督教久的思想，來發表革命 tek（革命的）的所想。基督徒的頭殼頂 kiám 毋是親像抗一粒爆裂彈落來的所感 mah！！著醒，基督徒 ah，覺醒的時機到啦！世界的大戰爭有教示咱甚物？自認做基督教國的 chiah 的國，對佇這个大戰爭，按怎樣仔來曝露 in 的內情 ah！！干焦致意佇消極 tek；（消極的）救濟的事業，無視積極 tek，（積極的）天真爛漫囡仔的教育，欲怎樣會得通引悉這个社會入佇善良 ah！請看！無論怎樣全力全身獻佇傳道的工，罪人 kiám 毋是得歹嗎？彼个理由是怎樣？Kiám 毋是錯誤基督教的精神 mah？久久的中間所無視基督教的精神，所袂記得基督教的精神，所誤解基督教的精神；到佇二十世紀的今仔日已經漸漸那咧明白，實在是真通歡喜，通感謝的事。真理有最後的勝利佇咧。O͘-pe̍k-lîm 大學的教授 Hu-sūn 博士有講「基督教大勝利的一項，確實是佇兒童的發見」今仔日傳道界，咧 tù-táu 的時機，來發見著兒童，實在通講是開基督教大勝利的路啦！

（續）

hoat-kiàn" Kin-ná-jit thoân-tō-kài, teh tù-táu ê sî-ki, lâi hoat-kiàn tio̍h jî-tông, sit-chāi thang kóng sī khui Ki-tok-kàu tāi-sèng-lī ê lō͘ lah!	
Tē Jī Chiuⁿ	第二章
Kú-kú só͘ gō͘-kái Ki-tok ê Bīn	久久所誤解基督的面
Lâng nā bat ta̍h ji̍p tī Au-bí Ki-tok-tô͘ ê ka-têng, chiū oē chiap khoàⁿ tio̍h Lé-nî só͘ uī Ki-tok ê bīn. I só͘ uī chit-tiuⁿ tô͘, nā tuì su-kài khoàⁿ khí-lâi, sit-chāi sī kia̍t-chok; chóng-sī I só͘ uī Ki-tok ê bīn, tàu-tí m̄-chai sī Ki-tok ê chin-siòng á m̄-sī, che sī toā ê gî-būn. M̄-nā kan-ta Lé-nî, chiū pa̍t-ê uī-ka só͘ chok Ki-tok ê bīn, lóng sī tâng chit ê hêng-thé. Bô-lūn sím-mi̍h lâng uī Ki-tok ê bīn, lóng ēng Pi (悲) choè chin-chhé. Nā ēng pa̍t-kù lâi kóng,-Ki-tok ê bīn lóng choè pi-ai ê lâng lâi uī.	人若捌踏入佇歐美基督徒的家庭，就會接看著 Lé-nî 所畫基督的面。伊所畫這張圖，若對 su-kài 看起來，實在是傑作；總是伊所畫基督的面，到底毋知是基督的真相抑毋是，這是大的疑問。毋但干焦 Lé-nî，就別的畫家所做基督的面，攏是同一个形體。無論甚物人畫基督的面，攏用悲（悲）做精髓。若用別句來講，-基督的面攏做悲哀的人來畫。
Sè-kài-tāi-chiàn āu, chong-kàu-kài ê chu-che̍k tē-it choē lâng tha̍k ê, chiū-sī Ki-tok-toān, chiah ê toān-kì khah choē sī tuì tī pêng-siông sìn-tô͘ ê chhiú só͘ siá--ê. Só͘ chhut-pán ê Ki-tok-toān, bô-lūn tó chi̍t ê tù-chiá, bô chi̍t-lâng bô lūn gín-ná ê sū, kiám m̄-sī chin kî-thāi ê hiān-siōng mah! Tāi-chiàn-āu, sè-kan lâng ê ba̍k-chiu lóng khoàⁿ tī Ki-tok, che kiám m̄-sī ì-bī (意味) chin chhim ê sū mah! Beh kái-liông kin-ná-jit siā-hoē ê khoán-sit, tek-khak tio̍h tò-tńg chhē Ki-tok, í-goā bô lō͘. Chêng nî, ū chi̍t ê bo̍k-su kiò-choè Hâ-to (Harte), i ū tù chit-pún Ki-tok-toān kiò-choè "Hit-ê lâng pún-sin sī Ná-sat-	世界大戰後，宗教界的書籍第一濟人讀的，就是基督傳，遮的傳記較濟是對佇平常信徒的手所寫--的。所出版的基督傳，無論佗一个著者，無一人無論囡仔的事，kiám 毋是真期待的現象 mah！大戰後，世間人的目睭攏看佇基督，這 kiám 毋是意味（意味）真深的事 mah！欲改良今仔日社會的款式，的確著倒轉揣基督，以外無路。前年，有一個牧師叫做 Hâ-to (Harte)，伊有著這本基督傳叫做「彼个人本身是拿撒勒人。」伊毋承認基督有神聖，看輕神蹟，伊的說咱袂會降服，總是看伊冊內所論起囡仔的事是真奇拔（奇拔），咱袂免得著有佮

（續）

lėk-lâng." I m̄ sêng-jīn Ki-tok ū Sîn-sèng, khoà^{n}-khin Sîn-jiah, i ê soat lán boē oē hâng-hȯk, chóng-sī khoà^{n} i chheh-lāi sớ lūn-khí gín-ná ê sū sī chin kî-poȧt (奇拔), lán boē bián-tit tiȯh ū kap i tâng-ì ê sớ-chāi. I kóng, "Kin-ná-jit, liōng-pit bô ū chit ê bīn pí Ki-tok ê, khah hō lâng gō-kái." Bô-lūn tó chit ê oē-ka sớ uī ê Ki-tok ê bīn, i lóng kā i khok-phêng (酷評). Sit-chāi tuì tī i ê phoe(誤植phoê)-phêng, oē-ka lóng bô bīn-sek. In-uī i kóng in sớ uī ê bīn, bô chit ê ū hián-chhut Ki-tok ê chin-siòng tī-teh. I sớ lūn ê chèng-kù ê iàu-tiám put-chí sim-sek. Sit-chāi ū chhȧk-kè sớ ū ê oē-ka ê chông-hú ê sớ-chāi. Ki-tok tī chit sè-kan ê tiong-kan, lâi chiū-kūn Ki-tok ê, kiám m̄-sī gín-ná pí toā-lâng khah siông mah? Nā-sī chiàu in sớ uī hit-khoán ê bīn-siōng, Ki-tok kó-jiân sī án-ni-, lí phah-sǹg gín-ná beh chū-chip oá-lâi mah? Gín-ná tuì in ê pún-lêng sèng, chin chai iá^{n} thià^{n} in ê lâng. Bô-lūn hián-chhut sím-mih chhiò-iông, iáu-kú gín-ná chai sim-toé. Gín-ná bat chin-sit thià^{n} i ê lâng, tû-khì hit ê lâng ê sin-pi^{n} i bô ài kūn-oá pȧt ê. Ki-tok ê sim-koa^{n} ū kap gín-ná ê sim-koa^{n} kiat-liân. Thià^{n} gín-ná ê Ki-tok, beh thài ū hit-khoán pi-ai ê bīn-siòng ah! Ki-tok ê bīn tek-khak sī chhiò-iông ê bīn chiah tiȯh, i án-ni kóng, sit-chāi sī chin-siòng ê giân-gú. Goá ū thȧk tiȯh chit-pún chheh kiò-choè "Tuì bô lâng bat ê hȧk-seng" tù-chiá siá chit pún Ki-tok-toān, i ê siá-hoat sī chhin-chhiū^{n} i pún-sin kap Ki-tok choè-tīn, chhin-bȧk khoà^{n} I sớ choè ê khoán,	伊同意的所在。伊講，「今仔日，諒必無有一個面比基督的，較予人誤解。」無論佗一个畫家所畫的基督的面，伊攏共伊酷評（酷評）。實在對佇伊的批評，畫家攏無面色。因為伊講 in 所畫的面，無一个有顯出基督的真相佇咧。伊所論的證據的要點不止心適。實在有 chhȧk-kè 所有的畫家的藏 hú 的所在。基督佇這世間的中間，來就近基督的，kiám 毋是囡仔比大人較常 mah？若是照 in 所畫彼款的面相，基督果然是按呢-，你拍算囡仔欲聚集倚來 mah？囡仔對 in 的本能聖，真知影疼 in 的人。無論顯出甚物笑容，猶過囡仔知心底。囡仔捌真實疼伊的人，除去彼个人的身邊伊無愛近倚別的。基督的心肝有佮囡仔的心肝結聯。疼囡仔的基督，欲太有彼款悲哀的面相 ah！基督的面的確是笑容的面才著，伊按呢講，實在是真相的言語。我有讀著這本冊叫做「對無人捌的學生」著者寫這本基督傳，伊的寫法是親像伊本身佮基督做陣，親目看伊所做的款，冊來所寫基督的面攏是歡喜充滿的面。閣再宋博士有講，「佇四福音書的內面干焦記耶穌流一擺目屎若定，以外毋捌，」這 kiám 毋是講耶穌流目屎是真稀罕的事 mah？伊也是講，耶穌的面不時充滿歡喜佇咧。

（續）

chheh-lâi só͘ siá Ki-tok ê bīn lóng-sī hoaⁿ-hí chhiong-moá ê bīn. Koh-chài Sòng phok-sū ū kóng, "Tī sù-hok-im-su ê lāi-bīn kan-ta kì Iâ-so͘ lâu chi̍t-pái ba̍k-sái nā-tiāⁿ, í-goā m̄-bat," che kiám m̄-sī kóng Iâ-so͘ lâu ba̍k-sái sī chin hi-hán ê sū mah? I iā-sī kóng, Iâ-so͘ ê bīn put-sî chhiong-moá hoaⁿ-hí tī-teh.	
Thiàⁿ gín-ná ê bīn chi̍t-chéng bô saⁿ-tâng ê só͘-chāi tī-teh,-ū ài-kiau ê só͘-chāi, ū ko-siōng ê khì-chit tī-teh. Ki-tok ê bīn, bô-lūn sím-mih khoán ê oē-ka, ū oh-tit uī ê só͘-chāi tī-teh.	疼囡仔的面一種無相同的所在佇咧，-有愛嬌的所在，有高尚的氣質佇咧。基督的面，無論甚物款的畫家，有僫得畏的所在佇咧。
Thiàⁿ choē-jîn ê bīn, thiàⁿ gín-ná ê bīn, tek-khak ū toā koh-iūⁿ tī-teh. Ū chûn chhin-chhiūⁿ gín-ná ê sim-koaⁿ, chiah oē hián-chhut gín-ná ê bīn. Toā si-jîn Oat-jû-oē-su ū kóng, "Gín-ná sī toā-lâng ê lāu-pē" "Uí-tāi ê lâng chi̍t-ji̍t nā bô chi̍t-pái chiâⁿ chhin-chhiūⁿ gín-ná, chiū boē kham-tit kiò-choè uí-jîn." Ki-tok kóng "Tī Thian-kok ài choè toā ê, tio̍h tāi-seng chiâⁿ chhin-chhiūⁿ gín-ná" Su-pi-a phok-sū só͘ tù "Ki-tok ê chú-gī" hit-pún chheh lāi-bīn ū kóng, "Ki-tok m̄-nā kan-ta chi̍t-ji̍t chi̍t-pái, I put-sî tō chiâⁿ-choè gín-ná."	疼罪人的面，疼囡仔的面，的確有大各樣佇咧。有存親像囡仔的心肝，才會顯出囡仔的面。大詩人 Oat-jû-oē-su 有講，「囡仔是大人的老父」「偉大的人一日若無一擺成親像囡仔，就袂堪得叫做偉人。」基督講「佇天國愛最大的，著代先成親像囡仔」Su-pi-a 博士所著「基督的主義」彼本冊內面有講，「基督毋但干焦一日一擺，伊不時就成做囡仔。」
Ki-tok-kàu m̄-sī ēng toā-lâng choè tiong-sim, sī tio̍h ēng gín-ná choè tiong-sim. Goá bô kóng, toā-lâng tiong-sim ê Ki-tok-kàu, kóng, Jî-tông tiong-sim ê Ki-tok-kàu, tek-khak m̄-sī ho͘N3-kî(誤植 kí), á-sī uī-tio̍h beh khiú lâng ê chù-ì chiah lâi kóng án-ni.	基督教毋是用大人做中心，是著用囡仔做中心。我無講，大人中心的基督教，講，兒童中心的基督教，的確毋是好奇，抑是為著欲摸人的注意才來講按呢。
(āu-hō koh soà-chiap)	（後號閣紲接）

（續）

Jî-tông Tiong-sim ê Ki-tok-kàu (2)	兒童中心的基督教（2）
(Soà-chiap Chêng-hō)	（紲接前號）
Tē Sa^n Chiu^n	第三章
Choân-lêng ê Siōng-tè Thià^n ke̍k-toan (kè-thâu).	全能的上帝疼極端（過頭）。
Phah-sǹg, hō͘ kūn-tāi ê tho̍k-su-kài lāu(誤植 lâu)-jia̍t ê chu-che̍k (chheh), bô ū chit-pún iâ^n-kè Pa-pí-nî só͘ tù ê "Ki-tok-toān." Liân (誤植 Liān) jit-pún tō ū nn̄g-khoán ê hoan-e̍k-su. Chóng-sī ēng gián-kiù-tek cheng-sîn lâi tha̍k chit-pún Toān-kì ê lâng ū kuí ê? Phah-sǹg hit ê sò͘ sī chin chió. Lâng-lâng ū koh-iū^n ê chhù-bī, bô-lūn teh tha̍k sím-mih chheh, nā sī ū chhim-chhim ha̍h tī ka-kī ê chhù-bī--ê, chiū te̍k-pia̍t khah chù-ì, che sī chū-jiân ê lí. Kin-ná-jit ê Bo̍k-su Thoân-tō-su (Tâi-oân?) tuì tī jî-tông chit hong-bīn bô sím-mih ū chhù-bī ê khoán, só͘-í gián-kiù jî-tông ê cheng-sîn ū khoat-hoa̍t. Kin-ná-jit ê Thoân-kàu-su ê chheh-tû-lāi, tàu-tih m̄-chai ū kuí-pún koan-hē jî-tông ê chheh tī-teh?	拍算，予近代的讀書界鬧熱的書籍（冊），無有一本贏過 Pa-pí-nî 所著的「基督傳。」連日本就有兩款的翻譯書。總是用研究的精神來讀一本傳記的人有幾個？拍算彼个數是真少。人人有各樣的趣味，無論咧讀甚物冊，若是有深深合佇家己的趣味--的，就特別較注意，這是自然的理。今仔日的牧師傳道師（臺灣？）對佇兒童這方面無甚物有趣味的款，所以研究兒童的精神有缺乏。今仔日的傳教師的冊櫥內，tàu-tih 毋知有幾本關係兒童的冊佇咧？
Kuí-nā-nî chêng, goá bat tī bó͘ chhut-miâ Bo̍k-su ê tha̍k chheh thia^n chioh kè chit mî, keh-jit thàu-chá khí-lâi, chheh-tû lāi kuí-nā pah pún ê tiong-kan, chhē bô poà^n-pún koan-hē jî-tông ê chheh. Hit ê Bo̍k-su hit-tia̍p sī choè hit ê toē-hng ê Chú-jit-o̍h Pō-hoē ê Hoē-tiú^n, hit ê lâng siōng-chhiá^n sī án-ni, hô-hòng it-poa^n! Tuì án-ni thang chhui-lí. Tī chit nn̄g-sa^n nî ê tiong-kan, ū boé Pa-pí-nî ê Ki-tok-toān ê Bo̍k-su á-sī Thoân-tō-su phah-sǹg ká^n put-chí choē lâng. Chóng(誤植	幾若年前，我捌佇某出名牧師的讀冊廳借過一暝，隔日透早起來，冊櫥內幾若百本的中間，揣無半本關係兒童的冊。彼个牧師彼霎是做彼个地方的主日學部會的會長，彼个人尚且是按呢，何況一般！對按呢通推理。佇這兩三年的中間，有買 Pa-pí-nî 的基督傳的牧師抑是傳道師拍算敢不止濟人。總是讀彼本基督的傳記，致意佇伊的兒童論，來斟酌讀的人，有幾人？這不止通疑問的所在。我有拄著不止濟的 Pa-pí-nî 基督傳

（續）

Chong)-sī tha̍k hit-pún Ki-tok ê toān-kì, tì-ì tī i ê jī-tông-lūn, lâi chim-chiok tha̍k ê lâng, ū kuí(誤植 kuì) lâng? Che put-chí thang gî-būn ê só͘-chāi. Goá ū tú-tio̍h put-chí choē ê Pa-pí-nî Ki-tok-toān ê ài-tho̍k-chiá, m̄ng in khoà^{n} i ê jī-tông-lūn sī chái^{n}-iū^{n}, in bô ū chi̍t lâng chim-chiok tī hit ê būn-toê. Nā hō͘ Pa-pí-nî thia^{n}-tio̍h, i tek-khak oē toā sit-bōng. Goá pún-sin ū tha̍k sa^{n}-piàn, tī hit tiong-kan, só͘ tē-it chhim-chhim khiú goá ê chù-ì ê kì-sū: bô pa̍t hāng! chiū-sī i ê jī-tông-lūn. Sím-mi̍h lâng nā tha̍k-tio̍h i ê Ki-tok-toān, lâi bô kám-tio̍h jī-tông tiong-sim ê Ki-tok-kàu chhim-oán ê lí ah! I kiò kóng, thià^{n} choa̍t-tuì (絕對) ê Sîn, chiū-sī thià^{n} kè-thâu ê Siōng-tè lah! Tī I ê chià^{n}-chhiú ū phō Thian-chin lān-bān, bû-siâ-khì ê soè-kiá^{n}, tò-chhiú ū phō cha̍p-nî, jī-cha̍p nî choè choē-ok ê lô͘-chāi thang khó-siong ê choē-jîn. Kin-ná-ji̍t ê Ki-tok kàu-hoē bô chù-ì tī chià^{n}-chhiú só͘ phō ê jī-tông, kan-ta chù-bo̍k tī tò-chhiú só͘ phō-ê choē-jîn nā-tiā^{n}. Ki-tok nā beh kiù choē-jîn sī lô-hoân ka-kī ê kha, chiong I pún-sin bô pē tāng-tà^{n} ê khuì-la̍t, chhim-chhim tông-chêng boē tit kūn-oá ê lâng. Chóng-sī I tuì tī gín-ná m̄-bat kóng chi̍t kù 'tông-chêng' á-sī 'lîn-bín' ê oē. 'Tông-chêng' sī tuì tī choē-jîn só͘ kóng ê oē. Ki-tok tuì tī gín-ná si̍t-chāi ēng chin un-sûn iu-bí ê oē. Gín-ná tuì tī in ê thian-sêng ū thià^{n} Ki-tok ê sim tī-teh, só͘-í bô pit-iàu lô-hoân I ê kha, chiū-kūn choē-jîn ê khoán lâi chiū-kūn gín-ná. Ki-tok sî-siông tuì gín-ná sī kóng "Lâi chiū-kūn goá" Gín-ná	的愛讀者，問 in 看伊的兒童論是怎樣，in 無有一人斟酌佇彼个問題。若予 Pa-pí-nî 聽著，伊的確會大失望。我本身有讀三遍，佇彼中間，所第一深深摸我的注意的記事：無別項！就是伊的兒童論。甚物人若讀著伊的基督傳，來無感著兒童中心的基督教深遠的理 ah！伊叫講，疼絕對（絕對）的神，就是疼過頭的上帝啦！佇伊的正手有抱天真爛漫，無邪氣的細囝，倒手有抱十年，二十年做罪惡的奴才通 khó-siong 的罪人。今仔日的基督教會無注意佇正手所抱的兒童，干焦注目佇倒手所抱的罪人若定。基督若欲救罪人是勞煩家己的腳，將伊本身無父重擔的氣力，深深同情袂得近倚的人。總是伊對佇囡仔毋捌講一句「同情」抑是「憐憫」的話。「同情」是對佇罪人所講的話。基督對佇囡仔實在用真溫純優美的話。囡仔對佇 in 的天成有疼基督的心佇咧，所以無必要勞煩伊的跤，就近罪人的款來就近囡仔。基督時常對囡仔是講「來就近我」囡仔本身來就近基督，in 有彼款的力。佇這所在大人佮囡仔有大精差佇咧。基督佇這世間的時，接著濟濟的罪人。伊的心肝偌痛疼是咱袂料得，量必目睭不時浮目屎出來。總是基督入家庭做家庭的人，抱囡仔佇跤頭趺等，chim 笑 gī-gī，無邪氣，可愛的囡仔的嘴★的時，宛然拄著親密的朋友，心肝非常的歡喜。基督佮行洗禮的約翰有各樣，伊是愛家庭的人，愈濟囡仔的家庭，伊愈疼彼个家庭；這款的家庭就是

（續）

pún-sin lâi chiū-kūn Ki-tok, in ū hit-khoán ê la̍t. Tī chit só͘-chāi toā lâng kap gín-ná ū toā cheng-chha tī-teh. Ki-tok tī chit sè-kan ê sî, chiap tio̍h choē-choē ê choē-jîn. I ê sim-koaⁿ loā thàng-thiàⁿ sī lán boē liāu-tit, liōng-pit ba̍k-chiu put-sî phû ba̍k-sái chhut lâi. Chóng-sī Ki-tok ji̍p ka-têng choè ka-têng ê lâng, phō gín-ná tī kha-thâu-u téng, chim chhiò-gī-gī, bû-siâ-khì, khó-ài ê gín-ná ê chhuì-phoé ê sî, oán-jiân tú-tio̍h chhin-bit ê pêng-iú, sim-koaⁿ hui-siông ê hoaⁿ-hí. Ki-tok kap kiâⁿ soé-lé ê lok-hān ū koh-iūⁿ, I sī ài ka-têng ê lâng, jú choē gín-ná ê ka-têng, I jú thiàⁿ hit ê ka-têng; chit-khoán ê ka-têng chiū-sī toē-siōng ê thian-kok. Ki-tok put-sî ū toà gín-ná ê sim-koaⁿ tī-teh. Khó-sioh tī kú-kú ê tiong-kan lâng ū boē kì-tit Ki-tok tuì gín-ná só͘ khǹg ê sim-koaⁿ. Kin-ná-ji̍t ê Ki-tok kàu-hoē kan-ta toā-lâng, toā lâng, tuì-tiōng toā-lâng; khoàⁿ-khin gín-ná; tuì Ki-tok kiám m̄-sī chin boē tit kè mah! Ki-tok m̄-bat chit-pái khǹg gín-ná tī bé-liu, put-sî sī khǹg tī tiong-ng. Ki-tok só͘ khǹg tī tiong-ng ê gín-ná, kin-ná-ji̍t ê Ki-tok-tô͘ siáⁿ-sū kā i soá tī bé-liu ah! Toā lâng khah kuì-tiōng, á-sī kó-jiân gín-ná khah kuì-tiōng! Bô kiâⁿ Ki-tok ê só͘ kiâⁿ--ê, thang kiò choè Ki-tok-tô͘ mah! Ki-tok ê thiàⁿ gín-ná sī pí thiàⁿ choē-jîn koh-khah toā. Koh-khah kóng, iā sī m̄-thang boē kì-tit Ki-tok-kàu tio̍h ēng jî-tông lâi choè tiong-sim.	地上的天國。基督不時有帶囡仔的心肝佇咧。可惜佇久久的中間人有袂記得基督對囡仔所囥的心肝。今仔日的基督教會干焦大人，大人，對重大人；看輕囡仔；對基督 kiám 毋是真袂得過 mah！基督毋捌一擺囥囡仔佇尾溜，不時是囥佇中央。基督所囥佇中央的囡仔，今仔日的基督徒啥事共伊徙佇尾溜 ah！大人較貴重，抑是果然囡仔較貴重！無行基督的所行--的，通叫做基督徒 mah！基督的疼囡仔是比疼罪人閣較大。閣較講，也是毋通袂記得基督教著用兒童來做中心。
Tē Sì Chiuⁿ	第四章
Ki-tok ê Ki-tok-kàu kap Pó-lô ê Ki-tok-kàu ê	基督的基督教佮保羅的基督教的精差。

（續）

cheng-chha.	
Nā ū lâng kóng, Ki-tok ê Ki-tok-kàu kap Pó-lô ê Ki-tok-kàu sī siâng chit ê, bô chha-piat, goá bô hoán-tuì; in-uī goá pún-sin si̍t-chāi kàu kuí-nā nî chêng iû-goân sī án-ni sìn ê chi̍t-ê. Chóng-sī Pó-lô ê Ki-tok-kàu, lūn gín-ná ê chong-kàu choân-jiân bô kóng-khí, tī chit ê sớ-chāi, Ki-tok kap Pó-lô ū toā chha-piat tī-teh. Koh-chài koan-hē hū-jîn ê sū, Ki-tok kap Pó-lô, in ê li̍p-tiū^{n} iā sī ū koh-iū^{n} tī-teh. Lūn Pó-lô sī uí-tāi ê sîn-ha̍k-chiá, tiat-ha̍k-ka, phah-sǹg bô lâng ū khǹg koh-iū^{n} ê ì-kiàn. I sớ lâu-teh lūn Ki-tok kiù-chè ê sîn-ha̍k, tek-khak teh-beh éng-kiú chûn tī sè-kan. I siá^{n}-sū kap Ki-tok koh-iū^{n} lâi bû-sī gín-ná ah? Gián-kiù hit ê lí-iû, sī put-chí ū chhù-bī ê būn-toê. Kàu kin-ná-ji̍t phah-sǹg lūn-ki̍p kàu chit ê būn-toê ê ha̍k-chiá, sī bô kuí lâng. Nā ū gián-kiù Pó-lô ê phoe ê lâng tek-khak oē chai, i tuì tī hū-jîn-lâng kap gín-ná, i bat keng-kè kan-khớ ê keng-giām. Nā tha̍k Tāi-pit Su-mi-su sớ tù hit-pún “Pó-lô ê phoe kap i ê it-seng” chiū chai i ū chú-tiu^{n} kóng, Pó-lô ū bớ iā ū kiá^{n}, I choè-ko chhâi-phoà^{n}-sớ ê gī-oân ê chi̍t ê, beh tit-tio̍h chit-khoán ê toē-uī, chiàu Iû-thài ê kui-tēng, tio̍h ū bớ-kiá^{n} chiah oē ēng-tit, sớ-í thang chai Pó-lô ū chhe-chú.	若有人講，基督的基督教佮保羅的基督教是 siâng 一个，無差別，我無反對；因為我本身實在到幾若年前猶原是按呢信的一个。總是保羅的基督教，論囡仔的宗教全然無講起，佇這个所在，基督佮保羅有大差別佇咧。閣再關係婦人的事，基督佮保羅，in 的立場也是有各樣佇咧。論保羅是偉大的神學者，哲學家，拍算無人有囥各樣的意見。伊所留咧論基督救濟的神學，的確咧欲永久存佇世間。伊啥事佮基督各樣來無視囡仔 ah？研究彼个理由，是不止有趣味的問題。到今仔日拍算論及到這个問題的學者，是無幾人。若有研究保羅的批的人的確會知，伊對佇婦人人佮囡仔，伊捌經過艱苦的經驗。若讀大衛 Su-mi-su 所著彼本「保羅的批佮伊的一生」就知伊有主張講，保羅有某也有囝，伊最高裁判所的議員的一个，欲得著這款的地位，照猶太的規定，著有某囝才會用得，所以通知保羅有妻子。
Ū lâng tuì tī chú-tiu^{n} Pó-lô sī to̍k-sin, lâi chèng-bêng i m̄-sī chhâi-phoà^{n}-sớ-oân ê chi̍t-ê. Chóng-sī nā tha̍k Sù-tớ hêng-toān, ū chit kù teh kóng, Pó-lô hoa^{n}-hí Sū-thê-hoán sí, án-ni thang bêng-pe̍k Pó-lô ū piáu-chhut	有人對佇主張保羅是獨身，來證明伊毋是裁判所員的一个。總是若讀使徒行傳，有這句咧講，保羅歡喜司提反死，按呢通明白保羅有表出同意佇議會的決議。閣再看伊躋祭司長的批，毋濟濟的

（續）

tâng-ì tī gī-hoē ê koat-gī. Koh-chài khoà^{n} i toà Chè-si-tiú^{n} ê phoe, chhoā choē-choē ê sîn-hā, khiâ bé khì Tāi-má-sek beh cheng-hoa̍t Ki-tok-tô͘, chai i tek-khak sī ku koân-uī ê lâng. I kái-sim liáu-āu nn̄g-nî kú tī A-lat-pek ê sớ-chāi, tī thè-ún ê tiong-kan bớ-kiá^{n} lóng sit-lo̍h, choè khin-sin ê lâng, lâi hiàn-sin tī thoân-tō, che iā-sī bô giâu-gî ê sū-si̍t. Ko-lîm-to chiân-su 7 chiu^{n} 8 chat ū kóng, "......Kap chiú-koá^{n} lâng kóng, In nā tn̂g-tn̂g chhin-chhiū^{n} goá sī hó." Tuì chit kù oē thang bêng chai i sī ū bớ ê lâng. Koh-chài tâng 9 chiu^{n} 5 chat ū án-ni kóng, "Goá kiám bô koân thang chhoā sìn Chú ê chí-bē choè bớ lâi kap goá sa^{n}-kap kiâ^{n}, chhin-chhiū^{n} kî-û ê sù-tớ?" Tuì thâu kàu bé beh to̍k-sin ê lâng, tuì i ê chhuì kóng chhut chit khoán ê oē, thang siū^{n} sī put-khó-lêng ê sū. Chit-hāng thang kî-koài--ê, chiū-sī i ê phoe-lāi, tuì tī i ê bớ-kiá^{n} bô lâu chi̍t kù huih kap ba̍k-sái ê giân-gú tī-teh. Tuì án-ni thang siū^{n}, i tī ka-têng lāi, tuì i ê bớ-kiá^{n} bô ū sím-mi̍h hó ê ìn-siōng tī-teh. I tek-khak tuì i ê bớ chú-tiu^{n} choa̍t-tuì ê ho̍k-chiông, choè hū-jîn-lâng ê lâng tû-khì kî-tó í-goā, m̄-chún tī ta-pơ-lâng ê bīn-chêng. Koh-chài tuì tī gín-ná, i ū kóng nn̄g pái m̄-thang hō͘ gín-ná siū-khì; lūn gín-ná ê kàu-io̍k, i sī ēng cheng-hoa̍t choè tē-it. Tuì tī i ê Sîn-ha̍k tuì tī hū-jîn lâng, tuì tī gín-ná lán boē thang tit-tio̍h sím-mi̍h hó ê kà-sī kóng, 'bô poà^{n}-hāng' iā m̄-sī kè-thâu ê oē.	臣下，騎馬去大馬士欲征伐基督徒，知伊的確是居高位的人。伊改心了後兩年久佇阿拉伯的所在，佇退隱的中間某囝攏失落，做輕身的人，來獻身佇傳道，這也是無僥疑的事實。哥林多前書七章節有講，「……佮守寡人講，In 若長長親像我是好。」對這句話通明知伊是有某的人。閣再同九章五節有按呢講，「我 kiám 無權通悉信主的姊妹做某來佮我相佮行，親像其餘的使徒？」對頭到尾欲獨身的人，對伊的喙講出這款的話，通想是不可能的事。這項通奇怪--的，就是伊的批內，對佇伊的某囝無留一句血佮目屎的言語佇咧。對按呢通想，伊佇家庭內，對伊的某囝無有甚物好的印象佇咧。伊的確對伊的某主張絕對的服從，做婦人人的人除去祈禱以外，毋准佇查埔人的面前。閣再對佇囡仔，伊有講兩擺毋通予囡仔受氣；論囡仔的教育，伊是用征伐做第一。對佇伊的神學對佇婦人人，對佇囡仔咱袂通得著甚物好的教示講，「無半項」也毋是過頭的話。
Kin-ná-ji̍t ê Ki-tok-kàu-hoē tuì-tiōng Pó-lô sī khah kè-thâu Ki-tok, che sī sū-si̍t. Ò-kớ-su-	今仔日的基督教會對重保羅是較過頭基督，這是事實。奧古斯丁，路得，Ka-

（續）

teng, Lô-tek, Ka-ní-pin chiah ê lóng sī chông(誤植 chong)-pài Pó-lô ê lâng, só͘-í khoà^{n} Pó-lô ê Sîn-ha̍k khah tāng. Kin-ná-ji̍t ê Ki-tok kàu-hoē bô lia̍h jî-tông choè iàu-kín che ū toā-toā ê iân(誤植 ian)-kò͘. Tī kūn-sè goá siông-siông thia^{n}-kì^{n} kiò kóng, "Kui-hoân Ki-tok, kui-hoân Ki-tok" sim-koa^{n} chin hoa^{n}-hí. Nā m̄-sī lī-khui Pó-lô ê Ki-tok-kàu, lâi tò-tńg kui pún-san Ki-tok ê Ki-tok-kàu, kūn-sè toā būn-toê ê jî-tông, í-ki̍p hū-jîn ê chin-siōng boē oē bêng-pe̍k, só͘-í beh tit thang chú-tiu^{n} jî-tông kap hū-jîn ê koân-lī. Kin-ná-ji̍t Ki-tok-kàu chái^{n}-iū^{n} m̄ tò-tńg kui Ki-tok? Tuì Ki-tok chiah khí-thâu chha̍p-hun oē lí-kái jî-tông tiong-sim ê Ki-tok-kàu. Hi-su-liû phok-sū só͘ tù "Chong-kàu tek si̍t-giām" ū kóng bêng Pó-lô ê Ki-tok-kàu kap Ki-tok ê Ki-tok-kàu ê cheng-chha: I kóng, "Lūn sian-chó͘ ê choē-koà, tī Lô-má su ū kóng 40 piàn, nā-sī tī Má-thài, Má-khó, Lō͘-ka sam hok-im-su lāi chiah ū kóng chit-piàn nā-tiā^{n}. Koan-hē chó͘-sian ê choē-koà, Ki-tok bô ū Pó-lô chi̍t-poà^{n} ê jia̍t-sim. Ki-tok sī khoà^{n} thâu-chêng, Pó-lô sī khoà^{n} āu-bīn. Ki-tok sī khah liû-sim tī Sîn-kok ê kiàn-siat pí tì-ì tī sià-choē." Nn̄g-pêng ê cheng-chha, phah-sǹg bô lâng oē kóng kàu chiah bêng-pe̍k. Nā tha̍k I só͘ tù ê "Kái-sim lūn" chiū oē khoà^{n}-ki^{n} jî-tông tiong-sim ê Ki-tok-kàu ê kng-chhái.	ní-pin 遮的攏是崇拜保羅的人，所以看保羅的神學較重。今仔日的基督教會無掠兒童做要緊這有大大的緣故。佇近世我常常聽見叫講，「歸還基督，歸還基督」心肝真歡喜。若毋是離開保羅的基督教，來倒轉歸 pún-san 基督的基督教，近世大問題的兒童，以及婦人的真相袂會明白，所以欲得通主張兒童佮婦人的權利。今仔日基督教怎樣毋倒轉歸基督？對基督才起頭十分會理解兒童中心的基督教。Hi-su-liû 博士所著「宗教tek 實驗」有講明保羅的基督教佮基督的基督教的精差：伊講，「論先祖的罪過，佇羅馬書有講四十遍，若是佇馬太，馬可，路加三福音書內才有講一遍若定。關係祖先的罪過，基督無有保羅一半的熱心。基督是看頭前，保羅是看後面。基督是較留心佇神國的建設比致意佇赦罪。」兩爿的精差，拍算無人會講到才明白。若讀伊所著的「改心論」就會看見兒童中心的基督教的光彩。
(āu hō koh soà-chiap)	（後號閣紲接）
Jî-tông Tiong-sim ê Ki-tok-kàu (3)	兒童中心的基督教（3）
(Soà-chiap Tē 22 hō)	（紲接第 22 號）

（續）

Tē-gō͘ Chiuⁿ	第五章
1928.04.01 517 Koàn (KOÀ-CHHÀI-CHÍ TĒ 26 Hō) p.14-15	1928.04.01 517 卷（芥菜子第 26 號）p.14-15
Ki-tok-kàu, sī Siau-kek-tek á-sī Chek-kek-tek?	基督教，是消極的抑是積極的？
Pó͘ kòng-phoà ê mih sī Ki-tok-kàu ê sú-bēng mah? Ki-tok-kàu ê pún-chit sī kan-ta choè Siu-siān tek kang-tiâⁿ jî-í mah? Nā-sī án-ni Ki-tok-kàu put-kò sî chit ê siau-kek-tek ê chong-kàu nā-tiāⁿ. Chóng-sī Ki-tok-kàu, m̄-nā siau-kek-tek sū-giap, iā sī ū toà chek-kek-tek toā ê sù-beng tī-teh ê chong-kàu. Kin-á-jit ê Ki-tok kàu-hoē, chiong Pó lô ê Sîn-hak ka-nn̄g-thun, chiong i ê sîn-hak hit-kù: “Chit sè-kan bô chit-lâng Gī-iâng” choè kí-chhó͘ lâi tok-lip siā-hoē-koan, só͘-í Ki-tok-kàu chū-jiân hām-loh choè siau-kek-tek ê chong-kàu.	補損破的物是基督教的使命 mah？基督教的本質是干焦做修繕的工程而已 mah？若是按呢基督教不過時一个消極的的宗教若定。總是基督教，毋但消極的事業，也是有帶積極的大的使命佇咧的宗教。今仔日的基督教會，將保羅的神學加圇吞，將伊的神學彼句：「這世間無一人義人」做基礎來獨立社會觀，所以基督教自然陷落做消極的的宗教。
Siu-lí kòng-phoà ê mih sī khah kuì-khì ê kang-tiâⁿ, á-sī ū-hông m̄-thang hō͘ i kòng-phoà hit-khoán ê kang-tiâⁿ khah ū kè-tat? Kin-á-jit ê siā-hoē thang kóng, chha-put-to koàn-chù só͘ ū ê lat tī siu-siān-tek ê sū-giap, koh-chāi lūn lâng ê sū-giap iā sī teh phah-sǹg bô ū chit-hāng oē khah iâⁿ-kè tī siu-siān-tek ê sū-giap ê khoán-sit. Bô-lūn kám-hoà sū-giap, kìm-chiú sū-giap, kiáu-hong sū-giap téng, sit-chāi siu-siān-tek sū-giap sī chin sēng-tāi, chiông-sū tī chit khoán ê sū-giap ê lâng, in ê thài-tō͘ oán-jiân ná tit-tioh ‘Geh-kuì-koan,’ hō͘ siā-hoē chin chun-tiōng.	修理損破的物是較貴氣的工程，抑是預防毋通予伊損破彼款的工程較有價值？今仔日的社會通講，差不多灌注所有的力佇修繕的的事業，閣再論人的事業也是咧拍算無有一項會較贏過佇修繕的的事業的款式。無論感化事業，禁酒事業，矯風事業等，實在修繕 tek 事業是真盛大，從事佇這款的事業的人，in 的態度宛然若得著「月桂冠，」予社會真尊重。
Khiok phah-phoà ê mih boē-tit-thang	卻拍破的物袂得通將按呢下咧，修理

（續）

chiong án-ni hē-teh, siu-lí phò-hoāi ê mi̍h sī lán ê toā chek-jīm. Chóng-sī Khu-la̍t-su-tun (Gladstone) ū kóng "Form" (chō-chiâ^{n}) sī pí "Reform" (kái-chō) khah ū kè-ta̍t kang-tiâ^{n}. Oā^{n}-oē lâi kóng, chek-ke̍k-tek ê sū-gia̍p sī pí siau-ke̍k-tek ê sū-gia̍p khah iàu-kín.Kin-á-ji̍t ê kàu-hoē khoà^{n} "Reform" siau-ke̍k-tek sū-gia̍p khah tāng tī chek-ke̍k-tek "Form" ê sū-gia̍p.	破壞的物是咱的大責任。總是 Khu-la̍t-su-tun (Gladstone)有講「Form」（造成）是比「Reform」（改造）較有價值工程。換話來講，積極的的事業是比消極的的事業較要緊。今仔日的教會看「Reform」消極 tek 事業較重佇積極的「Form」的事業。
Kàu-io̍k Ha̍k-chiá Ho-lûn Phok-sū kóng, kin-á-ji̍t ê siā-hoē sū-gia̍p-ka, khoà^{n}-kì^{n} chiú-chuì ê lâng tuì soa^{n}-téng poa̍h-lo̍h-lâi, koá^{n}-kín-oh, siat kìm-chiú-hoē! khoà^{n}-kì^{n} chha̍t-á lìn-lo̍h-lâi, koá^{n}-kín--oh, lia̍h-khì ka^{n}-ga̍k-ni̍h! sòng-hiong-lâng kō-lo̍h-lâi, kín--oh! siat-li̍p kiù-chè-hoē! pi^{n}-lâng poa̍h-lo̍h-lâi, sī-soā--oh, khí pī^{n}-ī^{n}--oh! uī-tio̍h chiah ê siu-siān-tek ê sū-gia̍p, siā-hoē toā bô êng, huì-liáu chin-choē ê chî^{n}. Kia̍h-thâu khoà^{n} soa^{n}-téng, bô ū siat-pī chit-hāng thang kò͘ in hō͘ in bián-tit poa̍h-lo̍h soa^{n}-kha. Soa^{n}-téng bô uî lân-kan, boē bián tit tio̍h chhiò in ê gōng. I án-ni chhiò, kiám bô toā ê chin-lí tī-teh mah?	教育學者 Ho-lûn 博士講，今仔日的社會事業家，看見酒醉的人對山頂跋落來，趕緊--oh，設禁酒會！看見賊仔輾落來，趕緊--oh，掠去監獄裡！散凶人 kō 落來，緊--oh！設立救濟會！病人跋落來，窸條--oh，起病院--oh！為著遮的修繕的的事業，社會大無閒，費了真濟的錢。擇頭看山頂，無有設備這項通顧 in 予 in 免得跋落山腳。山頂無圍欄杆，袂免得著笑 in 的戇。伊按呢笑，kiám 無大的真理佇咧 mah？
Lō͘-ka só͘ kì, lūn hó ê Sat-má-lī-a lâng, sī choè siā-hoē sū-gia̍p-ka ê bō͘-hoān. Chóng-sī chit-ê siā-hoē sū-gia̍p-ka ê bō͘-hoān. Chóng-sī chit-ê siā hoē ū tn̂g-tn̂g khiàm-kheh hó ê Sat-má-lī-a lâng á-bô? Chhin-chhiū^{n} Chio̍h-chhoan ngó͘-iū oē-bûn só͘ kóng, chha̍t-á ê chéng-chí éng boē chīn, m̄-nā kan-ta tī Iâ-lī-ko ê lō͘, chha̍t-á iā beh Poa̍t-hō͘ (Hêng-hêng sù-chì; bô beh siū khu-sok) tī thong sè-kan mah? Lán kiám boē oē choè pí hó ê Sat-má-	路加所記，論好的撒馬利亞人，是做社會事業家的模範。總是這个社會事業家的模範。總是這个社會有長長欠缺好的撒馬利亞人抑？親像 Chio̍h-chhoan ngó͘-iū oē-bûn 所講，賊仔的種子永袂盡，毋但干焦佇耶利哥的路，賊仔也欲 Poa̍t-hō͘ (Hêng-hêng sù-chì；無欲受拘束)佇通世間 mah？咱 kiám 袂會做比好的撒馬利亞人以上較貴氣的工程 mah？

（續）

lī-a lâng í-siōng khah kuì-khì ê kang-tiâ^{n} mah?	
Bí-kok Bu-la-ong Tāi-ha̍k ê Chóng-tiú^{n} Hong-jû Phok-sū teh kóng, siat-sú i nā sī tng Iâ-lī-ko-chhī chhī-tiú^{n} ê chit-jīm; tē-it, i beh chiong pōng-chí lâi pōng Iâ-lī-ko lō͘-pi^{n} só͘ ū ê gâm-chio̍h, chiâ^{n}-choè chit-tiâu kng-tit ê lō͘, hō͘ chha̍t-á bô ū chit só͘-chāi thang bih; tē-jī, i beh ēng bûn-bêng-tek ê tiān-teng lâi chiò kàu hit tiâu lō͘ hō͘ i kng kàu ná ji̍t-sî; tē-sa^{n}, beh phài kéng chhat tī ta̍k só͘-chāi lâi kò; ēng chit-khoán ê chèng-chhek ê sî, Iâ-lī-ko ê lō͘ tek-khak boē oē chhut poà^{n} ê chha̍t.Chit-khoán chek-ke̍k-tek ê sū-gia̍p, hó ê Sat-má-lī-a lâng, tuì hit tiâu lō͘ keng-kè, teh-beh bô ū hit-khoán siu-siān-tek ê sū-gia̍p thang choè.	美國 Bu-la-ong 大學的總長 Hong-jû 博士咧講，設使伊若是當耶利哥市市長的職任；第一，伊欲將磅子來磅耶利哥路邊所有的岩石，成做一條光直的路，予賊仔無有一所在通覕；第二，伊欲用文明的的電燈來照到彼條路予伊光到那日時；第三，欲派警察佇逐所在來顧；用這款的政策的時，耶利哥的路的確袂會出半个賊。這款積極的的事業，好的撒馬利亞人，對彼條路經過，咧欲無有彼款修繕的的事業通做。
Heng-lī Su-la̍t-bûn kàu-siū iā sī kap Hōng-jû Phok-sū tông-kám, i kóng, “Ki-tok-kàu m̄-sī chiong ‘siu-lí mi̍h-kiā^{n}’ choè î-it ê bo̍k-tek. Ki-tok-kàu sī chiong ‘tî-hông bia̍t-bô, ū-hông phò-hāi’ lâi choè bo̍k-tek.” Sèng-chheh kóng Ki-tok sī hó ê i-seng, chit ê miâ si̍t-chāi chin tek-tong. Chiong-chêng kóng hó ê i-seng sī chí-khí gâu i-hó lâng ê phoà-pī^{n} ê i-seng; nā-sī tuì kin-á-ji̍t chìn-pō͘ ê i-ha̍k-siōng lâi kóng, hó ê i-seng m̄-nā i-hó phoà-pī^{n}, tio̍h chō ióng-kiā^{n} ê sin-thé, hō͘ i bián tú-tio̍h pī^{n}, hit-khoán chiah sī hó ê i-seng. Ki-tok tuì tī chit hong-bīn si̍t-chāi sī hó ê i-seng. Koh-khah kóng Ki-tok ê iā sī chek-ke̍k-tek ê i-seng. Kin-á-ji̍t ê sî-tāi sī tio̍h choè chek-ke̍k-tek sū gia̍p ê sî-tāi lah! Kan-ta choè siau-	Heng-lī Su-la̍t-bûn 教授也是佮 Hong-jû 博士同感，伊講，「基督教毋是將「修理物件」做唯一的目的。基督教是將「持防滅無，預防破害」來做目的。」聖冊講基督是好的醫生，這个名實在真得當。將前講好的醫生是指起婺醫好人的破病的醫生；若是對今仔日進步的醫學上來講，好的醫生毋但醫好破病，著造勇健的身體，予伊免拄著病，彼款才是好的醫生。基督對佇一方面實在是好的醫生。閣較講基督的也是積極的的醫生。今仔日的時代是著做積極的事業的時代啦！干焦做消極的的事業欲 thái 得通建設健全的神國 ah！

（續）

kėk tek ê sū-giȧp beh thái tit-thang kiàn-siat kiān-choân ê Sîn-kok ah!	
Jî-tông Tiong-sim ê Ki-tok-kàu (4)	兒童中心的基督教（4）
Soà-chiap 26 hō tē 15 bīn	紲接 26 號第 15 面
Tē-lȧk Chiu^{n}	第六章
1928.05.01 518 Koàn (KOÀ-CHHÀI-CHÍ TĒ 27 Hō) p.19-20	1928.05.01 518 卷（芥菜子第 27 號）p.19-20
Eńg-oán ê Hū-chè	永遠的負債
Chêng sin Liú-iok Tāi-hȧk ê chóng-tiú^{n} Hin-lé Phok-sū, ū tù chit-pún chheh kiò-choè “Eńg-oán ê hū-chè.” Tī chit pún chheh lāi-bīn. i tuì kàu-iȯk-hȧk ê lip-tiū^{n}, uī-tiȯh jî-tông thò-chhut toā ê khì-iām. Goá khoà^{n}-tiȯh chit-pún chheh tē-it kám-kek goá--ê, sī hit kù “Eńg-oán ê hū-chè.” “Eńg-oán ê hū-chè!” Kiám m̄-sī chin hong-hù tī àm-sī (àm-chī^{n} ê kà-sī) ê bûn-jī mah? Lán tuì lâng só͘ chioh kim-chî^{n} siōng ê hū-chè, bô-lūn chái^{n}-iū^{n}, ū hêng ê gī-bū.	前身紐約大學的總長 Hin-lé 博士，有著一本冊叫做「永遠的負債。」佇這本冊內面。伊對教育學的立場，為著兒童吐出大的氣焰。我看著這本冊第一感激我--，是彼句「永遠的負債。」「永遠的負債！」Kiám 毋是真豐富佇暗示（暗靜的教示）的文字 mah？咱對人所借金錢上的負債，無論怎樣，有還的義務。
Eng-kok iú-bêng ê siáu-soat-ka O-ta Su-kok, uī-tiȯh chhut-pán sū-giȧp lâi toā hū-chè, i ēng chái^{n}-iū^{n} lâi hêng, lán nā thȧk i ê toān-kì, bô chit lâng m̄ kám-sim tī i ê jiȧt-sim. Pó-lô kóng, “Goá ū khiàm Hi-liȧp lâng, ī^{n}-pang lâng, tì-sek ê lâng, gû-gōng ê lâng ê chè.” uī-tiȯh Ki-tok hiàn I chit-sin, ài beh hêng cheng-sîn-tek ê hū-chè, boē kì-tit chhím-sit, jiȧt-sim lâi soan-thoân Ki-tok-kàu. Bô-lūn kim-chî^{n}-siōng, bô-lūn cheng-sîn-siōng, ū hū-chè, nā bô hêng, put sóng-khoài tiā^{n}-tiā^{n} tî^{n} tī hit ê lâng ê seng-khu. Lán tuì tī jî-tông ū éng-oán ê hū-chè tī-teh.lán ū chhin-	英國有名的小說家 O-ta Su-kok，為著出版事業來大負債，伊用怎樣來還，咱若讀伊的傳記，無一人毋感心佇伊的熱心。保羅講，「我有欠希臘人，異邦人，智識的人，愚戇的人的債。」為著基督獻伊一身，愛欲還精神的的負債，袂記得 chhím-sit，熱心來宣傳基督教。無論金錢上，無論精神上，有負債，若無還，不爽快定定纏佇彼个人的身軀。咱對佇兒童有永遠的負債佇咧。咱有親像 Su-kok，親像保羅 in 遐熱心來還，金錢上的負債或是精神上的負債抑無？

（續）

chhiū^{n} Su-kok, chhin-chhiū^{n} Pó-lô in hiah jia̍t-sim lâi hêng, kim-chî^{n}-siōng ê hū-chè he̍k-sī cheng-sîn-siōng ê hū-chè á bô?	
Si-jîn Oa̍t-jû-oē-su ū kóng, "Gín-ná sī toā-lâng ê lāu-pē." Lán tuì tī 'toā-lâng ê lāu-pē' ê gin-ná ū hū-chè--bô? Kin-á-jit ê siā-hoē, tuì tī jî-tông tàu-tí ū chū-kak in ū éng-oán ê hū-hè á bô? Lán tuì tī gín-ná ū ná teh hêng hit ê hū-chè á bô? Kim-chî^{n}-siōng ê hū-chè nā bô hêng ê lâng, sè-chiū^{n} teh kiò i choè bô tō-tek ê lâng, kiám m̄-sī khoán-thāi i choè phái^{n}-lâng mah? Tuì tī "toā-lâng ê lāu-pē" ê gín-ná, bô hêng éng-oán ê hū-chè lâng, m̄-chai tio̍h chái^{n}-iū^{n} lâi kiò--i? Ki-tok kiám bô kóng, "Goá si̍t-chāi kā lín kóng, uī-tio̍h goá ê miâ, chiong chi̍t-poe ê léng-chuí, hō͘ soè-kiá^{n} lim ê lâng, i beh tit-tio̍h i ê pò-siú^{n}" mah? Chi̍t-poe ê léng-chuí! Kim-chî^{n}-siōng ū sím-mi̍h ê kè-ta̍t? Chiong chit ê chuí hō͘ gin-ná, kiám m̄-sī chiū oē tit-tio̍h Siōng-tè toā ê chiok-hok mah? Toā-lâng thià^{n} gín-ná, kàu-io̍k gín-ná tek-khak m̄-sī un-huī-tek ê hêng-uî. Kàu-io̍k jî-tông chiū-sī hêng éng-oán ê chè ê gī-bū-tek só͘ choè.	詩人 Oa̍t-jû-oē-su 有講，「囝仔是大人的老爸。」咱對佇「大人的老爸」的囝仔有負債--無？今仔日的社會，對佇兒童到底有自覺 in 有永遠的負債抑無？咱對佇囝仔有若咧還彼个負債抑無？金錢上的負債若無還的人，世上咧叫伊做無道德的人，kiám 毋是款待伊做歹人 mah？對佇「大人的老爸」的囝仔，無還永遠的負債人，毋知著怎樣來叫--伊？基督 kiám 無講，「我實在共恁講，為著我的名，將一杯的冷水，予細囝啉的人，伊欲得著伊的報賞」mah？一杯的冷水！金錢上有甚物的價值？將這个水予囝仔，kiám 毋是就會得著上帝大的祝福 mah？大人疼囝仔，教育囝仔的確毋是恩惠的的行為。教育兒童就是還永遠的債的義務的所做。
Bó͘-su-tùn ê toā soat-kàu-chiá Hui-le̍k ū kóng, "Pang-chān jî-tông chiū-sī pang-chān jîn-luī." Kin-á-jit ê Ki-tok Kàu-hoē, tuì tī jî-tông m̄-chai ū án-ni ê khak-sìn á bô? Kin-á-jit ê Ki-tok Kàu-hoē sī toā-lâng ê kàu-hoē, che sī sū-si̍t teh chèng-bêng uī-tio̍h jî-tông siat cha̍p-hun ê siat-pī, choân-sim choân-le̍k jia̍t-sim tī jî-tông chong-kàu kàu-io̍k ê kàu-hoē tī tó-uī ū? Liân Jit-iāu ha̍k-hāu ê sū-gia̍p,	Bó͘-su-tùn 的大說教者腓力有講，「幫贊兒童就是幫贊人類。」今仔日的基督教會，對佇兒童毋知有按呢的確信抑無？今仔日的基督教會是大人的教會，這是事實咧證明為著兒童設十分的設備，全心全力熱心佇兒童宗教教育的教會佇佗位有？連日曜學校的事業，今仔日的牧師，傳道師，kiám 毋是到極的冷淡 mah？今年佇咱日本有得著兩本的

（續）

kin-á-jit ê bo̍k-su, thoân-tō-su, kiám m̄-sī kàu-ke̍k ê léng-tām mah? Kin-nî tī lán Jit-pún ū tit-tio̍h nn̄g pún ê toā tù-su̍t, chiū-sī "Jit-pún chong-kàu-sú": chi̍t-pún sī Hu̍t-kàu ê koân-ui só͘ tù--ê, koh chi̍t-pún chiū-sī lán Ki-tok-kàu ê chhiú lâi chiaⁿ--ê. Goá chin hoaⁿ-hí lâi tha̍k hit pún chheh, chóng-sī sit-bōng! Toā sit-bōng!	大著述，就是「日本宗教史」：一本是佛教的權威所著--的，閣一本就是咱基督教的手來成--的。我真歡喜來讀彼本冊，總是失望！大失望！
Tī chit nn̄g toā pún chheh ê lāi-bīn, siá Ki-tok-kàu ê le̍k-sú nn̄g lâng khah-chhám tâng-ì, tī hit ê le̍k-sú-tiong koan-hē Ji̍t-iāu ha̍k-hāu ê sū-gia̍p, choân-jiân bô Ji̍t-iāu ha̍k-hāu ê sū-gia̍p, choân-jiân bô kóng-khí chi̍t kù. Lūn Kiù-sè-kun ê sū, lūn chheng-liân-hoē ê sū, Hō-chhoan kun ê sū lóng ū kì tī hit lāi-bīn, chóng-sī m̄-chai sím-mi̍h in-toaⁿ lâi bû-sī Ji̍t-iāu ha̍k-hāu ê le̍k-sú? Tuì Bêng-tī ê Ki-tok-kàu le̍k-sú, sui-jiân sī put-chhiong-hun, nā tiah-khui jî-tông chong-kàu kàu-io̍k ê ki-koan ê Ji̍t-iāu ha̍k-hāu ê sū-gia̍p, m̄-chai oē tit-thang siá Ki-tok-kàu ê le̍k-sú á-boē? Si̍t-chāi uī-tio̍h chit nn̄g uī thang toā siong-pi ê só͘-chāi.	佇這兩大本冊的內面，寫基督教的歷史兩人較慘同意，佇彼个歷史中關係日曜學校的事業，全然無日曜學校的事業，全然無講起一句。論救世軍的事，論青年會的事，賀川君的事攏有記佇彼內面，總是毋知甚物因端來無視日曜學校的歷史？對明治的基督教歷史，雖然是不充分，若摘開兒童宗教教育的機關的日曜學校的事業，毋知會得通寫基督教的歷史抑袂？實在為著這兩位通大傷悲的所在。
Tuì í-siōng só͘ kóng ê sū-si̍t, thang bêng-pe̍k chai, jî-tông si̍t-chāi ū hō͘ siā-hoē só͘ khoàⁿ-khin. Bû-sī jî-tông ê chong-kàu-sú, thang khak-si̍t kóng sī bêng-si̍t put it-tì ê só͘-chāi. Tuì tī jî-tông, bô hêng hū-chè ê choē-koà, chi̍t-ji̍t tō boē-oē sià-bián--tit! Ah! "Éng-oán ê hū-chè!" Kim-ji̍t ê kàu-hoē, kim-ji̍t ê siā-hoē, tuì tī chit ê hū-chè ê liông-sim--bô?!!	對以上所講的事實，通明白知，兒童實在有予社會所看輕。無視是兒童的宗教史，通確實講是名實不一致的所在。對佇兒童，無還負債的罪過，一日就袂會赦免--得！Ah！「永遠的負債！」今日的教會，今日的社會，對佇這个負債的良心--無？！！
Jî-tông Tiong-sim ê Ki-tok-kàu (5)	兒童中心的基督教（5）

（續）

Tân Chheng-tiong	陳清忠
1928.06.01 519 Koàn (KOÀ-CHHÀI-CHÍ TĒ 28 Hō) p.15～16	1928.06.01 519 卷（芥菜子第 28 號）p.15～16
Tē 7 Chiu^{n}	第 7 章
(Chiap chêng-ge̍h tē 20 bīn)	（接前月第 20 面）
Nî-nî chhut-sì lâi sè-kan. Sì-pah-bān ê Gîn-ná beh chái^{n}-iū^{n}?	年年出世來世間。四百萬的囡仔欲怎樣？
Ta̍k-nî tī chit ê sè-kan ū sì-pah-bān ê gín-ná chhut-sì, chit ê sū-si̍t, chin bīn-bo̍k lâi siū^{n} ê lâng m̄-chai ū kuí-ê? Koh-chài chiah ê sì-pah-bān ê gín-ná, tuì tī pē-bú ê put chù-ì, í-ki̍p siā-hoē put-sī ê in-toa^{n}, tì-kàu kuì-tiōng ê sin-thé lâi kui tī ơ-iú, chit khoán khó-lîn ê sū, m̄-chai ū kuí-ê teh siū^{n}, che sī siā-hoē ê toā būn-toê?	逐年佇這个世間有四百萬的囡仔出世，這个事實，真面目來想的人毋知有幾个？閣再遮的四百萬的囡仔，對佇爸母的不注意，以及社會不是的因端，致到貴重的身體來歸佇烏有，這款可憐的事，毋知有幾个咧想，這是社會的大問題？
Kin-ná-ji̍t ê siā-hoē, bô koán tī chit sè-kan beh ū kuí-ê gín-ná lâi chhut-sì, koh in ê ūn-bēng beh chái^{n}-iū^{n}, chhim-lū chit-khoán ê sū ê lâng sī chin-chió. Tī chit-ê siā-hoē tiong bô ū pí gín-ná khah loán-jio̍k--ê; bô ū pí gín-ná khah tio̍h siū pang-chān--ê; koh-chài bô ū pí gín-ná khah ū chiong-lâi--ê. Si̍t-chāi gín-ná sī kok-ka ê pó-poè. Chóng-sī kin-ná-ji̍t ê siā-hoē bián kóng, chiū Ki-tok Kàu-hoē, to khoà^{n} toā-lâng khah tāng tī gín-ná, che sī sū-si̍t. Kin-ná-ji̍t ê siā-hoē sī toā-lâng pún-uī, m̄-sī gín-ná. Kan-ta kiù chè toā-lâng, bô sioh kim-chî^{n}, bô sioh sim-lô. Sè-kài tāi chiàn-cheng tiong, tī Au-bí chhut-sì ê gín-ná, chiàu thia^{n} kóng kiám m̄-sī chin sîn-keng-chit, chin oh chè-gū mah?	今仔日的社會，無管佇這世間欲有幾个囡仔來出世，閣 in 的運命欲怎樣，深慮這款的事的人是真少。佇這个社會中無有比囡仔較軟弱--的；無有比囡仔較著受幫贊--的；閣再無有比囡仔較有將來--的。實在囡仔是國家的寶貝。總是今仔日的社會免講，就基督教會，都看大人較重佇囡仔，這是事實。今仔日的社會是大人本位，毋是囡仔。干焦救濟大人，無惜金錢，無惜心勞。世界大戰爭中，佇歐美出世的囡仔，照聽講 kiám 毋是真神經質，真僫際遇 mah？
Koh-chài Tang-kia^{n} toā chín-chai ê sî	閣再東京大震災的時出世的囡仔，

（續）

chhut-sì ê gín-ná, kiám m̄-sī tú-tio̍h sa^{n}-tâng ê ūn-bēng mah? Tuì tī chiah-ê gín-ná lán ū khui sím-mi̍h kiù-chè ê lō͘ bô? Tang-kia^{n}-chhī ê tong-kio̍k-chiá kiám m̄-sī ū tâu-chhut káu-cha̍p-bān ê toā kim, uī-tio̍h beh kiù-chè, tī chín-chai ê sî tú-tio̍h phoà^{n}-siù^{n} khó-lîn ê lâng, lâi siat sán-gia̍p-só͘ mah? Lūn kiù chit khoán ê lâng in chin toā chhut-la̍t. Sit-lo̍h kha-chhiú ê toā-lâng kap tī chín-chai ê sî siū-tio̍h oh-tit hó ê kám-hoà, ū toā bī-lâi ê gín-ná; in ê khin-tāng m̄-chai chái^{n}-iū^{n}? Tuì tī chiah ê gín-ná bô khui sím-mi̍h kiù-sè ê hong-hoat, sī chái^{n}-iū^{n}? Kiù-kèng, chiū-sī kin-á-ji̍t ê siā-hoē bô ba̍k-chiu thang khoà^{n} gín-ná ê in-toa^{n} lah! Kin-á-ji̍t ê Ki-tok Kàu-hoē, uī-tio̍h toā-lâng siat Thoân-tō-kio̍k, —thoân-tō! thoân!—kan-ta chù-ba̍k tī toā-lâng lâi phah-pià^{n}; nā-sī uī-tio̍h gín-ná, m̄-chai ū huì-liáu loā-choē-chî^{n}?	kiám 毋是拄著相同的運命 mah？對佇遮的囡仔咱有開甚物救濟的路無？東京市的當局者 kiám 毋是有投出九十萬的大金，為著欲救濟，佇震災的時拄著破相可憐的人，來設產業所 mah？論救這款的人 in 真大出力。失落跤手的大人佮佇震災的時受著偲得好的感化，有大未來的囡仔；in 的輕重毋知怎樣？對佇遮的囡仔無開甚物救世的方法，是怎樣？究竟，就是今仔日的社會無目睭通看囡仔的因端啦！今仔日的基督教會，為著大人設傳道局，—傳道！傳！—干焦注目佇大人來拍拚；若是為著囡仔，毋知有費了偌濟錢？
Chêng-nî goá bat uī-tio̍h Ji̍t-iāu ha̍k-hāu sū-gia̍p ê sū khì Kiú-chiu káng-ián. Hit-tia̍p ū bó͘ phài ê Soan-kàu-su kóng, nā-sī thoân-tō tī toā-lâng, goán chiū ū chî^{n}, nā-sī gín-ná goán bô. Sit-chāi tuì Ki-tok chin boē tit-kè! Koh-chài nā tha̍k Chong-kàu ê cha̍p-chì á-sī Chong-kàu ê sin-bûn, khah-siông khoà^{n}-kì^{n}, —bó͘ kàu-hoē ū kuí-lâng chū-hoē, kan-ta chù-ba̍k tī toā-lâng ê sò͘, nā-sī chū-chi̍p tī pài-tn̂g ê gín-ná, oán-jiân khoà^{n} in ná bô lêng-hûn ê khoán; si̍t-chāi chin boē choè-tit. Khoà^{n}-khin gín-ná, kan-ta ēng toā-lâng choè siat-li̍p kàu-hoē ê iàu-sò͘, nā án-ni siū^{n}, si̍t-chāi sī gōng ê chī^{n}-thâu.	前年我捌為著日曜學校事業的事去九州講演。彼霎有某派的宣教師講，若是傳道佇大人，阮就有錢，若是囡仔阮無。實在對基督真袂得過！閣再若讀宗教的雜誌抑是宗教的新聞，較常看見，—某教會有幾人聚會，干焦注目佇大人的數，若是聚集佇拜堂的囡仔，宛然看 in 若無靈魂的款；實在真袂做得。看輕囡仔，干焦用大人做設立教會的要素，若按呢想，實在是戇的盡頭。

（續）

Ū chit ê hak-chiá teh kóng, sim-lāi lóng bô ū sim-mih táⁿ-sǹg, kan-ta kiû kóng, "Goān lí ê kok lîm-kàu," sī ké-hó--ê, nā bô, chiū-sī gōng-lâng. Nā mn̄g, tioh ēng sím-mih hong-hoat lâi thoân-tō, chiū Siōng-tè ê kok oē chhut-hiān tī chit ê toē-chiūⁿ ah? Sìn-chiá tek-khak beh khui-chhuì kóng, tioh kiû Gō-sûn-choeh ê jit. Siat-sú Gō-sûn-choeh ê jit nā lâi, tak jit ū saⁿ-chheng lâng tit-tioh kiù, chiū tioh chit-chheng saⁿ-pah chhit-chap nî kú chiah oē thang kiù choân toē-chiūⁿ ê lâng. Sui-bóng sī án-ni, iáu-kú tī chit ê chit-chheng saⁿ-pah chhit-chap nî ê tiong-kan, sè-kài ê jîn-kháu oē ke-thiⁿ ka-pē. Sớ-í siat-sú Gō-sûn-choeh ê jit tak-jit kàu, nā-sī ēng toā-lâng pún-uī ê thoân-tō, keng-kè chit bān nî, Siōng-tè ê kok iā-sī boē kàu ê lí-khì.	有一個學者咧講，心內攏無有甚物打算，干焦求講，「願你的國臨到，」是假好--的，若無，就是戇人。若問，著用甚物方法來傳道，就上帝的國會出現佇這个地上 ah？信者的確欲開喙講，著求五旬節的日。設使五旬節的日若來，逐日有三千人得著救，就著一千三百七十年久才會通救全地上的人。雖罔是按呢，猶過佇這个一千三百七十年的中間，世界的人口會加添加倍。所以設使五旬節的日逐日到，若是用大人本位的傳道，經過一萬年，上帝的國也是袂到的理氣。
Benjamin Kidd ū kóng, "Chiong gín-ná hō͘ goá, goá tī chit sè-kí ê tiong-kan teh-beh chhòng-chō sin ê thiⁿ-toē kap sin ê sim-koaⁿ." Nā m̄-sī chù-bak tī gín-ná, ēng gín-ná choè pún-uī, beh thái-oē khoàⁿ-kìⁿ Sîn-kok ê chhut-hiān ah!	Benjamin Kidd 有講，「將囡仔予我，我佇一世紀的中間咧欲創造新的天地佮新的心肝。」若毋是注目佇囡仔，用囡仔做本位，欲 thái 會看見神國的出現 ah！
Chêng-nî ū chit ê hê-siūⁿ lâi chham-koan goá ê kàu-hoē ê Chú-jit-óh, tioh chit-kiaⁿ, chin-bīn-bok, thó-khuì kóng, "Ki-tok-kàu, nā-sī ēng gín-ná choè pún-uī, tuì-tiōng gín-ná kàu án-ni; goán ê Hut-kàu chhám lah!" Ki-tok-kàu nā kan-ta thoân-tō tī toā-lâng ê sî-chūn, Hut-kàu ê lâng boē kám-tioh sím-mih ê khó-thàng. Chóng-sī Ki-tok-tô͘ nā chù-bak tī muí-nî só͘ chhut-sì sì-pah-bān ê gín-ná, lâi pó-hō͘ in, lâi kà-sī in, lâi chhim-chhim	前年有一個回想來參觀我的教會的主日學，著一驚，真面目，吐氣講，「基督教，若是用囡仔做本位，對重囡仔到按呢；阮的佛教慘啦！」基督教若干焦傳道佇大人的時陣，佛教的人袂感著甚物的苦痛。總是基督徒若注目佇每年所出世四百萬的囡仔，來保護 in，來教示 in，來深深注意 in 的前途，來替 in 祈禱，用 in 做基礎，來建設神國的時，基督教咧欲得著大勝利。基督的著眼點

(續)

chù-ì in ê chiân-tô͘, lâi thoè in kì tó, ēng in choè ki-chhó͘, lâi kiàn-siat Sîn-kok ê sî, Ki-tok-kàu teh-beh tit-tio̍h toā sèng-lī. Ki-tok ê tù-gán-tiám si̍t-chāi sī tī chit sì-pah-bān ê gín-ná.	實在是佇這四百萬的囡仔。
Jî-tông Tiong-sim ê Ki-tok-kàu (6)	兒童中心的基督教（6）
Tē 8 Chiuⁿ	第 8 章
1928.09.01 522 Koàn (KOÀ-CHHÀI-CHÍ TĒ 31 Hō) p.18～19	1928.09.01 522 卷（芥菜子第 31 號）p.18～19
Tī Lō͘-ka Hok-im-toān ū choē-choē Gín-ná kap Hū-jîn-lâng ê kì-sū, sī cháiⁿ-iūⁿ?	佇路加福音傳有濟濟囡仔佮婦人人的記事，是怎樣？
Lâng nā tha̍k Sù Hok-im-toān chiū oē chai chi̍t hāng put-chí kî-koài ê sū, chiū-sī tī Lō͘-ka hit pún ê lāi-bīn ū choē-choē uī kì gín-ná kap hū-jîn-lâng ê sū tī-teh.	人若讀賜福音傳就會知一項不止奇怪的事，就是佇路加彼本的內面有濟濟位記囡仔佮婦人人的事佇咧。
Sù Hok-im-toān ê kì-chiá, kok-kok ū i ê te̍k-sek, só͘ kì to-siáu ū koh-iūⁿ, che sī tong-jiân, bô thang kî-koài ê só͘-chāi. Chóng-sī Lō͘-ka beh siá Ki-tok ê toān-kì ê sî, ū kap pa̍t ê hok-im kì-chiá koh-iūⁿ, te̍k-pia̍t chù-ì tī gín-ná kap hū-jîn-lâng ê sū, che sī sím-mi̍h in-toaⁿ? Phah-sǹg ū chhim-chhim ê ì-sù tī-teh chiah tio̍h. Koan-hē chit hāng sū, Khu-lat-khu Phok-sū só͘ kóng toā-toā ū lí-khì. I kóng, Lō͘-ka teh-beh siá Ki-tok ê toān-kì ê sî, tī Ki-tok ê sí-āu, i ū ta̍h-ji̍p Iû-thài ê choân-toē lâi gián-kiù só͘ ū Ki-tok ê sū-jiah.	賜福音傳的記者，各國有伊的特色，所記多少有各樣，這是當然，無通奇怪的所在。總是路加欲寫基督的傳記的時，有佮別的福音記者各樣，特別注意佇囡仔佮婦人人的事，這是甚物因端？拍算有深深的意思佇咧才著。關係這項事，Khu-lat-khu 博士所講大大有理氣。伊講，路加咧欲寫基督的傳記的時，佇基督的死後，伊有踏入猶太的全地來研究所有基督的事跡。
Ki-tok siū soé-lé, oa̍h-tāng saⁿ nî kan, tàu-tí ū lâu sím-mi̍h tī chit sè-kan? Ki-tok choè tù-su̍t-ka, bô lâu chi̍t pún ê chheh tī sè-kan; choè kàu-io̍k-ka, bô chhin-chhiūⁿ Ka-má-lia̍t. Só͘-kek-tí, lâu chi̍t keng ê ha̍k-hāu tī sè-kan;	基督受洗禮，活動三年間，到底有留甚物佇這世間？基督做著述家，無留一本的冊佇世間；做教育家，無親像 Ka-má-lia̍t。Só͘-kek-tí，留一間的學校佇世間；最大的牧師，無留一間大的教會。

（續）

choè toā ê bo̍k-su, bô lâu chi̍t keng toā ê kàu-hoē. Tī chit sớ-chāi Ki-tok kap chit sè-kan sớ chheng-choè sèng-jîn kun-chú ê Khóng-chú á-sī Sek-khia, Sớ-kek-tí, ū toā koh-iūⁿ tī-teh. Khiok bián kóng Ki-tok ū lâu koan-hē tī Sîn, Koan-hē tī lâng, koan-hē tī chín-kiù ê toā kàu-gī tī chit ê toē-chiūⁿ.	佇這所在基督佮這世間所稱做聖人君子的孔子抑是釋迦，Sớ-kek-tí，有大各樣佇咧。卻免講基督有留關係佇神，關係佇人，關係佇拯救的大教義佇這个地上。
Chóng-sī Lō͘-ka teh-beh gián-kiù Ki-tok ê sū-chek ê sî, ū hoat-kiàn chi̍t hāng toā ê sū-si̍t: i bô lūn kiâⁿ kàu sím-mi̍h sớ-chāi, he̍k-sī tī Ná-sat-le̍k, tī Ka-pek-lông, tī Iâ-lō͘-sat-léng, ū khoàⁿ-kìⁿ Ki-tok lâu uí-toā ê kám-hoà tī hū-jîn-lâng kap gín-ná ê tiong-kan. án-ni Lō͘-ka beh siá Ki-tok ê toān-kì ê sî, te̍k-pia̍t ū lâu hū-jîn-lâng kap gín-ná ê kì-sū tī-teh, che sn̄g sī bô thang kî-koài ê sū. Ki-tok chāi-sè tng-sî, gín-ná kap hū-jîn-lâng ê tē-uī sī chin kē. Tuì tī hū-jîn-lâng, tuì tī gín-ná, bô ū sím-mi̍h hoat-lu̍t. Bô ū chi̍t lâng khoàⁿ gín-ná kap hū-jîn-lâng ū-tio̍h.	總是路加咧欲研究基督的事蹟的時，有發見一項大的事實：伊無論行到甚物所在，或是佇拿撒勒，佇迦百農，佇耶路撒冷，有看見基督留偉大的感化佇婦人人佮囡仔的中間。按呢路加欲寫基督的傳記的時，特別有留婦人人佮囡仔的記事佇咧，這算是無通奇怪的事。基督在世當時，囡仔佮婦人人的地位是真低。對佇婦人人，對佇囡仔，無有甚物法律。無有一人看囡仔佮婦人人有著。
Chóng-sī Ki-tok àn-cháiⁿ-iūⁿ-á chun-kèng hū-jîn-lâng, chun-tiōng gín-ná, kóng "M̄-thang khoàⁿ-khin gín-ná", chit kù-oē sī tuì sím-mi̍h lâng ê chhuì chhut--ê? Liân Ki-tok ê ha̍k-seng, khoàⁿ-kìⁿ Ki-tok teh thiàⁿ gín-ná, to toā kiaⁿ-hiâⁿ kî-koài. Chhin-chhiūⁿ Ki-tok chit khoán ê toā jîn-bu̍t, khoàⁿ gín-ná hiah ū-tio̍h, sī in sớ siūⁿ boē kàu ê sớ-chāi. Sớ-í gín-ná teh-beh lâi chiū-kūn Iâ-sơ ê sî, ba̍k-chiu gîn--in, toā siaⁿ hoah--in kóng, Lín lâi chiū-kūn Iâ-sơ bô lō͘-ēng. Chóng-sī Ki-tok bô hiâm hiah ê gín-ná, hoán-tńg phō gín-ná, tuì ha̍k-seng kóng, "Lín nā bô chhin-chhiūⁿ gín-	總是基督按怎樣仔尊敬婦人人，尊重囡仔，講「毋通看輕囡仔」，這句話是對甚物人的喙出--的？連基督的學生，看見基督咧疼囡仔，都大驚惶奇怪。親像基督這款的大人物，看囡仔遐有著，是 in 所想袂到的所在。所以囡仔咧欲來就近耶穌的時，目睭 gîn--in，大聲喝--in 講，恁來就近耶穌無路用。總是基督無嫌遐的囡仔，反轉抱囡仔，對學生講，「恁若無親像囡仔就袂會入上帝的國」。聽見伊講一句話學生無有一句通應答，干焦恬恬 gông-ngia̍h 若定。Kai Ai-liân 講「二十世紀是囡仔的世界」。

（續）

ná chiū boē oē ji̍p Siōng-tè ê kok". Thia^{n}-kì^{n} I kóng chi̍t kù-oē ha̍k-seng bô ū chi̍t kù thang ìn-tap, kan-ta tiām-tiām gông-ngia̍h nā-tiā^{n}. Kai Ai-liân kóng "Jī-cha̍p sè-kí sī gín-ná ê sè-kài". Si̍t-chāi Ki-tok ê kí-goân thang kóng sī "Gín-ná ê kí-goân". Ki-tok-tô͘ kàu kin-ná-ji̍t bô ū ba̍k-chiu thang khoà^{n} gín-ná. uī-tio̍h toā-lâng, gín-ná ū siū khoà^{n}-khin.	實在基督的紀元通講是「囡仔的紀元」。基督徒到今仔日無有目睭通看囡仔。為著大人，囡仔有受看輕。
Lâng it-poa^{n} khah ài tha̍k Má-thài á-sī Iok-hān, chóng-sī nā ài chai hū-jîn-lâng kap gín-ná ê sū, tek-khak tio̍h tha̍k Lō͘-ka. Lán thang bêng-bêng chai Lō͘-ka tuì tī gín-ná ū hui-siông ê chhù-bī. I m̄-nā tī Lō͘-ka hit pún ū kì choē-choē gín-ná kap hū-jîn-lâng ê sū, chiū i beh siá Sù-tô͘ Hēng-toān ê sî, gín-ná ê sū mā sī boē tit-thang the̍h lī-khui i ê thâu-ló. Hui-li̍p-pí kò͘ ka^{n} ê lâng, tuì Pó-lô lâi hoán-hoé siū soé-lé ê sî, ū kì tī i ê ka-têng gín-ná siū soé-lé ê sū.	人一般較愛讀馬太抑是約翰，總是若愛知婦人人佮囡仔的事，的確著讀路加。咱通明明知路加對佇囡仔有非常的趣味。伊毋但佇路加彼本有記濟濟囡仔佮婦人人的事，就伊欲寫使徒行傳的時，囡仔的事嘛是袂得通提離開伊的頭腦。腓立比顧監的人，對保羅來反悔受洗禮的時，有記佇伊的家庭囡仔受洗禮的事。
Lō͘-ka chái^{n}-iū^{n} tuì gín-ná ū chiah chhim ê chhù-bī tī-teh? Bô pa̍t hāng, sī in-uī i ū hoat-kiàn--tio̍h Ki-tok ū lâu toā ê kám-hoà tī gín-ná ê sū-jiah ê in-toa^{n}.	路加怎樣對囡仔有 chiah 深的趣味佇咧？無別項，是因為伊有發見--著基督有留大的感化佇囡仔的事跡的因端。
Tha̍k Ki-tok toān-kì ê sî, boē bián-tit bô chun-tiōng gín-ná. Si̍t-chāi Ki-tok sī gín-ná ê 'Champion' pó-hō͘-chiá.	讀基督傳記的時，袂免得無尊重囡仔。實在基督是囡仔的「Champion」保護者。

載於《芥菜子》，第二十一、二十二號，《臺灣教會報》，第五一七～五二二期，

一九二七年十月二十七日～一九二八年九月一日

Kià-seng-thâng（寄生蟲）

作者　不詳

譯者　吳清鎰

【作者】

不著撰者。

【譯者】

吳清鎰（？～1982），曾就讀於淡水中學校（今淡江高中），受業於愛好音樂的英文教師陳清忠（1895～1960），在其領導之下，曾與陳溪圳、駱先春、張崑遠（爾後皆為長老教會牧師）、陳泗治（後任淡江中學校長）等人共同組成「淡水中學合唱團」，演唱曲目以聖樂與古典歌曲為主，曾前往日本內地以及朝鮮等地演出。一九三一年畢業於臺北神學校（今臺灣神學院），翌年參與當時的教會革新運動，即所謂「新人運動」，鼓勵各地教會開設青年會，喚起青年關心教會獨立、南北聯合等問題，在當時與郭和烈等人共同刊行不定期的《傳道師會誌》，介紹危機神學與德國神學之動向。一九三四年任傳道師，派任至中壢教會，一九三六年奉派至士林教會，一九三八年受封牧師，翌年調任玉里教會，一九四一年任臺灣神學院教授，迄一九七二年退休，期間於一九六六年短暫代理院長職務。曾於《芥菜子》與《臺灣教會公報》發表白話字作品二十餘篇，亦與鄭連德、徐謙信、鄭連明共同編著《臺灣基督長老教會北部教會九十週年簡史》。（顧敏耀撰）

Kià-seng-thâng	寄生蟲
Gô͘ Chheng-ek e̍k	吳清鎰 譯
Ia̍h (蝶) sī chhì-mn̂g-á-thâng (毛虫) piàn ê, sī it-poa^{n} ê lâng só͘-chai-iá^{n} ê, chóng-sī chiàu phok-bu̍t-ha̍k-chiá(博物學者) ēng hián-bî-kià^{n}, soè-jī lâi gián-kiù, chiū chai bô tú-tú ta̍k-bé chhì-mn̂g-á-thâng oē piàn ia̍h-á, chit	蛾（蝶）是刺毛仔蟲變的，是一般的人所知影的，總是照博物學者用顯微鏡，細膩來研究，就知無拄拄逐尾刺毛仔蟲會變蛾仔，一尾刺毛仔蟲有的時到就親像娘仔（蠶）經殼仔，睏佇殼仔內。後

（續）

bé chhì-mn̂g-á-thâng ū-ê sî kàu chiū chhin-chhiū^{n} niû-á (蠶) ki^{n} khak-á, khùn tī khak-á-lāi. āu-lâi chiah piàn ia̍h, tuì khak-á-lāi pe chhut-lâi, chóng-sī ū-ê chiū m̄-sī án-ni, sî kàu chiū sí khì, sī kan-ta chhun chit-ê chhì-mn̂g-á-thâng khak nā-tiā^{n}. Chái^{n}-iū^{n} án-ni? Chiū-sī in-uī chit ê chhì-mn̂g-á-thâng, ū hō͘ chit-chéng ê hô͘(誤植 hō͘)-sîn, kā i tèng, soà pàng hô͘(誤植 hō͘)-sîn-nn̄g tī chhì-mn̂g-á-thâng ê thé-lāi (体內) tī hia pū-hoà piàn-choè chi̍t chéng ê kià-seng-thâng tī chhì-mn̂g-á-thâng ê thé-lāi (体內), teh oa̍h. Chiah ê kià-seng-thâng chiū-sī teh chia̍h hit-khoán tī chhì-mn̂g-á-thâng ê thé-lāi tit-beh piàn-choè ia̍h ê hun-chú, (分子) chóng-sī lóng bô siong-hāi tio̍h chhì-mn̂g-á-thâng ê goā-hêng (外形) só͘-í ū kià-seng-thâng ê chhì-mn̂g-á-thâng kap bô kià-seng-thâng ê chhì-mn̂g-á-thâng, nā-sī tuì goā-hêng (外形) kā i khoà^{n}, lóng bô koh-iū^{n}, chóng-sī sî nā kàu bô kià-seng-thâng-ê chhì-mn̂g-á-thâng oē ki^{n} khak, oē piàn ia̍h; nā-sī ū kià-seng ê, i ê thé-lāi, só͘ tit-beh piàn ia̍h ê hun-chú (分子) í-keng hō͘ kià-seng-thâng chia̍h liáu-liáu, tì-kàu boē-oē piàn-chiâ^{n} ia̍h, chiū án-ni bia̍t-bông nā-tiā^{n}.	來才變蛾，對殼仔內飛出來，總是有的就毋是按呢，時到就死去，是干焦賰一个刺毛仔蟲殼若定。怎樣按呢？就是因為這个刺毛仔蟲，有予一種的胡蠅，共伊叮，紲放胡蠅卵佇刺毛仔蟲的體內（体內）佇遐孵化變做一種的寄生蟲佇刺毛仔蟲的體內（体內），咧活。遮的寄生蟲就是咧食彼款佇刺毛仔蟲的體內得欲變做蝶的分子，（分子）總是攏無傷害著刺毛仔蟲的外形（外形）所以有寄生蟲的刺毛仔蟲佮無寄生蟲的刺毛仔蟲，若是對外形（外形）共伊看，攏無各樣，總是時若到無寄生蟲的刺毛仔蟲會經殼，會變蛾；若是有寄生的，伊的體內，所得欲變蛾的分子（分子）已經予寄生蟲食了了，致到袂會變成蛾，就按呢滅亡若定。
Tú-tú chhin-chhiū^{n} chit-ê khoán-sit, Jîn-luī (人類) iā ū kià-seng-thâng, chiū-sī choē-ok (罪惡) Ū choē ê, kap bô choē ê, tuí goā-hêng (外形) lâi khoà^{n} pî^{n}-pî^{n} sī chi̍t ê lâng khiok bô sím-mi̍h koh-iū^{n}, chóng-sī ū choē ê lâng i ê iàu-kín ê lêng-hûn nā hō͘ choē, chiū-sī kià-seng-thâng kā i chia̍h, tì-kàu bah-thé (肉体) sí-liáu ê sî soà boē-tit-thang ji̍t tī ū êng-kng ê	拄拄親像這个款式，人類（人類）也有寄生蟲，就是罪惡（罪惡）有罪的，佮無罪的，對外形（外形）來看平平是一个人卻無甚物各樣，總是有罪的人伊的要緊的靈魂若予罪，就是寄生蟲共伊食，致到肉體（肉体）死了的時紲袂得通日佇有榮光的來世（來世）的生活（生活）就永遠滅無，會救咱脫離這个

（續）

<table>
<tr><td>lâi-sè (來世) ê seng-oa̍h (生活) chiū éng-oán bia̍t-bô, oē kiù lán thoat-lī chit ê éng-oán-sí ê chiū-sī lán ê Chú, Iâ-sơ Ki-tok nā-tiā^{n}.</td><td>永遠死的就是咱的主，耶穌基督若定。</td></tr>
</table>

載於《芥菜子》，第二十一號，一九二七年十月二十七日

Kî-tó ê kám-hoà-la̍t（祈禱的感化力）

作者　不詳
譯者　不詳

【作者】

不著撰者。

【譯者】

不著譯者。

Kî-tó ê kám-hoà-la̍t	祈禱的感化力
e̍k chài 1928.04.01 517 Koàn p.4～5	譯載 1928.04.01 517 卷 p.4～5
Kî-tó nā jia̍t-sêng, kám-hoà-la̍t sī chin toā. Chhin-chhiūⁿ bó͘ kok ū chi̍t ê Kong-chiok, i ho̍k-sāi Siōng-tè chin kèng-khiân, thiàⁿ peh-sèⁿ ná kiáⁿ chi̍t-iūⁿ, chèng-lâng lóng o-ló.	祈禱若熱誠，感化力是真大。親像某國有一個公爵，伊服侍上帝真敬虔，疼百姓若囝一樣，眾人攏呵咾。
Ū chi̍t ji̍t kong-chiok chhēng su-ho̍k chhut lâi sì-kè thit-thô. Lō͘-nih tú-tio̍h chi̍t ê lông-hu kap i saⁿ-kap kiâⁿ, iân-lō͘ kiâⁿ iân-lō͘ kóng oē, kiâⁿ ū lí-goā lō͘, nn̄g lâng beh lī-pia̍t ê sî, hit ê lông-hu ēng chin kiong-kéng ê lé-sò͘, chhim-chhim tì-ì kā Kong-chiok kóng, "Goán chi̍t ke siū lí ê toā in, si̍t-chāi kám-siā kóng bē chīn." Kong-chiok thiaⁿ-kìⁿ án-ne, siūⁿ bē hiáu-tit, chiū mn̄g kóng, "Goá thài ū sím-mi̍h in-huī khoán-thāi lín chi̍t ke leh?" Lông-hu chiah ìn kóng, lí m̄-chai mah? Goá ū chi̍t ê kiáⁿ, chêng chin put-hàu, lām-sám chò, hòng-tōng ài chhit-thô, chia̍h chiú-chuì lâi jiá sū-toan, hō͘ goán chi̍t ke lóng sit-bāng;	有一日公爵穿私服出來迌迌。路裡拄著一个農夫佮伊相佮行，沿路行沿路講話，行有里外路，兩人欲離別的時，彼个農夫用真恭敬的禮數，深深致意共公爵講，「阮一家受你的大恩，實在感謝講袂盡。」公爵聽見按呢，想袂曉得，就問講，「我 thài 有甚物恩惠款待恁一家 leh？」農夫才應講，你毋知嗎？我有一個囝，前真不孝，濫糝做，放蕩愛迌迌，食酒醉來惹事端，予阮一家攏失望；拄好有一日看見你入禮拜堂，伊也綴你入去，若親像欲看鬧熱一樣。後來看見你跪咧祈禱，用虔誠熱心來服侍上帝，我的囝受大大的感化，就對彼時改

（續）

tú-hó ū chi̍t ji̍t khoà^{n}-kì^{n} lí ji̍p lé-pài-tn̂g, i iā toè lí ji̍p-khì, ná chhin-chhiū^{n} beh khoà^{n} lāu-jia̍t chi̍t-iū^{n}. āu-lâi khoà^{n}-kì^{n} lí kuī-teh kî-tó, ēng khiân-sêng jia̍t-sim lâi ho̍k-sāi Siōng-tè, goá ê kiá^{n} siū toā-toā ê kám-hoà, chiū tuì hit-sî kái-siâ kui-chèng. Ta^{n} jīn lō͘ thàn-chia̍h hó-kiá^{n} siū-chè; goán ê ka-têng, hiān-chāi ū chit hō hok-khì khoài-lo̍k, lóng sī chhut tuì tī lí ê só͘ siú^{n}-sù--lah.	邪歸正。今認路趁食好囝受制；阮的家庭，現在有這號福氣快樂，攏是出對佇你的所賞賜--lah。
Kó͘-lâng-giân kóng, “Kap hó-lâng kau-poê, chhin-chhiū^{n} ji̍p khì tī phang-hoe ê chhù, chi̍t-ē kú chiū bô phī^{n}-kì^{n} phang; kap phái^{n}-lâng khiā-khí, chhin-chhiū^{n} ji̍p-khì tī bē kiâm-hî ê tiàm, chi̍t-ē kú chiū bô phī^{n}-kì^{n} chhàu.” án-ne thang chai lán lâng eng-kai tio̍h kín-sīn lâi kéng kau-poê ê lâng, kap khiā-khí ê só͘-chāi. Lán lâng só͘ tiàm ê só͘-chāi, sī hó sī phái^{n}, khí-thâu ka-tī iáu chai thang hun-piat, kàu chi̍t-ē chò-hoé kú, si̍p-koàn chiâ^{n} chū-jiân, ka-tī lóng m̄-chai; chóng-sī i ê phang-chhàu, í-keng hō͘ bat ê lâng kā i kong-jīn tiā^{n}-tio̍h.	古人言講，「佮好人交陪，親像入去佇芳花的厝，一下久就無鼻見芳；佮歹人徛起，親像入去佇賣鹹魚的店，一下久就無鼻見臭。」按呢通知咱人應該著謹慎來揀交陪的人，佮徛起的所在。咱人所踮的所在，是好是歹，起頭家己猶知通分別，到一下做伙久，習慣成自然，家己攏毋知；總是伊的芳臭，已經予捌的人共伊公認定著。
Lūn-kàu lán lâng ê phang--chhàu, m̄-tān-nā koan-hē kò-jîn ê bêng-ū nā-tiā^{n}, koh ū toā éng-hióng tī siā-hoē.	論到咱人的芳--臭，毋但若關係個人的名譽若定，閣有大影響佇社會。
Lán nā chò phang ê lâng, chiū kap lán sa^{n} kīn-oá ê, iā chiām-chiām ē ní chò phang ê lâng, lán nā chò chhàu ê lâng, chiū kap lán sa^{n} kīn-oá ê, iā chiām chiām ní chiâ^{n} chhàu ê lâng. Kó͘-lâng-giân kóng, “Kīn chu--chiá chhek, kīn be̍k--chiá hek,” chiū-sī án-ni. Sèng-keng kóng, “Hó-chhiū kiat hó koé-chí,	咱若做芳的人，就佮咱近倚的，也漸漸會染做芳的人，咱若做臭的人，就佮咱相近倚的，也漸漸染成臭的人。古人言講，「近朱者赤，近墨者黑，」就是按呢。聖經講，「好樹結好果子，歹樹結歹果子。」大大向望咱著結好果子，毋通結歹果子。

（續）

phái^{n}-chhiū kiat phái^{n} koé-chí." Toā-toā n̂g-bāng lán tio̍h kiat hó koé-chí, m̄-thang kiat phái^{n} koé-chí.	

載於《臺灣教會報》，第五一七期，一九二八年四月一日

Thàn cha̍p-bān khí Pài-tn̂g（趁十萬起拜堂）

作者　不詳
譯者　偕叡廉

【作者】

不著撰者。

【譯者】

偕叡廉，見〈赴家己的葬式〉。

Thàn cha̍p-bān khí Pài-tn̂g	趁十萬起拜堂
Kai Joē-liâm hoan-e̍k	偕叡廉翻譯
1928.05.01 518 Koàn (KOÀ-CHHÀI-CHÍ TĒ 27 Hō) p.17～18	1928.05.01 518 卷（芥菜子第 27 號）p.17～18
Lâng kóng Pa-tîn Bo̍k-su bô hó kháu-châi, nā-sī i chin jia̍t-sim, khiam-pi koh gâu liāu-lí kàu-hoē. I pêng-sò͘ khiā-khí tī Bí-kok lâm-pêng, chháu-tē ê só͘-chāi; só͘ tiàm ê hiuⁿ-chng jîn-sò͘ iok-lio̍k ū 800 lâng. Khì choè bo̍k-su liáu-āu choē-choē hoē-iú poaⁿ-soá khì pa̍t-uī, tiong-kan iā ū siàu-liân lâng bô ài khì lé-pài. Lé-pài-ji̍t nā kàu, kui-tīn saⁿ-chhoā sái chū-tōng-chhia sì-koè thit-thô. Pài-tn̂g iū kū koh pháiⁿ, eng-kai tio̍h, siu-lí, m̄-kú keng-huì put-chiok. Sui-sī án-ni, Pa-tîn Bo̍k-su iā bô chit sî-á sit-chì, i hoán-tńg tuì Tok-hoē kóng tio̍h khí sin ê pài-tn̂g. Thiaⁿ-kìⁿ chit ê tāi-chì lia̍t-uī ê tiúⁿ-ló put-chí gông-ngia̍h, in-uī chai nā bô chîⁿ thang siu-lí kū--ê, thài ū chîⁿ thang khí sin--ê? Chóng-sī Pa-tîn Bo̍k-su an-uì in kóng, lín nā tì-ì chàn-sêng goá, keng-huì goā chiah tàu hū-tam. Bo̍k-su pêng-sò͘	人講 Pa-tîn 牧師無好口才，若是伊真熱心，謙卑閣婜料理教會。伊平素徛起佇美國南爿，草地的所在；所踮的鄉庄人數約略有 800 人。去做牧師了後濟濟會友搬徙去別位，中間也有少年人無愛去禮拜。禮拜日若到，規陣相悉駛自動車四界迌迌。拜堂又舊閣歹，應該著，修理，毋過經費不足。雖是按呢，Pa-tîn 牧師也無一時仔失志，伊反轉對 Tok-hoē 講著起新的拜堂。聽見這个代誌列位的長老不止 gông-ngia̍h，因為知若無錢通修理舊--的，thái 有錢通起新--的？總是 Pa-tîn 牧師安慰 in 講，恁若致意贊成我，經費外才門負擔。牧師平素不止散赤有氣力通起新拜堂，大家想了攏袂出。

（續）

pu̍t-chí sàn-chhiah thài ū khuì-la̍t thang khí sin pài-tn̂g, tāi-ke siūⁿ-liáu lóng boē chhut.	
Pa-tîn Bo̍k-su tuì kū pài-tn̂g chiū kā i thiah, āu-lâi khí chi̍t keng sin--ê, chin toā keng, siang chàn, koh ū Chú-ji̍t-o̍h-sek. Ta̍k hāng siat-hoat chin chiâu-pī, pài-tn̂g iū-koh suí. M̄-kú kàu pò-kò ê sî, chiū chai khí hit keng suí pài-tn̂g khai-huì ū cha̍p-bān gûn. Chiah ê chîⁿ khah choē sī tāi-seng tuì pêng-iú kap gûn-hâng chioh--ê.	Pa-tîn 牧師對舊拜堂就共伊拆，後來起一間新--ê，真大間，雙層，閣有主日學室。逐項設法真齊備，拜堂又閣媠。毋過到報告的時，就知起彼間媠拜堂開費有十萬銀。遮的錢較濟是代先對朋友佮銀行借--ê。
Pài-tn̂g siat-pī hiah hó-sè, muí lé-pài soà khah choē lâng lâi hù lé-pài; siàu-liân lâng ke-thiⁿ put-chí choē, iân-gûn iā toā chìn-pō͘. Thang kóng-khí sîn pài-tn̂g ū lī-ek ê só͘-chāi. Chóng-sī só͘ khiàm lâng ê chîⁿ beh chiáⁿ-iūⁿ hêng?	拜堂設備遐好勢，每禮拜紲較濟人來赴禮拜；少年人加添不止濟，緣銀也大進步。通講起神拜堂有利益的所在。總是所欠人的錢欲怎樣還？
Ū chi̍t ji̍t Pa-tîn Bo̍k-su kā hoē-iú kóng, pài-tn̂g ê chè goá beh hū-tam. Goá beh chèng 4 kah toē ê hó-m̄ (chiū-sī chi̍t khoán ê ké-chí Loē-tē lâng hō-choè í-chí-gó, tām-po̍h chhin-chhiūⁿ chhì-pho ê khoán-sit); Bo̍k-su kóng, i ài kàu-hoē chiong 4 kah toē chioh i 5 nî kú. Tiong-kan chi̍t lâng kóng, Hó, goá 4 kah toē chioh lí, chóng-sī goá ê thó͘-toē chin sán, chio̍h-thâu koh chin choē. Bo̍k-su chiū chio chi̍t tīn gín-ná kap i tàu khioh chio̍h-thâu kap thoáⁿ-chháu. Tī 1922 nî toē pī-pān piān chiū chèng choē-choē hó-m̄.	有一日 Pa-tîn 牧師共會友講，拜堂的債我欲負擔。我欲種 4 甲地的 hó-m̄（就是一款的果子內地人號做 í-chí-gó，淡薄親像刺波的款式）；牧師講，伊愛教會將 4 甲地借伊 5 年久。中間一人講，好，我 4 甲地借你，總是我的土地真瘦，石頭閣真濟。牧師就招一陣囡仔佮伊鬥抾石頭佮剷草。佇一九二二年地備辦便就眾濟濟 hó-m̄。
Khoàⁿ-kìⁿ pún-tn̂g ê bo̍k-su hiah-ni̍h jia̍t-sim, hiah-ni̍h chhut-la̍t, hoē-iú iā phah-piàⁿ. Siàu-liân chì kàu lāu, lâm chì kàu lú, tāi-ke hoaⁿ-hí hiàn kang bán ké-chí. Thâu nî só͘ bán--ê boē gûn 4000 kho͘.	看見本堂的牧師遐爾熱心，遐爾出力，會友也拍拚。少年至到老，男至到女，大家歡喜獻工挽果子。頭年所挽--的賣銀 4000 箍。

（續）

Pún-jiân hoē-iú lóng sī chèng be̍h, só͘ siu-sêng--ê chió-chió; ta̍k-jit put-kò sī tō͘-oa̍h nā-tiāⁿ. Taⁿ chai chèng hó͘-m̄ chin ū lī; chit kah toē kiám bô siu sêng 1000 kho͘? Tuì án-ni hoē-iú í-kip chhù-piⁿ thâu-bé, tāi-ke iā khì chèng hó͘-m̄.	本然會友攏是種麥，所收成--的少少；逐日不過是度活若定。今知種 hó͘-m̄真有利；一甲地 kiám 無收成 1000 箍？對按呢會友以及厝邊頭尾，大家也去種 hó͘-m̄。
Tī 1923 nî tē-jī pái siu-sêng. Chit pái sêng-chek koh-khah hó. Só͘ bán--ê ta̍t gûn ū 7560 kho͘. Tī 1925 nî koh-khah toā siu-sêng--ê ta̍t gûn 8340 kho͘. Tī 4 nî ê tiong-kan Bo̍k-su ū chiong só͘ thàn ê 2,0000 goā gûn khì hêng lâng. Tī kū-nî ke chèng 6 kah toē ê ké-chí, n̍g-bāng kàu kin-nî só͘ khiàm--ê oē hêng kàu chheng-chhó. Tuì i gâu siat-hoat, hiān-sî hoē-goā ê lâng lóng teh chèng hó͘-m̄. Í-keng ū chèng 400 goā kah. Pha-hng ê toē piⁿ-choè toā lō͘-ēng, tāi-ke pí kū-sî ke khoàⁿ-oa̍h chin choē. Tē-it thang hoaⁿ-hí chiū-sī Pa-tîn Bo̍k-su ê kàu-hoē ū ke-thiⁿ choē-choē lâng. Hoē-iú toā-soè hoaⁿ-hí hiàn kang tī kàu-hoē, che lóng sī uī-tio̍h Pa-tîn Bo̍k-su bô sioh ka-kī, bô tham châi, kan-ta jit-jit uī-tio̍h Chú ê un lâi pē I ê Si̍p-jī-kè.	佇一九二三年第二擺收成。這擺成績閣較好。所挽--的值銀有 7560 箍。佇一九二五年閣較大收成--的值銀 8340 箍。佇 4 年的中間牧師有將所趁的 2,0000 外銀去還人。佇舊年加種六甲地的果子，向望到今年所欠--的會還到清楚。對伊婆設法，現時會外的人攏咧種 hó͘-m̄。已經有眾 400 外甲。拋荒的地變做大路用，大家比舊時加看活真濟。第一通歡喜就是 Pa-tîn 牧師的教會有加添濟濟人。會友大細歡喜獻工佇教會，這攏是為著 Pa-tîn 牧師無惜家己，無貪財，干焦日日為著主的恩來背伊的十字架。

載於《臺灣教會報》，第五一八期，一九二八年五月一日

Chit tiâu soàⁿ（一條線）

作者　莫泊桑
譯者　陳清忠

莫泊桑像

【作者】

莫泊桑（Guy de Maupassant，1850～1893），生於法國諾曼第（Normandie），一八五九年在巴黎就讀於拿破崙中學，翌年因故回鄉。一八七〇年再次前往巴黎攻讀法學，不久就因普法戰爭爆發而被徵召入伍。戰爭結束之後，從一八七二年開始在海軍部任職，一八九七年轉入公共教育部，直到一八八一年完全退職。公餘之暇，勤於創作，師事著名小說家福樓拜（Gustave Flaubert，1821～1880，亦為諾曼地人），積極磨練文筆。其間於一八七六年又結識了阿萊克西等作家，時常在左拉（Émile Zola，1840～1902）的梅塘別墅聚會，被稱為「梅塘集團」。一八八〇年此集團的六位作家以普法戰爭為題材的合集《梅塘之夜》問世，其中以莫泊桑的〈羊脂球〉最為出色，一夕之間即蜚聲巴黎文壇。爾後陸續創作了〈兩個朋友〉、〈珠寶〉、〈項鍊〉等短篇，以及《漂亮朋友》、《溫泉》、《我們的心》等長篇。其作品繼承了法國現實主義文學的傳統，又接受了左拉的影響，帶有明顯的自然主義傾向，尤以短篇小說最為膾炙人口，描寫主題豐富多元，人物形象鮮明自然，更飽含著人道主義的關懷，被譽為「世界短篇小說之王」。（顧敏耀撰）

【譯者】

陳清忠，見〈海龍王〉。

Chit tiâu soàⁿ	一條線
Tân Chheng-tiong	陳清忠
1928.05.01 518 Koàn (KOÀ-CHHÀI-CHÍ TĒ 27 Hō) p.15～17	1928.05.01 518 卷（芥菜子第 27 號）p.15～17

（續）

Ē-bīn só͘ e̍k chit phiⁿ sī Hoat-lân-se ê bûn-ha̍k-chiá Guy de Maupassant (1850—1893) só͘ siá--ê, put-chí ū thang choè lán ê kà-sī, chhiáⁿ tāi-ke m̄-thang khoàⁿ choè sī sim-sek ê kò͘-sū, in-uī i siá chit phiⁿ tek-khak m̄-sī beh hō͘ lâng tha̍k sim-sek; i ê bo̍k-tek sī ài tha̍k-chiá ba̍k-chiu tio̍h kim, m̄-thang hō͘ chit ê o͘-àm ê sè-kan ê iáⁿ jia--khì, tì-kàu lâi thàn chit ê sè-kan ê khoán-sit.	下面所譯這篇是法蘭西的文學者 Guy de Maupassant（1850～1893）所寫--的，不止有通做咱的教示，請大家毋通看做是心適的故事，因為伊寫這篇的確毋是欲予人讀心適；伊的目的是愛讀者目睭著金，毋通予這个烏暗的世間的影遮--去，致到來趁這个世間的款式。
Chit-pái tī Kho-lia̍p-bí ê só͘-chāi-ū choè seng-lí ê lāu-jia̍t. Lông-hu kap in ê hū jîn-lâng tuì sì-hng chū-chip lâi tī chit ê siâⁿ-chhī. Choè seng-lī ê só͘-chāi chhiâng-chhiâng-kún. —lâng kiò-lâi kiò-khì, seng-lí lâng toā-siaⁿ chio-hơ lâng lâi boé in ê mi̍h-kiāⁿ, gû teh hán, káu teh puī. O͘-sū-kun hiaⁿ tú-chiah kàu chit ê só͘-chāi. I in-uī hong ê pīⁿ kiâⁿ-lō͘ chin bô chū-iû, chit ê khó-lîn ê lāu-lâng liâu-liâu-á chhiáng khì si̍p-jī lō͘-thâu lāu-jia̍t ê só͘-chāi, tī lō͘-tiong hut-jiân khoàⁿ-kìⁿ chit tiâu soàⁿ tī thô͘-kha ni̍h. I tú beh àⁿ-lo̍h-khì khioh hit tiâu soàⁿ ê sî, i khoàⁿ-kìⁿ choè bé-oaⁿ ê Má-lîn hiaⁿ khiā tī i ê mn̂g-kháu teh khoàⁿ--i. Chit nn̄g ê lâng chiông-chêng sī chin hó ê pêng-iú, chóng-sī uī-tio̍h sió-khoá put hēng ê kháu-kak, í-āu kú-kú ê tiong-kan tāi-ke saⁿ siám-pī bô óng-lâi.	一擺佇 Kho-lia̍p-bí 的所在有做生理的鬧熱。農夫佮 in 的婦人人對四方聚集來佇一个城市。做生理的所在沖沖滾。一人叫來叫去，生理人大聲招呼人來買 in 的物件，牛咧 hán，狗咧吠。O͘-sū-kun 兄拄才到這个所在。伊因為 hong 的病行路真無自由，一个可憐的老人聊聊仔蹌去十字路頭鬧熱的所在，佇路中忽然看見一條線佇塗跤 nih。伊拄欲向落去抾彼條線的時，伊看見做馬鞍的 Má-lîn 兄徛佇伊的門口咧看--伊。這兩个人從前是真好的朋友，總是為著小可不幸的口角，以後久久的中間大家相閃避無往來。
O͘-sū-kun hiaⁿ hō͘ lâng khoàⁿ-kìⁿ teh khiok hiah-ni̍h sió-khoá ê mi̍h-kiāⁿ, sim lāi chin kiàn-siàu. Só͘-í i suî-sî tē hit tiâu soàⁿ tī lak-tē-á-nih, iā ké-iáⁿ teh chhē pa̍t-hāng mi̍h ê khoán-sit, chóng-sī chhin-chhiūⁿ chhē bô ê	O͘-sū-kun 兄予人看見咧抾遐爾小可的物件，心內真見笑。所以伊隨時袋彼條線佇囊袋仔 nih，也假影咧揣別項物的款式，總是親像揣無的款。後來伊就閣起身去生理場，無久就無看見--伊。

（續）

khoán. āu-lâi i chiū koh khí-sin khì seng-lí tiûⁿ, bô kú chiū bô khoàⁿ-kìⁿ--i.	
Hit chá-khí kè liáu, kàu tàu lâng lóng lī-khui seng-lí tiûⁿ, ek-jip lú-koán beh chiȧh tàu. Lú-koán ê chiȧh-tn̂g, bô loā-kú chiū hō͘ chiah ê lông-hu chiàm moá. In tāi-ke tâm-lūn in ê boé-boē: tâm-lūn thiⁿ-khì; tāi-ke saⁿ-thàm-thiaⁿ siau-sit lūn in ê chèng-choh.	彼早起過了，到晝人攏離開生理場，溢入旅館欲食晝。旅館的食堂，無偌久就予遮的農夫佔滿。In 大家談論 in 的買賣：談論天氣；大家相探聽消息論 in 的種作。
Hut-jiân tī mn̂g-kháu-tiâⁿ ū thiaⁿ-kìⁿ lô ê siaⁿ. Teh chiȧh ê lâng lóng peh--khí-lâi cháu-oá khì mn̂g-nih. Lô ê siaⁿ soah, iā phah-lô ê lâng chiū toā siaⁿ hoah kóng, “Lín chèng tāi ke ah, kin-chá-khí Bú-lėk hiaⁿ ū phah-m̄-kìⁿ chit ê chîⁿ-tē-á, lāi-bīn ū toé gō͘-pah kho͘ kap kuí-nā tiuⁿ tiōng-iàu ê su-luī. Khioh-tiȯh ê lâng chhiáⁿ tit-chiap thėh khì hêng i, á-sī beh thėh khì chhī-iȧh-só͘. Pò-siúⁿ jī-chȧp kho͘.”	忽然佇門口埕有聽見鑼的聲。咧食的人攏 peh--起來走倚去門裡。鑼的聲煞，也拍鑼的人就大聲喝講，「恁眾大家 ah，今早起 Bú-lėk 兄有拍毋見一个錢袋仔，內面有貯五百箍佮幾若張重要的書類。抾著的人請直接提去還伊，抑是欲提去市役所。報賞二十箍。」
Phah lô ê lâng tuì koe-bé lȯh-khì koh khì pò saⁿ-tâng ê siau-sit. Chiȧh tàu ê lâng koh tò-tńg lâi chē toh saⁿ-kap tâm-lūn chit hāng sū. Tú-tú chiȧh pá, ū chit ê gō͘-tiúⁿ lâi kàu mn̂g-nih mn̄g kóng, m̄-chai O͘-sū-kun hiaⁿ ū tī-chia bô?” O͘-sū-kun peh-khí-lâi chiū ìn kóng, “Ū, beh chhòng sím-mih.”	拍鑼的人對街尾落去閣去報相同的消息。食晝的人閣倒轉來坐桌相佮談論這項事。拄拄食飽，有一個伍長來到門裡問講，毋知 O͘-sū-kun 兄有佇遮無？」O͘-sū-kun peh 起來就應講，「有，欲創甚物。」
“Lí tiȯh kap goá lâi-khì chhī-iȧh-só͘, in-uī chhī-tiúⁿ ài beh kap lí kóng-oē.”	「你著佮我來去市役所，因為市長愛欲佮你講話。」
Khó-lîn ê lông-hu tiȯh chit kiaⁿ, chóng-sī tè hit ê gō͘-tiúⁿ kóng, “Hah, lâi-khì.”	可憐的農夫著一驚，總是綴彼个伍長講，「Hah，來去。」
Chhī-tiúⁿ chē tī kau-í-nih teh thèng-hāu in kàu. Gō͘-tiúⁿ kap lông-hu jip-lâi ê sî, chhī-tiúⁿ chiū mn̄g kóng, “O͘-sū-kun hiaⁿ, kin-chá-khí ū lâng khoàⁿ-kìⁿ lí khioh chit ê chîⁿ-	市長坐佇交椅 nih 咧聽候 in 到。伍長佮農夫入來的時，市長就問講，「O͘-sū-kun 兄，今早起有人看見你拾一个錢袋仔，是 Bú-lėk kun 的。」O͘-sū-kun 大

（續）

tē-á, sī Bú-le̍k kun ê." O͘-sū kun toā gông-ngia̍h, tì-kàu chi̍t tiap-á-kú boē kóng-oē, āu-lâi kui chiàⁿ-khì, chiū kóng, "Goá khioh-tio̍h chi̍t ê chîⁿ-tē-á?"	gông-ngia̍h，致到一霎仔久袂講話，後來歸正氣，就講，「我抾著一个錢袋仔？」
"Sī, lâng teh kóng."	「是，人咧講。」
"Chîⁿ-tē-á goá lóng m̄-chai-iáⁿ, lí chit-chūn kóng, goá chiah khí-thâu thiaⁿ-tio̍h."	「錢袋仔我攏毋知影，你這陣講，我才起頭聽著。」
Chhī-tiúⁿ soà-chiap kóng, "M̄-kú lí ū hō͘ lâng khoàⁿ-tio̍h."	市長紲接講,「毋過你有予人看著。」
"Lâng khoàⁿ-kìⁿ goá khioh-tio̍h chîⁿ-tē-á--ê, sī sím-mi̍h lâng khoàⁿ-kìⁿ?"	「人看見我拾著錢袋仔--ê，是甚物人看見？」
"Chè-chō bé-oaⁿ hit ê Má-lîn hiaⁿ, khiā tī ê mn̂g-kháu khoàⁿ-kìⁿ."	「製造馬鞍彼个 Má-lîn 兄，徛佇的門口看見。」
Hit ê lāu-lâng suî-sî liáu-kái; chiū chhng-chhiú chhiau i ê tē-á, the̍h-chhut chi̍t tiâu soàⁿ.	彼个老人隨時了解；就伸手搜伊的袋仔，提出一條線。
"Má-lîn hiaⁿ khoàⁿ-kìⁿ goá, chiah pháiⁿ-sim! I khoàⁿ-kìⁿ goá khioh chi̍t tiâu soàⁿ lah, chhī-tiúⁿ ah; bô pa̍t-hāng."	「Má-lîn 兄看見我，才歹心！伊看見我抾一條線 lah，市長 ah；無別項。」
Chhī-tiúⁿ iô i ê thâu-khak, kóng, "Lí m̄-thang phah-sǹg goá oē sìn Má-lîn hiaⁿ, i sī láu-si̍t koh thang sìn-iōng ê lâng, lâi khoàⁿ m̄-tio̍h chi̍t-tiâu soàⁿ kap chi̍t ê chîⁿ-tē-á."	市長搖伊的頭殼，講，「你毋通拍算我會信 Má-lîn 兄，伊是老實閣通信用的人，來看毋著一條線佮一个錢袋仔。」
O͘-sū-kun hiaⁿ giâ i ê chiàⁿ-chhiú oán-jiân beh chiù-choā i só͘ kóng ê sī chin-si̍t, chiū koh hoan-hù chi̍t-piàn kóng, "M̄-kú si̍t-chāi sī àn-ni, chhī-tiúⁿ ah, Goá sī kan-tā khioh-tio̍h chi̍t-tiâu soàⁿ nā-tiāⁿ." "Lí án-ni kóng, O͘-sū-kun hiaⁿ, lí khioh chîⁿ-tē-á khí-lâi liáu-āu, lí kiám m̄-sī koh soà-chiap chhē khoàⁿ ū bān-it tuì chîⁿ-tē-á lak chhut-lâi ê chîⁿ á bô	O͘-sū-kun 兄擇伊的 正手宛然欲咒誓伊所講的是真實，就閣吩咐一遍講，「毋過實在是按呢，市長 ah，我是干抾著一條線若定。」「你按呢講，O͘-sū-kun 兄，你抾錢袋仔起來了後，你 kiám 毋是閣紲接揣看有萬一對錢袋仔落出來的錢抑無嗎？」

（續）

mah?”	
Khó-lîn ê Ơ-sū-kun hia^{n}! i chha-put-to boē kóng-oē. Má-lîn hia^{n} ji̍p-lâi koh-chài hoan i sớ pò ê sū, chóng-sī lông-hu m̄-ji̍n. Chiàu i pún-sin ê sớ ài, ū chhiau Ơ-sū-kun hia^{n} ê seng-khu, chóng-sī boē tit thang chhē chhut chî^{n}-tē-á tī i ê seng-khu.	可憐的 Ơ-sū-kun 兄！伊差不多袂講話。Má-lîn 兄入來閣再番伊所報的事，總是農夫毋認。照伊本身的所愛，有搜 Ơ-sū-kun 兄的身軀，總是袂得通揣出錢袋仔佇伊的身軀。
Chhī-tiú^{n} put-chí kan-khớ, kàu lơ̄-bé kiò hit ê lông-hu tńg-khì, hoan-hù i kóng, i beh kap kiám-sū chiàu-hoē lâi thèng-hāu i ê bēng-lēng.	市長不止艱苦，到路尾叫彼个農夫轉去，吩咐伊講，伊欲佮檢事照會來聽候伊的命令。
Hit-tia̍p chi̍t ê siau-sit thoân kàu chi̍t sì-koè, Ơ-sū-kun hia^{n} lī-khui chhī-ia̍h-sớ ê sî, hơN3 kî ê lâng choē-choē cháu-oá lâi uî i ê sin-pi^{n}, ài beh chai hit ê siau-sit. I kóng hơ̄ in thia^{n}, chóng-sī bô lâng beh sìn--i; hoán-tńg toā-sia^{n} lâi chhiò i sớ kóng--ê. Koh kiâ^{n}, koh-chài kóng i ê sū hơ̄ sớ tú-tio̍h ê lâng thia^{n}, chóng-sī bô thang ǹg-bāng thang chhē chhut chit lâng lâi sìn i ê oē.	彼霎這个消息傳到一四界，Ơ-sū-kun 兄離開市役所的時，好奇的人濟濟走倚來圍伊的身邊，愛欲知彼个消息。伊講予 in 聽，總是無人欲信--伊；反轉大聲來笑伊所講--ê。閣行，閣再講伊的事予所拄著的人聽，總是無通向望通揣出這人來信伊的話。
Choē-choē lâng in ê thâu-khak chhiò kóng, “Ah! Ơ-sū-kun hia^{n}, lí lāu bóng-lāu, pēng m̄-sī mi̍h neh!”	濟濟人 in 的頭殼笑講，「Ah！Ơ-sū-kun 兄，你老罔老，並毋是物 neh！」
Kàu àm i chiū kap kuí-nā ê chhù-pi^{n} choè-tīn tńg-khì. In keng-kè si̍p-jī-lơ̄-thâu ê sî, Ơ-sū-kun hia^{n} chiū pí hit-jiah i thêng-kha lâi khioh hit tiâu soà^{n} ê sớ-chāi hơ̄ in khoà^{n}”, iā kui-lơ̄ i lóng bô kóng poà^{n}-hāng pa̍t-hāng ê sū.	到暗伊就佮幾若个厝邊做陣轉去。In 經過十字路頭的時，Ơ-sū-kun 兄就比彼跡伊停跤來抾彼條線的所在予 in 看」，也規路伊攏無講半項別項的事。
Hit àm hit ê khó-lîn ê lāu-lâng chiū khì se̍h i sớ tiàm ê hiu^{n}-chng, kóng sớ tú-tio̍h ê sū; sui-bóng lâng-lâng ū thia^{n}-kì^{n}, chóng-sī	彼暗彼个可憐的老人就去踅伊所踮的鄉庄，講所拄著的事；雖罔人人有聽見，總是無一人歡喜勸伊的信用佇伊所

（續）

bô chi̍t lâng hoa^{n}-hí khǹg i ê sìn-iōng tī i sớ kóng ê oē. I keng-kè hit àm chin kan-khớ, hoân-ló kàu chha-put-to beh phoà-pī^{n}.	講的話。伊經過彼暗真艱苦，煩惱到差不多欲破病。
Kè ji̍t ū chi̍t ê tn̂g-kang the̍h sớ khioh-tio̍h ê chî^{n} khì hêng hit ê chú-lâng, iā tit-tio̍h sớ iok-sok ê pò-siú^{n}, Hit ê lâng ū kóng i tī lơ̄-ni̍h khioh-tio̍h, chóng-sī uī-tio̍h m̄-bat jī, ū suî-sî the̍h-khì hơ̄ i ê thâu-ke. Tuì án-ni chiah chai hit ê phah-m̄-kì^{n} ê lâng.	過日有一個長工提所抾著的錢去還彼个主人，也得著所約束的報賞，彼个人有講伊佇路裡抾著，總是為著毋捌字，有隨時提去予伊的頭家。對按呢才知彼个拍毋見的人。
Chit-ê siau-sit thoân-kàu chi̍t-sì-koè, Ơ-sū-kun hia^{n} thia^{n}-tio̍h ê sî ê sim-koa^{n} chin hoa^{n}-hí. "Ta^{n} in tek-khak beh sìn goá lah!" i án-ni kóng. "Sè-kan bô ū chi̍t hāng oē hơ̄ lâng khah kan-khớ, pí hơ̄ lâng hiâm kóng ū kóng pe̍h-chha̍t lah!"	這个消息傳到一四界，Ơ-sū-kun 兄聽著的時的心肝真歡喜。「今 in 的確欲信我啦！」伊按呢講。「世間無有一項話予人較艱苦，比予人嫌講有講白賊啦！」
I pò i ê pêng-iú chai chit chân sū ê sî, iáu-kú khoà^{n}-kì^{n} ū lâng iáu-bē sìn i sī bô choē. Chit hāng hơ̄ i ê sim-koa^{n} chin thàng-thià^{n}, koh-chài si^{n}-khí bô pêng-an.	伊報伊的朋友知這層事的時，猶過看見有人猶未信伊是無罪。這項予伊的心肝真痛疼，閣再生起無平安。
Kè lé-pài, i koh khì koe-ni̍h ê sî, i koh-chài khoà^{n}-kì^{n} Má-lîn khiā tī i ê mn̂g-kháu ná khoà^{n}--i, ná teh chhiò. Chái^{n}-iū^{n}?	過禮拜，伊閣去街裡的時，伊閣再看見 Má-lîn 徛佇伊的門口那看--伊，那咧笑。怎樣？
Ơ-sū-kun hia^{n} ū tú-tio̍h chit ê chin se̍k-sāi ê choh-chhân-lâng, kā i kóng lūn chî^{n}-tē-á koh hêng ê sū. Hit ê choh-chhân lâng chhiò-chhiò kā i kóng, "Lí sit-chāi sī chiâ^{n} m̄-sī lâng ơh!" Ơ-sū-kun koh-khah ke-thi^{n} bô pêng-an. Chái^{n}-iū^{n} in iáu-kú teh kiò goá sī "phái^{n}-lâng?" Hit ê khioh-tio̍h chî^{n}-tē-á ê lâng kiám bô the̍h-khì hêng hit ê chú-lâng liáu mah?	Ơ-sū-kun 兄有拄著一个真熟似的作田人，共伊講論錢袋仔閣還的事。彼个作田人笑笑共伊講，「你實在是成毋是人ơh！」Ơ-sū-kun 閣較加添無平安。怎樣 in 猶過咧叫我是「歹人？」彼个拾著錢袋仔的人 kiám 無提去還彼个主人了嗎？
Chit ê lâng ìn kóng, Lí kóng chin hó thia^{n}	一个人應講，你講真好聽 lah！一个

（續）

lah! chit ê chhē-tio̍h, chit ê the̍h khì hêng. Goán chai noh!"	揣著，一个提去還。阮知 noh！」
Kàu lō͘-bé O͘-sū-kun hiaⁿ liáu-kái. Chai lâng ū hiâm i kap lâng kiōng-bō͘ the̍h chîⁿ-tē-á khì hêng. I ti̍t-ti̍t ài beh piān-kái, chóng-sī bô chhái kang, kàu lō͘-bé chia̍h bô kàu pá chiū lī-khui toh.	到路尾 O͘-sū-kun 兄了解。知人有嫌伊佮人共謀提錢袋仔去還。伊直直愛欲辯解，總是無彩工，到路尾食無到飽就離開桌。
I tńg-khì chhù-ni̍h chin sit-chì, chin hoân-ló, sim-koaⁿ kan-khó͘, in-uī i chai bô hoat-tō͘ thang koh chèng-bêng i ê bô choē-koà.	伊轉去厝裡真失志，真煩惱，心肝艱苦，因為伊知無法度通閣證明伊的無罪過。
Chit hāng sū éng-hióng-tio̍h i ê sim-koaⁿ kap kiān-khong, tì-kàu phoà-pīⁿ. Tú-tú beh kè-khuì ê sî, ū lâng koh-chài thiaⁿ-kìⁿ hoah kóng, "Kan-ta chit-tiâu soàⁿ nā-tiāⁿ, iáu bô pa̍t hāng. Lí khoàⁿ tī-chia, chhī-tiúⁿ ah, chit-tiâu soè tiâu soàⁿ."	這項事影響著伊的心肝佮健康，致到破病。拄拄欲過氣的時，有人閣再聽見喝講，「干焦一條線若定，猶無別項。你看佇遮，市長 ah，一條細條線。」

載於《臺灣教會報》，第五一七期，一九二八年五月一日

Kò-jîn Thoân-tō ê kang Koa Siat-kai（個人傳道的工）

作者　不詳
譯者　柯設偕

【作者】

不著撰者，內容譯自中國某雜誌。（顧敏耀撰）

晚年的柯設偕與妻子、孫女合照

【譯者】

柯設偕（1900～1990），祖籍大龍峒（今臺北市大同區），馬偕（George Leslie Mackay，1844～1901）助手柯玖（後改名柯維思，1869～1945）與馬偕次女偕以利（Bella Mackay，1880～1970）之獨子，在淡水出生不久即由馬偕親自為其舉行受洗禮。一九〇六年就讀滬尾公學校（今淡水國民小學），畢業後隨父母移居大稻埕（今臺北市大同區），就讀於大稻埕公學校（今臺北市太平國民小學）高等科，一九一四年畢業，入淡江中學校（今淡江高中），一九一九年畢業後留學日本，先後就讀於京都同志社中學與同志社大學預科，一九二四年畢業後返鄉，任教於淡江中學。一九二六年再赴日本京都帝國大學史學部深造，一九二八年因臺北帝國大學（今臺灣大學）成立，返臺轉讀臺北帝國大學文政學部，一九三一年畢業後繼續回到淡江中學任教，一九三七年獲選為臺灣基督長老教會淡水教會長老，翌年至臺北鐵道部觀光課任職，一九四〇年進入「興南新聞社」擔任編輯，戰後回任淡江中學教師，一九六六年退休後至淡水工商管理專科學校（今真理大學）擔任教授。一九七七年赴美國定居，病逝當地。曾於《臺灣日日新報》與《臺灣鐵道》雜誌等報刊上發表日文創作，包括〈夏の臺北〉、〈淡水の復興論景勝地として〉、〈T 轉轍手的回憶〉，也撰有專書《詩美の鄉淡水》、《淡水の歷史》等，此外，亦有白話字作品刊登於《芥菜子》、《臺灣教會公報》、《臺灣教會報》共四十餘篇。（顧敏耀撰）

Kò-jîn Thoân-tō ê kang	個人傳道的工
Koa Siat-kai 1931.10, no. 559 (KCC, no. 69), pp. 18～19	柯設偕 1931.10, no. 559 (KCC, no. 69), pp. 18～19
(Tuì Tiong-kok cha̍p-chì hoan-e̍k) 1. Kò-jîn thoân-tō ê kang, Ta̍k lâng lóng oē khì thoân, Put-lūn lâm-hū ló-iù, Ta̍k lâng lóng lī-piān: Lí khì chhoā lí pêng-iú, Goá khì chhoā goá pêng-iú, It-it chhoā kàu Chú chêng, Tâng siū Chú chín-kiù. Lí khì chhoā lí pêng-iú, Goá khì chhoā goá pêng-iú, It-it chhoā kàu Chú chêng, Tâng siū Chú chín-kiù! Tâng siū Chú chín-kiù, Tâng siū Chú chín-kiù, It-it chhoā kàu Chú chêng, 2. Kò-jîn thoân-tō ê kang, Ta̍k uī lóng oē khì thoân, Put-lūn lāi-bīn goā-bīn, Ta̍k uī lóng lī-piān: Lí beh chhoā lí pêng-iú, Goá beh chhoā goá pêng-iú, It-it chhoā kàu Chú chêng, Tâng siū Chú chín-kiù. 3. Kò-jîn thoân-tō ê kang, Ta̍k sî lóng oē khì thoân, Put-lūn ji̍t-sî mî-kan, Ta̍k sî lóng lī-piān: Lí kín chhoā lí pêng-iú,	（對中國雜誌翻譯） 1. 個人傳道的工， 逐人攏會去傳， 不論男婦老幼， 逐人攏利便， 你去 chhoā 你朋友， 我去 chhoā 我朋友， 一直 chhoā 到主前， 通受主拯救。 你去悉你朋友， 我去悉我朋友， 一直悉到主前， 通受主拯救！ 通受主拯救， 通受主拯救， 一直悉到主前， 通受主拯救！ 2. 個人傳道的工， 逐位攏會去傳， 不論內面外面， 逐位攏利便， 你欲悉你朋友， 我欲悉我朋友， 一直悉到主前， 通受主拯救。 3. 個人傳道的工， 逐時攏會去傳， 不論日時暝間， 逐時攏利便，

（續）

Goá kín chhoā goá pêng-iú, It-it chhoā kàu Chú chêng, Tāng siū Chú chín-kiù. 4. Kò-jîn thoân-tō ê kang, Ta̍k sū lóng oē khì thoân, Put-lūn choè siáⁿ chit-gia̍p, Ta̍k sū lóng lī-piān: Lí tio̍h chhoā lí pêng-iú, Goá tio̍h chhoā goá pêng-iú, It-it chhoā kàu Chú chêng, Tāng siū Chú chín-kiù. 5. Kò-jîn thoân-tō ê kang, Ta̍k kù oē lóng ū la̍t, Sớ iā it-chhè chéng-chí, Lóng hoat-gê kiat-si̍t: Lí lóng chhoā lí pêng-iú, Goá lóng chhoā goá pêng-iú, It-it chhoā kàu Chú chêng, Tāng siū Chú chín-kiù. (Chit siú oē ēng Sèng Si 130 siú ê tiāu)	你緊悉你朋友， 我緊悉我朋友， 一直悉到主前， 通受主拯救。 4. 個人傳道的工， 逐事攏會去傳， 不論做啥職業， 逐事攏利便， 你著悉你朋友， 我著悉我朋友， 一直悉到主前， 通受主拯救。 5. 個人傳道的工， 逐句話攏有力， 所掖一切種子， 攏發芽結實， 你攏悉你朋友， 我攏悉我朋友， 一直悉到主前， 通受主拯救。 （這首會用聖詩 130 首的調）

載於《臺灣教會報》，第五五九期，一九三一年十月

Uī-tio̍h Thoân-kàu-chiá ê kî-tó（為著傳教者的祈禱）

作者　士埔讓
譯者　陳能通

士埔讓像

【作者】

士埔讓（華語譯為「司布真」，Charles Haddon Spurgeon，1834～1892）。英國著名的牧師、佈道家、神學家。父親是煤礦公司職員，家境小康，雖然沒有上大學讀書，但卻極有講道天賦，十七歲就受聘為村里的牧師，二十歲被請去倫敦浸信會任牧職，直至去世。講道極富吸引力與感染力，聽眾時常將會場擠得水洩不通。聽道者包括維多利亞女皇，格蘭斯頓首相、文豪、市長、警長以及一般平民，在當時的牧師當中無人能出其右。此外，也曾創立「牧師學院」（今改稱「司布真學院」），用心培養傳道人才。此外也創立孤兒院、養老院、開荒佈道差會、售買聖經會、節食贈衣協會等慈善機構。著作等身，代表作有《大衛三寶藏》、《早晚靈修》、《都是恩典》、《清晨甘露》、《靜夜亮光》、《復興講壇》等。（顧敏耀撰）

陳能通像

【譯者】

陳能通（1899～1947），今臺北淡水人，出身基督教家庭，父親是陳謙旺牧師（牛津學堂畢業）。他在一九一五年從南崁公學校畢業後，進入淡水中學校（今淡江高中）就讀。一九一九年畢業，赴日留學，先後就讀於熊本第五高等學校、京都帝國大學物理系，一九二五年學成返鄉，受聘為淡江中學的物理及數學教員。一九三七年再次負笈東瀛，到東京神學院攻讀神學，一九四〇年獲得神學學位之後返台，獲派至台南東門教會當牧師，兼任長榮中學物理與數學教員。一九四二年應聘至牛津學堂改名的臺北神學校任教，翌年擔任院長。戰後於一九四五年任淡水中學教務主任（當時校長為林茂生），隔年升任校長，在百廢待舉的艱困情況中，維持學校的正常運作。一九四七年二二八事件之際，可能因為勇於出面為罹難的同學收屍而遭中國國民黨政權忌恨，在三月十一日清晨被士兵押走殺害，據聞可能被丟入海裡。其白話字作品皆發表於日治時期的《芥菜子》、《臺灣教會報》、《臺灣教會公報》，共有十篇。（顧敏耀撰）

Uī-tio̍h Thoân-kàu-chiá ê kî-tó	為著傳教者的祈禱
Tân Lêng-thong e̍k 1933.01, no. 574, pp. 26	陳能通譯 1933.01, no. 574, pp. 26
Chit phiⁿ sī 19 sè-kí bé, Eng-kok ê toā soat-kàu-ka Sū-pơ-jiōng (Spurgeon) Bo̍k-su só siá--ê. Ū lâng kóng, i sī soà-chiap pó-lô thoân hok-im hō͘ tē-it choē lâng thiaⁿ-kìⁿ. "Hiaⁿ-tī ah, tio̍h thoè goán kî-tó" (I Thiap-sat-lô-nî-ka 5:25).	這篇是 19 世紀尾，英國的大說教家士埔讓（Spurgeon）牧師所寫--的。有人講：伊是續接保羅傳福音予第一濟人聽見。 「兄弟 ah，著替阮祈禱」（帖撒羅尼迦前書 5:25）。
Chit-tia̍p ài ēng 'thoè thoân-kàu-chiá ê kî-tó' choè toê-ba̍k, kap lia̍t-uī saⁿ-kap siūⁿ. só͘ ín-khí ê Sèng-keng kù, sī sù-tô͘ Pó-lô tuì só͘ ū sìn-tô͘ ê kal-têng iau-kiû ê kî-tó, lán hiān-sî iā tio̍h hoán-hok lâi jia̍t-sim kî-kiû. Hiaⁿ-tī ah, goán ê tio̍h-boâ sī chin iàu-kín, in-uī ū koan-hē kuí-nā bān lâng ê an-guî (安危). Goán sī kan-sia̍p tī éng-oán ê sū-gia̍p, uī-tio̍h Siōng-tè lâi tì-ì tī lâng ê lêng-hûn. iā goán ê oē sī beh ū oa̍h-miā ê khì-bī, hō͘ lâng lâi ǹg oa̍h-miā, á-sī beh ū sí ê khì-bī lâi hō͘ lâng tì-kàu sí; chit nn̄g hāng tio̍h kéng chit hāng. Goán ê chek-jīm sit-chāi m̄-sī hiah khin.	這霎愛用「替傳教者的祈禱」做題目，佮列位相佮想。所引起的聖經句，是使徒保羅對所有信徒的家庭要求的祈禱，咱現時也著反覆來熱心祈求。兄弟 ah，阮的著磨是真要緊，因為有關係幾若萬人的安危（安危）。阮是干涉佇永遠的事業，為著上帝來致意佇人的靈魂。也阮的話是欲有活命的氣味，予人來向活命，猶是欲有死的氣味來予人致到死；這兩項著揀一項。阮的責任實在毋是遐輕。
Kàu choè-āu ê sî, nā oē tit bián hū-tam chèng-lâng tú-tio̍h bia̍t-bô ê chek-jīm, che	到最後的時，若會得免負擔眾人拄著滅無的責任，這就毋是小可的恩惠。阮

（續）

chiū m̄-sī sió-khoá ê un-huī. Goán choè Ki-tok kun-tuī ê chiòng-hāu ê, sī Mô͘-kuí só͘ khoài chù-ba̍k ê. In siông-siông chhē khàng-phāng, khoàⁿ ū sím-mih jio̍k-tiám thang hām-hāi goán. Tiàm tī chit hō sèng ê chit-hūn ê, tek-khak ū khah choē ê iú-he̍k. M̄-nā án-ni, goán iā siông-siông bô ài kap chin-lí saⁿ-kap	做基督軍隊的將校的，是魔鬼所快注目的。In 常常找空縫，看有甚物弱點通陷害阮。踮佇這號聖的職份的，的確有較濟的誘惑。毋若按呢，阮也常常無愛佮真理相佮
hoaⁿ-hí, ài ka-kī chū-choan chiàu thoân-kàu-chiá sèng ê chit-hun ê li̍p-tiūⁿ lâi siūⁿ. Goán bat tú-tio̍h chin choē khùn-lân ê būn-toê, kàu bô hoat-tō͘; bat khoàⁿ-kìⁿ khó-lîn ê tuī-lo̍h-chiá, thoè in siong-sim; koh khoàⁿ-kìⁿ choē-choē lâng tîm-lûn; tì-kàu cheng-sîn bô la̍t. Goán ài tuì soat-kàu lâi lī-ek lia̍t-uī; iā n̂g-bāng lín ê kiáⁿ-sun tit-tio̍h chiok-hok; koh n̂g-bāng chiâⁿ-choè hō͘ choē-choē sèng-tō͘ kap choē-jîn thang oá-khò ê. Só͘-í só͘ thiàⁿ ê pêng-iú ah. Chhiáⁿ lín uī-tio̍h goán tuì Siōng-tè kî-kiû.Goán nā bô tit-tio̍h lia̍t-uī kî-tó ê oān-chō͘, sī chin khó-lîn ê; chóng-sī nā tuì lia̍t-uī ê goān-bōng lâi oa̍h, chiū goán si̍t-chāi sī hēng-hok. Lia̍t-uī tuì goán tit-tio̍h chiok-hok, iā siū Chú ê chiok-hok. Sui-sī án-ni, lín tuì thoân-kàu-chiá lâi tit-tio̍h Siōng-tè ê chiok-hok, kiám m̄-sī khah choē mah? Só͘-í chài-saⁿ, chài-sì, chhiáⁿ lia̍t-uī sî-siông uī-tio̍h goán kî-tó, n̂g-bāng Chú ēng I hok-im ê pó-poè lâi toé tī goán chiah ê thô͘ ê khì-kū. Goán tāi-piáu soan-kàu-su, bo̍k-su, thoân-tō-su, í-kip sîn-ha̍k-seng, tī Iâ-so͘ ê miâ tuì lia̍t-uī khún-goān. "Hiaⁿ-tī ah, tio̍h thoè goán kî-tó."	歡喜，愛家己自專照傳教者聖的職分的立場來想。阮捌拄著真濟困難的問題，到無法度；捌看見可憐的墮落者，替 in 傷心閣看見濟濟人沉淪；致到精神無力。阮愛對說教來利益列位；也向望恁的囝孫得著祝福；閣向望成做予濟濟聖徒佮罪人通倚靠的。所以所疼的朋友 ah。請恁為著阮對上帝祈求。阮若無得著列位祈禱的援助，是真可憐的；總是若對列位的願望來活，就阮實在是幸福。列位對阮得著祝福，也受主的祝福。雖是按呢，恁對傳教者來得著上帝的祝福，kiám 毋是較濟 mah？所以再三、再四，請列位時常為著阮祈禱，向望主用伊福音的寶貝來貯佇阮遮个土的器具。阮代表宣教師、牧師、傳道師，以及神學生，佇耶穌的名對列位懇願。 「兄弟 ah，著替阮祈禱。」

載於《臺灣教會報》，第五七四期，一九三三年一月

Lōng-chú Hoê-ka（浪子回家）

作者　Charles McCallon Alexander
譯者　章王由

C. M. Alexander 像

【作者】

Charles McCallon Alexander（查爾斯・馬卡能・亞歷山大，1867～1920），著名的福音作家、作詞家、作曲家。出生於美國田納西州（Tennessee），父親是長老會的長老，母親也素來敬虔愛主，兩人都很喜歡音樂，經常在家中吟唱福音詩歌，逐漸培養他在這方面的濃厚興趣。長大之後，一度在美國瑪麗維爾大學（Maryville University）教音樂，後來辭去教職，專心獻身傳福音工作，前去為約翰・基特雷爾（John Kittrell，美國貴格會的復興者）領詩，繼而就讀慕迪聖經學院，期間曾是慕迪主日學校一千八百人詩班的指揮。後來與米蘭・威廉牧師（Rev Milan B.Williams）一起主領福音聚會，一九〇二年曾前往澳大利亞傳揚福音。一九〇七年在美國與傳道師約翰・韋伯・查普曼（John Wilbur Chapman）發起數次大規模的大眾福音傳播運動，亦即在同一時間派出眾多唱詩班與樂隊在美國各大城市的街道上傳福音，數年後因成效日漸降低，在一九一二年回歸大型佈道會的模式。一九一八年退休，移居英國，兩年後病逝當地。（顧敏耀撰）

章王由像

【譯者】

章王由（1902～1969，後改名惠平），臺北人，天資聰穎，三歲即能背誦《千字文》、《千家詩》等。先後畢業於太平公學校（今太平國小）與淡水中學校（今淡水高中），繼而入臺北神學校（即今臺灣神學院）進修，學成之後擔任北投教會、木柵教會、下奎府町教會傳道師，二戰期間退休返鄉。戰後連任三屆里長，頗獲里民敬重景仰。一九五四年因腦溢血而半身不遂，雖在病中仍然不忘為主做工，為詩篇譜曲，榮耀上帝，且時常上講臺作見證。後因高血壓、肺炎等症，蒙主恩召，含笑歸天。曾於《芥菜子》、《臺灣教會公報》發表白話字譯作／創作共十八篇，其中一篇為散文〈向望〉，其餘〈母性的愛〉、〈浪子回家〉、〈牧者見耶穌〉等皆為詩作。（顧敏耀撰）

Lōng-chú Hoê-ka	浪子回家
T. O. CHISHOLM, GEO. C. STEBBINS	T. O. CHISHOLM，GEO. C. STEBBINS
1933.08 tē 581 koàn, Koà-chhài-chí 91 hō p.25	1933.08 第 581 卷，芥菜子 91 號，p.25
(Chiong Ông-iû e̍k)	（章王由　譯）
1. Goá tiàm tī khòng-iá hong-pơ sớ-chāi, Hòng-tōng khùn-khớ, to-sờ-nî í-lâi, Siông siū iau-gō kap kiaⁿ-hiâⁿ sớ pek, Tio̍h tńg-lâi chit sî-khek, Iu-būn sớ kiâⁿ kha-pō͘ bô kín-sīn, In-uī beh koh kìⁿ Sèng Pē ê bīn, Eng-kai jīn-hūn chhú lô͘-po̍k ê uī, Koat-sim khí-sin hoê-kui. Hô. Tio̍h tńg lâi Thiⁿ Pē ê ke, Tio̍h tńg lâi Thiⁿ Pē ê ke, Koat-sim khí-sin hoê kui, Goá chai I ū toā un-huī.	1. 我踮佇曠野荒埔所在， 放蕩困苦，多數年以來， 常受枵餓佮驚惶所迫， 著轉來這時刻， 憂悶所行跤步無謹慎， 因為欲閣見聖爸的面， 應該認份取奴僕的位， 決心起身回歸。 和。著轉來天爸的家， 著轉來天爸的家， 決心起身回歸， 我知伊有大恩惠。
2. Siáⁿ-sū gō-sí tī sit-bāng tē-hng, Bô lâng khó-lîn káⁿ kūn-oá lâi mn̄g, Goá Pē ê ke, ū bí-niû chin-chē, Taⁿ tio̍h khí-sin hoê-kui, Chhim-chhim hoán-hoé chêng sớ kiâⁿ put-sī, Boē kham koh chheng-choè I ê kiáⁿ-jî, ún-tàng Thiⁿ Pē bô ài goá lī-khui, Koat-sim khí-sin hoê-kui.	2. 啥事餓死佇失望地方， 無人可憐敢近倚來問， 我爸的家，有米糧真濟， 今著起身回歸， 深深反悔前所行不是， 袂堪閣稱做伊的囝兒， 穩當天爸無愛我離開， 決心起身回歸。

（續）

<table>
<tr><td>3. Hó ê kì-ek goá hut-jiân siū^{n}-khí,
Chiū-sī chai Thi^{n} Pē ū toā chû-pi,
Koh bîn-bāng goán chhù ná tī bak-chêng,
Cháu kàu hit uī an-lêng,
Khoà^{n}-kì^{n} hoán-hoé ê lâng ū kàu-uī,
In siū sià-choē tit peh-sa^{n} un-huī,
Goá thái koh iân-chhiân liông-sim m̄ khui,
Koat-sim khí-sin hoê-kui.</td><td>3. 好的記憶我忽然想起，
就是知天爸有大慈悲，
閣眠夢阮厝若佇目前，
走到彼位安寧，
看見反悔的人有到位，
In 受赦罪得白衫恩惠，
我 thái 閣延遷良心毋開，
決心起身回歸。</td></tr>
<tr><td>4. Ta^{n} goá lóng bô koh tú-tioh bê-lō͘,
In-uī tit-tioh oah-miā ê Chú chio-hơ,
Só͘ ū tî^{n}-poâ^{n} ê mih goá pàng-lī,
Kín-kín khí-lâi chhē I,
Sui-jiân ū lī-khui I ngó͘-gek I,
Ū sia^{n} kiò kóng, Pē iáu-kú thià^{n} lí,
Goá m̄-thang tiû-tû hō͘ I koh chhui,
Koat-sim khí-sin hoê-kui.</td><td>4. 今我攏無閣拄著迷路，
因為得著活命的主招呼，
所有纏盤的物我放離，
緊緊起來揣伊，
雖然有離開伊忤逆伊，
有聲叫講，爸猶過疼你，
我毋通躊躇予伊閣催，
決心起身回歸。</td></tr>
<tr><td>(Goá só͘ choè ií-kip só͘ hoan-ek ê , ū pah-goā siú, lūn si-tiāu, chin khó-sioh boē-oē lóng pò hō͘ liat-uī chai, chhin-chhiū^{n} téng-bīn chit siú, sī tuì ALEXANDER'S HYMNS No. 3 ê tiong-kan hoan-ek, ū-ê sī tuì pat-pún, in-uī kia^{n}-liáu chin tìn Kàu-hoē Kong-pò ê choá-bīn, iā oh-tit chai, só͘-í bô siá, iā ū kuí-nā siú ìn-liáu bô tú-hó, lak jī, á- sī kiám chit choā, thèng-hāu pat jit chiah tèng-chèng).</td><td>（我所做以及所翻譯的，有百外首，論詩調，真可惜袂會攏報予列位知，親像頂面這首，是對 ALEXANDER'S HYMNS No.3 的中間翻譯，有的是對別本，因為驚了真鎮教會公報的紙面，也偲得知，所以無寫，也有幾若首印了無拄好，落字，抑是減一逝，聽候別日才訂正）。</td></tr>
</table>

載於《臺灣教會公報》，第五八一期，一九三三年八月

Kong-hui ê kò͘-sū（光輝的故事）

作者　蘭醫生娘
譯者　楊士養

蘭醫生娘像

【作者】

蘭醫生娘，即連瑪玉（Mrs. Marjorie Landsborough，1884～1985），生於英格蘭諾福克郡（Norfolk England）一個純樸虔誠愛主的基督徒農家，一八九九年聆聽學校教師講述海外宣教經驗，心生嚮往。一九〇四年在一次教會聚會之中，受到聖靈感召，下定決心要前往海外宣教。一九〇九年從愛丁堡世界宣教大學畢業，接受英國女宣道會差派來臺灣。翌年，抵達臺南，受到巴克禮牧師的熱烈歡迎。爾後在臺南女學校（今長榮女子高中）教導音樂、英文等學科，積極推動婦女與兒童之教育。個性幽默，熱愛運動，很快就與當地人打成一片，非常受到民眾愛戴。一九一二年轉赴阿猴（今屏東）巡迴傳道，作婦女宣教事工及主日學，同年與蘭大衛醫師（Dr. David Landsborough，1870～1957）結婚，協助處理彰化基督教醫院的相關業務（因此民間稱其「蘭醫生娘」），同時也花許多時間在教會的事工。一九一六年因第一次世界大戰爆發，全家離臺返鄉休假，一九一九年戰爭結束後再次回到彰化基督教醫院工作。一九二七年因為一位貧童腿部受傷潰爛，有性命之虞，自願讓丈夫蘭大衛醫師割取小腿四塊皮膚，進行植皮手術，後來雖然因為排斥作用而沒有成功，然而此一事蹟卻感動了無數人。一九三一年全家返英休假，翌年來臺，至一九三六年與丈夫一同退休歸鄉，安養天年。一九五二年兒子蘭大弼醫師（Dr. David Landsborough IV，1914～2010）繼承父母志業，來臺擔任彰化基督教醫院院長。一九五七年丈夫蘭大衛車禍過世，一九六四年因深思念臺灣的兒孫與朋友，再次來臺居住一年（民間稱「蘭醫生媽」)。一九七四年又來臺與家人團聚，一九八〇年榮獲彰化縣榮譽縣民，同年隨蘭大弼醫師退休返鄉。一九八四年適逢百歲誕辰，榮獲英國女王祝壽電文，翌年安詳在家離世，榮歸天國。其住作有一

九二二年出版 *"In Beautiful Formosa"*、一九二四年出版的 *"Stories From Formosa"* 和一九三二年出版的 *"More Stories From Formosa"* 以及一九五七年出版的 *"Dr .Lan"*，另外亦有白話字作品〈細漢囝仔〉發表於一九一八年的《臺灣教會報》以及〈光輝的故事〉發表於一九三三年的《臺灣教會公報》。（顧敏耀撰）

楊士養像

【譯者】

楊士養（1898～1975），生於今臺南白河關子嶺，父親在出生前就過世。自幼刻苦耐勞，勤奮讀書，公學校畢業之後進入長榮中學就讀，期間於太平境教會從高金聲牧師領洗，同時立誓獻上一生為傳道人。一九一四年完成中學學業之後到神學校深造，一九一九年畢業，留學日本東京明治學院，在神學與文學領域都有深刻體會，返臺後於一九二五年在東港被按立為牧師，爾後在西螺、新營、鳳山、鹽埕、臺南東門等教會牧會，並先後在臺南神學院任教達十九年之久。其間也曾赴美國普林斯頓及英國劍橋神學院進修，曾任嘉義、臺南中會、南部大會、臺灣大會議長，亦曾協助巴克禮牧師（Rev. Thomas Barclay，1849～1935）增補《廈英大辭典》與修訂臺語聖經、擔任聖詩委員會主委等，一九六三年退休，擔任聖經公會顧問。曾創作了三十餘首聖詩，是我國填寫「聖詩」最多首的詩人。此外，從日治到戰後，在《臺灣教會報》與《臺灣教會公報》發表白話字作品十餘篇。（顧敏耀撰）

Kong-hui ê kò-sū	光輝的故事
(Iûⁿ Sū-ióng tuì Lân I-seng-niû ê More stories from Formosa hoan-e̍k)	（楊士養對蘭醫生娘的 More stories from Formosa 翻譯）
1933.09 582Koàn p.14	1933.09 582 卷 p.14
Kong-hui chhut-sì tī Chiong-hoà chit uī sìn-tō͘ ê ka-têng. I ê lāu-pē sī chò ba̍k-kang, miâ kiò Phāiⁿ-chîⁿ , lāu-bó sī chin sêng-sit chhim-sìn ê lú-tō͘. Kong-hui 6 hoè ê sî, i ê lāu-bó chhoā i khì tha̍k Chú-jit-o̍h; chē tī í-liâu, kha tin-tin lâi thiaⁿ sian-seⁿ ê kà-sī. Ū	光輝出世佇彰化一位信徒的家庭。伊的老爸是做木工，名叫歹錢，老母是真誠實深信的女徒。光輝 6 歲的時，伊的老母悉伊去讀主日學；坐佇椅條，跤 tin-tin 來聽先生的教示。有一個禮拜日，先生共伊講，「佮阮阿爸相 siāng」。八

（續）

chit ê lé-pài-ji̍t, sian-seⁿ kā i kóng, 'Kap goán a-pa sio-siāng.' Peh hoè ê sî ,i khì ji̍p Kong-ha̍k-hāu. I tuì khí-thâu chiū chin ài tha̍k-chheh; chin bín-chia̍t, iā khiáu, chhù-nih ê khang-khoè iā chò chin hó-sè. Tī Chú-ji̍t-o̍h ta̍k ê chin thiàⁿ i, siông-siông hō͘ lâng kéng tī Chiok Sèng-tàn ê sî, lâi gîm-si á-sī oa̍t-liām.	歲的時，伊去入公學校。伊對起頭就真愛讀冊；真敏捷，也巧，厝裡的工課也做真好勢。佇主日學逐个真疼伊，常常予人揀佇祝聖誕的時，來吟詩抑是越念。
Tī 1922 nî 4 goe̍h boé, chiū-sī Kong-hui 10 hoè ê sî, i ū tú-tio̍h phoàⁿ-pīⁿ. I ê lāu-pē chhiáⁿ Lân I-seng khí in tau khoàⁿ i, chiū suî-sî chhoā i lâi ji̍p-īⁿ. I-seng kiaⁿ-liáu i sī tāng-pīⁿ, kàu 5 goe̍h chhe 2, só͘ kiaⁿ ê sū kó-jiân si̍t-hiān.Kong-hui jiám-tio̍h náu-iām, i-seng suî pò koaⁿ-hú, in chiū lâi hong hit-keng pēⁿ-sek, in-uī chit khoán ê náu iâm sī pháiⁿ-chèng, iā-sī thoân-jiám-pīⁿ. Taⁿ uī-tio̍h Kong-hui ê sì-miā teh piàⁿ siⁿ-sí, lāu-pē put-sî kap i tī-hia, í-goā tī chit ê teh khoàⁿ-lū ê kuí ké-pài kan , chí-ū sī Lân I-seng kap I-seng-niû khoàⁿ i nā-tiāⁿ. Phoà-pēⁿ tiong lóng bô khàn-hō͘-hū khì kò͘ i, chóng-sī bô lâng ē pí kong-hui ê lāu-pē khah un-jiû, khah gâu kò͘ i , mê-ji̍t kap i tī-hia, m̄-bat lī-khui i sin-piⁿ. Hit tiong-kan i ê lāu-bó kap khah sè-hàn-ê tiàm tī chhù-nih; i-seng-niû ta̍k ji̍t khì pò i chai Kong-hui ê keng-koè. Ū chi̍t pái chin oh-tit tuì i ê lāu-bó kóng;in-uī kiaⁿ liáu Kong-hui beh lī-khui sè-kan, sui-jiân i ê ba̍k-sái khoà（按：koà）ba̍k-kîⁿ, iáu-kú bô chhut oàn-giân , put-kò in kóng , "Iâ-so͘ nā ài tiàu i, goá tek-khak tio̍h hoaⁿ-hí."	佇一九二二年四月尾，就是光輝十歲的時，伊有拄著破病。伊的老爸請蘭醫生去 in 兜看伊，就隨時悉伊來入院。醫生驚了伊是重病，到五月初，所驚的事果然實現。光輝染著腦炎，醫生隨時報官府，in 就來封彼間病室，因為這款的腦炎是歹症，也是傳染病。今為著光輝的性命咧拚生死，老爸不時佮伊佇遐，以外佇這个咧看慮的幾禮拜間，只有是蘭醫生佮醫生娘看伊爾爾。破病中攏無看護予去顧伊，總是無人會比光輝的老爸較溫柔，較賢顧伊，暝日佮伊佇遐，毋捌離開伊身邊。彼中間伊的老母佮較細漢的踮佇厝裡；醫生娘逐日去報伊知光輝的經過。有一擺真僫得對伊的老母講；因為驚了光輝欲離開世間，雖然伊的目屎掛目墘，猶閣無出怨言，不過應講，「耶穌若愛召伊，我的確著歡喜」。
Keng-koè goā-choē ji̍t, i-seng-niû ū pò i hó siau-sit, "Kong-hui ê guî-hiám-kî koè-liáu,	經過外濟日，醫生娘有報伊好消息，「光輝的危險期過了，今袂死啦。」伊

（續）

ta^{n} bē sí lah.” i ê bīn chin hoa^{n}-hí, chhiò gī-gī kóng, “Kám-siā Siōng-tè.” Chóng-sī khó-sioh ū khoà^{n}-kì^{n} thang hoân-ló ê chèng-chōng. Kong-hui ū koh ho̍k-tò ti-kak, m̄-kú goán kap i kóng oē, i thia^{n} bē-bêng,goán tio̍h ēng toā sia^{n} kā i kóng , kàu āu-lâi tio̍h iōng jióng, i chiah ū thia^{n}-kì^{n}. I-seng chia i khah toā-bīn ê tú-tio̍h thang hoân-ló ê sū, chiū kā i ê pē-bó kóng, kàu lō͘-boé, m̄-bián koh tiàm keh-lī-sek, Phái^{n}-chî^{n} chhoā chit ê sán-sán koh bīn chhi^{n}-chhi^{n} ê gín-á tò-khì in chhù. I chē tī sè-tè tek-í lâi khoà^{n} sió-tī sió-moē thit-thô. I siông-siông ài kóng-oē, iā te̍k-pia̍t chin ǹg-bāng ài koh khì ha̍k-hāu tha̍k-chheh, kóng, “Thèng-hāu goá ê hī-khang nā hó lè.” I ê bīn-sek chhi^{n}-pe̍h chin sán, goán m̄-ká^{n} hō͘ i chai i ê hī-khang bô ǹg-bāng lah!	的面真歡喜，笑義義講，「感謝上帝」。總是可惜有看見通煩惱的症狀。光輝有閣復到知覺，毋過阮佮伊講話，伊聽袂明，阮著用大聲共伊講，到後來著用嚷，伊才有聽見。醫生遮伊較大面的拄著通煩惱的事，就共伊的父母講，到路尾，毋免閣踮 keh-利息，歹錢悉這个瘦閣面青青的囡仔倒去 in 厝。伊坐佇細塊竹椅來看小弟小妹迌迌。伊常常愛講話，也特別真向望愛閣去學校讀冊，講，「聽候我的耳孔若好咧。」伊的面色青白真瘦，阮毋敢予伊知伊的耳孔無向望啦！
Chhit goe̍h, goán beh khì Tām-suí Téng-soa^{n}-pi^{n} ê sè-keng chhù-á hioh-joa̍h. Kong-hui hō͘ chi̍t ê chin ióng ê ku-lí āi^{n} kàu goám ê chháu-liâu, lâi kǹg tī cháu-bé-lō͘. I suh-tio̍h soa^{n}-nih liâng-léng ê khong-khì, koh khoà^{n}-kì^{n} tī i ê bīn-chêng ū khui-khoah ê hó kong-kéng, cheng-sîn chiū chin oa̍h-tāng. Hit kuí lé-pài kan, tī soa^{n}-téng ū hō͘ Kong-hui chin toā piàn-oā^{n}.	這月，阮欲去淡水等山邊的細間厝仔歇熱。光輝予一个真勇的苦力偕到阮的草寮，來囥佇走馬路。伊吸著山裡涼冷的空氣，閣看見佇伊的面前有開闊的好光景，精神就真活動。彼幾禮拜間，佇山頂有予光輝真大變換。
Tú-á kàu-uī ê sî, i lím-lím-á ē kiâ^{n}, in-uī i ê kha chin sán koh sè-ki, chóng-sī bô loā-kú i ē kap Tāi-pit (Lân I-seng ê kiá^{n}) khì soa^{n}-nih thiàu-lâi thiàu khì, bán Pek-ha̍p-hoe, chō siâ^{n}-chhiû^{n}, jiok boé-ia̍h, lia̍h hê-á. Tò-lâi chiū khí-hoé lâi chú hê-á, kǹg tī toh-téng chia̍h àm-tǹg thang phoè. Chit n̄g ê gín-á	拄仔到位的時，伊忍忍仔會行，因為伊的真瘦閣細支，總是無偌久伊會佮大弼（蘭醫生的囝）去山裡跳來跳去，挽百合花，造城牆，逐娓蝶，掠蝦仔。倒來就起火來煮蝦仔，囥佇桌頂食暗頓通配。這兩个囡仔真好交陪，真親密，向望的做一生的朋友。逐日 in 攏有課

（續）

chin hó kau-poê, chin chhin-bit, n̂g-bāng ê chò it-seng ê pêng-iú. Ta̍k jit in lóng ū khò-têng:	程：
Kong-hui sǹg-siàu, siā-jī kap oē-tô͘, iā ū tha̍k kuí-nā chām ê Sèng-keng, chit-tia̍p ū-ê i iáu ē lāim--tit. Chin thang kám-siā, in-uī boē chhàu-hī-lâng ê tāi-seng i í-keng bat Iâ-so͘ tī i ê sim-lāi. Chiah àm-liáu, tāi-ke uî-luî lâi chò lé-pài, ta̍k àm ū chiàu lûn-liû kî-tó.	光輝算數，寫字佮畫圖，也有讀幾若站的聖經，這疊有的伊猶會唸得。真通感謝，因為袂臭耳人的代先伊已經捌耶穌佇伊的心內。遮暗了，大家圍圍來做禮拜，逐暗有照輪流祈禱。
Kong-hui kî-tó kóng, "Siōng-tè ah! Kiû Lí hō͘ goá ê hī-khang ē thang koh thiaⁿ-kìⁿ, nā bô , goá tī chit sè-kan chiū chò bô lō͘-ēng lâng." I-seng-niû thiaⁿ-kìⁿ án-ni, chiū nâ-âu-kńg tīⁿ. In tò-khì Chiong-hoà liáu-āu, Kong-hui chiū tńg-khì tiàm in chhù. In-uī bô thang koh khì ha̍k-hāu, tû-khì kò͘ sió-moē í-goā, lóng bô chò sím-mih. Só͘-í chin ià-siān, bīn ê êng-kng cháu liáu-liáu lah! M̄-nā án-ni, tī in sì-uî hiah ê boē thiaⁿ tō-lí ê gín-á , boē-hiáu khó-lîn, hoán-tńg ài chhòng-tī i , hō͘ goán tāi-ke chin iu-būn. In-uī án-ni, i-seng-niû chiū thàm-thiaⁿ Tâi-lâm Bông-à Ha̍k-hāu. Tit-tio̍h hó siau-sit, chiah mn̄g i ê pē-bó khoàⁿ hoaⁿ-hí hō͘ i khì á-bô? In chū-jiân chin hoaⁿ-hí . I-seng-niû chiū ēng choá siá hit ê ì-sù pò Kong-hui chai. Chin hoaⁿ-hí, in-uī koh-chài khoàⁿ-kìⁿ Kong-hui ê bīn chhiò gī-gī! Jiân-āu chiū kià ji̍p-ha̍k-goân. Ū tit-tio̍h ún-chún ji̍p-o̍h. Kàu-sî i-seng-niû chhoā i khì Tâi-lâm. Hāu-tiúⁿ chin hó-lé chih-chiap in , hoan-hù ha̍k seng tio̍h hó khoán-thāi Kong-hui. I tāi-seng ji̍p 1 liân, m̄-kú in-uī i tī Chiang-hoà ū tha̍k Kong-ha̍k-hāu 3 liân liáu ,	光輝祈禱講，「上帝啊！求你予我的耳孔會通閣聽見，若無，我佇這世間就做無路用人。」醫生娘聽見按呢，就嚨喉管滇。In 倒去彰化了後，光輝就轉去踮 in 厝。因為無通閣去學校，除去顧小妹以外，攏無做甚物。所以真厭倦，面的榮光走了了啦！毋若按呢，佇 in 四圍遐的袂聽道理的囡仔，袂曉可憐，反轉愛創治伊，予阮大家真憂悶。因為按呢，醫生娘就探聽臺南盲啞學校。得著好消息，才問伊的父母看歡喜予伊去抑無？In 自然真歡喜。醫生娘就用紙寫彼个意思報光輝知。真歡喜，因為閣再看見光輝的面笑義義！然後就寄入學園。有得著允准入學。到時醫生娘悉伊去臺南。校長真好禮接接 in，吩咐學生著好款待光輝。伊代先入 1 年，毋過因為伊佇彰化有讀公學校 3 年了，比平常盲啞學校的新入生有較贏，所以連鞭先上二年。

（續）

pí pêng-siông Bông-à Ha̍k-hāu ê sin-ji̍p seng ū khah-iâⁿ, só͘-í lâim-piⁿ seng chiūⁿ jī-liân.	
Kong-hui tiàm ha̍k-hāu hó-sè, chiū chin hoaⁿ-hí, iā liâm-piⁿ tit-tio̍h chèng-sian-seⁿ ê o-ló. Ha̍k-hāu kan-ta i pài Siōng-tè, chá-àm i m̄-bat bô tha̍k Sèng-keng kap bô kî-tó Thiⁿ Pē. Ta̍k tn̄g chiah pn̄g iā kám-siā. Lé-pài-ji̍t tit-tio̍h sian-seⁿ ê ín-chún i, tiàm tī Tiúⁿ-ló-kàu Tiong-o̍h i ê piáu-hiaⁿ ū lâi chhoā i khì hù Chú-ji̍t-o̍h, āu-lâi ji̍p-pài-tn̄g chē, chò-hoé lé-pài. Kong-hui sui-jiân bô thiaⁿ-kìⁿ poàⁿ-kù, iáu-kú i ài kap lâng an-chēng pài Siōng-tè.	光輝踮學校好勢，就真歡喜，也連鞭得著眾先生的呵咾。學校干焦伊拜上帝，早暗伊毋捌無讀聖經佮無祈禱天父。逐頓食飯也感謝。禮拜日得著先生的允准伊，踮佇長老教中學伊的表現有來悉伊去赴主日學，後來入拜堂坐，做伙禮拜。光輝雖然無聽見半句，猶閣伊愛佮人安靜拜上帝。
Kong-hui ê kò͘-sū (2)	光輝的故事（2）
(Chiap chêng-hō tē 14 bīn)	1933.10（583 卷）p.13
1933.10 (583 koàn) p.13	（接前號第 14 面）
(Iûⁿ Sū-ióng tuì Lân I-seng-niû ê More stories from Formosa hoan-e̍k)	（楊士養對蘭醫生娘的 More stories from Formosa 翻譯）
Tī 1924 nî, I-seng-niû in tò-khì Eng-kok hioh-khùn; ū chi̍t mê-hng tī chi̍t keng pài-tn̄g kóng-khí Kong-hui hiah ê siàu-liân lâng liâm-piⁿ teh mn̄g ài chhut i ê ha̍k-huì. Tuì hit sî í-āu, in ū khoàⁿ i chò hó pêng-iú lâi chhut i ê ha̍k-huì kàu chut-gia̍p, (chiū-sī 1928 nî 4 goe̍h). I-seng-niû ū lo̍h-khì hù chut-gia̍p-sek. Ha̍k-seng pâi-lia̍t tī toā keng káng-tn̂g, chheⁿ-mê--ê, chi̍t pêng; é-káu kap chhàu-hī-lâng--ê chi̍t pêng. Lâng tuì tâi-téng kóng-oē beh hō͘ chheⁿ-mê--ê thiaⁿ, iā chi̍t ê gâu ê ji̍t-pún lú sian-siⁿ thong-e̍k...ēng chńg-thâu-á pí hō͘ chhàu-hī-lâng kap é-káu--ê khoàⁿ. Tâi-lâm Chiu-tī-sū kap kî-û ê toā koaⁿ ia chhut-	佇一九二四年，醫生娘 in 倒去英國歇睏；有一暝昏佇一間拜堂講起光輝遐的少年人連鞭邊咧問愛出伊的學費。對彼時以後，in 有看伊做好朋友來出伊的學費到出業，（就是 1928 年 4 月）。醫生娘有落去赴出業式。學生排列佇大間講堂，青盲的，一爿；啞口佮臭耳人的一爿。人對台頂講話欲予青盲的聽，也一个賢的日本呂先生通譯用指頭仔比予臭耳人佮啞口的看。臺南州佇事佮其餘的大官也出席，閣有真濟內臺的紳士淑女去赴。

（續）

sek, koh ū chin-chē Loē Tâi ê sin-sū siok-lú khì hù.	
Kong-hui chò ha̍k-seng ê chóng-tāi tha̍k kok-gú ê tap-sû, iā-soà chò tāi-piáu niá chut-gia̍p chèng-su.	光輝做學生的總代讀國語的答詞，也續做代表領出業證書。
Sian-seⁿ chin o-ló Kong-hui, ài i koh toà hia khah kú, lâi o̍h chhiah ê, kàu sêng-kong. Tuì án-ni chiū chham-siông, hō͘ Kong-hui pàng-kè liáu koh khì ha̍k-hāu. I bô koh tha̍k-chheh, put-kò kui-ji̍t jia̍t-sim tī i ê chhiú-gē.	先生真呵咾光輝，愛伊閣蹛遐較久，來學 chhiah 的，到成功。對按呢就參詳，予光輝放過了閣去學校。伊無閣讀冊，不過規日熱心佇伊的手藝。
I siông siá phoe hō͘ i ê pē-bú kap I-seng-niû, ū chi̍t pái án-ni siá:—	伊常寫批予伊的父母佮醫生娘，有一擺按呢寫：—
Siá kuí-jī kià hō͘ só͘ thiàⁿ ê a-pa pêng-an. Chin kú bô siá phoe hō͘ lin, in-uī goá chin bô êng teh chhiah ê. Kīn-lâi goá put-chí ū chìn-pō͘ tī goá ê kang, goá chin hoaⁿ-hí, m̄-kú goá iáu-bē lóng-chóng ē, só͘-í goá iáu-bē thang tò-lâi toà chhù-nih. Goá nā ta̍k hāng ē-hiáu, goá chiū beh tńg-lâi chhù-nih. Chóng-sī goán sian-siⁿ ū kóng, nā beh ka-tī khui chi̍t keng ê-tiàm, tio̍h ài oá 500 kho͘. Siat-sú nā bô hiah chē, chiū bē-thang chò sū-gia̍p. In kā goá kóng án-ni, goá chin hoân-ló; chóng-sī lán ê Sèng-si ū kóng, "Tek-khak m̄-thang siông sit-chì, Tio̍h chiong ta̍k hāng lâi kî-tó." "Tuì án-ni goá ê sim chiū pêng-an, ta̍k jit kî-tó, n̂g-bāng sî nā kàu, Siōng-tè beh thè goá siat-hoat."	寫幾字寄予所疼的阿爸平安。真久無寫批予恁，因為我真無閒咧 chhiah 的。近來我不止有進步佇我的工，我真歡喜，毋過我猶未攏總會，所以我猶未通倒來蹛厝裡。我若逐項會曉，我就欲轉來厝裡。總是阮先生有講，若欲家己開一間的店，著愛倚五百箍。設使若無那濟，就袂通做事業。In 共我講按呢，我真煩惱；總是咱的聖詩有講，「的確毋通常失志，著將逐項來祈禱。」「對按呢我的心就平安，逐日祈禱，向望時若到，上帝欲替我設法。」
Goá siông-siông thè lín tī chhù-nih kî-tó, lí tuì Siōng-tè ū sêng-si̍t bô. Lí ū tha̍k Sèng-keng ta̍k jit kî-tó? Lí nā bô. goá chiū chin iu-būn. Chhiáⁿ lí sia phoe sêng-si̍t kā goá kóng,	我常常替恁佇厝裡祈禱，你對上帝有誠實無。你有讀聖經逐日祈禱？你若無。我就真憂悶。請你寫批誠實共我講，毋通騙我。阿爸，幾若日前，你有寄餅予

（續）

m̄-thang phiàu goá. A-pa, kuí-nā ji̍t chêng, lí ū kià piá^{n} hō͘ goá, piá^{n} kàu-uī ê sî, goá chin iau, bô chi̍t tiám cheng kú, goá chiū chia̍h liáu-liáu. Hō͘ lí chin to-siā, lí nā iáu-ū thang ēng, chhiá^{n} lí koh kià tām-po̍h lâi hō͘ goá. Goá teh chò kang ê sî, goá tī sim-lāi siàu-liām Iâ-sơ, sī goá ê chì hó pêng-iú.	我，餅到位的時，我真枵，無一點鐘久，我就食了了。予你真多謝，你若猶有通用，請你閣寄淡薄來予我。我咧做工的時，我佇心內數念耶穌，是我的至好朋友。
1927 nî 6 goe̍h 24 ji̍t, Lí ê bô lō͘-ēng kiá^{n}, kong-hui kià.	一九二七年六二十四日，你的無路用囝，光輝寄。
(Boe-oân)	（未完）
Kong-hui ê Kò͘-sū (3)	光輝的故事（3）
Iû^{n} Sū-ióng tuì Lân I-seng-niû ê More stories from Formosa hoan-e̍k 1933.11, no. 584, pp. 14	楊士養對蘭醫生娘的 More stories from Formosa 翻譯 1933.11, no. 584, pp. 14
(Chia̍p chêng-hō tē 13 bīn) Lín kiám-chhái ē tām-po̍h kî-koài, i tuì in lāu-pē só͘ kóng ê oē; chóng-sī i ê lāu-pē lóng bô siū-khì. Kong-hui sī in pē-bó ê ba̍k-chiu ê kng, iā in lāu-pē put-chí se̍k, chai siū bê-he̍k tì-kàu bē kì-tit kî-tó ê sū. I kuí-nā pái kā I-seng-niû kóng, i Ki-tok-tô͘ ê seng-oa̍h, tuì i ê kiá^{n} ê bô͘-hoān, ū tit-tio̍h chin toā pang-chān. Lūn i ê lāu-bó khiok sī chin chhim-sìn, chin kian-kò͘ ê lâng. I ê toā kiá^{n} Kong-hui ū toè i ê kha-pō͘.	（接前號第 13 面） 恁減采會淡薄奇怪，伊對 in 老父所講的話；總是伊的老父攏無受氣。光輝是 in 父母的目睭的光，也 in 老父不止識，知受迷惑致到袂記得祈禱的事。伊幾若擺共醫生娘講：伊基督徒的生活，對伊的囝的模範，有得著真大幫贊。論伊的老母卻是真深信，真堅固的人。伊的大囝光輝有綴伊的跤步。
Kong-hui ê kî-tó ū tit-tio̍h ín-chún. Tī Eng-kok ê pêng-iú ēng thià^{n} ê hi-seng, ū bō͘-chip 250 khơ beh hō͘ i bé chi̍t tiu^{n} chò ê ê chiam-chhia, siāng hit-sî Eng-kok Chú-ji̍t-o̍h iā kià 200 khơ lâi beh hō͘ Kong-hui. I ēng chin hoa^{n}-hí, chin kám-siā ê sim sêng-siū chiah ê siú^{n}-sù. Kong-hui soè chi̍t keng tiàm-á, bé	光輝的祈禱有得著允准。佇英國的朋友用疼的犧牲，有募集二五〇箍欲予伊買一張做的的針車，siāng 彼時英國主日學也寄二百箍來欲予光輝。伊用真歡喜，真感謝的心承受遮的賞賜。光輝稅一間店仔，買材料佮椅仔，也買做的的針車。伊連鞭刺二，三雙來排佇店內細

（續）

chhâi-liāu kap í-á, iā bé chò ê ê chiam-chhia. I liâm-piⁿ chhiah 2, 3 siang lâi pâi tī tiàm-lāi sè ê po-lê-tû. āu-lâi I-koán ê chit-oân ū khì kā i chù-bûn. Bo̍k-su kap pa̍t lâng iā ū. Chit-tia̍p Kong-hui teh keng-êng chit khám tiàm. Nā m̄-sī tuì Eng-kok chiah ê gín-á ê thiàⁿ-thàng, tek-khak bē tit thang án-ni. Lán chai Kong-hui kap i ê pē-bó ê sim ún-tàng moá-moá hoaⁿ-hí, éng-oán bô bē kì-tit.	的玻璃櫥。後來醫管的職員有去共伊注文。牧師佮別人也有。這霎光輝咧經營這坎店。若毋是對英國遮的囡仔的疼痛，的確袂得通按呢。 咱知光輝佮伊的父母的心穩當滿滿歡喜，永遠無袂記得。
e̍k-chiá hū-kì: Chit chân sū ū nn̄g hāng chin hó ê kà-sī:— (1)Chhim-sìn ê kî-tó ū toā kong-hāu. (2)Eng-kok Chú-jit-o̍h ê ha̍k-seng hoaⁿ-hí pang-chān boē bat kìⁿ-bīn ê gín-á pêng-iú. Che thang chò lán chèng Chú-jit-o̍h ha̍k-seng ê bō͘-iūⁿ. (Oân).	譯者後記： 這層事有兩項真好的教示：— (1)深信的祈禱有大功效。 (2)英國主日學的學生歡喜幫贊袂捌見面的囡仔朋友。這通做咱眾主日學學生的模樣。(完)。

載於《臺灣教會公報》，第五八二～五八四卷，一九三三年九～十一月

Lú-sèng ê Sù-bēng（女性的使命）

作者　Huī-ú Seng
譯者　許水露

【作者】

Huī-ú Seng，僅知曾於一九三三年十月在《臺灣教會公報》第五八三卷發表〈女性的使命〉，確切姓名與其餘生平不詳。（顧敏耀撰）

【譯者】

許水露像

許水露（Khó Chuí-lō͘，？～？），畢業於臺南神學校（今臺南神學院），一九二四至一九二八年於二林教會宣教，一九三〇年任傳道師，一九三二年封牧，曾任二林、集集、旗後等教會牧師，以及新興長老教會小會與高雄中會之議長等職，一九四三年因為每日清晨固定上教會高塔禱告，被日本當局誤認為間諜而一度遭到逮捕拘禁。戰後繼續擔任牧師，但在一九四七年二二八事變期間，遭中國國民黨軍隊押走，四個月後才被釋回，但是正就讀於長榮中學的愛子許宗哲卻已經在事變中被當局殺害。一九五〇年前後擔任彰化教會牧師，兼彰化基督教醫院董事長。一九五八年任基督教長老教會嘉義中會山地部長，前往阿里山鄒族部落傳道，後曾任高雄市社會局長。一九六三年偕同妻子陳金杏（1911～1996）以及原牧會之延平教會信徒，協力創設「臺北中正基督長老教會」，並擔任該會牧師。從日治時期的一九二八年至戰後的一九五七年間，在《臺灣教會報》以及《臺灣教會公報》陸續發表的白話字作品共有二十一篇。（顧敏耀撰）

Lú-sèng ê Sù-bēng	女性的使命
Huī-ú Seng	Huī-ú Seng
1933.10 583 Koàn P.4	1933.10 第 583 卷，P.4
Khó Chuí-lō͘ e̍k	許水露譯

（續）

Lú-sèng ū lú-sèng chun-khuì ê sù-bēng tī-teh. Lú-sèng nā ē chū-kak i ê sù-bēng, chhim chai i ê sù-bēng, si̍t-hêng i ê sù-bēng, chiū ū éng-oán ê hēng-hok. Lú-sèng sī hē tī hi-seng seng-oa̍h ê kéng-gū ni̍h (犧牲生活之境遇)：tio̍h seng-sán, tio̍h chai-poê kiáⁿ-jî; che chiū-sī chò lāu-bú ê hi-seng.	女性有女性尊貴的使命佇咧。女性若會自覺伊的使命，深知伊的使命，實行伊的使命，就有永遠的幸福。女性是下佇犧牲生活的境遇裡（犧牲生活之境遇）：著生產，著栽培囝兒；這就是做老母的犧牲。
Tio̍h liāu-lí ke-sū, che chiū-sī chò it-ka ê chú-hū ê hi-seng. Thang kóng lú-sèng ê hi-seng, sī chāi tī i ji̍t-siông seng-oa̍h ê it-chhè(日常生活的一切).	著料理家事，這就是做一家的主婦的犧牲。通講女性的犧牲，是在佇伊日常生活的一切（日常生活的一切）。
Tuì lú-sèng ê hi-seng, kiáⁿ-jî seng-tióng, it-ka tit toân-oân. Tiōng-hu tī siā-hoē, kok-ka ē tit sêng-kong; chiū-sī tī i ê lí-biān(裏面) ū hiân-chhe àm-tiong ê oān-chō͘ tī-teh.	對女性的犧牲，囝兒生長，一家得團圓。丈夫佇社會，國家會得成功；就是佇伊的裏面（裏面）有賢妻暗中的援助佇咧。
Lú-sèng ū kiông ê jím-nāi-le̍k (忍耐力) tī-teh . Siat-sú nā khiàm-khoeh jím-hoân-ló ê khó͘-kéng. Lú-sèng tī i ê kéng-gū-siōng kap sù-bēng-siōng, tio̍h te̍k-pia̍t khiàm-ēng chit khoán ê jím-nāi-le̍k. Nā khiàm-khoeh jím-nāi-le̍k ê lú-sèng, tiāⁿ-tio̍h bē tit chīn i ê sù-bēng.	女性有強的忍耐力（忍耐力）佇咧。設使若欠缺忍煩惱的苦境。女性佇伊的境遇上佮使命上，著特別欠用這款的忍耐力。若欠缺忍耐力的女性，定著袂得盡伊的使命。
Lú-sèng sui-jiân sī loán-jio̍k, chóng-sī tī i ê sim-tiong ê sìn-gióng sim sī choè tē-it kiông. Goá hó-táⁿ kóng, bô sìn-gióng, á-sī sìn-gióng chhián-po̍h ê lú-sèng sī chin loán-jio̍k;chóng-sī sìn-gióng chhim ê lú-sèng sī chin kiông.	女性雖然是軟弱，總是佇伊的心中的信仰心是做第一強。我好膽講，無信仰，抑是信仰淺薄的女性是真軟弱；總是信仰深的女性是真強。
Chhiáⁿ o̍h Iâ-sơ ê iúⁿ-bó Má-lī-á, Thê-mô͘-thài ê lāu-bó Iú-nî-ki, Ò-kó͘-su-teng ê lāu-bó Mô͘-nî-ka ê hó bô͘-iūⁿ.	請學耶穌的養母瑪麗亞，提摩太的老母 Iú-nî-ki，Ò-kó͘-su-teng 的老母 Mô͘-nî-ka 的好模樣。

載於《臺灣教會公報》，第五八三卷，一九三三年十月

Chheng-khí Sim-koa^{n}（清氣心肝）

作者　Rev. Walter G. Smith,
Fred H. Byshe
譯者　章王由

【作者】

Rev. Walter G. Smith 與 Fred H. Byshe，僅知前者為基督教牧師，其餘生平皆不詳。（顧敏耀）

【譯者】

章王由，見〈浪子回家〉。

Chheng-khí Sim-koa^{n}	清氣心肝
Rev, WALTER, G, Smith. FRED, H, BYSHE, Chiong Ông-iû e̍k 1933.11, no. 584 (KCC, no. 94), pp. 23	Rev, WALTER, G, Smith. FRED, H, BYSHE， 章王由 譯 1933.11, no. 584 (KCC, no. 94), pp. 23
1. Goá ê sin-khu, ū bak thô͘-bê, chú hoa^{n}-hí lâi soé goá kàu pe̍h, he̍k-sī ēng hé, he̍k-sī ēng chuí, soé goá chheng-khì, pe̍h-pe̍h suí-suí. Hô. Kiû Chú soé goá sim-koa^{n} lāi-goā, In-uī goá sim choē-ok moá-moá, ēng hé lâi sio hō͘ i chheng-khì, kam-goān hi-seng uī-tio̍h goá sí. 2. Chù-ì siám-pī thô͘-bê ê lō͘, chó͘-chí siâ-liām choē-ok kha-pō͘-, goá ū lô͘-le̍k chóng-sī khang-khang, Ka-kī boē-oē Kiú-chú siong-pang. 3. Khoà^{n} tio̍h chheng-pe̍h, lêng-hûn hêng-chōng, goá tio̍h hoa^{n}-hí kám-un kèng-hōng,	1. 我的身軀，有 bak 土糜， 主歡喜來洗我到白， 或是用火，或是用水， 洗我清氣，白白嫃嫃。 和。求主洗我心肝內外， 因為我心罪惡滿滿， 用火來燒予伊清氣， 甘願犧牲為著我死。 2. 注意閃避土糜的路， 阻止邪念罪惡腳步， 我有努力總是空空， 家己 boē 會救主相幫。 3. 看著清白，靈魂形狀， 我著歡喜感恩敬奉， 毋通貧惰推辭無閒，

（續）

M̄-thang pîn-toāⁿ the-sî bô êng, Tāi-ke tek-khak m̄-thang bô chêng. 4. Goá ê sim-koaⁿ í-keng chheng-chēng, lāi-bīn pe̍h-pe̍h lóng bô mâu-pēng, ka-kī chiò kiàn chim-chiok koan-khoàⁿ, sī siū Iâ-sơ kā goá koé-oāⁿ. (A clean heart)	大家的確毋通無情。 4. 我的心肝已經清靜， 內面白白攏無毛病， 家己照見斟酌觀看， 是受耶穌共我改換。 （A clean heart）

載於《臺灣教會公報》，第五八四卷，一九三三年十一月

Kėk sió-khoá ê mih（極小可的物）

作者　不詳

譯者　李水車

【作者】

不著撰者，譯自《臺灣日日新報》一九二八年一月二十九日之報導。（顧敏耀撰）

李水車畫像，此為其么女李末子為父親所撰寫的傳記《人間天使》之封面書影。

【譯者】

李水車（1895～1945），生於臺北廳芝蘭一堡崙仔頂（今臺北士林），一九一〇年入淡水牛津學堂，一九一四年後繼續到臺北神學校（今臺灣神學院）就讀，兩年後以第一名成績畢業，奉傳道局之命到和尚州（現臺北蘆洲）教會見習，一九一八年正式受任命為傳道師，先後到大嵙崁（今桃園大溪）、叭哩沙（今宜蘭三星）、日月潭、宜蘭礁溪、花蓮港、花蓮觀音山、苗栗通宵等教會任職，一九三七年由中會任命為教師（專門教導聖經的神職人員），二年後搬回花蓮，一九四五年病逝當地，享年五十歲。一生安貧樂道，熱心服務，任勞任怨，使基督教在臺灣日治時期仍然不斷拓展與延續。曾於《臺南府城教會報》、《芥菜子》、《臺灣教會報》發表白話字作品〈神明奇聞〉、〈輪迴的矛盾〉、〈極小可的物〉等八篇。（顧敏耀撰）

Kėk sió-khoá ê mih	極小可的物
Lí Chuí-chhia ėk 1934.01, no. 586 (KCC, no. 96), pp. 25～26	李水車 譯 1934.01, no. 586 (KCC, no. 96), pp. 25～26
Chiàu Tang-kia^{n} Thih-tō-kio̍k só͘ hoat-piáu--ê, muí jit nā chit lâng oē chiat-khiām bí chit lia̍p, chiū choân-kok chit nî oē chiat-khiām	照東京鐵道局所發表--的，每日若一人會節儉米一粒，就全國一年會節儉得三千外石的米。東京的鐵道局捌調查

（續）

tit 3 chheng goā chiȯh ê bí. Tang-kia^{n} ê Thih-tō-kiȯk bat tiau-cha Niáu-tin, Ú tơ kiong, Ko-kî, Suí-hō͘, Chhian-iȧp kok chhia-thâu, chiong piān-tong sớ khì-sak liâm-tiȯh ê pn̄g-liȧp, khioh khí-lâi sǹg, tī 10 jit ê tiong-kan sớ kè-sǹg--ê, choè to--ê, chi̍t ȧh ū 4 chheng 8 pah 10 liȧp, choè chió--ê, iȧh ū 22 liȧp, kā i pêng-kun, muí ȧh ū 3 pah 50 liȧp, nā ēng chi̍t nî lâi kè-sǹg chiū ū 11 ek 8 chheng 2 pah 41 bān liȧp, nā-sī chi̍t-chin chiah ū 7 bān 8 chheng liȧp nā-tiā^{n}. Án-ni kan-ta téng-bīn sớ kóng hit kuí só-chāi, chiū chi̍t nî kú oē khioh-tit chi̍t pah 57 chiȯh 3 táu 5 chin 5 hȧp 9 chiok. Tuì án-ni, Thih-tō-kiȯk ê Lú-kheh-khò, ū beh hoàn-khí tuì hiat-kȧk-chiá ê chù-ì, tī tȧk ê piān-tong ê ȧh-á-téng ê pau-phê ū ìn kóng, 富不富要留心，捨棄殘飯可立倉 ê jī-kù tī-teh. Nā-sī thong-kok chún 7 chheng bān lâng lâi kè-sǹg, muí lâng chi̍t jit khiām bí chi̍t liȧp, chi̍t nî kú ū 2 pah 55 ek 5 chheng bān liȧp, chiū-sī 3 chheng 5 pah 77 chiȯh ê bí.	Niáu-tin，Ú tō͘ kiong，Ko-kî，Suí-hō͘，Chhian-iȧp 各車頭，將便當所棄 sak 粘著的飯粒，拾起來算，佇十日的中間所計算--的，最多--的，一盒有四千八百十粒，最少--的，亦有二十二粒，共伊平均，每盒有三百五十粒，若用一年來計算就有十一億八千二百四十一萬粒，若是一升 chiah 有七萬八千粒若定。按呢干單頂面所講彼幾所在，就一年久會拾得一百五十七石三斗五升五合九足。Tui 按呢，鐵道局的旅客課，有欲喚起對 hiat-kȧk 者的注意，佇逐的便當的盒仔頂的包皮有印講，富不富要留心，捨棄殘飯可立倉的字句 tī-teh。若是通國準七千萬人來計算，每人一日儉米一粒，一年久有二百五十五億五千萬粒，就是三千五百七十七石的米。
Í-siōng ê kì-sū, sī tuì Tâi-oân Jit-jit Sin-pò, Chiau-hô 3 nî 1 gėh 29 jit ê choá-siōng ėk chhut--ê. Chiàu khoà^{n} chi̍t liȧp bí sī kėk sió-khoá ê sū, m̄-kú nā-sī thong kok hȧp choè-hoé, sī put-chí thang kia^{n}--lâng, nā chiàu hiān-sî ê bí-kè kiat-sǹg, chi̍t chiȯh chún 25 khơ, chiū chi̍t nî choân-kok sớ hiat-kȧk--ê, ū 8 bān 9 chheng 4 pah 25 khơ. Siat-sú ū chi̍t ê ka-têng, chi̍t ke ū 10 lâng teh seng-oȧh, chi̍t jit chiȧh 3 tǹg kiám chiah phah-sńg 10 liȧp bí mah? Sit-chāi iáu ū khah ke, chi̍t liȧp bí í-	以上的記事，是 tuì 臺灣日日新報，昭和三年一月二十九日的紙上譯出--的。照看一粒米是極小可的事，毋過若是通國合做夥，是不止通驚人，若照現時的米價結算，一石準二十五箍，就一年全國所 hiat-kȧk--的，有八萬九千四百二十五箍。設使有一個家庭，一家有十人 teh 生活，一日食三頓敢 chiah 拍損十粒米麼？實在猶有較加，一粒米以外，佇逐日的生活中，的確猶有拍損偌濟比一粒米較有價值的物件，若攏拾做夥來

（續）

goā, tī ta̍k ji̍t ê seng-oa̍h tiong, tek-khak iáu ū phah-sńg loā-choē pí chi̍t lia̍p bí khah ū kè-ta̍t ê mi̍h-kiā^{n}, nā lóng khioh choè-hoé lâi sǹg, che m̄-sī sió-khoá, tng chit ê ke̍k phái^{n} kéng-khì ê sî-chūn, choè hoē-iú ê lâng, nā oē tī chi̍t nî tiong si̍t-hêng, khioh só͘ phah-sńg lām-sám khai-ēng ê mi̍h, chiong hit ê chî^{n} choè kàu-hoē ê lō͘-ēng, hit ê lī-ek kiám m̄-sī chin toā mah? Chhin-chhiū^{n} Si-ni̍h ū kóng, Chi̍t-tih chi̍t-tih ê chuí, chiâ^{n} choè hái hiah toā, chi̍t-lia̍p chi̍t-lia̍p n̂g soa, kiat-chiâ^{n} toē kap soa^{n}.	算，這毋是小可，當這个極歹景氣的時陣，做會友的人，若會佇一年中實行，拾所拍損濫摻開用的物，將彼个錢做教會的路用，彼个利益敢毋是真大麼？親像詩裡有講：一滴一滴的水，成做海遐大，一粒一粒黃沙，結成地佮山。

載於《臺灣教會公報》，第五八六卷，一九三四年一月

Chú bak-chiu khoàⁿ-kò kàu Chhek-chiáu
（主目睭看顧到雀鳥）

作者　細薇拉・杜菲
譯者　章王由

細薇拉・杜菲像

【作者】

Civilla Durfee Martin（細薇拉・杜菲，1869～1948），生於加拿大新斯科細亞（Nova Scotia），後與美國的 Walter Stillman Martin 牧師結婚，時常隨著丈夫前往各地宣教。一九〇五年來到紐約州的愛瑪拉（Elmira）休假，寄宿於 Doolittle 夫婦家，有感於這對夫妻雖然在生活中遭遇許多困難與挫折，但是仍然在基督教的虔誠信仰中獲得喜樂與滿足，因此她就寫下〈祂看顧麻雀〉（*His Eye Is On The Sparrow*），與另一首代表作〈天父必看顧你〉（*God Will Take Care of You*）都是基督教內大家耳熟能詳的聖詩，至今仍十分膾炙人口。（顧敏耀撰）

【譯者】

章王由，見〈浪子回家〉。

Chú bak-chiu khoàⁿ-kò kàu Chhek-chiáu	主目睭看顧到雀鳥
MIS. C. D. MARTIN CHAS. H. GABRIEL Chiong Ông-iû ek	MIS. C. D. MARTIN CHAS. H. GABRIEL 章王由 譯
1934.05, no. 590 (KCC, no. 100), pp. 29	1934.05, no. 590 (KCC, no. 100), pp. 29
(1) Siáⁿ-sū goá lâi siūⁿ sit-chì, kiaⁿ guî-hiám teh chó-chí; Ū Chú Iâ-so teh choè-phoāⁿ, goá siáⁿ-sū siūⁿ ko-toaⁿ, Choè-tīn kiâⁿ kàu Thiⁿ Pē tau,	（1）啥事我來想失志， 驚危險 teh 阻止； 有主耶穌 teh 做伴， 我啥事想孤單， 做陣行到天爸兜，

（續）

<table>
<tr><td>chí-ū I choè oē kàu,
Chú ê thià^{n} kip kàu chhek-chiáu;
Lâng nā khoà^{n} chiū tio̍h oē hiáu,
Soè hāng ê mi̍h I pó-hō͘,
lâng ún-tàng Chú teh chiàu-kò͘.
Hô Hoa^{n}-hí chhiù^{n}-koa lâi o-ló,
Iâ-so͘ choè goá tiong-pó,
hō͘ lán tit-tio̍h chū-iû hok-khì,
I teh chiàu-kò͘ bián khoà-ì.</td><td>只有伊做會到，
主的疼及到雀鳥；
人若看就著會曉，
細項的物伊保護，
人穩當主 teh 照顧。
和　歡喜唱歌來呵咾，
耶穌做我中保，
予咱得著自由福氣，
伊 teh 照顧免掛意。</td></tr>
<tr><td>(2)I só͘ kóng lâng thang sìn-khò,
lán m̄-bián koh hoân-ló;
Iâ-so͘ ū toā ê chû-pi,
m̄-bián kia^{n}-hiâ^{n} giâu-gî;
Chú só͘ chhoā lán kiâ^{n} ê lō͘,
Eng-kai tè I kha-pō͘;
Chú ê thià^{n} kip kàu chhek-chiáu,
lâng nā khoà^{n} chiū tio̍h oē hiáu;
Soè hāng ê mi̍h I pó-hō͘,
lâng ún-tàng Chú teh chiàu-kò͘.</td><td>（2）伊所講人通信靠，
咱毋免閣煩惱；
耶穌有大的慈悲，
毋免驚惶僥疑；
主所 chhoā 咱行的路，
應該 tè 伊腳步；
主的疼及到雀鳥，
人若看就著會曉；
細項的物伊保護，
人穩當主 teh 照顧。</td></tr>
<tr><td>(3)Put-lūn tú-tio̍h tāng chhì-liān,
lán m̄-thang siū^{n} ià-siān;
Chú Iâ-so͘ tī lán sin-pi^{n},
Tio̍h kín chhun-chhiú lâi khî^{n};
Lán bián sit-bāng khoà^{n} bô lō͘,
I kàng-lîm beh hû-chō͘;
Chú ê thiàn kip kàu chhek-chiáu,
lâng nā khoà^{n} chiū tio̍h oē hiáu;
Soè hāng ê mi̍h I pó-hō͘,
lâng ún-tàng Chú teh chiàu-kò͘.</td><td>（3）不論抵著重試煉，
咱毋通想厭倦；
主耶穌佇咱身邊，
著緊伸手來擒；
咱免失望看無路，
伊降臨欲扶助；
主的疼及到雀鳥，
人若看就著會曉；
細項的物伊保護，
人穩當主 teh 照顧。</td></tr>
</table>

載於《臺灣教會公報》，第五九〇卷，一九三四年五月

Tī lí chhiú-nih sī Sím-mih?（佇你手裡是甚物？）

作者　不詳
譯者　梁秀德

【作者】

不著撰者。

梁秀德像

【譯者】

梁秀德（1901～1993），生於今彰化秀水的一個基督教家庭，祖父梁蕃薯為教會長老，父親梁沉（1878～1909）為傳道師。幼年由彰化基督教醫院的蘭大衛醫師（Dr. David Landsborough Ⅲ）收為義子，並且支持其前往臺南神學校（今臺南神學院）就讀，在一九二三年畢業後開始擔任牧師，先後於嘉義朴子、臺南東門等教會牧會，講道鏗鏘有力，有條有理，信服。一九四八年兼任《臺灣教會公報》主筆，一九六三年任臺南中會特任牧師，開拓臺南永樂、板橋埔墘、臺北雙和、臺北中和等教會，為臺灣基督長老教會的福音事工盡心盡力，廣受各界肯定，一九八六年獲頒臺南神學院榮譽神學博士學位。平時喜好閱讀與寫作，曾出版多本聖經釋義書及《新約聖經概論》、《保羅傳》（附老底嘉書）等，在一九三三至一九四一年間曾於《臺灣教會公報》發表白話字作品共十三篇。（顧敏耀撰）

Tī lí chhiú-nih sī Sím-mih?	佇你手裡是甚物？
Tê-sû: Chhut 4:2.	題詞：出 4：2。
(Niû Siù-tek)	（梁秀德）
1934.8, no. 593, pp. 7～8	1934.8，no.593，pp.7～8
Kū-e̍k--ê, sī siá "Lí chhiú kia̍h--ê sī sím-mih?" (What is that in thine hand?)	舊譯--的，是寫「你手攑--的是甚物？」（What is that in thine hand？）
Chit kù oē, sī Mô͘-se tī Hô-lia̍t ê soaⁿ chhī	這句話，是摩西佇何烈的山飼羊，上

（續）

iû^{n}, Siōng-tè chhut sia^{n} mn̄g i ê oē. Siōng-tè tī chhì-phè tiong ēng Ī^{n}-siōng kéng-tiàu Mô͘-se, kā i kóng, Goá sī chū-jiân jî-jiân--ê, lí tio̍h chhoā goá ê peh-sè^{n} chut Ai-ki̍p. Mô͘-se the-sî, kám-kak bô lêng, in-uī tī 40 nî chêng, bat ēng bú-le̍k, beh lâi chhoā peh-sè^{n} thoat-lī chit ê kok, nā-sī kàu lō͘-boé sit-pāi. Ta Ni tī chit ê Bí-tiân, ài beh lâi chò i it-seng ê iàm-sè seng-oa̍h. In-uī i ū sit-chì, siū Siōng-tè bô beh kiù--i lah, sī kan-ta teh thèng-hāu beh sím-phoà^{n} lâng sí-liáu ê lêng-hûn nā-tiā^{n}, I kap hiān seng-oa̍h ê jîn-luī choa̍t-iân--lah! Ū chit hō su-siú^{n} ê Mô͘-se, ta^{n} i beh thè peh-sè^{n} chhut-thâu ê sim í-keng léng, kiù bîn-cho̍k ê cheng-sîn, tuì án-ni iā í-keng hoa-khì--lah. Chóng-sī Siōng-tè sī éng-oán tī-teh--ê, sī chū-jiân jî-jiân--ê, (I am that I am). I ū ēng chhì-phè tiong ê hoé, lâi piáu-bêng I sī kong-gī--ê; ēng chhì-phè sio bē to̍h, lâi hián-bêng I sī éng-oán tī-teh--ê, iā soà chhut-sia^{n} kā i kóng, Goá sī lí ê chó͘-kong ê Siōng-tè, A-pek-la̍h-hán ê Siōng-tè, Í-sat ê Siōng-tè, Ngá-kok ê Siōng-tè, lâi piáu-bêng I chin-chià^{n} kap hiān seng-oa̍h ū koan-hē tī-teh. In-uī i ê chó͘-kong ê chit sì-lâng, Siōng-tè án-choá^{n} teh ín-chhoā--in. Ta^{n} in hiān-chāi ê kan-khó͘, Siōng-tè iû-goân beh khoà^{n}-kò, hû-chhî--in. Nā-sī lí Mô͘-se tio̍h thia^{n} Goá ê bēng-lēng, Goá beh ēng lí lâi chhoā peh-sè^{n}; Goá chit-sî beh kiù lín, chhin-chhiū^{n} chá-jit kiù lín chó͘-kong chit-iū^{n}. Mô͘-se ê sim kia^{n}-hiâ^{n}, tiû-tû the-tang the-sai, ài beh siám-pī^{n} chek-jīm.

帝出聲問伊的話。上帝佇刺 phè 中用異象揀召摩西，共伊講，我是自然而然--的，你著悉我的百姓出埃及。摩西推辭，感覺無能，因為佇四十年前，捌用武力，欲來悉百姓脫離這个國，若是到路尾失敗。今伊佇這个米甸，愛欲來做伊一生的厭世生活。因為伊有失志，受上帝無欲救--伊啦，是干單 teh 聽候欲審判人死了的靈魂若定，伊佮現生活的人類絕緣--啦！有這號思想的摩西，今伊欲替百姓出頭的心已經冷，救民族的精神，對按呢也已經花去--啦。總是上帝是永遠佇 teh--的，是自然而然--的，（I am that I am）。伊有用刺 phè 中的火，來表明伊是公義--的；用刺 phè 燒袂著，來顯明伊是永遠佇 teh--的，也紲出聲共伊講，我是你的祖公的上帝，亞伯拉罕的上帝，以撒的上帝，雅各的上帝，來表明伊真正佮現生活有關係佇 teh。因為伊的祖公的一世人，上帝按怎 teh 引 chhoā--in。今 in 現在的艱苦，上帝猶原欲看顧，扶持--in。若是你摩西著聽我的命令，我欲用你來 chhoā 百姓；我這時欲救恁，親像早日救恁祖公一樣。摩西的心驚惶，躊躇推東推西，愛欲閃避責任。

（續）

Kú-kú khiā tī chia kap Siōng-tè tuì-tap ê Mô͘-se, lóng sī teh siūⁿ pa̍t-lâng ê pún-sū, koân-le̍k, châi-tiāu, lóng bē kì-tit ka-kī sī siáⁿ-hoè. Taⁿ Siōng-tè ài hō͘ i chai, chiū kóng, Tī lí chhiú--nih sī sím-mi̍h?	久久徛佇遮佮上帝對答的摩西，攏是 teh 想別人的本事、權力、才調，攏袂記得家己是啥貨。今上帝愛予伊知，就講，佇你手-裡是甚物？
1.Chhī-iûⁿ ê Koáiⁿ-á	1.飼羊的枴仔
Biô-siá tī Mô͘-se ba̍k-chiu só͘ ū--ê, sī Nî-lô ê toā-hô, Ai-ki̍p ê ông-kiong, Hoat-ló ê ióng-béng, pō͘-peng bé-peng ê chéng-chè, Pí-tong Lân-sek ê toā pó-khò͘. Chiah-ê lóng sī Ai-ki̍p kok ê koân-le̍k, châi-le̍k, goá chit ê chhī-iûⁿ ê Mô͘-se beh thài oē iâⁿ--i? Tú teh siūⁿ chiah-ê ê sî, thiaⁿ-tio̍h Siōng-tè teh mn̄g i khoàⁿ chhiú--nih sī sím-mi̍h. Hut-jiân hō͘ i bē kì-tit pa̍t-hāng, kan-ta khoàⁿ i chhiú só͘ kia̍h--ê, chiū ìn Siōng-tè kóng, Sī koáiⁿ-á. Ah! Chin-chiàⁿ sī koáiⁿ-á. I teh siūⁿ tio̍h kia̍h to, lâi khì kap Hoat-ló sio-thâi, nā-sī Siōng-tè ài i kia̍h koáiⁿ-á khì chhoā peh-sèⁿ. Chhī-iûⁿ lâng ū nn̄g ki koáiⁿ; chi̍t ki kiò chò kùn, boé-á khah toā kho͘, ū tèng teng, sī teh phah iá-siù; koh chi̍t ki sī koáiⁿ-á, thâu-á kau-kau, teh chí-tō iûⁿ-á ê kiâⁿ-ta̍h, kap kiù iûⁿ-á tuì hām-kheⁿ khí--lâi. Mô͘-se só͘ kia̍h ê sī koáiⁿ-á, só͘-í sī hián-bêng Siōng-tè ái i ēng bo̍k-chiá thiàⁿ iûⁿ ê thài-tō͘: Chiū-sī bo̍k-chiá thiàⁿ iûⁿ ê thài-tō͘: Chiū-sī un-jiû, thiàⁿ-thàng, pó-hō͘, chí-tō, hi-seng ê cheng-sîn lâi chhoā hiah ê peh-sèⁿ. Sìn-tô͘ beh thiàⁿ kàu-hoē, hō͘ kin-á-ji̍t léng-sim ê sìn-tô͘ tò-tńg, m̄-sī ēng to-kiàm ê lí-lūn, á-sī kan-ko ê kong-kek, si̍t-chāi sī kan-ta chi̍t ki ê chhī-iûⁿ koáiⁿ. Bo̍k-su, thoân-tō, beh kiù hiān-chāi ê	描寫佇摩西目睭所有--的，是尼羅的大河，埃及的王宮，法老的勇猛，步兵馬兵的整齊，Pí-tong Lân-sek 的大寶庫。遮的攏是埃及國的權力、財力，我這个飼羊的摩西欲 thài 會贏--伊？拄 teh 想遮的的時，聽著上帝 teh 問伊看手-裡是甚物。忽然予伊袂記得別項，干單看伊手所攑--的，就應上帝講，是枴仔。啊！真正是枴仔。伊 teh 想著攑刀，來去佮法老相刣，若是上帝愛伊攑枴仔去 chhoā 百姓。飼羊人有兩支拐；一支叫做棍，尾仔較大箍，有釘釘，是 teh 拍野獸；閣一支是枴仔，頭仔勾勾，teh 指導羊仔的行踏，佮救羊仔對陷坑起來。摩西所攑的是枴仔，所以是顯明上帝愛伊用牧者疼羊的態度：就是牧者疼羊的態度：就是溫柔、疼痛、保護、指導、犧牲的精神來悉遐的百姓。信徒欲疼教會，予今仔日冷心的信徒倒轉，毋是用刀劍的理論，抑是干戈的攻擊，實在是干單一支的飼羊枴。牧師，傳道，欲救現在的教會，常常愛用 in 的本事、學問、手腕、勢力佮政策，總是按呢無的確會成功，有時欲大失敗。獨獨著攑所攑的飼羊枴，來做恁治會的法則，救人的家私，穩當會大得勝。

（續）

kàu-hoē, siông-siông ài ēng in ê pún-sū, hak-būn, chhiú-oán, sè-lek kap chèng-chhek, chóng-sī án-ni bô tek-khah ē sêng-kong, ū-sî beh toā sit-pāi. Tok-tok tioh kiah só kiah ê chhī-iû^{n} koái^{n}, lâi chò lín tī-hoē ê hoat-chek, kiù lâng ê ke-si, ún-tàng ē toā tek-sèng.	
2.Ū koân-lêng ê koái^{n}-á	2.有權能的枴仔
Oat-thâu khoà^{n}-tioh hit ki o-sian o-sian koh m̄-tat chî^{n}, tāi-iok ū 5 chhioh 8 chhùn tn̂g ê koái^{n}-á, chiū teh siū^{n} Siōng-tè mn̄g goá chit ki koái^{n} beh chhòng sím-mih. Hut-jiân thia^{n}-tioh Siōng-tè kā i kóng, Hiat tī toē-nih; i chiu koh siū^{n} ká^{n} sī kiò goá hiat-kak, I beh koh ēng pat-hāng hō goá, thang chò goá thâi-iâ^{n} tuì-tek ê ke-si. M̄-sī--lah! Khoà^{n}-tioh só hiat ê koái^{n} pì^{n}-chò choâ, chiah chai Siōng-tè kiâ^{n} koân-lêng tī i ê koái^{n}-á, hō i ê koái^{n} pì^{n}-chò ū koân-lêng ê koái^{n}-á.	越頭看著彼支烏銑烏銑閣毋值錢，大約有五尺八寸長的枴仔，就 teh 想上帝問我這支拐欲創甚物。忽然聽著上帝共伊講，Hiat 佇地裡；伊就閣想敢是叫我 hiat 捔，伊欲閣用別項予我，通做我刣贏對敵的傢俬。毋是啦！看著所 hiat 的枴變做蛇，才知上帝行權能佇伊的枴仔，予伊的枴變做有權能的枴仔。
Mô-se ê sim-koa^{n} chin kia^{n}, m̄-ká^{n} khì, nā-sī Siōng-tè hō i ê koái^{n} pì^{n}-chò ū koân-lêng, beh hián-bêng Siōng-tè ê Sîn beh ka pi khì, Siōng-tè ê koân-lêng kap khuì-lat beh kap i sa^{n}-kap kiâ^{n} Sui-jiân Mô-se sī nńg-chiá^{n} koh ham-bān kóng oē, iáu-kú nā tit-tioh Siōng-tè ê koân-lêng kap i kiâ^{n}, chiū beh hō hit ê ióng-béng ê Hoat-ló sit-pāi, beh hō hit 5 pù-ū ê Ai-kip kok biat-bô. Ah! Mô-se án-ni sìn, Siōng-tè án-ni kiâ^{n}, kàu-hoē tit-tioh khah-iâ^{n}. Chē-chē hia^{n}-tī teh siū^{n} i sī chin ham-bān, bô châi-tiāu; chē-chē Sìn-tô teh phah-sǹg lán to bô chhin-chhiū^{n} bok-su,	摩西的心肝真驚，毋敢去，若是上帝予伊的枴變做有權能，欲顯明上帝的神欲佮伊去，上帝的權能佮氣力欲佮伊相佮行雖然摩西是軟汫閣頇顢講話，猶過若得著上帝的權能佮伊行，就欲予彼个勇猛的法老失敗，欲予彼个富有的埃及國滅無。啊！摩西按呢信，上帝按呢行，教會得著較贏。濟濟兄弟 teh 想伊是真頇顢，無才調；濟濟信徒 teh 拍算咱都無親像牧師、傳道遐捌道理，咱攏袂曉教會的政治是甚物，抑是幫贊教會著怎樣，遐的攏是傳教師長執的代誌；因為咱是烏銑烏銑的枴仔。一旦受著壓

（續）

thoân-tō hiah bat tō-lí, lán lóng boē-hiáu kàu-hoē ê chèng-tī sī sím-mih, á-sī pang-chān kàu-hoē tio̍h cháiⁿ-iūⁿ, hiah ê lóng-sī thoân-kàu-su tióng-chip ê tāi-chì; in-uī lán sī ơ-sian ơ-sian ê koáiⁿ-á. It-tàn siū-tio̍h ap-pek, lóng-lo̍k hit-sî chiah teh siūⁿ, thài oē án-ni. Che lóng-sī lín bē kì-tit só͘ kia̍h ê koáiⁿ, sī ū koân-lêng--ê, sī ē hō͘ Hô-chuí pìⁿ huih, hō͘ tîn-á pìⁿ báng, hō͘ Âng-hái pìⁿ ta-tē ê ū koân-lêng ê koáiⁿ-á--lah.	迫，籠絡彼時才 teh 想，thài 會按呢。這攏是恁袂記得所擇的枴，是有權能--的，是會予河水變血，予藤仔變蠓，予紅海變焦地的有權能的枴仔--啦。
Sìn-tô͘ ta̍k lâng tī kàu-hoē lóng thang chai, thang kóng, thang pān, thang kà, thang thoân. Siáⁿ-sū m̄-ài chai, m̄-ài kóng lâi siū ap-pek; m̄-ài pān, m̄-ài kà, m̄-ài thoân lâi siū lóng-lo̍k ah?	信徒逐人佇教會攏通知、通講、通辦、通教、通傳。啥事毋愛知、毋愛講來受壓迫；毋愛辦、毋愛教、毋愛傳來受籠絡啊？
Kiat-boé lâi kóng, suî lâng tio̍h kia̍h só͘ kia̍h--ê, lâi chīn Siōng-tè kau-tāi ê kang, tio̍h sìn Siōng-tè ê koân-lêng kap khuì-la̍t, lâi khah-iâⁿ lóng-chóng ê tuì-te̍k, hō͘ lán khiā-chāi tī sìn, kiâⁿ tī sìn, pháu-cháu tī sìn, tuì sìn kàu sìn, kàu éng-oán.	結尾來講，隨人著擇所擇--的，來盡上帝交代的工，著信上帝的權能佮氣力，來較贏攏總的對敵，予咱徛在佇信，行佇信，跑走佇信，對信到信，到永遠。

載於《臺灣教會公報》，第五九三卷，一九三四年八月

Hia tán Goá（遐等我）

作者　不詳
譯者　柯氏以利

【作者】

不著撰者。

柯氏以利像

【譯者】

柯氏以利，即偕以利（Bella Catherine Mackay，1880～1910，婚後改夫姓作「柯氏以利」，或冠夫姓作「柯偕以利」），加拿大基督教長老教會牧師馬偕（George Leslie Mackay，1844～1901）的次女，生於加拿大，出生隔年隨父親返臺，至一八九二年再次回到加拿大，在當地就學，一八九五年再次來臺。一八九九年與胞姊偕瑪蓮（Mary Ellen Mackay，1879～1942）同時出閣，姊妹分別嫁予陳清義（1928～1997）與柯維思（1869～1945）兩位馬偕的得意門生。一九〇一年馬偕過世，兩年後隨母回到加拿大。一九〇七年返臺擔任新任女宣教師的臺語教師、淡水女子學堂教師與舍監，兼任教會主日學教員。一九一二年隨夫婿由淡水遷居今臺北市，致力於跨教會婦女工作和組織，一九二二年與安義理姑娘（Miss Lily Adair）正式組織了「婦女宣道會」，並陸續發展北、中、東部分會，蟬聯會長廿年之久，退休後也任名譽會長，晚年在淡水與柯設偕同住，除了含飴弄孫，也專注於兒童主日學。平時在淡水街頭散步，逢人不管認不認識，都會問人「平安」，大家也都曉得回應她平安，因此人稱「平安婆」，廣受地方人士愛戴，後以九十一高壽在淡水蒙主恩召。其發表的白話字作品目前僅見〈遐等我〉（《臺灣教會報》第五九九期，一九三五年二月）。（顧敏耀撰）

Hia tán Goá	遐等我
1935.02 tē 599 koàn, Koà-chhài-chí 109 hō, p.24	1935.02 第 599 卷，芥菜子 109 號，p.24
(Koa--sī Í-lī e̍k)	（柯氏以利譯）
1. Tī hit-pêng sī lán chó͘-ke, Sèng-tô͘ kàu hia kì^{n} Thi^{n} Pē; Sí-sit, kàu-bé bô koân-sè, Hia tán Goá.	1. 佇彼爿是咱祖家， 聖徒到遐見天父； 死失，到尾無權勢， 遐等我。
Chhin-chhiū^{n} àm-mî ná kè-khì, Chiū oē chiâ^{n}-choè toā hoa^{n}-hí; ài tò-khì kap Chú bô lī, Hia tán Goá.	親像暗暝若過去， 就會成做大歡喜； 愛倒去佮主無離， 遐等我。
Hô. Hia tán Goá. Hia tán Goá. Hia ū oa̍h-miā ê chhiū teh khui, Hia tán Goá.	和。遐等我， 遐等我； 遐有活命的樹 teh 開， 遐等我。
Sí-sit, kàu-bé bô koân-sè, Tī hit-pêng sī lán chó͘-ke; Sèng-tô͘ kàu hia kì^{n} Thi^{n} Pē, Hia tán Goá.	死失，到尾無權勢， 佇彼爿是咱祖家； 聖徒到遐見天父， 遐等我。
2. Chia só͘ ǹg-bāng sī khang-khang, Sa^{n}-thià^{n} ê chêng ná bîn-bāng; Thian-tông ê toā hok bô hān, Hia tán Goá.	2. 遮所向望是空空， 相疼的情若眠夢； 天堂的大福無限， 遐等我。
Tī Hô-ki^{n}, kng-kng phó͘-piàn, Sèng-siâ^{n} lāi hō͘ lâng him-siān; Lán ê sìn-gióng tio̍h tù-hiān, Hia tán Goá.	佇河 ki^{n}，光光普遍， 聖城內予人欣羨； 咱的信仰著著現， 遐等我。
3. Thi^{n}-sài só͘ toà ê Kim-siâ^{n}, Sī teh o-ló Chú ê Miâ; Hông-kiong chiū-sī Ông ê Siâ^{n}, Hia tán Goá.	3. 天使所蹛的金城， 是 teh 呵咾主的名； 皇宮就是王的城， 遐等我。

（續）

Tī-hia chin-bi̍t teh kau-poê,	佇遐親密 teh 交陪，
Lóng-chóng toà hia tâng chū-hoē;	攏總蹛遐同聚會；
Kú-tn̂g hok-khì éng boē-hoè,	久長福氣永袂廢，
Hia tán Goá.	遐等我。

載於《臺灣教會報》，第五九九期，一九三五年二月

Sin-kî ê uî-chiok（新奇的遺囑）

作者　不詳
譯者　陳添旺

【作者】

不著撰者。

【譯者】

陳添旺（？～？），今臺北淡水人，基督教長老教會「囑託傳道」(即未經總會所屬神學院畢業取得傳道師資格之信徒，暫時受託在教會牧養之傳道者)，一九一一至一九一五年間在南崁教會牧會，一九二八至一九三〇年間則派任至花蓮的富里教會。在二二八事變之際，與時任淡水中學校長的兒子陳能通（1899～1947)、教務主任黃阿統一起遭到中國國民黨的軍隊逮捕，最後只有自身被釋放回來，其餘二人皆被殺害，事後收拾悲慟情緒，與其他家人共同撫養失去父親的孫子長大成人。陳添旺從日治時期的一九一四年至戰後的一九五四年陸續於《臺灣教會報》、《臺南府城教會報》、《芥菜子》發表白話字作品，包括〈南崁的教會〉、〈假的先生〉、〈待身屍風俗〉等，共有二十七篇。(顧敏耀撰)

Sin-kî ê uî-chiok	新奇的遺囑
Tân Thiam-ōng e̍k	陳添旺譯
1937 年 2 月 623 期 28～29	1937 年 2 月 623 期 28～29
Kó͘-nî kan Ko-lîm-to lâng ê tiong-kan, ū chi̍t lâng miâ kiò Iû-thài-bí-thài, sī in-uī sàn-hiong lâi sí; sí ê sî-chūn, pàng-sak lāu-bú kap chi̍t ê soè-hàn cha-bó͘-kiáⁿ, ko͘-toaⁿ kan-khó͘, sǹg sī chin khó-lîn ah!!	古年間哥林多人的中間，有一人名叫 Iû-thài-bí-thài，是因為 sàn-hiong 來死；死的時陣，放揀老母佮一个細漢查某囝，孤單艱苦，算是真可憐啊！！
Kai-chài Iû-thài-bí-thài ū nn̄g ê hó-gia̍h pêng-iú; chi̍t ê miâ kiò A-khó-to͘, koh chi̍t ê miâ kiò Cha-lī-sek-luí.	佳哉 Iû-thài-bí-thài 有兩个好額朋友；一个名叫 A-khó-to͘ 都，閣一个名叫 Cha-lī-sek-luí。
Tāi-seng Iû-thài-bí-thài koh-iūⁿ, īⁿ-siōng	代先 Iû-thài-bí-thài 各樣，異象中想死

（續）

tiong siūⁿ sí ê sî beh kàu, koáⁿ-kín siá chit tiuⁿ uî-chiok su, án-ni siá.	的時欲到，趕緊寫一張遺囑書，按呢寫。
Goá pàng-sak lāu-bú hō͘ A-khó-tơ, tio̍h chīn i ê le̍k-liōng, hō͘ i oa̍h tit-tio̍h pêng-an ê ióng-oa̍h, sí tit-tio̍h hó ê an-chòng.	我放捒老母予 A-khó-tơ都，著盡伊的力量，予伊活得著平安的勇活，死得著好的安葬。
Koh pàng-sak loán-jio̍k ê cha-bó͘-kiáⁿ hō͘ Cha-lī-sek-luí, ài chīn i ê le̍k-liōng, hō͘ i oē tit-tio̍h ha̍p-sî phoè kiáⁿ-sài.	閣放捒軟弱的查某囝予 Cha-lī-sek-luí，愛盡伊的力量，予伊會得著合時配囝婿。
Nā-sī chit nn̄g ê pêng-iú, lāi-tiong ū chi̍t ê seng sí, kî-û chi̍t-lâng chiū ài tam-tng chit nn̄g khoán ê chek-jīm.	若是這兩个朋友，內中有一个先死，其餘一人就愛擔當這兩款的責任。
Chit hō ê uî-chiok, pa̍t-lâng khoàⁿ liáu kap thiaⁿ-kìⁿ ê lâng to ài-chhiò, khoàⁿ choè sī chi̍t ê lām-sám ê bēng-lēng nā-tiāⁿ.	這號的遺囑，別人看了佮聽見的人都愛笑，看做是一个濫糝的命令若定。
Chóng-sī chit nn̄g-uī pêng-iú kó-jiân kín-sīn chiàu uî-chiok lâi choè, choân bô poàⁿ kù ê oàn-giân the-sî.	總是這兩位朋友果然謹慎照遺囑來做，全無半句的怨言推辭。
Aū-lâi Cha-lī-sek-luí kó-jiân seng sí, A-khó-tơ ka-kī hū-tam nn̄g kiāⁿ ê sū, koh cha̍p-hun chīn le̍k-liōng, hō͘ lāu-bú lú-chú nn̄g lâng siat-hoat kàu chin thò-tòng, bô chi̍t tiám-á pàng-sang chhìn-chhái; che sī sè-kan chin-chin ê hán-iú.	後來 Cha-lī-sek-luí 果然先死，A-khó-都家己負擔兩件的事，閣十分盡力量，予老母女子兩人設法到真妥當，無一點仔放鬆清彩；這是世間真真的罕有。
"Sèng-keng kóng, Lâng tit-tio̍h ti-kí ê pêng-iú, iâⁿ-kè chhin hiaⁿ-tī".	「聖經講，人得著知己的朋友，贏過親兄弟」。
Chiàu chit-phiⁿ khoàⁿ-lâi, pêng-iú kau-poê iáu ū án-ni tiong-sìn ê lâng, thang thok kơ-jî koáⁿ-hū. Lán tuì éng-oa̍h boē sí ê Ki-tok, kiám m̄ tio̍h koh-khah khiân-sêng oá-khò I mah? Èng-tong ēng sìⁿ-miā châi-sán kap ka-cho̍k, chhin-chhek lóng kau-thok tī Ki-tok, I	照這篇看-來，朋友交陪猶有按呢忠信的人，通託孤兒寡婦。咱對永活袂死的基督，敢毋著閣較虔誠倚靠伊 mah？應當用性命財產佮家族，親戚攏交託佇基督，伊一定關心照顧，萬無一失的憂慮。因為耶穌替朋友放捒性命，疼無比

（續）

it-tēng koan-sim chiàu-kò͘, bān-bû it-sit ê iu-lū. In-uī Iâ-sơ thoè pêng-iú pàng-sak sìⁿ-miā, thiàⁿ bô pí chit ê khah toā.	這个較大。
Koh chit-bīn lâi kóng, chit kò-jîn ê uî-giân, pêng-iú hiah chīn-sim sūn-thàn. Ki-tok choè lán hó pêng-iú, I iā ēng lán choè pêng-iú. I só͘ lâu ê uî-giân, lán m̄-chai oē hiah sūn-thàn chīn-tiong khì choè mah?	閣一面來講，一个人的遺言，朋友遐盡心順趁。基督做咱好朋友，伊也用咱做朋友。伊所留的遺言，咱毋知會遐順趁盡忠去做 mah？
Beh chiūⁿ thiⁿ uî-giân, "Lín khì chio bān peh-sìⁿ lâi choè ha̍k-seng."	欲上天遺言，「恁去招萬百姓來做學生。」
"Goá ēng sin ê kài-bēng lâu hō͘ lín, lín tio̍h saⁿ-thiàⁿ, chèng-lâng chai sī goá ê ha̍k-seng."	「我用新的誡命留予恁，恁著相疼，眾人知是我的學生。」
"Goá bô pàng-sak lín choè ko͘-toaⁿ, beh éng-oán kap lín toà."	「我無放揀恁做孤單，欲永遠佮恁蹛。」
"Goá ēng goá ê pêng-an lâu hō͘ lín", "lín pe̍h-pe̍h tit-tio̍h, ài pe̍h-pe̍h pun hō͘ lâng".	「我用我的平安留予恁」，「恁白白得著，愛白白分予人」。
Goá ēng Pó-huī-su siúⁿ-sù lín, I beh éng-oán kap lín toà.	我用保惠師賞賜恁，伊欲永遠佮恁蹛。
Kán-tan chit kuí-kù nā oē siú, chiū tam-tng Chú ê uî-giân chek-jīm ū hāu-le̍k.	簡單這幾句若會守，就擔當主的遺言責任有效力。
Che Sam-ūn kî-kan tiong, hi-bāng sit-hêng hiòng Chú ê uî-giân lâi kiâⁿ. Kiû Chú tī chiah ê nî, heng-khí I ê só͘-choè.	這三運期間中，希望實行向主的遺言來行。求主佇遮的年，興起伊的所做。

載於《臺灣教會公報》，第六二三號，一九三七年二月

Thoân-kàu-chiá Só͘ m̄-thang--ê（傳教者所毋通--的）

作者　不詳
譯者　許有才

【作者】

不著撰者。

許有才像

【譯者】

許有才（1903～1984），一九一九年受洗，翌年入臺南長老教學校（今長榮中學），一九二一年決定要一生傳福音。在基督教長老教會的高再祝長老（1887～1936）的支助下，在一九二四年前往臺南神學校（今臺南神學院）就讀，一九二八年畢業後，先後任職於嘉義東門教會、民雄教會、屏東教會，一九三伍年在屏東教會封牧，此外也曾擔任臺灣基督教團教育局長、高雄教區長。戰後前往排灣族部落傳教，一九四六年受聘擔任春日鄉士文國小校長，亦曾任高雄中會傳道部長、議長、總會書記、南部大會議長、第二屆總會議長等要職，深得人望。一九五四年第十三屆南部大會議決通過：「全體教會應把握時機，傾全力傳道設教，以期教會、信徒數之倍加，作為十年後之設教百週年紀念大典之奉獻禮物」，當時被一致推舉為主席，組織委員會，此即「設教百週年紀念教會倍加運動」，簡稱「P. K. U.」（Poe Ka Un-tong），此運動日後獲得即為豐碩的成果。一九六五年，前往巴西 Pindorama 探望兒子許超世，受邀在當地的「慕義教會」擔任牧師，雖然曾經中風，但仍持續認真負責的工作，後因健康因素而返臺就醫。一九八三年獲得臺南神學院頒榮譽神學博士，翌年蒙主恩召，享壽八十一歲。著有《我的安慰：許有才牧師講道集》（原為臺語，由林信堅、梁瑞熏譯為華語），亦曾於《臺灣教會報》、《臺灣教會公報》發表白話字作品共十一篇。（顧敏耀撰）

Thoân-kàu-chiá Só͘ m̄-thang--ê	傳教者所毋通--的
Khó͘ Iú-châi chhau-e̍k	許有才 抄譯
1937 年 5 月 626 期 6～7	1937 年 5 月 626 期 6～7
Thoân-kàu-su ê Ī^{n}-tōng í-keng hó-sè, kàu-hoē chèng-hāng-sū tuì-chia khí, thang ǹg-bāng sūn-tiāu chìn-tián. Ē-bīn ê bûn, pún-lâng tha̍k-liáu put-chí ū siū-tio̍h bián-lē, chit-sî chhau-e̍k tī-chia, hiàn chò tông-liâu-chiá tha^{n}-san ê pang-chō͘, phah-sǹg sī ū ha̍h tī sî-gî.	傳教師的異動已經好勢，教會眾項事對遮起，通向望順調進展。下面的文，本人讀了不止有受著勉勵，這時抄譯佇遮，獻做同僚者他山的幫助，拍算是有合佇時宜。
1. M̄-thang kap kū-jīm-tē ê hoē-iú kè-sio̍k thong-sìn . Hoán-tńg tio̍h khó͘-khǹg in, hoān-sū kap hiān-jīm ê thoân-kàu-su chham-siông.	1. 毋通佮舊任地的會友繼續通訊。反轉著苦勸 in，凡事佮新任的傳教師參詳。
2. M̄-thang chhap kū-jīm-tē ê hoē-iú ê sū. Sui-jiân ū lâng lâi pài-thok, iā m̄-thang.	2. 毋通插舊任地的會友的事。雖然有人來拜託，也毋通。
3. M̄-thang suî-piān hiâm sin-jīm-tē ê kàu-sè. Kiám-chhái ē hiâm-tio̍h chêng-jīm-chiá. Phí-jū kóng, "Chit ê kàu-hoē chin soe-bî". Á-sī pò-kò kóng, "Ta^{n} tit-tit teh chìn-pō͘ lah!".	3. 毋通隨便嫌新任地的教勢。檢采會嫌著前任者。譬喻講，「這个教會真衰微」。抑是報告講，「Ta^{n} 直直咧進步啦！」。
4. M̄-thang siu^{n} ín-khí ka-tī ê ka-cho̍k ê sū. Chhin-chhiū^{n} kóng, "Goá ê hū-jîn-lâng......" á-sī "Goá ê gín-á......" Nā ta̍uh-ta̍uh kóng, ē hō͘ lâng khí iàm.	4. 毋通傷引起家己的家族的事。親像講，「我的婦人人……」抑是「我的囡仔……」若沓沓講，會予人起厭。
5. M̄-thang lâng teh chia̍h-pn̄g ê sî-kan khì sûn hoē-iú . Tio̍h ēng ka-tī ê hū-jîn-lâng khiā tī chit ê chêng-hêng lâi siū^{n}-khoà^{n}.	5. 毋通人咧食飯的時間去巡會友。著用家己的婦人人徛佇這个情形來想看。
6. M̄-thang siū^{n} ài lô-hoân lâng. Thoân-tō-chiá siông-siông siū pîn-toā^{n} ê phoe-phêng. Chīn só͘-ē, ka-tī ê sū tio̍h ka-tī siat-	6. 毋通想愛勞煩人。傳道者常常受貧惰的批評。盡所會，家己的事著家己設法；盡所會，著家己舒眠床。這是建

（續）

hoat; chīn só͘-ē, tio̍h ka-tī chhu bîn-chhn̂g. Che sī kiàn-li̍p ka-tī ê hoat-tō͘, sī m̄-bián hō͘ kàu-hoē ê miâ bak lâ-sâm ê lō͘, iā-sī hō͘ chò chú-hū ê lâng séng-kang ê lō͘.	立家己的法度，是毋免予教會的名沐垃儳的路，也是予做主婦的人省工的路。
7. M̄-thang ta̍uh-ta̍uh kóng-khí pún-sin ê goe̍h-kip ê sū. Chiong-lâi lâng tuì tī thoân-kàu-chiá ê phoe-lân, ta̍uh-ta̍uh kóng thoân-tō sī thoân-tō.	7. 毋通沓沓講起本身的月給的事。將來人對佇傳教者的批難，沓沓講傳道是傳道。
Lí pit-iàu ê khiàm-khoeh Chú nā bô kā lí chhiong-chiok, tio̍h siūⁿ kiám-chhái sī Chú bô teh khiàm-ēng lí; nā-sī lí sī Chú só͘ kéng-tiàu--ê, Chú ē hū chek-jīm lâi khoàⁿ-kò͘ lí.	你必要的欠缺主若無共你充足，著想檢采是主無咧欠用你；若是你是主所揀召--的，主會負責任來看顧你。
8. M̄-thang lī-iōng káng-toâⁿ lâi jîn-sin kong-kek. Bí-kok ê lâm-pêng bat uī-tio̍h án-ni, thê-khí bêng-ū huí-sún gō͘-chheng kho͘ poê-siông ê sò͘-siōng. Chit ê sò͘-siōng, khiok ū siū khì-khiok. Chóng-sī tng-sî phoàⁿ-koaⁿ tuì thoân-kàu-chiá ê giân-tō͘, tiong-kan ū chit-chām kóng, "Í-āu m̄-thang uī-tio̍h beh kek chit ê kò-jîn, lâi kong-kek hoē-chiòng."	8. 毋通利用講壇來人身攻擊。美國的南爿捌為著按呢，提起名譽毀損五千箍賠償的訴訟。這个訴訟，卻有受棄卻。總是當時判官對傳教者的 giân-tō͘，中間有一站講，「以後毋通為著欲激一个個人，來攻擊會眾。」
9. M̄-thang khùn-oàⁿ, lâng beh siūⁿ lí sī pîn-toāⁿ, nā beh án-ni , m̄-ta̍t-tio̍h sió-khoá khùn tiong-tàu.	9. 毋通睏晏，人欲想你是貧惰，若欲按呢，毋值著小可睏中晝。
10. M̄-thang tī kî-tó-hoē ê sî soat-kàu. Tio̍h khoàⁿ chit ê chū-hoē sī hoē-chiòng ê hūn-gia̍h. In tī lé-pài-ji̍t ū kàu-gia̍h thang cha̍p-hun thiaⁿ lí ê soat-kàu.	10. 毋通佇祈禱會的時說教。著看這个聚會是會眾的份額。In 佇禮拜日有夠額通十分聽你的說教。
11. Put-lūn sím-mi̍h chū-hoē ê sî-kan, m̄-thang liâm-piⁿ liâm-sî lâi tēng, tì-kàu beh khui-hoē ê sî, chiah lâi iân-chhiân khah bān.	11. 不論甚物聚會的時間，毋通連鞭連時來訂，致到欲開會的時，才來延延較慢。

（續）

12. M̄-thang tn̂g-tn̂g ê soat-kàu, iā m̄-thang siuⁿ toā-siaⁿ. Toā ê soat-kàu m̄-sī chāi tī sî-kan ê tn̂g, sī chāi tī i ê koân-ui kap i ê chhim-oán ê tú-hó. Koh thèng-chiòng iā m̄-sī chhàu-hī-lâng.	12. 毋通長長的說教，也毋通傷大聲。大的說教毋是在佇時間的長，是在佇伊的權威佮伊的深遠的拄好。閣聽眾也毋是臭耳人。
13. M̄-thang phah-sǹg lâng só͘ chò ē kàu ê sū, Chú iā beh thè lán chò. Hoān-sū sī ū lâng ngiàuh, chiah ē tín-tāng.	13. 毋通拍算人所做會到的事，主也欲替咱做。凡事是有人 ngiàuh，才會振動。
14. M̄-thang phah-sǹg Chú beh chhoā lâng lâi hù-hoē, á-sī beh thè lán khì thong-ti. I bô toà tī sîn-hûn á-sī hoē-pò--nih.	14. 毋通拍算主欲 chhoā 人來赴會，抑是欲替咱去通知。伊無蹛佇神魂抑是會報--裡。
15. M̄-thang tī chhiáⁿ lí chia̍h-pn̄g ê kám-siā ê sî kî-tó ka-têng. Chhiáⁿ lí chiok-hok ê sî, kî-tó tang, kî-tó sai.	15. 毋通佇請你食飯的感謝的時祈禱家庭。請你祝福的時，祈禱東，祈禱西。
(Téng-bīn sớ kóng sī chhin-chhiūⁿ sió-khoá sū, sī lán khah ài hut-lio̍k--ê. Chóng-sī sī bo̍k-hoē-chiá sit-pāi ê toā goân-in. Í-āu goá iā beh chù-ì).	（頂面所講是親像小可事，是咱較愛忽略--的。總是是牧會者失敗的大原因。以後我也欲注意）。

載於《臺灣教會公報》，第六二六號，一九三七年五月

Gâu-lâng ê Sèng-chheh-koan（Gâu 人㔶的聖冊觀）

作者　不詳
譯者　駱先春

【作者】

不著撰者。

【譯者】

駱先春像

駱先春（1905～1984），出生於淡水清寒家庭，公學校畢業之後無法升學，在日人公醫家任藥局生三年。一九二二年進入淡水中學校（今淡江高中），加入陳清忠的男聲合唱團，曾遠赴日本演唱。一九二七年畢業後因英文造詣甚佳，受聘英國領事館擔任翻譯，其後因對傳道事工有使命感，進入臺北神學校（今臺灣神學院）。一九二八年暑期志願前往花蓮鳳林教會實習，萌生為原住民服務之意願。一九三一年畢業後前往日本神戶中央神學院進修，兩年後以優異成績畢業返鄉，在淡水中學校／淡江中學教授英文、聖經、音樂，亦於臺北神學院教授希臘語，一九三六年辭去淡中教職，全力處理教會事務，曾於大甲教會、新竹教會、三峽教會牧會，也前往臺東原住民部落傳道，開闢了百餘間教會，成果輝煌。此外，從一九三三年至一九六四年間也擔任台灣基督長老教會總會教會音樂委員會的委員，翻譯編寫了數量龐大的臺語與阿美語聖詩。一九六七年因積勞成疾而退休，臺灣神學院於一九八二年頒贈「榮譽神學博士」學位，兩年後安息歸天。曾於一九三七至一九五四年間在《臺灣教會公報》陸續發表白話字作品共十二篇。（顧敏耀撰）

Gâu-lâng ê Sèng-chheh-koan	Gâu 人的聖冊觀
Lo̍h Sian-chhun e̍k	駱先春譯
1937 年 11 月 632 期 29～30	1937 年 11 月 632 期 29～30
1. アブラハム、リンカーン. “Goá sìn	1. アブラハム，リンカーン。「我信聖

（續）

Sèng-chheh sī Siōng-tè sớ hō͘ lâng tē-it hó ê un-sù, tuì kiù-sè Chú sớ chhut it-chhè ê hó, lóng sī tuì chit pún chheh lâi hō͘ lán."	冊是上帝所予人第一好的恩賜，對救世主所出一切的好，攏是對這本冊來予咱。」
2. ジヨーヂ、ワシントン. "Nā bô Siōng-tè kap Sèng-chheh, beh lâi sì-chià^n tī-lí sè-kan, che sī put-khó-lêng ê sū."	2. ジヨーヂ，ワシントン。「若無上帝佮聖冊，欲來四正治理世間，這是不可能的事。」
3. ナボレオン. "Sèng-chheh m̄-sī phó͘-thong ê chheh nā-tiā^n; sī ū oa̍h-miā ê mi̍h, ū khuì-la̍t thang iâ^n lóng-chóng tí-te̍k i ê."	3. ナボレオン。「聖冊毋是普通的冊 nā-tiā^n；是有活命的物，有氣力通贏攏總抵敵伊的。」
4. ヂヨン、ラスキン. "Goá sớ siá ê chheh nā ū sím-mi̍h thang khó-chhú ê, si̍t-chāi chí-ū sī tuì goá choè gín-ná ê sî, goá ê lāu-bú ta̍k-jit tha̍k Sèng-keng ê chi̍t chām hō͘ goá thia^n, koh ta̍k jit o̍h chi̍t chām kì-tiâu tī sim-nih ê kiat-kó."	4. ヂヨン、ラスキン。「我所寫的冊若有甚物通可取的，實在只有是對我做囡仔的時，我的老母逐日讀聖經的一站予我聽，閣逐日學一站記牢佇心裡的結果。」
5. アンドルー、ヂヤツクソン. "Hit pún sī lán Kiōng-hô kok sớ kun-kù ê chio̍h-poâ^n."	5. アンドルー，ヂヤックソン。「彼本是咱共和國所根據的石磐。」
6. ロバート、イー,リー. "Tī goá sớ tú-tio̍h ê kan-lân khùn-khó͘ ê sî, chit pún Sèng-chheh m̄ bat bô sù goá kng-bêng kap khuì-la̍t."	6. ロバート、イー，リー。「佇我所拄著的艱難困苦的時，這本聖冊毋捌無賜我光明佮氣力。」
7. ホレース、グリーレイ. "Tuì tì-sek chiū^n, á-sī siā-hoē-chiū^n lâi beh sok-pa̍k tha̍k Sèng-chheh ê lâng, sī put-khó-lêng ê sū. Sèng-chheh ê tō-lí, chiū-sī jîn-luī chū-iû ê ki-chhó͘."	7. ホレース、グリーレイ。「對智識上，抑是社會上來欲束縛讀聖冊的人，是不可能的事。聖冊的道理，就是人類自由的基礎。」
8. チヤールス、テイケンズ. "Sin-iok Sèng-chheh sī éng-oán tī-teh, éng-oán hián-bêng tī sè-kài ê choè tē-it hó ê chheh."	8. チヤールス、テイケンズ。「新約聖冊是永遠佇咧，永遠顯明佇世界的最第一好的冊。」
9. ジヨーヂ、ミユーラー. "Goá sìn, goá	9. ジヨーヂ、ミユーラー。「我信，我

（續）

kàu ta^{n} soà-chiap teh choè iú-iōng ê hōng-sū ê kang, hit ê tē-it goân-in sī goá kàu ta^{n} sī choè Sèng-chheh ê ài-tho̍k-chiá. Chi̍t nî tha̍k Sèng-chheh 4 pái hō͘ i liáu, sī choè goá kàu ta^{n} ê si̍p-koàn, ēng kî-tó ê cheng-sîn lâi sêng-siū tī goá ê sim, soà lâi si̍t-hêng goá só͘ chhē-tio̍h ê kà-sī, goá 69 nî kú sī chi̍t ê hēng-hok ê lâng, koh goá hi-bōng goá só͘ thiàn ê hian-tī chí-bē in oē thang hēng-hok, hēng-hok koh HĒNG-HOK" ジョーヂミユーラー i ū tī Eng-kok ê ブリストル ê toā kơ-jî-īn choè chhut bô lūn sím-mih lâng to bē-bat chhòng ê tē-it chhut-miâ ê Ki-tok-tơ phok-ài sū-gia̍p, ū kàu-io̍k chi̍t-bān ê gín-ná. I ū tiān-tio̍h i ê sūn-sū, hō͘ i kang-tiān khah ū ha̍p-lí-tek, kū-thé-tek ê só͘-chāi thang lâi chèng-bêng Siōng-tè, iáu-kú teh thian lâng ê kî-tó. I it-seng ê kò͘-sū tha̍k liáu chhin-chhiūn kî-īn ê siáu-soat ê khoán. I ê lêng-le̍k sī tuì ài tha̍k Sèng-chheh lâi tit-tio̍h--ê.	到 ta^{n} 紲接咧做有用的奉仕的工，彼个第一原因是我到 ta^{n} 是做聖冊的愛讀者。一年讀聖冊四擺予伊了，是做我到 ta^{n} 的習慣，用祈禱的精神來承受佇我的心，紲來實行我所揣著的教示，我六十九年久是一个幸福的人，閣我希望我所疼的兄弟姊妹 in 會通幸福，幸福閣幸福」ジヨーヂミユーラ一伊有佇英國的ブリストル的大孤兒院做出無論甚物人都未捌創的第一出名的基督徒博愛事業，有教育一萬个囡仔。伊有定著伊的順序，予伊工程較有合理 tek，具體 tek 的所在通來證明上帝，猶過咧聽人的祈禱。伊一生的故事讀了親像奇異的小說的款。伊的能力是對愛讀聖冊來得著--的。

載於《臺灣教會公報》，第六三二號，一九三七年十一月

Tȧk lâng m̄-bián choȧt-bāng, tek-khak ū n̍g-bāng
（逐人毋免絕望，的確有向望）

作者　不詳
譯者　賴仁聲

【作者】

不著撰者，內容翻譯自《天國新聞》。（顧敏耀撰）

賴仁聲像

【譯者】

賴仁聲（Loā Jîn-seng，1898～1970），臺中北屯人，本名賴鐵羊，基督教長老教會傳道師賴臨（本名賴長霖）之長子。一九一三年前往臺南長老教中學（今長榮中學）就讀，四年後畢業，入神學院，一九二一年畢業後，前往楠梓教會擔任傳道師，一九二四年封牧。一九二七年前往日本東京就讀於聖書學校，翌年返臺，先後在豐原、臺中柳原、彰化基督教醫院、馬公、清水、二林、白河、萬豐等教會牧會，一九六八年退休。他是創作最多白話字小說的作家，日治時期就出版了《阿娘的目屎》、《莿波中 e 百合》、《十字架的記號》、《可愛的仇人》等作品，內容頗具社會寫實特色，生動刻畫當時庶民的生活，並且融入基督教信仰的精神意涵。此外，亦曾於一九三四年至一九六九年在《臺灣教會公報》與《臺灣教會報》發表白話字作品前後共二十七篇。（顧敏耀撰）

Tȧk lâng m̄-bián choȧt-bāng, tek-khak ū n̍g-bāng	逐人毋免絕望，的確有向望
(Tuì Thian-kok sin-bûn, Loā Jîn-seng chhì-e̍k)	（對天國新聞，賴仁聲試譯）
1939.02 647 kî 16～20	1939.02 647 期 16～20 頁
300 nî thâu-pái se^{n} hāu-si^{n}	三百年頭擺生後生

（續）

Tī Loē-tē Tang-hái-tō ê Chēng-kong-chhī, ū chit ê pah-bān ê goân-goē, chiū-sī ū 300 nî le̍k-sú ê toā mn̂g-hong, Bú-tîn chhat-khì-tiàm(漆器店).	佇內地東海道的靜岡市，有一个百萬的員外，就是有三百年歷史的大門風，武藤漆器店。
Chit ê Bú-tîn-ke ê tē 14 tāi sun, chiáng ke-hoé ê toa^{n}-se^{n}-kiá^{n} Bú-tîn Sun-iū-oē-bûn--sī(武藤孫右衛門氏) tī 49 nî-chêng ê Bêng-tī 23 nî chhut-sì.	這个武藤家的第十四代孫，掌家伙的單生囝武藤孫右衛門氏佇四十九年前的明治二十三年出世。
Chiok kî-koài--ê, chiū-sī chit ê ke liân-liân 300 nî m̄-bat se^{n} hāu-si^{n}, tāi-tāi to sī se^{n} cha-bó͘-kiá^{n}. Tāi-tāi to sī pun hāu-si^{n} lâi chiap. Chit pái ē-tit se^{n} cha-po͘--ê, m̄-nā pē-bó chiū kui chong-cho̍k, kap kīn-hū ê lâng to lóng lia̍h-choè sîn-jiah lâi hoa^{n}-hí.	足奇怪--的，就是這个家連連三百年毋捌生後生，代代都是生查某囝。代代都是分後生來接。這擺會得生查埔--的，毋但爸母就歸宗族，佮近附的人都攏掠做神跡來歡喜。
Ài oh! Kim--ê, ge̍k--ê, pó-poè ni-ni. siū pē-bó ê hok-ìm, thià^{n}-sioh lâi poê-iú^{n}, he to bián kóng--ê. Khó-sioh chit hāng, chiū-sī chhut-sì chiū loán-jio̍k. Kàu tī beh ji̍p Sió-ha̍k-hāu ê sî, chiū tio̍h kut-mo̍h-iām, chek-chhoé-iām. Koá^{n}-kín khì ji̍p Tang-kia^{n} Sūn-thian-tông toā pī^{n}-ī^{n}, ēng choè-sin ê i-su̍t lâi tī-liâu, kàu 9 hoè ê sî choa̍t-bāng lah! I-seng sî-chhiú, kàu chia pē-bó ba̍k-sái kâm-leh, chhun chit-tiâu khuì-si, siū^{n} kóng nā kai-tit ē sí iā tio̍h hō͘ i sí tī kò-hiong, lâi chòng tī chó͘-sian ê bōng-tē. Chiū kā i soè chit-tâi chhím-tâi-chhia, i-seng, khàn-hō͘-hū kin-suî tò-lâi. Chit-ē ta̍h-tio̍h kò-hiong Chēng-kong ê tē, chiok kî-ī^{n}--ê, soà chiām-chiām hó, Tha̍k-chheh ê kî í-keng koè, kàu 15 hoè, chiah chhiá^{n} ka-têng kàu-su lâi kà, tuì Sió-ha̍k-hāu koàn-it ê tho̍k-pún tha̍k khì.	Ài oh！金--的，玉--的，寶貝 ni-ni。受爸母的福蔭，疼惜來培養，彼都免講--的。可惜一項，就是出世就軟弱。到佇欲入小學校的時，就著骨膜炎，脊椎炎。趕緊去入東京順天堂大病院，用最新的醫術來治療，到九歲的時絕望啦！醫生辭手，到遮爸母目屎含咧，賰一條氣絲，想講若該得會死也著予伊死佇故鄉，來葬佇祖先的墓地。就共伊稅一臺寢臺車，醫生，看護婦跟隨倒來。一下踏著故鄉靜岡的地，足奇異--的，紲漸漸好，讀冊的期已經過，到十五歲，才請家庭教師來教，對小學校貫一的讀本讀去。

（續）

Kàu-hoē ê iā-ha̍k	教會的夜學
Kap hiah ê tī tiàm-nih tâng nî-poè ê pêng-iú, choè-hoé ê sî thiaⁿ lâng tha̍k sió-ha̍k, āu-lâi chiū ji̍p tiong-ha̍k, i iā chin him-soān, chiū khì tha̍k Tông-jîn Kàu-hoē keng-êng ê iā-ha̍k Tiâu-iông ha̍k-hāu. Eng-gú sian-siⁿ I-tîn Sian-hong(伊藤仙峰)kap ロブデル-sī. Ha̍k-khò í-goā ū siat kà Eng-gú Sèng-keng-chơ, tī hit ê put-kak ê tiong-kan ū Siōng-tè sèng-tō ê chéng-chí tiàm tī i ê sim-pâng. Chit ê sū pa̍t-lâng m̄-chai, ka-tī iā put-kái kî-ì Chí-ū Siōng-tè chai. Nā-sī ロブデル hu-chhe chin thiàⁿ chit ê pēⁿ-jio̍k ê siàu-liân. Koâⁿ ê mê-hng nā lâi ê sî, chiū ēng thiàⁿ-thàng ê siaⁿ-im.	佮遐的佇店裡同年輩的朋友，做伙的時聽人讀小學，後來就入中學，伊也真欣羡，就去讀同人教會經營的夜學朝陽學校。英語先生伊藤仙峰佮ロブデル-氏。學課以外有設教英語聖經組，佇彼个不覺个中間有上帝聖道的種子踮佇伊的心房。這个事別人毋知，家己也不解其意。只有上帝知。若是ロブデル夫妻真疼這个病弱的少年。寒的暝昏若來的時，就用疼痛的聲音。
"Bú-tîn kun chin kut-la̍t kha, khîn-bián o̍h! Taⁿ lâi hang-hoé". Chhiáⁿ i lâi hoé-lô͘-piⁿ hang, phàu-tê, the̍h-piáⁿ, hó khoán-thāi--i. Chiah ê sū, chin kám-tōng i ê sim. Put-kak ê tiong-kan i ìn-siōng kóng, "Hè! Pài Siōng-tè--ê, chin chhin-chhiat......" Tuì thàu-koè Siōng-tè, sìn-gióng ê thiàⁿ, chi̍t-sut-á to bô phah-sńg.	「武藤君真骨力跤，勤勉學！Taⁿ 來烘火」。請伊來火爐邊烘，泡茶，提餅，好款待--伊。遮的事，真感動伊的心。不覺的中間伊印象講，「嘿！拜上帝--的，真親切……」對透過上帝，信仰的疼，一屑仔都無拍損。
Hoa-ke liú-hāng	花街柳巷
Chîⁿ lī ū, sin-hūn iū hó. Hō͘ pēⁿ-bō͘ só͘ tîⁿ ê chi̍t ê phoà-pēⁿ pe̍h-bīn su-seng. Put-kak sim-tiong, siū-liáu chit-kûn bô-hān ai-chhiû ê kuí só͘ tîⁿ. Chheng-chhun ê chêng chi̍t-ē chhéⁿ, tuì bô phah-sǹg ê tōng-ki, kha ta̍h-jip hoa-liú-hāng, kám-kak hoa-thian chiú-tē, lú-sek ê chu-bī lah. Kàu chit-tia̍p ap-pek tī sim-tiong ê iu-ut, pi-ai, put-boán lóng pàng tī	錢利有，身分又好。予病魔所纏的一个破病白面書生。不覺心中，受了一群無限哀愁的鬼所纏。青春的情一下醒，對無拍算的動機，跤踏入花柳巷，感覺花天酒地，女色的滋味啦。到這霎壓迫佇心中的憂鬱，悲哀，不滿攏放佇酒色的奔流；絲軸、笑聲、胭脂，白粉的中間予伊流去啦。

（續）

chiú-sek ê phun-liû; si-tiok, chhiàu-seng, iân-chi, pe̍h-hún ê tiong-kan hō͘ i lâu-khì-lah.	
Hòng-tōng liû-lâin, tuì chhù-nih iam-chîⁿ, chiú-tî jio̍k-lîm, chi̍t-sî bô-chiú, chi̍t-sî bô lú-sek to bē-tit ji̍t kng, ji̍t-àm lah. Ah! Put-kak chiâⁿ choè chi̍t ê chiú-kuí sek-mô͘ liauh! Chioh chîⁿ, tó siàu, bô bīn thang kìⁿ tâng hiong ê lâng, chiū piàⁿ khì Sin-hō͘. Hō͘ lâng bang tò-tńg-lâi, àn-sǹg tio̍h lâi chi̍t hoan kā i kà-sī, hit-sî tú sī 23 hoè.	放蕩流連，對厝裡 iam 錢，酒池肉林，一時無酒，一時無女色都袂得日光，日暗啦。啊！不覺成做一个酒鬼色魔 liauh！借錢，倒數，無面通見同鄉的人，就拼去神戶。予人 bang 倒轉來，按算著來一番共伊教示，彼時拄是二十三歲。
Chiū soán chi̍t ê chhī-lāi it-liû lú-koán chú ê châi-oān(才媛) hō͘ i choè-bó͘. Nā-sī khó-sioh ah! Káu khè ti-kut chai liáu bī-sò, to̍k ji̍p hì-hú ê Bú-tîn hòng-tōng-jî, hoa-ke liú-hāng âng, chheⁿ teng-kng-ē, iau-iām mī-thài(妖艷媚態) ê chu-bī, ná-lí ē-tit hiah khoài pàng leh. Loān khai loān phiâu ê kang-chîⁿ kàu chhiú lah. Chiū-sī khak-huih 3 nî. Heng-tin liâu-ióng-só͘ bô-liâu ê seng-oa̍h.	就選一个市內一流旅館主的才媛予伊做某。若是可惜啊！狗 khè 豬骨知了味素，毒入肺腑的武藤放蕩兒，花街柳巷紅，青燈光下，妖艷媚態的滋味，哪裡會得遐快放哩。亂開亂嫖的工錢到手啦。就是喀血年。興津療養所無聊的生活。
Tī hit-sî chiap-tio̍h siông-siông lâi keh-piah Chheng-bo̍k hái-kun Tāi-uì tau thoân-tō ê Hoàn-iá Bo̍k-su ê hóng-mn̄g, ēng chē-chē chin-sîn ê sèng-tō saⁿ-khǹg. Nā-sī jêng-jiân tī bê-chuì ê ok-bōng-tiong, lân-tit cheng-sîn.	佇彼時接著常常來隔壁青木海軍大尉兜傳道的畈野牧師的訪問，用濟濟真神的聖道相勸。若是仍然佇迷醉的惡夢中，難得精神。
Sí-kiáⁿ	死囝
Sin-thé chiām-chiām hó, chiū tò-lâi Chēng-kong chhī-goā bé-liáu sò pah phîⁿ ê tē, lâi khí chi̍t-chō pia̍t-chong, tī-hia lâi choè chhân-hn̂g chēng-ióng ê seng-oa̍h. Pēⁿ hó, hòng-tōng ê seng-oa̍h, chiú-kuí sek-mô͘ iû-chài koán-thó͘ jî-lâi lah! Chit pái só͘ hoān, pí	身體漸漸好，就倒來靜岡市外買了數百坪的地，來起一座別莊，佇遐來做田園靜養的生活。病好，放蕩的生活，酒鬼色魔猶再捲土而來啦！這擺所犯，比早前閣較慘。老母心欲爆裂，拖病哭囝的癡迷，重是做了不倔的人客。

（續）

chá-chiân koh-khah chhám. Lāu-bó sim beh piak-lih, thoa-pēⁿ khàu kiáⁿ ê chhi-bê, tiōng-sī choè liáu put-kut ê lâng-kheh.	
Ah! Chit ê chiú-sek ê kuí-thiok (鬼畜). M̄-sī bô liông-sim, tī i sim-tiong choè i ê chhì-chhak--ê, chiū-sī chá só͘ thak ê Sèng-keng. Chóng-sī i ng-liáu liông-sim ê hīⁿ-khang, chiū chiong Sèng-keng thiah-phoà pàng hoé sio.	啊！這个酒色的鬼畜。毋是無良心，佇伊心中做伊的刺鑿--的，就是早所讀的聖經。總是伊 ng 了良心的耳空，就將聖經拆破放火燒。
Ah! Thian ná-lí ū pàng chit ê chiú-sek gō-kuí kan-hiu ah! Sim it-hoat siū thian-liông ê chek-pī, sim-sîn chhin-chhiūⁿ kiâⁿ tī bô chuí ê hong-po͘. Ū chit-jit chhin-chok khui chhin-chok hoē-gī kā i soan-kò, hoè liáu i ê sêng-siok koân, chiong chit-bān-gîn kap chhù-chit-keng hō͘ i, kā i koáⁿ-chhut bú-tîn-ke khì ah.	啊！天哪裡有放這个酒色餓鬼干休啊！心益發受天良的責備，心神親像行佇無水的荒埔。有一日親族開親族會議共伊宣告，廢了伊的承續權，將一萬銀佮厝一間予伊，共伊趕出武藤家去啊。
Siū koáⁿ-chhut āu chhù bē, chîⁿ chhin-chhiūⁿ ēng chuí. Bián loā-kú tuì pah-bān ê hù-ong, siū sak-loh kàu siā-hoē tē 4 sap-á bû-nāi kai-kip khì lah. Hu-jîn choè i tò-khì āu-thâu. Tan seⁿ ê kiáⁿ 3 hoè iū sí. Kàu chia sui sī kuí-thiok ê bú-tîn, iā ū hoán-hoé ê khoán-sit lah. Siūⁿ kóng goá sui huí-luī, iā bāng Siōng-tè khoan-iū kiù kiáⁿ tò-khì thian-hiong, chiū khì ai-kiû Tông-pâu kàu-hoē ê Kiat-tiân Bok-su, lâi táⁿ-pān choè Ki-tok-kàu ê chòng-sek.	受趕出後厝賣，錢親像用水。免偌久對百萬的富翁，受捒落到社會第四屑仔無奈階級去啦。夫人做伊倒去後頭。單生的囝三歲又死。到遮雖是鬼畜的武藤，也有反悔的款式啦。想講我雖匪類，也望上帝寬囿救囝倒去天鄉，就去哀求同袍教會的吉田牧師，來打扮做基督教的葬式。
Chòng-sek hit jit ê Kiat-tiân Bok-su, pêng-sî kek un-hō͘ ê lâng, chóng-sī hit-sî chêng iā put kìm lah. ēng giâm-siok ê thāi-tō͘, chhiú pí hit khū sè-sè ê koan-bok kóng, “Ah! Chit khū sè-sè ê koan-bok, chit ê put-hēng lâi iáu-chiat ê bông-hâi, chit-tiap i teh kóng sím-mih? I goān tit ka-têng ê chū án-ni ê hiān-chōng	葬式彼日的吉田牧師，平時極溫厚的人，總是彼時前也不禁啦。用嚴肅的態度，手比彼具細細的棺木講，「啊！這具細細的棺木，這个不幸來夭折的亡孩，這霎伊咧講甚物？伊願得家庭的自按呢的現狀嗎？」牧師聲聲帶了目屎來宣教，句句鑿過武藤的心胸。反悔啦！

（續）

mah?" Bȯk-su sia^n-sia^n tài-liáu bȧk-sái lâi soan-kàu, kù-kù chhȧk koè bú-tîn ê sim-heng. Hoán-hoé lah! "Ah! Goá chhò lah! Goá kàu chia goān jīn-choē lah!" Bú-tîn khui sia^n khàu. Lâm-chú khoán ê toā khàu chit-tiû^n.	「啊！我錯啦！我到遮願認罪啦！」武藤開聲哭。男子款的大哭一場。
Chū-sat	自殺
Bān-sū hiu-ì^n! Sù-hong pat-tȧt chhoē bô se^n-lō͘. Siū-liáu to-tāi ê tá^n-kek, chiū siū^n sa^n-pah-lȧk-kè î-iú sí jî-í. Chiū chhut-hoat khì I-tāu ê Siu-siān-sī, Thian-sêng-san-ē ê Thong-tó, sim bâng-bâng, kha phû-phû kiâ^n lâi kàu Jit-kong, sì-koè chhoē ài ū chū-sat ê só͘-chai. Chhoē bô, beh sí iū sí-tit m̄-châ^n. Chìn bô pō͘ thè bô lō͘, nā-sī sí-sîn chiū^n-sin tî^n bē-lī. It-tàn oȧt-tò-tńg lâi Chēng-kong, chóng-sī iū-koh chhut-hoat. Siū^n kóng lâi khì Chheng-chuí-chhī Pa-chhoan lâi chē chûn-á iû-suí choè-liáu choè-āu ê kì-liām, chū án-ni chiȧh-liáu niáu-chhú-á-iȯh lâi lī-piȧt chit ê sè-kan.	萬事 hiu-ì^n！四方八達揣無生路。受了多代的打擊，就想三百六計唯有死而已。就出發去伊豆的修善寺，天城山下的湯島，心茫茫，跤浮浮行來到日光，四界揣愛有自殺的所在。揣無，欲死又死得毋-châ^n。進無步退無路，若是死神上身纏袂離。一旦越倒轉來靜岡，總是又閣出發。想講來去清水市巴川來坐船仔遊水做了最後的紀念，自按呢食了老鼠仔藥來離別這个世間。
Iȯh-á chiȧh lȯh-khì, Bú-tîn bô-bāng lah! Siōng-tè iáu ū tá^n-sǹg, beh sí ê chit-pō͘ chêng siū hoat-kiàn, hō͘ lâng choa jip pī^n-ī^n sé tn̂g. Sè^n-miā ta^n m̄-thai chái^n-iū^n?	藥仔食落去，武藤無望啦！上帝猶有打算，欲死的一步前受發見，予人 choa 入病院洗腸。性命 ta^n 毋知(誤植 thai)怎樣？
Àm-lō͘ ê bêng-teng	暗路的明燈
Siū sé-tn̂g ê Bú-tîn, tó tī bô chêng ê pē^n-chhn̂g teh hai^n. Bó͘ chò i khì, kiá^n sí. Thi^n-tē sui-jiân khoah, nā-sī Bú-tîn chhoē bô iông sin chi tē. Tng tī chit ê choȧt-bāng ê chhim-ian, sí-ìm ê soa^n-kok, lâu bȧk-sái ê àm-lō͘ kiám bô bêng-teng.	受洗腸的武藤，倒佇無情的病床咧 hai^n。某做伊去，囝死。天地雖然闊，若是武藤揣無容身之地。當佇這个絕望的深淵，死蔭的山谷，流目屎的暗路敢無明燈。
Tng tī hit-sî, chá-jit sėk-sāi ê Hoàn-iá Bȯk-su koh lâi chhoē i.	當佇彼時，早日熟似的畈野牧師閣來揣伊。

（續）

Bo̍k-su chài-sa^{n} chài-sì in-khûn ê thoân-tō. Hit-sî kóng sa^{n} ê sit-pāi-chiá tuì Chú lâi sêng-kong ê lâng ê kò͘-sū hō͘ i thia^{n}.	牧師再三再四慇勤的傳道。彼時講三个失敗者對主來成功的人的故事予伊聽。
Chiū-sī kóng, Sai-à-phiau khí-hún chè-chō tē-it tāi ê thâu-ke Siáu-lîm Hù-chhù-lông, Kūn-sī chè-si (郡是製絲) ê Pho-to-iá Ho̍k-kiat, kap siu-lí teng-hoé-á ê Hong Eng-seng téng ê sìn-gióng-tâm hō͘ i thia^{n}. Hit-sî phah-tio̍h i ê sim-mn̂g--ê, chiū-sī Hong Eng-seng siu-lí teng-hoé-á lâi tō͘-oa̍h ê kò͘-sū. Tuì chia, i chiah khí-thâu goān chiong it-chhè hiàn hō͘ Chú. Koat-sim hō͘ Chú kiù.	就是講，西亞標齒粉製造第一代的頭家小林富次郎，郡是製絲的波多野服結，佮修理燈火仔的 Hong Eng-seng 等的信仰談予伊聽。彼時拍著伊的心門--的，就是 Hong Eng-seng 修理燈火仔來度活的故事。對遮，伊才起頭願將一切獻予主。決心予主救。
Tâu-hâng Ki-tok	投降基督
Thè-ī^{n} khì tiàm Hoàn-iá Bo̍k-su tau, jiân-āu siū sé-lé, sìn-gióng ná chìn-pō͘. Chū-sat bī-suî, hit-sî siū-liáu sin-bûn kā i toā-siá jî te̍k-siá Bú-tîn ke pah-bān hù-ong ê toa^{n}-si^{n}-kiá^{n} ê boa̍t-lō͘.	退院去踮畈野牧師兜，然後受洗禮，信仰那進步。自殺未遂，彼時受了新聞共伊大寫而特寫武藤家百萬富翁的單生囝的末路。
Bô-phah-sǹg kin-á-ji̍t chit ê lâng iáu ū hoê-thâu ê ji̍t. Tuì sìn Iâ-so͘, chiū siū pún-hiu^{n} ê lâng phuì-noā, kí-tu̍h thí-chhiò. Nā-sī i bô kia^{n} kiàn-siàu, ta̍k-mî to tī ke-thâu hāng-boé lâi kan-chèng Chú ê miâ. É-é-á sán-sán, chhun kuí-ki-kut giàng-giàng, bē su chi̍t-chiah ti-pat-kài ê Bú-tîn hia^{n}. uī Chú bô uì-thí lah! Ta̍k mê-hng to chhēng chi̍t-su bô thang hó ê sa^{n}, khiā tī Ài-ti gîn-hâng kap Put-tōng gîn-hâng chêng lâi toā-sia^{n} jiáng Ki-tok Si̍p-jī-kè ê chín-kiù. Kàu chá-ji̍t sī chi̍t ê put-khó siu-si̍p ê hòng-tōng-jî. Kin-á-ji̍t it-piàn, chiâ^{n}-chò tit-tio̍h kiù, toā-tá^{n} Hok-im put-thí ê chiàn-sū. Bē-bián-tit hō͘ kīn-	無拍算今仔日這个人猶有回頭的日。對信耶穌，就受本鄉的人呸瀾，指 tu̍h 恥笑。若是伊無驚見笑，逐暝都佇街頭巷尾來干證主的名。矮矮仔瘦瘦，偆幾支骨 giàng-giàng，袂輸一隻豬八戒的武藤兄。為主無畏恥啦！逐暝昏都穿一軀無通好的衫，徛佇愛知銀行佮不動銀行前來大聲嚷基督十字架的拯救。到早日是一个不可收拾的放蕩兒。今仔日一變，成做得著救，大膽福音不恥的戰士。未免得予近親佮世間一般的人，著了一驚，吞氣來注目啦！

（續）

chhin kap sè-kan it-poa^{n} ê lâng, tio̍h-liáu chi̍t-kia^{n}, thun-khuì lâi chù-ba̍k lah!	
Chò sé-piān-sớ--ê	做洗便所--的
Tuì sìn-gióng lâi keng-seng ê Bú-tîn hia^{n}, uī-tio̍h chiong-lâi ê tá^{n}-sǹg, sui-jiân siū chhù-nih ê lâng khớ-khǹg, ài i koh ho̍k-che̍k lâi soà-chiap pō, kong pah-bān ê châi-sán. Nā-sī i siū^{n}-tio̍h chhù-nih ê lâng bô lí-kái i ê sìn Iâ-sơ, chiū oân-choân sî-thè. Goān kap Chú tâng giâ Si̍p-jī-kè lâi tâng-khớ, m̄-goān oa̍t-tò-tńg lâi hióng-siū Ai-ki̍p chiām-sî ê khoài-lo̍k lah.	對信仰來更生的武藤兄，為著將來的打算，雖然受厝裡的人苦勸，愛伊閣復籍來紲接 pō，光百萬的財產。若是伊想著厝裡的人無理解伊的信耶穌，就完全辭退。願佮主同夯十字架來同苦，毋願越倒轉來享受埃及暫時的快樂啦。
Tú-gū hit-sî ū Chin-goân-kūn Ngớ-hô-chhoan (榛原郡五和村) ê bêng-bōng-ka hó pêng-iú sió-moē, uī-tio̍h tâng sìn-gióng ê ki-iân, chiū lâi kiû-chhin. Chí-moē kóng, "Goá m̄-sī uī-tio̍h khoà^{n} lí ê châi-sán chò poē-kéng, goá sī uī-tio̍h kóng beh kap lí sa^{n}-kap oa̍h, lâi êng-kng Chú, chiah beh kè--lí." Chit ê chí-moē kiò-chò フサ子 hu-jîn. Chū án-ni nn̄g-ê hu-hū khì Eng-chhiōng-teng lâi soè chi̍t-keng 6 thia̍p, 2 thia̍p ê chhù lâi chò chi̍t ê sin ka-têng.	拄遇彼時有榛原郡五和村的名望家好朋友小妹，為著同信仰的機緣，就來求親。姊妹講，「我毋是為著看你的財產做背景，我是為著講欲佮你相佮活，來榮光主，才欲嫁--你。」這个姊妹叫做フサ子夫人。自按呢兩个夫婦去鷹匠町來稅一間六疊，二疊的厝來做一个新家庭。
Ta^{n} ji̍p chit ê hoán-hoé ê seng-oa̍h, pah-bān goân-goē ê toa^{n}-se^{n}-kiá^{n}, kap Chin-goân-kūn bêng-bōng-ka ê sió-moē jī-uī sin-sin ê ka-têng, chhú-khì beh ēng sím-mi̍h hong-hoat, thâu-lō͘ lâi tá^{n}-khui in thâu-chêng ê se^{n}-lō͘. Chiū^{n} liáu Chheng-chuí-soa^{n} thiat-iā ê kî-tó, chiū koat-sim kéng liáu kā lâng sé piān-sớ ê thâu-lō͘. Ah! Chú sé goá phái^{n}, sé goá ê ke̍k ù-oè, goá kin-á-jit iā goān sé lâng ê ke̍k ù-oè lah.	今入這个反悔的生活，百萬員外的單生囝，佮榛原郡名望家的小妹二位新新的家庭，此去欲用甚物方法、頭路來打開 in 頭前的生路。上了清水山徹夜的祈禱，就決心揀了共人洗便所的頭路。啊！主洗我歹，洗我的極污穢，我今仔日也願洗人的極污穢啦。

（續）

Seng-khu moa chit-niá ku-lí-á-saⁿ, chhiú koāⁿ siau-tȯk-chuí kap chheng piān-sớ ê khì-khū. Hoan-koán káu puī á-sī lâng chhiò, chóng-sī kàu chia tiȯh chìn-chêng, chit-tiâu-ke sėh-koè chit-tiâu-ke, sì-kè mn̄g lâng khoàⁿ ū khiàm-ēng sé piān-sớ á bô? Kah m̄-sī thih, chiȯh-sim ê Bú-tîn, iā m̄-sī kóng bē siūⁿ-tiȯh kờ-hiong seng-ka ê tong-sî kap hiān-chāi lâi lâu bȧk-sái.	身軀幔一領苦力仔衫，手汗消毒水佮清便所的器具。Hoan 管狗吠抑是人笑，總是到遮著進前，一條街踅過一條街，四界問人看有欠用洗便所抑無？Kah 毋是鐵、石心的武藤，也毋是講袂想著故鄉生家的當時佮現在來流目屎。
Nā-sī bû-nāi kin-á-jit uī-tiȯh sìn-gióng ê seng-oȧh, m̄-goān koh tò-khì. Khí-thâu bô lâng bat--i, beh ná-lí ū hiah chē piān-sớ thang sé leh. Pak-tớ bô chiȧh, iū bē ēng--tit, tuì hū-jîn-lâng ê kè-chng chit-hāng chit-hāng kín thėh khì tǹg. Tuì Eng-chhiōng-teng poaⁿ khì Īⁿ-loē-teng, Im-ú-teng, chit-uī poaⁿ koè chit-uī. Nā kiàn poaⁿ chhù, sè-kiáⁿ chiū háu A-pa, A-bú, lán kiám bô lán ka-tī chin-chiàⁿ ê chhù thang tiàm. Ah! Thiaⁿ-liáu nâ-âu-kńg iā tīⁿ. Bô chîⁿ thang hêng bí-tiàm, m̄-káⁿ koh khì kiò bí, choan chiȧh han-chû, chiȧh kàu pháiⁿ pak-tớ iā bat.	若是無奈今仔日為著信仰的生活，毋願閣倒去。起頭無人捌--伊，欲哪裡有遐濟便所通洗哩。腹肚無食，又袂用--得，對婦人人的嫁妝一項一項緊提去當。對鷹匠町搬去院內町，音羽町，一位搬過一位。若見搬厝，細囝就吼阿爸，阿母，咱敢無咱家己真正的厝通踮。啊！聽了嚨喉管也滇。無錢通還米店，毋敢閣去叫米，專食番藷，食到歹腹肚也捌。
Sit-ka ê chhin-chhek khoàⁿ-tiȯh in ang-bó ê hiȧp-hô, koh khoàⁿ-tiȯh chit-tīn kiáⁿ, hiān-chāi 5 ê hāu-seⁿ, chit ê cha-bớ-kiáⁿ ê kan-khớ, siông-siông khớ-khǹg i koh tò-khì chhù-nih. Bú-tîn hiaⁿ sim ū-sî siū iô-tāng, nā-sī hu-jîn sim kian, tȧk-pái to tiong-khok--i, kóng, “Lán m̄-thang uī-tiȯh keng-chè-tek ê khoàⁿ-oȧh lâi tò-khì.” Tuì án-ni hu-chhe koh-khah tâng-sim kiû Chú ê in-tián, hō͘ in ē koàn-thiat in ê sù-bēng.	實家的親戚看著 in 翁某的協和，閣看著一陣囝，現在五个後生，一个查某囝的艱苦，常常苦勸伊閣倒去厝裡。武藤兄心有時受搖動，若是夫人心堅，逐擺都忠告--伊，講，「咱毋通為著經濟 tek 的看活來倒去。」對按呢夫妻閣較同心求主的恩典，予 in 會貫徹 in 的使命。

（續）

Kìm-chiảh kî-tó	禁食祈禱
Tiàm tī Īⁿ-loē-teng ê sî, chiū tī ka-tī ê chhù siat Jîn-sū siong-tâm-sớ, ka-tī ê chhù hō͘ hoân-ló, kap liû-lî sit-sớ ê lâng saⁿ-kap tiàm. Tī i ê tau, siông-siông ū sit-giảp-chiá, chiân-kho-hoān, chhut-goā ê pēⁿ-lâng, lô͘-moâ sì, gō͘ ê saⁿ-kap tiàm. I ê ka-têng ná sàn-hiong, lī put-kip huì. Hu-hū ê pún-ke lóng-sī hù-ong, nā-sī uī-tiỏh sìn-gióng, chiū goān kéng chit-tiâu ê lō͘. Nā-sī Siōng-tè bô pàng-sak, sî-sî pang-chān. Jit--sî sé piān-sớ, kā lâng chiu-soân tāi-chì. àm-sî chiū pò͘-tō soan-thoân Hok-im. I ê sìn-gióng, chiū-sī seng-oảh, i ê seng-oảh chiū-sī sìn-gióng. Kàu hit-sî, i chiah koh-khah thòng-kám lâng ê hiat-khì chêng-iỏk, nā bô seng phah-sí, choảt-tuì bē-tit jip tī lêng ê seng-oảh. I chiū peh-chiūⁿ Pẻk-kong-san, tī-hia kìm-chiảh kî-tó saⁿ-mê jit. iā kok sớ-chāi nā ū Ki-tok-kàu Siu-ióng-hoē á-sī Sèng-hoē, i tek-khak bē hu-jîn ê saⁿ lâi chò lú-huì, chhoā tông-ki ê lâng chò-hoé khì. Tng i bô tī-teh ê sî, nā ū lâng lâi chù-bûn sé piān-sớ, chiū i ê hū-jîn-lâng u-su-kûn-á hâ-leh, khì sé.	踮佇院內町的時，就佇家己的厝設人事商談所，家己的厝予煩惱，佮流離失所的人相佮踮。佇伊的兜，常常有失業者，前科犯，出外的病人，鱸鰻四，五个相佮踮。伊的家庭那散凶，利不及費。夫婦的本家攏是富翁，若是為著信仰，就願揀這條的路。若是上帝無放揀，時時幫贊。日--時洗便所，共人周旋代誌。暗時就佈道宣傳福音。伊的信仰，就是生活，伊的生活就是信仰。到彼時，伊才閣較痛感人的血氣情慾，若無先拍死，絕對袂得入佇靈的生活。伊就 peh 上白光山，佇遐禁食祈禱三暝日。也各所在若有基督教修養會抑是聖會，伊的確賣夫人的衫來做旅費，chhoā 同居的人做伙去。當伊無佇咧的時，若有人來注文洗便所，就伊的婦人人圍軀裙仔結咧，去洗。
Tng tī Siōng-chơ-hóng (上諏訪) ê Sèng-hoē ê sî, hu-jîn chiong i ê i-chiūⁿ thẻh-khì tǹg, khoán sớ-huì hō͘ i khì hù, tī hoē-tiong toā siū lêng-in, khí-thâu tit-tiỏh chiâⁿ-sèng ê in-huī.	當佇上諏訪的聖會的時，夫人將伊的衣裳提去當，款所費予伊去赴，佇會中大受靈恩，起頭得著成聖的恩惠。
Sìn-ài-thoân ê kiat-sêng	信愛團的結成
Kian-jím put-poảt, jím-khớ ê seng-oảh tiong-kan, put-kak, chhī-tiong ê lâng soà chiong chit ê sū sio-pò sio-lò, "Pài Siōng-tè-	堅忍不拔，忍苦的生活中間，不覺，市中的人紲將這个事相報相 lò，「拜上帝仔，洗便所--的」的名紲敨，逐人都信

（續）

á, sé piān-só͘--ê" ê miâ soà tháu, ta̍k lâng to sìn-gióng, tông-chêng. Kap i kiōng-bêng kā lâng sé piān-só͘ ê lâng soà ná chē, cha̍p-goā ê sé piān-só͘--ê, chū án-ni kiat chò chi̍t ê thoân, kiò-chò Sìn-ài-thoân. Thoân-oân tāi-ke kiò in hu-chhe chò "A-pa" "A-bú." Ta̍k lâng siū hu-jîn ê chí-hui khì sé kok kak-thâu siū-chhî ê piān-só͘. Āu-lâi chhī-lāi ê iú-le̍k-chiá khoà^{n} chhī-lāi ū chit ê kang ê pit-iàu, soà hō͘-oān chit ê Sìn-ài-thoân ê chơ-chit. Kàu chit-sî, Sìn-ài-thoân ê kang-tiâ^{n} toā hoat-tián, sé piān-só͘ í-goā, soà iú^{n}-puî, ūn-poa^{n}, chheng ian-tâng, chhéng-thûn, lia̍h ba̍k-sat, oá-su siau-to̍k-hoat, sat-thiông hông-thiông-che ê chè-chō hoàn-bē, it-poa^{n} ê oē-seng chhéng-hū, î-choán ūn-poa^{n}, toā pià^{n}-sàu téng ê oa̍h-tāng.	仰，同情。佮伊共鳴共人洗便所的人紲那濟，十外的洗便所--的，自按呢結做一的團，叫做信愛團。團員大家叫 in 夫妻做「阿爸」「阿母。」逐人受夫人的指揮去洗各角頭受持（siū-chhî）的便所。後來市內的有力者看市內有這个工的必要，紲後援這个信愛團的組織。到這時，信愛團的工程大發展，洗便所以外，紲舀肥，運搬，清煙筒，chhéng-thûn，掠木虱，瓦斯消毒法，殺蟲防蟲劑的製造販賣，一般的衛生請負，移轉運搬，大拚掃等的活動。
Chit-tia̍p Bú-tîn--sì bô ti̍t-chiap teh chò hiah ê kang, nā-sī lâng kang bô kàu ê sî, i pún-sin iā hoa^{n}-hí chìn-chêng. Nā-sī hit-sî Sìn-ài-thoân ê lâng lóng kóng, "Nā tio̍h hō͘ A-pa chò, m̄-ta̍t-tio̍h lán tāi-ke khah bián-kióng, ta̍k lâng khah chá lâi, ke chò chi̍t-tiám cheng." Ta^{n} lóng m̄-bat hō͘ i chò chit ê kang.	這霎武藤--氏無直接咧做遐的工，若是人工無夠的時，伊本身也歡喜進前。若是彼時信愛團的人攏講，「若著予阿爸做，毋值著咱大家較勉強，逐人較早來，加做一點鐘。」今攏毋捌予伊做這个工。
Hiān-chāi i ti̍t-chiap tam-tng ê kang, chiū-sī pò-thoân Hok-im kiù lêng ê kang, uī-tio̍h iu-būn ê lâng lâi tio̍h-boâ. ēng Sìn-ài-thoân chò sán-gia̍p-pō͘ ê ki-chhó͘, lâi chò kiù lêng ūn-tōng kap siā-hoē hōng-sū, hoān-sū chhú chū-kip chū-chiok ê hoat-tō͘. Tuì i ê sìn-gióng, ū kiâ^{n} chià^{n}-lō͘. uī-tio̍h chi̍t ê iu-būn poē tāng-tà^{n} ê bê-iû^{n}, ū-sî kiâ^{n} kuí-nā cha̍p phò͘, khì chhoē kàu tio̍h.	現在伊直接擔當的工，就是報傳福音救靈的工，為著憂悶的人來著磨。用信愛團做產業部的基礎，來做救靈運動佮社會奉事，凡事取自給自足的法度。對伊的信仰，有行正路。為著一个憂悶背重擔的迷羊，有時行幾若十舖，去揣到著。

（續）

Chhòng-li̍p Sin-seng Ki-tok Kàu-hoē	創立新生基督教會
Sin-seng Ki-tok kàu-hoē (新生基督教會). Tuì kuí-nā nî chêng, i ū chiàu i ê chú-gī lâi chhòng-li̍p chi̍t ê kàu-hoē, lóng bô sio̍k tó-chi̍t-ê kàu-phài, khiu-chi̍p tông-chì, i pún-sin tam-tng thoân-kàu ê kang. Hiān-sî chē-chē lâng tuì i ê kàu-hoē lâi tit-kiù. Muí lé-pài ū lé-pài, kî-tó-hoē, Chú-ji̍t-o̍h, chin sēng-hoē.	新生基督教會。對幾若年前，伊有照伊的主義來創立一个教會，攏無屬佗一个教派，糾集同志，伊本身擔當傳教的工。現時濟濟人對伊的教會來得救。每禮拜有禮拜，祈禱會，主日學，真盛會。
Kî-thaⁿ, hiān-chāi i ū tam-tng Bān-kok Ki-tok-kàu kéng-chhat tông-bêng-hoē Chēng-kong chi-pō͘ ê chú-jīm, lâi sûn-hoê koān-ē kok kéng-chhat-sū, á-sī cheng-sîn káng-ián. Koh tit-tio̍h Tang-iûⁿ chit-pò͘-hoē-siā Chēng-kong kang-tiûⁿ, Hok-tó pháng-cheh hoē-siā, Chēng-kong bo̍k-koán kang-tiûⁿ, Chhiong-sêng koān-jîn-hoē ê hō͘-oān. Tī Chēng-kong lâi chhòng-li̍p Siau-huì chơ-ha̍p Kiōng-êng-siā. I pún-sin chò lí-sū-tiúⁿ, lâi kau-tài i só͘ ín-chhoā ê Tō͘-pian hu-chhe lâi chek-jīm keng-êng. Kî-thaⁿ, chò put-liông-chiá ê soat-jū, chhiong-hū ê kiù-chè, ka-têng oan-ke ê tiōng-chhâi, chit-gia̍p ê siāu-kài, chi̍t-ji̍t bô êng chhih-chhih. Kóng bē liáu, siá bē chīn.	其他，現在伊有擔當萬國基督教警察同盟會靜岡支部的主任，來巡迴縣下各警察署，抑是精神講演。閣得著東洋織布會社靜岡工場，福島(Hok-tó)紡績會社，靜岡牧管工場，沖繩縣人會的後援。佇靜岡來創立消費組合共營社。伊本身做理事長，來交代伊所引 chhoā ê 渡邊夫妻來責任經營。其他，做不良者的說喻，娼婦的救濟，家庭冤家的仲裁，職業的紹介，一日無閒 chhih-chhih。講袂了，寫袂盡。
Chí-ū kám-siā Ki-tok	只有感謝基督
Hiān-chāi lâng mn̄g Sian-siⁿ ê sim-kéng, i chí-ū ìn kóng, "Kiù lêng, sī toā sū-gia̍p, chí-ū sī Siōng-tè chiah ē, lâng bē-ē. Nā-sī lán chí-ū chīn só͘-ē lâi chò Hok-im ê kan-chèng nā-tiāⁿ. Goá só͘-ē--ê, sī chò pí pa̍t-lâng khah pháiⁿ ê hòng-tōng nā-tiāⁿ, chit-tia̍p ē-tit chò án-ni ê thoân-tō, chí-ū sī kám-siā, kî-û bô thang kóng sím-mi̍h. Chū-kip chū-chiok ê	現在人問先生的心境，伊只有應講，「救靈，是大事業，只有是上帝才會，人袂會。若是咱只有盡所會來做福音的干證若定。我所會--的，是做比別人較歹的放蕩若定，這霎會得做按呢的傳道，只有是感謝，其餘無通講甚物。自給自足的傳道，背後若無上帝的幫贊，就袂會。信愛團的產業只有就是做傳道

（續）

thoân-tō, poē-āu nā bô Siōng-tè ê pang-chān, chiū bē-ē. Sìn-ài-thoân ê sán-gia̍p chí-ū chiū-sī chò thoân-tō ê chhiú-toā^{n}, kap bo̍k-tek. Chhin-chhiū^{n} goá chit-pān bô kè-ta̍t ê lâng iáu oa̍h--teh, oân-choân chhin-chhiū^{n} bô ê lâng ē lâi siū Siōng-tè chiah toā ê in-huī, goá ta̍k-pái siū^{n}, to ná hō͘ goá se^{n}-chhut kám-siā ê sim.	的手段，佮目的。親像我這扮無價值的人猶活--咧，完全親像無的人會來受上帝遮大的恩惠，我逐擺想，都那予我生出感謝的心。
Nā siū^{n}-tio̍h koè-khì ê sū, hō͘ goá sú-ki ē chhe^{n}-kia^{n}, ná-chún chi̍t-tiû^{n} ê ok-bāng chi̍t-iū^{n}. Ko-lîm-to hō͘-su 5 chiu^{n} 17 chat kóng, “Só͘-í lâng nā tiàm tī Ki-tok, chiū-sī chò sin chhòng-chō ê, kū ê tāi-chì í-keng koè-khì, ta^{n} lóng pì^{n}-chiâ^{n} sin--ê.” Che sī goá tuì tī Ki-tok Si̍p-jī-kè ê Hok-im, tuì sí koh tit-tio̍h oa̍h-miā, siū chín-kiù ê sū-si̍t. Goān êng-kng kui hō͘ Chú. A-bēng.	若想著過去的事，予我 sú-ki 會青驚，若準一場的惡夢一樣。哥林多後書五章十七節講，「所以人若踮佇基督，就是做新創造的，舊的代誌已經過去，ta^{n} 攏變成新--的。」這是我對佇基督十字架的福音，對死閣得著活命，受拯救的事實。願榮光歸予主。A-bēng。

載於《臺灣教會公報》，第六四七號，一九三九年二月

Bó-sèng-ài ê Kàu-io̍k（母性愛的教育）

作者　不詳

譯者　Liû-n̂g Seng

【作者】

不著撰者。

【譯者】

Liû-n̂g Seng（硫磺生？），僅知曾於一九四〇年一月在《臺灣教會公報》第六五八號發表譯作〈母性愛的教育〉，其餘生平不詳。（顧敏耀撰）

Bó-sèng-ài ê Kàu-io̍k	母性愛的教育
Tio̍h phah-sí ka-tī hō͘ kiáⁿ-jî oa̍h	著拍死家己予囝兒活
(Liû-n̂g Seng e̍k)	（Liû-n̂g Seng 譯）
194001 658 hō p.8～9	194001 658 號 p.8～9
Goá ū chit-ji̍t tuì Chuí-tō-kiô chē tiān-chhia beh kàu Chí-kok-teng. Chhia-lāi lióng-pêng ê tn̂g-í lâng-kheh lóng chē kàu cha̍t-cha̍t, chóng-sī tī téng-bīn teh hō͘ lâng tiàu-chhiú ê (釣革) lóng bô lâng tiàu, só͘-í tiong-ng ê lō͘ lóng sī khang-uī. Tú-tú hit-sî ū chit ê 7, 8 hoè ê ta-po͘-gín-ná tuì tiong-mn̂g ji̍p-lâi,iā tâng-sî tuì āu-bīn ê mn̂g ū chit-ê suí-suí ê hū-jîn-lâng ji̍p-lâi.	我有一日對水道橋坐電車欲到指谷町。車內兩爿的長椅人客攏坐到實實，總是佇頂面咧予人釣手的（釣革）攏無人釣，所以中央的路攏是空位。拄拄彼時有一個七，八歲的查埔囡仔對中門入來，也同時對後面的門有一个媠媠的婦人人入來。
Hit ê ta-po͘-gín-ná ji̍p-lâi chē-chhia ê sî, suî-sî khì āu-bīn, hit ê hū-jîn-lâng ê piⁿ-á, ēng pí-chhiú kap chhut kî-koài ê siaⁿ teh kap hū-jîn-lâng kóng-oē, só͘-í liâm-piⁿ chai-iáⁿ i sī é-káu.	彼个查埔囡仔入來坐車的時，隨時去後面，彼个婦人人的邊仔，用比手佮出奇怪的聲咧佮婦人人講話，所以連鞭知影伊是啞口。
Chóng-sī chin kî-koài chit ê é-káu ê ta-po͘-gín-ná teh kap i kóng-oē, iáu-kú chit ê hū-	總是真奇怪這個啞口的查埔囡仔咧佮伊講話，猶過這個婦人人干焦小可看伊

（續）

jîn-lâng kan-ta sió-khoá khoàⁿ i chi̍t-ē nā-tiāⁿ, chiū koh khoàⁿ thang-á- goā, tèⁿ m̄-chai lóng bô beh chhap--i.	一下若定，就閣看窗仔外，佯毋知攏無欲 chhap 伊。
I hiah léng-tām ê thāi-tō͘, chit ê ta-po͘-gín-ná bô lâng beh chhap--i, ko͘-put-chiong chiū khì thâu-chêng ūn-choán-chhiú hia, tú-hó chē tī goá ê tuì-bīn ū chi̍t-ê lú-ha̍k-seng, i khoàⁿ tio̍h hit ê lú-ha̍k-seng chiū chin chhin-bi̍t ê khoán, kā i be̍k-lé kiâⁿ koè khì.	伊遐冷淡的態度，這個查埔囡仔無人欲 chhap 伊，姑不將就去頭前運轉手遐，拄好坐佇我的對面有一個女學生，伊看著彼个女學生就真親密的款，共伊默禮行過去。
Chóng-sī tī-chia goá koh khoàⁿ-kìⁿ tē-jī ê kî-koài ê sū. Chiū sī chit ê ta-po͘-gín-ná hiah ni̍h chhin-bi̍t tuì i be̍k-lé kiâⁿ koè khì, iáu-kú chit ê lú-ha̍k-seng ná chhin-chhiūⁿ lóng m̄ sio-bat ê lâng ê khoán-sit, kan-ta ti̍t-ti̍t kā siòng liân chi̍t-sut-á ê tàm-thâu to bô.	總是佇遮我閣看見第二的奇怪的事。就是這个查埔囡仔遐爾親密對伊默禮行過去，猶過這个女學生若親像攏毋相捌的人的款式，干焦直直共相連一屑仔的頕頭都無。
Goá khoàⁿ tio̍h chit mn̄g ê kî-koài ê sū, m̄-chai tio̍h cháiⁿ-iūⁿ lâi ké-soeh, chit ê ta-po͘-gín-ná ê hêng-tōng. Tàu-tí chit ê hū-jîn-lâng sī sím-mi̍h lâng? Chiàu-khoàⁿ sī ná chhin-chhiūⁿ i ê lāu- bú, chóng-sī nā khoàⁿ i ê thāi-tō͘ sī ná chhin-chhiūⁿ m̄ sio bat ê lâng. iā kā khoàⁿ hit ê lú-ha̍k-seng iā ná chhin- chhiūⁿ chin chhin-bi̍t ê koan-hē ê lâng, iā koh chi̍t-bīn khoàⁿ chò chhin-chhiūⁿ lóng m̄ saⁿ-bat lō͘-piⁿ ê khoán.	我看著這問的奇怪的事，毋知著怎樣來解說，這個查埔囡仔的行動。到底這个婦人人是甚物人？照看是若親像伊的老母，總是若看伊的態度是若親像毋相捌的人。也共看彼个女學生也若親像真親密的關係的人，也閣一面看做親像攏毋相捌路邊的款。
Bô loā-kú tiān-chhia chiū kàu Chí-kok-teng. Hit ê hū-jîn-lâng kap lú-ha̍k-seng, iā hit ê ta-po͘-gín-ná iā lóng lo̍h-chhia kap goá pêⁿ-pêⁿ lo̍h-chhia iū koh siāng-lō͘, só͘-í goá chiū siⁿ-chhut hò-kî-sim tiâu-tî kiâⁿ bān-bān toè in ê āu-bīn kiâⁿ.	無偌久電車就到指谷町。彼個婦人人佮女學生，也彼個查埔囡仔也攏落車佮我平平落車又閣 siāng 路，所以我就生出好奇心刁持行慢慢綴 in 的後面行。
Hit ê lú-ha̍k-seng chò thâu-chêng kiâⁿ, iā	彼個女學生做頭前行，也離無幾步彼

（續）

lī bô kuí-pō͘ hit ê hū-jîn-lâng kap ta-po͘-gín-ná saⁿ khan-chhiú toè i ê āu-bīn teh kiâⁿ. Goá chiū tī sim-lāi siūⁿ kóng, "Ah! Hō͘ goá ioh-tio̍h khoàⁿ-kìⁿ bīn-hêng chin chhin-chhiūⁿ ah! Iû-goân sī bó-á-kiáⁿ", só͘-í iû-goân koh chù-ì kā khoàⁿ. Chím-á koh khoàⁿ-kìⁿ hit ê ta-po͘-gín-ná kí hit ê lú-ha̍k-seng, ēng pí-chhiú teh kap hū-jîn-lâng kóng-oē, chit-tia̍p chit ê hū-jîn-lâng chiū ēng pêng-siông ê oē kap thiàⁿ-thàng ê thāi-tō͘ lâi ìn i kóng, "Sī-hòⁿ, i sī OO sàng".	个婦人人佮查埔囡仔相牽手綴伊的後面咧行。我就佇心內想講，「啊！予我臆著看見面型真親像啊！猶原是母仔囝」，所以猶原閣注意共看。這馬仔閣看見彼個查埔囡仔指彼個女學生，用比手咧佮婦人人講話，這霎這個婦人人就用平常的話佮疼痛的態度來應伊講，「是 hòⁿ，伊是 OO 送」。
Koh kiâⁿ bô loā hn̄g, tī oat-kak hia ū koh tn̄g tio̍h in lú-ha̍k-seng phoāⁿ, iû-goân sī ēng in é-káu ê kóng-oē-hoat teh ná kiâⁿ ná kóng.	閣行無偌遠，佇斡角遐有閣搪著 in 女學生伴，猶原是用 in 啞口的講話法咧那行那講。
Goá khoàⁿ-tio̍h chit ê kong-kéng, goá chiū bêng-pe̍k chit ê ta-po͘-gín-ná kap hit nn̄g ê lú-ha̍k-seng ê koan-hē lah, goá chiū boē kìm-tit chin hùn-khài, iā lâu iu-būn ê ba̍k-sái tuì sim-lāi jiáng kóng, "Chit ê sī sím-mi̍h chân-jím ê thāi-tō͘ ah!"	我看著這個光景，我就明白這個查埔囡仔佮彼兩个女學生的關係啦，我就袂禁得真憤慨，也流憂悶的目屎對心內嚷講，「這個是甚物殘忍的態度啊！」
Tī tiān-chhia-lāi ê lāu-bú ê thāi-tō͘ sī kah ná chhin-chhiūⁿ lóng m̄-bat ê lâng ê khoán, m̄-chai sī siūⁿ kóng i ê kiáⁿ é-káu, iā koh tī lâng ê bīn-chêng lâi pí-chhiú kóng-oē, siūⁿ-liáu khah kiàn-siàu á-m̄-sī. Chóng-sī i tī chèng-lâng ê bīn-chêng ài beh lâi ún-ba̍t i sī phoà-siùⁿ gín-ná ê lāu-bú...chit khoán ê thāi-tō͘, si̍t-chāi sī chin thang iàm-o͘N3 pi-chiān ê sim.	佇電車內的老母的態度是佮若親像攏毋捌的人的款，毋知是想講伊的囝啞口，也閣佇人的面前來比手講話，想了較見笑抑毋是。總是伊佇眾人的面前愛欲來隱密伊是破相囡仔的老母...這款的態度，實在是真通厭惡卑賤的心。
Si̍t chāi hoán-tńg lāu-bú eng-kai tio̍h taⁿ i ê kiáⁿ it-chīn ê kiàn-siàu, hoân-ló kiáⁿ ê hoân-ló, iu-būn kiáⁿ ê iu-būn, kiáⁿ ê it-chhè	實在反轉老母應該著今伊的囝一盡的見笑，煩惱囝的煩惱，憂悶囝的憂悶，囝的一切才會用得。是因為老母干焦咧

（續）

chiah ē ēng-tit. Sī in-uī lāu-bú kan-ta teh kò ka-tī ê thé-biān, bô ēng-sêng-sit ê sim teh thiàⁿ--i, só͘-í chit khoán phoà-siùⁿ put-hēng ê gín-ná chiām-chiām ê hāi-khì.	顧家己的體面，無用誠實的心咧疼伊，所以這款破相不幸的囡仔漸漸的害去。
Iā koh chit ê lú-ha̍k-seng tī tiān-chhia-lāi ê sî, phah-sǹg bô chit lâng chai-iáⁿ i sī é-káu, iā kiám-chhái chit ê sī i só͘ boán-chiok ê. Chóng-sī chit-ê hō͘ é-káu ê tâng-phoāⁿ sio chioh-mn̄g ê sî, phah-sǹg uī-tio̍h kiaⁿ-liáu i ê pì-bi̍t lō͘-chhut, só͘-í uī-tio̍h ài beh ún-ba̍t chiah hiān-hiān sī sio-bat ê lâng tiâu-tî ké-chò chheⁿ-hūn. Ah! Chit ê ta-po͘-gín-ná uī-tio̍h sian-poè lī-kí-sim ê hi-seng lâi siū bô chêng ê thāi-gū.	也閣這個女學生佇電車內的時，拍算無一人知影伊是啞口，也檢采這個是伊所滿足的。總是一個予啞口的同伴相借問的時，拍算為著驚了伊的祕密露出，所以為著愛欲隱密才現現是相捌的人刁持假做生份。啊！這個查埔囡仔為著先輩利己心的犧牲來受無情的待遇。
Tāi-khài tī lán tiong-kan ê būn-tê ê gín-ná (phoà-siùⁿ ê, á-sī te̍k-pia̍t pháiⁿ kap pêng-siông gín-ná bô sio-siāng ê kiò-chò “Būn-tê ê gín-ná”) tong-jiân bô siū pó-hō͘, tian-tò tī iàu-kín ê sî hō͘ lâng khoàⁿ bô hiān, só͘-í in chiū ná pìⁿ ná oan-khiau, ná káu-koài, sèng-chit ná m̄ hó.	大概佇咱中間的問題的囡仔（破相的抑是特別歹佮平常囡仔無相 siāng 的叫做「問題的囡仔」）當然無受保護，顛倒佇要緊的時予人看無現，所以 in 就那變那彎曲，那狡獪，性質那毋好。
Te̍k-pia̍t koh iā siū-tio̍h, eng-kai tio̍h poē i ê kan-khó͘, taⁿ ū ê kiàn-siàu ê lāu-bú bô chêng ê thāi-gū, chit khoán iù-iù sè-hàn ê gín-ná si̍t-chāi sī thun-lún boē kàu ê sū. Kiám m̄-sī thang kóng chit khoán lāu-bú ê só͘ chò sī chân-jím kàu-ke̍k mah!	特別閣也受著，應該著背伊的艱苦，今有的見笑的老母無情的待遇，這款幼幼細漢的囡仔實在是吞忍袂到的事。檢毋是通講這款老母的所做是殘忍到極嘛！
Goá nā siūⁿ tio̍h chit ê gín-ná ê sū, chiū bē kìm-tit chin pi-siong, chin ài cháu lâi khì kā phō khí-lâi, iā chin ài kā i kóng m̄-bián sit-bāng, tī thiⁿ-tē ê tiong-kan thiàⁿ lí ê ū chit-ê tī-chia leh”. iū-koh nā bô uī-tio̍h i kiû Siōng-	我若想著這的囡仔的事，就袂禁得真悲傷，真愛走來去共抱起來，也真愛共伊講毋免失望，佇天地的中間疼你的有一个佇遮咧」。又閣若無為著伊求上帝的 in-thióng 是擋袂牢的款。

（續）

tè ê in-thióng sī tòng-bē-tiâu ê khoán.	
Chit sè-kan ê Lāu-pē ah! Lāu-bú ah! Kàu-io̍k-chiá ah! Tī lán ê gín-ná ê tiong-kan kiám-chhái ū chē-chē thang hō͘ lán khoà-lū lâu ba̍k-sái ê gín-ná. iā tuì chit ê kiám-chhái lán ē siū tām-po̍h ê pháiⁿ bêng-ū. Chóng-sī lán nā gia̍h-ba̍k khoàⁿ si̍p-jī-kè ê sî, lán tī-hia ē-thang bêng-bêng khoàⁿ tio̍h lán só͘ eng-kai tio̍h thé-giām tio̍h ê kàu-io̍k cheng-sîn tī-teh.	這世間的老爸啊！老母啊！教育者啊！佇咱的囡仔的中間檢采有濟濟通予咱掛慮流目屎的囡仔。也對這個檢采咱的受淡薄的歹名譽。總是咱若擧目看十字架的時，咱佇遐會通明明看著咱所應該著體驗著的教育精神佇咧。
Lán kiám m̄-sī eng-kai tio̍h o̍h Iâ-so͘ siū tong-jiân tio̍h siū ê hoân-ló, kiàn-siàu, kan-khó͘, kiù loán-jio̍k ê gín-ná lâi bián-lē--i, lâi chheng-khì i ê sèng-keh mah!	咱檢毋是應該著學耶穌受當然著受的煩惱、見笑、艱苦，救軟弱的囡仔來勉勵伊，來清氣伊的性格嘛！
Khong-am gín-ná, té-lêng gín-ná, ài thau-the̍h ê gín-ná, chin pîn-toāⁿ ê gín-ná, phoà-siùⁿ gín-ná.... án-ni hō͘ lán chin thang iu-būn ê gín-ná sǹg bē liáu. Chóng-sī chiah ê gín-ná kan-ta ē thang tuì lán ê thiàⁿ kap sêng-si̍t ê kî-tó lâi tit-kiù nā-tiāⁿ, í-goā sī lóng bô hoat-tō͘. Só͘-í lán tek-khak tek-khak tio̍h m̄-thang khoàⁿ in bô-hiān lâi pàng-sak--in.	Khong-am 囡仔，短能囡仔，愛偷提的囡仔，真貧惰的囡仔，破相囡仔……。按呢予咱真通憂悶的囡仔算袂了。總是遮的囡仔干焦會通對咱的疼佮誠實的祈禱來得救若定，以外是攏無法度。所以咱的確的確著毋通看 in 無現來放揀 in。
Te̍k-pia̍t lán lâi siūⁿ kóng, "In sī chiáⁿ-iūⁿ, chiah pìⁿ-chò án-ni." Khoàⁿ-māi! Kiám ū chi̍t hāng thang kóng sī tuì in ka-tī ê choē? Kiám m̄-sī choan-choan lóng sī tuì uî-thoân kap khoân-kéng lâi--ê mah? Chiū-sī tuì pē-bú kap siā-hoē ê choē, tì-kàu án-ni--ê. Só͘-í lán beh chek-pī in ê í-chêng, eng-kai tio̍h tāi-seng chek-pī ka-tī chiah ē ēng-tit.	特別咱來想講，「In 是怎樣，才變做按呢。」看覓！檢有一項通講是對 in 家己的罪？檢毋是專專攏是對遺傳佮環境來的嘛？就是對父母佮社會的罪，致到按呢的。所以咱欲責備 in 的以前，應該著代先責備家己才會用得。
Sī lán kap lán ê siā-hoē gâu hoán-poē Siōng-tè, só͘-í chiah siⁿ-chhut hiah chē put-hēng ê gín-ná. Só͘-í lán eng-kai tio̍h tī Siōng-	是咱佮咱的社會勢反背上帝，所以才生出遐濟不幸的囡仔。所以咱應該著佇上帝佮囡仔的面前認罪，反悔，用謙卑

（續）

tè kap gín-ná ê bīn-chêng jīn-choē, hoán-hoé, ēng khiam-pi ê sim kiû sià-bián, iā tuì-taⁿ liáu-āu, tio̍h phah-piàⁿ, ēng sêng-si̍t sim, tiong-si̍t lâi chīn káu-ióng ê jīm-bū chiah ē ēng-tit.	的心求赦免，也對今了後，著拍拚，用誠實心，忠實來盡教養的任務才會用得。
Iū-koh lán eng-kai tio̍h kám-kek Siōng-tè ê sèng-ài, lâi chiâⁿ-chò thiàⁿ ê lâng, uī-tio̍h kiáⁿ-jî, thè kiáⁿ-jî poē si̍p-jī-kè, ta̍k-sî ta̍k-khek bô piàn-oāⁿ, uī-tio̍h in ê chìn-pō͘ lâi ló͘-le̍k phah-piàⁿ, kàu choè-hō͘ ê choè-hō͘ lâi thiat-té sìn, bōng, ài, tī in ê tiong-kan......Te̍k-pia̍t goá ài tuì chèng lāu-bú chhiat-bōng. Chhiáⁿ lín tio̍h uī-tio̍h lín ê kiáⁿ-jî lâi sí.	又閣咱應該著感激上帝的聖愛，來成做疼的人，為著囝兒，替囝兒背十字架，逐時逐刻無變換，為著 in 的進步來努力拍拚，到最後的最後來徹底信，望，愛，佇 in 的中間……。特別我愛對眾老母切望。請恁著為著恁的囝兒來死。

載於《臺灣教會公報》，第六五八號，一九四〇年一月

Oȧh-miā ê teng（活命的燈）

作者　E. J. Haynes
譯者　阮德輝

【作者】

E. J. Haynes，僅知一九四一年一月在《臺灣教會公報》第六七〇期曾刊登其原作〈Oȧh-miā ê teng〉（活命的燈），其餘生平事蹟不詳。（顧敏耀撰）

阮德輝像

【譯者】

阮德輝（1912～1976），屏東林邊竹仔腳（今屬竹林村）人，父親阮醞玉（乳名烏瓊，1884～1982）畢業於臺南神學校（今臺南神學院），為基督教長老教會傳道師。在八歲時因父親派任清水教會，因此全家一同遷居該處，入清水公學校。繼而先後入淡水中學校與台南神學校，畢業後奉派到東港教會服務。繼而負笈東瀛，入東京神學大學。一九四〇年學成返鄉，任竹仔腳教會牧師，六年後轉任東港教會，一九五四年後調任前金教會牧會，迄至過世為止。期間亦曾擔任臺灣基督教總會副書記、教育處長、培育委員會（考選委員會）主委、培育委員、傳道委員，以及高雄中會的議長、傳道部長、教育部長、中委，亦任臺灣基督教國際救濟會高雄支會主席、道生聖經書院副院長、世界基督教護教反共協會中華民國總會高雄分會主席、基督教高雄聯合佈道大會主席等。一生獻身傳教事工，忠誠負責，鞠躬盡瘁。曾於一九四一年在《臺灣教會公報》發表白話字作品：〈活命的燈〉、〈基督的擱活〉、〈耶穌佮撒馬利亞的婦人人〉（連載）以及〈設使逐日是聖誕〉。（顧敏耀撰）

Oȧh-miā ê teng	活命的燈
Ńg Tek-hui e̍k	阮德輝 譯
1941年1月 670期 9～12	1941年1月 670期 9～12
"Poàⁿ-mî, ū toā siaⁿ kiò kóng. Sin-kiáⁿ-sài lâi lah; lín chhut-lâi chih i" (Má-thài 25:6)	「半暝，有大聲叫講。新囝婿來lah；恁出來接伊」(馬太 25：6)
Goá ài lín tī chit ê hong-khîm-chêng ê piah tiàu Chú Iâ-sơ só͘ oē kū ê tô͘. Tô͘ ê chiàⁿ-pêng chiū-sī sin-niû ê chhù, i tī-hia teh tán só͘ thiàⁿ ê lâng; tò-pêng chiū-sī sin-kiáⁿ-sài ê chhù, iā i tī hia teh pī-pān beh khì chhoā i ê sin-niû. Iā tô͘ ê tiong-ng chiū-sī chang-chhiū ê khiⁿ-kau ìm-ńg ê só͘-chāi. Tú-hó beh àm, sin-niû ê pêng-iú lâi kàu poàⁿ-lō͘ khah ke, tī chia chū-chi̍p beh ngiâ-chih sin-kiáⁿ-sài. Kàu keⁿ-chhim ê sî "in lóng tuh-ka-choē teh khùn". Che sī chiàu pún-bûn jī-gī-tek ê ké-soeh. iā sî-kan ti̍t-ti̍t koè, chha-put-to poàⁿ-mê chhiⁿ ê kng bū-bū teh chiò tē-chiūⁿ ê o͘-àm, hut-jiân sin-kiáⁿ-sài tuì oan-oat ê lō͘ chhut-lâi, ū i ê hoé-pé ê kng, iā ū i ê tâng-phoāⁿ chhut siaⁿ kiò kóng, "Khoàⁿ, sin-kiáⁿ-sài lâi lah!" iā chiah ê chāi-sek-lú lóng khí-lâi siu-chéng in ê teng. Ū ê siū keh-piah chhin-chhiat kā i iô, lí khoàⁿ in teh liàm teng-sim, iā put-peng in ê teng bē tio̍h. Taⁿ chit ê phì-jū goá só͘ tha̍k lín só͘ thiaⁿ ê só͘-chāi siⁿ-khí. Khoàⁿ tī chit tiuⁿ tô͘ cháiⁿ-iūⁿ in teh kiâⁿ tī Iû-thài ê soaⁿ-iá beh khì sin-niû ê chhù, iā in ji̍p-khì, mn̂g chiū koaiⁿ. Hiah ê khì chng-siā bé iû--ê phah-sǹg bé bô. Iâ-sơ oē chit ê. Chin khá-biāu ê tô͘.	我愛恁佇這个風琴前的壁召主耶穌所畫舊的圖。圖的正爿就是新娘的厝，伊佇遐 teh 等所疼的人；倒爿就是新囝婿的厝，也伊佇遐 teh 備辦欲去 chhoā 伊的新娘。也圖的中央就是棕樹的坑溝蔭影的所在。Tú 好欲暗，新娘的朋友來到半路較 ke，佇遮聚集欲迎接新囝婿。到更深的時「in 攏 tuh-ka-choē teh 睏」。這是照本文字義 tek 的解說。也時間直直過，差不多半暝星的光霧霧 teh 照地上的烏暗，忽然新囝婿對彎越的路出來，有伊的火把的光，也有伊的同伴出聲叫講，「看，新囝婿來 lah！」也 chiah 的在室女攏起來修整 in 的燈。有的受隔壁親切共伊搖，你看 in teh 捻燈心，也 put-peng in 的燈袂著。今這个譬喻我所讀恁所聽的所在生起。看佇這張圖怎樣 in teh 行佇猶太的山野欲去新娘的厝，也 in 入去，門就關。遐的去庄社買油--ê 拍算買無。耶穌畫這个。真巧妙的圖。
Tuì chit tiuⁿ tô͘ ū 2 hāng chin thang kiaⁿ ê	對這張圖有二項真通驚的思想到佇

（續）

su-siú^{n} kàu tī goá, —chiū-sī kū ê koè-khì kap siàu-liân ê bī-lâi. Hit ê poà^{n}-mê teh kiò--ê, chiū-sī sî-kan piàn-chhian ê phì-jū, lán kiò-chò nî-boé kap nî-thâu hit ê âu-kiò kàu tī lán tȧk lâng ê sim. Sū-si̇t ū ê mi̇h í-keng koè-khì, iā bē thang koh hoê-hȯk, chiū-sī hiān-si̇t ê hêng-uî, iā ū lō͘-ēng ê mi̇h iáu lâu teh, chiū-sī ǹg-bāng kap kè-ėk, ki-hoē. Iâ-sơ oē chit tiu^{n} tô͘ ê sî, I ēng 5 ê tì-sek kap 5 ê gōng--ê lâi kiat-liân chit 2 hāng. 5 pha teng tȯh liáu-koè-khì chiū-sī lāu kap sí-sit; teh tȯh ê 5 pha teng—bī-lâi chiū-sī ǹg-bāng kap iáu siàu-liân. Goá khiā tī chia tuì lín tȧk lâng kóng, siat-sú 5 ê tì-sek kap 5 ê gōng--ê ē thang koan-liân tī kok jîn-luī lâi kóng—teng tȯh liáu kap teng iáu ē tȯh(teh tiȯh), tī goá ê seng-gâi ū ê í-keng liáu lah; iā ū ê iáu oē tī-teh.	我，一就是舊的過去佮少年的未來。彼个半暝 teh 叫--ê，就是時間變遷的譬喻，咱叫做年尾佮年頭彼个喉叫到佇咱逐人的心。事實有的物已經過去，也袂通閣回復，就是現實的行為，也有路用的物猶留 teh，就是向望佮計畫，機會。耶穌畫這張圖的時，伊用五个智識佮 5 个戇--ê 來結聯這二項。五葩燈 tȯh 了-過去就是老佮死失；teh tȯh 的五葩燈一未來就是向望佮猶少年。我徛佇遮對恁逐人講，設使五个智識佮五个戇--ê 會通關連佇各人類來講一燈 tȯh 了佮燈猶會 tȯh（teh 著），佇我的生涯有的已經了 lah；也有的猶會佇 teh。
Kin-àm ài lán lâi siū^{n} chit nn̄g hong-bīn ê tô͘.	今暗愛咱來想這兩方面的圖。
I. Seng siū^{n} sî-kan ê chi̍t-pō-hūn koè liáu. Teng-hoé hoa-khì, 365 chá-khí tȯh chò hông-hun-àm ê hoé-hu, bô lâng ē thang koh tiám hō͘ kng. Chit jit koè liáu, bô lâng thang kiò i tńg-lâi, goá ài bé pài-it, siá^{n} lâng ē thang bē goá? Siat-sú goá ū chî^{n} chhin-chhiū^{n} soa^{n}, goá kiám ē thang bé goá kū--ê, tē 2 chhiú ê goėh. Hit ê koè-liáu, bē thang koh bán-hoê lah; teng-hoé tȯh liáu lah.	I. 先想時間的一部分過了。燈火 hoa 去，三六五早起 tȯh 做黃昏暗的火 hu，無人會通閣點予光。這日過了，無人通叫伊轉來，我愛買拜一，啥人會通賣我？設使我有錢親像山，我 kiám 會通買我舊--ê，第二手的月。彼个過了，袂通閣挽回 lah；燈火 tȯh 了 lah。
Oȧh-miā! Lí bat tī joȧh-thi^{n} tuì soa^{n}-téng chù-bȧk khoà^{n} soa^{n}-phiâ^{n}. Tī 6 goȧh chhe chháu-po͘ bō͘-sēng iā chin nńg-loán , tī jit	活命！你捌佇熱天對山頂注目看山坪。佇六月初草埔茂盛也真軟 loán，佇日中晝恬靜親像死去，也風忽然盤過山

（續）

tiong-tàu tiām-chēng chhin-chhiūⁿ sí-khí, iā hong hut-jiân poâⁿ-koè soaⁿ khȧp-tiȯh in ê sî, in chiū tìm-thâu khí éng. Taⁿ chit ê éng koè-khì lah; chháu-á ê tín-tāng sè lah, bô kú chháu-á, chhiū-ki ê tín-tāng ná sè tiām-tiām chhin-chhiūⁿ sí. Chhin-chhiūⁿ án-ni, lán ê mėh tuì gín-ná kàu lāu chiām-chiām sè, gín-ná ê mėh sī 140 á 150, siàu-liân lâng sī 90 á 100, toā-lâng sī 75 á 80, lāu-lâng phah-sǹg 60. Ēng lí ê chhiú thàm khoàⁿ lí ê mėh siáⁿ khoán, iā hit ê sī oē chiām-chiām sè kap soe-jiȯk kàu tiām-khì, che chiū-sī oȧh-miā.	khȧp 著 in 的時，in 就 tìm 頭起湧。Taⁿ 這个湧過去 lah；草仔的振動細 lah，無久草仔、樹枝的振動若細 tiām-tiām 親像死。親像按呢，咱的脈對囡仔到老漸漸細，囡仔的脈是一百四十抑一百五十，少年人是九十抑一百，大人是七十五抑八十，老人拍算六十。用你的手探看你的脈啥款，也彼个是會漸漸細佮衰弱到 tiām 去，這就是活命。
1. Sî-kan! Cháiⁿ-iūⁿ sî-kan teh cháu chhin-chhiūⁿ chuí tuì chuí-pân lâu-chhut lâi ê khoán. Ū khǹg chit ê kū-nî ê lȧh-jit. Chiaⁿ-goȧh put-sî sī tī 12 goėh ê āu-bīn , 2 goėh toè chiaⁿ-goėh , iā 2 goėh liáu ū 3 goėh, 3 goėh ū 4 goėh. Chóng-sī lí ê hiaⁿ-tī ū i ê chiaⁿ-goėh , nā-sī hut-jiân tiȯh chit kiaⁿ, i bô ū 2 goėh, lí ê chhin-iú ū 3 goėh kap 4 goėh, iā hut-jiân tiȯh chit kiaⁿ, sî-kan tiām-khì(chí sí-khì). Choân sè-kài bē thang uī-tiȯh hit ê pêng-iú chō-chhut 6 goėh , 7 goėh , 8 goėh. Sî-kan ê keng-koè sī siáⁿ ì-sù? Iā sî-kan ê kè-tȧt sī siáⁿ hoè?	1. 時間！怎樣時間 teh 走親像水對水瓶流出來的款。有囥一个舊年的曆日。正月不時是佇十二月的後面，二月綴正月，也二月了有三月，三月有四月。總是你的兄弟有伊的正月，若是忽然著一驚，伊無有二月，你的親友有三月佮四月，也忽然著一驚，時間 tiām 去（指死去）。全世界袂通為著彼个朋友造出六月，七月，八月。時間的經過是啥意思？也時間的價值是啥貨？
Ū lâng kóng, "Sî-kan sī chîⁿ" sím-mih ì-sù? Goá kà chit tiám cheng ê chheh ē thang tit-tiȯh 45, goá thâu-chit pái chai-iáⁿ sî-kan chiū-sī chîⁿ. Taⁿ hó, tī kin-nî lín ū thàn-tiȯh chîⁿ á bô? lín ū sit-lȯh kuí bān khơ, lín ū ài khoàⁿ bô, hit ê siá tī Siōng-tè ê chheh; "Sî-kan sī chîⁿ, iā lín ê seng-oȧh kiám bô chin-	有人講，「時間是錢」甚物意思？我教一點鐘的冊會通得著四十五，我頭一擺知影時間就是錢。今好，佇今年恁有趁著錢抑無？恁有失落幾萬箍，恁有愛看無，彼个寫佇上帝的冊；「時間是錢，也恁的生活 kiám 無真濟浪費？」恁佇過去一年無得著甚物，只有真著磨，也

（續）

chē lōng huì?" Lín tī koè-khì chit nî bô tit-tio̍h sím-mi̍h, chí-ū chin tio̍h-boâ, iā tī ta̍k hong-bīn sit-lo̍h, lí khiā tī kin-ná-ji̍t kóng, sui-jiân goá ū chhut-la̍t ài beh chò chin-si̍t ê pêng-iú, hó ê tiōng-hu, tuì tī goá ê gín-ná beh chò toan-chiàⁿ chin ê lāu-pē, chóng-sī ta̍k hāng sū lóng hoán-tuì, goá bē thang la̍p goá ê siàu. Goá ê chhù ê chiàⁿ-pêng hia ū chit ê hó-gia̍h ê seng-lí lâng, i tī kin-nî tún-hoè khí-kè thàn 5 bān khơ, iā hit ê siá tī Siōng-tè ê chheh, sî-kan sī chîⁿ; i uī-tio̍h chit ê bo̍k-tek gâu lī-iōng sî-kan, chóng-sī goá lōng-huì sî-kan! M̄-sī! Lán kū-choa̍t chit-ê.	佇逐方面失落，你徛佇今仔日講，雖然我有出力愛欲做真實的朋友，好的丈夫，對佇我的囝仔欲做端正真的老父，總是逐項事攏反對，我袂通 la̍p 我的數。我的厝的正爿遐有一個好額的生理人，伊佇今年囤貨起價趁五萬箍，也彼个寫佇上帝的冊，時間是錢；伊為著這个目的 gâu 利用時間，總是我浪費時間！毋是！咱拒絕這个。
Ū lâng-kóng , "Sî-kan sī beh hō͘ lán khoài-lo̍k" Ah, tuì tī lín ū lâng sî-kan ū cháiⁿ-iūⁿ teh ki-chhì--lín. "Chi̍t nî liáu-khì lah, goá tī goā-bīn bô tit-tio̍h boán-chiok, goá ê sim-sîn thó͘-khuì chi̍t nî keng-koè kui tī khang-khang, goá tuì sòng-sit kap chai-lān bô hēng-hok. Kin nî tī kan-khó͘ ê tiong-kan teh se̍h, 365 ji̍t koè-liáu, sî-ji̍t sī beh hō͘ lán khoài-lo̍k, iā goá lóng bô hēng-hok." Lí ū ài tha̍k Siōng-tè ê chheh bô? Che m̄-sī chin-si̍t; siat-sú sī án-ni, chiū lán sī put-hēng ê ūn-miā ê hi-seng-chiá.	有人講，「時間是欲予咱快樂」Ah，對佇恁有人時間有怎樣 teh 譏刺--恁。「一年了去 lah，我佇外面無得著滿足，我的心神吐氣一年經過歸佇空空，我對喪失佮災難無幸福。今年佇艱苦的中間 teh 踅，三六五日過了，時日是欲予咱快樂，也我攏無幸福。」你有愛讀上帝的冊無？這毋是真實；設使是按呢，就咱是不幸的運命的犧牲者。
Taⁿ sî-kan siáⁿ lō͘-ēng? Tī chia ū pò lán chai. "Só͘-í chit-tia̍p chiū-sī siū chiap-la̍p ê sî, iā sī chín-kiù ê ji̍t." "Lín tio̍h sèng, chhin-chhiūⁿ Siōng-tè ê sèng, iā tī lín chò chhut-goā ê tiong-kan kiâⁿ-uì Chú lâi koè-ji̍t." Sî-kan! Chiū-sī éng-oán ê mn̂g-lō͘. Sî-kan! Chiū-sī Jîn-keh soat-bêng ê ki-hoē. Sî-kan! Sī chhì-	今時間啥路用？佇遮有報咱知。「所以這霎就是受接納的時，也是拯救的日。」「恁著聖，親像上帝的聖，也佇恁做出外的中間行畏主來過日。」時間！就是永遠的門路。時間！就是人格說明的機會。時間！是試驗，照咱佇遮的生活，佇彼爿也是按呢的生活。所以

（續）

giām, chiàu lán tī chia ê seng-oȧh, tī hit-pêng iā sī án-ni ê seng-oȧh. Só͘-í ka-kī chhut-lȧt hȯk-sāi Siōng-tè kap lâng chō-chiū hȧp tī i éng-oán bē pāi-hoāi ê hūn-giȧh. "Lín tiȯh kéng"-tī-sî? "Kin-ná-jit," chit ê sùn-kan-"Lín beh hȯk-sāi siáⁿ lâng? Siat-sú Siōng-tè sī Chú, toè i; siat-sú sī pa-lėk, toè i."	家己出力服事上帝佮人造就合佇伊永遠袂敗壞的份額。「恁著揀」-佇時？「今仔日，」這个瞬間-「恁欲服侍啥人？設使上帝是主，綴伊；設使是 pa-lėk，綴伊。」
Poàⁿ-mî ū siaⁿ kiò kóng, chhut-lâi ngiâ-chih i. iā ū siu-chéng teng teh tȯh ê lâng, chiū-sī gâu lī-iōng sî-kan--ê, ē tit jip-khì, iā bô pī-pān--ê siū kū-choȧt, Chit ê kiám m̄-sī teh chí-khí lán tē-chiūⁿ ê seng-oȧh sī chhì-giām?	半暝有聲叫講，出來迎接伊。也有修整燈 teh tȯh 的人，就是 gâu 利用時間--ê，會得入去，也無備辦--ê 受拒絕，這个 kiám 毋是 teh 指起咱地上的生活是試驗？
2. Koh lâi kóng hit ê kè-tȧt. Sî-kan chiū-sī kiâⁿ hó-sū ê ki-hoē. Chin khó-sioh! Loā-chē ki-hoē hoa-khì! Chêng-jit ū lâng kā goá kóng, "Goá ū tit-tiȯh ki-hoē, 8 nî chêng ê chit ê chiaⁿ-goėh, nā ū tâu-chu tek-khak ē chiâⁿ hó-giȧh. Chóng-sī goá pàng hō͘ liu-khì, taⁿ hit ê ki-hoē bô koh tńg-lâi." Chóng-sī lūn thàn-chîⁿ m̄-sī goá-tiȯh kóng--ê. Sî-kan chiū-sī chò hó-sū ê ki-hoē-iā tī-sî? Sin-kiáⁿ-sài bô tī 10 tiám, 11 tiám, 12 tiám ê chit-khek chêng lâi, i tī poàⁿ-mî lâi. Kuì-tiōng ê sî-kan kiâⁿ hó-sū sī tong-jiân. Kuí-nî chêng ū nn̄g ê siàu-liân lâng, in chhin-chhiūⁿ Tāi-pit kap Iok-ná-tan, tuì gín-ná sî-tāi kàu tāi-hȧk sî-tāi, kap tī chit ê tơ-chhī chò piān-hō͘-sū, lóng chò-hoé. Ū chit jit saⁿ-kap chē chhia khì káng-kháu, chit ê beh sėh sè-kài, in chí-ū chit hāng bô siāng. Chit ê sī kèng-khiân, iā chit ê sui-jiân m̄-sī hoâi-gî-chiá, iáu-kú teh iân-	2. 閣來講彼个價值。時間就是行好事的機會。真可惜！偌濟機會 hoa 去！前日有人共我講，「我有得著機會，八年前的一個正月，若有投資的確會成好額。總是我放予溜去，今彼个機會無閣轉來。」總是論趁錢毋是我著講--ê。時間就是做好事的機會-也佇時？新囝婿無佇十點，十一點，十二點的一刻前來，伊佇半暝來。貴重的時間行好事是當然。幾年前有兩个少年人，in 親像大衛佮約拿單，對囡仔時代到大學時代，佮佇一个都市做辯護士，攏做伙。有一日相佮坐車去港口，一个欲踅世界，in 只有一項無 siāng。一个是敬虔，也一个雖然毋是懷疑者，猶久 teh iân-chhiân。佇車中彼个有信的想講，「阮若到旅館的確欲叫伊著信。」總是到為伊無講，in 徛佇岩壁的時想講，「阮若落佇船的梯的時我欲對伊講，」伊也無。船拄

（續）

chhiân. Tī chhia tiong hit ê ū sìn ê siū^{n} kóng, “Goán nā kàu lú-koán tek-khak beh kiò i tiȯh sìn.” Chóng-sī kàu uī i bô kóng, in khiā tī gān-piah ê sî siū^{n} kóng, “Goán nā lȯh tī chûn ê thui ê sî goá beh tuì i kóng,” I iā bô. Chûn tú beh lī-khui ê sî siū^{n} beh kóng, chóng-sī i iā bô, toā-chûn oȧt-thâu khì, nn̄g ê sa^{n}-lī. Nî-poà^{n} āu, tē-kiû sėh poà^{n}-lìn, iā hit ê pêng-iú sí-khì. Ta^{n} tī i chin suí ê thȧk-chheh-thia^{n} chit ê oȧh ê lâng chē-teh khoà^{n} i sí ê pêng-iú ê siōng, iā tuì i kóng, “Ah Iok-ná-tan, goá ê pêng-iú, goá ài lí chiâ^{n}-chò Ki-tok-tô͘! Iā thè lí kî-tó!” Chóng-sī tī piah-téng ê tô͘ ê chhuì-tûn bô ìn. Teng-hoé tȯh kàu poà^{n}-mî, iā hoa-khì lah. Siat-sú lí tī hit-sî ū tuì lí ê pêng-iú kóng khoán-bián ê oē, sī pí chit-chūn lâi kóng khah hó. Lán tī kū-nî ū lōng-huì chin-chē ki-hoē, iā ta^{n} hiah ê koè-khì, bē thang koh lâi lah.	欲離開的時想欲講，總是伊也無，大船越頭去，兩个相離。年半後，地球踅半輾，也彼个朋友死去。今佇伊真媠的讀冊廳這个活的人坐 teh 看伊死的朋友的像，也對伊講，「Ah 約拿單，我的朋友，我愛你成做基督徒！也替你祈禱！」總是佇壁頂的圖的嘴唇無應。燈火著到半暝，也 hoa 去 lah。設使你佇彼時有對你的朋友講勸勉的話，是比這陣來講較好。咱佇舊年有浪費真濟機會，也今遐的過去，袂通閣來 lah。
Lí ū chî^{n} ê sî chiū-sī sî-kan, lí ē thang chò toā sū, chóng-sī lí pàng hō͘ koè-khì, kin-ná-jit lí kan-ta sī chit ê tiàm-oân. Lín hó-giȧh ê lâng tuì lín, goá ē thang kóng, lí ū chî^{n} ê sî, chit-chūn chiū-sī sî-kan, lí ē thang khì kàu-hoē ê sî chiū-sī sî-kan, tuì hit-tiáp í-lâi lí m̄-bat khoà^{n}-tiȯh sî-kan, lí ē thang kóng, “Pē ah, sià-bián goá” ê sî chiū-sī sî-kan; chóng-sī teng-hoé tȯh-liáu, lín ê Thi^{n}-pē ê hī-á léng kàu chhin-chhiū^{n} êng-àm ê hong ê thâu-chêng mn̂g ê só, bô teh koan-sim lín. Goá ko͘-put-chiong tiȯh kā lín kóng-bêng, pêng-iú ah, Thi^{n}-pē khì lah. Lín bē thang kóng,	你有錢的時就是時間，你會通做大事，總是你放予過去，今仔日你干焦是一个店員。恁好額的人對恁，我會通講，你有錢的時，這陣就是時間，你會通去教會的時就是時間，對彼霎以來你毋捌看著時間，你會通講，「爸 ah，赦免我」的時就是時間；總是燈火 tȯh 了，恁的天爸的耳仔冷到親像 êng 暗的風的頭前門的鎖，無 teh 關心恁。我姑不將著共恁講明，朋友 ah，天爸去 lah。恁袂通講，「爸 ah，我過袂得去。」恁自滿、受氣、顧家己、重眠，小膽，無關心。恁講，「後禮拜我欲講彼个。」哀

（續）

"Pē ah, goá koè bē tit-khì." Lín chū boán, siū-khì, kò ka-tī, tiōng-bîn, sió-tá^{n}, bô koan-sim. Lín kóng, "Āu lé-pài goá beh kóng hit ê." Ai ah!! Āu lé-pài lâi lah, iā lí su-siú^{n} ê hoé-pé teh tio̍h liáu lah. Ah, siat-sú ū lâng kap i ê pêng-iú teh sa^{n}-chi^{n}, tio̍h tī chit ê teng iáu teh to̍h ê tiong-kan khì kap i sa^{n}-hô. Tī kin-nî tuì pa̍t-lâng ê koan-hē ka-tī tio̍h chheng-sǹg.	ah！！後禮拜來 lah，也你思想的火把 teh 著了 lah。Ah，設使有人佮伊的朋友 teh 相爭，著佇這个燈猶 teh to̍h 的中間去佮伊相和。佇今年對別人的關係家己著清算。
3. Goá tī-chia beh kóng-khí chiah ê bē-ē koh to̍h ê teng, he sī siá^{n} hoè?	3. 我佇遮欲講起 chiah 的袂會閣著的燈，彼是啥貨？
(a) Chiū-sī gín-ná sî-tāi kèng-khiân ê ka-têng ê teng. Lín sui-jiân chit-tia̍p ē tit-tio̍h koh-khah hó ê ka-têng, chóng-sī kū-sî ê chhù ê teng hoa-khì lah, it-chhè ê koan-sim, in-huī ê khoân-kéng chiū-sī lí tī 5 hoè , 10 , 15 ê sî-kan ê ta^{n} bē thang koh tńg-lâi. Goá siông-siông siū^{n}, goá bô bē kì-tit goá ê lāu-pē ê sia^{n}. Chit khoán ê ka-têng koè-liáu , goá só thià^{n} siàu-liân ê gín-ná, cha-bó gín-ná, siat-sú chit khoán ê ka-têng ê hoé iáu teh to̍h, lán tio̍h liû-sim tī chit ê, in-uī hiān-sî tī lán tiong-kan siat-sú ū lâng tuì lán chhin-chhiū^{n} lāu-pē ê khoán teh kóng, pó-hō lán, koan-sim tī lán, hoán-tuì lán, i beh ēng choân sè-kài ê mi̍h hō i, lán ko-put-chiong tio̍h kiâ^{n} só chhun ê lō in-uī to̍h liáu lah!	（a）就是囡仔時代敬虔的家庭的燈。恁雖然這霎會得著閣較好的家庭，總是舊時的厝的燈 hoa 去 lah，一切的關心，恩惠的環境就是你佇五歲，十，十五的時間的擔袂通閣轉來。我常常想，我無袂記得我的老父的聲。這款的家庭過了，我所疼少年的囡仔、查某囡仔，設使這款的家庭的火猶 teh 著，咱著留心佇這个，因為現時佇咱中間設使有人對咱親像老父的款 teh 講，保護咱，關心佇咱，反對咱，伊欲用全世界的物予伊，咱姑不將著行所賰的路因為著了 lah！
(b)Chiū-sī lán ê kó pêng-iú. Goá bē thang tit pí i khah hó ê pêng-iú, goá bē thang koh-chài thia^{n} i ê sia^{n}, i toà tī hiah hn̄g, á-sī khì tī Éng-oán ê sè-kài, goá ài siū^{n} i só kóng ê oē, ta^{n} hit ê koè-khì. Oh, goá gín-ná sî-tāi ê pêng-iú, lín ê in-huī iáu teh phah goá! Lín	（b）就是咱的 kó 朋友。我袂通得比伊較好的朋友，我袂通閣再聽伊的聲，伊蹛佇 hiah 遠，抑是去佇永遠的世界，我愛想伊所講的話，今彼个過去。Oh，我囡仔時代的朋友，恁的恩惠猶 teh 拍我！恁囡仔，查某囡仔，設使佇

（續）

gín-ná, cha-bó͘ gín-ná, siat-sú tī sè-kan lín ū pêng-iú, tiȯh chhin-chhiat, chīn-tiong, sêng-sit lâi thia^{n} chit ê pêng-iú só͘ kóng ê. Goá só͘ thià^{n} ê kó͘ pêng-iú , tò-lâi goá chia! Bē , i bē lâi, tȯh liáu lah! khì lah!	世間恁有朋友，著親切、盡忠、誠實來聽這个朋友所講的。我所疼的 kó͘ 朋友，tò 來我遮！袂，伊袂來，tȯh 了 lah！去 lah！
(c) Iáu ū siá tȯh liáu? Chiū-sī tī lán ê seng-gâi tiong tē it tāi-seng kám-chhiok ê sin-sián. Lí kiám bô siū^{n} tiȯh chái^{n}-iū^{n} gín-ná tī iù-tī ê sî-chūn chiū ài hoe? Ta^{n} lâng lâi hoe-tiàm, iā bé kuí-nā tá^{n} ê chhiong-bî, i ê tuì suí ê chhù-bī kap hoa^{n}-hí tiȯh liáu lah. Mn̄g chē tī goá ê āu-bīn chiah ê im-gȧk-ka, in ū lâng sī sian-si^{n}, in kiám bat koh-chài chhin-chhiū^{n} siàu-liân ê sî-tāi, chiū-sī tú-á teh ȯh toâ^{n} khîm ê 8 im-kai ê sî hit khoán ê chhù-bī? Tek-khak bô, im-gȧk ta^{n} sī uī-tiȯh mī-pau teh bián-kióng. Ta^{n} hit ê jiȧt-sim liáu lah. Thè-pō͘ lah, goá uī-tiȯh lí siong-sim chiū-sī teng tȯh liáu, iā tī lí ê Sèng-chheh ê bīn-téng ū thô͘-hùn, tuì tī lí hit ê bô ū hoa^{n}-hí, goá lâi kóng-khí lí khí-thâu ê thià^{n}(Khé-sī-liȯk 2:4). Khí-thâu lí siū^{n} Sèng-chheh ê uí-tāi kap hit ê kuì-tiōng ê iok-sok ê sî, bȧk-sái lâu tī lí ê chhuì-phoé, iā khoà^{n} sip-jī-kè ê sî siū^{n} Iâ-so͘ Ki-tok chhin-chhiū^{n} the kā lí kóng-oē ê khoán; chóng-sī kín-ná-jit chong-kàu it-chhè ê kò͘-sū, Sèng-keng, Kàu-hoē ê sū tī lí chhin-chhiū^{n} tȯh liáu ê teng-hoé.	（c）猶有寫 tȯh 了？就是佇咱的生涯中第一代先感觸的新鮮。你 kiám 無想著怎樣囡仔佇幼稚的時陣就愛花？今人來花店，也買幾若打的 chhiong-bî，伊的對媠的趣味佮歡喜著了 lah。問坐佇我的後面 chiah 的音樂家，in 有人是先生，in kiám 捌閣再親像少年的時代，就是拄仔 teh 學彈琴的八音階的時彼款的趣味？的確無，音樂今是為著麵包 teh 勉強。今彼个熱心了 lah。退步 lah，我為著你傷心就是燈 tȯh 了，掖佇你的聖冊的面頂有土粉，對佇你彼个無有歡喜，我來講起你起頭的疼（啟示錄 2：4）。起頭你想聖冊的偉大佮彼个貴重的約束的時，目屎流佇你的嘴頓，也看十字架的時想耶穌基督親像 teh 共你講話的款；總是今仔日宗教一切的故事、聖經、教會的事佇你親像著了的燈火。
(d) Koh chit hāng ê teng tȯh liáu-chiū-sī kia^{n} ê teng. Goán chò gín-ná ê sî, goá ê hia^{n}-tī ē kì-tit chái^{n}-iū^{n} lāu-pē tī goán àm-sî beh chhut-khì ê sî, siông-siông chioh goán teng-hoé. Koh-chài goá ē kì-tit goán pàng ȯh, tī	（d）閣這項的燈著了-就是驚的燈。阮做囡仔的時，我的兄弟會記得怎樣老爸佇阮暗時欲出去的時，常常借阮燈火。閣再我會記得阮放學，佇山 phiâ^{n} 伊來 chhoā 阮的時，燈火細膩园佇外衫的下

（續）

soa^{n}-phiâ^{n} i lâi chhoā goán ê sî, teng-hoé sè-jī khǹg tī goā-sa^{n} ê ē-bīn, goán gín-ná kui-lō͘ sī kia^{n} káu, chhâi-lông, kuí-á. Kám-siā Siōng-tè ū hāng goá hiān-kim iáu teh kia^{n}, goá kia^{n} sí, goá kia^{n} sím-phoà^{n}. Sè-hàn cha-bó͘ gín-ná! Bô loā-kú í-chêng, lāu-bó put-sî uī-tio̍h i beh khì, khùn àm-sî tio̍h ēng teng-hoé khǹg tī lâu-téng ê í-á, ta^{n} tī i só͘ toà ê ke-chhī poà^{n}-mê lóng bô kia^{n}, iā bô kia^{n} chhe^{n}-hūn lâng teh kiò oé(オーイ) kap bōng-á-po͘ ê só͘-chāi . Kia^{n} ê teng to̍h liáu lah.	面，阮囡仔規路是驚狗、豺狼、鬼仔。感謝上帝有項我現今猶 teh 驚，我驚死，我驚審判。細漢查某囡仔！無偌久以前，老母不時為著伊欲去，睏暗時著用燈火囥佇樓頂的椅仔，ta^{n} 佇伊所蹛的街市半暝攏無驚，也無驚生份人 teh 叫 oé（オーイ）佮墓仔埔的所在。驚的燈 to̍h 了 lah。
II. Gō͘ pha teng teh to̍h. Hiah ê sī siá^{n}-hoé? Kiám m̄-sī 5 ê chò hó ê ki-hoē? Sī lah, goá hó-tá^{n} tuì lín kóng, chit ê chiū-sī Siōng-tè só͘ beh hō͘ lí kiâ^{n} hó ê ki-hoē, siat-sú lí bē thang chia̍h koè êng-àm ê 9 tiám, chit ê ki-hoē chiū-sī khah toā tī lí ê seng-gâi só͘ bat kiâ^{n} phái^{n} ê chèng ki-hoē. 5 pha teng teh to̍h, iā tī chit ê sî-chūn lí ē thang pí lí bat hoán-ge̍k koh-khah ē hō͘ Siōng-tè hoa^{n}-hí.	II. 五葩燈 teh to̍h。遐的是啥貨？Kiám 毋是五个最好的機會？是 lah，我好膽對恁講，這个就是上帝所欲予你行好的機會，設使你袂通食過 êng 暗的九點，這个機會就是較大佇你的生涯所捌行歹的眾機會。五葩燈 the 著，也佇這个時陣你會通比你捌反 ge̍k 閣較會予上帝歡喜。
1. Chiah ê teng sī siá^{n}-hoè？ Hō͘ goá chhat hoé-chhâ lâi bong thâu-chit ê ,-hoán-hoé ê teng. Chit-tia̍p tio̍h án-ni kóng; “Siōng-tè ah, khó-lîn goá chit ê choē-jîn.” Lí pún-sin ka-tī tiám, chiū ē to̍h.	1. Chiah 的燈是啥貨？予我 chhat 火柴來摸頭一个，-反悔的燈。這霎著按呢講；「上帝 ah，可憐我這个罪人。」你本身家己點，就會著。
2. Sìn-gióng ê teng. “Beh sìn siá^{n} lâng? Tī goá pún-sin sit-lo̍h lóng-chóng ê sìn-gióng.” án-ni tio̍h, sìn Ki-tok, bong; chiū ē to̍h.	2. 信仰的燈。「欲信啥人？佇我本身失落攏總的信仰。」按呢著，信基督，摸；就會著。
3. Chiū-sī ǹg-bāng ê teng . Sui-jiân lí bē thang chia̍h koè êng-àm ê 9 tiám lâi kóng, che sī khó-lêng, siat-sú lí ū tit-tio̍h kng-iām.	3. 就是向望的燈。雖然你袂通食過 êng 暗的九點來講，這是可能，設使你有得著光 iām。

（續）

4. Koh chit pha sī siá^{n}-hoè? Thià^{n} ê teng, goá goān tuì goá ê sim-té uī-tiȯh thiàn^{n} ê lâng, sui-jiân tī chit ê sè-kan bô lâng thià^{n} lí, tī hit pêng ê sè-kan ká^{n} ū. iā siat-sú tī tē-chiū^{n} kap hit pêng bô ū chit ê pêng-iú lâi kóng, Siōng-tè thià^{n} lí.	4. 閣這葩是啥貨？疼的燈，我願對我的心底為著疼的人，雖然佇這个世間無人疼你，佇彼爿的世間 ká^{n} 有。也設使佇地上佮彼爿無有一個朋友來講，上帝疼你。
5. Ì-chì ê teng. Chhì-bong khoà^{n}-māi, chiū ē tȯh. Chin kî-biāu ê kng! Ah, chhiá^{n} lán chù-ì chit ê , in-uī chit ê chin oh-tit tiám hō͘ tȯh. Goá khiā tī lí kap hong ê tiong-ng, goá liàm teng-sim, goá ài choân kàu-hoē tī chit ê koâ^{n}-thi^{n} ê êng-àm khiā tī lí kap hong ê tiong-ng, chiū hong bē thang chhoe hoa chit ê hoé, tȧk hāng oá-khò chit ê, chit ê sī lâng ì-chì ê teng. “Bô lūn siá^{n} lâng ì-ài lâi, iā lâi thėh oȧh-miā ê chuí”. Siat-sú chit 5 pha teng ê hoé tī lí teh tȯh, iā uī-tiȯh lí. Chiū chit-tiȧp tú-á khí-thâu ê choân-nî tiong uī-tiȯh lí , in(chí 5 pha teng) beh chiò pî^{n}-thá^{n} kap sêng-kong ê lō͘ hō͘ lí, iā choân tē-bīn ê nî-goėh, chit ê iā beh toè lí “tit-tit chiò kàu oân-choân ê jit.” A-men .(Tuì E.J. Haynes ê Sin-nî soat-kàu ėk--ê).	5. 意志的燈。試摸看覓，就會 tȯh。真奇妙的光！Ah，請咱注意這个，因為這个真 oh 得點予著。我徛佇你佮風的中央，我捻燈心，我愛全教會佇這个寒天的 êng 暗徛佇你佮風的中央，就風袂通吹 hoa 這个火，逐項倚靠這个，這个是人意志的燈。「無論啥人意愛來，也來 thėh 活命的水」。設使這 5 葩燈的火佇你 teh 著，也為著你。就這霎 tú-á 起頭的全年中為著你，in（指 5 葩燈）欲照平坦佮成功的路予你，也全地面的年月，這个也欲綴你「直直照到完全的日。」A-men。（對 E. J. Haynes 的新年說教譯—ê）。

載於《臺灣教會公報》，第六七〇期，一九四一年一月

Uí-tāi ê un-sù（偉大的恩賜）

作者　不詳
譯者　吳天命

【作者】

不著撰者。

吳天命像

【譯者】

吳天命（1901～1960），今桃園蘆竹人，生於篤實之農家。八歲入鄉塾，一九一五年考入淡水中學校（今淡江高中），畢業後，深造於臺北神學校（今臺灣神學院），後又東渡日本入明治學院神學部就讀，專攻舊約學。一九二八年返臺，執教於臺北神學校，其間數度代理院長，並且先後在下奎府町、北投、艋舺、汐止等教堂擔任牧職，並且先後被推舉為北部大會議長、總會議長等要職。一九五三年辭去神學院教職，專心擔任濟南教會牧師，一九五五年成立夫婦會，翌年兼任新竹經聖書院董事，一九五七年和江萬里長老合力協助南崁教會建堂。一九五九年代表臺灣教區參加在菲律賓舉行之東南亞基督教佈道協進會會議，並被推舉為副主席。翌年，因車禍傷重不治，榮歸天家，享年六十歲。畢生致力福音宣揚工作，成就斐然，廣受景仰。自一九二伍年迄一九六〇年間，陸續於《芥菜子》、《臺灣教會公報》、《臺灣教會報》發表白話字作品〈你看，in 落山啦！〉、〈聽上帝的話的人〉、〈智識的根本〉等，多達四十五篇。（顧敏耀撰）

Uí-tāi ê un-sù	偉大的恩賜
Gô͘ Thian-bēng e̍k	吳天命 譯
1941 年 2 月 671 期 24	1941 年 2 月 671 期 24
Sè-kan choè tē-it uí-tāi ê sī sím-mih? Chiū-sī Sèng-chheh. Sèng-chheh pò lán jîn-luī chai-iáⁿ ú-tiū tiong ū toā jîn-ài ê Siōng-tè.	世間做第一偉大的是甚物？就是聖冊。聖冊報咱人類知影宇宙中有大仁愛的上帝。Siāng 時報咱捌救主耶穌基

（續）

Siāng sî pò lán bat Kiù-chú Iâ-sơ Ki-tok , soà hō͘ lán éng-oán-oȧh. Siōng-tè ê un-sù bû hān ê tiong-kan, hit ê choè-toā ê sit-chāi sī Sèng-chheh.	督，紲予咱永遠活。上帝的恩賜無限的中間，彼个最大的實在是聖冊。
Bô tuì Sèng-chheh lán boē tit bat Siōng-tè. M̄-bat Siōng-tè chiū m̄-bat Iâ-sơ Ki-tok. Nā m̄-bat chiah ê, chiū lâng sī sím-mih, iā choân-jiân m̄-bat. Sèng-chheh oē têng-thâu-si^{n} lâng. Lâng nā bô tuì Sèng-chheh lâi têng-thâu si^{n}, chiū boē-oē choè lêng-tek chûn-chāi-chiá. Lâng nā bô choè lêng-tek chûn-chāi-chiá chiū-sī bêng-lī ê lō͘-châi. Chiū-sī teh ho̍k-sāi choē-ok ê loán-jio̍k-chiá. Sèng-chheh oē sù lâng toā khuì-la̍t, lâi tèng bêng-lí ê sim tī si̍p-jī-kè. Lâng tio̍h chiong bêng-lí ê sim tèng tī si̍p-jī-kè, chiah oē choè kiông ê lâng. Bô lūn beh choè sím-mih sū, chiah oē pià^{n} miā khì choè, nā bô pià^{n}-miā chiū boē choè sím-mih. Sim-lāi kan-ta kia^{n}-hiâ^{n} iô-choah, sī boē chò sim-mih. Sèng-chheh beh piàn-oā^{n} kai^{n}-hiâ^{n} loán-jio̍k ê lâng, chiâ^{n}-choè ū cháu boē siān ê khuì-la̍t ê lâng. Che chiū-sī chín-kiù.	無對聖冊咱袂得捌上帝。毋捌上帝就毋捌耶穌基督。若毋捌 chiah 的，就人是甚物，也全然毋捌。聖冊會重頭生人。人若無對聖冊來重頭生，就袂會做靈 tek 存在者。人若無做靈 tek 存在者就是名利的奴才。就是 teh 服事罪惡的軟弱者。聖冊會賜人大氣力，來釘明理的心佇十字架。人著將明理的心釘佇十字架，才會做強的人。無論欲做甚物事，才會拚命去做，若無拚命就袂做甚物。心內 kan-ta 驚惶搖 choah，是袂做甚物。聖冊欲變換驚惶軟弱的人，成做有走袂 siān（癢）的氣力的人。這就是拯救。
Lâng nā bô tit-tio̍h chín-kiù, lâng nā bô tuì Sèng-chheh tit-tio̍h chín-kiù, chiū i sī chi̍t tè hoân-ló, thó͘-khuì, put-an ê thô͘-oân. Boē sa^{n} moâ-tit, si̍t-chāi nā bô tuì Sèng-chheh, chit ê put-an ê hûn bū boē lī-khui sè-kan lâng. Chí ū Sèng-chheh oē kái-piàn thó͘-khuì ê tōng-bu̍t, hō͘ i tit-tio̍h uí-tāi ê jîn-keh ê ki-chhó͘. Chái^{n}-iū^{n} oē án-ni? In-uī oē bô hō͘ i kap Siōng-tè sa^{n} kiat-liân. Lâng ū toā chhò-gō͘ khì kap m̄-sī Siōng-tè ê sa^{n} kiat-liân, tì-	人若無得著拯救，人若無對聖冊得著拯救，就伊是一塊煩惱，吐氣，不安的土丸。袂相瞞得，實在若無對聖冊，這个不安的雲霧袂離開世間人。只有聖冊會改變吐氣的動物，予伊得著偉大的人格的基礎。怎樣會按呢？因為會無予伊佮上帝相結聯。人有大錯誤去佮毋是上帝的相結聯，致到迷路佇迷濛的山谷；所以若無閣佮上帝結聯，就是無靈的氣力的人。按呢就袂做劣敗者。聖冊就是

（續）

kàu bê-lō͘ tī bê-bông ê soa^{n}-kok; só͘-í nā bô koh kap Siōng-tè kiat-liân, chiū-sī bô lêng ê khuì-la̍t ê lâng. Án-ni chiū boē choè loat-pāi-chiá. Sèng-chheh chiū-sī oē piàn-hoà chit hō loat-pāi-chiá, chiâ^{n}-choè hō͘ lâng khim-gióng chhin-chhiū^{n} soa^{n}-téng ê siâ^{n} ê lâng. Chí-ū kap Siōng-tè sa^{n} kiat-liân, lâng chiah oē éng-kiú toā an-choân.	會變化這號劣敗者，成做予人欽仰親像山頂的城的人。只有佮上帝相結聯，人才會永久大安全。
Lâi ah, lâi chiū-kūn Sèng-chheh, pàng-sak it-chhè bô lō͘-ēng ê chu-chheh, lâi chiū-kūn Sèng-chheh. M̄-thang uī-tio̍h boē choè sim-lêng ê bí-niû ê sū lâi tio̍h-boâ, tio̍h lâi chiū-kūn Sèng-chheh. Tī-chia ū chín-heng sin-khí ê leng-la̍t tī-teh. Ū lâng só͘ m̄-thang bô ê Siōng-tè uí-tāi ê un-sù Sèng-chheh. Lâi chiū-kūn Sèng-chheh, thang tit-tio̍h hióng-siū ū kè-ta̍t, ū ì-gī ê seng-gâi.	來 ah，來就近聖冊，放揀一切無路用的書冊，來就近聖冊。毋通為著袂做心靈的米糧的事來著磨，著來就近聖冊。佇遮有振興新起的能力佇 teh。有人所毋通無的上帝偉大的恩賜聖冊。來就近聖冊，通得著享受有價值，有意義的生涯。

載於《臺灣教會公報》，第六七一期，一九四一年二月

Sìn-tô͘ ê kong-êng（信徒的光榮）

作者　不詳
譯者　吳天命

【作者】

不著撰者。

【譯者】

吳天命，見〈偉大的恩賜〉。

Sìn-tô͘ ê kong-êng	信徒的光榮
Gô͘ Thian-bēng e̍k	吳天命 譯
1941 年 3 月 672 期 18～19	1941 年 3 月 672 期 18～19
Kó͘-chá Tāi-pi̍t ū kóng, "Lí í-goā, goá bô hok-khì." Chit kù m̄ sī kan-ta sī si-jîn ê su-sióng nā-tiāⁿ, si̍t-chāi sī sìn Iâ-so͘ Ki-tok ê lâng ê si̍t-giām. Tāi-pi̍t koh chhiùⁿ kóng, "Iâ-hô-hoa ah, beh hioh tī Lí ê chhù ê sī chī-chuī," "Beh hioh tī Lí ê Sèng-soaⁿ ê sī chī-chuī." Ū Iâ-so͘ Ki-tok ê sim ê lâng, khak-si̍t chiū-sī hioh tī Iâ-hô-hoa ê chhù ê lâng. Chit hō ê lâng, sui-jiân tú-tio̍h hoān-lān iū-koh hoān-lān, khó͘-sim chhám-tám só͘ hoāi, chì thiàⁿ-thàng--ê phoà-pīⁿ guî-hiám; iáu-kú oē sìn-gióng Chú Iâ-so͘ sī tī i ê kap lîn-bín teh pó-hō͘ i. Sìn-tô͘ chiū-sī ū "Lí í-goā, goá bô hok-khì" ê si̍t-giām ê lâng. Che chiū-sī lâng choè-toā ê kong-êng. "Ah, Siōng-tè sī goá ê khuì-la̍t, koh sī goá tô-siám ê só͘-chāi," chit kù m̄-sī soat-kàu ê bûn-kù, iā m̄-sī Sèng-keng-kho ê ha̍k-khò, m̄-sī Chú-ji̍t Sîn-liông; chiū-sī oa̍h Ki-tok ê sìn-tô͘ ê si̍t-giām.	古早大衛有講，「你以外，我無福氣。」這句毋是干焦是詩人的思想 nā-tiāⁿ，實在是信耶穌基督的人的實驗。大衛閣唱講，「耶和華 ah，欲歇佇你的厝的是 chī-chuī，」「欲歇佇你的聖山的是 chī-chuī。」有耶穌基督的心的人，確實就是歇佇耶和華的厝的人。這號的人，雖然拄著患難又閣患難，苦心慘-tám 所壞，致疼痛--ê 破病危險；iáu-kú 會信仰主耶穌是佇伊的佮憐憫 teh 保護伊。信徒就是有「你以外，我無福氣」的實驗的人。這就是人最大的光榮。「Ah，上帝是我的氣力，閣是我逃閃的所在，」這句毋是說教的文句，也毋是聖經科的學課，毋是主日神糧；就是活基督的信徒的實驗。

（續）

Siat-sú lán nā-sī sím-mih hó ê sū; chit ê chí-ū chiū-sī lám kám-tek sip-jī-kè ê toā cheng-sîn lâi pē sip-jī-kè, hit ê it-sùn-kan ê sim-sū kap hêng-uî nā-tiāⁿ. Khiā tī Iâ-sơ Ki-tok ê bīn-chêng ê sî, ēng khang-hi ê sim, uī-tio̍h tông-pau kî-tó ê sî; chiū-sī sìn-tô͘ choè tē-it kong-êng ê sî. Lán choè sìn-tô͘ ê, tek-khak tio̍h chhut-la̍t khún-kiû n̄g-bāng thang chhî-sio̍k chit hō kuì-khì ê sî-kan. Ki-tok só͘ kóng, "Lí nā tiàm tī goá, goá tiàm tī lí, chiū Siōng-tè choē-choē ê êng-kng beh tit-tio̍h hoat-iông," chit kù chiū-sī teh chí-khí chit téng hō ê sìn-tô͘. Sìn-tô͘ nā oē thang kàu tī chit hō cheng-sîn, chiū Iâ-sơ beh koh hioh tī sìn-tô͘ , hō͘ sìn-tô͘ choè kang. Pó-lô ū kóng, "Sūn-thàn tiàm tī goá ê lāi-bīn thoân-tō." Che chiū-sī sìn-tô͘ ê choè toā hēng-hok.	設使咱若是甚物好的事；這个只有就是 lám kám-tek 十字架的大精神來 pē 十字架，彼个一瞬間的心事佮行為 nā-tiāⁿ。徛佇耶穌基督的面前的時，用空虛的心，為著同胞祈禱的時；就是信徒做第一光榮的時。咱做信徒的，的確著出力懇求向望通持續這號貴氣的時間。基督所講，「你若 tiàm 佇我，我 tiàm 佇你，就上帝濟濟的榮光欲得著發揚，」這句就是 teh 指起這等號的信徒。信徒若會通到佇這號精神，就耶穌欲閣歇佇信徒，予信徒做工。保羅有講，「順趁 tiàm 佇我的內面傳道。」這就是信徒的最大幸福。
Lán siū bēng tio̍h thoân-tō tī khoàⁿ oē tio̍h kap khoàⁿ boē tio̍h ê lâng ê tiong-kan, ū hū pí kó͘-chá Iok-pek ê chek-sêng khah toā ê chek-jīm tī-teh. Só͘-í put-sî ū tuì Chú lâi hoaⁿ-hí ê chū-iû tī-teh. Tek-khak tio̍h put-sî tuì Chú lâi tit-tio̍h, chhin-chhiūⁿ Chú tú-tio̍h hiah kan-lân, iáu-kú oē hoaⁿ-hí kek-lē lâng hit khoán uí-tāi ê un-huī. Pó-lô kóng, "Uī-tio̍h hiaⁿ-ti kut-jio̍k, chiū nā kàu tī bia̍t-bô, iā sī ê só͘ goān." Chit kù m̄-sī chit sî ê chêng, kek-khí lâi hoat-chhut ê oē, chiū-sī ū hūn tī Ki-tok ê un-huī nā jú chhim, jîn-sek Ki-tok ê Sip-jī-kè ê ì-gī nā jú chhim, chiū chū-jiân oē hoat-khí ê goān-bōng. Sìn-tô͘ ê kong-êng, tuì Siōng-tè ê un-huī, oē tit thang ta̍t kàu tī chia.	咱受命著傳道佇看會著佮看袂著的人的中間，有 hū 比古早約伯的責成較大的責任佇 teh。所以不時有對主來歡喜的自由佇 teh。的確著不時對主來得著，親像主拄著 hiah 艱難，猶久會歡喜激勵人彼款偉大的恩惠。保羅講，「為著 hiaⁿ-ti 骨肉，就若到佇滅無，也是的所願。」這句毋是一時的前，激起來發出的話，就是有份佇基督的恩惠若愈深，jîn-式基督的十字架的意義若愈深，就自然會發起的願望。信徒的光榮，對上帝的恩惠，會得通達到佇遮。

（續）

Kim-āu lán sớ beh tú-tio̍h ê sū-kiā^{n}, tuì jîn-chêng lâi khoà^{n} sī chin khùn-lân, ū choē-choē chheng-liân lâm-lú kau-tài tī lán, sớ-í tek-khak beh chin khùn-lân. Kiám-chhái oē tì-kàu chin bô hoat-tō͘ thang chīn chit ê chek-jīm. M̄-kú kàu kin-á-jit, Sèng-chheh ū kà-sī goá kóng, "Siōng-tè ê un-huī ná ke-thi^{n}, khùn-lân iā ná ke-thi^{n}." Che iā sī Ki-tok-kàu tī kin-á-jit sớ chí-sī goá ê. M̄-bat un-ài ê un-huī ê sớ-chāi, kiám-chhái bô bu̍t-chit-chiū^{n} ê khùn-lân; sè-kan sớ chheng-hơ choè hó-gia̍h ê, chiū-sī chit hō ê í-keng sí ê lē. Lán tuì un-huī hiòng sè-kan í-keng sí ê lâng, í-keng choè Thian-kok ê chhī-bîn ê lâng; bô lūn tú-tio̍h sím-mi̍h khùn-lân, iā sī tio̍h kám-siā lâi hiòng-chêng. Sui-jiân pho-lōng chin toā, nā kiong-kèng gióng-bōng si̍p-jī-kè; kiám m̄-sī tī-hia ū sèng-lī ê lō͘, kiám m̄-sī tī hia ū sìn-tô͘ ê kong-êng!!	今後咱所欲拄著的事件，對人情來看是真困難，有濟濟青年男女交代佇咱，所以的確欲真困難。Kiám-chhái 會致到真無法度通盡這个責任。M̄-kú 到今仔日，聖冊有教示我講，「上帝的恩惠 ná 加添，困難也 ná 加添。」這也是基督教佇今仔日所指示我的。毋捌恩愛的恩惠的所在，kiám-chhái 無物質上的困難；世間所稱呼做好額的，就是這號的已經死的例。咱對恩惠向世間已經死的人，已經做天國的市民的人；無論拄著甚物困難，也是著感謝來向前。雖然波浪真大，若恭敬仰望十字架；kiám 毋是佇遐有勝利的路，kiám 毋是佇遐有信徒的光榮！！

載於《臺灣教會公報》，第六七二期，一九四一年三月

Tio̍h choè Siōng-tè ê kiáⁿ-jî（著做上帝的囝兒）

作者　不詳

譯者　吳天命

【作者】

不著撰者。

【譯者】

吳天命，見〈偉大的恩賜〉。

Tio̍h choè Siōng-tè ê kiáⁿ-jî	著做上帝的囝兒
Gō͘ Thian-bēng e̍k	吳天命 譯
1941 年 8 月 677 期 20～21	1941 年 8 月 677 期 20～21
Lâng nā bô choè kàu pìⁿ-choè Ki-tok só͘ chí-sī ê Thiⁿ Pē ê kiáⁿ, chiū-sī bô ê kè-ta̍t. Lâng nā m̄-sī tuì Ki-tok lâi oa̍h niá-siū tuì téng-bīn lâi ê un-huī, ha̍k-si̍p chin-si̍t ê sió-tī sim, sió-bē sim , toā hiaⁿ-sim, toā-chí sim, kiáⁿ-sun, pē-bú sim, kàu tit-tio̍h ēng Thiⁿ Pē ê sim choè iáu-kú sī thiⁿ-toē-kan ê hòng-tōng-jî. Sui-jiân tit-tio̍h ha̍k-si̍p lóng-chóng ê ha̍k-būn, iáu-kú sī tuì lâng ê khuí-tō thoat-soàⁿ ê. Sui-jiân tit-tio̍h lóng-chóng ê gē-su̍t , iáu-kú sī chin hā-ki̍p--ê, boē choè sím-mi̍h lō͘-ēng. Chāi tī chit khoán lâng, chiah ê to-sò͘ sī hō͘ i kiau-ngō͘, soà jiá-chhut pìⁿ-choè Thiⁿ Pē ê tuì-te̍k ê put-hēng.	人若無做到變做基督所指示的天父的囝，就是無的價值。人若毋是對基督來活領受對頂面來的恩惠，學習真實的小弟心，小妹心，大兄心，大姊心，囝孫，爸母心，到得著用聽爸的心做猶久是天地間的放蕩兒。雖然得著學習攏總的學問，猶久是對人的 khuí-tō 脫線的。雖然得著攏總的藝術，猶久是真下級--ê，袂做甚物路用。在佇這款人，chiah 的多數是予伊驕傲，紲惹出變做天爸的對敵的不幸。
Tio̍h cháiⁿ-iūⁿ chiah oē choè Siōng-tè ê kiáⁿ. He si̍t-chāi sī hui-siông toā ê būn-toê, chóng-sī lán tuì Ki-tok ê kà-sī, chai-iáⁿ chí-ū nā sái choè chi̍t hāng sū chiū kàu-gia̍h, chiū-	著怎樣才會做上帝的囝。彼實在是非常大的問題，總是咱對基督的教示，知影只有若 sái 做一項事就到額，就是疼對敵。「對敵恁的，著疼 in；窘逐恁

（續）

<table>
<tr>
<td>sī thià^{n} tuì-te̍k. "Tuì-te̍k lín ê, tio̍h thià^{n} in; khún-tiok lín ê, tio̍h thoè in kî-tó: hō lín chià^{n}-choè lín tī thi^{n}-nih ê Pē ê kiá^{n}." Ki-tok chit khoán ê oē, chāi tī áu-bân ê lâng sī khoà^{n} choè put-khó lêng. Ū sian-si^{n} iā kóng, che nā m̄-sī tuì Siōng-tè siū-tio̍h te̍k-pia̍t ê kéng-tiàu ê lâng, sī boē-oē choè ê sū. Lip-lūn sī chhut-chāi lâng, chóng-sī goá bô án-ni siū^{n}, goá sìn o̍ah tī sè-kan ê lâng, chiū-sī siū chit khoán Siōng-tè sớ chhòng-chō, uī-tio̍h beh kóng-khoah chit khoán Siōng-tè ê kang-chok chiah lâi chit sè-kan--ê. Sớ-í tī lâng ê sim-té ū chûn hit khoán o̍h bû-hān kuì-khì ê thià^{n} kap nā bô kiâ^{n} jîn-ài boē ēng-tit ê thian-sèng tī-teh.</td>
<td>的，著替 in 祈禱：予恁成做恁佇天裡的父的囝。」基督這款的話，在佇傲慢的人是看做不可能。有先生也講，這若毋是對上帝受著特別的揀召的人，是袂會做的事。立論是出在人，總是我無按呢想，我信活佇世間的人，就是受一款上帝所創造，為著欲廣闊這款上帝的工作才來這世間--ê。所以佇人的心底有存彼款學無限貴氣的疼佮若無行仁愛袂用得的天性佇 teh。</td>
</tr>
<tr>
<td>Nā ēng lán kok ê lâng sớ teh kóng khoà^{n} tio̍h lâng tio̍h siū^{n} i sī chha̍t, chit khoán ba̍k-chiu lâi khoà^{n} ê sî, kiám-chhái it-chhè ê lâng beh khoà^{n} choè chha̍t, á-sī beh khoà^{n} choè sī put-gī ê thớ-oân, á-sī khoà^{n} choè tò-khī, hiong-sat, hơN3-cheng ê lâng. Chóng-sī nā-sī kan-ta ēng goā-phê lâi phoà^{n}-toàn lâng ê khoán-sit, thang kóng i sī boē hiáu khoà^{n} lâng--ê. Khoà^{n} hái mā sī án-ni, bīn-téng ê hái-chuí sī tuì pak lâu lo̍h lâm, chóng-sī ē-bīn ê chuí sī kap che tuì-hoán, tuì lâm lâu khì pak. Lâng chi̍t-bīn sī chhin-chhiū^{n} kan-ta choè Mớ-kuí ê lỡ-ēng, chóng-sī kî-si̍t i ê lêng-hûn ū ì-hiòng Siōng-tè ê ǹg-bāng tī-teh. Chiū-sī ǹg-bāng ài chhin-chhiū^{n} Ki-tok.</td>
<td>若用咱國的人所 teh 講看著人著想伊是賊，這款目睭來看的時，kiám-chhái 一切的人欲看做賊，抑是欲看做是不義的土丸，抑是看做妒忌、凶殺、好爭的人。總是若是干焦用外皮來判斷人的款式，通講伊是袂曉看人--ê。看海嘛是按呢，面頂的海水是對北流落南，總是下面的水是佮這對反，對南流去北。人一面是親像干焦做魔鬼的路用，總是其實伊的靈魂有意向上帝的向望佇 teh。就是向望愛親像基督。</td>
</tr>
<tr>
<td>Tī-chia lán ū chi̍t hāng toā-sū tio̍h chhim-chhim siū^{n}, chiū-sī Ki-tok pún-sin sớ pò lán ê thià^{n} ê si̍t-hêng lán tuì sim-té sớ ǹg-bāng ê</td>
<td>佇遮咱有一項大事著深深想，就是基督本身所報咱的疼的實行咱對心底所向望的疼的實行，予人想做是真偲得的</td>
</tr>
</table>

（續）

thià^{n} ê sit-hêng, hō͘ lâng siū^{n} choè sī chin oh tit ê sū. Kà-sī chi̍t hāng sū ê sian-si^{n} iā lia̍h che choè hui-siông te̍k-pia̍t ê sū. Che sī chi̍t ê toā ín-iú. ín-iú chiū-sī chiong sió khoá sū lâi siū^{n} chin oh-tit ê sū, iā chiong chin oh-tit ê sū lâi siū^{n} choè chin khoài ê sió-khoá sū. Chóng-sī Ki-tok só͘ kà-sī, uī-tio̍h beh choè Siōng-tè ê kiá^{n}, tio̍h thià^{n} tuì-tek chi̍t chân sū m̄-sī chin oh tit ê sū. Choē-choē lâng khoà^{n} che choè chin oh choè ê sū, soà hut-lio̍k thià^{n} tuì-te̍k chi̍t chân sū. Ji̍t-pún ê Ki-tok-tô͘ á-sī sè-kài ê Ki-tok-tô͘ , lóng ū siū-tio̍h chi̍t ê toā ín-iú só͘ pé-pa̍k. Tī choē-choē hāng put-chí ū chìn-pō͘ , chóng-sī thià^{n} tuì-tek chi̍t chân sū ū chiām chiām thè-pō͘. iàm-ò^{n} chiù-chó͘ lán ê khoà^{n} oàn-hūn lán ê chhin-chhiū^{n} to̍k-choâ lâi siám-pī i. Che sī tuì-hoán lán lāi-sim ê hoah-hiàm, khoà^{n}-khin Siōng-tè ê sia^{n}. Sui-jiân Sîn-ha̍k-hāu chhòng kàu chin hoat-ta̍t, iáu-kú nā bô phah phoà chi̍t ê toā ín-iú siâ^{n}, chiū-sī lóng bô lō͘-ēng. Tio̍h oá-khò Ki-tok lâi piàn-oā^{n} lán ê siū^{n}. Lán tio̍h chai lán nā-sī boē tit thang kàu tī thià^{n} tuì-te̍k ,chiū bô lūn lí koh-khah gâu iā sī pí tuì-te̍k khah kē. In-uī lâng ê kè-ta̍t sī chāi tī thià^{n} ê iú-bû, chāi tī choè Siōng-tè ê kiá^{n}, á-sī bô choè Siōng-tè ê kiá^{n}.	事。教示一項事的先生也掠這做非常特別的事。這是一个大引誘。引誘就是將小可事來想真偲得的事，也將真偲得的事來想做真快的小可事。總是基督所教示，為著欲做上帝的囝，著疼對敵這層事毋是真偲得的事。濟濟人看這做真偲做的事，紲忽略疼對敵這層事。日本的基督徒抑是世界的基督徒，攏有受著這个大引誘所背縛。佇濟濟項不止有進步，總是疼對敵這層事有漸漸退步。厭惡咒詛咱的看怨恨咱的親像毒蛇來閃避伊。這是對反咱內心的喝喊，看輕上帝的聲。雖然神學校 chhòng 到真發達，猶久若無拍破這个大引誘城，就是攏無路用。著倚靠基督來變換咱的想。咱著知咱若是袂得通到佇疼對敵，就無論你閣較 gâu 也是比對敵較低。因為人的價值是在佇疼的有無，在佇做上帝的囝，抑是無做上帝的囝。
Hia^{n}-tī ah! Ta^{n} tio̍h peh khí-lâi thià^{n} tuì-te̍k. Nā bô kàu gia̍h la̍t, tio̍h kî-tó tuì Siōng-tè kiû-thó. Tio̍h kap uī-tio̍h beh hō͘ lán pì^{n}-chiâ^{n} chin-si̍t ê lâng lâi tam-tng si̍p-jī-kè ê kiàn-siàu ê Chú Ki-tok chham-siông. Lí chiū beh tit-tio̍h ì-goā ê un-huī. Lí ê sim chiū beh	兄弟 ah！今著 peh 起來疼對敵。若無夠額力，著祈禱對上帝求討。著佮為著欲予咱變成真實的人來擔當十字架的見笑的主基督參詳。你就欲得著意外的恩惠。你的心就欲得著聖神的恩化，有力通歡喜疼咱所看做刺螺的對敵。毋但按

（續）

tit-tio̍h Sèng Sîn ê un-hoà, ū la̍t thang hoaⁿ-hí thiàⁿ lán só͘ khoàⁿ choè chhì-tê ê tuì-te̍k. M̄-nā án-ni , koh iā beh hoat-kiàn chin ê oa̍h-miā , m̄-sī tuì lán só͘ ha̍k-si̍p--ê, á-sī só͘ siūⁿ ê chhèng-chhut; sī ún-khǹg tī thiàⁿ chhì-lê ê tuì-te̍k ê sim-nih, in-uī án-ni lâi hoaⁿ-hí tiô-thiàu. Lí ê chín-kiù sī tuì chia khí, chiū-sī tuì lí ê tuì-te̍k ê siū chín-kiù lâi hoat-khí. Sè-kài ê hiám-lō͘ chiū beh pîⁿ-tháⁿ, sí-ìm ê soaⁿ-kok chiū beh pìⁿ-choè chàn-bí ê toā tiâⁿ. Che chiū-sī chāi tī lí ū thiàⁿ tuì-te̍k á-sī , oē thang chó iū ê būn-toê, tio̍h liû sim tī-chia.	呢，閣也欲發見真的活命，毋是對咱所學習--ê，抑是所想的 chhèng 出；是隱囥佇疼刺螺的對敵的心裡，因為按呢來歡喜趒跳。你的拯救是對遮起，就是對你的對敵的岫拯救來發起。世界的險路就欲平坦，死蔭的山谷就欲變做讚美的大埕。這就是在佇你有疼對敵抑是，會通左右的問題，著留心佇遮。

載於《臺灣教會公報》，第六七七期，一九四一年八月

Má tāi khoán（馬大款）

作者　不詳
譯者　吳天命

【作者】

不著撰者。

【譯者】

吳天命，見〈偉大的恩賜〉。

Má tāi khoán (流)	馬大款（流）
Gô͘ Thian-bēng e̍k	吳天命譯
(Lō͘-ka 10:38～42)	（路加 10：38～42）
1941 年 9 月 678 期 18～19	1941 年 9 月 678 期 18～19
1. Má-tāi sī Ki-tok ê chàn-bí-chiá, chóng-sī chàn-bí-chiá bô tek-khak sī lí-kái-chiá. I ū hoan-gêng Ki-tok, hián-chhut hui-siông ê hó-ì. I chai-iáⁿ tio̍h kèng-bō͘ Ki-tok, chóng-sī bô lí-kái Ki-tok ê sím-mih, kham-tit hō͘ lán kèng-bō͘. Eng-hiông chong-pài[sic.] sī thoân-jiám sèng ê sū, jîn-khì khoài-khoài tín-tāng lâng . Khah choē sī bô bêng-pe̍k cháiⁿ-iūⁿ tio̍h kèng-bō͘, sī kan-na kóng pa̍t lâng to teh kèng-bō͘, goá iā kèng-bō͘ ê khoán-sit. Chāi tī chèng-tī-ka á-sī chhiùⁿ-koa thiàu-bú, ián-gē ê gē-jîn kiám-chhái ū pit-iàu chit hō ê jîn-khì, iā ū chit hō jîn-khì sī bô hiâm. Chóng-sī chong-kàu sī lán ê lêng-hûn ê loē-sit(內實)seng-oa̍h , kan-ta jîn-khì á-sī chun kèng, sī beh tit-tio̍h lêng-hûn ê oa̍h-miā. Chong-kàu kap chèng-tī,	1. 馬大是基督的讚美者，總是讚美者無的確是理解者。伊有歡迎基督，顯出非常的好意。伊知影著敬慕基督，總是無理解基督的甚物，堪得予咱敬慕。英雄崇拜是傳染性的事，人氣快快振動人。較濟是無明白怎樣著敬慕，是干焦講別人都 teh 敬慕，我也敬慕的款式。在佇政治家抑是唱歌跳舞，演藝的藝人撿彩有必要這號的人氣，也有這號人氣是無嫌。總是宗教是咱的靈魂的內實生活，干焦人氣抑是尊敬，是欲得著靈魂的活命。宗教佮政治，唱歌跳舞，演藝是無 siāng 款。馬大有敬慕基督，總是基督的宗教佮伊的靈魂無甚物干涉。基督的靈魂佮馬大的靈魂 teh 行佇無 siāng 款的平面。

（續）

chhiùⁿ-koa thiàu-bú, ián-gē sī bô siāng-khoán. Má-tāi ū kèng-bō͘ Ki-tok , chóng-sī Ki-tok ê chong-kàu kap i ê lêng-hûn bô sím-mih kan-siap. Ki-tok ê lêng-hûn kap Má-tāi ê lêng-hûn teh kiâⁿ tī bô siāng-khoán ê pêng-biān(平面).	
2. Má-tāi bô siūⁿ Ki-tok sī sím-mih hō lâng, iā bô siūⁿ Ki-tok sī hoaⁿ-hí sím-mih sū. iā bô teh siūⁿ ài kā i lí-kái, it-chhè beh ēng ka-kī ê ì-sù lâi choè. I soà put-pêng sió-bē Má-lī-a bô kiōng-bêng i ê su-sióng. Tiap-á kú khiok ū thun-lún; chóng-sī toán-khì sī oa̍h-tāng-ka ê thong-iú-sèng, i chiū lâi tī Ki-tok ê bīn chêng, bô soè-jī po̍k-hoat i ê put-pêng.	2. 馬大無想基督是甚物號人，也無想基督是歡喜甚物事。也無 teh 想愛共伊理解，一切欲用家己的意思來做。伊紲不平小妹馬利亞無共鳴伊的思想。霎仔久卻有吞忍；總是短氣是活動家的通有性，伊就來佇基督的面前，無細膩暴發伊的不平。
Má-tāi ê tióng-chhù sī chāi tī si̍t-hêng-tek, si̍t-chè-tek ê só͘-chāi. Siāng-sî tī-chia ū i ê khoat-tiám. Si̍t-hêng-tek sèng keh ê lâng, khah khoài poa̍h lo̍h chū-kí-liû ê to̍k toàn. Te̍k-pia̍t ēng kò-jîn ê loē si̍t sim-chêng choè sè-kài ê chong-kàu koh khah ū poa̍h lo̍h chit khoán chhò-gō͘ ê guî-hiám. Má-tāi tuì ka-kī só͘ poa̍h-lo̍h ê khang lâi khoàⁿ lâng, chiū siūⁿ kóng lâi sī teh tò-thâu kiâⁿ.	馬大的長處是在佇實行的，實際的的所在。Siāng 時佇遮有伊的缺點。實行的性格的人，較快跋落自己流的獨斷。特別用個人的內實心情做世界的宗教閣較有跋落這款錯誤的危險。馬大對家己所跋落的空來看人，就想講來是 teh 倒頭行。
3. Ngiâ-chih Ki-tok ji̍p ka-kī ê ke, chit khoán choa̍t hó ê ki-hoē, iā bô tit-tio̍h un-tián kan-ta tiàm chàu kha teh thoa-boâ. Pêng hô ê Chú lâi thàm būn soà tian-tò choè chhau hoân ê chèng-chí. M̄-nā án-ni iā soà choè-chí bē kam bô sim-sek ê kám-chêng ê goân-in. Sè-kan kiám ū pí chit khoán khah gōng ê sū. Chóng-sī lán boē thang chhiò Má-tāi. Tī lán ê ka-têng m̄-chai ū uī-tio̍h	3. 迎接基督入家己的家，這款絕好的機會，也無得著恩典干焦踮灶跤 teh 拖磨。平和的主來探問紲顛倒做操煩的種子。毋但按呢也紲做至袂甘無心適的感情的原因。世間敢有比這款較戇的事。總是咱袂通笑馬大。佇咱的家庭毋知有為著信仰生活的事件來拍亂家庭的平和抑無。

（續）

sìn-gióng seng-oah ê sū-kiāⁿ lâi phah-loān ka-têng ê pêng hô á-bô.	
4. Lō͘-ka Hok-im-toān ê kì-chiá ū ín-khí hó ê Sat-má-lī-a lâng ê phí-jū lâi chióng-lē jîn-ài ê sit-hêng. Jîn-ài ê sit-hêng ê kàu-hùn chāi tī lâng ê sim, sī kiông ê bī-lėk(魅力). Chóng-sī siāng-sî, ū hō͘ lâng boē kì-tit jîn-ài ê kun-pún-gī lâi cháu khì jîn-ài ê boat-chiat ê guî-hiám. Jîn-ài ê sit-hêng nā khiàm-kheh, tuì Siōng-tè kap Ki-tok ê lí-kái, chiū beh tuī-lȯh tī ēng mih sio-chhiáⁿ ê chhiⁿ-chhau. Lō͘-ka Hok-im-toān ê kì-chiá, uī-tiȯh beh kéng-kài chit hō ê chhò-gō͘ , chiū chiong Má-tāi ê thiàⁿ ê sit-pāi kò-sū lâi kap hó ê Sat-má-lī-a lâng ê phì-jū pâi choè tui.	4. 路加福音傳的記者有引起好的撒馬利亞人的譬喻來獎勵仁愛的實行。仁愛的實行的教訓在佇人的心，是強的魅力。總是 siāng 時，有予人袂記得仁愛的根本義來走去仁愛的末節的危險。仁愛的實行若欠缺，對上帝佮基督的理解，就欲墮落佇用物相請的腥臊。路加福音傳的記者，為著欲警戒這號的錯誤，就將馬大的疼的失敗故事來佮好的撒馬利亞人的譬喻排做堆。
5. Tī 4 Hok-im-su ê kì-chiá, ū ēng “Ū chin ê kng lâi jip sè-kan, teh chiò bān lâng”. Chit kù lâi soat-bêng Ki-tok kàng-sè ê lí-iû. Ki-tok sī beh chiò sè-kan ê kng. Kng m̄-thang khǹg tī táu-ē, tiȯh hō͘ kng choè kng, chiah sī khoán-thāi kng ê hoat-tō͘. Hō͘ Ki-tok ka-kī tiàm kheh-thiaⁿ thèng-hāu, Má-tāi choè i chàu-kha lâu-koāⁿ bô êng tāng ke-si. I ê sim-chêng khiok oē thang tông-chêng, chóng-sī tiàm teh táu ê Ki-tok sī chin kan-lân. Chit khoán toàn-jiân m̄-sī khoán-thāi chin kng ê hoat-tō͘.	5. 佇四福音書的記者，有用「有真的光來入世間，teh 照萬人」。這句來說明基督降世的理由。基督是欲照世間的光。光毋通囥佇斗下，著予光做光，才是款待光的法度。予基督家己踮客廳聽候，馬大做伊灶腳流汗無閒動家私。伊的心情卻會通同情，總是踮 teh 斗的基督是真艱難。這款斷然毋是款待真光的法度。
Ki-tok tiàm tī Sat-má-lī-a ê chíⁿ-piⁿ ū kóng, “Kiāⁿ chhe goá ê ê chí-í[sic.] lâi bêng-pėk i ê kang, chiū-sī goá ê bí-niû.” Beh hō͘ Ki-tok hoaⁿ-hí ê hoat-tō͘, m̄-sī ēng chū kí liû ê hoan-gêng pâi-liȧt kháu-siat(口舌) ê chhiⁿ-	基督踮佇撒馬利亞的井邊有講，「行差我的的旨意來明白伊的工，就是我的米糧。」欲予基督歡喜的法度，毋是用自己流的歡迎排列口舌的腥臊。真實款待基督的法度，就是在佇理解伊的意思

（續）

chhau. Chin-si̍t khoán-thāi Ki-tok ê hoa̍t-tō͘, chiū-sī chāi tī lí-kái i ê ì-sù lâi oa̍h tī i ê chí-ì, chō-chiâⁿ i ê chí-ì.	來活佇伊的旨意，造成伊的旨意。
Soan giân kóng, " Só͘ khiàm-ēng ê sī chi̍t-hāng nā-tiāⁿ" ê Ki-tok, ū chiong lêng ê 5 ê piáⁿ teh pun hō͘ 5 chheng lâng lah. Lán tio̍h tuì beh ēng mi̍h hō͘ Ki-tok ê chhò-gō͘ kak-chhíⁿ, tāi-seng lâi tuì Ki-tok niá-siū. Lán tio̍h bêng-pe̍k chin ê khoán-thāi, Ki-tok ê hoa̍t-tō͘ chiū-sī chāi tī tuì Ki-tok niá-siū āu-lâi ê chhin-chhiūⁿ hiah ê piáⁿ tuì 5 chheng lâng ê chhiú thoân chhiú, saⁿ pun ê khoán-sit, chiong lán só͘ niá-siū ê lâi pun hō͘ pa̍t-lâng.	宣言講，「所欠用的是一項若定」的基督，有將靈的五个餅 teh 分予五千人啦。咱著對欲用物予基督的錯誤覺醒，代先來對基督領受。咱著明白真的款待，基督的法度就是在佇對基督領受後來的親像遐的餅對五千人的手傳手，相分的款式，將咱所領受的來分予別人。

載於《臺灣教會公報》，第六七八期，一九四一年九月

Ìn-tō͘ lâng ê siáu-sià（印度人的 siáu-sià）

作者　不詳
譯者　陳石獅

【作者】

不著撰者。

【譯者】

陳石獅，僅知曾於一九四一年九月在《臺灣教會公報》第六七八期發表譯作〈印度人的 siáu-sià〉，其餘生平不詳。（顧敏耀撰）

Ìn-tō͘ lâng ê siáu-sià	印度人的 siáu-sià
Tân Chio̍h-sai e̍k	陳石獅 譯
(Chiap 7 ge̍h tē 25 bīn)	（接 7 月第 25 面）
1941 年 9 月 678 期 23～24	1941 年 9 月 678 期 23～24
Hit-sî kàu-chú phah-chhiú lâi ap-chí chèng kàu tô͘ tiâm-chēng, kóng, Au-lô-pa lâng bô chu-keh thang kap Pho-lô-bûn-kàu thó-lūn, kóng liáu, chiū chò i oa̍t ji̍p-khì lāi-bīn, chèng kàu-tô͘ hiòng Phok-sū ēng chin bô lé ê oē ti̍t-ti̍t kā i sau-soé.	彼時教主拍手來壓止眾教徒恬靜，講，歐羅巴人無資格通佮 Pho-lô-bûn 教討論，講了，就做伊越入去內面，眾教徒向博士用真無禮的話直直共伊 sau 洗。
Khoàⁿ-kìⁿ án-ni, Phok-sū chiū chhut tiān-tn̂g, só͘ khǹg ê n̂g-bāng pìⁿ-choè khang-khang. Chhut-lâi goā-bīn ê sî, ji̍t-thâu í-keng phû tī hái-bīn, hut-jiân-kan thiⁿ piàn toā koh-iūⁿ, iā soà beh khí pò-thâu ê khoán. Phok-sū ài kā in chioh hioh chi̍t àm, m̄ kú m̄-sī in ê sìn-chiá, só͘-í suî-sî siū kū-choa̍t. Hit-sî kám-kak chin siān, koh chin chhuì-ta, kơ-put-chiong tio̍h kā in pun chuí lim, lim liáu, Phok-sū the̍h au-á hêng in ê sî, in chiong au-	看見按呢，博士就出殿堂，所园的向望變做空空。出來外面的時，日頭已經浮佇海面，忽然間天變大各樣，也紲欲起報頭的款。博士愛共 in 借歇一暗，毋過毋是 in 的信者，所以隨時受拒絕。彼時感覺真癢，閣真喙乾，孤不將著共 in 分水啉，啉了，博士提甌仔還 in 的時，in 將甌仔共伊摃破 hiat 佇外面，因為博士毋是 in 的信者，所以彼塊甌仔也受拍 lâ-sâm。博士看見按呢，

（續）

á kā i kòng-phoà hiat tī goā-bīn, in-uī Phok-sū m̄-sī in ê sìn-chiá, sớ-í hit tè au-á iā siū phah lâ-sâm. Phok-sū khoà^{n}-kì^{n} án-ni, beh toà hia iā bô sim-sek, sui-bóng lō͘ í-keng bô khoà^{n}-kì^{n}, kơ-put-chiong iā tio̍h chhut-hoat.	欲躕遐也無心適，雖罔路已經無看見，孤不將也著出發。
Phok-sū chē tī kiō-lāi, chiah siū^{n} tio̍h Ìn-tō͘ ê sio̍k-gú ê kóng, “Lâi ìn-tō͘ ê Au-lô-pa lâng, nā bô thun-lún, tio̍h o̍h thun-lún, ū thnn-lún[sic.] ê lâng beh sit-lo̍h[sic.] i ê thun-lún.”	博士坐佇轎內，才想著印度的俗語的講，「來印度的歐羅巴人，若無吞忍，著學吞忍，有吞忍的人欲失落伊的吞忍。」
Siū^{n} liáu chin ū-iá^{n} goá iā sit-lo̍h goá ê thun-lún. Hong-thai í-keng kàu lah! Tuì hái-nih chhoe lâi ê hong hiu-hiu háu, chiong ガンヂス hô ê chuí kā i chhoe tò tńg-khì.	想了真有影我也失落我的吞忍。風颱已經到啦！對海裡吹來的風 hiu-hiu 吼，將ガンヂス河的水共伊吹倒轉去。
Tek-nâ chhin-chhiū^{n} toā châng chhiū hiah-nih koân, iáu-kú chhin-chhiū^{n} bo̍k-tiû^{n} ê chháu teh iô chi̍t poa^{n}-iū^{n}.	竹林親像大叢樹遐爾懸，猶過親像牧場的草 teh 搖一般樣。
Chi̍t kiâ^{n} ê lâng, kia^{n} liáu hō͘ toā-hong chhoe-soà^{n}, kap hō͘ ガンヂス hô ê toā chuí lâu-khì, chiū siám khì kiâ^{n} o͘-o͘ àm-àm ê chhiū-nâ lâi thang siám-pī toā-hong kap toā-chuí ê guî-hiám.	一行的人，驚了予大風吹散，佮予ガンヂス河的大水流去，就閃去行烏烏，暗暗的樹林來通閃避大風佮大水的危險。
Tī thâu khak boé ū luî-kong, sih-nà phe̍h-phe̍h-kiò, kiâ^{n}-tio̍h kha phih-phih chhoah, kàu chit sî só͘ him-bō͘ ê chiū-sī ū thang tô-siám ê só͘-chāi. Hut-jiân tī bīn-chêng ū khoà^{n}-kì^{n} kng, ta̍k lâng khoà^{n}-tio̍h hit pha kng ê sî, chin hoa^{n}-hí kàu beh tiô-thiàu, sim-koa^{n} toā siū an-uì.	佇頭殼尾有雷公，爍爁 phe̍h-phe̍h 叫，行著跤 phih-phih 掣，到這時所欣慕的就是有通逃閃的所在。忽然佇面前有看見光，逐人看著彼葩光的時，真歡喜到欲趒跳，心肝大受安慰。
Hit pha kng sī tuì chit keng soè-keng phoà-chhù liâu-á ê piah-khang chiò chhut-lâi ê kng.	彼葩光是對這間細間破厝寮仔的壁空照出來的光。
Gia̍h hé-pé ê lâng, koá^{n}-kín cháu chìn-	攑火把的人，趕緊走進前去欲分火的

（續）

chêng khì beh pun hé ê sî, suî-sî koh cháu tńg-lâi toā siaⁿ kiò kóng, Pha-lī-a(パリア), Pha-lī-a, lóng m̄-thang khì. Tâng-sî ta̍k-lâng chi̍t-choê lóng hoah kóng, Pha-li-á, tek-khak m̄-thang khì.	時，隨時閣走轉來大聲叫講，Pha-lī-a（パリア），Pha-lī-a，攏毋通去。同時逐人一齊攏喝講，Pha-li-á，的確毋通去。
Phok-sū m̄-chai koh sī béng-siù suî-sî chhiú gia̍h té-chhèng, mn̄g gia̍h hé-pé ê lâng kóng, Pha-lī-a sī sím-mih? Gia̍h hé-pé ê lâng ìn kóng Pha-lī-a chiū-sī bô koân-lī kap bô sìn-gióng ê lâng. Hit-sî kun-tè ê pan-tiúⁿ koh soat-bêng kóng, Pha-lī-a chiū-sī Ìn-tō͘ lâng ê tiong-kan tē-it hā téng ê bîn-cho̍k, nā-sī tām-po̍h oá tio̍h goán ê seng-khu, goán thang kā i thâi-sí; iā ū lâng ji̍p tī Pha-lī-a ê chhù lāi ê sî 9 ge̍h jit kú boē thang ji̍p-khì sîn-tiān, nā beh tit-tio̍h chheng-khì tio̍h 9 pái ji̍p tī ガンヂス hô lâi soé seng-khu, koh tio̍h hō͘ ū sìn-sim ê Pho-lô-bûn-kàu-tō͘ ê chhiú, ēng gû ê siáu-piān lâi soé seng-khu, chiah oē chheng-khì, chiàu-goân thang ji̍p tī tiān-tn̂g(殿堂) kèng-pài kap lâng kau-poê.	博士毋知閣是猛獸隨時手擇短銃，問擇火把的人講，Pha-lī-a 是甚物？擇火把的人應講 Pha-lī-a 就是無權利佮無信仰的人。彼時跟綴的班長閣說明講，Pha-lī-a 就是印度人的中間第一下等的民族，若是淡薄倚著阮的身軀，阮通共伊剖死；也有人入佇 Pha-lī-a 的厝內的時九月日久袂通入去神殿，若欲得著清氣著九擺入佇ガンヂス河來洗身軀，閣著予有信心的 Pho-lô-bûn 教徒的手，用牛的小便來洗身軀，才會清氣，照原通入佇殿堂敬拜佮人交陪。
Só͘-í Ìn-tō͘ lâng put-sî teh kóng, bô lūn cháiⁿ-iūⁿ m̄-thang ji̍p-khì. Phok-sū ìn kóng, bô ài khì ê lâng m̄-bián khì, bô-lūn sím-mih kai-kip ê lâng goá iā beh khì. Phok-sū lo̍h-kiō, chi̍t chhiú gia̍h té-chhèng, chi̍t-chhiú áiⁿ[sic.] phoê-pau, ka-kī chi̍t ê kiâⁿ khì hit keng soè-keng phoà-chhù liâu-á.	所以印度人不時 teh 講，無論怎樣毋通入去。博士應講，無愛去的人毋免去，無論甚物階級的人我也欲去。博士落轎，一手擇短銃，一手 áiⁿ 皮包，家己一个行去彼間細間破厝寮仔。

載於《臺灣教會公報》，第六七八期，一九四一年九月

Siat-sú ta̍k-ji̍t sī Sèng-tàn（設使逐日是聖誕）

作者　曹博士
譯者　阮德輝

【作者】

曹博士，僅知在一九四一年十二月於《臺灣教會公報》第六八一期曾刊登其演講稿〈Siat-sú ta̍k-jit sī Sèng-tàn〉（設使逐日是聖誕），至於其確切名字與生平事蹟皆不詳。（顧敏耀撰）

【譯者】

阮德輝，見〈活命的燈〉。

Siat-sú ta̍k-jit sī Sèng-tàn	設使逐日是聖誕
Chô Phok-sū	曹博士
e̍k-chiá: N̍g Tek-hui	譯者：阮德輝
1941 年 12 月 681 期 3～5	1941 年 12 月 681 期 3～5
"Ū lâng gí-toàn chit ji̍t iāⁿ hit ji̍t; ū lâng gí-toàn ji̍t-ji̍t lóng saⁿ-tâng; ta̍k lâng sim-lāi tio̍h jīn khì chin" (Lô-má 14:5).	「有人擬斷這日贏彼日；有人擬斷日日攏相同；逐人心內著認去真」（羅馬 14：5）。
Chit chat chiū-sī koan-hē siú te̍k-pia̍t ji̍t chhù-bī ê gī-lūn. Iû-thài lâng ū chin chē te̍k-pia̍t ê cheh-kî kap chè-tián. Chhin-chhiūⁿ lán Kàu-hoē ê la̍h-ji̍t ū tù-hiān ê ji̍t kap kì-liām-ji̍t. Chóng-sī tâng-sî lán ê kàu-lí chiū-sī kóng, Chín-kiù bô oá-khò tī chun-siú te̍k-pia̍t-ji̍t kap cheh-kî. Chit ê chiū-sī kóng, tī siú cheh ê ji̍t ê sū bô ū sím-mi̍h hāu-kó; chóng-sī ē-thang giâm-siok lâi siú, siông-siông sī ū lâng gí-toàn ta̍k-ji̍t lóng saⁿ-tâng, iā ū lâng gī-lūn chú-tiuⁿ te̍k-pia̍t-ji̍t ê tiōng-iàu. Pó-lô tuì chit chân sū ū ēng khoan-tāi ê	這節就是關係守特別日趣味的議論。猶太人有真濟特別的節期佮祭典。親像咱教會的曆日有著現的日佮紀念日。總是同時咱的教理就是講，拯救無倚靠佇遵守特別日佮節期。這个就是講，佇守節的日的事無有甚物效果；總是會通嚴肅來守，常常是有人擬斷逐日攏相同，也有人議論主張特別日的重要。保羅對這層事有用寬大的看法。伊講，「逐人心內著認去真」。有這 tè 歌講，「無久逐日欲變做禮拜日」。對按呢予我想，設使逐日是禮拜日，咱就不時佇拜堂吟

（續）

khoà^{n} hoat. I kóng, "Ta̍k-lâng sim-lāi tio̍h jīn khì chin". Ū chit tè koa kóng, "Bô kú ta̍k-jit beh pì^{n}-chò lé-pài-jit". Tuì án-ni hō͘ goá siū^{n}, siat-sú ta̍k-jit sī lé-pài-jit, lán chiū put-sî tī pài-tn̂g gîm-si chiap-sio̍k ho̍k-sāi Siōng-tè. Chit tè koa chiū sī chàn-sêng tī chit lé-pài lóng sī Siōng-tè ê chhit-jit. Ta^{n} ta̍k-jit sī Sèng-tàn siá^{n} khoán? Chit ê chú-tiu^{n} phah-sǹg bô tāi-ke tông-ì. In-uī Sèng-tàn ê hioh-khùn siu^{n} chē. Lán Tâi-oân khiok bô án-ni , nā-sī goā-kok tī chit ê sî lāu-bó tio̍h te̍k-pia̍t uī-tio̍h ka-cho̍k ê sū bô-êng, lāu-pē uī-tio̍h châi-chèng-siōng koè-lô, seng-lí lâng in-uī bē Sèng-tàn ê mi̍h chin bô-êng, phoè-ta̍t mi̍h kap the̍h iû-piān ê lâng giōng hō͘ in só͘ toà ê mi̍h im-ba̍t-khì. Só͘-í tû-khì gín-ná ta̍k-jit sī Sèng-tàn ê thê-chhut(sū), ún-tàng ē siū ho͘^{n}-jīn; in-uī siông-siông sī koè-hūn bô kín-sīn kap ke̍k-toan ê cheh-kî. Chóng-sī sui-jiân sí lōng-huì sî-kan kap mi̍h, lán tiong-kan kiám ū lâng ài hō͘ Sèng-tàn bô khì? Chit ê kiám bô chhin-chhiū^{n} êng-kng ê khēng koà tī ta̍k ê Sèng-tàn ê chiok-hō mah?	詩接續服事上帝。這 tè 歌就是贊成佇一禮拜攏是上帝的七日。今逐日是聖誕啥款？這个主張拍算無大家同意。因為聖誕的歇睏傷濟。咱台灣卻無按呢，若是外國佇這个時老母著特別為著家族的事無閒，老父為著財政上過勞，生理人因為賣聖誕的物真無閒，配達物佮提郵便的人 giōng 予 in 所蹛的物淹密去。所以除去囡仔逐日是聖誕的提出（事），ún-tàng 會受否認；因為常常是過分無謹慎佮極端的節期。總是雖然死浪費時間佮物，咱中間 kiám 有人愛予聖誕無去？這个 kiám 無親像榮光的虹掛佇逐个聖誕的祝賀 mah？
1. Sèng-tàn chiū-sī sian-ti ê koan-liām kap pâi-thek-chú-gī(利己主義) ê sî-chūn. Kīn tī lán ê Chú ê chhut-sì ê kì-liām-jit, put-lūn lâm lú in ê su-siú^{n} ū siū^{n}-tio̍h pa̍t-lâng hoa^{n}-hí khoài-lo̍k ê sū, chiū-sī si^{n} chhut "hō͘ lâng ê, pí tuí lâng the̍h ê, khah ū ho̍k-khì" ê cheng-sîn. Chiām-sî ê tiong-kan tī jîn-luī siā-hoē chân-jím ê seng-chûn kèng-cheng sui-jiân m̄-sī bē kì-tit, iáu-kú ū kiám-chió. Tī chit ê sî-chūn chèng jîn-luī	1. 聖誕就是先知的觀念佮排斥主義（利己主義）的時陣。近佇咱的主的出世的紀念日，不論男女 in 的思想有想著別人歡喜快樂的事，就是生出「予人的，比對人提的，較有福氣」的精神。暫時的中間佇人類社會殘忍的生存競爭雖然毋是袂記得，iáu-kú 有減少。佇這个時陣眾人類看做親像一家，看別人的歡喜做家己的快樂。不自然的國境拍破，外國人快做家己的

（續）

khoàⁿ chò chhin-chhiūⁿ chit-ke, khoàⁿ pát-lâng ê hoaⁿ-hí chò ka-tī ê khoài-lo̍k. Put chū-jiân ê kok-kéng phah-phoà, goā-kok lâng khoài chò ka-tī ê hiaⁿ-tī chí-moē. Chit ê Sèng-tàn cheng-sîn, sui-jiân sī chio̍h-piah iā koàn thàng-koè, liân tī kaⁿ-lāi ê choē-jîn iā ē chhāi in iáu-kú ū lâng teh siàu-liām in; siā-hoē tuì in iáu bô pàng-sak n̍g-bāng.	兄弟姊妹。這个聖誕精神，雖然是石壁也貫通過，連佇監內的罪人也會在 in iáu-kú 有人 teh 數念 in；社會對 in 猶無放揀向望。
2. Sèng-tàn chiū-sī chip-tiong lán ê su-siúⁿ tuì gín-ná siⁿ-chhut ài-chêng, chhin-chhiat ê sî-chūn. iô-nâ kap Sèng-tàn éng-oán kiat-liân, che sī Siōng-tè pún-sin hō͘ in kiat-liân. Sèng-tàn sī uī-tio̍h gín-ná ê in-toaⁿ, iā hō͘ lán ē kì-tit Iâ-so͘ tuì ha̍k-seng só͘ kóng. "Iông-ún sè-hàn gín-ná chiū-kīn goá bo̍h-tit kìm in" ê oē. Só͘-í Sèng-tàn ê sî, gín-ná tī chèng-lâng ê sim-lāi tit-tio̍h thê-ko in ê tē-uī.	2. 聖誕就是集中咱的思想對囡仔生出愛情、親切的時陣。搖籃佮聖誕永遠結聯，這是上帝本身予 in 結聯。聖誕是為著囡仔的因端，也予咱會記得耶穌對學生所講。「容允細漢囡仔就近我莫得禁 in」的話。所以聖誕的時，囡仔佇眾人的心內得著提高 in 的地位。
3. Sèng-tàn thê-ko ka-têng kap chiok-hok ka-cho̍k ê seng-oa̍h. Chit ê pang-chān chhin-cho̍k ê kiat-liân tit-tio̍h kian-kò͘. Tī lán ê chhù-lāi ū chong-sek chióng-chióng ê mi̍h kap Sèng-tàn chhiū tī-teh ê sî-chūn , chit ê ē ìn-siōng tī gín-ná sî-tāi ê sim kap kám-kek toā-lâng, tuì án-ni hō͘ ka-cho̍k saⁿ-thiàⁿ ê chêng ná chhim, lâi thê-ko ka-têng kap chiok-hok ka-cho̍k ê seng-oa̍h. Só͘-í Sèng-tàn lī-khui ka-têng; (pē-bó, hiaⁿ-tī, chí-moē) chiū m̄-sī Sèng-tàn.	3. 聖誕提高家庭佮祝福家族的生活。這个幫贊親族的結聯得著堅固。佇咱的厝內有裝飾種種的物佮聖誕樹佇 teh 的時陣，這个會印象佇囡仔時代的心佮感激大人，對按呢予家族相疼的情 ná 深，來提高家庭佮祝福家族的生活。所以聖誕離開家庭；（爸母，兄弟，姐妹）就毋是聖誕。
4. Chin-si̍t ê Sèng-tàn ê cheng-sîn, chiū-sī hō͘ lán te̍k-pia̍t koan-sim lâi siūⁿ Iâ-so͘ kap chin-si̍t lâi si̍t-hêng i ê kà-sī. Tī chit ê	4. 真實的聖誕的精神，就是予咱特別關心來想耶穌佮真實來實行伊的教示。佇這个時陣予咱會記得約翰 3：16。

（續）

sî-chūn hō͘ lán ē kì-tit Iok-hān 3:16. "In-uī Siōng-tè chiong to̍k-si^{n} ê Kiá^{n} siú^{n}-sù sè-kan, hō͘ kì^{n}-nā sìn i ê lâng bē tîm-lûn, ē tit-tio̍h éng-oa̍h." Chit ê khak-sìn lâi ji̍p tī lán ê sim, chai Iâ-so͘ sī Siōng-tè to̍k-si^{n} ê Kiá^{n}, uī-tio̍h lán ê choē lâi siú^{n}-sù sè-kan--ê, iā hō͘ lán chin-si̍t lâi si̍t-hêng i ê kà-sī. Chiū-sī hoán-tuì lī-kí-chú-gī, chi̍p-tiong lán ê su-siú^{n} tuì gín-ná ū ài-chêng, thê-ko ka-cho̍k ê seng-oa̍h kap i só͘ hoa^{n}-hí ê lâng ê tiong-kan ê cheng-sîn: chiah ê chiū-sī ta̍k-jit bô ū chit ê cheng-sîn? Chit ê kiám bô in-uī lán chè-hān lán ê sìn-gióng tī te̍k-pia̍t ê jit, iā bē kì-tit á-sī bû-sī tī lán kî-û jit ê cheng-sîn-tek ê seng-oa̍h, ko-siōng ê chín-kiù mah?	「因為上帝將獨生的囝賞賜世間，予見若信伊的人袂沉淪，會得著永活。」這个確信來入佇咱的心，知耶穌是上帝獨生的囝，為著咱的罪來賞賜世間--ê，也予咱真實來實行伊的教示。就是反對利己主義，集中咱的思想對囡仔有愛情，提高家族的生活佮伊所歡喜的人的中間的精神：chiah 的就是逐日無有這个精神？這个 kiám 無因為咱制限咱的信仰佇特別的日，也袂記得抑是無視佇咱其餘日的精神的的生活，高尚的拯救 mah？
Chit ê m̄-sī Siōng-tè ê bo̍k-te̍k, chiū-sī tī chit lé-pài chiah chí-ū ē kì-tit chit jit, á-sī tī lé-pài-jit siú i ê bēng-lēng iā tī pài-it chiū ē-thang bû-sī chiah ê bēng-lēng. Iā tī Sèng-tàn ê sî-chūn ē chiong lán ê in-huī chò chi̍t-ē lōng-huì, tī chit nî chhun ê sî-chūn chè-hān lán ê thià^{n}-sim kap kian-līn, chiah ê lóng-chóng cheng-sîn ê in-huī, che chiū-sī gō͘-kái Sèng-tàn ê cheng-sîn. Chit-nî chí-ū chi̍t ji̍t sêng-jīn chèng-lâng chò lán ê hia^{n}-tī, iā 364 jit khoà^{n} in chhin-chhiū^{n} goā-kok lâng; che chiū-sī bô sìn-gióng te̍k-pia̍t hā-chiān ê lâng. Tī Sèng-tàn sî-chūn sêng-jīn gín-ná ê koân-lī, iā tī kî-û ê sî koá^{n}-tio̍k-in, kheng-sī in ê tē-uī, che chiū-sī chân-jím ê lâng.	這个毋是上帝的目的，就是佇這禮拜才只有會記得這日，抑是佇禮拜日守伊的命令也佇拜一就會通無視 chiah 的命令。也佇聖誕的時陣會將咱的恩惠做一下浪費，佇這年春的時陣制限咱的疼心佮堅 līn，chiah 的攏總精神的恩惠，這就是誤解聖誕的精神。這年只有一日承認眾人做咱的兄弟，也三百六十四日看 in 親像外國人；這就是無信仰特別下賤的人。佇聖誕時陣承認囡仔的權利，也佇其餘的時趕逐 in，輕視 in 的地位，這就是殘忍的人。
Oh! Ki-tok-tō͘ ah! Siat-sú Sèng-tàn ê cheng-sîn ta̍k-jit kap lán tī-teh chiū ún-tàng	Oh！基督徒 ah！設使聖誕的精神逐日佮咱佇 teh 就穩當佇咱日日的生活會

（續）

tī lán jit-jit ê seng-oah ē tit-tioh kek-sin, chiū-sī kàu-hoē ê hiaⁿ-tī chí-moē, thoân-kàu-chiá ê tiong-kan. Lī-kí-chú-gī ê cheng-sîn ē phah-sí; tham-iok ê tiàu pí Hap-bān khah koân; gōng-gōng ê khoa-kháu beh siū phah-phoà; bô ì-bī ê tò-cheng kap saⁿ phoe-phêng tāi-ke ē ka-kī kiàn-siàu.	得著革新，就是教會的兄弟姊妹，傳教者的中間。利己主義的精神會拍死；貪慾的召比 Hap-bān 較懸；戇戇的誇口欲受拍破；無意味的鬥爭佮相批評大家會家己見笑。
Iâ-so uī-tioh lán ê it-tì lâi kî-tó ê sū ē tit-tioh ìn-tap sit-hiān. Bîn-chok ê oàn-hīn beh tîm-loh tī hiaⁿ-tī ài hái-té. Chiàn-cheng kap it-chhè hit ê kiaⁿ-hiâⁿ, pi-chhám , chân-jím ē oân-choân phah-biat.	耶穌為著咱的一致來祈禱的事會得著應答實現。民族的怨恨欲沉落佇兄弟愛海底。戰爭佮一切彼个驚惶、悲慘、殘忍會完全拍滅。
Sèng-iā ê thiⁿ-sài só chhiùⁿ, "Tī kek koân ê uī êng-kng kui tī Siōng-tè, tē-chiūⁿ hô-pêng tī i só hoaⁿ-hí ê lâng ê tiong-kan ê koa ē chiâⁿ-chò êng-kng ê sū-sit."	聖 iā 的天使所唱，「佇極懸的位榮光歸佇上帝，地上和平佇伊所歡喜的人的中間的歌會成做榮光的事實。」
Goá thak-tioh chit ê chhù-bī ê Sèng-tàn ê in-sù, hō chit ê siàu-liân lâng ê hū-jîn-lâng sêng-siū tioh, tī i ê sim-lāi teh siūⁿ chit phìⁿ ê pó-chioh, iā sìn tuì i choè-chhin hó-giah ê pêng-iú ē hō i, kàu Sèng-tàn ê thiⁿ-kng-chá chit ê siàu-liân ê hū-jîn-lâng khui tuì i só kî-thāi ê pêng-iú kià-lâi ê mih, tháu-khui khoàⁿ chí-ū chit ki pêng-siông mn̂g ê só-sî, pak-liâm tī chit sè toà-á khǹg tī sè-tiuⁿ カード (card) ê bīn-téng, i khí-chho chin sit-bāng , liân thak tī カード ê oē iā bē, kàu i thak liáu ê sî, i khoàⁿ-kìⁿ "Chit ki só-sî sī lí ê pêng-iú chhù ê mn̂g ê só-sî, chhiáⁿ lí ēng i, siat-sú lí khiàm-ēng tak jit thang ēng i." ê oē. Chit ê chin thiàⁿ-thàng ê oē i siū toā ê kám-kek. I ê pêng-iú ê chhù ū tek-piat ê kheh-thiaⁿ, iā i bat chin chē pái hioh tī hia tit-tioh pêng-an	我讀著這个趣味的聖誕的恩賜，予一个少年人的婦人人承受著，佇伊的心內 teh 想這片的寶石，也信對伊最親好額的朋友會予伊，到聖誕的天光早這个少年的婦人人開對伊所期待的朋友寄來的物，敨開看只有一支平常門的鎖匙，縛連佇一細帶仔囥佇細張カード（card）的面頂，伊起初真失望，連讀佇カード的話也袂，到伊讀了的時，伊看見「這支鎖匙是你的朋友厝的門的鎖匙，請你用伊，設使你欠用逐日通用伊。」的話。這个真疼痛的話伊受大的感激。伊的朋友的厝有特別的客廳，也伊捌真濟擺歇佇遐得著平安佮安慰。Taⁿ 這間厝無論甚物時陣，伊若用這支鎖匙就會開，彼內面的好物伊通自由用伊。

（續）

kap an-uì. Taⁿ chit keng chhù bô-lūn sím-mi̍h sî-chūn, i nā ēng chit ki só-sî chiū ē khui, hit lâi-bīn ê hó-mi̍h i thang chū-iû ēng i.	
Ah! Chit ê sī chit ê chin suí ê piáu-hiān, chiū-sī tī lán ê sim-lāi ngiâ-chih chì toā ê lâng-kheh chit lé-pài chit pái, á-sī chit nî chit pái sī bô kàu-gia̍h. Chhiáⁿ chiong só-sî hō͘ i, chiū-sī tiong-si̍t kap thiàⁿ ê só-sî! Chhiáⁿ i ji̍p lāi toà. Iâ-so͘ kóng, “Goá beh ji̍p khì chiū-kīn i, lâi kap i chia̍h, i ia̍h kap goá chia̍h” (Khé 3:20).	Ah！這个是一个真媠的表現，就是佇咱的心內迎接至大的人客一禮拜一擺，抑是一年一擺是無夠額。請將鎖匙予伊，就是忠實佮疼的鎖匙！請伊入內蹛。耶穌講，「我欲入去就近伊，來佮伊食，伊亦佮我食」（啟 3：20）。
Kiù-chú Iâ-so͘ kó-jiân ji̍p tī lán ê lāi-bīn, chiū Sèng-tàn ê cheng-sîn ta̍k ji̍t ē tiàm tī lán ê sim kàu éng-oán . Ǹg-bāng tī chit ê chiok-hō Sèng-tàn ê sî-chūn, lán tāi-ke ē khak-sit lí-kái Sèng-tàn ê cheng-sîn sī só͘ chhiat-bōng.	救主耶穌果然入佇咱的內面，就聖誕的精神逐日會 tiàm 佇咱的心到永遠。向望佇這个祝賀聖誕的時陣，咱大家會確實理解聖誕的精神是所切望。
Káng-ián-chiá: Chô Phok-sū.	講演者：曹博士。
E̍k-chiá : Ńg Tek-hui.	譯者：阮德輝。

載於《臺灣教會公報》，第六八一期，一九四一年十二月

附錄：臺灣日治時期白話字翻譯文學作品一覽表

篇名	作者	譯者	刊名、卷期	日期	備註
Iâ-so͘ Sio̍k Goá（耶穌屬我）	不詳	施牧師	臺南府城教會報，第3卷	1885年9月	
Khiam-pi（謙卑）	不詳	不詳	臺南府城教會報，第11卷	1886年6月	
Chhú-siān ê Jū-giân（取善的喻言）	不詳	Cheng Bûn-chín	臺南府城教會報，第17卷	1886年11月	
Lūn Kiù Chia̍h A-phiàn ê Lâng（論救食阿片的人）	John Bunyan	不詳	臺灣府城教會報	1886年	本書未收錄
Thian Tēng Sèng-jîn（天定聖人）	不詳	San先生	臺南府城教會報，第31卷	1888年1月	
Lūn Siōng-tè Chù-tiā^{n} ê Sî（論上帝註定的時）	不詳	許先生	臺南府城教會報，第68卷	1891年1月	
Phì-jū Jîn-ài（譬喻仁愛）	不詳	不詳	臺南府城教會報，第77卷	1891年9月	
Hô-iok ê Tiâu-Khoán（和約的條款）	不詳	Chè-hān	臺南府城教會報，第101卷	1893年8月	
Tham--jī Pîn--jī Khak（貪字貧字殼）	不詳	不詳	臺南府城教會報，第122卷	1895年5月	
Ti-hông Ti^{n}-giân-bit-gí（知防甜言蜜語）	伊索	不詳	臺灣府城教會報	1896年	
Tōa-chioh iā tio̍h Chio̍h-á Kēng（大石亦著石仔拱）	伊索	不詳	臺灣府城教會報	1896年10月	
Sin Hoan-e̍k ê Si（新翻譯的詩）	伊索	不詳	臺南府城教會報，第140卷	1896年11月	
N̄g ê Kuí（兩个鬼）	不詳	不詳	臺南府城教會報，第149～151卷	1897年8～10月	
Lōng-tōng Chú（浪蕩子）	不詳	不詳	臺南府城教會報，第183卷	1900年6月	

（續）

篇名	作者	譯者	刊名、卷期	日期	備註
U-lân-sèng-hoē （于蘭聖會）	不詳	萬姑娘	臺南府城教會報， 第185～194卷	1900年8月～ 1901年5月	
Soa^{n}-tang Kīn-lâi ê Sū （山東近來的事）	不詳	不詳	臺南府城教會報， 第200卷	1901年11月	
Pó-huī-su Í-keng Lâi （保惠師已經來）	不詳	黃Huī- ngó·	臺南府城教會報， 第207卷	1902年6月	
Lē-lú-hȧk （勵女學）	不詳	高天賜	臺南府城教會報， 第210卷	1902年9月	
Sǹg Lí ê Hok-khì （算你的福氣）	不詳	王接傳	臺南府城教會報， 第212卷	1902年11月	
Ki-tok-kàu ê Uí-tāi （基督教的偉大）	不詳	高金聲	臺南府城教會報， 第275卷	1908年2月	
Liû-thoân ê Kò͘-sū （流傳的故事）	不詳	廖三重	臺南府城教會報， 第302～304卷	1910年5～7月	
Bí-kok ê Toā-tōng （美國的大洞）	不詳	萬真珠	臺南府城教會報， 第302卷	1910年5月	
Soat-chú Kiù Lâng （雪子救人）	不詳	不詳	臺南府城教會報， 第306卷	1910年9月	
Kau-chiàn ê Peng-huì （交戰的兵費）	不詳	林茂生	臺南府城教會報， 第317卷	1911年8月	
Thô-thoà^{n}-á （塗炭仔）	不詳	郭國源	臺南府城教會報， 第356卷	1914年11月	
Má I-seng ê Phoe （馬醫生的批）	格林兄弟	不詳	臺灣府城教會報	1915年	
Gōng Thng （戇湯）	馬醫生	不詳	臺南府城教會報， 第371卷	1916年2月	
Khit-chiȧh （乞食）	不詳	楊連福	臺南府城教會報， 第389卷	1917年8月	
Siú-chî^{n}-lô （守錢奴）	不詳	朱姑娘	臺南府城教會報， 第398卷	1918年5月	
Kiâ^{n}-iû ê Gín-á （行遊的図 á）	不詳	林清潔	臺南府城教會報， 第423卷	1920年6月	

（續）

篇名	作者	譯者	刊名、卷期	日期	備註
Kin-á-jit（今仔日）	不詳	羅虔益	臺南府城教會報，第438卷	1921年9月	
A-phiàn-kuí pìⁿ-chò Sèng-tô͘（阿片鬼變作聖徒）	不詳	羅虔益	臺南府城教會報，第438卷	1921年9月	
O͘-bīn Gín-á Tiong-tit-sim（烏面囡仔忠直心）	不詳	文姑娘	臺南府城教會報，第468卷	1924年3月	
LE̍T-KAN／HÁI-LÊNG ÔNG（力間／海龍王）	不詳	不詳	臺南府城教會報，第470卷	1924年5月	
SÈNG-TÀN KOA（聖誕歌）	阿洛德	陳清忠	芥菜子，第1號	1925年7月1日	
SÎ-KAN（時間）	力堅斯	陳清忠	芥菜子，第1～3號	1925年7月1日～1926年1月1日	
CHIÀⁿ-CHHIÚ KAP TÒ-CHHIÚ（正手 KAP 倒手）	不詳	盧樹河	芥菜子，第1號	1925年7月1日	
‘KÎ-TÓ BÔ-THÊNG’（祈禱無停）	不詳	陳清忠	芥菜子，第1號	1925年7月1日	
LŪN SÍ-LÂNG KOH-OAH2（論死人閣活）	不詳	陳清忠	芥菜子，第2號	1925年10月1日	
SÍ SÎN（死神）	不詳	陳清忠	芥菜子，第2號	1925年10月1日	
ÀM-SÎ Ê KÎ-TÓ（暗時的祈禱）	喬叟	陳清忠	芥菜子，第2號	1925年10月1日	
KA-NÁ-TĀI KÀU-HOĒ LIÂN-HA̍P（加拿大教會聯合）	不詳	陳清忠	芥菜子，第3號	1926年1月1日	
CHIÂⁿ-SÈNG（成聖）	不詳	陳清忠	芥菜子，第3號	1926年1月1日	

（續）

篇名	作者	譯者	刊名、卷期	日期	備註
KI-TOK Ê UÎ-GIÂN（基督的遺言）	不詳	陳清忠	芥菜子，第3號	1926年1月1日	
PHOE-PHÊNG LÂNG（批評人）	不詳	陳清忠	芥菜子，第3號	1926年1月1日	
MÔ͘-KUÍ（魔鬼）	不詳	陳清忠	芥菜子，第3號	1926年1月1日	
SÊNG-KONG BÔ TÉ-LŌ͘（成功無短路）	不詳	陳清忠	芥菜子，第3號	1926年1月1日	
SÎN Ê NŃG-CHIÁ^{n}（神的軟 chiá^{n}）	不詳	陳清忠	芥菜子，第3號	1926年1月1日	
CHI̍T TIH CHI̍T TIH Ê CHÚI（一滴一滴的水）（1）	不詳	陳清忠	芥菜子，第3號	1926年1月1日	
CHI̍T TIH CHI̍T TIH Ê CHÚI（一滴一滴的水）（2）	克雷洛夫	陳清忠	芥菜子，第3號	1926年1月1日	
CHI̍T TIH CHI̍T TIH Ê CHÚI（一滴一滴的水）（3）	伊索	陳清忠	芥菜子，第3號	1926年1月1日	
CHI̍T TIH CHI̍T TIH Ê CHÚI（一滴一滴的水）（4）	伊索	陳清忠等	芥菜子，第3號	1926年1月1日	
CHI̍T TIH CHI̍T TIH Ê CHÚI（一滴一滴的水）（5）	克雷洛夫	陳清忠	芥菜子，第3號	1926年1月1日	
CHI̍T TIH CHI̍T TIH Ê CHÚI（一滴一滴的水）（6）	伊索	陳清忠	芥菜子，第3號	1926年1月1日	
CHI̍T TIH CHI̍T TIH Ê CHÚI（一滴一滴的水）（7）	不詳	陳清忠	芥菜子，第3號	1926年1月1日	

（續）

篇名	作者	譯者	刊名、卷期	日期	備註
CHİT TIH CHİT TIH Ê CHÚI（一滴一滴的水）（8）	不詳	陳清義	芥菜子，第4號	1926年5月25日	
CHİT TIH CHİT TIH Ê CHÚI（一滴一滴的水）（9）	不詳	陳清義	芥菜子，第4號	1926年5月25日	
CHİT TIH CHİT TIH Ê CHÚI（一滴一滴的水）（10）	不詳	陳清義	芥菜子，第4號	1926年5月25日	
CHİT TIH CHİT TIH Ê CHÚI（一滴一滴的水）（11）	不詳	陳清義	芥菜子，第4號	1926年5月25日	
CHİT TIH CHİT TIH Ê CHÚI（一滴一滴的水）（12）	不詳	郭水龍	芥菜子，第5號	1926年6月25日	
CHİT TIH CHİT TIH Ê CHÚI（一滴一滴的水）（13）	伊索	陳清忠	芥菜子，第5號	1926年6月25日	
CHİT TIH CHİT TIH Ê CHÚI（一滴一滴的水）（14）	不詳	陳清忠	芥菜子，第5號	1926年6月25日	
CHİT TIH CHİT TIH Ê CHÚI（一滴一滴的水）（15）	不詳	陳清忠	芥菜子，第5號	1926年6月25日	
CHİT TIH CHİT TIH Ê CHÚI（一滴一滴的水）（16）	Bishop Ridley	陳清忠	芥菜子，第7號	1926年8月25日	
CHİT TIH CHİT TIH Ê CHÚI（一滴一滴的水）（17）	不詳	陳清忠	芥菜子，第8號	1926年9月	
CHİT TIH CHİT TIH Ê CHÚI（一滴一滴的水）（18）	不詳	陳清忠	芥菜子，第8號	1926年9月	

（續）

篇名	作者	譯者	刊名、卷期	日期	備註
CHİT TIH CHİT TIH Ê CHÚI（一滴一滴的水）(19)	不詳	陳清忠	芥菜子，第8號	1926年9月	
CHİT TIH CHİT TIH Ê CHÚI（一滴一滴的水）(20)	不詳	陳清忠	芥菜子，第8號	1926年9月	
CHİT TIH CHİT TIH Ê CHÚI（一滴一滴的水）(21)	不詳	陳清忠	芥菜子，第10號	1926年11月27日	
CHİT TIH CHİT TIH Ê CHÚI（一滴一滴的水）(22)	克雷洛夫	陳清忠	芥菜子，第11號	1926年12月	
CHİT TIH CHİT TIH Ê CHÚI（一滴一滴的水）(23)	克雷洛夫	陳清忠	芥菜子，第11號	1926年12月	
CHİT TIH CHİT TIH Ê CHÚI（一滴一滴的水）(24)	孫大信撰者	陳清忠	芥菜子，第12、13號	1927年1月25日、2月27日	
CHİT TIH CHİT TIH Ê CHÚI（一滴一滴的水）(25)	克雷洛夫	陳清忠	芥菜子，第13號	1927年2月	
CHİT TIH CHİT TIH Ê CHÚI（一滴一滴的水）(26)	克雷洛夫	陳清忠	芥菜子，第13號	1927年2月	
CHİT TIH CHİT TIH Ê CHÚI（一滴一滴的水）(27)	克雷洛夫	陳清忠	芥菜子，第13號	1927年2月	
CHİT TIH CHİT TIH Ê CHÚI（一滴一滴的水）(28)	克雷洛夫	陳清忠	芥菜子，第13號	1927年2月	
CHİT TIH CHİT TIH Ê CHÚI（一滴一滴的水）(29)	不詳	陳清忠	芥菜子，第14號	1927年3月28日	

（續）

篇名	作者	譯者	刊名、卷期	日期	備註
CHİT TIH CHİT TIH Ê CHÚI（一滴一滴的水）（30）	不詳	偕叡廉	芥菜子，第15號	1927年4月25日	
CHİT TIH CHİT TIH Ê CHÚI（一滴一滴的水）（31）	龜谷凌雲	陳清忠	芥菜子，第16號	1927年5月29日	
CHİT TIH CHİT TIH Ê CHU（一滴一滴的水）（32）	不詳	陳瓊琚	芥菜子，第20、21號	1927年9月26日、10月27日	
CHİT TIH CHİT TIH Ê CHU（一滴一滴的水）（33）	康清塗	陳清忠	芥菜子，第21號	1927年10月	
Kî-tó（祈禱）	不詳	陳清忠	芥菜子，第5號	1926年6月25日	
HŪ-LÚ HỎK-CHONG（婦女服裝）	不詳	王守勇	芥菜子，第5號	1926年6月25日	
TIȮH CHÁIⁿ-IŪⁿ LÂI SIŪ SÈNG SÎN?（著怎樣來受聖神？）	克雷洛夫	陳清忠	芥菜子，第5號	1926年6月25日	
BÊNG-JÎN Ê KÎ-TÓ（名人的祈禱）（I）	不詳	陳清忠	芥菜子，第6號	1926年7月25日	
BÊNG-JÎN Ê KÎ-TÓ（名人的祈禱）（II）	Samuel Johnson	陳清忠	芥菜子，第7號	1926年8月25日	
BÊNG-JÎN Ê KÎ-TÓ（名人的祈禱）（III）	Anselm	陳清忠	芥菜子，第7號	1926年8月25日	
BÊNG-JÎN Ê KÎ-TÓ（名人的祈禱）（IV）	不詳	陳清忠	芥菜子，第8號	1926年9月	
BÊNG-JÎN Ê KÎ-TÓ（名人的祈禱）（V）	J.Norden	陳清忠	芥菜子，第8號	1926年9月27日	
BÊNG JÎN Ê KÎ-TÓ（名人的祈禱）（VI）	Anselm 撰者	陳清忠	芥菜子，第8號	1926年9月27日	

（續）

篇名	作者	譯者	刊名、卷期	日期	備註
SIŪ KHÚN-TIO̍K Ê LÂNG（受窘逐的人）	James Martineau	陳清忠	芥菜子，第8號	1926年9月27日	
Pún-sin（本身）	不詳	陳清忠	芥菜子，第8號	1926年9月27日	
Tí-khòng iú-he̍k（抵抗誘惑）	不詳	陳清忠	芥菜子，第8號	1926年9月27日	
Thèng-hāu Chú koh lâi（聽候主閣來）	不詳	陳清忠	芥菜子，第9號	1926年10月27日	
Sè-kài kàu-hoà ê sú-bēng（世界教化的使命）	克雷洛夫	陳清忠	芥菜子，第11號	1926年12月	
Koh-oa̍h ê la̍t（閣活的力）	不詳	陳清忠	芥菜子，第11號	1926年12月27日	
Sí!（死！）	不詳	陳清忠	芥菜子，第11號	1926年12月27日	
Sìn-gióng ê Būn-tap--Lūn Oa̍h Ki-tok（信仰的問答——論活基督）	不詳	陳清忠	芥菜子，第12號	1927年1月25日	
Toh-siōng-tâm（桌上談）	不詳	陳清忠	芥菜子，第12號	1927年1月25日	
Nn̄g-ê Īⁿ-toan（兩个異端）	克雷洛夫	陳清忠	芥菜子，第13號	1927年2月	
Ki-tok ê Bô-liâu [Ko͘-toaⁿ]（基督的無聊「孤單」）	不詳	陳清忠	芥菜子，第13號	1927年2月27日	
Lāi-bīn ê Seng-oa̍h（內面的生活）	不詳	陳清忠	芥菜子，第13號	1927年2月27日	
Hù ka-kī ê chòng-sek（赴家己的葬式）	克雷洛夫	陳清忠	芥菜子，第15號	1927年4月	
Ki-tok cháiⁿ-iūⁿ pí Liām-hu̍t khah-iâⁿ?（基督怎樣比念佛較贏？）	克雷洛夫	陳清忠	芥菜子，第16號	1927年5月	

（續）

篇名	作者	譯者	刊名、卷期	日期	備註
Chin ê Kang-tiâⁿ（真的工程）	克雷洛夫	陳清忠	芥菜子，第17號	1927年6月	
Lūn tī Ka-têng-tiong Kî-tó ê La̍t（論佇家庭中祈禱的力）	不詳	陳清忠	芥菜子，第17號	1927年6月25日	
Gō͘-sûn-choeh chêng ê Sèng-sîn kap Í-āu ê Sèng-sîn（五旬節前的聖神佮以後的聖神）	不詳	陳瓊琚	芥菜子，第17號	1927年6月25日	
Sìn-sim tit-kiù kap Sióng-hoa̍t hêng-uî（信心得救佮賞罰行為）	不詳	陳清忠	芥菜子，第19號	1927年8月27日	
Sè-kài cha̍p-jī Uí-jîn lūn（世界十二偉人論）	不詳	陳清義	芥菜子，第20號	1927年9月26日	
JÎ-TÔNG TIONG-SIM Ê KI-TOK-KÀU（兒童中心的基督教）	康清塗	陳清忠	芥菜子，第21號	1927年10月	
Kià-seng-thâng（寄生蟲）	不詳	陳清忠	芥菜子，第21、22號，臺灣教會報，第517～522期	1927年10月27日～1928年9月1日。	
Kî-tó ê kám-hoà-la̍t（祈禱的感化力）	不詳	吳清鎰	芥菜子，第21號	1927年10月27日	
Thàn cha̍p-bān khí Pài-tn̂g（趁十萬起拜堂）	不詳	不詳	臺灣教會報，第517期	1928年4月1日	
Chi̍t tiâu soàⁿ（一條線）	不詳	偕叡廉	臺灣教會報，第518期	1928年5月1日	
Kò-jîn Thoân-tō ê kang Koa Siat-kai（個人傳道的工）	莫泊桑	陳清忠	臺灣教會報，第517期	1928年5月1日	

（續）

篇名	作者	譯者	刊名、卷期	日期	備註
Uī-tio̍h Thoân-kàu-chiá ê kî-tó（為著傳教者的祈禱）	不詳	柯設偕	臺灣教會報，第559期	1931年10月	
Lōng-chú Hoê-ka（浪子回家）	士埔讓	陳能通	臺灣教會報，第574期	1933年1月	
Kong-hui ê kò͘-sū（光輝的故事）	Charles McCallon Alexander	章王由	臺灣教會公報，第581期	1933年8月	
Lú-sèng ê Sù-bēng（女性的使命）	蘭醫生娘	楊士養	臺灣教會公報，第582～584卷	1933年9～11月	
Chheng-khí Sim-koaⁿ（清氣心肝）	Huī-ú Seng	許水露	臺灣教會公報，第583卷	1933年10月	
Ke̍k sió-khoá ê mi̍h（極小可的物）	Rev. Walter G. Smith, Fred H. Byshe	章王由	臺灣教會公報，第584卷	1933年11月	
Chú ba̍k-chiu khoàⁿ-kò͘ kàu Chhek-chiáu（主目睭看顧到雀鳥）	不詳	李水車	臺灣教會公報，第586卷	1934年1月	
Tī lí chhiú-nih sī Sím-mi̍h?（佇你手裡是甚物？）	Civilla Durfee Martin	章王由	臺灣教會公報，第590卷	1934年5月	
Hia tán Goá（遐等我）	不詳	梁秀德	臺灣教會公報，第593卷	1934年8月	
Sin-kî ê uî-chiok（新奇的遺囑）	不詳	柯氏以利	臺灣教會報，第599期	1935年2月	
Thoân-kàu-chiá Só͘m̄-thang--ê（傳教者所毋通--的）	不詳	陳添旺	臺灣教會公報，第623號	1937年2月	
Gâu-lâng ê Sèng-chheh-koan（Gâu 人㔾的聖冊觀）	不詳	許有才	臺灣教會公報，第626號	1937年5月	

（續）

篇名	作者	譯者	刊名、卷期	日期	備註
Ta̍k lâng m̄-bián choa̍t-bāng, tek-khak ū n̂g-bāng（逐人毋免絕望，的確有向望）	不詳	駱先春	臺灣教會公報，第632號	1937年11月	
Bó-sèng-ài ê Kàu-io̍k（母性愛的教育）	不詳	賴仁聲	臺灣教會公報，第647號	1939年2月	
Oa̍h-miā ê teng（活命的燈）	不詳	Liû-n̂g Seng	臺灣教會公報，第658號	1940年1月	
Uí-tāi ê un-sù（偉大的恩賜）	E. J. Haynes	阮德輝	臺灣教會公報，第670期	1941年1月	
Sìn-tô͘ ê kong-êng（信徒的光榮）	不詳	吳天命	臺灣教會公報，第671期	1941年2月	
Tio̍h choè Siōng-tè ê kiáⁿ-jî（著做上帝的囝兒）	不詳	吳天命	臺灣教會公報，第672期	1941年3月	
Má tāi khoán（馬大款）	不詳	吳天命	臺灣教會公報，第677期	1941年8月	
Ìn-tō͘ lâng ê siáu-sià（印度人的 siáu-sià）	不詳	吳天命	臺灣教會公報，第678期	1941年9月	
Siat-sú ta̍k-jit sī Sèng-tàn（設使逐日是聖誕）	不詳	陳石獅	臺灣教會公報，第678期	1941年9月	
Iâ-so͘ Sio̍k Goá（耶穌屬我）	曹博士	阮德輝	臺灣教會公報，第681期	1941年12月	

編者簡介

主編

許俊雅

臺南佳里人，臺灣師範大學國文研究所碩士、博士，現任該校國文學系教授，曾任臺灣師大人文教育研究中心秘書、推廣組組長、國立編譯館國中國文科教科用書編審委員會委員、教育部課綱委員等職。學術專長為臺灣文學、國文教材教法以及兩岸文學等，著有《日據時期臺灣小說研究》、《臺灣文學散論》、《臺灣文學論——從現代到當代》、《島嶼容顏——臺灣文學評論集》、《見樹又見林——文學看臺灣》、《無悶草堂詩餘校釋》、《梁啟超遊臺作品校釋》、《瀛海探珠——走向臺灣古典文學》、《裨海紀遊校釋》《低眉集》、《足音集》等，編選《王昶雄全集》、《全臺賦》、《翁鬧作品選集》、《巫永福精選集》、《黎烈文全集》等，曾獲第二屆、第三屆全國學生文學獎、第十七屆巫永福評論獎、第三屆傑出臺灣文獻「文獻保存獎」等。

李勤岸

李勤岸（1951- ），臺南新化人，美國夏威夷大學語言學博士，現任臺灣師範大學臺灣語文學系教授。曾任臺灣母語聯盟第一、二屆理事長、教育部國語會委員、臺文筆會創會理事長。曾任教美國哈佛大學，並連續三年獲得教學傑出獎。得過榮後臺灣詩人獎、南瀛文學傑出獎、臺灣文化獎，南二中百週年慶傑出校友等。出版《人面冊 ê 花蕊》(2014)、《人面冊 ê 季節》(2014)、《人面冊 ê 傳奇》(2014)、《食老才知 ê 代誌》(2011)、《咱攏是罪人》(2011)《大人囡仔詩》(2011) 等十五本詩集，散文集《哈佛臺語筆記》、《新遊牧民族》、《海翁出帆》，論文集《臺灣話語詞變化》、《語言政治 kap 語言政策》等近五十冊。二〇一一年應邀代表臺灣參加尼加拉瓜第七屆 Granda 國際詩會。同年世界詩歌年鑑出版英蒙對照版詩選《*Selected Poems of Khin-huann Li*》。二〇一三年入選 World Poetry Almanac《An Anthology of Contemporary World 10 Poets》。

編撰成員

按姓氏筆畫排序

趙勳達

成功大學臺灣文學系碩士、博士，曾任臺灣師範大學國文系、中央大學人文中心博士後研究員。著有《《臺灣新文學》（1935～1937）的定位及其抵殖民精神研究》（成功大學臺文系碩士論文，2002年）以及《「文藝大眾化」的三線糾葛：一九三〇年代臺灣左、右翼知識份子與新傳統主義者的文化思維及其角力》（成功大學臺灣文學系博士論文，2008年）等。

鄭清鴻

屏東人，畢業於國立臺中教育大學臺語系、國立臺灣師範大學臺文系碩士班。著有《被噤聲的臺灣意識：臺語文學的發展、史論建構與民族想像》（國立臺灣師範大學臺灣語文學系碩士論文，2013年），曾獲得二〇一二年財團法人鄭福田文教基金會學位論文獎助、二〇一三年建成臺文扶輪基金、二〇一三年臺灣教授協會臺灣研究優良博碩士論文獎助等。

顧敏耀

臺中霧峰人，中央大學中文系碩士、博士，曾任中央大學中文系兼任助理教授、臺灣師範大學國文系博士後研究員，現任國立臺灣文學館副研究員。著有《陳肇興及其《陶村詩稿》》（臺中市：晨星出版公司，2010年）、《臺灣古典文學系譜的多元考掘與脈絡重構》（中央大學中文系博士論文，2010年）等。先後榮獲中央大學研究傑出研究生獎學金（2006）、張李德和女士獎助學金（2009）、演培長老佛教論文獎學金（2009）等。

附記

本冊圖片出處包括遠藤克己編《人文薈萃》（臺北市：遠藤寫真館，1925年）、臺灣新民報社編《臺灣人士鑑》日刊一週年紀念出版（臺北市：臺灣新民報社，1934年）、臺灣新民報社編《臺灣人士鑑》（日刊五週年紀念出版，臺北市：臺灣新民報社，1937年）、興南新聞社編《臺灣人士鑑》（日刊十週年記念出版）（臺北市：興南新聞社，1943年）、李末子《人間天使：李水車行愛北臺灣》（臺北市：宇宙光出版社，2006年）等書籍，以及淡江中學網站、Mr.Tamsui 淡水開講網站、國家文化資料庫、賴永祥長老史料庫網站、高雄市政府新聞局網站、長榮女子中學網站、拓展臺灣數位典藏計畫網站、樹林長老教會網站、數位典藏與數位學習成果入口網、富山新庄教會網站、財團法人切膚之愛社會福利慈善事業基金會全球資訊網、Wikipedia、Google 等網站。

作者索引

一 漢文人名

依筆劃順序

六劃

七劃

八劃

九劃

十劃

十一劃

十二劃

十七劃

十九劃

二十劃

二十二劃

二　英文人名

依英語發音順序

L

M

N

O

P

S

T

W

三　日文人名

依日語發音順序

篇名索引

一　漢文篇名

依筆劃順序

一劃

二劃

四劃

五劃

七劃

八劃

九劃

十劃

十一劃

十二劃

十四劃

十五劃

十六劃

十七劃

十八劃

十九劃

二十劃

二　英文篇名

依英語發音順序

三　日文篇名

依日語發音順序

く

こ

や

リ

わ

ア

エ

オ

カ

ク

コ

シ

ス

文學研究叢書·臺灣文學叢刊 0810004

臺灣日治時期翻譯文學作品集 卷一

總 策 畫 許俊雅
主　　編 許俊雅 李勤岸
執行編輯 張晏瑞 趙勳達 顧敏耀
　　　　 游依玲 吳家嘉
校　　對 鄭清鴻 王一如 林宛萱
　　　　 康韶真 蔡詠淯 黃之綠

發 行 人 林慶彰
總 經 理 梁錦興
總 編 輯 張晏瑞
編 輯 所 萬卷樓圖書股份有限公司
排　　版 浩瀚電腦排版股份有限公司
印　　刷 百通科技股份有限公司
封面設計 斐類設計工作室

發　　行 萬卷樓圖書股份有限公司
臺北市羅斯福路二段 41 號 6 樓之 3
電話 (02)23216565
傳真 (02)23218698
電郵 SERVICE@WANJUAN.COM.TW
大陸經銷 廈門外圖臺灣書店有限公司
電郵 JKB188@188.COM

ISBN 978-957-739-880-2
2020 年 12 月初版三刷
2015 年 12 月初版二刷
2014 年 10 月初版
定價：新臺幣 18000 元
全五冊，不分售

如何購買本書：
1. 劃撥購書，請透過以下郵政劃撥帳號：
帳號：15624015
戶名：萬卷樓圖書股份有限公司
2. 轉帳購書，請透過以下帳戶
合作金庫銀行 古亭分行
戶名：萬卷樓圖書股份有限公司
帳號：0877717092596
3. 網路購書，請透過萬卷樓網站
網址 WWW.WANJUAN.COM.TW
大量購書，請直接聯繫我們，將有專人為您服務。客服：(02)23216565 分機 610

如有缺頁、破損或裝訂錯誤，請寄回更換

國家圖書館出版品預行編目資料

臺灣日治時期翻譯文學作品集 /
許俊雅 總策畫.
-- 初版. -- 臺北市 : 萬卷樓, 2014.10
冊 ;　公分. -- (文學研究叢書. 臺灣文學叢刊 ; 0810004)
ISBN 978-957-739-880-2(全套：精裝)
813　103015988